INVENTAIRE
Y²2332

I0611986

LES
GRANDS JOURS
D'AUVERGNE,

PAR

PAUL DU PLESSIS.

PARIS,
IMPRIMERIE DE SCHILLER AÎNÉ,
FAUB. MONTMARTRE, 11.

1853

LES

GRANDS JOURS D'AUVERGNE.

PREMIÈRE PARTIE

CHAPITRE Ier.

Les Deux Cavaliers.

Le dimanche de la Pentecôte de l'année 1581, le petit bourg de Saint-Pardoux, situé à environ cinq lieues N. N.-E. de Riom, sur les confins de la Haute-Auvergne, présentait le spectacle bruyant et animé d'une fête champêtre.

La procession venait de finir, et les montagnards, quittes de leurs devoirs religieux, s'empressaient de consacrer au plaisir le reste de la journée.

A côté d'une partie de boules, dont quelques litres de vin blanc étaient l'enjeu, se démenaient avec plus d'énergie que de grace, d'infatigables danseurs; un peu plus loin, des vieillards réunis en groupe frondaient, tout en l'observant d'un œil jaloux, la folle vivacité de la jeunesse; enfin, une vingtaine de buveurs, les notables de l'endroit, attablés à la porte d'un cabaret, caressaient amoureusement, tout en causant, de larges pots en grès, remplis d'un petit vin du crû.

— Jean, s'écria l'un d'eux en frappant sur l'épaule de son voisin une tape d'amitié qui eût suffi pour étourdir un bœuf, ma bourse est à sec; et mon gosier altéré comme un champ de sable après une chaude journée d'été, me demande ce que je ne puis lui donner, à boire... Voyons, toi, qui es riche, n'auras-tu pas pitié de ma souffrance?

— Moi riche, répéta le montagnard interpelé, en levant les yeux vers le ciel : un quart d'écu compose toute ma fortune.

— Tu avoues un quart d'écu... mais c'est déjà un fort joli denier. Je parie trois pots de vin qu'il n'y a pas un des camarades ici présens qui se trouve à la tête d'un capital de dix livres!

— Tu paries à coup sûr, interrompit un troisième campagnard. Dix livres! sainte vierge Marie! c'est là, par le temps d'impôts et de redevances qui court, une fière somme! Trop heureux celui qui, de deux jours l'un, mange à son saoûl du pain de seigle et de la châtaigne! Patience! cet état de choses ne durera pas toujours... C'est moi qui vous le prédis...

Les buveurs, en entendant ces dernières paroles se rapprochèrent, par un mouvement instinctif et spontané, du hardi discoureur, et l'interrogèrent du regard.

— Par saint Blaise, mon patron, continua celui-ci, nous sommes des chrétiens et non des chiens... J'ai appris la semaine dernière de curieuses histoires à Clermont. Oh! ce n'est pas la peine d'ouvrir de grands yeux et de regarder partout si aucun étranger ne m'écoute! Je ne crains pas que l'on m'entende, moi! Je répéterai devant monseigneur de Canilhac lui-même, s'il était ici, ce que je vous dis à vous autres, camarades, qu'opprimer le pauvre peuple c'est être coupable devant Dieu et déloyal à sa conscience!...

— Blaise, tais-toi! dit un des voisins du politique. Une seule des phrases que tu nous débites, si elle était répétée, te vaudrait une exposition de deux heures au pilori un jour de marché, et cent coups de fouet...

— Le fouet à moi! Allons donc! Je me réclamerais de nos bons seigneurs de Guise et l'on me laisserait aller en paix. Apprenez, camarades, qu'une *ligue d'équité* se forme en ce moment dans toutes les provinces... C'est la Bourgogne qui a donné l'exemple... et l'exemple sera suivi. Nos bons seigneurs de Guise, que Dieu protége, ne veulent plus que les mignons du Valois se gorgent du fruit de nos sueurs. Par saint Blaise, je le répète, encore un peu de patience, et sous peu...

Le montagnard s'arrêta brusquement au milieu de sa phrase, et écartant violemment ses deux bras, il éloigna de lui le cercle d'auditeurs qui l'entourait.

Il venait d'apercevoir à l'entrée du village un cavalier monté sur un superbe cheval noir, et qui se dirigeait du côté du cabaret. A l'arrivée du nouveau venu les danses et les jeux cessèrent comme par enchantement : les habitants de Saint-Pardoux, le chapeau à la main, le col tendu, la bouche béante, contemplaient en silence l'étranger que le hasard leur envoyait, car le bourg éloigné de toute route royale n'était jamais visité par aucun voyageur.

Celui-ci pouvait avoir de vingt-trois à vingt-six ans ; les lignes fines et hautaines de son visage, tempérées par un air de mélancolie, presque de tristesse, présentaient une extrême délicatesse dans leur ensemble ; ses grands yeux, d'un bleu sombre, recouverts par des sourcils qui se rejoignaient à la naissance du front, dénotaient une nature sérieuse et réfléchie ; ses cheveux noirs, légèrement ondulés, s'échappaient touffus et serrés de dessous sa toque de velours. Enfin, sa lèvre supérieure, un peu charnue et parfaitement dessinée, était recouverte d'une fine moustache galamment relevée à ses extrémités ; il avait le teint fort basané. Sa taille svelte et irréprochable dans ses proportions, dépassait cinq pieds quatre pouces ; elle annonçait, sinon une vigueur herculéenne, au moins une agilité et une souplesse rares.

L'accoutrement du jeune homme campé en selle avec un aplomb plein d'aisance et de grâce, ne permettait guère d'émettre une opinion précise sur sa position sociale.

Une cotte, ou comme on disait à cette époque une soubreveste d'armes lui tenait lieu de cuirasse et lui descendait jusqu'à la taille ; ses bras étaient garantis par des manches en mailles de fer ; un haut de chausses de couleur sombre, des bottes plissées à l'extérieur et garnies de larges éperons d'argent damasquiné complétaient son costume.

Quant aux moyens d'attaque dont disposait le cavalier, ils consistaient en deux longs pistolets d'arçon, une épée et une dague.

Une petite valise de cuir, en porte-manteau, attachée derrière la selle, reposait sur la croupe du cheval.

Ce fut justement devant le cabaret occupé alors par les politiques, que l'inconnu s'arrêta.

— Si la branche de houx accrochée à cette muraille, n'est pas une enseigne trompeuse, dit-il en mettant pied à terre, je dois trouver ici un lit et un souper... Où est l'hôtelier ?

— Me voici, monseigneur, répondit le maître du cabaret, évidemment flatté de cette appellation pompeuse et en s'inclinant jusqu'à terre.

Le voyageur retira ses pistolets des fontes, décrocha sa valise, et jetant la bride de sa monture à son hôte :

— Promène un peu mon cheval avant de le conduire à l'abreuvoir, dit-il ; la journée a été rude, et la pauvre bête a besoin de ménagemens.

Le cavalier entra dans le cabaret : les politiques se levèrent et le saluèrent humblement à son passage.

L'intérieur du cabaret de St-Pardoux se composait d'une seule et vaste pièce, située de plain-pied avec le sol ; cette pièce, qui servait en même temps de salle aux buveurs, de chambre à coucher et de cuisine au propriétaire de l'établissement, donnait passage à un petit jardin décoré de trois ou quatre bosquets à l'usage des consommateurs : ce fut sous un de ces berceaux que le voyageur s'assit. Il dégrafa son ceinturon, accrocha au treillage son épée et sa dague, puis appuyant son coude sur la planche vermoulue qui tenait lieu de table, il laissa tomber sa tête sur la paume de sa main et resta plongé dans une rêverie tellement profonde que l'hôte, de retour cinq minutes après, dut lui adresser deux fois la parole avant de parvenir à attirer son attention.

— Ah ! c'est toi, mon ami, que me veux-tu ? lui demanda-t-il de l'air distrait et vague d'un homme réveillé en sursaut !

— Je viens prendre les ordres de votre seigneurie !

— Mes ordres ! Ah ! très bien ! Sers-moi de suite à dîner !

L'hôtelier, avant de répondre, regarda autour de lui d'un air inquiet, et, se rapprochant du voyageur :

— J'ai deviné, à votre costume et à votre accent, que vous êtes étranger au pays, mon gentilhomme, dit-il en baissant la voix ; je puis donc me fier à vous. Si vous me commandez un repas à faire envie à un roi, je suis à même de vous obéir... Mais je ne dois pas vous cacher que cela vous coûtera cher :

une livre et quatorze sols (1), y compris le vin.

—Comment! tu peux te fier à moi parce que je suis étranger, répéta l'inconnu avec étonnement; est-il besoin de tant de mystère pour héberger un voyageur?

— Ah! je vois bien, mon gentilhomme, que vous ne connaissez pas le pays, s'écria le cabaretier; sachez que nos seigneurs perçoivent dix deniers d'impôt par chaque volaille que nous élevons. Si le marquis, mon maître, apprenait que je possède une grasse poularde, j'en serais pour un mois de prison et dix livres d'amende...

— Toujours et partout des opprimés! murmura le jeune homme en fronçant les sourcils; — que ne portez-vous vos plaintes aux pieds du trône!...

— Nous adresser au Valois! s'écria le cabaretier, par Saint Blaise! il faut pour parler ainsi que vous soyez non-seulement étranger au pays, mais bien aussi au royaume!.. le Valois!... mais c'est tout ce qu'il y a de plus...

— C'est le roi! interrompit violemment l'inconnu, c'est votre seigneur et maître!... l'élu de Dieu!... Comme tel, vous lui devez obéissance et respect!

Le voyageur se tut un moment, puis, comme honteux de son emportement, il reprit d'une voix pleine de douceur et de bienveillance :

— Mon ami, je te remercie de ton offre et je l'accepte! Tu seras payé ainsi que tu le désires... Vas me préparer mon dîner!...

Le cabaretier salua profondément et s'éloigna, sans mot dire, fort étonné d'avoir, pour la première fois de sa vie, entendu quelqu'un prendre la défense du roi Henri III.

Pendant que le jeune voyageur, resté seul, se livrait à ses pensées, les habitans de St-Pardoux, réunis en groupes, discouraient sur son compte.

Bientôt leur attention fut distraite par l'arrivée d'un nouveau cavalier que l'on aperçut déboucher à l'extrémité du bourg, opposée à celle par où l'inconnu à la soubreveste d'armes, avait fait son entrée.

Cette apparition mit le comble à la curiosité des montagnards. Deux voyageurs de condition, ou qui du moins paraissaient l'être, en un seul jour: depuis bien longtemps, le bourg de St-Pardoux n'avait été témoin d'un événement aussi remarquable!

Le contraste qui existait entre les deux cavaliers était frappant.

(1) Environ 3 fr. 10 c. valeur actuelle.

Le dernier venu pouvait avoir de quarante à quarante-cinq ans : sa figure aux traits rudes et énergiquement accentués, respirait l'impudence et l'effronterie; sa taille roide et droite comme un chêne, ses larges épaules, son buste puissant, attestaient, sans qu'un doute fût possible à cet égard, une force physique extraordinaire.

Le harnachement du puissant et vigoureux cheval à la robe gris de fer qu'il montait, était de guerre.

Au milieu du chanfrein en lames d'acier qui couvrait la tête de l'animal, s'avançait une pointe de fer très solide à sa base, fort aiguë à son extrémité, et dont le choc dans une mêlée devait être mortel.

Des flançois épais en cuir bouilli, à l'épreuve de l'épée et de la lance, défendaient ses flancs.

L'armement du cavalier était en parfaite harmonie avec le harnachement de la monture.

Il portait un solide cabasset ou casque sans visière, une épaisse cuirasse échancrée à l'épaule droite, — ce qui rendait plus facile l'emploi du mousquet, — et un gantelet à coude pour la main de la bride.

Ses armes offensives réellement formidables, consistaient en une arquebuse de trois pieds et demi, attachée à l'arçon droit et enfermée dans un étui de cuir, en une masse d'armes, fixée à l'arçon gauche, et en un long pistolet. A ses côtés pendaient une épée et une dague.

Le gigantesque personnage, guidé par les indications des montagnards, s'arrêta également à la porte du cabaret.

— Par la messe! dit-il en sautant lourdement à bas de son cheval, il s'exhale de l'intérieur de cette masure un parfum de rôti qui m'étonne et me surprend à l'extrême, moi qui m'étais déjà résigné à une bouillie de châtaignes! Holà!... cabaretier de l'enfer!... Ici donc!

Le Goliath, ne voyant apparaître personne, franchit le seuil de la porte, entra dans la chaumière, et de là passa dans le jardin.

— Tiens, dit-il — en apercevant le jeune voyageur toujours assis sous le berceau de verdure — un bon repas et une bonne compagnie! Décidément, je suis dans un jour de chance!

Les deux inconnus se saluèrent.

— M'est-il permis, seigneurie, reprit le géant, de vous demander si la délicieuse odeur qui, en ce moment, chatouille si agréablement mon odorat, ne provient pas de l'apprêt de votre dîner?...

— J'ai, en effet, commandé une poularde,

— Il y a ici des poulardes, répéta avec un air de joyeuse stupéfaction l'homme à la cuirasse : holà ! cabaretier, deux poulardes !

— Je doute fort que notre hôte puisse vous obéir, dit le jeune homme en souriant; il a consacré à mon repas toutes ses ressources. Toutefois le mal n'est pas bien grand. Si vous voulez bien me faire l'honneur de partager mon dîner...

— Partager une poularde, seigneurie ! interrompit le géant, mieux vaudrait me proposer de commettre dix péchés mortels ! Je préfère la manger en entier ! A quoi bon des détours ?... Je suis un joyeux compagnon, et j'ai pour habitude d'aller droit à mon but. Peu de paroles nous suffiront pour nous expliquer. Voulez-vous, oui ou non, me céder la place ?... Oui... très bien ! Je vous baise les mains et je vous tiens pour le plus galant homme que la terre ait jamais porté ! Non... je vous traite de cuistre, nous tirons l'épée, je vous tue, et la poularde me reste en entier. J'attends votre réponse !

A cette proposition, au moins bizarre, le jeune homme resta impassible. Cependant, si un observateur exercé l'avait examiné avec attention en ce moment, il aurait aisément deviné, à l'éclair qui pendant une seconde illumina son regard et dilata sa paupière, que, sous ce calme factice et apparent, bouillonnait une profonde colère.

Ce fut néanmoins d'une voix calme, bienveillante même, que le voyageur provoqué, après s'être recueilli, adressa la parole à son adversaire :

— Je ne vous cacherai pas, monsieur, lui dit-il, que votre façon étrange de m'interpeler m'a de prime-abord fortement surpris ! A présent je m'explique tout, vous ne vous vantiez pas tout à l'heure en vous donnant pour un joyeux compagnon; votre humeur, je le reconnais volontiers, est portée à la gaîté, et vous maniez fort agréablement la plaisanterie... Ma foi, vous avez obtenu près de moi un triomphe complet, j'ai été tout à fait la dupe de cette facétie...

— Mille légions de diables ! s'écria le géant en interrompant le jeune homme, il me semble, bel ami, que vous raillez... Prenez garde ! la patience ne forme pas le fond de mon caractère. Une fois que le capitaine Roland de Maurevert est irrité, nul ne sait où s'arrête sa colère !... Je veux bien vous pardonner votre étourderie, mais n'y revenez plus... Oui ou non, consentez-vous à m'abandonner la poularde ?

— Ainsi, c'est sérieusement que vous parlez, capitaine?

— On ne peut plus sérieusement.

— Eh bien, alors, capitaine Roland de Maurevert, dit tranquillement le jeune homme, il nous va falloir nous escrimer.

— C'est votre dernier mot ?... vous avez bien réfléchi ?...

— Oui, capitaine. Mon Dieu ! ne bondissez donc pas ainsi, rien ne nous presse. Vous êtes sûr de votre courage, et je ne mets pas en doute ma bonne volonté ; qui nous empêche, avant que nous en venions aux mains, de faire plus ample connaissance ?... Il n'y a rien, selon moi, de plus odieux que de voir deux hommes s'entr'égorger sans mot dire. Cela les fait ressembler à deux bêtes fauves !

— Au fait, si vous avez à me charger de quelque commission après votre mort, je ne vois pas pourquoi je me refuserais à vous écouter ! répondit le capitaine Roland, en prenant place sur le banc où se tenait assis son adversaire. Parlez, je vous écoute.

— Recevez, capitaine, tous mes remercîmens pour votre aimable complaisance. Hélas ! je suis si seul et si isolé sur la terre que personne ne s'inquiétera ni ne s'apercevra de ma mort, répondit avec mélancolie le jeune homme. Je n'ai sollicité de votre bonté ces quelques instans d'entretien que pour vous faire un aveu.

— Le mot confession me semblerait plus approprié à la circonstance.

— Va pour confession, si vous le désirez ! Le principal, pour moi, c'est que vous m'écoutiez !... Capitaine, reprit le jeune homme après un léger silence, le duel, si en honneur en France, constitue à mes yeux l'acte le plus coupable, le crime le plus odieux qu'il soit donné à un chrétien d'accomplir. Le duelliste, proprement dit, n'a pas pour lui l'excuse de la passion : il tue seulement pour tuer ! C'est la cruauté froide poussée à sa dernière expression; quelque chose de vil, de sanguinaire et de honteux tout à la fois.

— Mais c'est une homélie digne du moine Poncet que vous me récitez là ! s'écria Roland en interrompant de nouveau son interlocuteur; si tels sont vos sentimens, que ne me cédez-vous la poularde ?

— Capitaine, je n'ai pas terminé.

— Tant pis donc, tant pis.

— Je continue. J'ai pris pour règle de conduite d'éviter, autant que possible, les affaires d'honneur !... Il faut que je sois poussé à bout pour me décider à tirer l'épée hors du fourreau. N'y aurait-il pas moyen d'arranger notre différend ? N'est-il pas déplorable vraiment de voir deux hommes, étrangers l'un à l'autre, se déchirer à coups de dague, comme deux chiens affamés, pour la possession d'un os ?... Je vous assure, capitaine, que si je ne me trouvais à jeun depuis vingt-quatre heures, je n'hésiterais pas à vous sacrifier mon dîner !...

A ces paroles, le capitaine se leva, et haussant les épaules d'un air de pitié,

— Monsieur, dit-il d'un ton dédaigneux, votre aveu se résume en trois mots : Vous avez peur !

— Capitaine ! s'écria le jeune homme en se mordant les lèvres jusqu'au sang.

— Eh bien !... quoi !... N'allez-vous pas vous fâcher ? Ce serait par trop plaisant... Que demandez-vous encore ?

— Capitaine, reprit le jeune homme d'une voix qu'il essayait de rendre calme, mais dont les notes vibrantes frémissaient de colère, capitaine, votre intelligence est-elle aussi épaisse que votre cuirasse? Depuis cinq minutes nous sommes en présence ; vous m'avez considéré tout à votre aise, et vous croyez pouvoir m'accuser de lâcheté ! Mon visage porte-t-il donc l'empreinte de la dégradation, le sceau de l'infamie? Mes yeux s'abaissent-ils tremblans devant votre regard ? Cet aveu, capitaine, qui excite votre pitié, je ne l'ai pas terminé. Il faut, je veux que vous m'écoutiez jusqu'au bout!...

Le jeune homme fit une pause de quelques secondes, puis les lèvres frémissantes et les sourcils contractés, il continua :

— Capitaine, dit-il, si devant la perspective d'un combat singulier, j'hésite et je recule, c'est que malheureusement la nature a mis dans mon sein des instincts de violence dont je redoute l'explosion ! Dès que le fer brille, mon cœur bat de joie, mon sang s'anime, le transport me monte au cerveau, je m'enivre à la pensée du carnage! Ce n'est pas de la férocité, capitaine, c'est une maladie ! Qui sait ! peut-être bien cette déplorable fureur m'a-t-elle été transmise par mon père ! Parfois, je suis tenté de croire que j'appartiens à une race maudite ! Capitaine, ayez pitié de moi ! N'ajoutez pas un nouveau souvenir de sang à ceux qui déjà pèsent sur mon passé !

Pendant que le jeune homme parlait ainsi, le géant l'observait avec une attention profonde.

— Monsieur, lui dit-il lorsqu'il garda le silence, recevez mes sincères excuses ; je reconnais que je m'étais trompé sur votre compte.

— Ainsi, capitaine, notre duel...

— Est devenu inévitable, monsieur ! Que vous ayez un genre de bravoure à vous, je

trouve cela fort naturel. Permettez-moi, en revanche, de posséder aussi un genre d'honnêteté qui me soit particulier : franchise pour franchise, monsieur ! J'ai sur la conscience de nombreuses peccadilles, j'ai fait à peu près tout ce qu'un homme de guerre peut faire. Ceci équivaut à une terrible confession. A la religion près, je n'ai de respect que pour une chose : ma parole ! C'est là toute mon honnêteté ; seulement, je la pousse aussi loin que possible. C'est bien le moins, convenez-en, que quand on possède une seule qualité, on l'ait complète, entière. Je me suis engagé à vous tuer si vous vous refusiez à me céder votre dîner. Peut-être ai-je tort ; n'importe, à présent il est trop tard pour revenir là dessus... Je dois tenir ma promesse, et j'y tiendrai.

— Capitaine... capitaine... c'est étrangement abuser de ma patience !

— Je n'ai que faire de votre patience, mon jeune ami, c'est votre obéissance qu'il me faut !

— Vrai Dieu! c'est par trop d'impudence! Que le sang versé retombe sur votre tête ! s'écria le jeune homme dont la respiration irrégulière et sifflante, les lèvres crispées, les yeux étincelans, dénotaient la fureur !

— Rassurez-vous, vaillant compagnon, dit froidement Roland de Maurevert, je ferai en sorte que votre conscience n'ait pas à se reprocher un nouveau triomphe. Un mot encore. Comment vous nommez-vous ?

— Mon nom n'a rien à voir à notre différend.

— Je vous demande mille excuses ! Je tiens beaucoup à connaître la condition de ceux que j'envoie de vie à trépas. C'est comme qui dirait une espèce de bibliothèque de souvenirs que je me forme pour ma vieillesse.

— On m'appelle le chevalier Raoul Sforzi, et j'appartiens à S. A. monseigneur le duc de Savoie.

— Raoul de Sforzi, — répéta toujours aussi tranquillement le capitaine, — voilà un accouplement de Français et d'Italien qui semblerait dénoter une certaine irrégularité dans votre naissance...

A cette réponse de Roland de Maurevert, son adversaire poussa un cri de rage assez semblable au rugissement d'un lion, et, se débarrassant vivement de sa soubreveste :

— A bas la cuirasse, capitaine ! s'écria-t-il d'une voix rauque et étranglée. Vous êtes un misérable indigne de pitié !

Il fallait que le capitaine se tînt pour bien assuré de la victoire, car cette insulte n'entama en rien son sang-froid.

— Votre prétention est trop juste—quoi-qu'à la rigueur elle soit discutable — pour que je songe à la repousser, chevalier, répondit Roland de Maurevert tout en se dépouillant de son armure. — Là, me voici prêt. Ne vous semble-t-il pas que nous serions mieux dehors qu'ici ? Ce jardin fort étroit nuirait au développement de nos volte-face et évolutions. Nous nous massacrerions comme des vilains au lieu de nous couper la gorge en gentilshommes.

— A vos ordres, capitaine.

— Passez le premier, je vous prie.

— Après vous, capitaine.

— Vous m'obligerez infiniment en n'insistant pas.

Raoul Sforzi salua son adversaire, et franchit le seuil de la porte.

— Par Dieu ! lui dit ce dernier en le suivant, vous êtes un brave compagnon, et je vous tiens en grande estime ! Me présenter ainsi le dos lorsque j'ai dague et épée en main, cela prouve de votre part une loyauté qui vous honore...

L'émotion des habitans de Saint-Pardoux, lorsqu'ils virent apparaître, au milieu de la fête, les deux gentilshommes nus jusqu'à la ceinture, et l'épée au poing, ne saurait se décrire.

— Holà ! manans, leur dit le capitaine, balayez avec vos chapeaux les cailloux qui encombrent ce terrain, et faites-nous une place propre et nette ! Par les cornes du diable ! vous allez assister à un spectacle que bien des dames de la cour payeraient du prix de la moitié de leurs joyaux !... Allons, chevalier, en garde !

Décrire le changement qui s'était opéré dans le visage du jeune homme, n'est pas chose possible ; il représentait l'image de la colère dans toute sa sublime horreur.

Les veines de son front surtout, gonflées d'une façon presque phénoménale, eussent suffi pour donner une expression terrible et singulière tout à la fois, à sa physionomie naguère si douce et si rêveuse.

Il ne se fit pas répéter l'invitation de son adversaire. Le combat s'engagea sans plus tarder.

Il nous est difficile aujourd'hui, grâce aux adoucissemens apportés par la civilisation à nos mœurs, de nous figurer ce qu'était un duel au seizième siècle. Pour nous rendre compte de ces luttes acharnées et terribles, il nous faut relire les contemporains de cette triste époque.

Le combat singulier avait lieu à toute outrance : le vaincu n'arrivait à la mort qu'a-

près une longue agonie, et quand il tombait pour ne plus se relever, c'est qu'il était, littéralement parlant, criblé de blessures.

Les gardes démesurément grandes des épées, et surtout des dagues, en tempérant par des demi-parades la gravité des blessures, permettaient de les multiplier pour ainsi dire à l'infini, et faisaient précéder la mort d'une épouvantable torture.

Le calme plein de retenue et de prudence avec lequel le capitaine engagea l'action, indiquait de sa part une profonde habitude de ces sortes d'affaires.

Toutefois, dès la première passe, l'épée du chevalier Raoul l'atteignit à l'épaule. Le capitaine recula de deux pas.

— Par la mémoire de Belzébuth, jeune homme,—dit-il,—voici une botte merveilleusement bien poussée, et dont je vous félicite de tout cœur... Ne chantez pas encore victoire, mon ami... Ce commencement de réussite est justement ce qui vous perdra.... J'ai besoin d'être stimulé pour déployer tous mes moyens... Ce n'est généralement qu'après avoir été aiguillonné par une première piqûre que je commence à me montrer, moi. Tudieu !... une belle garde que la vôtre !... Voyons donc ce que signifie votre immobilité !

Le capitaine parlait encore lorsque Raoul de Sforzi, le prenant au pied levé, s'élança sur lui avec une impétuosité si soudaine, si irrésistible, que le géant surpris perdit l'équilibre et roula par terre.

Roland de Maurevert, tout étourdi de sa chute, n'avait pas encore eu le temps de reprendre connaissance que déjà son adversaire lui tenait le genoux sur la poitrine et la dague sur la gorge !

En ce moment solennel, le jeune homme hésita. Il était évident qu'une lutte avait lieu entre sa colère et sa générosité. Ce fut ce dernier sentiment qui l'emporta.

— Capitaine, dit-il d'une voix encore toute frémissante, des excuses et je vous fais grâce.

— Tudieu ! quel poignet... vous avez... chevalier !... Des excuses.... à quoi bon ?... Je ne vous ai pas offensé... Si vous consentez à me céder la poularde... j'accepte la vie... sinon égorgez-moi et que le diable m'emporte !... Je n'ai que ma parole, moi, je ne cèderai pas...

A cette réponse, la colère du jeune homme se dissipa.

— J'accepte vos conditions, capitaine, dit-il. Puis, laissant là, sans plus s'en occuper, son ennemi, le chevalier Raoul, tomba à genoux et levant vers le ciel un œil désespéré :

— Mon Dieu ! pardonnez-moi cette nouvelle scène de violence ! s'écria-t-il. Vous qui lisez dans ma conscience, vous savez bien que je ne suis pas coupable... Mon bras, poussé par une force supérieure à ma volonté, agit en désaccord avec mon cœur... Pardonnez-moi, mon Dieu ! et aidez-moi !

Après avoir prononcé cette invocation avec une ferveur sans pareille, le jeune homme se releva, et l'air triste, la contenance accablée, il s'éloigna du lieu témoin de sa victoire !

Le capitaine courut après lui, et, le prenant à bras le corps au moment où il allait rentrer dans le cabaret :

— Chevalier, dit-il, permettez que je vous baise... Que l'enfer me confonde si je comprends un seul mot à ce qui se passe en moi : j'ai presque envie de pleurer... serais-je malade ! Tenez, chevalier, vous me convenez au delà de toute expression... puisque je n'ai pu vous tuer, voulez-vous me permettre de devenir votre ami ?.. Je vous engage ma parole que je vous serai fidèle et dévoué jusqu'à la mort.

Le jeune homme, pour toute réponse, rendit au géant son embrassade. C'était accepter.

CHAPITRE II.

Les Apôtres du marquis de la Tremblais.

A peine les deux adversaires étaient-ils rentrés dans le cabaret, qu'un nouveau personnage apparut en scène.

C'était un homme d'environ quarante-cinq ans ; son front bas, ses yeux profondément enfoncés dans leur orbite, ses traits anguleux, ses lèvres minces, son regard oblique et inquiet prévenaient de prime-abord tristement en sa faveur. Son costume d'étoffe de serge de couleur sombre annonçait la domesticité ; en effet, c'était un des valets de chasse du marquis de la Tremblais, le seigneur de la paroisse de St-Pardoux.

Autant l'arrivée du capitaine Roland et celle du chevalier Raoul avaient éveillé la curiosité des montagnards, autant la présence de Benoist, le valet de chasse, parut leur causer une impression pénible.

A sa vue, les groupes se séparèrent, et, quoique chacun affectât de lui sourire et s'empressât de le saluer humblement, il était facile de deviner à la contenance embarrassée,

craintive même des montagnards, que ce salut et ce sourire leur étaient arrachés plutôt par le sentiment de la crainte que par celui de l'estime ou de l'amitié.

Le valet Benoist, soit qu'il fût habitué à de semblables réceptions, soit qu'il n'y prît garde, sembla ne pas remarquer la gêne occasionnée par sa présence.

Il traversa dédaigneux et fier les rangs de la foule qui s'écartait sur son passage, et pénétra dans le cabaret.

Un sourire haineux et méchant se dessina sur son visage.

— Maître Nicolas ! s'écria-t-il d'une voix dure et impérieuse.

Le cabaretier accourut aussitôt : le pauvre diable était fort pâle, et roulait, d'un air contraint, les larges bords de son chapeau dans ses doigts.

Benoist le considéra un instant en silence ; on eût dit le boa fascinant une proie.

— Maître Nicolas, reprit le garde-chasse, après avoir joui pendant près d'une minute des angoisses de sa victime, quelles sont donc les fiançailles ou les accordées qui ont lieu aujourd'hui à Saint-Pardoux ?

— Des fiançailles à Saint-Pardoux, monsieur Benoist ! répéta le cabaretier en jouant un étonnement profond et en se tenant sur la défensive, je n'en connais point.

— Je me serai trompé... n'en parlons plus... C'est le savoureux fumet de rôti qui emplit votre chaumière qui m'a induit en erreur... J'ai cru flairer un repas de noces...

Maître Nicolas essaya de protester de son innocence, mais sa présence d'esprit lui fit défaut et il se contenta de rougir jusqu'aux oreilles.

De méchant qu'il était le sourire du valet de chasse devint hideux.

— L'exercice m'a donné de l'appétit, Nicolas, reprit-il après un léger silence. Ne pourriez-vous, en fouillant dans votre bahut, trouver une écuellée de jonchées ou un morceau de fromage de Craponne ? Une tranche de venaison ferait, certes, mieux mon affaire, mais vous êtes si pauvre ! Jamais quartier de viande, gibier ou volaille, n'a pris place aux crocs de votre cheminée, n'est-ce pas, Nicolas ?

L'infortuné cabaretier ressemblait à Guatimozin étendu sur sa couche ardente.

— Monsieur Benoist, s'écria-t-il en se voyant poussé dans ses derniers retranchemens, si vous voulez bien m'assurer de votre protection et me promettre le secret, je crois que je serai assez heureux pour vous traiter comme mérite de l'être le premier valet de chasse de monseigneur le marquis.

— Ah ! ah ! il s'agit d'une confidence....
Parlez !

A cet ordre, que n'accompagnait aucune
espèce de garantie, le malheureux Nicolas
se repentit amèrement de s'être si fort avancé; mais, comme reculer n'était pas chose
possible, il se résigna.

— Oui, monsieur Benoist, reprit-il en affectant un petit air dégagé et joyeux qui
rendait plus visible encore sa gêne; oui,
monsieur Benoist, j'ai mieux à vous offrir que
des jonchées ou du Craponne !.. j'ai... une
poularde rôtie !..

— Vous voulez rire, maître Nicolas !

Nicolas ne riait pas du tout: loin de là.
Une seule chance de salut restait au pauvre
diable, inventer un monstrueux mensonge;
dans sa détresse, il se résolut à ce dernier
moyen.

— Voici le fait, monsieur Benoist, continua-
t-il en baissant la voix : il y a environ une
heure, deux cavaliers sont descendus chez
moi et m'ont remis une poularde, avec ordre de la leur préparer... tous les jours des
voyageurs emportent avec eux des provisions, n'est-ce pas, monsieur ?.... Or, qui
m'empêche de dire à mes hôtes que le four
trop fortement chauffé a consumé leur poularde...

— Rien, loyal et honnête Nicolas.

— Dame! monsieur, vous comprenez que,
entre des étrangers et vous, l'hésitation ne
m'est pas possible ; à tout seigneur, tout
honneur !

— Très bien, Nicolas, très bien... Je suis
heureux — pour toi — de voir que je m'é-
tais trompé.

— Comment cela, que vous vous étiez
trompé ?

— Certes, j'ai cru un instant que tu voulais frauder les droits de monseigneur !

— Ah! monsieur Benoist, s'écria l'infortuné
cabaretier d'un ton de reproche et en affectant une indignation extrême, comment a-
vez-vous pu avoir une pareille pensée ?

Pendant que le coupable Nicolas mentait
ainsi à sa conscience, le capitaine Roland et
Raoul causaient dans le jardin en attendant
qu'on leur apportât leur dîner si compromis.

— J'avais bien raison de prétendre, chevalier, disait le géant, qu'aujourd'hui est
pour moi un jour de chance. Non-seulement j'ai eu l'honneur de me lier d'amitié
avec vous, mais encore le coup d'épée que
vous m'avez donné et qui eût dû me clouer
pendant une semaine au lit, n'a fait que
glisser entre la chair et l'épiderme. Demain,
il n'y paraîtra plus, et je pourrai me remet-

tre en route... Tenez, chevalier, il m'est
impossible de vous exprimer à quel point
votre caractère m'a séduit et me plaît. Voulez-vous que nous ne nous quittions plus ?
Je ne sais : un pressentiment me dit qu'à
nous deux nous arriverons à quelque chose.
Nous nous compléterions si bien l'un par
l'autre ! Vous, vous apporteriez dans notre
association la jeunesse, la fougue, la beauté ; moi—ce qui vaut tout autant— je four-
nirais l'expérience. Car, à vous parler franc
et net, cher chevalier Sforzi, j'ai une assez
piètre opinion de votre intelligence au point
de vue du négoce. Vous m'avez surabon-
damment prouvé tout à l'heure que vous ne
vous entendiez nullement à tirer parti d'une
bonne position.

— Comment donc cela, capitaine ?

— Pourquoi, je vous prie, lorsque vous
me teniez votre dague sur la gorge, ne m'a-
vez-vous pas imposé une rançon ? A votre
place je n'y aurais pas manqué ; j'ai eu des
duels, moi, qui m'ont rapporté jusqu'à cent
écus; sachez qu'une épée entre les mains
d'un homme vaillant et ingénieux représente de véritables revenus.

— Se battre pour de l'argent, capitaine ?

— Trouvez-vous, par hasard, qu'il soit
préférable de s'escrimer pour l'amour-propre ou même pour l'amour ?... Mon jeune
ami, je conviens que vous maniez admirablement bien le fer, mais je soutiens aussi
qu'à l'escrime près, il vous reste tout à apprendre ! Dans quelques jours, lorsque vous
me connaîtrez mieux, je pousserai plus loin
cette conversation. En attendant, mon estomac crie famine: dînons. Je vous offre
une part de ma poularde.

Le capitaine appela alors le cabaretier : ce
fut avec un air contrit et une contenance
piteuse que Nicolas se présenta.

— Ah! messeigneurs, s'écria-t-il en allant
de lui-même au-devant de l'orage qu'il savait
ne pouvoir éviter, quel malheur !... j'ai
commis l'imprudence de négliger la cuisson
de votre poularde... et il n'en reste plus
rien...

A cette nouvelle désastreuse, le capitaine
Roland frappa d'un furieux coup de poing
la planche vermoulue qui tenait lieu de table, et la fit voler en éclats !

— Misérable ! s'écria-t-il ; puis, s'interrompant tout aussitôt, il réfléchit, et changeant de ton:

— Mon ami, reprit-il tranquillement, ce
n'est pas à un vieux renard comme moi que
l'on raconte de pareilles choses !... Jamais
tu ne me feras accroire que tu as laissé s'en
aller en fumée un repas de deux livres tour-

nois... Tu dois avoir trouvé quelque acquéreur magnifique...

— Mon gentilhomme, je vous jure...

— Tais toi ! si tu oses encore m'interrompre je vais entrer en furie et malheur à toi, je te tordrai le col sans miséricorde. Une seule chose peut te sauver de ma juste vengeance, l'aveu de ton crime ! Voyons, parle franchement, et n'oublie pas que si tu essaies de me tromper le châtiment sera terrible !

De tels exemples de cruauté étaient donnés journellement à cette époque par la noblesse féodale des provinces, la vie d'un vilain était comptée pour si peu de chose, que Nicolas se mit à trembler de tous ses membres.

— Monseigneur, dit-il d'une voix tellement émue qu'elle en était presque inintelligible, monseigneur, promettez-moi votre pitié, et je vous confesserai la vérité entière.

Le capitaine réfléchit de nouveau.

— J'y consens, dit-il ; toutefois, afin que ta faute ne reste pas impunie, et pour l'exemple, tu nous hébergeras gratis, mon ami le chevalier et moi.

— C'est trop d'honneur que vous me faites, monseigneur. Je vous remercie bien de votre bonté.

— A présent parle, je t'écoute.

Nicolas fut sincère ; il raconta l'arrivée de Benoist, la position critique dans laquelle la présence du valet de chasse du marquis de la Tremblais l'avait placé, et enfin le sacrifice qu'il avait été obligé de faire de la poularde qu'il destinait aux voyageurs, pour se sauver de la prison et de l'amende.

— Par les furies de l'enfer ! s'écria le capitaine Roland, lorsque le cabaretier eut terminé sa lamentable narration, tu vas me conduire, sans plus tarder, auprès de ce manant. Ah ! le goinfre n'a pas craint de s'attaquer à des gentilshommes ! Gibets et potences ! Nous allons finir.

Le géant en proie, cette fois, à une colère sérieuse, s'était levé, et déjà il se dirigeait vers la porte de sortie, lorsque le cabaretier Nicolas se jeta à ses genoux, et, le retenant par la jambe :

— Monseigneur, au nom de tous les saints du paradis, au nom de votre salut, je vous en conjure, renoncez à votre projet ! Vous ne connaissez pas Benoist !... C'est l'homme le plus dangereux qui soit sur la terre... Malheur à celui qui l'offense !... Benoist n'oublie ni ne pardonne jamais...

— La peur trouble-t-elle à ce point ta cervelle, sot animal, que tu oublies et à qui tu parles et devant qui tu te trouves ? répon-

dit le géant en repoussant violemment le pauvre Nicolas. Oser me menacer, moi, le capitaine Roland de Maurevert, de la colère d'un vilain, c'est de la démence !

— Monseigneur, je vous en conjure..... Monseigneur, prenez garde.....

Le cabaretier voyant que le capitaine ne prêtait aucune attention à ses prières, se releva vivement, et se plaçant devant la porte :

— Monseigneur, reprit-il pâle comme un mort et en baissant la voix, l'aveu que je vais vous faire peut me coûter la vie, mais je ne saurais de gaîté de cœur vous laisser courir ainsi à votre perte ! Monseigneur, le valet de chasse Benoist est le chef des douze apôtres du marquis de la Tremblais !

A ces paroles énigmatiques pour lui, le capitaine s'arrêta.

— Qu'appelles-tu les douze apôtres du marquis de la Tremblais ? demanda-t-il à Nicolas.

— Quoi, mon gentilhomme, vous ne connaissez pas l'existence des apôtres !

— Ma foi non !... Voyons, explique-toi.

Le cabaretier s'éloigna d'auprès de la porte dans la crainte, sans doute, que l'on n'entendît sa réponse du dehors ; puis, après avoir hésité :

— Ceux que l'on appelle dans la province les douze apôtres de monseigneur de la Tremblais, dit-il, sont des assassins chargés d'exécuter ses vengeances. Jamais M. le marquis ne sort sans être escorté par eux, car monseigneur ne vit pas toujours en bonne intelligence avec la noblesse du voisinage. Les douze apôtres sont des bandits sans foi ni loi qui, se sentant soutenus par le crédit et la puissance de leur maître, ne reculent devant rien lorsque la cupidité ou la méchanceté les anime... S'il me fallait vous répéter, capitaine, les choses terribles qu'ils ont accomplies, la journée ne me suffirait pas !... Croyez-moi, mon gentilhomme, n'attirez pas l'attention et n'éveillez pas la fureur du chef des Apôtres !

— Ne trouvez-vous pas, cher ami, s'écria le capitaine Roland en s'adressant au chevalier, dont les yeux brillans et les sourcils froncés disaient assez clairement l'indignation que lui avait causée le récit du cabaretier ; ne trouvez-vous pas, cher ami, que le luxe se répand d'une façon inouïe en province ? Tudieu ! ce marquis de la Tremblais ne se refuse rien ! Douze assassins à sa solde ! mais c'est tout à fait royal ! c'est à se croire à Paris !...

Le capitaine Roland, après cette judicieuse réflexion, sortit du cabaret. Raoul s'empressa de le suivre.

La première chose que les deux nouveaux amis aperçurent en mettant le pied dans la rue fut le chef des Apôtres, installé devant une table, et se préparant à dépecer leur poularde. A ce spectacle, le capitaine poussa un cri de fureur, et s'élançant vers Benoist :

— Gibier de potence ! lui dit-il, ce plat m'appartient... Allons, debout donc ! et le chapeau bas lorsque je te parle !...

A cette interpellation, le chef des Apôtres ne bougea pas ; seulement son œil de vipère se tourna avec une indéfinissable expression de méchanceté vers son interlocuteur, et sa main se porta sur la garde d'un grand coutelas qui pendait à son côté.

Le capitaine vit le geste et remarqua le regard !

— Par l'enfer ! cet homme est enragé, dit-il ; puis, sans ajouter une parole, et avec un sangfroid inouï, il leva le bras et laissa retomber son poing fermé sur la tête du valet de chasse, qui roula sur le sol, comme s'il eût été frappé par la foudre...

Cette exécution produisit sur les montagnards présens une émotion dont rien ne saurait donner une idée. Quant au capitaine, il se contenta d'indiquer, par un geste, au cabaretier, la poularde restée heureusement intacte, puis prenant Raoul par le bras.

— Décidément, chevalier, lui dit-il, ces messieurs de province n'ont encore qu'un luxe de mauvais aloi... Leurs sacripans ne sont pas même capables, vous le voyez, de supporter une simple chiquenaude.

CHAPITRE III.

La Maison mise en interdit.

Une heure après son bel exploit, et lorsqu'il eut dévoré les trois quarts de la fameuse poularde qui avait donné lieu à tant d'événemens, le capitaine Roland, le dos appuyé contre la muraille, les jambes croisées l'une sur l'autre, l'air soucieux et réfléchi, adressa la parole à son nouvel ami.

— Chevalier, lui dit-il, il n'y a chose au monde qui rende l'homme docte et avisé comme un bon repas ; l'intelligence débarrassée des exigences de l'estomac devient ferme et nette : ces quelques bouchées de nourriture et ces deux flacons de Saint-Pourçain me permettent à présent d'apprécier sagement notre position ; je ne vous cacherai pas qu'elle présente un côté vulnérable et dangereux, digne de toute notre attention.

— Vous croyez, capitaine, répondit distraitement Raoul Sforzi.

Roland de Maurevert regarda d'un air de sincère pitié son jeune compagnon ; puis, haussant les épaules :

— Chevalier, reprit-il, à l'indifférence avec laquelle vous accueillez mes paroles, il m'est facile de juger que votre esprit n'est pas à la conversation, et, partant de là, de conclure que vous êtes amoureux..

— Capitaine, je vous jure que vous vous trompez.

— J'en doute. Enfin, pour le moment peu importe. Il ne s'agit maintenant ni du passé ni de l'avenir, mais simplement du présent ! Puis-je compter, oui ou non, sur votre attention ?

— Parlez, capitaine. Je suis tout oreilles.

— Peut-être ai-je eu tort, reprit de Maurevert, de châtier l'insolence du chef des Apôtres. Je ne serais nullement étonné que ma juste vivacité ne nous valût de sérieux ennuis... Le marquis de la Tremblais compte parmi la plus haute et la plus puissante noblesse d'Auvergne ! Il dispose dans sa seule prévôté de soixante cuirasses, quarante chevau-légers et cent cinquante piquiers !... Vous comprenez, cher ami, qu'avec un pareil adversaire, les précautions ne sauraient être taxées de lâcheté ! En outre, la réputation dont jouit ce puissant seigneur est des moins aimables ! On le dit traître, impétueux et sanguinaire à l'excès. Or, s'il s'avise, ce qui n'est que trop présumable, de prendre pour son compte l'insulte infligée à son valet, je vous laisse à penser quelle sera sa furie... Par les cornes du diable, il est capable de nous traiter en vilains !... de nous pendre malhonnêtement haut et court ! Croyez-moi, chevalier, dépistons le tigre-renard : remettons-nous sans plus tarder en route.

— Je suis à vos ordres, capitaine.

— Oh! continua Roland, si nous pouvions seulement atteindre, soit les environs du Mont-d'Or, soit ceux de Clermont, tout danger cesserait pour nous ! Une fois ma présence en Auvergne bien connue et bien constatée, le caractère dont je suis revêtu rend ma personne sacrée et inviolable. La seule chose que je redoute, c'est d'être enlevé sans que l'on me laisse le temps de jeter mon nom aux échos des montagnes.

Le capitaine fit une légère pause ; puis, s'adressant de nouveau à Sforzi, mais cette fois avec un embarras visible :

— Chevalier, lui dit-il, j'ai souci que vous jugiez défavorablement ma prudence..... Veuillez, je vous en conjure, me répondre à cœur ouvert. Pensez-vous que je sois homme à reculer devant un ennui majeur, comme par exemple d'être taillé en morceaux ou accroché à une potence, si ma retraite devait vous laisser exposé seul au péril...

— Non, capitaine, je ne le crois pas.

— Foi de gentilhomme?

— Foi de gentilhomme!

— En ce cas, éloignons-nous sans plus tarder. Je suis ravi, cher chevalier, de la bonne opinion que vous voulez bien avoir de ma personne. Savez-vous ce que j'aurais fait si vous aviez éprouvé un simple doute à cet égard? J'aurais été assiéger à moi tout seul le château du marquis de la Tremblais!

Les deux compagnons de fortune appelèrent le cabaretier; puis, après avoir soldé leur dépense, ils montèrent à cheval.

— Maître Nicolas, dit Roland de Maurevert, quel est l'endroit habité le plus à proximité de Saint-Pardoux?

— Le domaine de Tauve, messire.

— Un bourg ou un village?

— Une maison-forte, mon gentilhomme.

— Et quel est le propriétaire ou le seigneur de cette maison-forte?

— La damoiselle Loïse d'Erlanges.

— Une dernière question : quelle distance y a-t-il de St-Pardoux à Tauve?

— Une lieue tout au plus. Mais pardon, mon gentilhomme, votre intention serait-elle de vous rendre à Tauve?

— Que t'importe? répondit le capitaine craignant que cette question ne cachât une arrière-pensée de trahison.

— A moi, mon gentilhomme, rien. Seulement, si j'étais à votre place, je renoncerais à aller à Tauve; voilà tout.

Le ton de franchise avec lequel le montagnard prononça ces paroles, donna à réfléchir au capitaine.

— Maître Nicolas, reprit-il avec une bienveillance qui contrastait étrangement avec sa rudesse habituelle, tu ne dis pas tout ce que tu sais. Laisser son semblable courir un danger ou commettre une imprudence lorsqu'il suffirait d'un mot pour l'en empêcher, n'est pas le fait d'un chrétien. Explique-toi sans crainte. Sur mon honneur de franc soldat et de loyal gentilhomme, je te tiendrai un inviolable secret. Je n'abuserai en rien de tes confidences.

Le cabaretier hésita; enfin, faisant un effort sur lui-même et prenant son parti :

— Ma foi, capitaine, s'écria-t-il, je vous suis si reconnaissant de la gentille façon dont vous avez assommé le chef des Apô-

tres, que je ne puis vous laisser en peine; voici le fait en deux mots : Notre maître le marquis de la Tremblais, vilainement enamouré de la fille de la damoiselle d'Erlanges, et voyant que la jeune personne n'éprouvait pour lui que de l'horreur, a résolu de réussir par la méchanceté, la force et la ruse. Il s'agissait d'isoler la pauvre damoiselle Diane, de la priver de toute aide, de tout secours : notre maître, qui ne recule devant aucune extrémité, a fait publier dernièrement à son de trompe dans sa prévôté, que toute personne qui s'approcherait de plus d'une lieue de la maison-forte de Tauve, serait considérée par lui comme ennemie et traitée en conséquence! Cette défense produisit d'abord un grand tapage dans les environs, et plusieurs gentilshommes, indignés de tant de perversité, n'hésitèrent pas à venir offrir leur appui à la damoiselle d'Erlanges. Cette brave noblesse avait compté sans les douze Apôtres. Maître Benoist se mit de suite en campagne. En moins de quinze jours, cinq gentilshommes pistoletés et dagués trépassèrent à la suite les uns des autres. Ce fut partout une grande indignation et une lamentable pitié. Mais que faire? Après le gouverneur pour le roi, monseigneur de Canillhac, notre maître, est le plus puissant de la province!

Et encore quand je dis après, j'ai tort, car si bataille avait lieu entre ces deux seigneurs, le vaincu serait certes le lieutenant du Valois!... Aujourd'hui, la sentence inique rendue par notre maître a donc son cours!... Les plus osés et les plus hardis reculent même volontairement les limites imposées par le marquis de la Tremblais... Nul être humain n'approche de plus de deux lieues de la maison-forte de Tauve!... Croyez moi, je vous le répète, mes gentilshommes, ne vous embarquez pas dans une entreprise qui n'aboutirait qu'à un grand et irréparable dommage de vos corps!...

Pendant que le cabaretier parlait, la contenance de ses deux auditeurs offrait un frappant contraste; le visage de Roland exprimait l'hésitation, la réflexion; celui de Raoul, l'indignation la plus profonde. Ce fut le jeune homme qui le premier rompit le silence.

— Capitaine Roland, s'écria-t-il d'une voix émue et vibrante, je ne vous ferai pas l'injure de vous consulter sur la conduite que nous devons tenir en cette circonstance, elle nous est si clairement indiquée par l'honneur que le doute ne nous est pas même possible!

— Je ne partage pas votre façon de voir,

cher chevalier, répondit froidement le capitaine, je trouve moi, au contraire, que cette question, d'une délicatesse extrême, demande à être traitée avec un soin infini.

—Discourir, capitaine, lorsqu'il n'y a qu'à agir, n'est-ce pas perdre un temps précieux?

Roland de Maurevert haussa imperceptiblement les épaules, et d'une voix railleuse:

—Voilà bien la jeunesse: folle, inconséquente et téméraire. Cornes de cerf! Vous vous figurez sans doute, cher ami, que nous vivons au temps de l'empereur Charlemagne! Aujourd'hui on ne fend plus une montagne d'un coup d'épée, et une hache ne suffit pas pour abattre un château-fort.

Qu'avons-nous besoin de nous occuper des infortunes amoureuses de la damoiselle d'Erlanges? A quoi cela nous conduirait-il? A nous faire pistoleter et daguer comme l'ont été les cinq gentilshommes dont maître Nicolas nous a raconté le triste trépas. Si encore vous me disiez: en compromettant gravement notre peau, nous courons la chance d'accrocher un coffret rempli de quadruples d'or, de réaliser un beau bénéfice... oh! alors, on pourrait discuter... Mais non! Il ne s'agit ici que de servir d'enclume résignée à un marteau plus lourd que nos cuirasses ne sont épaisses... J'opine, moi pour qu'il ne soit plus question de la damoiselle Diane d'Erlanges.

—Chacun est libre de ses opinions, capitaine, répondit Raoul Sforzi avec une hautaine froideur! Que mon exemple ne vous retienne pas! Piquez hardiment des deux! Fuyez à fond de train, et que Dieu bénisse et protége votre prudence! Moi, je cours à Tauve!...

Ce sarcasme laissa le capitaine impassible!

—Chevalier, dit-il tranquillement, j'ai omis, tout à l'heure, en accusant la jeunesse d'inconséquence et de témérité, d'ajouter qu'elle était oublieuse! Tudieu, en y réfléchissant, cet âge fourmille de défauts!

—Je ne vous comprends pas, capitaine!

—Ne vous ai-je pas promis tantôt, lorsque vous me teniez sous votre dague, une amitié et un dévouement à toute épreuve; alors pourquoi essayer de stimuler mon amour-propre par d'oiseuses railleries? Il était cent fois plus simple de me dire: « Capitaine Roland, je vais m'engager dans une ridicule et pitoyable entreprise, venez, j'ai besoin de vous. » Cette façon de poser la question qui nous divise nous eût de suite mis d'accord. Je vous aurais répondu, —ce que je vous réponds en ce moment:—Chevalier, vous manquez complètement de judiciaire, marchez, je vous suis.

Le capitaine, sans laisser à Raoul le temps de lui exprimer ses regrets ou de lui témoigner sa reconnaissance, éperonna son puissant cheval à la robe couleur gris de fer, et se mit en route dans la direction de Tauve.

Il était alors six heures.

Après avoir marché pendant longtemps en silence, de Maurevert entama de nouveau la conversation.

—Chevalier, dit-il, vous plairait-il que nous causions un peu politique? Il est indispensable, si, comme je n'en doute pas, notre pacte d'amitié se consolide, que je connaisse vos opinions. Etes-vous pour le roi ou pour messeigneurs de Guise?... Moi, je ne vous le dissimulerai pas, — et Dieu veuille que vous acceptiez ma manière de voir, — je suis pour tous les deux...

—Capitaine, je suis à peine arrivé depuis quelques jours en France, et je ne possède par conséquent qu'une notion très imparfaite des affaires du royaume. Toutefois je n'hésite pas à vous déclarer que si j'étais appelé à prendre un parti, j'offrirais humblement mon épée au roi.

—Heu!... vous auriez peut-être tort!... Messieurs d'Arques, de Villequier, d'O et consorts, épuisent les ressources financières de Sa Majesté à un tel point, qu'ils lui ôtent les moyens de récompenser et de reconnaître les services de ses fidèles serviteurs. Cependant, en ayant soin de se présenter juste au moment où l'on vient, soit de décréter une nouvelle taille, soit d'imposer un décime extraordinaire, on réussit encore à se rattraper de ses peines et de ses démarches.

—En offrant humblement mon épée au roi, je ne consulterais pas mon intérêt personnel, capitaine, j'obéirais à la voix de ma conscience et de mon honneur! Le roi, quelqu'entaché de défauts qu'il puisse être comme homme, n'en reste pas moins le représentant de Dieu sur la terre, et comme tel chacun lui doit obéissance et respect. Ces paroles vous font sourire, capitaine?... Ah! vous me comprendriez bien mieux si, comme moi, vous aviez assisté au honteux et déchirant spectacle des excès de la féodalité!... Si vous aviez été témoin des crimes qu'une noblesse impunie commet dans les Etats d'Italie, vous reconnaîtriez que la toute puissance d'une Majesté est seule capable de donner à un royaume la liberté et le bonheur!...

—Bon! voilà, interrompit Roland, que vous prenez la politique par son mauvais côté, par son côté improductif! ah! mon pauvre chevalier, que votre éducation est donc incomplète, et qu'il vous reste encore de choses à apprendre!

En ce moment la conversation des deux cavaliers fut interrompue par le son d'une trompe qui retentit dans les airs.

Tous les deux, par un mouvement spontané, portèrent la main à leurs armes et arrêtèrent leurs montures.

— Que le diable m'étrangle, dit Roland, si nous ne sommes pas déjà signalés à l'attention de MM. les Apôtres!... S'il m'était au moins donné de pouvoir massacrer l'enragé musicien qui ameute ainsi dagues et pistolets contre nous, ce me serait une petite consolation... Mais je n'aperçois personne... et vous chevalier?

— Moi non plus, répondit Raoul qui s'était levé sur ses arçons! Allons, continuons notre chemin! A présent quand l'ennemi se résoudra à nous attaquer, il faudra bien qu'il se montre.

Le chemin que suivaient les cavaliers était une espèce de sentier découvert et rocailleux : de loin en loin des poiriers et des cerisiers-nains en fleurs, présentaient leurs panaches blancs au dessus du seigle de la plaine. Au total, la configuration du terrain n'était que médiocrement propice à une embuscade.

Après une course aussi rapide que le permettait la lourde allure du cheval du capitaine, les deux amis atteignirent la maison-forte de la damoiselle d'Erlanges.

Cette maison-forte, située sur le sommet d'une éminence, et entourée par un fossé large et profond, offrait l'aspect d'un véritable château. Son mur d'enceinte extrêmement épais était presque à l'épreuve du canon.

— Pardieu! dit Raoul avec un joyeux sourire, la damoiselle Diane est bien gardée!

En arrivant devant la porte principale ou d'honneur, le capitaine saisit vivement la bride du cheval de Raoul et s'arrêta court. Il venait d'apercevoir, au-dessus des piliers soutenant le pont-levis, reluire le canon d'une arquebuse.

Bientôt une voix rude se fit entendre et cria : « Qui vive! »

— Deux voyageurs amis qui sollicitent l'hospitalité pour la nuit, répondit Roland.

— Etes-vous huguenots ou catholiques?

Cette question parut embarrasser le capitaine.

— Nous sommes fatigués, répondit-il après une courte hésitation.

— Vos noms et qualités?

— Le chevalier Raoul Sforzi et le capitaine Roland de Maurevert!... Tudieu, que de discours!... Craignez-vous que nous ne prenions à nous deux, mon ami et moi, votre maison-forte d'assaut?...

— Attendez un peu, reprit l'interlocuteur blotti derrière l'un des piliers du pont-levis; je dois, avant de vous recevoir, aller consulter ma maîtresse, la dame d'Erlanges!...

Le capitaine formula en une douzaine de jurons variés et énergiquement accentués l'impatience que lui causaient toutes ces lenteurs.

— Vous êtes injuste, capitaine, lui dit doucement Raoul ; la position faite à la dame d'Erlanges par la félonie du marquis de la Tremblais motive et au delà les précautions dont elle s'entoure.

— C'est possible, cher ami; mais oubliez-vous que d'un instant à l'autre nous pouvons être assaillis par cette meute altérée de sang, qui a nom les douze apôtres!... Et tenez, il me semble justement entendre dans le lointain le galop d'une troupe de cavaliers... Oui... je ne me trompe pas... c'est bien cela... les limiers n'ont pas perdu de temps pour se mettre en chasse!... Par les griffes de Lucifer, voici une pitoyable aventure!... Etre obligés de nous escrimer, nous des gentilshommes, contre des vilains pourvus d'armes félones et portant de misérables livrées... cela n'a pas le sens commun... Enfin, il faut bien faire de nécessité vertu. Par l'enfer, je veux noyer ma mauvaise humeur dans des flots de sang, tailler et hacher en pièces, comme chair à pâté, ce troupeau de loups enragés! Chevalier Raoul, une simple question. Etes-vous bon écuyer?... Oui, dites-vous... Très bien... Alors nous allons prendre gaillardement nos ébats. N'importe, cela me contrarie vivement, je le répète, d'avoir affaire à des livrées.

— Je ne partage pas votre susceptibilité, capitaine. Dans une escarmouche sérieuse ou dans une bataille rangée, les piquiers ne jouent-ils pas leur jeu?

— Vous imaginez-vous, répondit Roland de Maurevert, que je parle en ce moment au point de vue de la gloire ou de la vanité? Nenni, cher ami.... S'il m'est désagréable d'en venir aux prises avec des valets, ce n'est nullement parce que ces gens-là sont d'une condition inférieure à la mienne, mais bien parce que les poches de leurs pourpoints et haut-de-chausses sont ordinairement vides d'écus... Il est si doux, une fois victorieux, de recueillir le prix de sa valeur, de se payer soi-même la récompense que mérite notre courage !... Aussi, quelle belle chose que les guerres de religion !... De l'or des deux côtés !... On hérite des dépouilles de ses alliés et de ses adversaires !...

Bon, voici nos limiers qui apparaissent là-bas, au haut de la colline!... Par la mort! ces bandits s'avancent dans un ordre parfait, et qui dénote de leur part une certaine connaissance des règles de la guerre... Quatre sur chaque rang... les distances sont observées, les têtes des chevaux régulièrement alignées... Je regrette, chevalier, que vous soyez armé si à la légère... Ménagez bien au moins vos deux coups de pistolets et ne vous laissez pas emporter par votre fougue... Tudieu ! ces sacripans vont un train d'enfer... Avant une demi heure ils seront ici... Hola !... hé ! de la maison-forte !... Ouvrez donc !...

Les deux compagnons de fortune, stimulés par le danger de leur position, éperonnèrent leurs chevaux et s'avancèrent instinctivement jusqu'aux bords des fossés. A peine dix pas les séparaient-ils de la maison-forte.

La même voix qui les avait accueillis à l'arrivée par un qui vive, se fit alors entendre de nouveau.

— Messieurs, disait-elle, ma maîtresse, la dame d'Erlanges, regrette vivement d'être obligée de vous refuser l'hospitalité, et elle vous prie d'agréer toutes ses excuses !.. Ma dame d'Erlanges ne doute nullement que vous ne soyez de très honnêtes gentilshommes... Malheureusement les poursuites déloyales dont sa fille, la damoiselle Diane, est l'objet, lui imposent de grandes précautions, une rigueur extrême !.. La nuit n'est pas assez avancée pour que vous ne puissiez continuer votre chemin... Une heure vous suffira pour atteindre le bourg d'Avèze..

— Nous n'avons que faire de tes croassemens, corbeau de malheur ! s'écria Roland exaspéré par ce refus... Tu nous conseilles de nous rendre au bourg d'Avèze, regarde donc devant toi, sot animal !... Ne vois-tu pas une troupe de cavaliers qui s'avance avec vitesse ?... Ce sont les apôtres du marquis de la Tremblais !... les ennemis de ta maîtresse et les nôtres... Vas avertir la dame d'Erlanges, que l'enfer engloutisse ! que si le divertissement d'un tournoi à armes affilées, peut lui être agréable en lui rappelant les galanteries de ses jeunes années, elle ait à se rendre ici au plus vite. Avant dix minutes, la mêlée sera dans son beau.

— Quoi ! mon gentilhomme ! vous êtes chassés par les apôtres ? Que ne le disiez-vous de suite... Je cours abaisser le pont-levis.

— Tu croassais naguère comme un vilain corbeau, et voilà qu'à présent tu chantes comme un gentil rossignol, répondit le capitaine enchanté. Allons, l'ami, dépêche-toi !... Quoiqu'il soit permis à deux hommes de fuir sans déshonneur devant douze assassins, je désirerais cependant que notre entrée dans la maison-forte de la dame d'Erlanges ne fût pas trop précipitée, et ne ressemblât pas à une retraite !... Voilà à présent que tu hésites !... Qui te retient de mettre à exécution ta promesse ?...

En effet, l'homme à l'arquebuse, sorti de sa retraite, restait immobile et indécis sur le pilier du pont-levis.

— Qui m'assure, mes gentilshommes, dit-il, que vous n'êtes pas vous-mêmes des émissaires du marquis? que les apôtres, au lieu de vous poursuivre, ne soient, au contraire, d'accord avec vous?.. Non, vraiment, il m'est impossible de prendre sur ma responsabilité d'abaisser le pont-levis, de vous donner entrée dans la place. Encore un peu de patience, je cours consulter ma maîtresse, et je reviens.

Cette nouvelle déception exaspéra Roland de Maurevert.

— Par les entrailles du grand Turc ! s'écria-t-il en étendant son poing crispé dans la direction de la maison-forte, si le marquis de la Tremblais consentait à s'engager vis à vis de moi, par un serment solennel, à incendier cette bicoque, je n'hésiterais pas à aller lui offrir le secours de mon expérience et de mon bras !... Laisser dans un aussi déplaisant embarras de bons gentilshommes tels que nous, c'est plus que de la cruauté, c'est de la lâcheté, de la félonie !... Eh bien quoi ! chevalier, vous ne soufflez mot, vous ne jurez pas, vous n'écumez pas; tudieu ! je ne vous aurais jamais cru doué d'une telle placidité de caractère.

— A quoi bon me mettre en colère, capitaine ? répondit Raoul d'une voix qu'il essaya de rendre calme, mais dont les notes mordantes et brèves manifestaient la fureur. Je redoute, au contraire, au-delà de toute expression les transports de rage, la frénésie qui, à la perspective d'une scène de carnage, s'emparent de moi et me montent du cœur au cerveau !...

Le chevalier Sforzi se tut pendant un moment, puis, les lèvres décolorées et agitées par un tremblement convulsif, les yeux brillans d'un sombre éclat, les veines du front gonflées comme lors de son duel avec Roland, c'est-à-dire d'une façon phénoménale, il reprit la parole.

— Roland, dit-il, deux bons gentilshommes doivent-ils donc, pour engager la bataille, attendre le bon plaisir d'une troupe de coupe-gorges salariés?... Qui nous retient de courir sus aux apôtres?... Capitaine, en avant!...

— Tudieu! s'écria de Maurevert en contemplant Raoul avec une véritable admiration, je retrouve mon tigre de tantôt!... Je m'explique à présent ma défaite!... Cher ami, votre enthousiasme est contagieux; je sens qu'il me gagne... Vous avez raison; à vous l'honneur de l'initiative, en avant!...

Les deux amis labouraient déjà de l'éperon les flancs de leurs montures, lorsqu'aux sons doux et pénétrans d'une voix qui partait de la maison-forte, ils s'arrêtèrent au beau milieu de leur élan.

Une distance de cinq cents pas les séparait alors à peine des bandits.

En retournant la tête, Raoul et Roland furent surpris par une apparition aussi inattendue que charmante! Ils virent de l'autre côté des fossés se dessiner la taille admirable de forme et souple comme un pin, d'une jeune fille vêtue de blanc! Cette jeune fille, autant que le permettait de le distinguer la faible lueur du crépuscule, était d'une idéale et alerte beauté.

—Messieurs, reprit-elle, si vous êtes réellement poursuivis, vous avez droit à l'appui de ma mère; si vos intentions nous sont hostiles, si vous comptez reconnaître par la trahison l'hospitalité de notre demeure, Dieu vous punira.

La jeune fille parlait encore, lorsque la herse du pont-levis s'abattit et donna passage aux deux cavaliers.

Le capitaine s'empressa de se mettre à l'abri, et le chevalier Sforzi, après avoir jeté un dernier regard sur la troupe des assassins, suivit son exemple.

Depuis l'apparition de Diane d'Erlanges, l'expression de fureur qui naguère animait le visage de Raoul avait disparu comme par enchantement.

— Que cette jeune fille est belle, capitaine! dit-il à demi-voix à son compagnon, tandis qu'ils traversaient tous deux une voûte étroite et sombre placée après le pont-levis.

— La maison me semble opulente, répondit le capitaine; c'est bien le diable si, avec un peu d'adresse, nous ne parvenons pas à réaliser ici quelque honnête profit!...

CHAPITRE IV.

Diane d'Erlanges.

Au sortir de la voûte, les deux compagnons de fortune descendirent de cheval, puis, précédés d'un valet qui s'offrit à les conduire auprès de sa maîtresse, ils gravirent un perron d'une dixaine de marches et pénétrèrent dans les appartemens du château.

Après avoir traversé une vaste antichambre, ils arrivèrent devant une porte à deux battans.

— Qui dois-je annoncer à madame d'Erlanges? leur demanda le guide.

— Monsieur Roland de Maurevert, capitaine au service de S. M. le roi de France, et le chevalier Raoul Sforzi, répondit le géant avec emphase.

Le valet ouvrit la porte et cria d'une voix sonore et grave les noms des nouveau-venus!

— Par les joies du paradis! murmura de Maurevert, l'aspect de céans confirme pleinement mes prévisions; cette maison me paraît montée sur un pied convenable. Excellente dame d'Erlanges! je me sens tout disposé à lui offrir les secours de mon épée.

Les pensées de Raoul étaient d'une nature tout opposée à celles du capitaine. A la vue d'une jeune fille vêtue de blanc et qui se tenait debout auprès du vaste fauteuil de la maîtresse de la maison, il avait éprouvé, sans pouvoir se rendre compte de cette émotion, un trouble profond.

A l'annonce des hôtes que le hasard lui envoyait, la dame d'Erlanges abandonna son fauteuil et s'avançant de deux pas à leur rencontre:

— Messieurs, leur dit-elle d'une voix grave, soyez les bien-venus!... Mes serviteurs m'ont appris que vous étiez poursuivis par les gens du marquis de la Tremblais!... j'espère, grâce à la bonté toute puissante de Dieu, que vous êtes maintenant hors de danger!...

— Madame, répondit Raoul en s'inclinant respectueusement devant la châtelaine, vous m'avez sauvé d'une mort presque inévitable! Permettez-moi de déposer à vos pieds l'expression de mon inviolable gratitude et l'offre de mon épée...

A ces paroles, prononcées non pas sur le ton de la galanterie, mais avec l'expression de la sincérité, le capitaine Roland mordit d'un air furieux sa moustache et interrompit Raoul.

— Prenez garde chevalier, lui dit-il : en

2

affectant d'attacher ainsi plus d'importance que vous n'en accordez en réalité au service qui nous a été rendu, vous pourriez faire douter de notre courage !... Que diable, une poignée de valets ridiculement équipés et mal armés ne présente pas pour deux gentilshommes un péril sérieux ! Si Mme d'Erlanges désire utiliser plus tard notre concours, ce sera une affaire à discuter entre elle et nous, au point de vue de nos intérêts respectifs. Je vous en prie, ne parlez donc pas de reconnaissance; j'ai l'exagération en horreur !

Raoul se disposait à répondre, mais de Maurevert ne lui en laissa pas le temps.

— Madame, poursuivit-il, cette table servie et l'heure de la journée me donnent à supposer que vous alliez souper ! Nous serions désolés, mon ami le chevalier et moi, de vous déranger en rien de vos habitudes! Nous préférons vous tenir compagnie.

La dame d'Erlanges s'inclina légèrement en guise d'acquiescement et désigna au capitaine et à Raoul les deux couverts placés à sa droite et à sa gauche.

De Maurevert ne se fit pas répéter cette invitation: il s'empressa de s'asseoir à la droite de la châtelaine.

La salle dans laquelle se trouvaient les deux compagnons de fortune offrait une longueur de près de soixante pieds sur trente de large. Une immense table dressée au centre permettait à près de quarante serviteurs dont se composait la maison de la dame d'Erlanges, de prendre part au repas.

Trois grosses lampes, accrochées au plafond, servaient l'hiver à éclairer la vaste salle. Quatre fenêtres cintrées et ornées de vitraux peints donnaient passage pendant la journée à une lumière douce et colorée.

Un grand fauteuil en chêne sculpté, occupé par la dame d'Erlanges; une espèce de tabouret affecté à sa fille, la demoiselle Diane, et trois grands bahuts également en chêne, complétaient l'ameublement de cette salle, appelée la salle d'honneur.

Les bancs en bois, adossés à la muraille, étaient destinés aux serviteurs.

— Ma foi, madame, dit le capitaine après qu'il eut fait disparaître avec une célérité réellement merveilleuse une énorme tranche de venaison, plus je réfléchis à votre position, moins je m'explique l'inaction dans laquelle reste le marquis de la Tremblais. De quarante serviteurs des deux sexes que j'aperçois ici, dix sont à peine capables de porter les armes.

Je me demande qui arrête le marquis d'assiéger et de prendre votre château !...

Une matinée lui suffirait pour accomplir cette facile prouesse !... Par contre, je ne comprends pas non plus comment il se fait que vous ne songiez pas à renforcer votre garnison, à augmenter vos moyens de résistance !... Il est vrai que prendre d'assaut le château d'un voisin, constitue, aux yeux de certaines gens, une action répréhensible... Je ne sais même pas trop si les lois n'ont pas prévu ce cas !...

Mais, après tout, le pouvoir du marquis est si bien assis, la cour a tant d'intérêt à le ménager, l'Auvergne est si en dehors, par sa position, de l'influence royale, qu'il est incontestable que personne ne songerait à chanter pouille au seigneur de la Tremblais, s'il commettait cette légère peccadille !.. Tenez, dame d'Erlanges, si vous vouliez mettre en moi votre confiance, et reconnaître convenablement ma peine et les dangers que je courrais pour vous, je consentirais, je le crois, à me charger de votre sûreté !

La proposition du capitaine fit monter le rouge de la colère, presque de la honte, aux joues de Raoul :

— Madame, s'écria-t-il, n'attachez, je vous en conjure, aucune importance aux paroles de M. de Maurevert. Le capitaine manie assez volontiers la plaisanterie, et son offre est une pure facétie de sa joyeuse imagination; votre force est toute entière dans la bonté de votre cause. A un appel de vous, madame, toute la noblesse de la province, j'en suis intimement convaincu, se lèverait en masse et accourrait en armes à votre secours.

Le chevalier fit une légère pause; puis, après avoir hésité :

— Madame, reprit-il d'une voix émue et respectueuse, il est encore un moyen bien simple de vous affranchir des odieuses persécutions du marquis : M. de la Tremblais se refuserait-il donc à mesurer son épée avec celle d'un gentilhomme ? Non, certes ! Pourquoi n'accorderiez-vous à un champion de votre choix l'honneur de vous défendre ! Chacun, madame, briguerait cette marque de confiance... Moi-même, malgré le peu de droit que je pourrais avoir à cette insigne faveur, j'oserais me mettre au nombre des solliciteurs !... Et tenez, madame, je ne sais, mais un pressentiment m'assure que je sortirais vainqueur de la lutte !

Quoique le jeune homme eût prononcé ces dernières paroles avec une extrême retenue, presque à voix basse, elles produisirent sur les serviteurs une impression extraordinaire; on sentait que ce que le chevalier disait, il le ferait !

La dame d'Erlanges elle-même, malgré la rigidité habituelle de sa contenance, ne put se défendre d'une vive émotion.

—Chevalier, répondit-elle d'une voix dont la douceur inusitée fit tressaillir d'étonnement sa fille Diane, je vous remercie du plus profond de mon cœur, de vos bonnes intentions. Ma force n'est pas seulement, ainsi que vous le prétendiez tout à l'heure, dans la bonté de ma cause, elle est surtout dans ma confiance en Dieu. L'Écriture maudit ceux qui se servent de l'épée ; jamais, de mon plein gré, je ne ferai sortir un glaive du fourreau. N'insistez pas davantage, chevalier, je vous en prie. La perspective des plus grands malheurs serait insuffisante à me faire changer de résolution.

Raoul Sforzi ne répondit pas, mais au regard d'admiration enthousiaste qu'il laissa tomber sur la demoiselle Diane, assise de l'autre côté de la table, en face de lui, au froncement significatif de ses sourcils, au nuage empourpré qui passa sur son visage, il était facile de deviner qu'il ne s'associait pas à la résignation de la dame d'Erlanges, et qu'il conservait une arrière pensée.

La demoiselle Diane avait alors dix-huit ans, rien de charmant, d'attrayant et de complet comme sa beauté.

Ses grands yeux bleus, quoique sa soyeuse et abondante chevelure fût d'un noir admirable, présentaient une irrésistible séduction, ils peignaient tout à la fois, par un merveilleux contraste, la fougue et la retenue, la détermination et la timidité. Ils disaient la tendresse craintive de la femme ; le courage viril de l'homme.

Le teint de son visage, un peu hâlé par le contact du grand air, présentait une savoureuse fraîcheur, quelque chose de velouté comme le duvet de la pêche ; des lèvres, plutôt épaisses que minces, merveilleusement tracées, des petites dents serrées, d'un nacre et d'une blancheur de perle, un nez irréprochable, complétaient, sans laisser prise à la critique la plus sévère, un admirable ensemble !

Un pinceau, — et encore faudrait-il qu'il fût placé entre les mains d'un artiste de génie, — serait seul capable de donner une idée de la souplesse de la taille de Diane.

Quant à la dame d'Erlanges, sa pâleur maladive, sa taille au-dessus de la moyenne, ses vêtemens noirs de coupe ancienne, la dignité un peu guindée de sa marche, l'expression sévère, douloureuse et résignée de son visage, la raideur quasi solennelle de ses mouvemens, offraient un contraste des plus tranchés avec la grâce rayonnante de

sa fille. Un observateur eût été fort embarrassé pour trouver entre les deux femmes ce je ne sais quoi, que l'on appelle vulgairement un air de famille.

Soit que la présence de la dame d'Erlanges pesât sur la gaîté des convives, soit que les observations du capitaine eussent jeté dans l'esprit des personnes présentes des appréhensions pour l'avenir, toujours est-il que le reste du temps que prit le souper s'écoula dans un morne silence. Roland de Maurevert surtout paraissait d'une terrible humeur ; il mangeait de rage ; c'était inouï et effrayant à voir ; à peine le contenu des plats avait-il le temps de séjourner sur son assiette.

—Misérable chevalier !... Inepte sorcière ! murmurait-il entre chaque bouchée. Lui, offrir gratuitement son épée !... Elle, mettre toute sa confiance en Dieu !... Est-ce que l'Écriture ne dit pas : « Aide-toi et le ciel t'aidera !..... » Une affaire qui se présentait si bien !... Que l'enfer m'engloutisse ! où donc avais-je l'esprit, lorsque l'idée de m'associer avec ce paladin antique m'a traversé le cerveau ! Tiens !... mais on dirait que Mlle Diane d'Erlanges regarde d'une singulière façon ce petit Raoul.... Déjà !... Au fait, pourquoi pas ?... Je n'ai jamais, moi, dépensé plus de deux heures pour séduire une femme... Il n'est pas plus mal qu'un autre, le chevalier Sforzi... Eh ! eh ! voici une découverte qui m'est souverainement agréable et qui change du tout au tout la face des choses. Quand deux étourneaux chantent ensemble le duo de messire Cupido, un homme de sang-froid, pour peu qu'il affecte de les accompagner sur la viole, les tient bientôt en sa puissance et les fait agir à sa volonté... Il me faudra m'occuper de cette affaire.

Après la sortie de table, la dame d'Erlanges salua Raoul d'une légère inclination de tête :

—Chevalier, lui dit-elle, il se fait tard, et vous devez avoir besoin de repos. Désirez-vous que l'on vous conduise à votre chambre ?

Le jeune homme, croyant dans cette prévenance voir un congé, répondit d'une façon affirmative. Un des valets alluma une torche de cire jaune et lui fit signe de le suivre.

Sforzi s'inclina respectueusement devant la dame d'Erlanges, et marcha derrière le serviteur.

Le capitaine Roland, qui s'était assis, un peu avant la fin du souper, sur un des bancs adossés à la muraille, paraissait enseveli dans un bruyant sommeil : peut-être bien l'aventurier ne dormait-il que juste assez pour pouvoir se réveiller, une fois que le départ de son compagnon lui aurait ménagé un tête-à-tête avec la vieille châtelaine.

Raoul, précédé du serviteur porteur de la torche, traversait un long et obscur corridor, lorsqu'il entendit derrière lui un léger frôlement. Il se retourna et vit la demoiselle Diane d'Erlanges.

—Silence, chevalier, lui dit-elle vivement; trouvez-vous demain à la pointe du jour dans le jardin du château, j'ai à vous parler !...

A la rougeur de la jeune fille, au tremblement de sa voix, à sa contenance embarrassée, il était facile de deviner combien elle comprenait la gravité de sa démarche, et la résolution qu'il lui avait fallu pour l'accomplir !

Raoul, surpris et ému, allait répondre; mais Diane n'était déjà plus devant lui : elle avait disparu dans l'obscurité du corridor !

CHAPITRE V.

Une double mission.

Le chevalier Raoul Sforzi passa une nuit sans sommeil. Sa rencontre avec le capitaine de Maurevert, les odieuses persécutions du seigneur de la Tremblais, les dangers auxquels se trouvaient exposées les dames d'Erlanges, enfin et surtout la resplendissante et souveraine beauté de Diane, occupèrent et agitèrent son esprit de pensées multiples et confuses.

Aux premières lueurs de l'aube le jeune homme s'élança hors de son lit et courut à la fenêtre; il lui fallait connaître les localités pour se rendre au mystérieux rendez-vous de Diane. Le chevalier Sforzi découvrit à sa grande joie, que sa chambre donnait justement sur les jardins du château : une forme vaporeuse et blanche qu'il crut voir glisser entre des massifs d'arbres, lui fit battre violemment le cœur; il ouvrit doucement la porte et sortit.

Cinq minutes plus tard, Raoul s'inclinait respectueusement devant Diane qui, les yeux baissés, la poitrine oppressée, la contenance timide et incertaine, avait peine, tant son trouble était grand, à répondre par une révérence au salut du jeune homme.

Un silence de quelques secondes suivit cette rencontre : ce fut Mlle d'Erlanges qui le rompit la première.

— Chevalier, murmura-t-elle, je ne me rends pas encore bien compte de ma hardiesse. Je ne puis comprendre dans quel sentiment j'ai puisé le courage de m'adresser à vous... Ne m'interrompez pas, monsieur, par des protestations de dévouement. Ma présence ici vous dit assez la confiance que m'inspire votre honnêteté... la foi que j'ai en votre courage !

Raoul s'inclina de nouveau, et Diane se remettant peu à peu de son émotion, reprit d'une voix plus ferme :

— Chevalier, la démarche osée, si en dehors de toutes les convenances, que je tente auprès de vous, m'est inspirée par l'horreur de ma position. Ne me jugez pas, ne me condamnez pas, je vous en conjure, avant de savoir à quelle extrémité je me trouve réduite! Le malheureux naufragé qui, prêt d'être englouti, se cramponne instinctivement à un de ses compagnons d'infortune, quitte à l'entraîner avec lui dans l'abîme, mérite plutôt la pitié que le blâme. Ma mère, chevalier Sforzi, me reproche souvent ce qu'elle appelle la hardiesse de mon esprit. Peut-être a-t-elle raison. Dans les circonstances les plus graves de la vie, je prends toujours, il est vrai, conseil de mon cœur. Or je sens que si le ciel m'avait fait homme, et qu'une infortunée fût venue solliciter ma protection, j'aurais ressenti un orgueil immense de cette marque d'estime.

— Oh ! mademoiselle, s'écria Raoul tout à la fois attendri et charmé, votre cœur ne vous a pas trompée. Hélas ! je ne suis qu'un pauvre et obscur gentilhomme..... Je n'ai ni richesses ni puissance. Mes efforts n'aboutiront peut-être qu'à une stérile tentative. Mais ce dont je puis vous répondre, mademoiselle, c'est d'un respect sans limite, d'une obéissance aveugle, d'un dévouement à toute épreuve. Parlez... Apprenez-moi quels sont les dangers qui vous menacent.

— Je ne reviendrai pas, chevalier, sur les persécutions passées que ma mère a eu à endurer jusqu'à ce jour de la part du seigneur de la Tremblais.... Je vais au plus pressé !... Hier même, le marquis m'a fait remettre, par un de ses espions, une lettre dans laquelle il me déclare que si je tarde de quarante-huit heures à me rendre à son château, il incendiera notre maison-forte de Tauve et passera nos serviteurs au fil de l'épée.

— Cette horrible insolence, mademoiselle...

— Hélas ! ce n'est pas une insolence, chevalier, interrompit Diane, c'est pis que cela :

une menace! Or, quand le marquis menace, il est bien près d'agir... Dans votre arrivée imprévue, dans l'offre généreuse de votre épée, j'ai cru reconnaître le doigt de la Providence; alors, semblable au naufragé dont je vous parlais tout à l'heure, je n'ai pas hésité à m'adresser à vous. A présent, par quels moyens vous sera-t-il donné de me sauver? Comment parviendrez-vous à braver impunément la colère du seigneur de la Tremblais? Je l'ignore...

— Mais par un moyen très simple, mademoiselle! Je provoquerai le marquis en combat singulier, et je le tuerai!

Un triste sourire passa sur les lèvres vermeilles de Diane.

— Le seigneur de la Tremblais répondrait par la trahison à votre appel, chevalier, dit-elle. Cet homme ne se bat pas: il assassine. Il a de la férocité, mais il manque de courage! Tenez, chevalier, je m'aperçois à présent que ma démarche est folle, insensée... criminelle même! Elle n'aboutirait qu'à votre perte. Oubliez cet entretien, éloignez-vous au plus vite du château, abandonnez à son malheureux sort une infortunée que vous ne sauriez sauver!...

— Vous abandonner, s'écria Raoul avec un indicible élan d'indignation, quoi! est-ce bien vous, une noble demoiselle, qui me conseillez cette lâcheté insigne, cette abominable félonie? Ne comptez-vous pour rien, mademoiselle, la bonté de votre cause, l'appui de Dieu?... la perspective de tomber en la puissance du seigneur de la Tremblais effraie-t-elle à ce point votre fierté, qu'elle ne vous laisse plus la force de réfléchir...

— Moi, en la puissance du marquis! répéta la jeune fille d'une voix frémissante. Oh! cela n'est pas à craindre, chevalier.

— Pourtant s'il s'empare du château de Tauve?

— La mort m'offre un moyen assuré d'échapper à la honte! Dieu, tenant compte de la cruelle nécessité à laquelle je me verrais réduite, me pardonnerait d'avoir disposé de mon existence.

Au ton simple et résolu de Diane, le chevalier ne douta pas de l'irrévocable détermination de la pauvre enfant; des larmes lui vinrent aux yeux.

— Mademoiselle, s'écria-t-il, vous me supplieriez à deux genoux de renoncer à mon entreprise, que je refuserais!... A mon tour, je vous dis ne m'interrompez pas!... Puisque le seigneur de la Tremblais mentant à son sang de gentilhomme, ne se bat pas, eh bien! je l'assassinerai!.. A présent, — et je n'aborde cet ordre d'idées que pour

vaincre vos derniers scrupules et mettre votre conscience à l'aise, — à présent, supposez que la fortune trahisse mes efforts, que je succombe... eh bien, mademoiselle, ce serait là un bonheur pour moi!.. Je suis si seul, si abandonné sur la terre!.. mon passé est si triste, mon avenir si sombre, que bien souvent déjà j'ai supplié Dieu de me rappeler à lui!... Vous voyez que je n'ai pas grand mérite à vous offrir mon existence; aucune responsabilité ne pèsera sur vous. Ce n'est pas un cadeau que je vous fais, mais bien un fardeau dont je me débarrasse.

Diane d'Erlanges leva ses grands beaux yeux sur le jeune homme, puis-après un court silence:

— Chevalier — lui dit-elle avec une touchante simplicité—vous êtes un noble cœur! Voulez-vous être mon frère?

La charmante enfant mit tant de grâce, de séduction et de noblesse dans cette action, que Raoul en fut comme ébloui.

Il se disposait à répondre, quand une voix rude et moqueuse retentit à ses côtés et le tira de son extase.

— Parbleu! je connais ces fraternités-là! disait la voix.

Sforzi porta la main à la garde de son épée; le capitaine de Maurevert sortit de derrière un massif de verdure.

L'apparition du géant causa à Raoul un mouvement de surprise mêlée de colère.

— Capitaine, lui dit-il avec hauteur, il me semble que ni Mlle d'Erlanges ni moi ne vous avons priés d'intervenir dans notre entretien!.. Entendre frauduleusement et par ruse des confidences qui ne vous sont pas destinées n'est pas le fait d'un gentilhomme! Capitaine, je ne vous retiens pas...

A ce congé formulé avec si peu de ménagement pour son amour-propre, de Maurevert ne sourcilla pas.

— Voilà bien la jeunesse! murmura-t-il en hochant la tête d'un air de pitié, folle, batailleuse, ingrate, inconsidérée! Chevalier Sforzi, je regrette de ne pouvoir obéir à votre si courtoise injonction. Pour moi, les affaires passent avant tout. Peut-être avez-vous eu tort de m'accepter pour compagnon de fortune, mais du moment que vous avez lié votre sort au mien, il vous faut, sous peine de vous parjurer, subir les conséquences de notre association.

Or, je vous le déclare, je m'oppose de toutes mes forces à l'accomplissement de votre beau projet d'assassiner le marquis de la Tremblais. Que diable! il me semble qu'avant de se jeter dans les moyens extrêmes, on doit au moins réfléchir... Quant à vous, mademoiselle, poursuivit le capitaine en s'adressant à Diane, si vous ressentez pour le chevalier la centième partie de l'intérêt qu'il vous porte, joignez-vous à moi pour le retenir sur la pente de l'abîme. Croyez-en l'expérience d'un vieux soldat habitué aux scènes de violence et de sang, si Raoul persiste à s'attaquer à l'aventure, au seigneur de la Tremblais, il n'a plus vingt-quatre heures à vivre. Il est bien rare qu'un coup de dague ou de poignard donné inconsidérément, et sans être la suite d'un plan mûrement réfléchi, savamment combiné, aboutisse à un résultat satisfaisant. Ne seriez-vous pas grandement contrariée, mademoiselle, de voir le chevalier pendu haut et court comme un vilain ?...

A ces paroles prononcées froidement par de Maurevert, Diane pâlit et porta vivement la main à son cœur. L'émotion de la jeune fille n'échappa pas au sagace capitaine.

— Ainsi, voilà qui est convenu, mademoiselle, reprit-il, vous empêcherez Raoul de se perdre sans profit... Sforzi, ne m'interrompez donc pas, je vous prie; ne voyez-vous pas que mademoiselle m'écoute avec un certain intérêt ?...

—Oui, oui, capitaine, parlez! s'écria Diane.

Le capitaine redressa sa haute taille, se cambra sur la hanche, et s'adressant d'un air imposant à Raoul, qui, les sourcils froncés, supportait impatiemment cette conversation :

— Chevalier Sforzi, lui dit-il, vous voyez en ma personne le chargé d'affaires du roi de France, Henri III. Sa Majesté a daigné me concéder de pleins et entiers pouvoirs pour engager à son service, dans toute la province d'Auvergne, de loyaux sujets. Êtes-vous libre de votre personne ? Aucun contrat ultérieur ne pèse-t-il sur votre indépendance ? Pouvez-vous jurer obéissance et fidélité à Henri de Valois? Alors, au nom du roi, mon maître, je vous délivre en due et bonne forme un brevet de cornette — honoraire — dans une compagnie de chevau-légers !

Le capitaine, sans rien perdre de son air grave et solennel, retira de son pourpoint et présenta à Raoul ébahi un parchemin portant le scel et la signature du roi.

Le jeune homme se saisit du brevet et le lut avec autant d'étonnement que d'attention. Le capitaine avait dit vrai, il était, au nom près du titulaire, laissé en blanc, d'une parfaite authenticité.

— Ce brevet honoraire, reprit de Maurevert, ne vous donne droit à aucune solde, à aucun gage, à aucun commandement réglé. Il vous autorise seulement, en cas d'une prise d'armes en Auvergne, à lever une troupe laissée à votre charge, et à combattre soit contre les religionnaires, soit contre les rebelles. Une fois la révolte comprimée, les huguenots battus, vous serez tenu de licencier votre compagnie. Inutile d'ajouter que Sa Majesté vous octroierait alors la permission de faire valoir auprès d'elle les services que vous lui auriez rendus. Je reconnais, chevalier, que ces privilèges laissent à désirer. Toutefois je vous ferai observer que cette nomination, en vous attachant au roi, donne à votre personne un caractère et une inviolabilité qui, en ce moment, lui manquent complètement! Par exemple, il est incontestable, que le seigneur de la Tremblais, malgré sa puissance et sa hardiesse, n'oserait jamais faire pendre un officier du roi. A peine se permettrait-il, dans un moment de mauvaise humeur, d'ordonner qu'on lui tranchât la tête.

Raoul Sforzi réfléchit un moment, puis d'une voix non moins grave que l'était celle de Maurevert :

— J'accepte, capitaine, dit-il. Est-ce entre vos mains que je dois prêter mon serment de fidélité au roi ?

— Certes ; mais cela ne presse pas. L'essentiel, pour l'instant, c'est de remplir par votre nom la place laissée en blanc dans ce brevet. Ma foi, mon cher Raoul, je regrette de tout cœur que les circonstances soient si impérieuses que vous ne puissiez rester jusqu'à demain sans prendre un parti.

— Comment cela, capitaine?...

— C'est demain mardi, n'est-ce pas ? Eh bien demain, il m'était permis — ce qui eût été bien préférable — de vous attacher à la maison de messieurs de Guise !...

— Je ne vous comprends pas. Expliquez-vous ?

— Rien de plus facile. Je remplis en ce moment une double mission : je renforce le parti du roi et celui de messeigneurs de Guise. Le lundi, je m'occupe des intérêts de Sa Majesté ; le mardi, de ceux de messeigneurs de Guise, et ainsi de suite en alternant un jour l'autre. J'ai déjà eu, chevalier, l'honneur de vous déclarer à quel point je suis esclave de ma parole... Ne m'en veuillez point, si, malgré l'intérêt que je vous porte, je vous ai mis, aujourd'hui lundi, dans les royaux !... Je ne déteste certes pas réaliser, quand l'occasion s'en présente, un léger bénéfice ; eh bien, pour deux cents, pour mille quadruples d'or, je ne vous aurais pas donné entrée un lundi parmi les Guisards...

A présent, chevalier, un dernier mot : votre bonne mine, votre courage et vos façons disent assez que vous êtes gentilhomme; néanmoins je dois, pour me conformer à mes instructions, exiger vos preuves de noblesse. D'où descend, je vous prie, la famille des Sforzi !

A cette question, le chevalier se troubla, rougit et parut hésiter. Il allait répondre, quand le son d'un cor de chasse vibra dans les airs : Diane tressaillit.

— Mon Dieu ! messieurs, s'écria-t-elle vivement, quel nouveau danger nous menace! ce cor vient de sonner le signal de détresse convenu entre nos serviteurs. Courons aux remparts.

La pauvre jeune fille s'élança émue et tremblante hors du jardin.

Le capitaine et Raoul la suivirent en silence.

— Ah! ma bonne demoiselle, dit le premier des serviteurs que Diane interrogea, que le Dieu tout puissant nous protége!... Le seigneur de la Tremblais s'avance à la tête d'une troupe de cavaliers dans la direction du château.

CHAPITRE VI.

L'Insulte.

Lorsque le chevalier Raoul et le capitaine Rolland arrivèrent aux remparts, les serviteurs de la dame d'Erlanges, disséminés en petits groupes, considéraient d'un œil morne et désolé la marche de la troupe ennemie.

La contenance abattue des défenseurs du château disait assez clairement le peu d'espoir que la châtelaine devait fonder sur eux.

— Par les fourches de l'enfer ! s'écria de Maurevert en s'adressant au chevalier, nous voici, cher ami, impliqués dans une méchante affaire... Il est incontestable que si le seigneur de la Tremblais pousse un peu vigoureusement sa pointe, la maison-forte de Tauve tombera avant la fin du jour en son pouvoir. Quelle conduite devons-nous tenir ? Nous mettre à la tête de la garnison ? c'est jouer gros jeu ! Observer une complète neutralité? c'est nous exposer à être traités en vaincus sans avoir eu le divertissement de la bataille !

— Rester neutres ! répéta Raoul avec une fougueuse indignation, ah ! capitaine, est-il possible que vous ayez osé prononcer semblable parole... Ne comprenez-vous donc pas que notre neutralité nous rendrait les complices du marquis... nous déshonorerait

à tout jamais? La garnison du château n'est pas bien nombreuse, c'est vrai; mais je vous réponds, moi, que bien dirigée et bien commandée, elle est plus que suffisante pour repousser l'ennemi!... Allons, capitaine, ne perdons pas, en vaines discussions, un temps précieux : occupons-nous plutôt de combiner un plan de défense...

— Moins d'enthousiasme, je vous prie, cher ami, répondit de Maurevert avec un parfait sang-froid, la passion est une détestable conseillère. Je conviens, en effet, qu'en se donnant beaucoup de peine, on pourrait à la rigueur repousser avantageusement un premier assaut. La position de la maison-forte de Tauve est excellente, et ses fortifications ne laissent rien à désirer; soit. Admettons pour un moment que la victoire couronne nos efforts, qu'en résultera-t-il ? quel bénéfice en retirerons-nous ? Aucun, cher ami, aucun ! la châtelaine huguenote se figurera bonnement qu'elle doit sa délivrance à Dieu, et elle nous payera en versets de la Bible : c'est peu tentant.

— Et la satisfaction, capitaine, d'avoir rempli votre devoir !

— Heu !... une satisfaction bien improductive !... Je n'ai pas d'amour-propre, cher ami.

— Ainsi, capitaine, vous m'abandonnez... vous manquez à votre parole...

— Vous êtes injuste, chevalier, dit de Maurevert en interrompant vivement Raoul. Moi, manquer à ma parole ! moi, vous abandonner! Vous raillez, je pense. Vous ai-je jamais promis de partager vos erreurs, de m'associer à vos fautes ? Nullement. Je vous ai proposé une alliance défensive, pas davantage. Il est certain que votre amour pour Mlle Diane vous conduit à commettre quelqu'extravagance, vous jette dans un embarras sérieux, je remuerai le ciel et l'enfer pour vous venir en aide, mais il ne s'ensuit pas de là que je doive m'associer à vos transports!.. Ah! voici le seigneur de la Tremblais qui arrive! Vingt cuirasses! Dix arquebuses! Tudieu ! c'est là une suite magnifique! J'en suis presque aux regrets de ma chiquenaude !... Bah ! le marquis est trop gentilhomme pour me garder rancune de ce que j'ai dû châtier un valet insolent!... Une loyale explication nous rendra les meilleurs amis du monde !

Le capitaine parlait encore lorsque le marquis faisant signe à son escorte de s'arrêter, poussa son cheval et arriva seul devant les fossés du château.

— Holà ! manans, cria-t-il d'une voix brève et mordante, est-ce donc ainsi que l'on reçoit son maître et seigneur? Me prenez-vous pour un croquant habitué à faire antichambre?... Que l'on abaisse au plus vite la herse du pont-levis.

Pendant que le marquis de la Tremblais donnait cet ordre, le chevalier Sforzi l'examinait avec une ardente curiosité.

Le marquis pouvait avoir de vingt-six à vingt-sept ans; ses traits, d'une extrême finesse, d'une régularité irréprochable, eussent été beaux sans l'expression hautaine et moqueuse qui en dénaturait la pureté.

Sa taille, d'environ cinq pieds trois pouces, déjà voûtée soit par l'abus des plaisirs, soit par des excès de fatigue, annonçait une force corporelle des plus médiocres.

Le seigneur de la Tremblais ne portait ni soubreveste, ni cotte de maille, ni cuirasse; son habillement de drap de couleur sombre était brodé de soie; à son côté pendaient une rapière et une dague; à l'arçon de sa selle on voyait deux longs pistolets richement damasquinés et d'un travail exquis.

— Eh bien! manans, reprit-il presqu'aussitôt, ne m'avez-vous pas entendu? Le pont-levis tarde bien à s'abaisser!... Par la mort Dieu!... prenez garde, vous pourriez bien avoir à vous repentir de la malhonnêteté de votre réception!...

— Monseigneur, répondit le plus vieux serviteur de la dame d'Erlanges, le château de Tauve n'est pas assez grand pour contenir la nombreuse escorte qui vous accompagne...

— Ah! ah! des soupçons! Au fait, pourquoi m'en étonnerais-je? ma vassale, la dame d'Erlanges, n'a-t-elle pas pour habitude de me calomnier, de me braver? Eh bien! comme je ne veux laisser aucune prise à sa mauvaise foi, aucun prétexte à sa désobéissance, j'entrerai seul.

Le marquis se retourna vers sa suite, et d'un geste impérieux lui fit signe de s'éloigner.

— Prenez garde, monseigneur, que votre confiance ne vous soit fatale, s'écria un des arquebusiers en sortant des rangs. Les huguenots emploient volontiers la trahison...

Dans cet arquebusier, le chevalier Raoul Sforzi reconnut le valet de chasse Benoist, le chef des apôtres.

— S'attaquer à ma personne! dit le marquis de la Tremblais avec un sourire de souverain mépris, on n'oserait!

Comme refuser l'entrée du château au seigneur de la Tremblais eût été lui donner un prétexte pour commencer les hostilités, on s'empressa d'abaisser le pont-levis.

— Mille tonnerres! cher Raoul, dit vivement le capitaine à voix basse, cet homme n'est pas aussi fort que je l'aurais cru. Venir ainsi se jeter dans la gueule du loup, c'est bien imprudent. Ne pensez-vous pas qu'il nous serait possible de tirer parti de cette faute?

— Comment cela? capitaine.

— Dame! le sais-je moi!... Je ne vous propose pas un plan... j'ouvre un avis. Il est incontestable que la fortune du marquis le met à même de payer une magnifique rançon...

— Mais on ne rançonne que les prisonniers, capitaine.

— Votre réflexion, cher ami, ne prouve qu'une chose: c'est que si nous arrêtions le marquis, nous aurions ensuite le droit de le rançonner.

— Quoi, abuser de sa confiance! violer toutes les lois de l'hospitalité!...

— Bon! je ne m'attendais pas à moins de votre part, chevalier; que ne vous mettez-vous dans les ordres? Je vous assure qu'en très peu de temps vous deviendriez un excellent prédicateur... Et en quoi, s'il vous plaît, violerions-nous les lois de l'hospitalité? Le château de Tauve nous appartient-il? Non. Avons-nous engagé notre parole au marquis?... Pas davantage. Notre liberté d'action nous reste au contraire toute entière. Or donc, je prétends, et rien ne serait capable de me faire changer d'opinion, que si le marquis me garde rancune de la chiquenaude donnée à son valet, s'il doit rester mon ennemi, je serais un fou, un insensé, un niais, de négliger l'admirable aubaine que le hasard m'envoie. Chevalier, suivez-moi. Allons voir ce qui se passe et tenons-nous prêts à agir selon les circonstances.

Les deux compagnons de fortune abandonnèrent alors les remparts et se dirigèrent vers la salle de réception.

Lorsqu'ils arrivèrent, la dame d'Erlanges, le visage pâle, l'air digne et sévère, la contenance ferme et assurée, se tenait debout devant le redouté marquis, qui, assis dans un fauteuil, lui parlait d'un ton dur et hautain.

— Madame, disait-il, je vous rappelle, pour la dernière fois, que votre maisonforte est dans ma juridiction; qu'elle relève directement de ma seigneurie; que vous me devez soumission et respect. Je suis déterminé à punir sévèrement votre première désobéissance.... Ordonnez à vos serviteurs que l'on ait à faire entrer au plus vite et à héberger les gens de mon escorte, qu'une honteuse, condamnable et insultante méfiance m'a contraint à laisser en dehors du château.

— Monsieur le marquis, répondit avec calme la dame d'Erlanges, au nom de la vérité et de la justice, je repousse vos prétentions ! Je ne suis pas votre vassale et ne dois obéissance qu'à mon seigneur et maître Henri III, roi de France !

Vos desseins sont visibles, vos intentions connues ; vous cherchez un prétexte pour vous emparer par la force de ma fortune et de mes biens !... Marquis de la Tremblais, votre conduite est indigne d'un gentilhomme ;... elle ternit à jamais votre blason !...

— Madame ! s'écria le marquis blême de fureur, ce dernier acte de rébellion, cette inqualifiable insolence, porteront bientôt leur châtiment.

La dame d'Erlanges se redressa de toute la hauteur de sa taille, et d'un geste hautain montrant la porte au marquis :

— Monsieur, lui dit-elle, je ne vous retiens plus !

Un sinistre sourire entr'ouvrit les lèvres minces du seigneur de la Tremblais.

— Madame, dit-il, avant ce soir je reviendrai !... Je ne regrette qu'une chose, la mort du comte d'Erlanges !... Votre qualité de femme, en me condamnant à l'inaction, me force à laisser sans vengeance l'outrage que vous n'avez pas craint de m'adresser ! Ah ! je donnerais dix mille écus pour que vous eussiez un époux ou un fils.

— Vous en avez menti, marquis ! s'écria Raoul en repoussant de Maurevert, qui essayait de le retenir. S'il était donné à madame d'Erlanges de s'appuyer sur le bras d'un époux ou d'un fils, vous ne seriez pas ici, marquis, car vous êtes un lâche et un infâme !

Le seigneur de la Tremblais s'attendait si peu à voir surgir un défenseur en faveur de la dame d'Erlanges ; la pensée qu'un téméraire oserait le provoquer, était surtout chose si éloignée de son esprit, que l'impétuosité du chevalier Sforzi le surprit et le troubla au delà de toute expression.

Le visage livide et les yeux injectés de sang, il demeura pendant quelques secondes plongé dans une immobilité complète. Si ce n'eût été la respiration sifflante qui s'échappait de sa poitrine oppressée, on eût pu le croire frappé d'une attaque d'apoplexie foudroyante.

Peu à peu il se remit de ce rude choc moral ; la pâleur de ses joues fit place à une rougeur vineuse ; et sa main, crispée par un tremblement convulsif, chercha la poignée de sa dague ; il comprenait, enfin, en repre-

nant ses sens, toute l'étendue et toute la portée de l'insulte que le chevalier Sforzi achevait de lui infliger.

Raoul vit ce mouvement menaçant, mais au lieu de se mettre sur la défensive, il s'avança au contraire d'un pas ; son visage touchait presque celui du marquis ; de ses paupières extraordinairement dilatées, tombait un regard d'une fixité et d'un éclat étranges ; le seigneur de la Tremblais recula !

La voix calme et nettement accentuée du capitaine de Maurevert, rompit enfin le lourd et pénible silence qui régnait dans la vaste salle de réception du château de Tauve, et pesait sur les spectateurs de cette scène.

— Monsieur le marquis de la Tremblais, et vous, chevalier Sforzi, dit-il froidement, ne vous formalisez, je vous prie, ni de mon intervention dans une discussion qui ne me concerne pas, ni de l'observation que je vais avoir l'honneur de vous adresser. Il me semble que vous choisissez fort mal tous les deux votre moment pour vous accabler de prévenances et de douceurs.

Devant des femmes et des manans, des gentilshommes peuvent se battre, mais ils ne doivent pas s'injurier. Si vous voulez bien m'accorder votre confiance, nous descendrons dans le jardin : je m'engage sur l'honneur à observer une stricte neutralité, une impartialité rigoureuse. Je me contenterai de régler loyalement votre rencontre et je vous laisserai vous estocader tout à votre aise. Ma proposition vous comble de joie, n'est-ce pas ? En ce cas, partons.

— Qui êtes-vous, monsieur, pour oser tenir un pareil langage devant moi ? demanda le marquis avec une hauteur méprisante. Un de la Tremblais mesurer son épée avec celle d'un aventurier inconnu !... Il faut que vous soyez fou pour me conseiller sérieusement une pareille énormité, un tel oubli de ma qualité et de mon rang.

— Prenez garde, marquis ! répondit le géant, toujours avec le même flegme, voici que, sans y songer, vous allez me mettre la bile en mouvement, me faire sortir de la douceur de mon caractère ! Qui je suis ? dites-vous ! Parbleu ! un gentilhomme comme vous, votre égal en toutes choses ! le capitaine Roland de Maurevert, le familier de Sa Majesté Henri III, l'intime ami de messeigneurs de Guise !

Un sourire moqueur passa sur les lèvres du marquis.

— Que m'importe la maison de Valois et celle de Lorraine, dit-il, je suis haut et bas justicier, je ne relève de personne !

A ces paroles arrogantes prononcées d'un

ton superbe, de Maurevert leva les yeux au ciel et parut éprouver un étonnement profond, une indignation sans pareille.

— Mes sens ne m'abusent-ils pas ? ai-je bien entendu ? s'écria-t-il en joignant les mains. O vous tous ici présens, je vous prends à témoin de ce propos abominable et séditieux, de ce crime de lèse-majesté... Marquis de la Tremblais, au nom du respect, de l'obéissance et de la fidélité que je dois en ma qualité de sujet, à Sa Majesté le roi Henri III, mon maître, vous êtes mon prisonnier...

L'audace du capitaine porta la fureur du marquis à son comble.

— Par la mort ! s'écria-t-il, la corde, le feu et le fer joueront bientôt leur jeu. Ne vous réjouissez pas encore de la réussite du guet-apens que vous m'avez tendu. Il ne suffit pas de faire tomber le lion dans un piège, il faut encore que les mailles du filet soient assez fortes pour résister à ses griffes. Arrière, traîtres et manans ! Vous subirez avant peu, je le jure sur ma foi de gentilhomme, la peine due à votre félonie et à votre insolence !... Arrière, dis-je ; malheur à celui qui tentera d'arrêter le lion dans son élan !

Le marquis de la Tremblais dégaîna sa dague et se dirigea vers la porte de sortie. De Maurevert, l'épée à la main, se plaça sur son passage !

— A présent que le lion a rugi, dit-il froidement, il va nous montrer sa force et son courage ! Marquis de la Tremblais, si vous faites un seul pas en avant, je vous cloue bel et net au plancher. Ah ! ah ! ceci vous donne à réfléchir ! La perspective de l'immobilité horizontale que je vous promets, tempère vos transports !... Définitivement, vous n'êtes pas un homme d'action, marquis !... Je crois que la négociation est plus de votre goût que la bataille !... Vous plairait-il que nous entrions en pourparlers ?... Vous vous êtes rendu coupable d'un horrible crime de lèse-majesté, c'est vrai ; mais enfin, à tout péché miséricorde !..... Je suis clément, moi !... Je vous laisse donc le droit de fixer le prix de votre rançon... N'oubliez pas toutefois que plus le taux en sera élevé, et plus cela prouvera en faveur de votre repentir !.. Or, on ne saurait trop se repentir d'avoir osé braver son roi !... J'attends !...

Pendant que le capitaine parlait, un singulier et bizarre changement s'était opéré dans la personne du marquis. Un air benin, presque placide, avait succédé à l'expression de fureur qui naguère contractait son visage ; son attitude menaçante avait fait place

à une contenance, sinon humble, au moins paisible et résignée.

— Capitaine, répondit-il d'une voix doucereuse, j'ai toujours tenu en sérieuse considération et en grande estime les gens de jugement !... Votre façon d'apprécier les choses me plaît fort !... Je reconnais que j'ai manqué de judiciaire en ne vous accordant pas de prime abord une attention digne de vos mérites.

— Ah ! seigneur de la Tremblais, vous me comblez !

— Nullement, je vous rends la justice qui vous est due... pas autre chose ! Au reste, l'avenir se chargera du soin de vous apprendre le cas que je fais de votre sagacité... Je serais bien étonné, cher capitaine, si nous ne finissions pas par devenir d'excellens amis.

— L'honneur serait tout pour moi, marquis. Mais revenons, je vous prie, à votre rançon.

— Volontiers. Vous me voyez disposé aux plus grands sacrifices.

— Tant mieux, donc, marquis, tant mieux. Je suis, de mon côté, animé d'un esprit de conciliation extrême. Parlez.

Le seigneur de la Tremblais, après un court moment de réflexion, allait répondre, lorsque la dame d'Erlanges s'avança vers lui d'un pas majestueux, puis d'une voix grave :

— Monsieur le marquis, lui dit-elle, il est temps de mettre un terme à cette oiseuse discussion. A quoi bon feindre d'ajouter créance aux propos du capitaine de Maurevert ? vous savez très bien que, moi présente, aucune violence ne sera tentée contre vous. C'est de votre propre volonté que vous êtes entré dans mon château ; vous êtes libre de vous retirer quand bon vous semblera. Si l'insulte que vous avez reçue était venue de l'un de mes serviteurs, je vous en aurais demandé humblement excuse ; mais il ne convient ni à ma dignité, ni à mon rang, de me mêler à une querelle de gentilshommes. Marquis, je vous salue.

— Par les cornes de Pluton ! s'écria de Maurevert, voilà vraiment une chose plaisante ! Quoi ! je n'aurais pas le droit de discuter avec mon prisonnier le prix de sa rançon...

— Vous êtes mon hôte, capitaine, interrompit froidement la dame d'Erlanges, et cette qualité vous assure d'une grande condescendance de ma part ; ne me contraignez pas, je vous le demande en grâce, à vous rappeler que moi seule suis maîtresse céans. Marquis, je vous le répète, je ne vous retiens plus.

— Le lait est, mon pauvre capitaine, dit le seigneur de la Tremblais d'un air narquois, qu'il n'y a rien à répondre à cela. Vous me voyez au désespoir de votre mésaventure... Mais ne vous désolez pas trop... Peut-être bien le hasard vous offrira-t-il, sous peu, une compensation à ce déboire... Capitaine, ne serait-ce pas trop abuser de votre complaisance que de vous demander de vouloir bien m'accompagner jusqu'aux portes du château ?...

La dame d'Erlanges s'était exprimée d'une façon si ferme, si précise, que de Maurevert comprit l'inutilité d'une nouvelle discussion; seulement , au nuage qui assombrit son front, il était facile de deviner combien sa résignation forcée lui pesait.

— Je suis à vos ordres, seigneurie, répondit-il au marquis.

Le seigneur de la Tremblais, qui depuis son arrivée avait conservé sa toque sur la tête, s'éloigna alors, sans saluer la dame d'Erlanges.

— Monsieur, dit-il à Raoul en passant près de lui, nous nous reverrons.

— Dieu veuille que ce soit bientôt et sur un terrain neutre, répondit le jeune homme.

Au moment de franchir le seuil de la porte, le marquis parut se raviser, et revenant sur ses pas, il se dirigea vers Diane qui se tenait immobile et émue dans l'angle le plus obscur de la salle.

Le seigneur de la Tremblais la considéra un instant en silence; puis, d'une voix tout à la fois moqueuse et passionnée :

— Il vous faudra, pour me faire oublier cette matinée-ci et pour obtenir le pardon de votre mère, lui dit-il, montrer une bien grande soumission à mes volontés, payer d'un retour bien sincère mon amour !

Un éclair d'indignation brilla dans les yeux de la charmante enfant; le marquis s'inclina devant elle, et, prenant le bras du capitaine de Maurevert, sortit de la salle de réception.

Une fois qu'il fut dans la cour du château, le marquis s'arrêta; puis, après s'être assuré que personne ne se trouvait à portée de l'entendre :

— Capitaine, dit-il, ne perdons pas de temps en vains propos. N'essayez pas de ruser avec moi. Quoique je vous aie vu aujourd'hui pour la première fois, je vous connais comme si nous avions vécu dix ans ensemble dans l'intimité. Votre ennemi est des plus accommodans ; vous vous riez des scrupules, vous ne croyez pas aux remords, et vous aimez l'argent...

— Marquis de la Tremblais!...

— Ne vous ai-je pas prévenu qu'il était inutile de ruser. Vous êtes doué de trop de sagacité pour que j'emploie avec vous des détours. Je préfère me servir du mot propre, aller droit au but. Je répète donc que vous aimez l'argent...

— Soit ! marquis. Après?

— Voulez-vous entrer dans ma querelle, prendre à cœur mes intérêts, m'aider à me venger ?... Il y a cinq cents écus au soleil (1) à gagner.

— La somme n'est pas énorme, répondit de Maurevert, mais avant de la discuter, apprenez moi d'abord sur qui doit porter votre vengeance ! Est-ce sur les dames d'Erlanges? Alors j'accepte. Je ne connais pas ces dames, moi. Je ne tiens à elles par aucun lien de reconnaissance.

— Très bien ! Mais il ne s'agit pas seulement de cette vieille sorcière huguenote...

— De qui donc encore ?

— Il s'agit surtout de ce misérable aventurier qui n'a pas craint de me jeter l'insulte au visage, de m'adresser la plus sanglante de toutes les injures, de me donner un démenti... du chevalier Raoul Sforzi...

Oui , capitaine... je veux que ma vengeance égale l'outrage , qu'elle épouvante l'Auvergne, le monde entier !... Cinq cents écus ne vous semblent pas suffisans ?... qu'à cela ne tienne, je doublerai la somme.

— Vous la centupleriez que je n'en repousserais pas moins votre offre avec horreur ! s'écria de Maurevert d'une voix vibrante , qui fit tressaillir de surprise son interlocuteur. — Marquis de la Tremblais, vous m'avez bien jugé... Oui, ma conscience est des plus accommodantes..... Oui, oui, je me ris des scrupules; oui, j'aime l'argent; oui, je ne crois pas aux remords... En un mot, si je n'étais gentilhomme, on aurait le droit de me traiter de sacripant insigne... Voilà de la franchise, j'espère. Bah ! nous sommes seuls, et vous valez encore moins que moi... A quoi bon me poser en saint ermite? Seulement, marquis, je possède parmi tout cet amas de vices, une toute petite vertu : le respect de ma parole. Pour tous les trésors de la terre, je ne manquerais pas à un serment.

Je ne prétends pas que j'aie raison d'être ainsi. Cela est, voilà tout. A mon âge on ne se change plus. Or, vous saurez, marquis, que Raoul Sforzi et moi nous nous sommes juré, hier même, une amitié à toute épreu-

---

(1) En 1581, l'écu au soleil — monnaie d'or —était de 23 carats do 71 1/6 au marc, et valait de 60 à 65 sols (18 à 20 fr. de nos jours).

ve. Nous avons contracté une alliance défensive. J'en suis aux regrets de ne pas vous avoir rencontré quarante-huit heures plus tôt. A présent le mal est fait. Il faut bien l'accepter avec résignation. Tenez, marquis, voulez-vous me permettre de vous donner, je n'ose dire un conseil, mais du moins un avis? Ne vous attaquez pas à ce petit chevalier; c'est un tigre que ce Raoul! Notre connaissance a commencé le fer à la main... Je joue fort dextrement de l'épée; je ne craindrais pas de me mesurer avec messire Hercule, et je possède un sang-froid précieux. Eh bien! le croiriez-vous? ce Raoul, en moins de temps que je n'en mets à vous le dire, m'a enlevé de terre, planté son genou sur la poitrine, et placé sa dague sur la gorge... J'en suis encore à comprendre comment cela a eu lieu... Vous me répondrez, marquis, que votre intention n'est pas d'attaquer le chevalier Sforzi vous-même, que vous confierez ce soin à vos serviteurs, soit. Savez-vous ce qui en résultera? Que l'épée de Raoul dépareillera votre belle collection d'apôtres, ce qui serait vraiment dommage... Croyez - en mon expérience, marquis, le plus sage pour vous, c'est de ne pas donner suite à cette affaire...

—Je vous remercie de vos renseignemens, et je verrai à mettre vos conseils à profit, cher capitaine, répondit froidement le seigneur de la Tremblais. Nous voici rendus à la poterne, ne vous dérangez pas davantage. M. de Maurevert, je suis bien votre serviteur! Au plaisir de vous revoir!

Une fois qu'il fut hors du château, le seigneur de la Tremblais se dédommagea par une vingtaine de jurons sacrilèges, de la contrainte qu'il avait dû observer jusqu'alors.

— Benoist, dit-il en s'adressant au chef de ses apôtres, la maison-forte de Tauve renferme un misérable qui se nomme le chevalier Raoul Sforzi! Il faut qu'avant huit jours cet homme soit en ma puissance. Cent écus d'or pour toi si tu réussis, la potence si tu échoues!... J'accepte à l'avance la responsabilité de tous les moyens que tu emploieras pour exécuter mes ordres.

— Monseigneur, vous serez obéi...

— Comment feras-tu pour voir ce Raoul, car il faut bien que tu le connaisses?

— Je l'ai déjà vu, monseigneur.

— Quand cela, Benoist?

— Hier même, monsieur le marquis. Il était en compagnie de ce géant qui m'a si bellement assommé.

— A merveille, ce géant, le capitaine de Maurevert, est le seul appui que possède

Sforzi... Tu comprends... Je te donne carte blanche...

—Oh!soyez sans inquiétude, monseigneur, répondit le chef des apôtres d'une voix sourde, et tandis qu'un sinistre sourire glissait sur son hideux visage, vous serez obéi.

— Un dernier mot Benoist!... Il me faut le chevalier vivant, vivant entends-tu!... Car un simple coup de poignard ne suffirait pas à ma vengeance...

— Vous l'aurez vivant, monseigneur!... Quant au capitaine de Maurevert.....

— Je te répète que cela ne me regarde pas... Je te le livre...

— Merci bien, monseigneur.

CHAPITRE VII.

Les religionnaires de Tournoil.

Après avoir pris congé du seigneur de la Tremblais, le capitaine de Maurevert retourna dans la grande salle de réception. Il était pensif et soucieux.

— Mon cher ami, dit-il à Raoul, en le prenant à part, voici une journée qui débute d'une piteuse façon! Que le diable confonde cette vieille huguenote! elle avait bien besoin de se mêler de nos affaires! Moi qui excelle à traiter les questions de rançon! Enfin, puisque le mal est irréparable, n'en parlons plus : songeons plutôt aux ennuis que l'avenir nous promet, et arrangeons-nous de sorte à les éviter.

— Quel a été le résultat de votre conférence avec le marquis? demanda Raoul.

— Nul et insignifiant, mon ami.

— Il paraissait cependant désirer vivement vous entretenir en particulier!... C'est bien étonnant qu'il ne vous ait rien proposé.

— Oui, c'est bien étonnant, se contenta de répéter le capitaine sans songer à tirer vanité de son sublime refus des cinq cents écus.

Décidément, de Maurevert ne manquait pas d'une certaine délicatesse.

— Approchez-vous donc, mademoiselle, continua-t-il en s'adressant à Diane, qui, assise à une faible distance des deux gentilshommes, prêtait instinctivement l'oreille à leur conversation.

La demoiselle d'Erlanges rougit, hésita et finit par avancer son tabouret.

— Le sujet que nous traitons vous concerne pour le moins tout autant que nous, reprit de Maurevert; il s'agit de deviner et par suite de contrecarrer les desseins du seigneur de la Tremblais. Parlons logiquement : deux moyens s'offrent à nous de prime-abord : la force et la ruse. Si nous avions du temps, nous pourrions, en exploitant la misère du menu-peuple, indignement dépouillé par la rapacité du marquis de la Tremblais, former contre lui une espèce de ligue ! La petite noblesse, qu'il s'est rendue hostile par son arrogance, nous prêterait également son appui. Malheureusement, nous sommes à court de temps, car notre ennemi n'est pas homme à s'endormir sur une injure, à remettre à plus tard le soin de sa vengeance. Nous devons donc nous hâter de prendre les devants. Si nous manquons d'initiative, nous sommes perdus ! Reste la ruse... N'avez-vous pas, chevalier Raoul, un plan à nous proposer ?

— Hélas ! non, capitaine.

— Quoi ! aucune petite trahison ? nul stratagème ? Vraiment, cher ami, quand on est dénué à ce point d'imagination, on devrait y regarder à deux fois avant de se faire un ennemi puissant. Mais à quoi bon ces remontrances ! il n'y a plus à revenir sur le passé, la faute est faite !... Eh bien, moi, j'ai une idée !...

— Voyons cette idée, capitaine !..

— Je commence par vous déclarer, amour-propre d'auteur à part, qu'elle me semble éminemment ingénieuse. L'exécution en est des plus faciles, la réussite assurée...

— Parlez, parlez, capitaine !

— Avant tout, reprit de Maurevert, il nous faut remonter à la cause première du mal. La source de tous ces ennuis, est le refus — que je ne veux pas discuter — opposé par Mlle Diane à l'amour obstiné de la Tremblais. Supposons maintenant que Mlle se ravise, qu'elle ressente tout à coup une violente passion pour le marquis...

— Capitaine !... s'écria Raoul presque d'un ton de menace et en interrompant de Maurevert.

— Bon ! des emportemens !... A quoi cela vous avancera-t-il ? à rien qui vaille. Si une innocente hypothèse ne m'est pas même permise, je renonce à vous expliquer mon projet, et vous laisse vous tirer d'affaire comme bon vous l'entendrez !...

— Poursuivez, capitaine, dit Diane d'une voix douce et suppliante. Chevalier Raoul, écoutez, je vous en conjure, la proposition de M. de Maurevert !... Son expérience peut seule nous sauver !...

— Je suppose donc pour un instant, continua tranquillement de Maurevert, que mademoiselle change de sentimens et de-

vienne affolée de la Tremblais ! Elle lui a assigné un rendez-vous dans les environs du château : Raoul, ne vous démenez donc pas ainsi ; le marquis, ravi, se hâte naturellement d'accourir ! Alors, nous sortons l'épée à la main, d'une embuscade où nous nous sommes tenus cachés, nous chargeons vivement le marquis et nous le laissons mort sur place.

Une seule chose serait à craindre, que le seigneur de la Tremblais se fît grandement escorter. A cela, je répondrai qu'il n'est guère d'usage que l'on se rende à une invitation galante à la tête d'une compagnie d'hommes d'armes et d'arquebusiers ! Toutefois, en admettant que notre ennemi soit accompagné de quelques-uns de ses apôtres, comme nous aussi nous aurons amené, pour nous aider, tous les serviteurs valides du château, nous n'en viendrions pas moins à bout de notre besogne. Que pensez-vous, chevalier, de mon idée ?

— Qu'elle est inexécutable, capitaine.

— Pourquoi cela, je vous prie ?

— Parce que son accomplissement serait tout bonnement un crime et nous déshonorerait à jamais.

— Ah ! c'est comme cela que vous comprenez la question, dit de Maurevert en accompagnant ses paroles d'un sourire de pitié. Alors, chevalier Sforzi, je n'ai plus qu'à me taire. Prenez vos mesures et arrangez-vous comme bon vous semblera. Moi, de mon côté, j'emploierai les moyens qui me conviendront.

L'espèce de conseil tenu par de Maurevert, Sforzi et Diane fut interrompu en ce moment par l'arrivée de la dame d'Erlanges.

— Messire, dit-elle à Raoul, je vous dois et je vous prie d'agréer mes remercîmens pour l'appui que vous m'avez prêté tout à l'heure... Je ne vous cacherai pas, néanmoins, que je déplore la violence dont vous avez fait preuve ! La colère est un vilain péché, messire !

— Par les cornes du diable, voilà qui est trop fort ! s'écria de Maurevert. Exposez-vous donc à être dagué, pistoleté, arquebusé, pour recevoir ensuite de tels complimens, pour entendre de pareils sermons !... Savez-vous bien une chose, dame d'Erlanges, c'est que la générosité, ou, pour mieux dire, la sottise du chevalier Raoul, lui vaudra, selon toute probabilité, un malencontreux et pitoyable trépas... Si, au lieu de prendre fait et cause pour vous, qu'il ne connaissait pas, il avait voulu s'arranger avec le marquis, non seulement M. de Sforzi ne courrait à présent aucun danger, mais il se trouverait, en outre, à la tête de deux cents écus d'or ! Par les cornes du diable ! je le répète, si vous ne voulez pas vous montrer d'une laide et méchante ingratitude, cessez vos sermons.

La dame d'Erlanges accueillit cette violente apostrophe par un majestueux silence, et de Maurevert, s'échauffant de plus en plus, poursuivit :

— Que messire Satanas me plonge au fin fond des chaudières, dit-il, si j'entrevois le moyen de sauver ce pauvre chevalier !... Je ne puis cependant, de gaîté de cœur, laisser hacher menu mon ami, mon compagnon !... Voyons Raoul, expliquez-vous !... Que comptez-vous faire ?...

— Mon parti est arrêté, répondit gravement le jeune homme, je porterai mes plaintes aux pieds du trône !... J'irai demander justice et protection au roi !..

De Maurevert éclata de rire.

— Allons, de mieux en mieux ! s'écria-t-il ; quel singulier jeune homme vous êtes, Sforzi. Vous croyez donc au pouvoir du roi, vous ? Vous vous imaginez que Henri de Valois compte pour quelque chose dans son royaume ; que l'action de sa puissance déjà entravée et contestée à Paris, peut s'étendre jusqu'à la province d'Auvergne ? Vous faites réellement un bien piteux politique ! Henri III, sachez-le, n'existe que par sa noblesse qu'il caresse et qu'il déteste ; du jour où messeigneurs de Guise lui retireront leur appui, il tombera dans la cellule d'un cloître ! Vous adresser à Henri ! sur ma parole, cela est bouffon au possible.

— Capitaine, répondit gravement Raoul, nous avons, vous et moi, une idée bien différente de la royauté. Vous, vous la raillez ; moi, je la vénère comme une institution venant de Dieu. Le jour où le roi daignera manifester sérieusement sa volonté, personne, je n'en excepte pas les plus grands, n'osera lui résister. Pour pouvoir, il ne lui faudra que vouloir. Capitaine, je porte dans mon cœur la haine et le mépris de la féodalité. J'ai été témoin de tant d'excès, de tant d'abus, de tant d'indignités, commis par la noblesse des États d'Italie ; j'ai vu la tyrannie des grands sévir avec une telle cruauté sur le pauvre peuple, que je mets toute mon espérance dans la royauté !... La royauté qui nivèle les positions, écrase les superbes, défend les faibles, c'est la liberté !... Depuis longtemps déjà je suis tourmenté par l'ardent désir de combattre la tyrannie des seigneurs de province !... Qui sait si Dieu ne m'a pas conduit au château de Tauve pour m'exciter à accomplir mon projet !... Peut-

être, sans l'infamie du marquis de la Tremblais, sans les dangers qui menacent les dames d'Erlanges, ne me serais-je pas rendu auprès de S. M. Henri III. Aujourd'hui, ma résolution est inébranlable, aucun événement ne sera capable d'en empêcher l'exécution... Je verrai le roi !...

Le chevalier Raoul Sforzi s'était exprimé avec une telle animation, son regard brillait d'un tel enthousiasme, que Diane d'Erlanges se sentit électrisée.

— Dieu bénira vos efforts et votre courage, monsieur ! s'écria-t-elle avec un élan parti du cœur.

— Dieu ne bénit jamais les maladroits, mademoiselle, dit ironiquement le capitaine de Maurevert. Le chevalier Sforzi, en admettant qu'il parvienne, au moyen de sa docte éloquence, à changer le caractère de Henri de Valois, doit d'abord se rendre à Paris. Or, je vous le demande, ce voyage vous paraît-il chose aisée et facile ? Raoul n'aura pas fait deux lieues, que les apôtres du marquis tomberont sur lui comme une volée de corbeaux affamés qui s'abattent sur une proie. Sforzi est brave ; c'est bien le moins qu'il ait une qualité, il se défendra vaillamment ! Il en tuera un, deux, trois, la moitié, si vous le voulez, soit ! mais ils sont douze, messieurs les apôtres ! Il faudra bien que Raoul finisse par succomber... Croyez-en ma vieille expérience, chevalier, n'entrez pas en campagne ! Restez tranquillement ici !.... Sous aucun prétexte ne mettez les pieds hors du château !.. Moi, pendant que vous serez bloqué, j'agirai !... Puisque le guet-apens si gentil que je vous ai proposé ne vous plaît pas, j'aurai recours à un autre moyen !.. Veuillez, je vous prie, Madame, ordonner que l'on m'amène mon cheval ; je vais maintenant me mettre en route...

— Seul, capitaine ? demanda Raoul, je ne le souffrirai pas !

— Par les cent mille péchés de M. mon père, cela dépasse toutes les bornes de l'extravagance, s'écria de Maurevert. Chevalier, j'ai respecté vos scrupules, veuillez, en revanche, me laisser ma liberté d'action.

— Mais si vous êtes attaqué, capitaine ?

— Bah ! il ne m'attaquera pas !... Je suis un homme de quelque importance, moi ! On sait que mon cousin de Maurevert, le plus abominable bandit, soit dit entre nous, que la terre ait jamais porté, est au mieux avec messeigneurs de Guise et les princes... Son crédit rejaillit sur moi !...

— Et où allez-vous capitaine ?

— Où je vais ?... Vous êtes bien curieux.

Au fait, cela m'est aussi égal que vous le sachiez, que cela vous apprendra peu que je vous le dise.,. Je me rends à cinq lieues d'ici, au château de Tournoil...

— Au château de Tournoil! répétèrent avec étonnement et effroi la dame d'Erlanges et sa fille Diane. Vous vous rendez à Tournoil, capitaine?

— Certes, mesdames, et je suis surpris que cela vous interloque si fort... Le château de Tournoil n'est-il pas habité par vos frères, par d'excellens huguenots?

— Vous appelez ces gens nos coreligionnaires, capitaine! s'écria la dame d'Erlanges d'un air indigné.

— Mais certes! Sans la protection de la garnison de Tournoil, il y a longtemps que votre maison-forte de Tauve ne vous appartiendrait plus, que le marquis s'en serait emparé. Ce sont de rudes joûteurs, au reste, que ces MM. de Tournoil, n'est-ce pas, madame? Les plus fines lames de votre parti! Tudieu, personne ne s'entend comme eux à pendre un catholique, à exécuter un coup de main, à tendre une embuscade. Malheureusement, comme le mérite excite toujours l'envie, il se trouve par ci par là des mauvaises langues qui les calomnient!... On prétend — horrible mensonge — que non seulement messieurs de Tournoil ne sont pas huguenots, mais qu'ils n'appartiennent même à aucune religion!... que la réforme leur sert à masquer leur véritable industrie... Enfin, on dit beaucoup de choses... Cela n'empêche pas qu'au dernier prêche auquel j'ai assisté — car je vais partout, moi — je n'aie entendu un de vos ministres proposer une collecte en faveur de messieurs du château de Tournoil! La collecte a même produit près de trois cents écus... Que diable! vos ministres, s'ils n'étaient pas convaincus de la vertu et de l'utilité des messieurs de Tournoil, ne s'amuseraient pas, je le pense, à les gorger d'argent...

La dame d'Erlanges baissa la tête d'un air accablé et garda le silence.

— Madame, reprit de Maurevert, veuillez me permettre de vous adresser, avant de m'éloigner une dernière question: quelle somme puis-je offrir, de votre part, à vos frères de Tournoil? ces messieurs ont de grands besoins, et, par suite, se trouvent souvent sans un denier!

Je crois que pour quatre à cinq mille écus on pourrait s'assurer leur concours. Vous me direz que cinq mille écus constituent un joli denier. Certes; mais réfléchissez aussi à la difficulté de l'entreprise. S'attaquer au plus puissant seigneur de la province, au terrible marquis de la Tremblais! cela mérite un bon salaire.

— Capitaine, interrompit la dame d'Erlanges, plutôt que d'employer de tels alliés, je préférerais voir mon château incendié, mes troupeaux égorgés, ma fortune perdue!.. Je ne vous autorise donc nullement, monsieur, à traiter en mon nom!.. Quand on a mis toute sa confiance en Dieu, ce serait commettre un sacrilége que d'accepter l'appui de bandits et d'assassins!..

— C'est comme cela que vous traitez vos frères en religion, dame d'Erlanges! répondit de Maurevert en ricanant. Ah! voilà qui s'appelle manquer de charité chrétienne! Il est malheureux que vous compreniez si mal vos intérêts.

N'importe, puisqu'il faut que je tire de danger ce pauvre Raoul, je vous sauverai malgré vous. Chevalier, venez, je vous prie, m'aider à endosser ma cuirasse! Mesdames, j'aurai l'honneur, avant de me mettre en route, de vous présenter mes respects.

Le chevalier prit le bras du capitaine et le suivit, fort désireux d'obtenir l'explication de la conversation énigmatique qu'il achevait d'entendre.

CHAPITRE VIII.

Le Pacte.

Dès qu'ils furent sortis de la salle de réception, Raoul s'empressa d'interroger de Maurevert.

— Quels sont donc ces religionnaires de Tournoil que la dame d'Erlanges paraît avoir en si mince considération? lui demanda-t-il.

— A vous parler franc et net, répondit le capitaine, ce sont de satanés bandits, d'abominables coquins! Les religionnaires de Tournoil formaient, il y a quatre ans, une compagnie franche et tenaient pour le roi. Mal payés, à peine vêtus, mis au ban de l'opinion, ils menaient une fort pitoyable existence. Un jour, poussés à bout par la misère et exaspérés de l'ingratitude qu'on leur montrait, ils résolurent de travailler pour leur propre compte. Ils avaient pour cornette un homme avisé, ambitieux et hardi; ils lui firent part de leurs projets et lui offrirent de l'élire capitaine. Le cornette accepta.

Peu après, la compagnie franche conduite par son nouveau chef, s'empara traîtreusement du château-fort de Tournoil, en massacra la garnison, et, n'ayant plus ni grâce, ni merci à attendre de la part des catholiques, prit parti pour la réforme !

Cette alliance n'avait rien de bien flatteur pour les Huguenots, mais comme après tout elle leur était d'un énorme secours, ils ne crurent pas devoir la refuser !

Depuis lors, Messieurs de Tournoil, — ainsi qu'on les appelle par dérision, — ont joyeusement vécu et grandement prospéré ! Ils rançonnent les voyageurs, pillent les fermes, surprennent les maisons-fortes et frappent les villages d'impositions extraordinaires !.. Au total, ils sont l'effroi du pays !..

— Et jamais l'on n'a songé à détruire ce nid de brigands ?

— Cent fois ! Seulement monsieur le lieutenant général, gouverneur pour le roi en la province d'Auvergne, le marquis de Canilhac, n'a pu encore se décider à entamer cette rude besogne. Tous bons soldats, tous gens de sac et de corde, tous déterminés à ne reculer devant rien, messieurs de Tournoil sont au nombre de trois cents ; leur château-fort est à peu près imprenable ; ils possèdent des provisions considérables de poudre et six canons : cela donne à réfléchir.

— Et croyez-vous, capitaine, s'écria Raoul avec indignation, que de pareils abus se produiraient impunément au grand jour, si la nation, au lieu d'être divisée en vingt partis différens, ne reconnaissait que l'autorité royale ? Votre cœur n'est-il pas déchiré au spectacle des calamités sans nombre dont le pauvre peuple est accablé ?...

— Nullement, cher ami... tout au contraire ! S'il n'y avait qu'un parti en France, à quoi, je vous prie, emploierait-on son temps ? Un seul maître à servir, partant de là une seule solde à toucher : par la mort, ce serait bien triste ! Je ne discuterai point avec vous, capitaine, cela ne nous conduirait à rien ; laissons la politique de côté et occupons-nous de choses qui nous touchent directement. Quelles sont vos intentions en allant trouver ces messieurs de Tournoil ? qu'attendez-vous de leur concours en supposant qu'ils vous l'accordent ?

— Me créer un appui contre le marquis de la Tremblais ; vous soustraire à son ressentiment. Plus je réfléchis, cher ami, à votre conduite, et plus je suis effrayé des conséquences qu'elle peut avoir pour nous deux. Vous comprenez que s'il me faut gaspiller mon temps à estocader du soir au matin, je risque fort de négliger mes affaires, et de ne tirer aucun profit de la double mission dont je suis chargé. Il est urgent, indispensable, que j'assure, n'importe à quel prix, ma tranquillité future..... Une traité d'alliance défensive avec le capitaine des religionnaires de Tournoil me vaudra ce résultat. Ah ! ah ! voici mon cheval qui hennit de joie à ma vue. Il raffole des aventures, ce cheval. Attends-moi, excellente bête ; je reviens à l'instant. Chevalier, montons dans mon appartement. J'ai laissé sur ma table un flacon de St-Pourçain : c'est bien le moins qu'avant de nous séparer, peut-être à tout jamais, nous trinquions ensemble.

Cinq minutes plus tard, le capitaine de Maurevert et le chevalier Sforzi assis en face l'un de l'autre, reprenaient, le verre en main, leur conversation.

— Mon cher Raoul, dit Maurevert, notre amitié est de date si récente, nous avons si peu parlé affaires, que cet entretien nous était indispensable. Il nous servira à bien établir nos positions respectives. Voulez-vous que j'entre en matière ?

— Volontiers, capitaine ! Parlez !

— Je débute par un aveu ! Je vous avouerai, cher ami, que je possède une bien ridicule faiblesse, je tiens à aimer et à être aimé ! Cela vous étonne ? moi aussi. Que voulez-vous ! Je ne discute pas, je raconte. Ne vous imaginez pas, au moins, que je fasse allusion ici aux fadaises de messire Cupido : vous tomberiez dans une étrange méprise. J'admire les jolies femmes, je les courtise vivement quand l'occasion s'en présente, mais toujours sans y attacher la moindre importance. Jamais dame noble, bourgeoise ou vilaine n'a troublé une seconde mon repos !... Je tiens à être aimé d'un bon, hardi et loyal compagnon... J'ai besoin de penser qu'il y a de par le monde un homme qui s'intéresse aux faits et gestes de ce sacripant que l'on nomme le capitaine de Maurevert... un homme qui ne lui jettera point la pierre s'il commet quelque légèreté, et qui, l'heure du danger venue, lui prêtera gentiment l'aide de son épée...

L'alliance que je vous propose n'engage nullement votre liberté : nous restons tous les deux maîtres d'employer, chacun de son côté, comme bon nous l'entendrons, notre activité et notre intelligence. Nous ne partagerons pas les profits. Vous ne sauriez, cher ami, vous imaginer la force que donne une semblable association !

A deux on vaut bien dix hommes !.. Si ma proposition vous agrée il ne nous reste plus qu'à fixer un terme à notre pacte, et tout sera dit !.. Moi, mon habitude est de m'engager pour un an !.. Toutefois, si ce bail vous semble trop long ou trop court, je m'empresserai, pour vous être agréable, de le modifier !..

— Capitaine de Maurevert, répondit Raoul en comprimant avec peine un sourire, il y aurait de ma part une noire ingratitude à refuser votre offre.... Notre association ne vous a-t-elle pas déjà jeté dans de graves embarras? N'est-ce pas à cause de moi que vous vous êtes attiré la redoutable inimitié du marquis de la Tremblais...

— Ah ! permettez Raoul, interrompit de Maurevert, il ne s'agit pas ici de reconnaissance , mais seulement de sympathie.... Que le souvenir du passé n'influe en rien sur votre détermination... Mon caractère vous convient-il? oui ou non.... Toute la question est là !...

— Je doute, capitaine, que nous ayons, vous et moi, les mêmes opinions. Toutefois vos manières décèlent une franchise que j'estime fort. J'accepte donc de tout cœur l'offre de votre amitié.

— Ainsi, nous contractons alliance ! Très bien ! Quel terme fixons-nous? un an ?

— Soit, capitaine, un an.

Alors de Maurevert se leva, et, étendant la main :

— Je jure sur ma part de paradis, sur mon honneur de gentilhomme, sur ma dague et sur mon épée, dit-il d'une voix grave, de vous prêter pendant une année entière, chevalier Storzi, en tout lieu, en toute circonstance, qu'il vous plaira de m'appeler, un appui désintéressé, énergique et loyal, pourvu cependant qu'il ne s'agisse ni de commettre un sacrilège, ni de me rendre complice d'un assassinat.

Raoul se leva à son tour et répéta ce serment.

— A présent, capitaine, poursuivit-il, une dernière question : par quel hasard se fait-il que je vous aie trouvé libre de tout engagement ?

— Hélas ! cher Raoul, j'avais justement tué avant hier mon associé.

— Tué votre associé ! capitaine.

— Et cela, à mon extrême satisfaction, cher ami... Il y avait dix mois que je comptais les semaines, les jours, les minutes qui me séparaient encore de l'heure où je devais rentrer dans ma liberté !... Pendant une année je n'ai pas donné un seul signe d'impatience... Je ne suis pas sorti une seule fois de l'urbanité et des convenances que m'imposait notre association... Lui,—je parle de mon compagnon,— se conduisait à mon égard comme un manant; le sot prenait mon honnêteté et ma

douceur pour de la faiblesse. Tudieu ! je lui ai prouvé avant-hier combien grande était son erreur : je l'ai jeté sur le carreau, percé de plus de vingt coups de dague ! Un duel magnifique, chevalier, et qui vous eût fait plaisir à voir ! A présent, buvons un dernier verre de Saint-Pourçain à la prospérité de notre association !

Le capitaine vida d'un seul trait l'immense coupe dont il s'était armé ; puis, se levant de dessus son fauteuil, il se mit à boucler sa cuirasse. Cher compagnon, dit-il à Raoul, tout en procédant à sa toilette guerrière, quel est, je vous prie, votre caractère? Une franche confession de votre part m'évitera la peine de vous étudier.

— Votre question est singulière , capitaine, et elle ne laisse pas que de m'embarrasser. L'homme ne se connaît jamais lui-même : il prend volontiers ses défauts et ses vices pour des qualités et des vertus. N'importe! je vais faire en sorte de répondre de mon mieux à votre confiance... Je crois que je suis bon, car le spectacle d'une action loyale et honnête me va droit au cœur, de même que le récit d'un trait magnanime m'émeut jusqu'aux larmes et me ravit d'admiration !... Cependant , il y a des heures, capitaine, où mon sang se révolte contre mes sentimens... des heures terribles, où, en proie à une fureur indicible, à des transports insensés, je cesse d'être maître de moi !... Malheur alors à l'audacieux qui ose braver ma colère !.... C'est un homme mort !... A la suite de ces crises, j'éprouve un profond découragement de toute chose, un immense dégoût de la vie, je pense à me retirer du monde, je rêve au calme d'un couvent, au repos de la tombe. Il y a aussi en moi, capitaine, une sève de jeunesse qui m'effraie. Je ressens parfois un besoin de luxe et de richesse, une soif de plaisirs, une fièvre d'activité réellement intolérable. Il me faut déployer alors une force de volonté presque surhumaine pour résister au tourbillon qui m'entraîne ! Une seconde de faiblesse et je serais perdu. Mes passions déchaînées prendraient le dessus !... Cette conscience de mes défauts me rend méfiant et inquiet. Je crains ma fougue ; je m'observe sans cesse. Ce qui, jusqu'à ce jour, m'a sauvé de bien des écueils, c'est mon opiniâtreté, ma résolution. Quand je me suis proposé un but, indiqué une difficulté, rien ne peut me faire dévier de ma voie jusqu'à ce que j'aie atteint le but, surmonté la difficulté. Est-ce là une qualité ou un défaut? je l'ignore. Au demeurant, capitaine, je crois être bon de cœur, mauvais de tête.

3

De Maurevert avait écouté Raoul avec une extrême attention.

— Cher ami, lui dit-il après un assez court silence, le portrait que vous venez de tracer de vous-même, me paraît assez ressemblant. Vos défauts sont de nature à vous conduire à de grands malheurs ou à une superbe fortune. Je préfère cent fois l'homme ardent, haut la main, audacieux et emporté, au sage modeste et paisible. Le premier prend, jeune encore, place sur un trône ou sur un échafaud ; tandis que le second reste dans une déplorable obscurité et meurt après une idiote vieillesse. La vie, c'est le mouvement, la lutte, l'aventure !.. Tudieu ! il me semble que notre compagnonnage ne sera pas improductif, qu'il donnera lieu à quelque peu de bruit, qu'il en sortira quelque chose d'inattendu et d'éclatant ! Nous sommes en droit de tout attendre de votre fougue réglée par mon expérience... Vous me voyez ravi d'avoir su deviner vos mérites et conclu un pacte avec vous... Là, me voici cuirassé, éperonné, armé, prêt à entrer en campagne. Descendons !...

Cher Raoul, dit de Maurevert au moment de mettre le pied à l'étrier, promettez-moi que pendant mon absence, vous ne sortirez pas du château ; plus encore, que vous ne vous promènerez pas même sur les remparts. Une balle d'arquebuse arrive si vite ! Or, je tiens pour chose certaine que messieurs les Apôtres du marquis, déjà embusqués dans les alentours de Tauve, vous guêtent au passage !

— Mais, capitaine, si votre absence se prolonge, je ne puis rester indéfiniment prisonnier ?

De Maurevert, avant de répondre, garda un instant le silence.

— Franchement, chevalier, dit-il, demoiselle Diane est bien la plus avenante et la plus délicieuse créature que j'aie jamais vue. Vous craignez, prétendez-vous, que mon absence ne soit de trop longue durée ! Si, dans quatre jours, je ne suis pas de retour, je vous permets de vous remettre en route.

— C'est bon, capitaine, j'attendrai quatre jours.

Les deux compagnons de fortune se donnèrent l'accolade ; les serviteurs de garde à la poterne abaissèrent le pont-levis, et de Maurevert, fièrement campé en selle, la main placée sur la crosse de son arquebuse, l'oreille aux aguets, l'œil scrutateur, s'éloigna au trot pesant de sa puissante monture.

Raoul, après l'avoir suivi pendant quelques instans du regard, se dirigea vers le jardin du château où Diane, — ne soupçonnant pas sans doute que le jeune Raoul dût venir, — se trouvait déjà depuis près d'une demi-heure.

———

CHAPITRE IX.
Récit rétrospectif.

Les trois jours qui suivirent le départ du capitaine de Maurevert, passèrent pour Raoul comme un songe : enivré par l'esprit, la beauté et les grâces de Diane, qu'il ne quittait presque pas d'un instant, le jeune homme ne songeait pour ainsi dire plus aux dangers dont il était menacé. Parfois même il se sentait presque reconnaissant envers le marquis de la Tremblais de sa haine, qui lui valait de si doux entretiens avec la demoiselle d'Erlanges.

Cependant lorsque le quatrième jour — ce jour qui lui rendait sa liberté — s'écoula sans apporter aucune nouvelle de Maurevert, Raoul commença à se préoccuper sérieusement du silence de son compagnon d'armes, et à regretter de ne pas l'avoir accompagné, malgré son refus, dans sa périlleuse entreprise.

— Mademoiselle, dit-il à Diane, j'ai bien peur que ce pauvre capitaine n'ait été victime de sa témérité et de son dévouement. L'honneur me commande de sortir de mon inaction, de m'enquérir de son sort. Soyez assez bonne, je vous prie, pour me donner un de vos serviteurs de confiance qui connaisse le pays et qui puisse me conduire au château de Tournoïl.

En entendant ces paroles, Diane pâlit.

— Quoi ! chevalier, dit-elle d'une voix émue, vous songez à quitter Tauve ; mais ce serait courir à la mort. Croyez-vous que le marquis ait renoncé à la vengeance ? Cela n'est pas possible ! Des espions veillent aux abords de notre maison-forte. Soyez-en certain, vous n'auriez pas franchi le pont-levis, qu'une balle vous atteindrait au cœur. Il faut rester, chevalier, je le veux ! c'est à dire je vous en prie.

— Mademoiselle, répondit Raoul avec une émotion au moins égale à celle de Diane, Dieu m'est témoin que pour trouver la force de m'éloigner, il me faut déployer un courage plus qu'humain !... Le généreux intérêt que vous daignez me témoigner, ne fait que me confirmer encore davantage dans ma résolution. Laisser le capitaine de Maurevert sans aide et sans secours, lorsqu'il invoque peut-être l'appui de mon bras, ce serait me déshonorer à tout jamais ! Or, j'entends, mademoiselle, rester toujours digne de votre estime.

Diane réfléchit, puis après une légère pause:

— Chevalier, répondit-elle, vous avez raison. Un gentilhomme ne doit pas manquer à la belle devise : « Fais ce que dois, advienne que pourra. » Oui, si j'étais homme, je n'hésiterais pas à courir au secours du capitaine.

— Oh ! merci, mademoiselle, merci !

— Toutefois, poursuivit Diane, le courage n'exclut pas la prudence ; vous aventurer en plein jour hors du château, ce serait le comble de la folie ; attendez au moins, pour commencer votre voyage, que la nuit soit venue. Quant à la personne qui vous servira de guide, je ne crois pouvoir mieux faire que de vous donner Lehardy : c'est un homme droit, loyal, dévoué, incapable d'une bassesse ! Plutôt que de vous trahir, il endurerait le dernier des supplices !

La conversation que le lecteur vient de lire avait lieu dans le jardin du château, l'endroit favori de la demoiselle d'Erlanges. Diane envoya une de ses femmes chercher Lehardy, qui se présenta bientôt devant sa jeune maîtresse.

— Mon ami, lui dit Diane avec une bienveillance toute particulière, j'ai à te charger d'une mission dangereuse et délicate. Il s'agit de conduire M. le chevalier Storzi au château de Tournoil. Puis-je compter sur ta bonne volonté ?

Lehardy était un homme de cinquante ans : l'expression rechignée de son visage et la brusquerie de ses mouvemens, ne prévenaient pas de prime abord en sa faveur : il paraissait grondeur, dur, revêche : cependant en l'examinant davantage, on ne tardait pas, tant son œil respirait la droiture et la franchise, à changer entièrement d'opinion sur son compte.

Depuis près d'un siècle, — fait aussi commun à cette époque qu'il est devenu rare de nos jours, — la famille des Lehardy fournissait des serviteurs à la maison d'Erlanges. A la question de sa jeune maîtresse, Lehardy fit une assez laide grimace, et, d'une voix qui disait fort clairement sa mauvaise humeur,

— Il est incontestable, mademoiselle, répondit-il, que si vous m'ordonnez d'accompagner monsieur le chevalier, il faudra bien, quelque désagréable que soit cette corvée, que je vous obéisse. Se rendre au château de Tournoil... Pourquoi ne pas plutôt se mettre en route pour l'enfer ?...

— Mon ami, reprit doucement Diane, tu sais aussi bien que moi les obligations que nous avons à M. de Storzi. N'est-ce pas pour avoir pris notre défense qu'il se trouve aujourd'hui dans l'embarras ? Ce serait mal reconnaître sa bonté que de répondre par un refus au premier service qu'il veut bien nous prier de lui rendre. Cependant, si accompagner le chevalier te semble chose si pénible, n'en parlons plus ; je déléguerai ce soin à un autre de mes serviteurs.

Ces mots firent bondir Lehardy d'indignation et de colère.

— Donner à un autre serviteur une commission qui m'était d'abord destinée, notre demoiselle ! s'écria-t-il d'une voix tremblante d'émotion. J'aimerais mieux mourir que de supporter un tel outrage ! Je suis donc, à vos yeux, un traître et un misérable ! Vous n'avez donc pas de confiance dans mon dévoûment, dans mon honnêteté ! Tenez, notre demoiselle, je vous le dis net, c'est mal à vous, bien mal, de me traiter ainsi. Jamais je ne me serais attendu à la douleur que vous me causez en ce moment ! C'est bien mal !...

Des larmes , que Lehardy s'efforçait de renfoncer à coups de poing, tremblaient dans ses cils. Diane attendrie prit sa main dans les siennes :

— Lehardy, dit-elle, tu t'es mépris au sens de mes paroles... Pour rien au monde je ne voudrais blesser dans ses sentimens de juste fierté le serviteur qui m'a vu naître, et dont l'attachement ne m'a jamais fait défaut. Tu as accueilli ma demande avec une telle répugnance, que j'ai cru devoir, pour t'éviter un ennui, ne pas insister.

— Vous ! me causer un ennui, notre demoiselle ? s'écria le vieux serviteur profondément attendri, est-ce que c'est possible ? Vous êtes la bonté en personne. J'ai eu tort, notre demoiselle, pardonnez-moi... Chacun a ses petits défauts ; moi , j'ai besoin d'être toujours de mauvaise humeur ; de gronder, de me rebiffer sans cesse... C'est-à-dire que vous me voyez au contraire ravi, enchanté d'avoir été choisi pour accompagner M. le chevalier. Je cours seller les chevaux.

— Reste, Lehardy, dit Diane. M. le chevalier ne compte se mettre en route qu'à la nuit tombante.

— Ah ! voilà qui est bien imaginé, s'écria le serviteur avec un soupir de satisfaction. Je pensais aussi, à part moi, que franchir en plein soleil le pont-levis du château, n'était pas faire acte de prudence.

Le serviteur se tut pendant un moment, puis après avoir hésité :

— Monsieur le chevalier, reprit-il, depuis votre arrivée à Tauve , je suis poursuivi par le désir de vous adresser une question : vous plairait-il de m'en octroyer la permission ?

— Voyons cette question, mon ami, dit Raoul.

— Eh bien, monsieur le chevalier, je voudrais savoir si vous êtes du pays, si votre famille appartient à l'Auvergne ?

A cette demande, le jeune homme rougit, et ce ne fut pas sans un certain embarras qu'il répondit :

— Que t'importe l'origine de ma famille ?

— Mon Dieu, monsieur le chevalier, je conviens que cela ne me regarde pas : c'est la curiosité, voilà tout. Il me semble que votre figure ne m'est pas inconnue : vos traits me rappellent comme un souvenir confus, et que je ne puis parvenir à fixer... Peut-être bien ai-je eu l'honneur de voir monsieur votre père !

Ces paroles produisirent sur Sforzi une impression extraordinaire. Il pâlit, sa tête s'inclina sur sa poitrine, et un nuage de profonde tristesse obscurcit son visage.

Peu à peu, se remettant de son trouble, il releva la tête, un éclair de fierté jaillit de son œil bleu, et s'adressant à Diane d'une voix douloureuse, mais fermement accentuée :

— Mademoiselle, lui dit-il, mon passage au château de Tauve ne laissera probablement aucune trace dans votre existence, aucun souvenir dans votre pensée. Peut-être allez-vous me trouver bien outrecuidant et bien indiscret de vous entretenir de choses qui vous sont complètement indifférentes. N'importe ! je vous supplierai de m'accorder un moment d'attention. Je tiens singulièrement à votre estime, et je ne voudrais pas, même au prix de ma vie, qu'une calomnie que ma mort ou mon absence m'empêcherait de repousser, pût me nuire un jour dans votre esprit.

— Parlez chevalier, répondit Diane avec plus d'empressement qu'elle n'eût dû, peut-être, au strict point de vue des convenances, en mettre dans sa réponse. Après le dévouement que vous avez montré à madame ma mère, rien de ce qui vous concerne, ne doit m'être indifférent.

Diane fit alors signe de s'éloigner à deux de ses femmes qui, assises à côté d'elle sur un banc de gazon, s'occupaient à broder une tapisserie de meuble ; puis se retournant vers le chevalier :

— Chevalier Sforzi , lui dit-elle , je pense que vous voudrez bien permettre à Lehardy de rester ?

— Vous prévenez mon désir, mademoiselle, répondit Raoul, j'allais vous adresser la même prière. Qui sait si la mémoire de votre serviteur, rafraîchie par mon récit, ne pourra pas me rendre un grand service en me mettant sur la trace de la vérité, en dissipant les ténèbres profondes qui m'enveloppent de toutes parts.

Le chevalier s'assit auprès de Diane, puis après s'être recueilli pendant un instant, il reprit la parole.

J'ai gardé un souvenir tellement confus de mes premières années, dit Raoul, que j'en suis encore à me demander aujourd'hui si la réalité ne se mêle pas dans mon esprit avec la fiction. Je crois me souvenir d'un magnifique château, de nombreux serviteurs, de fêtes splendides, d'hommes d'armes revêtus de brillantes armures.

Une triste, douce et angélique figure de femme domine les impressions de mes premières années. Cette femme devait être bonne et m'aimer d'une affection profonde, car j'ai conservé un culte fervent, une véritable adoration pour sa mémoire. Or, l'enfance est douée d'un instinct sûr, infaillible, qui ne la trompe jamais.

Mon existence commence par un crime odieux, par un horrible mystère. A l'âge de trois ou quatre ans — à ce que je suppose — une compagnie de reîtres qui traversait l'Auvergne pour se rendre en Savoie me trouva dans une forêt frappé d'un coup de poignard et ne donnant plus signe de vie. Soit curiosité, soit pitié, la maîtresse de l'un des reîtres pansa ma blessure et m'emporta avec elle.

Une année plus tard, les mercenaires qui m'avaient adopté furent taillés en pièces, à la suite d'un combat terrible et je me vis abandonné de nouveau à tous les hasards du sort.

Cette fois, ce fut un noble italien, le chevalier Sforzi, que le ciel envoya à mon secours.

Le seigneur Sforzi me recueillit au milieu d'un monceau de cadavres, et avant de mourir, la femme qui m'avait sauvé en Auvergne, eut encore la force de lui apprendre tout ce qu'elle savait de mon histoire.

Le seigneur Sforzi, mon bienfaiteur, était une nature généreuse et admirablement trempée, d'une vaste science, d'un courage inébranlable, d'une modestie sans égale, d'une bonté sans bornes ; il eut pour moi tous les soins de la plus tendre des mères, et je lui dus de passer une jeunesse heureuse et sans nuage.

Lorsque j'eus atteint mes vingt ans, le chevalier Sforzi me rappela de l'Université de Florence, où il m'avait envoyé pour compléter mes études.

— Mon enfant, me dit-il, te voici arrivé à l'âge viril ; il te faut à présent songer à embrasser une carrière. Ma fortune est des plus modestes. Je vis fort retiré du monde, et je ne possède aucune influence à la cour. Tu n'as donc guère à compter sur mon appui. La seule chose qu'il me soit donné de t'offrir, c'est mon nom, un nom pur et sans tâche, c'est vrai ; mais qui ne te vaudra ni honneurs, ni dignités, ni richesses. J'aurais aimé te voir t'adonner à la science : toutefois après un mûr et attentif examen de ton caractère, j'ai acquis la conviction que ton tempérament fougueux ne se plierait jamais aux exigences de la vie calme et studieuse du légiste ou du prêtre. Ton impétuosité a besoin des ardeurs de la lutte, des fatigues de la bataille.

— Oui, mon père, m'écriai-je, suivre la carrière des armes, est la pensée fixe de mes jours, le rêve de mes nuits...

— Soit, Raoul, obéis à ta vocation, me dit-il, la carrière des armes présente un côté généreux et chevaleresque qui ennoblit jusqu'à un certain point la violence. Seulement n'oublie jamais que l'épée placée entre les mains deviendrait un poignard d'assassin le jour où, emporté par l'ambition, aveuglé par l'intérêt, tu la mettrais au service d'un seigneur révolté contre son souverain légitime.

La puissance royale, mon enfant, est un boulevard élevé entre la tyrannie des grands et le bien-être du peuple ; qui sert le roi, défend la liberté. Or, la liberté, Raoul, est la plus sainte de toutes les choses humaines ! Encore un mot, mon fils :

J'ai attendu que tu fusses devenu homme pour aborder une question qui t'intéresse au plus haut degré. Raoul, à force de démarches, de dépenses et de soins, je suis parvenu à connaître le secret de ta naissance... Modère tes transports, enfant, continua d'un ton triste le chevalier Sforzi, mon adoption te pèse-t-elle à ce point que tu aies hâte de la répudier ?

Raoul, tu sais que je ne mens jamais. Eh ! bien, sur mon honneur, c'est dans ton seul intérêt que je te cache le nom de ton père, car c'est ton père, pauvre enfant, — horrible chose à dire, — qui jadis a ordonné ton assassinat. Plus tard, lorsque Dieu aura fait comparaître devant lui le coupable, lorsque

je n'aurai plus à craindre pour tes jours, je te rendrai ton véritable nom ! Raoul, tu appartiens à une noble et illustre famille !

Le lendemain de notre conversation, je pris congé de l'excellent chevalier Sforzi, et j'entrai au service des Pays-Bas. Mon début fut lamentable ; j'assistai à la surprise et au sac de la ville d'Anvers par les Espagnols !... Après la mort du comte d'Egmont, j'abandonnai les Pays-Bas et je me réfugiai en Savoie. Le duc Philibert Emmanuel m'accueillit avec une distinction et une bonté sans égales et me donna une compagnie. Je vivais heureux et considéré, lorsqu'il y a environ quinze mois un épouvantable malheur vint ébranler mon existence.

J'appris que le chevalier Sforzi avait été assassiné. On imputait ce crime à un seigneur haut placé, mais vil et cruel à l'excès, et que mon père adoptif n'avait pas craint d'attaquer dans un libelle. Je me mis de suite en route pour l'Italie où, à peine arrivé, je fus arrêté et jeté en prison : l'assassin redoutait ma vengeance.

Il fallut l'intervention du duc de Savoie pour me tirer de cette mauvaise position. Encore — car l'influence dont jouissait le meurtrier du chevalier Sforzi était extrême — ne me rendit-on la liberté qu'à la condition que j'abandonnerais de suite l'Italie.

On me fit savoir que les papiers de mon malheureux père adoptif avaient été saisis, que je n'avais rien à réclamer de son héritage. Un heureux et singulier hasard me fit alors rencontrer un noble Vénitien qui avait relevé le chevalier blessé à mort, et assisté à sa courte agonie. La dernière pensée du généreux et infortuné chevalier Sforzi fut pour mon avenir.

— Promettez-moi que vous irez trouver mon fils adoptif, actuellement au service de la Savoie, avait-il murmuré à l'oreille du noble Vénitien. Vous lui direz qu'il est originaire de l'Auvergne... et qu'il se nomme...

Au moment de prononcer le nom de ma famille, mon père adoptif fut pris de spasmes nerveux qui ne le quittèrent plus pendant les quelques momens qu'il vécut encore.

En cet endroit de son récit, le jeune homme s'arrêta ; l'émotion ne lui permettant pas de poursuivre.

Diane d'Erlanges, non moins émue que Raoul, avait peine à retenir ses larmes.

Après un assez long silence, le chevalier reprit la parole :

— Je serais tenté de croire, mademoiselle, dit-il, que la fatalité s'acharne après moi ! A peine étais-je de retour en Savoie au mois d'août de l'année dernière, que le duc Philibert-Emmanuel succomba aux attaques d'une fièvre lente qui le minait.

Je restai encore quelque temps en Savoie, puis mes affaires réglées, libre de tout engagement, je me mis en route pour la France, avec la ferme résolution de fouiller l'Auvergne jusqu'à ce que j'eusse retrouvé ma famille, reconquis mon rang.

Le ciel protégera-t-il mes efforts, me secondera-t-il dans mes recherches ? Je n'ose l'espérer. Mon début ici est d'un mauvais augure...Ah ! je suis injuste, mademoiselle. Sans l'infamie du marquis de la Tremblais, je n'aurais jamais eu le bonheur de vous voir, de vous connaître... et je ne sais... mais un pressentiment me dit que votre rencontre me portera bonheur.

Pendant le récit du jeune homme, Lehardy n'avait cessé de l'observer avec une vive attention. A plusieurs reprises, le serviteur avait paru vouloir prendre la parole ; mais après une courte hésitation, il avait continué à garder le silence.

Toutefois il grommelait à part lui certaines paroles décousues et entrecoupées qui témoignaient de l'état d'incertitude de son esprit.

— Oui, murmurait-il ; il serait aujourd'hui à peu près de cet âge ! Je me rappelle le passage de la compagnie des reîtres. J'avais alors dix-huit ans... Après tout, l'assassinat n'a jamais été affirmé par personne. On a bâti des suppositions sur la disparition de l'enfant... On a eu des soupçons, certes... mais rien de plus !... Et pourtant cette ressemblance est extraordinaire. Bah ! c'est peut-être une idée que je me fais !..... Je me garderai bien,—mon opinion ne s'appuyant sur rien de sérieux,—de lui faire part de mes soupçons ; il les prendrait pour une insulte, et au fait, il n'aurait pas tort !...

Quatre heures plus tard, une nuit sombre enveloppait de ses ombres épaisses la maison-forte de Tauve ; deux cavaliers sortaient sans bruit par une porte dérobée.

C'étaient Raoul Sforzi et Lehardy, qui commençaient leur périlleux voyage.

Diane, agenouillée dans sa chambre, priait !

CHAPITRE X.

Comme quoi un bienfait n'est jamais perdu !

Le capitaine de Maurevert dont le silence prolongé causait de si vives inquiétudes à Raoul, avait, depuis son départ de Tauve, passé par bien des aventures.

Le capitaine, — ceci est une justice à lui rendre, — n'ignorait pas en se mettant seul en route à quels dangers sérieux il s'exposait : il s'attendait à voir surgir de quelque embuscade la meute affamée et sanguinaire du marquis, et la perspective de ce combat inégal ne lui souriait, malgré sa bravoure réelle et incontestable, que d'une médiocre façon.

— Je sais bien, se disait-il tout en éperonnant sa monture, que je commets une imprudence gratuite, impardonnable à mon âge... Si j'avais écouté la voix de la raison, suivi les conseils de la prudence, je serais à l'heure qu'il est l'intime ami et le confident du seigneur de la Tremblais.

Bah ! c'est bien le moins que de temps à autre on accomplisse un petit acte de générosité, on se permette une bonne action. Cela ne m'arrive pas si souvent pour que, le cas échéant, je me fâche contre moi-même. Ce chevalier Raoul me plaît singulièrement, et je serais fort contrarié qu'il lui arrivât dommage. Après tout, en supposant, ce qui ne m'est pas encore prouvé, que ma témérité me vaille d'être dagué, arquebusé, je n'aurai fait que payer une dette. Raoul ne m'a-t-il pas octroyé la vie ?

Tout en discourant ainsi avec lui-même, le capitaine franchit sans encombre une distance de quatre lieues ; la confiance commença à lui revenir.

— Bon, se dit-il, il n'est guère supposable maintenant que les apôtres me guettent au passage. Les drôles n'oseraient s'aventurer si près du château de Tournoil... quels horribles chemins !... Allons, mon pauvre cheval, du courage : dans deux heures, nous serons arrivés.

Le capitaine murmurait à part lui ces lambeaux de phrases, lorsqu'un : Qui vive ! sonore, prononcé à une trentaine de pas de lui, l'arracha à ses rêveries.

De Maurevert saisit vivement son arquebuse, arrêta court son cheval, et élevant la voix :

— Je suis capitaine au service de Sa Majesté, et l'ami de messeigneurs de Guise, dit-il.

De derrière un énorme rocher qui coupait en deux la route, ou pour être plus exact, le sentier suivi par de Maurevert, sortirent alors une dizaine d'hommes armés d'arbalètes, d'arquebuses et de piques.

Un coup d'œil suffit à l'aventurier pour juger ses adversaires.

. — Je vous trouve bien hardis et bien imprudens, dit-il d'un air superbe, d'oser arrêter ainsi et interroger un gentilhomme !... De par les griffes du diable, si je n'étais aujourd'hui d'une joyeuse humeur, je vous hacherais tous du premier jusqu'au dernier !... Allons, arrière! et livrez-moi passage...

Ce langage hautain ne produisit qu'une médiocre impression sur les hommes armés. L'un d'eux — leur chef sans doute — s'avança vers de Maurevert et le saluant avec ironie :

— Messire, lui dit-il, du moment que vous êtes au service de Sa Majesté et l'ami des Guises, vous pouvez vous considérer comme un homme perdu ! Nous appartenons, nous, à la religion réformée, et nous avons pour habitude de n'accorder ni grâce ni merci aux suppôts du pape que le ciel nous envoie. Ne vous mettez pas en colère, mon gentilhomme, cela ne vous servirait de rien; toute résistance est inutile. Pied à terre de suite!

— Mort et furies! s'écria de Maurevert, je flaire du carnage dans l'air... Arrière, manant! ou la balle de mon arquebuse va te jeter mort sur le carreau.

A cette menace, le chef des hommes armés resta impassible.

— Messire, dit-il tranquillement, prenez garde que vos laids et méchans propos ne nous fassent sortir de la douceur de notre caractère! A présent, nous voulons bien nous contenter de vous pendre. Si vous abusiez de notre condescendance, l'idée pourrait bien nous venir, soit de vous rouer, soit de vous brûler à petit feu.

De Maurevert hésita : tout à coup frappant de l'éperon les flancs de son vigoureux cheval, il s'élança sur son interlocuteur, le saisit par le haut de sa cuirasse et l'élevant de terre avec la même facilité que s'il se fût agi d'un tout jeune enfant, il le plaça sur le travers de sa selle, la tête pendante d'un côté, les jambes de l'autre.

S'adressant à ses adversaires, que cet acte inouï d'audace et de force avait frappés d'une espèce de terreur superstitieuse :

— A tout seigneur, tout honneur, manans, leur cria-t-il; formez vos rangs et servez-moi d'escorte! Je me rends justement à votre bicoque de Tournoil...

Les bandits obéirent passivement, et de Maurevert, adressant la parole à son prisonnier.

— Mon ami, lui dit-il, je t'avertis que si tu essaies de piquer mon cheval, je te plante bel et net ma dague dans le dos. Tu voudrais bien que je te permette de descendre,

n'est-ce pas? Nenni! il n'en sera rien! Je reconnais que ta position n'est ni gracieuse, ni commode, mais je tiens à montrer à ton maître le peu de cas qu'il doit faire d'un serviteur tel que toi!

Après une heure de marche, de Maurevert, précédé par la troupe des bandits, mettait pied à terre dans la cour du château de Tournoil.

Inutile d'ajouter que l'entrée du capitaine toujours chargé de son prisonnier, produisit un singulier étonnement sur ceux qui en furent témoins.

— Holà! dit de Maurevert en élevant la voix, que l'on aille me quérir le seigneur de Tournoil.

A ces mots, un homme petit, trapu, à la chevelure rousse et épaisse, à la bouche démesurément fendue, aux yeux vifs et intelligens, à la démarche brusque et saccadée, se détacha d'un groupe de soldats, et s'avançant vers de Maurevert :

— Que souhaitez-vous du seigneur de Tournoil? lui demanda-t-il.

— La punition du mal avisé et couard compagnon qui pend à l'arçon de ma selle, ainsi qu'un sac de farine que porte un meunier au marché, dit de Maurevert. J'ai en trop haute estime le caractère du seigneur de Tournoil, et je m'intéresse trop à sa gloire pour ne pas lui signaler la lâcheté de l'un de ses serviteurs... car les lâches sont ordinairement des traîtres.

— Expliquez-vous, dit l'homme à la chevelure rousse, je ne vous comprends pas.

Quelques mots suffirent au capitaine pour raconter ce qui s'était passé.

— Le seigneur de Tournoil vous remercie et de la bonne opinion que vous avez de sa personne et du service que vous lui rendez, reprit l'homme aux cheveux roux : justice sera faite du lâche!...

— Vous parlez, l'ami, avec une singulière assurance pour un simple soldat, dit de Maurevert en considérant attentivement son interlocuteur. Ne seriez-vous point, par hasard, le seigneur de Tournoil lui-même?

— C'est possible. Et vous, qui êtes-vous, quel motif vous conduit ici, que voulez-vous?

De Maurevert se disposait à répondre lorsque tout-à-coup il partit d'un formidable éclat de rire :

— Par la coiffure du boîteux Vulcain, voici chose trop plaisante et trop bouffonne, s'écria-t-il, quelle charmante et agréable rencontre!... Quoi, seigneur de Tournoil, vous ne me remettez pas! Par la mort! c'est manquer tout à la fois de mémoire et de reconnaissance!... N'avez-vous plus souvenance de la prise et du sac de la ville catholique d'Issoire en 1575 par le capitaine Merle- le brave huguenot ?

— Oui... Eh bien ! après ?

— Eh bien ! je servais alors en second sous les ordres du capitaine Merle. Mes soldats étaient en train de vous passer une corde de chanvre autour du cou, lorsque j'arrivai juste à temps pour vous sauver.

— En ce cas, vous êtes le huguenot de Maurevert ?

— Je suis de Maurevert, mais j'ai cessé d'appartenir à la religion réformée. Que voulez-vous, cher ami, la grâce m'a touché... j'ai reconnu mes erreurs... je me confesse, je vais à la messe... On me cite même parmi les catholiques les plus fervens. Mais vous, seigneur de Tournoil, il y a six ans, lors du sac d'Issoire, vous étiez tout ce qu'il y a de plus catholique et de plus romain...

— N'est-il pas toujours temps de se repentir, de revenir au bien ?

— Ma conversion en est une preuve.

— Mon abjuration aussi.

Les deux aventuriers se regardèrent en souriant ; ils s'appréciaient à leur juste valeur et se rendaient réciproquement justice.

— Capitaine de Maurevert, reprit après un court silence le chef des bandits de Tournoil, et je dis capitaine parce que je pense que vous possédez trop d'esprit pour, ayant changé de religion, n'avoir pas au moins avancé d'un grade; capitaine de Maurevert, veuillez prendre la peine de me suivre. Nous causerons plus à notre aise assis à table, devant une bouteille de vin et entre quatre murs, que dans cette cour ouverte à tous venans. Si je ne me trompe, votre présence à Tournoil indique que vous avez à m'entretenir touchant une grave affaire.

— Vous ne vous trompez pas !

Peu après, le chef des religionnaires de Tournoil et de Maurevert se trouvaient installés devant une table couverte de bouteilles, dans l'un des appartemens du château.

Ce fut le bandit qui le premier entama la conversation.

— Cher capitaine, dit-il, vous m'avez adressé tout à l'heure un reproche immérité, et qui, je ne vous le cacherai pas, m'a été droit au cœur. Vous m'avez accusé d'ingratitude et de manque de mémoire... Je n'ai rien oublié, cher capitaine : ni le service que vous m'avez rendu, ni le prix qu'il m'a fallu payer ce service. Vous m'avez imposé une rançon de deux cents écus ! Or, comme j'ai l'ingratitude en horreur, je

dois vous déclarer, avant d'entrer avec vous en affaire, que vous ne sortirez du château de Tournoil qu'après m'avoir compté quatre cents écus !

— Le double de votre rançon ?..

— Permettez !..... quand vous m'avez taxé, je n'étais, moi, que simple cornette... Vous, vous êtes capitaine... Et puis vous oubliez les intérêts... La prise et le sac de la ville d'Issoire datent de six ans. Or, six ans, par le temps de troubles et de peu de sécurité qui court, représentent en intérêts au moins le double de la somme primitivement prêtée; on prête fort cher maintenant. Capitaine de Maurevert, il est inutile que vous marchandiez. Si, comme cela est probable, vous avez entendu parler de moi, vous devez savoir que je ne reviens jamais sur une décision prise. A présent, causons de l'affaire qui vous amène ici, et me vaut l'honneur et le plaisir de votre visite.

A la façon de s'exprimer du bandit, de Maurevert comprit qu'il serait inutile d'essayer de lui faire changer de résolution.

— Pauvre chevalier Sforzi! pensa-t-il, pendant que tu te réjouis à l'idée de mon appui, me voici prisonnier et réduit à l'impuissance ! Je sais bien que je finirai par me procurer les quatre cents écus. Oui, mais trop tard peut-être pour pouvoir encore courir à ton secours !

CHAPITRE XI.

Une position embarrassante.

De Maurevert possédait, grâce à sa vie aventureuse, un grand fond de philosophie ; personne ne savait mieux que lui se soumettre à la nécessité ; aussi accepta-t-il franchement et sans songer à la discuter, la désagréable position qui lui était faite.

— Capitaine de Croixmore, dit-il, car tel est, si ma mémoire ne m'abuse, votre véritable nom, je vous dois, en y réfléchissant bien, de sincères remerciemens pour le haut prix auquel vous me taxez. Il prouve que vous me tenez en une singulière estime.

— Si je vous avais imposé selon vos mérites, capitaine, votre rançon équivaudrait à la fortune d'un roi !...

— Ah ! seigneur de Tournoil, vous me comblez ! les mots me manquent pour vous exprimer toute ma reconnaissance ! Les grandeurs, je le vois, ne vous ont pas changé, vous êtes resté d'une aménité parfaite, d'une galanterie raffinée. Soyez persuadé que si jamais les hasards de la guerre vous font retomber entre mes mains, je saurais vous rendre avec usure les bons procédés dont vous m'accablez en ce moment.

— Oh ! de cela, je ne doute point, capitaine !... Vous plairait-il, maintenant, d'aborder le sujet de votre visite au château de Tournoil ?

— Avant d'entrer au cœur de la question, permettez-moi, seigneurie, de vous soumettre certaines considérations fort graves et dignes de tout votre intérêt.

— Rien ne nous presse, capitaine. Expliquez-vous aussi longuement que vous le désirerez !... Je sais combien vous êtes avisé et méthodique en affaires et je vous prête toute mon attention. Parlez.

De Maurevert but un énorme verre de vin, puis, après s'être recueilli pendant quelques secondes :

— Seigneur, reprit-il, vous avez depuis deux ans mené votre barque avec une si incontestable habileté, le succès a si constamment couronné vos efforts, que vous devez vous croire à l'abri de tout danger. Eh bien ! selon moi, il n'est chose plus fragile et moins assurée que votre position. Un caillou sur votre chemin suffirait pour vous faire rudement trébucher et tomber dans l'abîme... Ma franchise ne vous offense pas, je l'espère ?

— Ah ! capitaine... ce doute..

— Est injuste, je le reconnais !... Oui, vous avez l'âme trop haut placée pour ne pas savoir entendre la vérité. Je continue : Votre force, seigneur, il ne faut pas vous le dissimuler, repose toute entière sur l'appui que vous prête le parti huguenot. Que demain les religionnaires s'éloignent de vous, et votre puissance disparaît. Les envieux de votre gloire,—et ils sont nombreux dans les deux camps,—crieront alors à l'infamie, au brigandage. Ils vous accuseront sans honte, d'intercepter les routes, de piller les voyageurs, d'imposer les communes, que sais-je, moi ? d'une foule de méfaits considérables. Ce sera contre vous une clameur furieuse, une ligue générale. Vous serez débordé par le torrent, emporté par l'avalanche. Or, seigneur, la supposition que vos frères en religion méconnaîtront les services que vous leur avez rendus, n'est pas aussi gratuite et aussi imaginaire que vous pourriez le supposer. Je viens de parcourir la province d'Auvergne, et je ne dois pas vous dissimuler que de tous les côtés, dans les châteaux comme dans les chaumières, on parle de vous avec une irritation et une aigreur de bien mauvais augure.

— Que voulez-vous que je fasse à cela, capitaine ? Fort de la pureté de mes intentions, je plains et je méprise tout à la fois les insensés qui paient par une si noire ingratitude mon généreux dévouement. A présent, s'ils poussent la perversité jusqu'à venir me relancer dans mon humble retraite, je les recevrai, Dieu aidant, de telle sorte, qu'ils ne renouvelleront pas de longtemps leur coupable tentative.

— Seigneur, interrompit sévèrement de Maurevert, j'ai, soit dit sans me vanter, plus de péchés sur la conscience que de cheveux sur la tête ! J'ai passablement guerroyé, mené une existence assez irrégulière et commis certaines fautes de rémission difficile... Je ne saurais donc me montrer bien sévère pour les écarts d'autrui... Toutefois il est un crime qui me trouvera toujours inexorable et sans pitié, c'est le sacrilège. Vous m'obligerez infiniment en ne mêlant pas le nom de Dieu à notre entretien. Dieu peut nous pardonner nos méfaits, mais nous aider dans nos violences, jamais ! Ceci posé une fois pour toutes, seigneur de Tournoïl, je reprends mon discours. Oui, je reconnais que vous disposez d'une bonne garnison, d'un château convenablement fortifié, et que vous ne manquez pas de talents militaires; seulement vous oubliez que si la ligue dont vous êtes menacé se forme, il vous faudra tenir tête à toute la noblesse de la province, y compris le marquis de Canilhac, gouverneur pour Sa Majesté, dans le pays d'Auvergne. Or, je vous le demande, vous sera-t-il possible de résister à une telle attaque ? Non, cent fois non, mille fois non... votre château de Tournoil sera pris d'assaut en un tour de main, et vous—car on conteste votre noblesse — vous serez pendu haut et court à une méchante potence à vilain !.. Eh bien, seigneur de Tournoil, c'est de cet avenir peu plaisant que je veux vous sauver.

Le chef des bandits de Tournoil garda un instant le silence : il était évident que les paroles de Maurevert lui donnaient à réfléchir.

— Capitaine, dit-il enfin, il me semble que vous exagérez d'une furieuse façon les dangers qui me menacent. Pour vous être agréable, je consens à les admettre tels que vous les dépeignez ! Que vous importe que je sois oui ou non pendu ? D'où vient ce grand intérêt que vous me témoignez ?... Je ne me serais certes jamais douté que vous fussiez si fort de mes amis.

L'ironie que mit dans sa réponse le chef de messieurs de Tournoil n'échappa pas à de Maurevert.

— Seigneur, répondit-il, ce m'est en effet chose complètement indifférente que vous soyez dagué, pendu, roué, écartelé, brûlé vif ou enterré vivant ! Croyez que je prendrais en médiocre souci votre intérêt s'il ne se trouvait mêlé au mien.

— Ceci change du tout au tout la question, capitaine. Du moment que vous me servez avec une arrière-pensée de profit, j'ai foi en vous. Continuez, je vous prie.

— Je disais donc, reprit de Maurevert, que vous êtes sérieusement menacé de la hart ; toutefois il vous reste encore un moyen de détourner l'orage, une chance de salut !

— Voyons cette chance de salut, capitaine.

— C'est d'opposer à la ligue qui se forme contre vous, une ligue que vous créerez vous-même. Ecoutez-moi avec attention ; mon projet est ingénieux et hardi. Vous n'ignorez pas, seigneur de Croixmore, à quel degré d'asservissement et de misère le bas peuple se trouve réduit. Montagnards ou habitans de la plaine, écrasés sous le poids de taxes inouïes, tous meurent, littéralement parlant, de faim! Ces infortunés ne possèdent pas même en propre le sang de leur sang, leurs enfans ne leur appartiennent pas ! Le ciel leur donne-t-il une jolie fille, un robuste garçon, ils se les voient arracher l'un et l'autre : la fille passe dans la chambre, le fils est incorporé dans les piquiers de monseigneur. Le menu peuple , seigneur de Croixmore, n'est pas aussi brute que se le figure la noblesse; il réfléchit, il pense, il agit ! Or, je sais de source certaine qu'en ce moment une ligue, qui a pris le nom de *ligue d'équité*, s'organise dans plusieurs provinces du royaume et notamment en Auvergne.

— Vous ne m'apprenez là rien de nouveau, capitaine !..

— Tant mieux ! cela m'évitera la peine d'entrer dans de longues explications ! A présent, voici ce qu'il vous reste à faire !.. Il vous faut, seigneur de Croixmore, réunir les mécontens, les membres de la Ligue d'équité, puis leur déclarer que touché de leurs ennuis, sensible à leurs malheurs , vous prenez sous votre protection leurs biens et leurs personnes !

— Continuez, capitaine.

— Que catholiques ou religionnaires seront égaux à vos yeux, trouveront un même appui auprès de vous...

— De mieux en mieux, capitaine. Après?

— Après? Que, voulant leur donner une entière confiance dans la loyauté de votre intervention, une éclatante garantie de votre bonne foi, vous allez les conduire à l'assaut du château de la Tremblais, les aider à détruire ce repaire du seigneur le plus redouté et le plus abhorré de la province... Une fois à la tête d'un parti formidable, cher sire de Croixmore, il faudra bien que la noblesse compte avec vous. S. M. Henri III, ravie de vous voir châtier ses superbes vassaux d'Auvergne, ne se contentera pas d'approuver votre conduite ; elle vous en récompensera... Je suis au mieux dans l'esprit du roi, presque de son intimité ; je me charge de conduire cette négociation... Je ne serais aucunement surpris que Henri III érigeât votre château de Tournoil en comté ou en marquisat. Ah ! cher sire de Croixmore , quelle belle perspective vous offre l'avenir si vous savez user des circonstances présentes !... comme cela ressemble peu à la potence qui en ce moment borne votre horizon!

De Maurevert se tut et attendit la réponse du bandit. Depuis un instant, la physionomie naguère impassible du chef des Messieurs de Tournoil avait subi un notable changement. Un éclair de férocité avait brillé dans son œil d'un bleu-gris aux reflets verts, tandis qu'un sourire méchant, cruel, entr'ouvrait ses lèvres épaisses et démasquait une double rangée de dents assez semblables aux crocs d'un dogue.

Le bandit, afin de ne pas laisser deviner au tremblement de sa voix, l'orage qui grondait en lui, dut, avant de répondre, observer un assez long silence : de Maurevert, occupé à vider un second verre de vin, ne remarqua nullement l'agitation de son interlocuteur.

— Capitaine, dit enfin ce dernier, pour un homme qui a beaucoup vécu, vous manquez étrangement d'astuce et d'adresse.... Peut-être bien encore, dois-je attribuer à la mauvaise opinion que vous avez de ma perspicacité le peu de précautions dont vous usez envers moi... Capitaine, quand on méprise trop son ennemi, on s'expose souvent à encourir une défaite : c'est ce qui vient de vous arriver.

— Quelle antienne me chantez-vous là, sire de Croixmore? s'écria de Maurevert avec étonnement. Que le diable m'emporte de mon vivant, si je comprends un mot à votre chanson !

Le bandit haussa les épaules d'un air de pitié; puis incapable de conserver plus longtemps son sangfroid et de résister à la colère qui lui brûlait le sang, il asséna un si vigoureux coup de poing sur la table épaisse et massive placée devant lui, que la moitié des bouteilles qu'elle supportait tombèrent en s'entrechoquant.

—Tudieu! s'écria de Maurevert en se levant, il me semble, monsieur l'ex-catholique, que vous abordez la violence!... Tout doux, je vous prie, ne nous fâchons point! Par la mort! nous sommes seuls, et avant que vous ayez le temps d'appeler vos sacripans à votre secours, rien ne m'empêche, si l'envie m'en prend, de vous briser les reins ou de vous tordre le col. Du calme, donc, et surtout de la politesse! Je hais les mauvaises façons, moi, M. Croixmore!...

La contenance de Maurevert annonçait une telle détermination, sa force surhumaine garantissait si bien l'accomplissement de sa promesse, que le bandit, après une courte hésitation, se rassit sans oser entamer la lutte.

— Là! reprit tranquillement le capitaine, voilà que l'accès se passe... un verre de vin, cher sire, et il n'y paraîtra plus du tout. C'est cela! à présent, reprenons gentiment notre conversation... En quoi, je vous prie, ai-je donc voulu vous tromper? Par le billot et la hache! votre conduite présente un mystère qui dépasse ma perspicacité?

Le bandit, dompté par le sang-froid de son adversaire, accepta la discussion.

— Capitaine, lui dit-il, d'une voix que la fureur agitait encore, la cause de mon indignation est des plus naturelles! La vue d'un espion me met en fureur!

— Touchante conformité de sentimens! Je suis absolument comme vous. Mais, où est-il donc, l'espion?

— L'espion? il est ici, capitaine!

— Ici? répéta de Maurevert, en regardant de tous côtés, mais, je ne vois ici que vous et moi!

— Certes, capitaine! Aussi l'espion c'est vous. A votre tour, restez sur votre banc et écoutez-moi. Capitaine de Maurevert, vous êtes dépêché vers moi par le marquis de la Tremblais!... Ne m'interrompez pas.... Je m'engage, si vous persistez dans votre rôle, à écouter tout à l'heure la justification que vous tenterez... Laissez-moi poursuivre.... Capitaine, vous saviez fort bien, en vous rendant à Tournoil, que je me trouvais déjà à la tête de la Ligue d'équité, et que mon intention est justement d'attaquer le château de la Tremblais. Vous avez feint, pour m'inspirer plus de confiance, de me conseiller le projet que je suis à la veille d'accomplir.

— Je vous le répète, de Maurevert, le piége était trop grossier! Il eût été bien plus adroit de me dire simplement : « Sire de Croixmore, je suis à court d'argent, libre d'engagement et désireux d'occuper mes loisirs; faites de moi ce que bon vous semblera. » Peut-être, si vous aviez procédé de cette façon, aurais-je ajouté foi à vos paroles, été dupe de votre artifice. Mais non! Vous avez voulu aller trop loin, et vous avez dépassé le but! A présent, comment se fait-il que le seigneur de la Tremblais ait été instruit de mes desseins? Je l'ignore! néanmoins je ne suis pas sans avoir, à ce sujet, certains soupçons que je vérifierai bientôt. Capitaine, votre position est détestable, le gibet vous réclame... Allons, un peu de franchise, la franchise peut seule vous sauver! Quel est le traître qui m'a vendu auprès du marquis? quelles sont les intentions de ce dernier?

La stupéfaction de Maurevert était telle qu'il resta pendant quelques secondes, incapable de prononcer un mot : le bandit Croixmore vit dans cette indécision une nouvelle preuve de la culpabilité de son prisonnier. Enfin l'infortuné capitaine, faisant un effort sur lui-même commença sa justification.

— Par la mort! dit-il, tout ceci est d'un plaisant lugubre. Vouloir me pendre comme espion du marquis de la Tremblais! C'est à en perdre la raison. Moi, l'espion du marquis, mon mortel ennemi!... C'est d'un grotesque achevé. Le moindre bon sens devrait vous faire comprendre, sire de Croixmore, que si j'avais accepté une telle mission, j'aurais su jouer convenablement mon personnage! Je suis tellement innocent du crime dont vous m'accusez, que je ne sais vraiment comment m'en défendre!... Ah! si j'étais coupable, que je trouverais de bonnes raisons!... Je comprends que mon conseil de vous mettre à la tête de la Ligue d'équité et d'assiéger le manoir de la Tremblais, coïncidant par un prodigieux hasard, avec ce même plan déjà combiné par vous, vous ait, au premier abord, surpris et donné à réfléchir!... Que l'enfer m'engloutisse, si je vois jour à sortir de tout ceci!... Quoiqu'il advienne, sire de Croixmore, n'oubliez point que je suis officier du roi, l'ami de messeigneurs de Guise, et que tout dommage apporté à mon corps serait sévèrement puni et vengé de la belle sorte.

Le chef des bandits de Tournoil sourit.

—Oh! le roi, dit-il, sa puissance ne m'inquiète guère. Quant à vous, capitaine de Maurevert, je veux bien, prenant en considération le service que vous m'avez jadis rendu et les quatre cents écus que vous me devez... Parbleu! une idée; ce soir doit avoir lieu dans la montagne une assemblée des ligueurs de l'équité, vous m'accompagnerez. Peut-être bien parmi tous ces gens s'en trouvera-t-il un à même de me donner des renseignemens sur votre liaison avec le marquis. Au revoir, capitaine; quand il sera temps de partir, je vous enverrai quérir.

Le chef des messieurs de Tournoil salua alors son prisonnier et s'éloigna sans attendre de réponse.

De Maurevert l'entendit fermer, derrière lui, à clef et aux verrous la porte en chêne massif de l'appartement !

— Par la mort ! se dit-il, il faut convenir que mon association avec Raoul m'a causé jusqu'à présent plus de déboires que rapporté de profits !... Après tout, ce n'est pas sa faute à ce pauvre compagnon !... Me pendre, moi !... c'est une mauvaise plaisanterie !... Avant que l'on ne se rende maître de ma personne, je m'assurerai bien les deux tiers de la garnison. Horrible pensée ! Si on allait me laisser mourir de faim !...

Pendant deux heures qu'il resta seul, le capitaine forma les projets les plus gigantesques et les plus extravagans; mais il ne s'arrêta à aucune résolution définitive.

Il était nuit profonde quand il entendit des pas lourds et pesans, accompagnés d'un cliquetis de fer, retentir dans l'intérieur du château. Peu après, la porte de la pièce qui lui servait de prison s'ouvrit, et le bandit Croixmore, accompagné d'une dixaine d'hommes d'armes se présenta à sa vue.

— Allons, capitaine, lui dit-il, voici l'heure du rendez-vous qui approche ! En route !

De Maurevert se disposait à franchir le seuil de la porte lorsque Croixmore l'arrêta d'un geste.

— Permettez, capitaine, lui dit-il, il vous faut, avant de nous suivre, ôter votre cuirasse...

— Pourquoi donc cela ?

— Parce que votre cuirasse vous garantirait, capitaine, du poignard des deux hommes que j'ai chargés du soin de votre garde, en leur donnant l'ordre de vous tuer sur place, si vous essayiez de fuir...

De Maurevert poussa un soupir assez semblable au bruit que produit un soufflet de forge, puis il obéit.

CHAPITRE XII.

La Ligue d'équité.

Une nuit profonde enveloppait la campagne lorsque de Maurevert sortit, gardé à vue, et en compagnie du bandit Croixmore,

pour se rendre à la réunion des membres de la Ligue d'équité.

Le lieu désigné était un défilé étroit et profond qui coupait en deux une montagne haute et escarpée. Une centaine de paysans, disséminés dans les antractuosités des rochers, causaient entre eux en attendant l'arrivée du chef des messieurs de Tournoil.

— Mes chers compagnons, disait un robuste montagnard,— celui-là même que le lecteur a vu au début de cette histoire pérorer dans le cabaret de Saint-Pardoux,— mes chers compagnons, il est certain que le bon droit se trouve de notre côté, voilà pourquoi je m'oppose à ce que nous remettions nos intérêts entre les mains du seigneur de Tournoil ! Prendre le diable pour avocat, quand votre cause est juste, c'est vous exposer à perdre votre procès.

— Tu oublies, Blaise, interrompit un autre montagnard, que nous autres vilains, nous ne connaissons rien à la science de la guerre ; que deviendrions-nous sans un chef expert et avisé ? Nous nous ferions tailler en pièces.

— Que Nenni ! s'écria Blaise, n'a-t-on pas vu déjà, à différentes époques, de simples vilains devenir tout à coup d'excellens capitaines ! Et puis, au pis aller, ne nous reste-t-il pas encore la ressource de choisir pour chef un noble seigneur, honnête de cœur et franc du collier ?...

— Où dénicher cette merveille , Blaise ?

Le montagnard réfléchit, puis hochant la tête :

— Le fait est, dit-il, que cela serait difficile. N'importe, je maintiens que confier nos intérêts au sire de Croixmore, c'est rendre notre cause mal famée et nous exposer à de tristes déboires.

Maître Blaise parlait encore, quand un sifflement aigu et prolongé retentit au milieu du silence de la nuit : c'était le signal convenu pour annoncer l'approche du bandit de Tournoil et de ses gens.

Aussitôt un bourdonnement confus de voix humaines qui semblaient tomber du ciel, sortit des flancs et des hauteurs de la montagne ; des feux s'allumèrent de tous les côtés, et un grand nombre de conjurés, invisibles jusqu'alors, apparurent en scène.

— Vive le seigneur de Tournoil ! — hurla Blaise, qui, craignant que ses propos répétés au bandit ne lui valussent plus tard de sérieux ennuis, tenait à se faire remarquer par son enthousiasme.

Pas un des assistans ne répéta ce cri. Peu après, l'aventurier Croixmore apparut à la tête de son escorte.

Après avoir salué la réunion par un majestueux geste de bras, le bandit mit pied à terre et se dirigea vers une espèce d'autel ou de tribune, construit à la hâte avec des quartiers de roche, au milieu du défilé. Huit montagnards, armés de torches enflammées, se placèrent aux quatre angles et Croixmore, dominant la foule de ses auditeurs, commença son discours :

— « Chers et aimés compagnons, dit-il,
» vous vous êtes réclamés de moi dans vo-
» tre détresse, j'ai pris en pitié vos peines et
» je me rends à vos vœux. Me voici prêt à
» vous aider dans votre résistance à la ty-
» rannie de vos seigneurs, à vous conduire
» à la victoire. Cependant il est nécessaire
» qu'avant de nous unir dans une étroite
» alliance nous sachions bien vous et moi
» à quoi nous nous engageons. Voici les
» conditions auxquelles mon appui vous est
» acquis. D'abord, j'entends exercer sur tous
» les associés de la Ligue d'équité une auto-
» rité pleine et entière ; celui qui conseillé
» par un mauvais esprit ne craindrait pas
» de me désobéir, serait arquebusé ou pen-
» du, — à mon choix et sur l'heure, — sans
» autre forme de procès.

» Ensuite j'exige, en cas de prise d'un châ-
» teau, que les deux tiers du butin reviennent
» à mes hommes d'armes ! J'estimerai, sans
» que personne ait le droit d'élever la voix, la
» valeur des dépouilles conquises; enfin je dé-
» sire que, pour mon entrée en campagne, il
» me soit compté en espèces monnayées, de
» bon aloi et ayant cours, la somme de qua-
» tre mille écus.

» Si, comme je n'en doute pas, ces condi-
» tions si raisonnables et si modérées vous
» agréent, je me fais fort d'ouvrir les hostili-
» tés avant la fin de la semaine.

» Chers et aimés compagnons, j'ai dit !..
» A présent, je vous accorde une demi-heure
» de réflexion pour accepter ou refuser mes
» conditions !.. Délibérez !.. »

Les conjurés accueillirent la belle harangue de Croixmore par un morne silence.

Le chef des messieurs de Tournoil, en mettant tout d'abord trop à nu sa cupidité, donnait à réfléchir aux montagnards : les infortunés se demandaient si, au lieu de se procurer un allié, ils n'allaient pas plutôt se créer un nouveau tyran !

Disséminés en groupes nombreux, ils discutaient vivement entre eux, à voix basse, lorsqu'un second coup de sifflet se fit entendre ; les torches s'éteignirent, chacun se tut.

Bientôt un montagnard, après avoir répondu au mot d'ordre des sentinelles pla-

cées aux alentours, pénétra dans le défilé et demanda à être conduit auprès de Croixmore.

— Seigneur, lui dit-il, j'ai laissé sous bonne garde, à cent pas au plus de la réunion, un homme qui veut absolument vous voir et vous parler. En vain je lui ai affirmé que vous n'étiez pas ici, il n'a ajouté aucune créance à mes propos, et m'a menacé, si je me refusais à lui obéir, de me donner de sa dague à travers le corps.

— Connais-tu cet homme ? demanda Croixmore.

— Si je le connais, seigneur ! répéta le montagnard en se signant avec effroi, ah ! certes.

— Comment se nomme-t-il ? qui est-il ?

— Il se nomme Benoist... c'est le chef des apôtres du marquis de la Tremblais !

A cette réponse, Croixmore ne sut se défendre d'un mouvement d'inquiétude et d'étonnement, mais prenant de suite son parti :

— Holà ! compagnons, s'écria-t-il en élevant la voix, qu'on rallume les torches et qu'on entonne un cantique. Il faut que le visiteur qui va venir, se croye devant une réunion de religionnaires en prières. Quant à toi l'ami, continua le bandit en s'adressant au montagnard qui lui avait annoncé l'arrivée du chef des apôtres, amène moi au plus vite l'exécuteur des hautes-œuvres du marquis !

A l'ordre de Croixmore les torches brillèrent, et un formidable concert ébranla les échos du défilé.

— Cher ami, dit-il en se retournant vers de Meaurevert, convenez que l'apparition de l'apôtre Benoist dans ce lieu, et à cette heure-ci, confirme et justifie pleinement les soupçons que votre conduite suspecte m'a déjà inspirés !... Nous allons voir comment vous vous tirerez de cette confrontation !... Je doute que ce soit à votre honneur !

— Croixmore, répondit tranquillement le capitaine, je trouve plaisant que vous osiez douter si longtemps de ma parole !... Je me réserve, une fois que j'aurai payé ma rançon et reconquis ma liberté, de vous mener de la rude sorte pour vous punir de votre grossièreté et villenie à mon égard. Non-seulement l'apôtre Benoist n'est pas mon complice, il est même le plus déclaré de mes ennemis.

De Maurevert parlait encore lorsque l'apôtre se présenta devant le chef des messieurs de Tournoil.

A la vue du géant, un sourire de joie féroce contracta les traits de Benoist.

— Messire, dit-il en s'inclinant devant Croixmore, je désirerais avoir avec vous un entretien particulier et secret, vous plairait-il d'éloigner pour un instant vos hommes d'armes ?

— Volontiers, Benoist! A présent que nous voici seuls, expliquez-vous, je vous é-coute! Mais, auparavant, une question. Est-ce votre maître le seigneur de la Tremblais qui vous dépêche vers moi, ou bien, vous trouvez-vous ici de votre propre volonté ?

— Je viens au nom de mon seigneur et maître, répondit Benoist, après avoir hésité.

— Ainsi, c'est en son nom que vous parlez.

— C'est en son nom que je parle!

— Messire de Croixmore, reprit l'apôtre après une légère pause, monseigneur de la Tremblais vous prie de l'aider à se faire justice d'un misérable qui n'a pas craint de l'outrager, de braver sa puissance! Mon seigneur et maître m'a chargé, en outre, de vous offrir deux cents écus pour prix du service qu'il attend de vous.

— A quel misérable faites-vous allusion, maître Benoist?

— Au capitaine de Maurevert, ici présent!

— Ah! il s'agit de Maurevert! dit Croixmore d'un air méfiant et ironique! Êtes-vous bien assuré de ne point vous tromper de nom!..

— On ne peut plus assuré, messire!..

— Et, en supposant que je consente à me mêler de la querelle de votre maître et du capitaine, quelle conduite devrais-je tenir envers ce dernier? le livrer entre vos mains sans doute?

— Nullement, messire; le pendre haut et court. Pis que cela même, si vous le désirez...

— Pendre haut et court le capitaine de Maurevert? répéta le bandit avec un étonnement véritable; et quand cela, maître Benoist?

— Le plus tôt sera le mieux, messire. Si l'exécution se faisait de suite, en ma présence, il me serait possible de narrer la chose à mon maître, qui j'en suis assuré, tirerait une sensible réjouissance de ce récit.

Au ton de sincérité avec lequel Benoist prononça ces derniers mots, le seigneur de Tournoil sentit ses soupçons s'évanouir. Toutefois, craignant encore que la démarche du chef des apôtres ne cachât un piège:

— Maître Benoist, lui dit-il, comment avez-vous appris que ce soir devait avoir lieu un prêche en plein vent, et que je devais, moi, m'y rendre?

— D'une façon bien simple, messire. Des espions que j'avais échelonnés dans la campagne pour surveiller les faits et gestes dudit de Maurevert, sont accourus m'avertir que le capitaine achevait de se mettre en route. Je me suis élancé à sa poursuite, et tout en suivant ses traces, je suis arrivé à votre château. Vos gens m'ont fourni un guide pour me conduire auprès de vous, et me voici.

L'explication donnée par l'apôtre, était si plausible, si naturelle, que Croixmore ne conserva plus le moindre doute et sur l'innocence de son prisonnier et sur l'ignorance de Benoist au sujet de la réunion des membres de la Ligue d'équité.

Se retournant alors vers de Maurevert qui, toujours accompagné des deux hommes commis à sa garde, se tenait à l'écart, le seigneur de Tournoil lui fit signe de venir le rejoindre. Le capitaine, quoique scandalisé intérieurement de cette façon légère d'agir envers un personnage tel que lui, ne s'empressa pas moins de se rendre à cet appel, il avait hâte de connaître le motif et le résultat de la conférence des deux bandits.

— Capitaine, lui dit Croixmore, en désignant par un geste de tête l'apôtre, voici maître Benoist, un honnête et loyal serviteur du marquis de la Tremblais qui m'offre, au nom de son maître, deux cents écus si je veux bien prendre la peine de vous faire accrocher à un gibet.

— Mort et furies! Tout le monde s'est donc donné aujourd'hui le mot pour me faire pendre! s'écria de Maurevert pourpre de colère! Sang et carnage! a-t-on donc appris que madame ma mère se soit rendue coupable d'une faiblesse, que l'on me traite ainsi en manant! Je vous préviens, sire de Croixmore, — et remarquez en passant que je vous donne le titre de sire par pure courtoisie, car vous n'y avez aucunement droit,—je vous préviens qu'avant de me laisser accrocher à un gibet, — comme vous dites, — je compte livrer une belle et rude bataille!

Je déclare, en outre, sire de Croixmore, que vous êtes bien l'âne le plus bête, le plus niais, le plus brut qui ait jamais brouté l'herbe d'un pré!... Vouloir me faire pendre pour gagner deux cents écus, lorsque ma rançon vous en rapporterait quatre cents!... Cet acte de prodigalité mal entendue atteint jusqu'à la démence!... Quant à toi, manant, poursuivit de Maurevert en fixant d'un œil ardent l'apôtre Benoist, je jure, foi de gentilhomme, sur ma dague et sur mon épée, que si le ciel me prête vie, je tirerai une vengeance terrible de ton insolence et de ta méchanceté, que tu ne trépasseras que de ma main !.... Voyons, sire de Croixmore, tenez-vous à votre idée de potence? me faut-il commencer la bataille ?... Vous avez commis la double maladresse de me laisser ma dague et mon épée, et de ne pas me faire fouiller !... Or, sous mon pourpoint de peau de buffle, je porte une excellentissime cotte de mailles !... Parlez ! je me sens gaillard et disposé à l'extrême !... l'escarmouche ne manquera pas d'intérêt !...

— Capitaine, répondit le seigneur de Tournoil, on ne doit jamais s'offenser des propos d'un prisonnier. Voilà pourquoi je vous ai laissé me provoquer et m'injurier sans vous interrompre. Je tiens toujours à ma parole. Je vous ai imposé à quatre cents écus. Dès que vous m'aurez payé cette somme, je vous rendrai la liberté... Alors, nous verrons, si je juge à propos de me rappeler vos insolences passées, quelle sera ma conduite.

— On ne verra rien du tout, sieur Croixmore, s'écria de Maurevert, que la pensée d'avoir servi de sujet d'amusement au bandit exaspéra bien autrement que si ce dernier avait eu l'intention sérieuse de le pendre. On ne verra rien autre chose, qu'un exemple mémorable de votre couardise.

L'apôtre Benoist, que la mauvaise issue de sa négociation avait fait pâlir de fureur, s'adressa alors de nouveau au chef des bandits de Tournoil :

— Messire, lui dit-il, vous plairait-il que nous terminions notre entretien ?... Je n'ai encore traité que le moins intéressant des deux sujets qui m'amènent près de vous...

— Parlez, répondit Croixmore, dont toute la méfiance se réveilla.

— Messire, je vais droit au but ! Monseigneur le marquis de la Tremblais a le plus grand intérêt à se rendre maître de la maison-forte de Tauve ! Rien ne lui serait certes plus facile que d'accomplir avec ses propres forces ce projet, mais, par suite de certains scrupules, de certaines délicatesses, qu'il est superflu de vous expliquer, il préfère ne pas prendre part à cette besogne. Consentez-vous, oui ou non, à vous emparer de la maison-forte de Tauve, comme agissant pour votre propre compte?

— Diable ! maître Benoist ! ceci présente un cas considérable, tout à fait majeur et qui exige de graves réflexions, un mûr examen...

— Je suis aux regrets de ne pouvoir vous laisser le temps de la réflexion, messire ; mais monseigneur exige une réponse immédiate... Si vous acceptez ses propositions et que vous réussissiez dans votre entreprise, le marquis s'engage à vous compter la somme énorme de dix mille écus !... dix mille écus, entendez-vous bien ? contre la remise que vous lui ferez de la maison-forte de Tauve, y compris les terres et redevances à icelle attachées... Quant aux gros et menus objets provenant du pillage de ladite maison-forte, ils ne vous seront pas réclamés... Je doute, messire de Croixmore, que l'on vous ait jamais proposé une si brillante affaire !...

Croixmore, ébloui par ces offres magnifiques allait accepter, quand de Maurevert en revenant vers lui arrêta sa réponse sur ses lèvres.

— Qui vous appelle, capitaine? lui demanda-t-il avec la sauvage brusquerie que montre le dogue occupé à ronger un os, lorsqu'on le dérange.

— Par la mort ! un gentilhomme comme moi est toujours le bienvenu quand il daigne se produire, répondit de Maurevert sans s'émouvoir. J'ai réfléchi, sieur Croixmore, que le rôle que je joue en ce moment est au-dessus de mes forces. Si vous voulez me contraindre à y rester, il va incontestablement s'en suivre un massacre. Croyez-moi, ne vous opiniâtrez pas, rendez-moi de suite ma liberté. Je m'engage sur l'honneur à vous faire parvenir avant trois jours les quatre cents écus de ma rançon ! Par les cornes du diable ! vous ne mettrez pas en doute ma parole, je l'espère !...

— Sur quelles ressources comptez-vous pour vous libérer, capitaine?

— Mille légions du diable, voilà une question et une méfiance qui sentent à dix lieues le vilain !... sur quelles ressources je compte? Mais sur dix, sur vingt, sur cent, sur mille ! La dame d'Erlanges, entre autres personnes qui seraient fières et heureuses de m'obliger, s'empressera de me fournir le prix de ma rançon...

— Capitaine, répondit, après un court silence, le chef des bandits de Tournoil, il faut avouer que vous jouez aujourd'hui de malheur. Avant deux jours, la dame d'Erlanges dont vous faites résonner si haut la bonne volonté à votre endroit et la richesse, ne possédera plus un sou parisis, sera complètement ruinée.

— Que dites-vous?... vous rêvez?...

— Nullement; je suis fort éveillé, au contraire, et je vous dis et répète qu'avant deux jours d'ici la dame d'Erlanges, si toutefois elle appartient encore à ce monde, sera réduite à demander l'aumône; et cela, parce que dans deux jours j'aurai pris, pillé et saccagé sa maison-forte de Tauve.

Les paroles du bandit causèrent un tel
étonnement à de Maurevert, qu'il resta un
instant sans savoir que répondre. En ce
moment de sourds murmures, qui presque
aussitôt se changèrent en cris menaçants,
partirent des divers groupes des conjurés.

Les membres de la Ligue d'équité, déjà
mal disposés par les prétentions exorbitantes du chef des bandits de Tournoil, n'avaient pu voir sans une indignation et une
appréhension bien légitimes, la longue conférence du bandit avec l'exécuteur des hautes-œuvres du marquis de la Tremblais.

Le mot de trahison avait commencé à
circuler de bouche en bouche, puis peu à
peu l'exaspération des montagnards prenant de la consistance, l'injure d'abord
murmurée avait fini par éclater, ainsi qu'un
coup de tonnerre, en cris de menaces, de
fureur et de mort.

— Par les doux yeux de Mme Proserpine
et par la barbe de son joli seigneur Pluton,
je serais un énorme bélître si je laissais échapper cette belle occasion que le hasard
m'envoie si à propos, murmura de Maurevert.

Le capitaine écarta alors ses bras avec une
telle violence qu'il renversa les deux gardiens attachés à sa personne, puis tirant son
épée et s'élançant au milieu des paysans :

— Braves compagnons ! s'écria-t-il d'une
voix qui retentit jusqu'au plus profond du
défilé, ne craignez rien ; je vous servirai de
chef, moi... moi, l'illustre capitaine de Maurevert ! Allons ! sus aux traîtres !... Mort aux
espions !... Croixmore à la potence !...

Une épouvantable confusion suivit l'action du capitaine, et la mêlée commença.

CHAPITRE XIII.

Une généreuse imprudence.

Lorsque Raoul Sforzi et le serviteur Lehardy sortirent de la maison forte de Tauve,
une nuit sombre, sans lune et sans étoiles
favorisait leur téméraire entreprise.

Le jeune homme et le serviteur mirent
leurs chevaux au pas et avancèrent d'abord
avec une extrême circonspection, une grande réserve. Ils savaient l'un et l'autre combien les dames d'Erlanges avaient besoin de
leur dévoûment, et cette pensée les faisait
encore redoubler de prudence. La poterne
par laquelle ils étaient entrés dans la campagne donnant du côté opposé à la route

de Tournoil, ils durent donc parcourir un
assez long détour pour se remettre dans
leur chemin.

Au reste, la sécurité que présentait cette
manœuvre exécutée pour tromper la surveillance des espions qui rôdaient sans
doute aux abords du château de Tauve,
compensait, et au-delà, pour les deux voyageurs, la perte de temps qu'elle leur occasionnait.

— Messire, dit à voix basse Lehardy
en s'adressant au chevalier, serrez la bride
à votre destrier et tenez-vous en arrière de
moi. Le sentier que nous parcourons n'est
pas assez large pour donner passage à deux
cavaliers marchant de front.

Sforzi s'empressa d'obéir au conseil de
son guide.

— Messire, reprit le serviteur cinq minutes plus tard et sur le même ton, ne venez-
vous point d'être atteint par une branche ?
Prenez garde à votre visage. Ce sentier étroit
est traversé à chaque instant par de semblables obstacles.

— Mes yeux, à présent habitués à l'obscurité, me permettent d'apercevoir à deux pas
devant moi, répondit Raoul, je n'ai été atteint par aucune branche.

— C'est singulier, messire ! reprit le serviteur, j'ai pourtant parfaitement entendu le
bruit d'un branchage violemment agité...
Peut-être bien est-ce votre cheval qui aura
frappé de sa croupe un arbuste ?

— Nullement ; mon cheval marche sur les
pas du tien, et suit le beau milieu du sentier. Quant à ce bruit dont tu parles, je l'ai
moi aussi parfaitement distingué ; j'ai pensé
qu'il provenait d'un faux pas de ta monture.

— Pas le moins du monde, messire ; voilà qui est singulier. Bah ! c'est peut-être un
chevreuil que nous avons arraché à son
sommeil et que notre approche aura mis en
fuite. Silence, messire. Écoutez... Non, cette
fois, je ne me trompe pas... nous sommes
espionnés... il y a des êtres vivants dans les
environs... on dirait des gens qui rampent
dans les buissons !... Un chevreuil effrayé
se serait élancé droit devant lui, de toute sa
vitesse... un chevreuil serait déjà loin de
notre portée... nous n'entendrions plus son
sabot frappant le sol !... Arrêtons-nous,
messire...

Le jeune homme et le serviteur firent
halte, et restèrent pendant près de cinq minutes immobiles comme des statues de
pierre.

Ce fut Lehardy qui le premier reprit la
parole.

— Monsieur le chevalier, dit-il, il faut croire que mes sens m'auront abusé. Tout est calme et silencieux autour de nous... Remettons-nous en route.

Après avoir marché pendant environ vingt minutes, le chevalier et son guide débouchèrent du sentier dans la plaine.

— Voici bien du temps de dépensé pour peu de chemin, dit le serviteur, n'importe. L'essentiel pour nous c'était de sortir du château sans être aperçus. Je crois, grâce à Dieu, que nous avons réussi...

Lehardy n'avait pas achevé de prononcer ces mots, quand de derrière un pli de terrain qui traversait la route et bornait l'horizon, s'élancèrent une dizaine de cavaliers armés jusqu'aux dents.

Pour surcroît de malheur — il est rare qu'une contrariété arrive seule — la lune, jusqu'alors voilée par d'épais nuages, se dégagea de l'humide manteau de vapeurs qui l'enveloppait, et se montra radieuse dans le ciel, inondant l'atmosphère de ses rayons pâles et blafards.

— Nous sommes perdus ! messire, s'écria Lehardy. Mon Dieu prêtez-nous votre appui, et laissez-moi la force de mourir bravement pour mes bonnes maîtresses, les dames d'Erlanges.

— Perdus ! répéta le chevalier d'une voix dont le timbre métallique résonna comme la note du clairon qui perce le bruit de la bataille, perdus ! pas encore !... Courage, Lehardy ! saisis ton arquebuse... ne tire qu'à coup sûr, et sois assuré que mon courage ne te fera pas défaut.

— Monsieur le chevalier, je ne suis qu'un pauvre serviteur et non un homme de noblesse et de guerre; mais je suis honnête... vous aussi vous pouvez compter sur moi.

Pendant que les deux braves défenseurs des dames d'Erlanges se disposaient au combat, Diane était en proie à une mortelle inquiétude.

Restée sur le rempart qui dominait la poterne par laquelle le chevalier Raoul et son serviteur Lehardy étaient sortis de Tauve, la jeune fille essayait de percer du regard l'obscurité de la nuit.

Au plus léger bruit qui arrivait jusqu'à elle, au moindre son confus qui flottait presqu'insensible dans les airs et frappait son oreille, son sang se glaçait dans ses veines, et son cœur douloureusement agité battait à se rompre dans sa poitrine.

Une fois ce tribut de faiblesse, si naturelle à son sexe, payé à la nature, Diane se sentait prise d'une ardeur fébrile, d'une folle et généreuse envie de partager les dangers de ses défenseurs ; des larmes de regrets, presque de désespoir et de rage coulaient alors le long de ses joues !

De temps en temps la pauvre enfant appelait une de ses suivantes, puis après lui avoir adressé une courte et même question, elle la congédiait avec une brusquerie et une impatience qui contrastaient d'une singulière façon avec la douceur habituelle de son caractère.

Bientôt un des serviteurs de la dame d'Erlanges accourut tout effaré vers Diane, et prenant à peine le temps de la saluer :

— Notre demoiselle, lui dit-il vivement, le petit pâtre Charlot vient d'entrer au château ; il demande à vous parler de suite.

Diane tressaillit, et d'une voix émue :

— Conduis-moi vers Charlot ! dit-elle à son serviteur.

Puis, légère et gracieuse comme une biche, la jeune fille s'élança sur les pas de son conducteur.

Le pâtre Charlot pouvait avoir de quinze à seize ans. Son air sauvage, étonné, craintif ne prévenait guère en sa faveur. Toutefois, ses petits yeux noirs, brillans, inquiets, sans cesse en mouvement, dénotaient une intelligence, une sagacité peu commune.

Diane le trouva appuyé contre un des piliers de la cour d'entrée, le front ruisselant de sueur et sifflotant un air de chasse.

— Eh bien, Charlot ? lui demanda-t-elle d'une voix tellement émue que le pâtre devina plutôt l'interrogation qu'il ne l'entendit.

— Eh bien ! notre demoiselle, répondit-il d'un air timide, j'ai gagné les deux écus : je vous apporte des nouvelles.

— Parle, Charlot... mais parle donc ; je double la récompense promise.

— Notre demoiselle, reprit le petit pâtre, en ayant peine à ne pas laisser éclater la joie que lui causait la générosité de la jeune fille, j'ai accompli de point en point votre ordre. Je suis resté caché pendant deux jours entiers et deux nuits au fond de ma cachette.

— Après, Charlot, après ?

— Pendant ces deux jours je n'ai rien aperçu, si ce n'est de temps à autre l'un des apôtres de monseigneur le marquis qui, de loin, paraissait observer le château.

— Au fait, Charlot ! au fait ! Ce soir, n'as-tu rien vu ?

— Je vous demande mille excuses, notre demoiselle. Ce soir, à la tombée de la nuit, il y a eu du nouveau. Monseigneur le marquis m'est apparu chevauchant sur son beau cheval de bataille... Il était accompagné de

4

huit hommes d'armes. Moi, j'ai pensé que vous ne seriez pas fâchée de savoir ce que disait monseigneur; alors je suis sorti de ma cachette, et je me suis glissé à sa suite.

— Bien, très bien, Charlot; tu auras dix écus. Continue. As-tu entendu la conversation du marquis?

— Pas toute, notre demoiselle... le bruit des pas des chevaux me dérangeait... et puis, si je m'étais trop approché de monseigneur, il se serait aperçu de ma présence et il m'aurait châtié d'importance... Enfin, en réunissant une parole par ci, un mot par là, je suis parvenu à comprendre à peu près le sujet de la conversation... Monseigneur accusait ses hommes d'armes de ne pas savoir le servir, de manquer de malice, et il prétendait que s'il voulait, lui, prendre tant seulement la peine de faire faire en personne, pendant deux ou trois nuits, des battues dans les environs de Tauve, il saurait bien mettre la main sur le chevalier... Il paraît, notre demoiselle, que monseigneur est en grande ire et fureur contre le chevalier qu'il cherche, car chaque fois qu'il parlait de lui, il se mettait à jurer et blasphémer de telle façon que je tremblais de tout mon corps, craignant de voir apparaître le diable...

— Mais, le marquis, Charlot, le marquis, où est-il maintenant?

— Derrière votre château, notre demoiselle... du côté de la Roche-Blanche. Il doit, je vous le répète, faire une battue pendant toute cette nuit-ci.

Diane ne put retenir un cri d'angoisse et d'effroi! C'était justement à l'endroit connu sous le nom de la Roche-Blanche que Raoul et Lehardy devaient, suivant ses calculs, se trouver en ce moment.

Après une courte hésitation, la jeune fille prit son parti:

— Charlot, dit-elle, cours avertir tous les serviteurs de garde cette nuit qu'ils aient à se préparer à monter à cheval. Moi, de mon côté, je m'en vais faire réveiller ceux qui reposent... Dépêche-toi, enfant, il s'agit de sauver deux bons chrétiens en danger de mort...

Le petit pâtre ne se fit pas répéter cet ordre, il s'élança avec la vitesse d'un daim relancé par des chasseurs.

Un quart d'heure plus tard, la cour d'honneur de la maison-forte de Tauve présentait le spectacle d'une agitation extrême.

Une quinzaine de serviteurs d'Erlanges, les uns occupés à s'armer, les autres en train de seller les chevaux, se pressaient, se coudoyaient, s'interrogeaient, et faisaient grand tapage.

Diane, ses admirables cheveux noirs épars sur sa poitrine, le teint animé, la poitrine oppressée, remerciait les plus diligens par une douce parole, encourageait les retardataires ou les timorés par un regard, et essayait de mettre un peu d'ordre dans cette scène de confusion.

Grâce au respect, ou, pour être plus exact, à l'adoration que les serviteurs portaient à la jeune demoiselle, l'ordre finit peu à peu par s'établir; la petite troupe se rangea en bataille. Tout à coup Diane, qui jusqu'alors absorbée par les apprêts du départ, n'avait pas eu un instant pour réfléchir, Diane poussa une exclamation à moitié contenue, et, s'adressant à l'un des palefreniers du château:

— René, dit-elle vivement, et mon cheval, où est-il?... Vite, vite, qu'on me l'amène, sellé et bridé!...

A cet ordre, un étonnement profond, mêlé d'une sérieuse inquiétude, parcourut les rangs de la petite troupe.

La jeune fille se retourna vers ses serviteurs, et d'une voix pénétrante dont rien ne saurait rendre le charme:

— Quoi, mes amis, leur dit-elle, pensiez-vous donc que je vous abandonnerais à l'heure du danger! Dieu, prenant en pitié mon isolement sur la terre et les persécutions qui devaient peser sur ma jeunesse, a bien voulu mettre en mon cœur un reflet du courage qui animait de son vivant mon honoré père, le noble comte d'Erlanges. Si, comme lui, je ne puis vous couvrir de mon épée, je saurai au moins vous montrer le mépris de la mort, et marcher à votre tête!

Ces paroles, prononcées avec un enthousiasme tempéré par une séduisante modestie et une grâce irrésistible, firent tressaillir d'admiration la troupe des serviteurs et enflammèrent son courage.

— Oui, venez, notre demoiselle, s'écria l'un d'eux, au milieu de nous vous n'avez rien à craindre. Chacune de nos poitrines vous servira de rempart. Pour vous sauver, nous passerions à travers un cercle de feu et de fer.

En ce moment une apparition, à laquelle personne ne songeait, vint couper court à cet élan d'enthousiasme.

La dame d'Erlanges se montra au milieu de la cour d'honneur.

La châtelaine, vêtue tout en noir, avait l'air plus grave, plus solennel encore que de coutume; une expression de froide sévérité assombrissait son visage.

Elle s'avança d'un pas majestueux, guindé, vers Diane, et d'une voix dont le calme était dû évidemment à la force de sa volonté :

— D'où vient, je vous prie, mademoiselle ma fille, lui dit-elle, tout ce bruit, toute cette confusion ? Qui donc a donné à mes serviteurs l'ordre de prendre les armes ? Quel est le but et le motif de cette expédition ? Il me semble que nulle autre personne que moi n'a le droit de disposer de mes serviteurs ? Expliquez-vous, mademoiselle, je vous écoute !

Diane, un instant interdite, revint bientôt du trouble et de l'émotion que lui avait causé l'apparition de sa mère !

— Madame, lui dit-elle, vos serviteurs se sont armés pour courir au secours de M. le chevalier Sforzi et de Lehardy, en danger de mort. J'ai cru, pressée par le temps, pouvoir agir sans vous consulter. Ne retenez pas vos serviteurs, madame, laissez-les partir... Une minute de perdue peut amener la fin tragique de ce pauvre Lehardy, que vous aimez tant... du chevalier Sforzi, qui a si noblement pris votre défense.

Le marquis de la Tremblais rôde, à la tête d'une troupe d'assassins, dans les environs du château. Je vous le répète, madame, et je vous supplie, à mains jointes, de prendre en considération mes prières, les momens sont précieux... laissez partir vos serviteurs.

La dame d'Erlanges avait, pendant les explications de Diane, conservé toute son impassibilité.

— Mademoiselle, dit-elle sévèrement, je m'attendais à ce que vous vous justifieriez. Mon attente a été trompée !... L'ardeur que vous apportez dans tout ceci ne convient ni à votre sexe, ni à votre âge !... Que vois-je, votre cheval que l'on amène !... Auriez-vous donc, poussant l'oubli des convenances jusqu'à la folie, songé à chevaucher à la tête de nos hommes d'armes ?...

— Eh bien, oui, ma mère, s'écria Diane, oh ! je regrette amèrement que ma conduite me vaille votre improbation. Vous savez, ma mère, que j'obéis toujours au premier mouvement de mon cœur; or, mon cœur me dit que ce serait infâme à moi de ne pas partager les dangers de M. le chevalier Raoul et de notre serviteur Lehardy... Ma mère, de grâce, au nom de votre amour pour la justice, au nom de votre repos futur, ne me retenez plus!.. Laissez-moi suivre mon inspiration première.

— Assez, mademoiselle, s'écria la châtelaine en élevant la voix. Je vous ordonne le silence.

Diane baissa la tête et se tut.

La dame d'Erlanges s'adressant alors à ses serviteurs :

— Que l'un de vous, dit-elle, essaye de rejoindre M. le chevalier Raoul Storzi et son compagnon Lehardy et les avertisse du piége qui leur est tendu... cela suffira.

Un des serviteurs sortit des rangs et se présenta pour remplir cette mission.

Le pont-levis était levé, et déjà le cavalier s'apprêtait à partir, quand tout à coup cinq à six détonations d'arquebuse retentirent dans le lointain.

— Ah ! mon Dieu ! s'écria Diane avec un accent de désespoir et d'angoisse, il n'est plus temps!

Alors, par un mouvement plus prompt que la pensée, la jeune fille s'élança sur son cheval, le frappa d'une houssine qu'elle tenait à la main, et franchissant d'un bond le pont-levis,

— Qui m'aime me suive ! s'écria-t-elle d'une voix pleine de sanglots.

Avant que la dame d'Erlanges, atterrée et exaspérée de la désobéissance et de l'action de Diane, eût eu le temps de revenir de sa surprise, la troupe des serviteurs s'était élancée à la suite de la jeune fille et avait déjà disparu. Seulement, comme le cheval de Diane était plus ardent et plus fin que ceux des hommes d'armes, comme le fardeau léger de sa maîtresse n'entravait pas sa vélocité, l'avance prise par la jeune fille sur ses serviteurs ne fit que s'accroître, et bientôt Diane se trouva séparée d'eux par une grande distance.

CHAPITRE XIV.

L'Embuscade.

Le petit pâtre Charlot avait été d'une grande exactitude dans son rapport à Diane : l'embuscade tendue par le marquis de la Tremblais se composait, ainsi qu'il l'avait dit, de huit hommes d'armes.

Il suffit d'un simple coup d'œil à Storzi pour compter ses ennemis, car, phénomène beaucoup plus commun qu'on ne saurait le croire, le jeune homme, l'heure du danger venue, alliait à une extrême impétuosité un rare sang-froid.

Il calcula que, grâce aux trois coups de feu dont Lehardy et lui disposaient, ils pou-

vaient sinon égaliser la lutte au moins la
rendre possible.

Aussi renouvela-t-il au serviteur la recommandation qu'il lui avait déjà faite de
ne tirer qu'à coup sûr.

Les hommes d'armes du marquis ne s'attendaient certes pas à rencontrer de résistance ; leur étonnement lorsqu'ils virent
Sforzi, au lieu de prendre la fuite, s'élancer
sur eux l'épée à la main, se traduisit par une
certaine indécision dont le jeune homme
profita avec autant d'adresse que de présence d'esprit.

Tout en faisant cabrer son cheval sur les
jambes de derrière, afin de se bien couvrir,
il appuya son pistolet sur le front de l'un
des assassins, et tira. Le misérable tomba
foudroyé.

Au même instant, une autre détonation
retentissait et un second ennemi roulait par
terre. Lehardy, observant fidèlement la recommandation du chevalier, avait su employer la balle de son arquebuse !

— Bien, Lehardy, lui cria Sforzi, la victoire est à nous ! L'épée hors du fourreau,
mon ami, et d'estoc et de taille !

Cette scène de carnage, qui s'était passée
en si peu de temps, avec une si prodigieuse
rapidité, intervertit un instant les rôles des
combattans. Les assassins épouvantés se
mirent sur la défensive.

— En avant, lâches ! s'écria alors le marquis d'une voix stridente Quoi ! vous êtes
six contre deux, et vous hésitez !...

De la Tremblais, qui jusqu'alors s'était tenu prudemment à l'écart, éperonna son
cheval, et, le pistolet au poing, courut sur
Raoul.

— Ah ! dit le jeune homme, voici donc
enfin un adversaire digne de ma colère.

Alors imitant l'exemple que lui donnait
de la Tremblais, Sforzi frappa violemment de ses deux éperons à la foisles flancs
de sa monture, et se précipita sur le marquis.

Cette audace sauva peut-être le jeune
homme, car son adversaire surpris lâcha
presque au hasard son coup de pistolet : la
balle passa à un pied de la tête de Raoul.

— Que vas-tu faire, misérable, maintenant qu'il ne te reste plus que ton épée ? lui
cria Sforzi, tout en le chargeant.

Hélas ! le chevalier avait compté sans le
second pistolet de son agresseur. De la Tremblais fit précipitamment feu à bout portant
sur lui.

Raoul poussa un cri de rage, un cri semblable au rugissement du lion acculé dans
un antre. Son épée, atteinte par la balle du
marquis, venait d'être brisée en deux.

— Malédiction ! dit-il. Puis fou de fureur,
ivre de désespoir, il lança son cheval avec
une irrésistible impétuosité contre celui de
son adversaire.

Le choc fut terrible : chevaux et cavaliers
roulèrent sur le sol.

Pendant que Raoul, tout étourdi de cette
épouvantable chute, mais soutenu encore
par l'ardeur du combat, reprenait ses sens,
Lehardy, de son côté, tenait dignement sa
promesse, ainsi qu'il l'avait dit, et faisait de
son mieux ; enveloppé par les assassins du
marquis, il frappait sans trève ni merci.
Sans l'excellente cuirasse qui garantissait
sa poitrine, depuis longtemps déjà le vaillant serviteur aurait succombé.

Quoique ses efforts suprêmes ne dussent
aboutir, selon toutes les probabilités, qu'à
prolonger son agonie et à rendre sa mort
glorieuse, ils avaient, au moins, pour résultat immédiat d'opérer une salutaire diversion en faveur de Raoul.

Le valeureux jeune homme, d'abord étourdi, avons-nous dit, par la violence de sa
chute, n'avait pas tardé à reprendre connaissance : alors, s'emparant du cheval et
de l'épée de l'homme d'armes qu'il avait
tué, il s'était précipité au secours de Lehardy.

Un nouveau déboire attendait Sforzi ; à
peine était-il rentré dans la mêlée qu'un
coup d'arquebuse, déchargé contre lui,
presque à bout portant, fracassait la tête
de son cheval, et de nouveau le jetait par
terre.

Ce fut alors de la part des assassins un féroce hurlement de triomphe. Ils croyaient
leur terrible adversaire mortellement atteint.

— Mon Dieu, ayez pitié de moi ! murmura
Lehardy, dont le bras fatigué, non
par la durée, mais par la vivacité de la lutte,
ne supportait plus qu'avec peine le poids de
son épée. Mon Dieu ! prenez mon âme en
merci ! Je suis perdu !

Voulant essayer au moins d'utiliser sa
mort, le brave serviteur plaça son cheval en
travers devant le chevalier qui se relevait, et
lui donnant son épée :

— Messire, lui dit-il, je suis à bout de
mes forces. Tenez, voici mon épée... bon
courage... et adieu !

En ce moment, une voix retentit dans le
lointain au milieu du silence :

— Courage ! on vient à votre secours.

Puis on entendit le galop effréné d'un
cheval dévorant l'espace.

A cette intervention si inattendue, si pro-
videntielle, Sforzi et Lehardy tressaillirent
de surprise et de joie.

— Sang et carnage ! s'écria le jeune homme avec un fol enthousiasme, le ciel se déclare en notre faveur. Sus aux assassins et aux traîtres !

Le chevalier saisit l'épée que lui tendait Lehardy, et le regard brillant d'audace, il s'élança d'un bond de tigre sur les gens du marquis. Les assassins, en voyant la lutte, qu'ils considéraient comme terminée, recommencer plus ardente que jamais, perdirent toute confiance : la chute de l'un d'eux, dont le cheval atteint au flanc par le fer de Raoul, s'abattit lourdement, compléta leur panique.

Sans songer à combattre davantage, ils tournèrent bride à la hâte et se débandèrent de tous les côtés dans la campagne.

L'étonnement de Raoul et de Lehardy, en se voyant maîtres du champ de bataille, ne saurait se décrire; cet étonnement s'accrut encore lorsqu'ils aperçurent Diane, les cheveux épars, les yeux animés d'un éclat céleste, qui, semblable à une apparition surnaturelle, arrêtait devant eux son coursier haletant et couvert de sueur.

— Diane ! s'écria Sforzi avec un cri parti de l'âme. Oh ! mais je rêve ! j'ai le délire !... c'est impossible !

La jeune fille était tellement émue, soit par la rapidité de la course, soit par la joie de retrouver Raoul vivant, qu'elle resta un instant incapable de prononcer une parole.

— Chevalier, murmura-t-elle enfin, tout en appuyant sa main sur sa poitrine que soulevaient les battemens de son cœur ; — chevalier, vous aviez risqué votre existence pour défendre ma mère, n'était-il pas de mon devoir de tenter de vous sauver?... Et toi aussi, mon bon serviteur Lehardy, je te devais cette marque d'intérêt, cette preuve de reconnaissance...

Diane aurait pu parler longtemps sans que Raoul eût songé à l'interrompre. A l'expression passionnée que reflétait le visage du jeune homme, à l'admiration profonde qui se lisait dans ses yeux baignés de larmes, il était facile de comprendre que son âme, en proie à une délicieuse extase, n'appartenait pas en ce moment à la terre, et qu'elle nageait dans les pures et ineffables jouissances d'un monde idéal.

— Chevalier, reprit Diane, qui, soit qu'elle eût compris l'éloquence de ce silence, soit que la hardiesse de la généreuse action qu'elle achevait d'accomplir se fût alors présentée pour la première fois à son esprit, avait le visage empourpré d'une charmante rougeur; chevalier, ne craignez-vous point

que nos ennemis ne reviennent? ne serait-il pas prudent de nous éloigner d'ici au plus vite? Quant à moi, je crois...

En ce moment, un cri d'effroi et de détresse poussé par Lehardy interrompit la jeune fille au milieu de sa phrase.

— Notre demoiselle... prenez garde... derrière vous !.. disaient les serviteurs.

Alors, avant que Diane eût pu deviner le danger dont elle était menacée, Raoul bondit vers elle et lui fit un rempart de son corps.

Au même instant un coup de feu ébranla les échos de la nuit : le marquis de la Tremblais, revenu de son évanouissement et remonté à cheval, s'était armé d'une courte et légère arquebuse pendue à l'arçon de sa selle, et, aveuglé par la jalousie et la fureur, avait fait feu sur Diane !...

— Lâche et assassin ! lui cria Raoul pendant qu'il fuyait, je saurai bien te retrouver et te punir !

Quand le bruit produit par le galop du cheval du marquis se fut perdu dans le lointain, Raoul, resté jusqu'alors droit et superbe, le front tourné dans la direction de son ennemi, s'affaissa doucement sur lui-même.

— Chevalier qu'avez-vous? lui demanda Diane d'une voix tremblante; est-ce la fatigue?... une blessure?...

— C'est sans doute la joie d'avoir pu vous être utile à quelque chose, mademoiselle, balbutia Raoul, car, à vrai dire, je ne ressens aucune douleur de la balle que le marquis vous destinait que j'ai été assez heureux pour recevoir en plein corps...

Sans Lehardy, qui accourut à son secours et le reçut dans ses bras, Raoul serait tombé.

— Oh ! mon Dieu ! s'écria Diane en levant des yeux désespérés vers le ciel, laisserez-vous mourir un si noble jeune homme?...

Puis d'une voix si basse qu'elle ressembla à un murmure :

— Mon Dieu, ajouta la pauvre enfant, si Raoul succombe, que ferai-je sur la terre?

Les serviteurs de la dame d'Erlanges, que Diane avait devancés, arrivèrent alors sur le théâtre du combat. A la vue de Raoul évanoui, des deux cadavres des gens du marquis et du cheval éventré, qui jonchaient le sol, ils éprouvèrent une admiration égale au moins à leur surprise.

Lehardy, complimenté, embrassé de toutes parts, remit à plus tard le récit des prouesses de la nuit et s'occupa de faire construire une espèce de brancard qui permît de transporter Raoul au château.

Huit serviteurs mirent pied à terre, et

ayant placé le jeune homme sur quatre arquebuses recouvertes d'un manteau, ils reprirent à pas lents le chemin de la maison-forte de Tauve.

Lorsque le funèbre cortége atteignit les murs du château, la dame d'Erlanges, le regard sévère et le front chargé de nuages, attendait à l'entrée du pont-levis le retour de Diane.

La vue du chevalier, baigné dans son sang et privé de connaissance, n'adoucit en rien l'expression courroucée que reflétait le regard de la châtelaine.

— Mademoiselle ma fille, dit-elle froidement, il me semble que vous avez assez chevauché cette nuit; vous plairait-il de vous retirer maintenant dans votre chambre ?

— Madame ma mère, répondit Diane d'une voix douce, soumise et en désignant par un triste signe de tête le brancard sur lequel était étendu Raoul, le coup de feu qui a atteint M. Sforzi m'était destiné ! C'est au dévouement — si fatal pour lui — de M. le chevalier que je dois le bonheur de vous revoir ?.. Ne serait-ce pas montrer une odieuse et coupable ingratitude que de l'abandonner ainsi !.. Permettez au moins que je m'assure par moi-même que tous les soins exigés par sa position lui seront rendus !..

— Mademoiselle ma fille, reprit la châtelaine d'une voix glaciale, je n'aurais jamais cru qu'une enfant fût assez osée pour discuter les ordres de sa mère ! Votre façon d'agir m'apprend que j'avais en trop haute estime la génération actuelle ! Il paraît qu'aujourd'hui le respect des parens est un fardeau dont la jeunesse se débarrasse avec joie.

Mademoiselle ma fille, vous me voyez aux regrets, mais fermement résolue à exercer sur vous mon autorité dans toute sa rigueur ! Je vous priais tout à l'heure, et maintenant je vous ordonne de vous retirer dans votre chambre.

Le dur langage de la dame d'Erlanges amena des larmes aux yeux de Diane : toutefois, la pauvre enfant ne se rendit pas encore.

— Madame ma mère, répondit-elle d'une voix humble et suppliante, permettez-moi d'insister. N'est-il pas au moins convenable que je m'informe, avant de me retirer, si M. Sforzi est ou non trépassé ?

— Mademoiselle ma fille, votre conduite scandaleuse vous déshonore, et me couvre, pour l'honneur de ma race, de confusion. Ne comprenez-vous donc point que montrer tant d'intérêt au chevalier Sforzi, c'est donner prise au soupçon, faire suspecter la pu-

reté de vos sentimens?.. Silence, vous dis-je, et suivez-moi !

A cette accusation précise, Diane releva fièrement la tête, et d'une voix harmonieusement accentuée :

— Madame ma mère, dit-elle, mon cœur ne craint point le regard de Dieu, pourquoi prendrais-je donc souci des propos du monde ? Oui, madame, je ressens pour M. le chevalier une tendresse de sœur, une amitié profonde !

— Silence, mademoiselle !... Cette impudence...

— Oh ! merci, Diane, dit alors une voix qui fit tressaillir de joie la jeune fille et pâlir de fureur la châtelaine ; merci, Diane, votre aveu me sauvera de la mort... car à présent... à présent... je veux vivre pour vous aimer toujours...

Cette voix était celle de Raoul qui, revenu à lui, avait entendu la conversation de la dame d'Erlanges et de sa fille Diane.

CHAPITRE XV.

La Catastrophe.

L'état de Raoul, pendant la première semaine qui suivit sa blessure, présenta un sérieux danger ; ce fut seulement le neuvième jour qu'il reprit connaissance ; jusqu'alors un continuel délire n'avait cessé de peser sur lui.

L'inique et odieuse interdiction prononcée par le marquis de la Tremblais contre la maison-forte de Tauve, n'avait pas permis de faire venir un médecin ; Raoul ne dut donc son salut qu'à sa bonne constitution et aux soins que lui prodigua Lehardy.

Quant à Diane, empêchée par sa mère de veiller le pauvre malade, elle n'avait pu que prier Dieu pour sa guérison, que pleurer sur son sort !

Les premières paroles que prononça Raoul en retrouvant la raison, furent pour la jeune fille : Lehardy lui déclara qu'elle compâtissait de tout cœur à ses souffrances, et cette assurance fit grand bien au chevalier.

Le dixième jour au matin, Sforzi fut réveillé par Lehardy qui entrait dans sa chambre. Le brave serviteur paraissait tout ému, tout agité.

— Ma foi, messire, lui dit-il, je ne vous cacherai pas, qu'à part l'affection que je vous prie de vouloir bien me permettre de vous porter, je souhaiterais vivement vous voir en ce moment debout, vigoureux et à même de vous servir d'une épée.

— Que se passe-t-il donc Lehardy ? Un nouveau danger menacerait-il la maison forte de Tauve ?...

— J'en ai peur, M. le chevalier.

— Quel est ce danger Lehardy ? Parle !

— Je ne sais rien de positif encore. Tout ce que je puis vous dire, c'est que le guetteur achève de signaler une nombreuse troupe de gens qui se dirige du côté du château. Il prétend que c'est un corps d'armée. Le marquis s'est-il enfin résolu à donner cours à ses mauvais desseins ?.. cela ne m'étonnerait pas, son méchant cœur doit être si altéré de vengeance !

— Tu m'épouvantes, Lehardy ! Cours aux remparts et reviens m'apprendre au plus tôt ce qui se passe... Mais non... aide-moi plutôt à me lever ; j'irai moi-même.

— Vous lever, messire, s'écria Lehardy, y songez-vous ? Autant vaudrait vous bailler un coup d'épée à travers le corps. J'ai eu tort de vous parler de cela. Voyons, M. le chevalier, un peu de raison et de patience. Attendez-moi un instant, je ne tarderai pas à revenir.

Lehardy s'éloigna précipitamment, laissant le jeune homme en proie à une agitation extrême.

Cinq minutes plus tard, le serviteur était de retour. Cette fois, sur son visage se lisait, non plus l'expression de la crainte, mais bien celle du plus profond étonnement.

— Eh bien ? lui demanda Raoul avec anxiété.

— Eh bien, monsieur le chevalier, c'est à douter du témoignage de ses yeux. La troupe signalée est composée de près de trois cents paysans ou vilains armés de toute sorte, et à leur tête marche le capitaine de Maurevert.

— Le capitaine de Maurevert ?

— En personne. Il est monté sur un magnifique cheval noir, richement caparaçonné... ma foi, il a fort bon air. Entendez-vous ce cor qui résonne ? c'est le capitaine qui entre dans la cour d'honneur du château et que l'on salue à son passage.

Lehardy disait vrai. Le partisan de messeigneurs de Guise et le familier du roi, le capitaine de Maurevert, en un mot, venait de pénétrer en compagnie du bandit Croixmore, dans le château de Tauve.

Autant de Maurevert avait la contenance superbe, autant celle du chef des religionnaires de Tournoil était triste et piteuse : sans épée, la tête nue, la cuirasse faussée en plusieurs endroits, il baissait honteusement les yeux et paraissait courbé sous le poids d'une humiliation profonde.

— Annoncez à la dame châtelaine de céans le commandant en chef de la sainte et royale Ligue d'équité ! dit de Maurevert à l'un des serviteurs.

Peu après, le compagnon d'armes de Raoul pénétrait dans la salle de réception du château, où l'attendait déjà la dame d'Erlanges.

De Maurevert s'avança d'un pas majestueux jusqu'au grand fauteuil où se tenait assise la châtelaine — qui se leva à son approche — et la saluant avec une gravité toute solennelle :

— Madame, lui dit-il, depuis que j'ai eu l'honneur de vous voir, bien des événemens que je dois vous faire connaître, car ils vous intéressent jusqu'à un certain point, se sont accomplis. Veuillez me prêter votre attention.

La dame d'Erlanges s'inclina légèrement, en signe d'acquiescement, et de Maurevert reprit la parole :

— Madame, il doit vous souvenir que lorsque je quittai votre maison-forte, — il y a de cela aujourd'hui près de deux semaines, — c'était pour aller solliciter en votre faveur l'appui des religionnaires de Tournoil. Il est inutile que vous m'interrompiez ; je sais parfaitement ce que vous allez me répondre : que vous m'aviez dissuadé de tenter cette démarche ; oui, j'en conviens ; mais il est des circonstances impérieuses où l'on doit obliger les gens malgré eux. Bref, je fus donc trouver vos coreligionnaires de Tournoil.

La façon dont leur chef, ici présent, le sieur Croixmore, que j'ai l'honneur de vous présenter, accueillit ma supplique, fut assez peu encourageante. Il me déclara que j'étais son prisonnier et m'imposa une rançon de quatre cents écus ! Il eût même un instant la velléité de me faire pendre ! Ce détail importe peu ! je poursuis. Le soir même du jour de mon arrestation, le sieur Croixmore commit l'imprudence, — ce serait exagérer de dire la galanterie — de me fournir l'occasion de prendre ma revanche ! je fis de mon mieux, et l'ancien chef des messieurs de Tournoil tombé en mon pouvoir, se trouve être à cette heure-ci mon prisonnier de guerre !

— En quoi, je vous prie, ces explications me touchent-elles, capitaine de Maurevert ? demanda la dame d'Erlanges avec un commencement d'impatience !

— Ces explications, madame, ont pour but de vous empêcher de commettre à votre insu une grave injustice ! Je suis toujours resté le débiteur du sieur Croixmore, madame !.. Or, comme il est hors de doute et prouvé jusqu'à la dernière évidence que si j'ai été imposé à rançon, la cause n'en peut être imputée qu'au désir que j'ai de vous servir, de vous venir en aide, il me semble de toute logique que vous m'indemnisiez des pertes que mon zèle à votre endroit m'a fait éprouver.

— En d'autres termes, capitaine de Maurevert, dit la châtelaine d'un air de froideur et de mépris marqué, c'est quatre cents écus que vous me réclamez.

— Oui, madame, seulement quatre cents écus. Je serais en droit, il est vrai, de vous compter les dangers que j'ai courus, la perte de temps que j'ai subie pour vous; mais je suis trop galant homme, noble châtelaine, pour aborder de tels détails. Je ne réclame que mon débours brut. Je vous abandonne les intérêts.

— Très bien, capitaine ! On va vous compter votre argent, répondit la dame d'Erlanges, désireuse de se débarrasser au plus vite de la présence de son ancien hôte.

Le capitaine se mit à caresser sa barbe, et regardant la châtelaine du coin de l'œil.

— Par Vénus ! murmura-t-il, cette femme a du bon ! Vraiment, elle n'est pas trop mal pour son âge : un peu raide, un peu revêche, fort déplaisante... oui... parce que personne ne songe à lui parler le doux langage d'amour. Par les cornes du diable ! il y a là une affaire; j'y aviserai... Devenir seigneur de Tauve !... Eh ! eh !... ceci clorait dignement ma carrière. On va souvent chercher bien loin la fortune quand, pour l'atteindre, il ne s'agit que d'allonger le bras... Allons voir Raoul.

A peine sorti de la salle de réception, de Maurevert se retourna vers le bandit Croixmore, et lui adressant un gracieux sourire :

— Cher ami, lui dit-il, vous plairait-il que nous réglions nos comptes ?

Le bandit ne répondit que par une espèce de grognement.

— Bon ! continua de Maurevert, voilà que vous allez vous montrer ingrat ! C'est une laide chose que l'ingratitude, Croixmore ; elle dénote généralement de la part de ceux qui en sont atteints une déplorable mesquinerie d'esprit. En quoi, je vous prie, avez-vous donc à vous plaindre de moi ? Ma conduite envers vous n'est-elle pas de la dernière délicatesse ?... Qui m'empêcherait, si je n'étais un honnête homme, de vous frustrer, à présent que je vous tiens en ma puissance, du prix de ma rançon ? Rien !... Vous m'avez imposé, vu ma qualité de capitaine, —égards dont je vous ai remercié sur l'heu-

re, — à quatre cents écus : moi, ne voulant pas être en reste de galanterie et de générosité, je vous ai mieux traité encore : je vous ai taxé, comme seigneur suzerain de Tournoil, au double, à huit cents écus ! Les quatre cents écus que va vous remettre la dame d'Erlanges, joints à la même somme que je vous dois, vous acquitteront envers moi, et vous vaudront votre liberté. Que diable ! se racheter ainsi sans avoir délié les cordons de sa bourse n'est pas chose déplaisante ! Après tout, si vous préférez garder les quatre cents écus de ma rançon, je ne m'y oppose pas ! Le divertissement de votre pendaison me dédommagera de cette perte !... J'adore voir pendre les gens, moi !...

— Tenez, capitaine, s'écria Croixmore, j'ai beau vouloir vous garder rancune et vous faire mauvais visage... je ne le puis !... vos façons d'agir sont si gracieuses, elles portent en elles un tel parfum de gentilhommerie, qu'il m'est impossible de ne pas reconnaître votre supériorité... Prenez garde de ne pas retomber entre mes mains, car je vous estime si fort que cette fois je vous imposerais à cent mille doublons d'or...

Une fois l'affaire de sa rançon terminée, de Maurevert s'empressa de se rendre auprès du chevalier Sforzi.

L'entrevue des deux compagnons d'armes fut des plus touchante.

Raoul, heureux de trouver quelqu'un à qui il pût parler de Diane, reçut le capitaine avec un sensible plaisir. Quant à ce dernier, l'affection qu'il éprouvait pour le jeune homme était sincère, réelle, et il l'embrassa de tout cœur. De Maurevert raconta son voyage à Tournoil, la scène de l'assemblée des membres de la Ligue d'équité, la façon dont il s'y était pris pour recouvrer sa liberté, et enfin—détail ignoré du lecteur—la position nouvelle qu'il devait à sa victoire, c'est à dire d'être devenu le chef des paysans révoltés !

— A présent, cher compagnon, dit-il en terminant, il faudra bien que le marquis de la Tremblais compte avec nous !... Je dispose de près de trois mille hommes, — et quoiqu'à parler sans détour ces trois mille hommes soient si mal armés et disciplinés, qu'une compagnie de carabins, voire même d'argoulets, suffirait pour les mettre en fuite,—je n'en ai pas moins l'air de m'appuyer sur une armée. Au reste, je veux, avant un mois d'ici, dresser mes montagnards de telle sorte, au maniement de l'arquebuse et de la pique, qu'ils soient à même d'attaquer les châteaux et de me rapporter quelque profit... Guérissez-vous vite, cher compagnon, et soyez assuré qu'une fois valide, la besogne ne vous manquera pas. Je me fais fort de vous tenir en haleine. A présent, chevalier, apprenez-moi à votre tour qui vous a accommodé d'une si pitoyable façon. Tonnerre et furies! Si vous n'êtes pas dans votre tort, je vous vengerai si bien que messire Satanas lui-même en sera épouvanté.

Ah! misérable et déloyal marquis! s'écria de Maurevert lorsque le jeune homme l'eut mis au courant de sa triste aventure: il faudra bien que nous ayons raison de sa félonie! Ce que vous m'apprenez de damoiselle Diane me cause un véritable plaisir. Raoul, il faut aimer cette jeune fille; elle serait la digne compagne d'un homme de guerre! Vous rougissez! Allons, un peu de confiance!... Vous n'avez pas attendu mon conseil pour vous enflammer! Je m'en doutais!... Dès notre arrivée au château, je m'étais aperçu que la damoiselle vous regardait avec une certaine complaisance!... Dites-moi, Raoul, que pensez-vous de sa mère, la dame d'Erlanges?... Ne trouvez-vous pas que son visage, s'il était dépouillé de l'air revêche et déplaisant qui le dépare, serait d'une laideur supportable?...

— Pourquoi cette question, capitaine?

— Au fait, vous avez raison; rien ne presse. Mon projet n'est encore qu'à l'état de chaos dans mon cerveau. Quand je l'aurai débrouillé, arrangé, combiné, rendu logique et exécutable, je vous en reparlerai. Causons plutôt de vous.

Le reste de la journée se passa pour les deux amis, avec une rapidité extrême.

A la tombée de la nuit, de Maurevert prit congé de Raoul, en l'assurant qu'une semaine ne se passerait pas sans qu'il entendît parler de lui; puis il sortit de la maison-forte de Tauve, et s'en fut retrouver son armée de paysans.

Pendant les quinze jours qui suivirent cette entrevue des deux compagnons d'armes, le chevalier Sforzi avança à si grands pas dans sa convalescence, qu'il put bientôt, non seulement quitter le lit, mais encore prendre, chaque matin, plusieurs heures d'exercice dans le jardin du château. Diane qu'il rencontrait — par hasard — presque tous les jours, lui tenait compagnie tant que durait sa promenade.

Quoique ni Raoul ni la jeune fille ne sortissent des bornes de la plus stricte réserve, ils savaient — grâce à mille ingénieux détours — se dire tout l'amour qu'ils éprouvaient l'un pour l'autre.

Ces chastes et enfantines confidences les plongeaient tous les deux dans de si douces rêveries, qu'ils ne songeaient plus aux nuages qui assombrissaient leur horizon.

Du marquis de la Tremblais il n'en était jamais question.

Hélas! cette existence était trop heureuse pour être durable!...

Un jour, après le dîner, la dame d'Erlanges pria le chevalier de demeurer avec elle; puis, lorsque les serviteurs se furent éloignés et qu'ils se trouvèrent seuls:

—Chevalier Sforzi, lui dit la châtelaine d'un air sévère, l'hospitalité est une chose sacrée, qui engage autant celui qui la reçoit que celui qui la donne!

Je n'aurais jamais songé à abréger votre séjour à Tauve, quelque pénible qu'il pût m'être, si votre façon d'agir ne m'y avait autorisée. Hier, j'ai appris, par une de mes femmes, que Mlle ma fille, oubliant toute décence, passe chaque jour, en votre compagnie, plusieurs heures à se promener dans le jardin. Je ne vous reprocherai ni l'indignité ni le peu de délicatesse de votre conduite. Ce n'est point le fait d'un gentilhomme d'abuser ainsi de l'ignorance d'une jeune damoiselle élevée dans la solitude. Je vous serai obligée, monsieur le chevalier, de n'entrer dans aucune explication à ce sujet. Je tenais seulement à justifier la dure nécessité à laquelle je me vois contrainte, de ne pas vous accorder plus longtemps l'hospitalité dans ma maison. Je désire que demain, au plus tard, vous quittiez Tauve.

Le langage injuste et hautain de la châtelaine fit monter à plusieurs reprises le rouge de la colère au visage de Raoul; toutefois, retenu par le respect qu'il devait à la mère de Diane, il s'inclina profondément devant la dame d'Erlanges et s'éloigna sans prononcer un mot.

Une fois seul, le pauvre jeune homme s'abandonna à tout son désespoir.

Etre séparé à tout jamais de Diane lui paraissait un sacrifice au-dessus de ses forces, une chose impossible.

— Ah! se disait-il tout en parcourant à grands pas sa chambre et tandis que des larmes brûlantes obscurcissaient ses yeux, n'ai-je pas raison de prétendre que je suis né sous une néfaste étoile!... Chaque fois que le bonheur paraît me sourire, c'est un signe infaillible que la fatalité va s'acharner après moi... que le malheur va apparaître! Jamais ce présage ne m'a trompé! Ah! que ne suis-je mort cette nuit où, blessé par le marquis, j'ai entendu Diane avouer à sa mère qu'elle m'aimait!... Ma mort eût été trop belle !... Non, ma destinée est de vivre pour souffrir !...

Le pauvre jeune homme passa le reste de la journée enfermé dans sa chambre. La nuit venue, il se jeta tout habillé sur son lit, et continua à se lamenter.

Enfin, brisé par la vivacité de ses émotions, il finit par tomber dans un sommeil lourd et agité.

Il pouvait être environ deux heures du matin lorsque Sforzi fut réveillé en sursaut par des cris affreux !

Raoul se crut d'abord sous l'empire d'un mauvais songe, mais bientôt des clameurs furieuses, mêlées à de nouveaux cris de détresse retentirent de tous les côtés, et ne lui laissèrent plus de doutes : il était évident qu'une terrible catastrophe avait lieu près de lui.

Raoul s'élança hors de son lit et courut à son épée. Au même instant un coup violent ébranla la porte de sa chambre, et une voix haletante, qu'il reconnut pour être celle de Lehardy, lui cria :

— Au secours ! M. le chevalier.... Au secours ! Le marquis de la Tremblais vient de surprendre le château !

CHAPITRE XVI.

La Nuit fatale.

A la terrible nouvelle de la prise du château, le chevalier Raoul sentit passer comme un nuage devant sa vue ; une horrible douleur l'étreignit au cœur, et pour ne pas tomber il dut s'appuyer contre le mur.

Cette poignante émotion dura peu : la pensée des dangers que courait Diane rendit bientôt au jeune homme avec toute son énergie ses forces affaiblies par la maladie ; son sang bouillonna dans ses veines comme la lave enflammée qui mugit et écume dans le cratère d'un volcan, et beau de désespoir, sublime de fureur, il ouvrit violemment la porte de sa chambre et s'élança au secours de la demoiselle d'Erlanges.

La chambre occupée par Diane était située dans une aile de la maison-forte opposée au corps de logis qu'habitait Sforzi : Raoul devait, avant de parvenir jusqu'à la jeune fille, parcourir une assez grande distance, traverser le château presque en entier. Arriverait-il assez à temps pour sauver Diane ou du moins pour mourir à ses côtés en lui faisant un rempart de son corps ? Cette incertitude le torturait : il ne savait que craindre, qu'espérer ; il était fou !..

Raoul venait d'atteindre en deux bonds l'extrémité d'un corridor que terminait un étroit escalier conduisant à l'étage inférieur, lorsqu'une dixaine de soldats du marquis apparurent sur les premières marches de cet escalier.

A la vue de Sforzi les misérables poussèrent des hurlemens d'une joie féroce.

— A mort le huguenot ! sus au rebelle !

Raoul hésita : retourner sur ses pas c'était entraîner à sa suite une meute altérée de sang et ne pouvoir plus voler au secours de Diane : essayer de passer outre, c'était s'exposer à une mort presque certaine.

— Ah ! se dit-il, le succès est dans l'audace. En avant !

Alors, prenant son élan, il se précipita, tête baissée et l'épée à la main, sur ses adversaires.

Les gens du marquis s'attendaient si peu à cette témérité, qu'ils n'opposèrent d'abord aucune résistance au dessein de Raoul ; au contraire, trois d'entre eux, rudement atteints par le jeune homme dans son furieux élan, roulèrent par terre en poussant des cris de détresse. Le chevalier continua son chemin.

Malheureusement les assassins se remirent promptement de leur surprise ; exaspérés de l'humiliant échec qu'ils éprouvaient, ils se ruèrent avec une nouvelle rage contre Sforzi.

L'étage inférieur où Raoul avait pu, grâce à son impétuosité, pénétrer impunément, était également entouré par un étroit corridor ; cette disposition des lieux donnait au jeune homme la possibilité de se défendre, car il n'avait de la sorte qu'un ennemi à combattre de front.

Se retournant tout à coup ainsi qu'un sanglier blessé, Raoul poussa un cri rauque, se mit vivement en garde, et prit l'initiative de l'attaque. Son épée brilla comme un éclair, un corps pesant roula lourdement sur les dalles humides, et un cri de douleur retentit. C'était un des soldats qui, atteint au milieu de la gorge, se débattait dans les dernières convulsions de l'agonie.

Alors, Raoul oublia et Diane qu'il voulait sauver, et la position désespérée dans laquelle il se trouvait lui-même, et l'impossibilité de soutenir une lutte si inégale : tous ses instincts de violence se réveillèrent avec une force irrésistible et firent explosion !

Les narines gonflées et frémissantes, les paupières dilatées, le front sillonné par un réseau de grosses veines, il donna à tête perdue au milieu de la troupe des soldats de la Tremblais.

Pendant près d'une minute on n'entendit que des respirations oppressées et sifflantes, des râles de mourans, des cliquetis de fer. Deux torches portées par deux des assaillans éclairaient confusément de leurs rouges rayons cette scène de carnage, qui présentait à la fois un spectacle odieux et magnifique.

Au reste, les transports de Raoul l'avaient mieux servi que n'aurait pu faire sa prudence. Au milieu de ce chaos d'êtres humains qui s'agitaient, se frappaient au hasard, il était resté sain et sauf sans une seule blessure.

Le premier paroxysme de fureur passé, — cette fureur que Sforzi considérait et déplorait, non sans raison, comme étant une maladie, — le jeune homme réfléchit ; avec cette merveilleuse lucidité et cette vive conception que le danger donne aux esprits forts, il sentit qu'il y avait un parti à tirer de la confusion produite par son irrésistible attaque ; une seconde lui suffit pour concevoir un plan, une minute pour l'exécuter.

A trois ou quatre pas derrière lui se voyait une large fenêtre. Raoul rassembla ses forces, imprima à son épée une vertigineuse rapidité, jeta dans un cri suprême toutes les colères de son cœur, puis profitant du mouvement rétrograde qu'il prétendu redoublement d'hostilités fit faire à ses ennemis, se recula prestement, sauta par la fenêtre et tomba, d'une hauteur d'environ quinze pieds, dans le jardin.

Une fois momentanément à l'abri de toute poursuite, Raoul prit un instant de repos : son gosier était desséché, ses jambes tremblaient à ne plus soutenir le poids de son corps ; des myriades d'étincelles qui voltigeaient devant ses yeux, un bourdonnement confus qui bruissait dans ses oreilles, le privaient du sentiment de la vue et de celui de l'ouïe.

Raoul retira sa cotte de mailles et se mit à se rouler sur l'herbe humide, dont ses lèvres brûlantes pompèrent avidement la rosée.

Un peu calmé et rafraîchi, il respira à pleins poumons l'air imprégné des parfums de la nuit, puis revêtant sa cotte d'armes et essuyant son épée teinte de sang, il s'élança à travers les charmilles dans la direction de la chambre occupée par Diane.

Pendant que le chevalier Sforzi courait au secours de la demoiselle d'Erlanges, l'intérieur de la maison-forte de Tauve présentait l'épouvantable aspect d'une place de guerre prie d'assaut.

Un carnage sans trêve, sans pitié, sévissait à la fois en vingt endroits différens. Les défenseurs du château, surpris au milieu de leur sommeil, étaient massacrés au fur et à mesure qu'on les découvrait. Rien ne saurait donner une idée de l'impitoyable férocité déployée par les hommes d'armes du marquis : enivrés de vin et de sang, ils se pâmaient d'aise dans le meurtre et dans l'assassinat !

La scène la plus remarquable de cette nuit fatale se passait dans la chambre à coucher de la dame d'Erlanges ; là, la victime et le bourreau se trouvaient en présence.

La châtelaine, assise dans un grand fauteuil, espèce de chaire placée sur une estrade et ornée de ses armes, gardait une contenance superbe. Rien dans l'expression hautaine et froide de son visage, n'annonçait la crainte, l'horreur ou l'effroi.

Le marquis se tenait debout, l'épée au fourreau et la tête couverte de sa toque, à quelques pas de la dame d'Erlanges.

Quoiqu'il affectât un calme égal à celui montré par la châtelaine, il était facile de deviner, à la contraction des muscles de sa figure, à la sinistre lueur qui brillait dans ses yeux, que ses mauvaises passions déchaînées agitaient son cœur.

—Marquis de la Tremblais ! lui dit la dame d'Erlanges, ces nouveaux cris, m'annoncent que l'œuvre d'iniquité n'est pas complètement accompli, qu'il est temps encore, si vous le voulez, de sauver quelques-uns de mes infortunés serviteurs ! Au nom de votre salut dans l'autre monde, marquis de la Tremblais, allez interposer votre autorité entre les assassins et les victimes !

En effet, des cris de détresse venaient de pénétrer jusqu'à la chambre de la châtelaine.

—Madame, répondit le marquis sans bouger de place, la guerre présente de fatales, de tristes exigences. J'ai promis à mes gens de leur abandonner la garnison de Tauve. Un gentilhomme n'a que sa parole.

— Un gentilhomme ! répéta la dame d'Erlanges avec l'accent d'un souverain mépris ; ah ! marquis... si vous vous riez, dans votre impiété, de la justice divine, ne froissez pas au moins les préjugés du monde !... N'appelez point gentilhomme un assassin et un voleur.

—Madame ! s'écria de la Tremblais que cet outrage fit pâlir, prenez garde, il serait imprudent à vous d'abuser plus longtemps de ma patience. N'oubliez point que vous êtes ma vassale, que vous me devez obéissance et respect...

— Obéissance à un voleur ! respect à un coupe-jarrets ! ah !... Monsieur de la Tremblais, il faut que vous ayez une bien piètre opinion de mon jugement pour oser avancer de pareilles prétentions !

— Madame... madame... je vous le répète, prenez garde !... Que ce qui se passe autour de vous vous serve donc de leçon !... N'entendez-vous pas l'agonie·de vos complices, des gens qui ont osé vous soutenir dans votre félonie?... J'ai bien voulu jusqu'ici, tenant compte de votre noblesse, vous épargner le châtiment qui vous est dû. Ne me faites pas regretter ma clémence !... Par l'enfer ! vous vous en repentiriez...

— Marquis, dit froidement la châtelaine de Tauve, je vénère trop la mémoire de mon honoré mari, le comte d'Erlanges, pour m'abaisser jusqu'à discuter avec vous. Vous savez bien qu'après Dieu au ciel, et le roi sur la terre, je n'ai à me soumettre ni à m'incliner devant aucun seigneur... Les méchans sont tous les mêmes : ils manquent du courage de leur perversité, ils tiennent à justifier, par de puérils et mensongers prétextes, la honte de leurs iniquités !... Ne frappez pas le sol du talon de votre botte, marquis !... que m'importe votre colère... elle est impuissante contre ma résignation, en s'adressant à chef des apôtres placé derrière lui !... Amenez-moi vitement cette belle et accorte enfant !... Que pouvez-vous contre moi ? rien !... me ravir ma fortune?... c'est fait !... M'égorger? mon âme est prête à comparaître devant Dieu !... Vous voyez bien, marquis, que la dame d'Erlanges ne vous craint pas...

— Ah ! c'en est trop, s'écria de la Tremblais. Je suis à bout de longanimité et de patience... Tu oublies, vieille sorcière de Belzébuth, que ton repaire maudit renferme une adorable créature. Puisque ta laideur te met à l'abri de ma vengeance, eh bien ! ce sera ta fille Diane qui paiera pour tes vilenies.

— Diane ! ma fille Diane ! vous oseriez !... s'écria la châtelaine, qui perdit à cette menace tout son sangfroid et se mit à frissonner. Seigneur de la Tremblais, n'oubliez point qu'il y a un roi en France ! Tôt ou tard vous subiriez le châtiment de votre crime. Tenez, je retire les propos qui ont pu vous blesser. Jurez-moi qu'il ne sera rien tenté contre ma fille, et je ne porterai jamais plainte du passé, j'accepterai avec résignation, sans murmurer, la perte de ma fortune.

— Rassure-toi, vieille folle, interrompit le marquis, le moindre bon sens devrait te faire comprendre que Diane est trop belle et

trop désirable pour que je songe jamais à lui causer le moindre dommage !... Malheur à celui de mes gens qui oserait la toucher, ne fût-ce qu'à un de ses cheveux... Je le ferais pendre à l'instant même.

— Marquis, ces honnêtes paroles...

— Silence donc, huguenote de l'enfer !... Non seulement Diane, te dis-je, ne court en ce moment aucun danger, mais elle est même destinée dans l'avenir — et un avenir très prochain — à un grand honneur : j'ai le projet de la prendre pour ma maîtresse !

— Diane, votre maîtresse ! répéta la pauvre châtelaine avec une stupéfaction et un effroi indicibles. Oh ! vous raillez sans doute... vous voulez m'épouvanter...

— Eh ! eh ! comtesse de Tauve, s'écria le marquis d'un ton ironique, il me semble que votre superbe s'est bien abaissée, que vous revenez à présent à de meilleurs sentimens... Vous railler, moi ! Par Dieu ! vous n'en valez pas la peine !.. Vous doutez de mes intentions?.. Rien de facile comme de vous prouver qu'elles sont telles que je vous les ai annoncées... Holà !.. Benoist, va-t-en me quérir ma gentille Diane, poursuivit le marquis, en s'adressant au chef des apôtres placé derrière lui !.. Amenez-moi vitement cette belle et accorte enfant !.. J'ai hâte de lui donner le premier baiser de nos gaies et plaisantes fiançailles !..

Au méchant sourire que cet ordre fit passer sur les lèvres du bandit, il était facile de s'apercevoir combien il lui était agréable d'en être chargé, et de ·deviner le zèle qu'il mettrait à l'exécuter.

La dame d'Erlanges, relevant alors sa tête que depuis un instant elle tenait baissée, bondit de dessus son fauteuil, et, se plaçant devant la porte :

— Nul ne sortira de cette chambre ! s'écria-t-elle d'une voix résolue, qu'après avoir passé sur mon cadavre !

Benoist s'arrêta, et se retournant vers son maître :

— Monseigneur? dit-il en l'interrogeant d'un regard.

— Obéis, répondit sourdement le marquis.

Le chef des apôtres retira tranquillement un pistolet de sa ceinture, l'arma, et en appuyant le canon sur le front de la châtelaine :

— Madame, lui dit-il, je vous préviens qu'en ma qualité de manant je vais toujours droit à mon but, sans complimens, sans détours !... Laissez-moi aller quérir votre fille Diane, ou je vous tue !...

La dame d'Erlanges, pour toute réponse, ferma le verrou.

— Huguenote entêtée, grommela Benoist, et il fit feu.

L'infortunée châtelaine roula sur le plancher.

— Diane!.. Dieu tout puissant!.. Marquis je vous maudis!... murmura-t-elle; elle était morte!

Le chef des apôtres, aussi peu ému de cet affreux assassinat que s'il se fût agi de la chose la plus simple du monde, poussa du pied le cadavre de la dame d'Erlanges qui l'empêchait d'ouvrir la porte, et sortit.

Le brave serviteur Lehardy, après avoir été avertir le chevalier de la prise du château, s'était rendu en toute hâte auprès de Diane. Seulement, plus heureux que Raoul, il n'avait rencontré sur sa route aucun ennemi, et il était arrivé, sans encombre, jusqu'à la chambre de sa jeune maîtresse.

Il trouva Diane, déjà réveillée par le bruit, à moitié habillée et debout.

En peu de mots il lui apprit la position désespérée des choses; puis, passant au plus pressé:

— Notre demoiselle, continua-t-il, ne vous effrayez pas, je me fais fort de vous sauver. Suivez-moi!

— Où cela! Lehardy?

— A deux pas d'ici, dans la chambre de vos servantes, se trouve une porte secrète dont j'ai la clef. Cette porte conduit dans la campagne... Venez, notre demoiselle, les momens sont précieux.

— Mais... ma mère...

— Madame la comtesse ne court sans doute aucun danger... Mais venez, notre demoiselle... venez.

Diane, réfléchissant de quel faible secours sa présence pouvait être en effet à sa mère, se disposait à obéir, quand des clameurs furieuses qui retentirent tout près d'elle la glacèrent d'effroi et paralysèrent ses mouvemens.

— Ah! malédiction!—s'écria Lehardy,—il est trop tard... Voici les assassins qui accourent.

C'était à ce même moment que la dame d'Erlanges succombait sous la balle du pistolet du chef des Apôtres!

A l'approche des bandits, Diane ne montra aucun effroi. Peut-être bien la pâleur de son teint et l'agitation de sa poitrine s'accrurent-elles un peu, mais à ces légers indices de faiblesse près, rien ne décela dans sa contenance les angoisses qui lui brisaient le cœur. Ses yeux brillant d'un sombre éclat, annonçaient plutôt une forte et inébranlable résolution, qu'un sentiment de crainte.

— Mon brave Lehardy, s'écria-t-elle, si Dieu permet que tu échappes par miracle aux dangers qui nous enveloppent de toutes parts, tu diras à ma mère que je suis morte en prononçant son nom! Quant au chevalier Raoul Sforzi, il a été bien bon et bien dévoué pour nous... Je vais l'attendre au ciel!

— Mourir! vous, notre demoiselle! répéta Lehardy. Ah! c'est impossible... la frayeur vous trouble l'esprit. Vous, mourir! et qui donc oserait attenter à vos jours?

— Moi, Lehardy, répondit froidement Diane. Crois-tu, mon brave serviteur, que j'attendrai lâchement les outrages du marquis? Que Dieu me pardonne! je suis une d'Erlanges, et jamais une d'Erlanges n'a failli à l'honneur.

Diane, en prononçant ces paroles, montrait à son serviteur un poignard dont elle était armée.

Lehardy poussa un cri de désespoir, puis frappant violemment du pied le plancher:

— Eh bien! notre demoiselle, dit-il, je vous approuve. Oui, vous avez raison!... Une d'Erlanges ne saurait faillir. Mais attendez encore... A présent que je ne crains plus pour votre honneur, je puis employer toute mon énergie, tenter les moyens extrêmes.

— Il est trop tard, les voici qui accourent!... répondit Diane.

— Attendez, notre demoiselle, vous dis-je, tous n'arriveront pas ici!... Attendez, vous dis-je!

Lehardy arma son arquebuse, et, sortant à moitié son corps entre la porte entrebâillée, il fit feu.

Un cri de douleur suivit cette détonation. Les assaillans s'arrêtèrent.

— Notre demoiselle, reprit Lehardy, les misérables craignant un piége, hésitent et se consultent sur le parti qu'ils doivent prendre. Nous ne trouverons plus une occasion aussi propice; hâtons-nous d'en profiter.

Lehardy prit alors un flambeau allumé posé sur le prie-dieu de Diane et l'approcha des vastes tentures qui pendaient au plafond. Presque aussitôt un tourbillon de fumée, déchiré par une grande flamme, enveloppa la chambre et s'échappa par la porte avec un long sifflement. Lehardy, sans prononcer un mot, saisit sa jeune maîtresse dans ses bras, l'enleva de terre, et chargé de son précieux fardeau, se mit à courir devant lui de toutes les forces de son désespoir.

Raoul Sforzi, un peu remis de l'accablante fatigue du combat, se dirigeait vers la chambre de Diane, quand il vit jaillir devant lui une immense gerbe de feu!

— Malédiction! s'écria-t-il; les assassins ont incendié le château... Diane! Diane! me voici. Oh! je n'arriverai jamais à temps pour la sauver! Malédiction! il ne me reste plus qu'à mourir.

Le jeune homme aperçut alors le groupe des assassins sur lequel Lehardy avait tiré.

A cette vue, un cri qui n'avait plus rien d'humain, un rugissement de tigre, sortit de son gosier.

— Ah! ma bien-aimée Diane! murmurat-il, puisque je n'ai pu te sauver, il faut au moins que je te venge.

Raoul se précipita sur les soldats du marquis.

CHAPITRE XVII.
Le lion vaincu.

Ce n'était pas un combat, mais bien la mort que le chevalier Sforzi cherchait. Le sacrifice de sa vie, auquel il était résigné, quintuplait ses forces et le rendait extrêmement redoutable. Pour lui, il ne s'agissait plus de vaincre; sa seule pensée était de venger Diane, qu'il croyait morte, et de se faire de sanglantes funérailles.

Il attaqua donc les gens du marquis avec une impétuosité et une fureur sans égales.

Les deux premiers qui se trouvèrent sur le passage de sa terrible épée, tombèrent grièvement atteints!

Raoul, non pas encouragé, mais exalté par ce succès, redoubla d'énergie. Bientôt, un troisième ennemi s'affaissa sur lui-même, et resta sans mouvement: il lui avait brisé le crâne.

— Assassins! s'écria Raoul, vous périrez tous...

Les gens du marquis, d'abord épouvantés par la brusque, foudroyante et victorieuse attaque du chevalier, ne tardèrent pas, en voyant qu'ils n'avaient affaire qu'à un seul homme, à se remettre de la panique qui s'était emparée d'eux.

Ils étaient au nombre de vingt! Que pouvaient-ils craindre!.. Bientôt leurs épées, leurs dagues, leurs poignards formèrent un cercle de fer dont la poitrine de Sforzi se trouva être le centre!.. Ainsi que le tigre entouré et cerné par les chasseurs se replie sur lui-même et lutte par un suprême effort afin d'échapper à ses ennemis, de même Raoul, à ce moment fatal et solennel, voulut par un prodigieux élan se dégager du réseau de fer qui l'enveloppait.

La vengeance qu'il avait tirée de ceux qu'il considérait comme les meurtriers de Diane ne lui paraissait pas encore assez complète: il lui fallait une plus ample moisson de cadavres.

Prenant un élan vigoureux, il tenta de rompre les rangs des mercenaires du marquis; mais hélas! son pied glissa dans le sang presque déjà figé du premier ennemi qu'il avait tué, et il roula lourdement sur le sol.

C'en était fait de Sforzi. Déjà les hommes d'armes de la Tremblais se jetaient sur lui, lorsqu'une intervention bien inattendue vint retarder sa mort, prolonger son agonie.

— Malheur à celui qui touchera à ce misérable! s'écria d'une voix vibrante le chef des Apôtres en apparaissant en scène. Monseigneur entend que ce Sforzi, indigne du trépas d'un loyal soldat, périsse, après avoir subi de longues tortures, accroché à un gibet!... Désarmez cet infâme et conduisez-le auprès de monseigneur!

Quoiqu'il en coûtât aux mercenaires de ne pas compléter leur facile victoire, la perspective présentée par Benoist promettait un tel dédommagement à leur férocité, qu'ils obéirent à son ordre sans trop murmurer.

Vingt bras se saisirent de Raoul, l'enlevèrent de terre et, le poussant avec brutalité, le conduisirent, ou plutôt le traînèrent dans la chambre de la défunte dame d'Erlanges, où se trouvait le marquis.

Ce dernier, à la vue du prisonnier que lui amenaient ses gens, ne put retenir un cri de satisfaction. Un soupir de soulagement sortit de sa poitrine, et son regard brilla d'une indéfinissable expression de joie hideuse.

Il se leva de son fauteuil, s'avança lentement vers l'homme qui l'avait jadis si cruellement insulté, et se mit à le considérer dans un morne silence.

Son visage, flétri avant le temps par les passions, reflétait toutes les mauvaises pensées de son cœur: il savourait déjà sa vengeance.

Raoul supporta, sans y prendre garde, l'examen du marquis. Encore tout palpitant de la dernière lutte qu'il achevait de soutenir, il ne voyait et ne comprenait que confusément ce qui se passait autour de lui.

La voix railleuse de la Tremblais qui lui adressait la parole, le retira de son accablement physique, de sa torpeur d'esprit.

— Monsieur l'aventurier, lui dit le marquis, votre présence à Tauve ne me surprend en rien, je savais que la dame d'Erlanges avait soudoyé des gens de sac et de corde pour l'aider dans sa rébellion... Je devais donc vous revoir.

— Monsieur, répondit Raoul, en essayant de reprendre son sang-froid, votre conduite ne m'étonne pas plus que ma présence ne vous a surpris. Quand on est gentilhomme, que l'on porte une épée, et que devant une injure on baisse la tête, on est capable de toutes les félonies, de tous les forfaits! La lâcheté rend cruel, marquis, votre odieuse conduite envers la dame d'Erlanges est digne de votre passé... Que vous devez donc être fier de votre exploit nocturne!... de gens assassinés dans leurs lits, la demeure d'une dame noble et sans défense, indignement envahie, dépouillée, saccagée de fond en comble... que cela est beau et glorieux! Cependant, marquis, croyez-moi, ne chantez pas encore victoire... l'impunité ne saurait vous être accordée! Il est impossible que la noblesse d'Auvergne consente à devenir, par son inaction, la complice de votre crime. Et puis, quand bien même la noblesse de cette province faillirait à tous ses devoirs, ne reste-t-il pas le pouvoir royal? Henri III écoutera les supplications de la dame d'Erlanges, et tirera une justice exemplaire de votre infamie.

— La dame d'Erlanges, répondit le marquis qui, assuré de sa vengeance, ne songeait plus à se fâcher de la hardiesse de Raoul, — la dame d'Erlanges, monsieur l'aventurier, a déjà subi la peine due à sa rébellion... Elle n'est plus!...

— Que dites-vous?... Non, c'est impossible... Vous voulez railler! La dame d'Erlanges, morte! Morte comme sa fille Diane! morte comme ses serviteurs! Non, je le répète, cela n'est pas possible!

Le marquis s'avança, sans répondre, vers le lit à baldaquin de la comtesse, et, écartant d'une main ferme les rideaux:

— Regardez! dit-il à Raoul.

Le jeune homme se retourna. Il vit la dame d'Erlanges, la tête fracassée, reposant inanimée dans une mare de sang!

A cet affreux spectacle, qui lui retraçait avec une si poignante réalité la mort supposée de Diane, Sforzi passa à plusieurs reprises sa main devant les yeux; son regard trouble et hagard disait la démence... En effet, l'infortuné jeune homme, atteint d'un coup terrible au cœur, sentait chanceler sa raison; il doutait de sa vue, il était tenté de se croire le jouet d'un songe!

Cependant il lui fallut bien se rendre à l'évidence.

— Infâme! dit-il d'une voix sourde et en portant machinalement la main au fourreau vide de son épée.

Alors un éclair d'indicible fureur fit rayonner son regard; à son tour il s'avança lentement vers le marquis, puis sa poitrine touchant presque celle de la Tremblais, Raoul, par un mouvement plus rapide que la pensée, leva la main et souffleta l'assassin.

Les paroles sont impuissantes pour exprimer la rage que cet outrage éclatant causa au marquis.

Sa première action fut de tirer son poignard, mais tout aussitôt il le rejeta loin de lui.

Tuer d'un coup son ennemi! cette vengeance était trop au-dessous de sa colère.

— Que personne ne bouge! s'écria-t-il d'une voix rauque et à peine intelligible, en voyant des hommes d'armes s'élancer vers Raoul, M. Sforzi m'appartient! Pour cent mille écus d'or, je n'abandonnerais pas ma proie! Oh! ne craignez rien, compagnons; je saurai bien inventer un châtiment qui égalera l'offense...

Sur l'une des joues livides du marquis se détachait, en un rouge foncé, le stigmate de honte qui y avait été imprimé; sa lèvre supérieure, relevée et agitée par un tremblement convulsif, présentait l'expression d'une implacable férocité; son front — bizarre phénomène, singulière ressemblance avec Raoul — était sillonné par un réseau de grosses veines, semblables à celles qui, dans ses accès de frénésie, apparaissaient également sur le front de Sforzi.

Pendant près d'une minute, de la Tremblais resta à contempler sa victime; enfin, un sinistre sourire glissa sur ses lèvres.

— Compagnons, dit-il, garrottez solidement ce démoniaque et ne le perdez pas de vue jusqu'à ce que vous retourniez au château.

Les premières lueurs de l'aube blanchissaient la cime des collines lorsque le marquis abandonna la maison-forte de Tauve.

L'aspect de désolation que présentait alors la demeure naguère si calme, si riante, si paisible de la dame d'Erlanges était chose affreuse.

Il est des tableaux repoussants que la plume ne doit pas retracer.

Une partie des hommes d'armes de la Tremblais resta dans la maison-forte, pour la mettre en état de défense, dans le cas peu probable où monseigneur de Canilhac, le lieutenant-général et gouverneur de la province d'Auvergne, eût songé à la reprendre au marquis!

On a besoin de lire et de relire les mémoires authentiques du seizième siècle pour croire aux odieuses spoliations, aux violences inouïes dont cette triste époque fut témoin !

Chaque jour, les puissans seigneurs féodaux des provinces, éloignés de Paris et placés par conséquent en dehors de l'action du pouvoir royal, se rendaient coupables de crimes pareils à celui que le marquis venait d'accomplir.

Raoul en arrivant au château fort de la Tremblais, fut jeté dans un obscur, humide et étroit cachot, qui ressemblait assez à une oubliette.

Le pauvre jeune homme était tellement brisé de corps et d'esprit, qu'il ne songeait même pas à l'horreur de sa position.

Il pleurait Diane et soupirait après le repos de la tombe.

Tandis que Sforzi était captif et le marquis triomphant, Diane d'Erlanges, heureusement sauvée par Lehardy, qui l'avait conduite dans une chétive cabane de chevriers cachée dans la montagne, attendait avec une anxiété bien naturelle, le retour de son fidèle serviteur qui était allé aux renseignemens.

L'absence de Lehardy se prolongea pendant plusieurs heures, et Diane, de plus en plus inquiète, allait se décider à quitter sa retraite, lorsqu'elle aperçut son brave serviteur gravissant les flancs de la montagne: elle courut à lui.

— Eh bien ! mon ami ? lui demanda-t-elle.

Lehardy garda le silence. Son visage était baigné de larmes.

Diane, saisie d'un horrible pressentiment, resta pendant quelques secondes sans oser interroger de nouveau son serviteur. Enfin, faisant un effort sur elle-même :

— Ma mère ? dit-elle.

Lehardy baissa la tête et leva lentement le bras vers le ciel...

— Morte !... assassinée ! s'écria la pauvre enfant.

— Oui, morte assassinée ! répéta le serviteur d'une voix sourde et semblable à un funèbre écho.

Diane se sentit défaillir, mais elle se cramponna de toute la puissance de son énergie à l'existence : il lui restait encore une question à adresser à Lehardy.

— Raoul ? reprit-elle.

— Mort sans nul doute, notre demoiselle... Personne n'a, dit-on, survécu à cette immense catastrophe.

Alors la pauvre enfant poussa un grand cri, étendit les bras en avant, et froide, inanimée, d'une pâleur de morte, elle tomba sur le gazon de la montagne.

Lorsque Diane, grâce aux soins de Lehardy, eut repris connaissance, elle ne prononça plus une parole. En proie à un désespoir sans nom, elle observa pendant tout le reste de la journée un morne silence.

Ce fut seulement à l'approche de la nuit que le ciel lui accorda des larmes. De sa poitrine oppressée sortirent des sanglots déchirans.

Après qu'elle eut longtemps pleuré, Diane se sentit un peu soulagée, et elle put enfin répondre aux questions que lui adressait son fidèle serviteur.

— Quelle conduite devons-nous tenir, notre bonne demoiselle ? lui demandait-il. Ne serait-il pas imprudent de quitter cette retraite... Pourtant, d'un autre côté, ne devrais-je pas me rendre à Clermont auprès de Mgr de Canilhac ? Il faudra bien que M. le gouverneur vous rende justice. Un crime aussi odieux ne peut et ne doit rester impuni... Oui, mais si les gens du marquis me rencontrent en route, ils me massacreront sans pitié. Alors, que deviendrez-vous, ma bonne demoiselle ?

— Lehardy, dit Diane en essayant de comprimer les sanglots qui l'étouffaient, Mgr de Canilhac repoussera dédaigneusement ta supplique... il est inutile que tu t'adresses à lui... Tous les hommes, crois-moi, Lehardy, sont des monstres... des tigres altérés de sang !... Que m'importe la vengeance ! La punition des coupables rappellerait-elle ma pauvre mère à la vie ? hélas ! non... Et puis, Lehardy, Dieu, dans sa justice inexorable, ne prendra-t-il pas pour son compte le châtiment du crime commis ?... Reste auprès de moi, mon fidèle et bon serviteur ; tu es à présent mon seul et unique appui sur la terre...

— Notre demoiselle, répondit Lehardy, souvenez-vous que vous êtes une d'Erlanges.. Noblesse oblige... Il faut, vous devez venger madame votre mère... Et tenez, notre demoiselle, le ciel vient de m'inspirer une idée ! Oui, vous avez raison, le seigneur de Canilhac se rirait de mes plaintes ; il est inutile que je m'adresse à lui. Il est un brave compagnon qui pourrait vous aider dans cette lamentable occurrence : ce n'est pas, à vrai dire, que j'estime beaucoup cet homme, mais il est doué d'une humeur cupide, d'une grande expérience et capable, s'il y trouve son intérêt, d'entreprendre les choses les plus hardies...

— Et cet homme ?

— C'est le compagnon d'armes de M. le

chevalier Sforzi, le capitaine Roland de Maurevert. Je suis, en outre, persuadé que le triste trépas de ce brave M. Raoul, lui sera sensible, — car il l'aimait, — et le disposera à accueillir favorablement mes propositions! Enfin, n'oubliez pas, mademoiselle, que si la maison-forte de Tauve ne vous est pas rendue, vous vous verrez réduite à une gêne qui ne convient ni à votre nom ni à votre position. Que décidez-vous, mademoiselle?

Diane ne répondit pas. Depuis que Lehardy avait prononcé le nom de Raoul Sforzi, la pauvre enfant sanglotait!

CHAPITRE XVIII.

L'Antre du Tigre.

Il était six heures du matin; un splendide soleil éclairait de ses chauds et brillans rayons les cimes pittoresques du Mont-Dore.

Dans une des gorges les plus sauvages de la montagne campait l'armée, de jour en jour plus nombreuse, de la Ligue d'équité.

Rien de bizarre et d'étrange comme l'aspect offert par cette réunion de paysans insurgés. On eût dit, aux costumes près, la cour des miracles transportée en plein vent!

Toutefois, parmi cette foule hétérogène et indisciplinée, il régnait un certain ordre, une disposition toute particulière, qui indiquaient de prime abord la présence d'un chef rompu à la science pratique de la guerre.

Des sentinelles avancées qui se reliaient entre elles et étaient soutenues par des corps détachés gardaient les abords du camp, des vedettes couronnaient les hauteurs, toutes les précautions élémentaires et indispensables pour s'assurer contre une surprise, étaient rigoureusement observées.

Les soldats de la Ligue, réveillés dès l'aurore, s'occupaient à préparer leur modeste repas du matin dont la base était la châtaigne et le maïs.

Cependant quelques quartiers de chevreau et de chevreuil qui cuisaient à la chaleur de brasiers ardens prouvaient que la sobriété des insurgés ne provenait nullement d'un puritanisme exagéré, et qu'ils étaient loin de dédaigner les profits de la maraude.

Au centre même du camp s'élevait une tente assez convenablement dressée et surmontée d'un drapeau blanc fleurdelysé. Cette tente, qui représentait le quartier-général, était habitée par le généralissime de l'armée de la Ligue d'équité, l'illustre capitaine de Maurevert.

Au moment où commence notre récit, le géant était attablé devant un énorme morceau de venaison: assis en face de lui, sur un grossier escabeau, se tenait le serviteur Lehardy.

— Ainsi, capitaine, disait ce dernier, vous repoussez mon idée d'aller investir et assiéger le château de la Tremblais...

De Maurevert haussa les épaules d'un air de pitié, et tout en ingurgitant une bouchée qui eût suffi au repas d'un homme:

— Mon pauvre Lehardy, répondit-il, ton zèle te fait tout bonnement divaguer. Comment diable veux-tu que, sans artillerie, j'aille assiéger la place la plus forte de la province d'Auvergne?... Et une cavalerie pour pousser des reconnaissances, intercepter les convois, harceler les corps détachés qui tenteraient, soit un coup de main, soit une attaque partielle sur une des lignes du camp, où la trouverai-je? Sais-tu bien que toute ma cavalerie consiste en une quinzaine de bidets! Attaquer le château de la Tremblais! allons donc! ce serait tout simplement de la démence.

— Mais, capitaine, ne craignez-vous point que votre inaction ne devienne fatale au chevalier? N'est-ce pas déjà un assez grand miracle que depuis douze jours qu'il est prisonnier, il soit encore vivant! N'abusez pas plus longtemps des bontés de la Providence!

— Le fait est, dit tranquillement de Maurevert, que je m'attends chaque jour à apprendre la pendaison de mon jeune ami... Je n'ai pas de chance avec mes associés. Quand je ne les tue pas moi-même, on me les dague ou on me les pend! Ce bon Raoul, vraiment je l'aime d'une furieuse façon.

— Et vous ne tentez rien pour le sauver, capitaine?

— Comment, je ne tente rien!... Et pourquoi donc suis-je venu me camper à deux lieues à peine du château de la Tremblais, si ce n'est pour me rapprocher du chevalier? Pourquoi ai-je demandé au marquis un sauf-conduit et une entrevue? La pensée de Raoul accroché à un gibet ne me quitte pas. Si ce n'était le besoin que j'ai de conserver mes forces, j'en aurais déjà perdu le boire et le manger! Vois-tu, ami Lehardy, ce qui presque toujours conduit les hommes à commettre des fautes, ou si tu aimes mieux, des maladresses, c'est la folle précipitation qu'ils apportent la plupart du temps à leurs actions. Il ne faut jamais prendre pour conseillers ses passions ou ses désirs; on ne doit se rendre qu'à la voix de la raison; savoir attendre le moment propice et saisir alors l'occasion aux cheveux, c'est là le grand secret de la vie, le seul moyen pour accomplir l'impossible! Si l'on pend mon brave compagnon d'armes, j'en serai au désespoir et j'essayerai de le venger, mais ma conscience ne me reprochera rien! Ah! mon bon Lehardy, tu ne sais donc pas, toi, comme c'est chose douce au cœur que d'être en paix avec sa conscience!

En ce moment, un tumulte qui s'éleva dans le camp des insurgés, attira l'attention de Maurevert.

—Qu'est-ce ceci? dit-il; ah! quels tristes soldats j'ai là! comme on voit bien qu'ils manquent de l'habitude de la guerre!.. Les misérables, ils crient, ils se disputent sans cesse, et ils ne s'égorgent jamais. Quelle différence entre eux et des troupes réglées! Il y a trois ans, durant une nuit de bivouac, dans une compagnie de reîtres que je commandais, s'éleva une furieuse dispute à propos d'une partie de dés. Mes braves enfants mirent l'épée à la main, et, pendant une heure, se battirent si gentîment, si convenablement — afin de ne pas troubler mon sommeil — qu'en effet je ne me réveillai pas. Il y eut dix morts! Que c'est donc une belle chose la discipline!... L'enfer m'engloutisse! voilà les voix de femmes qui dominent dans le concert... Alors, ça durera toute la journée, si je n'interpose mon autorité. Allons!

A peine de Maurevert sortait-il de sa tente qu'il fut entouré par un groupe de montagnards qui tous à la fois lui adressèrent la parole.

— Silence! s'écria le capitaine d'une voix qui domina le tumulte, ainsi qu'un coup de canon couvre le bruit de la fusillade. Par l'enfer! il n'est point séant que des soldats interpellent leur général. A moi le droit de vous interroger.

De Maurevert se retourna vers celui des montagnards qui lui parut être le moins exaspéré.

— Que se passe-t-il, compagnon? lui demanda-t-il.

—Monseigneur, c'est une jeune fille du peuple qui a été enlevée hier au soir par les gens de M. Laverdan, et méchamment violentée. Le père et le frère de la pauvre petiote viennent d'arriver au camp, pour implorer notre protection et votre justice. Ils demandent que nous allions attaquer le seigneur de Laverdan. Le fait est qu'il est temps que nous fassions respecter nos sœurs, nos filles et nos femmes!... A mort le seigneur de Laverdan!...

— A mort le seigneur de Laverdan! répétèrent les soldats de la Ligue d'équité.

Un sourire de pitié passa sur les lèvres de Maurevert.

—Compagnons! s'écria-t-il, ne gâtons point la bonté de notre cause, la justice de nos réclamations par des prétentions exagérées. Par les galanteries de madame Vénus! il serait ridicule de vouloir empêcher les gens nobles d'avoir, tout comme vous, des passions. Que le seigneur de Laverdan ait été un peu vif dans la déclaration de son amour, cela ne nous regarde en rien. Ce que vous voulez, c'est que l'on ne vous prenne point votre argent, que l'on ne vous réduise pas à la misère; que, sous prétexte de taxes légales, on ne vous impose pas de telle sorte qu'il ne reste plus dans vos bahuts ni un écu d'argent, ni une miche de pain! Mort et furies! voilà un tapage bien gratuit et bien sot! Et comment se nomme la jeune fille distinguée par le seigneur de Laverdan?

— C'est notre enfant Jacqueline Michu, monseigneur! répondit un vieux montagnard en sortant de la foule.

De Maurevert fronça le sourcil.

—Ah! c'est Jacqueline, reprit-il en changeant de ton, que le Laverdan a si outrageusement injuriée... Sang et carnage!.. en y réfléchissant bien, compagnons, vos réclamations me paraissent assez fondées... Le Laverdan sera châtié, c'est moi qui vous le jure... Que deux hommes sortent immédiatement du camp et aillent rôder dans les environs de son château... A leur retour et d'après leurs rapports, nous prendrons un parti.

La décision de Maurevert, contraire aux sentiments qu'il avait d'abord exprimés, fut accueillie par les conjurés avec enthousiasme.

Pendant dix minutes le camp retentit des cris de : Vive le capitaine de Maurevert!... Laverdan à la potence!...

— M'est-il permis, messire, lui dit Lehardy, de vous demander comment, après avoir voulu prouver que la conduite du seigneur de Laverdan n'était nullement répréhensible, vous avez si subitement changé d'opinion et pris parti contre ce seigneur!

— Par Bacchus, ami Lehardy, tu es bien curieux. Au fait, pourquoi me cacherais-je de toi? Le seigneur de Laverdan, en violentant Jacqueline, m'a insulté, car la jeune fille n'a pas dû lui laisser ignorer que j'avais déjà daigné la remarquer.

— Ainsi, capitaine, c'est une injure à vous personnelle, et non pas le crime dont il s'est souillé qui vous engage à prendre parti contre le seigneur de Laverdan?

—Parbleu, est-ce que je m'inquiète, moi, des griefs des manans placés sous mes ordres? Je n'exploite leur animosité et je ne dirige leur colère qu'en vue de mes propres intérêts. Un de Maurevert s'allier sérieusement avec la canaille! Ce serait déshonorer mon nom à tout jamais!

Lehardy baissa la tête et soupira.

— Ma réponse semble te peiner, compagnon, continua de Maurevert, explique-toi franchement! Je te promets de ne point prendre en mauvaise part tes observations. Qui te fait geindre de la sorte?

—Je suis triste, capitaine, en pensant que le pauvre peuple est tout aussi maltraité par ceux qui prétendent être ses défenseurs et ses amis, que par ceux qui se déclarent ouvertement ses persécuteurs! Le bonheur et la liberté du peuple, comme l'a dit si souvent messire Sforzi devant moi, ne peuvent être obtenus que par l'autorité royale.

— Peuh! de la politique! des raisonnemens creux! s'écria de Maurevert avec mépris. Compagnon Lehardy, ce sont là des choses improductives toujours, dangereuses parfois, auxquelles je te conseille de ne jamais toucher...

Le capitaine se dirigeait de nouveau vers sa tente, où l'attendait son déjeuner interrompu, lorsque les cris des sentinelles, répercutés par les échos de la montagne, lui firent pressentir un évènement et l'arrêtèrent sur place.

En effet, un montagnard accourut bientôt vers le généralissime, et lui annonça qu'un messager envoyé par le marquis de la Tremblais demandait à être introduit dans le camp.

— Enfin! murmura de Maurevert. Puis élevant la voix : Que l'on bande les yeux à ce messager, dit-il, et qu'on le conduise dans ma tente!

Une heure plus tard le capitaine de Maurevert, armé de pied en cap et monté sur son coursier de bataille, chevauchait en compagnie de Lehardy.

— Ne craignez-vous point, messire, disait ce dernier, que le marquis violant le sauf-conduit qu'il vous a envoyé ne se porte à quelque extrémité contre votre personne?..

— Nullement! De la Tremblais n'ignore point que s'il attentait à ma liberté, il s'attirerait de la part de Messeigneurs de Guise, une fort méchante affaire.

— Comment cela, capitaine?

— Me crois-tu donc assez insensé pour aller donner inconsidérément, sans précautions, dans l'antre du tigre! J'ai exigé de la Tremblais qu'il me reconnût, dans son sauf-conduit, comme attaché à la maison et à la personne de messeigneurs de Guise! Tu conçois que cette pièce importante, envoyée à messeigneurs de Guise, si l'on portait atteinte à ma personne, ferait grand bruit et tapage. Le marquis a déjà trop de méchantes affaires sur les bras, pour vouloir s'attirer gratuitement, et sans profit, l'inimitié de MM. de Guise!

— Vous avez raison, capitaine. Ainsi, vous espérez obtenir la liberté de ce pauvre messire Sforzi?... Avec quelle joie ma maîtresse apprendrait sa délivrance! cet heureux événement serait seul capable de donner un peu de soulagement à sa douleur. Ah! vous ne sauriez vous imaginer à quel point notre demoiselle Diane est changée... vous ne la reconnaîtriez plus! elle est si pâle, si dolente, son affliction se traduit par une si douce résignation, que l'on croirait voir une sainte prête à s'envoler au ciel! N'est-ce pas, capitaine, que vous nous rendrez ce bon et brave messire de Sforzi?

— Je ferai, certes, de mon mieux, dit de Maurevert; quant à réussir, je n'en réponds pas. Au total, qu'ai-je à offrir au marquis? Des paroles, de l'esprit, des discours... Une rançon ne se paie pas avec des controverses. Et puis, s'il en faut croire les bruits qui sont parvenus jusqu'à nous— et j'y ajoute, moi, d'autant plus créance qu'ils se rapportent parfaitement au caractère de Raoul— il paraîtrait que mon compagnon d'armes a traité d'une rude façon le marquis. Cela compliquerait terriblement l'affaire. Parbleu! si ta maîtresse, la demoiselle Diane, me prêtait son aide, en cette occurrence, je serais moins embarrassé...

— Notre demoiselle ne reculerait devant aucun sacrifice, capitaine, pour venir au secours du chevalier!... Après tout, n'est-ce pas pour avoir pris la défense de mon honorée maîtresse, la défunte dame d'Erlanges, que messire de Sforzi s'est attiré le mauvais vouloir du marquis?

— Certes... Mais la demoiselle Diane a été élevée d'une manière si bizarre... Non, jamais elle ne consentirait à faire semblant d'être affolée du marquis.

— Ah! capitaine, s'écria Lehardy avec une généreuse indignation.

— Oui, je sais... Inutile que tu poursuives, interrompit de Maurevert. N'ai-je pas été déjà moi-même deux fois huguenot? Par les poils du diable! la religion prétendue réformée est une sotte chose. Elle étouffe sous des monceaux de préjugés l'intelligence des jeunes filles ! Il est rare de voir une huguenote plaisante, un huguenot joyeux compagnon... Tous ces gens nourris de psaumes ont l'estomac creux et parlent d'une voix qu'on dirait sortir de la tombe. Ainsi, ta maîtresse est complètement éprise du chevalier Sforzi !... Je me doutais de cela depuis longtemps... Eh ! eh ! qui sait ? Peut-être y a-t-il là une affaire... Si l'on parvenait à lui faire rendre la maison-forte de Tauve, y compris, bien entendu, les dépendances et redevances y attachées... Mais non, mes compagnons d'armes n'ont point de chances !... Tu verras que cet excellent et aimable Sforzi sera pendu !

— Dieu veuille que vos prévisions ne se réalisent pas, capitaine ! Quant à l'affection que vous attribuez à ma maîtresse pour le chevalier, vous vous méprenez du tout au tout. Notre demoiselle Diane l'aime comme un frère, c'est vrai ; mais...

—Cet aveu me suffit, interrompit de Maurevert ! Quand une jeune fille aime comme un frère l'homme qui n'est pas né de ses propres père et mère, cela signifie qu'elle est follement éprise de lui ! Que diable, on n'a pas commandé pendant dix ans à des reîtres, des argoulets et des stradiots (1), sans avoir appris à connaître le cœur humain !

A présent, Lehardy, retiens la bride à ton cheval et suis moi à dix pas de distance ! Nous voici en vue du château, je dois reprendre mon rang. Ma familiarité avec toi, bonne pour le tête à tête, pourrait me nuire en public !..

Le château de la Tremblais — l'une des places les plus fortes de la province d'Auvergne, présentait un imposant aspect !

Il était divisé en deux parties de forme irrégulière et d'une étendue différente. La première enceinte — et la plus vaste — servait de logement aux gens de la garnison et offrait, en temps de guerre, un refuge aux vassaux du marquisat. Cette enceinte était entourée d'un rempart soigneusement construit en pierres de grand appareil, — pour nous servir du terme technique,—et ce rempart était flanqué de huit tours, celles des angles principaux cylindriques, les autres simplement circulaires.

Pour pénétrer dans la première enceinte il fallait franchir sur un pont, un fossé large et profond, puis passer sous une haute porte voûtée, défendue par une herse et flanquée de deux grosses tours.

Deux arcades en ogive ménagées dans l'é-

(1) Corps de cavalerie légère.

paisseur des murs, à droite et à gauche dans l'intérieur de ce passage, étaient occupées par les soldats de garde.

La défense avait surtout multiplié les obstacles et pris les précautions les plus minutieuses dans la construction des fortifications de la seconde enceinte, ou du château proprement dit.

Cette enceinte, beaucoup plus petite que la première et tournée obliquement par rapport à elle, à cause de la disposition naturelle du terrain, en était séparée par un fossé creusé profondément dans le roc vif. Elle présentait la forme d'un carré irrégulier, aux angles duquel s'élevaient quatre tours cylindriques. Une cinquième tour, de proportions vraiment colossales, se dressait au centre de la courtine entre les deux enceintes ; elle était séparée de la muraille par un chemin de ronde qui formait à l'entour une sorte de second fossé. Des bâtimens considérables s'étendaient intérieurement le long des trois autres côtés.

Tel était l'ensemble formidable et majestueux tout à la fois du château de la Tremblais.

— Ah ! dit de Maurevert avec un soupir de regret, comme je conçois que le seigneur de céans se permette certaines fantaisies, se passe certains caprices ! Si le hasard voulait que je fusse à sa place, que le diable m'emporte si de temps à autre je pourrais résister au plaisir de commettre quelque iniquité !

En ce moment l'arrivée de Maurevert fut signalée par un son de trompe qui retentit sur les créneaux, et une dizaine d'hommes d'armes sortant du château s'avancèrent à sa rencontre.

Le capitaine redressa sa haute taille, prit une pose imposante, et récapitula rapidement dans son esprit les moyens qu'il comptait faire valoir pour obtenir la liberté du chevalier Sforzi.

CHAPITRE XIX.

L'Entrevue.

Le capitaine de Maurevert était doué d'un caractère bien trop positif pour attacher la moindre importance à l'accueil exceptionnel et glorieux qui lui était fait ! Il rendit gravement aux hommes d'armes envoyés à sa rencontre le salut militaire qu'il reçut d'eux, et plutôt contrarié que flatté par cette réception pompeuse, il continua, silencieux, recueilli et pensif, à avancer au petit trot de son cheval.

— Il est incontestable, grommela-t-il entre ses dents, que je suis digne en tous points, des honneurs que l'on me rend... Ah ! voici à présent les trompettes qui sonnent des fanfares... C'est beau !... N'importe, je préférerais — le caractère du marquis étant donné — qu'on ne célébrât pas si bruyamment mon arrivée.... De toutes ces gentillesses s'exhale un parfum de trahison ou d'ironie qui ne me sied nullement.... Je vois qu'il faudra me tenir ferme et jouer serré ! Soit !... on se tiendra ferme et l'on jouera serré !

Après avoir traversé les premiers ouvrages avancés, dont nous avons donné la description, le capitaine, toujours suivi par son écuyer de circonstance, le fidèle Lehardy, entra dans le château.

Il passa d'abord sur un pont étroit dont les arches étaient surmontées de deux portes, défendues chacune par un pont-levis ; ensuite il parcourut une longue galerie voûtée, garnie de deux corps de garde et coupée par cinq nouvelles portes, puis enfin il pénétra dans la cour intérieure.

Dans cette cour, bornée d'un côté par la grosse tour dont il a été déjà parlé, et de l'autre par les bâtimens qui servaient d'habitation au marquis et aux varlets attachés spécialement à sa personne, donnait un large escalier en pierre.

Ce fut là que le capitaine de Maurevert et Lehardy mirent pied à terre.

— Mon ami, dit-il d'un ton protecteur à Lehardy, je t'autorise à te faire servir, pendant mon absence, les meilleurs vins du château.

De Maurevert jeta la bride de son cheval aux mains d'un homme d'armes et se mit à gravir les degrés de l'immense escalier.

Après avoir passé à l'entresol, devant plusieurs vastes pièces dont la destination lui était inconnue, le capitaine atteignit le premier étage, et précédé d'une garde d'honneur, fit son entrée dans la grande salle de réception.

Cette salle, qui pouvait avoir près de quinze toises de long sur sept et demie de large, était remarquable à plus d'un titre. L'ameublement qui la garnissait présentait un luxe inouï, presque de mauvais goût, que l'on rencontrait bien rarement à cette époque dans les habitations seigneuriales de province.

Dix énormes fenêtres y donnaient passage à des flots de lumière. Deux immenses cheminées, ornées de manteaux admirablement sculptés, étaient ménagées dans l'épaisseur du mur ; de chaque côté, des niches avec consoles et dais d'une sculpture fine et délicate, contenaient des statues mythologiques.

Au milieu de la salle, se voyait une espèce de trône ou de chaire, — comme on disait alors, — sur lequel s'asseyait le marquis lorsqu'il rendait justice ou qu'il recevait à hommage ses vassaux.

Enfin des bancs en chêne massif qu'entourait un cordon fouillé dans le bois avec une rare perfection, occupaient l'espace laissé libre entre les embrasures des fenêtres.

Quelques tabourets droits, disséminés sans ordre dans cette vaste salle, servaient aux visiteurs d'un rang élevé.

Entre les deux cheminées déjà mentionnées s'ouvrait une petite porte cachée dans les boiseries et conduisant à une chambre ménagée dans l'épaisseur des murs. C'était le boudoir du marquis.

Un étroit escalier en spirale permettait, grâce à des aménagemens secrets, de communiquer de ce boudoir avec toutes les autres parties du château.

Peu après que Maurevert eut été introduit dans la salle de réception, le marquis de la Tremblais fit son entrée.

Sur un signe de lui, les hommes d'armes s'éloignèrent et le laissèrent seul en tête à tête avec Maurevert.

Le marquis était vêtu de velours noir : une dague pendait à sa ceinture : il avait l'air hautain, sévère.

Ce fut lui qui le premier engagea la conversation. De Maurevert, préparé à la riposte, ne fut pas fâché de voir son adversaire entamer l'action.

— Capitaine, lui dit le marquis, sous prétexte de graves communications à me faire, vous avez sollicité de ma bienveillance une audience. Me voici prêt à vous écouter !... Parlez.

— Monsieur le marquis, répondit lentement de Maurevert afin de ne pas risquer une expression dont son interlocuteur pût tirer avantage, je serais au désespoir de froisser votre susceptibilité, mais il m'est impossible d'accepter la discussion sur le terrain où vous la placez. Je n'ai point sollicité une audience de vous, je vous ai tout bonnement demandé une entrevue... Cette distinction, que je tiens à bien établir, est d'une extrême importance. Audience implique pouvoir ou supériorité d'une part, obéissance et infériorité de l'autre... Or, si vous voulez bien le permettre, nous sommes tous les deux gentilshommes, partant de là, égaux... J'aurais bien également le droit d'ergoter tant soit peu sur le mot *pré texte*, qui me semble avoir pris place à tort dans votre première phrase... Bah! je suis de facile accommodement, moi, et j'ai les arguties en horreur! Je laisserai donc passer le mot *prétexte...*

— Va pour entrevue, dit froidement le marquis. Passons, je vous prie, aux graves communications promises.

— Permettez-moi, auparavant, marquis, de vous faire observer, ou, pour être plus exact, de vous rappeler que dans le capitaine de Maurevert, ici présent, il vous faut voir, non le généralissime de la Ligue d'équité, mais bien le serviteur de messeigneurs de Guise!

— Peu importe, Monsieur.

— Mais, au contraire, c'est que cela importe beaucoup. Si l'envie vous venait, ce qui m'étonnerait fort, connaissant l'aménité de votre caractère, de malmener le généralissime de l'armée de la Ligue d'équité, il est incontestable que votre violence à mon endroit resterait impunie. Les manans auxquels je commande, privés de mon concours et de mes lumières, seraient incapables de me venger... Tandis que messeigneurs de Guise...

— Eh bien, que feraient-ils, messeigneurs de Guise? interrompit le marquis avec ironie et hauteur.

— Messeigneurs de Guise, monsieur le marquis, — peut-être ai-je tort de commettre cette indiscrétion, — désirent vivement, pour des raisons à moi connues, posséder une place forte dans la province d'Auvergne. Le château de la Tremblais, par exemple, leur conviendrait sous tous les rapports. Messeigneurs de Guise montreraient donc, à l'injure faite à leur serviteur, une grande ire et fureur. Ils entreraient aussitôt en campagne, et viendraient sans hésiter assiéger, — avec l'assentiment et l'autorisation du roi, — votre château de la Tremblais. Or, monsieur le marquis, comme messeigneurs de Guise sont doués d'une opiniâtreté invincible, ils finiraient, soyez-en persuadé, par emporter d'assaut votre château. J'avoue, — car je serais au désespoir de froisser votre amour-propre, — que cette besogne leur donnerait du mal, mais ils ne la mèneraient pas moins pour cela à bonne et glorieuse fin. Voilà, M. le marquis, ce que feraient messeigneurs de Guise.

De Maurevert s'arrêta, puis reprenant bientôt la parole:

— N'allez point croire au moins, M. le marquis, dit-il, d'un air embarrassé, que messeigneurs de Guise m'aient envoyé vers vous avec la secrète mission de vous chercher une mauvaise querelle... de vous compromettre vis-à-vis d'eux... enfin de leur fournir un prétexte plausible pour vous violenter... A Dieu ne plaise!... Un pareil rôle ne conviendrait ni à la franchise ni à la loyauté de mon caractère...

A ces paroles dites d'un air contraint, gêné, le marquis tressaillit et regarda fixement de Maurevert.

Le capitaine parut fort troublé de cet examen, et baissa les yeux.

— Ah! pensa le marquis, ce drôle vient de manquer d'adresse et de prudence... En essayant d'endormir mes soupçons par un faux-semblant de franchise, il m'a laissé deviner son jeu! Messieurs de Guise ont mal choisi leur émissaire!

— Parbleu! disait en lui-même de Maurevert, ma ruse a réussi! Que le diable me torde le col si de la Tremblais ne me montre pas maintenant les plus grands égards! Par Plutus! il y aura peut-être moyen de tirer parti de son erreur... Il faudra voir...

— Capitaine, reprit bientôt le marquis d'un air affable, votre conversation me cause un plaisir infini; mais ne serait-il pas temps d'aborder le sujet qui me vaut l'honneur de votre présence?

— A vos ordres, marquis! J'entre brusquement en matière! Je viens vous demander la liberté du chevalier Raoul Storzi, injustement détenu dans les cachots de la Tremblais.

A ces paroles audacieuses, le marquis pâlit, et d'une voix tremblante d'émotion et de colère:

— Par la mort! capitaine, s'écria-t-il, prenez garde!... Il faut être fou pour placer bénévolement sa tête entre la hache et le billot!... N'y revenez plus...

De Maurevert se campa sur la hanche, et fixant son interlocuteur d'un regard audacieux, presque provocateur.

— Est-ce à dire, monsieur le marquis, demanda-t-il froidement, que vous me menacez, moi, le serviteur de messeigneurs de Guise, d'un trépas inique et violent? Parbleu! on n'avait pas trompé, je le vois, messeigneurs de Guise en les avertissant que vous étiez leur ennemi acharné; que vous mettiez toute votre joie à poursuivre leurs serviteurs, à les insulter dans les personnes des gens nobles ou vilains attachés à leur maison! Ah! vous m'avez menacé de la hache, marquis de la Tremblais! Par la croix! je prends acte de ce propos. Après tout, pourquoi m'en étonnerais-je? Ne suis-je pas un des principaux officiers de la maison de Lorraine! Ce sont messeigneurs de Guise que vous voulez frapper en moi ; votre intention est si claire, qu'elle ne laisse pas même place au doute. Eh bien! qu'attendez-vous pour m'envoyer en prison ?

Pendant que de Maurevert parlait, le visage du marquis reflétait les pensées violentes et diverses qui agitaient son esprit. A plusieurs reprises, il parut sur le point de céder aux conseils de la colère, mais chaque fois la prudence prit le dessus sur l'emportement.

—Capitaine, répondit-il après une courte hésitation, tant de vivacité ne sied point à votre âge! Un homme sensé écoute et réfléchit avant de répondre!... Si vous aviez daigné prêter la moindre attention à mes propos, vous vous seriez évité bien des paroles inutiles!... Je n'ai point songé à vous menacer!... Vous vous êtes rendu auprès de moi sous la garantie d'un sauf-conduit portant mon scel et ma signature; votre personne ne court donc aucun danger!... Libre à vous de vous retirer quand bon vous semblera...

— Ainsi je me trompais, marquis, en croyant que vous menaciez de mort l'humble serviteur de messeigneurs de Guise! dit de Maurevert d'un air dépité. Je dois me rendre à votre affirmation! Je reprends notre entretien.

De La Tremblais se mordit la lèvre et simulant un sourire.

— Continuez, dit-il, je vous écoute.

— Marquis, reprit de Maurevert, votre conduite envers M. le chevalier Raoul Sforzi est non-seulement contraire au droit, mais encore à tous les us et coutumes de la guerre!... Lorsque vous vous êtes emparé du chevalier, celui-ci ne portait nullement les armes contre vous; il ne se trouvait pas dans un camp ennemi!... Rien, absolument rien, ne justifie vos prétentions à disposer de sa personne. En outre, M. Raoul Sforzi est de condition noble. Que diable! on ne traite pas un gentilhomme comme un vilain! Je vous somme donc d'avoir à livrer sur l'heure, en mes mains, le chevalier Raoul Sforzi, injustement et iniquement enfermé dans les cachots du château de la Tremblais.

— Capitaine, répondit le marquis qui avait peine à se contenir, je vous tiens en trop haute estime pour vouloir ruser avec vous. Je serai franc et net dans ma réponse.

—J'adore la franchise, marquis.

—Je sens parfaitement qu'en me portant à de graves extrémités envers M. Sforzi, je me mets au dessus de la loi. Peu m'importe.

Si je ne possède pas le droit, j'ai la force ; ce qui vaut mieux encore. Si Mgr de Canilhac, gouverneur pour le roi dans la province d'Auvergne, croit devoir s'opposer au cours de ma justice, libre à lui de tenter l'aventure. Je le recevrai de sorte à lui ôter la fantaisie de se mêler à l'avenir de mes affaires.. Vous me proposeriez, capitaine, le trône de France en échange de la liberté de Sforzi, que je refuserais. Je vous avais promis de la franchise, vous le voyez, je vous ai tenu parole.

— M'est-il permis de vous demander, marquis, quelles sont vos intentions à l'égard du chevalier?

— Mes intentions?... Par la mort! elles sont des meilleures, ma sentence est déjà irrévocablement arrêtée dans mon esprit, M. Sforzi sera attaché au pilori, en place publique, fouetté à outrance, puis enfin pendu haut et court!

De Maurevert tressaillit, mais il ne laissa rien paraître de son émotion.

—Une dernière question, je vous en prie, dit-il.

— Faites, capitaine.

— Pourquoi donc, depuis douze jours que le chevalier se trouve en votre puissance, n'avez-vous pas accompli la belle exécution que vous achevez de me décrire avec tant de complaisance?

— Pourquoi ? s'écria de la Tremblais avec une terrible expression de haine, parce que le supplice de M. Sforzi n'aurait pas été assez complet. Diane d'Erlanges, j'en ai la preuve, n'a pas péri pendant le sac de la maison-forte de Tauve. Elle est parvenue à s'enfuir. Or, Sforzi aime à la passion, — j'en suis également assuré, — la demoiselle d'Erlanges. Eh bien, je veux que ce misérable, avant de mourir, ait le déboire d'apprendre que Diane est ma maîtresse...

—Tudieu! marquis, c'est de la vengeance à l'italienne...

— Oh! cette vengeance est encore bien douce, en comparaison de l'insulte que j'ai reçue de Sforzi, s'écria de la Tremblais, que ce souvenir fit pâlir de fureur.

De Maurevert affecta un étonnement extrême, et de l'air le plus simple et le plus naturel :

— Quoi! le chevalier vous a insulté, marquis! dit-il, j'ignorais ce détail... A votre place, moi, je n'aurais pas eu la patience de remettre à un si long terme ma vengeance... J'aurais provoqué sur l'heure Raoul Sforzi à un combat singulier! Ainsi, il est inutile que j'insiste auprès de vous pour obtenir la liberté du chevalier.

— Inutile, capitaine... Et tenez, pendant que nous sommes seuls et causant de bonne amitié, laissez-moi vous dire que vous avez complètement manqué d'à-propos et de judiciaire en me refusant votre concours lorsque je vous l'ai demandé. La prise de Tauve vous aurait rapporté de forts beaux profits !

De Maurevert soupira.

— Je conviens, marquis, répondit-il, que puisque la maison-forte de Tauve devait être saccagée, il eût mieux valu pour moi avoir part au butin que d'en être frustré !... Que voulez-vous, je n'ai pas eu de chance. Je m'étais justement associé avec le chevalier Raoul quarante-huit heures avant de vous connaître...

— Mais cette association, elle existe encore ?

— Certes, marquis ! J'ai passé un bail de deux ans. Oui, je comprends votre pensée : vous vous dites que l'honneur m'engage à ne pas abandonner Raoul Sforzi dans l'extrémité à laquelle il se trouve réduit ; qu'il est de mon devoir de tenter tous les moyens possibles pour l'arracher de vos mains, pour le sauver ! Tudieu ! tenez-vous pour assuré, marquis, que je ne manquerai, en cette circonstance, ni à mes obligations, ni à mon devoir. Tout ce qui me sera humainement possible de faire pour vous être désagréable, je le ferai.

— Ainsi, c'est la guerre que vous me déclarez !..

— Hélas ! oui, marquis !..

— Vous avez tort, capitaine... vous avez tort!.. Il vous serait plus profitable d'entrer dans mes intérêts !.. de m'aider, au moyen de vos manans qui battent la campagne, à m'emparer de Diane d'Erlanges !..

— Ah ! marquis, cela n'est pas généreux à vous de me montrer ainsi le dommage que me cause mon association avec le chevalier Sforzi, car tout le monde sait votre munificence ; je vous aurais servi avec un zèle sans égal ! Enfin, que voulez-vous ? l'honneur me commande impérieusement de vous refuser... je vous refuse. Ah ! marquis, plaignez-moi !...

Les deux ennemis gardèrent un instant le silence.

— Marquis, dit enfin de Maurevert, vous plairait-il de mettre le comble à la gracieuseté de votre réception, en m'octroyant la permission de voir le chevalier... Oh ! soyez sans inquiétude ; je vous engage ma parole —et vous savez à quel point j'en suis l'esclave—que je ne tenterai rien, durant cette entrevue, contre vos desseins. Je désire simplement embrasser le chevalier. Je ne lui donnerai aucun conseil ; je ne lui communiquerai aucun plan d'évasion. Au reste, je ne m'oppose nullement à ce que cette entrevue ait pour témoin un de vos serviteurs. Réellement, marquis, je vous serai fort reconnaissant de ne pas me refuser.

— Soit, répondit le seigneur de la Tremblais après avoir réfléchi... Suivez-moi.

Le marquis passa alors dans l'espèce de boudoir dont il a déjà été parlé, et prenant sur une table un sifflet en or, il en tira un son aigu et prolongé.

Peu d'instans après, la tête de Benoist apparut au haut du petit escalier en spirale qui, de ce boudoir, conduisait aux différentes parties du château.

À la vue de Maurevert, le chef des apôtres tressaillit, un sinistre sourire entr'ouvrit ses lèvres, et d'un œil curieux il interrogea le regard de son maître.

Ce manége n'échappa pas à la perspicacité de Maurevert.

— Honnête Benoist, dit-il d'un air railleur, le moment de ta revanche n'est pas encore venu. Par les grelots de Momus, je ne puis m'expliquer ta colère. Quoi ! je me suis contenté de t'étourdir d'un coup de poing, lorsqu'en redoublant il m'était si facile de t'occire, et au lieu de me savoir gré de ma modération, tu me gardes une furieuse rancune! Manant, tu n'es qu'un ingrat.

Le marquis de la Tremblais, après avoir donné ses instructions à l'exécuteur de ses hautes-œuvres, allait s'éloigner, lorsque de Maurevert le retint.

— Pardonnez-moi mon indiscrétion, seigneur, lui dit-il... Seriez-vous assez bon pour m'apprendre d'où provient cette belle grosse chaîne d'or qui entoure d'une si plaisante façon vos épaules? Cette chaîne, marquis, ressemble à s'y méprendre à un pareil bijou que monseigneur le duc de Guise a bien voulu me donner jadis, et qui me fut enlevé dans un combat où je restai pour mort sur le carreau ! Si le hasard de la guerre avait fait tomber cette même chaîne entre vos mains, je n'hésiterais pas à vous en offrir un très bon prix. Je ne reculerais devant aucun sacrifice pour rentrer en possession d'un objet — gage éclatant de l'affection que me porte monseigneur de Guise — qui me rappelle un si glorieux et si doux souvenir !

— Ce collier, capitaine, n'est point celui dont vous déplorez la perte, dit de la Tremblais ; il a été fabriqué à mon intention par mon orfèvre. Toutefois, et du moment qu'il vous plaît, vous m'obligeriez infiniment en voulant bien l'accepter.

— Ah ! marquis ! Ma foi, cette offre a été faite avec tant de galanterie qu'il faudrait être un cuistre pour la refuser. J'accepte donc de grand cœur. Un dernier mot, je vous prie. Il est bien entendu que ce présent magnifique n'engage en rien ma liberté ? Oui. Très bien. On ne saurait être plus galant. Au revoir, seigneur de la Tremblais. Soyez assuré, je vous le répète, que je ne reculerai devant aucun moyen pour délivrer mon compagnon d'armes le chevalier Raoul de Sforzi.

De Maurevert, après avoir passé la chaîne d'or autour de son col, adressa un cérémonieux sourire au marquis et suivit Benoît, tout en murmurant :

— Quelle belle chose que l'expérience ! elle vous apprend à tirer parti de tout... même de vos ennemis !

CHAPITRE XX.

Le cachot.

Le capitaine de Maurevert précédé par Benoist, qui lui servait de guide, arriva bientôt dans une grande pièce de forme hexagone, située au rez-de-chaussée de la cour.

—Par ici, capitaine, lui dit d'un air bourru le chef des apôtres en lui désignant une ouverture ménagée au centre de la voûte et assez semblable à l'orifice d'un puits.

— Pour un homme qui donne si facilement et si généreusement des chaînes d'or, murmura de Maurevert, le marquis pratique d'une triste façon l'hospitalité ! Il me semble que le chevalier aurait pu être mieux logé.

Après avoir descendu une cinquantaine de marches, Benoist et de Maurevert atteignirent un sombre et étroit corridor, espèce de boyau privé d'air et de lumière, garni dans sa longueur d'une vingtaine de portes massives.

Le chef des apôtres prit un trousseau de clefs pendu à sa ceinture et ouvrit l'une de ces portes.

— Passez, dit-il laconiquement et toujours du même ton bourru au capitaine.

Le spectacle qui frappa alors la vue de Maurevert lui arracha un soupir.

Le chevalier Sforzi, à moitié couché sur une poignée de paille dont les tiges incrustées dans le sol, disaient assez le peu de soin que l'on prenait de la renouveler, sommeillait d'un lourd et pesant sommeil.

Le changement qui s'était opéré dans la personne de Raoul était extrême.

Ses joues pâles, sa maigreur, ses cheveux et sa barbe incultes, le rendaient presque méconnaissable : il avait, en douze jours, vieilli de dix ans.

— Pauvre compagnon ! dit de Maurevert. Lui naguère si beau, si vaillant, si superbe, si haut la main, qu'il paraît maintenant accablé, piteux, défait ! Il faut qu'il ait bien souffert !

Le capitaine se pencha sur le jeune homme, et lui frappant doucement sur l'épaule,

— Chevalier, lui dit-il, voici votre compagnon d'armes, votre associé, qui vient vous assurer de son amitié et de son dévoûment !

Raoul ouvrit les yeux et reconnut de Maurevert.

—Ah ! c'est vous, capitaine, dit-il ; je savais bien, moi, que vous ne m'abandonneriez pas !

— Vous abandonner, moi, avant que le terme fixé à notre pacte se soit écoulé, oh, jamais ! s'écria de Maurevert avec élan. Ce n'est pas, au reste, sans peine que j'ai pu parvenir jusqu'à vous, Raoul. La présence de ce coquin de Benoist qui écoute avec tant d'attention notre conversation, doit vous faire pressentir, hélas ! que je ne vous apporte pas votre liberté.

— Que m'importe la liberté, la vie elle-même, capitaine ! Depuis que Diane a péri d'une si lamentable façon, je n'aspire plus qu'après le moment qui me réunira à elle.

— Quoi ! serait-ce la mort de Diane qui vous aurait maigri à ce point ? En ce cas, cher compagnon, vous allez reprendre de l'embonpoint à vue d'œil ! La demoiselle d'Erlanges n'est pas trépassée ! Je l'ai vue moi-même il y a trois jours en pleine et bonne santé.

— Vous ne raillez pas ? capitaine, s'écria Raoul avec explosion. Je n'ai pas le délire, n'est-ce pas ? Vous venez bien de me dire que Diane n'a pas quitté la terre ?...

— Parbleu ! je vous le répète encore... Elle est, il vrai, un peu changée ; elle ne mange pas assez, sans doute ; mais, à son air dolent et affligé près, je vous donne ma parole que jamais elle ne s'est mieux portée.

De Maurevert parlait encore, que le chevalier s'était levé d'un bond et lui avait sauté au col.

— Malédiction ! s'écria le capitaine avec rage, quel est ce bruit de ferraille ? Dieu me pardonne, vous aurait-on enchaîné ?

— Ainsi, Diane vit encore ! répéta Sforzi

sans songer à répondre à la question de Maurevert. Cher et bon capitaine, ne court-elle au moins aucun danger ?

— Quelle chose drôle et bizarre que l'amour ! murmura de Maurevert ; voici ce Raoul, tout à l'heure si accablé, qui, parce que je lui ai donné des nouvelles de sa maîtresse, nage maintenant dans un océan de félicité ! Que le diable m'enlève si ce malheureux changerait en ce moment sa position contre celle du roi de France ! Il faudra que j'essaie d'être une fois amoureux.

— Mais, capitaine, vous ne me répondez pas, reprit le jeune homme. Parlez-moi donc de Diane... apprenez-moi comment et par qui elle a été sauvée... où elle se trouve, si elle se souvient encore de moi... De grâce, parlez, parlez !

— Ce serait avec plaisir, cher Raoul, que je satisferais votre curiosité — dit de Maurevert, quoiqu'après tout, les détails que vous me demandez me semblent fort insignifians.. Malheur ! ce coquin de Benoist, ici présent, m'empêche de me rendre à votre désir... Je ne puis, vous le comprenez, lui apprendre le refuge de la demoiselle d'Erlanges, que le marquis de la Tremblais fait rechercher de tous les côtés.

— Le marquis !... ah ! c'est vrai. Oh ! malheur, malheur à lui ! s'écria Raoul ; je saurai bien le punir de ses infâmes espérances !

De Maurevert — c'était son geste favori — haussa les épaules.

— Bon, dit-il, voilà que, couvert de fers et enfoui à trente pieds sous terre, dans un cachot dont les murs sont à l'épreuve du canon, vous songez à châtier le marquis ! Je le répète, chose drôle et bizarre que l'amour !... Occupons-nous plutôt de vous, Raoul.

— Non, non, revenons à Diane. Mon bon capitaine, ne vous a-t-elle pas parlé de moi ? Croyez-vous, non pas qu'elle m'aime, ce serait trop de bonheur, mais qu'elle se souvienne encore de moi ? que ma pensée ne lui soit pas indifférente ?

— Diane est tout simplement folle de vous... Bon ! voilà que vous allez m'étouffer.

— Qui vous a dit qu'elle m'aimait ?

— Est-ce que les jeunes filles font jamais de ces sortes de confession !.. Par Vénus ! la demoiselle d'Erlanges, malgré son air cérémonieux, n'a pu me cacher l'état de son cœur. Elle est folle de vous, vous dis-je... Il n'y a pas là de quoi vous montrer si joyeux... Où vous conduirait cet amour ? en supposant que votre liberté, ce dont malheureusement je doute, vous fût rendue : à

rien du tout. Vous oubliez que la demoiselle d'Erlanges est ruinée, qu'elle a perdu son manoir de Tauve...

— Que m'importe la fortune, capitaine !

— Allons, murmura de Maurevert, la crise est dans toute sa force, il me faudra attendre, avant de causer sérieusement, que l'accès soit passé.

Raoul, absorbé par son bonheur, garda pendant assez longtemps le silence.

— Capitaine ! s'écria-t-il tout à coup et comme un homme qui se réveille en sursaut, je veux sortir d'ici, être libre. Que faut-il faire ? Je suis prêt à braver tous les dangers, à tenter les chances les plus périlleuses.

— Hélas ! mon ami, j'ai engagé ma parole au marquis de la Tremblais, quand il m'a accordé l'autorisation de descendre dans votre cachot, que je ne vous aiderais en rien, que je ne vous donnerais aucun conseil pour sortir de céans. Il m'est donc, malgré le désir que j'en ai, absolument impossible de répondre à votre question... Tout ce qu'il m'est permis d'ajouter, c'est que de mon côté, je ferai au mieux de vos intérêts ! Sur mon honneur de gentilhomme, Raoul, je vous aime de tout mon cœur ! Je sais bien que cet aveu est loin d'avoir à vos yeux la valeur de celui de la dame d'Erlanges... Vous avez tort ! Le dévoûment d'un robuste et aventureux capitaine est chose bien préférable à l'amour d'une demoiselle ruinée... J'espère vous le prouver.

— Merci, mon bon Maurevert ! Mais enfin le marquis, puisque vous l'avez vu et entretenu, a dû vous apprendre quelles sont ses intentions à mon égard ? Que veut-il ? Qu'exige-t-il ?

— Ce qu'il veut, le misérable !—Benoist si tu me regardes de cet air insolent, je vais me trouver contraint de t'assommer de rechef,—ce qu'il veut le misérable, hélas ! je n'ose, chevalier, vous l'avouer.

— Capitaine, je ne manque pas de courage.

— Au fait, vous avez raison ; à quoi bon vous laisser plus longtemps dans l'incertitude ? Le marquis, cher Raoul, compte tirer une épouvantable vengeance de l'offense mortelle que vous lui avez faite. Il a été lâche, il sera inexorable ; il veut vous exposer à l'ignominie du pilori, vous faire subir la honte du fouet !...

— Moi, au pilori ! moi, fouetté ! s'écria Raoul en agitant avec frénésie, comme s'il eût espéré les rompre, les fers dont il était chargé. Un gentilhomme commettre sur un autre gentilhomme une si odieuse action, un crime si abominable !... Non, cela est impossible... vous raillez, capitaine!

— Le moment serait mal choisi, cher Raoul. Et... tenez, j'ai une proposition à vous adresser qui ne vous laissera aucun doute sur ma véracité...

— Quelle proposition, capitaine?

— Dame! je ne vous cacherai pas que j'éprouve un certain embarras à aborder ce sujet. Il s'agit d'une chose si délicate. Il faut vraiment toute l'amitié que je vous porte pour me décider à entrer en matière.

— Que de préambules, capitaine.

— Vous ne parleriez point ainsi si vous saviez à quel point est terrible la conclusion de mon discours! Enfin, n'importe. Je fais un effort sur ma sensibilité, et je commence!

Mon cher Raoul, je me suis engagé, vis-à-vis du marquis, je vous l'ai déjà dit, à ne pas essayer, pendant cette entrevue, de vous extraire de votre cachot!... Ce n'est donc pas d'un plan d'évasion que j'ai à vous entretenir!... Il s'agit pourtant de vous sauver de l'odieux et déshonorant supplice qui vous attend, et dont rien, je le crois, ne saurait vous garantir! Chevalier, voulez-vous que je vous plante une dague dans le cœur, que je vous tue?.. Réfléchissez avant d'accepter ou de refuser mon offre, cela en vaut la peine. Moi, si j'étais à votre place, je vous déclare en mon âme et conscience, que je n'hésiterais pas un seul instant. Je crierais : — Oui — de toute la force de mes poumons. Enfin, tous les caractères ne se ressemblent pas. J'ai vu, moi, un condamné à mort qui comptait, pour éviter la roue, sur un nouveau déluge. Ne vous pressez pas pour prendre une décision, je puis attendre.

— Monsieur de Maurevert! s'écria l'apôtre Benoist, qui jusqu'alors s'était contenté d'écouter la conversation des deux amis sans y prendre part, monsieur de Maurevert, je m'oppose formellement à ce que vous daguiez le chevalier Sforzi... M. Raoul appartient à mon maître, et nul n'a le droit de disposer de lui.

De Maurevert, avant de répondre au chef des apôtres, se plaça d'abord devant la porte.

— Maître Benoist, dit-il alors, je n'ai nullement promis à ton maître de te ménager. J'ai donc parfaitement le droit, si l'envie m'en prend, soit de t'étouffer entre mes bras, contre ma cuirasse, soit de te briser le crâne, ou de te poignarder. Je reconnais que devant le choix de tant de divertissemens, j'éprouverais une certaine hésitation; mais sois assuré que mon embarras serait

de courte durée et ne te sauverait nullement. Si, comme tous les coquis tourmentés par leur conscience, tu as peur de la mort, il faut te taire incontinent... Eh bien, chevalier, avez-vous pris une détermination? J'attends votre réponse.

— Capitaine, dit Raoul d'une voix émue, c'est du plus profond de mon âme, que je vous remercie de l'offre que vous avez bien voulu me faire. Elle prouve de votre part un grand dévoûment, et je vous en garderai toujours une vive reconnaissance; je refuse.

— Très bien, chevalier!... Après tout, qui sait? peut-être bien y aura-t-il un nouveau déluge?

— Je veux vivre, capitaine, parce que j'aime Diane... parce que dans mon amour pour la demoiselle d'Erlanges je trouverai la force de supporter l'ignominieux supplice que l'on me prépare! Plus tard... bientôt, une vengeance qui prendra place dans l'histoire, qui passera à la postérité, me relèvera de l'humiliation que j'ai reçue!

— Cher Raoul, dit de Maurevert après un court silence, s'il ne se fût agi que du pilori, je n'aurais pas poussé le zèle aussi loin! Je ne vous ai jusqu'à présent qu'imparfaitement rapporté mon entretien avec de la Tremblais. Au fouet et au pilori, le marquis ajoute la potence. N'est-il pas cent fois, mille fois préférable d'être gentiment dagué par la main d'un ami que hissé à un gibet par celle du bourreau?

A cette terrible révélation de son compagnon d'armes, le chevalier Sforzi resta impassible.

— Capitaine, répondit-il d'une voix aussi calme que s'il eût traité un sujet de conversation ordinaire, votre aveu ne change en rien ma résolution; je reconnais avec vous que le marquis est trop lâche pour ne pas se montrer implacable; qu'il s'est déjà mis trop au dessus des lois humaines pour ne pas poursuivre jusqu'au bout une œuvre de sang et d'infamie; eh bien! malgré toutes ces chances défavorables, malgré l'apparente certitude que rien ne saurait changer mon sort, je ne crois pas à ma fin prochaine. Il me semble impossible qu'aimé de Diane, je passe si tôt de vie à trépas!... Peut-être vous moquerez-vous de ma crédulité, raillerez-vous de mon orgueil : je sens aussi en moi une source de force et de courage qui ne peut être tarie par la main du bourreau!... Je dois être appelé à accomplir de grandes choses!... Non, non, capitaine, je vous le répète, je ne mourrai pas!

La parole du jeune homme respirait une confiance si extrême, si absolue, qu'un instant de Maurevert se sentit ébranlé dans sa conviction. Toutefois le capitaine tarda peu à revenir à son impression première, c'est à dire que rien ne saurait sauver le chevalier.

— Par mon patron,—se dit-il,—tous les condamnés à mort sont bien les mêmes ! Ils ne peuvent se figurer, qu'avant peu ils ne seront plus qu'un cadavre ! Ma foi, je ne suis pas fâché que Raoul repousse mon offre ! cela m'aurait été désagréable de sentir la pointe de mon poignard pénétrer dans sa poitrine.

Le capitaine s'interrompit au beau milieu de ses réflexions, en poussant un cri de joie.

— Par les fourches de Belzébuth, ami Raoul, dit-il, voici qu'il me vient une triomphante idée.. Mille légions de diables ! j'allais oublier que je me suis engagé sur l'honneur à ne vous donner aucune idée, aucun conseil touchant la conquête de votre liberté. C'est bon, je me tairai. N'importe, tenez-vous pour assuré, mon cher compagnon, que tout espoir n'est pas encore perdu. Que vous avez donc bien fait de ne pas vous laisser daguer !

— Messire capitaine, dit alors Benoist, le temps fixé par monsieur le marquis, mon maître, pour la durée de cet entretien, est plus qu'écoulé ; vous plairait-il de faire vos adieux à monsieur le chevalier et de me suivre?

De Maurevert embrassa alors tendrement et à plusieurs reprises l'infortuné Raoul ; puis, après lui avoir recommandé la patience et avoir répété que sa position n'était pas désespérée, il sortit, en compagnie du chef des apôtres, du noir et hideux cachot.

Ce ne fut pas une joie instinctive que de Maurevert se retrouva en plein jour : la vue et la chaleur du soleil lui causèrent la plus douce et la plus agréable émotion qu'il eût encore éprouvée de sa vie. Lehardy attendait avec une grande impatience le retour du généralissime de l'armée de la ligne d'Equité.

— Avez-vous vu monsieur le chevalier? lui demanda-t-il dès qu'il l'aperçut.

— Silence! répondit de Maurevert, tout en montant à cheval. On prétend — et je crois assez à cela—que dans les châteaux-forts les murailles ont des oreilles. Nous aurons tout le temps de causer quand nous nous retrouverons en rase campagne.

Peu après, le capitaine, grâce à sa présence d'esprit et à son sangfroid, sortait sain et sauf de l'antre du tigre.

— Ah ! dit-il une fois qu'il eut franchi la dernière enceinte, je respire plus à mon aise ! Si le marquis de la Tremblais se fût douté du peu d'intérêt que messeigneurs de Guise portent à ma personne, il y a cent à parier contre un que je tiendrais compagnie, à l'heure qu'il est, à mon pauvre compagnon d'armes. Je suis vraiment ravi de ma démarche. En supposant que cet infortuné Raoul soit pendu, je n'en aurai pas moins gagné une magnifique chaîne d'or.

CHAPITRE XXI.

Une dernière tentative.

C'est dans la cabane du chevrier Charlot, où Diane s'était réfugiée après la prise de la maison-forte de Tauve, que recommence notre récit. Dans la seule et unique pièce qui composait tout l'intérieur de cette chétive et humble demeure, la jeune fille et le capitaine de Maurevert, assis en face l'un de l'autre sur deux grossiers escabeaux, continuaient une conversation depuis longtemps déjà entamée. Le serviteur Lehardy tout en prêtant une sérieuse attention au dialogue échangé entre la demoiselle d'Erlanges et l'aventurier, s'occupait à orner de bouquets de fleurs des montagnes le misérable réduit habité par sa jeune maîtresse.

—Ainsi capitaine, disait Diane, depuis cinq jours que vous êtes de retour du château de la Tremblais, vous n'avez plus entendu parler de M. Sforzi ?

— Nullement, mademoiselle, et j'en suis ravi. Ce silence prouve au moins que ce cher marquis n'a pas mis à exécution sa menace ; que ce brave et gentil Raoul n'a pas encore été exposé, fouetté et pendu.

A ces paroles prononcées par le capitaine avec un flegme parfait, Diane tressaillit, et une vive rougeur teignit de pourpre la pâleur de son visage.

— Capitaine ! s'écria-t-elle, si j'étais homme, et que le ciel m'eût accordé l'honneur d'être le compagnon d'armes de M. Sforzi, à l'heure présente le chevalier serait libre ou moi je serais mort. Votre inaction, monsieur de Maurevert, — pardonnez-moi ce reproche trop bien motivé par la gravité des circonstances actuelles, — n'est le fait ni d'un gentilhomme ni d'un ami.

— Mademoiselle, répondit froidement de Maurevert, si le ciel m'avait fait femme et que je fusse éprise du chevalier Raoul, il est probable que je tiendrais un langage absolument semblable au vôtre. Notre manière opposée d'envisager cette question provient, sans nul doute, de la différence de nos positions. Vous, vous parlez avec votre cœur, moi d'après mon expérience. La science de la vie, mademoiselle, est toute dans l'à-propos. L'homme véritablement fort n'a pas la prétention de disposer à sa guise des événemens, il met seulement ses soins à les tourner à son profit, à en tirer avantage. L'inaction que vous me reprochez a du moins le mérite de ne pas aggraver la position de Raoul, position qu'une activité mal entendue pourrait rendre désespérée.

La réponse, un peu brutale peut-être, de Maurevert, ne contribua pas à diminuer le vif incarnat qui colorait les joues de Diane : cet amour, si chastement enfoui au plus profond de son âme. que l'aventurier produisait ainsi, sans ménagement, au grand jour, la rendait confuse ; toutefois son embarras dura peu.

Bientôt elle releva la tête, et l'œil brillant d'un généreux et pur enthousiasme :

— Eh bien ! oui, capitaine, s'écria-t-elle, oui, j'aime M. le chevalier Sforzi !... M. Raoul n'a-t-il pas vaillamment pris parti pour ma pauvre mère ? Ne s'est-il pas jeté entre l'oppresseur et l'opprimé, entre le bourreau et la victime ?... Quel est donc, parmi les deux à trois mille gentilshommes de la province d'Auvergne, celui qui a osé élever la voix en notre faveur ? qui n'a pas craint de s'attirer la redoutable inimitié du marquis ? C'est le chevalier Sforzi... Faut-il appeler amour le sentiment que tant de noblesse, de courage et de générosité a fait naître dans mon cœur ? Je l'ignore. Devant Dieu qui m'entend, capitaine, je suis fière de ce sentiment ; je sais qu'il sera éternel... Vous souriez, capitaine, vous ne me comprenez donc pas ? Ce que j'éprouve pour M. Sforzi tient le milieu entre l'affection d'une sœur et l'amitié d'un homme. Demain, M. Raoul aimerait passionnément une femme insensible à sa tendresse, que je n'hésiterais pas à me jeter aux pieds de cette femme pour lui mendier, en faveur du chevalier, son amour.

A mesure que la damoiselle d'Erlanges parlait, un singulier changement s'opérait dans l'attitude de l'aventurier ! Son regard jusqu'alors cynique et moqueur avait fait place à un air grave et sérieux ; bientôt une expression de bonté, presque d'attendrissement, avait éteint le feu de son regard, détendu les muscles de fer de son visage ; enfin, lorsque Diane se tut, une larme mouillait son épaisse paupière.

Il se leva de dessus son escabeau, s'avança vers la jeune fille, s'inclina profondément devant elle, et, déposant sur sa main fine et souple un respectueux baiser :

— Mademoiselle, lui dit-il avec une douceur de voix qu'il ne se connaissait pas, et qui le surprit lui-même, pardonnez-moi, je vous le demande en grâce, les sottes paroles que j'ai prononcées. Jusqu'à ce jour, le capitaine de Maurevert, si expert en tant de choses, ne se doutait pas des trésors de délicatesse et de dévoûment que peut renfermer le cœur d'une honnête damoiselle. Que voulez-vous ! J'ai toujours vécu d'une façon si pressée, si irrégulière ! Je n'ai connu, hélas ! que des femmes aux amours faciles ! Comment aurais-je soupçonné la beauté de votre âme ?

— Votre erreur était des plus naturelles, capitaine, répondit Diane, touchée malgré elle de l'hommage si flatteur et si spontané qui lui était adressé, du triomphe si éclatant que remportait sa vertu.

— Ah ! mademoiselle, reprit de Maurevert avec violence, si vous saviez quel abominable bandit je suis, quelles horribles pensées j'ai eu à votre sujet, vous vous éloigneriez de moi avec mépris, avec horreur ! Par tous les diables de l'enfer ! j'entends pour ma punition vous faire l'aveu de ma bassesse ! Figurez-vous, noble damoiselle d'Erlanges, que j'avais prémédité de vous offrir au marquis en échange de la liberté de Raoul ! Je crois même, Belzébuth me torde le cou, que je comptais demander cinq cents écus pour ce troc infâme ! Je porte certes à Raoul une affection extrême, eh bien ! que Dieu fasse pleuvoir sur ma tête tous les ennuis et tous les malheurs de la terre, si je ne préférerais pas mille fois à présent le voir pendu que de vous savoir entre les mains du marquis !... Soyez généreuse, mademoiselle Diane, ne me rappelez jamais, si le hasard nous remet en présence, le triste aveu que m'a arraché mon admiration pour vos qualités ! Changeons, je vous prie, de sujet de conversation !... Occupons-nous de vous, de Sforzi ! Je vous déclare qu'à partir d'aujourd'hui vous avez le droit de disposer entièrement de ma volonté, de mon bras ; je vous demanderai seulement la permission de discuter vos idées quand elles me paraîtront intempestives sauf toutefois à les réaliser, si vous insistez.

— Je vous remercie, capitaine, répondit Diane réellement émue du dévoûment si bizarre et si inattendu de Maurevert, je vous remercie de l'appui que vous m'offrez et je l'accepte avec autant de joie que de reconnaissance ! je tiens en grande estime votre expérience et votre courage.

Je vous soumettrai volontiers mes idées, mais je n'entends point disposer de votre obéissance !... Le point essentiel, selon moi, est de ne pas laisser le marquis accomplir, dans une heure de méchanceté furieuse, un acte de cruauté irréparable !... Généralissime de la Ligue d'équité, disposant d'une armée nombreuse, qui vous empêche d'aller assiéger le château de la Tremblais ? de le prendre d'assaut ? de délivrer M. de Sforzi par la force ?...

— Damoiselle d'Erlanges, dit de Maurevert en hochant tristement la tête, vous prenez vos désirs et vos espérances pour la réalité... Hélas ! le plan que vous me proposez est absolument inexécutable !... La troupe de manans placée sous mes ordres ne mérite pas, loin de là, d'être appelée une armée !... Si je ne mettais un soin extrême à choisir ses campemens, à lui éviter toute rencontre en plaine, depuis longtemps déjà elle n'existerait plus !... Ces campagnards révoltés laissent en outre beaucoup à désirer sous le rapport de la discipline ! C'est en vain que j'en ai fait pendre une douzaine pour servir d'exemple... Cet acte de vigueur, mal apprécié, n'a servi qu'à me dépopulariser auprès d'eux. Ils me tiennent à présent en grande suspicion ; je ne serais nullement étonné qu'ils songeassent à me trahir ! Enfin, en supposant même qu'il me fût permis de disposer d'une véritable armée, votre projet d'assiéger le château de la Tremblais n'en serait pas moins détestable. Vous comprenez que la première action du marquis serait de jeter dans notre camp, par-dessus ses remparts, la tête de Raoul. Non, la force ne peut rien pour nous. C'est à l'adresse que nous devons avoir recours.

— Pourquoi, capitaine, ne pas essayer de mettre dans nos intérêts le lieutenant général gouverneur pour le roi de la province d'Auvergne, monseigneur de Canilhac. Ne pensez-vous pas que les représentations qu'il est en droit d'adresser au marquis, pourraient produire un bon effet, amener un heureux résultat? Poursuivie par cette idée, j'ai fait demander par Lehardy une entrevue à M. de Canilhac.

— Qui vous l'a refusée...

— Qui me l'a accordée ! C'est aujourd'hui même, dans deux heures, que je dois le voir.

— Où cela, damoiselle Diane?

— A une lieue d'ici.

— Pourquoi à une lieue d'ici et non pas à Clermont ?

— Parce que Mgr de Canilhac a craint que mon arrivée dans cette ville ne fût connue du marquis.

— Ce qui signifie, damoiselle Diane, que monseigneur de Canilhac, tout gouverneur qu'il est de la province d'Auvergne, n'ose affronter la colère du marquis de la Tremblais... Cependant, qui sait? peut-être y aurait-il moyen de tirer parti de votre idée, d'utiliser cette entrevue?... Laissez-moi un peu réfléchir.

De Maurevert se rassit sur son escabeau, appuya ses coudes sur ses genoux, sa large tête entre ses mains et resta pendant assez longtemps plongé dans une grave méditation.

— Mademoiselle, dit-il enfin, vous serait-il possible de me procurer de l'encre, une plume et du papier?

— Oui, capitaine. Lehardy, lorsque je dus écrire à Monseigneur de Canilhac, s'est procuré ces divers objets.

Cinq minutes après, de Maurevert, assis devant une table boiteuse,—le seul meuble qui se trouvât dans la cabane du chevrier, — traçait en gros caractères, d'une main lourde et inexpérimentée la lettre suivante :

« Monsieur le marquis,
» J'ai mûrement réfléchi à notre entre-
» vue ; je reconnais que j'ai eu tort de re-
» fuser la belle proposition que vous m'avez
» faite touchant la damoiselle d'Erlanges.
» Mon association avec le chevalier Raoul
» Sforzi ne me lie qu'envers ce dernier, et
» ne m'engage nullement à protéger ses
» maîtresses ! J'ai appris de source certaine
» que la damoiselle d'Erlanges a quitté de-
» puis quinze jours l'Auvergne pour se ré-
» fugier à Paris. Si vous consentez à me ré-
» munérer convenablement de mes peines,
» je m'engage à ramener dans un délai de
» six semaines, au plus tard, ladite damoi-
» selle et à la remettre entre vos mains.

» A présent, marquis, que rien ne vous
» retient plus de faire pendre mon pauvre
» compagnon le chevalier Raoul Sforzi, je
» m'adresse une dernière fois à votre bonté!
» Il est vrai que le chevalier vous a outra-
» geusement malmené, qu'il vous gardera
» rancune de sa prison, et que la noblesse
» pourra confondre votre clémence avec la
» peur. Qu'importe ! le contentement de
» votre conscience vous dédommagera am-
» plement de toutes ces calomnies, de tous
» ces dangers, de tous ces déboires.

» Aussitôt que j'aurai reçu votre réponse,
» je m'empresserai, si mon offre vous agrée,
» d'aller m'entendre avec vous au sujet de
» la rémunération ci-dessus mentionnée. Je

» suis, marquis, votre très humble servi-
» teur et mortel ennemi. »

— Veuillez prendre connaissance de cette missive, mademoiselle, dit de Maurevert en présentant à Diane la singulière lettre qu'il achevait d'écrire.

— Etes-vous insensé, capitaine? s'écria peu après Diane. Cette missive est tout bonnement l'arrêt de mort de messire Sforzi.

— Non pas, mademoiselle; c'est au contraire la seule chance de salut qui lui reste.

— Je ne vous comprends pas.

— Cette lettre, quoique je ne sois pas un bien grand clerc, poursuivit de Maurevert, me semble fort adroitement calculée. Il est certain qu'après l'avoir lue, le marquis appellera à lui son exécuteur des hautes-œuvres, maître Benoist, et lui ordonnera de presser au plus vite le supplice de messire Sforzi.

— Mais certes, capitaine de Maurevert...

— Parbleu! je ne demande pas autre chose. Que l'on pende donc ce petit Sforzi et que tout cela finisse.

Diane regarda avec stupéfaction son interlocuteur.

— Quoi, continua froidement l'aventurier, ne comprenez-vous pas, mademoiselle, que tant que Raoul sera prisonnier, c'est à dire enfoui à trente pieds sous terre, nous ne pourrons rien pour lui. Ce qu'il faut, c'est que notre cher ami sorte, à quelque prix que ce soit, du château, quand bien même ce serait pour marcher à la potence! Je m'arrangerai, moi, de façon que la cérémonie n'ait pas lieu dans une des cours du château, et que le marquis choisisse pour l'exécution le chef-lieu de sa juridiction: alors, à la grâce de Dieu! il y aura tumulte, bataille, on fera de notre mieux.

— Ah! capitaine, cet expédient me paraît bien hardi...

— Moins hardi que le siége que vous me proposiez tout à l'heure!... Sang et carnage! il est temps de savoir si cette potence qui trouble les rêves de nos nuits et le calme de nos jours, servira, oui ou non, à ce bon Raoul!... Mais voici bientôt l'heure de votre rendez-vous avec monsieur de Canilhac; il est temps de vous mettre en route!... Permettez-moi, mademoiselle, de vous offrir mon cheval...

Peu après, Diane, obligée, malgré son refus, d'accepter l'offre du capitaine, prenait place sur son puissant coursier.

De Maurevert, sa cuirasse attachée au bout de son épée qu'il appuyait en guise de bâton sur son épaule, tenait le cheval par la bride et le conduisait.

Lehardy portait l'arquebuse de l'aventurier et se tenait à ses côtés.

Après une heure et demie de marche, Diane et ses deux conducteurs atteignirent l'endroit fixé pour le rendez-vous; ils trouvèrent M. de Canilhac qui attendait.

A la vue du capitaine de Maurevert, le gouverneur de la province d'Auvergne laissa échapper un mouvement de surprise, presque de colère, qui prouvait à quel point cette rencontre lui était peu agréable.

Le capitaine s'avança vers lui, et le saluant avec un respectueux empressement,

— Monseigneur, lui dit-il, c'est simplement M. de Maurevert, et non le généralissime de l'armée de la Ligue d'équité, qui a l'honneur de vous présenter en ce moment ses humbles hommages. Vous plairait-il de m'accorder un instant d'entretien? J'ai le pressentiment que mes discours résonneront d'une agréable façon à vos oreilles.

— Monsieur de Maurevert, répondit le gouverneur, en tant que gentilhomme j'apprécie infiniment vos mérites. Dès que j'aurai entendu la damoiselle d'Erlanges qui a manifesté le désir de me parler, je m'empresserai de me rendre à votre demande.

Le gouverneur offrit alors sa main à Diane pour l'aider à descendre de cheval, puis lui indiquant du doigt une roche couverte de mousse qui pouvait lui servir de fauteuil, il resta debout devant elle, prêt à l'écouter.

Le marquis de Canilhac avait à cette époque environ quarante-cinq ans. C'était un homme à l'air hautain et entier, aux manières grandes et distinguées.

D'un caractère irascible et emporté, il supportait difficilement l'orgueil et l'arrogance des seigneurs de sa province; toutefois, le goût des plaisirs, une extrême complaisance pour ses passions, certains actes assez peu réguliers, produits par ce goût et cette complaisance, lui imposaient l'obligation de vivre en paix avec ses redoutables administrés, de ne pas s'opposer aux illégalités, aux violences et aux exactions dont ils se rendaient chaque jour coupables envers le menu peuple.

M. de Canilhac ne respectait guère qu'une chose: la noblesse. C'était donc à son illustre origine, à l'éclat de son nom, que Diane d'Erlanges devait l'insigne faveur d'une entrevue avec M. le lieutenant-général, gouverneur pour Sa Majesté, de la province d'Auvergne.

CHAPITRE XXII.

Une honnête alliance.

Diane d'Erlanges, après s'être assise, leva ses grands beaux yeux sur le marquis de Canilhac, puis d'une voix dont les notes nettement accentuées, quoique émues, annonçaient à la fois la détermination et l'anxiété, elle entama la conversation :

— Monsieur le gouverneur, dit-elle, il est impossible que le bruit du monstrueux attentat commis contre madame ma mère par le marquis de la Tremblais ne soit pas venu jusqu'à vous. Nos serviteurs lâchement assassinés, notre maison-forte de Tauve traîtreusement prise d'assaut et mise au pillage, enfin l'épouvantable meurtre de la dame d'Erlanges, constituent un fait tel que l'histoire n'en présente pas un pareil !...

— Vous vous trompez, mademoiselle, interrompit le marquis, l'histoire de nos guerres civiles — et je ne parle ici que de ce qui se passe de nos jours — abonde au contraire en exemples semblables. Je ne dois pas vous dissimuler, si, comme je n'en doute pas, votre intention est d'invoquer ma protection, de me demander justice, que tout en reconnaissant la réalité de vos griefs, il ne me sera guère possible de vous venir en aide. La religion à laquelle vous appartenez vous place dans une position tout exceptionnelle... Si je prenais parti contre M. le marquis de la Tremblais — un zélé catholique — en faveur de la damoiselle d'Erlanges — une protestante avérée — je soulèverais toute la noblesse de la province d'Auvergne et, qui pis est, je serais blâmé et désavoué à la cour.

— Rassurez-vous, monsieur le gouverneur, reprit Diane, j'ai placé mes intérêts entre les mains de Dieu ; il ne sera pas question de moi dans cet entretien. Si je vous rappelle le crime odieux commis par le marquis de la Tremblais, c'est que ce crime se rattache au sujet que je désire aborder... Monsieur le gouverneur, un brave et loyal gentilhomme, M. le chevalier Sforzi gémit en ce moment dans les cachots du château de la Tremblais, où l'attend une mort ignominieuse et cruelle. M. de Sforzi — il est catholique, lui — se trouvait à Tauve lorsque notre maison fut nuitamment envahie et saccagée. Il fit ce que tout homme d'honneur aurait fait à sa place : il tira son épée du fourreau et combattit vaillamment ! Accablé par le nombre, il succomba ; mais sa défaite fut comme avait été sa résistance, héroïque et glorieuse : entouré d'ennemis, d'assassins, il osa donner cours à son indi-

gnation et infliger au marquis un irréparable outrage ! Trop lâche pour affronter la valeur de M. Sforzi, le marquis a préféré remettre au bourreau le soin de sa vengeance ! Laisserez-vous, monseigneur, ce crime s'accomplir ? Je ne puis le croire. Le sang versé ternirait à jamais votre blason, vous ferait mettre au ban de la noblesse. Voilà, monsieur le gouverneur, ce que j'avais à vous dire : La reconnaissance que je dois à M. Sforzi, en danger de mort pour avoir soutenu les droits de ma mère, me commandait impérieusement la démarche que je tente auprès de vous.

Diane se tut et attendit avec une anxieuse impatience la réponse de M. de Canilhac.

Le gouverneur de la province d'Auvergne semblait indécis, embarrassé.

— Mademoiselle, dit-il enfin, je reconnais que M. de la Tremblais montre en cette circonstance un superbe et coupable mépris pour l'autorité royale ; que sa conduite n'est ni d'un loyal sujet, ni d'un brave gentilhomme. Le sort de ce chevalier Sforzi, dont vous venez de plaider la cause avec une si persuasive éloquence, me touche enfin à l'extrême... Malheureusement, il ne m'est guère possible de contrecarrer les desseins du marquis, de sauver le chevalier... Mon Dieu, mademoiselle, ne me jugez pas sans m'entendre. Je vais, tant est sincère et grande l'estime que vous m'inspirez, vous parler en toute franchise..... La haute position que j'occupe, le grade insigne dont je suis revêtu me donne-t-il, en réalité, le pouvoir qu'ils supposent. Je dois donc éviter soigneusement les occasions qui seraient de nature à mettre à nu ma faiblesse, à détruire le dernier et faible prestige qui entoure mon autorité ! Entrer en lutte ouverte avec le plus puissant seigneur de la province, le marquis de la Tremblais, c'est m'exposer à une défaite à peu près certaine. Dois-je, mademoiselle, pour défendre un obscur inconnu, jouer une si dangereuse partie ? Je vous laisse juge de la question !...

— Oui, monseigneur, vous le devez ! s'écria Diane. Il vaut mille fois mieux risquer votre autorité que perdre votre honneur. Quel est votre droit à jouir des priviléges et des prérogatives attachés à la noblesse si vous n'accomplissez pas les obligations et les devoirs que votre naissance et votre position vous imposent ? « Fais ce que dois, advienne que pourra, » dit votre devise. Or, laisser assassiner le chevalier Sforzi sans essayer de le défendre, c'est partager la honte du crime, devenir le complice du marquis !

A ces paroles, prononcées par la demoiselle d'Erlanges avec un généreux enthousiasme, M. de Canilhac fronça les sourcils et garda le silence.

De Maurevert, qui jusqu'alors était resté étranger à la conversation du gouverneur et de la jeune fille, jugea le moment critique et s'empressa de se mêler à l'entretien.

— Mademoiselle, dit-il, je trouve que Mgr de Canilhac est complètement dans la bonne voie : compromettre l'autorité qu'il tient du roi, ce serait se rendre coupable de lèse-majesté... Vous auriez tort d'insister.

A cette approbation, à laquelle il ne s'attendait pas, à ce secours inespéré qui lui arrivait si à point, M. de Canilhac se retourna vers le capitaine et lui sourit agréablement.

— Monsieur, continua de Maurevert, vous plairait-il de m'accorder, maintenant que cette discussion est terminée, le moment d'attention que vous avez bien voulu me promettre ?

— Volontiers, capitaine, répondit avec empressement le gouverneur, ravi de cette diversion qui le sauvait des reproches de Diane.

— Monsieur, reprit l'aventurier, vous voyez devant vous un homme bourrelé de remords... un bandit à la veille de commettre une abominable action !...

— De qui parlez-vous ?

— De votre très humble serviteur capitaine de Maurevert, monseigneur.

— Expliquez-vous, monsieur.

— Hélas ! monseigneur, cette explication va me couvrir de honte. Je ne sais si j'aurai jamais la force de mettre ainsi mon infamie au jour, de dévoiler mon ignominie. Enfin, j'essaierai. Vous n'ignorez point, monsieur le lieutenant-général, que je commande en ce moment la Ligue d'équité; mais ce que vous ignorez complètement, ce sont mes projets futurs, mes secrètes espérances. Or, monseigneur, je ne vous cacherai pas que ces projets et ces espérances vous sont terriblement hostiles. J'ai l'intention,— il faut être aussi assuré du succès que je crois l'être pour vous faire en pareil vœu, vous mettre ainsi sur vos gardes, — j'ai, dis-je, l'intention, de m'emparer du siège de votre résidence, de la ville de Clermont.

— Vous emparer de la ville de Clermont ! répéta le marquis de Canilhac avec un étonnement mêlé de crainte. Êtes-vous fou, capitaine ?

— Monseigneur, si vous m'interrompez ainsi à chaque phrase, je n'aurai jamais fini. Vous plairait-il de me laisser poursuivre à mon aise ? je suis fort méthodique dans mes discours, et je n'aime point à être troublé. Vous me répondrez quand j'aurai tout dit. Je poursuis. La Ligue d'équité, monseigneur, ne ressemble plus, à l'heure qu'il est, à ce qu'elle était lors de sa fondation : non seulement j'ai dressé mes manans au maniement des armes et à la discipline militaire, mais j'ai contracté en outre de nombreuses alliances avec la petite noblesse de la province. Un hobereau isolé n'est rien, deux hobereaux unis ne signifient pas grand'chose encore ; vingt hobereaux associés commencent à compter, et cinq cents hobereaux intimement liés par un intérêt commun, forment une véritable puissance. Or, les gentilshommes pauvres qui se sont ralliés à mon drapeau dépassent aujourd'hui le nombre de mille. Vous m'accorderez bien ceci, monsieur le gouverneur, que mille cavaliers, convenablement armés et montés, valent certes bien les trois cents cuirasses dont vous disposez. Voici donc votre cavalerie annulée par la mienne. Passons aux fantassins. Vous avez à peu près cinq cents piquiers, mal payés, peu nourris, et partant médiocrement redoutables. Mes manans atteignent le chiffre respectable de trois mille. Or, de bonne foi, je vous le demande, vous admettrez bien que six de mes montagnards valent un de vos piquiers ? Entre nous deux, monsieur le gouverneur, existe donc — et j'y mets une extrême modestie — une complète égalité de forces... Je ne vois pas trop quel motif m'empêcherait d'assiéger Clermont, si telle est mon envie ? A présent, monsieur le gouverneur, il ne me reste plus qu'à vous soumettre un scrupule qui trouble ma conscience et me donne grandement à réfléchir : je me demande s'il est convenable que M. de Maurevert, le gentilhomme de si bonne noblesse que chacun sait, pactise avec des manans, mêle ses intérêts à ceux des paysans ? Si encore mes montagnards s'étaient révoltés sous un honnête prétexte de religion ou de politique, cela pourrait, à la rigueur, passer ; mais non, ces manans ont pris les armes au nom de l'équité, et leur but avéré est de détruire les privilèges de la noblesse. Cela, je vous le répète, me donne grandement à réfléchir. Je ne serais pas fâché, monsieur le gouverneur, de connaître quelle est votre opinion touchant cette délicate affaire.

— Mon opinion, capitaine, répondit froidement M. de Canilhac, ne saurait vous être inconnue !... Rappelez-vous que je représente dans la province d'Auvergne l'autorité royale, et vous saurez de quelle façon je dois considérer des rebelles.

—Monseigneur, dit de Maurevert, du moment que vous affectez de prendre votre charge de gouverneur au sérieux, je retire l'approbation que j'ai accordée naguère à votre refus de défendre le chevalier Sforzi. Si vous êtes le représentant de Sa Majesté, vous ne devez pas plus supporter la désobéissance des grands que la rébellion des petits. Tenez, marquis de Canilhac, jouons cartes sur table ; vous vous trouvez placé entre l'enclume et le marteau. Voulez-vous que je vous sorte de cette position de martyr ? Aidez-moi à sauver le chevalier Sforzi et je vous débarrasserai de la Ligue d'équité.

— Expliquez-vous plus clairement, capitaine, dit le gouverneur avec un empressement de bon augure pour son interlocuteur.

— Volontiers, monseigneur. J'entre brutalement au cœur de la question. Mille écus comptant votre coopération pour tirer le chevalier de peine, une lettre qui reconnaisse qu'en me mettant à la tête de la Ligue d'équité je n'ai eu en vue que les intérêts de Sa Majesté, et à ces conditions je m'engage à prendre des dispositions telles qu'il vous sera facile de tailler en pièces, de défaire complètement mes manans. Vous voyez, monseigneur, que je ne me vantais pas en prétendant, avant d'entamer notre conversation, que j'avais à vous faire entendre un discours qui résonnerait agréablement à vos oreilles !

— Capitaine de Maurevert, répondit le marquis de Canilhac, je tiens à reconnaître par ma franchise celle que vous venez de me montrer. Votre proposition, à laquelle je ne m'attendais pas, me comble véritablement de joie. Je souscris de tout mon cœur à deux de vos conditions, c'est-à-dire à vous donner et la lettre et les mille écus que vous exigez. Quant à prendre parti contre le seigneur de la Tremblais, je vous le répète, je ne le puis. Oh ! ne croyez pas, capitaine, que j'aime ou que j'estime le marquis ; tout au contraire. Depuis longtemps son arrogance a froissé mon juste orgueil, et s'il m'était donné de tirer de l'insolence de ce seigneur une éclatante vengeance, vous me verriez au comble du bonheur.

— Par la mort ! monsieur le gouverneur, si tels sont vos sentimens, il est impossible que nous ne finissions pas par nous entendre, interrompit de Maurevert. Parbleu ! voici un moyen qui nous mettra d'accord.

—Quel est ce moyen, capitaine ?

—Il est des plus simples ! Vous vous absenterez pendant quelques jours de Clermont, et me laisserez en partant le commandement de vos forces ! A présent rien ne vous empêchera, en supposant que j'échoue dans ma tentative, de me désavouer à votre retour, de crier à tue-tête contre ce que vous appellerez ma félonie, ma trahison, de m'accabler de reproches.

— En effet, dit M. de Canilhac après avoir réfléchi, ce moyen me semble assez ingénieux. Seulement, une grande difficulté se présente.

— Tant mieux, monseigneur ! Chaque difficulté est pour moi le sujet d'un triomphe !

— Qui me garantit, capitaine, que vous remplirez fidèlement vos promesses ? Qui m'assure que vous ne me tendez pas un piége en ce moment ?

— Ah ! monseigneur, cette méfiance vous vaut toute mon estime. Voilà comme j'aime à voir traiter les affaires, avec maturité et prudence. Monseigneur, s'il est une chose de notoriété universelle, c'est le respect que je professe pour ma parole. Chacun sait que le capitaine de Maurevert, coupable peut-être en bien des circonstances, n'a jamais failli à ses engagemens. Si mes manans de l'Equité avait eu le bon esprit de me lier à leur cause par une promesse catégorique, sérieuse, jamais l'idée ne me serait venue de les faire tailler en pièces. Mais non, au lieu de se fier à ma loyauté, ils ont préféré me tenir en suspicion. Aussi seront-ils punis de leur laide façon d'agir à mon égard. Monseigneur, si vous acceptez mes propositions, je m'engagerai vis-à-vis de vous, par serment, à ne pas abuser de votre confiance, à ne pas sortir des conditions de notre traité.

— Capitaine, dit le marquis de Canilhac après un assez long silence, vous pouvez considérer votre traité comme à peu près conclu ! Il ne me reste plus qu'à m'entendre avec vous au sujet de certains détails. Par exemple, de quelle façon comptez-vous disposer des forces que je mettrai momentanément à votre disposition ? vous n'avez pas la folle idée, je pense, d'assiéger le château de la Tremblais ?...

— Ah ! monseigneur, est-il possible que vous m'accordiez si peu de judiciaire que de me croire capable d'une telle inconséquence ? Entreprendre une action aussi considérable sans votre assentiment, ce serait abuser de votre confiance... Soyez sans aucune inquiétude, je ne vous compromettrai en rien, et je saurai m'arranger, dans la prévision d'un échec, de façon à vous laisser un plausible et honnête moyen pour me désavouer comme un fourbe insigne qui se serait joué de votre crédulité et de votre bonne foi ! Une dernière question, monseigneur : vous devez— c'est votre intérêt et votre devoir—posséder certaines intelligences dans le château de la Tremblais ?

— Oui, capitaine de Maurevert.

— Eh bien ! il faudra que vous mettiez ces intelligences à ma disposition.

— J'y consens volontiers.

— De plus, que vous m'aidiez à inventer un moyen pour empêcher que le marquis de la Tremblais ne fasse pendre ce gentil chevalier Sforzi dans l'intérieur de son château.

— Pour un homme si fertile en expédiens, voilà, capitaine, que vous manquez d'imagination.

— Comment donc cela, monseigneur ?

— Le moyen que vous cherchez est tout trouvé... Le seigneur de la Tremblais est fier, superbe, indomptable, il ne s'agit que d'exciter son orgueil pour obtenir le résultat que vous désirez...

— Ma foi, monseigneur, je ne devine pas encore !

— Que je fasse avertir aujourd'hui même le marquis que la petite noblesse se préoccupe vivement de l'exécution du chevalier Sforzi ; que je l'invite, en affectant d'avoir des craintes à son égard, à faire faire cette exécution en secret, sans bruit, et vous pouvez êtes assuré que de la Tremblais s'empressera de lui donner un éclat et une pompe inusités. Il est même capable, pour prouver combien il se place au dessus de l'opinion publique, de convoquer le ban et l'arrière-ban de la noblesse d'Auvergne pour assister à la pendaison du chevalier.

— Par le caducée du gentil dieu Mercure, s'écria de Maurevert avec admiration, si vous n'étiez gouverneur de province, vous seriez digne, Monseigneur, d'être un aventurier. Oui, voilà en effet une excellente ruse. Je ne veux pas abuser plus longtemps de vos loisirs, Monseigneur ; j'aurai l'honneur de vous voir cette nuit à Clermont, et de terminer avec vous notre entretien. Vous plairait-il, en cas de danger—car je n'ai pas de temps à perdre—de m'octroyer un sauf-conduit ?

— Voici une bague qui me sert de scel, dit le marquis de Canilhac, cela vous suffira.

Le gouverneur prit alors congé de Diane, et ne s'éloigna—honneur insigne—qu'après avoir donné une embrassade au capitaine de Maurevert.

— Vous voyez, mademoiselle, dit ce dernier lorsque le marquis de Canilhac ne fut plus à portée de la voix, qu'il y a toujours moyen de s'entendre avec le monde ; il ne s'agit que de savoir prendre les hommes par l'intérêt. J'ai vu le moment où, avec votre appel aux sentimens de l'honneur, du devoir et de la loyauté, vous alliez gâter la conversation et faire pendre ce bon Raoul... Voilà qui va bien ! L'événement ne peut plus tarder à se produire.

CHAPITRE XXIII.

Le droit du plus fort.

Le surlendemain du jour où le capitaine de Maurevert avait sacrifié la Ligue d'équité au salut du chevalier Sforzi, une assez nombreuse réunion de nobles du voisinage encombrait la salle de réception du château de la Tremblais.

Le marquis, les sourcils froncés, les bras croisés, l'air sombre et préoccupé, se promenait au milieu de la foule des visiteurs, sans paraître daigner remarquer leur présence.

Dans une de ses mains crispées par la colère, il froissait avec rage deux lettres qu'il venait de recevoir ; l'une de ces lettres— déjà connue du lecteur— était du capitaine de Maurevert, l'autre portait la signature de Mgr de Canilhac.

Le gouverneur de la province d'Auvergne avertissait le marquis que l'exécution annoncée du chevalier Sforzi produisait un détestable effet sur la noblesse des environs, et il lui conseillait d'apporter dans la consommation de cette œuvre sanglante une extrême circonspection, de l'envelopper de mystère.

On voit que le gouverneur de l'Auvergne tenait à la promesse qu'il avait faite à son nouvel allié, le capitaine de Maurevert.

Tout à coup le marquis de la Tremblais s'arrêta, et s'adressant brusquement à un groupe de gentilshommes :

— Parbleu, messieurs, leur dit-il d'un air railleur, il est inutile que vous vous gêniez plus longtemps ; cessez de chuchoter et parlez hardiment à voix haute ; je suis au courant du sujet de vos entretiens. Je vous le répète, ne vous contraignez en rien ; je suis ce matin dans un jour de bonté et de clémence !

Cette interpellation inattendue causa un pénible étonnement aux gentilshommes. Quelque habitués qu'ils fussent à l'arrogance et aux manières hautaines de leur hôte, ils trouvaient que cette fois son impertinence dépassait toutes les limites possibles.

— Monsieur le marquis, lui répondit l'un d'eux, on dirait à votre langage un juge parlant à des accusés, à des coupables, et non pas un gentilhomme s'adressant à ses égaux.

— Oui, monsieur, vous avez raison, des coupables, interrompit le marquis avec une impétuosité croissante ! Par la mort ! je n'ai que faire de vos airs étonnés, de vos contenances hypocrites ! Cessez donc ce jeu indigne de vous et de moi ! Ayez, au moins, le courage de votre mauvais vouloir, de votre infamie...

— Monsieur le marquis...

— Silence ! Il faut être bien osé pour me couper la parole. Ah ! vous voulez une explication... Parbleu ! elle ne vous manquera pas... Eh ! eh ! messieurs mes bons voisins, mes loyaux et fidèles alliés, vous ne vous attendiez pas à trouver le lion averti et sur ses gardes. Vous espériez le surprendre pendant son sommeil, abuser de sa crédulité, de sa confiance? Vous vous êtes étrangement mépris, mes gentilshommes ! Allons, voilà que vous pâlissez, que vous vous troublez ! Je gagerais qu'en ce moment vous ne vous souvenez pas, tant est grand votre émoi, du motif qui vous a conduits ici et me vaut l'honneur de votre présence. Je vais vous le dire, moi. Vous comptez entraver le cours de ma justice, sauver un misérable emprisonné dans les cachots du château. Quel intérêt tout particulier portez-vous donc à ce vagabond, que vous risquiez, en soutenant sa cause, de vous attirer ma colère, de vous exposer à ma vengeance?

— Monsieur le marquis, vos injustes reproches...

— Silence donc, vous dis-je ! Par l'enfer, mes bons gentilshommes, mes excellens voisins, tant de dissimulation n'était pas nécessaire !... Je suis, grâce à Dieu, trop audessus de la crainte pour m'abaisser jusqu'au mensonge !... Je n'ai que faire des ombres de la nuit pour accomplir mes desseins. L'éclat du soleil ne m'effraie pas ; j'agis volontiers au grand jour. Holà ! Benoist, va-t-en quérir le vagabond Sforzi ! Il me plaît assez de l'interroger devant messieurs ses amis, et de prononcer, séance tenante, sa sentence.

A cet ordre de son maître, un hideux sourire anima le visage du chef des apôtres, qui s'éloigna aussitôt.

— Monsieur le marquis, dit alors un des visiteurs, vous nous voyez aussi surpris qu'indignés de votre étrange réception ! Il est nécessaire qu'une explication immédiate ait lieu entre vous et nous... n'oubliez point, marquis, que comme vous, nous sommes gentilshommes !

Le seigneur de la Tremblais se mit à rire d'un air moqueur.

— Une explication, répéta-t-il, à quoi bon ?... Je vous ai tancés trop doucement encore en raison de votre indigne conduite ! Tenez-vous pour satisfaits de ma clémence, et ne réveillez pas, par d'imprudentes et maladroites explications, la colère que jusqu'à présent j'ai su dompter et contenir !...

A cette réponse insolente, les gentilshommes se turent ; ils comprenaient que provoquer le marquis, dans son propre château, c'était, non pas seulement s'exposer à un grand danger, mais encore courir à une perte certaine. Seulement, à la pâleur de leurs visages, au feu de leurs regards, au tremblement de fureur qui les agitait, il était facile de deviner qu'ils n'acceptaient cet outrage qu'avec une arrière-pensée de vengeance pour l'avenir.

Pendant les cinq minutes qui suivirent cette scène, un morne et lugubre silence régna dans la vaste salle de réception.

Bientôt une des portes latérales s'ouvrit, et l'on vit apparaître le chevalier Sforzi entouré de gardes.

La contenance noble et fière, presque superbe de l'infortuné Raoul, qui, le regard rayonnant et assuré, la tête orgueilleusement rejetée en arrière, s'avança d'un pas ferme vers le marquis et se mit à le fixer d'un œil audacieux et ardent, contrastait d'une si magnifique façon avec son visage pâli, amaigri par les privations et les souffrances, avec sa barbe inculte, ses mains retenues par une lourde chaîne, ses vêtemens en haillons, qu'un murmure d'admiration et de pitié s'éleva de la foule des gentilshommes.

Le marquis de la Tremblais se mordit jusqu'au sang la lèvre supérieure : puis, affectant un calme et une impassibilité que démentait énergiquement le tressaillement des muscles de son visage, il monta lentement les trois marches de sa chaire et s'assit.

Certain que sa proie ne pouvait lui échapper, il tenait à bien savourer l'agonie de sa victime.

— Accusé, lui dit-il, j'ai décidé dans ma toute bonté et dans ma justice que je vous accorderai, avant de me prononcer irrévocablement sur votre sort, la permission de vous défendre. Voyez s'il vous est possible d'amoindrir, par vos explications ou par un sincère repentir, l'énormité de votre crime. Je laisse toute latitude à ce que je consens à appeler votre justification. Parlez, je vous écoute.

— Marquis de la Tremblais, répondit le jeune homme d'une voix sympathique et vibrante, je ne comprends pas bien le but de cette criminelle parodie de la justice ! L'office du bourreau n'est pas d'interroger, mais bien d'exécuter le patient que lui livre la loi. L'assassin ne cause pas avec sa victime, il l'égorge, il la tue ! Bourreau et assassin, pourquoi m'interrogez-vous ?...

— Sforzi, dit le marquis en affectant un sang-froid parfait, car il comprenait que s'il se laissait emporter par ses violences, l'avantage de la lutte resterait au chevalier, Sforzi, je suis votre juge.

— Vous un juge, répéta Raoul avec une amère ironie, voilà par ma foi une plaisante prétention !... Un juge, le misérable qui, en temps de paix, sans agression, sans provocation, sans motif, n'a pas craint d'envahir nuitamment la maison d'une veuve noble, d'une femme sans défense, d'égorger lâchement ses serviteurs, de piller ses richesses; enfin, ô comble d'infamie et d'horreur ! de l'égorger elle-même ! un juge, celui qui jouit encore du prix sanglant de son forfait, qui, non content d'avoir — exploit digne de son courage — assassiné la mère, a conservé l'héritage de la fille ! Ah ! marquis, votre monstrueuse impudence m'inspire presque de la pitié, car elle me fait douter de votre raison.

Il fallait que de la Tremblais fût aussi assuré qu'il l'était de sa vengeance, pour supporter l'audacieuse indignation de ce langage. Toutefois, bien décidé à ne pas se départir de son rôle, il garda la même impassibilité.

— Sforzi, reprit-il, mon impartialité me commande de vous faire observer dans votre propre intérêt, que vos transports et vos indignités ne peuvent qu'aggraver votre position ! L'homme soutenu par la bonté de sa cause, par la certitude de son innocence, s'exprime sans violence, avec mesure et dignité. Vous n'avez pas à apprécier ma conduite. Votre rôle — et il est déjà bien assez difficile sans que vous vous plaisiez à le compliquer — consiste à atténuer vos torts et à répondre sur le crime qui vous est imputé. Je vous accuse, Sforzi, d'avoir pris fait et cause pour la dame d'Erlanges, ma

vassale révoltée, d'avoir soutenu les armes à la main la rébellion de ladite dame et concouru au massacre de mes serviteurs.

— De La Tremblais, répondit Raoul, vous intervertissez les rôles d'une si plaisante façon, que continuer plus longtemps cette discussion ce serait tomber dans le grotesque ! A quoi bon cette scène ridicule ? N'est-il pas plus simple d'aborder franchement la position et de me dire : Chevalier Sforzi, vous m'avez infligé une mortelle injure, et mon épée est restée au fourreau !... Je ne puis vous pardonner ni ma lâcheté, ni mon déshonneur... La trahison vous a mis en ma puissance, il faut que vous mouriez !... » Ce langage, de la Tremblais, ennoblirait jusqu'à un certain point le crime que vous méditez; car l'impudence poussée aussi loin devient presque du courage !... Mais non... vous préférez à cette injustice éclatante un faux et mesquin semblant de légalité... Messire de la Tremblais, j'en appelle à la loyauté de tous les nobles ici présens; votre conduite offre-t-elle l'ombre d'une excuse ? Voyons, messieurs, qui de vous donne son assentiment au marquis ? ajouta Raoul en interrogeant d'un rapide et circulaire regard les hôtes du château de la Tremblais.

Les gentilshommes baissèrent la tête et gardèrent le silence.

— Vous voyez, marquis, reprit Raoul, vos complaisans ou vos complices, — car si ces gens étaient honnêtes, depuis longtemps déjà ils auraient mis l'épée à la main, et seraient venus à mon secours, — vos complices eux-mêmes reculent devant la responsabilité de votre infamie !...

— Sforzi, prenez garde, ma patience est à bout ! murmura de la Tremblais d'une voix sourde ! Pour la dernière fois, je vous le répète, vous n'avez pas à vous occuper de ma conduite, mais seulement à vous défendre de la terrible accusation de rébellion qui pèse sur vous !

Le jeune homme garde un instant le silence, puis d'une voix non plus indignée et ironique, mais pleine de noblesse et de dignité :

— Soit, marquis, répondit-il, je consens à entrer dans les explications que vous sollicitez... Oh ! ce n'est pas que je veuille me disculper, — je tiens seulement, par ces explications, à montrer combien votre conduite envers les dames d'Erlanges a été abominable, et à rendre solidaires de votre crime tous les gentilshommes ici présens. Vous parlez de rébellion, marquis. En quoi donc, je vous prie, la dame d'Erlanges, relevait-elle de votre suzeraineté ? Les châ-telains de Tauve n'ont jamais prêté foi et hommage aux seigneurs de la Tremblais ; mais un ancien usage féodal, à ce que m'a dit la dame d'Erlanges elle-même, avait imposé sa maison-forte à une redevance an-nuelle de dix mesures de blé envers le mar-quisat de la Tremblais. En supposant que cette redevance, tombée en désuétude, eût été exigée par vous et que la châtelaine de Tauve se fût refusée à la fournir, n'aviez-vous pas la cour féodale pour prononcer sur votre exigence et sur son refus ? Un ju-gement aurait réglé votre position et celle de la dame d'Erlanges. Il faut que vous soyez bien aveuglé par votre puissance, marquis, pour oser parler de rébellion ! Je n'en connais que de deux sortes : la rébel-lion à la loi, la rébellion aux ordres de S. M. Henri III, le roi de France ! En dehors de ces deux cas, il peut s'élever des discus-sions de faible à puissant, de bourgeois à gentilhomme, de tenancier à seigneur, pas autre chose. Alors la loi parle en souve-raine, règle ces différends, et la justice suit son cours.

Un dernier mot, marquis. En entrant dans ces longues explications, j'ai voulu prouver jusqu'à la dernière évidence, et je crois avoir réussi, que rien, rien, absolument rien, ne justifie le meurtre de la dame d'Erlanges, le massacre des serviteurs de la maison-forte de Tauve, et la confiscation de ce domaine ! Aussi, moi, le chevalier Raoul Sforzi, noble d'origine, gentilhomme comme vous, sujet et officier du roi de France, partant votre égal en toutes choses, je déclare au nom de mon honneur et la main sur ma conscience, que vous avez été, marquis de la Tremblais, lâche, indigne, assassin et voleur, que tout homme de race noble ou bourgeoise qui vous prêtera son appui, qui approuvera vo-tre conduite, sera un lâche, un indigne, un assassin et un voleur ; qu'en attentant à ma personne vous vous rendez coupable d'un meurtre... Enfin, je déclare que vous avez failli outrageusement aux lois du point d'honneur, car je vous ai souffleté en plein visage, et votre épée est restée au fourreau.

Lorsque la voix vibrante de Raoul eut cessé de retentir, le religieux silence qui a-vait accueilli sa parole, continua à régner dans la vaste salle du château.

Les gentilshommes se regardaient entre eux d'un air honteux, confus, l'expression de leurs visages exprimait clairement les sentimens dont ils étaient agités. Il était évi-dent que l'odieuse conduite du marquis, le courage que venait de montrer Raoul, le

danger qu'il courait, les disposaient à s'oppo-ser par la force à l'accomplissement du nou-veau crime médité par leur hôte.

Quant au marquis de la Tremblais, bien plus accablé par la logique, la dignité et l'audace de son adversaire, qu'il n'avait été touché de ses premiers emportemens, il était en proie à une telle fureur, à une rage si intense, qu'il resta, pendant près d'une minute, incapable de prononcer une parole. La contenance menaçante de ses hôtes lui rendit, avec le sentiment du danger qui le menaçait, la volonté et la force d'agir.

Il appela près de lui, par un signe, le chef de ses apôtres, puis, après lui avoir donné un ordre à voix basse, il éleva la voix et ré-pondit à Raoul :

— Sforzi, lui dit-il, vous avez pu voir, par ma longanimité et ma patience, à quel point je désirais vous voir vous justifier. Vo-tre insolence sans nom ne me permet pas de vous écouter davantage. J'entends user des mêmes droits et prérogatives que possédaient mes ancêtres. Les tribunaux et les parlements ne sont point fait pour les de la Tremblais ! De temps immémo-rial, le droit de haute et basse justice a été attaché à mon marquisat. Par la mort! ce droit ne périclitera pas entre mes mains. Sforzi, con-vaincu du double crime de rébellion à mon autorité et d'outrage à ma personne, je vous condamne à être exposé au pilori, passé par les verges, puis à être pendu haut et court ! Pour que personne n'ignore de ma justice, l'exécution aura lieu sur la place publique de Besse, le chef-lieu de ma juridiction... Aujourd'hui même sera publié à son de trompe, dans toute l'étendue de mon domai-ne, la sentence rendue contre vous, et de-main, au point du jour, elle recevra son exécution !...

Le marquis parlait encore, lorsqu'un murmure menaçant, accompagné de cli-quetis d'épées, fit retentir les voûtes de la salle de réception. Les gentilshommes pré-sens, honteux de leur inaction, se décidaient enfin à prendre parti pour Raoul.

Un sourire sardonique entr'ouvrit les lè-vres minces du seigneur de la Tremblais, il se leva de dessus le coussin de velours brodé d'or à son blason, qui occupait le fond de sa chaire, et d'une voix impérieuse :

— Que l'on ouvre les portes, dit-il, ces messieurs paraissent dans un grand état d'exaltation : ils semblent avoir besoin d'air et d'espace !...

Aussitôt toutes les portes de la salle de réception tournèrent sur leurs gonds et les gentilshommes aperçurent une centaine de soldats armés jusqu'aux dents qui semblaient n'attendre qu'un signal de leur maître pour se lancer sur eux.

Les épées rentrèrent dans les fourreaux, les murmures menaçans cessèrent.

— Ah ! reprit de la Tremblais avec un sourire railleur, il faut avouer que les coutumes de nos ancêtres avaient du bon. S'il m'avait fallu m'adresser à une cour féodale ou présenter une requête au parlement pour obtenir de n'être point assailli par vous, mes très chers voisins, je serais probablement à l'heure présente un homme parfaitement mort. Messieurs, je ne vous retiens plus ; j'espère que, revenu bientôt de votre moment d'erreur, vous reconnaîtrez combien j'ai eu raison de châtier ce Sforzi, et que vous ne me garderez pas rancune de ce châtiment si bien mérité.

— Ainsi, monsieur, s'écria Raoul, l'ordre de m'assassiner que vous venez de donner est sérieux, irrévocable ?...

— Sérieux et irrévocable, monsieur Sforzi.

— Et vous croyez, marquis, qu'un gentilhomme consentira à subir l'ignominie du pilori, du fouet et de la potence ?...

— D'abord, monsieur Sforzi, rien ne me prouve que vous soyez gentilhomme... Ensuite je serais, je vous le confesse, assez curieux de savoir de quelle façon vous vous y prendriez pour vous soustraire à ma justice ?...

— De quelle façon, misérable ; regarde !...

Alors, par un mouvement plus rapide que la pensée, Raoul repoussa les gardes qui l'entouraient et, prenant un élan furieux, il voulut s'élancer la tête la première contre un des pilastres en pierre qui soutenaient l'une des deux cheminées de la salle de réception.

Hélas ! les liens qui attachaient les jambes de l'infortuné l'arrêtèrent au milieu de sa course ; il roula violemment sur le plancher.

— Que l'on reporte le criminel dans son cachot, et que jusqu'à demain on ne le perde pas un instant de vue, dit froidement le marquis.

CHAPITRE XXIV.

Le Testament.

Il était cinq heures du matin, un jour triste et blafard assez semblable au crépuscule d'une nuit d'hiver, éclairait imparfaitement de ses rayons gris le cachot où était enfermé le chevalier Sforzi.

Le jeune homme, le corps appuyé contre la muraille, les bras pendans, la tête inclinée sur sa poitrine, dormait d'un lourd sommeil.

A l'agitation de sa poitrine, aux paroles incohérentes et brisées que murmurait ses lèvres pâles et fiévreuses, il était facile de deviner qu'un rêve terrible troublait son repos.

De chaque côté de Raoul se tenait droit, roide et immobile comme une statue de pierre, un des hommes d'armes du marquis de la Tremblais. La contenance des deux gardiens dénotait une indifférence complète et prouvait que depuis longtems ils étaient familiarisés avec les scènes de douleur et de sang.

Tout à coup la porte du cachot roula sur ses gonds, et Benoist entra dans le sombre et lugubre réduit.

Le chef des apôtres avait remplacé la livrée de varlet de chasse, qu'il portait habituellement, par un costume de fantaisie d'une signification terrible : son chaperon, son pourpoint, ses haut-de-chausses et ses bas étaient d'une étoffe de serge d'un rouge éclatant : il était impossible de méconnaître en lui un bourreau.

— Vous pouvez vous retirer, compagnons, dit-il en s'adressant aux hommes d'armes; votre faction est finie, mon office commence.

— Ma foi, maître Benoist, répondit l'un des gardes, j'accepte de grand cœur le congé que vous nous donnez ! Que l'enfer m'extermine si je comprends un mot à ce qui se passe en moi ce matin, n'ai-je pas senti tout à l'heure, à propos de rien, une larme mouiller ma paupière? Il faut que je sois indisposé, malade.

— Le fait est compagnon que cet accès de sensibilité a dû te surprendre. Pleurer parce que l'on va pendre un rebelle. Ah ! fi donc ! cela est indigne de toi.

— Mille tonnerres ! je n'ai pas pleuré ! s'écria l'homme d'armes avec indignation ; j'ai été, je vous le répète, pris par une indisposition subite ; pas autre chose ! Que m'importe à moi que l'on pende, que l'on roue ou que l'on décapite ce Sforzi? Il n'aura pas volé sa peine. Tudieu ! quel rude joûteur, quelle flamboyante épée ! Il est le seul des gens de Tauve qui, lors de la prise de la maison-forte, ait osé me tenir tête ! Cinq des nôtres sont restés morts sous ses coups, c'est à dire qu'il mérite plutôt trois fois qu'une la potence, ce Sforzi ! Et pourtant, tenez, maître Benoist, vous allez m'accuser d'une impardonnable faiblesse, je préférerais voir ledit Sforzi prendre place dans nos rangs plutôt que de jouir du spectacle de son supplice ! Au revoir, maître Benoist !

— Au revoir ! trop sensible compagnon.

Pendant ce court dialogue, qui avait eu lieu à voix basse, le chevalier était resté plongé dans son sommeil agité.

Après le départ des deux gardes, le chef des apôtres s'avança vers le jeune homme, et se plaçant devant lui, se mit à le considérer curieusement, avec une attention soutenue. Le visage du bandit exprimait plutôt l'effroi d'un criminel que la joie d'un triomphateur.

— Il est incontestable, murmura-t-il, que ce jeune homme est d'une bravoure, d'un courage à toute épreuve ; que sa conduite a été glorieuse, loyale ; qu'il va mourir victime d'une affreuse injustice, d'une odieuse vengeance ; pourtant, malgré le calme de sa conscience, des rêves terribles troublent son dernier sommeil, il se débat contre sa position, il ne peut se résigner à son sort. Tout à l'heure, lorsqu'il sera éveillé, il trouvera, je n'en doute pas, dans son orgueil, la force de paraître résigné, indifférent. Oui, mais moi qui aurai surpris les secrets de son sommeil, je ne serai pas dupe de sa superbe contenance. Dieu tout puissant ! si l'homme innocent et brave s'agite et s'inquiète ainsi devant le trépas, que doit donc faire le coupable ? Cette pensée m'épouvante et m'effraie, je me vois à mon heure dernière, abandonné de tous, haï de chacun, seul à seul avec le souvenir de mes forfaits ! Ah ! si tous les gens qui tremblent en ma présence savaient les désespoirs et les terreurs que renferment mon cœur, au lieu de me craindre ils me prendraient en pitié. Allons, du courage ! Je suis entré trop avant dans le crime pour pouvoir à présent retourner sur mes pas et me repentir... Du courage !

Benoist passa alors à plusieurs reprises sa main sur ses yeux ; puis se penchant vers Sforzi et lui frappant sur l'épaule :

— Holà ! messire, lui dit-il, vous avez assez songé à votre maîtresse. Debout, je vous prie ; on vous attend !

L'infortuné jeune homme, ainsi réveillé en sursaut, ne sut, à la vue du chef des apôtres, retenir un mouvement de surprise, presque d'effroi.

— Allons ! se dit Benoist, j'étais un niais de me lamenter ; le remords n'existe pas, c'est la crainte qui abat l'homme à son heure suprême. Or, la crainte s'empare aussi bien de l'innocent que du coupable !

L'émotion que l'apparition du chef des apôtres avait causée à Sforzi dura à peine l'espace de deux secondes. Il regarda froidement son lugubre visiteur, et d'une voix calme et assurée :

— Votre costume, maître Benoist, dit-il, m'apprend le motif de votre présence... Le marquis fait grandement les choses ; il tient à ce que rien ne manque à l'éclat de son crime... Faut-il vous suivre ? partons.

— Messire, répondit Benoist, il vous reste encore près d'une heure à vivre...

— Alors, pourquoi m'avoir réveillé ?

Le chef des apôtres hésita :

— Monsieur le chevalier, dit-il enfin d'un air embarrassé, j'ai pensé qu'il vous serait agréable d'être prévenu un peu à l'avance. Les patiens ont ordinairement des dispositions à prendre. Ne donnerez-vous aucune marque d'intérêt ou de souvenir à votre famille ?

— Ma famille !... répéta tristement le jeune homme, hélas ! je n'en ai point...

— Et la demoiselle...

Le chevalier tressaillit.

— Silence, misérable, s'écria-t-il d'une voix impérieuse ! Que le nom de celle que j'aime ne sorte pas de ta bouche. Ah ! je comprends, tu remplis une exécrable mission. Tu es chargé par le marquis d'assombrir mes derniers momens, d'affaiblir mon courage ! Benoist, tu échoueras dans ce lâche projet. J'ai remis mon âme à Dieu, et je meurs avec la conviction inébranlable que je reverrai bientôt au ciel l'âme adorée que je laisse sur la terre.

— Messire, reprit le chef des apôtres après un léger silence, lorsque vous fûtes conduit en prison l'on trouva sur vous une ceinture remplie d'écus d'or. Ne comptez-vous point disposer de cet or, qui a été remis à monseigneur le marquis.

— Que ton maître le garde !.. Le vol s'allie bien à l'assassinat !

— Mon maître est trop magnifique et trop généreux, monsieur le chevalier, pour vouloir profiter de vos dépouilles ! Je suis persuadé que sur votre désir il s'empresserait de remettre cette somme à la personne que vous lui désigneriez...

— Et tu voudrais être cette personne !..

— Dam ! messire, je ne vous cacherai pas que cette générosité à mon endroit vous vaudrait ma reconnaissance et mon estime, toutes mes attentions et tous mes respects. C'est moi qui suis chargé de votre exécution. Or, c'est peut-être là un détail que vous ignorez, je ne dois pas vous cacher qu'il y a toutes sortes de manières de pendre un homme... on attache plus ou moins bien la corde... on le lance plus ou moins brutalement dans l'espace. Je suis connu de toute la province pour mon expérience du gibet; je sais rendre le sujet confié à mes soins, ridicule, piteux ou sublime... à ma guise je prolonge son agonie ou j'abrège sa souffrance.

Soyez persuadé, messire, que, malgré les calomnies répandues sur mon compte, je suis fort accessible au sentiment de la reconnaissance. Par exemple, si vous me léguiez vos écus d'or, je vous placerais le nœud de la corde de telle façon que vous seriez comme foudroyé. Ce n'est nullement la cupidité, soyez-en persuadé, mais bien l'intérêt que vous m'inspirez, qui me fait entrer dans toutes ces explications. Je conviens, de vous à moi, que votre condamnation n'est pas des plus régulières, que votre crime n'est pas aussi monstrueux que mon maître affecte de le croire. Je serais donc désolé, vous sachant à moitié innocent, que votre parcimonie me contraignît à me montrer sévère, impitoyable à votre égard.

— Tel maître tel valet! murmura Sforzi avec dégoût. Soit, maître Benoist, reprit-il en élevant la voix, je consens à te désigner pour mon héritier.

— Ah! monsieur le chevalier, le souvenir de votre munificence et de votre bonté vivra éternellement dans mon cœur.

— Toutefois, poursuivit l'infortuné jeune homme, je mets une condition à ma générosité.

— Quelle condition, messire?

— Que tu me procureras du linge propre, des vêtemens convenables. Mon costume horriblement lacéré pendant l'assaut de Tauve est indigne de la belle réunion que ton maître a convoquée, sans doute, pour assister à ma mort. Je dois faire honneur au marquis, mon hôte.

— Soyez persuadé, monsieur le chevalier, que monseigneur sera vivement touché de cette délicatesse de votre part. Je cours vous chercher du linge et des vêtemens...

— Encore un mot, bon et excellent Benoist.

— A vos ordres, messire!

— Tu auras à prélever sur mon héritage une certaine somme que je désignerai, et qui sera destinée à faire dire des messes pour le repos de mon âme!

Le visage de Benoist se rembrunit; mais, après un moment de réflexion:

— Qui sera chargé, messire, dit-il, du soin de faire dire ces messes?

— A qui veux-tu que je m'adresse dans mon cachot, si ce n'est à toi?

— Alors, j'accepte, s'écria le chef des apôtres, en redevenant joyeux.

Dix minutes s'étaient à peine écoulées depuis la conclusion de ce hideux marché, que Benoist, sorti en toute hâte du cachot, était déjà de retour auprès du patient.

— Voici, monsieur le chevalier, dit-il en déposant sur le sol un paquet; j'ai rempli mes obligations en conscience... Du linge magnifique, des vêtemens presque neufs.... ah! j'oubliais!... Seriez-vous assez bon pour vouloir prendre d'abord la peine de consigner sur le papier votre volonté dernière... Voici tout ce qu'il faut pour écrire.

Le chevalier, malgré les fers qui attachaient ses mains, parvint à tracer en caractères assez lisibles le testament demandé.

— A présent, monsieur le chevalier, continua Benoist, passons à votre toilette... Les momens pressent... Vous plairait-il de me faire l'honneur de m'accepter pour votre valet de chambre!..

Le chevalier se leva et le chef des apôtres, après avoir retiré du paquet qu'il avait apporté avec lui une chemise fort blanche, dépouilla Sforzi de ses vêtemens.

Tout à coup, le bandit pâlit et, s'adressant d'une voix tremblante à sa victime:

— Monsieur le chevalier, dit-il, vous portez au-dessus du cœur la cicatrice d'une bien dangereuse blessure! Je n'aurais jamais cru qu'une personne ainsi frappée eût pu survivre. Quand donc avez-vous été si cruellement atteint?

— Dans mon extrême jeunesse.

— Ah! vraiment! Et en quel pays?

— Ici même, en Auvergne.

Le chef des apôtres tressaillit, et laissa tomber de ses mains le vêtement qu'il s'apprêtait à passer sur les épaules du chevalier.

— Monsieur, reprit-il, encore une question!

— Laisse-moi en paix, répondit Raoul, je désire, pendant les quelques instans qui me restent, me recueillir et prier...

— Vous avez tort, messire, de vous refuser à satisfaire ma curiosité, continua Benoist. Je ne crois pas me tromper en avançant que vous ne connaissez pas votre famille... que votre naissance est restée jusqu'à présent un mystère pour vous. Eh! bien! j'étais sur le point de lever le voile qui couvre votre passé.

Ces paroles éveillèrent toute l'attention de Raoul.

— Que dis-tu? s'écria-t-il.

— La vérité, messire: que cette cicatrice, trop remarquable pour qu'elle puisse se retrouver sur deux personnes, a été une révélation pour moi. Je sais bien qu'au moment d'être pendu on tient médiocrement aux alliances que l'on peut laisser sur la terre. Cependant j'ai vu des condamnés se préoccuper jusqu'à leur dernière heure de leur famille.

— Ainsi tu connais ma famille, Benoist ?

— Je le crois, monseigneur... pardon... je voulais dire messire.

— Parle donc !... explique-toi !... s'écria Sforzi, oubliant presque, tant son intérêt se trouvait excité, l'horreur de sa position.

— C'est ici, en Auvergne, que vous avez été blessé, messire ? Et de cela combien y a-t-il d'années ?

— Vingt-deux, Benoist !

— Oui, c'est bien le compte... Par qui fûtes-vous recueilli ?

— Par une troupe de reîtres.

— En effet, des reîtres traversèrent à cette époque la province d'Auvergne.... Ah ! j'oubliais : dans quel endroit vous trouvèrent-ils, ces reîtres ?

— Dans un bois. J'étais, à ce qu'on m'a dit plus tard, baigné dans mon sang et ne donnant plus signe de vie. On me crut mort, et ce fut à un miracle de la Providence que je dus d'être sauvé.

A mesure que l'infortuné jeune homme parlait, la pâleur qui depuis le commencement de cette conversation avait envahi le visage du chef des Apôtres, augmentait d'intensité. Lorsque Sforzi se tut, Benoist était livide.

— Ah ! pensait le bandit, c'est bien lui... Pourtant j'ai frappé sans pitié et d'une main ferme ; le poignard disparut jusqu'au manche dans la poitrine... Non, mes sens m'égarent, je suis l'objet d'une honteuse et puérile faiblesse... Chaque fois que ce souvenir se présente à mon esprit, chaque fois que les rêves de mes nuits m'apportent l'image ensanglantée de l'enfant, le délire s'empare de moi, je deviens insensé. Oui, c'est cela ! cette cicatrice, en me rappelant la scène du meurtre, m'aura troublé, fait perdre mon sang-froid.

Par l'enfer ! il est bien mort, l'autre. Comment cette sotte idée a-t-elle pu me traverser le cerveau..? Les trépassés ne sortent pas de la tombe... Pourtant cette blessure... cette troupe de reîtres... l'époque si précise de l'événement... vingt-deux ans... Oui, c'est lui, c'est lui !..

Benoist, les yeux hagards, le visage bouleversé par l'effroi, écarta vivement les longs cheveux de Sforzi, qui cachaient à moitié

les traits du jeune homme, et se mit à le regarder avec une ardente curiosité.

— Oh ! se dit-il, le doute ne m'est plus possible. Comment n'ai-je pas remarqué plus tôt cette ressemblance avec monseigneur ?... Oui, oui, c'est lui... c'est lui... Que faire ?... avertir le marquis ?... Le marquis ! il ne me pardonnerait pas le crime passé... Et puis, en supposant qu'il me fît grâce, me laisserait-il posséder un secret qui déshonore la mémoire de son père ? Non, certes ! Il s'assurerait, par ma mort, de ma discrétion, de mon silence... Le marquis a pour maxime que les morts seuls savent se taire... Et puis, qui me prouve que ma révélation lui serait agréable ?... Le contraire est beaucoup plus probable, car cette révélation entraverait sa vengeance, laisserait impunie l'injure qu'il a reçue !... Que maudite soit ma curiosité ! Par l'enfer ! il vaut mieux pendre autrui que d'être dagué ou pistoleté soi-même. La corde me rendra le service que m'a refusé le fer... Il faut que ce Sforzi meure !...

Pendant que toutes ces idées confuses se heurtaient dans le cerveau du bandit, Raoul, de son côté, se raccrochait, de toute l'énergie de son agonie, à l'espoir qui venait de luire à ses yeux. Il se disait que s'il appartenait à une puissante et illustre famille, le marquis reculerait devant l'accomplissement de son œuvre de mort, et que lui, Raoul, pourrait bien sortir sain et sauf de l'extrémité à laquelle il se voyait réduit.

Aussi, ce fut avec une anxiété douloureuse qu'il adressa de nouveau la parole à son bourreau.

— Eh bien ! Benoist ? lui demanda-t-il d'une voix tremblante.

— Eh bien ! messire, répondit le chef des apôtres en baissant la tête et d'un ton presque farouche, je m'abusais grossièrement ; vous ne pouvez être celui que je croyais ; Mais voici l'heure qui s'écoule, et nous perdons notre temps à parler au lieu d'agir. Allons, messire, un peu de complaisance et de courage... plus tôt ça sera fini et mieux cela vaudra pour vous... Là ! voici qui est terminé, ajouta Benoist en attachant autour du cou du jeune homme les manches du pourpoint que les fers dont Sforzi était chargé l'empêchaient d'endosser. Je vous assure que vous avez maintenant un fort bon air ; les femmes vont se pâmer d'aise à votre vue. Votre pendaison sera pour vous le sujet d'un véritable triomphe !

Le chef des bandits parlait encore lorsque le son lugubre d'une cloche tintant les funérailles, parvint jusqu'au cachot.

— Messire, dit froidement Benoist, veuillez me suivre... Voici que l'on vous appelle!

Sforzi s'agenouilla et, pendant près de cinq minutes, il pria avec ferveur. Lorsque l'infortuné se releva, son visage impassible ne portait plus aucune trace d'émotion; seulement ses lèvres, imperceptiblement agitées, prononçaient le nom de Diane.

— Marchons! dit-il à Benoist.

La victime et le bourreau sortirent ensemble du cachot.

CHAPITRE XXV.
La dernière heure.

La grande place du gros bourg de Besse, le chef-lieu de juridiction du marquisat de la Tremblais, présentait, le matin du jour fixé pour l'exécution du chevalier Sforzi, un spectacle à la fois pittoresque et horrible.

Le marquis poussant jusqu'au bout son audacieuse et criminelle bravade, avait convoqué à son de trompe tous les villages des environs à assister au supplice de Raoul. La crainte que le redoutable tyran féodal inspirait à ses vassaux et à ses voisins était si vive que, dès quatre heures du matin, une foule immense et compacte encombrait le lieu désigné pour voir s'accomplir la sanglante solennité.

Au milieu de la place dite Place-du-Marché, deux sinistres et lugubres objets attiraient tous les regards : c'était d'abord une espèce de colonne de pierre, haute d'environ douze pieds, fixée à demeure dans le sol, entourée à sa base par une estrade ou plate-forme assez étroite à laquelle conduisaient cinq larges degrés également de pierre, et garnie au quart de sa hauteur d'un épais anneau de fer solidement scellé entre deux jointures. Cette construction représentait le pilori.

Le second objet qui captivait l'attention générale n'a pas besoin d'être décrit : c'était tout bonnement une potence en bois de chêne peint en noir. Une échelle était appuyée contre la maigre et hideuse charpente.

La foule — contrairement à son habitude — était grave, silencieuse, recueillie. A peine un léger murmure produit par des conversations tenues à voix basse, trahissait-il sa présence.

La conduite du chevalier Sforzi lors de la catastrophe de Tauve, connue de tous les assistans, valait à l'infortuné jeune homme leur admiration et leur sympathie.

Aussi tous les visages portaient-ils une expression de tristesse et de pitié sincères. C'était à qui plaindrait la victime.

Bientôt un tressaillement parcourut le cercle immense de spectateurs formé autour du pilori et du gibet. Les cloches annonçaient la prochaine arrivée du patient.

En effet, Raoul de Sforzi, jeté, en compagnie de Benoist, dans une espèce de charrette, sortait alors du château.

Deux compagnies de cent hommes d'armes chacune précédaient et suivaient le funèbre cortége. Quant au marquis, couvert d'une magnifique armure et monté sur un cheval luxueusement harnaché en guerre, il se tenait à l'arrière-garde.

A peine les portes du château s'étaient-elles refermées, que le marquis se levant debout sur ses étriers, se mit à regarder devant lui avec une attention soutenue : il venait d'apercevoir une troupe de cavaliers marchant à sa rencontre.

Craignant une surprise ou une trahison, il s'empressa d'ordonner que l'on fît halte, puis piquant des deux et suivi par une dizaine de ses hommes d'armes, il lança son cheval dans la direction de la troupe inconnue.

Tout à coup un éclair de fureur brilla dans les yeux du marquis. A la tête des cavaliers il avait reconnu le gouverneur de la province d'Auvergne, Mgr de Canilhac. Une minute plus tard les deux marquis se trouvaient en présence.

— Ah ! c'est vous, monsieur le lieutenant général, dit de la Tremblais en jouant l'étonnement! Je ne m'attendais certes, ce matin, ni au plaisir ni à l'honneur de votre rencontre.

— Croyez, marquis, répondit le gouverneur en accompagnant ses paroles d'un lamentable soupir, que malgré toute la joie que me cause ordinairement votre présence, je donnerais volontiers mille écus pour ne m'être point trouvé aujourd'hui sur votre chemin.

— Pourquoi donc cela, monseigneur?

— Parce que me voilà contraint à jouer un rôle ridicule.

— Un rôle ridicule! Je ne comprends pas.

— Cela est pourtant d'une simplicité extrême!... Vous sentez que M. le lieutenant-général marquis de Canilhac, gouverneur pour Sa Majesté de la province d'Auvergne, ne peut, sans manquer à tous ses devoirs, laisser un de ses justiciables empiéter sur l'autorité royale!... Or, l'exécution de ce Sforzi constitue de votre part un crime si flagrant de lèse-majesté, une violation si manifeste de toutes les lois existantes, qu'il me faudrait, si j'en étais instruit, m'y opposer par tous les moyens en mon pouvoir !...

— Si vous étiez instruit, monsieur! répéta le marquis avec un ton d'étonnement mêlé de hauteur et de menace. Parbleu ! il me semble que je ne prends guère de précautions pour dissimuler mes intentions. Vous n'avez qu'à lever les yeux et vous verrez, à cent pas devant vous, ce Sforzi accompagné de son bourreau et marchant à la mort.

— Moi lever les yeux, que Dieu me préserve d'une pareille imprudence, s'écria le gouverneur. Je préfère, au contraire, retourner la tête et regarder là où je suis assuré de ne rien apercevoir ; voilà justement pourquoi je joue en ce moment un rôle ridicule, le rôle d'un aveugle ou d'un sot. Vous comprenez, marquis, que deux gentilshommes comme vous et moi auraient fort mauvaise grâce d'en arriver à des hostilités à propos de la pendaison d'un homme de rien... d'un aventurier !... C'est donc pour mettre à couvert ma responsabilité et ne pas entraver vos projets que cette nuit, sous le prétexte d'une chevauchée d'inspection à travers la province, je suis sorti de mon gouvernement. Je tenais, si plus tard votre histoire de pendaison produit un certain retentissement à la cour, à me disculper de mon inaction, en alléguant que lorsque la chose s'est accomplie j'étais en voyage et absent de Clermont !... Or, ne voilà-t-il pas que je vais justement donner tête baissée au beau milieu de la cérémonie !... C'est ne pas avoir de chance !...

— Ne saviez-vous point, monsieur, que ce matin était le jour fixé pour l'exécution ?

— Et comment l'aurais-je su ? A tous ceux qui voulaient m'entretenir de cette histoire de pendaison, qui, à ne vous rien cacher, préoccupe fortement les esprits, je coupais net la parole. Vous savez qu'il n'y a pas d'homme plus sourd que celui qui ne veut pas entendre... absolument comme l'aveugle qui s'obstine à ne pas voir. Réellement, marquis, vous m'avez contraint à m'affubler de terribles infirmités.

— Croyez, monsieur, que je vous suis reconnaissant au possible de votre galanterie.. et à présent...

— Qu'entendez-vous par cet « à présent », marquis ?

— Allez-vous continuer votre voyage ?

— Parbleu ! seulement je vais changer de direction !... Mais, j'y pense, ne vous serait-il pas possible de retarder d'une heure ou deux l'exécution de ce Sforzi, de façon à me donner le temps de m'éloigner !... Je vous avertis que je tiens beaucoup à me ménager une défaite, à prendre mes précautions contre les reproches de la cour !...

Le marquis de la Tremblais réfléchit avant de répondre.

— Après tout, continua Mgr de Canilhac, il vaut peut-être mieux que vous acheviez au plus tôt votre besogne ! Ce serait par trop de cruauté de prolonger ainsi l'agonie de ce Sforzi... Je serais quitte pour prendre le galop. Marquis, je suis bien votre serviteur.

— Arrêtez, monseigneur ! s'écria de la Tremblais. Qu'importe le plus ou moins de souffrance d'un aventurier, en regard de vos intérêts ! Sforzi peut attendre.

— Comme vous voudrez !... Marquis, au plaisir de vous revoir.

Les deux gentilshommes se saluèrent et s'éloignèrent chacun dans une direction opposée, mais à peine le gouverneur eut-il fait cent pas qu'il tourna bride et courut vers la Tremblais.

— Marquis, lui cria-t-il, deux mots, je vous prie ?

De la Tremblais s'arrêta, et fronçant les sourcils :

— A vos ordres, monseigneur, dit-il brusquement ; qu'y a-t-il encore pour votre service ?

— Votre « encore » me paraît, monsieur, assez mal placé ! répondit froidement de Canilhac ; il me semble que, jusqu'à présent, celui de nous deux qui s'est sacrifié aux intérêts de l'autre n'est pas le marquis de la Tremblais, mais bien le gouverneur pour le roi dans la province d'Auvergne. Que diable ! monsieur, il ne faudrait pas non plus prendre ma bonté pour de la faiblesse et vouloir me traiter en Sforzi !...

Le marquis de Canilhac fit une légère pause, puis, d'un ton ferme et grave :

— Si mes paroles vous blessent, monsieur de la Tremblais, reprit-il, je suis prêt à mettre ma dignité de côté et à vous en rendre personnellement raison, l'épée à la main ?..

Le marquis affecta de sourire.

— Monseigneur, dit-il, chacun sait que j'accepte assez volontiers ces sortes d'invitations. Toutefois, je ne voudrais pas vous donner le droit de m'accuser d'ingratitude ou d'impolitesse. Or, je vous déclare que le mot « encore » qui a éveillé si fort votre susceptibilité, n'était nullement un reproche à votre adresse, mais simplement une marque de l'impatience que j'éprouve d'en finir avec Sforzi.

— Cette explication, monsieur, est tellement claire et logique, qu'elle clot sans appel notre discussion. A présent, je reviens à ce que j'avais à vous dire... Monsieur de la Tremblais, je ne dois pas vous cacher que la noblesse de la province voit d'un fort mauvais œil l'exécution de Sforzi.

J'approuve donc hautement l'appareil de force que vous déployez aujourd'hui pour assurer l'accomplissement de votre volonté; je vous engage même à augmenter encore d'une compagnie votre cortége. Je sais bien que ces précautions vous feront taxer de pusillanimité; qu'importe! L'essentiel, à mon point de vue, c'est que votre suite soit assez nombreuse pour empêcher toute tentative de soulèvement. C'est donc au nom de la paix publique que je vous remercie des précautions que vous avez prises, et que je vous engage à les augmenter encore.

—Monseigneur, répondit de la Tremblais, qui, aux dernières paroles de son interlocuteur, avait pâli de colère, vous me voyez aux regrets de ne pouvoir me rendre à votre désir! Ah! messieurs les hobereaux, parce que je marche convenablement accompagné et ainsi qu'il sied à mon rang, m'accusent de pusillanimité! Par la mort! je leur prouverai que ma présence seule suffit pour les réduire au silence! Non seulement, je n'augmenterai pas mon escorte, mais j'entends, au contraire, la diminuer, ne garder avec moi que le nombre de gens strictement nécessaire pour contenir la foule, et conserver libre la place occupée par le gibet!

— Ah! marquis, quelle imprudence!

— Soit, monseigneur, ce que je dis, je le fais. Monsieur le gouverneur, je vous baise les mains et je suis bien votre serviteur.

Les deux gentilshommes se séparèrent.

— Ma foi, disait le marquis de Canilhac, je suis fort content de la façon dont j'ai joué mon rôle. J'ai rempli et au-delà la promesse que j'avais faite au capitaine de Maurevert, de retarder d'une heure l'exécution de son compagnon d'armes. Le marquis est tombé avec une facilité rare dans le piége tendu à son orgueil. Bon! le voici qui renvoie les trois quarts de son escorte, il garde à peine une cinquantaine d'hommes... Ce de Maurevert est un rude compagnon, un affamé de bataille; de ces cinquante hommes il ne fera qu'une bouchée... Oui, pourvu qu'il arrive à temps! Je donnerais volontiers mille écus pour que le marquis reçût un échec complet. Cet impudent, orgueilleux et lâche personnage mérite à tous égards une sévère leçon!..

Pendant que le gouverneur s'éloignait en toute hâte, afin de ne pas compromettre sa neutralité, la damoiselle d'Erlanges et Lehardy, cachés dans une des chaumières qui entouraient la place du marché de Besse, étaient en proie à une anxiété mortelle.

En vain Lehardy pour empêcher sa maîtresse de commettre une si extrême imprudence, lui avait exposé avec une éloquence réelle et venant du cœur, les conséquences terribles qui pouvaient surgir de sa témérité, en vain il s'était jeté à ses genoux en la conjurant d'abandonner son projet insensé, Diane avait résisté à ses remontrances, à ses prières, et elle s'était rendue à Besse.

Aux premiers coups de cloche qui retentirent dans l'air, Diane avait manqué perdre connaissance; mais bientôt, grâce à un suprême effort de volonté, elle s'était rendue maîtresse de son émotion, et à l'heure où le cortége franchissait le dernier pont-levis du château, la jeune fille, résolue et maîtresse d'elle-même, attendait avec l'indomptable courage du désespoir les événemens qui allaient avoir lieu!...

De temps en temps elle se levait de dessus son escabeau, courait à la porte, écoutait avidement les bruits du dehors, et revenait d'un air désolé reprendre sa place première. Diane était vêtue d'un costume de paysanne. Lehardy, sur son large et grossier pourpoint, portait une cotte de mailles: à sa ceinture était attaché un poignard de trempe excellente et à la lame fraîchement affilée; près du brave serviteur reposait un bâton noueux et durci au feu... Dans la crainte d'éveiller les soupçons, il n'avait osé se munir d'une épée...

— Qu'avez-vous donc, ma bonne damoiselle? demanda-t-il, en voyant Diane tressaillir.

— Ne vient-on pas de frapper à la porte?

— Non, mademoiselle, c'est un passant qui, sans y prendre garde, aura heurté le battoir.

— Non, Lehardy, je ne me trompe pas: regarde! la porte est violemment, quoique sans bruit, poussée du dehors... elle va céder! Ouvre, Lehardy, c'est peut-être un ami.

Le serviteur plaça son poignard entre ses dents, porta son bâton dans sa main droite, et de sa gauche tira non sans peine le verrou.

— Le capitaine de Maurevert!.. s'écria Diane en s'élançant vers l'aventurier qui revêtu également d'un costume complet de montagnard, entra dans la chaumière!

— Lui-même pour vous servir, ma chère

damoiselle, dit le géant dont le front était ruisselant de sueur !.. Tudieu ! votre serviteur Lehardy est-il donc devenu sourd qu'il m'a laissé gratter la porte pendant une heure. Je commençais à être inquiet et j'allais l'enfoncer tout doucettement.

— Eh bien, capitaine... M. le chevalier Sforzi ?

— Est en route et ne peut plus guère tarder à arriver.

Tant de pensées diverses et confuses agitaient le cerveau de Diane qu'elle resta un instant sans parvenir à formuler une question, seulement son regard expressif, anxieux interrogeait avidement le capitaine.

— Hélas ! ma bonne damoiselle, dit tristement de Maurevert, la chose se présente mal. Je crains bien que ce gentil Raoul ne partage le sort de mes autres associés, et qu'il ne soit pendu.

— Capitaine ! capitaine !...

— Ne vous troublez donc pas ainsi, mademoiselle Diane. A quoi sert de se lamenter à l'avance ?

— Ainsi il n'est plus d'espoir ?

— Oui et non... D'abord, j'ai eu beaucoup de peine à réunir une centaine de cuirasses sans trop affaiblir la garnison de Clermont, ce qui aurait éveillé les soupçons du marquis de la Tremblais... Enfin, grâce au bon vouloir de Mgr de Canilhac, — qui, je dois l'avouer en passant, se conduit d'une si aimable façon que je suis ravi de lui avoir livré mes manans de la Ligue d'équité, — il m'a été possible de composer une compagnie de cavaliers... Seulement, — voici le point délicat et scabreux de la question, — cette compagnie arrivera-t-elle avant que le crime soit accompli ?... Je l'espère sans oser y croire.

— Et si cette compagnie n'arrive pas, capitaine, que ferez-vous ?..

— Dam ! mademoiselle, je me ferai tuer en donnant le plus de besogne possible aux hommes d'armes du marquis, cela va de soi seul...

— Ainsi, de la prompte arrivée ou du retard de cette compagnie, dépend tout le succès de notre entreprise ?

— A peu près, mademoiselle !... J'ai bien placé, il est vrai, quelques-uns de mes plus dévoués manans parmi la foule... mais je compte peu sur leur concours... Ces gens-là ne savent que plier !... Et vous, mademoiselle, de quelle manière avez-vous dépensé votre temps ?

— Lehardy et moi, capitaine, nous avons réuni ceux des anciens vassaux et obligés de ma mère, sur lesquels nous avons cru

pouvoir le plus compter, et, d'après vos intentions, nous les avons également disséminés dans la foule...

— Avec ordre de m'obéir ?

— Oui, capitaine, avec ordre d'obéir à tout homme qui élèvera la voix en faveur du chevalier Sforzi.

De Maurevert hocha la tête d'un air peu satisfait.

— Tout cela, dit-il, ne signifie pas grand chose et ne nous apporte qu'un médiocre appui... Ah ! si je n'avais pas imposé dernièrement à ce bandit de Croixmore une trop lourde rançon, j'aurais au moins trouvé en lui un utile allié... Une seule chance nous reste : que monseigneur de Canilhac ait suivi à la lettre certaines instructions que je lui ai données ; s'il s'y est pris avec adresse, s'il a bien retenu et joué son rôle, mes manans et vos vassaux nous suffiront pour accomplir la besogne. Ça sera encore un peu rude, mais, par la mort ! en frappant des deux mains à la fois, on parviendra tout de même à se tirer honorablement d'affaire. Eh ! eh ! quel est ce bruit ?.. des murmures, des cris !... Voyons donc.

Le capitaine de Maurevert ouvrit la porte, regarda devant lui, et se retournant vers Diane :

— Ma bonne damoiselle, lui dit-il, c'est à présent qu'il faut avoir du courage : c'est ce pauvre Raoul qui arrive sur le lieu du supplice. Ne pâlissez donc pas ainsi !... Par la mort ! si mon gentil compagnon est pendu, et que moi, par hasard, je ne sois pas occis, je m'engage à vous trouver un adorateur — dussé-je aller le chercher jusqu'à la cour — qui vaudra le chevalier en tous points ! A bientôt, je l'espère, à jamais peut-être, ma chère damoiselle d'Erlanges !

Le capitaine, après avoir prononcé ces paroles, s'élança hors la chaumière et fut se placer le plus près possible du pilori.

CHAPITRE XXVI.

Le serment de vengeance.

Au même instant que le capitaine de Maurevert se frayait un passage à travers les rangs serrés et compacts des spectateurs, le funèbre cortège débouchait sur la grande place.

A la vue de la jeunesse, de la beauté et surtout de la contenance calme et intrépide de l'infortuné Raoul, un mouvement d'admiration et de pitié s'éleva du sein de la foule.

La charrette qui contenait le bourreau et la victime s'arrêta devant le pilori.

— Messire, dit Benoist, à la merveilleuse façon dont vous jouez votre rôle, c'est à croire que vous avez déjà été pendu plusieurs fois. Quelle aisance, quelle dignité ; je savais bien, moi, que votre exécution serait pour vous le sujet d'un triomphe !

Le chef des apôtres descendit alors et offrit sa main au chevalier. Sforzi fit un geste de dégoût, prit son élan, et sauta sur le sol.

Aussitôt, cinq à six hommes d'armes mirent pied à terre et vinrent se placer aux côtés de Raoul.

Quel que résigné que fût le malheureux Sforzi, il ne put, à la vue du pilori, retenir un mouvement d'effroi : cependant, il se remit presque aussitôt de cette émotion bien naturelle, et ce fut d'un pas ferme et assuré qu'il gravit les marches de l'estrade.

Se faisant alors une tribune de l'échafaud et s'adressant à la foule qu'il dominait :

— O vous tous ici présens ! s'écria-t-il d'une voix éclatante, je vous prends à témoin de mon innocence, de l'attentat commis sur ma personne !... Je dois au sang noble qui coule dans mes veines, à mon honneur, de protester contre l'odieux abus de force dont je suis la victime !... Prêt à paraître devant Dieu et déjà détaché des liens du monde, c'est sans haine, sans passion, du plus profond de ma conscience, que je proclame le sire de la Tremblais un lâche et un assassin !...

— Par la potence ! messire, voilà de bien méchans blasphèmes ! dit Benoist, qui sur un signe du marquis se précipita avec ses aides sur Raoul, étouffa sa voix sous un bâillon et l'attacha solidement à la colonne.

Aussitôt un des hérauts d'armes du marquis de la Tremblais s'avança jusqu'à deux pas du pilori, et, déployant, — sacrilège parodie de la justice, — un large parchemin, se mit à lire la sentence rendue contre le chevalier Sforzi.

Le silence qui planait sur la foule était tel que pas un mot de l'acte inique ne fut perdu.

Pendant que le héraut d'armes remplissait son infâme mission, le capitaine de Maurevert, les poings crispés, les yeux injectés de sang, la respiration oppressée, avait toutes les peines imaginables à contenir sa fureur.

Le regard anxieux, l'oreille attentive, il explorait en vain les environs de la place.

Rien n'annonçait l'arrivée ou l'approche des cuirasses sur lesquelles il comptait.

Le héraut d'armes, dès qu'il eut terminé sa lecture, fut remplacé par le chef des apôtres, qui élevant à son tour la voix :

— Nobles, bourgeois et manans, qui m'écoutez, s'écria-t-il, moi, Benoist, exécuteur des hautes-œuvres de monseigneur le marquis de la Tremblais, je déclare, au nom de mon maître, que le sieur de Sforzi n'ayant pu justifier de la qualité d'homme noble qu'il s'attribue, et tout donnant à supposer qu'il a indignement menti en élevant cette prétention, ledit Sforzi sera traité, non en chevalier, mais en manant. Sforzi, au nom de mon maître, le marquis de la Tremblais, haut et puissant seigneur de divers lieux, investi du droit de haute justice, je te déclare manant, infâme, et en signe de la bassesse de ton extraction, je te frappe au visage !...

Le chef des apôtres joignant l'action à la parole, leva le bras et laissa retomber sa main sur la joue de Raoul. A ce contact odieux et infamant, le jeune homme, malgré le bâillon qui l'étouffait, fit entendre un cri rauque et se tordit sur lui-même avec une telle violence, une si prodigieuse impétuosité qu'il parvint à briser les liens qui enchaînaient ses bras.

S'élançant alors sur un des hommes d'armes placés aux quatre coins de l'échafaud, Sforzi lui arracha son épée, et s'appuyant contre le pilori :

— Ah ! merci, mon Dieu ! s'écria-t-il d'une voix vibrante, je mourrai donc en gentilhomme, le fer à la main !

Cette action s'était passée avec une telle rapidité, que Raoul se tenait déjà en garde avant que pas un des serviteurs du marquis n'eût songé à s'opposer à son dessein.

Le seigneur de la Tremblais qui, jusqu'alors, était resté, au moins en apparence, spectateur impassible du supplice de sa victime, poussa une exclamation de rage, et, lançant son cheval au galop à travers la foule, atteignit en deux bonds le pied du pilori.

— Quoi ! misérables ! s'écria-t-il hors de lui l'écume à la bouche et en s'adressant à ses gens, quoi ! vous êtes vingt et vous restez atterrés, tremblans, devant un seul homme, un aventurier !... Allons, sus au rebelle ! Que la sentence prononcée reçoive sans plus tarder son exécution, que ma justice suive son cours !

— Votre justice, marquis de la Tremblais, est bel et bien un odieux et lâche assassinat, dit une voix mâle et sonore qui s'éleva du milieu de la foule ! Sang et carnage, il faudrait être bien couard et bien vil pour laisser martyriser plus longtemps ce vaillant et gentil chevalier Sforzi ! Les lâches, en arrière ! les braves, en avant ! Sus au bourreau-marquis ! Mort à sa valetaille ! A bas le tyran de la Tremblais ! Vive le peuple ! Vive la Ligue d'équité ! En avant ! en avant !

Alors de Maurevert, l'audacieux interrupteur, déchira une espèce de sarreau de toile dont il s'était affublé pour cacher son costume de guerre, et l'épée haute, le regard enflammé, semblable au dieu antique des batailles, il courut vers le pilori.

La foule hésita un instant ; mais bientôt subjuguée et entraînée par l'exemple du capitaine, elle éclata en clameurs furieuses et suivit de Maurevert.

Pendant une minute ce furent un cliquetis d'armes, des cris de fureur, des gémissemens plaintifs, des imprécations de rage, un tumulte, une confusion sans nom.

Peu à peu la bagarre prit une forme ; la mêlée se régla, et les spectateurs, juchés sur les toits de chaume des maisons qui avoisinaient la grande place de Besse, purent se rendre un compte exact de la position des acteurs de cette scène de violence.

Une dizaine de bourgeois et de campagnards foulés aux pieds des chevaux des hommes d'armes étaient étendus sans connaissance sur le carreau.

Cinq combattans que leurs fines moustaches, leurs habits de drap, leurs bottes garnies d'éperons et leurs feutres de plumes désignaient clairement comme des nobles de la province, se tenaient avec de Maurevert autour de Raoul et lui faisaient un rempart de leurs poitrines et de leurs épées !

Enfin, cinq à six groupes de quinze à vingt personnes chacun—groupes composés des anciens vassaux de la dame d'Erlanges et des plus hardis soldats de la Ligue d'équité— évoluaient de leur mieux au milieu de la place et tenaient, sinon en échec au moins en suspens les forces du marquis.

Cette lutte était trop inégale pour pouvoir se prolonger : il était évident que les hommes d'armes du château, grâce à leurs chevaux bardés de fer, grâce surtout à leur discipline, devaient triompher aisément de leurs inexpérimentés ennemis !...

Tout à coup de Maurevert poussa une exclamation de joie, et d'une voix qui domina le bruit du combat :

— Courage, amis, s'écria-t-il, voici que l'on accourt à notre aide !

Presque aussitôt on entendit le sol frémir sous la lourde pression d'une troupe de cavaliers ; puis de chacun des quatre angles de la place déboucha simultanément une compagnie de vingt-cinq cuirasses.

— Par les joyeusetés de messire Pluton ! je crois, chers compagnons, que nous allons prendre de gais et plaisans ébats — continua le capitaine de sa voix formidable. — Holà ! mes gentilshommes, je vous confie la garde de M. Sforzi, et je reviens à l'instant.

De Maurevert courut au cheval d'un homme d'armes qu'une balle d'arquebuse venait de jeter à terre, et s'élançant en selle il fut se mettre à la tête des cuirasses qui arrivaient si fort à point.

Dès lors, l'issue du combat n'était plus chose douteuse : les gens du marquis, découragés, surpris, se voyant en nombre inférieur de plus de moitié aux quatre détachemens des cuirasses, prirent la fuite et se débandèrent dans un désordre complet.

Ce ne fut qu'après les avoir chaudement poursuivis, que de Maurevert retourna sur la grande place.

La première personne qu'il aperçut fut Raoul Sforzi. Le géant se jeta à bas de son cheval, et, prenant le chevalier par la tête, il l'embrassa à plusieurs reprises avec transport. L'aventurier, ordinairement si de sang-froid, si maître de lui-même, était en ce moment tellement ému, qu'il resta assez longtemps incapable de prononcer une seule parole.

— Ah ! mon brave compagnon, dit-il enfin, vous voilà pour l'instant hors de danger... Vous m'avez valu de bien vilaines journées, fait passer de bien tristes momens. Que je suis donc aise de votre délivrance !... Foi de gentilhomme, je ne me serais jamais figuré, sans cette histoire de potence, que je vous portais un si grand attachement !... Cette bonne et plaisante damoiselle Diane va être bien joyeuse.... Elle tremblait si fort tout à l'heure...

— Diane est ici?... s'écria le jeune homme, oubliant, au nom de la damoiselle d'Erlanges, de remercier son libérateur. Courons la rassurer, capitaine !... Où est-elle ? Venez ! venez !...

Une minute plus tard, Raoul se précipitait plutôt qu'il n'entrait dans la chaumière où Diane s'était réfugiée, et il se trouvait devant la jeune fille !...

A l'apparition de Sforzi, Diane laissa échapper un cri de bonheur et de surprise, puis pâle, le sein agité, les yeux remplis de larmes, elle resta immobile et comme privée de sentiment. Le chevalier, non moins troublé que la jeune fille, s'arrêta : on eût dit qu'une force supérieure clouait ses pieds au sol.

Pendant près d'une demi-minute, les deux jeunes gens se regardèrent en silence ; puis tout à coup, saisis d'un même et irrésistible mouvement de joie passionnée, un cri s'échappa de leur poitrine :

— Diane !

— Raoul !

Et oubliant la présence de Maurevert et de Lehardy, ils tombèrent dans les bras l'un de l'autre !

Ce fut Mlle d'Erlanges qui la première se remit de son émotion !

Toute rougissante de pudeur, elle se dégagea doucement de l'étreinte passionnée de Raoul et les yeux baissés, la contenance confuse, la voix tremblante :

— Monsieur Sforzi, dit-elle, il nous faut remercier Dieu !..

Alors tous les deux s'agenouillèrent et prièrent avec ferveur !

— Tonnerres et furies ! murmura de Maurevert, il me semble que je pleure !..

Quant au serviteur Lehardy, il ne se cachait point pour laisser couler ses larmes !..

La voix du capitaine ne tarda pas à arracher Raoul et Diane à leur douce et pure extase.

— Allons, chevalier, dit-il, nous n'avons pas un instant à perdre. Il est de toute probabilité que ce damné marquis va revenir à la charge avec de nouveaux renforts, pour essayer de prendre sa revanche. Mon intention n'est pas de fuir, seulement je désirerais m'éloigner au plus vite. Voyons, quelles sont vos intentions, quelle conduite comptez-vous tenir ?

— Mon intention, capitaine, est de ne quitter Mlle d'Erlanges qu'autant qu'elle n'aura plus besoin de mon appui.

De Maurevert haussa les épaules d'un air d'impatience.

— Voilà bien la jeunesse, s'écria-t-il, oublieuse et insensée à l'extrême ! Vous parlez de protéger Mlle Diane, chevalier, mais ne vous rappelez-vous donc plus que, tout à l'heure, vous étiez vous-même attaché au pilori, sur le point de subir une mort vile et infamante. Vous offrez votre appui à mademoiselle d'Erlanges, lorsque votre joue rouge et chaude encore de l'odieux contact de la main de Benoist, devrait vous rappeler votre impuissance. Espérez-vous donc tenir en respect, au bout de votre épée, les forces formidables dont dispose le marquis ? Par Momus ! mon jeune ami, mon cher compagnon, votre réponse n'a pas l'ombre du bon sens.

Au souvenir de l'outrage qu'il avait reçu, — souvenir que sa joie de retrouver Diane lui avait fait presque oublier un instant, — le jeune homme baissa tristement la tête et demeura atterré.

— Mademoiselle ! s'écria-t-il d'une voix brisée et après un court et pénible silence, pardonnez-moi d'avoir osé souiller de mes lèvres la pureté de votre front... Oui, oui, le capitaine a raison, je n'ai pas su défendre mon honneur ! je suis un lâche et un indigne ! les honnêtes gens doivent s'éloigner de moi avec dégoût, avec horreur !...

— Bon, voilà que vous m'imputez maintenant des propos que je n'ai jamais songé à tenir. Par Jupiter, si les jours se suivent ils ne se ressemblent pas !... Avec de la patience on arrive à bien des choses, surtout quand on est doué comme vous, d'un courage à toute épreuve, d'une opiniâtreté à toute outrance !... Chevalier, je ne doute nullement que vous ne parveniez à tirer une éclatante vengeance de l'outrage qui vous a été infligé. Mais avant tout, il vous faut mettre en sûreté... vous conserver pour l'avenir.

— Monsieur Sforzi, dit la damoiselle d'Erlanges, vous êtes injuste envers vous. Votre conduite, dans toutes ces fâcheuses et pénibles circonstances, a dépassé en énergie et en courage ce que l'on était en droit d'attendre. Je tiens en trop grand respect la mémoire de mon honoré père, M. le comte d'Erlanges, pour donner jamais mon estime à l'homme qui aurait démérité de lui-même. Or, chevalier, la main sur mon cœur, devant Dieu qui entend mon serment, je vous jure que je vous tiens pour le plus parfait et loyal gentilhomme qui ait jamais existé.

— Merci, merci, mademoiselle, s'écria Raoul avec transport, l'outrage qui m'a atteint est si sanglant que je n'avais plus ma raison !... Je ne savais plus apprécier mes actions... Je doutais de moi-même !... Vos généreuses paroles me montrent le vrai chemin. Je veux la vengeance, qui me relèvera de mon opprobre, si grandiose, si éclatante, si terrible, que les ennemis du marquis seront contraints de s'apitoyer sur son sort !... Je veux combattre et détruire cette orgueilleuse, riche et puissante noblesse de province, qui insulte lâchement les pauvres gentilshommes, pille sans pitié le peuple, dévaste les campagnes et se croit au-dessus des lois divines et humaines. Si ma parole et mon épée sont impuissantes pour soulever et conduire les opprimés, je porterai mes plaintes jusqu'aux pieds du trône, je m'adresserai au roi !...

7

— Bien ! chevalier Sforzi ! s'écria Diane avec enthousiasme. Vous voilà tel que je vous ai rêvé ! Dieu, croyez-en mes pressentimens, bénira vos efforts et vous fera sortir triomphant de la glorieuse lutte que vous allez entreprendre !...

— J'ignore si cette lutte sera productive, interrompit de Maurevert, mais ce dont je suis assuré, c'est qu'elle n'aura pas même un commencement d'exécution si M. Sforzi s'amuse à perdre son temps à discourir au lieu de songer à se mettre en sûreté ! Vous pouvez tenir pour chose certaine qu'avant une heure le marquis sera de retour ici.

— M'éloigner, soit ! s'écria Raoul ; mais vous, mademoiselle, qu'allez-vous devenir ? Si le seigneur de la Tremblais apprenait votre retraite... Oh ! rien qu'à cette idée, mon sang bouillonne dans mes veines, je ne me sens plus la force de partir.

— Monsieur le chevalier, dit Lehardy, qui jusqu'alors s'était modestement tenu à l'écart, je me fais fort de conduire mon honorée maîtresse saine et sauve à Paris, où elle trouvera chez Mme la douairière, sa tante, un refuge assuré.

— Allons ! à cheval ! à cheval ! interrompit de Maurevert. Chaque minute qui s'écoule vaut une année de notre existence... A cheval ! chevalier, et partons.

Raoul prit congé de Diane.

— Mademoiselle, murmura-t-il en déposant sur sa main un long et passionné baiser, si jamais vous apprenez ma mort, dites-vous que ma dernière pensée aura été pour vous, pour vous que j'aime et que j'aimerai toujours de toutes les forces de mon âme.

De Maurevert craignant de voir l'entretien se prolonger, épargna à Diane, confuse et émue, l'embarras de répondre à cette déclaration ; il prit tranquillement le chevalier à bras le corps et l'emporta hors de la chaumière.

Peu après, les deux compagnons montés sur deux vigoureux et excellens chevaux, s'éloignaient en toute hâte du village de Besse.

— Excellent de Maurevert, disait Raoul, combien vous devez maudire le jour où vous avez associé votre sort au mien !... Vous le voyez, je n'ai pas de chance. Pourquoi vous entraînerai-je dans ma perte ?... Rompons notre pacte ; reprenez votre liberté...

— Je ne romps jamais un pacte, cher compagnon, répondit le capitaine. Je reconnais, en effet, que vous m'avez donné jusqu'à présent assez de mal et de tracas ; mais au total mes peines et mes travaux n'ont pas été perdus... En allant solliciter l'alliance du bandit Croixmore, j'ai réalisé quatre cents écus ; la Ligue d'équité, — que j'ai vendue à trop bon compte , mais il s'agissait de vous sauver, — m'a rapporté plus du double de cette somme ; enfin le seigneur de la Tremblais m'a gratifié d'une magnifique chaîne en or !... Si vous n'aviez pas pris parti pour les dames d'Erlanges et encouru l'inimitié du marquis, je ne me serais pas rendu auprès de Croixmore, et tous les événemens qui ont été la suite de cette démarche n'auraient pas eu lieu. Jusqu'à présent, vous ne m'avez valu que des profits. Je reste donc persuadé que mon association avec vous est pour moi une excellente affaire, et je suis plein de confiance, si Dieu nous prête vie, dans l'avenir.

Tandis que les deux compagnons s'éloignaient de Besse, de toute la vitesse de leurs montures, le marquis de la Tremblais, ivre de colère, faisait monter à cheval la garnison entière du château et lançait ses hommes d'armes dans toutes les directions à la poursuite des fugitifs.

Il n'était guère probable que de Maurevert et Raoul pussent éviter ce nouveau danger et échapper au sort qui les menaçait : le marquis avait donné l'ordre, en cas de résistance de leur part, de les massacrer sans pitié.

FIN DE LA PREMIÈRE PARTIE.

LES
GRANDS JOURS D'AUVERGNE.

DEUXIÈME PARTIE.

CHAPITRE Ier.
Les rues de Paris en 1581.

Le 25 juillet 1581, vers les huit heures du soir, deux hommes se promenaient ensemble, sur les bords de la Seine, non loin de l'Arsenal.

Une atmosphère lourde et chargée d'électricité annonçait l'orage; pas un souffle n'agitait l'air; de gros nuages menaçans s'amoncelaient à l'horizon.

— Chevalier, dit le plus âgé des deux promeneurs, — un véritable colosse, — en s'adressant à son compagnon, ne vous plairait-il point de mettre un terme à notre marche sentimentale et mélancolique? Depuis tantôt une heure que nous sommes sortis de table, notre appétit a eu le temps de se refaire, et un second souper nous préparerait merveilleusement au sommeil. Retournons à l'hôtellerie de la Corne-de-Cerf. Bon! voici ce cher Sforzi retombé dans ses sempiternelles rêveries, en proie à un de ses fréquens accès d'humeur noire. Il ne m'entend même pas! Hola! Raoul! continua le géant d'une formidable voix de basse-taille, il va pleuvoir et tonner à outrance; rentrons à l'hôtel.

Le chevalier Sforzi parut s'éveiller en sursaut, et, tournant vers son interlocuteur un regard vague et distrait:

— Ne me parliez-vous point, capitaine de Maurevert? lui demanda-t-il.

L'aventurier haussa les épaules, se mordit la moustache et, frappant du pied le sol avec violence:

— Par tous les saints du paradis, Raoul, s'écria-t-il, il faut que je vous porte une furieuse amitié pour m'astreindre ainsi que je le fais à l'ennui de votre société.. Que dia-

ble! le découragement ne sied point à votre âge!... Que l'on soit triste après une partie néfaste de cartes ou de dés, cela se conçoit; mais se lamenter ainsi du matin au soir sans rime ni raison, voilà qui est du dernier ridicule!... Après tout, quel chagrin si violent pèse donc sur votre existence? aucun: Vous avez échappé à la potence, vous êtes jeune, beau, brave; vous vous trouvez à Paris, c'est-à-dire à la cour, et vous avez le capitaine de Maurevert pour associé! que peut-il manquer à votre bonheur?...

— Je reconnais, capitaine, dit Raoul, que vous m'avez montré un dévoûment sans égal; mais, hélas! votre amitié ne peut rien contre les souvenirs et les inquiétudes qui m'accablent. Comment pourrais-je oublier les dangers qui menacent Diane? ne pas me rappeler l'insulte que j'ai reçue? Une pensée horrible, épouvantable, me poursuit sans trève ni pitié!... Je vois la damoiselle d'Erlanges tombée au pouvoir du marquis!... Je l'entends qui m'appelle!... Elle se réclame de mon amour, elle invoque mon courage!... Malédiction! Je n'aurais point dû me rendre à vos conseils, fuir comme un lâche et abandonner Diane!... Mon devoir était de rester près d'elle! de lui faire un bouclier de mon corps, de mourir à ses pieds!... Je suis un misérable!...

— Quel pitoyable don que celui de la jeunesse! s'écria de Maurevert; jeunesse ou démence, pour moi, c'est tout un. Quoi! au lieu de vous réjouir de la façon inouïe dont vous avez été arraché à la potence, du bonheur miraculeux qui vous a accompagné pendant votre voyage, de la liberté dont vous jouissez en ce moment, vous maudissez le sort, vous vous désolez!..... Chevalier, c'est vous montrer ingrat envers la Providence... Je reconnais volontiers que Diane d'Erlanges est une charmante et séduisante damoiselle, digne de tout le respect, de tout l'amour d'un bon gentilhomme; je conviens qu'il serait malheureux qu'elle fût mal menée par le marquis de la Tremblais; mais en admettant que cette supposition se réalisât, y aurait-il là matière à vous désespérer? Cent fois non!... La cour regorge de filles de riches maisons... Et, remarquez en passant, que Diane ne possède à présent aucune fortune. Vous trouverez incontestablement une alliance avantageuse qui vous dédommagera de votre déboire amoureux !

— Oublier Diane! s'écria le jeune homme avec impétuosité, oh! jamais!

— Et pourquoi pas? dit froidement de Maurevert. Je vous assure qu'oublier une femme est chose fort aisée. Moi qui vous parle, chevalier Sforzi, je crois toujours, quand le hasard place une femme sur ma route, que mon cœur est fixé à jamais! Le lendemain je ne me rappelle même pas son nom! Il n'y a rien de tel, quand on tient à conserver la santé et la force de son corps, comme de manquer de mémoire en amour! Suivez mon exemple... Bon! voilà que vous froncez les sourcils... Mon langage vous a déplu. Chevalier, calmez-vous... vous reverrez bientôt Diane. Changeons de sujet de conversation. Depuis quinze jours que nous sommes à Paris, nous n'avons encore pris aucun parti, entamé aucune affaire!...

Il est temps de sortir de notre oisiveté. J'ai vu ce matin le seigneur de Thévales, qui s'en va trouver, avec une compagnie de cent hommes, Monsieur, frère du roi, actuellement occupé au siége de Cambrai. Delà, ils partiront pour les Flandres. Le seigneur de Thévales m'a proposé de me joindre à lui, comme commandant en second. Désirez-vous que je sollicite en votre nom une charge de cornette? Les troupes qui suivent la fortune de Mgr le duc d'Alençon, jouissent de grandes immunités. Le roi les laisse s'arranger comme bon leur semble, pendant la route, pour se procurer des vivres. Or, je ne vous dissimulerai pas que j'excelle à trapper des impositions. Je n'ai pas mon égal pour savoir faire rendre à un village ou à un bourg le plus clair de son argent! Je suis intimement persuadé que ce voyage me vaudrait de quatre à cinq mille écus!...

— Je vous remercie, capitaine, dit Raoul, on m'offrirait le titre de duc et cent mille écus d'or pour quitter Paris, que je refuserais. Je veux voir le roi !

A cette réponse, de Maurevert poussa un gros soupir, et hochant la tête d'un air de pitié :

— Pauvre chevalier ! s'écria-t-il, combien vous avez besoin de vieillir. Ah ! vous croyez encore à la justice et à la puissance de Sa Majesté Henri III ! Vous vous imaginez bonnement que le roi, au récit de vos infortunes, va entrer en fureur et envoyer de suite une armée en Auvergne pour punir le seigneur de la Tremblais ! Pauvre chevalier ! que vous connaissez peu le monde... quelle fausse idée vous vous faites de la cour ! Le roi, cher ami, ne s'inquiète que d'une seule chose, de ses plaisirs. Depuis sa belle invention *des acquits des deniers comptans*, qui, en l'affranchissant du contrôle de la cour des comptes, lui permet d'être prodigue à son aise, Sa Majesté emploie ses loisirs à chercher des inventions financières et fiscales, à créer des brevets de conseillers, d'élus ou de greffiers, brevets que ses favoris vendent à beaux deniers !... Sa Majesté, ô trois fois naïf et infortuné Sforzi, a pris, en outre, pour règle de conduite, de tenir à distance ses sujets. Il se figure qu'en restant dans une demi-obscurité pleine de mystère, en rendant son abord inaccessible, il finira par passer pour Dieu lui-même.

— Capitaine, interrompit Sforzi, ce n'est point le fait d'un loyal serviteur de parler ainsi de son maître : le roi n'est pas un homme, le roi représente la force et la justice, il est le père de ses sujets ! Jamais je n'admettrai que Sa Majesté, si je parviens à être entendue d'elle, me refuse la réparation qui m'est due. Je reste fermement convaincu que si je suis assez heureux pour pouvoir apprendre au roi l'indigne spoliation dont la damoiselle d'Erlanges a été victime, le crime du marquis de la Tremblais sera puni ! Quant à moi, capitaine, avant de rien entreprendre, avant d'accepter quelque charge que ce soit, je dois me relever de mon déshonneur ! Je crois sentir à chaque instant sur mon visage l'infamant contact de la main de Benoist ! Je ne m'appartiens plus, j'appartiens à la vengeance !

— Soit, chevalier, notre association vous laisse toute liberté; agissez à votre guise, essayez d'arriver jusqu'au roi, racontez-lui vos infortunes, tâchez d'en obtenir dix mille hommes pour aller assiéger le château de la Tremblais, cela ne me regarde en rien. Seulement, je ne puis m'empêcher de vous avertir, pour la centième et dernière fois, que vous faites fausse route. Un dernier mot. Si vous avez besoin d'argent, n'oubliez pas que les quatorze cents écus provenant de la vente de la Ligue d'Équité et de la rançon de Croixmore sont à peine entamés, et qu'il me sera fort agréable de vous aider de cette somme. Je me hâte d'ajouter, afin de mettre à l'abri votre susceptibilité et votre délicatesse, que j'accepterai volontiers de vous une reconnaissance bien et duement rédigée, en échange de ce prêt ! Cette avance me paraissant, jusqu'à un certain point, gravement aventurée, je ne refuserai pas les gros intérêts que vous croirez devoir me reconnaître. A présent, chevalier, retournons à notre hôtellerie.

— Ma poitrine et ma tête sont en feu ! dit Raoul. Une grande fatigue de corps peut seule apaiser l'agitation de mon esprit ! Je désire continuer ma promenade !...

— A votre aise, chevalier, mon second souper m'attend, je vous quitte. Prenez garde, si vous vous attardez trop, de faire une mauvaise rencontre. La nuit, les bords de la Seine sont extrêmement dangereux. Chaque touffe de gazon cache un Italien et un poignard. Il vaudrait mieux pour vous rentrer.

— N'ai-je point mon épée et ma dague ?

— Et les Italiens ! Vous figurez-vous bonnement qu'ils vagabondent une sarbacane à la main ! Enfin, vous voilà averti, je reste vous regarde. Au revoir, Raoul.

— A ce soir, capitaine.

Dès qu'il fut seul, le jeune homme retomba dans ses réflexions et se mit à marcher à l'aventure.

Un violent coup de tonnerre, qui retentit semblable à une décharge d'artillerie, le rappela bientôt à la réalité. Des nuages épais et opaques s'étendaient à perte de vue dans l'espace : de larges gouttes d'eau commençaient à pointiller la terre avide de fraîcheur ! Raoul jugea que l'orage ne tarderait pas à éclater, et renonçant, quoiqu'à regret, à sa promenade solitaire, il remonta les bords de la Seine et entra dans la première rue qui se présenta devant lui.

Le jeune homme connaissait encore très peu Paris ; il chercha donc un passant qui lui indiquât son chemin. Mais soit que l'approche de l'orage, soit que la venue de la nuit eût fait rentrer chacun chez soi, la rue était complètement déserte.

Raoul se sachant à peu près dans les environs de l'hôtellerie de la *Corne-de-Cerf*, continua son chemin. Bientôt il dut s'arrêter pour chercher un abri : l'orage sévissait avec une violence inouïe.

Ce fut sous une espèce de voûte ou d'auvent qui surmontait l'une des mille et une peintures de vierge que l'on apercevait à cette époque dans tous les quartiers de Paris, que Raoul se réfugia.

La pluie tombait à torrens.

Le chevalier Sforzi se tenait depuis dix minutes à peu près blotti contre la muraille, lorsque son attention fut appelée par un spectacle assez bizarre.

D'une vieille masure, tombant en ruine et plongée dans une obscurité profonde, il vit sortir, l'un après l'autre, quatre hommes masqués et enveloppés dans de larges manteaux à l'italienne.

De ces quatre hommes, deux se placèrent à droite et deux à gauche de la rue.

Sforzi dégaîna doucement son épée, et attendit en silence la fin de cette aventure.

Comme il était justement question chaque jour, en l'année 1581, d'assassinats et de guet-apens commis par cette foule d'aventuriers italiens que la reine-mère avait amenés en France, Raoul ne se livra pas à de longues conjectures pour savoir quels étaient les misérables embusqués des deux côtés de la rue.

Seulement, il ignorait s'ils attendaient une victime déjà signalée à leurs coups, ou bien s'ils s'en remettaient au hasard pour leur procurer une sanglante dépouille.

Le jeune homme, tout en regrettant vivement l'absence de Maurevert, ne perdit pas courage : il réfléchit que les Italiens n'étaient pas moins renommés alors pour leur cruauté et leurs perfidies que, pour leur lâcheté, et il resta convaincu, que, l'heure d'agir sonnée, il viendrait aisément à bout des quatre aventuriers.

Dix minutes — qui parurent à Raoul longues comme des heures — se passèrent sans aucun événement.

Enfin, il aperçut, débouchant à l'un des angles de la rue, une étroite litière portée par deux hommes et éclairée par un falot.

Le chevalier se consultait pour savoir s'il devait prendre l'initiative de l'attaque ou attendre l'événement, lorsque les quatre hommes s'élancèrent de leur cachette et coururent vers la litière.

Raoul, l'épée à la main, se précipita à leur poursuite.

La crainte que le crime ne fût commis avant qu'il pût s'y opposer, redoubla l'impétuosité naturelle de Raoul, qui atteignit la litière presque en même temps que les bandits.

Un cri d'effroi poussé par une femme retentit sous les épais rideaux de la litière que l'un des Italiens venait d'écarter brusquement.

—Misérables ! dit Raoul de sa voix vibrante.

Puis chargeant le bandit dont la main tenait encore le rideau, Raoul l'atteignit d'un coup d'épée en pleine poitrine et le jeta sanglant et inanimé sur le sol.

Alors, sans perdre de temps, et profitant de la surprise que son attaque inattendue avait causée aux bandits, Raoul s'élança sur eux en s'écriant : « A moi, capitaine de Maurevert! Holà! pages et varlets, accourez, nous les tenons! »

Les assassins n'attendirent pas davantage. Frappés de terreur, ils se sauvèrent dans toutes les directions, laissant Raoul maître du champ de bataille.

Le jeune homme s'adressant à la personne inconnue enfermée dans la litière :

—Madame, dit-il en s'inclinant respectueusement, je doute que ces hommes reviennent à la charge : permettez-moi, toutefois, pour surcroît de prudence, de vous servir d'escorte et de vous accompagner jusqu'à l'endroit où vous comptez vous rendre.

CHAPITRE II.

L'Epagneul Phœbus.

Soit émotion, soit méfiance, la femme assise dans la litière garda un assez long silence avant de répondre à l'offre de Raoul.

—Monsieur, dit-elle enfin d'une voix dont le timbre harmonieux fut droit au cœur du jeune homme, ne m'en voulez point, je vous en conjure, si l'expression de ma reconnaissance manque d'entraînement ou de chaleur. Je songe avec douleur que si le hasard ne vous avait point, hélas! placé sur ma route, vous seriez à l'heure présente délivrée des souffrances et des ennuis de l'existence, Ne prenez pas, je vous en prie, la peine de me suivre. Ceux qui voulaient me tuer peuvent d'un moment à l'autre revenir; je vous verrais avec désespoir être victime de votre courage et de votre humanité. Encore une fois, monsieur, je vous remercie de votre bonne intention. Adieu !

Cette réponse frappa Raoul d'un douloureux étonnement. Il fallait, en effet, que le dégoût de la vie éprouvé par l'inconnue fût bien sincère, bien intense, pour qu'elle pût, au sortir d'un si grand danger, s'exprimer avec autant de calme et de résolution.

—Madame, lui dit le chevalier, il ne m'est pas possible de tenir compte de vos paroles, de me rendre à votre prière insensée. Le devoir m'ordonne de ne vous quitter que lorsque vous serez en sûreté ; j'accomplirai mon devoir.

—Oui, vous avez raison, messire, répondit l'inconnue d'un air accablé, et le jour où l'on s'éloigne de la ligne du devoir, on ne goûte plus ni repos ni bonheur !

Après avoir ordonné aux porteurs de se remettre en route l'inconnue se rejeta dans le fond de la litière dont elle referma les rideaux. Raoul crut entendre des sanglots étouffés.

L'esprit singulièrement occupé par la bizarrerie de cette aventure, Sforzi oublia pendant un moment ses propres ennuis pour ne songer qu'au mystère que présentait la conduite de l'inconnue.

Il eut un instant la pensée que cette femme pourrait bien être une intrigante, mais il repoussa tout aussitôt cette supposition que démentait le ton de sincérité inimitable, et le timbre de voix si pénétrant et si harmonieux de l'inconnue. Après une demi-heure de marche, les porteurs s'arrêtèrent devant une petite maison d'une apparence bourgeoise et modeste, située dans les vastes terrains, alors inhabités, du boulevard de la Porte-St-Antoine.

Ce ne fut pas sans une certaine émotion que Sforzi présenta à l'inconnue, — suivant l'usage du temps, — son poing pour descendre. Il éprouvait un vif désir de voir le visage de cette femme si désolée, et dont la voix savait si bien trouver le chemin du cœur. L'espoir du jeune homme fut déçu : l'inconnue portait un de ces demi-masques ou loups importés d'Italie.

Quant à sa toilette, elle était d'une luxueuse sévérité ; elle se composait d'une robe de velours noir, serrée à la taille et garnie de manches descendant jusqu'aux poignets. De cette robe, ouverte par devant, sortait une jupe de soie fort ample, de couleur violette. Les cheveux de l'inconnue étaient relevés en bourrelets et garnis de grosses perles; enfin un chaperon de velours, entouré d'une chaîne d'or que terminait un gland composé de pierres précieuses, s'inclinait sur le côté droit de sa tête.

Si Raoul ne put apercevoir les traits de l'inconnue, il lui fut au moins permis d'admirer la souplesse de sa taille, la noblesse de sa marche, la gracieuse aisance de ses mouvemens. A peine fut-elle descendue qu'elle se retourna vers la litière:

—Phœbus! dit-elle.

Aussitôt un petit épagneul de pure race et de formes admirables sauta à terre, mais au lieu de courir vers sa maîtresse, le charmant animal s'en fut droit à Sforzi, et se mit à gambader devant lui avec toutes sortes de gentillesses et de provocations mignardes.

— Phœbus ! répéta l'inconnue.

L'épagneul, sans tenir compte de ce nouvel appel, continua ses agaceries auprès de Raoul.

— Vous le voyez, messire, répéta l'inconnue d'une voix empreinte d'une si navrante tristesse que le chevalier se sentit attendri jusqu'aux larmes ; vous le voyez, j'inspire à tout ce qui m'entoure l'éloignement et l'indifférence... Phœbus, lui-même, le compagnon si choyé de ma solitude, m'abandonne sans peine et sans effort pour un étranger qu'il ne connaît pas...

Cette pauvre petite bête, en obéissant à son instinct, me dit assez clairement sous quelle fatale influence je suis née. Mes soins et mon dévoûment se heurtent toujours contre l'ingratitude. Il est dans ma destinée de voir mes affections tourner sans cesse contre moi-même. Monsieur, gardez Phœbus, il sera plus heureux avec vous ; il vous rappellera, sinon le service que vous m'avez rendu, au moins le courage que vous avez montré ce soir.

— Madame, répondit Raoul avec une émotion dont il ne put se défendre, j'ignore si vos plaintes ne proviennent pas plutôt d'une imagination trop vive, que d'une infortune réelle. Ce qu'il m'est permis de vous assurer, c'est que Phœbus ne gagnerait pas à m'appartenir ! Ma destinée a été, jusqu'à ce jour, de porter malheur à tous ceux que j'ai aimés ! Je ne forme pas si tôt un souhait, je n'entrevois pas plus tôt un rayon de soleil dans mon ciel sombre et chargé de nuages, que la foudre éclate et me replonge dans les horreurs de la tempête ! Vous parliez naguère de mourir, madame. Ah ! moi aussi j'ai bien souvent rêvé après le repos de la tombe. Le découragement, croyez-moi, est un des péchés les plus désagréables à Dieu. C'est douter de sa bonté, nier sa puissance. Je vous parle de résignation, madame, et bien des fois pourtant je me suis laissé aller à des transports furieux, à une colère insensée.

C'est au nom des tourmens que m'ont fait éprouver ces révoltes coupables contre la Providence, que je vous prêche la résignation, la patience ! J'ai tort, peut-être, n'ayant pas l'honneur d'être connu de vous, de m'exprimer avec une si entière liberté ; mon Dieu, madame, pardonnez-moi ! J'obéis à un sentiment de sympathie que vous m'avez inspiré, et dont il m'est impossible de me défendre !

J'ignore qui vous êtes, je n'ai jamais mê-me entrevu les traits de votre visage, et il me semble cependant que je viens de retrouver en vous une sœur dont j'étais depuis longtemps séparé !... Peut-être bien le malheur a-t-il mis entre nous un lien mystérieux... Je vous en supplie, madame, faites que ce ne soit pas la seule et unique fois que nous nous trouvions en présence !

La parole de Raoul respirait une sincérité si respectueuse et si bien sentie, que l'inconnue ne put s'empêcher de lui répondre.

— Messire, dit-elle, voilà bien des années que d'aussi consolans propos n'avaient frappé mes oreilles. Je vous crois un noble cœur. Toutefois, avant de rompre en votre faveur la solitude dans laquelle je vis, j'ai besoin de réfléchir. D'un étranger faire un frère de choix, n'est pas chose de mince importance.

— Madame, répondit Raoul, je me nomme le chevalier Sforzi ; je suis sans emploi, sans crédit, sans fortune ; je n'ai que mon dévoûment à vous offrir.

L'inconnue parut vouloir adresser une question au jeune homme ; mais après une courte hésitation, elle salua Raoul et se dirigea silencieuse vers la porte de la maison.

L'épagneul Phœbus regarda s'éloigner sa maîtresse avec indifférence et resta tranquillement auprès du chevalier.

— Phœbus ! dit-elle.

L'épagneul ne bougea pas.

Alors l'inconnue, après une nouvelle hésitation, entra, et bientôt après, la porte, ouverte par un vieux serviteur, se refermait derrière elle.

Sforzi prit Phœbus dans ses bras, monta dans la litière et ordonna aux porteurs de le conduire à l'hôtellerie de la Corne-de-Cerf.

L'hôtellerie de la Corne-de-Cerf, située non loin de l'Académie des chevaliers de l'Arbalète et de l'Arquebuse, fondée en 1390, par Charles VI, à l'entrée du boulevard de la Porte-Saint-Antoine, n'était guère éloignée de plus d'un quart d'heure de l'habitation de la femme inconnue. Raoul franchit cette distance sans nul accident, puis, à peine arrivé, s'empressa de se rendre auprès de Maurevert. Le capitaine en était à son troisième souper.

— Par les cornes du Diable ! s'écria-t-il en apercevant le jeune homme, je suis enchanté, cher compagnon, de vous voir de retour. J'augurais mal de votre longue absence !...

— Ma foi, vous n'aviez pas tort, capitaine.

Sforzi raconta alors à son compagnon d'armes l'aventure de la litière attaquée.

— Sauver si à propos une femme vêtue

de velours, couverte de perles riches sans doute, et ne recevoir qu'un épagneul pour prix de son exploit! ah! chevalier, c'est prodiguer, c'est avilir votre épée. Par l'enfer! que ne me suis-je trouvé à votre place! J'aurais voulu tirer au moins un millier d'écus de cette excel·ente aubaine! Mais à quoi bon vous prêcher? C'est peine perdue..... Vous ne vous entendrez jamais à mener à bonne fin une affaire.

Le lendemain, vers les deux heures de l'après-midi, Raoul était dans sa chambre, lorsque le capitaine ouvrit brusquement la porte.

— Eh! chevalier, lui cria-t-il, voici le roi qui passe devant notre hôtellerie avec toute sa suite pour se rendre à Bel-Esbat; l'occasion est excellente pour satisfaire l'envie que vous éprouvez de voir Sa Majesté. Accourez vite!

Sforzi s'empressa de descendre, mais lorsqu'il arriva sur le seuil de la porte, le cortège s'était déjà éloigné. Le chevalier allait remonter dans son appartement, lorsqu'il aperçut un des gentilshommes servans sortir des rangs de la suite royale et lancer son cheval au galop, dans la direction de l'Hôtellerie de la Corne-de-Cerf.

Raoul resta pour savoir ce que pouvait vouloir ce gentilhomme.

Le messager — car c'en était un — mit vivement pied à terre devant la porte de l'hôtellerie, et s'adressant à Raoul lui-même:

— Monsieur, lui dit-il, ce joli épagneul, qui suit des yeux avec tant d'attention vos moindres mouvemens, ne serait-il pas vôtre?

— Oui, monsieur, répondit le chevalier.

— En ce cas, monsieur, continua le gentilhomme servant, permettez-moi de vous adresser mes sincères félicitations... Sa Majesté a daigné remarquer en passant le gentil animal, et je suis envoyé vers vous pour vous l'acheter.

— Monsieur, dit Raoul en rougissant, il me semble que vous auriez pu formuler votre question avec un peu plus de ménagemens pour ma dignité. Je ne suis pas homme de négoce, Monsieur... Les désirs de Sa Majesté sont des ordres pour moi, et...

— Et quel prix Sa Majesté offre-t-elle de ce chien réellement sans pareil? interrompit de Maurevert en se mêlant à la conversation.

Le gentilhomme servant toisa d'un regard assez peu respectueux le capitaine; mais la taille colossale, les membres athlétiques, les traits énergiques de l'aven-turier, lui parurent mériter l'honneur d'une réponse.

— Cet épagneul aurait-il donc deux maîtres? lui demanda-t-il.

De Maurevert cligna des yeux pour faire comprendre à Raoul qu'il n'eût pas à se mêler à la conversation; puis, saluant son interlocuteur:

— Ce phénomène de grâce et de gentillesse appartenait, il est vrai, au chevalier Sforzi, dit-il, mais M. le chevalier a bien voulu me le céder pour une certaine somme d'argent qu'il me doit, et à présent je suis le seul et unique propriétaire de ce phénix des épagneuls.

— Ainsi, c'est avec vous que je dois traiter de son achat?

— Avec moi seul!

— Soit! Eh bien, quelle somme demandez-vous?...

— Vingt mille écus, dit froidement de Maurevert.

Le gentilhomme servant fronça les sourcils.

— Monsieur, dit-il, je vous ferai observer que répondre par une mauvaise plaisanterie à une offre sérieuse, n'est nullement chose convenable!...

— Monsieur, dit de Maurevert, je vous ferai observer à mon tour que je ne plaisante jamais! J'entends ne céder mon Phœbus chéri que contre vingt mille écus. Je ne rabattrai pas un denier de cette somme!

— Mais c'est de la folie!

— Ah! monsieur, si vous connaissiez toutes les qualités de Phœbus, vous ne parleriez pas ainsi!

— C'est votre dernier mot?

— Oui, monsieur, mon dernier mot.

Le gentilhomme remonta à cheval et s'éloigna sans daigner continuer plus longtemps la conversation!

— Etes-vous insensé, s'écria Raoul en s'adressant à de Maurevert. Que signifie cette ridicule prétention de vingt mille écus?

— Cette ridicule prétention, cher ami, signifie que vous n'entendez rien aux choses de la vie, que vous laissez toujours échapper maladroitement les bonnes occasions que le hasard vous envoie, et que vous mourrez sans doute fort gueux.

Quoi, vous ne comprenez pas que mes prétentions extravagantes rapportées au roi vont éveiller sa curiosité et doubler son envie de posséder Phœbus? Je vous parie que la journée de demain ne se passera pas sans que Sa Majesté nous envoie un ambassadeur.

Ce sera alors le cas de faire de la magnanimité, de jouer au désintéressement! Vous déclarerez que Phœbus était à vos yeux d'un prix inestimable et que l'argent ne saurait payer, vous demanderez humblement au roi qu'il veuille bien vous accorder l'insigne faveur de vous permettre de lui offrir en personne ce phénix des épagneuls.

Vous ignorez sans doute la véritable passion qu'éprouve Henri III pour les petits chiens damerets et les épagneuls; mais, moi, qui connais cette passion, je vous assure et vous jure que le roi n'hésitera pas à vous accorder une audience. Or, comme vous n'avez qu'une pensée, que vous ne formez qu'un souhait, parler à Sa Majesté, je ne devine pas trop en quoi ma conduite a été, selon vous, si insensée?

—Ah! capitaine, s'écria Sforzi en embrassant son compagnon, vous êtes bien l'esprit le plus ingénieux de l'époque! Parvenir jusqu'au roi, pouvoir lui dévoiler les crimes du marquis de la Tremblais, en obtenir justice, sauver Diane! oh! ce serait trop de bonheur!

CHAPITRE III.

Le roi Henri III.

Jamais à aucune époque l'étiquette à la cour de France ne fut plus sévère et plus minutieuse que sous le règne de Henri III. L'ex-roi de Pologne se figurait qu'en s'enveloppant de pompes et de splendeurs, il prenait position au-dessus de l'humanité, et qu'il échappait ainsi au blâme mérité par ses actes publics et sa conduite privée.

Une pièce fort curieuse et très peu connue, « L'ordre que le roi veut estre tenu en » sa cour, tant au département des heures » que de la façon qu'il veut estre honoré, » accompagné et servi, » a transmis jusqu'à nous le cérémonial compliqué de cette époque.

Cette ordonnance, espèce de rempart que le roi élevait entre lui et ses sujets, ne cesse d'être inflexible qu'en faveur de MM. les ducs de Joyeuse et d'Epernon. A chaque ligne figurent, accompagnés d'une glorieuse exception, les noms des deux favoris. Cette charte de l'étiquette débute ainsi :

« Veut Sa Majesté ce qui suit :

« Que, dans sa chambre royale, avant » qu'elle soit éveillée, il n'y entre ou de- » meure, outre le maistre de la garde-robe, » des valets de garde-robe et le barbier or- » dinaire, ainsi qu'il est ordonné, que les » valets de chambre couchans en icelle, ex-

» cepté messieurs les ducs de Joyeuse et » d'Espernon, lesquels Sa Majesté veut qu'ils » entrent à toute heure, en tout l'apparte- » ment du logis de sa dite Majesté, et ainsi » que bon leur semblera. »

L'ordonnance se termine ainsi :

« Sa Majesté après être deschaussée, s'al- » lant coucher, ne sera suivie d'aucun en » son cabinet que de messieurs les ducs de » Joyeuse et d'Espernon, dont celui qui se- » ra en quartier prendra la bougie pour es- » clairer Sa Majesté, et se retireront alors » toutes les personnes qui auront esté au « coucher de sa dite Majesté.

Ainsi signé HENRY,
Et au dessous, BRUSLART.

Le surlendemain du jour où Raoul Sforzi était arrivé trop tard pour voir passer Sa Majesté se rendant à son hôtel de Bel-Esbat, la salle, l'antichambre, la chambre d'audience, et la chambre d'Etat précédant le cabinet du roi, présentaient dès cinq heures du matin un coup-d'œil vraiment imposant.

Toutes ces diverses pièces du Louvre é- taient occupées par une foule compacte de courtisans, qui, selon leurs charges et di- gnités, se tenaient dans telle ou telle salle, attendant, pour présenter leurs hommages au roi, que Sa Majesté eût fait demander sa cape et son épée du matin.

Le roi, retiré dans son cabinet, venait de se livrer aux valets servans chargés du soin de sa toilette. Près de Henri III, un jeune homme à la figure fine, intelligente et spi- rituelle, se tenait assis, avec un sans-façon assez singulier, dans un vaste fauteuil.

Quoique Henri III n'eût à cette époque que trente ans, son visage fatigué, ses traits flé- tris et un peu boursoufflés, ses yeux langou- reux et à moitié éteints le faisaient paraître bien plus âgé qu'il n'était en réalité.

La figure du roi, ordinairement animée par une expression de bonté réelle, d'incon- testable bienveillance, portait ce matin-là des traces visibles de chagrin et d'embarras.

—Mon fils, dit-il en s'adressant au jeune homme assis devant lui, tes injustes repro- ches m'ont percé le cœur!... Pourquoi, méchant enfant, affecter toujours ainsi de croire que je ne t'aime pas! Tu sais bien, cher d'Arques, que toi et Lavalette, vous possédez mon affection sans partage!... Si tu ne veux pas me rendre le plus misérable des hommes, cesse cette vilaine plaisante- rie; avoue que tu ne doutes pas de l'atta- chement que je te porte!

Le jeune homme que Henri III venait d'appeler d'Arques, accueillit par un sou-

rire d'incrédulité les assurances de dévouement du roi, et d'une voix ironique :

—Sire, dit-il, quand les dames de la cour
parlent de leur vertu, je ne manque jamais
de les railler sur cette impudente prétention;
alors elles se fâchent tout rouge, jettent feu
et flammes, me traitent de mécréant, d'infâme, vouent ma tête aux dieux infernaux.

— Et toi, cher d'Arques, qui as la langue
si bien pendue, si merveilleusement affilée,
tu continues de plus belle tes sarcasmes ?

— Nullement, sire. Tout au contraire : je
me tais et j'écoute ces honnêtes dames dans
un respectueux silence. Pendant le premier
quart d'heure, les paroles tombent drues et
serrées sur ma pauvre personne, comme la
grêle pendant l'orage. Je suis criblé, trans-
percé, mis à jour! Je me contente de
sourire! La tempête recommence; cette
fois pourtant avec moins de violence. Mais
comme une femme, à force de répéter pendant une heure, sur tous les tons, qu'elle
est vertueuse, finit forcément par être ridicule, vient enfin le moment où mon adversaire, ne sachant plus quelle contenance
tenir, m'avoue que j'ai eu raison de suspecter sa sagesse et sollicite humblement ma discrétion.

Or, je suis intimement convaincu, Sire,
que si je restais impassible et silencieux devant vos protestations de dévoûment, vous
arriveriez à vous trouver si embarrassé de
votre exagération, que vous m'enverriez à
tous les diables! Voilà, Sire, pourquoi, au
lieu de me taire, je discute avec votre Majesté.

— Tais-toi! ingrat, dit Henri III, d'un ton
qui changeait cet ordre en une prière. Il
faut, pour parler ainsi, que tu aies pacti-
sé secrètement avec la Ligue et juré de
me faire mourir de chagrin. Ton langage
n'est ni celui d'un ami, ni celui d'un sujet :
tu oublies que je suis le roi...

A ces mots, d'Arques se leva vivement, et
prenant une pose humble et respectueuse :

—Sire, dit-il gravement, je demande à
deux genoux à Votre Majesté qu'elle veuille
bien me pardonner la franchise de mon discours. Si le roi ne m'avait pas autorisé à le
traiter de gentilhomme à gentilhomme, jamais je ne me serais permis de tels propos.
Du moment que Votre Majesté me rappelle
au respect que je lui dois, je redeviens son
très humble sujet, et j'attends qu'elle veuille bien me signifier ses ordres.

L'action et la réponse du jeune courtisan
causèrent une vive impression au roi : deux
larmes brillèrent sous ses paupières.

—Mon fils, dit-il, quel plaisir peux-tu

prendre à me torturer ainsi? Pourquoi me
rappeler que le ciel en me mettant sur un
trône m'a condamné à l'isolement? D'Arques,
ne sois pas ainsi cruel, chasse le froid regard qui de tes yeux se répand sur ton visage
et lui ôte cet air de bonté et de jeunesse
dont la vue me réjouit si fort le cœur. Cher
fils, tu sais bien qu'entre toi et moi il n'y a
ni sceptre ni couronne. Nous sommes, comme tu le disais tout à l'heure, deux gentilshommes amis, deux compagnons d'armes, mieux encore, deux frères! Allons,
d'Arques, ta colère est passée, n'est-ce pas?
Reprends place dans ton fauteuil et causons d'intimité, comme si entre nous deux
ne s'était élevé aucun nuage.

— Sire, répondit le favori qui ne bougea
pas et resta froid, humble, immobile, si
c'est un ordre que me donne Sa Majesté
Henri III, roi de France, elle sera obéie. Si
c'est une prière que m'adresse Henri de Valois, le gentilhomme, mon égal, je n'en tiendrai compte !...

— Bourreau! murmura Henri III, d'un
ton d'affectueux reproche, que t'ai-je fait
pour que tu sois aussi impitoyable! Puisque
tu me pousses à bout, eh, bien! c'est le roi
qui t'ordonne de t'asseoir, qui veut que tu
retrouves ta gaîté, ton amabilité, ton abandon, et que tu le traites avec cette familiarité fraternelle qui le rend si heureux !

Le favori s'assit de nouveau dans son
fauteuil, mais son visage resta soucieux.

— Messire d'Arques, duc de Joyeuse, car
c'est sous peu de jours que votre vicomté
de Joyeuse sera érigée en duché, et vous a-
vez déjà le droit de porter ce titre; messire
d'Arques, continua Henri III avec une bonté
pleine de douceur et de coquetterie, prenez
garde, voilà que vous désobéissez aux ordres de votre roi !

— Moi! sire, et en quoi, je vous prie?
— Ne t'ai-je point commandé, méchant,
de chasser cette importune tristesse qui en-
laidit ton visage? Je ne te connaissais pas
cette opiniâtreté, vilain enfant, toi qui sais
te faire aimer malgré tes défauts. Allons!
obéis, ou sinon je te livre à toutes les ri-
gueurs des longues et courtes robes parlementaires du royaume.

— Henri, répondit le duc de Joyeuse
d'une voix réellement attendrie, je vous
demande en grâce de ne point me montrer
tant d'attachement, tant de bonté ; la pensée que, d'un jour à l'autre, vous me retirerez votre amitié, m'empêche de goûter les
faveurs signalées et sans nombre dont vous
m'accablez, et me laisse, dans cette position

si enviée de tous, le plus misérable des gentilshommes de la cour !

— Moi, te retirer mon amitié, mon fils ! s'écria Henri III avec une indignation pareille à celle que lui aurait causée un horrible blasphème, ah ! tu sais bien que cela n'est pas possible !

— Pourquoi alors, Henri, repousser ma prière ? pourquoi ne pas me donner une position tellement élevée que l'envie, réduite à l'impuissance, renonce à me perdre plus tard dans votre esprit ? Pourquoi ne pas changer en fait réel, véritable, ce titre de frère que m'accorde déjà votre cœur ? Mais non... vous n'osez !... Au lieu de saisir avec empressement l'idée de cimenter cette alliance, vous écoutez les propositions de l'ambassadeur de Ferrare, qui sollicite pour son maître Alphonse d'Est la main de votre belle-sœur Mlle Marguerite de Lorraine ! Henri, si je ne vous aimais pas avec un dévoûment sans égal, si je ne vous portais pas une affection à toute épreuve, je n'aurais jamais poussé la hardiesse jusqu'à vous parler de ce mariage.... Je ne suis mû, en cette circonstance,' je vous en donne ma parole de gentilhomme, par aucun sentiment de cupidité ou d'ambition...... Vous savez au reste le peu de cas que je fais des grandeurs et des richesses... Ma seule idée, je vous le répète, est de créer entre vous et moi un lien que l'envie soit impuissante à briser !... Un dernier mot, Henri. Si, oubliant que vous êtes le Roi, c'est à dire le maître absolu de vos sujets, et craignant les clameurs de la tourbe envieuse de mon élévation, vous repoussez ma prière, je fais le serment solennel, irrévocable que je me retirerai incontinent et à tout jamais de la cour... Je préfère vous voir attristé de mon départ volontaire que de subir votre indifférence... Je ne crains ni la pauvreté, ni la disgrâce, ni l'abandon.

Henri ! la pensée que je puis perdre votre amitié me rend insensé de douleur !...

— Oh ! mon fils bien-aimé, s'écria le roi avec un attendrissement profond, tu as raison; la mort seule doit nous séparer ! Aujourd'hui même je renverrai l'ambassadeur de Ferrare, et avant un mois tu épouseras la sœur de la reine.

Alors Henri III se leva de dessus sa chaire, et repoussant doucement Camusat, le plus ancien valet de la garde-robe, qui lui présentait en ce moment son pourpoint, il courut vers le jeune seigneur de Joyeuse, le prit par le col et lui donna une fraternelle embrassade.

CHAPITRE IV.

Le Favori.

Tandis que la petite scène d'intimité que nous venons d'esquisser se passait entre le roi et son favori, Raoul Sforzi, la tête en feu et le cœur violemment agité, descendait de cheval devant les portes du Louvre. La prédiction de Maurevert s'était réalisée : le jeune homme avait la veille reçu l'ordre de se trouver le lendemain au lever de Sa Majesté.

— Cher compagnon, lui avait dit le capitaine, que ceci vous serve de leçon pour l'avenir. N'oubliez jamais que chaque homme a un côté puéril et mesquin par où il est vulnérable. Opposer la force à la force, c'est produire la lutte ; partant de là, s'exposer à une défaite : on ne doit donc en arriver à ce moyen extrême qu'après avoir inutilement cherché le côté faible de son adversaire. Si vous n'aviez eu pour vous que la bonté de votre cause, Sa Majesté n'aurait certes jamais daigné vous donner accès auprès d'elle; vous flattez une des manies du roi, vous vous servez de l'un de ses ridicules, et c'est alors Sa Majesté qui vient d'elle-même à vous !

A présent, cher Raoul, permettez-moi — car réellement vous n'êtes pas bien fort en affaires — de vous donner encore un conseil. Quand vous vous trouverez en présence de Sa Majesté, ne vous livrez pas à un pathétique exagéré : les rois sont habitués aux discours ; la grande éloquence n'a guère prise sur eux ; ce qu'ils aiment, — car cela leur manque — ce sont les gens d'un esprit divertissant, les flatteurs adroits qui, sous une apparence de rude franchise, se livrent aux hyperboles les plus outrées de la louange.

Il ne s'agit pas de prouver à Sa Majesté que le marquis de la Tremblais est un abominable mécréant ; mais bien que le roi Henri III est l'homme le plus accompli qui soit au monde. Un dernier mot : Le roi aime beaucoup la toilette ; que votre costume soit irréprochable. Voici, cher ami, deux cents écus pour vous aider à vous vêtir... Pas de refus!... Que diable, nous n'en sommes plus aux complimens, aux cérémonies!... Si la nature, au lieu de me tailler en hercule, avait fait de moi un gentil damoiseau, j'aurais voulu être toujours magnifiquement accoutré !

Un rendez-vous rapporte presque toujours plus qu'un duel. L'argent qu'un courtisan dépense en velours, toile et drap d'or, passemens, guipures et broderies, est de l'argent parfaitement placé... J'ajouterai même à ce propos, que si vous désirez me signer une reconnaissance de cinq cents écus, je l'accepterai volontiers! Mon intention, en vous faisant une avance est seulement de vous obliger. Toutefois, s'il m'est possible de rentrer avec avantage dans mes débours, je vous avoue que cela ne me contrariera nullement. Or, qui sait, peut-être bien la bonne grâce et la gentillesse de votre personne rehaussées par un riche et galant accoutrement, vous vaudront-ils de sérieux profits. Je serais un sot, si après vous avoir fourni des armes pour combattre, je ne retirais aucun bénéfice de votre triomphe.

Lorsque le chevalier Sforzi arriva le lendemain au Louvre, il était donc, grâce à la générosité et aux conseils de Maurevert, d'une irréprochable élégance.

Au moment où le jeune homme remettait son cheval aux mains des valets de service, Henri III disait à son favori et futur beau-frère le duc de Joyeuse :

— Bien aimé fils, as-tu songé à envoyer quérir, ainsi que je t'en ai prié, ce gentilhomme qui demande vingt mille écus pour ce délicieux épagneul que j'ai aperçu avant hier en me rendant à Bel-Esbat !

— Vous savez bien, Henri, que vos prières sont des ordres pour moi. Ce gentilhomme doit être à l'heure présente dans la salle d'attente !

—Merci, cher d'Arques ! Que penses-tu de cette prétention ! Vingt mille écus pour un épagneul ! Cela est sans exemple ! Toute la nuit dernière, j'ai songé à cet épagneul ! Le fait est , autant que j'ai pu en juger par premier coup-d'œil, qu'il est d'une beauté merveilleuse, cet épagneul ?

— C'est possible, Henri. Ce qui m'indigne, moi, c'est que son maître, connaissant le désir du roi, ne se soit pas empressé de s'y conformer sans condition aucune. Je ne conçois pas qu'un de vos sujets soit assez dénaturé, assez vil pour ne pas saisir avec bonheur et empressement l'occasion de vous être agréable !

— Hélas ! cher fils, les rois sont si rarement aimés...

— Henri ! s'écria le duc d'Epernon d'un ton de doux reproche, il y a ingratitude et injustice de votre part à vous exprimer ainsi. Ne comptez-vous donc pour rien l'incomparable attachement que nous vous portons, Lavalette et moi ? Quel homme, dans toute l'étendue de votre royaume, peut se vanter de posséder de telles amitiés ? Il n'en est pas un !

—Tu as raison, cher d'Arques, à vous deux vous représentez pour moi la France

entière. Vraiment, je suis curieux de voir l'homme aux vingt mille écus ! Il mérite leçon. Veux-tu que nous le fassions comparaître devant nous ?

— Volontiers, Henri.

Le roi donna aussitôt ses ordres à l'un des valets de sa chambre, et peu après le chevalier Sforzi apparut à la porte du cabinet de Sa Majesté.

La démarche que tentait le jeune homme était si grave, elle devait peser d'un poids si grand sur son avenir, qu'au premier moment il perdit tout son sangfroid, toute sa présence d'esprit.

Si le roi l'avait interrogé brusquement dès le premier des trois saluts de rigueur qu'il fit en entrant, il eût été incapable de répondre. Toutefois, l'émotion de Raoul ne dura pas : la pensée de Diane exposée sans défense aux criminelles entreprises du marquis de la Tremblais, rendit bientôt au jeune homme toute sa fermeté, toute son énergie.

Après avoir accompli ses trois profonds saluts, il s'arrêta à cinq ou six pas de la chaire où se tenait le roi, et il attendit dans une attitude respectueuse et recueillie que Sa Majesté voulût bien lui adresser la parole.

Quant au jeune d'Arques , quoiqu'il fût d'ordinaire d'une humeur joyeuse et bienveillante , la vue de Raoul parut lui causer une impression désagréable. Il le fixa d'un air hautain, presque provoquant, et d'une voix brève et impérieuse :

— C'est donc vous, monsieur, lui dit-il, qui osez marchander avec les désirs de Sa Majesté ? Par notre Seigneur Jésus ! je trouve votre conduite singulièrement déplacée, blâmable et déplaisante... Vous êtes sans doute, malgré le costume de gentilhomme que vous portez, un fils d'artisan ou de petit procureur... Tâchez d'expliquer l'irrévérence de votre conduite. Sa Majesté consent à vous écouter.

A mesure que le duc de Joyeuse parlait, la pâleur de Raoul, causée par l'émotion qu'il avait éprouvée en pénétrant dans la chambre du roi, disparaissait sous une vive rougeur !

Toutefois, lorsque le seigneur d'Arques se tut, Sforzi continua de garder le silence.

— Eh bien ! reprit durement le favori, ne m'avez-vous point entendu ?

Sforzi se mordit jusqu'au sang la lèvre supérieure, un éclair d'indignation illumina son regard, mais il demeura silencieux et immobile.

Henri III se mêla alors à l'entretien.

— Ne voyez-vous point, monsieur, dit-il, que mon bien-aimé frère le duc de Joyeuse s'impatiente? Qui vous retient de répondre à ses questions?

— Sire, dit Sforzi d'une voix émue, que Votre Majesté veuille bien me pardonner mon ignorance des usages de la cour de France! Je croyais, tant est grand et immense mon respect pour la royauté, que personne n'avait le droit d'élever la voix devant le roi, avant d'y avoir été convié et autorisé par Sa Majesté elle-même!

— Votre instinct ne vous trompait pas, monsieur, dit Henri III; tel est, en effet, l'usage.

Le duc de Joyeuse ne put retenir un geste de colère, et le roi, qui d'abord s'était exprimé d'un ton bref, reprit avec douceur et en regardant fixement Sforzi:

— Monsieur, dit-il, comment concilier ce respect immense que vous prétendez éprouver pour la royauté, avec vos prétentions exorbitantes? Les vingt mille écus que vous demandez pour prix de votre épagneul, n'équivalent-ils pas à un refus formel de votre part?

— Sire, répondit le jeune homme, mes intentions ont été dénaturées d'une malheureuse manière. J'ai dit, je le confesse, que, quoique pauvre, je ne céderais pas mon épagneul Phœbus pour vingt mille écus, mais j'ai ajouté que je mettais bien au dessus de cette somme l'honneur, le bonheur d'approcher de Votre Majesté!

— Ainsi, dit Henri III, à présent que vous avez été reçu par nous, vous ne réclamez plus rien pour le prix de votre épagneul? vous vous déclarez satisfait?

— Sire, répondit Raoul en s'inclinant, le souvenir de l'honneur que je reçois aujourd'hui, et qui me serait bien plus précieux encore si Votre Majesté m'avait appelé auprès d'elle pour me demander d'exposer ma vie à son service, ce souvenir remplira de joie mon existence entière.

Henri III observa plus sérieusement Sforzi qu'il ne l'avait fait jusqu'alors, et après un léger silence:

— Vos sentimens, monsieur, lui dit-il, sont ceux d'un bon et loyal sujet; quel est votre nom?

— Le chevalier Sforzi.

— Quel âge avez-vous?

— Vingt quatre ans, sire.

— Quatre ans de moins que toi, bien aimé frère, reprit Henri III en se retournant vers le duc de Joyeuse. Comme le temps passe rapide, mon Dieu! Lorsque je te vis pour la première fois, tu étais de l'âge du chevalier; eh bien, il me semble que cela date d'hier! Pourtant, en te considérant avec attention, je reconnais que tu as vieilli.

Le roi fit une nouvelle pause, et, sans remarquer les signes d'impatience que donnait son favori, il reprit en s'adressant à Raoul:

— Chevalier, lui dit-il, il serait difficile de rencontrer dans toute la cour un gentilhomme d'une plus jolie mine que vous. Seulement, je devine à votre teint brûlé par le soleil, à certains détails de votre toilette, que vous n'appréciez pas comme vous le devriez les avantages dont vous a doué la nature... Je m'intéresse beaucoup au bonheur de nos dames, et je tiens à ce que mes gentilshommes éclipsent en beauté et en élégance tous leurs rivaux des cours étrangères.

J'entends que vous alliez cejourd'hui même trouver mon lavandier et que vous lui demandiez en notre nom de vous fournir les poudres, essences et parfums destinés à notre personne. Je vous recommande particulièrement le savon de Castres. Son usage produit un merveilleux effet. Chevalier Sforzi, n'avez-vous aucune requête à nous adresser?

A cette question du roi, le cœur de Raoul battit avec violence. Le moment si ardemment souhaité d'obtenir justice du marquis de la Tremblais était donc enfin venu.

Le jeune homme se disposait à répondre, lorsque le duc de Joyeuse, dont l'impatience devenait de plus en plus bruyante, se leva de dessus son fauteuil, et s'adressant au roi:

— Sire, s'écria-t-il, je vous ferai observer qu'il est déjà près de six heures, et que, contrairement à l'étiquette de la cour et à l'ordonnance de votre médecin, vous n'avez encore fait demander ni votre bouillon, — car c'est aujourd'hui jour de chair, — ni votre vin. Il me semble que vous pourriez remettre à plus tard la fin de cet intéressant entretien avec M. Sforzi... Jour de Dieu! si vos amis ne prenaient soin de votre santé, vous changeriez en peu de temps à n'être plus reconnaissable. Et tenez, l'infraction commise ce matin à vos habitudes porte déjà ses fruits... La fraîcheur si éclatante tout à l'heure de votre teint a complètement disparu! Vous m'accusiez naguère de vieillir, tudieu! Regardez-vous dans un miroir et vous reconnaîtrez la justesse du dicton: Tel voit une paille dans l'œil de son voisin qui n'aperçoit pas une poutre dans le sien!...

—Ne te fâche pas, mon fils, dit Henri III,

tout en saisissant vivement un miroir dans lequel il se mit à se regarder, je reconnais mes torts. Chevalier Sforzi, vous donnerez votre adresse à l'un de mes gentilshommes de service; je vous reverrai bientôt. Que Dieu vous ait en sa sainte garde! Je vous recommande particulièrement le savon de Castres! Bien-aimé Joyeuse, fais avertir les deux gentilshommes de la chambre, mon médecin et l'officier du gobelet, qu'ils peuvent apporter le vin et le bouillon. Qu'on laisse entrer les princes, cardinaux, officiers de la couronne et secrétaires d'Etat. En effet, j'ai trop causé étant à jeun. Chevalier Sforzi, au revoir!

Au regard moqueur que le duc de Joyeuse lui adressa, Raoul comprit qu'il ne reverrait plus jamais le roi. Ce fut donc le cœur gros de désespoir et de colère qu'il s'éloigna du cabinet de Sa Majesté.

CHAPITRE V.

De Charybde en Scylla.

Un phénomène physique et moral, qui se reproduit toujours d'une façon invariable, fait que la trop grande violence d'un coup laisse sur le moment l'homme mortellement atteint insensible à la douleur.

Ce fut seulement après avoir traversé les vastes appartemens du Louvre que le chevalier Sforzi commença à se rendre compte de l'étendue de son malheur, à comprendre qu'il n'avait plus rien à attendre de la protection ou de l'appui du roi, et que Diane était perdue pour lui!

Alors une réaction complète s'opéra dans son esprit : son indomptable énergie, son rare courage firent place à un abattement extrême, à une prostration totale de ses facultés. Les pensées les plus extravagantes, les résolutions les plus lâches traversèrent son cerveau. Il eut l'idée de retourner en Auvergne, de se jeter aux pieds du marquis de la Tremblais, d'embrasser ses genoux, de lui demander grâce pour Diane.

Une sueur froide perlait sur le front de l'infortuné jeune homme, ses jambes pliaient sous le poids de son corps : il était fou de désespoir.

Incapable de poursuivre son chemin, il s'appuya sur la balustrade d'un balcon, et resta près d'une demi-heure dans l'immobilité de la mort.

Peu à peu l'air frais du matin le remit de son émotion, et lui rendit, avec la conscience de la réalité, le sentiment de sa va-

leur personnelle. Son juste orgueil s'indigna de l'accès de faiblesse qu'il venait d'éprouver: il eut honte de lui-même.

— Malédiction! murmura-t-il, suis-je donc un enfant ou une femme, pour me laisser abattre ainsi? Non, non, je ne reculerai pas! Si M. d'Arques se place entre le roi et moi, il me reste mon épée. Sa Majesté aime les vaillantes lames. M. le duc de Joyeuse n'est pas immortel... de son cadavre, je me ferai un marchepied pour arriver jusqu'au trône... Race maudite que celle des courtisans!... Vivre dans l'intimité du roi, pouvoir lui inspirer de généreuses résolutions, de grands desseins, et au lieu de cela, passer son temps à parler modes, à deviser sur les petits scandales de la cour!... Ridicules et efféminés mignons, qui semblables au lierre s'attachant au chêne, étouffez sous des nœuds de rubans, sous des monceaux de guipure, la vigueur de la royauté! malheur à celui de vous qui se trouvera sur mon passage! Après tout, pourquoi me désoler? Je n'ai point encore perdu la partie... L'accueil que m'a fait Sa Majesté a dépassé en bienveillance et en bonté, mes plus ambitieuses espérances... Lorsque les d'Arques et les Lavalette arrivèrent à la cour, ils étaient aussi inconnus, aussi obscurs que je le suis moi-même. Eh bien! aujourd'hui les seigneurs les plus hauts à la main, redoutent leur crédit, s'inclinent devant leur puissance.. Pourquoi ne parviendrais-je pas moi aussi!

Après ces réflexions qui calmèrent un peu son désespoir, Sforzi abandonna le balcon et descendit dans la cour du Louvre, où l'attendait son cheval.

D'un bond il se mit en selle, et il se dirigea, au petit trot de sa monture, du côté de la rue de l'Arbre-Sec, afin de couper en droite ligne vers le boulevart de la Porte-St-Antoine.

Le chevalier longeait le Louvre lorsqu'il vit déboucher, à une cinquantaine de pas devant lui, une nombreuse et brillante cavalcade composée de gentilshommes ; par un mouvement instinctif, il rangea son cheval contre la muraille. Or, cette manœuvre que Raoul exécutait machinalement, sans aucune arrière-pensée, était d'une extrême importance : elle lui donnait le haut du pavé et signifiait qu'il se considérait comme supérieur à ceux qui marchaient à sa rencontre.

— Mordioux! messieurs, s'écria en s'adressant à ses compagnons un jeune homme âgé d'environ vingt-huit ans qui tenait la tête de la cavalcade, il paraît qu'il y a deux rois en France? Car je ne reconnais à personne dans le royaume, si ce n'est à Sa Majesté, ou à M. le duc d'Anjou, ou à messeigneurs de Guise, en ce moment absens, le droit de prendre ainsi le pas sur moi!

— A moins que ce ne soit le redouté seigneur Bussy d'Amboise sorti de sa tombe, dit en riant un des gentilshommes.

Le jeune homme que les prétentions involontaires de Sforzi choquaient si fort prit assez mal cette plaisanterie.

— Monsieur, dit-il froidement à l'interrupteur, le seigneur de Bussy savait que mon épée ne le cédait en rien à la sienne; aussi quoique nous fussions ennemis, et qu'il eût annoncé à plusieurs reprises l'intention de me chercher querelle, est-il toujours resté vis-à-vis de moi dans les termes d'une exquise politesse.

Un imperceptible sourire d'incrédulité passa rapide et moqueur sur les lèvres du courtisan, qui toutefois n'essaya pas de continuer la discussion.

Le jeune homme qui se vantait d'avoir fait reculer le plus dangereux et indomptable duelliste de l'époque, le brave seigneur de Bussy, pouvait avoir, avons-nous dit, vingt-huit ans! Son visage, malgré la délicatesse de ses traits efféminés, présentait une expression de froideur, d'orgueil et d'arrogance qui en dénaturait la beauté. Son costume était d'une somptuosité sans égale; son justaucorps pointu, serré à la taille et entouré de petites basques, était de drap d'or; ses chausses étroites, accompagnées d'une trousse assez courte, avaient été taillées dans une merveilleuse pièce de soie; son manteau court, arrivant à mi-cuisse, et du plus beau velours, était brodé d'or et parsemé de pierreries fines.

De dessous ce manteau sortait le grand cordon de l'ordre, alors tout récent, du St-esprit! Enfin une fraise *goudronnée*, d'une ampleur extraordinaire, et une toque de velours entourée d'une torsade de perles d'un prix inestimable, complétaient ce luxueux accoutrement.

Toutefois, au désordre, au débraillé qui régnait dans l'ensemble de cette splendide toilette, il était facile de supposer que le magnifique costume porté par le jeune homme était plutôt une exigence de la position qu'il occupait à la cour, qu'une conséquence de son goût pour la parure.

De Sforzi, absorbé dans ses réflexions ne songeait plus à la cavalcade, lorsqu'une interpellation aussi violente qu'inattendue vint éveiller son attention.

— Place manant! criait une voix dure et brève. Vous obstruez le passage: allons, rangez-vous de côté!

La pensée que ces paroles lui étaient adressées, vint si peu à Sforzi, qu'il se retourna pour voir quelle était la personne si brutalement malmenée.

La route longeant le Louvre était complètement déserte.

Raoul tressaillit. C'était donc lui que l'on traitait d'une façon si injuste, si grossière.

Son incertitude ne fut pas de longue durée; une seconde interpellation, non moins énergique que la première, y mit bientôt fin.

Le jeune homme, décoré du cordon du Saint-Esprit, éperonnant son cheval, s'était élancé vers Sforzi, et, accompagnant son ordre d'un impérieux geste de tête:

— Ne m'avez-vous point entendu? reprit-il. Allons, dépêchez-vous de prendre le bas côté du pavé, ou mordioux! je vous envoie, en compagnie de votre bidet, rouler dans la poussière!

Provoquer Sforzi lorsqu'il se trouvait dans son état ordinaire d'esprit, c'était s'exposer à un imminent danger; mais venir l'insulter gratuitement, au moment où toutes ses passions étaient en jeu, c'était courir à une mort à peu près certaine.

— Monsieur, dit Raoul avec cet effrayant sang-froid que donne la colère poussée à ses dernières limites, est-ce bien à moi que vous parlez?

Pour toute réponse, le jeune homme leva d'un air dédaigneux et menaçant une houssine dont il était armé.

— Sang et carnage! s'écria Raoul, votre dernière heure est sonnée!

Alors, déchirant de l'éperon les flancs de son cheval, qui bondit de douleur, Sforzi dégaîna son épée et s'élança sur son adversaire.

L'action du chevalier avait été si prompte, que le jeune homme au luxueux costume eut à peine le temps de tirer un pistolet de ses fontes et de faire feu. Ce coup, presque à bout portant, aurait dû être mortel: la précipitation avec laquelle le lâcha le jeune homme sauva Sforzi; la balle coupa seulement l'aigrette de sa toque.

— A moi, messieurs! s'écria le courtisan en se retournant vers la cavalcade, à mon aide! à mon secours! on m'assassine!

— Non pas, mais on te châtie, dit Raoul, qui du revers de son épée frappa son ennemi au visage.

Un observateur, témoin sagace et indifférent de cette scène dont la durée ne dépassa pas une dizaine de secondes, aurait remarqué alors qu'à l'action de Sforzi les compagnons de son adversaire montrèrent plus de joie et d'étonnement que de colère.

Néanmoins ils n'hésitèrent pas à courir au secours de ce dernier : vingt épées brillèrent au soleil.

Se défendre contre des forces si supérieures n'était pas chose possible. Le chevalier prit promptement et bravement son parti.

Il repoussa son épée dans le fourreau, laissa tomber la bride sur le col de son cheval, se croisa les bras, et contemplant sans sourciller ses ennemis :

— Messieurs ! s'écria-t-il, si vous êtes des coupe-jarrets, laissez-moi au moins recommander mon âme à Dieu. Je n'essaierai pas de fuir. Si vous êtes des gentilshommes, ne vous déshonorez pas par un lâche et odieux assassinat. Vous êtes vingt, je suis seul. Mon sang ternirait l'éclat de vos blasons.

A ces paroles dites avec autant de fermeté que de dignité, la troupe des cavaliers s'arrêta indécise.

— Messieurs, reprit vivement Raoul, je vois que j'ai à faire à des gentilshommes. La noblesse a été insultée dans ma personne, qui, parmi vous, veut bien me servir de second ?...

Cette question resta sans réponse. Toutefois à l'air contraint, embarrassé des courtisans, il était facile de deviner que ce silence leur coûtait, et que tous, s'ils n'avaient été retenus par une considération puissante, auraient répondu avec empressement à l'appel de Raoul.

Ce fut l'adversaire de Sforzi qui reprit le premier la parole.

— Monsieur ! s'écria-t-il d'une voix étranglée par la colère, remerciez Dieu que notre rencontre ait eu lieu devant le Louvre. Un sujet loyal et respectueux ne peut se battre pour ainsi dire sous les yeux de son roi... Ma vengeance ne perdra rien pour attendre, je saurai vous retrouver dans un endroit plus convenable. Votre nom, je vous prie ?

— Monsieur, répondit Raoul en étendant le bras dans la direction du Louvre, je comprendrais mieux vos scrupules et votre délicatesse, si je n'apercevais d'ici, sur les murailles de la demeure de Sa Majesté, la marque laissée par la balle de votre pistolet. N'importe, je consens à admettre que vous avez cédé à un mouvement irréfléchi de fureur, que votre intention est de me revoir. Je m'appelle le chevalier Raoul Sforzi, je demeure à l'hôtellerie de la Corne-de-Cerf au boulevart de la Porte St-Antoine. Et vous, monsieur, qui êtes-vous ?

Le jeune homme, décoré du grand cor-

don du Saint-Esprit, hésita : bientôt un méchant sourire contracta sa bouche et d'une voix dont l'expression indéfinissable tenait le milieu entre la raillerie et la menace :

— Moi, Monsieur, dit-il, l'on m'appelle le vicomte de Lavalette ou, si vous préférez, le duc d'Epernon. Je vous assure que je suis assez connu à la cour pour qu'il vous soit donné de me retrouver sans peine.

Le favori de Henri III regarda alors du coin de l'œil Sforzi pour jouir du foudroyant effet que cette révélation devait, selon lui, produire sur son adversaire : son attente fut grandement trompée.

Le jeune homme, en apprenant qu'il se trouvait en présence de l'un des mignons de Henri III, vit dans cette rencontre le doigt de la Providence, et poussant un cri de joie sauvage :

— Ah ! c'est vous, monseigneur, s'écria-t-il, qui êtes le duc d'Epernon !... Par l'enfer ! c'est votre mauvaise étoile qui vous a poussé sur mon chemin : j'ai une double revanche à prendre sur votre personne.., Revanche de l'insulte personnelle que vous m'avez faite, revanche de la conduite impertinente que votre compagnon le duc de Joyeuse a tenue envers moi. Allons, monsieur le duc, pied à terre ! Si vous êtes victorieux, Sa Majesté donnera des louanges à votre valeur ; si vous succombez dans la lutte, des larmes à votre mémoire. Dans l'un comme dans l'autre cas, l'impunité vous est assurée. Pied à terre, vous dis-je, et terminons notre différend.

A la voix frémissante, à l'éclat du regard, à la contraction des sourcils de son adversaire, le duc d'Epernon sentit instinctivement que s'il acceptait la provocation immédiate de Sforzi, c'en était fait de lui.

Sous l'obsession d'une sinistre pensée, il devint d'une pâleur livide : sa main se porta doucement vers les fontes de ses pistolets.

M. le duc d'Epernon, qui, l'année précédente, avait eu le bonheur d'être blessé à ce siége de la Fère qui dévora tant de gentilshommes, et où le jeune d'Arques, devenu depuis peu duc de Joyeuse, perdit sept dents, — M. le duc d'Epernon n'aimait point à figurer, comme acteur, dans un duel. Doué d'un esprit positif, clairvoyant et ambitieux, analysant avec une rare sagacité les actions de sa vie, il avait compris depuis longtemps combien la gloire du spadassin était chose stérile, eu égard aux dangers auxquels elle l'exposait !

Bien différent des Quélus, des Maugiron et des Joyeuse, qui tous fougueux, brouillons, hardis, tiraient sous le moindre prétexte l'épée hors du fourreau, et d'une partie d'honneur faisaient une partie de plaisir, il avait toujours mis grand soin à éviter, le plus possible, les rencontres singulières !.. Aussi beaucoup de courtisans doutaient-ils de son courage.

Le roi seul, aveuglé par l'attachement sans borne qu'il portait à son favori, le croyait d'une bravoure et d'une témérité à toute épreuve ; il est juste d'ajouter que d'Epernon, sous le regard de son roi, se montrait d'une rare audace. Henri III, au souvenir de la fin tragique de ses bien-aimés de Quélus et de Maugiron, s'empressait alors d'interposer son autorité, et les larmes aux yeux, il suppliait le fougueux d'Epernon de modérer ses transports !

Chaque duel que d'Epernon sacrifiait à son amour pour le roi lui valait une nouvelle faveur.

Or, comme la fortune de d'Epernon avait pris un essor inouï, on peut juger du nombre considérable des affaires d'honneur qu'il avait évitées.

— Eh bien, monsieur, reprit Sforzi d'une voix railleuse, vous êtes-vous enfin mis d'accord avec votre courage ?

Le duc d'Epernon sortit tout doucement son pistolet à moitié de la fonte, et s'adressant à Raoul, soit pour distraire son attention, soit pour le pousser à un éclat qui motivât une prompte répression,

— Monsieur, lui dit-il, je ne sais encore si ce ne serait pas accorder trop d'importance à votre personne que de condescendre à mesurer mon épée avec la vôtre. Je ne puis, quelle qu'en soit mon envie, compromettre ma dignité avec le premier venu. Il existe des lois pour châtier les insolences de vos pareils, peut-être bien aurai-je recours à la sévérité de ces lois.

A cette réponse arrogante, Raoul sentit un nuage de sang passer devant ses yeux. Cependant, ne voulant point gâter par son emportement la bonté de sa cause, il parvint à se contenir.

— Monsieur, dit-il, Sa Majesté, en daignant admettre dans son intimité le jeune Caumont, que l'on prétendait n'être point gentilhomme, vous a donné un bel exemple d'humilité à suivre. Je ne vois pas en quoi M. Caumont, devenu le duc d'Epernon, ternirait sa gloire en acceptant le défi du chevalier Sforzi. Monsieur, ma patience est à bout ; ne me contraignez point, en me refusant une juste réparation, à des violences que je regretterais à coup sûr plus tard, mais

dont vous commenceriez par être la victime.

— Vous menacez, je crois ! s'écria d'Epernon.

Sforzi allait répondre, lorsqu'une voix d'un timbre mordant et charmant, tout à la fois, retentit près de lui, et arrêta la parole sur ses lèvres.

Cette voix partait de l'intérieur d'un coche qui depuis un instant s'était arrêté, sans que personne y prît garde, à quelques pas du lieu où se passait cette scène de violence.

— Monsieur le chevalier, disait la voix, tenez-vous sur vos gardes. Il faut toujours se méfier de M. le duc lorsqu'il caresse, et, en ce moment, M. d'Epernon caresse la crosse de son pistolet. Ne vous opiniâtrez pas à obtenir une réparation impossible ; conservez-vous pour l'avenir. Chevalier, si la prière d'une femme peut avoir quelqu'empire sur vous, remettez votre cheval au trot et éloignez-vous au plus vite. J'ai admiré votre valeur, la noblesse de vos sentimens, votre juste fierté. M. le duc est déjà mon ennemi ; je me ferai un véritable plaisir de mêler mes intérêts aux vôtres, de vous associer à ma vengeance. Vous devez voir à mon langage que je redoute très peu la colère de M. Caumont, que je ne crains pas de le mettre sur ses gardes. Ne pensez-vous pas, cher duc, que mon appui sera extrêmement utile à M. Sforzi ?

— Madame, s'écria d'Epernon avec cette hauteur que personne ne poussait aussi loin que lui et qui lui valait tant d'inimitiés à la cour, votre intervention ne fait que me confirmer dans l'opinion où j'ai toujours été, que vous ramassez, sans vergogne, des amans dans tous les rangs de la société ! La tournure de ce Sforzi vous plaît, voilà tout... Au revoir, madame, c'est moi qui vous le dis, nous nous retrouverons.

Le duc d'Epernon lâcha la bride à son cheval et s'éloigna aussitôt, suivi de son cortège de gentilshommes. Raoul, stupéfait du brusque dénouement de son aventure, se disposait à remercier la dame inconnue, lorsqu'elle l'arrêta par un geste.

— Monsieur, lui dit-elle avec une grande dignité de ton et de manières, je sais votre nom et votre adresse, je vous avertirai lorsque j'aurai besoin de vous.

Alors la dame fit signe à son cocher de poursuivre sa route ; celui-ci stimula aussitôt du fouet les mules confiées à sa direction, et la voiture partit au trot.

Sforzi, immobile sur son cheval, suivit longtemps des yeux le lourd véhicule ; il remarqua que plusieurs pages se tenaient aux portières et qu'il était accompagné d'une

8

escorte assez considérable de gentilshommes.

Ce ne fut qu'après avoir perdu la voiture de vue qu'il se remit en route.

— Quelle peut être cette femme ? se demandait-il ; comme ses beaux cheveux blonds, comme ses admirables yeux bleus s'harmonisent bien avec l'éclatante blancheur de son teint ! que d'audace et de noblesse sur son front ! que de flammes dans son regard ! tout, jusqu'à ses moindres mouvemens, décèle en elle une illustre origine ! Cette femme semble être faite pour porter la couronne ! La reverrai-je ? se souviendra-t-elle de moi ?

Pendant le reste du trajet qu'il lui fallut parcourir pour atteindre l'hôtellerie de la Corne-de-Cerf, le jeune homme ne songea qu'à l'inconnue : la pensée de Diane ne se présenta pas une fois à son esprit !

Sforzi aperçut en arrivant le capitaine de Maurevert qui l'attendait debout sur le seuil de la porte.

— Eh bien ! lui demanda l'aventurier, le roi vous a-t-il complimenté sur votre bonne mine ?

Sforzi prit le géant par le bras et l'entraînant dans son appartement, il lui conta tout au long l'emploi de sa matinée.

— Mille légions de diables ! s'écria le capitaine, voilà un pitoyable début ! Se faire dans la même heure deux ennemis de messieurs de Joyeuse et d'Epernon, c'est manquer de chance ! La rencontre de la belle blonde compense un peu, il est vrai, vos déboires du Louvre. Il y a peu de femmes, à Paris, qui possèdent un coche. Ce doit être une grande dame ! Allons, l'obligation de cinq cents écus que vous avez bien voulu me souscrire n'a pas encore perdu toute valeur. Il s'agit maintenant d'utiliser promptement, et avant qu'elle soit fanée, votre belle toilette ! Après tout, qui sait ?... Du moment que le Roi vous a conseillé l'usage du savon de Castres, et autorisé à vous adresser à son lavandier, c'est signe que vous lui avez plu. On verra !... on verra !...

De Maurevert parlait encore, lorsqu'à un coup discrètement frappé à la porte de sa chambre, il s'arrêta pour crier d'entrer. L'aubergiste de la Corne-de-Cerf se présenta.

— Messire, dit-il en s'adressant à Raoul, voici une missive qu'un valet vient d'apporter pour vous, en recommandant qu'elle vous soit remise en mains propres.

Le chevalier décacheta la lettre, et, après y avoir jeté les yeux :

— Ah ! dit-il, c'est la maîtresse de Phœbus qui veut bien m'annoncer qu'elle me

recevra aujourd'hui, chez elle, vers les deux heures de l'après-midi.

— Bon. Par Cupidon ! je suis ravi de cela, s'écria de Maurevert. A propos, cher Raoul, cette dame vous parle-t-elle, dans sa lettre, de la reconnaissance qu'elle vous doit ?

— Certes, capitaine.

— Allons, voilà qui va bien ! s'écria de Maurevert en se frottant joyeusement les mains ; on sait ce que signifie le mot reconnaissance dans la bouche d'une femme parlant à un jeune et joli garçon ! Définitivement je suis charmé que vous ayez acheté un galant et coquet costume. Je ne saurais trop vous le répéter, Raoul, les rendez-vous sont plus productifs que les duels. Je ne regrette qu'une chose, c'est de ne pas vous avoir demandé une reconnaissance de mille écus ! Enfin, ce qui est fait est fait : on ne peut revenir sur un marché conclu... N'importe, si jamais j'équipe encore de pied en cap un jeune damoiseau, je saurai me montrer plus exigeant et plus précautionneux que je ne l'ai été avec vous.

Raoul garda le silence : de toute le discours du capitaine il n'avait pas entendu un mot ; il pensait à la belle dame aux cheveux blonds qui était venue si à-propos pour le sauver de la trahison du duc d'Epernon.

CHAPITRE VI.

Le Repentir de Madeleine.

Peut-être s'étonnera-t-on de voir le chevalier Sforzi distrait de son amour pour Diane par la simple rencontre d'une inconnue. La passion que Raoul éprouvait pour la demoiselle d'Erlanges était certes profonde, ardente. Il lui aurait sacrifié sans hésiter, avec bonheur même, la réalisation de ses rêves ambitieux.

Il eût préféré vivre avec Diane dans une humble obscurité, dans une pénible médiocrité, que de jouir loin d'elle d'une existence fastueuse, d'une position élevée ! Et pourtant, à la pensée qu'il reverrait peut-être cette belle blonde dont la voix si mordante et si perlée retentissait encore à ses oreilles, son cœur battait avec violence, tout son corps frémissait !

Hélas ! c'est que l'esprit humain comporte rarement un sentiment entier ; dominé par la chaleur du sang, par l'impétuosité des émotions physiques, il présente, même chez les natures d'élite, un côté éminemment mesquin et vulnérable !... L'on serait effrayé s'il était donné de sonder les mystères du cœur, de la fragilité de certaines constances mémorables et devenues historiques.

Et puis, ainsi que l'avait avoué Sforzi au capitaine de Maurevert, lors de leur séjour à Tauve, il y avait en lui une sève de jeunesse qui l'effrayait ! Il ressentait parfois un besoin de luxe et de richesse, une soif de plaisirs, une fièvre d'activité réellement intolérables !

Toujours est-il que depuis une heure qu'il était de retour à l'hôtellerie de la Corne-de-Cerf, le chevalier, absorbé dans ses pensées, n'avait pas prononcé une seule parole.

La voix du capitaine de Maurevert l'arracha enfin à ses méditations :

— Cher ami, lui dit l'aventurier, vous me voyez d'une rare inquiétude au sujet de votre rendez-vous.

— Quel rendez-vous ? capitaine.

— Comment, quel rendez-vous ? Plaisante question ! Votre esprit chevauche-t-il donc à ce point à travers les champs de l'imagination, que vous ayez oublié qu'à deux heures de l'après-midi vous êtes attendu par l'ancienne maîtresse de Phœbus.

— C'est vrai, capitaine ! je n'y songeais plus.

— Vous n'y songiez plus. Parbleu ! et moi qui m'inquiétais parce que je vous croyais trop épris ! Car, sachez-le, cher compagnon, une fois que l'on laisse messire Cupido se mettre de tiers dans une intrigue, on peut être assuré qu'au lieu de rapporter d'honnêtes profits, cette intrigue ne vaudra que des ennuis ! Aussi me figurant que c'était votre rendez-vous qui vous rendait aussi silencieux et concentré, étais-je fort inquiet sur le sort de ma créance. Cher compagnon, il ne faut point passer d'un extrême à l'autre... L'indifférence est aussi dangereuse que la passion. Ce que je vous demande, c'est que, sans vous enamourer follement de l'ancienne maîtresse de Phœbus, vous éprouviez un raisonnable enthousiasme pour sa beauté !... Si des protestations exagérées de dévouement et de tendresse ne valent rien auprès des femmes, car se tenant alors assurées de leur empire, elles ne font plus aucun sacrifice pour vous retenir, il est également imprudent de leur montrer une froideur trop grande et de nature à les décourager !... Cher Raoul, si vous suivez mes conseils, si vous écoutez la voix de mon expérience, je vous prédis une brillante fortune, d'éclatans succès !...

— Capitaine, répondit Sforzi en souriant, j'ai bien peur que vous ne perdiez avec moi votre science. J'aime Mlle d'Erlanges de toutes les forces de mon âme ; mais si j'étais jamais assez infâme pour manquer à la foi jurée, ce serait, certes, sans aucun profit pour mon avenir. L'homme qui tire parti, au point de vue de son ambition ou de sa cupidité, de l'attachement qu'une femme lui porte, est, selon moi, un misérable, non seulement indigne de l'estime des honnêtes gens, mais dont la conduite mérite encore d'être publiquement flétrie.

— Par les charmes de noble dame Vénus, s'écria de Maurevert, d'un air désappointé, je ne me serais jamais attendu, cher compagnon, à tant d'ingratitude et de naïveté de votre part !... Pourquoi, si vos sentimens sont tels que vous achevez de les peindre, m'avez-vous souscrit une reconnaissance de cinq cents écus ? Ignorez-vous donc que la plupart, pour ne pas dire la totalité des seigneurs de la cour tirent grand honneur et profit des extravagances qu'ils font commettre aux dames et damoiselles. Voulez-vous vous singulariser par votre sauvagerie ? Ce serait d'un bien mauvais goût.

— Capitaine, dit Raoul d'un ton sérieux, vous m'obligeriez infiniment en cessant cette discussion ! J'ai le malheur d'être fort têtu et entier dans mes opinions ! Je craindrais, si vous insistiez davantage, qu'il ne s'ensuivît entre vous et moi une regrettable aigreur !

De Maurevert haussa les épaules d'un air dépité et garda le silence.

Cependant dix minutes avant que ne sonnât l'heure du rendez-vous donné au chevalier Sforzi, l'aventurier se rapprocha du jeune homme, et lui dit avec affabilité :

— Raoul, il n'est point convenable de faire attendre une femme. Il vous reste tout juste le temps nécessaire pour arriver au moment indiqué.

Sforzi une seconde fois tiré de sa rêverie, arrangea à la hâte sa toilette et partit en promettant au capitaine d'être de retour pour le souper.

— Bah ! s'écria de Maurevert dès qu'il fut seul, ce cher Raoul a peut-être, dans son inexpérience du monde, pris à son insu, et sans s'en douter, le meilleur chemin. Les femmes sont douées d'un tel esprit de contradiction, qu'il suffit parfois de refuser leurs présens pour qu'elles s'obstinent à vous en accabler. Moi, ce qui m'a toujours perdu auprès d'elles, c'est de demander trop tôt et trop haut des gages d'amour, tels que chaînes d'or, joyaux précieux, perles fines.

Raoul atteignit bientôt la demeure habitée par la maîtresse de l'épagneul : cette maison solitaire, à moitié ensevelie sous les épais ombrages d'un vaste jardin, et close de toutes parts par de hautes murailles, présentait un aspect triste et sévère.

Au premier coup de heurtoir, la porte s'ouvrit : évidemment le jeune homme était attendu.

Ce fut un vieux serviteur qui le reçut et lui servit de guide.

Raoul, après avoir gravi les marches d'un perron, pénétra dans l'intérieur de la maison.

Le serviteur ouvrit à deux battans une grande porte, annonça : M. le chevalier Sforzi ! et s'éloigna tout aussitôt.

La maîtresse de la maison reposait dans un vaste fauteuil. Elle se leva, salua le jeune homme et lui indiquant un siége placé à environ trois pas du sien, elle lui fit signe de s'asseoir.

Les arbres plantés devant la maison interceptaient tellement la clarté du jour, que Raoul ne distingua d'abord que confusément les objets qui l'environnaient. Ce ne fut qu'après s'être habitué à cette demi-obscurité, qu'il put se rendre un compte exact de l'endroit où il se trouvait. C'était un oratoire.

Un énorme Christ en chêne, suspendu à la muraille, un bénitier de marbre merveilleusement sculpté et soutenu par un groupe d'anges, un prie-dieu massif et deux fauteuils, composaient tout le mobilier de cette sombre retraite.

Quant à l'inconnue, elle présentait, dans toute sa personne, un cachet de mélancolie, de grâce et de distinction i remarquable, que Raoul se sentit subitement pris pour elle d'une tendre et respectueuse amitié.

Ses traits étaient d'une beauté accomplie; mais l'air de tristesse douce et résignée répandu sur son visage en tempérait l'éclat, et au lieu d'appeler l'admiration, éveillait la sympathie.

— Monsieur Sforzi, dit-elle d'une voix mélodieuse et pure comme une note de harpe, si j'ai hésité longtemps avant de vous recevoir, n'en accusez pas mon manque de reconnaissance ! Je vis tellement éloignée du monde, dans une retraite si absolue, que donner accès auprès de moi à un étranger constitue un grave événement dans mon existence !... Acceptez aujourd'hui, je vous prie, tous mes remercîmens pour l'appui que vous m'avez si bravement, si généreusement prêté !...

— Madame, répondit Raoul, je serais désolé que vous pussiez attribuer à la curiosité une question que je vous demanderai la permission de vous adresser. Le guet-apens dont vous avez failli être victime devait tirer son origine d'un sentiment de haine ou de vengeance ; la catastrophe que vous avez évitée peut se reproduire. Ne comptez-vous pas prendre des précautions pour votre sûreté ? Serais-je assez heureux pour pouvoir vous être de quelque utilité en cette circonstance ?

— Je vous suis reconnaissante de cette marque d'intérêt, chevalier. Oui, j'ai des ennemis puissans, acharnés à ma perte. Quant à me prémunir contre leurs mauvais desseins, je n'y songe pas, ma vie est entre les mains de Dieu. Béni sera le jour où, dans sa bonté infinie, il daignera y mettre un terme !

Ces paroles causèrent à Raoul une douloureuse émotion.

— Madame, reprit-il, j'ai vu souvent déjà, quoique jeune encore, des gens qui le matin appelaient la mort à grands cris, se trouver, le soir, au comble de la félicité... Peu de chagrins résistent à l'action du temps... Le souvenir d'un être adoré, descendu à la fleur de l'âge dans la tombe, souvenir d'abord horrible, intolérable, ne se change-t-il pas à la longue en une tristesse pleine de douceur et de charmes? Quand on croit au ciel, madame, il n'est pas permis de se désoler sur la terre.

— Hélas ! chevalier, dit l'inconnue en accompagnant sa réponse d'un soupir, lorsque le souvenir s'appelle remords, le temps ne fait qu'en augmenter la douleur, qu'en accroître l'intensité !

— Remords! dites-vous. Ce mot prononcé par vous et s'appliquant à votre personne me paraît, madame, sans signification aucune !

— Vous vous trompez, messire ; c'est le remords qui me tue.

A cet aveu qui ressemblait à un cri parti du fond du cœur, Raoul tressaillit ; un pénible et assez long silence régna dans l'oratoire, ce fut l'inconnue qui le rompit.

— Monsieur, dit-elle d'une voix étouffée et pleine de sanglots, je me nomme Mlle d'Assy.

Raoul s'inclina.

— Quoi, Monsieur ! s'écria l'inconnue ou mademoiselle d'Assy, votre regard ne fuit pas le mien ? Vous ne vous éloignez pas de moi avec horreur ? Ah ! c'est me montrer trop de générosité, trop d'indulgence !

—Madame, répondit Raoul de plus en plus étonné, vous me confesseriez avoir commis un crime que je ne vous croirais pas. Il y a en vous un parfum d'honnêteté et de vertu auquel on ne saurait se méprendre. Vous êtes digne de tous les hommages, de tous les respects.

Mlle d'Assy leva les yeux vers le Christ suspendu à la muraille, et d'une voix pleine de ferveur :

— Oh! merci mon Dieu, s'écria-t-elle ; que vous êtes bon, que vous êtes miséricordieux !.. Vous avez permis que mon nom ne fût pas livré à l'opprobre, vous avez bien voulu me sauver de l'ignominieuse célébrité qui devait s'attacher à mon nom !.. encore une fois, mon Dieu, soyez béni !

Mlle d'Assy fit une nouvelle pause.

Raoul, malgré la vive curiosité qu'il éprouvait, respecta son recueillement, et attendit pour continuer ce singulier entretien, que l'inconnue reprît la première la parole.

En ce moment la porte s'ouvrit et une charmante petite fille, à peine âgée de cinq ans, à la chevelure blonde et bouclée, à la physionomie vive et spirituelle, entra en idolâtrant dans l'oratoire, courut vers Mlle d'Assy, sauta sur ses genoux, et passant ses petits bras autour de son col :

— Tu m'avais promis de ne plus pleurer, maman, dit-elle, tu m'as trompée, pourquoi pleures-tu ?

Mademoiselle d'Assy sourit à travers ses larmes à sa fille, et pour toute réponse l'embrassa avec une tendresse passionnée.

Sforzi regardait la jolie enfant avec autant d'étonnement que d'admiration : la figure de la fille de Mlle d'Assy éveillait en lui un vague souvenir, lui rappelait confusément la ressemblance d'un visage qu'il avait déjà vu.

L'indécision de Sforzi n'échappa pas à la mystérieuse inconnue.

—Monsieur, lui demanda-t-elle brusquement tout à coup, connaissez-vous S. M. le roi de France ?

A cette question Raoul ne put retenir une exclamation de surprise. La jeune fille présentait, en effet, une ressemblance extraordinaire, surtout pour son âge, avec Henri III..

— Comprenez-vous à présent mes remords, monsieur Sforzi, reprit Mlle d'Assy avec véhémence. Me trouvez-vous toujours digne de tous les respects, de tous les hommages ? Oui, j'ai été, je le sais, indignement trompée ; on a abusé de mon innocence, de ma candeur ; on n'a reculé devant l'emploi d'aucun moyen pour me faire tomber dans

l'abîme. Aussi mon crime n'est-il pas dans ma chute. Il est dans l'amour qui l'a suivi, dans l'amour que j'éprouve encore pour l'auteur de mon déshonneur !... Que cet aveu, en me montrant à vous si infâme, si coupable, serve de châtiment à ma faute!... En vain, je prie Dieu, de me délivrer de cet amour inexplicable, en vain, j'essaye de mortifier mon corps sous le poids des pénitences, des austérités, cette passion fatale, insensée ne me laisse ni trêve, ni repos. Et pourtant, chevalier, devant Dieu, qui m'entend, devant Dieu, témoin de mes efforts, de mon repentir, je vous jure que plutôt que d'écouter les propos du roi, si le désir prenait à Sa Majesté de troubler le calme de ma solitude, je préférerais périr dans les plus affreux supplices, subir les plus épouvantables tourmens !

— Madame, répondit Raoul en proie à une vive émotion, votre humilité ne fait que vous grandir à mes yeux !... Ce que je disais tout à l'heure, je le répète encore plus que jamais ! Oui, vous êtes digne de toutes les admirations, de tous les respects.... — A présent, madame, je m'explique le crime dont vous avez failli être victime !... Votre beauté, votre amour, votre vertu menacent trop fortement la faveur de MM. de Joyeuse et d'Epernon, pour qu'ils n'aient pas déjà songé à se défaire de vous !...

Pendant que Raoul parlait, Mlle d'Assy était tombée dans une méditation profonde; au nom de d'Epernon elle releva vivement la tête, et d'une voix altérée :

— D'Epernon, répéta-t-elle, il a juré ma mort !

—La mienne aussi, madame, reprit Raoul en souriant tristement.

— D'Epernon est votre ennemi, messire ? Oh ! malheur à vous ! Mais non... je vous dois la vie... je vous sauverai... moi !

Mlle d'Assy déposa sa fille sur un carreau de velours placé au pied de son fauteuil.

— Henriette, dit-elle à la jolie enfant, repose ta tête sur mes genoux et tiens-toi tranquille, j'ai à causer avec monsieur ; tu me ferais de la peine en n'étant pas sage.

— Alors je vais dormir, maman, s'écria la jolie enfant en embrassant la main de sa mère.

Henriette tint sa parole. A peine eut-elle posé sa charmante tête sur les genoux de sa mère, qu'elle ferma les yeux et tomba dans un calme sommeil.

Mlle d'Assy reprit la conversation.

— Monsieur Sforzi, dit-elle, nous ne nous sommes encore rencontrés que deux fois ; la première vous m'avez sauvé la vie ; la seconde vous m'avez procuré l'ineffable bonheur dont j'étais depuis si longtemps privée, de pouvoir parler de lui !.. Comme toutes les personnes malheureuses je suis superstitieuse : il me semble que votre présence me porte bonheur, que le ciel lui-même vous a envoyé sur mon chemin !.. Monsieur, vous et moi nous avons un lien commun, le malheur !.. Dieu vous a-t-il donné une sœur, chevalier ?

— Hélas, madame, je suis sans famille !..

— Si la faute que j'ai commise ne me rend pas à vos yeux un objet de mépris et d'horreur, poursuivit Mlle d'Assy d'une voix confuse et en baissant la tête ; si vous croyez, chevalier, qu'une créature descendue aussi bas ait pu conserver encore quelque peu de générosité au cœur, alors ne vous détournez pas de moi avec dégoût, tendez-moi votre main... acceptez-moi pour sœur !...

La prière de Mlle d'Assy décelait une humilité si sincère, un si chaste et si noble abandon, que Raoul fut attendri jusqu'au fond de l'âme.

Par un mouvement spontané, il se leva de dessus son fauteuil, et pliant le genoux devant l'infortunée victime de la jeunesse du roi,

— Madame, s'écria-t-il en déposant sur sa main un respectueux baiser, les expressions me manquent pour vous dire la joie que me cause votre demande. Je ferai en sorte de justifier, par mon dévoûment et ma reconnaissance, l'insigne faveur que vous m'accordez.

Deux larmes qui, des yeux de Raoul, glissèrent sur la main blanche et satinée de la demoiselle d'Assy, complétèrent mieux que n'aurait pu le faire un long discours, la réponse du chevalier.

— Monsieur Sforzi, reprit l'ancienne maîtresse de Henri III, du moment que vous acceptez si généreusement l'offre de mon amitié, je vous dois certaines explications, certaines confidences. Peut-être bien ma honte n'est-elle pas sans excuse... Si j'ai aimé le roi, monsieur Sforzi, ce n'est pas parce que Sa Majesté était, à cette époque, le plus brillant gentilhomme de son royaume... non, mille fois non, c'est au contraire sa faiblesse qui m'a attaché à lui ; j'ai cru qu'il me serait possible, sinon d'ennoblir, au moins d'excuser ma chute, en sauvant le roi des pernicieux conseils, que des courtisans éhontés et ambitieux, lui donnaient pour capter ses bonnes grâces en flattant ses passions. De la gloire de Henri j'avais fait ma propre gloire ; aujourd'hui, si je l'aime

encore avec cette violence que je déplore, c'est seulement parce qu'il est malheureux, parce que je me reproche sa dégradation ! Oui, une fois engagée dans la lutte, j'aurais dû, pour conserver sur lui mon empire, ne reculer devant aucune humiliation, devant aucun sacrifice ! La lassitude, le dégoût se sont emparés de moi ; j'ai menti à mes résolutions, abandonné ma tâche ; j'ai été lâche ! Monsieur Sforzi, c'est un bien grand malheur que le roi ait ainsi perdu toute délicatesse, car Henri est né avec de nobles sentimens ; la bonté de son cœur est immense. Henri, simple gentilhomme, eût été un modèle de droiture et d'honneur. Pauvre Henri, il sait que je l'aime toujours, et lui aussi il m'aime encore !

Mlle d'Assy soupira, puis, refoulant par un puissant effort de volonté les sanglots qui de son cœur montaient à ses lèvres, elle reprit :

— A présent, chevalier, il est trop tard... Je voudrais ramener Henri à moi, que je ne le pourrais plus. D'Epernon le domine du haut de sa grande ambition, et d'Epernon n'est pas homme à lâcher sa proie. Au reste, je dois reconnaître que le nouveau favori du roi n'est pas un esprit ordinaire. Il possède, au point de vue des affaires d'Etat, des qualités éminentes. Sa ruse, sa ténacité, la netteté de ses jugemens, sa prescience de l'avenir, ses conceptions neuves et hardies, le mettent bien au-dessus de tous ceux qui l'entourent. Il est à la cour comme un géant au milieu d'un peuple de nains. Avoir un tel homme pour ennemi, c'est jouer une dangereuse partie.

— Madame, dit Raoul, Dieu, dans sa bonté et sa justice infinies, se plaît souvent à protéger les faibles, à terrasser les superbes ! Je mets en lui toute ma confiance ! J'ai ici bas un devoir à remplir, une âme à sauver, une pauvre opprimée à défendre ! Je combattrai donc M. d'Epernon, jusqu'à ce que je tombe vaincu et pour ne plus me relever ! Ne pensez-vous pas, madame, que si vous unissiez vos efforts aux miens, nous pourrions lui disputer la victoire ? Il me semble impossible que le roi, au souvenir de vos grâces et de votre vertu, ne s'empressât, si vous daigniez lui en témoigner le désir, de vous accorder une entrevue !... Une heure d'entretien avec Sa Majesté vous suffirait pour dévoiler M. d'Epernon, pour vous mettre à l'abri de ses sinistres projets !...

— Voir le roi ! s'écria la demoiselle d'Assy avec effroi ; oh ! jamais, chevalier, jamais !... Et puis, quand bien même je consentirais à tenter cette démarche suprême,

elle n'aboutirait à aucun résultat. MM. d'E-
pernon et de Joyeuse savent trop bien quelle
a été mon influence sur le roi, pour le
laisser arriver jusqu'à moi... Ils ont tort...
Quand la gangrène a gagné le cœur,
le mal est sans remède!... En ma présence, Sa Majesté protesterait, avec des sermens et des larmes, de son dévouement à
ma personne. Mais à peine aurait-elle repassé
le seuil de ma demeure, qu'un sourire de
Joyeuse, un reproche de d'Epernon rédui-
raient à néant ses bonnes résolutions.

— Je ne puis, madame, malgré la confiance sans bornes que m'inspirent votre
justice et votre jugement, croire à une si
extrême faiblesse d'une part, à une si o-
dieuse et infernale perversité de l'autre.

— Hélas! chevalier, je vous présente
pourtant les choses telles qu'elles sont. Je
vois toutefois que vous vous méprenez au
sens de mes paroles. Je prétends, il est vrai,
que M. d'Epernon tourne au profit de son
ambition personnelle l'influence irrésistible
qu'il exerce sur le roi, mais je n'entends pas
dire que M. d'Epernon sacrifie aux siens propres les intérêts de Sa Majesté; non pas! M.
d'Epernon,—et c'est là un mystère du cœur
humain inexplicable — est fort dévoué au
roi; il lui porte une amitié inaltérable, profonde, intime. Demain, Henri perdrait sa
couronne, que de tous ses serviteurs, devenus traîtres ou parjures, M. d'Epernon serait
le seul qui ne l'abandonnerait pas, qui lui
resterait fidèle. Pourquoi, chevalier, vous
qui êtes inconnu à la cour, vous, dont les
favoris n'ont pas pris ombrage, ne tenteriez-
vous pas la démarche que vous me conseillez? il me serait facile de vous donner accès
auprès de Sa Majesté.

— Hélas! madame, j'ai vu le roi ce matin, et, pour mon début à la cour, je me
suis attiré les mauvaises grâces de M. le duc
de Joyeuse, et l'inimitié de M. le duc d'E-
pernon... J'ai froissé le premier dans son
amour-propre, mortellement et publiquement offensé le second. Les portes du Louvre ne peuvent plus s'ouvrir pour moi!

— Quoi, vous avez vu Henri ce matin
même, et vous ne m'en disiez rien, s'écria
vivement mademoiselle d'Assy. Oh! je vous
en conjure, racontez-moi dans ses moindres
détails la façon dont s'est passée cette audience.

Raoul obéit : tant qu'il parla, l'âme de
mademoiselle d'Assy resta suspendue à ses
lèvres.

— Hélas! murmura-t-elle lorsque Raoul
eut achevé son récit, ce serait pour moi le
comble de l'avilissement que d'entrer en ri-

valité avec M. de Joyeuse... Chevalier Siorzi,
continua la demoiselle d'Assy, il me faut à
présent connaître votre passé, savoir quels
sont vos désirs, vos espérances; le rôle d'u-
ne sœur est de se réjouir des joies de son
frère, de souffrir de ses douleurs...

Raoul ne se fit pas répéter cette prière : lui
aussi, il était heureux de trouver un cœur
capable de comprendre et d'apprécier son
amour pour Diane d'Erlanges! A plusieurs
reprises les larmes de la demoiselle d'Assy lui
prouvèrent l'intérêt sincère qu'elle prenait à
ses infortunes!

— Ah! chevalier, combien, malgré les
tourmens que vous cause votre incertitude
sur le sort de votre bien aimée Diane, vous
êtes moins à plaindre que moi! combien votre sort est préférable au mien, s'écria enfin la demoiselle d'Assy. Il vaut cent fois
mieux subir la persécution des méchans,
que de fléchir sous le poids des remords.
Chevalier, la position désespérée de Mlle
d'Erlanges vous trace votre ligne de conduite. Vous devez, malgré l'inimitié des d'Epernon et des Joyeuse, retourner auprès du
roi. Il faut que Sa Majesté vous écoute, vous
rende justice. Quelque répugnance que j'é-
prouve à me trouver mêlée à une intrigue
de cour, disposez, en cette circonstance, à
votre gré du crédit éphémère, de la puissance d'une heure que je puis encore conquérir.

— Madame, tant de générosité...

— Vertueuse et charmante Diane, interrompit la demoiselle d'Assy, Dieu aidant
nous te sauverons!.. Chevalier, ne connaissez-vous personne à même de vous servir
auprès de Sa Majesté? N'avez-vous pas quelque ami puissant en crédit auprès de la
reine Catherine? Le roi craint encore sa
mère, et Catherine, effrayée de l'ascen-
dant chaque jour croissant du duc d'E-
pernon sur son faible fils, essaye de
miner sourdement le crédit du favori.
Catherine, je ne l'ai que trop appris par
expérience, est une femme de résolution;
elle ne recule, pour atteindre son but, devant l'emploi d'aucun moyen extrême... Si
vous obteniez son appui, si en haine de
d'Epernon elle prenait votre cause en main,
vous auriez de grandes chances de succès.

— Hélas! mademoiselle, répondit Raoul,
je suis seul et isolé dans ma faiblesse!...
Dans tout Paris je ne compte qu'un ami, et
encore cet ami — le capitaine de Maurevert — ne jouit-il pas d'un immense crédit.
Mais j'y songe... Oh! non... cela est impossible...

— Expliquez-vous, chevalier.

—Ce matin même, pendant que je malmenais M. Lavalette, une femme, montée dans un coche, passa près de moi. Cette femme, d'une beauté de reine, à l'air altier, à la voix ironique et mordante fit arrêter son *carroche* et prit hardiment ma défense. Elle traita le duc d'Epernon avec une hauteur mieux encore, avec un mépris sans nom. Elle lui déclara en face qu'elle était son ennemie, que de ma cause elle faisait la sienne, et elle partit en m'assurant de sa protection. Compter sur cette promesse, ce serait de la folie, n'est-ce pas, madame ?

— Pourquoi cela, chevalier ?... Au contraire !... Et vous ignorez quelle était cette femme ?

— Oui, Madame, je l'ignore.

— Elle était belle, dites-vous ?

—Je vous le répète, Madame, d'une beauté de reine ! Sur son front resplendissait tant d'audace et de fierté, que j'ai cru y voir une couronne. Sa voix, quoique d'un timbre charmant, avait des notes impérieuses et hautaines qui décelaient l'habitude du commandement.

— N'avez-vous point remarqué la livrée de ses gens ?

— Non, madame; je sais seulement que sa suite était nombreuse.

— Oui, c'est bien cela, ce doit être elle, dit à demi-voix et comme se parlant à elle-même la demoiselle d'Assy.

— Connaîtriez-vous cette femme? reprit Sforzi avec une vivacité des plus marquées.

— Je l'ignore, chevalier. Vos renseignemens se rapportent parfaitement à l'une des plus grandes dames du royaume, si j'ai deviné juste. Si je ne me trompe pas, soyez assuré que le hasard ne pouvait mieux vous servir. Cette femme est d'une audace à ne reculer devant rien, pas même devant le prestige de l'autorité royale ! Si, comme elle vous l'a assuré, de votre cause elle fait la sienne, je ne désespère pas de votre triomphe. Je dois pourtant vous avertir, M. Sforzi, que, malgré le vif intérêt que m'inspire le malheur immérité de votre bien aimée Diane, je ne joindrai jamais mes efforts à ceux de votre puissante protectrice.

La haine tenace, implacable, que cette femme porte au roi, les criminels projets qu'elle médite et qu'elle ne craint point d'avouer, de proclamer hautement, empêchent entre elle et moi toute liaison, tout rapprochement. Un dernier mot, chevalier. Je ne mets pas un instant en doute la noblesse et la loyauté de votre caractère, je vous reconnais incapable d'une félonie, d'une honteuse action, et pourtant je tremble en pensant à quelle dangereuse alliée vous allez vous unir.... Tenez-vous sur vos gardes... Cette femme est douée d'une irrésistible puissance de séduction. Chaque fois que sa vanité ou son intérêt s'est trouvé en jeu, il lui a suffi d'un regard pour changer en une folle adoration l'ardente inimitié de ses adversaires les plus déclarés. Cette femme a des sourires qui enivrent, qui rendent fou. N'oubliez jamais, chevalier, qu'après le crime de sacrilége il n'en est pas de plus odieux pour un gentilhomme que celui de lèse-majesté. Tenez-vous bien sur vos gardes !

Raoul, singulièrement intrigué par la réponse de la demoiselle d'Assy, réfléchissait à la façon dont il devait s'y prendre pour obtenir d'elle de plus amples renseignemens, lorsque le réveil de la petite Henriette mit un terme à la conversation.

— Chère maman, dit la jolie enfant en embrassant la demoiselle d'Assy, que j'ai donc fait un beau rêve !...

— Quel rêve, ma bonne Henriette !

— J'étais au Louvre, dans une salle toute dorée... le roi me tenait sur ses genoux, m'appelait son enfant et m'offrait des oranges et de l'hyppocras. N'est-ce pas, maman, que quand je serai grande, tu me mèneras à la cour ?

— Oh! jamais! jamais! s'écria la demoiselle d'Assy avec une indéfinissable expression d'effroi, et en serrant sa fille contre sa poitrine.

Sforzi se leva alors et prit congé de l'infortunée maîtresse de Henri III.

— Monsieur Sforzi, lui dit-elle, j'espère vous revoir bientôt. En attendant, je prierai Dieu pour ma sœur bien-aimée, Diane d'Erlanges.

Raoul s'éloignait lorsque la demoiselle d'Assy le rappela.

— Chevalier, reprit-elle, le courage des hommes ne peut rien sans l'appui du ciel... Acceptez, je vous en prie, ce reliquaire ; il contient un vrai morceau de la sainte croix. Je serai moins inquiète, plus tranquille en vous sachant, au milieu des dangers qui vous environnent, sous la sauvegarde de ce talisman.

La demoiselle d'Assy ôta alors une chaîne d'or qui entourait son col et la passa à celui de Raoul.

Refuser un pareil présent, offert d'une telle façon, n'était pas chose possible, le jeune homme l'accepta.

Une demi-heure plus tard le chevalier Sforzi arrivait à l'hôtellerie de la *Corne-de-Cerf*.

Cette fois, le capitaine de Maurevert ne s'était pas contenté de l'attendre sur le seuil de la porte; il s'était rendu à sa rencontre.

— Cher compagnon, lui dit-il, en lui donnant une chaleureuse embrassade, je vous apporte d'excellentes nouvelles. Par la mémoire de l'avisé et plaisant gueux Diogène! les proverbes ont du bon: je reconnais, quant à moi, la parfaite justesse de celui-ci: « Aux innocens les mains pleines! »

— Auriez-vous reçu des nouvelles de Diane? s'écria Sforzi.

— Morbleu! il s'agit bien de Mlle d'Erlanges! répondit l'aventurier d'un air dépité. Que diable! il est un temps pour tout... Mademoiselle d'Erlanges, mademoiselle d'Erlanges!... Eh bien! si on la retrouve, on l'aimera... Pourquoi ne vous donne-t-elle pas de ses nouvelles? Pourquoi n'accourt-elle pas auprès de vous? Sa conduite ne montre ni dévoûment, ni délicatesse.... Par Cupido! si son affection était sincère, elle aurait bien trouvé déjà le moyen de se rendre à Paris. Ne parlons plus, je vous prie, de la demoiselle d'Erlanges... Chevalier, pendant votre absence, un valet déguisé en bon bourgeois est venu prendre des informations sur votre compte. Moi, j'ai deviné le stratagème, et alors, dam! j'ai agi de force et de ruse pour savoir le fin mot de ce mystère. J'ai rossé le valet et je lui ai payé à boire. Le misérable, c'est une justice que je me plais à lui rendre, s'est galamment conduit. Il a reçu mes gourmades sans se plaindre, et il a bu mon vin à ma santé. Toutefois, j'ai compris, à certaines paroles qui lui sont échappées, que sa maîtresse est une des plus grandes et des plus honnêtes dames de la cour!... Elle doit être en outre extrêmement riche, car la discrétion d'un valet est une chose qui se paie d'un prix exorbitant, et mon drôle s'est laissé stoïquement assommer sans trahir son secret!... Voici au reste, heureux Raoul, une missive que le susdit coquin a laissée pour vous! Vous plairait-il de me donner connaissance du contenu?... Pour bien engager une affaire amoureuse, il faut une expérience et un tact que vous ne possédez pas encore!

— Capitaine, répondit le jeune homme d'un ton sévère, si vous attachez le moindre prix à mon amitié, ne vous avisez plus jamais, je vous le demande en grâce, de vous exprimer avec irrévérence sur le compte de la demoiselle d'Erlanges!.. Malgré tout l'attachement que je vous porte, il me serait impossible de supporter, à ce sujet, le peu de convenance de votre langage. Quant à cette missive, libre à vous de la lire en entier!..

— Il sera fait selon votre plaisir, répondit de Maurevert, — Après tout, je suis loin de contester les mérites de la demoiselle d'Erlanges; je me rappelle même que jadis je l'aimais fort!

Après cette concession faite à l'amour de Sforzi, le capitaine s'empressa de décacheter la lettre apportée par le valet déguisé.

« Monsieur le chevalier, y était-il dit, ce » soir, à neuf heures, un homme se pré- » sentera à la porte de votre hôtellerie; il » vous abordera par les mots de : Guise et » Italie. Si, comme je n'en doute pas, vous » avez du cœur, vous vous laisserez bander » les yeux, puis guider par cet homme... » J'ai admiré ce matin votre fierté, je serais » heureuse de pouvoir rendre justice ce soir » à votre courage. »

— Eh bien! chevalier, demanda de Maurevert après la lecture de ce billet, que vous en semble? C'est, ou une déclaration ou un piège. Il retourne de la belle blonde ou du d'Epernon... Que comptez vous faire?

— J'irai, car il s'agit du bonheur de Diane, répondit Raoul avec un certain embarras.

— Le fait est que qui ne risque rien ne gagne rien, reprit de Maurevert; et puis, comme vous venez de l'observer si judicieusement, il s'agit du bonheur de Diane! Au reste, je serai là.

De Maurevert remarqua alors la chaîne d'or du reliquaire que la demoiselle d'Assy avait donnée à Raoul.

— Eh! eh! murmura-t-il d'un air joyeux, ce cher compagnon, si rigide ce matin, a bien promptement changé de manière de voir. Tudieu! une belle chaîne! Elle vaut bien de cent dix à cent quinze écus. Eh! eh! messire Raoul, là où Joseph laissait son manteau, vous emportez, vous, une chaîne d'or! Parbleu! l'avantage de la comparaison n'est pas en l'honneur de Joseph.

CHAPITRE VII.

Le Rendez-vous.

Les aventures les plus tragiques et les plus bizarres étaient si fréquentes au seizième siècle, qu'elles n'avaient même plus à cette époque le privilége de passionner la curiosité publique.

Les innombrables intrigans italiens qui, désireux d'exploiter la puissance de la reine Catherine de Médicis, leur compatriote, s'étaient abattus sur la France, ainsi que ces nuées de sauterelles dont parle la Bible, avaient métamorphosé le vieux Paris en une nouvelle Venise.

Les nuits avaient de terribles mystères !

Le contenu du billet reçu par Sforzi n'étonna donc ni le jeune homme ni son compagnon d'armes le capitaine de Maurevert !

Aller les yeux bandés à un rendez-vous était un usage généralement reçu.

Aussi la cupidité ou la vengeance se servaient-elles parfois de ce moyen pour attirer leurs victimes dans un piège.

Dès huit heures précises de Maurevert ayant achevé son souper repoussa de devant la table l'escabeau sur lequel il était assis, et s'adressant à Raoul :

— Cher compagnon, lui dit-il, plus je réfléchis à votre rendez-vous, et moins je suis effrayé. J'avais d'abord pensé au d'Epernon, mais le d'Epernon est trop rusé pour vouloir vous tendre une embûche le soir même du jour où vous l'avez si rudoyé. Il doit présumer que vous vous tenez sur vos gardes ; et quitte à vous payer plus tard l'intérêt et l'arriéré de sa haine, il laissera s'écouler au moins une semaine avant de rien entreprendre contre votre personne. Reste donc la supposition, extrêmement probable, que vous avez captivé le cœur de l'inconnue à la blonde chevelure... Cher compagnon, croyez-en mon expérience, si vous vous jetez tout de suite à la tête de la belle affolée, si vous lui montrez un empressement trop marqué, si vous lui laissez deviner combien sa bonté à votre endroit vous ravit et vous enchante, vous gâterez pitoyablement cette magnifique affaire, et vous perdrez une occasion de fortune qui ne se représentera peut-être plus d'ici à longtemps.

— Capitaine, interrompit Sforzi, vous vous méprenez étrangement sur mes intentions futures. Si j'ai accepté le rendez-vous de cette nuit, c'est uniquement afin de me procurer une protection puissante et dans le seul espoir que je pourrai venir au secours de Diane. D'abord, je ne crois nullement à ce grand caprice que, selon vous, j'ai inspiré ; ensuite, ce caprice existerait-il, que mon amour pour Mlle d'Erlanges, me mettrait à l'abri de la séduction. Enfin, en supposant que mon cœur, libre de tout engagement, vide de toute affection, se laissât aller à une passion passagère, ce serait sans aucune arrière-pensée d'ambition. Quand on n'a pour fortune et apanage que son honneur, c'est bien le moins qu'on le conserve avec soin, que l'on en soit avare.

De Maurevert accueillit par un geste d'impatience la profession de foi de Sforzi. Il allait répondre, lorsque son regard rencontra de nouveau la chaîne d'or que la demoiselle d'Assy avait passée le matin au col du jeune homme.

Alors un sourire moqueur apparut sur les lèvres du capitaine : son visage s'épanouit.

— Ce cher Raoul, murmura-t-il, est la discrétion en personne !... Ne le contrarions pas ; il faut avoir de l'indulgence pour les travers et les défauts de ses amis... l'essentiel, c'est que le rendez-vous de ce soir aboutisse à un résultat sérieux et ne soit pas perdu !

Bien aimé compagnon, reprit de Maurevert, puisque mes conseils paraissent vous importuner, je vous abandonne à vos propres inspirations... J'ai moi aussi une certaine affaire de quelque importance à terminer ce soir. Je vous quitte !... Bonne chance !...

De Maurevert se leva de table, agrafa son épée, passa dans sa ceinture une paire de pistolets, jeta un manteau sur ses épaules, et sortit : Raoul ne lui adressa aucune question et n'essaya pas de le retenir.

Une fois hors de l'hôtellerie de la Corne-de-Cerf, de Maurevert s'éloigna à pas de géans ; mais bientôt il s'arrêta, et après avoir examiné avec une scrupuleuse attention les lieux environnans, il se blottit dans l'enfoncement d'une porte, et resta immobile comme une statue.

A neuf heures sonnant, Raoul sortit à son tour de l'hôtellerie. Le cœur du jeune homme battait avec violence ; une vive rougeur empourprait son visage.

Sforzi ne se mentait-il pas exprès à lui-même en attribuant son émotion à la joie que lui causait la pensée qu'il allait peut-être trouver enfin un puissant protecteur ?

A peine Raoul venait-il de franchir le seuil de la porte qu'un homme masqué et enveloppé dans un vaste manteau, — quoique la chaleur de l'atmosphère fût étouffante — s'avança à sa rencontre, et, s'inclinant respectueusement devant lui :

— Italie et Guise ! dit-il à demi-voix.

— Je suis prêt, monsieur, répondit le jeune homme. Veuillez m'indiquer le chemin.

— Messire, répondit le guide toujours à voix basse, permettez, auparavant, que je place un bandeau sur vos yeux.

— Donnez ce bandeau, je l'attacherai moi-même, dit Raoul.

L'inconnu hésita.

— Messire, dit-il, votre parole de gentilhomme que vous fixerez ce bandeau d'une façon loyale ?

— Je vous la donne !...

L'homme masqué remit alors au chevalier une écharpe de soie admirablement brodée et imprégnée d'un délicieux parfum.

Raoul — ainsi qu'il l'avait promis — attacha consciencieusement le riche tissu autour de sa tête,

—Veuillez à présent, reprit l'inconnu, me donner votre main et me suivre.

Quoique, nous le répétons, l'aventure qui arrivait à Raoul, ne constituât nullement à cette époque un événement extraordinaire, l'imagination et la curiosité du jeune homme n'en étaient pas moins puissamment excitées.

Les suppositions les plus étranges, les plus diverses, les plus invraisemblables se présentaient en foule à son esprit. Il se perdait en conjectures, et des moindres circonstances tirait des conséquences hasardées qui le plongeaient encore plus avant dans le doute et dans l'incertitude.

La finesse et la beauté du tissu placé sur ses yeux, le parfum qui s'en exhalait, les égards que lui montrait son guide, le confirmaient toutefois de plus en plus dans la conviction que Mlle d'Assy ne s'était point trompée en l'assurant qu'il avait affaire à une des plus hautes et puissantes dames du royaume.

A peine Sforzi et son guide masqué eurent-ils franchi une distance d'environ cent pas, que de Maurevert, sortit de l'enfoncement où il s'était réfugié et se mit à les suivre avec une précaution et une dextérité qui prouvaient combien une semblable manœuvre lui était familière.

—Par Vénus, se disait le capitaine, c'est un brave compagnon que ce Sforzi ; il marche d'un pas également ferme et assuré à l'amour et à la bataille. Ce serait vraiment pitié que l'on daguât un si gentil damoiseau. Il y a en lui de l'étoffe et de l'avenir. Je gagerai mon arquebuse contre une escopuille que si je l'avais prévenu de l'intention où j'étais de veiller à sa sûreté et de l'escorter, il y aurait mis empêchement. Par la mort ! malheur à celui qui tenterait d'abuser de sa noble confiance ! de lui causer dommage ! je le hacherais menu comme chair à pâté !... Eh bien, parole d'honneur, je suis content de moi !... On éprouve parfois dans la vie certaines heures de faiblesse où commettre une bonne action, est chose douce et agréable au cœur ! Or, la main sur ma conscience, je te déclare, excellent de Maurevert, qu'en ce moment tu n'obéis nullement à un sentiment d'égoïsme ou d'avarice !.. Si tu prends un tel souci de la personne de Raoul, ce n'est pas par crainte de perdre, s'il lui arrivait malheur, les cinq cents écus qu'il te doit. Tu sacrifierais même volontiers sans hésiter cette somme, pour épargner à ton cher compagnon un vilain coup d'épée. Tu veilles sur Raoul, uniquement parce que tu l'aimes. Ami de Maurevert, tu es un grand sacripant, j'en conviens, tu as commis bien des inconséquences, bien des légèretés, c'est possible, c'est même certain ; mais, malgré tout, il y a encore en toi du bon. Je n'ose ajouter que je te vénère, mais là, franchement, je t'estime.

Pendant que le capitaine se livrait à ce monologue si flatteur pour sa personne, Raoul et son guide, gagnant du terrain, étaient arrivés à l'endroit connu, il y avait de cela quelques années, sous le nom des Tournelles, et appelé depuis peu le Marché-aux-Chevaux.

C'était là que, trois ans auparavant, avait eu lieu ce fameux duel dans lequel Quélus, Maugiron, Livarrot, Entraguet, Ribérac et Schomberg se battirent avec un tel acharnement, que tous, excepté Entraguet et Livarrot, moururent, soit sur le coup, soit peu de temps après, des suites de leurs terribles blessures.

Le Marché-aux-Chevaux, peu fréquenté le jour par les piétons, était, la nuit venue, complétement désert.

De Maurevert dut donc user de précautions infinies, déployer une adresse rare pour parvenir, sans être aperçu, jusqu'à une petite maison devant laquelle l'homme masqué s'arrêta.

Presque aussitôt la porte de cette maison s'ouvrit, et le chevalier Sforzi, toujours accompagné de son guide, disparut dans l'intérieur de l'habitation isolée.

— Eh ! eh ! murmura le capitaine d'un air joyeux, cette bicoque que j'ai souvent déjà remarquée en passant présente un aspect mystérieux, provoquant, dont j'augure d'excellentes choses. Décidément, il retourne du gentil Cupidon et non du terrible Mars !.. Si je m'éloignais ? non pas, de Maurevert mon ami, il faut au contraire rester ferme au poste et faire bon guet : on a parfois vu des maris, à l'exemple de ce vilain ours Charles de Chambre, comte de Monsoreau, dans son château de la Coutancière, assaillir perfidement et à forces supérieures, les galants et hardis gentilshommes que leurs femmes avaient le bon goût de leur préférer... Que diable, une nuit est bientôt passée ! Le temps est magnifique, la température admirable, il me semblera que je suis campé dans une plaine d'Italie...

De Maurevert, après s'être rapproché de la maison dans laquelle Raoul était entré, étendit son manteau sur le gazon, tira ses pistolets de sa ceinture, dégaîna son épée, qu'il plaça à portée de sa main, puis ces apprêts terminés, il desserra un peu ses chausses et se coucha de l'air d'un homme très satisfait de lui-même.

Tandis que le capitaine adoucissait autant que possible l'ennui et la fatigue de sa faction nocturne, un homme, qui depuis l'hôtellerie de la Corne-de-Cerf avait marché derrière lui en usant des mêmes précautions que de Maurevert déployait de son côté pour suivre Raoul et son guide, se tenait soigneusement caché, non loin de là, derrière un buisson.

Bientôt, n'entendant plus le bruit de la marche lourdement cadencée du capitaine, cet homme, se croyant sans doute seul, quitta son abri et s'avança doucement dans la direction de la petite maison. Malheureusement pour l'espion, le capitaine de Maurevert avait acquis, grâce à sa grande habitude des camps, une légèreté de sommeil extraordinaire. De Maurevert, pour nous servir d'une expression qu'il employait volontiers lui-même, savait dormir éveillé.

Aussi à peine l'homme sorti de derrière le buisson eut-il avancé de vingt pas, que le capitaine dressa l'oreille, se souleva à moitié en s'appuyant sur son coude, et arma sans bruit ses deux pistolets :

— Parbleu, pensait-il, tout en essayant de percer du regard l'obscurité de la nuit que j'ai donc agi sagement en bivouaquant sur le champ de bataille!.. Il rôde des Monsoreau dans les environs!... Par la mort ! si ce vilain loup-garou compte surprendre mon gentil Raoul et l'occire sans danger pour sa laide et jalouse personne, il se trompe du tout au tout ! Il lui faudra d'abord en découdre avec moi de la belle sorte! L'humilité du rôle que je remplis, la conscience du désintéressement, de la vertu que je déploie en cet instant, centuplent mes forces et me donnent une merveilleuse vigueur de poignet ! Je me sens d'appétit à dévorer une demi-douzaine d'hommes... Attention ! voici le Monsoreau qui se rapproche.

Quoi ! il n'est pas accompagné... Sur ma parole, son sort me cause presque de la pitié.... Je vais l'exterminer de telle façon que lorsque ses complices accourront à son secours, ils ne trouveront plus ni traces ni vestiges du jaloux... Mille tonnerres! les nua-

ges qui cachent la lune ne se déchireront-ils pas?... J'aime à jouir du spectacle de mes prouesses, à admirer mes coups....

De Maurevert n'avait pas encore achevé d'exprimer ce vœu, lorsqu'un hasard étrange l'exauça avec un rare à-propos.

La lune sortit radieuse des noires vapeurs qui l'enveloppaient, et inonda l'atmosphère de ses pâles et doux rayons.

Alors s'élançant le pistolet au poing sur l'espion qui ne se trouvait plus qu'à une dixaine de pas de lui, le capitaine le saisit par la gorge et lui appuyant son arme sur la poitrine!..

— Pas un mot, lui dit-il d'une voix basse, mais énergique, ou tu es mort !

Le capitaine avait accompli son agression avec une si irrésistible et si impétueuse rapidité, que l'homme surpris n'aurait pu, quand bien même telle eût été son intention, opposer à cette attaque la moindre résistance.

— Par les cornes du diable ! reprit le capitaine toujours sur le même ton, tu dois être, comme tous les jaloux, tes semblables, d'une laideur achevée. Te plairait-il de me procurer la vue de ton museau ?

Alors de Maurevert sans desserrer ses doigts passés autour du col de la victime à moitié étranglée, étendit le bras et plaça l'inconnu sous un rayon de la lune.

A peine le capitaine eut-il jeté les yeux sur le visage de son prisonnier, qu'il ouvrit la main et poussant une exclamation d'étonnement.

— Est-ce possible!.. Quoi! c'est toi, mon brave Lehardy ? s'écria-t-il.

Le serviteur de la demoiselle d'Erlanges, — car en effet c'était bien lui, — ne répondit pas tout d'abord ; la pression exercée sur sa gorge par la main de fer du capitaine, ne lui permettait pas de tirer un son de son gosier. Enfin, l'usage de la parole lui étant revenue :

— Oh ! ma pauvre bonne et chère maîtresse, s'écria-t-il les yeux pleins de larmes, vos pressentimens ne vous ont pas trompée; M. Sforzi, parjure à sa foi, traître à ses sermens !... A qui se fier désormais ?

Et Lehardy, après avoir dit ces mots, sans plus s'inquiéter de la présence de de Maurevert que s'il ne l'avait jamais vu avant cette rencontre, s'éloigna à grands pas.

———

CHAPITRE VIII.

La Petite maison.

Une fois que la porte de la petite maison du Marché-aux-Chevaux se fut refermée sur le chevalier Sforzi et sur son conducteur, ce dernier ôta son masque et avertit le jeune homme qu'il pouvait retirer le bandeau placé sur ses yeux.

Raoul ne se fit pas répéter cette invitation; il dénoua promptement l'écharpe et regarda autour de lui avec un vif empressement.

A la lueur incertaine d'une lampe suspendue à la muraille, il aperçut qu'il se trouvait dans un étroit corridor, terminé par un escalier.

— Veuillez prendre la peine de m'attendre un instant, lui dit son introducteur, je vais avertir ma maîtresse de votre arrivée.

Une minute s'était à peine écoulée que le guide de Raoul, de retour auprès de ce dernier, se rangeait devant lui pour le laisser passer.

Le chevalier, dont la curiosité était aiguillonnée au dernier point, gravit en deux bonds l'escalier et arriva dans une vaste antichambre, dont les quatre murs, recouverts d'une tenture en cuir vert et or, ne laissaient voir ni porte ni fenêtres.

— Monsieur, lui dit le guide, mon honorée maîtresse, avant de vous recevoir, exige de vous la promesse que vous vous éloignerez d'ici comme vous y avez été amené, les yeux bandés et sous ma garde; qu'une fois de retour à votre hôtellerie, vous ne tenterez aucune démarche pour retrouver cette maison, pour apprendre en quel lieu vous avez été conduit; enfin, que vous ne répéterez à personne au monde, aucun des propos tenus dans cet entretien.

— J'accepte ces conditions, dit Raoul.

A peine le jeune homme achevait-il de prononcer ces paroles, qu'un bruit assez semblable à celui d'une clef ouvrant une serrure retentit à ses côtés: au même instant la tenture en cuir parut se déchirer, la muraille se fendre, et Raoul resta ébahi d'admiration et d'étonnement au spectacle inattendu, bizarre, étrange, qui frappa ses regards.

Il vit un boudoir complétement tapissé et meublé de velours noir, mystérieusement éclairé par les douces lueurs que projetait une lampe de vermeil voilée d'une gaze de couleur rose. D'épais tapis d'Orient, — luxe à peu près inconnu à cette époque en France, — garnissaient le plancher.

Dans un de ces vastes fauteuils brisés que Henri III avait depuis peu mis à la mode, se tenait, vêtue également tout de noir, la belle blonde qui le matin même avait si hardiment attaqué M. d'Epernon et pris la défense de Raoul.

— Messire, dit-elle au jeune homme avec un charmant sourire, je ne vous complimenterai pas sur le courage dont vous avez fait preuve ce soir, en acceptant mon invitation. Je n'attendais pas moins de votre part.

L'inconnue désigna alors au chevalier, par un gracieux signe de tête, un pliant semblable à ceux dont on se servait à la cour et qui se trouvait non loin du fauteuil qu'elle occupait elle-même.

Sforzi, quoiqu'il fît tous ses efforts pour paraître calme, se sentait profondément troublé; ce fut d'un pas presque chancelant qu'il prit place sur le pliant.

— Monsieur Sforzi, continua l'inconnue, afin d'éviter que votre esprit soit distrait par de folles chimères de l'attention que demande notre entretien, je dois vous déclarer, avant toute chose, que votre présence ici n'est nullement la conséquence d'un goût que j'aurais pu prendre pour votre personne. Si vous tenez à gagner sérieusement mon estime et ma confiance, faites en sorte, je vous prie, d'oublier la femme, et de ne voir en moi qu'un compagnon. J'ai l'âme assez haut placée, le cœur assez hardi et vaillant pour mériter ce titre...

— Madame, répondit Raoul d'une voix émue, je suis trop convaincu de mon peu de mérite pour que jamais la pensée me soit venue de voir dans ce rendez-vous une distinction flatteuse et immotivée! Au reste je ne vous cacherai pas—le but de cet aveu est de vous rassurer sur mes intentions — que votre incomparable et souveraine beauté est comme si elle n'existait pas pour moi; que je ne saurais y être sensible. L'image adorée de celle à qui j'ai engagé ma foi, fiancé mon âme, est sans cesse présente à mes yeux, et dérobe à ma vue les merveilles de la nature... Si vous ne m'aviez point parlé de votre beauté sans pareille, madame, je ne l'aurais pas même remarquée.

A cette réponse un peu exagérée et que de Maurevert n'aurait point désavouée, un froncement à peine perceptible de sourcils plissa le front d'ivoire de l'inconnue.

Toutefois ce fut d'une voix pleine de douceur et avec un redoublement marqué d'amabilité qu'elle reprit la parole:

— M. Sforzi, dit-elle, je vous remercie sincèrement de cet aveu. Votre franchise, en me confirmant dans la bonne opinion que j'avais déjà de vous, me met complètement à l'aise. J'aborde donc sans plus tarder, le sujet de notre entretien. M. Sforzi, vous avez ce matin mortellement offensé M. de Lavalette!... Le duc d'Epernon est implacable dans ses rancunes, dans ses haines... Il n'a jamais encore pardonné une injure!.... La puissance de ce favori est si grande, son crédit si solidement établi, que l'homme dont il se déclare l'ennemi, doit forcément succomber sous sa vengeance... Je ne vous dissimulerai pas, chevalier, qu'à moins d'un miracle improbable, vous devez dès à présent vous considérer comme un homme mort ! Rien ne saurait vous sauver, si ce n'est une héroïque résolution de votre part. Vous sentez-vous, je ne dirai pas le courage, ce mot ne rendrait que faiblement ma pensée, vous sentez vous la volonté d'entrer dans une entreprise insensée, immense, comme l'histoire n'en rapporte peut-être pas d'exemple ? N'oubliez pas que votre position est désespérée, que vous n'avez plus rien à perdre et tout à gagner.

— Madame, répondit Raoul après un moment de réflexion, c'est une alliance, n'est-ce pas, que vous daignez me proposer ?

— Une alliance, non pas, messire, dit l'inconnue avec une fierté hautaine, c'est un appui.

— Veuillez, je vous en conjure, madame, me permettre une question, continua le jeune homme. D'après la peinture que vous achevez de me faire du caractère et de la puissance de M. d'Epernon, c'est un ennemi des plus redoutables. Votre position est-elle donc tellement élevée, si au-dessus des efforts de sa haine, qu'il vous soit possible de lui arracher une de ses victimes ?

— Monsieur Storzi, répondit l'inconnue, le mystère dont j'ai entouré notre entrevue vous dit assez que je tiens à ne pas être connue de vous!... Si vous étiez un familier de la cour, je vous aurais laissé en butte aux attaques de M. d'Epernon, je n'aurais pas songé à prendre votre défense !...

C'est justement à votre ignorance des hommes et des choses de l'époque, que vous devez, je ne rétracte pas le mot, ma protection. Si vous tenez absolument à mettre un nom sur mon visage, appelez-moi Marie !... Je n'ignore point que vous vous êtes sans garantie envers moi, que rien ne motive la confiance, mieux encore, le dévoûment que je vous demande. C'est à votre sagacité, chevalier, qu'il appartient de décider si, oui ou non, vous devez accepter ou refuser mes offres. Quant à moi, il me semble qu'un

simple regard suffit pour juger et apprécier une personne. Ce matin, lors de votre querelle avec d'Epernon, j'ai d'un simple coup d'œil deviné vos qualités, votre caractère. Je serais fort contrariée, monsieur Sforzi, qu'une complaisance outrée vous fît accepter légèrement un engagement que je veux sérieux, irrévocable. Ne vous hâtez pas, prenez tout le temps nécessaire pour me répondre.

— Madame, dit Raoul, je pressens en vous une force de volonté, une supériorité d'esprit réellement rares et qui—je ne veux pas vous cacher le fond de ma pensée — m'effraient presque. Avant de m'arrêter à un parti, avant de me lier par un serment, je tiens à être assuré d'une chose, c'est que vos desseins ne sont pas de nature à me rendre coupable du crime le plus odieux qu'un gentilhomme puisse commettre, du crime de lèse-majesté !

Sforzi était loin de s'attendre à l'effet extraordinaire que cette question produisit sur l'inconnue, sur Marie.

Par un mouvement spontané et comme si elle avait été mordue par la dent d'un reptile, elle bondit hors de son fauteuil ; puis, la contenance superbe, l'œil inspiré, la voix trémissante :

— Vraiment, monsieur le chevalier Sforzi, dit-elle avec l'expression d'un écrasant mépris, je n'aurais jamais cru que les préjugés de province pussent détruire, chez un homme de cœur, toute logique, tout bon sens, tout sentiment de grandeur ! A la pensée, non pas d'attaquer l'autorité royale, mais seulement de combattre ses abus, de vous révolter contre ses hontes, vous voilà pâle, tremblant, défait !... Chevalier Sforzi, les hommes qui s'inclinent, sans oser la discuter, devant une erreur; qui rampent lâchement devant un préjugé, sont nés pour être dominés, pour être esclaves ! La perspective d'une avilissante servitude n'effraie-t-elle pas votre fierté ? Seriez-vous seulement une de ces épées obéissantes qui sortent du fourreau sans passion, et attendent un ordre pour frapper ? J'avais mieux auguré de vous ; j'avais cru voir briller dans votre regard un lumineux rayon d'intelligence; je m'étais figuré que vous comptiez parmi ces hardis esprits avides de gloire, qui tôt ou tard finissent par sortir de la foule, marquant, par d'éclatantes actions leur passage sur la terre, et laissant une page dans l'histoire ! La royauté, M. de Sforzi, Dieu me préserve d'en médire ! Mais le roi n'est pas la royauté, le roi n'est qu'un homme... Ah ! vous craignez de commettre un crime de lèse-majesté, d'attenter aux droits de la couronne !

Le bruit des honteux scandales de la cour n'est-il donc pas parvenu jusque dans votre province? Messieurs les hobereaux des petites villes ignorent, je le vois à votre étonnement, ce qui se passe à Paris... Eh bien! je vais vous le dire, moi, monsieur Sforzi. Si après m'avoir entendue, vous persistez dans votre pusillanimité, alors je vous laisserai libre d'aller chercher un maître; nous nous séparerons pour ne plus nous revoir. Sa Majesté Henri III, monsieur Sforzi, ne vit que pour MM. de Joyeuse et d'Epernon; en dehors de ces deux mignons, rien n'existe pour lui dans la nature!... Le peuple! est un troupeau qui rapporte d'abondantes moissons. La noblesse! une réunion de factieux que l'on ne saurait trop détester. La gloire! un mot qui signifie danger et fatigue.... Aussi faut-il voir comme Henri de Valois emploie dignement ses loisirs. Il s'occupe à discuter sur la qualité de tel ou tel parfum, sur le plus ou moins de goût de tel ou tel costume; il plisse les collerettes empesées de sa femme, habille ses mignons, dresse ses épagneuls, et mange des confitures et des oranges! C'est un grand roi que Henri de Valois, chevalier! Je comprends fort l'admiration qu'il vous inspire!...

Pendant que la famine, la peste, une misère horrible déciment la population de Paris, dépeuplent les campagnes, MM. d'O et de Villequier, l'un assassin de sa femme, l'autre un voleur, sacrifient des millions pour satisfaire leurs moindres caprices: leur luxe scandaleux, impudent, inouï, éclipse la splendeur des premières maisons du royaume. Puis quand vient le moment où, à force de dilapidations, de dépenses exorbitantes, ils sont parvenus à vider les coffres confiés à leur garde; quand l'argent manque à leur avidité; que le peuple, écrasé sous le poids des taxes de toute sorte, relève la tête et commence à crier, alors MM. d'Epernon et de Joyeuse entrent en scène. Ils habillent magnifiquement Henri de Valois, dit le Grand, le prennent par la main, le conduisent au parlement, et là, le tenant sous la fascination du regard, le contraignent à demander humblement l'aumône!... Voilà, chevalier, quel est ce roi, l'honneur de la France, que dis-je! de la chrétienté, qui possède à un si haut degré toutes vos sympathies!...

Lorsque Marie se tut, Raoul resta un instant sans parvenir à trouver une parole de réponse. La beauté de l'inconnue s'était animée, au feu de son indignation et de sa colère, d'un si splendide éclat, que le jeune homme, charmé, ébloui, la considérait avec une admiration silencieuse et qu'il ne songeait pas à cacher.

Bientôt la physionomie de Marie changea complètement d'expression; la flamme de son regard s'éteignit, le sourire de superbe mépris qui relevait sa lèvre, fit place à un air de touchante bonté, et d'une voix douce, suave et cadencée comme le rhythme d'un luth, elle reprit:

— Chevalier Sforzi, dit-elle, oubliez, je vous en conjure, ce moment d'emportement: la souffrance d'autrui produit sur mon cœur une si vive impression, j'aime la gloire avec une telle ardeur, qu'au souvenir des maux et des hontes qu'endure le pauvre et malheureux royaume de France, si avili, je n'ai pas été maîtresse de retenir un cri d'indignation, de désespoir. Chevalier Sforzi, cessons cet entretien désormais inutile et sans but; vous n'êtes pas l'homme que j'avais rêvé pour l'associer à ma gloire... Je vous crois bon, honnête, loyal, plus capable que pas un de goûter les joies d'une modeste et tranquille obscurité, de savourer les délices d'une union paisible; mais la nature ne vous a pas donné cette indomptable audace, qui recherche le danger, ne recule devant rien, ne trouve aucun but au dessus de sa portée! Les hommes ainsi doués sont rares. Heureuse et fière la femme, fût-elle reine, qu'ils daignent remarquer!

Raoul, sans se rendre compte de ce qui se passait en lui, sentit à ces paroles comme une profonde humiliation; tous ses instincts de jeunesse et d'ambition firent explosion à la fois.

— Madame, s'écria-t-il en fixant sur Marie un regard ardent, j'en appelle à l'avenir de l'opinion que vous venez d'émettre sur mon compte. Moi aussi, j'aime la gloire avec transport! Moi aussi j'ai fait de beaux rêves... Oui, vous avez raison, l'homme fort, l'homme supérieur ne doit pas rester confondu dans la foule!... L'injuste pouvoir des grands n'a que trop pesé déjà sur mon existence. J'ai bien des insultes à venger, des outrages à punir; à mon tour il me faut la puissance! Madame, un dernier mot: pouvez-vous me jurer, sur votre part de Paradis, que si je mets à votre disposition ma volonté, mon existence entière, vous ne me demanderez jamais de tirer l'épée contre le roi? Alors, je suis à vous, corps et âme!

Si Sforzi avait remarqué le sourire de triomphe et de perfidie, qui passa plus rapide qu'un éclair sur le visage de Marie, il aurait tout aussitôt rétracté sa téméraire promesse.

L'inconnue ou Marie présentait dans sa personne l'une de ces singulières et magnifiques organisations que la nature se complaît parfois à créer dans ses jours de caprice. La jeune femme était pétrie — que l'on nous permette cette expression — de contraste et d'imprévu. Son esprit et sa beauté se modifiaient, se métamorphosaient avec une si merveilleuse facilité, que l'un et l'autre échappaient absolument à l'analyse. Marie possédait aussi à un degré rare et éminent la faculté d'imposer sa volonté, de faire partager ses espérances, ses désirs aux gens qui approchaient d'elle. Selon que son regard brillait du feu de l'enthousiasme ou restait noyé dans une provocante langueur, elle inspirait de furieuses idées de carnage ou d'enivrantes pensées d'amour.

Ce qui de prime abord frappait dans Marie, c'était son air de grandeur, la distinction de ses manières : il était évident qu'elle devait appartenir à la plus haute classe de la société.

Soit qu'elle ne voulût pas laisser à Raoul le temps de se reconnaître, de réfléchir, soit que la bonne mine et la franchise du jeune homme eussent éveillé sa sympathie, toujours est-il qu'elle s'empressa de reprendre la conversation.

— Chevalier, lui dit-elle, y a-t-il longtemps que vous habitez Paris?

— Trois semaines à peu près, madame.

— Et avant cette époque où étiez-vous ?

— Partout où le hasard me jetait en avant! L'Auvergne a été ma dernière résidence.

— Ah! vous venez d'Auvergne, Monsieur Sforzi!... Vous avez alors assisté sans doute à la naissance de cette ligue d'Equité, que le marquis de Canilhac a dernièrement détruite de fond en comble?

— Oui, madame. C'était même mon compagnon d'armes qui commandait cette ligue.

— Le capitaine Roland de Maurevert?

— Oui, madame, le capitaine de Maurevert, répondit Raoul fort surpris de voir l'inconnue si bien instruite de ces évènemens.

— C'est une vaillante épée que celle du capitaine, continua Marie. Malheureusement M. de Maurevert gâte par une cupidité, une rapacité trop grandes, ses brillantes qualités. N'importe ! il est homme de prompte exécution et de bon conseil. A l'occasion on peut tirer parti de sa valeur et de son expérience... Et dites-moi, chevalier, pour qui tient la province d'Auvergne, pour la Ligue ou pour le roi ?

— La province d'Auvergne, madame, se trouve réduite à une si extrême misère, qu'elle n'est pas ce qu'elle devrait être. Je crois qu'en haine des seigneurs féodaux qui l'oppriment, et dont le roi n'a pas su jusqu'à présent la défendre, elle se déclarerait, si elle était appelée à se prononcer, en faveur des messeigneurs de Guise.

Cette réponse de Raoul amena un joyeux et triomphant sourire sur les lèvres de Marie.

— La province d'Auvergne aurait mille fois raison, monsieur Sforzi ! s'écria-t-elle, Messeigneurs de Guise ! voilà au moins de véritables hommes ! Ah ! si jamais frère Henri de Valois, obéissant à sa vocation, reconnaissant enfin sa nullité, échangeait son trône contre la cellule d'un cloître; si le Balafré ceignait la couronne, que le sort de la France changerait, qu'il deviendrait beau! Avec un tel héros pour nous gouverner, pour nous conduire à la victoire, nous planterions le drapeau fleurdelysé dans toutes les capitales de l'Europe ! le moindre de nos gentilshommes, ainsi que les anciens paladins de Charlemagne, aurait sa cour, deviendrait une puissance ! Le menu peuple, nourri par les étrangers vaincus et asservis, passerait ses loisirs en plaisirs et en fêtes ! Que de splendeurs, que de joies pour notre pays !

— Madame, dit Raoul en souriant, voilà que vous me traitez comme si j'étais un paysan ignorant, un crédule bourgeois. Si MM. de Guise arrivaient jamais au trône, aucune de vos prophéties — vous le savez bien — ne se réaliserait ! MM. de Guise ont le cœur haut placé, l'épée vaillante, une ambition insatiable, mais rien de plus ! Ces qualités brillantes chez des princes, sont pernicieuses à l'excès lorsqu'elles appartiennent à un roi. Elles lui donnent la manie des conquêtes et le conduisent à verser le sang à flots. L'homme que j'admirerais aveuglément, que je servirais avec un zèle, un dévoûment à toute épreuve, même de l'ingratitude, n'est pas le Balafré !

— Quel est cet homme, chevalier ?

— Hélas ! madame, cet homme que la postérité attend, que le malheur des peuples réclame, n'est pas encore venu ! Ce sera le roi qui tiendra d'une main ferme et valeureuse les rênes de l'Etat..., qui brisera sous son autorité la déplorable licence des grands seigneurs; qui, s'élevant au-dessus de toute considération, de toute crainte, fera respecter la loi, et rendra au plus humble comme au plus superbe, la justice qui lui sera due.

— Assimiler ainsi les vilains aux gentilshommes ! ah ! fi donc ! chevalier. Y pensez-vous ?...

— Je comprends, madame, interrompit Raoul, que l'on préfère la société de l'homme bien élevé à celle du manant, qu'on recherche l'amitié du premier, et évite soigneusement la familiarité du second ; mais le noble et le serf n'en sont pas moins pour cela tous les deux enfans de Dieu : il n'y a pas un paradis pour la noblesse, un paradis pour les gueux.

Quand notre âme, dépouillée de son enveloppe mortelle, arrive au céleste séjour, Dieu ne lui demande pas si elle a habité le corps d'un simple pâtre ou celui d'un puissant monarque ; il lui demande seulement compte de ses bonnes et mauvaises actions. Alors, selon que le bien ou le mal l'emporte dans la balance de la justice divine, Dieu récompense ou punit... Ne croyez-vous pas, madame, que parfois l'âme d'un roi est descendue aux abîmes infernaux, tandis que celle du dernier de ses sujets s'envolait radieuse vers le ciel ?...

Tandis que Sforzi parlait, Marie le considérait avec une attention soutenue : le visage de l'inconnue exprimait des sentimens divers : le mépris, le dédain et l'attendrissement se lisaient tour à tour dans son œil intelligent et expressif.

— Monsieur Sforzi, lui répondit-elle après un court silence, j'ai le malheur de n'ajouter que faiblement foi à la vertu absolue. Pour vous exprimer ainsi que vous venez de le faire, il faut que votre orgueil ait été cruellement froissé, que votre cœur ait affreusement souffert.

— Eh bien ! oui, madame, vous avez deviné, s'écria Raoul, s'animant au souvenir du marquis de la Tremblais ; moi, le chevalier Sforzi, brave et loyal gentilhomme, j'ai été attaché au pilori, j'ai été frappé au visage par la main du bourreau, et conduit à la potence ! Et cela, madame, parce que j'avais pris la défense d'une noble dame indignement persécutée, parce que j'avais souffleté un lâche dont l'épée était honteusement restée au fourreau !... Comprenez-vous à présent, madame, que je haïsse la féodalité, que je sois le dévoué champion de la royauté ! Etre exposé, parce que son égal, parfois son inférieur en naissance, possède une centaine d'hommes d'armes et un château-fort, tandis que soi-même, on n'a que la cape et l'épée, être exposé, dis-je, à subir le bon plaisir, les insultes de ce petit tyran de province, sans pouvoir ni se défendre ni se venger !.... Mort et furies, madame, si une nouvelle Jacquerie se formait aujourd'hui en France, j'ignore si je ne changerais pas mon épée

contre un bâton noueux, si je ne me jetterais pas à corps perdu dans la tourbe des manans... Belle chose, vraiment, que d'être gentilhomme sans fortune. Les grandes dames détournent avec dédain leur regard de votre pourpoint usé jusqu'à la corde, troué aux manches, rapiécé comme la guenille d'un gueux ; leurs suivantes vous estiment mille fois moins qu'un mignon au frais et dodu visage ; les puissans de la cour, si vous leur demandez à utiliser votre épée, à répandre votre sang pour la gloire de la France, vous traitent d'importun, de solliciteur, et vous jettent dédaigneusement, — quand ils sont d'humeur joyeuse, — une avilissante aumône... Non, madame, je ne servirai jamais l'ambition de messeigneurs de Guise !... Vassaux révoltés, contraints de s'appuyer sur la noblesse, ils devraient, le jour du triomphe venu, lui payer en nouveaux priviléges l'appui qu'ils en auraient reçu. Tant qu'une goutte de sang circulera dans mes veines, tant que mon cerveau pourra réunir deux idées, j'emploierai ma force et ma volonté à combattre la féodalité, à défendre la royauté.

— Croyez-moi, chevalier, dit froidement Marie, vous marchez dans une voie déplorable ! Si vous avez une éclatante revanche à prendre de votre passé, ce n'est pas en élevant l'homme de rien jusqu'à vous que vous atteindrez votre but. C'est vouloir tenter l'impossible. Atlas peut seul supporter le poids du monde !... Ce que je voudrais, Monsieur Sforzi, ce serait vous voir la ferme résolution de réussir. Si, comme je le pense, vous possédez parmi vos éminentes qualités une persévérance inébranlable, rien ne vous arrêtera dans votre marche. L'homme qui reste confondu dans la foule, monsieur Sforzi, n'est pas à plaindre, car il manque de valeur !... Plus les obstacles qui s'opposent au triomphe de l'ambitieux sont difficiles à surmonter, plus son élévation, lorsqu'il les a vaincues, est durable et éclatante ! Les dames de la cour, dites-vous, tiennent en souverain mépris les pauvres gentilshommes ? Détrompez-vous ; c'est là une grande erreur. Il n'y a pas de dame, si haut placée soit-elle, fût-ce même sur les marches du trône, qui reste insensible aux efforts que l'homme qui l'aime tente pour se rapprocher d'elle.

Moi, par exemple, je sens qu'entre le plus puissant roi de la terre et le plus humble des gentilshommes, j'écouterais les prières du gentilhomme et repousserais les hommages du roi, si ce dernier restait inférieur par ses qualités à son rival... Quel doit être l'orgueil d'une femme, lorsque, par la seule force de l'amour qu'elle inspire, elle change un homme jusqu'alors inconnu en un héros !... Comme elle doit aimer sa création, son ouvrage !...

Marie, la poitrine palpitante, la voix émue, s'arrêta.

Ses yeux baissés, sa contenance embarrassée, confuse, disaient assez combien elle regrettait de s'être ainsi laissé emporter à son enthousiasme; combien elle aurait voulu retenir ce cri parti du cœur.

Sforzi avait eu tort de prétendre, au commencement de cet entretien, que l'image de Diane, sans cesse présente à sa pensée, lui cachait la nature entière : son regard animé, sa respiration oppressée, le frémissement de son corps donnaient un énergique démenti à ce propos.

— Madame, s'écria-t-il enfin avec une impétuosité qui permettait de supposer que ces paroles s'échappaient contre sa volonté de son cœur, je vous en supplie, je vous le demande en grâce, cessons cet entretien !... Ne m'exaltez pas ainsi jusqu'au délire ! Ne me montrez pas combien j'ai été jusqu'à présent coupable!... Oui, si j'avais aimé véritablement Mlle Diane d'Erlanges, j'aurais déjà trouvé le moyen de la mettre à l'abri de tout danger ! J'aurais réussi à la sauver ! J'ai rencontré Mlle d'Erlanges dans un jour de découragement, de tristesse et d'abandon ; je n'avais personne à qui confier les douleurs de mon âme, je me suis rapproché d'elle, elle a daigné s'intéresser à mes ennuis, et, confondant la reconnaissance avec l'amour, je lui ai engagé ma foi. Vous venez, madame, de soulever un coin du voile qui me cachait la vie, de me laisser entrevoir d'éclatans horizons ! Vous m'avez ébloui.

— Chevalier Sforzi, murmura Marie, si vous tenez à rester de mes amis, il vous faut aimer Mlle Diane et lui rester toujours fidèle !... Puisque cet entretien vous déplaît, changeons de conversation. Au lieu de nous occuper de M. d'Epernon, nous avons, je ne sais comment cela s'est fait, gaspillé notre soirée en vains propos. Nous nous occuperons bientôt, à moins toutefois qu'un nouveau dérangement ne vous soit impossible, de dresser un plan de conduite contre notre ennemi commun.

— Ah ! madame, s'écria Sforzi d'un ton de reproche, pour arriver jusqu'à vous, je passerais à travers une armée entière.

L'inconnue accueillit par un sourire d'incrédulité cette protestation, et se levant de dessus son fauteuil :

— Chevalier, reprit-elle, vous plairait-il, avant de vous retirer, car la nuit s'avance, de me tenir compagnie à souper?

Le jeune homme accepta cette offre avec empressement !

Marie souleva alors une des tentures de velours qui tapissaient la pièce, et Raoul aperçut dans une espèce de petit salon meublé avec une rare élégance, une table somptueusement dressée.

— Ah! madame, dit-il en désignant à l'inconnue, par un signe de tête, un tableau suspendu à la muraille, voici qui donne un démenti à la haine que vous affectez de nourrir contre le roi.

— Qu'est-ce donc, chevalier?

— Mais le portrait de Sa Majesté elle-même.

— Approchez-vous de cette image et considérez-la de tout près, chevalier.

Raoul obéit; au-dessus du portrait étaient tracés plusieurs lignes d'une fort belle écriture. Voici ce que lut Sforzi :

« Henri III, par la grâce de sa mère, incert » roi de France et de Pologne imaginaire, » concierge du Louvre, marguillier de Saint- » Germain-l'Auxerrois, gendre de Colas (1), » gauderonneur (2) des collets de sa femme, » et friseur de ses cheveux, mercier du pa- » lais , visiteur des estuves , gardien des » quatre-mendians, père conscrit des blancs- » battus et protecteur des caputtiers (3).

— Eh bien ! chevalier, demanda Marie d'un air moqueur, que pensez-vous de ce joli pasquil ?

— Je pense, madame, répondit Raoul en prenant place à table, que si j'avais su trouver pareille chose céans, je n'aurais jamais franchi le seuil de votre maison !

CHAPITRE IX.

L'Astrologue et le Fou.

Il était près de onze heures du soir lorsque Marie, se levant de table, dit à Sforzi :

— Messire Raoul, voici la nuit qui s'avance, vous ne pouvez rester plus longtemps ici. Le même serviteur qui vous a amené va vous reconduire. A présent qu'il m'a été donné de vous apprécier à votre juste valeur, de m'assurer par moi-même de votre loyauté, je n'userai pas des mêmes précau-

(1) Nicolas de Vaudemont. (2) Empeseur.
(3) Capucins.

tions que j'ai cru devoir prendre lorsque je ne vous connaissais pas!.. J'exige seulement votre parole que vous ne tenterez aucune démarche pour essayer d'apprendre qui je suis, que vous ne reviendrez pas en ces lieux sans y avoir été convié!...

— Je vous le jure, madame!... Et cette invitation se fera-t-elle bien attendre? demanda le jeune homme d'un ton passionné et suppliant.

— Si j'avais la moindre prétention à votre amour, si notre liaison ne devait pas rester enfermée dans les limites de la plus stricte amitié, je ne répondrais pas à cette question, dit l'inconnue, car rien ne stimule la passion comme le doute et l'incertitude ; chevalier, cette invitation ne se fera pas attendre! Nous avons vous et moi, chacun de notre côté, employé cette première entrevue à nous étudier mutuellement, sans aborder franchement le sujet qui nous réunissait!... Il nous reste maintenant à régler les conditions de notre alliance. Dès qu'il me sera loisible de vous recevoir, je vous ferai avertir. Cette fois, il vous sera permis de venir seul : les mots de *Guise* et d'*Italie* prononcés à demi-voix et accompagnés de trois coups frappés à intervalles égaux, vous ouvriront la porte.

Chevalier, au revoir.

Sforzi parut d'abord vouloir répondre, mais se ravisant aussitôt, il s'inclina respectueusement devant Marie, et sortit sans prononcer une parole.

Dès que Raoul fut hors de la maison, il se mit à marcher droit devant lui avec une rapidité extrême. Sa tête en feu, son sang qui brûlait dans ses veines, lui faisaient une nécessité de ce violent exercice.

— Ah! se disait-il, tout en avançant au hasard, ne suis-je point le jouet d'un songe, la victime d'une œuvre de ténèbres?... N'y a-t-il point dans tout ceci de la magie? Est-il possible que deux heures aient suffi pour opérer en moi un changement si extraordinaire? Car je ne puis me le dissimuler, je suis amoureux à la folie de cette mystérieuse et séduisante Marie, dont encore hier je ne soupçonnais pas même l'existence. Quelle femme extraordinaire! Quelle enchanteresse! A chacune de ses paroles j'étais tenté de tomber à ses genoux, et pourtant son langage ne me donnait aucune espérance. Quel ton de hauteur et d'humilité!... Quels sourires empreints d'une délicieuse candeur et d'une ardeur enivrante! Cette femme est-elle un ange ou un démon? Je l'ignore. Que d'ironie lorsqu'elle me conseillait les paisibles joies d'un hum-ble mariage! Que d'enthousiasme quand elle me montrait le but où doivent tendre les efforts d'un homme de cœur! quelle sensibilité en me dépeignant la joie orgueilleuse et reconnaissante éprouvée par la grande dame, à la vue du succès et du triomphe de son obscur et discret adorateur!

J'ai cru voir d'abord dans ces paroles un appel à mon énergie, un encouragement à ma passion ; mais bientôt un regard glacial a fait évanouir mon espoir!... Et pourtant... non... je n'ose croire à tant de bonheur... Ce serait à en perdre la raison...

En ce moment, un choc violent, que reçut Raoul, le tira de sa rêverie et le rappela au sentiment de la réalité. Le jeune homme, absorbé dans ses pensées et continuant à marcher au hasard, se trouvait alors dans une des rues désertes et étroites qui avoisinaient le Marché-aux-Chevaux.

Le premier mouvement de Sforzi fut de se reculer de quelques pas, son second de sortir son épée du fourreau.

—Qui êtes-vous ? que voulez-vous ? demanda-t-il à un homme qu'il aperçut devant lui.

— Hélas ! messire, répondit l'inconnu d'une voix grêle et suppliante, c'est le ciel qui vous envoie à mon secours ! béni soit le hasard qui m'a fait donner tête baissée contre vous. Venez vite, venez, il n'y a pas un moment à perdre... elle se meurt !

— Qui êtes-vous ? je vous le répète, reprit Sforzi, soupçonnant un piège et se tenant toujours sur la défensive. En faveur de qui invoquez-vous mon appui ?

— Je suis une pauvre innocente créature, un bon chrétien... C'est ma femme qui se meurt, messire... Mon Dieu ! que de temps perdu !... Elle est peut-être déjà trépassée, ma douce Catherine !

La voix de l'inconnu décelait une douleur si vive, si sincère, que Raoul sentit s'évanouir à peu près toute sa méfiance.

— Monsieur, dit-il à l'inconnu, disposez de moi comme bon vous l'entendrez, je suis à vos ordres. Si, abusant de mon humanité, vous voulez me faire tomber dans un piège, dans un guet-apens, Dieu vous punira! Je préfère m'exposer à une trahison plutôt que de laisser dans l'embarras celui qui implore mon aide... Quel danger menace votre femme? En quoi m'est-il donné de vous servir?

— Moi, vous trahir, messire ! s'écria l'inconnu, oh! vous ne parleriez pas ainsi si vous me connaissiez... Je suis la plus inoffensive et honnête créature que jamais la terre ait porté. De ma vie je n'ai fait de mal à qui que ce soit... Mais venez, messire... venez...

L'inconnu prit alors Raoul par la main et se mit à courir avec une prodigieuse rapidité : bientôt il s'arrêta devant une espèce de bicoque d'assez lugubre apparence. Raoul remarqua que la porte était toute grande ouverte.

—Messire, reprit l'homme à la voix grêle, pendant que je vais retourner auprès de ma bien aimée Catherine, veuillez vous rendre en toute hâte à l'hôtel de Bel-Esbat !... Vous demanderez messire Bernard Abatia, médecin astrologue, et vous me l'amènerez incontinent.

— Mais l'hôtel de Bel-Esbat appartient à Sa Majesté, dit Raoul, et si je ne me trompe, le roi s'y trouve en ce moment. Comment ferai-je pour pénétrer dans cette résidence royale, et en supposant que je sois introduit, que répondrai-je à l'astrologue Bernard Abatia, s'il m'interroge sur le compte de la personne qui m'envoie auprès de lui...

—Oui, vous avez raison...J'ai la tête perdue... Vous direz à l'astrologue Abatia que c'est la Folie-Raisonnable qui l'appelle ; il saura ce que cela signifie. Quant à pénétrer dans Bel-Esbat, rien de plus facile. L'hôtel est gardé cette nuit par une compagnie des cent gentilshommes ; le premier d'entre eux à qui vous vous réclamerez du médecin Bernard Abatia vous fera entrer de suite. Ah ! mon Dieu ! s'écria tout à coup l'inconnu, voici que dans mon trouble, j'ai oublié de fermer derrière moi la porte de ma maison. Si quelqu'un profitant de mon absence était monté... voyait Catherine !... oh ! je serais perdu ! Catherine est si belle... si belle !... on me la ravirait... Quoi ! vous êtes encore là ?... Mais courez donc... courez donc !...

L'étrange inconnu s'élança alors dans la maison, laissant Raoul en proie à un doute et à une surprise inexprimables.

Un instant le jeune homme hésita. L'allure bizarre, l'incohérence du langage de l'inconnu, lui faisaient craindre d'avoir affaire à un fou. Enfin l'humanité de Sforzi l'emporta sur son amour-propre : il se décida, quitte à subir les brocards des gentilshommes de garde, à remplir la mission dont il était chargé, et il prit en toute hâte le chemin de Bel-Esbat.

Un quart d'heure suffit au chevalier pour franchir la distance qui le séparait du *retiro* de Henri III.

Après avoir répondu aux appels des sentinelles, il parvint jusqu'à l'entrée de l'hôtel,

et, s'adressant à un garde de la compagnie des cent gentilshommes, qui se promenait gravement devant la porte.

—Monsieur, lui dit-il, auriez-vous l'extrême obligeance de me faire introduire auprès de messire Bernard Abatia, le médecin astrologue.

—Cela m'est de toute impossibilité, monsieur, répondit poliment le gentilhomme, les ordres les plus précis, les plus sévères, interdisent, passé neuf heures du soir, à toute personne, excepté à la reine-mère et à Mgrs de Joyeuse et d'Epernon, l'entrée de Bel-Esbat. Tout ce que je puis faire pour vous, c'est d'envoyer avertir messire Abatia qu'une personne désire lui parler. Quel est votre nom, je vous prie ?

— Messire Abatia ne me connaît pas, dit Raoul fort embarrassé et regrettant sa démarche, je suis dépêché vers lui par une personne de son intimité.

— Alors, le nom de cette personne ?

Sforzi était sur des charbons ardens : il craignait par sa réponse de froisser la susceptibilité du gentilhomme qui l'accueillait avec une si exquise urbanité. Le fait est que cette réponse ne pouvait guère être prise autrement que comme une mauvaise plaisanterie, une mystification !

— Monsieur, dit Raoul en baissant la voix, je vous crois trop au courant des usages de la cour, trop initié aux mystères de la politique, pour songer à entrer avec vous dans de longs commentaires !... Vous devez me comprendre à demi-mot : il ne m'est pas plus permis de donner mon nom que celui de la personne qui m'envoie !... La moindre indiscrétion à cet égard m'exposerait à une disgrace certaine. Veuillez, je vous garderai une reconnaissance infinie de votre complaisance, faire prévenir maître Bernard Abatia, que la Folie-Raisonnable se réclame de lui.

—La Folie-Raisonnable ! répéta le gentilhomme avec étonnement ; au fait, pourquoi pas ? Depuis que la France a été envahie par la race italienne, les mots d'ordre, les signes de ralliement ne sont-ils pas à l'ordre du jour ! Va pour la Folie-Raisonnable !...

Dix minutes ne s'étaient pas encore écoulées depuis le départ du gentilhomme, qu'un homme à la barbe blanche, à la haute stature, à la contenance grave, solennelle, sortait de l'hôtel de Bel-Esbat, et s'avançant vers Raoul, lui déclarait être prêt à le suivre.

Cet homme était Bernard Abatia, l'astrologue favori de Sa Majesté Henri III.

Ce ne fut qu'après s'être éloigné de l'hôtel de Bel-Esbat de façon à ne pas être entendu des gardes, qui rôdaient dans les environs, que l'astrologue adressa la parole à Sforzi.

— Messire, lui dit-il, je ne m'explique pas que Sibillot vous ait envoyé vers moi. Êtes-vous donc si fort de ses amis que vous possédiez toute sa confiance?

A la clarté de la lune, alors dans son plein, Sforzi remarqua que maître Bernard Abatia l'observait à la dérobée, d'un air méfiant et soupçonneux.

— Monsieur, lui répondit-il, j'ignore absolument quel est ce Sibillot dont vous parlez. Cette fois est la première de ma vie que j'entends prononcer ce nom.

— Quoi! vous ne connaissez pas Sibillot?

— Nullement, que je sache.

La réponse de Raoul parut causer une vive satisfaction à l'astrologue favori de Sa Majesté Henri III.

Le chevalier Sforzi et maître Bernard Abatia n'échangèrent plus un seul mot pendant le reste du chemin.

Ce fut seulement en arrivant devant la vieille maison habitée par l'homme que l'astrologue avait désigné sous le nom de Sibillot, que Bernard Abatia reprit la parole:

— Monsieur, dit-il à Raoul, je vous remercie beaucoup de la peine que vous avez prise en me venant chercher ce soir à Bel-Esbat; je suis bien votre très obligé et très humble serviteur.

L'astrologue après avoir adressé un grave salut au jeune homme, soulevait le heurtoir de la porte, lorsque Sforzi lui arrêta le bras.

— Maître Bernard Abatia, lui répondit-il, il m'est impossible d'accepter le congé que vous me donnez si lestement: la curiosité ne forme certes pas le fond de mon caractère, et je n'ai point pour habitude de me mêler des affaires d'autrui; seulement, je tiens beaucoup à ma propre estime. Or, je vous le déclare bel et bien, ce qui se passe en ce moment me semble chose suspecte et digne d'attention... J'entends donc connaître, eu égard au rôle que j'ai joué dans tout ceci, le fin mot de cette énigme. Quel est, je vous prie, ce Sibillot? Quel danger menace sa femme Catherine?...

— Monsieur, dit l'astrologue d'un air contraint, ce n'est pas, il me semble, fort délicat à vous d'abuser ainsi de l'inconséquence que j'ai commise en vous livrant le nom de Sibillot. Le danger que court Catherine n'a rien que de très naturel, et ne se rattache nullement à un crime, ainsi que vous paraissez le supposer. J'aime à croire que cette déclaration dissipera vos doutes et

vous empêchera de persister dans votre résolution.

— Non, vous vous trompez, maître Bernard!... L'homme qui se défend avant qu'on ne l'accuse est rarement innocent!... Du moment que vous avez prononcé le mot crime, j'exige entrer avec vous dans cette maison!... Pas un mot de plus, je vous en prie; ma résolution est inébranlable... Je dois toutefois ajouter que si l'événement ne confirme pas mes prévisions, s'il me prouve que mes soupçons étaient dénués de fondement, je garderai un secret inviolable sur ce que j'aurai vu ou entendu.

Raoul mit une telle fermeté dans sa réponse, son ton dénotait une résolution si bien arrêtée que l'astrologue-médecin jugea inutile de prolonger davantage la discussion.

— Je prends note de votre promesse, messire, se contenta-t-il de dire; un mot encore. Y a-t-il longtemps que vous habitez Paris? Avez-vous été, ou allez vous souvent à la cour?

— Je ne suis à Paris que depuis une quinzaine de jours, dit Sforzi, et je n'ai été encore qu'une seule fois à la cour. Au reste, nul motif ne me contraint à cacher mon nom: je m'appelle le chevalier Raoul Sforzi.

— Le chevalier Raoul Sforzi, répéta le médecin-astrologue en scandant lentement ce nom, comme s'il éveillait dans son esprit un souvenir confus!... Par Jupiter, messire, à présent je vous connais!... N'est-ce point vous qui avez si fort rudoyé ce matin monseigneur d'Epernon?

— J'ai eu en effet une explication assez chaude avec M. Lavalette!...

— Oh! alors, je puis me fier à vous, reprit l'astrologue: celui qui pour soutenir sa dignité n'a pas craint de braver la colère du puissant mignon, de s'exposer à sa vengeance, celui-là doit avoir le cœur haut placé.

— Permettez, maître Bernard Abatia, s'écria Raoul en retenant une seconde fois le bras que l'astrologue étendait vers le heurtoir, comment se fait-il que vous soyez instruit de ma querelle avec M. Lavalette ou d'Epernon?

Le médecin-astrologue sourit.

— Cette question naïve vous vaut, dit-il, toute mon estime. Quoi! chevalier, vous accomplissez une action dont la hardiesse épouvante la cour, vous commettez une témérité à faire pâlir les plus braves, et vous vous figurez bonnement que personne ne s'occupe de vous!... C'est-à-dire que votre nom se trouve depuis ce matin dans toutes les bouches !... Vous avez produit un scandale énorme, vous avez eu un immense succès !... Dieu veuille qu'un tragique évènement n'interrompe point brusquement et d'une façon sanglanté le cours de votre triomphe.

—Vos paroles m'étonnent singulièrement, maître Bernard Abatia, répondit Raoul pensif, je n'aurais jamais cru que l'action fort simple et fort naturelle d'un gentilhomme repoussant une insulte et défendant son honneur, dût troubler et préoccuper aussi vivement la cour de France. Est-il donc d'usage à Paris de baiser humblement la main qui vous frappe, de s'incliner lâchement devant une houssine menaçante ?

—La houssine de messeigneurs de Joyeuse et d'Epernon est aussi dangereuse que la hache du bourreau, dit l'astrologue; attaquer l'un des mignons de Sa Majesté, c'est attenter à la personne du roi, c'est se rendre coupable du crime de lèse-majesté.

—Marie a raison, murmura Raoul, le Valois n'est pas digne de la couronne !

En ce moment la porte de la vieille maison s'ouvrit, et Sibillot apparut sur le seuil.

A la vue du médecin-astrologue il poussa un cri de joie.

— Ah ! te voilà donc enfin ! s'écria-t-il d'une voix pleine de sanglots ; viens vite, Bernard, viens vite, ma pauvre Catherine se meurt...

Sibillot entraîna alors maître Abatia dans l'intérieur de la maison. Le chevalier suivit les deux amis.

Ce fut dans une pièce située au premier étage qu'ils entrèrent. Raoul s'arrêta sur le seuil de la porte, un lugubre spectacle venait de frapper sa vue.

Une femme en proie aux douleurs atroces d'un laborieux enfantement , se tordait, en poussant des gémissemens étouffés, sur un misérable grabat.

Sibillot courut vers elle , prit sa tête dans ses mains et l'embrassa avec des transports de tendresse qui semblaient tenir du délire.

— Ma belle et douce Catherine, lui dit-il d'une voix brisée par les sanglots, voici notre bon ami Abatia qui accourt à ton secours... Tu sais combien il est savant... Tu n'as plus rien à craindre... Allons, du courage, ma belle et douce Catherine, tes souffrances vont cesser.

Pendant que Sibillot essayait de consoler et de rassurer sa femme, Storzi examinait cette dernière avec autant d'attention que d'étonnement.

La femme que Sibillot paraissait aimer si éperdument, celle qu'il appelait sa belle Catherine, présentait le modèle d'une laideur achevée. Son visage, maigre, osseux, bizarre assemblage de traits placés pour ainsi dire au hasard , son œil terne, dénué d'expression , et annonçant un manque complet d'intelligence, sa voix discordante et gutturale, formaient l'ensemble le plus disgracieux qu'il soit possible d'imaginer.

La surprise de Storzi s'accrut encore bien davantage quand il vit Sibillot s'élancer vers lui, et d'un ton menaçant lui crier :

— Ne regardez point ma belle Catherine, je vous le défends ! Vous voulez la séduire, la ravir à ma tendresse... ne la regardez pas, vous dis-je, ou, par la mort, moi qui n'ai jamais fait de mal à personne, je vais chercher une arme et je vous tue sans pitié !

Sibillot, dont la taille ne dépassait guère quatre pieds dix pouces, était d'une constitution tellement faible et souffreteuse, qu'il eût suffi d'un souffle pour le renverser. Aussi à ces menaces grotesques Storzi ne put-il d'abord retenir un sourire. Toutefois, à la vue de la douleur réelle du pauvre jaloux, il reprit son sérieux, et s'adressant à Sibillot d'un air grave, presque solennel :

—Messire Sibillot, lui dit-il, le respect que j'éprouve pour la vertu de madame votre femme est égal à l'admiration que me cause son incomparable beauté... Je suis trop honnête et trop loyal pour vouloir essayer de reconnaître, par une odieuse trahison — qui, au reste, j'en suis persuadé, tournerait à ma honte — la confiance que vous avez bien voulu me témoigner... Dès l'instant que vous n'avez plus besoin de moi, je me retire... Je suis bien votre serviteur !...

Au moment où Raoul s'éloignait, l'astrologue-médecin, maître Bernard, demanda à Sibillot de lui remettre une potion dont il lui avait ordonné de se munir à l'avance dans la prévision de l'événement attendu et qui se réalisait.

Sibillot se mit alors à s'arracher les cheveux de désespoir ; il avait oublié, dans sa douleur, la recommandation du médecin-astrologue.

— Ce médicament m'est indispensable, reprit maître Abatia. Tiens, voici le formulaire : cours au plus vite réveiller un apothicaire, et reviens sans perdre une seconde; les momens sont précieux !...

— Quitter de nouveau ma douce et belle Catherine ! s'écria Sibillot avec effroi. Oh ! non ! jamais... jamais !...

— Prenez garde, compagnon, dit maître

Bernard, le cas est urgent... le danger pressant !...

Sibillot pâlit, et parut vouloir obéir ; mais, revenant tout à coup sur ses pas, il se jeta aux genoux de Catherine, saisit une de ses mains dans les siennes, et d'une voix qui annonçait une résolution fermement arrêtée,

— Non, je ne quitterai pas Catherine! s'écria-t-il, en s'adressant au médecin, je ne la quitterai pas ! Si elle meurt, eh bien je mourrai aussi ; mais je ne la quitterai jamais ! jamais !...

Cet élan de tendresse était si profond, qu'il cessait d'être burlesque. Sforzi en fut tout attendri.

—Monsieur, dit-il à Sibillot, donnez-moi ce formulaire, je vais tenter, malgré l'heure avancée de la nuit, d'obtenir d'un apothicaire le médicament dont votre femme a besoin.

— Vous ferez cela ? s'écria Sibillot. Oh ! que vous êtes bon ! que je vous aime

Sforzi prit le formulaire et sortit en courant. Une demi-heure s'était à peine écoulée que le jeune homme était de retour.

Soit que la drogue fût efficace, soit que la nature vînt en aide à la pauvre Catherine, à peine eut-elle pris le breuvage qu'elle tomba dans un lourd sommeil.

—A présent, il n'y a plus aucun accident à craindre, dit le médecin-astrologue, demain ma commère embrassera enfin l'enfant qui depuis si longtemps est désiré. Tu peux te reposer, ami Sibillot ; je te le répète, d'ici à demain, tout danger a cessé.

A cette assurance de maître Bernard Abatia, Sibillot laissa éclater, tout en la comprimant de peur de troubler le repos de sa femme, la joie qu'il éprouvait.

Bientôt il s'avança vers Raoul, prit ses mains, et avant que le jeune homme, qui ne soupçonnait pas son intention, pût s'y opposer, il les embrassa avec l'expression d'une reconnaissance passionnée, tout en lui disant :

—Messire, c'est à présent entre nous deux à la vie, à la mort ! Jamais je ne saurai m'acquitter envers vous du service que vous m'avez rendu ! Si, par un bonheur inespéré, le hasard me mettait un jour en position de vous être utile, n'oubliez pas, je vous en conjure, que vous avez en moi un esclave dévoué.

Le pauvre Sibillot accablé par les émotions poignantes qu'il avait subies, fut alors s'asseoir par terre, aux pieds du lit de sa femme, et appuyant sa tête contre la couche, il s'endormit presque aussitôt !

— Maître Abatia, dit Raoul en se tournant vers le médecin-astrologue, j'ai des excuses à vous adresser sur les soupçons que je vous ai manifestés ce soir. Je vous ai rencontré dans une circonstance si exceptionnelle, Paris est chaque nuit témoin de si horribles et si incroyables mystères, que ma méfiance s'explique aisément ! A présent que je vous ai présenté mes excuses, il ne me reste plus qu'à prendre congé de vous.

— Restez, au contraire, chevalier Sforzi, répondit le médecin-astrologue. A mon tour je vous dois des explications, et j'ai une grâce à vous demander.

— Parlez, monsieur, je vous écoute.

L'astrologue Abatia regarda alors fixement Raoul, puis après un assez long silence :

— Messire Sforzi, reprit-il, vos yeux décèlent une franchise et une loyauté que je ne saurais mettre en doute. Je n'ai pas besoin de recourir à mon art divin, de consulter les astres, d'entreprendre de longs et savans calculs pour être assuré que ma confiance en vous est bien placée ; au reste, en dehors de l'estime que vous m'inspirez, mon intérêt me commande impérieusement cette confiance. Chevalier Sforzi, voulez-vous m'engager votre parole que vous ne trahirez jamais le secret que je vais vous confier ; que jamais, sous aucun prétexte, vous ne répéterez à personne cet entretien ?...

— Je vous donne ma parole, en tant que vos révélations ne porteront pas sur une mauvaise action non encore accomplie, sur un crime à commettre.

— Oh ! quant à cela, rassurez-vous, chevalier Sforzi ; vous ignorez encore ce qu'est Sibillot. Sibillot est le fou de Henri III. Je devine, à votre air étonné, combien est grande votre surprise.

— Le fait est, maître Bernard Abatia, que je ne m'attendais pas à cette confession... Pour la France entière, qui dit le fou du roi, dit messire Chicot...

— Oui, Chicot est aussi populaire et renommé que Sibillot est obscur, inconnu !... Pourtant ce dernier jouit d'un véritable crédit auprès de Sa Majesté... Sibillot, que vous avez vu dans une circonstance tout exceptionnelle, ainsi que vous me le faisiez observer tout à l'heure, est un bien singulier personnage : vous ne vous doutez pas de son originalité... Sibillot, ce qui ne vous paraîtra guère compatible avec l'exercice de son emploi, ne parle presque point. Il amuse Sa Majesté avec ses grimaces !... Le fait est que jamais masque humain n'a présenté une mobilité d'expression semblable.

Il s'exprime aussi clairement avec les muscles de son visage que ne pourrait le faire un orateur avec la langue! Le roi passe souvent des heures entières à essayer d'arracher un mot à son fou! C'est un grand sujet de joie et de triomphe pour Sa Majesté quand elle parvient à le faire parler!

— Le roi est persuadé — peut-être bien a-t-il raison — que l'instinct de Sibillot pour reconnaître les bons et les mauvais serviteurs est infaillible. Aussi, quand un nouveau venu de quelque importance apparaît à la cour, Sa Majesté ne manque-t-elle jamais de dire à son fou : «Compagnon Sibillot, flaire-moi ce gentilhomme. Dois-je me fier à lui ou le tenir en suspicion? » Quand Sibillot aperçoit messieurs de Guise, il tombe en pamoison. Je passe à présent à ce qui me concerne. Personne à la cour ne soupçonne ma liaison avec Sibillot ; c'est grâce aux bons offices qu'il me rend auprès de Sa Majesté que je dois la faveur et la confiance dont elle m'honore... Je ne vous cacherai pas que pour arriver à disposer ainsi de la volonté du bon Sibillot j'ai dû user de ruse. A force de démarches je suis parvenu à connaître son mariage secret. Dès ce moment Sibillot m'a appartenu corps et âme. Je ne vous parlerai pas de la jalousie de Sibillot, vous savez à quoi vous en tenir sur ce sujet. Cette jalousie est telle que Sibillot, plutôt que d'avouer son mariage et d'obtenir ainsi des secours de Sa Majesté, préfère laisser sa Catherine dans la misère. Il est persuadé que du jour où sa femme serait connue, tous les plus grands seigneurs de la cour brigueraient à l'envi ses bonnes grâces...... C'est moi qui sers d'intermédiaire entre Catherine et Sibillot... Voilà chevalier tout ce que j'avais à vous apprendre... A présent que vous m'avez donné votre parole de me garder le secret, je suis fort rassuré et n'ai plus à craindre que vous ne dévoiliez ma liaison avec Sibillot, c'est-à-dire la source de mon crédit auprès du roi.

La confidence du médecin-astrologue, maître Bernard Abatia, causa une extrême surprise à Sforzi, et l'empêcha de dormir pendant le reste de la nuit.

Au point du jour, lorsque le fou ouvrit les yeux, Sforzi fut droit à lui, et d'une voix solennelle :

— Messire Sibillot, lui dit-il, vous m'avez promis hier, si jamais le hasard vous mettait en position de m'être utile, que vous seriez mon esclave dévoué. Je viens vous sommer de tenir votre engagement. Il faut que vous parliez aujourd'hui même de moi

au roi et que vous décidiez Sa Majesté à me recevoir dans son particulier.

— J'essaierai, dit Sibillot. Et vous, messire Sforzi, me promettez-vous que vous ne tenterez jamais aucune démarche pour vous rapprocher de ma belle et douce Catherine?

— Foi de gentilhomme, je vous le jure!

— Merci, mon bon messire Sforzi, dit Sibillot, vous serez reçu par mon ami Henri!

CHAPITRE X.

Les Principes de Maurevert.

Il faisait grand jour lorsque Sforzi rentra à l'hôtellerie de la Corne-de-Cerf.

Le capitaine de Maurevert, déjà levé, attendait assis devant un copieux déjeûner le retour de son compagnon.

— Par la déesse de la jeunesse, l'aimable Horta, pensait-il, c'est une belle chose que d'avoir vingt ans! Témoin ce gentil Raoul, dont les femmes se disputent le cœur, s'arrachent les sourires!... Pourtant, en y réfléchissant froidement, la solide amitié d'un homme de mon âge est cent fois préférable à l'affection impétueuse et passagère d'un damoiseau!... Oui, mais les femmes ne réfléchissent pas... elles se laissent aller à leurs sensations... Or, un frais visage, une taille souple et élancée, une fine et soyeuse chevelure, signifient à leurs yeux, noblesse, valeur, discrétion et constance! Allons, ne vais-je pas à présent, au lieu de me réjouir des succès de Raoul, en être jaloux! Au total, le rôle que je joue en ce moment n'est pas si à dédaigner. A mon compagnon les emportemens, la jalousie, les scènes d'attendrissement, les brouilleries, les raccommodemens ; en un mot toutes les puériles et énervantes corvées qui troublent si sottement l'existence et forment le fond de l'amour; à moi le calme de l'esprit, la santé du corps, les dîners succulens, les soupers joyeux, les écus d'or! Une seule pensée, — et cette pensée prouve combien l'homme est faible à tout âge, — trouble mon repos et jette une ombre sur mon bonheur. Depuis que j'ai revu Lehardy, l'image de Diane me poursuit sans cesse. J'aperçois cette pauvre damoiselle, la contenance abattue et affligée, les yeux noyés de larmes, en proie à un morne désespoir?... Aussi pourquoi s'est-elle laissé dépouiller de son manoir de Tauve, voler sa fortune... Ami de Maurevert voici que tu deviens injuste... Il faut au moins quand on a obéi à des principes, avoir le courage de ses actions... Je reconnais que Mlle d'Erlanges est innocente de sa ruine ; elle pouvait défendre sa maison forte de Tauve contre le marquis de la Tremblais... Il est incontestable pour moi que si cette charmante enfant possédait toutes les richesses de la chrétienté elle n'hésiterait pas à les partager avec Raoul. Oui, mais elle ne possède plus rien. Ici, la pitié doit céder le pas aux principes, l'attendrissement doit s'effacer devant la raison ; j'aime Raoul, moi, j'entends que nous soyons heureux ! Or, quel bonheur espérer ici-bas sans l'opulence ? Il n'en est pas... Toute réflexion faite, je ne parlerai pas au chevalier de ma rencontre avec Lehardy.

De Maurevert venait à peine de prendre cette belle résolution, lorsque Sforzi apparut devant lui. Il accueillit l'arrivée du jeune homme avec un gracieux sourire.

—Enfin, cher compagnon, lui dit-il, vous voilà donc de retour. Je commençais à être inquiet de votre absence prolongée. Tudieu! voilà ce qui s'appelle entrer brillamment en campagne. Eh bien! la résistance a-t-elle été sérieuse, le siége meurtrier, la capitulation honorable ?

— Je ne vous comprends pas, capitaine, répondit froidement Raoul.

— Bon ! s'écria de Maurevert en accompagnant sa réponse d'un formidable éclat de rire, voilà que vous vous apprêtez à me débiter une seconde narration de l'histoire de messire Joseph l'Egyptien. Je vous ferai observer, cher compagnon, que votre manteau couvre encore vos épaules. Croyez-moi, chevalier, laissez de côté une dissimulation inutile pour vous, injurieuse pour moi... Douteriez-vous de ma discrétion, de mon amitié? non, n'est-ce pas? Alors, à quoi bon tant de mystère?

— Capitaine, dit Raoul, je vous jure que vous vous méprenez étrangement sur l'issue de mon rendez-vous. J'ai passé la nuit à deviser philosophie et politique.

— Vous avez causé politique! s'écria le capitaine avec un air de désappointement comique. Par les cornes du diable! la mystérieuse inconnue était-elle donc d'une laideur achevée?.. approchait-elle de la soixantaine ?

— Nullement, capitaine. Marie, c'est son nom, est au contraire, la femme la plus séduisante qu'il soit possible de rêver. Son esprit extraordinaire, merveilleux, étincelant, donne le vertige! Son regard enivre, ses moindres mouvements ont une grâce, une distinction inimitables! Quand elle parle, on croirait entendre une harmonie céleste ; quand le sourire entr'ouvre ses lèvres roses

et vermeilles, on est prêt à tomber à ses pieds !

— Et vous avez passé la nuit à causer politique? répéta de Maurevert. Par tous les dieux de l'Olympe, je me demande si je ne suis pas en ce moment le jouet d'un songe.... Trouver la perfection féminine sur son chemin, et traiter cette perfection en avocat, en procureur !... l'abreuver de discours !... Non, cela n'est pas ! Vous voulez, Sforzi, éprouver ma sagacité... Le piége est trop grossier !...

— Sur ma parole de gentilhomme, capitaine de Maurevert, dit Raoul, je n'avance rien qui ne soit d'une scrupuleuse véracité! Marie a employé les momens que nous sommes restés ensemble à essayer de me détacher du parti du roi ! Et, l'avouerai-je, elle a trouvé des paroles si magiques, laissé entrevoir à mon imagination un horizon si éclatant, que je n'ose pas consulter l'état de mon cœur, descendre dans le fond de ma pensée !...

A cet aveu de Raoul, de Maurevert fronça les sourcils et resta près d'une minute sans répondre.

— Compagnon, dit-il enfin, ce que vous achevez de m'apprendre change du tout au tout la face de la question. C'est une nouvelle affaire à examiner, à étudier. La politique, que j'appellerai de sentiment, c'est-à-dire la politique exercée par les femmes, peut offrir, il est vrai, de sérieux avantages, mais elle présente aussi de graves inconvéniens ! On court le risque d'être payé de ses peines en sourires, tendres aveux, faveurs de toute sorte !... C'est là, vous en conviendrez, une triste monnaie !... Jouer sa tête — témoin MM. de La Mòle et Coconnas, décapités par la main du bourreau — pour arriver à quoi ? à être à moitié aimé, par ordre, d'une coquette de cour, c'est du dernier ridicule!... C'est la reine Catherine qui a mis cette politique de sentiment à la mode; or, il faut toujours se méfier des inventions de la Florentine...A présent, il s'agit de savoir quel est la véritable position de la mystérieuse inconnue, de Marie, comme vous l'appelez. Selon moi, elle doit compter parmi les plus grandes dames du royaume.

— Arrêtez, capitaine, interrompit vivement Raoul, j'ai engagé ma parole que je ne tenterai jamais de soulever le voile derrière lequel Marie cache son nom...

— Oui, mais moi, je ne suis pas lié par la même promesse, cher Raoul, j'ai toute liberté d'agir...

— C'est vrai, capitaine, répondit Sforzi;

seulement comme je ne veux point éluder par un insigne subterfuge la promesse que j'ai volontairement faite, je vous demanderai la permission de ne pas répondre à des questions qui seraient de nature à vous mettre sur la voie de la vérité.

— A votre aise, compagnon, dit de Maurevert, qui ajouta à part lui : — A présent que l'existence de la petite maison du Marché-aux-Chevaux m'est connue, ce serait bien le diable si je n'arrivais pas à savoir qui demeure dans cette petite maison...

Tandis que Raoul et de Maurevert causaient ensemble, une scène dans laquelle il était fortement question du chevalier se passait dans le jardin d'un hôtel de la rue du Paon, au faubourg St-Germain. Diane d'Erlanges, en proie à un violent désespoir et le visage inondé de larmes, était assise sur un banc. Devant elle se tenait debout, son chapeau à la main, le fidèle Lehardy : le serviteur, effrayé de l'état de sa maîtresse, essayait en vain de rappeler un peu de calme dans les idées de la pauvre enfant.

— Mon Dieu ! que j'ai donc eu tort, ma bonne damoiselle Diane, lui disait-il, de vous apprendre l'infidélité du chevalier !... Et quand je me sers du mot infidélité, je me trompe peut-être. J'avoue qu'au premier abord la conduite de M. Sforzi paraît coupable. Mais qui sait ! peut-être bien, si au lieu d'accourir, comme un niais, vous faire part de ma belle découverte, j'avais interrogé monsieur le chevalier, aurait-il répondu à mes soupçons par une explication triomphante ? Ce n'est pas le tout d'accuser quelqu'un ! on doit, avant de condamner son prochain, écouter sa défense. Tenez, ma bonne et honorée maîtresse, dussé-je, pour la première fois de ma vie, désobéir à vos ordres, je vais de ce pas, avertir le chevalier de votre heureuse arrivée à Paris.

— Non pas, Lehardy, s'écria Diane avec vivacité. Garde-toi bien d'une pareille démarche, qui me couvrirait d'opprobre, me rendrait la plus misérable des femmes. Rassure-toi, mon ami, vois, je ne pleurs plus, me voici calme, résignée.

— A cette résignation, ma bonne maîtresse, répondit tristement Lehardy, je préférerais des larmes. Vos efforts pour paraître insensible à la douleur n'aboutissent qu'à augmenter vos souffrances.

— Silence, Lehardy, s'écria Diane d'un ton impérieux et tout à fait contraire à ses habitudes, la fille de M. le comte d'Erlanges est-elle donc descendue à ce degré de hon-

teuse faiblesse, que le meilleur de ses serviteurs croie pouvoir lui manquer de respect et d'obéissance !... Je te défends, Lehardy, sous peine de perdre ma confiance, de te rendre auprès de M. Sforzi ! La conduite de M. Sforzi est irréprochable ! A moi seule appartient la faute en tout ceci. Pourquoi ai-je pris au sérieux les propos qu'une galanterie d'homme bien élevé le forçait à m'adresser ?... Je me suis aveuglée à plaisir ! J'ai été folle, orgueilleuse, crédule à l'excès !... Il est de toute justice que je porte la peine de ma folie, de mon orgueil, de ma crédulité !

— Hélas ! ma bonne et honorée maîtresse, répondit Lehardy en soupirant, c'est en vain que vous essayez de donner le change à votre cœur !... Vous n'ignorez pas que M. Sforzi vous a aimée, et permettez-moi d'ajouter, vous aime encore de toutes les forces de son âme...

— Tu crois, Lehardy ? s'écria Diane avec un élan passionné.

A peine la jeune fille achevait-elle de prononcer ces paroles qu'une vive rougeur colora son visage. Ce fut d'une voix ferme, assurée, et en fixant sur son serviteur un regard sévère, qu'elle reprit :

— Lehardy, dit-elle, je dois au sincère attachement que tu me portes, à ton dévoûment à ma personne, aux signalés services que tu m'as rendus, une considération et des égards au dessus de ta position. Je veux bien te traiter en ami.... Oui, Lehardy, tu l'as deviné... En vain mon orgueil révolté, ma délicatesse froissée, mes sentimens intimes indignement méconnus, me conseillent l'oubli, me commandant une dédaigneuse indifférence !.... j'aime j'aime toujours M. Sforzi... On dirait même que depuis son infâme trahison, mon attachement pour lui a doublé de force !... Mon triste réveil me rend plus doux encore le souvenir de mes heureux songes !... Tu vois, Lehardy, que je ne te cache rien de l'état de mon âme, que je suis franche avec toi... Tu peux donc ajouter une foi entière à ma résolution inébranlable de ne jamais pardonner à monsieur Sforzi !..... Je ne me dissimule pas que pour sortir victorieuse de cette lutte il me faudra beaucoup souffrir, déployer une grande fermeté, soutenir de rudes combats ! Grâce à Dieu, mon vénéré et vaillant père, M. le comte d'Erlanges, m'a transmis avec son sang son indomptable courage, sa noble fierté ! Ce que je veux, je le veux bien. Peut-être succomberai-je à la tâche que je m'impose, mais à coup sûr je ne faiblirai pas. Si la douleur, plus forte que mon courage, me terrasse et me tue, je saurai mourir le sourire sur les lèvres, sans me plaindre, sans me trahir. A présent, mon bon Lehardy, j'attends de ta part, en retour de la confiance que je viens de te montrer, une obéissance absolue à mes volontés. Je veux que jamais le nom du chevalier ne sorte de ta bouche, que jamais tu ne fasses aucune allusion au passé, que jamais surtout — retiens bien ceci — tu ne tentes la moindre démarche auprès de M. Sforzi ! Cet entretien, mon bon Lehardy, m'a brisé ; j'ai besoin de repos. Au revoir, mon ami, n'oublie point qu'enfreindre mes ordres ce serait perdre mon amitié.

Lehardy, non moins ému que la jeune fille, s'inclina profondément devant elle et s'éloigna sans prononcer une parole.

Toutefois, dès qu'il fut seul, dès que la vue des souffrances de sa bien aimée maîtresse ne pesa plus sur son jugement, Lehardy se mit à réfléchir.

— Notre damoiselle a, certes, raison, se dit-il, d'être révoltée de la conduite de M. Sforzi, mais ne pousse-t-elle pas un peu trop loin ses ressentimens ? D'abord rien ne prouve que la faute du chevalier soit aussi grande, aussi impardonnable que la trouve Mlle Diane... Peut-être bien a-t-il une excuse, une explication à donner... Si j'allais le voir ? Commettre une telle désobéissance !.. Oh non !... Je ne le puis !... Je ne l'ose... Cependant quel y aurait-il à cela ?... Et puis, en supposant que M. Sforzi ne soit pas coupable — ce qui à la rigueur est encore chose possible — quels ne seraient pas mes remords ?.. N'aurais-je pas par une folle, imprudente et condamnable précipitation détruit à tout jamais le bonheur de ma maîtresse ?... Puisque le mal vient de ma maladresse, c'est mon devoir d'essayer de le réparer... Oui, oui, je suis décidé !... Que mademoiselle Diane me traite avec la dernière rigueur !... je l'aurai mérité !... Je cours prévenir le chevalier !...

Lehardy, craignant de manquer de résolution, se hâta de mettre son projet à exécution.

Ce fut d'un seul trait, presque en courant qu'il se rendit de la rue du Paon au boulevard de la Porte-St-Antoine.

Lorsqu'il atteignit l'hôtellerie de la Corne-de-Cerf, sa fatigue et son émotion étaient si grandes, qu'il n'eut pas même la force de franchir le seuil de la porte, et se laissa tomber sur un banc de pierre adossé à la muraille de l'auberge.

Lehardy, après s'être reposé un instant, allait se lever, lorsque la vue de Maurevert, qui sortait de l'hôtellerie, le fit changer de résolution.

Il pensa qu'il obtiendrait sans peine de l'aventurier complétement désintéressé dans la question, des éclaircissemens et des explications catégoriques sur la conduite de Raoul. Il appela donc le capitaine.

— Par Bacchus, s'écria joyeusement de Maurevert, je suis ravi, maître Lehardy, de votre rencontre. Je vous ai toujours tenu en sincère estime. Et mademoiselle Diane d'Erlanges, votre noble et charmante maîtresse, est-elle à Paris ?

— Mademoiselle d'Erlanges, capitaine, répondit tristement Lehardy, est dans un pitoyable état de santé.

— Que m'apprenez-vous là ? Par la mort ! vous me navrez le cœur, et d'où lui est venue cette subite maladie, à cette adorable demoiselle d'Erlanges ?

— Hélas ! capitaine, d'un violent chagrin.

— Est-ce possible ?... Au fait cela se conçoit !.. Le triste trépas de sa mère, la perte de sa fortune...

— Et la trahison de M. le chevalier Sforzi — ajouta Lehardy en fixant sur le capitaine un regard scrutateur — suffisent en effet pour la conduire au tombeau.

De Maurevert tressaillit.

— Quoi ! reprit-il, la position de Mlle Diane est-elle bien aussi désespérée que vous le dites ?..

— Oui, capitaine. Toutefois je dois ajouter, et ceci de vous à moi, que si M. le chevalier Sforzi parvenait à amoindrir, par ses explications et par son repentir, l'énormité de sa faute, je suis intimement persuadé que ma bonne maîtresse recouvrerait la santé comme par enchantement. Là ! voyons, capitaine, au nom de l'amitié que vous portiez jadis à notre damoiselle ; au nom du dévoûment que vous lui avez offert autrefois, quelle est la vérité sur le compte de M. Sforzi ?...

De Maurevert resta un instant sans répondre. Réhabiliter Raoul auprès de Diane c'était exposer le jeune homme à contracter un mariage désavantageux, puisque Mlle d'Erlanges ne possédait aucune fortune ; accuser Raoul, c'était réduire Mlle d'Erlanges au désespoir.

Le capitaine hésita sur le parti qu'il devait prendre.

— Bah ! se dit-il, c'est une sotte conseillère que la sensibilité ! les principes avant tout !...

Alors, affectant un air affligé et baissant la voix :

— Hélas ! mon bon Lehardy, répondit-il, ne me parlez jamais du chevalier. Sa conduite me fait rougir de honte. Ses déréglemens dépassent les limites du possible. Il se fera, un de ses soirs, assassiner par quelque mari jaloux... Au reste, je suis justement en ce moment fort inquiet sur son compte. Depuis hier soir il n'est pas rentré !...

A cette réponse, Lehardy poussa un gémissement, et se levant de dessus son banc, il s'éloigna à grands pas, sans ajouter une parole. De Maurevert le suivit longtemps du regard. A plusieurs reprises, il parut même vouloir courir après le serviteur ; mais il n'effectua pas ce projet.

Morbleu ! se dit-il, je ne pouvais laisser le chevalier, mon compagnon, conclure une mauvaise affaire ! La position de Mlle d'Erlanges me contrarie horriblement... mais qu'y faire ?..... Les principes avant tout !... Et puis, après tout, on ne meurt jamais d'amour !

CHAPITRE XI.

Pendant les deux jours qui suivirent son entrevue avec Marie, le chevalier Raoul, continuellement absorbé dans ses pensées, n'échangea guère que quelques paroles insignifiantes avec le capitaine de Maurevert.

De son côté, l'aventurier paraissait soucieux : c'était à peine s'il prenait deux bouteilles de vin à chacun de ses repas ; il ne jurait presque plus.

De Maurevert, — l'homme le plus fort n'a-t-il pas ses heures de faiblesse ? — éprouvait des remords ; malgré ses principes si bien arrêtés, malgré sa conviction qu'il avait agi au mieux des intérêts de Raoul, malgré l'élasticité de sa conscience, l'aventurier se reprochait sa conduite envers Diane : l'image de la charmante enfant si cruellement blessée au cœur, le poursuivait sans cesse et ne lui laissait ni trève ni repos.

— Morbleu ! se disait-il, tout surpris et tout épouvanté de ces sentimens de pitié si nouveaux pour lui, est-ce donc, mon bon de Maurevert, que tu vieillis ? Est-il possible qu'un si grand philosophe, qu'un si hardi capitaine, qu'un si rude compagnon comme tu l'as été jusqu'à présent, se laisse troubler l'esprit par une pareille vétille ? Que t'importe la tristesse d'une petite de-

moiselle privée de son tourtereau ? le dénouement d'une amourette dans laquelle tu ne joues aucun rôle ? Par la mort ! tu dégénères, de Maurevert. Que serait-ce donc, s'il te fallait assister encore au pillage d'un couvent de nonains, prendre part au sac d'une ville ? tu tomberais sans doute en défaillance ? Ah ! de Maurevert ! mon pauvre de Maurevert, qu'est devenue ton antique valeur ? Toi jadis si beau, si actif, si ardent au milieu des scènes de violences ; toi si estimé pour la sévérité avec laquelle tu traitais les prisonniers incapables de payer rançon ; toi si renommé pour ta facilité à faire hisser un drôle à la potence, ne voilà-t-il pas maintenant que tu tournes au petit bourgeois !... Ah ! fi, de Maurevert !... Je rougis d'être de tes amis !

Le capitaine, après s'être prouvé cent fois à lui-même que sa conduite, dans cette circonstance, était totalement exempte de blâme, en arriva à cette singulière conclusion, qu'il devait tenter tous les moyens possibles pour retrouver Diane.

— Une fois les choses remises en leur premier état, se dit-il, je laisserai marcher, sans plus m'en préoccuper, les événemens. Il n'est pas probable que l'amour pleurnicheur de Diane l'emporte auprès de Raoul sur la passion expérimentée de la belle Marie à la blonde chevelure. J'arriverai donc au même résultat sans donner à ma conscience le droit de me chanter pouille, car j'ai beau m'aveugler à plaisir, il est certain que j'ai engagé jadis ma parole à la demoiselle d'Erlanges de l'assister en toute occasion, de rester toujours son ami. Je sais bien que cette promesse manquant de réciprocité ne me lierait pas comme un contrat... N'importe ! mon honneur ne s'en trouve pas moins engagé jusqu'à un certain point.

Chez de Maurevert, l'action suivait de près la pensée ; aussi, à peine eut-il pris la résolution de retrouver Mlle d'Erlanges, qu'il entra sans plus tarder en campagne.

Raoul Sforzi éprouvait de son côté un grand trouble d'esprit. Les pensées qui l'agitaient étaient multiples, si confuses, qu'il lui était impossible de voir clair dans l'état de son cœur. A l'idée de Diane exposée à l'odieux amour du marquis de la Tremblais, il ressentait un mouvement de rage folle, insensée, des larmes douloureuses et brûlantes coulaient de ses yeux.

La délicieuse et chaste image de Mlle d'Erlanges, se débattant en vain contre son lâche et infâme persécuteur, lui apparaissait entourée de l'auréole du martyr, et alors il tombait à genoux ; il invoquait la protection divine...

Bientôt, une nouvelle évocation de son imagination exaltée, venait se placer entre lui et la prière : la figure à l'expression tour à tour altière, timide, passionnée, recueillie, mais toujours adorablement belle de l'inconnue Marie, animait son sang de folles ardeurs, réveillait tous les fougueux instincts de son impétueuse jeunesse.

Enfin, Marie et Diane finissaient par se fondre en une seule et même personne, par former un tout fantastique et enivrant.

Sforzi payait cruellement l'austérité et l'orgueil de son passé. Après s'être vanté de dominer, par la seule force de sa volonté, les passions de son âge, il en était devenu l'esclave absolu.

C'est le surlendemain du jour où le jeune homme avait été reçu par Marie, dans la petite maison située au milieu des terrains déserts qui avoisinaient le Marché aux Chevaux, que recommence notre récit.

De Maurevert, harassé de fatigue, et après avoir employé sa matinée en inutiles recherches, venait de rentrer à l'hôtellerie de la Corne-de-Cerf.

Il était deux heures, c'est-à-dire le moment du dîner.

Les deux amis, avertis par un valet que le repas était prêt, descendirent de leurs chambres, et, se saluant d'une simple inclinaison de tête, s'assirent à la table dressée dans la salle à manger, commune aux voyageurs.

Sforzi craignant que le capitaine ne lui adressât des railleries au sujet de son inconstance, évitait autant que possible d'engager la conversation. De Maurevert, de son côté, ne voulant pas éveiller par une parole imprudente les soupçons du chevalier et le mettre ainsi sur la voie de la trahison dont il s'était rendu coupable envers Diane, acceptait fort volontiers ce silence.

Le repas touchait à sa fin et les deux amis se disposaient à se lever de table, lorsque l'hôte de l'auberge de la Corne-de-Cerf entra dans la salle à manger, et s'adressant à Raoul :

— Mon gentilhomme, lui dit-il, il y a là un laquais revêtu d'une fausse livrée, ou, si vous aimez mieux, d'une livrée couleur de muraille, qui insiste beaucoup pour être introduit sans retard auprès de vous... Dois-je me rendre à son désir ?

— Oui, certes, s'écria vivement Raoul.

Alors, un homme âgé d'à peu près quarante ans, et dans lequel Sforzi reconnut de suite le guide qui l'avait conduit auprès de Marie, se présenta.

— Monsieur le chevalier, dit-il à Raoul, l'on m'a chargé de vous remettre ceci à vous-même ; ma maîtresse vous prie d'attendre, pour ouvrir ce paquet, que vous soyez seul.

Sforzi porta la main à son haut-de-chausses pour chercher sa bourse et récompenser le laquais ; mais ce dernier parut deviner l'intention du jeune homme, et soit que la perspective d'une gratification blessât sa fierté, soit qu'il eût reçu des ordres formels à cet égard, il salua Raoul et s'éloigna aussitôt avec précipitation.

Lorsque les deux compagnons de fortune se retrouvèrent seuls, tous les deux, par un mouvement spontané, relevèrent la tête et se regardèrent fixement.

Ce fut de Maurevert qui le premier entama la conversation.

— Cher Raoul, dit-il tristement, je vois avec peine que ma présence vous gêne, que vous n'avez pas confiance en moi. En quoi donc, je vous prie, ai-je pu par ma conduite démériter de vous ?

— Cher capitaine, répondit Sforzi en rougissant, vos reproches sont injustes.

— Injustes ! Hélas, non, Raoul, ils ne sont que trop fondés. En supposant, ce qui n'est guère probable, que mon expérience me fasse défaut, il est une chose qui ne peut me tromper, c'est l'amitié que j'éprouve pour vous et qui saigne en ce moment de se voir si mal payée de retour. Jusqu'à présent, Raoul, vous avez eu un grand mérite, celui de la franchise. Ne perdez pas cette précieuse qualité qui vous met au-dessus du vulgaire. Ne vous abaissez pas jusqu'au mensonge. Dites-moi hardiment : « Capitaine de Maurevert, comme je suis un galant homme, je remplirai fidèlement les conditions du traité qui nous lie, mais ne voyez en moi qu'un associé et non un compagnon !.. » Ce langage, Raoul, s'il me perce le cœur, me permettra au moins de vous estimer encore !.. Or, je vous le déclare — et vous devez d'autant mieux me croire que je n'ai nul intérêt à vous tromper — je tiens à votre honneur cent fois plus qu'au mien propre !.. Il me semble que vos qualités rachètent mes défauts ! Peut-être me direz-vous, cher compagnon, que parfois je vous donne des conseils en désaccord avec votre vertu ? A cela je vous répondrai que mon esprit droit, logique et hardi, ne tient aucun compte des préjugés ! Du moment que ma conscience se tait, peu m'importent les criailleries de la tourbe, les jugemens erronés du monde ! Ainsi, Raoul, il est bien convenu, n'est-ce pas, que tout en restant de bons et fidèles compagnons, nous cessons d'être de véritables amis ?

La voix ordinairement si rude de l'aventurier s'était, en prononçant ces dernières paroles, singulièrement adoucie ; son regard, habituellement impudent et moqueur, brillait de l'humide éclat d'une larme. Sforzi se sentit tout attendri. Il prit l'une des larges mains du capitaine et la serra avec effusion dans les siennes.

— Cher de Maurevert, lui dit-il, quoique vos accusations ne s'appuient sur rien de sérieux, je reconnais cependant que ma conduite les motive jusqu'à un certain point. Il faut m'excuser, de Maurevert !... Si vous saviez l'agitation de mon esprit, le trouble de mon âme, au lieu de m'accabler de reproches, vous m'accorderiez toute votre pitié !...

— Ainsi, dit l'aventurier, vous êtes toujours, cher Raoul, mon ami ?...

— Certes toujours, capitaine.

— En ce cas, reprit froidement de Maurevert, dépêchez-vous d'ouvrir le paquet ; je brûle d'impatience de savoir quel est son contenu !

Raoul, un peu à regret peut-être, se résigna à obéir.

Il dénoua un réseau de rubans artistement attachés, qui serpentaient le long de l'enveloppe de soie recouvrant le mystérieux envoi, et en tira un court manteau de velours brodé avec une rare perfection, parsemé de pierreries fines et orné de magnifiques dentelles.

— Par Jupiter ! s'écria de Maurevert, si la reine-mère était encore d'un âge acceptable, je n'hésiterais pas à lui attribuer le mérite de ce don vraiment royal ! Laissez-moi admirer tout à mon aise cette merveille, cher Raoul.

Le capitaine prit alors le manteau et le secoua pour faire disparaître les plis qui nuisaient à sa beauté : une bourse roula par terre.

— De l'or ! s'écria de Maurevert transporté de joie : par Plutus ! voilà longtemps que je n'ai éprouvé une si agréable surprise.

Le capitaine s'empressa de ramasser la bourse, et, renversant son contenu sur la table, il se mit à compter avec une dextérité sans égale la somme qu'elle renfermait.

—Deux cents écus au soleil ! reprit-il peu après, la reine-mère voudrait-elle se faire pardonner sa vieillesse ?... Que le diable m'emporte si je sais ce que je dis ; je déraisonne de joie, je divague de bonheur...Deux cents écus au soleil ! Cher et gentil Raoul, c'est à en perdre la tête !...

Le chevalier était loin de partager les transports de l'aventurier. Une vive rougeur couvrait son visage, ses sourcils étaient contractés, son œil brillait de colère.

—Malédiction ! s'écria-t-il bientôt en frappant sur la table un violent coup de poing qui fit rebondir les pièces d'or ; malédiction ! Suis-je donc un mendiant pour que l'on ose me traiter avec un tel mépris ?... Et moi qui croyais qu'elle m'aimait !... qu'elle m'estimait !... Aveuglement insensé, sot orgueil ! Je prenais pour de la passion, un caprice de grande dame !... Marie a calculé que le passe-temps de mon amour, l'emploi et l'utilité de mon dévoûment, représentaient peut-être une valeur de deux cents écus au soleil. Or, comme Marie est une honnête femme, elle m'envoie généreusement à l'avance le prix de ma tendresse, le salaire de mon courage! Au fait, pourquoi me plaindrais-je ? Que suis-je, après tout ? Un simple gentilhomme de province... un être sans conséquence, que l'on peut sans déroger associer à des projets qui ne le regardent pas, introduire dans une alcôve, et à la rigueur, s'il s'agit de couvrir un grand nom, jeter en pâture au bourreau. Malédiction! je ne souffrirai pas que l'on fasse si bon marché de ma personne, que l'on me traite avec un si superbe mépris. Je montrerai de quoi est capable l'homme fort, honnête, résolu, soutenu par une idée, et marchant à son but droit devant lui, sans peur, sans reproches. Oh! Marie, comment, vous si supérieure, vous dont l'esprit est si vif, si pénétrant, avez-vous pu m'envoyer cette aumône ?

Sforzi, après avoir prononcé ces paroles avec une extrême véhémence, appuya sa tête sur ses deux mains, et tomba dans une profonde rêverie. La voix de Maurevert arracha bientôt le jeune homme à ses pensées.

— Raoul, s'écria-t-il, je cherche en vain des expressions pour flétrir votre noire ingratitude. La langue est impuissante à endre la surprise que me cause votre indigne conduite...

— Silence, capitaine, je vous prie, interrompit violemment le chevalier. Vos perfides conseils ne peuvent rien contre le cri de ma conscience outragée, de mon honneur insulté !... Je vous porte une sincère amitié, capitaine ; mais il y a en moi, vous le savez, des heures terribles où la fureur m'égare et prend le dessus sur ma raison !... Ne me poussez pas, par vos honteux conseils, à manquer à la foi jurée !... Ne me condamnez pas à d'éternels remords !... — Silence, vous dis-je, capitaine, continua le jeune homme en voyant de Maurevert se disposer à l'interrompre. — Ayez pitié de moi... Je sens que mon épée ne tient plus au fourreau !

Un assez long silence suivit les paroles de Raoul.

Ce fut de Maurevert qui de nouveau renoua l'entretien.

— Cher Raoul, dit-il, je viens, en courbant le front devant votre colère, en cédant à vos menaces, de vous donner la plus grande preuve d'amitié qu'il fût en mon pouvoir de vous offrir.

— Merci, merci, capitaine.

— Je ne vous demande pas de remercîmens, je constate un fait, pas autre chose. A présent, chevalier, terminons, s'il vous plaît, cette pénible discussion. Vous êtes bien déterminé, n'est-ce pas, à refuser l'admirable cape et les deux cents écus que Marie vous envoie ?

— Capitaine ! cette question...

— Il n'est pas besoin d'emportement pour me répondre d'une façon négative ou affirmative : un simple oui ou un non suffisait. Je reprends donc, car j'aime extrêmement procéder en toutes choses avec ordre et méthode, je reprends donc ma question : vous êtes bien déterminé, n'est-il pas vrai, à refuser l'admirable cape et les 200 écus d'or que Marie vous envoie ?

— Oui, capitaine...

— Très bien ! alors, je crois, chevalier, qu'il est convenable d'accomplir, sans plus de retard, cette restitution !

— Oui, capitaine.

— En ce cas, voulez-vous bien me charger de cette commission ?

— Vous ! et pourquoi, capitaine ?

— Parce que je tiens à ce que vous n'agissiez pas en malotru ; parce que je suis certain de remplir convenablement vos intentions, qui, en passant par la bouche d'un mercenaire ou d'un valet, courraient risque d'être dénaturées d'une abominable façon... Je pense, Raoul, que vous ne suspectez pas ma fidélité ?...

— Mille fois non, capitaine.

— Au reste, je vous engagerai ma parole d'opérer loyalement la susdite restitution !

— J'accepterais volontiers votre offre, si cela était en mon pouvoir, cher compagnon, reprit Raoul après avoir réfléchi un moment, mais vous oubliez que l'inconnue ou Marie a exigé de moi que je ne dévoile à personne le mystère de notre rendez-vous.

— Qu'à cela ne tienne, chevalier ! Je connais parfaitement la petite maison située près du Marché-aux-Chevaux.

— Quoi ! s'écria Raoul avec une surprise extrême, vous aussi ?

— Moi aussi, répéta laconiquement de Maurevert en baissant les yeux d'un air modeste.

— Et vous ne m'en aviez rien dit ?...

— Comme vous, j'étais lié par un serment, Raoul. Ainsi vous acceptez ma proposition ?

Pour toute réponse, le jeune homme poussa devant de Maurevert la bourse et le manteau.

Le capitaine, dans la crainte sans doute que Raoul ne se ravisât, saisit les précieux objets, et, prenant à peine le temps de boucler le ceinturon de son épée, sortit de la salle à manger de l'hôtellerie de la Corne-de-Cerf.

———

CHAPITRE XII.

Une fois hors de l'hôtellerie, de Maurevert se mit, selon sa louable habitude, à examiner sous toutes ses faces la nouvelle affaire qu'il entreprenait : car l'aventurier, en offrant à Raoul de lui servir de messager, avait obéi à une arrière-pensée.

— Cher capitaine, se disait-il en marchant lentement, il ne faut point te dissimuler, que tu as à remplir une mission fort délicate, hérissée de difficultés. Comment feras-tu pour pénétrer dans la petite maison du Marché-aux-Chevaux ? Quel langage tiendras-tu ensuite à la maîtresse de céans ? Les alentours des petites maisons sont gardés d'habitude avec autant de soin que les abords des châteaux forts. Enfin la femme la plus douce à laquelle on vient déclarer à brûle-pourpoint que son amant fait fi de sa personne et renonce à ses faveurs, se change incontinent en une furieuse tigresse !... Bah ! le hasard n'est-il pas mon ami ? il saura bien m'aider à sortir d'embarras.

Ce fut donc sans avoir un plan bien arrêté que le capitaine arriva devant la petite maison.

— Diable, se dit de Maurevert après avoir soigneusement examiné la mystérieuse habitation, des fenêtres closes, des jalousies fermées ! N'y aurait-il personne dans cette bicoque ? Le fait est que j'ai mal choisi mon heure. Les déesses de ces discrètes demeures ressemblent aux phalènes qui prennent leur vol seulement la nuit ; elles recherchent l'ombre et les ténèbres. Au reste, rien ne me presse ; mettons-nous en observation.

De Maurevert avisa les broussailles derrière lesquelles Lehardy s'était caché deux jours auparavant pour espionner Raoul Sforzi.

— Voici des fascines naturelles, des travaux avancés qui conviennent merveilleusement bien à mon projet, se dit-il. De mon embuscade, je surveillerai d'une façon infaillible, et sans que l'on se doute de ma présence, la place ennemie.

Le capitaine, pour surcroît de précaution, choisit un pli de terrain formant presque un fossé, et se coucha la tête tournée vers la petite maison.

Pendant la première demi-heure, aucun événement de nature à éveiller son attention ne troubla la faction de l'aventurier.

Découragé de l'insuccès de sa ruse, il se disposait à quitter sa retraite, quand il vit la silhouette de deux hommes qui se dirigeaient de son côté se détacher en noir sur l'azur de l'horizon.

Quoique l'arrivée de deux personnes en cet endroit ne constituât pas un fait bien extraordinaire, le capitaine se pelotonna sur lui-même, ainsi qu'un gigantesque boa à l'affût d'une proie, et il attendit.

L'aventurier avait eu raison de compter sur sa bonne étoile, sur le concours du hasard.

A peine dix minutes s'étaient écoulées, que les deux piétons s'arrêtaient devant le mur du jardin de l'habitation solitaire.

Aux regards qu'ils dirigeaient vers la petite maison, aux paroles que de temps à autre ils échangeaient entre eux, à voix basse, il était évident que leur présence en ces lieux n'était pas due simplement à un effet du hasard.

Le costume des deux inconnus annonçait une condition subalterne ; ce détail intrigua très fort de Maurevert.

— Il n'est guère probable, pensait-il que la maîtresse de céans donne des rendez-vous à de tels personnages. Ah ! par Mercure, je devine tout. Ces individus sont placés en sentinelles par leur maître. C'est cela, ils gardent les abords du palais d'Armide, afin de ne pas laisser surprendre le bel Arnaud. A présent, quel peut être le bel Arnaud ? quelle est l'enchanteresse Armide ? Voilà ce que j'ignore, ce qu'il est de mon intérêt de savoir, et par conséquent ce que je saurai.

Tout à coup de Maurevert poussa un cri d'étonnement : les deux individus qui jusqu'alors ne lui avaient présenté que le dos, s'étant retournés de son côté, il venait de reconnaître en eux deux de ses anciennes connaissances, l'apôtre Benoist et le sieur Croixmore, le chef des religionnaires de Tournoil.

A cette découverte si inattendue, le capitaine hésita : toutefois son indécision fut de courte durée.

D'un bond il se leva de dessus le gazon, et rajustant à la hâte le baudrier de son épée, il s'avança à pas de géant vers Croixmore et Benoist.

— Par les cornes du diable, chers amis, leur cria-t-il, vous me voyez au comble de la joie.

A l'apparition de Maurevert, qui semblait surgir de terre, le serviteur du marquis de la Tremblais et le bandit de la province d'Auvergne, parurent atterrés. Leur premier mouvement fut de prendre la fuite, le second de se mettre en défense.

— Par la barbe de Pluton ! continua l'aventurier d'une voix amicale et le visage souriant, on dirait, compagnons, que ma présence vous est désagréable... Me garderiez-vous rancune, vous, Croixmore, de ce que j'ai été si magnanime à l'endroit de votre rançon ? vous, Benoist, de ce que je n'ai pu me résoudre à laisser pendre mon ami le chevalier Sforzi ?... Ce serait, compagnon Croixmore, montrer une laide ingratitude... Ce serait, messire Benoist, commettre une grave injustice... Que diable, nous ne sommes plus en Auvergne, mais bien à Paris... Nous n'avons plus ici les mêmes raisons pour nous estocader que là-bas... Je ne crois pas, Croixmore, que votre intention soit de me faire prisonnier de guerre, et vous, Benoist, de me pendre !... Ces passetemps, bons à occuper les loisirs de la vie de province, ne sont pas de mise à Paris. En Auvergne la féodalité domine, à Paris c'est le roi qui règne ! Après tout, si poussant la rancune jusqu'à la mesquinerie, vous désirez prendre une revanche de mes hauts faits passés, vous n'avez qu'un mot à dire. Que mon isolement ne vous retienne pas : je me sens de force, à moi seul, à vous envoyer tous les deux rendre vos devoirs à messire Satanas !...

De Maurevert s'éloigna de trois pas et portant la main à la garde de son épée :

— J'attends, reprit-il. Est-ce la paix ? est-ce la guerre ?

— Messire capitaine, répondit Croixmore, il vous faut attribuer à notre étonnement la froideur de notre accueil. Nous ne sommes pas, grâce à Dieu, des croquants, pour vous garder ainsi rancune de votre vaillance ; votre présence nous est au contraire fort agréable, et nous ne souhaitons, Benoist et moi, qu'une seule chose : noyer avec vous, dans des flots de vin, l'oubli de nos anciennes inimitiés !

— Voilà ce qui s'appelle parler d'or —

s'écria de Maurevert — qui sait, chers compagnons, si nous ne serons pas bientôt appelés à réaliser ensemble quelque beau bénéfice !... Je possède mon Paris sur le bout des doigts, pas une des ressources que présente la grande ville ne m'est inconnue... J'ai souvent besoin de vaillantes épées, de hardis et subtils compagnons.... Dites-moi, si une brillante affaire se présentait, pourriez-vous disposer de votre temps ? Etes vous libres de votre personne ? M'est-il permis de compter sur vous ?

— C'est selon, répondit le bandit Croixmore. S'il s'agissait d'une expédition de courte durée, oui ; s'il nous fallait nous absenter plus d'un jour, non.

— Vous appartenez à quelqu'un ?

— J'ai l'honneur d'être attaché à la personne de monseigneur de la Tremblais, dit le bandit d'une voix sourde.

— Est-ce possible, Croixmore ? quoi, vous n'êtes plus châtelain ? Qu'avez-vous donc fait de votre belle forteresse de Tournoïl ?

— Monsieur le marquis de la Tremblais a daigné l'assiéger et la prendre d'assaut.

— Et vous, vous êtes entré au service du marquis ? Voilà qui me semble assez singulier !

Croixmore, avant de répondre, jeta un oblique regard sur l'apôtre Benoist, toujours silencieux, puis d'un ton doucereux et hypocrite :

— Monseigneur pouvait me faire pendre, il m'a accordé la vie ; je ne saurais jamais assez reconnaître par mon dévoûment et mon zèle à le servir, la clémence qu'il m'a montrée...

A son tour, de Maurevert examina à la dérobée l'apôtre Benoist, puis jugeant, sans doute, à propos de ne pas pousser plus loin ses questions, il changea de sujet de conversation.

— Vraiment, messieurs, dit-il, puisque nous voici en si bons termes, je n'userai pas de détours avec vous pour vous avouer que votre présence ici, et à cette heure, me contrarie et me dérange infiniment ! Ne vous serait-il pas possible de me laisser le champ libre, de vous éloigner ? Vous me rendriez un véritable service d'ami...

— Cela ne se peut, messire capitaine, répondit d'un ton bourru l'apôtre Benoist.

— Bon, pensa de Maurevert, le marquis de la Tremblais doit se trouver dans la petite maison.

— Au moins, reprit l'aventurier en passant son bras sous celui de Croixmore, rien ne vous oblige à rester plantés ici comme des Termes. Je vous apprendrai, chers amis, — ce renseignement est de nature à vous être souvent utile — qu'à Paris, on se doit soigneusement garder de laisser pénétrer ses projets. En Auvergne, avec vos gros et épais manans la force suffisait ; dans la capitale du royaume, il faut user de beaucoup d'adresse, déployer un tact exquis : par exemple, se mettre, en plein jour, de sentinelle devant la porte d'une petite maison, voilà une faute impardonnable et qui sent la province d'une lieue ! C'est, loin de protéger son maître en fortune galante, attirer l'attention sur lui, et l'exposer à être gravement dérangé dans un tête-à-tête.

Vous comprenez que de même que j'étais caché tout à l'heure près de vous, sans que vous vous doutiez le moins du monde de ma présence ; de même des espions surveillent peut-être en ce moment vos mouvemens. Affectons un air dégagé, et pour donner le change à quiconque nous observerait, promenons-nous de long en large, comme des duellistes qui attendraient leurs adversaires.

De Maurevert entraîna alors le bandit Croixmore dans une direction opposée à celle que suivait l'apôtre Benoist, et baissant la voix :

— Croixmore, lui dit-il rapidement, il y a dix écus à gagner pour toi si tu réponds avec franchise à mes questions. Le marquis de La Tremblais se trouve actuellement n'est-ce pas dans cette petite maison ?

— Oui, répondit le bandit sur le même ton.

— Y a-t-il besoin d'un mot de passe pour pénétrer céans ?

— Certainement, capitaine.

— Et tu connais ce mot, Croixmore ?

— Oui, je le connais.

— Parle donc ! dépêche-toi !

— Trahir mon maître pour dix écus, ce serait bien mesquin de ma part ; je préfère me taire.

— Je ne marchande pas avec les garçons d'esprit. Vingt écus en échange du mot de passe.

— Payables quand cela ?

— De suite, si tu l'exiges.

— Non pas ! Benoist pourrait nous surprendre.

— Eh bien, alors en mon hôtellerie de la Corne-de-Cerf, boulevard de la Porte-Saint-Antoine.

— C'est convenu, capitaine. Le mot de passe est *Guise* et *Italie*.

— Très bien ! A présent élève la voix et cause-moi de tout ce qui te viendra à l'esprit. Benoist se rapproche de nous.

Après avoir fait, en compagnie de Croixmore, une dizaine de tours, de Maurevert se retourna vers l'apôtre Benoist, qui marchait presque sur ses talons.

— Compagnon, lui dit-il, as-tu reçu consigne de rester de garde ici jusqu'à la nuit ? S'il en est ainsi, je n'attendrai pas davantage ; l'heure de mon rendez-vous est déjà plus que passée, et il serait du dernier mauvais goût de me faire attendre.

— Je n'ai point de compte à vous rendre de mes actions, messire de Maurevert, répondit l'apôtre d'un ton brusque.

— Benoist, reprit froidement l'aventurier, il faut, pour te montrer si peu plaisant envers moi, que tu aies peu de mémoire... Rappelle-toi que je t'ai déjà légèrement étourdi au cabaret de St-Pardoux, et tiens-toi pour assuré que si l'envie me prend de compléter ma leçon et de t'assommer tout-à-fait, je ne me ferai faute de ce plaisir...

A cette menace, Benoist garda le silence, seulement, son œil de vipère lança un regard chargé de haine sur son adversaire.

De Maurevert abandonna alors le bras de Croixmore et se dirigea vers la petite maison.

Ce ne fut qu'au troisième coup de heurtoir qu'un léger bruit se fit entendre à l'intérieur.

Bientôt une espèce de judas défendu par des barreaux de fer tellement épais et serrés qu'ils ne laissaient pas même passage à la pointe d'un poignard, s'ouvrit en grinçant, et une voix masculine demanda à de Maurevert ce qu'il voulait.

— Guise et Italie ! répondit le capitaine.

La porte tourna à l'instant sans bruit sur ses gonds, et l'aventurier pénétra résolûment dans l'intérieur de la maison.

— Avertissez votre noble et honorée maîtresse, dit-il à son introducteur, que l'un de ses plus intimes et dévoués serviteurs désire lui parler à l'instant même, sans retard : il s'agit d'une communication de la plus haute importance.

Soit que le ton assuré de Maurevert imposât à l'homme qui lui avait ouvert la porte, soit que ce dernier eût l'ordre de n'adresser aucune question aux personnes possédant le mot de passe, toujours est-il qu'il s'éloigna en toute hâte pour exécuter la mission du capitaine.

— Monsieur, dit-il, en revenant presque aussitôt, veuillez prendre la peine de me suivre, ma maîtresse vous attend.

De Maurevert ne se fit pas répéter cette invitation : il franchit à grandes enjambées le même escalier que Raoul avait gravi deux

jours auparavant, mais au lieu d'être introduit, comme l'avait été le jeune homme, dans le salon tendu de noir, ce fut dans une autre pièce qu'on le fit entrer.

— Tudieu ! se dit de Maurevert en saisissant d'un simple coup d'œil l'ensemble de l'appartement, je ne m'étonne plus maintenant si la belle Marie envoie de si magnifiques présens. Quel luxe ! que de richesses ! Quelle peut être cette femme ? Une descendante de Danaé ?... Paris, que je sache, ne compte parmi ses habitans un seul Jupiter. A moins pourtant qu'il ne retourne de MM. d'O ou de Villequier. Oui, c'est possible. Il n'y a que ces éminentissimes voleurs capables de solder un tel luxe. Ah ! j'entends le frôlement d'une robe. Attention, de Maurevert ; tiens-toi droit et ferme, retrousse ta moustache, courbe-toi sur ta hanche, mon ami. Que diable, il ne faut pas oublier que tu ne parais pas plus de 40 ans. Cet âge est le plus beau de la vie ! Ah ! cher Cupido, quelle joie d'être aimé d'une femme qui vous accable de pierreries fines et d'écus d'or. Cela a toujours été mon rêve ! Si pourtant mon rêve allait se réaliser...

De Maurevert, la taille roide comme un chêne, le buste développé et le regard en amande, eut une émotion véritable lorsque l'inconnue entra dans le salon.

Elle portait un demi-masque : le capitaine remarqua qu'elle boîtait légèrement : cette découverte le combla de joie.

— Par Vénus ! se dit-il, une femme qui possède un défaut physique, doit racheter par ses bons procédés cette disgrace de la nature. Ah ! si cette Marie pouvait être d'une laideur achevée, je serais le plus heureux des hommes !

A la démarche fière, un peu théâtrale même de l'inconnue, de Maurevert se sentit troublé.

— Je manque de l'habitude des grandes dames, se dit-il, et celle-ci compte, à coup sûr, parmi la haute noblesse !... Enfin, je ferai de mon mieux !...

Marie, à la vue de l'aventurier, laissa échapper un léger signe de surprise. Elle s'assit sur un fauteuil, puis d'une voix impérieuse :

— Je ne m'attendais pas au plaisir de vous voir, capitaine de Maurevert, dit-elle... Qui me procure, je vous prie, le plaisir de votre présence ? comment avez-vous pu arriver jusqu'à moi ?...

De Maurevert, extrêmement étonné de voir que Marie le connaissait si bien, perdit un peu de son aplomb habituel. Pour cacher son embarras, il prît place sur un fauteuil.

— Capitaine, lui demanda l'inconnue, vous ai-je donc invité à vous asseoir ?...

A cette question faite d'un ton dédaigneux et impertinent, de Maurevert ne put retenir un mouvement de colère :

— Ma toute belle, répondit-il en approchant son fauteuil, je ne sache pas que nous nous trouvions en ce moment au Louvre devant Sa Majesté, que diable ! Pardon, je rétracte le mot, je voulais dire par Vénus ! par messire Cupido, si vous aimez mieux. L'étiquette des petites maisons ne doit pas être aussi rigide que celle de la cour. Que vous soyez la reine de mon cœur, j'en serai ravi, mais alors...

— Capitaine, interrompit Marie, je n'ai que faire d'écouter ces propos de soudard.

Alors l'inconnue retira son masque et regarda fixement son interlocuteur.

De Maurevert bondit comme s'il avait été mordu par la dent d'un reptile ou comme si son fauteuil se fût changé en un gril ardent; puis, l'air confus, il s'inclina profondément devant Marie, et lui dit avec un grand respect :

— Que votre altesse royale daigne me pardonner ma sotte conduite. J'étais si loin de songer à l'honneur de l'audience que Votre Altesse m'accorde en ce moment !

CHAPITRE XIII.

L'amour d'une grande dame.

L'inconnue que de Maurevert venait de traiter d'Altesse Royale, et que nous continuerons à appeler Marie, accueillit les excuses de l'aventurier en femme habituée aux plus humbles hommages.

Quant au capitaine, un instant déconcerté, il ne tarda pas à recouvrer toute sa présence d'esprit, tout son sang-froid ; de Maurevert n'était pas homme à rester longtemps sous le coup d'une défaite : également préparé à l'attaque et à la riposte, il attendit le moment opportun pour prendre sa revanche.

Soit que la respectueuse soumission de l'aventurier eût désarmé la colère de Marie, soit que la jeune femme ne voulût pas se faire un ennemi de lui ; soit même encore qu'elle crût avoir besoin de ses services, toujours est-il que ce fut d'un air bien moins superbe, presque bienveillant, qu'elle entama la conversation.

— Capitaine, dit-elle, avant de pousser plus loin cet entretien, je désire savoir de quelle façon vous vous y êtes pris pour arriver jusqu'à moi ? Votre présence en ces lieux ne serait-elle pas le résultat d'une condamnable indiscrétion, d'une lâche trahison ?...

— Madame, répondit de Maurevert lentement et en pesant chacune de ses paroles, vos suppositions humiliantes pour mon amour-propre sont complètement dénuées de fondement. Je vois, madame, que jamais vous n'avez pris la peine de vous enquérir de ce que pouvait être le capitaine de Maurevert. Si Votre Altesse avait daigné interroger sur mon compte le premier gentilhomme venu, elle saurait que la nature m'a doué d'un esprit souple et subtil, d'une imagination fertile en ressources, et alors elle ne s'étonnerait pas de me voir ici.

— Vous vous tromperiez fort, M. de Maurevert, si vous croyiez m'être inconnu. Les renseignemens qui m'ont été fournis sur vous sont au contraire fort complets.

— Vous me voyez ravi, madame, car cela m'évite, chose toujours pénible à ma modestie, de faire moi-même l'éloge de mes qualités et de mes vertus.

Marie sourit, d'un air moitié incrédule, moitié railleur.

— Jusqu'à présent, monsieur, dit-elle, vous n'avez pas répondu à ma question : De quelle façon vous y êtes-vous pris pour arriver jusqu'ici?

— Je vous demanderai humblement la permission de n'entrer dans aucun détail à ce sujet, madame. J'avais à vous parler, me voici en votre présence... cela suffit.

— Capitaine, reprit Marie après un léger silence, il est une justice que je me plais à vous rendre et qui vous prouvera combien je suis au fait de votre caractère.

— Voyons, je vous prie, cette justice, madame....

— C'est que personne n'est plus que vous esclave de sa parole. Voulez-vous me jurer que vous n'essaierez pas de me tromper, que vous me répondrez avec une franchise entière ? A cette condition seule je consens à continuer notre entretien.

— Hélas ! madame, s'écria tristement de Maurevert, cette exigence de votre part va me priver de tous mes avantages, me réduire à la plus complète nullité. N'importe; je me sens, pour vous être agréable, capable de tous les sacrifices !.. .Permettez-moi seulement d'ajouter une restriction à votre désir.

— Quelle restriction, capitaine ?

— Celle de me taire, madame, lorsque je

croirai ne devoir pas répondre à vos questions. C'est bien le moins, du moment que vous me privez du bénéfice et de la commodité du mensonge, que vous me laissiez la ressource du silence.

— J'accepte, capitaine. Ainsi, voilà qui est bien convenu, bien entendu : vous me jurez, sur votre foi de gentilhomme, de ne pas essayer de me tromper.

— Non, madame; je vous jure de ne pas commettre un seul mensonge; rien de plus. Si je vous trompe par un silence adroitement combiné, arrivant juste à point, il faudra vous en prendre à votre manque momentané de sagacité, et ne pas m'accuser d'avoir failli à mes sermens.

— Accepté capitaine! Avant tout, apprenez-moi le motif qui vous a fait désirer, — sans savoir qui j'étais, — de pénétrer jusqu'à moi.

— Volontiers, Madame. J'ai été chargé par mon ami et compagnon le chevalier Sforzi de remettre à la maîtresse de céans un manteau et 200 écus d'or, qu'elle avait daigné lui envoyer. Voici le manteau, madame, et voici les 200 écus au soleil. Je vous supplierai toutefois de me laisser ajouter que le chevalier Sforzi me doit quinze cents livres tournois, — j'ai sa reconnaissance dans ma poche, — et que vous me combleriez de joie si vous daigniez accepter cette reconnaissance comme argent comptant?

Marie rougit légèrement, et un éclair de colère brilla dans ses yeux.

— Ainsi, c'est le chevalier Sforzi qui vous a envoyé vers moi? dit-elle.

— Oui, madame, le chevalier Sforzi.

— En ce cas, il a gravement forfait à l'honneur...

— Je ne vous comprends pas, madame.

— Ne m'avait-il pas juré qu'il observerait rigoureusement le secret de notre connaissance?

— Le chevalier a tenu sa promesse, madame; si j'ai l'honneur de me trouver en ce moment en votre présence, c'est que j'ai indignement abusé de la bonne foi de mon ami. Je lui ai persuadé que j'étais en tiers dans la confidence.

— Mais le mot de passe, qui vous l'a donné?

— Ce n'est pas Raoul, madame.

Marie resta pendant quelques secondes pensive et réfléchie.

— Et pourquoi, capitaine, dit-elle enfin, M. Sforzi me renvoie-t-il mon présent?

De Maurevert ne répondit pas.

— Voilà que vous voulez déjà me tromper, capitaine, reprit l'inconnue.

— Non pas, madame; mon silence ne cache aucun piége; il m'est imposé par le profond respect que je porte à Votre Altesse, par la crainte que j'éprouve de lui déplaire par une trop brusque franchise.

— Que ne vous expliquez-vous, capitaine?

— Vous me l'ordonnez, madame?

— Eh! certes, je vous l'ordonne... J'écoute, parlez!

— Madame, continua froidement de Maurevert, votre don, réellement royal, a paru au chevalier constituer une véritable aumône. Cette pensée a indigné jusqu'au délire son immense orgueil. Il s'est alors furieusement emporté contre vous, et vous a traitée avec un mépris sans pareil!

— Le chevalier a eu raison! s'écria Marie. Sa superbe me ravit et m'enchante. C'est d'un vrai gentilhomme, cela! c'est bien, très bien! Pas un seul courtisan n'aurait montré, en pareille circonstance, une telle délicatesse, un si bel orgueil!

— J'avoue, madame, dit de Maurevert fort étonné de la réponse de Marie, que si votre magnifique présent m'eût été adressé, je l'aurais accepté avec autant de joie que de gratitude... Je vous supplierai même, à ce propos, madame, de reprendre ce manteau et cette bourse dont la vue m'éblouit et me cause d'irrésistibles distractions...

— Si ces objets vous plaisent, gardez-les en souvenir de moi, capitaine, répondit Marie d'un air distrait.

— Ah! madame! est-ce possible? Quoi! Votre Altesse daignerait? C'est cent fois plus que je ne mérite. N'importe, les désirs de Votre Altesse sont des ordres pour moi! J'accepte. Quant à la reconnaissance de cinq cents écus que m'a souscrite le chevalier...

— Vous l'anéantirez, capitaine. J'entends que M. Sforzi possède sa liberté entière et ne doive rien à personne.

— J'espérais que Votre Altesse me laisserait cette reconnaissance.... enfin, puisque sa volonté est autre, elle sera obéie... je brûlerai cette reconnaissance, murmura de Maurevert avec un soupir.

— Vous connaissez intimement M. de Sforzi, n'est-il pas vrai, capitaine? demanda Marie.

— Oui, madame, intimement est le mot.

— Le croyez-vous capable de se dévouer, corps et âme, à la réussite d'un hardi, périlleux et vaste dessein, de suivre avec une invincible persévérance la route qu'on lui aurait tracée?

— Oui et non, madame. Le chevalier Sforzi possède certes une rare énergie, une indomptable opiniâtreté, un courage à toute épreuve. Malheureusement son esprit fier et indépendant ne sait pas supporter le joug d'une volonté supérieure. Le chevalier est affligé d'une soif de liberté et d'indépendance qui nuira toujours grandement à sa fortune. L'intérêt n'a pas prise sur lui...

— Et l'amour, capitaine de Maurevert? interrompit Marie avec une impétuosité passionnée.

Cette question, tout à fait dans les mœurs du temps, ne surprit pas de Maurevert.

— L'amour, madame, répondit-il tranquillement, est justement le côté faible de M. Sforzi... C'est un volcan que le chevalier. Je l'ai vu, à la pensée d'une femme qu'il adorait, — et je sais depuis une heure que cette femme est Votre Altesse, — je l'ai vu, dis-je, pâlir, rougir trembler comme un enfant, s'agiter comme un lion, passer par toutes les phases du ravissement et du désespoir!

— Vous n'exagérez pas, capitaine? interrompit Marie d'une voix émue.

— C'est-à-dire, madame, que je reste, et de beaucoup encore, en deçà de la vérité. Vous comprenez qu'il ne m'est pas possible de décrire les transports d'un fou furieux. A présent, madame, je dois à la générosité sans pareille que vous venez de me montrer, une délicate confidence. Avant de vous connaître, monsieur Sforzi avait déjà, pour me servir de ses expressions, fiancé son âme... Mon Dieu, madame, j'ai peut-être tort de m'expliquer avec tant de franchise, car voici que vous pâlissez!

— Continuez, de Maurevert, continuez, je vous l'ordonne!... Vous disiez que M. Sforzi aimait déjà, avant de m'avoir vue, une autre femme!... Quelle est cette femme?...

— Une jeune fille, Altesse!...

— Jolie, aimable, de quelque esprit?

— Hélas! ravissante et belle au possible.

— Plus belle que moi? demanda fièrement Marie, en regardant son interlocuteur d'une si séduisante façon, que le flegmatique et sceptique aventurier se sentit troublé jusqu'au fond de l'âme... Eh bien, j'attends votre opinion, continua-t-elle; qui de cette jeune fille ou de moi est la plus belle?

A cette question redoutable, de Maurevert hésita; enfin, prenant son parti:

— Madame, dit-il, il y a des merveilles si absolues et si contraires chacune en son genre, quelles ne peuvent être comparées.

Marie fronça les sourcils et fit un geste d'impatience. Il fallait, pour que le capitaine n'osât pas se prononcer d'une façon plus explicite, que sa rivale fût réellement digne d'entrer en lice avec elle.

— Cette jeune fille habite Paris, sans doute? reprit Marie.

Depuis quelques jours seulement. C'est en Auvergne que M. Sforzi l'a rencontrée.

— Une provinciale! Quelque fille de procureur, peut-être?

— Non, Altesse! une demoiselle de grande et bonne maison!

— Et elle se nomme, cette merveille?

— Diane d'Erlanges, Altesse.

— Diane d'Erlanges... très bien! voilà un nom que je n'oublierai pas.

Marie tomba alors dans une profonde méditation, on eût dit qu'elle avait oublié la présence du capitaine.

— Monsieur de Maurevert, dit-elle tout-à-coup en relevant la tête, j'ai eu le tort jusqu'à présent de ne pas accorder à votre personne toute l'attention dont elle est digne!.. J'espère réparer dans l'avenir la faute de mon passé!.. Vous êtes un homme sur lequel on peut compter!.. Je saurai employer vos talens, utiliser vos mérites! Inutile d'ajouter que vos services seront généreusement rémunérés!..

— Madame, s'écria de Maurevert radieux, je me suis en effet bien souvent demandé déjà comment il pouvait se faire que Votre Altesse n'eût jamais songé à m'attacher à son parti... La conscience de ma valeur et le soin de ma dignité ne me permettaient pas de faire à Votre Altesse l'offre de mon intelligence et de mon épée... Je suis réellement ravi que Votre Altesse ait daigné venir la première à moi; je ne saurais trop la complimenter de son acquisition de ma personne...

— De Maurevert, interrompit Marie qui n'avait guère écouté la réponse de l'aventurier, je n'ai pas à me contraindre devant vous. Je connais votre rare discrétion, et vous, vous n'ignorez pas que me trahir, qu'abuser de ma confiance, ce serait vous exposer d'abord à des déboires infinis, puis enfin à une mort tragique et certaine. De Maurevert, écoutez-moi bien. Il est nécessaire, pour que vous puissiez me servir avec fruit, que vous sachiez le fond de ma pensée. Lorsque je vis pour la première fois le chevalier Sforzi, son audace me plut, et je résolus d'exploiter dans mon intérêt son ressentiment contre M. Lavalette. Je donnai un rendez-vous à M. Sforzi. Les heures que nous passâmes ensemble, l'éphémère intimité — car il ignorait mon rang — qui s'établit entre nous, grandirent le chevalier à mes yeux. Je reconnus en lui une âme fortement trempée, fière, ardente, accessible à tous les nobles enthousiasmes. Cette découverte me causa presque un remords... N'était-ce pas pitié, me demandai-je, de jeter ainsi dans les luttes acharnées et dévorantes de la cour, une jeunesse si pleine de sève et d'avenir? Vous n'ignorez pas, de Maurevert, combien pour les femmes le sentiment de la pitié est chose perfide. Il est rare qu'il ne les conduise pas insensiblement, par une pente douce et irrésistible, à l'amour. Aujourd'hui, j'aime Sforzi de toutes les forces de mon âme. Malheur à la femme qui se placera entre mon affection et lui! Je veux, entendez-vous, de Maurevert, je veux que le chevalier réponde à ma tendresse. Pour arriver à ce résultat, je ne reculerai devant aucun moyen. Vous êtes, de Maurevert, admirablement bien placé pour me servir. Vous possédez la confiance de Sforzi, vous vivez dans son intimité, il vous est facile de contrôler ses moindres actions. Je compte donc sur votre concours.

— Madame, dit gravement le capitaine, il est une circonstance ignorée de vous et que je crois de mon devoir de porter à votre connaissance! J'ai contracté avec M. Sforzi pour l'espace d'un an, une alliance défensive. Tant que ce laps de temps ne sera pas écoulé, il ne me sera permis ni de le trahir, ni de marcher à l'encontre de ses intérêts. Si j'acquiers, chose, au reste, peu probable, la conviction que le chevalier a le mauvais goût, l'impardonnable sottise de vous préférer Mlle Diane d'Erlanges, je vous avertis que je n'entreprendrai rien contre cette damoiselle, que je me renfermerai dans une honnête neutralité!...

— Soit, capitaine, j'accepte cette restriction.

— Mille remercîmens, madame, Votre Altesse peut être persuadée que je servirai ses intérêts avec un dévoûment absolu.

Marie se leva alors de dessus son fauteuil et saluant l'aventurier d'une légère inclinaison de tête, elle se disposait à s'éloigner lorsque de Maurevert la retint en prenant de nouveau la parole.

— Que Votre Altesse veuille bien me permettre de l'avertir, dit-il, que M. le marquis de la Tremblais est l'ennemi mortel de M. Sforzi. Je ne serais même nullement étonné que ce seigneur tentât, contre la vie du chevalier, quelque vilaine entreprise.

— Vous savez donc que le marquis de la Tremblais se trouve actuellement ici? demanda Marie fort étonnée:

— Madame, répondit l'aventurier en la saluant jusqu'à terre, le capitaine de Maurevert n'ignore rien de ce qu'il lui importe

de savoir. Je ne puis trop vous répéter, — quoique cet aveu coûte à ma modestie, — qu'en m'attachant à votre personne vous avez conclu une excellentissime affaire. Si Votre Altesse daigne m'accorder prochainement une seconde audience, nous règlerons — car les bons comptes font les bons serviteurs — le prix de mon dévoûment.

— Je vous reverrai sous peu, capitaine, répondit Marie.

De Maurevert aperçut, en sortant de la petite maison, l'apôtre Benoist et le bandit Croixmore, toujours placés en sentinelles.

N'ayant pour le moment aucun renseignement à tirer de ces deux honnêtes personnages, il s'éloigna sans leur adresser la parole.

— Parbleu! se disait l'aventurier tout en arpentant le Marché-aux-Chevaux, il faut convenir que je n'ai pas trop mal employé mon après-dîner. Heureux, cent fois heureux Raoul! Quelle mine à exploiter pour lui! Quelle magnifique position à prendre! Ai-je bien fait de parler de Diane d'Erlanges? je l'ignore. Au reste, mon intention a été honnête..... J'ai pensé que Son Altesse, excitée par la jalousie, parviendrait à découvrir le refuge de Diane. Alors, moi j'avertirai Lehardy que j'ai indignement abusé de sa bonne foi, que je lui en ai impudemment imposé sur le compte de Sforzi!.... Une fois que j'aurai mis ainsi mon honneur à l'abri de tout reproche... eh bien, il arrivera de tout cela ce qu'il plaira au hasard... Ce sera bien le diable si, dans tous ces événemens, je ne parviens pas à réaliser quelques jolis bénéfices. Son Altesse est d'une générosité prodigieuse; moi, je ne manque ni d'à-propos, ni d'appétit.... Oui, définitivement, j'ai parfaitement employé mon après-dîner. Je puis dire comme l'empereur Titus: « Mon bon de Maurevert, tu n'as pas perdu ta journée! »

Pendant que le capitaine causait ainsi avec lui-même, Marie reprenait avec le marquis de la Tremblais l'entretien que l'arrivée de l'aventurier avait interrompu.

Le marquis de la Tremblais ressemblait tellement peu, en la présence de Marie, à ce qu'il était en Auvergne, que s'il eût été donné à ses vassaux de le voir alors, ils n'auraient pas reconnu leur maître.

Rien ne rappelait en lui le fier et hautain seigneur féodal qui faisait trembler toute une province.

Ses manières étaient obséquieuses; sa contenance respectueuse, son ton douceureux approchaient de l'humilité.

Seulement un observateur sagace aurait compris, à certaines notes impérieuses de sa voix et à certains froncemens de ses sourcils, indices révélateurs qui échappaient de temps à autre à sa retenue calculée, que le tigre, quoiqu'il cachât ses griffes, n'en restait pas moins pour cela la terrible bête fauve aux sanguinaires et féroces instincts.

Soit que Marie ne soupçonnât pas les méchantes passions de son interlocuteur, soit que, les connaissant, elle se sentît au dessus de leur atteinte, toujours est-il que rien ne décelaient en elle la circonspection ou la crainte.

Son geste franc, entier, expressif; sa phrase, — écho fidèle de ses sensations, — tantôt brève et concise, tantôt abondante et irrégulière, prouvaient clairement qu'elle ne se contraignait point dans la libre expression de sa pensée.

— Marquis, disait-elle un peu après le départ de Maurevert, j'ai appris de source certaine la haine que vous portez à M. Sforzi; or, je vous déclare nettement que je m'intéresse de la plus sérieuse façon à ce jeune gentilhomme !... Attaquer M. Sforzi, c'est m'attaquer moi-même !... Persister dans vos projets de vengeance contre lui, c'est donc me déclarer la guerre !... Voyez si vous voulez m'avoir pour ennemie !...

— Princesse, répondit le marquis en accompagnant ses paroles d'un sourire faux et contraint, M. Sforzi est bien heureux !...

— Monsieur de la Tremblais, interrompit Marie avec une énergique fierté, je n'ai que faire de vos appréciations. Ce qu'il me faut, ce que je veux, c'est une promesse positive, sacrée, irrévocable, que vous n'entreprendrez rien contre la personne du chevalier... N'allez pas croire au moins que je suspecte son courage.

Bien au contraire, l'épée de M. Sforzi est une de ces vaillantes lames qui, selon l'exergue espagnol tracé sur le fer des gentilshommes, ne sortent du fourreau qu'avec raison, et n'y rentrent qu'avec honneur. Ce que je crains pour M. Sforzi, ce n'est pas une lutte acharnée, implacable, c'est la trahison. Voulez-vous vous engager, marquis, à n'attaquer le chevalier qu'à force égale, en plein soleil ? à ne lui adresser qu'un défi personnel ? à ne l'appeler que loyalement sur le terrain ? Alors je vous laisse toute liberté d'action.

— Princesse, répondit le marquis, si M. Storzi était mon égal, si un noble sang coulait dans ses veines, je n'aurais pas attendu, pour me venger des griefs que j'ai contre lui, la permission que Votre Altesse daigne m'octroyer en ce moment !... Malheureusement, madame, il n'en est pas ainsi.

M. Sforzi — je vous demande humblement pardon, Princesse, de m'exprimer si brutalement sur le compte de votre protégé, mais il faut que vous sachiez la vérité entière — M. Sforzi, malgré ses éminentes qualités, n'est autre chose qu'un aventurier ! A quelle noble maison appartient-il ? Quelle est sa famille? Il l'ignore ! Je vais plus loin, je le mets au défi de citer même le nom de son père... Vous comprendrez, madame, que le marquis de la Tremblais, seigneur de divers autres lieux et investi du droit de haute et basse justice, s'avilirait et se compromettrait à tout jamais en traitant M. Sforzi comme son égal !... Un dernier mot, madame, pour en finir avec ce sujet qui ne mérite réellement pas l'attention que vous daignez lui accorder... Ne vous semble-t-il pas que vous choisissez un moment bien importun pour prendre la défense d'un aventurier contre un homme de qualité, c'est-à-dire le moment où vous faites justement appel à la générosité, au dédévoûment de la noblesse ?... Princesse, il est des choses qu'un cœur haut placé et délicat n'aime pas à dire. Aussi est-ce avec une profonde tristesse, et seulement parce que vous m'y contraignez, que j'ai le regret de vous rappeler que je représente pour votre parti une province entière du royaume de France, la province d'Auvergne ! J'appartiens certes, corps et âme, à messeigneurs vos illustres frères; personne ne reconnaît plus que moi la légitimité de leurs prétentions.... mais, hélas! princesse, il ne faut pas oublier non plus que je suis homme, partant de là, accessible aux passions humaines.... Croyez-moi, madame, ne ternissez pas, par une mesquine sensibilité, l'éclat de vos qualités viriles et supérieures. A part votre beauté sans pareille, votre grâce sans égale, rien en vous ne rappelle la femme. Votre esprit, votre cœur, votre courage, sont ceux de l'homme. Ne sacrifiez pas à un sentiment vulgaire les graves intérêts dont vous êtes chargée !...

Marie, tandis que le marquis parlait, avait à différentes reprises donné des signes non équivoques d'impatience; toutefois, elle l'avait laissé poursuivre sans l'interrompre.

Ce fut d'une voix brève et sèche qu'elle lui répondit :

— Monsieur de la Tremblais, lui dit-elle, votre discours, malgré les précautions oratoires dont vous l'avez entouré est d'une rare impertinence !... Il signifie tout simplement qu'un fol et honteux amour trouble ma raison et me conduit à l'oubli de ma dignité !... Je n'essaierai pas de rétorquer vos argumens ! J'ai l'avocasserie en horreur ! Je me bornerai à vous faire connaître franchement ma volonté et mes intentions !...

Libre à vous de ne tenir compte ni de l'une, ni des autres ! Marquis, je veux que vous ne tentiez rien contre la personne du chevalier Sforzi : je suis décidée, si un malheur arrive à ce gentilhomme, à recueillir l'héritage de sa vengeance, à vous poursuivre par tous les moyens en mon pouvoir !... Nous ne sommes pas ici en Auvergne, mais à Paris ! Or, à un seul signe de moi, à mille les meilleures épées de la capitale luiront au soleil, ou brilleront dans l'ombre !... Croyez-moi, marquis, entre nous deux la lutte n'est pas égale. Ne tentez pas une révolte impossible, insensée ! Ne vous exposez pas aux suites de ma colère !...

A ces paroles prononcées par Marie avec un ton de franchise et de détermination que l'on ne pouvait méconnaître, le marquis sourit de l'air le plus aimable, et d'une voix doucereuse :

— Princesse, dit-il, la France entière connaît votre réponse à Sa Majesté la reine qui vous accusait d'attenter à l'autorité royale : « Madame, lui dites-vous, que voulez-vous, » je ressemble à ces braves soldats qui ont » le cœur gros de leurs victoires. » Ce mot, princesse, cri parti de votre cœur, résume parfaitement l'héroïque hardiesse de votre âme. Vous vous enivrez parfois à l'enthousiasme de votre vaillance. Permettez-moi donc, madame, de n'attacher aucune importance aux menaces que vous venez de m'adresser. Autrement, il me faudrait — et j'en serais au désespoir — relever le gant que vous venez de me jeter, et me détacher de votre parti.

Je préfère donc attribuer l'emportement de votre langage à la richesse de votre sang, plutôt qu'à un mépris immérité de ma personne... Je regrette seulement, madame, que le respect dû à votre position m'empêche de vous parler ainsi que je le ferais à une dame noble de la cour, mon égale.

— Que cette considération ne vous retienne pas, marquis, s'écria Marie avec impétuosité. Ici, dans ma petite maison, je suis simplement Marie !..

— Quoi, madame, vous daigneriez...

— Au fait, marquis, au fait, interrompit Marie avec vivacité.

— Mon Dieu, madame, c'est qu'il me va falloir, pour vous obéir, rapetisser de beaucoup la hauteur de notre débat, aborder certains détails indignes de vous.

— Mais parlez donc marquis, parlez !

— Vous l'exigez, madame ?

— Certes je l'exige... Voyons ces détails indignes de moi.

— Il est bien convenu, madame, que je ne m'adresse plus à l'auguste princesse, mais seulement à Marie.

— Oui, parfaitement convenu.

— Eh bien ! madame, reprit le marquis, tandis qu'un perfide sourire animait d'une sardonique expression son visage, je dois vous apprendre que le chevalier Sforzi, ce héros de valeur, ce modèle de constance, ce composé de toutes les perfections humaines, se joue indignement de votre amour !

— Le chevalier Sforzi se joue de moi ?

— Hélas ! oui, madame, et cela de la façon la plus impudente, la plus éhontée qu'il soit donné d'imaginer. Le cœur du chevalier — ce cœur réceptacle de toutes les vertus — n'a jamais battu pour vous. Depuis longtemps déjà il appartient tout entier à une rivale, à une damoiselle nommée Diane d'Erlanges.

— Après, monsieur ? demanda froidement Marie.

— Comment cela après ? répéta le marquis avec un étonnement qu'il ne sut cacher ; mais il me semble, madame, que ma révélation ne manque pas d'importance.

— Vous trouvez, Monsieur ?.. Eh bien, je diffère essentiellement d'opinion avec vous !.. Ce que vous appelez votre révélation n'est à mes yeux qu'un insignifiant propos.

— Quoi, Madame, affecter pour vous une passion qu'il ne ressent pour une autre femme et cela dans quel but ? dans le but de profiter de votre crédit, d'exploiter votre immense fortune, ah ! cela ne vous paraît pas une action odieuse, lâche, infâme ?....

— M. le chevalier Sforzi ne m'a jamais dit qu'il m'aimait ! interrompit Marie. Son cœur est trop haut placé pour descendre jusqu'au mensonge. Au contraire, le chevalier m'a volontairement avoué, sans y être sollicité en rien par mes instances, qu'il adorait une noble damoiselle, de la province d'Auvergne, Diane d'Erlanges.

— Et vous, madame, vous, douée d'un esprit si superbe, vous acceptez cette rivalité ?

— Les cœurs vaillans recherchent la bataille, marquis !

— Non, madame, je ne vous crois pas ! L'amour ne peut se comparer à la guerre. L'amour dompte les plus fiers, rend craintifs les plus hardis, lâches les plus braves. Du moment que vous vous abandonnez à ce sentiment, il faut dire adieu à toutes ces qualités sublimes qui vous plaçaient si au-dessus de votre époque : des larmes honteuses, des espoirs chimériques, des emportemens mesquins, des jalousies banales vont occuper désormais vos loisirs. Peut-être bien encore vous fiez-vous à l'absence de votre rivale, à son éloignement? Vous auriez tort! je ne serais nullement surpris que la noble damoiselle arrivât un de ces jours à Paris.

— Elle s'y trouve justement à présent, marquis, dit froidement Marie.

Cette réponse de Marie produisit un changement complet, inexprimable dans la contenance du marquis. Sur son front apparut un gros réseau de veines, — phénomène bizarre qui se produisait également chez le chevalier, — ses yeux brillèrent de fureur, un tremblement convulsif agita tout son corps, et les muscles de son visage, contractés outre mesure, donnaient à sa physionomie une expression d'implacable méchanceté.

Ce changement était trop subit, trop visible pour échapper à Marie.

— Quoi! marquis, s'écria-t-elle, éprouveriez-vous pour la damoiselle d'Erlanges le même sentiment que vous me blâmiez si fort à l'instant même de ressentir pour M. Sforzi?... Allons, marquis, franchise pour franchise, aveu pour aveu! Il est de votre intérêt comme du mien d'associer maintenant nos efforts, de nous unir dans notre infortune! Renoncez à vos desseins contre la personne du chevalier, et je vous abandonne Diane d'Erlanges. Briser le cœur de Sforzi, tenir en votre puissance la femme qui vous a dédaignée, n'est-ce pas encore une belle et profitable vengeance?

— Oui, madame, s'écria de la Tremblais d'une voix sourde, j'aime Diane d'Erlanges d'une passion ardente, insensée, d'une passion qui ressemble à de la haine et qui m'épouvante moi-même!... Par la mort! dût ma hardiesse me coûter la tête, j'irai jusqu'au bout, je ne reculerai devant aucun moyen!... Concluons une trêve, madame. Je vous donne ma parole que je n'entreprendrai rien contre le chevalier sans vous en prévenir à l'avance. Je veux, avant de laver dans son sang l'affront qu'il m'a infligé, le rendre témoin de mon triomphe, le faire assister à la chute de sa fiancée!...

Marie réfléchit pendant quelques instans avant de répondre.

— Marquis, dit-elle bientôt, j'accepte, non vos conditions, mais vos offres... Qu'il ne soit plus question pour le moment de M. Sforzi; qui sait si l'avenir ne changera pas mes dispositions à son égard?... Passons au plus pressé : occupons-nous de Diane... Les intérêts immenses placés entre mes mains ne me laissent guère de loisirs... Ne pourriez-vous, marquis, vous charger du soin de retrouver cette noble et séduisante damoiselle?... Si vous avez besoin d'agens habiles, intelligents, sur un mot de moi, tous les plus experts chevaliers d'industrie, de la capitale, tous les aventuriers les plus avisés et les plus fertiles en expédiens accourront se mettre à votre disposition et obéiront aveuglément à vos ordres... Quant à la dépense, marquis, ne reculez pas, si cela est nécessaire, devant le sacrifice de cent mille écus... La perte de ma fortune entière ne m'arrêterait pas.

— Princesse! s'écria de la Tremblais, j'ai le bonheur de ressembler à Votre Altesse en ceci, que ce que je veux, tôt ou tard je le fais!...

Pendant que le marquis et Marie, devenus, d'ennemis qu'ils étaient d'abord, alliés momentanés, convenaient de leurs faits et gestes, et dressaient le plan de leurs opérations futures, de Maurevert, le cœur joyeux et la figure épanouie, marchait d'un pas triomphant dans les rues de Paris.

— C'est étonnant, se disait-il, comme le poids d'une bourse d'or enfouie dans mes poches me rend léger : c'est à croire que si l'on me chargeait de mille livres d'or, je m'envolerais! Et ce manteau si richement orné, combien en retirerai-je?... Je parie qu'il a coûté au moins deux mille livres tournois. L'usurier Nicolle, chez qui je le porte, ne va pas manquer, selon sa louable habitude, de le décrier à outrance, de l'estimer à la centième partie de sa valeur... Oui, mais une fois que l'honnête Nicolle saura que ma bourse est bien garnie, que je n'ai nul besoin de ses bons offices, il reviendra à de meilleurs sentimens; je parie même qu'en piquant adroitement son amour-propre par une indifférence affectée, je le conduirai tout doucettement à me payer ce manteau à son prix de revient. Il n'y a rien de tel pour conclure de bonnes affaires comme de n'avoir pas besoin d'argent. J'avais bien pensé d'abord, en voyant les succès qu'obtient Raoul auprès des grandes dames, à garder ce manteau pour moi-même et à me lancer dans la carrière de la galanterie. J'aurais certes réussi tout comme un autre, mais pas de façon peut-être à me créer un revenu de deux cents écus par an. Or, la vente de ce manteau produira au moins deux mille écus, qui, bien placés, me donneront à peu près une rente de quatre cents écus. Selon moi, rien n'est de bon goût pour un militaire comme d'avoir des revenus fixes. Cela lui donne un cachet de régularité, d'ordre, d'économie qui produit le meilleur effet auprès des mères de famille, et permet parfois de contracter un riche mariage. Ce qui m'a toujours perdu, moi, c'est l'amour du jeu et celui de la bonne chère. Réflexion faite, je placerai le prix de ce manteau.

De Maurevert tout en discourant ainsi avec lui-même était arrivé dans le faubourg St-Germain où demeurait Nicolle. Déjà le capitaine, apercevant la boutique de Nicolle, prenait un air grave, et de circonstance, lorsque tout à coup il poussa une exclamation de joie et de surprise, et s'élançant vers un homme qui passait près de lui, en longeant les murs des maisons, il le prit à bras le corps et le serrant à l'étouffler !...

— Par l'Olympe entière, dit-il, je suis aujourd'hui en veine de bonheur ! Ami Lehardy, voici trois jours que pour obéir à la voix de ma conscience, je te cherche en vain, et sans espoir, dans tous les coins et recoins de Paris !... Ami Lehardy j'éprouve une véritable affection pour toi, mais que le diable m'emporte, si tu te refuses à me conduire auprès de ta maîtresse, mademoiselle d'Erlanges, je te tords incontinent le col.

CHAPITRE XIV.

Une âme brisée.

Ce ne fut pas sans peine que Lehardy parvint à se débarrasser de la puissante étreinte du capitaine. Lorsqu'il sortit des bras du géant, il était à moitié étouffé.

— Ce cher ami ! continua de Maurevert, la joie que lui cause ma rencontre lui ôte l'usage de la parole ! Le fait est, mon bon Lehardy, que ta maîtresse ne s'attend guère à l'excellente nouvelle que je lui apporte. Par Cupido ! il me va falloir user de beaucoup de ménagemens. L'excès de son ravissement pourrait troubler sa raison. Allons, marche devant moi, et n'oublie pas, mon bien-aimé Lehardy, que si tu essaies de fuir, si tu tentes de m'échapper, je te massacre sur place.

— Messire de Maurevert, répondit le serviteur, si vous m'aviez donné ce même ordre il y a deux jours je me serais fait tuer plutôt que d'y obéir. Aujourd'hui ma maîtresse se trouve dans un si pitoyable état de corps et d'esprit, j'ai employé si inutilement tous les moyens possibles pour la retirer de

son affliction, que j'accepte votre offre sans hésiter. Quelle est donc cette excellente nouvelle dont vous parliez, capitaine ?

— Ne t'inquiète de rien, Lehardy, et laisse-moi agir à ma guise. Moi aussi j'ai connu dans toute leur force les peines de l'amour... Mes tourmens ont toujours été courts, j'en conviens, mais extrêmement violens ! Je me rappelle une fois entre autres, avoir été obligé de vider une quarantaine de flacons de vin en vingt-quatre heures, avant d'en arriver à oublier la trahison d'une infidèle ! Ah ! si Mlle Diane consentait à s'adonner à l'hypocras, avant huit jours d'ici elle ne songerait plus à Raoul !...

Après dix minutes de marche, Lehardy s'arrêta devant un hôtel d'assez triste apparence situé dans la rue du Paon, non loin de l'hôtellerie du Roi David.

— Capitaine, dit-il en introduisant une clé dans la serrure, je vous le demande en grâce, soyez d'une grande circonspection, ne commettez aucune imprudence. Vous ne pouvez vous imaginer à quel point ma bonne maîtresse est affectée de la conduite de M. Sforzi.

— Sforzi est complètement innocent du crime de lèse-amour dont mademoiselle Diane l'accuse, répondit de Maurevert.

— Mais, pourtant, capitaine, l'aveu que vous m'avez fait à moi-même de la trahison de messire Raoul ?

— Je le rétracte. Conduis-moi vers ta maîtresse, te dis-je, je lui expliquerai cela en deux mots. À propos, Lehardy, quel est donc cet hôtel où demeure mademoiselle Diane ?

— Cet hôtel appartient à la tante de ma bonne maîtresse, madame la douairière de Lamirande.

— Cette demeure me paraît médiocrement luxueuse.

— Madame la douairière n'est pas, en effet, très riche. Elle possède à peu près quatre mille livres de rentes.

— Quatre mille livres de rentes, murmura de Maurevert, ce n'est pas le diable ! Vraiment si le repos de ma conscience n'était en jeu, je m'en irais au plus vite... Quatre mille livres de rentes ! c'est à peine la somme que Son Altesse dépense chaque jour !

Lehardy, après avoir prié le capitaine de vouloir bien attendre un moment dans le vestibule, s'en fut préparer sa maîtresse à la visite de l'aventurier.

Diane, lorsque son fidèle serviteur se présenta dans son appartement, était agenouillée devant un prie-dieu.

La pauvre enfant, le visage baigné de

larmes, la contenance défaite, accablée, n'entendit pas entrer Lehardy. Le serviteur dut, avant de parvenir à éveiller son attention, lui adresser la parole à trois reprises différentes.

— Ah ! c'est toi, Lehardy, lui dit-elle enfin d'un air distrait et en essayant de sourire. Que me veux-tu, mon ami ?

— Mademoiselle, lui répondit-il d'un air embarrassé, je ne sais comment m'y prendre pour aborder le sujet qui m'amène près de vous. Vous m'avez si sévèrement défendu de vous parler de M. le chevalier Sforzi...

A ce nom, Diane tressaillit ; une vive et soudaine rougeur lui monta au visage, et d'une voix qu'elle essayait de rendre ferme, et qui ressemblait à un sanglot :

— Tais-toi, Lehardy ! interrompit-elle ; tais-toi ! Quelle cruelle volupté peux-tu trouver à me torturer ainsi le cœur !... Le chevalier Sforzi !... Je ne connais pas ce gentilhomme ; jamais nom semblable n'a été prononcé devant moi !... Je ne sais ce que tu veux dire.

— Ma bonne et honorée maîtresse, reprit le serviteur, combien grands ne seraient pas votre chagrin, vos remords, si vous appreniez un jour, quand il serait trop tard pour réparer votre injustice, que M. Sforzi n'a jamais été coupable ? Eh bien, tout me donne à supposer aujourd'hui que M. le chevalier a été odieusement calomnié.

Diane, en entendant ces paroles, abandonna son prie-dieu, et folle, éperdue de joie et de crainte, elle s'élança vers son serviteur.

— Que dis-tu Lehardy ? s'écria-t-elle, serait-il possible ? Le ciel aurait-il pris enfin en pitié mes souffrances... Non, non, tu me trompes, Lehardy... Tu redoutes les suites de ma douleur, et tu essaies à me distraire de mon désespoir par un généreux mensonge... Tu as eu tort, mon ami... Je commençais à m'habituer à la pensée de l'indigne trahison de M. Sforzi, à me résigner à son abandon... Pourquoi raviver ainsi les blessures saignantes de mon cœur?.. Tais toi !... M. Sforzi !... Je te le répète, je ne connais pas ce gentilhomme.

— C'est-à-dire que vous l'aimez à la folie, et en cela je vous approuve fort, s'écria en ce moment une voix sonore.

Mlle d'Erlanges se retourna du côté d'où partait cette voix, en poussant une exclamation de surprise.

— Le capitaine de Maurevert ! s'écria-t-elle.

— Lui-même, pour vous servir, répondit tranquillement l'aventurier. Veuillez m'excuser, je vous prie, bonne damoiselle, si je me suis permis d'intervenir un peu brusquement et sans y être convié dans votre conversation avec Lehardy. La faute en est à ce dernier. Si au lieu de me laisser me morfondre dans une anti-chambre, on m'avait attablé devant un respectable flacon de vieux vin, j'aurais attendu son retour avec plus de patience. Par Cupido ! bonne damoiselle d'Erlanges, vous êtes bien changée! Certes, votre beauté, est toujours sans pareille ; mais enfin vous n'êtes plus reconnaissable. Lehardy, laisse-nous, mademoiselle et moi nous avons à parler de choses sérieuses.

Le serviteur, craignant que sa maîtresse ne lui donnât l'ordre contraire, s'empressa d'obéir. Toutefois il ne s'éloigna qu'après avoir recommandé à de Maurevert par un regard expressif et suppliant, de ménager la faiblesse de la pauvre enfant.

— Mademoiselle, continua de Maurevert, profitant de l'émotion de Diane pour entamer l'entretien, vous voyez devant vous le coquin le plus abominable et le plus repentant qui ait jamais existé. Au reste, mes remords — et ma démarche vous prouvera la vérité de ce que j'avance—sont à la hauteur de mon crime.

— Votre crime, vos remords, capitaine ! ajouta Diane toujours tellement troublée qu'elle comprenait à peine les paroles de son interlocuteur. A quel crime faites-vous allusion ?

— A l'insigne fourberie dont j'ai usé envers vous pour vous détacher de mon gentil compagnon Raoul.

Diane tressaillit.

— Que voulez-vous? chère damoiselle, continua de Maurevert, je me suis trompé, voilà tout... Moi, je me figurais jusqu'à ce jour être un modèle de constance et de fidélité ; or, partant de ce point erroné, je me disais : puisque ma passion la plus tenace n'a pas dépassé une semaine, il est probable que quatre jours suffiront à Mlle d'Erlanges pour oublier complètement Raoul. Alors, ayant rencontré Lehardy, je lui ai dépeint la conduite du chevalier sous les plus noires couleurs.., J'en ai fait un monstre...

— Quoi, capitaine ! s'écria Diane hors d'elle-même, les propos que vous avez tenus à Lehardy au sujet de M. Sforzi n'étaient pas vrais?

— Certes, non ! c'était un tissu de mensonges !

— Ah ! mon Dieu, est-il possible ! murmura Diane en levant vers le ciel des yeux baignés de larmes de bonheur, et brillans de reconnaissance.

La demoiselle d'Erlanges, étourdie sous le coup d'une joie immense, surhumaine, resta un moment sans pouvoir prononcer une parole.

Une incroyable métamorphose s'était opérée en elle ; son visage, naguère abattu par les souffrances, resplendissait d'un éclat céleste ; son regard, éteint dans les larmes, avait repris toute sa vivacité ; sa beauté était si touchante, si idéale, que de Maurevert lui-même se sentit ébloui et attendri.

— Par les vertus de Notre-Dame de Paris ! murmura-t-il, Mlle Diane me dirait maintenant qu'elle va prendre son vol vers la voûte azurée, que je la croirais et la supplierais humblement de rester sur la terre. Quel malheur que Son Altesse soit si riche ! J'aurais été si heureux du bonheur de Mlle d'Erlanges !

Bientôt le visage de Diane perdit l'expression de chaste ivresse qui l'animait : un nuage passa sur son front, et sa tête ainsi que la fleur effleurée par l'aile de l'orage, s'inclina doucement sur ses blanches épaules. Le premier moment de sa joie passé, Diane avait réfléchi.

— Capitaine, dit-elle, ce serait une bien vilaine cruauté de votre part, d'abuser de l'estime que j'ai portée jusqu'à ce jour à M. Raoul, pour vouloir l'innocenter à mes yeux, tandis qu'il est coupable. Quel intérêt aviez-vous à répondre à Lehardy ainsi que vous l'avez fait ?

— Je vous le répète, mademoiselle, je tenais à détacher de vous mon compagnon Raoul.

— Dans quel but, capitaine ? je ne m'explique pas en quoi notre affection pouvait vous être préjudiciable ?

De Maurevert resta un moment silencieux et réfléchi avant de répondre.

— Mademoiselle, dit-il enfin, si je ne me décide pas à aborder franchement la vérité, nous discourrons toute la journée sans arriver à rien de bon. A votre âge, avec l'éducation que vous avez reçue, avec la vie solitaire et recueillie que vous avez menée, on ne connaît que le côté enfantin de l'amour. On s'aime pour s'épouser, on s'épouse parce que l'on s'aime ; cela est d'une simplicité extrême. Malheureusement, mademoiselle, il n'en est pas toujours ainsi. La plupart des gentilshommes de notre époque n'allument nullement le flambeau de l'hyménée parce qu'ils sont épris des charmes de leur fiancée ! Ce qu'ils recherchent avant tout, c'est la fortune ! Le crédit de la famille à laquelle on s'allie est également compté pour beaucoup dans la dot. Or, mademoiselle, le chevalier Sforzi, jeune, beau, brave, galant, est à même d'espérer un magnifique parti...

— Et moi je suis ruinée, et ma famille ne possède aucune influence à la cour, n'est-ce pas, capitaine ?

— Oui, mademoiselle, c'est parfaitement cela.

— Ainsi, selon vous, capitaine, l'affection toute fraternelle que me porte M. Sforzi nuit à son avenir ?

— Il est incontestable que si Raoul avait le bon sens de ressembler à tous les jeunes gens de son âge, son amour pour vous l'arrêterait considérablement dans sa carrière ; mais, le chevalier, lui, est un garçon d'un esprit tout particulier. Du jour où il lui faudrait renoncer à l'espoir de vous épouser, il perdrait toutes ses qualités et tomberait dans un découragement complet... Il est donc de son intérêt de vous épouser... Ne m'interrompez pas, mademoiselle, je vous prie ; laissez-moi achever : il me reste à traiter un point fort délicat. Je compte sur la rectitude de votre jugement, sur l'affection que vous portez à Raoul, pour apprécier mon raisonnement à sa valeur. Je crois savoir qu'il y a de par le monde une très grande et très puissante dame — qu'il m'est impossible de nommer — fort éprise des qualités de Raoul. Cette dame, en puissance de mari, et que, par conséquent, vous ne devez pas craindre, est d'une munificence et d'une générosité inouïes. Ne trouvez-vous point, mademoiselle, qu'il serait plaisant de faire payer votre dot à votre rivale ? de lui devoir votre fortune, votre indépendance ? Cette grande dame est capricieuse et changeante à l'excès ; je gagerais ma tête qu'avant un mois d'ici elle e se souviendra même plus du nom de Raoul. Moi, je vous déclare que je considère cette affaire comme une occasion magnifique que l'on doit saisir avec enthousiasme, car elle ne se représentera peut-être jamais.

Si le capitaine, moins préoccupé de son idée qu'il ne l'était, eût songé à regarder Diane, il se serait certes évité la peine d'achever son discours.

La pauvre enfant faisait peine à voir : la pâleur de son teint ressemblait à celle de la mort ; des sanglots qu'elle s'efforçait de retenir gonflaient sa poitrine et lui brisaient le cœur.

Lorsque l'aventurier eut cessé de parler, Diane se leva de dessus sa chaise, et, puisant une force factice dans son orgueil et sa vertu offensée :

—Capitaine, dit-elle avec une *dignité et un calme remarquables*, j'ignore et ne veux point savoir si vous vous êtes exprimé en votre nom ou comme ambassadeur de M. Sforzi !..... Cela importe peu ! Le titre d'ami que vous accorde le chevalier est un grief assez grand à mes yeux pour justifier, mieux encore, pour motiver une éternelle rupture entre M. Sforzi et Mlle d'Erlanges ! Capitaine, je vous en conjure, n'ajoutez pas un mot ! Je n'ai contre vous ni haine, ni colère ! Votre naissance vous a fait noble, mais la nature vous a refusé les instincts et les qualités de votre condition. On doit vous plaindre, M. de Maurevert, et non pas vous blâmer ! Capitaine, adieu à tout jamais !...

La parole de Diane respirait une telle fermeté que de Maurevert perdit — ce qui lui arrivait bien rarement — toute sa présence d'esprit. Peut-être aussi sa confusion tenait-elle en grande partie au trouble de sa conscience. Toujours est-il qu'il obéit passivement à l'injonction de la jeune fille. Il s'éloigna.

— Lehardy, dit-il rapidement en passant devant le serviteur, je ne serais pas étonné d'avoir commis une énorme gaucherie... Cours vite auprès de ta maîtresse !

Au moment même où Lehardy pénétrait dans l'appartement de Diane, la pauvre enfant, à bout de forces et de courage, tombait, pâle, inanimée et sans connaissance, sur le plancher.

Une fois hors de l'hôtel de Mme la douairière de Lamirande, de Maurevert hâta le pas et prit une allure qui ressemblait presque à une fuite.

— Par les cornes du diable ! se disait-il, je donnerais cent écus pour que Raoul ne se fût pas trouvé sur le chemin de Son Altesse. Cette charmante petite Diane est réellement une adorable créature ! Qui sait ! avec une telle femme on serait peut-être heureux sans fortune ! Quelle conduite dois-je tenir ? Que Lucifer m'étrangle si je sais que faire, que résoudre... Ma sensibilité et mon bon sens bataillent entre eux d'une si terrible façon, que ma tête est pleine de bruit et vide d'idées. Oui, c'est cela ! Je vais d'abord avertir Raoul de ce qui se passe, puis quitter ensuite l'hôtellerie de la Corne-de-Cerf et prendre gîte ailleurs. Les affaires s'arrangeront comme elles pourront ; moi, je me tiendrai à l'écart...

CHAPITRE XV.

Repentir.

Tandis que de Maurevert s'acquittait auprès de Marie d'une manière si brillante et surtout si productive, de la commission dont Raoul l'avait chargé, celui-ci, remonté dans sa chambre, qu'il parcourait d'un pas inégal et fiévreux, essayait de mettre un peu d'ordre dans ses idées.

— Est-il possible, se disait-il, que j'aie pu me laisser prendre aux séductions de Marie ! Cette femme est belle, admirablement belle, oui, c'est vrai ; mais comment ne me suis-je pas aperçu plus tôt que cette séduisante enveloppe cachait une âme viciée, un cœur pervers ? Triste et monstrueuse bizarrerie de l'esprit humain ! N'est-ce pas justement cette audacieuse perversité qui m'aura captivé, ravi ? N'ai-je pas confondu l'enivrement de mon amour-propre pour l'ardeur de la passion ? Oui, c'est bien cela, la pensée de voir cette femme si supérieure, si altière, s'incliner devant ma volonté, s'agenouiller devant mes mérites, cette pensée exalte mon orgueil jusqu'au délire ! Ah ! si jamais Diane savait jusqu'à quel point j'ai poussé l'oubli du devoir, outragé son souvenir, manqué à mes sermens, comme elle me mépriserait... Par quelle expiation mémorable et volontaire rachèterai-je jamais la grandeur de ma faute ? Par quel dévoûment reconnaîtrai-je jamais son généreux pardon ? Mes remords, en me montrant dans toute son étendue la bassesse de ma conduite, me rendent Diane encore plus chère, me font mieux comprendre l'adorable pureté de son âme, la céleste beauté de son visage !... Diane, sous sa frêle et gracieuse apparence, ne le cède en rien en énergie et en vaillance à Marie !... Avec quelle sublime abnégation ne s'est-elle pas jadis, en Auvergne, élancée à mon secours !... Quelle indifférence devant la mort, quelle modestie dans le triomphe !... Chez Diane, le courage prend sa source dans le sentiment du devoir ; Marie, au contraire, ne puise son audace que dans l'excitation du caprice. La première représente l'esprit du bien ; la seconde celui du mal ! L'une est un ange, l'autre un démon. Misérable que je suis, c'est les yeux fixés sur le ciel que je me suis laissé tomber dans l'abîme !

Quoique le jeune homme comprît et s'avouât toute l'étendue de sa faute ; quoique son amour pour Diane fût aussi profond et sincère que jamais, chaque fois que son imagination lui apportait l'image de Marie, une vive rougeur empourprait ses joues, et les batte:nens de son cœur devenaient plus précipités.

— Ah ! s'écria-t-il, vaincu enfin par l'évidence, je m'efforce trop de me prouver que je hais Marie, pour qu'elle me soit indifférente... Mon Dieu, ayez pitié de moi. Persévérer dans une voie que l'honnêteté nous montre criminelle et honteuse, n'est-ce pas le dernier degré de l'abjection et de la faiblesse ? Pourtant, j'aime Diane de toutes les forces de mon âme... Quels inexplicables et decevans mystères renferme le cœur humain !

Le malheureux Raoul ne se rendait pas compte, en ce moment de crise, de la violence de ses passions, de l'ardente impétuosité de sa jeunesse.

Plus l'attachement qu'il portait à Mlle d'Erlanges était noble, entier, respectueux, plus la fascination qu'exerçait sur lui Marie devenait irrésistible.

Raoul, dans un état de perplexité impossible à décrire, parcourait, ainsi qu'un lion enfermé dans sa cage de fer, l'étroit espace de sa chambre, quand un coup frappé à la porte le rappela à la vie réelle.

C'était l'aubergiste qui lui apportait une lettre. Aussitôt après le départ de son hôte, le chevalier décacheta par un mouvement nerveux cette missive dont il pressentait le contenu : il ne s'était pas trompé, la lettre était de Marie. La mystérieuse jeune femme le priait de se rendre, sans perdre de temps, auprès d'elle ; elle avait une grave communication à lui faire, un important service à lui demander. Raoul hésita : obéir à cette invitation, c'était, il le sentait, retomber plus que jamais dans l'abîme dont il voulait à tout prix sortir ; c'était courir désarmé au combat, s'exposer à une défaite certaine.

— Eh bien ! oui, s'écria-t-il tout à coup, j'irai, car mes craintes sont plus injurieuses encore pour Diane que ne l'a été mon enivrement passager. Ne serait-ce pas reconnaître, en effet, que mon amour pour elle ne saurait résister à des séductions ? Le respect que je dois à Mlle d'Erlanges me défend de lui conserver mon cœur par une fuite honteuse ; c'est victorieux et triomphant qu'il me faut le mettre à ses pieds.

Sforzi avant de sortir, et malgré ses intentions hostiles, apporta un soin minutieux aux détails de sa toilette.

Une demi heure plus tard il frappait à la porte de la petite maison du Marché aux chevaux : il y avait vingt minutes à peine que le marquis de la Tremblais en était sorti.

Quoiqu'il fît grand jour—cinq heures allaient sonner — ce fut dans un salon tendu de noir et doucement éclairé par une lampe voilée de gaze — ce même salon où Sforzi avait été introduit la première fois — que Marie reçut le jeune homme.

Le chevalier salua courtoisement l'inconnue, et l'air froid, la contenance sévère, il attendit qu'elle lui adressât la parole.

Soit que Marie eût remarqué l'attitude sinon complètement agressive, au moins résolue et pleine de réserve du chevalier, soit qu'excitée par sa conversation avec le marquis de la Tremblais, elle voulût frapper un coup décisif, toujours est-il que ce fut en accompagnant ses paroles d'un regard enchanteur qu'elle entama la conversation :

— M. Sforzi, dit-elle, si emportée par une fougue et une vivacité plus fortes que ma raison, je me laisse aisément entraîner à des mouvemens irréfléchis, je m'aperçois bientôt de ma faute, et je me hâte alors de la réparer. J'ai eu tort,—puisque cela a froissé votre ombrageuse délicatesse, de vous envoyer tantôt un souvenir d'amitié. J'aurais dû — avant de suivre un usage fort en vogue et universellement reçu à la cour de France — deviner et ménager votre susceptibilité exagérée. L'ambassadeur que vous m'avez dépêché, M. de Maurevert, m'a rapporté l'expression de votre mécontentement. Monsieur Sforzi, il serait injuste à vous de ne pas me tenir compte de la bonté de mes intentions et de me conserver une plus longue rancune. J'aime à penser, chevalier, que votre galanterie et votre savoir-vivre vous feront paraître suffisantes les explications que je vous donne en ce moment.

A l'air moitié sérieux et confus, moitié plaisant et embarrassé dont Marie prononça ces paroles, qui contrastaient d'une si étrange et remarquable façon avec ses allures habituelles, il était facile de deviner combien cette humilité coûtait à sa fierté. Sforzi, malgré sa ferme résolution de ne pas se laisser prendre aux séductions de Marie, ne put se défendre, devant la démarche si flatteuse de la jeune femme, d'un mouvement d'orgueil. Il comprenait que ce que Marie venait de faire pour lui, elle ne l'avait et ne l'eût jamais fait pour personne.

— Madame, lui dit-il d'une voix légèrement émue, je vous remercie humblement de l'explication que vous avez daigné m'accorder. Je reconnais de mon côté que ma susceptibilité a été de très mauvais goût. Hélas ! comme vous le remarquiez si judicieusement naguère, madame, je suis un pauvre gentilhomme de province, fort gauche, fort déplacé sur le terrain de la cour et bon seulement à goûter les paisibles joies d'un obscur mariage. C'est donc au contraire moi qui vous supplie de vouloir bien agréer mes très humbles excuses...

—M. Sforzi, reprit Marie après un léger silence, dois-je attribuer à l'ironie ou bien au découragement, l'allusion que vous achevez de faire à certaines phrases dites par moi dans notre premier entretien? Si j'ai froissé d'abord votre amour-propre en offrant à votre ambition une perspective vulgaire et bornée, c'était, le reste de mon discours vous l'a prouvé, pour mieux exciter en suite votre émulation, réveiller votre orgueil! Ne vous ai-je pas décrit les enivrantes voluptés du simple gentilhomme qui, aimé d'une princesse, d'une reine, parvient, soutenu par la force de sa passion, à s'élever au-dessus de la foule, à conquérir une page dans l'histoire, à léguer son nom à la postérité?

— Madame, répondit Raoul, vous attachez à ma réponse un sens que je n'ai jamais songé à lui donner. Elle ne dit ni l'ironie, ni le découragement; elle exprime simplement mes goûts et mes espérances. Je vous le répète, Madame, je ne me sens porté ni aux splendeurs ni aux luttes de la cour. Le rêve de mon avenir est concentré dans cette douce médiocrité, dans ce calme de l'esprit que vous m'avez conseillé vous-même. L'amour d'une princesse effaroucherait mon esprit d'indépendance, mes instincts de liberté; car une princesse, Madame, ne peut aimer qu'un esclave!

— Et si je vous disais que je vous aime, moi, Raoul! s'écria Marie avec une telle impétuosité que l'étrangeté de cet aveu disparut devant sa fière audace.

Le cœur du jeune homme battit à se rompre, un nuage éblouissant passa devant ses yeux, son sang bouillonna dans ses veines; toutefois, il trouva assez de force pour maîtriser son émotion et pour répondre d'une voix assurée:

— Madame, dit-il, à quoi bon vouloir vous moquer de ma crédulité, vous jouer de ma faiblesse!... J'aime de toute mon âme une noble et céleste enfant... une chaste et adorable créature!... N'y a-t-il pas cruauté à vous de venir ainsi, pour occuper un moment de votre oisiveté, remplir une de vos heures perdues, jeter le trouble et l'incertitude dans mon cœur?... C'est là une distraction de grande dame dont mon obscurité me rend indigne...

— Sforzi, interrompit l'inconnue avec véhémence, n'affectez point une modestie et une ignorance qui vous abaissent à mes yeux. Moi, je suis trop haut placée, vous, vous avez le cœur trop fier pour que nous descendions tous deux jusqu'au mensonge. Traitons-nous de puissance à puissance; causons à visage découvert.

La ruse ne convient qu'aux faibles! Soyons donc francs puisque nous sommes forts... Chevalier Sforzi, votre amour pour Diane d'Erlanges est-il sérieux, réel? ou bien, est-ce une de ces passions éphémères, une de ces erreurs de jeunesse dont la raison ne tarde pas à nous guérir?

Au nom de Diane, l'émotion du jeune homme se calma comme par enchantement: ce fut la goutte d'eau glacée tombant sur la lave bouillonnante et la changeant en une froide pierre.

— Madame! s'écria-t-il, j'ignore par quel moyen vous vous êtes rendue maîtresse de mon secret! Au reste, il vaut mieux qu'il en soit ainsi: cette position nette et tranchée me rend la franchise plus facile. Oui, madame, j'aime Mlle d'Erlanges de toutes mes forces! Je sais que cet amour ne finira pas même avec ma vie, car mon âme l'emportera avec elle au ciel!... Rien, madame, entendez-vous bien, rien, ni la perspective du plus éclatant avenir, ni la certitude de la plus affreuse catastrophe, rien ne serait capable de me faire renoncer à Mlle d'Erlanges!... J'ai déjà, quoique jeune encore, beaucoup souffert, c'est-à-dire beaucoup vécu. Je ne suis ni le sot provincial, ni l'inexpérimenté gentilhomme que vous figurez. A présent que la passion ne m'aveugle plus, que je suis rentré dans la possession de moi-même, je vais vous dire quel rôle vous avez joué vis-à-vis de moi; quels étaient vos projets à mon égard.... Vous avez voulu — et un moment, je le confesse, vous y avez réussi — m'exalter jusqu'au délire. Pourquoi cela, madame? parce que vous aviez besoin, pour des projets que j'ignore — peut-être bien pour vous venger de l'infidélité d'un amant, cela se voit chaque jour à la cour — vous aviez besoin, dis-je, d'un dévoûment aveugle, absolu!... Il vous fallait une épée vaillante prête, à un signe de vous, à sortir du fourreau et à frapper la victime que vous lui désigneriez. A l'indignation avec laquelle j'ai accueilli votre aumône de ce matin, vous vous êtes sans doute aperçue que je n'étais pas précisément le sacripant ou le niais que vous cherchiez! alors vous avez changé de tactique; vous vous êtes décidée à frapper un grand coup!... Vous avez feint de m'aimer!... Qui sait encore, madame? peut être bien la connaissance de ma passion pour Mlle d'Erlanges, vous a-t-elle inspiré l'idée d'entrer en lice !... de me détacher de Diane !... Non pas, certes, que votre cœur ressentît le moindre penchant pour moi, mais il s'agissait d'une lutte de beauté, et les grandes dames comme vous—car tout me confirme dans l'opinion que vous comptez parmi les premières du royaume — sont toujours friandes de ces sortes de triomphe. Jouer plus longtemps votre rôle, ce serait donc vous exposer, madame, à l'humiliation d'un échec qui ternirait votre gloire.

Marie, pendant que Raoul s'exprimait avec cette liberté et cette violence, était restée calme et impassible; rien en elle, si ce n'était l'éclair de son regard, n'avait manifesté le dépit ou la colère.

— Monsieur le chevalier Sforzi, lui répondit-elle froidement, je reconnais, en effet, que je m'étais grossièrement trompée à votre égard. Je vous avais jugé tout autre que vous n'êtes. Monsieur Sforzi, je ne vous retiens plus !

Alors sans daigner entrer dans aucune autre explication, l'inconnue salua le jeune homme d'une inclinaison de tête, et s'éloigna d'un pas majestueux.

— D'où diable venez-vous ainsi, si bellement accoutré, chevalier? demandait, une demi-heure plus tard, de Maurevert à Sforzi, de retour à l'hôtellerie de la Corne-de-Cerf.

— De la petite maison du Marché-aux-Chevaux.

— Tiens, tiens ! je gagerais que nous avons vu aujourd'hui les deux plus jolies femmes de Paris.

— De qui donc parlez-vous? capitaine.

— Parbleu ! de Marie et de mademoiselle d'Erlanges !... Voilà que vous rougissez, que vous pâlissez... Imprudent que je suis de n'avoir pas usé de ménagemens pour vous annoncer cette grave nouvelle... Oui, mon ami, Mlle d'Erlanges se trouve en ce moment à Paris.

CHAPITRE XVI.

Le Nain et le Géant.

A la nouvelle que Diane d'Erlanges, échappée aux poursuites du marquis de la Tremblais, habitait la même ville que lui, Sforzi éprouva comme un éblouissement de bonheur.

Il vit dans cet heureux événement le doigt de la Providence, la preuve que la justice divine, désarmée par ses remords, cessait enfin de le poursuivre.

L'avenir qui, un instant auparavant, lui apparaissait si désolé et si sombre, se colora à ses yeux des teintes les plus vives ; en ce moment d'exaltation, Sforzi eût jeté sans hésitation et sans crainte un défi au malheur. Diane à Paris ! Diane près de lui ! Quel événement pouvait troubler sa félicité, obscurcir son horizon ? Il se sentait le maître de l'univers ! Il lui semblait que la nature entière devait se réjouir avec lui, que chacun partageait son ivresse.

Quant à Marie, à cette femme si séduisante, si extraordinaire, dont quelques heures auparavant l'image troublait si profondément son repos, excitait si puissamment ses passions, il n'y pensait plus, il l'avait oubliée.

Le capitaine s'attendait à des questions sans nombre, à des explications embarrassantes, et fut agréablement déçu dans ses prévisions. Sforzi lui sauta au col et lui donna une chaleureuse embrassade, tout en s'écriant :

— De Maurevert, conduisez-moi vers elle !

— Cher ami — répondit l'aventurier, peu désireux de se voir en tiers dans l'entretien des deux jeunes gens, Mlle d'Erlanges demeure à une lieue d'ici, dans la rue du Paon, près de l'hôtellerie du roi David, au faubourg Saint-Germain ; je ne me sens pas disposé à entreprendre ce soir une telle promenade.

— Rue du Paon, faubourg Saint-Germain, répéta Sforzi cela me suffit.

Alors le chevalier, sans s'occuper davantage de Maurevert, s'élança comme un fou hors de l'hôtellerie.

— Que d'emportement, que de fougue murmura Maurevert en haussant les épaules. Comme la jeunesse dépense ses forces mal à propos ! Ce cher Sforzi, en arrivant chez Diane, le visage baigné de sueur, les vêtemens couverts de poussière, la toilette en désordre, s'expose, surtout dans une première entrevue, à paraître à son désavantage ! Ne valait-il pas cent fois mieux s'accoutrer avec soin, monter à cheval, marcher au petit pas, et apparaître devant sa maîtresse dans toute la fraîcheur et l'éclat d'une mise irréprochable. Bah ! qui sait, les femmes raffolent de tout ce qui ressemble à de la passion. Le désordre et l'impétuosité de Raoul plairont peut-être beaucoup à Mlle d'Erlanges. Une pensée qui me désespère, à laquelle il m'est impossible de m'habituer, c'est que la plupart du temps les imprudences de la jeunesse tournent à son profit ; cela est souverainement injuste, et me donne mauvaise opinion de la Providence.

Que diable va-t-il sortir de tout ceci? Rien de bon, que je sache. A la manière sèche et froide dont Raoul m'a appris qu'il avait vu Son Altesse, je soupçonne que cette entrevue a été orageuse. Pourvu que Sforzi ait ménagé sa fierté, qu'il n'ait pas mortellement blessé son amour-propre! Diable, diable! Ceci compliquerait les affaires d'une bien nuisible façon!... La princesse n'est pas femme à pardonner une injure; elle me l'a que trop souvent prouvé! Aussi, pourquoi Raoul ne me consulte-t-il jamais quand il prend une résolution, quand il s'arrête à un parti... En supposant qu'il crût avoir à se plaindre de Son Altesse, et qu'il voulût lui chanter pouille, il y avait certes moyen de se permettre cette fantaisie sans se compromettre; mieux encore, en la faisant tourner au profit de ses intérêts: il n'avait qu'à simuler une jalousie violente... A la faveur de cet ingénieux prétexte, tout lui était permis. Ses insultes, ses emportemens auraient épouvanté et ravi tout à la fois la princesse.

Quelques coups du pommeau de sa dague appliqués avec à-propos, s'il avait jugé convenable d'en arriver à la brutalité, lui valaient une fortune. La princesse se serait toujours souvenue de l'homme qui, poussé par la jalousie, l'aurait menacée de son poignard.

Mais non, Sforzi a, au lieu de calculer gentiment et honnêtement ses faits et gestes, fini par se laisser aller à la passion! Il agit comme il pense. Si je ne parviens à me faire écouter de lui, à le former, ce cher ami n'arrivera jamais à rien qui vaille. Enfin, j'essaierai, autant qu'il sera en moi, de réparer ses maladresses; car au fond je l'aime de tout cœur, ce bon Raoul.

L'aventurier, fatigué des courses de sa journée, s'en fut alors s'asseoir sur un banc de pierre adossé dans la rue, contre l'hôtellerie de la Corne-de-Cerf.

De Maurevert avait pour principe de ne rester que le moins possible enfermé chez lui: il prétendait que la fortune ne vient jamais nous chercher à domicile, et que quand on ne court pas après elle, il faut au moins se tenir là où elle peut passer!

Il y avait à peu près un quart-d'heure que l'aventurier se tenait à son poste d'observation lorsque son attention fut éveillée par l'apparition d'un bizarre personnage.

C'était un petit homme—dont la taille ne dépassait guère quatre pieds dix pouces — aux membres grêles, à la figure indéfinissable, à la démarche craintive et incertaine.

Cet homme, revêtu d'un pourpoint et de chausses mi-partie d'un rouge éclatant, mi-partie d'un jaune d'or, s'arrêta devant l'hôtellerie de la Corne-de-Cerf, et parut hésiter, s'il devait oui ou non entrer.

—Compagnon, lui dit de Maurevert, si c'est un gîte que vous cherchez, il vous faut remercier votre bonne étoile de vous avoir conduit ici: nulle part ailleurs vous ne trouverez d'aussi excellent vin, une aussi merveilleuse table. Désirez-vous que je vous recommande à l'hôte?

Le petit homme se retourna vers de Maurevert, le considéra avec une extrême attention, et ne répondit pas.

—Tudieu, compagnon, s'écria le capitaine en fronçant les sourcils, il me semble que je vous ai fait l'honneur de vous adresser la parole.

L'homme, cette fois, ne daigna pas même regarder son interlocuteur.

De Maurevert se leva à moitié de dessus son banc, mais se rasseyant presque aussitôt:

—Ah çà! murmura-t-il, n'allais-je pas, un peu plus, dégaîner contre ce nain! me couvrir de ridicule!... Par le dieu Mars! mon joli petit mignon, continua de Maurevert en élevant la voix, savez-vous bien que vous m'échauffez considérablement la bile! Pour un rien je vous demanderais raison de votre impertinence!

Le capitaine, voulant pousser la plaisanterie jusqu'au bout, redressa alors sa haute taille et porta la main à la garde de sa rapière.

Le petit homme l'imita, et fit mine également de tirer son épée.

—Ah! ah! reprit de Maurevert, charmé du passe-temps que lui envoyait le hasard, il paraît que vous aimez la bataille, vaillant compagnon? En ce cas, flamberge au vent!

Plusieurs badauds, attirés par cette scène burlesque, formèrent un cercle autour du nain et du géant.

—Oui, oui, c'est cela! flamberge au vent! répétèrent-ils en chœur.

Le petit homme si bizarrement vêtu parut —du moins à en juger par l'expression belliqueuse et déterminée qui se refléta sur son visage—prendre cette invitation au sérieux.

—Bien, répondit-il, —partie carrée — un second...

—Vous êtes laconique, impétueux ami, dit de Maurevert; toutefois votre pantomime supplée si bien à votre manque d'éloquence, que l'on vous comprend au mieux. C'est un second que vous souhaitez, n'est-ce pas?

—Oui, répondit le nain.

—Connaissez-vous quelqu'un de vos

11

amis, un de vos pays, par exemple, un Patagon, qui veuille associer sa chance à la vôtre, partager votre gloire et vos dangers ?

—Oui, j'ai cet ami.

— Et cet ami demeure ?

— Ici, répondit le nain en désignant par un geste l'hôtellerie de la Corne-de-Cerf.

—Voilà ce qui se rencontre à merveille !... Souhaitez-vous que j'aille vous quérir cet ami ?

— Je le souhaite.

— Quel est-il ? Comment se nomme-t-il ?

— Le chevalier Sforzi !... dit le nain.

En entendant prononcer le nom de Raoul, de Maurevert ne put se défendre d'un véritable mouvement de surprise : il observa alors plus attentivement qu'il ne l'avait fait jusqu'alors, la victime de sa mystification, son prétendu adversaire.

— Sanguinaire compagnon, lui dit-il d'un ton moitié plaisant, moitié sérieux, vous me voyez aux regrets de répondre à votre désir par un refus ! D'abord, M. Sforzi est en ce moment absent ! Ensuite, fût-il présent, qu'il ne pourrait se rendre à votre invitation. Le chevalier me compte comme son meilleur ami.

— Absent ! répéta le nain avec une émotion réelle et qui redoubla l'étonnement de Maurevert.

Alors s'avançant vers le capitaine, le petit homme prit une de ses mains dans les siennes, la retourna du côté de la paume et se mit à étudier les lignes naturelles qui y étaient tracées.

De Maurevert, de plus en plus intrigué, ne s'opposa nullement à cet examen.

— Loyal et cupide, murmura bientôt le nain en laissant retomber la main de l'aventurier.

Le rôle de plaisant, choisi d'abord par le capitaine, menaçait de se changer en celui de mystifié.

— Par la mort, s'écria-t-il en affectant un grand courroux, il nous faut en finir !... Puisque les seconds nous manquent, battons-nous pour notre propre compte !...

— Battons-nous ! répéta le nain, qui tomba aussitôt en garde avec une précision et un aplomb qui semblaient dénoter de sa part une sérieuse et approfondie connaissance de l'art de l'escrime.

De Maurevert,—cette plaisanterie commençait à lui peser, mais il ne lui était plus permis de s'arrêter en si beau chemin sans prêter le collier aux sarcasmes des badauds —de Maurevert affecta de prendre une garde extravagante.

—Etes-vous prêt ? lui demanda froidement le nain.

— Oui, compagnon.

Alors le petit homme, au grand plaisir des badauds, tira de son fourreau une latte de bois doré et se mit à s'escrimer contre de Maurevert.

Après deux ou trois passes grotesques, le nain poussa un cri, étendit les bras en avant et, jouant l'homme blessé à mort, se laissa tomber à terre.

— Au secours ! capitaine, dit-il d'une voix faible.

De Maurevert ne se fit pas répéter cette invitation, il prit le singulier petit personnage sur son bras et l'emporta dans l'hôtellerie de la Corne-de-Cerf.

Les badauds prodigieusement réjouis par cette belle et plaisante scène, s'éloignèrent en regrettant qu'elle fût sitôt terminée.

Une fois que le géant et le nain furent seuls, tous les deux changèrent de contenance comme par enchantement.

— Monsieur, dit de Maurevert d'un air réellement sérieux, je ne m'explique pas bien encore dans quel but vous avez joué cette pasquinade, mais ce dont je suis assuré, c'est que vous y aviez un intérêt.

—Oui, dit le petit homme, dont le visage exprimait une profonde tristesse, je voulais voir M. Sforzi.

— Vous connaissez donc le chevalier ?

—Certes, et je l'aime.

—Vous aimez Sforzi !...

— Il m'a rendu un grand service !...

— Ah !... Et que désiriez-vous lui dire à Sforzi ?...

A cette question du capitaine, le nain hésita ; et, prenant de nouveau la main de l'aventurier, il se mit à en étudier les lignes une seconde fois : il parut que cet examen fut favorable à de Maurevert, car bientôt le nain lui sourit d'un air affectueux, et baissant la voix :

— Mon cousin d'Epernon déteste mon ami Sforzi ! dit-il.

— Oui, c'est vrai. D'où tenez-vous ce détail ?

— Et quand mon cousin d'Epernon en veut à quelqu'un, continua le nain, il le poursuit à outrance.

— Un danger menacerait-il Raoul ?

—Dieu veuille qu'il rentre ce soir !

— Que dites-vous ?

—S'il rentre ce soir, reprit le nain, et que vous, vous l'aimiez bien sincèrement, ne le laissez plus sortir seul.

— Mais expliquez-vous donc plus clairement. Qui vous empêche de vous fier à moi ?

s'écria de Maurevert sérieusement alarmé sur le compte de Raoul.

—J'ai vu des gentilshommes, continua le singulier petit personnage, qui semblait déterminé à ne tenir aucun compte des observations de son interlocuteur, j'ai vu des gentilshommes recevoir vingt coups de dague sans qu'il en advînt aucun dommage pour leur corps. Ces gentilshommes portaient des cottes de maille. Moi, si j'étais Sforzi, je suivrais l'exemple de ces gentilshommes... Au revoir, ajouta le nain en adressant un léger salut à de Maurevert et en se dirigeant vers la porte de sortie.

— Je veux absolument savoir qui vous êtes, s'écria l'aventurier en le saisissant par le bras !

— Si vous me faites du mal, je ne reviendrai plus, et ce sera tant pis pour Sforzi ! répondit le nain.

— Au moins, reprit de Maurevert en rendant la liberté au petit homme, apprenez-moi ce qu'il me faudra répondre à Sforzi lorsqu'il me demandera votre nom ?

— Vous lui direz, s'écria le nain en s'éloignant, que la Folie-Raisonnable pense souvent à lui, et qu'autant de fois que l'occasion de lui être utile se présentera, elle ne la laissera pas échapper !..

Le nain, comme si cette réponse l'avait horriblement fatigué, et qu'il craignît d'avoir à subir de nouvelles interrogations de la part du capitaine, prit son élan et sortit en courant !

— Par Castor et Pollux ! murmura de Maurevert après le départ du nain, un bon lit ferait bien en ce moment mon affaire.... Oui, mais Raoul est en danger : il n'y a pas à hésiter.

Le géant ajusta le baudrier de son épée, et d'un pas qui dévorait l'espace, il reprit le chemin du faubourg Saint-Germain.

CHAPITRE XVII.

Les rivales.

La nuit commençait à tomber lorsque de Maurevert sortit de l'hôtellerie de la Corne-de-Cerf.

Les passans attardés regagnaient déjà en toute hâte leurs demeures ; le bruit de la grande ville s'éteignait graduellement dans le silence.

— Morbleu ! se disait l'aventurier tout en accélérant le pas, il ne faut pas me dissimuler que je vieillis. Il y a deux ou trois ans à peine, l'idée d'une expédition nocturne dans

les rues de Lutèce souriait prodigieusement à mon imagination et me causait de véritables tressaillemens de joie ; aujourd'hui, c'est tout le contraire. C'est presque à contre-cœur, à regret, que je me trouve dehors une fois le couvre-feu sonné. Ce symptôme est mauvais ; il sent le mariage. Il annonce que je pense à faire une fin. Quel malheur que de la Tremblais ait occis la dame d'Erlanges !..Cette vieille huguenote revêche eût présenté, rajeunie et assouplie par l'amour, un parti fort sortable. Je serais devenu seigneur de Tauve, j'aurais consacré mes loisirs à améliorer les terres de mes domaines, à augmenter les impositions de mes vassaux. Quelle douce existence !

Enfin, n'y pensons plus ; ce qu'il me faut à présent, c'est d'accomplir un bon coup qui m'assure une fortune et me mette à tout jamais au dessus du besoin. Que le hasard m'envoie une belle occasion, et le diable me pulvérise si je la laisse échapper, si je n'en tire pas tout le parti possible. Tiens, voici un homme qui règle d'une façon extraordinaire son pas sur le mien ; on dirait qu'il me suit.

Serait-ce une réponse du hasard à mes ambitieuses espérances?... L'aventure sur laquelle je compte pour me créer un sort indépendant marcherait-elle sur mes talons, tandis que, le nez au vent, je la flaire et la cherche devant moi ?... Voyons un peu si mes soupçons sont fondés.

De Maurevert traversa la rue ; l'inconnu imita scrupuleusement sa manœuvre.

— Non, je ne me trompais pas, reprit de Maurevert, je suis suivi.

Alors le capitaine se retourna brusquement vers l'inconnu, et le saluant avec une exquise courtoisie :

— Monsieur, lui dit-il, vous me voyez tout confus du mal que je vous donne, de la peine que vous prenez pour moi. Je ne saurais souffrir plus longtemps que vous vous dérangiez ainsi de votre chemin pour me servir d'escorte.

Le capitaine, tout en parlant ainsi, avait porté la main à la garde de son épée. L'inconnu ne parut nullement se préoccuper de cette pantomime menaçante.

— Capitaine, lui répondit-il, je vous aurais cru plus avisé que cela ; quoi ! ne m'aviez-vous donc pas déjà reconnu ?

— J'avoue à ma honte que je ne vous reconnais pas même encore !

L'inconnu dérangea un des plis de son manteau qui lui cachait le visage. De Maurevert poussa un cri d'étonnement et de joie : il avait devant lui l'homme de con-

fiance de Marie, celui qu'elle avait envoyé
le matin porter à Sforzi le manteau et la
bourse d'or, devenus quelques heures plus
tard la propriété de l'aventurier.

— Que diable ne m'avertissiez-vous plus
tôt? demanda de Maurevert.

— A quoi bon !... Vous vous dirigiez vers
le Marché-aux-Chevaux, je vous laissais
faire ?

— Votre maîtresse a donc besoin de me
parler ?

— Oui, et elle vous attend !...

Cette réponse parut contrarier vivement
de Maurevert.

—Ma foi compagnon, répondit-il, je suis,
il est vrai, dévoué corps et âme, à Son Altesse, mais il ne m'est pas moins impossible de me rendre en ce moment à son invitation.

Mon compagnon d'armes, mon meilleur,
mon seul ami, se trouve exposé à l'heure
présente à un sérieux danger ; je dois courir à son aide, le devoir avant tout.

— Vous voulez parler du chevalier Sforzi,
n'est-ce pas ?

— De lui même, cher monsieur.

— Eh bien ! moi, capitaine, je vous jure
que votre désobéissance aux ordres de Mme
la duchesse, mon honorée et puissante maîtresse, est de nature à aggraver de beaucoup
la position du chevalier... Mon Dieu ! monsieur de Maurevert, mon intérêt n'exige pas
que je vous trompe, je puis être franc avec
vous... Prêtez-moi toute votre attention.

— Avec plaisir, cher monsieur, mais comme rien ne nous empêche de causer en marchant, remettons-nous d'abord en route. A
présent, je vous écoute.

— Capitaine, reprit le serviteur de Marie,
j'ai entendu la princesse s'exprimer tantôt
après votre départ, d'une façon très élogieu-
se sur votre compte. Elle se félicitait de vous
avoir attaché à sa personne et se promettait
d'utiliser souvent vos rares talens, vos précieuses qualités...

Si j'étais un esprit mesquin et jaloux,
cher monsieur de Maurevert, cet engouement de ma maîtresse pour votre personne
aurait pu me pousser à nuire à votre crédit
naissant, à votre fortune future. Grâces à
Dieu, je vois les choses de plus haut ; j'ai
compris qu'au lieu de me déclarer votre
ennemi, il était de mon intérêt de devenir
votre dévoué serviteur. Moi, mes fonctions
d'homme de confiance de Son Altesse se
rapportant seulement aux affaires de son
intimité, je suis chargé de toutes les commissions délicates qui exigent de l'adresse et
de la discrétion... Vous, vous aurez pour

mission l'accomplissement des actions hardies et violentes, la direction supérieure des
coups de main ; en un mot, tout ce qui se
rapporte à l'épée. Vos attributions n'empiè-
tent donc en rien sur les miennes : nos
deux ministères sont parfaitement distincts.
Or, j'ai la conviction qu'en nous appuyant
l'un sur l'autre nous centuplerons nos forces, nous assurerons à tout jamais notre
crédit. Vous, vous tiendrez la princesse
par ses sentimens de haine, moi par ses
affections tendres.... Vous voyez donc,
cher monsieur de Maurevert, qu'il n'est nullement de mon intérêt de vous tromper ;
qu'il vous est permis d'ajouter la foi la plus
entière à mes discours.

De Maurevert, tout en continuant à avancer d'un bon pas, avait prêté une extrême
attention aux paroles de son interlocuteur.

—Compagnon, lui dit-il, deux questions?
Comment vous nommez-vous ? Êtes-vous
de la noblesse?

— L'on m'appelle Lambert, et je suis fils
de petits marchands.

— Eh bien ! Lambert, vos sentimens
sont bien au-dessus de votre origine. J'ai
rarement rencontré, même dans les hautes
classes de la société, un homme doué d'un
bon sens aussi exquis que le vôtre. Vous
venez d'apprécier avec une netteté de coup-
d'œil qui vous fait le plus grand honneur
les services que je puis vous rendre par la
suite. Malgré donc la distance qui nous sépare, ami Lambert, malgré l'infériorité de
votre condition, j'aurai toujours grand plaisir à discourir avec vous.

— C'est beaucoup d'honneur que vous
me faites, capitaine.

— Point ! c'est justice que je vous rends,
pas autre chose... A présent, estimable
Lambert, remettons à plus tard la discussion
approfondie des bons offices mutuels qu'il
nous sera donné de nous rendre, et passons
au plus pressé. En quoi, je vous prie, mon
refus, basé sur une impérieuse nécessité, de
me rendre incontinent auprès de votre maîtresse, est-il de nature à aggraver la position
de mon compagnon, le chevalier Sforzi?

— J'ai laissé Son Altesse en proie à une
exaltation telle, que je ne lui en avais jamais encore vu éprouver de semblable...
Ses sentimens étaient si impétueux qu'elle
ne songeait même pas à se cacher de moi...
Elle maudissait et elle suppliait le chevalier... Elle lui adressait à la fois les reproches les plus cruels, les expressions les plus
tendres.

A peine achevait-elle de lui jurer un
amour éternel, qu'elle parlait de le faire

poignarder. Il y avait en elle de la tigresse et de la colombe ! Jamais jusqu'à présent, je vous le répète, Son Altesse n'avait daigné accorder une telle attention à un caprice. C'est au plus fort de ses transports qu'elle m'a ordonné de vous aller chercher ! Or, je reste intimement convaincu que si vous refusez de vous rendre à ses ordres, la balance penchera du côté de la colère. Son Altesse, désespérée de n'avoir personne à qui confier ses tourmens, à qui parler du chevalier Sforzi, se laissera aller à la vengeance. Mme la duchesse, vous le savez, capitaine, apporte une excessive impétuosité dans l'accomplissement de ses décisions ? Dès qu'elle a fermement résolu une chose, il faut que cette chose s'accomplisse sans retard. Je ne serais aucunement surpris que le chevalier Sforzi reçût dès ce soir le châtiment dû à sa coupable indifférence.

— Diable ! diable ! murmura de Maurevert, la position se dessine tout en noir, se complique d'une lugubre façon... Ce pauvre Sforzi ne porte vraiment bonheur qu'à ses amis. Quant à lui, personnellement, il manque tout à fait de chance. A peine apparaît-il dans un pays, que tout le monde se ligue contre lui pour l'exterminer. Après avoir révolutionné l'Auvergne, le voici maintenant qui soulève Paris ! La duchesse, le d'Epernon, le Joyeuse, c'est à qui s'empressera de le faire daguer !... Que faire ?... Là, franchement, la main sur la conscience, le mieux est d'obtempérer au désir de Son Altesse... Non seulement ce sera une dague de moins que j'écarterai de la poitrine de mon gentil Raoul, mais encore un puissant auxiliaire que je lui apporterai !... Cher monsieur Lambert, tout bien vu, pesé et considéré, je vous accompagne...

— Je n'attendais pas moins de votre remarquable judiciaire, capitaine ! répondit le confident de Marie. Encore cinq minutes, et nous serons rendus auprès de Son Altesse.

Lorsque le capitaine et Lambert arrivèrent peu après devant la porte de la petite maison, ils trouvèrent Marie, —tant l'impatience de la jeune femme était grande,—qui les attendait au bas de l'escalier.

Elle prit le bras de Maurevert, et l'entraîna dans une espèce de petit oratoire situé de plain-pied au rez-de-chaussée.

— Capitaine, s'écria-t-elle sans lui laisser le temps de lui présenter ses hommages, que fait en ce moment Raoul ? Oh ! n'essayez pas de me tromper, de déguiser la vérité. J'ai votre parole... Je veux, entendez-vous bien, je veux tout savoir.

— Madame, dit froidement de Maurevert, Votre Altesse a bien voulu me concéder tantôt le droit du silence. Une convention est une chose sacrée ! Je solliciterai donc humblement de la justice de Votre Altesse, la permission de répondre ou de me taire, à mon choix, aux questions qu'elle daignera m'adresser.

— Avez-vous vu M. Sforzi, depuis que vous m'avez quittée ? reprit Marie, sans songer à discuter la prétention de son interlocuteur.

— Oui, madame.

— Quand cela ?

— Il y a à peine une heure.

— Et depuis lors, où est M. Sforzi ?

De Maurevert garda le silence.

— Ne m'entendez-vous pas, reprit Marie avec une impétuosité croissante, je vous demande où se trouve à cette heure M. Sforzi ?

— Madame, dit de Maurevert, si Votre Altesse attache une si minime importance à un marché mûrement discuté et volontairement accepté, et qu'elle croie pouvoir s'en éloigner ou le rompre sans y être autorisée par la partie contractante, je me verrai réduit à la triste nécessité de refuser mes services à Votre Altesse !

— Capitaine, cinq mille livres tournois si vous répondez ce soir à toutes mes questions !

De Maurevert tressaillit ; les pommettes saillantes de ses joues se teignirent d'un rouge de brique.

— Je préférerais, madame, dit-il après un court silence, car je sais trop l'immense respect que je vous dois pour songer à me blesser de votre générosité— je préférerais, madame, que Votre Altesse tarifât séparément chacune de ses questions.

— Je ne vous comprends pas, capitaine...

— Cela est pourtant d'une limpidité sans pareille. Supposez qu'après avoir satisfait nonante-neuf fois de suite à la curiosité de Votre Altesse, je sois contraint de garder le silence à la centième question, ne serait-il pas souverainement injuste que mes nonante-neuf complaisances ne me fussent plus comptées pour rien.... En tarifant au contraire chaque question — selon le degré d'importance que Votre Altesse jugera convenable d'y attacher, il en résultera que je serai récompensé selon les services que j'aurai rendus.

— Ah ! très bien, capitaine. Je saisis à présent votre intention. Eh bien ! je me montrerai moins exigeante que vous. Cinq mille livres tournois pour deux seules questions ?

— C'est-à-dire deux mille cinq cents livres pour chaque question, madame ; car je puis répondre à la première et me taire sur la seconde.

— C'est cela, deux mille cinq cents livres pour chaque question.

— Trop heureux d'être agréable à Votre Altesse. Je vous écoute, madame.

— Où se trouve en ce moment M. Sforzi ?

— C'est bien cette question que Votre Altesse cote à deux mille cinq cents livres ?

— Eh certes ! elle même !

— M. le chevalier Sforzi m'a quitté, madame, pour se rendre auprès de Mlle Diane d'Erlanges.

— Oh ! je m'en doutais !... murmura Marie d'une voix sourde !

— Une seconde question, capitaine, reprit-elle après une courte pause.

— Que Votre Altesse daigne estimer ?

— Toujours à deux mille cinq cents livres !

— Dieu veuille qu'il me soit permis d'y répondre !

— Savez-vous où demeure Diane d'Erlanges ?

— Oui, madame, je le sais.

— Où cela ?

— Ceci est bien l'interrogation estimée du gré de Votre Altesse à 2,500 livres ?

— Oui, capitaine de Maurevert.

— La damoiselle d'Erlanges habite chez Mme la douairière de Lamirande, rue du Paon, près de l'hôtellerie du Roi-David, au faubourg Saint-Germain.

— Merci, capitaine. Allez avertir Lambert qu'il fasse préparer ma chaise. Je sors à l'instant.

— Sans escorte, madame ?

— Ne m'accompagnerez-vous pas ?

— Ce sera pour moi un grand honneur, madame, mais je ferai observer à Votre Altesse que je ne vaux guère plus de trois hommes ordinaires. Or, trois hommes, par le temps d'Epernon qui court, forment une suite insuffisante pour sauvegarder Votre Altesse !

— Et ne comptez-vous pour rien ma présence, capitaine ? s'écria Marie avec fierté. Jour de Dieu ! je serais curieuse de voir M. d'Epernon affronter mon regard, oser s'attaquer à ma personne.

Cinq minutes après cette conversation, Marie montait en chaise.

— Rue du Paon, au faubourg Saint-Germain, dit-elle à ses porteurs.

De Maurevert frappa sur l'épaule de Lambert, qui se tenait à ses côtés, et lui murmura à l'oreille :

— Compagnon, nous voici en plein orage. Dieu veuille que la foudre ne tombe pas sur nous !

Tandis que Marie, le cœur agité par la violence de ses passions, se rendait auprès de Mlle d'Erlanges, le chevalier Sforzi se trouvait dans une position des plus critiques.

Le jeune homme, enivré à la pensée de revoir Diane, s'était, ainsi que nous l'avons dit, mis en route de toute la vitesse de sa marche pour le faubourg Saint-Germain.

Au même instant cinq hommes qui semblaient se tenir en observation aux abords de l'hôtellerie de la Corne-de-Cerf, abandonnèrent leur poste et s'élancèrent sur ses pas.

Raoul ne remarqua point cet incident et continua d'avancer en toute hâte.

La distance qui séparait le boulevard de la Porte-Saint-Antoine de la rue du Paon était si grande que Sforzi, malgré la rapidité de sa course, fut surpris par la nuit bien avant qu'il n'arrivât à sa destination.

Ce fut seulement lorsque l'absence des piétons eut rendu les rues tout à fait solitaires, que le chevalier commença à soupçonner instinctivement qu'il se passait près de lui quelque chose d'insolite et d'étrange.

Le bruit des pas des cinq individus qui le suivaient avec tant de constance, commença d'abord à l'inquiéter vaguement, puis finit enfin par éveiller toute son attention.

Dès que sa méfiance eut été excitée, le jeune homme ne tarda pas à se rendre un compte exact de sa situation ; il comprit que s'il ne parvenait à écarter momentanément de son esprit la pensée de Diane, pour songer à sa propre sûreté, c'en était fait de lui.

Vingt idées contraires et diverses lui passèrent par le cerveau : appeler au secours ; se retourner brusquement sur ses adversaires, et les charger sans leur donner le temps de se reconnaître ; profiter de l'avance qu'il avait sur eux pour prendre la fuite, se réfugier dans la première maison venue ; enfin, tâcher de gagner un corps-de-garde.

De tous ces projets à peu près impossibles ou d'une exécution chanceuse, le chevalier ne s'arrêta définitivement à aucun. Ce qu'il voulait avant tout, c'était se rapprocher de Diane : il se contenta donc d'accélérer le pas.

Deux portées de mousquet le séparaient à peine de la rue du Paon, lorsque les hommes qui le suivaient parurent vouloir engager l'action. Au lieu de continuer à modeler leur allure sur la sienne, ils se mirent à courir vers lui.

Le chevalier hésita; la certitude et l'imminence d'une lutte acharnée, sanglante, venait d'éveiller subitement en lui ces terribles mouvemens de fureur, cette soif ardente de carnage qui, à l'approche d'un danger, l'exaltaient jusqu'au délire. Il subissait une de ces crises fatales, irrésistibles, dont il déplorait ensuite si amèrement la violence, lorsqu'il revenait à la raison.

— Mort et carnage! s'écria-t-il en mettant si vivement l'épée à la main, que la lame ne froissa même pas en sortant l'embouchure du fourreau; mort et carnage! que le sang versé retombe sur la tête des coupables!

Si l'obscurité de la nuit n'avait caché aux cinq assassins l'expression d'implacable férocité, de rage insensée qui contractait les traits de leur adversaire, il est bien probable qu'ils auraient hésité avant de se décider à l'attaquer.

Tout à coup, un changement aussi extraordinaire que subit se manifesta chez Sforzi!

Avec cette incroyable et merveilleuse puissance de lucidité que l'approche d'un danger imminent donne aux natures d'élite, Raoul venait de voir se dérouler devant lui tout son passé... L'image de Diane lui était apparue éblouissante et radieuse! Une réaction inouïe s'était opérée en lui. Sa fureur avait fait place à la faiblesse : il avait peur.

— Oh! se dit-il, mourir quand on touche de si près au bonheur! Je ne me sens pas ce stoïque courage.

Alors Raoul prit un vigoureux élan, et, semblable au cerf traqué par une meute avide de son sang, il tourna le dos à ses adversaires et s'élança droit devant lui avec toute l'énergie du désespoir. Sforzi était doué—qualité dont il n'avait jamais encore usé jusqu'à ce jour — d'une agilité remarquable. Cinq minutes lui suffirent pour prendre une telle avance sur les assassins, qu'il cessa d'entendre le bruit de leur poursuite.

Le front ruisselant de sueur, la respiration oppressée et haletante, il s'adossa contre un mur et prit un peu de repos.

Bientôt son regard s'arrêta sur une lanterne suspendue au-dessus de la porte d'une assez vaste et laide maison, située à quelques pas à peine de l'endroit où il se trouvait.

Un cri de joie s'échappa de la poitrine du jeune homme. A la lueur tremblante et blafarde de la lanterne, il avait lu sur une enseigne en ferblanc qui s'avançait en saillie dans la rue, les mots suivans: « Hôtellerie du Roi-David. Ici, on loge à pied et à cheval. »

D'un bond il atteignit l'hôtellerie et frappa la porte d'un si violent coup de heurtoir que toute la rue en retentit.

— Que voulez-vous? demanda peu après une voix pâteuse et maussade qui sentait le sommeil.

— Madame la douairière de Lamirande? répondit-il.

— Que le diable vous torde le cou! reprit la voix; ce n'est pas ici.

— Un écu, si vous m'indiquez la demeure de Mme de Lamirande! s'écria Sforzi.

Raoul entendit ouvrir un guichet.

— Voyons l'écu, reprit la voix devenue d'un timbre si harmonieux, qu'elle n'était plus reconnaissable.

Sforzi s'empressa de passer la pièce d'argent promise à travers le guichet ouvert.

— Monseigneur, dit la voix qui cette fois ressemblait à un doux murmure, Mme de Lamirande demeure ici à côté, la première porte à gauche.

Le jeune homme tressaillit de surprise : c'était justement contre la maison habitée par Diane qu'il s'était appuyé pour se reposer de la fatigue de sa course.

Dans ce singulier hasard il vit le doigt de la Providence, et un heureux présage pour son amour.

Cette fois ce fut d'une main discrète et tremblante qu'il souleva et laissa retomber le heurtoir. Le coup à peine sensible qu'il rendit trouva un long écho dans le cœur du jeune homme.

L'émotion de Sforzi redoubla d'intensité lorsqu'il entendit peu après le bruit cadencé d'un pas qui, venant de l'intérieur, s'approchait vers la porte.

Presque au même instant une voix bien connue de lui, la voix de Lehardy, mit le comble à son trouble.

Le serviteur s'enquérait du nom du visiteur nocturne.

Ce fut à peine si le chevalier eut la force de répondre.

— M. Sforzi, répéta le serviteur de Mlle d'Erlanges d'un ton qui indiquait l'étonnement et l'indignation, est-ce possible?

Une minute s'écoula dans un grand silence.

Il avait paru à Sforzi que le serviteur s'était éloigné; dans la crainte d'acquérir la certitude que sa présence était inopportune, il n'osait s'assurer si son soupçon était oui ou non fondé.

Sforzi ne s'était pas trompé : Lehardy

avait été en effet, prendre les ordres de sa maîtresse.

— Monsieur, dit-il froidement et toujours sans ouvrir la porte, Mlle d'Erlanges ne connaît pas personnellement le chevalier Sforzi. Quant à Mme la douairière de Lamirande, si c'est à elle que vous avez affaire, elle est momentanément absente de Paris, et ne reviendra que dans deux jours.

A cette impertinente réponse de Lehardy, le premier mouvement de Raoul fut la colère ; la conscience de ses torts le laissa à peine l'espace d'une seconde sur cette impression. Il allait renouveler ses humbles instances lorsque son attention fut éveillée par l'apparition d'un groupe composé de cinq hommes qui débouchaient dans la rue du Paon.

— Lehardy, s'écria-t-il en mettant l'épée à la main, vas dire à Mlle Diane que celui que tu méprises et qu'elle déteste ne sera plus bientôt qu'un cadavre sanglant et inanimé !.. Assure ta maîtresse que ma dernière pensée sera pour elle !.. que je suis heureux de mourir !..

Soit que Lehardy crût à une ruse de la part du jeune homme, soit que, partageant les ressentimens de Diane, il fût implacable, toujours est-il qu'au lieu de donner asile à Raoul, il s'éloigna précipitamment.

Hélas ! le chevalier ne s'était pas trompé : c'étaient bien, en effet, ses assassins qui venaient de déboucher dans la rue du Paon. Pour surcroît de malheur, et comme si tout avait conspiré cette nuit contre l'infortuné jeune homme, les rayons de la lanterne de l'hôtellerie du Roi-David, tombant en plein sur lui, et détachant vigoureusement sa silhouette au milieu d'une lumineuse auréole, l'exposaient aux coups de ses adversaires.

Sforzi comprenant le désavantage que lui donnait cette position, songea d'abord à s'élancer dans l'ombre, mais il abandonna presque aussitôt ce projet, en s'appuyant contre la porte de l'hôtel de la douairière de Lamirande.

— C'est ici que je dois combattre et mourir, murmura-t-il. Je suis plus près de Diane.

L'attaque des assassins ne se fit pas longtemps attendre. A peine Raoul avait-il eu le temps de dégainer qu'ils se ruèrent sur lui.

Sforzi reçut vaillamment ce premier choc. N'ayant pas à redouter une surprise par derrière, puisqu'il était adossé contre la muraille, il s'enveloppa, pour ainsi dire, d'un réseau de fer, et à chaque coup opposa une parade.

La rue du Paon, considérablement élargie depuis lors, était, à l'époque où se passe cette histoire, extrêmement étroite.

Cette disposition des lieux empêchait les assassins de charger ensemble leur victime, et rendait la défense de Sforzi bien plus facile.

Pendant près d'une demi-minute, ce fut un effrayant cliquetis de fer. Des épées violemment heurtées jaillissaient des étincelles. Pas un mot n'était prononcé de part et d'autre ; un lugubre silence enveloppait cette scène de meurtre.

Ce fut la voix de Sforzi qui la première se mêla au bruit du fer !

Cette voix vibrante de fureur disait clairement que le jeune homme n'avait pu rester insensible aux excitations de la lutte, que l'ardeur de son sang s'était enflammé au choc de la bataille, qu'il était retombé dans cette terrible crise dont un prodige de l'amour avait pu seul le garantir un instant.

— Ah ! misérables ! disait-il, en accompagnant chacune de ses paroles d'un rapide et vertigineux cercle de fer ; ah ! misérables ! si vous aviez su de quelle rude et pénible besogne vous vous chargiez, vous auriez hésité à deux fois avant de l'accepter... Que ma bonne épée ne se brise pas, et je jure Dieu qu'il en est plus d'un parmi vous qui ne touchera pas l'infâme salaire de son crime !... Quoi ! voici que vous hésitez ! que vous reculez !... Allons ! du courage... Ne suis-je pas acculé... ne m'av-z-vous pas réduit aux abois ?... Encore un dernier effort, et vous vous pourlécherez bientôt à la curée de votre brillant et insigne triomphe !...

L'un des assaillans, plus sensible sans doute que ses compagnons aux sarcasmes de sa victime, se rapprocha de Sforzi.

Le chevalier guettait ce mouvement, il en tira un parti extrême.

Se fendant sur l'assassin avec une irrésistible vivacité, il l'atteignit d'un coup droit en pleine poitrine, et le jeta sur le sol.

— Eh ! eh ! — dit-il, en regagnant non moins vivement qu'il ne l'avait quittée sa position première, — voici ma prophétie qui commence à se réaliser !... Quoi ! brillans paladins, nobles héros des temps antiques, vous ne me remerciez pas !... Ce coup d'épée vous vaut pourtant une part de plus !... Quand un loup est mortellement atteint, ses compagnons le dévorent !... Les dépouilles du sacripant qui râle à mes pieds seront vôtres, si vous parvenez à me vaincre !... Du courage donc, du courage !...

Les bandits, loin de tenir compte des exhortations ironiques de leur vaillant adversaire, parurent, au contraire, vouloir abandonner l'attaque, et renoncer à leur sanglant projet. Tous les quatre, d'un commun accord, s'éloignèrent de Sforzi.

Le jeune homme profita de cette trève momentanée pour humer à pleins poumons quelques bouffées d'air. Quoiqu'il n'osât se flatter d'être sorti à si bon marché de ce grand danger, il commençait à reprendre un peu d'espoir.

Hélas! son illusion fut de courte durée; bientôt il comprit que la retraite des bandits n'était pas une fuite, et qu'aulieu d'améliorer sa position elle la rendait au contraire bien plus critique.

Les assassins craignant, non pas d'être dérangés dans leur œuvre sanglante, — car pas une des fenêtres de la rue ne s'était ouverte depuis le commencement de la lutte, — mais appréhendant de partager le sort de leur compagnon, atteint par l'épée de Sforzi, venaient de se décider à se servir des armes à feu dont ils étaient munis, et que, se fiant à leur nombre, ils n'avaient pas cru devoir d'abord employer. Raoul les vit retirer de longs pistolets de dessous leurs manteaux.

— Malédiction! dit-il, je suis perdu!..

Voulant au moins ne pas succomber sans vengeance, il allait s'élancer sur les assassins, quand la porte de la maison habitée par Diane, s'ouvrit, et Lehardy apparut sur le seuil.

Le serviteur avait à la main une arquebuse!

— Entrez, monsieur, dit-il vivement à Raoul, puis il fit feu.

Quoique la balle de Lehardy n'eût atteint aucun des bandits, les misérables, déconcertés par cette attaque inattendue, ne songèrent pas sur le moment à riposter.

— Entrez donc, chevalier, répéta Lehardy.

— Je n'entrerai, répondit Sforzi d'un ton froid et résolu, qu'autant que je serai admis auprès de Mlle d'Erlanges. Il n'appartient ni à mon caractère ni à ma condition de me morfondre dans une antichambre.

Les momens étaient précieux: aussi l'hésitation de Lehardy ne fut-elle pas de longue durée.

— Soit, messire, dit-il, vous verrez Mlle d'Erlanges.

Raoul franchit le seuil de la porte que le serviteur referma promptement derrière lui. Il était temps.

Deux balles ramées, sorte de projectiles fort en vogue en 1580, vinrent se loger en sifflant dans une épaisse traverse de chêne de la porte.

Au même instant où cette scène se passait, la chaise à porteur dans laquelle se trouvait Marie apparaissait à l'une des extrémités de la rue du Paon.

Autant le chevalier Sforzi avait montré de fermeté et de courage devant la mort, autant à la pensée de paraître devant Diane, il se sentit faible et tremblant.

Ce fut d'un pas irrésolu, presque en chancelant, qu'il suivit Lehardy. Quoique Raoul, en apprenant par de Maurevert l'arrivée de Diane à Paris, ignorât qu'elle fût instruite de sa conduite, il était bien résolu, en sortant de l'hôtellerie de la Corne-de-Cerf, à faire à la jeune fille une entière confession de ses torts; seulement, il avait préparé — palliatif nécessaire à cet aveu — une justification qui, sans excuser complètement sa passagère infidélité, en atténuait au moins de beaucoup la gravité, et laissait place à un généreux pardon.

Lorsque Lehardy, après avoir gratté — selon l'usage du temps — à la porte de l'appartement de sa maîtresse, annonça: « M. le chevalier Sforzi, » le malheureux jeune homme, troublé jusqu'au fond du cœur, oublia sa belle harangue, et resta interdit, immobile, les yeux baissés, sans oser franchir le seuil du sanctuaire.

— Ah! Lehardy, pourquoi m'avoir ainsi désobéi? s'écria Diane, non moins émue que l'était Raoul.

A cette voix si chère, à ces accens qui si souvent avaient bercé les douces illusions de son sommeil, Sforzi poussa une exclamation de joie passionnée, et vint, d'un bond, tomber à genoux aux pieds de Mlle d'Erlanges.

— Diane! s'écria-t-il en faisant passer dans ce seul mot tous les enivremens de son âme.

La pauvre enfant, plus pâle qu'une morte, essaya de dominer sa faiblesse, de se raidir contre sa sensibilité: ce fut en vain. Vaincue, subjuguée par un sentiment supérieur à sa volonté, elle porta vivement ses mains à son cœur, et d'une voix qui disait bien plus la passion que le reproche:

— Vous voici donc enfin, monsieur Sforzi... murmura-t-elle, et elle éclata en sanglots nerveux.

Un assez long silence suivit le mutuel élan des deux fiancés; ce fut Diane qui la première y mit un terme.

Elle dégagea doucement de l'étreinte de Raoul sa main, que le jeune homme avait prise et retenait dans les siennes, puis se levant de dessus son fauteuil et se reculant d'un pas :

— Monsieur Sforzi, balbutia-t-elle encore toute palpitante, je serais désolée de vous voir interpréter la cause de mon émotion à votre soudaine arrivée. Il vous faut non pas attribuer mon agitation au retour des sentimens d'amitié que j'ai pu vous porter jadis, mais seulement aux chers et douloureux souvenirs que votre présence a subitement éveillés en moi. De toutes les personnes que je connais, n'êtes-vous pas, monsieur Sforzi, la dernière dont le regard ait contemplé ma bien-aimée et honorée mère, Mme la comtesse d'Erlanges, étendue sur son lit de mort ?

— Mademoiselle, dit tristement Raoul, votre observation est d'une inutile cruauté, votre intention si bien arrêtée de ne pas me recevoir m'apprend assez la haine que vous me portez, l'horreur que je vous inspire !

Le premier mouvement de Diane fut de protester contre cette injuste accusation, de laisser enfin déborder de son cœur les angoisses qui l'étouffaient; mais presque aussitôt la pensée de la trahison de Raoul se présenta vive et poignante à son esprit, et arrêta le cri de désespoir prêt à s'échapper de ses lèvres ; la fierté de la femme outragée prit le dessus sur l'attendrissement de la jeune fille, et ce fut d'une voix dont les notes calmes, fermes, assurées firent tressaillir Sforzi, qu'elle reprit la parole.

— J'avais tort, en effet, monsieur le chevalier, dit-elle, de vous refuser une entrevue. Je me réjouis maintenant du hasard qui vous procure ce dernier entretien. Je désire qu'en vous éloignant à tout jamais de moi, vous n'emportiez point de ma loyauté et de mes sentimens une opinion mauvaise et imméritée. Ma franchise vous prouvera également, monsieur Sforzi, combien ma résolution de ne plus vous voir est irrévocablement arrêtée. Chevalier, je vous en conjure, écoutez-moi sans m'interrompre. S'il me faut, à la tâche déjà si lourde que je m'impose, joindre la fatigue d'une discussion, je sens que ma force trahira mon courage...

— Sur mon honneur, je ne vous interromprai point, mademoiselle, dit Raoul d'une voix sourde. Parlez sans crainte.

— M. Sforzi, reprit Diane après s'être recueillie l'espace de quelques secondes, il se passe en moi une chose si inouïe, si bizarre, si invraisemblable, que je ne sais comment m'y prendre pour vous l'expliquer ! Il me semble que vous n'êtes pas ce même chevalier Sforzi que j'ai vu pour la première fois à Tauve. Mon cœur a conservé pour lui une tendresse de sœur à l'épreuve de tous les évènemens. J'entends encore sa voix, je vois son image, j'échange avec lui ces confidences intimes qui jadis me rendaient les heures si rapides, et je me répète sans cesse que jamais je ne parviendrai jamais à me consoler de sa mort !.. Rien en vous, chevalier, rien, absolument rien, je vous le répète, ne me rappelle ce frère choisi par mon cœur !... Tout-à-l'heure, cependant, lorsque vous êtes entré, j'ai été le jouet d'une singulière hallucination ! J'ai cru à une apparition surnaturelle, j'ai retrouvé en vous le Sforzi d'autrefois !.. Hélas ! cette impression mensongère s'est bientôt évanouie comme un songe ! L'impitoyable mort ne lâche point sa proie !

Chevalier, continua Diane, après une nouvelle et légère pause, il me reste maintenant, car je ne voudrais pour rien au monde que vous vous crussiez le droit de m'accuser d'inconstance ou de frivolité, il me reste à aborder un sujet délicat et pénible !... Soyez assez juste et assez généreux, je vous en supplie, pour ne point attribuer mon langage à un mesquin sentiment d'amour-propre froissé !... Mon intention n'est certes pas de vous accuser : loin de là, je tiens seulement à justifier à vos yeux le changement qui s'est opéré en moi. Chevalier, je suis instruite de l'amour que vous ressentez pour une des plus grandes dames de la cour. Je sais que toutes vos facultés, absorbées dans cette violente passion, sont exaltées jusqu'au délire. Encore une fois, monsieur Sforzi, je ne vous blâme pas; je constate un fait, je motive mon indifférence à votre égard; pas autre chose.

Après tout, en y réfléchissant froidement, vous n'êtes nullement coupable. Comment, avec votre vigoureuse ambition, votre goût pour le luxe, votre envie effrénée de parvenir, auriez-vous su résister aux séductions de la puissance, de la richesse ? Il vous eût fallu déployer une force et une vertu surhumaines. Non, monsieur, vous n'êtes pas coupable ; vous n'avez fait qu'obéir à votre instinct. Si Dieu exauce vos vœux, écoute mes prières, votre félicité sera immense, aucun nuage n'obscurcira jamais la splendeur et l'éclat de votre horizon.

Malgré la fermeté que Diane affectait, malgré les efforts désespérés de la pauvre enfant pour se tromper elle-même, elle sentit que sa voix allait se fondre en sanglots, et elle s'arrêta un instant.

Le chevalier s'empressa de mettre à profit ce moment de silence.

— Mademoiselle, lui dit-il d'une voix suppliante, lorsque je me suis engagé à ne point vous interrompre, j'ignorais que vous porteriez contre moi la plus grave de toutes les accusations, celle du parjure !... Je vous en supplie à mains jointes, au nom de notre honneur, permettez-moi de me défendre !... Mon intention n'est point d'en appeler de l'inexorable et terrible jugement que vous achevez de prononcer ! Mon rôle est fini sur la terre ! je n'aspire plus qu'après le repos de la tombe !

Un usage sacré accorde au condamné à mort son dernier souhait, son dernier désir... C'est cet usage que j'invoque !...

Diane, heureuse de cette interruption qui lui permettait de garder le silence, de ne pas laisser deviner l'émotion qui la dominait, fit signe à Sforzi qu'elle acquiesçait à sa prière.

— Mademoiselle, reprit Raoul, mon crime est déjà bien assez impardonnable par lui-même sans que la calomnie vienne encore l'agrandir. Ma franchise égalera la vôtre. Je n'altèrerai en rien la vérité, dût cette vérité me valoir, au lieu de votre indifférence, votre haine et votre mépris... Le cœur de l'homme, et je parle ici de l'homme bon, honnête, noble et loyal, renferme, mademoiselle, de honteux mystères que votre sublime candeur n'a jamais pu soupçonner. Il me va falloir déchirer brutalement le voile de votre chaste innocence ! Que Dieu me pardonne cette profanation, ce sacrilège! Diane, il est une vérité inexorable, contre laquelle on se débat en vain; c'est que l'homme appelé supérieur, paie par une faiblesse et par un vice chacune des qualités qui le met au dessus de la foule. Le sentiment de notre force nous conduit à l'injustice; celui de notre esprit à l'orgueil; celui de notre sagacité à la dissimulation, à la déloyauté. Diane, si j'aime, comme il en est peu, je le sens, qui sachent aimer, c'est que la nature m'a donné une énergie fougueuse, une impétuosité sans égale. La sensibilité que ces qualités fatales communiquent à mon âme, est, hélas ! bien tristement compensée par la condamnable facilité avec laquelle je me laisse aller à mes passions. Oui, mademoiselle, je l'avoue, un instant j'ai été ébloui, enivré, fasciné, je ne dirai pas par un amour, ce serait profaner ce mot divin, mais bien par une folie fiévreuse, par un transport insensé! Vous voyez, Diane, que je tiens à ma promesse d'être sincère, que je ne cherche ni à pallier, ni à amoindrir ma faute. Eh bien, devant Dieu qui m'entend et voit mes remords, sur ma part de vie éternelle, sur mon honneur de gentilhomme, jamais, même pendant le paroxysme de ce coupable délire, mon amour pour vous n'a cessé d'être absolu, immense, sans bornes !... Oui, je comprends vos doutes, j'approuve votre incrédulité !... Comment concilier, en effet, tant de faiblesse d'une part, tant d'amour de l'autre ?... Je l'ignore, Diane !... Mais, je vous le répète, je vous le jure, je vous dis la vérité entière, rien que la vérité !... Un mot encore... Lorsque j'ai appris, il y a à peine une heure, votre arrivée à Paris, ma première pensée a été de vous avouer ma faute, de vous confesser mon crime. Au reste, mademoiselle, mon accès de folie a duré l'espace d'un rêve; j'ai rompu aujourd'hui même le lien si fragile de cette liaison à peine formée. Je suis rentré, je ne dirai pas dans ma liberté, car mon âme n'a cessé de vous appartenir toute entière, mais bien dans mon honnêteté.

La parole de Raoul décelait une douleur si profonde, une franchise si complète, un repentir si grand, que ses explications loin de calmer le trouble de Diane ne firent que l'accroître.

— Monsieur Sforzi, dit-elle d'une voix à peine intelligible, tant elle était tremblante, vous avez eu tort de sacrifier ainsi le brillant avenir qui s'offrait à votre jeunesse, à votre ambition. A présent que je vous ai rendu avec vos serments toute votre liberté, il vous faut retourner auprès de cette grande dame! Elle vous tiendra compte, je n'en doute pas, du sentiment de délicatesse exagérée qui vous avait poussé à la fuir. Son généreux pardon vous récompensera de votre loyauté... Adieu, monsieur Sforzi, adieu pour toujours.

Quoique l'émotion de la jeune fille fût si extrême qu'elle ne pouvait, malgré ses efforts, parvenir à la dissimuler, sa contenance montrait néanmoins—contraste frappant et inexplicable, — une résolution fermement arrêtée, inébranlable.

Ce fut d'un pas assuré qu'elle se dirigea vers la porte de sortie.

Raoul anéanti, accablé, ne songea pas à la retenir : immobile et silencieux comme une statue, il voyait sans voir, et entendait sans entendre. Ses puissantes facultés annulées par une trop vive douleur, le laissaient plongé dans une espèce de torpeur léthargique.

Déjà le pied de Diane avait franchi le seuil de la porte, lorsque plusieurs coups de marteau précipités retentirent frappés au dehors, et firent trembler la maison.

Diane s'arrêta et pâlit.

—Ce sont vos assassins, M. Sforzi ! s'é-cria-t-elle.

Raoul passa à plusieurs reprises sa main sur son front en feu :

— Ah ! oui, je me souviens... Des bandits qui me voulaient tuer ! Qu'ils soient les bien-venus; je vais à leur rencontre.

— Arrêtez, chevalier !

—Mademoiselle, dit Lehardy — qui pendant l'entretien des deux jeunes gens, s'était modestement tenu à l'écart — il n'est guère probable que des bandits osent attaquer ainsi à force ouverte, en plein Paris, une maison habitée. Ne serait-ce pas plutôt votre tante, Mme de Lamirande, de retour inopinément de son voyage ?

—A pareille heure ? cela n'est guère probable. Peut-être sont-ce des courtisans qui se divertissent à la suite d'un souper à parcourir les rues et à réveiller les bourgeois. Oui, c'est cela... on n'entend plus rien... Ils auront passé outre.

Diane n'avait pas encore achevé de prononcer ces paroles, que de nouveaux coups plus nombreux et plus violens encore que les premiers, ébranlèrent la porte.

— Ne craignez rien, mademoiselle, s'écria Raoul, je cours m'assurer par moi-même...

— Restez, chevalier, je le veux, interrompit vivement Diane, Il ne sera pas dit que j'aurais manqué aux devoirs de l'hospitalité !...

Sur un signe de sa maîtresse, Lehardy s'éloigna.

L'absence du serviteur dura à peine une demi-minute. Lorsqu'il rentra dans l'appartement de Diane, son visage portait l'expression de l'indignation et de la colère.

—Mademoiselle, dit-il en s'inclinant devant la jeune fille, que dois-je faire ? C'est une dame inconnue qui demande impérieusement à être admis en votre présence et à voir M. le chevalier Sforzi.

Diane laissa, à son insu, tomber un regard de douloureux reproche sur Raoul, et s'adressant à Lehardy:

— Fais entrer cette dame, répondit-elle d'une voix brève; il faut savoir compâtir aux maux que l'on a endurés soi-même... Rassurez-vous, monsieur Sforzi; je vous promets de tenter tous mes efforts pour vous disculper. Je dirai à cette dame qu'au moment de son arrivée vous preniez de moi un congé éternel, que vous vous disposiez à retourner auprès d'elle... Elle vous aime... elle vous pardonnera.

— Vous ne m'avez donc jamais aimé que vous êtes si impitoyable? murmura Sforzi.

A ce reproche si inopportun en ce mo-ment, la jeune fille répondit par un regard glacial.

Au même instant, Lehardy apparut à la porte de l'appartement et annonça d'une voix éclatante:

— Son Altesse madame la duchesse de Montpensier !

Marie, la tête orgueilleusement rejetée en arrière, l'air hautain, se présenta, ainsi que la Junon des poètes antiques, la démarche altière et superbe, le front irrité.

—Mille légions de diables ! voici mon gentil Sforzi sain et sauf ; je respire ! s'écria de Maurevert qui suivait la duchesse. Par Vénus et Cupido ! continua l'aventurier à demi voix et comme se parlant à lui-même, la position de mon brave compagnon ne laisse pas d'être assez pénible et embarrassante. Ces dames vont le tirailler d'une rude façon... Bah ! qu'importe; les sacripans du d'Epernon l'auraient massacré : la duchesse et Diane se contenteront de l'égratigner ; ce cher Sforzi gagne au change! Que sont des coups d'ongle en comparaison de coups de poignard ?

CHAPITRE XVIII.

La Réhabilitation.

Catherine-Marie de Lorraine, fille du duc de Guise, assassiné devant Orléans, et femme de Louis II, duc de Montpensier, avait à cette époque vingt-huit ans accomplis. Elle était sans contredit l'une des plus fières princesses de la chrétienté, l'une des plus séduisantes et gracieuses femmes de la cour de Henri III.

Son esprit hardi, audacieux, sa nature ardente, son courage à l'épreuve de toute crainte, son amour de l'intrigue en faisaient une digne fille de cette superbe et ambitieuse maison de Lorraine qui rêvait alors la couronne de France, et qui plus tard ne manqua le trône que de la longueur seulement d'une épée.

La duchesse de Montpensier ne se gênait, en aucune circonstance, pour laisser éclater le mépris que lui inspirait la faiblesse du roi. On prétendait qu'une imprudente et maladroite raillerie de Henri III, au sujet d'une légère irrégularité que présentait la marche de l'irrascible princesse, était le motif de la haine furieuse qu'elle lui portait; haine mortelle qui enfanta, s'il en faut croire certains mémoires du temps, l'odieux attentat du moine Jacques Clément.

Un simple coup d'œil suffit à Diane pour apprécier les perfections physiques de la princesse. Quant à cette dernière, jugeant, sans doute, indigne de sa qualité et de son rang, de descendre à un examen furtif de sa rivale, elle s'avança hardiment jusqu'à un pas de Mlle d'Erlanges, et se mit à la fixer d'un regard hautain et ardent.

— Vous êtes douée, mademoiselle, lui dit-elle enfin d'une voix railleuse, de cette beauté mignonne et naïve à laquelle les jeunes gens inexpérimentés se laissent volontiers prendre à leur début dans le monde. Votre candeur simulée, votre modestie affectée vous siéent à merveille. Seulement, il ne vous faudrait point abuser de ce genre de séduction, cela vous rendrait à la longue d'une désespérante monotonie et fatiguerait vos adorateurs... Quel âge avez-vous, mademoiselle ?

A cette question faite d'un ton souverainement impertinent, Diane rougit, et un éclair d'indignation brilla dans ses yeux.

— Madame, dit-elle froidement, laissez-moi d'abord, je vous prie, m'informer du motif qui me vaut l'honneur insigne de votre présence !...

— Je n'ai que faire de vos questions, s'écria la duchesse. Quand je daigne vous interroger, votre devoir est de me répondre !.. Quel âge avez-vous ?...

— Madame, reprit Diane avec une fermeté digne, presque hautaine, qui fit tressaillir Raoul de surprise et de joie, votre langage me donne à supposer que vous commettez en ce moment une étrange méprise, que vous me confondez avec une autre personne. Permettez que je vous retire de votre erreur, je m'appelle Diane d'Erlanges, et comme demoiselle de haute et vieille noblesse, je suis votre égale — sinon en beauté — au moins en naissance !..

— Jour de Dieu ! ma gentille tourterelle, s'écria la duchesse, il me semble que vos petits ongles rosés s'allongent comme des serres et veulent emporter le morceau ! Ne jouez pas à ce jeu, enfant, il pourrait vous être fatal. Vous me demandez comment il se fait que je me trouve ici à pareille heure ? Puisque la grandeur de votre naissance et l'humilité de la mienne vous donnent à vous, le droit d'initiative et m'imposent, à moi, l'obligation de l'obéissance, je dois vous répondre ; je suis venue ici, noble damoiselle d'Erlanges, pour chercher monsieur le chevalier de Sforzi, mon amant ! Ah ! ah ! la franchise de cet aveu vous étonne ! vous ne vous attendiez pas à une telle forme de langage ! Que voulez-vous, très noble et très illustre damoiselle d'Erlanges, les parvenues comme moi manquent de délica-

tesse dans le style, et elles s'expriment comme elles pensent, brutalement, sans ambage, sans détours. Jour de Dieu ! continua la duchesse, dont l'air d'ironie fit place à une expression de hauteur menaçante, vous figurez-vous que je m'abaisserais jusqu'à ruser avec vous ? Allons donc ! belle enfant. Il faut, pour avoir de semblables idées, que vous ne soyez jamais sortie de votre province, que vos hobereaux de là-bas ne vous aient jamais parlé de moi ! Sachez, ma belle, que ce que je veux je le fais. Ma naissance me met au-dessus du blâme, mon courage au-dessus du danger. Je suis trop haut placée pour pouvoir descendre. Oserez-vous me disputer mon amant ?

— Madame ! s'écria Diane, avec une indignation qui empourpra son visage d'une adorable rougeur, et fit rayonner d'un magnifique éclat, son admirable beauté ; la forme et le fond de votre requête sont si contraires à votre dignité de princesse et de femme que j'en suis à me demander encore si je suis bien éveillée, si je ne rêve pas...

— Trêve de cette sotte et niaise affectation de délicatesse dont je ne suis pas la dupe, interrompit la duchesse avec violence. Au fait, mademoiselle, au fait !

— Madame, répondit tristement Diane, le souvenir de cette entrevue, qu'il n'a pas été en mon pouvoir d'éviter, pèsera longtemps, comme un remords, sur ma conscience. Il faut que ma conduite envers M. Sforzi ait été, à mon insu, bien déplacée, bien indigne, pour que vous ayez osé me tenir un semblable langage !... Rassurez-vous, madame, mon intention n'est certes pas de mettre le comble à ma honte en entrant avec vous en rivalité. Au moment où vous êtes venue, j'adressais à M. Sforzi un dernier, un suprême, un irrévocable adieu. Madame, ajouta Diane après une légère pause, n'attribuez point à la crainte la facilité avec laquelle je vous abandonne le cœur de M. Sforzi ! S'il s'était agi de vous disputer l'affection d'un frère, oh ! alors c'eût été tout autre chose ! J'aurais vaillamment soutenu la lutte, hardiment bravé vos emportements et votre courroux !

Pendant que Diane s'exprimait ainsi, Raoul la contemplait avec un sentiment d'admiration passionnée qui atteignait presque à l'extase.

— Imprudent ! murmura de Maurevert en voyant le jeune homme se disposer à prendre la parole. Que diable ne laisse-t-il ses deux victimes s'entredévorer tout à leur aise !... Elles vont maintenant, — car il ne lui sera pas possible de les satisfaire complètement toutes les deux à la fois,—elles vont maintenant se liguer contre lui et le déchiqueter à beau bec !

Se taire à propos est une des sciences les plus utiles de la vie... Bah ! qu'importe cela à la jeunesse... Pourvu qu'elle pérore, qu'elle discoure, qu'elle égrène des chapelets de mots sonores et vides de sens, elle se déclare satisfaite, elle se trouve heureuse !.. Va, compagnon Raoul, bavarde bien à ton aise, amoncèle sottises sur sottises, balivernes sur balivernes, fais-toi rudement étriller par Diane, cruellement bafouer par Son Altesse, gâche tes affaires, compromets ta position, et que le diable m'emporte de mon vivant si je te viens en aide !... Tu n'auras eu que ce que tu mérites !...

De Maurevert ne s'était point trompé sur les intentions de Raoul.

A peine Diane eut-elle cessé de parler, qu'il s'avança vers elle, et mettant un genou en terre :

—Mademoiselle, s'écria-t-il d'une voix vibrante d'amour, le dévoûment de mon existence entière compensera-t-il jamais l'ennui et l'humiliation que je vous ai valus ce soir?

—Relevez-vous, monsieur, répondit Diane, aussi touchée que surprise de l'action du chevalier. Cette posture n'appartient qu'à un coupable.

—Un coupable! mademoiselle, reprit Raoul avec véhémence, ce mot adressé à un misérable tel que moi, est trop doux, trop miséricordieux ! Oh ! ne vous éloignez pas ainsi, Diane, ne me repoussez pas avec horreur. S'il vous était possible de lire dans mon cœur, vous y verriez un repentir si profond, si sincère, que malgré la trop juste légitimité de vos griefs contre moi, vous en seriez attendrie.

—Relevez-vous, monsieur, je vous en prie, je vous l'ordonne ! dit la pauvre enfant avec une douceur qui affaiblissait de beaucoup la forme impérative de sa phrase.

Diane, quelle que pure et noble que fût son âme, était femme: lui demander de rester froide et indifférente au triomphe si éclatant, si inattendu, si complet qu'elle remportait sur sa rivale, n'eût-ce pas été exiger d'elle l'impossible?

Quant à la duchesse de Montpensier, il faudrait un pinceau pour retracer l'expression que portait en ce moment son visage : il reflétait avec une énergique et incroyable mobilité les sentimens les plus divers, la haine, l'amour, la colère, l'abattement, la fureur, la tristesse.

La trop grande violence de ses sensations la réduisait momentanément à l'impuissance. Raoul profita de son silence pour reprendre la parole :

—Mademoiselle, s'écria-t-il en s'adressant à Diane, s'il est une chose capable d'affaiblir les regrets que j'éprouve de vous avoir valu cette pénible et odieuse discussion, c'est la pensée qu'il m'est permis de déclarer publiquement, devant Son Altesse, l'estime sans bornes que vous m'inspirez, l'amour immense que je ressens pour vous ! Mademoiselle Diane, le devoir me commande de répéter, en présence de madame la duchesse, ce que je disais tout-à-l'heure, lorsque vous n'aviez que votre serviteur Lehardy pour témoin :

Oui, un instant j'ai été ébloui, enivré, fasciné, non pas par un amour, ce serait profaner ce mot divin, mais bien par une folie fiévreuse, par un transport insensé. Eh bien! devant Dieu qui m'entend et voit mes remords, sur ma part de vie éternelle, sur mon honneur de gentilhomme, jamais, même pendant le paroxysme de ce coupable délire, mon amour pour vous n'a cessé d'être absolu, immense, sans bornes !

Telles sont les paroles qui naguère s'échappaient de mon cœur : j'ajoute, à présent, mademoiselle, que quand bien même mon âme ne vous appartiendrait pas toute entière, je n'en aurais pas moins méconnu le sentiment que Son Altesse daigne me montrer, et cela, parce que je suis honnête et que l'amour d'une grande dame se change toujours en honte pour l'obscur gentilhomme qui ne sait pas s'en défendre.

Sforzi allait poursuivre, la duchesse de Montpensier l'interrompit :

—Monsieur, lui dit-elle, trève d'éloquence, je vous prie !.. Sacrifier impitoyablement une femme est l'action d'un lâche ou du moins d'un homme de fort mauvais goût !.. La fougue de votre sang vous a fait tenir, chevalier, un bien hardi langage !.. La conscience de ma supériorité, de ma force, de mon rang, me rendent aussi la franchise facile !.. Je n'ai à me contraindre devant personne, je n'ai aucun ménagement à garder !.. Prêtez-moi, chevalier, une sérieuse attention ! Mes paroles seront graves et auront, je vous le jure, un grand retentissement dans votre avenir ! Chevalier, je ne crois pas que je vous aime ! Non, en y réfléchissant froidement, je ne vous aime pas !.. Ce qui m'attire vers vous, ce que j'éprouve pour vous, c'est plus que de l'amour !... c'est une fantaisie, un violent caprice !... Entendez-vous bien !... Ce n'est pas à dire, chevalier, que parmi tous les princes et gentilshommes qui m'obsèdent de leurs hommages, vous soyez le plus jeune, le plus élégant, le plus spirituel, le plus beau! Ce n'est pas que votre image adorée me poursuive dans mes rêves, et enflamme mon sang d'irrésistibles ardeurs! Non, mille fois non! Je vous vois tel que vous êtes, un gentilhomme comme on en rencontre à chaque pas dans les rues qui avoisinent le Louvre, dans les antichambres des palais... Votre présence ne me cause nul tressaillement... Prenez ma main, chevalier, elle est froide comme celle d'une statue de marbre... Mon caprice, monsieur Sforzi, ne s'adresse pas à l'homme, mais seulement au caractère de l'homme. Il y a en vous une énergie sauvage et indomptée qui me plaît au suprême degré, et que je veux assouplir, soumettre à mes moindres volontés!... Cette tâche difficile sourit à mon imagination. Je ne puis vous exprimer quelle serait ma fierté, ma joie, le jour où je vous verrais, vaincu par mes charmes, pleurer suppliant à mes pieds!... Ce jour là, sans nul doute, je cesserais de m'occuper de vous!... N'importe!... J'aurais au moins vaincu votre superbe indifférence, votre ombrageuse et rétive susceptibilité. Cette minute de triomphe me dédommagerait amplement des sacrifices, des peines que m'aura coûtés votre conquête!... A présent, chevalier, qui sait! peut-être bien encore serais-je prise dans mes propres piéges! peut-être en ne cherchant qu'une distraction, qu'un passe-temps, trouverais-je un maître! Cette lutte, dans laquelle je me montre si sûre de moi-même, si dédaigneuse de vos mérites, puisque je ne prends même pas la peine de vous dissimuler mes intentions, mes desseins, cette lutte ne sourit-elle pas, chevalier, à votre audace?..

— Madame, s'écria Sforzi, pour ne point sortir vis à vis de vous des strictes limites du respect, il me faut me rappeler tout ce que je dois à votre double majesté de femme et d'altesse. J'avais souvent entendu parler, sans jamais y croire, des sentiments étranges, nouveaux, bizarres, que la satiété de toutes choses, l'ennui de ne toucher au monde par aucun côté humain, donnaient aux grands de la terre. Votre langage me prouve que l'on ne m'avait pas trompé. Vous m'offririez, madame, votre amour, votre nom — si vous étiez libre — vos énormes richesses, que je n'hésiterais pas à vous refuser. Jugez donc s'il m'est possible d'accepter le rôle avilissant que vous me destinez?

— C'est bien un refus, et un refus irrévocable que vous venez de prononcer, monsieur Sforzi? s'écria la duchesse d'un ton impérieux.

—Oui, madame, irrévocable...

—Vous avez mûrement réfléchi, avant de répondre?

— Non, madame; l'honneur n'a pas besoin de réfléchir pour distinguer le mal du bien, l'odieux du beau. Madame, je vous le demande en grâce, mettez un terme à cet entretien. Ne comprenez-vous point à la rougeur de Mlle d'Erlanges, que vous commettez un crime de lèse-innocence, que vous offensez des oreilles habituées à la voix des anges!

— Jour du ciel! chevalier, s'écria la duchesse, cette fois est la première de ma vie que l'on ait osé m'outrager!... M. Sforzi, vous me chassez! Soit! Je prendrai ma revanche!... Oh! ne souriez point de cet air incrédule et dédaigneux!... Ma vengeance sera si terrible, si éclatante, que peut-être me trouverai-je contrainte à vous plaindre! Au revoir, chevalier!

—Mon frère! Raoul! s'écria alors Diane avec un subit élan de chaste passion, et en offrant sa main au jeune homme, votre repentir vient de vous faire retrouver une sœur. Vos jours sont menacés, nous ne nous quitterons plus; si vous êtes frappé, nous mourrons ensemble!

Le jeune homme poussa un cri de joie délirante en prenant la main que Diane lui tendait, il la couvrit de baisers et de larmes!

— Mille millions de tonnerres! murmura de Maurevert, ne voilà-t-il pas que je suis tout attendri!.. Ce Raoul a commis une horrible gaucherie en refusant le défi de Son Altesse... ce défi valait cent mille livres! Eh bien, cette gentille Diane est si plaisante, que je crois qu'à la place de Sforzi j'aurais agi absolument comme lui.

CHAPITRE XIX.

Un cas de conscience.

La réconciliation spontanée de Sforzi et de Diane rendait la position de la duchesse aussi fausse que difficile et ne lui laissait aucun prétexte pour rester plus longtemps dans l'hôtel de Mme la douairière de Lamirande.

Ce fut le cœur rempli de colère et le sourire sur les lèvres que Mme de Montpensier s'éloigna. De Maurevert la suivit : l'aventurier paraissait seul soucieux.

— Capitaine, lui dit la duchesse, une fois qu'elle fut remontée dans sa chaise à porteurs la malencontreuse issue de la folle démarche que j'ai tentée ce soir doit vous combler de joie !

— Moi, madame, nullement. J'aurais mille fois préféré, au contraire, qu'elle se passât d'une toute autre façon.

— Je vous croyais avide et intéressé, capitaine ?

— Avide et intéressé, répéta lentement de Maurevert en réfléchissant ; oui et non... J'aime, il est vrai, à être payé de mes peines, à voir mes talents appréciés, mes efforts récompensés, mais c'est plutôt par esprit de justice que par amour du gain... Votre Altesse daignerait-elle m'expliquer en quoi le déboire qu'elle vient d'essuyer doit me combler de joie ?

— Me croyez-vous donc femme, monsieur de Maurevert, à rester sous le coup d'une injure ?

— Certes non, madame.

— Eh bien ! ne comprenez-vous point alors que j'ai soif de vengeance, que je veux prendre une triomphante et éclatante revanche de mon humiliation de ce soir, que j'ai besoin de vos services, qu'il y a pour vous de beaux bénéfices à réaliser ?

— Madame, répondit gravement l'aventurier, Votre Altesse, je le vois, et cela m'attriste considérablement, n'attache aucune importance à mes paroles. Si elle avait daigné m'accorder un seul instant d'attention, lorsque j'ai traité avec elle de mon dévouement, elle se souviendrait que j'ai formulé, en faveur de M. Sforzi, une clause restrictive. Je suis lié, envers le chevalier, par un pacte que mon honneur m'empêche de rompre, que ma loyauté me contraint à observer. Non seulement il ne m'est pas permis de rien entreprendre contre Raoul, mais je suis même tenu de le défendre s'il se trouve en danger.

— Prenez garde, capitaine, s'écria la duchesse, voici que votre langage sent la trahison.

— Je proteste au nom de mon honnêteté contre l'expression que vient d'employer Votre Altesse, dit froidement l'aventurier. Vous trahir, madame, ce serait, abusant de votre confiance, me rendre maître de vos secrets, et avertir ensuite messire Sforzi de vos projets. Or, je vous atteste, sur mon honneur, madame, que telle n'a jamais été mon intention !... Si Votre Altesse m'avait mis au courant de ses desseins, — ce que, grâce à Dieu, elle n'a point fait, — je serais resté dans une complète neutralité, dût

cette neutralité entraîner la mort de mon compagnon Sforzi !... Le devoir avant tout, madame !...

— Ainsi, capitaine, vous vous refusez à m'aider dans ma vengeance ?

— Contre Raoul, mille fois oui ; contre toute autre personne, dix mille fois non !... Par les cornes du diable ! — pardon, madame, je voulais dire par les mérites de Belzébuth ! — il est impossible que Votre Altesse n'ait pas, en dehors de l'affaire Sforzi, quelqu'autre haine à satisfaire... Qu'elle veuille bien prendre la peine de m'indiquer la personne dont la présence ici bas lui est désagréable, et, pas plus tard que demain j'aurai cloué tout doucettement sur le gazon des prés St-Gervais le mortel assez mal avisé pour s'être attiré le mauvais vouloir de Votre Altesse. Je dois ajouter, madame, que si je fixe mes bons offices à un prix élevé, c'est que j'opère d'une façon bien autrement convenable que celle dont usent les vagabonds italiens. En m'employant, madame, on n'a pas à craindre le déchaînement de l'opinion publique ! Jamais je n'ai recours au guet-apens, à l'assassinat ; l'emploi de ces moyens vulgaires et honteux répugnent à ma délicatesse... J'appelle mon sujet en combat singulier, et je le tue, selon toutes les formes voulues, loyalement, en plein soleil !... Le brave capitaine de Maurevert, disent alors les colporteurs de nouvelles, a envoyé, ce matin, de vie à trépas, un imprudent qui n'avait pas craint de l'insulter... Puis, c'est tout. Personne ne songe à soupçonner le motif qui m'a mis l'épée à la main... A présent, madame, j'attends que Votre Altesse me désigne le coupable que je dois punir.

— Capitaine, reprit la duchesse qui, plongée dans ses réflexions, avait prêté une très faible attention aux paroles de l'aventurier, je comprends et j'accepte l'exception que vous faites en faveur de votre compagnon Sforzi. Mais Diane d'Erlanges...

— Continuez, madame, je vous prie.

— Quel pacte vous lie à elle ? Quelle considération lui devez-vous ? Qui vous retient de m'aider à la punir de son impertinence ?

— Son sexe, madame !... Si mademoiselle d'Erlanges était une amazone, je n'hésiterais pas à la conduire aux prés Saint-Gervais, au Marché-aux-Chevaux ou à tout autre endroit semblable ; mais, là, raisonnablement, puis-je proposer à cette jeune fille de tirer l'épée avec moi ?... Votre Altesse est douée d'un esprit trop judicieux pour ne point sentir le ridicule et l'inutilité d'une offre pareille ?

— Capitaine, dit froidement la duchesse, je m'aperçois que je me suis grossièrement trompée jusqu'à présent sur votre compte.

— Comment cela ? madame...

— Je vous croyais un homme fertile en ressources, fécond en expédiens, de bon conseil, rusé, entreprenant, actif...

— Ce portrait, madame, est d'une ressemblance frappante...

— Tandis, répondit la duchesse, que vous êtes tout bonnement un soldat batailleur, un duelliste monotone, un esprit routinier qui, en dehors des coups d'épée et de dague, ne voit rien, ne comprend rien, n'invente rien.

Le reproche parut affecter vivement de Maurevert.

— Madame, répondit-il, c'est chose pénible quand on jouit d'antécédens aussi accidentés et aussi glorieux que les miens, de s'entendre traiter ainsi. Votre Altesse n'ignore point que depuis deux ans surtout les grandes dames se débarrassent par le fer et par le poison des rivales qui indignent leur amour-propre ou contrecarrent leurs plaisirs. J'ai cru que Votre Altesse voulait suivre cette mode ! De cette pensée fixe de ma part provient la monotonie dont vous m'accusez, madame !

— Me défaire violemment de Diane par le poison ou par le poignard ! s'écria la duchesse avec un air de souverain mépris, y songez-vous ? Ce serait la traiter en égale. Non, capitaine, ce que je veux, c'est une vengeance tellement longue, terrible, retentissante, que le contre-coup atteigne Sforzi en plein cœur ! Si vous me trouvez ce moyen, monsieur de Maurevert, ma reconnaissance sera sans bornes, votre fortune est assurée !

De Maurevert resta un instant sans répondre.

— Madame, dit-il enfin, une fortune assurée et qui me permette de vivre honorablement, sans m'occuper d'autre chose que du soin de ma santé, est le rêve de tous mes instans. Il n'est rien que je ne sois prêt à tenter pour le réaliser, rien, madame, si ce n'est de charger ma conscience d'un mauvais souvenir ! J'ai commis, grâce à mon existence tourmentée, certaines légèretés que bien des gens qualifieraient d'actions abominables, et qui pourtant ne me causent aucun remords. Le mal que j'ai fait, madame, un autre, si je me fusse abstenu, l'aurait accompli... Les usages de la guerre, les traditions des camps autorisent et excusent bien des actions réputées odieuses dans la vie ordinaire... Je jouis donc, à l'heure présente, d'une quié-tude de conscience parfaite et à laquelle j'attache le plus grand prix... Un homme prudent ne doit pas perdre de vue, quand il est encore dans la force de l'âge, qu'un jour viendra où l'affaiblissement de ses facultés rendra son esprit pusillanime et timoré ! Il faut songer à l'avance à la tranquillité de sa vieillesse ! Or, je me demande, madame, si conspirer avec vous contre le bonheur de Diane n'est pas enfreindre le contrat qui me lie au chevalier Sforzi ? Je reconnais que, strictement parlant, attaquer Diane, n'est pas commettre une hostilité contre Raoul. Si un tel procès était plaidé, je le gagnerais sans nul doute ; seulement, je reconnais parfaitement bien en moi-même que le malheur de la jeune fille entraînerait celui de mon compagnon. Ma perplexité est grande ; me permettez-vous, madame, de réfléchir ?

— A votre aise, capitaine.

Pendant environ une demi-heure, de Maurevert suivit en silence la chaise à porteurs de la duchesse.

Enfin, il parut prendre un parti, s'arrêter à une résolution.

— Madame, dit-il en s'approchant de la portière, vous me voyez d'autant plus aux regrets de ne pouvoir accepter votre proposition, que j'avais trouvé un moyen ingénieux à l'extrême pour vous venger de Mlle d'Erlanges.

— Ainsi, vous me refusez, capitaine ?

— Hélas ! oui, madame, hélas ! oui. Au reste Votre Altesse ne doit imputer mon refus qu'à elle-même.

— A moi, capitaine ! Comment cela ?

— Votre Altesse ne m'a-t-elle pas avoué tout à l'heure qu'elle voulait tirer de Mlle d'Erlanges une vengeance tellement longue, terrible, retentissante que le contre-coup atteignît Sforzi en plein cœur.

— Oui, c'est vrai. Eh bien ?...

— Eh bien, madame, du moment que, connaissant vos secrètes intentions, j'agis d'après elles, je me rends parjure envers mon compagnon Raoul, je manque à la foi que je lui ai donnée... Votre Altesse a eu bien tort de me faire une telle confidence. Elle aurait dû, au contraire, m'assurer d'abord qu'elle ne conservait aucun ressentiment contre Raoul, puis me persuader ensuite que le malheur de Mlle d'Erlanges tournerait au profit de mon compagnon. De cette façon, elle aurait gagné à sa cause un dévoué et intelligent serviteur.

Pendant le reste du chemin, c'est-à-dire jusqu'à ce que la chaise à porteurs arrivât devant la petite maison du Marché-aux-Chevaux, — mystérieuse retraite qui servait à la duchesse à cacher ses menées politiques, — pas une parole ne fut échangée entre la princesse de Lorraine et l'aventurier. Ce fut seulement en mettant pied à terre que Mme de Montpensier sortit de son silence.

— Capitaine, dit-elle, acceptez cette bague en signe de l'estime toute particulière que m'inspire la loyauté de votre caractère. Je n'ai pas besoin, je le pense, de vous recommander une discrétion absolue au sujet de la conversation que nous avons eue ensemble. Je veux, pendant que Sforzi s'occupera de sa propre sûreté, agir contre Diane. Si le chevalier était prévenu de mes projets, s'il savait que je compte m'attaquer, avant tout, à son idole, il pourrait prendre des précautions de nature à contrecarrer mes desseins.

— Mais, madame, s'écria de Maurevert...

La duchesse l'interrompit aussitôt :

— Capitaine, lui dit-elle, me trahir auprès de Raoul après vous être engagé à me servir, serait une action aussi malhonnête que, si lié comme vous l'êtes par un pacte avec le chevalier, vous aviez consenti à prendre contre lui parti en ma faveur !.. Sortir de la neutralité que vous impose votre double alliance avec le chevalier et moi, ce serait forfaire à l'honneur !..

— C'est juste, madame, répondit de Maurevert après avoir réfléchi. La logique de Votre Altesse est saine en tout point et complètement irréfutable. J'observerai une rigoureuse neutralité.

Par les trésors de Plutus, — se disait peu après de Maurevert, tout en regagnant son hôtellerie de la Corne-du-Cerf,—la duchesse est bien la plus généreuse et la plus magnifique maîtresse qu'il soit donné à un homme d'épée et de cape de servir !... Elle me paie pour parler, elle me récompense pour me taire ! Elle m'accable à tout propos d'écus, de pierreries, de bijoux !.. Quel malheur que je n'aie plus vingt ans de moins ! A l'heure présente j'aurais des terres à faire valoir, des vassaux à imposer, des vassales à marier !... Bah ! qui sait ?... En me voyant si assidu à lui plaire, si désireux de me concilier ses bonnes grâces, elle ne m'aurait peut-être pas aimé !... J'aurais trop facilement cédé, moi ; et ce que recherchent les grandes dames, c'est l'impossible, les difficultés... Pauvre petite Diane, la voilà dans une bien mauvaise passe ! Comment en sortira-t-elle ? — en supposant toutefois qu'elle en sorte, ce qui ne m'est nullement prouvé, — ma foi, je l'ignore. La duchesse est bien en même temps

la femme la plus vindicative et la plus ingénieuse que je connaisse. Quand elle poursuit quelqu'un, il est rare qu'elle laisse échapper sa proie. A quoi bon m'apitoyer à l'avance sur le malheur futur de Mlle d'Erlanges ? quand il aura eu lieu, je m'attendrirai.

De Maurevert, en arrivant à son hôtellerie, s'en fut tout droit réveiller son hôte, et se fit servir un magnifique et copieux souper.

La joie — et l'aventurier ne se sentait pas d'aise de sa fructueuse journée — se traduisait chez lui par un violent appétit.

Le jour éclairait de ses premières lueurs l'horizon que le capitaine tenait encore la table.

Dix flacons de vin irrégulièrement alignés devant lui prouvaient quelle conscience le capitaine apportait dans les moindres actes de la vie : aussi s'endormit-il bientôt du sommeil du juste.

Au même moment, Raoul sortait de l'hôtel de la douairière de Lamirande. Le jeune homme avait passé debout, en compagnie de Diane et du serviteur Lehardy, une nuit qui lui avait paru à peine durer une heure.

Il était ivre de bonheur. L'avenir lui apparaissait, à travers le prisme de sa joie, sous les plus gaies et les plus resplendissantes couleurs.

Combien sa confiance eût été ébranlée s'il eût pu voir la duchesse de Montpensier livrée alors à toutes les tortures d'une cruelle insomnie. L'altération des traits de la princesse de Lorraine, l'expression de sombre fureur que reflétait son visage, le nom de Diane que ses lèvres desséchées et fiévreuses ne cessaient de murmurer d'un air menaçant, eussent certes fait trembler Raoul sur le sort de mademoiselle d'Erlanges.

CHAPITRE XX.

Les deux cousins.

Il était une heure de l'après-midi lorsque Sforzi, rentré au point du jour, ouvrit les yeux. Il s'habilla promptement et se rendit à l'appartement occupé par de Maurevert ; le jeune homme avait hâte de trouver quelqu'un à qui il pût parler de Diane.

L'hôte de la Corne-du-Cerf apprit à Sforzi que le capitaine, quoiqu'il eût passé la nuit à table, était sorti dès six heures. Le chevalier se résigna à l'attendre. Raoul était loin de se douter en ce moment des pas et démarches que son compagnon avait faits le matin même en sa faveur.

De Maurevert, après deux heures de sommeil, s'était réveillé aussi frais et aussi dispos que s'il avait passé la nuit entière au lit.

— Parbleu, se dit-il, tout en étirant ses bras nerveux, voilà longtemps que messire Morphée ne m'avait envoyé d'aussi heureux songes !... Je n'ai cessé de fouler l'or aux pieds, de manier des monceaux de pierreries fines. Il me semble que la fortune se déclare positivement en ma faveur. Allons, de Maurevert, mon ami, n'oublie point qu'il faut toujours battre le fer quand il est chaud ! Epoussette tes vêtemens, peigne ta moustache, et sors au plus tôt.

Quand on se sent en veine, il ne faut pas rester enfermé dans sa chambre... Je gage qu'en mettant les pieds hors de l'hôtellerie, tu vas aller donner de suite tout droit et tête baissée dans quelque profitable aventure !...

Le capitaine était, on le sait, homme d'action ; cinq minutes ne s'étaient pas écoulées depuis qu'il avait formé le projet de se mettre en quête d'une bonne aubaine, qu'il sortit le poing sur la hanche et le nez au vent de l'hôtellerie de la Corne-de-Cerf.

— Quelle belle matinée, se disait-il, — il est impossible qu'il ne m'arrive pas quelque chose d'heureux. J'ai de l'argent, je me sens joyeux, j'ai soupé comme un évêque, en un mot, je suis dans les meilleures conditions morales et physiques pour réussir. Que j'ai donc bien fait de m'associer avec le chevalier! Plus les affaires de mon gentil Sforzi s'embrouillent, et plus les miennes s'améliorent. Chaque maladresse, chaque imprudence qu'il commet, chaque ennui qui lui arrive me rapporte un beau bénéfice. Le jour où il sera décapité ou pendu, il est probable que je deviendrai millionnaire. Sérieusement parlant, je voudrais bien pourtant retirer ce bon Sforzi de ses ennuis; j'ai confiance en son étoile, et foi dans sa reconnaissance : je sacrifierais volontiers quelques centaines d'écus pour assurer à tout jamais son bonheur !

De Maurevert, tout en causant ainsi avec lui-même, était arrivé dans la Vieille-rue-du Temple, l'un des endroits les mieux habités alors de Paris.

Tout à coup il s'arrêta brusquement, et tenant sa main sur ses yeux, frappés par les rayons du soleil levant :

— Par la mort! murmura-t-il, je ne me trompe pas, c'est bien lui... Non pas... Si fait... Oui, oui, c'est lui!... Diable ! diable ! j'aimerais assez me sentir en ce moment un bon et fringant cheval entre les jambes... Après tout, nous nous sommes réconciliés, peut-être ne me garde-t-il plus rancune... Ne plus me garder rancune? non, c'est impossible, ce cher ami est l'être le plus vindicatif que j'aie jamais connu. Si je rebroussais chemin?... Pourquoi non? s'éloigner n'est point fuir... Et puis quand même ce serait fuir, il n'y aurait aucun déshonneur à cela !... Il est, selon sa louable habitude, trop bien accompagné pour qu'il me soit possible, s'il me charge, de me défendre avec avantage. Ma foi, tant pis, je retourne sur mes pas.

Le personnage dont la présence paraissait contrarier et inquiéter à la fois si sérieusement de Maurevert, était un homme d'environ quarante ans. Une expression d'impudence inouïe et de méchanceté haineuse se lisait sur son visage ; il était manchot du bras gauche. Sous ses épais sourcils et profondément enfoncés dans leurs orbites, brillaient deux petits yeux d'un gris-clair d'une vivacité extrême.

Au moment où de Maurevert prenait la résolution de s'éloigner, l'inconnu se leva sur ses étriers, et d'une voix retentissante et railleuse,

— Holà ! cher Roland, cria-t-il, ne me reconnais-tu point?... Viens donc un peu que je t'embrasse !...

— Trop tard ! murmura l'aventurier. Allons, il ne me reste plus qu'à faire contre mauvaise fortune bon cœur.

Alors de Maurevert, le visage épanoui par un joyeux sourire, s'avança avec toutes les démonstrations d'une joie sincère vers le manchot.

— Ce bon cousin, dit-il en lui donnant une chaleureuse accolade, que je suis donc content de le revoir !... Tudieu! cher Louviers, quelle mine épanouie !... Ma parole, tu rajeunis de jour en jour !...

— Oui, je me porte assez bien; si ce n'est les douleurs que cause la perte de mon bras je jouirais d'une santé parfaite !.. L'amputation que j'ai subie, vois-tu, cher cousin, finira tôt ou tard par me jouer un mauvais tour !..

— Ne crois pas cela, cher cousin, interrompit de Maurevert. C'est un grand préjugé de se figurer que la perte d'un membre soit chose nuisible à la santé générale du corps. J'ai même connu des médecins qui soutenaient une opinion tout opposée. Ils prétendaient qu'une amputation heureusement pratiquée est un brevet de longévité.

— Vraiment, cousin; en ce cas, je devrais t'en vouloir d'avoir si mesquinement fait les choses... Pourquoi m'as-tu laissé un bras ? Pendant que tu étais en train de m'estoca-der, cela ne t'aurait pas beaucoup coûté de me tirer un second coup de poitrinal (1) ou de me donner un coup d'épée de plus, je se-rais assuré aujourd'hui de devenir cente-naire.

Celui que l'aventurier appelait Louviers et traitait de cousin, n'était autre que le fa-meux de Maurevert, de si lugubre mémoire.

Louviers de Maurevert, gentilhomme de Brie, avait été élevé dans la maison des princes Lorrains. Le gouverneur des pages l'ayant un jour fait châtier, il le tua et dé-serta à l'ennemi un peu avant le combat de Renty.

Après que la paix eut été conclue avec l'Espagne, de Maurevert trouva moyen de rentrer dans les bonnes grâces des Guises. Dès que le Parlement eut mis à prix la tête de l'amiral de Coligny, il s'offrit pour ac-complir cette sentence ; puis, ayant reçu à l'avance une partie du honteux salaire qui lui était alloué pour cette sanglante mission, il passa dans le parti des princes, et se montra très zélé pour la religion réformée.

Afin de mieux se garer encore des soup-çons, il se répandit en invectives contre les Guises, prétendant qu'il avait à se plaindre horriblement d'eux. Après avoir échoué dans plusieurs tentatives contre l'amiral et reconnaissant toute la difficulté et tout le danger qu'offrait cette mission, il se lia d'u-ne amitié très étroite avec le seigneur de Mouy, qui, après Coligny, tenait le pre-mier rang dans l'armée des confédérés ; puis, un jour qu'il se trouvait seul, dans un jardin, avec ce noble et digne seigneur, il l'assassina traîtreusement et s'en-fuit sur un cheval qu'il tenait justement de sa générosité. Quelque temps après, de Mau-revert, gracié publiquement et récompensé en dessous main par la cour, se montrait à Paris.

A partir de ce moment, de Maurevert, as-suré de l'impunité, équipa une bande de sacripans, et joua un grand rôle, moyen-nant finance, dans la plupart des querelles particulières qui ensanglantèrent la ville et la cour.

Il n'y eut donc qu'un cri de joie, lorsque, trois ans avant l'époque où commence cette histoire, on apprit que le capitaine Roland de Maurevert, insulté et attaqué par son cousin, celui-ci lui avait plongé, à deux reprises, son épée à travers le corps, et cassé le bras d'un coup de poitrinal.

(1) Arme à feu fort en usage au seizième siècle. Le poitrinal (ainsi nommé parce que pour

Malheureusement, Louviers de Maurevert, après être resté plus d'un mois entre la vie et la mort, se remit de ses terribles bles-sures.

Telles étaient les relations qui — en de-hors de celles de la parenté — existaient en-tre les deux cousins. Le mécontentement et l'appréhension éprouvés par le capitaine en se rencontrant inopinément face à face avec son parent, étaient donc on ne peut mieux justifiés.

— Cher cousin, dit-il vivement, afin de détourner la conversation de la voie dange-reuse qu'elle suivait, il me semble si je ne me trompe, que vous venez de sortir de cet hôtel?

— Oui, bien-aimé Roland.

— Tiens, tiens, mais cet hôtel est juste-ment celui de M. d'Epernon.

— Oui, cousin de toute mon affection. Après?

— Cher Louviers, dit de Maurevert, vous me répondez avec un petit ton railleur qui ne m'agrée que très médiocrement. Où en voulez-vous venir, à me faire massacrer par votre escorte? Bel avantage que vous retirerez de cet exploit, d'être pourfendu tout net, car le diable m'emporte, si au premier mouvement, au premier mot sus-pect que vous faites et dites, je ne vous baille pas mon épée à travers le corps !... Croyez-moi, cher parent, il vaut mieux pour vous et pour moi que nous vivions en bonne intelligence ! Il ne m'est pas possible de vous rendre votre bras, n'est-ce pas ? eh bien, a-lors que demandez-vous ?.. Un mot encore, je dois vous avertir, excellent Louviers, que je suis au mieux dans les bonnes grâces de Mme de Montpensier... Ajouter à la liste déjà si longue de vos ennemis le nom de la du-chesse, ce serait à vous d'une folie insigne ; ainsi, il reste bien convenu que nous ne nous occuperons pas du passé ?

— Mais, cousin, dit l'assassin du seigneur de Mouy, avec un embarras qui n'échappa pas à son sagace interlocuteur, je vous as-sure que vous vous êtes mépris du tout au tout sur mes intentions à votre égard ! Je ne vous conserve, à propos de la petite scè-ne que nous avons eue, ni haine, ni rancune. La preuve, c'est que vous me voyez tout disposé à vous offrir d'entrer dans une ex-cellente affaire.

— Merci, cher cousin ; je n'attendais pas moins de votre bon sens et de votre généro-sité. Soyez persuadé que de mon côté je

s'en servir on l'appuyait contre la poitrine) te-nait le milieu entre le pistolet et l'arquebuse.

suis tout disposé à accepter vos conditions, pour peu qu'elles soient raisonnables.

— Etes-vous en fonds? cousin.

— D'une façon surprenante...

— Ainsi, il vous faudra payer cher....

— Mais, du tout, excellent ami! Je vous répète que le plaisir de vous être agréable me rendra très accommodant. Votre sortie de l'hôtel de M. d'Epernon ne se rattache-rait-elle pas un peu à l'affaire dont vous allez m'entretenir?

—Beaucoup, intimement, cher cousin; vous avez un flair et une perspicacité que je ne saurais trop admirer.

—Vous me comblez, excellent ami, j'écoute.

—Oh! mon Dieu, reprit l'ancien page des Guises, l'expédition dont il s'agit n'est pas extrêmement importante. Votre concours pour la mener à bonne fin, ne me serait que d'une faible utilité, aussi je vous propose, non d'entrer dans l'affaire pour une part, mais de vous la céder en entier.

— De quoi s'agit-il?

— D'occire au plus tôt un petit hobereau de province qui a commis l'impardonnable imprudence de déplaire à M. d'Epernon!...

— Par les haillons de Job, c'est là un maigre festin!... Qu'est-ce que l'on vous donne pour cela, cher cousin?...

— Eh! eh! plus peut-être que vous ne vous en doutez. Monseigneur le duc d'Epernon paie, non pas d'après le rang infime du hobereau, mais selon la colère qu'il ressent contre lui.

— Alors c'est différent!.. Pour combien me cédez-vous cette affaire?

— Pour la moitié du prix qui m'est alloué! Cinq cents écus!..

— Cinq cents écus!.. Tiens, mais c'est un assez joli denier!.. C'est donc mille écus qui doivent vous revenir!..

— Ni plus ni moins... Si je n'étais pas en ce moment occupé ailleurs de très graves intérêts, je vous assure, cousin, que jamais la pensée ne me serait venue de vous abandonner la direction de cette affaire. Ma proposition vous agrée-t-elle?

— Je l'ignore encore, généreux Louviers. Vous savez qu'avant de prendre un parti en toutes choses, j'aime assez à réfléchir un peu... Dites-moi, le hobereau se bat-il?

— S'il se bat, cousin!.. Je serai franc avec vous... Comme un lion!.. Au reste, que vous importe, vos gens se chargeront du gros de la besogne; vous n'aurez à surveiller que l'exécution.

— Mes gens, cousin! répéta le capitaine, parbleu ils ne sont pas nombreux, une seule livrée me suffit pour les habiller tous! Une belle livrée au reste, une livrée de fer!

— Quelle énigme me récitez-vous là?

— Je vous dis la vérité; en fait de gens, je n'ai que mon épée.

— Cela vous regarde, cousin. Du moment que vous me promettez d'occire le hobereau, je n'en demande pas davantage.

— Et il se nomme, ce Monsieur qui se bat comme un lion?

— Le chevalier Sforzi!

— Le chevalier Sforzi? répéta de Maure-vert, froidement et sans montrer la moindre surprise. Quelque vagabond italien, sans doute?

— Non, il est Français.

— Et ça demeure, ce chevalier Sforzi?

— Non loin d'ici, à l'hôtellerie de la Cor-ne-de-Cerf, Boulevard de la Porte-Saint-Antoine.

— Eh bien, cher cousin, reprit de Maure-vert, comme je tiens, avant de rien con-clure, à connaître mon adversaire, je me rends de ce pas à l'adresse que vous venez de m'indiquer.

— C'est que monseigneur d'Epernon est bien pressé.

— Que diable! monseigneur ne peut vous refuser vingt-quatre heures?

— C'est juste le terme qu'il m'a accordé.

— Il est très suffisant! Si je me décide, j'insulterai le Sforzi ce soir, et je le tue-rai demain au point du jour!... Cela fera juste vingt-quatre heures. A pro-pos, cousin, est-il bien élevé, ce Sforzi? Puis-je, sans trop me compromettre, croi-ser le fer avec lui?

— Je l'ignore, cher cousin.

— Au fait, peu importe, puisque je le verrai tout-à-l'heure moi-même.

— Et votre réponse, quand me la donne-rez-vous?

— A dîner, si vous le désirez.

— Soit! Où cela?

— Chez Le More (1).

— Voilà qui est convenu! à deux heures chez Le More.

Les deux cousins se donnèrent une nou-velle accolade en s'éloignant chacun de son côté.

Seulement, à peine le capitaine eut-il fait une centaine de pas qu'il s'arrêta, puis, après s'être assuré que son parent était par-ti, il se dirigea vers l'hôtel du duc d'Eper-non.

(1) Traiteur fameux de l'époque. Un dîner ordinaire coûtait chez lui 5 livres, somme qui représente de nos jours 26 fr. 73 c.

CHAPITRE XXI.

Une matinée du capitaine de Maurevert.

La foule des gentilshommes gascons, des pages, des varlets, des laquais et des piquiers qui gardaient et encombraient les abords de l'hôtel du duc d'Epernon — situé proche la rue Vieille-du-Temple—rendait sans contredit la demeure du favori d'un plus difficile accès que le Louvre.

Roland de Maurevert connaissait trop bien son monde pour se laisser arrêter par un pareil obstacle. A la façon moitié avenante, moitié menaçante dont il se présenta, c'est-à-dire la jambe tendue, le buste bien développé, la hanche saillante, la main non loin de la garde de son épée, et le sourire aux lèvres, on le laissa pénétrer librement dans la salle d'attente.

— Monsieur, dit-il en s'adressant à un Gascon dont le costume délabré et prétentieux tout à la fois annonçait une misère et un amour-propre poussés fort loin, seriez-vous assez bon, je vous prie, pour m'apprendre, car, si je ne me trompe, vous êtes un des familiers de la maison, quel motif empêche M. le duc de me recevoir immédiatement. J'ai si peu l'habitude des antichambres que je crains, en restant plus longtemps ici, de faire une sotte et ridicule contenance.

— M. le duc d'Epernon se trouve actuellement en conférence avec M. le duc de Joyeuse..., répondit assez sèchement le Gascon.

— Ah ! très bien. Raison de plus pour que je sois introduit sans retard. Je ne serais pas fâché de donner une accolade à ce cher seigneur d'Arques... J'arrive de voyage, et il y a quelque temps que nous ne nous sommes vus. Ma présence va le ravir.

A l'air assuré dont de Maurevert prononça ces paroles, le Gascon le salua jusqu'à terre, et, s'élançant après un valet de service qui passait, il l'amena à l'aventurier.

— Allez avertir votre maître, dit le capitaine avec un ton de majestueuse autorité, qu'un gentilhomme de ses amis désire l'entretenir sur-le-champ d'une affaire de la plus haute importance, et qui n'admet pas de retard.

— Qui dois-je annoncer, monsieur ?

— Personne ; je désire garder le plus strict incognito.

Le valet de service examina de Maurevert à la dérobée ; le maintien de l'aventurier était si superbe qu'il se décida à obéir.

— Monsieur, reprit le Gascon, une fois que le valet se fut éloigné, veuillez, je vous en conjure, ne point vous formaliser de la question que je vais vous adresser. Je suis si contrarié, qu'il faut m'excuser de mon importunité. J'ai perdu tout à l'heure, en me rendant ici, ma bourse qui contenait dix écus. Or, cette petite somme d'argent si insignifiante, constitue en ce moment toute ma fortune, car j'ai dépensé hier cinq mille livres pour ma maîtresse et laissé dix mille écus sur le tapis vert d'une table de jeu ; je serais donc on ne peut plus content de rentrer en possession de cette bagatelle... Ne 'auriez-vous point aperçue, par hasard, sur votre chemin ?

— Non, monsieur, je n'ai trouvé qu'un seul écu, répondit gravement de Maurevert.

— Un seul ! Voilà qui est du dernier plaisant ! Il faut avouer, mordiou ! que les coquins ont parfois de singulières délicatesses. Pourquoi, je vous le demande, mon voleur a-t-il laissé un écu ? s'écria le Gascon en avançant sa main ouverte dans laquelle l'aventurier déposa la pièce d'argent annoncée.

— Ce que c'est, pourtant, que le manque de vertu ! murmura de Maurevert, en suivant d'un regard de pitié le pauvre Gascon qui venait de le quitter pour courir au devant d'un nouveau venu. Cet homme est jeune, robuste, bien taillé, il porte une épée et il demande l'aumône ! Quel triste défaut que celui de la paresse ! Il conduit ceux qui en sont atteints à l'oubli de toute dignité personnelle !

Le retour du laquais de service interrompit l'aventurier dans ses réflexions philosophiques. Le duc d'Epernon consentait à recevoir incognito le seigneur qui s'annonçait comme ayant à l'entretenir d'une affaire si urgente.

Après avoir traversé plusieurs salles magnifiquement décorées, de Maurevert pénétra dans la chambre à coucher du mignon, que ses valets achevaient d'habiller.

D'Epernon, debout devant une table couverte de papiers, sur le bord de laquelle il appuyait la main, lisait fort attentivement un parchemin couvert d'une belle écriture. Son rival dans la faveur du roi, le jeune de Joyeuse, à moitié étendu dans un grand fauteuil, s'amusait à lancer avec une sarbacane des dragées à la rose contre une grosse montre-horloge accrochée à l'une des tapisseries de la muraille.

Le duc de Joyeuse, encouragé et excité par la brèche qu'il avait déjà faite au cadran, mettait un tel feu, une telle action à l'achèvement de sa besogne, qu'il ne remarqua pas l'arrivée de Maurevert.

— Tudieu ! murmura le capitaine avec dépit, j'ai manqué mon entrée !

Tout à coup le duc d'Epernon se retourna vers l'aventurier.

— C'est vous, M. de Maurevert ? lui dit-il brusquement.

— Pourquoi pas, monsieur le duc ? demanda hardiment l'aventurier. Ma présence vous semble-t-elle si inconvenante que vous ne soyez pas maître de cacher le mécontentement qu'elle vous cause ? Que diable ! monseigneur, je ne suis pas un malotru, pour être traité de la sorte.

— Le capitaine a un mauvais réveil, dit de Joyeuse, qui, parvenu à briser la grande aiguille de la montre-horloge, venait de jeter par terre sa sarbacane. Bonjour, capitaine, qu'y a-t-il de nouveau ? avez-vous tué quelqu'un depuis hier ?

— Pas encore, monseigneur.

— Vous,chômez donc, de Maurevert ?

— Non, monseigneur, tout au contraire : je suis justement en marché pour deux grosses affaires.

— Ce cher de Maurevert !... Toujours le même ! D'une activité et d'une conscience à toute épreuve !... Savez-vous bien, de Maurevert, que j'ai toujours eu un faible pour vous ?... J'adore vos coups d'épée, moi !

— Vous me confusionnez de joie et d'orgueil, répondit l'aventurier. Le fait est, qu'après vous, je crois être la plus savante lame du royaume.

— Après moi, de Maurevert ! Parles-tu bien sincèrement ? ne veux-tu point me flatter?...

— A quoi cela me servirait-il, monseigneur ? Je ne suis pas un solliciteur, moi, un pilier d'antichambre !

— Ainsi, reprit de Joyeuse, tu penses que si nous nous battions, je t'occirais ?

— Non, monseigneur, c'est au contraire moi qui vous tuerais !... Oui, je comprends l'étonnement que vous cause cette prétendue contradiction dans mon langage. Votre jeu d'escrime, monsieur le duc, est celui d'un grand seigneur généreux, hardi, imprudent, libéral ; le mien, celui d'un pauvre diable de gentilhomme qui doit gagner sa vie : circonspect, chicaneur, mesquin, d'une sûreté infaillible. Vous, vous faites de l'art ; moi, du métier. Voilà toute la différence. Si demain votre position changeait, si vous vous trouviez forcé de demander à votre épée des moyens d'existence, je suis persuadé que vous deviendriez de même force que moi. Or, comme vous possédez de

plus l'élégance, je dois vous reconnaître mon supérieur.

Cette réponse chatouilla agréablement l'amour-propre du jeune favori.

— Voyons, de Maurevert, reprit-il d'un air affable, raconte-nous un peu, à d'Epernon et à moi, quelles sont ces deux grosses affaires pour lesquelles tu es présentement en marché. J'ai toujours affectionné ta manière de narrer. Il s'agit sans doute de quelque amourette ?

— Point, monseigneur.

— Alors d'un emploi ou d'une charge dont quelqu'un désire la vacance ?

— Pas davantage, monseigneur !

— D'une injure à venger ?

— Cette fois vous avez deviné, monsieur le duc !

— Sais-tu, de Maurevert, ce qui, si j'étais à ta place, refroidirait beaucoup mon ardeur ? Ce serait l'idée que je me bats pour un lâche !...

— Monseigneur, vous faites cette fois fausse route. Je suis d'abord chargé par un gentilhomme, qui n'a pu obtenir satisfaction par les armes d'une grave injure, de punir le refus de son adversaire de se rendre sur le terrain !

— Voici une excellente cause, de Maurevert. Et ta seconde affaire ?

— Ah ! celle-ci est toute différente !... C'est un grand seigneur — très brave, sans doute, mais orgueilleux à l'excès — qui, craignant de compromettre son rang, en acceptant le défi d'un simple gentilhomme, s'est décidé à le faire assassiner !...

— Voilà qui est d'une moralité douteuse, de Maurevert. Que diable ! à moins qu'il ne s'agisse d'un prince du sang, un seigneur aussi haut placé qu'il soit, n'a pas le droit de rester sourd à l'appel d'un loyal gentilhomme !

— Le fait est, monseigneur, qu'il y aurait à argumenter sur ce sujet.

— Et dis-moi, de Maurevert, quels sont les noms de tes clients... Nous te promettons, d'Epernon et moi, une discrétion à toute épreuve.

— Sur votre honneur, monsieur le duc ?

— Sur mon honneur ! parle.

— Permettez-moi d'insister encore, monseigneur. Vous vous engagez bien formellement, n'est-ce pas, à ne jamais révéler à personne — pas même au roi — aucun des détails que, pour vous obéir et vous être agréable, je vais vous confier ? Vous vous engagez encore, si mes révélations vous froissent, à ne rien, absolument rien entreprendre contre ma personne ?

— Oui, cent fois oui, je m'y engage...

— Me voilà tout à fait rassuré sur les suites de mon indiscrétion. Interrogez, monseigneur, je répondrai.

— Quel est d'abord le nom de ce gentilhomme qui, n'ayant pu obtenir satisfaction de son adversaire, s'en remet à ton adresse du soin de sa vengeance ?

— Le chevalier Sforzi, monseigneur.

A ce nom de Sforzi, le duc d'Epernon tressaillit, et son ami de Joyeuse lui lança un rapide et significatif regard ; puis reprenant tout aussitôt la parole :

— Et contre qui le chevalier de Sforzi compte-t-il utiliser tes rares talens ?

— Contre la personne de Mgr le duc d'Epernon.

— Ah ! parbleu, s'écria de Joyeuse en éclatant de rire, voici qui devient d'un comique achevé. Je poursuis, cher de Maurevert.

— Poursuivez, monseigneur.

— J'aborde maintenant la seconde affaire...

— Celle du grand seigneur qui, craignant de compromettre sa dignité, s'est résolu à faire assassiner son adversaire ?

— Justement, de Maurevert. Ce grand seigneur si prudent se nomme ?...

— Monsieur le duc d'Epernon !

A cette réponse, de Joyeuse se renversa dans son fauteuil, et donna un libre cours à sa bruyante hilarité.

— Monsieur de Maurevert, dit durement le duc d'Epernon, qui s'était jusqu'alors tenu en dehors de la conversation, il me semble que vous n'avez compris ni l'outrecuidance, ni l'insolence de vos dangereuses réponses !... Prenez garde que, sur l'heure même...

— Monseigneur, interrompit de Maurevert, je prendrai la liberté de vous faire observer que monsieur le duc de Joyeuse s'est porté garant, tant en son nom qu'au vôtre, que mes aveux ne pourraient m'attirer aucun ennui, me valoir aucun dommage !... La moindre violence contre ma personne déshonorerait monseigneur de Joyeuse !.. Je brave donc complètement votre courroux !..

— Bon ami d'Epernon, s'écria Joyeuse dont la gaîté disparut pour faire place à un air sérieux, M. de Maurevert a raison, nous sommes liés vis à vis de lui.

— Nullement, dit vivement d'Epernon. Nous n'avons pas promis à cet homme, cher Joyeuse, de laisser ses calomnies et ses mensonges impunis. Or, je te le jure, jamais je ne l'ai chargé d'attenter aux jours du chevalier Sforzi.

— Il est vrai, monseigneur, reprit froidement le capitaine, que ce n'est pas à moi personnellement, mais bien à mon cousin Louviers de Maurevert, que vous vous êtes adressé. Seulement mon parent m'a mis, moyennant un arrangement convenu entre nous, à son lieu et place. Je reste donc seul chargé du guet-apens contre Sforzi.

Un assez long silence suivit. D'Epernon s'avouait tacitement qu'il était vaincu, et il ruminait une vengeance.

Le duc de Joyeuse fut le premier à reprendre la parole.

— Vraiment, mon ami d'Epernon, dit-il, il serait fâcheux de gâter, par une gravité intempestive, la joyeuseté de cette conférence. Veux-tu me laisser poursuivre mes questions ?.. Oui; merci. Capitaine de Maurevert, la position présente, si je ne m'abuse, est bien celle-ci : Tu dois tuer M. le duc d'Epernon pour le compte de M. Sforzi, et tuer M. Sforzi pour le compte de M. le duc !

— Ce résumé est d'une exactitude parfaite, monseigneur !

— Bien !.. A présent, veux-tu nous apprendre quelles sont tes intentions ?.. Acceptes-tu cette double mission ?

— Certainement, monseigneur !

— Ainsi tu tueras mon bien aimé frère d'Epernon !

— Je ferai au moins tout mon possible !..

— Puis tu occiras ensuite le chevalier Sforzi !

— Ensuite ou avant, selon que la circonstance se présentera plus ou moins favorable; mais à coup sûr je l'occirai !...

— Je m'étonne grandement, valeureux de Maurevert, que toi si avisé, si retors en affaires, tu n'aies pas encore songé à une chose...

— Je crois avoir songé à tout, monseigneur.

— Pas, que je sache, au supplice de la roue, qui couronnera ton double exploit... Tu auras tout bonnement estocadé en faveur du bourreau qui héritera de tes dépouilles.

— Oh que nenni, monseigneur, s'écria de Maurevert avec un fin et rusé sourire ; d'abord, — quelle que soit l'amitié que Sa Majesté porte à M. d'Epernon, il lui faudra me faire décapiter, car je suis de noble race, et j'ai droit à la hache et au billot. Ensuite, vous comprenez qu'une fois M. le duc défunt, je ne m'amuserai pas à battre le pavé des rues de Paris... Les moyens de fuite que je me suis déjà préparés me permettront de passer sans danger en pays étranger... Là, je prendrai du service, et je continuerai tranquillement à suivre la carrière des armes. Qui sait encore? peut-être bien—ce qui me navrerait au reste le cœur—M. de Guise montera-t-il un jour sur le trône de France! Alors, ma position d'exilé se changerait incontinent en celle de favori. Monseigneur de Guise ne saurait comment me récompenser de la mort de M. le duc d'Epernon. Je serais accablé d'honneurs, de dignités, de charges. Je vous assure, monseigneur, que plus je réfléchis à cette affaire, et plus je reste convaincu qu'elle est, sous tous les rapports, extrêmement avantageuse pour moi.

— Voilà assez de propos inutiles, interrompit le duc d'Epernon, fort pâle : capitaine, vous pouvez vous éloigner.

De Maurevert se leva et s'éloigna aussitôt.

— A un signe que lui fit d'Epernon, et qu'il comprit, de Joyeuse rappela l'aventurier.

— Capitaine, lui dit-il, tu passeras tantôt à mon hôtel ; je ne serai pas fâché de faire un assaut d'armes avec toi.

— Je n'y manquerai pas !... Voulez-vous, monsieur le duc, continua le capitaine, me permettre de vous adresser une observation?

— Quelle observation, capitaine?

— C'est que depuis que je suis ici vous n'avez cessé de me tutoyer.

— Eh bien ! après?

— Or, monseigneur, quand on me tutoie je me figure, malgré moi, que je me trouve en présence d'un ami.

— Que me fait cela? Ensuite.

— C'est que j'ai la mauvaise habitude d'emprunter de l'argent à mes amis, continua l'aventurier. Or, je tiens à m'excuser à l'avance auprès de vous, monseigneur, si une semblable distraction m'arrivait.

— Il a de l'esprit à lui seul comme une compagnie de lansquenets, ce cher capitaine, s'écria de Joyeuse en riant. De Maurevert, voici ma bourse, j'ignore ce qu'elle contient ! Au reste, comme je continuerai à te tutoyer, si la somme que tu y trouveras te paraît insuffisante, tu me traiteras en ami.

L'aumônière du duc renfermait deux cents écus d'or. De Joyeuse passait avec raison comme étant le plus généreux et le plus magnifique de tous les seigneurs de la cour de Henri III.

De Maurevert, en sortant du cabinet du duc d'Epernon, ne se sentait plus de joie : ce fut d'un pas majestueux qu'il traversa les vastes salles encombrées de solliciteurs; d'un air de douce pitié qu'il regarda tous ces affamés de places, attirés par le grand crédit du mignon.

—Monsieur, dit-il en s'adressant au Gascon débraillé qui l'avait présenté lors de son

arrivée à un valet de service et qui le saluait humblement à son passage, deux mots, s'il vous plaît !

— Vingt, monseigneur ! répondit le Gascon en se courbant jusqu'à terre.

De Maurevert, suivi par le pauvre diable, continua son chemin jusqu'à ce qu'il fût sorti de l'hôtel.

— Monsieur, dit-il au Gascon, la malhonnêteté de votre voleur ne lui aura été guère profitable. J'ai encore retrouvé deux écus... Les voici.

L'enfant de la Garonne accablait encore le généreux de Maurevert de ses remercîments, que celui-ci était déjà hors de portée de l'entendre.

— Morbleu, se disait l'aventurier, je suis content de moi. Au fond, mon cher de Maurevert, tu es un excellent homme; témoin ce besoin d'accomplir une bonne action, que tu as subitement ressenti et que tu viens de satisfaire à l'instant... car, enfin, quel intérêt me poussait à donner deux écus à ce Gascon ? aucun ! Je n'avais rien à attendre de lui..... il ne pouvait m'être d'aucune utilité !... J'ai tout simplement cédé à un bon mouvement de mon cœur. La pensée que ce Gascon — que je ne connais pas — va passer une joyeuse journée, m'est agréable ! De Maurevert, je te le répète, tu vaux mille fois mieux que ta réputation. Maintenant, réfléchissons un peu à la situation des choses. Ma fourberie auprès de d'Epernon constitue-t-elle un trait de génie ou une maladresse insigne ? Je l'ignore... En tous cas, j'ai eu là une inspiration très hardie. Que j'aie fait peur à l'orgueilleux Lavalette, cela n'est pas douteux ; il est même fort effrayé ; la question est de savoir si cette peur doit être favorable ou préjudiciable aux intérêts de mon gentil Raoul. Le d'Epernon, se croyant menacé lui-même, appliquera au soin de sa propre sûreté,— au moins, je l'espère — les ressources qu'il emploie maintenant contre Sforzi. Ceci est déjà une fort utile diversion... Ensuite ? je n'ai pas encore dit mon dernier mot. Lorsque le fier mignon m'enverra un ambassadeur, et il me l'enverra, je traiterai la question à fond. J'exigerai, pour abandonner mon projet imaginaire, que le d'Epernon me rembourse et de la prétendue somme que je suis censé avoir reçue pour le tuer et des cinq cents écus que mon honoré cousin m'aurait comptés pour la mort de Raoul. Oui, oui, je pressens que j'arriverai à un arrangement. Le d'Epernon est vindicatif, mais il manque de stoïcisme: il préférera laisser en paix Sforzi plutôt que de se voir occire lui-même. Maintenant, ô excellentissime et vertueux de Maurevert, il s'agit de ne pas t'arrêter au milieu de ta bonne action, de la pousser jusqu'au bout. Cela va te coûter cher, très cher même. Que veux-tu, mon ami? savoir sacrifier à propos à la reconnaissance est un devoir sacré. Ton compagnon Raoul te rapporte d'assez beaux bénéfices pour que tu n'hésites pas à t'imposer un sacrifice en sa faveur! Allons, mon bon petit de Maurevert, hâte le pas, et dépêche-toi d'accomplir ton projet.

L'aventurier frisa légèrement du bout de ses doigts ses longues moustaches tombantes, se donna une tape amicale sur la joue, et prit une allure tellement allongée qu'un cheval au trot aurait eu de la peine à le suivre.

Tandis que le capitaine s'occupait à mener à bonne fin le nouveau projet enfanté par son imagination — projet dont le lecteur ne tardera pas à être instruit — MM. les ducs de Joyeuse et d'Epernon causaient entr'eux de choses fort graves.

— Cher d'Epernon, disait d'Arques, je dois à l'inaltérable amitié qui nous lie de ne te rien déguiser de la vérité. Ta malencontreuse rencontre avec ce Sforzi maudit a eu un retentissement extrême. On s'étonne que tu aies laissé impunie la mortelle injure que ce vagabond n'a pas craint de t'infliger. Je ne te cacherai pas qu'une partie du blâme excité par ta conduite douteuse, par ton manque de présence d'esprit, rejaillit sur le roi et sur ton très humble serviteur.

On prétend que les Quélus, les Maugiron et autres, n'ont pas trouvé de successeurs... que nos épées sont patientes autant que les leurs étaient fougueuses!... On affecte de douter — tu sais bien ami, combien nous sommes enviés, et partant détestés par la tourbe! — on affecte de douter de la solidité de notre courage!... Mort et carnage, cette pensée me cause une telle fureur, que depuis deux jours je cherche querelle à tout le monde : il faut absolument que je tue quelqu'un!...

— Calme toi, cher frère, interrompit froidement d'Epernon, notre position est si élevée que la calomnie ne saurait nous atteindre! Que nous importent les clabauderies de la multitude?..

— Morbleu, cher d'Epernon, personne plus que moi ne se moque de toutes ces criailleries qui, après tout, ne sont qu'un hommage rendu à notre puissance! N'ai-je pas vingt fois, pour leur montrer combien je les craignais peu, payé de mes propres deniers les auteurs des pasquils et satires publiés contre nous!.. Malheureusement, cette fois-ci, il n'est pas seulement question de l'opinion de la cour et de la ville : il s'agit aussi du roi!..

— Du roi! comment cela?

— Bien-aimé d'Epernon, notre frère Henri n'est pas content. N'as-tu pas remarqué que depuis l'aventure du Sforzi il te marque une certaine froideur? Je conviens volontiers que ta faveur n'a rien à redouter de ce léger nuage. Que Henri t'aime de toutes ses forces, que son affection pour toi soit inaltérable, il n'en est pas moins vrai qu'il est chagrin, peiné. Tu sais comme est Henri, cher frère? La pensée que nous pourrions être tués en combat singulier le fait pâlir et trembler, mais dût la douleur que lui causerait notre trépas le conduire au tombeau, jamais il ne nous empêchera de nous battre. Henri est excessivement chatouilleux sur le point d'honneur. Personne ne comprend mieux que lui les devoirs d'un gentilhomme, les obligations que la noblesse impose.

— Ainsi, dit d'Epernon pensif, tu es d'opinion qu'une rencontre de ce Sforzi avec moi est chose nécessaire?

— Ma foi oui, cher ami.

— Quoi! tu veux que je m'abaisse jusqu'à cet aventurier? tu es fou, bien-aimé de Joyeuse; j'ai souvent remarqué la facilité avec laquelle tu compromets notre position. tu sacrifies notre dignité.... Cher frère, si toi et moi nous occupons un poste tellement élevé que les princes eux-mêmes l'envient, ce n'est pas parce que le hasard nous a favorisés, mais bien parce que nous sommes grandement supérieurs à tous ceux qui nous entourent. Me battre avec ce Sforzi... ah! ce serait par trop plaisant, ma foi! l'inégalité des enjeux rend cette partie impossible... Mon seul tort, c'est de ne point avoir tué sur place ce misérable, lorsqu'il a osé lever la tête! Je veux, avant vingt-quatre heures, réparer ma faute...

— Prends garde, duc d'Epernon!... Réfléchis bien avant d'agir! On te calomniera, on prétendra que tu as eu recours à l'assassinat, parce que tu as manqué de courage.

— On dira ce que l'on voudra, s'écria d'Epernon avec violence; mais on saura au moins que ceux qui m'insultent doivent mourir.

— Veux-tu que je t'avoue une chose, bien-aimé d'Epernon? reprit de Joyeuse après un court moment de silence. C'est que, moi, je suis intimement persuadé que le Sforzi sortira à son avantage de tout ceci... J'ai tort peut-être de te faire cette confidence... J'ai consulté ces jours-ci l'astrologue Abatia sur ton compte...

— Ah! il retourne de la sorcellerie?

— Ne plaisante pas! dit gravement de Joyeuse; l'astrologie est une science infaillible... Abatia ne s'est jamais trompé!

— Et que t'a-t-il prédit, ce savant Abatia?

— Il m'a prédit que si tu t'obstinais à poursuivre un jeune homme dont il m'a donné le signalement, — et ce signalement se rapporte d'une façon extraordinaire au Sforzi, — tu recevrais un coup de poignard mortel! Or, Abatia ne connaît pas plus le Sforzi qu'il n'est instruit des projets de Maurevert. Cela ne te semble-t-il pas fort singulier?... Moi je t'avouerai qu'en entendant tout à l'heure ce sacripant de Maurevert te confesser avec cette belle impudence qui n'appartient qu'à lui, ses sinistres projets sur ta personne, j'ai senti comme un frisson me passer tout le long du corps. Ce de Maurevert est un hardi et déterminé compagnon, une rude épée! Il est doué, en outre — c'est une justice à lui rendre — d'une modestie sans égale; il ne tient nullement à se produire, il ne chante pas ses propres louanges; aussi, quand il avance une chose, peut-on la tenir pour assurée!

— Si les constellations prennent parti contre moi, répondit d'Epernon en affectant une gaîté moqueuse que démentait la pâleur de son visage, il ne me reste plus qu'à monter à cheval et à m'enfuir au plus vite de la cour!

— Tu as tort de railler, bien aimé frère. Enfin, j'ai fait mon devoir. Je suis venu ce matin pour t'avertir, je t'ai averti, ma conscience est à présent en repos. Au revoir, cher frère, il me faut retourner auprès de Henri.

Le duc de Joyeuse, après avoir embrassé d'Epernon, allait s'éloigner, lorsque ce dernier le rappela.

— Tu dois voir tantôt de Maurevert, lui dit-il, avec un certain embarras?

— Certes, cher ami. As-tu quelque proposition à lui faire?

— Moi, traiter d'égal à égal avec le capitaine? Es-tu insensé! Toutefois, quoique je n'attache aucune importance à ses menaces, je pense qu'il serait utile de me débarraser de lui! Il pourrait me gêner dans ma vengeance. Ce que tu promettras sera tenu, ce que tu feras sera bien fait.

Il était près de deux heures de l'après-midi; Raoul, dans la crainte de troubler le repos dont Diane devait avoir un si grand besoin, à la suite de la nuit passée debout, n'avait encore osé se rendre auprès de la jeune fille.

Enfin l'impatience l'emportant sur la bienséance, il se disposait à sortir, lorsqu'il vit entrer de Maurevert.

— Parbleu, j'arrive juste à temps! s'écria le capitaine. Un peu plus, ce cher Sforzi se serait aventuré seul dans les rues de Paris! Que diable Raoul, êtes-vous dégoûté de la vie au point que vous alliez vous jeter ainsi de gaîté de cœur dans la gueule du loup?

— Je ne vous comprends pas, de Maurevert.

— Ces amoureux ne sont jamais à la conversation! Je vous répète, cher ami, qu'après l'attentat dont vous avez manqué, la nuit dernière, être la victime, il vous est nécessaire d'user de beaucoup de précautions et de ménagemens. Dorénavant vous ne sortirez plus qu'en ma compagnie.

— Vous raillez, capitaine?...

De Maurevert haussa les épaules sans répondre et se contenta de suivre le jeune homme.

Sforzi, en arrivant dans la rue, aperçut rangée en bataille devant l'hôtellerie de la Corne-de-Cerf, une troupe composée d'une quinzaine de cavaliers armés jusqu'aux dents.

— Quels sont ces gens? que veulent-ils? demanda-t-il à demi-voix à de Maurevert.

— Ces gens sont vos serviteurs et ils veulent que l'on vous laisse en paix! lui répondit le capitaine. Par la mort! il n'est pas besoin que vous ouvriez ainsi des yeux effarés, que vous vous torturiez l'imagination pour comprendre!... J'ai passé toute ma matinée à recruter cette troupe de braves. Il est convenu que je les paierai chacun à raison de deux francs par jour, sans compter leur nourriture et celle de leurs chevaux, et qu'ils obéiront à toutes mes volontés. C'est cher, c'est vrai, mais c'était indispensable. Il faut, quand la nécessité l'exige, savoir se résoudre à un sacrifice. Vous me baillerez une reconnaissance pour mes débours, n'est-ce pas Raoul? Allons, en selle! Il me tarde de me voir à la tête de mes vaillans.

Par les trésors de Plutus, que nous allons donc faire bonne figure!.... On va nous prendre pour de hauts et puissans seigneurs!.. Qui sait?.. Cela me conduira peut-être à conclure un brillant mariage!.. Quant à mon cher et honoré cousin, qu'il ne s'avise plus de me vouloir railler... ou sinon!. Allons, en selle, chevalier!.. Mlle d'Erlanges vous attend!..

Le moment pour adresser des représentations à de Maurevert eût été mal choisi. Raoul les remit à plus tard, et monta à cheval. Aussitôt le capitaine se retourna vers sa suite armée, et d'une voix retentissante :

— Attention au commandement ! — Marche ! cria-t-il.

L'escorte se mit au trot.

Le trajet du boulevard Saint-Antoine, jusqu'à celle du Paon, fut pour de Maurevert l'occasion d'un enivrement continuel.

Fièrement campé en selle, le capitaine ne cessa de se donner des petits airs folâtres de courtisan, de jouer au grand seigneur. A chaque femme, que le bruit produit par la marche de la troupe attirait à sa fenêtre, il adressait de charmans et provoquans sourires.

Il se voyait déjà marié à l'une des plus opulentes dames du royaume, lorsqu'il arriva devant l'hôtel de la douairière de Lamirande.

Il mit alors pied à terre, et jeta d'un air superbe, à l'un de ses gens la bride de son cheval. Quant à Raoul, avant que de Maurevert eût seulement franchi le seuil de la porte de l'hôtel, il se trouvait déjà auprès de Mlle d'Erlanges.

CHAPITRE XXII.

La dernière ressource.

Le commencement de l'entrevue de Raoul et de Diane se passa en propos décousus, en phrases entrecoupées ; ils étaient si heureux tous les deux de se revoir, ils avaient tant de choses à se dire, tant d'éclaircissemens à se demander. De Maurevert, après avoir écouté pendant quelque temps, non sans donner de fréquens signes d'impatience, ce charmant verbiage qui lui semblait si inutile, si oiseux, et auquel les deux jeunes gens trouvaient un si grand charme, se résolut à régler la conversation.

— Chevalier Sforzi et vous mademoiselle d'Erlanges, dit-il, veuillez, je vous prie, faire trève à vos enfantins discours. La position est bien assez grave pour mériter toute notre attention et pour que nous nous en préoccupions sérieusement.

— Mademoiselle Diane m'a généreusement pardonné, répondit Raoul ; qu'ai-je à désirer de plus? que peut-il manquer à mon bonheur?

— Ce qu'il manque à votre bonheur? répéta le capitaine avec ironie et en haussant les épaules, une chose fort essentielle : la stabilité, la durée. Par la tête-bleue ! cela vous semble donc bien plaisant de parcourir un chemin bordé d'assassins, émaillé de dagues ? A être témoin de votre folle sécurité, à entendre vos gais propos, on s'imaginerait que vous avez pour amie la population entière du royaume ; que chacun s'ingénie à vous être agréable, que tout le monde s'occupe de votre félicité ! Par le casque de madame Minerve ! il n'en est pas ainsi : tout au contraire! Ne nous aveuglons pas à plaisir; voyons les choses telles qu'elles sont en réalité, et non comme vous les apercevez, à travers le prisme de l'amour... Je commence par vous, chevalier; tout à l'heure je m'occuperai de mademoiselle d'Erlanges.

Mme de Montpensier, la femme la plus vindicative de France; M. le duc d'Epernon, l'homme le plus puissant du jour ; enfin le marquis de la Tremblais, un drôle de la pire espèce, veulent tous trois votre mort !.. Vous avez ni plus ni moins ameuté contre vous la maison de Valois et celle de Lorraine. Qu'avez-vous à opposer aux forces de vos formidables ennemis? Une rare imprudence, beaucoup de témérité, et l'amitié du brave capitaine de Maurevert !... Votre imprudence ne peut que vous nuire, votre témérité que vous perdre, et si ce n'était l'amitié de ce vaillant et avisé de Maurevert, je vous conseillerais de vous regarder comme n'appartenant déjà plus à la terre !...

— Hélas, capitaine, vous avez raison, s'écria Diane pâle et tremblante! Oh ! je vous en conjure, n'abandonnez pas M. Sforzi. Vous seul êtes capable de le retirer de cette horrible position !

— C'est vrai, mademoiselle, dit froidement de Maurevert, mais encore faudrait-il, pour obtenir cet heureux et difficile résultat, que le chevalier suivît aveuglément mes conseils !...

— Il les suivra, capitaine !...

— J'en doute !... Enfin, j'aurai fait mon devoir, mis ma conscience à l'abri du remords; c'est l'essentiel !...

— Parlez, capitaine, parlez !...

— Le simple bon sens, la logique la plus vulgaire et la moins élevée indiquent à Raoul les moyens qu'il doit mettre en œuvre. La première chose à faire est d'obtenir les bonnes grâces de M. d'Epernon. Dam ! je reconnais que la tâche est rude, pourtant je ne la crois pas impossible. M. d'Epernon n'est pas sans une certaine appréhension des projets du chevalier à son égard. Si Raoul, par une démarche bien publique, bien éclatante, s'humiliait devant le hautain mignon et lui demandait l'oubli du passé, il est probable, il est même certain que le d'Epernon ne resterait pas insensible à cette avance. Son amour-propre satisfait, sa pusillanimité rassurée—car, entre nous soit dit, le d'Epernon manque un peu de résignation par rapport aux coups d'épée, — plaideraient puissamment en faveur de Raoul et finiraient par gagner sa cause.

— Capitaine, interrompit Sforzi avec violence, me prenez-vous donc pour un lâche que vous osiez me proposer de si honteux moyens?...

— Vous voyez, mademoiselle, continua tranquillement de Maurevert en désignant Raoul par un significatif balancement de tête, voilà comme il est toujours ! Au lieu d'écouter, il s'emporte, au lieu de reconnaître par des remercîmens mes bienveillans avis, il m'injurie et il me menace. Enfin, que voulez-vous, je l'aime comme cela. Raoul, je vous en prie, laissez-moi donc poursuivre à mon aise. Si mes conseils ne vous agréent pas, je n'aurai certes pas recours à la force pour vous les faire goûter. Je déteste être troublé dans mes discours !...

— Continuez, capitaine, continuez, dit vivement Diane.

— Raoul réconcilié avec le duc, l'horizon de votre malheureux ami s'éclaircit d'une sensible façon. Débarrassé de la maison de Valois nous passons à la maison de Lorraine !... Le duc d'Epernon hait madame la duchesse de Montpensier de toutes les forces de son âme, s'il a une âme ce cher seigneur, et ce lui serait un grand bonheur de la pouvoir réduire à l'impuissance. C'est alors que le brave capitaine de Maurevert apparaîtrait en scène. Avec cette rare sagacité, cette aimable ingéniosité qui le distinguent, il trouverait bien vite le moyen, tout en conservant le bon droit de son côté, de mettre en telle fureur contre lui la duchesse, qu'elle le traiterait haut la main et le chasserait de sa présence. Alors ce bon et rusé de Maurevert, délivré des engagemens qui le lient actuellement à madame de Montpensier, s'en irait tout droit compter sa mésaventure au d'Epernon, et lui offrir ses services. Une fois le duc et le capitaine en présence, il est impossible qu'il ne ressorte pas, du choc de ces deux belles intelligences, quelque chose de neuf, de hardi, de sérieux. Monseigneur d'Epernon, — c'est là une justice que mon impartialité me fait un devoir de lui rendre — est un homme de ressource et d'action. Oui, en y réfléchissant bien, lui et moi, moi et lui, nous finirions par triompher de la maison de Lorraine !.... Resterait le marquis de la Tremblais !.. Ce seigneur si puissant, si invulnérable dans son château fort d'Auver-

gne, n'est plus à Paris qu'un simple mortel ! Quand il chevauche dans les rues sa poitrine est à nu et aucune muraille ne le garantit d'un coup de pistolet, d'épée ou de dague !.. Il ne marche que bien escorté, c'est vrai, mais n'ai-je pas, moi aussi, une troupe de vaillans sous mes ordres ?.. Et quels vaillans, Mademoiselle ! choisis avec un soin, un tact, un discernement dont moi seul suis capable !... tous gens élevés dans le vol, rompus à l'assassinat, chauds à la bataille, avides à la curée, des sacripans qui ont tous mérité vingt fois au moins la potence, la roue et le bûcher ; en un mot, l'élite des honnêtes bandits de Lutèce !... d'un dévouement, d'une délicatesse, d'une fidélité à toute épreuve !... Je rencontre donc le marquis, il me regarde de travers, je fronce les sourcils et je jure, il se fâche ; aussitôt la mêlée s'engage, on ferme les boutiques, les pistolettes éclatent, les épées font leur jeu, et que Lucifer m'extermine, si avant cinq minutes l'escorte de la Tremblais n'est pas en fuite, et lui étendu tout de son long par terre, bien et dûment trépassé.—Voilà, cher Sforzi, et vous, gentille damoiselle, quels sont mes projets.

—M'humilier devant M. Lavalette, ce parvenu d'hier, s'écria de Sforzi, jamais, de Maurevert, jamais !... Mademoiselle, continua tristement le jeune homme après un léger silence, si réellement vous m'aimez, si vous avez confiance en ma persévérance, en mon courage, il n'y a pour nous qu'un seul parti à suivre... celui de nous expatrier !... Loin de la France, dans les Pays-Bas, en Italie, ou en Espagne, je trouverai à employer glorieusement et loyalement mon épée !... J'ai laissé quelque réputation en Piémont, et je ne doute nullement que là où je me présenterai on n'accepte avec joie mes services !

— Heureuse inspiration ! interrompit de Maurevert d'un ton railleur : associer le sort de celle que vous aimez à votre misère présente, aux dangers d'une longue route, aux incertitudes de votre avenir, voilà qui s'appelle montrer du dévoûment, faire preuve de générosité et d'abnégation !

— Monsieur Sforzi, s'écria Diane en prenant vivement la parole, afin de ne pas donner au jeune homme le temps de répondre aux sarcasmes du capitaine, j'apprécie dignement votre proposition : elle vient d'un cœur élevé, d'une nature généreuse, mais hélas ! il ne m'est pas donné de l'accepter !.. Chevalier, lorsque tout à l'heure je vous ai entendu refuser avec une noble indignation de vous humilier devant M. d'Epernon,

mon cœur a tressailli de joie ! Votre orgueil
est bien celui d'un loyal gentilhomme! Moi
aussi, j'ai ma fierté, et cette fierté m'ordonne impérieusement de ne pas fuir, de ne pas
m'éloigner de la France.

—Que dites-vous, mademoiselle? interrompit de Maurevert.

— Je dis, capitaine, que je dois au respect du nom que je porte, et qui m'a été
légué par mes honorés père et mère, M. le
comte et Mme la comtesse d'Erlanges, de
soutenir jusqu'au bout la lutte dans laquelle
je me trouve engagée !... Je dis que je n'ai
pas le droit de m'expatrier, en laissant derrière moi, aux mains d'un lâche, indigne et
félon ravisseur, le manoir de Tauve, le
comté d'Erlanges !...

Dieu m'est témoin, et vous me croirez
sans peine, que le sentiment de la cupidité
n'entre pour rien dans ma résolution ! Je
n'attache aucune importance à la fortune, et
une misère imméritée n'a rien qui me fasse
peur. Ce que je veux, je vous le répète, c'est
me montrer digne du nom que je porte,
et remplir les obligations qu'il m'impose.
Noblesse oblige, capitaine ! je ne faiblirai
pas.

— Mademoiselle ! s'écria Raoul avec une
admiration enthousiaste, si quelque chose
pouvait vous rendre à mes yeux plus grande,
plus parfaite, plus adorable que vous n'êtes,
ce serait cette vertueuse fierté que vous venez de dévoiler, et que je ne vous connaissais pas encore... Oui ! mademoiselle, vous
avez raison, mille fois raison ! Fuir, ce serait
vous déshonorer, mentir à la noblesse de
votre sang ! Oh ! il est impossible que le ciel
ne récompense pas tant de vertu , tant de
courage... j'ai le pressentiment qu'un éclatant triomphe vous récompensera bientôt
de votre héroïque résolution !

— Les pressentimens, dit de Maurevert,
sont la source de la plupart des folies... Je
n'admets pas le pressentiment, moi. On dé-
core de ce nom, vide de sens, les désirs insensés, les vœux irréalisables que l'on forme
dans une heure d'enthousiasme et d'exaltation. Je ne comprends que la logique.. Ceci
posé, passons à une discussion sérieuse, si
toutefois pareille chose est possible avec deux
charmans écervelés tels que vous êtes. Je vous
déclare d'abord, ma gentille damoiselle Diane, que votre courage me plaît. Je le trouve
hors de propos, déplacé, mais, je le répète,
il me plaît. Tâchons seulement, tout en sachant que nous sommes dans une mauvaise
voie, de manœuvrer le plus adroitement
possible. Sur quel espoir fondez-vous, mademoiselle Diane, la réussite de votre projet?

— Ma confiance est en Dieu, capitaine, et
ma volonté est de m'adresser directement à
S. M. le roi de France !...

— Hélas ! Mademoiselle, le dicton dit :
« Aide-toi et le ciel t'aidera. » Et moi j'a
jouté : « Mais ne compte pas sur le roi !... »
Comprenez bien, Diane,— je vous demande
pardon de vous traiter avec cette familiarité, mais il me semble vraiment parfois
que vous êtes ma fille, — comprenez
bien , Diane , que dès l'instant où le
d'Epernon n'est pas pour nous, et où
il ne nous est pas donné, par conséquent, de nous appuyer sur de Joyeuse, les
portes du Louvre nous sont fermées à triples
verrous. Le roi est une espèce de fantôme de
sexe douteux, qui parle, agit, se montre et
disparaît selon que MM. d'Epernon et Joyeuse désirent qu'il parle, qu'il agisse, qu'il se
montre ou qu'il disparaisse ! Le roi par lui-
même n'existe plus. Il est le reflet de ses favoris, pas autre chose... Or, je vous le demande, vous sera-t-il jamais permis, sans
sortir de votre réserve , sans porter atteinte à votre dignité, de capter les bonnes grâces de Joyeuse et de d'Epernon !...
J'en doute; ces jeunes insolens ont une si
détestable opinion des femmes, qu'ils ne
comprendront jamais la noblesse de vos sollicitations, la sainteté de votre démarche; ils
ne verront en vous qu'une jeune fille avide
de plaisirs, ambitieuse d'honneurs, et Dieu
sait où s'arrêtera leur impudente audace !
Il y a bien encore la reine et la reine-mère:
la première, confite en dévotion, adonnée
aux plus méticuleuses pratiques du culte, ne
consentira jamais à protéger une jeune fille
appartenant à la religion réformée ; la seconde, c'est-à-dire Mme Catherine, c'est
tout autre chose ; elle vous aiderait volontiers de son immense crédit — quelque fer-
vente catholique qu'elle soit — s'il devait
lui en revenir quelque chose !.. Chargez-
vous de détacher de son parti un puissant chef huguenot. Donnez-lui l'idée
d'une trahison bien noire et bien profitable, et alors elle vous servira chaudement.
En dehors de ces conditions, vous n'avez
rien à attendre d'elle. Vous le voyez, ma
gentille Diane, rien, absolument rien ne
motive vos pressentimens.

Après les décourageantes paroles de Maurevert, un assez long et pénible silence régna dans l'appartement; ce fut de Sforzi qui
renoua l'entretien.

— Mademoiselle Diane, s'écria-t-il, le
capitaine a raison. Il est impossible, sans
vous exposer à un outrage dont la pensée
me rend fou de rage et de douleur, que

vous mettiez les pieds dans cet antre que l'on appelle le Louvre ! Là où vous ne pouvez aller, je pénétrerai, moi ! Confiez-moi vos intérêts, donnez-moi vos pleins pouvoirs, et je jure Dieu qu'il faudra bien que l'on vous rende justice !

Je ne crois pas à tout ce que de Maurevert vous a narré touchant la nullité et l'impuissance de Sa Majesté. Le titre glorieux de roi est chose si grande, si divine, qu'il place forcément ceux qui le tiennent de la Providence au-dessus de l'humanité ! Que Henri III ait d'extrêmes faiblesses, cela est possible, cela est même certain ; je n'en reste pas moins convaincu qu'il y a certaines heures où l'homme disparaît devant la majesté. Le roi a eu et a encore beaucoup à souffrir de l'insolence, des prétentions, de l'orgueil des grands de son royaume...

Je suis certain que mes plaintes réveilleraient en lui, avec le sentiment de sa dignité blessée, le souvenir des outrages qu'il a reçus, et que mes plaintes trouveraient un écho dans son cœur !... Diane, je vous en conjure, promettez-moi de ne rien tenter avant que je m'avoue vaincu, avant que j'aie échoué moi-même.

— Par messire Cicéro ! s'écria de Maurevert, vous venez de vous exprimer, Raoul, avec un feu qui remplace avantageusement l'éloquence ! Après tout, qui sait ? n'ai-je pas souvent vu les témérités, les inconséquences de la jeunesse, réussir là où n'aurait rien pu l'expérience de l'âge mûr. Essayez, Raoul, essayez. Seulement, comment vous y prendrez-vous pour arriver jusqu'au roi ?

— J'ai un moyen, capitaine !

— Ah ! ah ! Voyons ce moyen ?

— Je vous demanderai, au contraire, la permission de garder le secret.

— Il est donc bien mauvais ?

— Je l'ignore : s'il est bon, il est inutile que je vous en fasse part, cela ne le rendrait pas meilleur ; s'il est douteux, vous me décourageriez en le critiquant et le rendriez ainsi moins efficace encore ; je préfère me taire !

— Tiens, mais cela n'est pas trop mal raisonné, pour un jeune homme, dit de Maurevert. Et quand, cher Raoul, verrez-vous le roi ?

— Demain, capitaine.

CHAPITRE XXIII.

Le Gentilhomme et les Mignons.

De retour à l'hôtellerie de la Corne-de-Cerf, Raoul se retira dans sa chambre, et écrivit la lettre suivante :

« Messire Sibillot,

» Vous avez bien voulu me promettre votre protection, si jamais je me trouvais dans une position embarrassante. Le moment est venu de tenir votre promesse. Il faut absolument que je sois reçu demain par Sa Majesté. Un jour de retard pourrait me causer un irréparable dommage.

» Présentez, je vous prie, mes très humbles et très respectueux hommages à votre belle et douce damoiselle Catherine.

» Votre bien dévoué chevalier,

« SFORZI. »

Raoul, après avoir tracé à la hâte ce billet, se disposait à sortir pour l'aller porter au Louvre, lorsque de Maurevert placé en sentinelle sur le seuil de la porte, l'arrêta :

— Cher ami, lui demanda l'aventurier, avez-vous donc l'intention de faire une nouvelle promenade ?

— Non, capitaine, pas une promenade, mais bien une course très pressée.

— Course ou promenade, peu importe, du moment que vous mettez les pieds dans la rue, c'est tout un. Veuillez, cher compagnon, attendre un moment.

— Pourquoi cela attendre, capitaine ? Je vous le répète, je suis très pressé.

— Ah ! çà, Raoul, me croyez-vous donc homme à dépenser sans rime ni raison près de 50 livres par jour ? Vous laisser sortir seul, lorsque j'entretiens à grands frais une troupe de quinze braves ? Du tout, du tout. Vous ne vous aventurerez plus dehors, en quelque endroit que vous alliez, qu'accompagné de votre escorte...

— Mais, capitaine...

— Je n'admets aucun raisonnement. Holà, mes vaillans, à cheval ! le seigneur Sforzi a besoin de vous.

Aux cris du capitaine, les quinze sacripans à sa solde sortirent les uns des chambres, les autres des cuisines et des hangars de l'hôtellerie.

— Il faudra que je me procure un trompette pour sonner le boute-selle, murmura de Maurevert. Ces appels à haute voix manquent de régularité et sont de nature à nuire à la discipline... Bien, très bien, mes braves, voici un alignement qui vous vaut toute mon estime... Raoul, si ma société ne vous dérange en rien dans vos projets, permettez que je me mette à la tête de l'escorte.

— Réellement, capitaine, je ne sais si je dois vous remercier ou vous chercher querelle, dit Raoul d'un ton moitié plaisant, moitié sérieux. Je veux bien accepter pour aujourd'hui la singulière compagnie que vous m'imposez ; mais je vous préviens qu'à partir de demain j'entends rentrer dans toute ma liberté...

— Vous comptez sans votre hôte, Raoul. Tant qu'il y aura danger pour vous, je vous ferai — que cela vous convienne ou non — suivre par mes vaillans. Sacrez, jurez, tempêtez à votre aise, cela m'est chose complètement indifférente !... Que diable, je vous conseille de vous plaindre !.... Savez-vous qu'il y a beaucoup de gentilshommes de haute naissance qui donneraient dix ans de leur vie, pour avoir un si respectable et gracieux accompagnement. Quinze vaillantes épées commandées par le brave et galant capitaine de Maurevert en personne, tudieu ! c'est là un luxe réellement princier! Allons, tout est prêt !... Ah ! à propos, où comptez-vous vous rendre ?

— Au Louvre, capitaine.

— Très bien ! cher compagnon. Voilà une réponse qui me plaît fort.

Trois quarts-d'heure plus tart, de Sforzi franchissait le guichet du Louvre situé sur le quai, et pénétrait dans la cour de la royale demeure.

— Compagnons, avait dit de Maurevert à ses vaillans — comme il les appelait — un peu avant d'arriver, il vous faudra tout-à-l'heure faire gaillardement piaffer, danser et caracoler vos chevaux, afin de prouver aux muguets que nous n'en sommes pas à une mesure d'avoine près!..

Cette recommandation, tout à fait dans le goût des sacripans, fut exécutée avec une telle conscience, un tel entrain que les fenêtres du Louvre se garnirent tout aussitôt de spectateurs : on crut à l'arrivée d'un prince.

Raoul aussi embarrassé que contrarié de cette curiosité, s'empressa de mettre pied à terre, et s'adressant à un garde de la porte.

— Monsieur, lui dit-il, seriez-vous assez bon pour vouloir bien vous charger de faire parvenir secrètement cette missive à son adresse! Il s'agit de préparer un divertissemet et une surprise à Sa Majesté !

— Volontiers, seigneur, répondit poliment le garde de la porte.

Sforzi, désireux d'échapper à l'attention générale dont il était l'objet, se mit promptement en selle ; mais une retraite aussi précipitée ne faisait pas le compte de Maurevert : aussi le capitaine, apercevant un groupe de gentilshommes de sa connaissance, saisit-il avec empressement cette occasion de retarder son départ.

Il descendit de cheval et s'en fût se mêler à eux.

Sforzi, rouge de colère et d'impatience, serra brusquement la bride à sa monture et la fit se cabrer.

Raoul était ce que l'on appelle un cavalier consommé : une fois que la lutte se fut engagée entre lui et son cheval, bête fort vive et fort ombrageuse, il oublia l'endroit où il se trouvait pour ne plus s'occuper que de dompter l'impétueux animal.

Au premier moment, les gardes et les oisifs qui encombraient la cour du Louvre, craignant que le cheval de Sforzi ne prît le mors aux dents, s'étaient éloignés en toute hâte. Bientôt, rassurés par l'adresse, la vigueur et l'aisance peu communes du cavalier, ils se rapprochèrent, puis peu à peu finirent par former autour de lui un cercle très étroit.

Ce fut dans un espace d'à peu près trente pieds carrés, ce qui naturellement augmentait du tout au tout la difficulté de sa tâche que Sforzi dut réduire son cheval.

Vingt fois la fougueuse bête tenta de franchir la barrière vivante qui l'enfermait vingt fois le poignet de fer, les jambes d'acier du jeune homme l'arrêtèrent au milieu de son élan et le clouèrent au sol.

Enfin le cheval, le corps couvert d'écume, les flancs ensanglantés, les naseaux fumans, se mit à trembler de tous ses membres, baissa la tête, souffla bruyamment et, reconnaissant la supériorité de son cavalier, resta immobile, obéissant, vaincu Alors de toutes parts éclatèrent de bruyans applaudissemens ; à cette époque l'art hippique était si fort en honneur, que pas un des spectateurs de cette scène n'avait perdu un seul incident du triomphe de Raoul.

Le succès — sur quelque petite échelle sur quelque scène mesquine qu'il se produise — possède le don d'attirer à celui qu l'obtient des amitiés spontanées et inconnues.

Dix gentilshommes dont Raoul ignorai les noms, qu'il n'avait même jamais vus s'empressèrent, après sa victoire, de lu adresser la parole.

— Morbleu ! dit de Maurevert en fendan la foule, si vous étiez dans l'intimité de M. l chevalier, vous ne songeriez pas à le com plimenter pour si peu de chose ! J'ai vu cent fois Monsieur monter un cheval indompté, qui jamais encore n'avait subi le contact de l'homme, s'en aller ainsi se promener dans les rues les plus populeuses et les plus fréquentées de Paris. Je déclare hautement que pour l'équitation et pour l'escrime, M. le chevalier de Sforzi n'a pas son égal !

A cette façon d'être mis en scène, Raoul maudit en lui-même son compagnon et lui adressa un regard plein de colère et de reproche : de Maurevert eut l'air de ne pas se douter de la mauvaise humeur du jeune homme et répondit à son regard courroucé par un aimable sourire !..

Le nom de Sforzi jeté si perfidement par l'aventurier à la curiosité de la foule produisit parmi les assistans un effet extraordinaire : plusieurs de ceux qui s'étaient rapprochés de Raoul s'en éloignèrent; d'autres qui se tenaient à l'écart vinrent à lui avec empressement. Les premiers craignaient de se compromettre auprès du duc d'Epernon ; les seconds, avec ce coup-d'œil perçant que donne l'habitude de l'intrigue, spéculaient déjà sur le crédit et la puissance futurs de ce jeune homme, paraissant si heureusement doué des qualités qui plaisaient au roi : le courage, la beauté, l'adresse aux exercices violens, la grâce de la tournure, la souplesse et l'agilité du corps.

L'irritation éprouvée par Raoul en se voyant devenir ainsi le centre de l'attention générale, se fût, certes, changée en un trouble bien grand, s'il eût aperçu, à l'une des fenêtres du palais, trois têtes tournées vers lui et qui l'examinaient avec une attention extrême.

Ces trois personnes, à moitié cachées par les amples tentures de soie brodée d'or, qui, accrochées au plafond, retombaient jusqu'au sol, étaient Sa Majesté Henri III elle-même, les ducs de Joyeuse et d'Epernon. Non loin du roi et de ses deux mignons, maître Sibillot, accroupi par terre dans une encoignure, déchirait en tout petits morceaux une lettre qu'il achevait de recevoir et de lire.

Le trouble que le chevalier aurait éprouvé s'il avait su être en butte à cette auguste curiosité, aurait certes augmenté encore d'intensité, s'il lui eût été donné d'entendre la conversation qui se tenait sur son compte : le bonheur de sa vie entière était suspendu à un fil, son sort se décidait !

Heureusement pour lui, Sforzi ignorait tout cela : il put donc répondre avec politesse et à-propos aux avances que les courtisans, confians dans son étoile, lui faisaient avec grand accompagnement de protestations de dévoûment et d'amitié.

De Maurevert, quoiqu'il affectât de ne pas s'occuper de son compagnon, ne perdait ni un de ses gestes,ni une de ses paroles.L'empressement dont Sforzi était l'objet le comblait de joie.

— Par Mercure ! se disait-il, décidément, mon gentil Raoul possède le don si précieux et que je ne sais comment qualifier, d'attirer l'attention de la foule, de conserver au milieu de la tourbe sa physionomie, sa personnalité. A la cour, pour réussir, il ne s'agit que de se mettre en évidence. Que l'on s'occupe de vous en bien ou en mal, peu importe : l'important, l'essentiel, c'est que l'on s'occupe de vous ! Le difficile, quand on ne possède ni une illustre naissance, ni d'immenses richesses, c'est de trouver le moyen de sortir de la multitude. Sforzi n'a pas trouvé ce moyen, lui, c'est bien mieux, il le possède sans s'en douter. Décidément, il faudra que je le produise... Je ne me dissimule pas qu'il me sera difficile d'assouplir son caractère entier, d'étouffer ses élans, de corriger cette fierté intempestive et malheureuse qui le conduit tout droit à un sot désintéressement. J'aurai à pérorer beaucoup... Au reste, je ne manque pas d'éloquence... Et puis, je compte beaucoup sur la corruption. Une fois que Raoul aura trempé ses lèvres dans la coupe de la faveur, il perdra toute la finesse, toute l'acuité de son palais !... Il ne saura plus ce qu'il boit ! Il confondra le bien avec le mal et ne verra plus, en toutes choses, que son vancement, son profit. S'il parvient à se complètement pervertir,mon gentil Raoul, je lui prédis le plus éclatant avenir, la fortune la plus merveilleuse qui depuis longtemps se soit produite à la cour. Dès qu'il apportera dans ce que les niais appellent le mal, la fougue qu'il met aujourd'hui dans ce que les imbéciles nomment le bien, aucun obstacle ne l'arrêtera; il atteindra à des hauteurs inconnues ! Il est toutefois un sentiment que je dois non seulement me garder de lui laisser perdre, mais qu'il me faudra développer en lui outre mesure, celui de la reconnaissance. Si jamais Raoul devenait le favori de Henri III il gouvernerait S. M., et moi, son ami, son confident intime, je le dominerais de toute l'irrésistible puissance d'une feinte humilité, d'une prétendue aveugle obéissance. Qui serait alors le véritable maître de la France? Eh! eh! ce serait le galant, avisé et brave capitaine de Maurevert... Par Plutus ! je voudrais alors, sans quitter tout à fait la

carrière des armes, m'occuper vigoureusement et judicieusement de l'administration
des finances; je doublerais en moins d'un an
le chiffre des impôts, et cela, entendons-
nous bien, sans faire crier la populace, sans
ameuter la bourgeoisie contre le gouvernement du roi!... Le tout est de savoir prendre à propos... J'inventerais des besoins
nouveaux, qui amèneraient tout naturellement à leur suite la création de nouvelles
taxes; je relèverais l'autorité un peu affaiblie de certaines charges, afin de les vendre
plus cher; en un mot, je serais, je le sens, le
bienfaiteur du royaume. Allons, de Maurevert, voilà que sur une hypothèse improbable,
sur une chance à peu près nulle, tu lâches
la bride à ton imagination et tu te mets à
rêver tout éveillé; cela n'est pas pardonna-
ble à ton âge. Reviens à toi, mon bon de
Maurevert; et d'abord, commence par em-
mener d'ici ton compagnon Raoul : autant
il était nécessaire de le faire connaître, autant il serait mauvais de le laisser se prodiguer... Partons.

L'aventurier se dirigeait vers Sforzi, lorsque tout à coup un grand mouvement eut
lieu parmi la foule des gardes, des gentilshommes, des varlets et des chercheurs d'a-
ventures qui encombraient la cour du Louvre.

Des conversations, ou pour être plus exact,
des interpellations à voix basse, s'échangeaient de tous les côtés : une expression de
vive curiosité se lisait sur tous les visages!..

Bientôt les gardes françaises, suisses et
écossaises, prirent les armes et se formèrent
en haie; un carrosse découvert, escorté par
une nombreuse suite, entra dans la cour du
Louvre.

— Madame de Montpensier! murmura de
Maurevert. Par la mort! voilà de l'audace.
J'aime cela, moi!...

La princesse de Lorraine, au moment où
son carrosse passait auprès de Raoul, fronça
les sourcils, et d'une voix où le dédain et la
raillerie se mêlaient à doses égales :

— Le premier venu peut donc pénétrer
maintenant dans le Louvre? dit-elle.

Quoique la duchesse eût adressé ces paroles à l'un des seigneurs de sa suite, le regard fixe et significatif qu'elle laissa tomber
sur Raoul en les prononçant, montra trop
clairement, pour que personne pût s'y méprendre, qu'elle entendait désigner le chevalier.

A cette insulte, Sforzi éprouva un mouvement de rage insensée; mais parvenant,
grâce à un puissant effort sur lui-même, à

comprimer son émotion, il se retourna vers
de Maurevert et d'une voix vibrante :·

— Capitaine, lui dit-il, ne vous semble-t-
il pas qu'un simple gentilhomme, quand il
est dévoué et loyal à son roi, vaut cent fois
mieux qu'un prince d'une fidélité douteuse?

A cette réponse, les seigneurs de la suite
de la duchesse commencèrent à chuchoter
entre eux d'un air menaçant.

Raoul se disposait à aggraver sa position,
par une plus violente sortie encore, lorsqu'un
gentilhomme de service s'avança vers lui et
le saluant profondément.

— N'est-ce pas au chevalier Sforzi que
j'ai l'honneur de parler? lui demanda-t-il.

— Oui, monsieur, répondit Raoul

—En ce cas, monsieur, veuillez prendre
la peine de me suivre, le roi m'a chargé de
vous conduire auprès de lui.

Sforzi tressaillit, et de Maurevert se frottant les mains d'un air joyeux tout en murmurant :

— Eh! eh! me voici sur le chemin de
l'administration des finances.

Il est indispensable, pour l'intelligence et
la clarté des évènemens qui vont suivre, de
faire rétrograder d'une heure notre récit.

Le roi, quand il habitait le Louvre, avait
pour habitude invariable d'aller tous les a-
près-midi, excepté le vendredi, prendre sa
collation et écouter les violons chez la reine-
mère.

Au sortir de chez Catherine de Médicis,
Henri III, si c'était un lundi, se rendait à la
chasse ; le mardi il *montait sur ses grands
chevaux* — pour nous servir de l'expression
consignée dans le règlement de la maison
de Sa Majesté — et parcourait la ville en
compagnie des princes, seigneurs et gentilshommes de la cour; le mercredi et le sa-
medi étaient consacrés par Sa Majesté à ses
audiences ; le jeudi au jeu du pallemail ou
à celui de la paume, et le vendredi aux pratiques religieuses.

Or, quoique ce jour fût un vendredi, Sa
Majesté, au sortir de chez sa mère, avait
contremandé la promenade sur les grands
chevaux et s'était retirée dans son cabinet.

Cette grave et insolite infraction du roi à
l'usage établi par lui-même donnait lieu à
de nombreux commentaires.

Les bruits les plus étranges et les plus
contradictoires étaient colportés avec empressement, accueillis avec avidité.

On chuchotait, bien bas, que le mariage
du duc de Joyeuse avec mademoiselle Marguerite de Lorraine, fille de Vaudemont et
propre sœur de la reine, venait d'être rompu; on prétendait qu'une nouvelle Saint-

Barthélemy s'organisait ; que Monsieur, parti pour conquérir les Flandres à son profit, avait succombé à une maladie soudaine et étrange ; enfin, quelques-uns, les plus hardis — et ceux-ci parlaient encore plus bas que les autres — colportaient la nouvelle peu vraisemblable que messeigneurs de Guise marchaient à la tête de troupes nombreuses, sur Paris, qu'ils étaient résolus à se déclarer ouvertement, de leur propre autorité, les protecteurs de la ligue, et que si le roi, dépossédé de ce titre, n'acceptait pas l'usurpation des princes lorrains, ceux-ci étaient déterminés à jeter le masque, à lever hardiment l'étendard de la révolte.

Or, de tous ces bruits inventés par ceux qui eussent désiré les voir se réaliser, et propagés par les oisifs, il n'en était pas un seul de vrai.

Henri III avait en ce moment bien autre chose à faire qu'à s'occuper de poursuivre les huguenots, qu'à disputer un titre à ses cousins de Guise : il avait — chose cent fois plus importante — à chercher de l'argent !

Ses deux grands mignons — ainsi qu'on appelait MM. les ducs de Joyeuse et d'Épernon, afin de les distinguer des favoris éphémères, et d'un ordre inférieur, — aidaient de toutes leurs forces — c'est une justice à leur rendre — Sa Majesté dans ce travail !...

— Sire, disait d'Épernon, Votre Majesté a bien tort de s'inquiéter de l'opposition du Parlement. Par la messe ! qu'avons-nous besoin de l'assentiment de ces vilaines robes ?... Vous êtes roi de France, donc la France vous appartient ! Si ces avocats bavards se refusent à enregistrer les nouveaux édits bursaux que vous comptez leur présenter, eh bien ! par la mordiou ! n'avez-vous pas votre chancelier monseigneur de Birague, qui vous enregistrera tout ce que vous voudrez ? cela suffira.

— Hélas ! dit tristement Henri III, tu oublies, bien-aimé Lavalette, que derrière le parlement il y a la grande et séditieuse ambition de mes cousins de Guise.

— Mordiou, Henri, je n'aime point à vous entendre prononcer de telles paroles ! elles sont indignes de votre position et de votre valeur. Si le Balafré vous effraie si fort, que n'entrez-vous en religion, ainsi que le désire la Montpensier ? Pour le monarque qui ne sait ni ne peut tenir droite et haute la tête, la couronne est un fardeau trop pesant. Il vous faut troquer la vôtre, cher Henri, contre un froc de moine. Vous avez une jolie voix, des goûts paisibles, vous chanterez matines et dormirez toute la journée. Que vous serez donc heureux !

— Lavalette, mon bien aimé fils, répondit le roi, cesse, je t'en conjure, de me traiter ainsi ! Quelle joie trouves-tu à me déchirer le cœur, méchant enfant ?

— Croyez-vous, Henri, que je ne souffre pas aussi, moi ! s'écria d'Épernon avec violence ? N'ai-je pas mis ma gloire dans votre gloire, mon bonheur dans votre bonheur ? Si je vous malmène, c'est seulement parce que je vous aime. Je vous veux voir roi de France, Henri !

— Et ne le suis-je point, Lavalette ?

— Non, sire, vous ne l'êtes pas !... Le roi de France, c'est mon frère Joyeuse ici présent, moi qui vous parle, le Guise qui vous brave, notre compagnon d'O qui vous vole, Chicot qui vous conseille et vous amuse, en un mot c'est tout le monde... excepté vous !

— Vilain séditieux, je te ferai instruire ton procès !... dit doucement le roi en frappant d'un léger et petit coup de sa main la joue du mignon. — Joyeuse, continua-t-il, viens donc à mon secours, cher enfant ; si tu ne m'aides à sortir des griffes de cet endiablé Lavalette, je suis un homme perdu !...

— Ma foi, Henri, dit résolûment le duc de Joyeuse, d'Épernon a bien trop raison pour que je prenne parti contre lui. Comment, Henri, est-il possible que vous craigniez le parlement à ce point de n'oser rien tenter pour sortir du cruel et honteux embarras dans lequel nous nous trouvons. Ne voilà-t-il pas que, faute d'argent, il me va falloir épouser quasi clandestinement votre sœur ! Que diront et penseront tous les princes et seigneurs, tant français qu'étrangers, qui assisteront à ces piteuses fiançailles ?... que madame de Montpensier n'a point tort dans son exécrable et séditieux langage.

— Mes enfans, répondit le roi, après un court instant de silence, votre vive affection pour moi vous conduit trop loin... Ne prenez point souci que je laisse jamais affaiblir ma puissance, que je renonce à aucun de mes droits. Quand le moment de me montrer sera venu, je saurai prouver que je suis roi !... Chers fils, je vous l'ai souvent dit et je vous le repète encore, toute la science de la vie consiste à savoir attendre... Quand sonnera l'heure solennelle, ma parole éclatera comme un coup de tonnerre, ma main lancera la foudre ; je serai non plus un roi mais un Dieu !... Patience, enfans, patience ! Fiez-vous à mon expérience.

— Voilà un sourire, cher Henri, s'écria d'Épernon, que je ne t'ai vu depuis longtemps, et qui m'enchante ! Je commence à croire que ce sont, non des songes creux, mais bien de grands et hardis projets qui remplissent ton prétendu sommeil. Quel feu dans ton regard ! Quelle animation sur ton visage ! Henri, si je ne savais ton âge, je te donnerais en ce moment vingt ans !

A ce compliment, le roi rougit de plaisir, sous l'épaisse couche de céruse et de fard qui lui couvrait la figure.

— La paix est faite, n'est-ce pas, mes bien-aimés fils? dit-il aux deux mignons d'une voix langoureuse et caressante. Au lieu de perdre notre temps en vains propos, occupons-nous plutôt de choses profitables et sérieuses... As-tu été trouver François (1), cher Joyeuse?...

— Certes, Henri... Deux fois même.

— Eh bien ! que peut-il faire, cet excellent ami?

— Cinq cent mille écus au plus.

— C'est bien peu, mon fils.

— Parbleu ! à qui le dites-vous !

— Ensuite, quelles sont nos autres ressources?

— Sire, la communauté de tous les trésoriers et financiers de France s'engage, si Votre Majesté consent à lui bailler abolition de tous les larcins qu'elle a commis, à vous compter la somme de deux cent mille écus de principal et quarante mille écus pour les frais de justice (2).

— Que penses-tu de cette proposition, d'Epernon?

— Qu'il faut provisoirement l'accepter, Henri. Dans six mois d'ici nous ferons pendre deux ou trois financiers, et les autres mortellement effrayés, pousseront bien cette somme jusqu'à un million.

— Va donc pour l'abolition demandée... Après?

— Les prêts volontaires que nous imposerons aux principaux notables de la bour-

(1) François de Fresnes, marquis d'O, né en 1535, ancien mignon, et alors surintendant des finances.

(2) « Pour lesquelles sommes païer tous ceux qui avaient manié peu ou prou les finances du roi furent par teste (tant innocents que coulpables) taxés et quotizés, par certains commissaires à ce députés par Sa Majesté, à la charge de la mieux rober qu'auparavant et donner courage à ceux qui lui avaient esté fidèles (qui estaient bien purs) de faire comme les autres, et se rembourser au double de l'argent qu'ils bailleraient, puisqu'il y avait plus d'acquest (ou profit) à estre larron qu'homme de bien. » (Registre-journal de Henri III, par Pierre de l'Estoile.)—Ce fait aurait pu sembler si étrange, si invraisemblable, qu'il nous a paru indispensable d'en bien constater la véracité.

geoisie de Paris atteindront bien le chiffre de quinze cent mille écus...

— Crois-tu? d'Epernon.

— J'en réponds sur ma tête !

— Alors, de quoi vous plaignez-vous, mes fils? Ces ressources, unies aux édits bursaux que j'ai signés ce matin, nous mettent et au-delà à même de faire bonne figure... Depuis bientôt tout une semaine, je suis préoccupé des costumes que nous porterons pendant ces jours de liesse... J'entends, bien-aimé frère d'Epernon, et toi, cher fils de Joyeuse, que nous soyons accoutrés tous les trois d'une semblable façon...

— Henri ! s'écrièrent en même temps les deux mignons qui, par un mouvement spontané, prirent chacun une main du roi et la serrèrent avec reconnaissance dans les leurs.

Henri III les contempla d'un air attendri, et une larme de joie roula sur ses joues.

— Ah ! qu'il est doux d'être aimé ainsi ! murmura-t-il. Cher Joyeuse, continua le roi après un léger silence, je dois te confier une crainte qui m'est venue à l'esprit et trouble mon repos. J'ai peur qu'une fois marié ton affection pour ta femme ne nuise à celle que tu me portes...

— Tais-toi Henri ! s'écria Joyeuse, voilà que tu blasphèmes... Moi oublier les bontés dont tu m'as comblé, la confiance sans borne que tu m'as montrée, moi méconnaître tes qualités, tes grâces, ton esprit !... Mais il faudrait être un monstre d'ingratitude. Quel roi jamais avant toi a permis à ses amis de le traiter de gentilhomme à gentilhomme, de l'aimer pour lui-même. Il n'en est pas Henri !... Tu es le plus sublime modèle d'amitié, de générosité, de constance que jamais les siècles aient fourni jusqu'à ce jour.

En ce moment, un jappement plaintif, un petit cri douloureux qui retentit près du roi, appela son attention.

Il se retourna vivement et il aperçut son épagneul favori qui fuyait en boitant.

— Ici, joli Phœbus, dit-il. Réfugies-toi auprès de ton maître. C'est encore ce détestable d'Epernon qui t'a frappé, n'est-ce pas? Pourquoi, méchant fils, brutalises-tu ainsi, sans cesse mon joli Phœbus? Regarde quel œil intelligent !... Quelle belle et soyeuse robe. Peux-tu rester insensible à tant de gentillesse !... Fi ! le mauvais cœur !...

— Je conçois, Henri, répondit d'Epernon d'un air moqueur, que donné par cet accompli et incomparable cavalier, qui a nom Storzi, ce laid épagneul vous soit cher. Je n'en soutiens pas moins que cette affreuse bête dépare d'une déplorable façon la meute des appartemens de Votre Majesté.

— Quelle robuste rancune contre Sforzi ! dit le roi en souriant.

— Dam ! sire, ne faut-il pas que je sois reconnaissant à cet aventurier de ce qu'il a mis des assassins à mes trousses ?

— Cher d'Epernon, reprit gravement le roi, quoique j'aie pour habitude de te céder en toutes choses, ne te récries pas contre ce propos, tu sais bien qu'il est vrai en tout point, je n'accepte pas l'accusation que tu portes contre le chevalier Sforzi. Il y a certains signes, certains indices auxquels il n'est pas donné de se méprendre. Ce jeune gentilhomme, je le jurerais sur ma part de vie éternelle, est incapable d'une action basse ou mauvaise. Tu as voulu l'éloigner de ma personne, je t'ai laissé faire. C'est un bon serviteur que j'ai perdu, cher fils ; or, par le temps de trahison et de félonie qui court, un serviteur fidèle n'est pas à dédaigner. Au reste, ma conduite avec ce Sforzi n'a pas été ce qu'elle eût dû être. Je n'ai reconnu par aucune faveur, par aucune largesse, le don de son épagneul Phœbus auquel il tenait tant !... Je lui ai laissé le droit de douter de la générosité du roi !

— Mordiou, Henri, interrompit d'Epernon d'une voix altérée, il n'est plus besoin que vous cherchiez un prétexte pour revoir ce glorieux Sforzi ! . N'êtes-vous pas le maître? Qui vous empêche de l'envoyer quérir ? Pourquoi ne pas me charger de cette haute mission ?.. Ce me sera un grand honneur de vous amener un si parfait aventurier, pardon, je voulais dire un si parfait gentilhomme. Peut-être bien essaiera-t-il de m'occire traîtreusement en route !.. Mais qu'importe ce détail !.. D'Epernon mort on crierait vive Sforzi ! ce serait tout un !..

— Cher fils, interrompit Henri III d'un ton chagrin, je te jure, foi de gentilhomme, que je donnerais cent mille écus pour que tu eusses tué sur place M. Sforzi, lorsqu'il n'a pas craint de te tenir tête ! Du moment que tu l'as laissé vivre, il ne m'est pas permis de partager la haine que tu lui portes. Après tout, l'insulte venait de toi ; tous les torts étaient de ton côté, et la conduite de Sforzi a été, dans cette malheureuse circonstance, celle d'un noble et vaillant cœur... On prétend qu'il est d'une force extrême à l'escrime, ce Sforzi... Crois-en mon expérience, bien-aimé d'Epernon, ne montre pas si ouvertement, si publiquement ta rancune contre ce gentilhomme. Ceux qui ne te connaissent pas aussi bien, aussi intimement que je te connais, verraient dans ton

dépit une blessure de ton amour-propre...

— Pourquoi tant de détours, Henri? interrompit le mignon, pâle de colère; qui vous retient de proclamer hautement que je suis un couard, un lâche?...

— Cher enfant, dit Henri III d'un air affectueux et peiné en passant son bras autour du col du duc, pardonne-moi d'avoir porté l'affliction dans ton âme si hautaine et si loyale !... telle n'était pas mon intention. Je sais ton grand courage, ton héroïque valeur !... Que veux-tu? j'étais marri de la fatalité qui t'a empêché de paraître cette fois à ton avantage, et, dans mon déplaisir, j'ai outrepassé les limites de l'amitié... j'ai parlé en maître !...

— Sire, répondit froidement d'Epernon, Votre Majesté n'a fait qu'user de son droit.

— Méchant fils, voilà que tu me railles !.. Allons, enfant, trêve de reproches, que tout soit oublié.

Le duc d'Epernon se mit alors à se promener d'un pas nerveux et saccadé, en long et en large dans l'appartement. Tout à coup, il s'arrêta devant le roi, et d'une voix réellement émue et qui décelait la sincérité :

— Henri, lui dit-il, veux-tu connaître le véritable motif de ma haine contre le Sforzi?

— Explique-toi, cher fils !

— Eh bien ! c'est que je suis jaloux de lui ! reprit le mignon avec violence. Laisse-moi poursuivre, Henri, ne m'interromps pas. Les faveurs, les dignités dont tu me combles n'ont d'autre mérite à mes yeux que celui de passer par tes mains ! Tu ne saurais te figurer le peu de cas que je fais de la faveur du roi. Ce dont je suis jaloux, Henri, jaloux au-delà de toute expression, c'est de l'amitié du gentilhomme. J'ai une détestable opinion de notre époque, j'éprouve un profond mépris pour les hommes de nos jours. Les courtisans qui m'accablent de protestations de tendresse et de dévouement me semblent une meute de chiens affamés alléchés par l'odeur d'une proie. Je ne crois au désintéressement, à l'honnêteté d'aucun ici-bas... Toi, Henri, c'est tout différent !.... Tu n'as besoin de moi en quoi que ce soit ; il ne m'est donc pas permis de douter de ton attachement à ma personne ! Tu m'aimes, parce que tu m'aimes ! Henri, si j'étais assuré qu'un esprit dépravé et hypocrite tel que toi abuserait pas plus tard de la bonté de ton cœur, je quitterais à l'instant la cour à tout jamais ! Ce qui me retient près de toi, Henri, c'est la conviction de ta faiblesse !.. Oui, tu avais raison tout-à-l'heure, tu t'es montré ingrat envers le chevalier Sforzi ! Il faut le récompenser comme on récompense ces sortes d'hommes, avec de l'argent !.. Je te l'amènerai, Henri, mais à la condition que tu te tiendras sur tes gardes, que tu ne te laisseras pas prendre aux faux semblans d'honnêteté, de désintéressement que cet aventurier affectera en ta présence, pour capter tes bonnes grâces. Un dernier mot, Henri : tu me désobligerais beaucoup en prolongeant notre conversation, en revenant sur le sujet que j'achève de traiter. Je regrette de t'avoir montré dans tout son entier ma faiblesse pour toi. Tu es bon, Henri, oui, noble, généreux à l'excès, mais tu es faible ! Une fois assuré de mon dévoûment, tu chercheras de nouvelles distractions, de nouveaux visages ! Je t'en conjure, Henri, rompons cet entretien : pas un mot de plus sur ceci.

Le duc d'Epernon éprouvait certes une véritable amitié pour le roi, mais cette amitié ne l'absorbait pas au point de l'empêcher d'être l'esprit le plus fort, le plus rusé, le plus profond du royaume.

Henri III, vivement ému, se rendit à la prière du mignon, il garda le silence ; il abandonna le fauteuil sur lequel il était assis et s'en fut s'appuyer contre une fenêtre.

— Merci, mon Dieu ! murmura-t-il en levant vers le ciel un regard reconnaissant.

Au moment où le roi se mettait à la fenêtre, Sforzi était en train de dompter son cheval.

— Sforzi ! s'écria Henri III ; quel singulier hasard !

Les ducs d'Epernon et de Joyeuse entendirent l'exclamation de leur maître : aussi s'empressèrent-ils de quitter leurs siéges et d'accourir près de lui.

Le chevalier Sforzi avait si bonne mine en selle, il opposait un si gracieux sangfroid à l'impétuosité du fougueux animal, que Henri III, malgré la présence de ses mignons, ne put s'empêcher de manifester à plusieurs reprises son contentement et son admiration de la hardiesse et de la science déployées par le jeune écuyer.

D'Epernon qui, tout en suivant d'un œil jaloux la lutte de Raoul avec son cheval, épiait sur le visage du roi les impressions que ce spectacle lui causait, jugea nécessaire de détourner l'attention trop soutenue que Sa Majesté accordait à Sforzi.

— Henri, lui dit-il, la scène qui se passe en ce moment devant nous était, crois-le bien, préparée à l'avance. Remarque la rare précision de cette volte-face ; ce savant changement de pied au plus fort d'un élan ; ce galop sur lui-même, qui maintient l'animal en place alors qu'il semble dévorer l'espace... Tout ceci sent d'une lieue le manége... Ce cheval est admirablement dressé, voilà tout !

— Non pas, cher fils, répondit le roi. Ces naseaux gonflés et fumans, cet œil sanglant et inquiet, ces tressaillemens de corps, ces bonds inattendus, presque convulsifs, prouvent d'une façon irréfutable que ce cheval est au contraire en proie à un véritable accès de vertige. Quel merveilleux cavalier que ce Sforzi ! Qu'il est beau et dextre dans le danger ! Par la messe ! je ne donnerais pas ce plaisant spectacle pour dix mille écus !

Le duc d'Epernon se mordit les lèvres et garda le silence. Au regard que de Joyeuse et lui échangèrent alors, il était facile de deviner combien tous les deux étaient inquiets.

Pendant que Henri III et ses deux mignons assistaient aux prouesses de Raoul, la porte s'ouvrit et Sibillot entra dans le cabinet royal.

Le singulier personnage avait l'air tout soucieux, tout préoccupé. Il était évident qu'un laborieux travail avait lieu dans sa petite cervelle.

Il se coucha d'abord par terre, puis après s'être assuré que ni le roi ni les ducs de Joyeuse et d'Epernon ne songeaient à abandonner la fenêtre, il tira une lettre de son pourpoint et se mit à la lire avec attention.

Cette lettre était celle que lui avait écrite Sforzi.

— C'est pourtant à cet excellent gentilhomme, murmura Sibillot, que je dois de posséder encore ma douce et belle Catherine. Moi, je n'aurais jamais eu le courage de l'abandonner dans un pareil moment pour aller chercher mon compère Bernard Abatia... Ma belle et douce amie serait donc morte faute de secours... Ah ! cette pensée me fait frémir !.. Oui, mais ce Sforzi n'aimerait-il pas Catherine ? Il me conjure de lui présenter ses hommages... Il est éperdument épris d'elle, c'est certain... Alors, malheur ! malheur à lui !... Allons, voici que la jalousie me rend injuste... Comment voir ma belle Catherine sans l'idolâtrer ? cela n'est pas possible ! Pauvre Sforzi ! ne dois-je pas plutôt le plaindre que l'accuser ?... Comme il doit souffrir de ce fatal amour, car il est honnête et loyal ce gentilhomme ; il n'essaiera jamais d'abuser de ma confiance. Pauvre, pauvre Sforzi ! Oui, il verra Henri...

Sibillot déchira alors en petits morceaux le billet de Raoul ; puis, rampant jusqu'à la fenêtre, il vint se placer aux pieds du roi !..

Henri III continuait d'apporter une grande

attention, de prendre un vif plaisir aux prouesses hippiques de Sforzi. A une hardie et brillante évolution du jeune homme, il se retourna du côté de ses mignons pour voir ce qu'ils en pensaient : les visages refrognés et froids des ducs d'Epernon et de Joyeuse lui apprirent clairement qu'il n'avait pas à attendre de ses favoris une approbation sympathique. Tout à coup, il aperçut Sibillot.

— Morbleu ! murmura-t-il, je suis curieux de connaître quelle sera l'opinion de mon compère sur le chevalier Sforzi. Hola ! debout, bien-aimé et illustre cousin, continua le roi en tirant le fou par l'oreille. Bien! Examine attentivement ce jeune cavalier : que te semble de lui ?

Sibillot savait à merveille son métier de bouffon. Au lieu d'obéir au roi avec l'empressement d'un courtisan, il bâilla deux fois, fit une grimace tellement laide qu'elle atteignait jusqu'au génie et se mit à regarder le plafond.

Henri III aimait presque autant les grimaces de son fou que les caresses de ses damerets et de ses épagneuls ; la mimique de Sibillot lui fut donc fort agréable. Toutefois, il affecta de paraître fâché, et, élevant la voix :

— Illustre cousin, reprit-il, j'ai envoyé quérir tantôt chez Guillaume Charly une ample provision d'oranges, et fait renouveler les fouets destinés à châtier mes pages.

Sibillot fit aussitôt semblant de manger un fruit et de recevoir les étrivières.

Cette belle pantomime charma tellement Henri III qu'il ne se sentit même pas le courage de continuer à paraître fâché.

— Donc, mon beau Sibillot, reprit-il avec bonté, oblige-moi de regarder ce cavalier qui voltige si bravement dans la cour, et dis-moi quelle est ton opinion sur son compte.

Sibillot, si doucement sollicité, ne jugea pas à propos, non plus, d'opposer une plus longue résistance aux désirs du roi ; il appliqua son visage contre les vitres de la fenêtre, et se mit à regarder Sforzi.

— Eh bien, lui demanda le roi un instant après, que t'en semble ?

Sibillot poussait d'ordinaire la taciturnité jusqu'au mutisme, et c'était un grand triomphe pour Henri III quand il parvenait à lui arracher une parole ; aussi, quel ne fut pas l'étonnement et la joie du roi lorsque le fou, sans se faire autrement prier, prononça distinctement les trois mots suivans : Gentil! brave! bon !

— Cousin Sibillot ! s'écria Henri III, ravi

de l'obéissance et de la sagacité de son bouffon, il y a bien des gens réputés doctes et sensés qui n'ont pas la centième partie de ton jugement... Mort de ma vie ! continua Henri III après une légère pause, je suis curieux, illustrissime cousin, de savoir si ce gentilhomme te plaira autant de près qu'il t'agrée de loin... Veux-tu que je l'envoie quérir ?

— Oui, Henri, envoie-le quérir.

Cette seconde réponse de son fou porta au comble l'étonnement du roi. Il ne se souvenait pas que Sibillot eût encore daigné parler deux fois de suite.

D'Epernon comprit qu'entraver plus longtemps la volonté ou le caprice du roi serait une maladresse.

— Henri, dit-il d'un air indifférent et en affectant de prendre son parti de cet échec momentané, nous sommes convenus, ne l'oublie point, que le désintéressement dont M. Sforzi a fait preuve, en te cédant son épagneul, mérite un salaire. Si je ne me trompe, tu te trouves en ce moment à court d'argent. Voici ma bourse : elle contient cent écus.

— Merci, cher fils, répondit le roi, sans songer à se fâcher de ce prêt.

Le duc d'Epernon, le sourire aux lèvres et la rage au cœur, ouvrit la porte du cabinet royal, appela l'un des neuf gentilshommes de la chambre, et lui ordonna d'aller chercher Sforzi.

Cette fois, si l'étonnement de Raoul fut extrême, au moins n'éprouva-t-il plus ce trouble et cette émotion qui, lors de sa première entrevue avec le roi, l'avaient saisi à la gorge et au cœur.

Le prestige de l'inconnu n'agissait plus sur lui ; il avait vu de près Henri III, et l'impression que lui avait causée l'homme avait nui à l'idée qu'il s'était formée du roi.

Ce fut donc d'un pas ferme qu'il suivit son guide, d'un regard assuré qu'il soutint l'avide curiosité qui l'accueillit partout sur son passage. Lorsque Sforzi pénétra dans le cabinet royal, de Joyeuse l'accueillit par un très significatif froncement de sourcils; d'Epernon, au contraire, lui sourit d'une très aimable façon.

Décidément le duc d'Epernon était un esprit supérieur.

Raoul, après les trois saluts d'usage, s'arrêta à trois pas de la chaire où se tenait le roi et attendit dans un respectueux silence que Sa Majesté daignât lui adresser la parole.

— Messire Sforzi, dit Henri III après un assez long silence, nous avons à vous entretenir de choses fort graves. J'entends que vous me répondiez avec une entière franchise.

— Sire, répondit le chevalier en s'inclinant profondément, mentir au roi, c'est forfaire à l'honneur !

— Très bien ! monsieur ; de tels sentimens font votre éloge…. Chevalier Sforzi, mon bon cousin d'Épernon, ici présent, se plaint d'un attentat que vous méditez contre sa personne… Il prétend — et mon bien-aimé d'Épernon ne ment jamais — que vous avez soldé des assassins pour lui tendre un guet-apens… Je n'ai pas besoin d'ajouter qu'un tel crime, s'il est dans votre pensée, vous avilirait à mes yeux et vous vaudrait toute ma sévérité !…

— Sire, répondit Raoul, M. le duc d'Epernon est un trop loyal, trop noble et trop digne gentilhomme pour avoir inventé de lui-même une semblable accusation. Il faut que l'on se soit odieusement joué de sa crédulité, que l'on ait vilainement abusé de sa bonne foi… Sire, je vous le demande en grâce, à deux genoux, exigez que M. d'Epernon me livre le nom du calomniateur….

— Mordiou, M. Sforzi, s'écria le mignon, prenez-vous donc Sa Majesté pour un membre de la prévôté, pour un juge d'instruction criminelle ?

Raoul ne répondit pas : le roi sourit d'un air satisfait. Ce silence lui prouvait que le chevalier savait sa cour.

— Messire Sforzi, dit-il, racontez-nous quelle sorte de difficulté vous avez eue avec notre bien-aimé fils d'Epernon. Nous avons entendu narrer de façons si diverses cette aventure, que nous serions aise de la connaître dans toute sa véracité.

Quoique Henri III affectât un sérieux imposant, un observateur sagace aurait pu remarquer dans le ton dont il adressa cette demande au chevalier quelque peu de malice et d'ironie. Le fait est que le roi, doué d'un esprit fort taquin — que l'on nous pardonne la trivialité de cette expression, seule capable de rendre notre pensée entière — prenait souvent plaisir à agacer ses mignons, à exciter en eux de petites colères.

— Sire, répondit Sforzi, cette rencontre est du genre de celles qui ont lieu tous les jours. M. le duc, dans un moment de vivacité produite par un prétendu manque d'égards dont il m'avait cru coupable envers lui, s'est d'abord furieusement emporté. Ayant peu après reconnu mon innocence, M. le duc a été ce qu'il devait être, juste et honnête : il s'est éloigné sans se servir de son escorte qui, sur un signe de lui, aurait

pu, sinon aisément, du moins impitoyablement me massacrer.

Henri III fut très satisfait de cette réponse. Elle lui prouvait que le chevalier était aussi modeste et discret que brave.

Quant à d'Epernon, la délicatesse dont Sforzi usait envers lui fit disparaître le sourire aimable dont il avait masqué son visage : il commençait à être inquiet.

— Ainsi. dit le roi, vous devez la vie à mon bien-aimé d'Epernon ?

— Oui et non, sire, répondit Raoul après une hésitation si courte qu'elle passa inaperçue. M. d'Epernon, quand même je l'eusse insulté, ne pouvait confier à d'autres qu'à lui le soin de sa vengeance. Il était donc, en tout cas, de son devoir de me protéger. Or, M. d'Epernon est trop galant homme, sire, pour s'écarter jamais de la ligne de l'honneur !

Le visage du mignon tourna du sérieux à la menace.

Décidément Sforzi était, sous tous les rapports, un rival dangereux.

Le roi qui semblait prendre un vif plaisir à cet entretien se disposait à adresser de nouveau la parole à Sforzi, lorsque le fou Sibillot, auquel personne ne songeait plus, s'avança vers Raoul et lui saisissant la main, se mit, ainsi qu'il l'avait déjà fait lors de sa première rencontre avec le jeune homme, à étudier attentivement les lignes naturelles qui sillonnaient la paume.

Henri III attendit avec une vive impatience, qui ressemblait presque à de l'anxiété, le résultat de cet examen.

Tout à coup Sibillot laissa retomber la main de Raoul, et sautant au col du jeune homme, il lui donna une chaleureuse accolade tout en s'écriant :

— Gentil chevalier, je n'ai jamais encore trouvé un si noble, plaisant, fidèle et valeureux seigneur que toi. Veux-tu devenir mon ami ? Je te chanterai tous les Noëls que je sais, je partagerai avec toi tous les profits, douceurs et joyaux que me donne mon cousin Henri-le-Sage.

Ce long discours de Sibillot, son action si merveilleuse, vu sa profonde indifférence pour tout le monde et sa rare nonchalance, étonnèrent Henry III à l'égal d'un miracle.

— Mes pressentimens ne m'avaient pas trompé, pensa-t-il, c'est le ciel qui m'envoie ce charmant Sforzi. D'Epernon lui aussi finira par l'aimer… Quant à mon frère Joyeuse, il se marie… Dois-je encore compter sur son cœur ?…

— Sire ! s'écria en ce moment d'Epernon, Votre Majesté oublie sans doute qu'il est six heures... Madame Catherine déteste attendre !...

— Chevalier, dit Henri III en se retournant vers Sforzi, je vous convie à assister à mon souper !... Il me reste encore à vous payer une dette !...

Le roi se leva, et suivi de ses deux mignons sortit de son cabinet.

A peine Henri III fut-il entré dans la salle du conseil où l'attendait sa suite, que d'Epernon et de Joyeuse le laissèrent, et se prenant par le bras, s'éloignèrent en toute hâte.

CHAPITRE XXIV.

Le souper du roi.

Six heures sonnaient à l'horloge de St-Germain-l'Auxerrois lorsque le roi entra, suivi de sa cour, dans la salle dite de la Reine. Catherine de Médicis, accompagnée de ses demoiselles d'honneur, arrivait au même instant.

Henri III s'avança vers sa mère, la salua respectueusement, puis après l'avoir embrassée à deux reprises, il l'accompagna jusqu'à son fauteuil. Aussitôt un orchestre, dirigé par Nicolas Millot, et placé dans un des angles de la salle, commença une symphonie récemment composée par Eustache du Courroy, le célèbre maître de chapelle de Sa Majesté.

Le maître-d'hôtel servant, suivi de deux des gentilshommes de quartier, dont le premier portait une aiguière de vermeille, et le second une cuvette merveilleusement ciselée, après avoir cherché en vain du regard MM. les ducs d'Epernon et de Joyeuse, présenta lui-même la serviette au roi.

Henri III trempa le bout de ses doigts dans le filet d'eau de rose que versait le gentilhomme chargé de l'aiguière; puis il s'assit.

Aussitôt l'orchestre se tut : le grand aumônier dit les Grâces et le souper commença.

Trois seigneurs du conseil de Sa Majesté et deux des commandeurs du Saint-Esprit étaient chargés d'assister le roi pendant toute la durée du repas. La table, splendidement dressée,— ce qui n'était pas ordinaire à la cour, car fort souvent Henri III manquait d'argent— contenait cinq couverts : ceux du roi, de la reine-mère, de monseigneur de Birague, des ducs de Joyeuse et d'Epernon.

L'absence des mignons laissait deux places vacantes, le roi ne jugea pas à propos de les remplir.

La salle dite de la Reine, l'une des plus spacieuses du Louvre, était coupée en deux par une balustrade haute d'environ trois pieds ; cette balustrade servait à parquer les gentilshommes, les hobereaux de province, les oisifs qui chaque jour accouraient en foule assister aux repas de Sa Majesté.

Le capitaine des gardes servant le quartier, les deux archers du corps, le premier maître d'hôtel, le premier médecin, le maître d'hôtel et les gentilshommes servans, puis enfin les princes, cardinaux, ducs et hauts officiers de la couronne avaient seuls le droit de se tenir en deçà de la balustrade du côté de la table royale.

A la vue du capitaine des gardes qui, après avoir été mandé par Henri III, se dirigeait vers la balustrade, un vif mouvement de curiosité se manifesta parmi la foule. Il était évident qu'une invitation allait avoir lieu ! Quel devait être l'heureux élu? Que de cœurs battaient d'espérance, que d'ambitions et d'orgueils étaient excités.

Le capitaine des gardes jeta un coup-d'œil sur la foule, et soit que les indications données par le roi fussent insuffisantes, soit qu'il ne voulût pas perdre de temps pour remplir sa mission, il éleva la voix et appela le chevalier Sforzi.

Raoul sortit aussitôt d'un groupe où il se tenait à moitié étouffé, et se présenta au capitaine des gardes.

— C'est à M. le chevalier de Sforzi que j'ai l'honneur de parler? lui demanda ce dernier.

— A lui-même, monsieur, pour vous servir.

— Sa Majesté m'envoie vous avertir, mon gentilhomme, qu'elle vous invite à assister à son souper.

Raoul s'inclina profondément et, suivi par les regards envieux des gentilshommes non classés, il pénétra dans le sanctuaire, c'est-à-dire dans l'enceinte défendue par la balustrade.

— Par le Dieu Mercure ! dit une voix sortant de la foule, voilà une faveur bien placée. Jamais plus avenant, plus brave et gentil cavalier que ce Sforzi n'a orné et embelli la cour de France de sa présence.

Et de Maurevert se frotta joyeusement les mains tout en murmurant :

— Par Pluton, ce coquin d'O pourrait bien perdre d'ici à peu sa charge de surintendant des finances. Que Lucifer m'étrangle si je comprends de quelle façon a dû s'y prendre Raoul pour se produire si promptement, pour arriver si vite. Parbleu ! il aura tout bellement commis une grosse imprudence qui aura tourné à son avantage. Depuis que je connais ce charmant Raoul, je suis à me demander si l'expérience n'est pas chose plutôt nuisible que profitable, si elle n'est point un frein qui nous arrête au beau milieu de notre élan, et nous empêche de franchir les obstacles, de sauter par dessus les difficultés ? On se casse rarement le col, c'est vrai ; mais, en revanche, on se laisse presque toujours distancer. N'importe, si Sforzi, à l'instar de messire Icare, tombe pour avoir voulu s'approcher trop près du soleil, je saurai m'arranger de façon sinon à le recevoir dans sa chute, au moins à recueillir ses dépouilles.

Lorsque Raoul franchit la balustrade Sa Majesté était occupée à déguster une sorte de consommé fort en vogue, sous le nom de *restaurant divin*.

— Sire, disait la reine-mère, dont le visage froid et impassible ressemblait assez à un masque de marbre, je vois avec une bien grande joie que Votre Majesté semble prendre plaisir à ce restaurant divin, composé sur mes indications et d'après mon ordre.

— Je vous remercie, ma mère, de cette bonne attention, répondit le roi. Quelle est, je vous prie, la recette de ce restaurant ?

— Elle est fort compliquée, mon fils, et demande surtout beaucoup de soins dans sa préparation. C'est une composition, dosée avec art, de toute sorte de gibier et de grosses viandes hachées très menu, et distillées dans un alambic avec de l'orge mondé, des roses sèches, de la cannelle, de la coriandre, des truffes et des raisins de Damas.

Henri III,—quand ses moyens pécuniaires le lui permettaient—accordait une extrême importance à sa table ; aussi écouta-t-il avec attention les détails culinaires que lui donnait Mme Catherine.

Toutefois, la reine-mère crut remarquer que cette attention n'était pas à la hauteur de l'intérêt que présentait le grave et important sujet qu'elle venait de traiter. En effet, Henri III était inquiet, préoccupé.

La double absence si inconvenante et si inconcevable des ducs d'Epernon et de Joyeuse le préoccupait au dernier point. De temps à autre il regardait Sforzi à la dérobée, et semblait prendre plaisir à cet examen.

S. M. se disait sans doute que si ses compagnons d'armes et de plaisir, d'Epernon et de Joyeuse, l'abandonnaient, il trouverait une compensation à leur ingratitude dans l'amitié de Raoul. Toujours est-il que le roi fit peu d'honneur au souper somptueux servi devant lui. A peine effleura-t-il du

bout des lèvres une tranche de *soleil de blanc chapon*, un *œuf à la broche* farci de truffes et une cuillerée de *gelée ambrée et en pointes de diamant*.

Dès l'instant que le roi ne montrait aucun appétit, Mgr le chancelier, le vieux de Birague, ne pouvait avoir faim. Quant à la reine, elle ne mangeait que fort peu : quelques fruits confits, selon la mode italienne, suffisaient à ses repas. Le souper fut donc promptement terminé.

Un peu avant de quitter la table, le roi, qui depuis un instant était devenu fort pensif, parut s'arrêter tout-à-coup à un parti, prendre une décision débattue depuis un moment dans son esprit.

— Chevalier Sforzi, dit-il en élevant la voix, l'empressement que vous avez mis à vous rendre en notre présence quand nous vous avons mandé tantôt près de nous vous a valu un jeûne prolongé !.. Il ne serait point juste que vous pâtissiez de votre obéissance ! Mes officiers de bouche vont vous servir à souper !.. Chevalier Sforzi, dès que vous aurez achevé votre repas, il vous sera permis de nous rejoindre dans l'antichambre de madame notre mère !..

On appelait *antichambre* de la reine-mère le salon d'apparat où Catherine de Médicis donnait ses audiences, et recevait deux fois par jour la visite de son royal fils.

A ces paroles, prononcées par le roi avec une grande bienveillance, un frisson de surprise agita la foule des courtisans.

Des chuchotemens étouffés s'élevèrent, malgré la présence de Henri III, de tous les côtés de la salle de la Reine.

La faveur que recevait Sforzi était, au reste, si en dehors des usages, si insigne, qu'elle motivait parfaitement l'émotion des courtisans.

Sforzi, à peu près inconnu il y avait à peine une heure, devenait un personnage important, digne d'être sérieusement étudié, consciencieusement espionné.

Au reste, ce fut avec autant de convenance que de dignité que Raoul reçut cette haute marque de faveur ; il se contenta de s'incliner jusqu'à terre devant le roi. Quand il releva la tête, les témoins de cette scène remarquèrent avec la plus vive surprise que son regard ne décelait nulle fierté, que son visage n'avait point changé de couleur.

Dès lors le chevalier fut jugé comme étant un homme supérieur, et chacun attendit avec une cupide impatience le moment où il serait possible de l'aborder et de lui offrir son amitié.

Pouvoir arriver des premiers auprès d'un

favori futur, lorsqu'il est encore inconnu, qu'il n'a point été gâté par la flatterie, est une des bonnes fortunes que les courtisans recherchent le plus avidement.

Ce fait n'a pas besoin, pour être expliqué et compris, de bien longs commentaires.

Dès que les Grâces eurent été récitées, le roi se leva, offrit la main à sa mère, et s'éloigna suivi de son brillant cortége.

On remarqua que Henri, sur le point de franchir le seuil de la porte, se retourna encore par hasard du côté de Sforzi, et lui adressa un bienveillant sourire.

L'homme le plus joyeux de la réussite si soudaine et si éclatante du chevalier était, certes, le capitaine de Maurevert.

— Que diront tous les courtisans, pensait-il, lorsqu'ils apprendront que ce Sforzi, si triomphant et victorieux, est tout bonnement mon élève? Il me tarde que Sa Majesté soit partie pour montrer à tout le monde l'intimité qui existe entre Raoul et moi. Ma foi, je m'en vais le tutoyer. Nous sommes assez liés et je lui ai rendu d'assez éminens services pour que j'aie le droit de me permettre cette familiarité. Cela va me poser d'une rude façon. Allons, calme-toi, ami de Maurevert. Ne cède pas à un fol et irréfléchi mouvement de vanité dont tu aurais peut-être à te repentir bientôt. Vois, cher ami, comme malgré tes rares qualités, ton esprit hors ligne, ton tact exquis, tu frises par fois de près la sottise!... Dévoiler ton amitié avec Raoul, ah! de Maurevert, je ne te reconnais plus... Quelle impardonnable imprudence!... C'est tout le contraire que tu dois faire.

A peine Henri III eut-il quitté la salle de la Reine, que de Maurevert s'appuya sur la balustrade, toussa d'une manière à rappeler les trompettes de Jéricho, et ayant attiré par ce moyen l'attention du chevalier, il lui fit signe de venir à lui. Sforzi s'empressa de se rendre au désir de l'aventurier.

— Messieurs, dit de Maurevert en s'adressant à plusieurs courtisans qui, à l'approche du jeune homme, parurent vouloir s'élancer à sa rencontre; messieurs, je dois vous avertir que ma rapière possède un bien triste défaut. Croiriez-vous que dès qu'on la touche, même par inadvertance, elle sort d'elle-même du fourreau et se met de suite à estocader! Ne me foulez donc point ainsi, je vous en conjure; je serais au désespoir que la déplorable manie de ma rapière donnât lieu à un assaut dans les appartemens même de Sa Majesté: cela nous nuirait à tous d'une façon irréparable.

La réputation de Maurevert, comme duelliste redoutable, était si solidement établie, que les courtisans, — quoiqu'ils fussent la plupart très sur la hanche,—se reculèrent et lui laissèrent le champ libre.

—Cher Sforzi, dit l'aventurier à voix basse et en se penchant tout contre l'oreille du jeune homme, il est de la plus haute importance que vous ne me marquiez en public aucune familiarité. Ma renommée rejaillirait sur vous, et cela pourrait vous nuire. Du courage, Raoul, tout marche à ravir. Ah! j'oubliais, il est indispensable que vous imaginiez un ingénieux prétexte pour avouer au roi que vous le trouvez le plus joli gentilhomme de son royaume. S'il vous parle de vos amours, affectez une grande timidité tout en protestant avec feu de la pureté de vos mœurs. La reine est une sainte femme, fort dévote; il faut qu'elle vous sache vertueux... Un dernier mot, Raoul; n'accordez, je vous en conjure, aucune place dans les finances avant de m'avoir consulté.

De Maurevert, après avoir prononcé ces paroles très vite, se recula de deux pas, et élevant la voix:

— Monsieur le chevalier Sforzi, dit-il en saluant très respectueusement le jeune homme, je vous rends mille grâces pour l'extrême obligeance avec laquelle, sans presque me connaître, vous avez daigné m'accorder une minute d'audience, et je vous baise humblement les mains.

A l'empressement que mirent les officiers de bouche à remplir auprès de Sforzi les devoirs de leur charge, il était facile de deviner qu'ils regardaient sa fortune comme un fait accompli.

Raoul, après avoir mangé à la hâte une caille au laurier et pris un verre de vin, se leva pour aller retrouver le roi.

Revenu un peu de sa surprise, le chevalier comprenait alors toute la portée de sa subite faveur. Malgré sa force de caractère, il ne sut se défendre d'un éblouissement et ce fut d'un pas presque chancelant qu'il entra dans l'antichambre de la reine-mère, où le roi se tenait en ce moment, en compagnie des principaux seigneurs de sa cour.

CHAPITRE XXV.

Le bougeoir.

La disparition subite et inconvenante des ducs d'Epernon et de Joyeuse était, sinon l'unique, au moins l'un des principaux motifs du triomphe de Raoul.

Le roi, blessé au vif dans son affection

et dans sa susceptibilité, avait voulu prendre une revanche. La sympathie qu'il éprouvait pour le chevalier aidant, Henri III s'était comporté avec une vigueur, avait montré une décision tout à fait insolites à son caractère. De Joyeuse et d'Epernon, tandis que Sa Majesté soupait, s'étaient retirés dans une espèce de petit boudoir qui leur servait pendant les grandes chaleurs de l'été à faire leur sieste, et dont tous les deux possédaient une double clé.

Ce fut d'Epernon qui le premier entama la conversation.

— Cher frère, dit-il, nous ne devons pas nous dissimuler que s'il n'y a point ce que l'on appelle péril en la demeure, la position ne laisse pas d'être fort grave. Celui qui, aveuglé par un sot amour-propre, s'obstine à mépriser un ennemi redoutable, s'expose à une honteuse défaite!... Avouons-nous de bonne grâce que le chevalier Sforzi n'est pas comme le premier venu, qu'il possède de sérieuses qualités, qu'il faut compter avec lui.

— Peuh! cher ami, une espèce d'aventurier qui n'a que la cape et l'épée.

— Plus on est affamé et plus il est naturel que l'on désire s'asseoir au banquet des faveurs. Au reste, cher Joyeuse, entre nous soit dit, je soupçonne fort le chevalier Sforzi d'appartenir à la meilleure noblesse. Il y a en lui une fierté et une superbe qui sentent le gentilhomme d'une lieue... Enfin, peu importe quelle soit son origine. Le roi, si l'envie lui en prend, le créera duc, et le Sforzi se trouvera être notre égal. Laissons donc de côté — tandis que nous sommes seuls — toutes épigrammes contre le Sforzi et occupons-nous de choses sérieuses. Cher Joyeuse, je remarque avec peine que Henri depuis un mois a beaucoup changé à son désavantage; il semble ne plus attacher le même prix que jadis à notre amitié. Ne s'est-il pas engoué aussi du jeune vicomte de Chaulny?

— Un fat, un fou.

— Un joli et brave garçon, cher de Joyeuse. Pas bien profond d'esprit peut-être, mais possédant toutes les qualités superficielles et brillantes qui réussissent à la cour, d'une illustre famille, d'une bravoure qui atteint les dernières limites de la témérité, d'une prodigalité insensée.

— A t'entendre, cher d'Epernon, dit Joyeuse avec dépit, on croirait que ni toi ni moi n'appartenons plus au monde!... que notre temps est passé!... Ne sommes-nous pas jeunes, beaux, téméraires?... Nos mérites sont-ils donc inférieurs aux qualités des Sforzi et des Chaulny.

— Il ne s'agit malheureusement point de nos qualités et de nos mérites, cher ami, il n'est question que de l'esprit capricieux de Henri... Mordiou! il est incontestable que l'on ne peut nous comparer à ces petits ambitieux subalternes!

Nous sommes, nous, des esprits supérieurs, hors ligne! Quelle que soit la position dans laquelle nous placera le hasard, nous dominerons toujours de toute la hauteur de notre génie et la noblesse et la bourgeoisie. Le roi crée à sa volonté des ducs, il appartient à Dieu seul de former un d'Epernon! Tu vois bien, cher ami, que je reconnais ma valeur... eh bien! cela ne m'empêche pas d'être inquiet; ton prochain mariage contribue beaucoup, j'en suis persuadé, au refroidissement que nous montre Henri. Mon intention n'est pas de marchander les bonnes grâces du roi; s'il est assez insensé pour se priver de mes services, assez aveugle pour ne plus apprécier mes qualités supérieures, tant pis pour lui, je l'abandonnerai. Il n'est prince ou roi de la chrétienté qui ne fût fier et heureux des'attacher d'Epernon! Seulement, avant d'en arriver à un exil volontaire, avant de céder la place à mes ennemis, j'entends, je veux combattre à toute outrance. Le soin de ma gloire me défend de quitter la partie. J'irai jusqu'au bout; je ne reculerai devant aucune extrémité! Voyons, de Joyeuse, ne perdons point en propos oiseux un temps précieux; arrêtons un plan de conduite; prenons une décision. Le conseil est ouvert; tu as la parole.

— Mon avis, dit de Joyeuse, est de répondre à la froideur du Roi par une froideur plus grande encore que la sienne; d'attendre que, vaincu par nos dédains, accablé par notre indifférence, il nous demande grâce et merci. Ce moyen, que vingt fois déjà nous avons employé avec tant de succès, me paraît infaillible.

— Je ne partage pas ta manière de voir, répondit d'Epernon, après un moment de silence.

— Avant tout, reprit Joyeuse, il est bien convenu, bien entendu, que nous nous débarrasserons des de Chaulny et des Sforzi. Les de Maurevert ne sont pas si rares à la cour que nous n'arrivions aisément à ce résultat.

— Mauvais moyens, mauvais moyens!... Nous avons eu le tort irréparable de laisser grandir ces nains, dit d'Epernon pensif. A présent, il n'est plus temps d'en arriver à une pareille extrémité; le retentissement que produirait la chute de nos rivaux serait de nature à nous nuire, à nous perdre! Selon moi, cher Joyeuse, il ne nous reste que deux partis à prendre...

— Quels sont-ils, cher d'Epernon ?

— Le premier, le plus simple et le plus sûr, serait de consentir à un sacrifice pécuniaire en faveur de Chaulny et de Sforzi... à donner à ces deux jeunes ambitieux une brillante position en province, loin de la cour.

— A mon tour je dis : mauvais moyen, mauvais moyen.

—Pourquoi cela, cher frère ?

— Parce que si nous faisons des ouvertures à ces jeunes présomptueux, ils vont se croire de grands personnages, se figurer que nous les redoutons, s'imaginer qu'ils sont sur le point d'atteindre leur but.

— Mordiou ! je ne me serais jamais attendu à une réflexion si judicieuse et si logique venant de toi, cher Joyeuse.

—Merci !... Passons à ton second moyen.

— Mon second moyen, cher frère, est infaillible.

— Alors, que ne l'as-tu proposé le premier ?

— C'est que son exécution exige une abnégation momentanée de ma part, dont la pensée indigne ma fierté, révolte mon orgueil !

— Ah ! bien aimé d'Epernon, de la délicatesse en politique, cela n'est point digne de ton grand esprit !

— Oui, tu as raison, je ne dois point me laisser arrêter par une si mesquine considération.

— Parle, je suis tout oreilles.

En ce moment le regard du duc d'Epernon s'arrêta sur une horloge-pendule dont les aiguilles marquaient six heures et demie.

— Il est temps que nous allions rejoindre Henri, dit-il. Le souper touche à sa fin, et je désire savoir, avant de prendre un parti, quelle aura été la contenance du Sforzi pendant le repas. Viens, bien aimé de Joyeuse, je te ferai part en route de mon projet.

Les deux mignons sortirent alors du boudoir, et bras dessus bras dessous ils se dirigèrent vers l'antichambre de la reine.

Pendant ce trajet, d'Epernon exposa à son complice, — s'il est permis d'appeler ainsi de Joyeuse, — quels étaient ses desseins. De Joyeuse accueillit cette confidence par un cri d'admiration.

— Ah ! cher d'Epernon, s'écria-t-il, si le vulgaire qui t'accuse d'un amour-propre sans bornes connaissait les ressources de son esprit, il excuserait, certes, la rare complaisance avec laquelle tu parles de toi-même.

Lorsque les deux mignons entrèrent dans l'antichambre de la reine-mère, ils virent tous les regards tournés vers Sforzi : depuis cinq minutes, Henri III avait adressé deux fois la parole au chevalier.

L'apparition de d'Epernon et de Joyeuse fut presque un coup de théâtre ; tous les deux supportèrent la curiosité causée par leur présence, non seulement en courtisans consommés, mais même en hommes tout à fait supérieurs.

Rien ne trahit en eux le désappointement, l'étonnement ou la colère ; pas un muscle de leurs visages ne bougea, aucun nuage n'altéra la sérénité de leur sourire.

Ce sang-froid complet, cette aisance parfaite, quoiqu'ils promissent au roi l'impunité, le contrarièrent vivement. Henri III trouvait que la quiétude de ses mignons touchait de trop près à l'indifférence.

Piqué au jeu, il redoubla de gracieusetés auprès de Sforzi.

D'Epernon et de Joyeuse parurent enchantés du succès de Raoul, et loin de vouloir l'amoindrir, ils s'y associèrent au contraire par des complimens qui paraissaient fort sincères.

Cette scène dura jusqu'à huit heures, c'est à dire jusqu'à ce que le roi se levât pour retourner dans ses appartemens.

La suite ou le cortège de Henri III observa pour le départ le même cérémonial que pour l'arrivée.

Chacun prit place selon son rang et sa dignité. Raoul se tint modestement au dernier rang. Le roi, en arrivant dans la première salle de ses appartemens, c'est-à-dire, dans la chambre d'Etat, s'arrêta pour ôter son épée et sa cape, et pour prendre sa robe de nuit.

— Chevalier, dit-il à Sforzi, qui se tenait indécis et immobile sur le seuil, entrez avec ces messieurs et suivez-moi : j'ai à vous parler !

Une fois que le grand-chambellan eut remis au roi sa robe de chambre, Sa Majesté passa dans son cabinet.

Les seigneurs qui formaient sa suite s'arrêtèrent.

— Venez, Sforzi ! dit le roi.

Peu après le roi rentra, ainsi que le voulait l'étiquette, dans la chambre d'Etat, et s'en fut s'asseoir dans une chaire près de laquelle se trouvait son barbier. Alors la suite, qui s'était tenue dans les chambres d'audience, rentra, et l'on procéda à la cérémonie du déchaussement.

Un des gentilshommes servans apporta deux carreaux en velours brodé d'or, aux chiffres de Sa Majesté, et les déposa aux pieds du roi.

Un grand silence se fit : Henri III allait désigner l'un des seigneurs présens pour lui retirer ses bottines.

— Sforzi! dit de nouveau le roi.

Raoul s'agenouilla et procéda à cette opération avec un trouble qui en doubla la durée.

Le Roi, loin de montrer de l'impatience, de la mauvaise humeur, complimenta le jeune homme sur sa dextérité.

D'Epernon et de Joyeuse paraissaient enchantés, ravis.

Tandis que le roi faisait les apprêts de son coucher, un orchestre, placé dans la chambre royale, ne cessait de jouer. Près des musiciens, deux des neuf gentilshommes de service attendaient le passage de Sa Majesté pour lui offrir sa collation.

Une fois que Raoul se fut acquitté tant bien que mal de sa tâche, le roi se leva, et se tournant vers lui :

— Chevalier, lui dit-il, prenez ce bougeoir et éclairez-moi.

A cette insigne faveur que le roi accordait à Sforzi, et qui jusqu'à ce jour n'avait appartenu qu'à MM. d'Epernon et de Joyeuse, l'étonnement et l'émotion de la suite royale furent portés à leur comble.

D'Epernon perdant alors son flegme inaltérable, s'avança vers le roi, et d'une voix qui vibrait de colère :

— Sire, s'écria-t-il, est-ce à dire, — car je suis de semaine, — que Votre Majesté me renvoie! Mordiou ! ne vous gênez point, sire ; je subirai volontiers cet outrage en faveur de la liberté qu'il me vaudra. Ma maîtresse sera agréablement surprise et elle vous bénira.

— Ta maîtresse, cher fils ? répéta Henri III d'une voix altérée. Tu cours donc les aventures, tu t'exposes à recevoir des coups de dague et d'épée? L'exemple de ce pauvre Saint-Mégrin sera-t-il donc perdu pour toi ! Méchant fils, c'est bien mal à toi d'inquiéter ainsi ma tendresse !

D'Epernon, au lieu de répondre, affecta de s'assurer si son épée jouait bien dans son fourreau, puis, insoucieux de l'étiquette, il tourna le dos au roi et fit mine de s'en aller. Henri III courut après lui et le saisit par le bras.

— Oh ! l'abominable enfant que j'ai là, dit-il ; allons, mauvaise tête, viens avec moi. Tu as péché, il te va falloir subir ma morale, écouter mes remontrances.

D'Epernon parut dépité de l'action du roi, et il murmura tout en soupirant et de façon à être entendu de Henri III :

— Douce amie de mon âme! ton incomparable beauté, tes grâces sans égales méritaient d'avoir mieux qu'un courtisan, c'est-à-dire un esclave !

Dès que le Roi, accompagné de d'Epernon et de Sforzi, eut franchi la porte de son cabinet, sa suite s'éloigna en silence.

Henri III prit alors sur une table en chêne deux feuilles de parchemin pliées et les remit à Raoul en lui disant :

— Chevalier, je dois réparer l'oubli involontaire que j'ai commis à votre endroit. Ceci est le prix de l'épagneul Phœbus, que vous m'avez si généreusement cédé.

Sforzi s'inclina profondément.

— Je vous permets de prendre connaissance du contenu de ces parchemins, continua Henri III.

Raoul obéit, tout à coup une vive rougeur empourpra son visage.

— Quoi, Sire, s'écria-t-il, un brevet de conseiller !... Le cordon du St-Esprit (1).

— Oui, cher chevalier ! Le brevet de conseiller, que vous vendrez à beaux deniers comptans, remplira votre bourse, et le cordon de l'ordre du St-Esprit vous servira à faire bonne figure à la cour.

Sforzi hésita. Mais bientôt, prenant son parti, il s'agenouilla devant le roi et, d'une voix émue :

— Sire, s'écria-t-il, Votre Majesté me voit pénétré, reconnaissant et confus au-delà de toute expression, des grâces dont elle m'accable. Sire, pour obtenir le cordon du St-Esprit, il n'est point, je le sens, de dangers ni de travaux que je ne sois prêt à courir, à entreprendre. Mais, sire, que Votre Majesté me pardonne ma hardiesse, autant cette distinction me rendrait fier et heureux, si je l'avais méritée, autant la pensée qu'elle m'est si bénévolement accordée m'afflige et m'humilie. La vue du cordon attaché à mon col me rappellerait à chaque instant, sire, que je suis assez malheureux pour n'avoir pas apporté encore ma part de courage et de dévoûment à la gloire de Votre Majesté.

Henri III, loin de s'offenser du refus de Sforzi, en parut, au contraire, fort touché.

— Chevalier, lui dit-il, avec des sentimens aussi nobles que les vôtres, on a le droit de prétendre à tout. Si je reprends ce brevet, qui blesse votre modestie, c'est avec

(1) Brantôme, dans son *Eloge du maréchal de Tavanne*, rapporte un fait qui pourrait bien n'être autre que celui arrivé à Sforzi : « Le roi Henri III, dit Brantôme, donna le collier de Saint-Michel à un homme qui lui avait fait cadeau de deux de ces petits épagneuls qu'il aimait tant. »

la persuasion que bientôt j'aurai l'occasion de vous le rendre. En attendant, acceptez ceci... Au revoir, chevalier, au revoir.

Le roi remit alors au jeune homme un second brevet de conseiller.

Sforzi s'éloignait, lorsque le duc d'Epernon lui fit signe de s'arrêter, et s'adressant au roi :

— Henri, lui dit-il, la façon dont s'est comporté ce soir M. Sforzi, lui vaut toute mon estime ; je serais ravi de me retrouver en sa compagnie. Votre Majesté voudrait-elle bien me faire la grâce d'inviter le chevalier à la grande chasse qui doit avoir lieu lundi ?

— Je n'ai rien à te refuser, mon fils, répondit Henri III en accompagnant sa réponse à d'Epernon d'un regard plein de bonté et de reconnaissance. Vous entendez, chevalier ? à lundi !...

L'intérêt si subit que lui marquait d'Epernon causa une sensation pénible à Raoul. S'il avait pu se douter des affreux projets du mignon, avec quel mépris et quelle indignation il l'aurait traité.

CHAPITRE XXVI.

Le Pressentiment.

L'impatience, ou, pour être plus exact, l'anxiété que causait à de Maurevert l'absence prolongée de Raoul, ne saurait se décrire.

A huit heures précises, les gardes l'avaient averti qu'il eût à sortir de la cour du Louvre, et le capitaine, suivi de sa bande de sacripans, s'en était allé camper sur le quai, en face du guichet par lequel, selon ses prévisions, le chevalier devait sortir.

Après avoir donné son cheval à tenir à l'un de ses gens, l'aventurier se mit à se promener de long en large sur la berge solitaire.

—Brave de Maurevert, se disait-il, que penses-tu du retard de ton gentil compagnon ? Faut-il l'interpréter en bien ou en mal ? Je ne sais... Je crains grandement qu'il n'y ait du d'Epernon sous jeu ! Par Némésis, la laide et colérique déesse ! s'il a fait tomber Sforzi dans un piége, je tirerai du Gascon, —dût cela me coûter la tête,—une terrible vengeance ! à moins cependant qu'il ne consente à m'indemniser de la perte de Raoul... Mais non, le d'Epernon est un ladre, jamais il ne voudrait comprendre le tort qu'il m'aurait causé, reconnaître le parti que j'aurais tiré de Sforzi.

Voyons, mon judicieux et bien-aimé de Maurevert, ne lâche pas ainsi la bride à ton imagination ; sois calme, modère-toi ! Crois-tu que Raoul, s'il suit tes conseils, arrivera à être le favori du roi ? Es-tu bien persuadé, le cas échéant, qu'il te montrera toute la reconnaissance qu'il te devra ? Ma foi, oui ; je le crois... Sforzi n'est ni assez faible, ni assez fort pour devenir ingrat. Et puis, en supposant qu'il ait la chance de se pervertir, il lui restera toujours un certain fond d'honnêteté qui lui rendra mes services précieux, indispensables. Il sera enchanté d'avoir près de lui un homme qui devinera ses mauvaises pensées, servira ses vengeances et le sauvera ainsi du remords... Je suis encore tout ébaubi de l'extrême bienveillance que Sa Majesté lui a marquée ce soir ! Pourquoi diable MM. d'Epernon et de Joyeuse n'ont-ils point paru au souper ? Ceci prouve de leur part une confiance ou un dédain qui me donne à réfléchir.

Peut-être bien encore les grands mignons ont-ils voulu montrer par leur absence qu'ils ne redoutaient pas la faveur naissante de Raoul. Oui, c'est cela. Eh bien ! s'ils persévèrent dans cette voie, ils sont perdus ! L'homme le plus avisé, du moment qu'il écoute les conseils de son amour-propre froissé, devient un triple niais. Il faudra que je commande à quelque poète affamé deux ou trois pasquils sur la prochaine disgrace de ces messieurs. Cela me coûtera une dizaine d'écus ; mais je préfère supporter cette légère dépense à la honte d'écrivailler moi-même. Et puis, je manque d'habitude dans ce sot métier. Voici neuf heures qui sonnent, et point de Raoul. Je commence à craindre que mon gentil compagnon ne se soit laissé choir dans l'une des oubliettes que Mme Catherine creuse, pour occuper ses loisirs, dans tous les coins du Louvre.

De Maurevert n'avait pas achevé de murmurer cette dernière phrase, quand il aperçut une ombre noire qui semblait se glisser hors du guichet.

— Eh ! Raoul, est-ce vous ? s'écria-t-il.

— Oui, capitaine, répondit la voix de Sforzi.

L'aventurier poussa un bruyant soupir de satisfaction et courut au-devant du jeune homme.

— Eh bien ? lui demanda-t-il vivement, que s'est-il passé ? D'où provient votre longue absence ?

— Il s'est passé bien des choses, capitaine, et mon retard provient tout bonnement de ce que j'ai été contraint d'assister au coucher de Sa Majesté.

— Vous avez assisté au coucher complet de Sa Majesté ? répéta de Maurevert d'une voix tremblante d'émotion....

— Oui, capitaine, au coucher complet...

— Quel est le gentilhomme qui a déchaussé le roi !..

— C'est moi, cher capitaine.

De Maurevert resta un moment silencieux : la joie l'étouffait.

—Et, reprit-il, qui de Joyeuse ou d'Epernon a porté le bougeoir ?

— Ni l'un ni l'autre.

— Comment cela, n'y l'un ni l'autre !... Sa Majesté n'a cependant pas gagné à tâtons son lit !

— Certes non, capitaine, puisque je l'ai éclairée.

— Comment cela, vous avez éclairé, Raoul ?... Pas de mauvaise plaisanterie, je vous en conjure.

— Je ne plaisante nullement.

— Mais, dit de Maurevert en hésitant, c'est donc vous alors qui avez porté le bougeoir ?

— Moi-même, capitaine.

De Maurevert ne continua plus ses questions; il pleurait.

— Bien-aimé Raoul ! s'écria-t-il, lorsqu'il fut un peu remis de cet accès de sensibilité, embrassez-moi !

Alors, sans attendre la réponse du jeune homme, il le prit dans ses bras et le serra avec une telle énergie contre sa poitrine, que Sforzi, pour ne pas être suffoqué, dut se dégager par un brusque et violent mouvement de cette formidable étreinte.

— Ah ! reprit de Maurevert, avec un enthousiasme croissant, l'heure du triomphe a donc enfin sonné pour vous ! Je ne puis vous exprimer, Raoul, toutes les pensées qui se présentent en ce moment à mon esprit. Il me semble que j'ai deux cerveaux. Mes sens sont doubles ! Jamais je n'avais compris, jusqu'à ce jour, moi qui, cependant, ai compris tant de choses, les joies enivrantes de l'ambition. Je me vois déjà à la tête des finances, aux prises avec le mesquin mauvais vouloir du parlement. Je frappe impôts sur impôts, j'exhume et j'invente de vieilles et de nouvelles taxes ; les conseillers résistent, le peuple murmure... Mort de ma vie ! résister et murmurer, lorsque de Maurevert parle et ordonne. En avant les archers ! En avant les Ecossais !... En avant les gardes françaises ! En avant tous les bons serviteurs du roi ! A l'eau le parlement ! A la potence les manants ! Les clameurs et les criailleries des robins révoltés, de la populace égarée, ne pourront rien

contre ma conscience, contre mes convictions ! Je ferai le bonheur de la France en dépit de la France elle-même ! Bon ! voilà qu'au lieu de vous écouter, cher Sforzi, je m'égare dans le royaume des chimères. Que l'homme est donc parfois un sot et faible animal ! Moi qui vide en vingt-quatre heures quarante flacons de vin, sans que ma raison ait à souffrir de cet excès, ne voilà-t-il pas que la pensée de mon élévation future m'a enivré et étourdi de façon à me faire chanceler sur mes jambes !

Fi donc, de Maurevert !.. J'ai honte d'être ton ami !... Du sang-froid, morbleu !... Tu vas te déshonorer à tes propres yeux. Raoul, que l'exemple de ma faiblesse momentanée ne soit pas perdu pour vous ! Quand vous serez le favori du roi, rappelez-vous que vos plus dangereux ennemis ne seront pas vos rivaux, mais bien votre orgueil et votre ambition. Il faudra avant tout vous méfier de vous même. Je m'étonne maintenant que les hommes au pouvoir ne commettent pas plus de folies et d'absurdités, Dieu sait pourtant qu'ils ne s'en font pas faute. A cheval, mon bon, mon excellent, mon précieux, mon gentil Raoul. La nuit est fraîche et vous pourriez attraper un refroidissement.

Une fois que le chevalier et de Maurevert accompagnés de leur escorte se furent mis en route, le capitaine reprit la conversation.

— Cher ami, dit-il au jeune homme, il me vient à l'esprit une triste et lamentable réflexion ?

— Quelle réflexion, capitaine ?..

— Puisque c'est à vous que Sa Majesté a confié ce soir le bougeoir, pourquoi n'êtes-vous pas resté jusqu'à demain avec elle ?.. Le roi qui craint les ténèbres et l'isolement de la nuit a pour habitude de retenir toujours près de lui un de ses favoris...

— Le duc d'Epernon était présent, capitaine !..

— Ah ! il était là le fûté Gascon ?.. Mort et furies ! Voici qui m'éloigne du chemin de la surintendance des finances !.. Ainsi tout bien calculé, pesé, considéré, votre journée si glorieuse d'aujourd'hui ne vous a rien rapporté de certain, ne vous a valu aucun bénéfice palpable et réel ?

— Je vous demande pardon, capitaine !

— Il y a eu bénéfice, et vous ne m'en avez pas encore touché un mot ! s'écria de Maurevert avec vivacité ; mais parlez donc, expliquez-vous, Raoul !

— D'abord, cher capitaine...

— Quoi ! vous débutez par un « d'abord », il y aura donc un « ensuite » ? Les faveurs sont, à ce qu'il paraît, tombées sur vous drues et serrées comme la grêle !... Poursuivez, Raoul, mes oreilles sont suspendues à vos lèvres.

— D'abord, reprit Sforzi, Sa Majesté a daigné me conférer l'ordre du St-Esprit...

De Maurevert, en entendant cette révélation, éperonna si violemment son cheval que le pauvre animal bondit de douleur : toutefois, dans son désir d'apprendre jusqu'où s'étaient étendues les libéralités de Sa Majesté, le capitaine eut la force de garder le silence.

— Vous comprendrez, capitaine, continua Sforzi, qu'il m'était impossible, — sachant combien peu je la méritais, — d'accepter une grâce aussi insigne.

— Auriez-vous refusé, Raoul ?

— Oui, capitaine, j'ai refusé.

— Mort et furies ! les jeunes gens sont tous des fous ! s'écria l'aventurier d'un ton qui décelait le désappointement et la surprise. Au fait, bien aimé Raoul, continua-t-il après un court moment de silence, peut-être sans vous en douter, avez-vous eu raison d'agir ainsi !... Cette preuve de désintéressement aura donné au roi l'occasion de comparer votre abnégation avec l'avidité de ses mignons, et tout l'avantage sera de votre côté ! Henri III est prodigue par faiblesse et non par tempérament. La pensée d'avoir un favori gratis lui sourira infiniment ! Oui, je l'avoue, j'en conviens, vous avez eu raison de ne pas accepter. Je regrette toutefois que votre refus au lieu d'être le résultat d'un calcul hardiment combiné, ait pris sa source dans un sot mouvement de générosité !... Méfiez-vous de ces mouvemens-là, Raoul ; ils frisent de près l'amour-propre, et l'amour-propre, je ne saurais trop vous le répéter, est le plus détestable et le plus nuisible de tous les défauts ! Et, dites-moi, cher ami, Sa Majesté n'a point eu la délicatesse de vous indemniser des neuf cents écus de pension attachés à l'ordre du Saint-Esprit ?

— Sa Majesté m'a gratifié, capitaine, de deux brevets.

— Ah ! vive Dieu ! voilà une bonne nouvelle ! Et quels sont ces brevets, Raoul ? Brevet de conseillers de la cour du Parlement de Paris ? Brevet de conseiller du Châtelet ? Brevet des maîtrises, des requêtes ou des comptes ?...

— Je l'ignore, capitaine.

— Mais il est de la plus haute importance de le savoir, cher ami, car les brevets diffèrent de prix. Ceux du Parlement valent 7,000 écus, ceux du Châtelet 4,000,

enfin les maîtrises des requêtes et des comptes de 9 à 10,000 écus !

— Une fois rendus à notre hôtellerie, nous aurons le temps, capitaine, de prendre à loisir connaissance de ces brevets.

— Rester encore une demi-heure dans l'incertitude !... Nenni, cher ami, nenni !

De Maurevert descendit aussitôt de cheval et s'en fut frapper à la porte de la maison la plus proche ; personne ne lui répondit.

— Mille légions de diables ! s'écria-t-il exaspéré par ce silence ; pistoletez-moi un peu les fenêtres de cet impertinent, dit-il à ses sacripans.

Cet ordre était trop dans le goût des vaillans de Maurevert, pour qu'ils apportassent le moindre retard dans son exécution ; bientôt une dizaine de coups de feu retentirent et cinq à six vitres volèrent en éclats.

— Jésus Maria ! Grâce ! pitié ! cria une voix suppliante qui sortit de l'intérieur de la maison attaquée.

— Par la mort ! misérables manans, répondit de Maurevert, vous mériteriez, pour votre insolence, d'être mis à feu et à sang ! Holà ! baillez-nous de suite une lanterne dont nous avons besoin, ou par les miroirs enchantés de messire Archimède, j'incendie votre bicoque et vous grillerez tous !

A peine une minute s'était-elle écoulée, qu'une lanterne attachée à une corde glissait le long de la muraille jusqu'à terre.

De Maurevert saisit le luminaire, et, dépliant les deux brevets que lui avait remis Raoul :

— Ce sont des brevets de conseiller du parlement de Paris ! s'écria-t-il ; total, quatorze mille écus !.. Adoré Sforzi, célébrons par un souper mémorable cette brillante aubaine. Allons, au galop ! au galop !

De Maurevert brisa d'un coup de pied la lanterne que le bourgeois si désagréablement réveillé en sursaut, lui avait descendue, et remontant à cheval, il s'élança devant lui de toute la vitesse de sa monture, quitte à renverser les piétons attardés !...

Définitivement quoique le Paris nocturne de nos jours, ait perdu, s'il faut en croire certains esprits mécontents et moroses, toute sa poésie des temps jadis, nous le préférons de beaucoup à ce qu'il était au seizième siècle !

Le sang agité par les émotions de la journée, et incapable de s'endormir, Raoul accepta le souper proposé par de Maurevert.

— Cher ami, lui dit le capitaine, lorsque les premières lueurs de l'aurore parurent à l'horizon, pendant que vous allez vous reposer, je m'en vais, moi, engager encore une

14

dixaine de vaillans pour renforcer votre escorte...

— Vous êtes fou, de Maurevert...

— Point, cher ami, dès l'instant que le d'Epernon vous a comblé, en vous quittant, d'amitiés, de caresses et de gracieux sourires, je vous assure qu'une suite de vingt-cinq hommes n'est pas de trop pour vous sauvegarder.

Pendant les cinq jours qui suivirent, le chevalier resta presque continuellement auprès de Diane. Ce fut en vain qu'il la supplia d'abandonner son projet de reconquérir le manoir de Tauve, la jeune fille resta inébranlable dans sa résolution qu'elle considérait comme un devoir sacré.

Le dimanche au soir, le chevalier, en prenant congé de Mlle d'Erlanges jusqu'au mardi suivant, lui jura sur son honneur qu'il tenterait tous les moyens en son pouvoir pour obtenir de Henri III justice du marquis de la Tremblais.

C'était le lendemain, lundi, que devait avoir lieu la grande chasse royale à laquelle d'Epernon avait fait inviter Raoul. Les conseils que de Maurevert donna au jeune homme sur la façon dont il devait se conduire durant la chasse furent si prolixes, si compliqués, que Raoul se refusa à l'entendre jusqu'au bout.

— Par Minerve, cher et gentil compagnon, lui dit l'aventurier, je crois que vous avez encore raison. Vous n'êtes point en effet assez rusé pour suivre méthodiquement, sans en dévier en rien, une ligne logique de conduite; le mieux est de vous laisser livré à vous-même... Il est probable que votre fougue, votre imprudence, vous conduiront à quelqu'énormité qui tournera à votre avantage. Tout en continuant de mépriser la jeunesse, je commence à regretter de ne plus me trouver dans ses rangs.

Le lendemain lundi, de Maurevert, en apercevant Raoul, peu après son lever, ne put retenir un cri de surprise.

— Que s'est-il donc passé, cher ami? lui demanda-t-il. A votre air accablé, marri, piteux, on croirait que vous êtes sous le coup d'un épouvantable malheur. Depuis hier au soir, vous avez vieilli de dix ans.

— Capitaine, répondit Sforzi en essayant de sourire, j'ai passé, je ne vous le cacherai pas, une vilaine nuit. Le cauchemar a cruellement pesé sur mon repos... Je n'ai cessé de nager dans le sang!

— Bah! des rêves!

— Oui, capitaine, cette nuit c'était un rêve; ce matin c'est un pressentiment! Ne parlons plus de cela, de Maurevert; c'est un sujet qui n'admet pas la discussion, j'en conviens. Toutefois, n'oubliez point ce que je vous dis!.. Vous verrez que la journée ne s'écoulera pas sans qu'il m'arrive un grand malheur, sans que je sois la victime d'une affreuse catastrophe!

— Raoul, je vous en conjure, éloignez de vous ces sottes pensées qui nuisent autant à l'éclat de votre visage qu'à celui de votre esprit. Il vous faut plaire au roi, merbleu! ne l'oubliez point. C'est probablement de votre façon d'être aujourd'hui que dépendra tout votre avenir.

— Ce soir, je serai mort!... murmura Raoul en baissant la tête. Ce soir, ma bien aimée Diane se trouvera seule sur la terre, sans un appui, sans un soutien.

CHAPITRE XXVII.

La chasse royale.

Henri III, bien moins adonné aux plaisirs de la chasse que ne l'avait été son prédécesseur Charles IX, n'explorait guère que les forêts de Saint-Germain et de Fontainebleau. C'était plus encore pour obéir à l'usage que pour satisfaire son goût que l'ex-roi de Pologne entretenait des meutes, courait le cerf et forçait le sanglier.

A cet exercice violent, il préférait discuter des modes nouvelles, soigner ses épagneuls et ses damerets, écouter les récits des scandales du jour, découper des silhouettes et des paysages en papier, jouer au bilboquet, alors dans toute la primeur de sa vogue, essayer des cosmétiques nouveaux et arranger des processions et des pèlerinages de toute sorte.

Cette fois, la chasse devait avoir lieu dans la forêt de Saint-Germain.

De Maurevert, afin de distraire Raoul de ses tristes pensées, contraignit le jeune homme à s'occuper des préparatifs du départ.

— Cher compagnon, lui dit-il, j'avais songé d'abord à vous faire accompagner par votre escorte; mais j'ai renoncé à ce projet en pensant que plusieurs de vos vaillans sont trop connus pour pouvoir vous suivre. Ils ne manqueraient pas de rencontrer des gens qui croiraient avoir à se plaindre d'eux, et de là des querelles, des assauts, des violences à n'en plus finir. Seulement, comme il faut que vous fassiez figure, j'ai loué cinq valets. Holà! manans, accourez saluer votre maître, le seigneur Sforzi... De beaux hommes, n'est-ce pas, chevalier? En attendant que vous formiez votre maison, j'ai fait prendre à vos gens une livrée de fantaisie. Ils ont fort bon air et vous feront honneur. J'ai stipulé dans leur engagement momentané que si vous n'êtes pas satisfait de leur conduite, vous vous réserviez le droit de les rosser d'importance. Grâce à cette convention, vous serez servi à ravir. Enfin, chevalier, je vous ai commandé un costume complet. Oh! soyez sans inquiétude, j'ai choisi les couleurs les plus favorables à votre teint, la coupe qui sied le mieux à votre taille. Je n'ai pas besoin d'ajouter, Raoul, que je ne bénéficie rien sur ces achats. Mon seul désir a été de vous être agréable. A présent, montons à cheval et partons.

— Quoi, capitaine, vous comptez m'accompagner?

— Par Castor et Pollux! voilà un doute qui m'offense. Vous figuriez-vous que je vous abandonnerais au moment du danger?

— Mais, capitaine, vous n'êtes pas invité, que je sache.

— Hélas! non. Aussi me contenterai-je de suivre de loin la chasse. Si vous avez besoin de moi, en deux coups d'éperons et un temps de galop, je serai à vos côtés. Partons, partons, vous dis-je; votre valet de pied vous attend déjà avec votre bagage dans un pied-à-terre que j'ai fait retenir pour vous à Saint-Germain.

— Vous avez pensé à tout, capitaine.

— Dam! la position que vous convoitez, et j'ajoute que vous méritez, est assez belle pour ne rien négliger de ce qui peut vous aider à la conquérir.

Pendant la route de Paris à Saint-Germain de Maurevert se montra d'une gaîté folle, mais ses efforts pour dérider son compagnon furent complètement perdus. Raoul essaya en vain à plusieurs reprises de simuler un sourire afin de donner le change à l'aventurier sur l'état de son esprit: de Maurevert était trop bon physionomiste pour se laisser prendre à un piège aussi grossier.

— Cher Raoul, lui dit-il un peu avant d'arriver à St-Germain, je tremble que votre noire mélancolie ne produise une fâcheuse impression sur Sa Majesté... Que diable! on ne rit pas à la cour parce que l'on s'amuse, mais bien parce que le roi n'aime pas à voir des visages sombres et attristés.

— Je ne suis pas triste, capitaine.

— Pourquoi ne pas prétendre que vous êtes folâtre!... C'est à dire, cher et gentil compagnon, que vous ressemblez en ce moment à un cercueil revêtu d'un pourpoint!

— Vous croyez, capitaine? répondit distraitement Raoul.

— Bon! voilà qu'à présent il ne m'écoute pas. Eh! compagnon! continua le géant d'une voix de Stentor qui retentit comme une note de plain-chant, dormez-vous, oui ou non?

— Hélas! dit tristement Raoul, je dormirai bientôt du sommeil éternel, et Diane, ma Diane bien-aimée, se trouvera seule et isolée sur la terre...

A cette réponse faite d'un ton lugubre, de Maurevert défila un si long chapelet de si formidables juremens, que les valets qui marchaient en arrière de lui—quoiqu'ils ne fussent pas gens d'une piété exemplaire — se signèrent avec terreur.

— Mort de ma vie, que Belzebuth m'emporte vivant, que la foudre me pulvérise, que tous les moines fainéans du royaume me donnent à cœur joie des étrivières, si je ne suis pas tenté de vous accuser de lâcheté, Raoul, dit-il en terminant. Il me faut me rappeler le merveilleux courage que je vous ai vu déployer en tant de critiques circonstances, la victoire que vous avez remportée sur moi à Saint-Pardoux, pour ne pas voir en vous le plus couard de tous les muguets présens, passés et futurs!... Que diable, ce n'est pas le moment lorsque le vent de la faveur souffle en plein dans vos voiles, de vous abandonner ainsi au découragement. Voyons, que craignez-vous?

— Je vous le répète, de ne plus revoir Diane, de laisser cette noble, vertueuse, et angélique damoiselle, seule ici bas, sans un ami, sans un soutien.

— Par tous les pétards et fusées de messire Satanas! me comptez-vous donc pour rien, Raoul?... Il est à espérer que si vous trépassez, je m'abstiendrai de suivre votre exemple!... Or, moi vivant, je vous le jure, cher compagnon, Mlle d'Erlanges aura une vaillante épée pour la défendre, un esprit judicieux pour la conseiller, un cœur un peu corrompu peut-être, mais excellent en somme pour l'aimer!... Je ne suis pas, cher ami, aussi crocodile que je le parais!... Mlle Diane a trouvé, par son intrépidité et par sa gentillesse, le chemin de mon ame... Je lui porte une affection réelle à cette chère enfant, et si jamais elle avait besoin d'une somme, je n'hésiterais pas à la lui bailler!... Certes, je préférerais qu'elle me demandât, plutôt que des écus, de lui occire un catholique ou deux huguenots: mais, là franchement, la main sur ma conscience, je ne reculerais pas, s'il s'agissait de lui être utile, devant un sacrifice d'argent!...

Raoul approcha son cheval tout contre celui de Maurevert et, prenant la main droite de l'aventurier dans les siennes :

— Cher compagnon, lui dit-il, si je me trompe dans mes prévisions, si j'ai encore devant moi de longues années d'existence, jamais je n'oublierai les paroles que vous achevez de prononcer, je vous en garderai toujours une profonde reconnaissance. Merci, merci, bon de Maurevert; à présent, me voici tranquille, rassuré.

— C'est à dire résigné Raoul !... Ecoutez, je vais plus loin encore dans mes promesses. Si vous mourez, eh bien, je m'arrangerai de telle sorte, je pérorerai avec tant d'éloquence, j'agirai avec tant de ruse qu'avant trois mois Mlle Diane ne gardera plus votre mémoire, et ne songera qu'à de nouvelles amours... Bon, voilà que votre front au lieu de se dérider, se couvre de sombres nuages... Ces enamourés sont bien tous les mêmes ! Ils ne veulent le bonheur de leurs maîtresses qu'autant qu'ils le partagent avec elles... Raoul, croyez-moi, l'amour que les poètes crottés se plaisent à doter de si belles qualités, à nous montrer si sublime de dévouement et d'abnégation, est le plus féroce, le plus égoïste et le plus hypocrite de tous les sentiments... Parlez-moi de l'ambition !... Voilà une passion bien franche, bien nette, bien caractérisée... Le pouvoir, la richesse, la puissance, il n'y a que cela de vrai dans la vie !... Eh ! dites-moi, cher ami, vos rêves de la nuit dernière ne vous ont-ils pas appris de quelle façon vous devez passer aujourd'hui de vie à trépas ?...

— Non, capitaine. Je présume, et la chasse à laquelle je suis convié me confirme dans cette opinion, que je recevrai un coup d'arquebuse, une balle égarée...

— Adressée par un chasseur à quelque sanglier, n'est-ce pas, Raoul ?

— Probablement, capitaine.

— Eh bien, compagnon, si telle est le genre de mort auquel vous vous attendez, je vous assure bien qu'il vous reste encore de longues années à vivre, répondit de Maurevert en riant aux éclats ! Sachez, cher Sforzi, que pendant toute la durée de la chasse, il ne sera pas tiré un seul coup d'arquebuse !

— Comment cela, capitaine ?

De Maurevert allait donner au chevalier l'explication qu'il demandait, lorsqu'il en fut détourné par la vue d'un gentilhomme qui passa en ce moment à leurs côtés au grand trot de son cheval.

L'invité — car il était évident à son costume et à son allure que ce voyageur se rendait à la chasse royale — méritait bien d'éveiller toute l'attention d'un observateur. Admirablement campé en selle, d'une taille et d'une tournure parfaites, il n'avait guère plus de vingt-deux à vingt-trois ans. Son visage d'une extrême délicatesse, son teint d'une juvénile fraîcheur, la grâce et l'aisance de ses mouvemens, auraient dû de prime-abord prévenir chacun en sa faveur, et cependant il n'en était pas ainsi, l'expression d'arrogance et de hautaine fierté qui se lisait dans son œil d'un bleu-gris fauve et sans chaleur annulait tous les autres avantages qu'il tenait de la nature, et faisait autour de sa personne le froid et la gêne. On comprenait qu'il fallait se garder de son inimitié, mais qu'il n'y avait point à compter sur son amitié.

Soit que, distrait par ses pensées, le voyageur n'eût point aperçu Sforzi, — supposition au reste assez inadmissible, — soit qu'il eût dédaigné de se déranger pour lui, toujours est-il qu'il heurta assez violemment, en passant, la jambe de Raoul.

Quoique le chevalier marchât en avant, et que par conséquent il eût seul à se plaindre de cette brutalité ou de cette maladresse, cependant ce fut le voyageur qui prit l'initiative des reproches :

— Prenez donc garde ! monsieur, s'écriat-il d'une voix impérieuse. Que diable, quand on ne sait pas diriger un cheval, on va à pied !

Cette provocation était si gratuite, si peu motivée, que Sforzi, quoiqu'il sentît le rouge de la colère lui monter au visage, ne songea pas à la relever.

Le voyageur fit entendre un petit rire strident et moqueur, et, piquant des deux, il continua, suivi par ses gens, sa course rapide.

— Par le dieu Mars ! dit de Maurevert en mordillant d'un air furieux sa moustache et en s'adressant à Raoul, je ne sais ce qui me retient de lancer mon cheval au galop après ce jeune impudent, de le contraindre à mettre pied à terre, et de lui donner de mon épée à travers le corps !... L'insolent ! nous prend-il pour des malotrus !... Sang et carnage ! il est heureux pour lui que je sois occupé aujourd'hui de graves desseins, et que je ne puisse disposer de mon temps ! N'importe, il ne perdra rien pour attendre... La première fois qu'il me tombera sous la main, je lui solderai ma dette, principal et intérêts !...

— Bah ! capitaine, c'est un fou, dit Sforzi.

— Ce jeune muguet un fou ? allons donc, vous voulez railler, cher compagnon ! Son regard exprime au contraire le sang-froid, l'astuce et la méchanceté de la vipère. Oh ! la méchante bête ! J'aurais dû lui écraser la tête sous le talon de ma botte.

— Quel emportement à propos d'une inconvenance irréfléchie, cher de Maurevert.

— Ah ! je vous conseille de parler, vous, Raoul, s'écria l'aventurier, vous êtes pâle comme un mort, et vos yeux lancent la flamme. Je gagerais cent écus contre un sol parisis que le plus en colère de nous deux, n'est pas moi.

Une demi-heure plus tard les deux compagnons arrivèrent à St-Germain.

Dès que le chevalier eut endossé le costume au dernier goût du jour, que de Maurevert avait pris soin de lui faire confectionner et d'envoyer à l'avance à St-Germain, il prit congé de l'aventurier et se disposa à se rendre auprès du roi. Le capitaine le retint :

— Cher et gentil Raoul, s'écria-t-il, un dernier mot : il me vient une idée. Malgré tous vos efforts pour paraître gai, vous n'avez réussi qu'à farder votre maussaderie, votre sombre humeur. Il y a progrès, c'est vrai, puisque tantôt vous ressembliez à un défunt, et que maintenant l'on dirait de vous un simple ressuscité ; mais cette amélioration n'est pas encore suffisante. Il est impossible que Henri III ne s'aperçoive pas de votre mélancolie ; et comme notre glorieux monarque est des plus curieux et caquetiers que je sache, il ne manquera pas de s'enquérir près de vous du motif de votre tristesse. Or, je vous le demande, s'il vous interroge à ce sujet, que lui répondrez-vous?

— Je remercierai humblement le roi de l'intérêt qu'il daigne me marquer et je l'assurerai qu'il se trompe dans ses conjectures.

— Eh bien ! par Momus ! voilà une plaisante réponse ! D'abord, Raoul, sachez-le bien et ne l'oubliez plus, le roi ne peut pas se tromper.. ceci est chose convenue, d'étiquette et de rigueur. Ensuite, au lieu d'essayer de dissimuler votre tristesse, ce qui vous rendrait guindé et donnerait à supposer à Sa Majesté que les deux fois qu'elle vous a vu elle s'est méprise sur la beauté de votre visage, il vous faut au contraire exagérer cette tristesse, la pousser jusqu'aux limites du lugubre.

» Sire, direz-vous au roi lorsqu'il vous interrogera, à présent que j'ai eu le bonheur de contempler de près Votre Majesté, je sens qu'il ne m'est plus possible de vivre loin d'elle !.. Depuis six jours que je suis privé de l'ineffable joie de me trouver en présence de Votre Majesté, le soleil a perdu pour moi son éclat et sa chaleur, les fleurs leur

parfum, les mets les plus recherchés et les plus délicats leur saveur !.. Il me semble que la nature entière est voilée de deuil !.. Sire — que le roi me pardonne la hardiesse de cet aveu — je ne souhaite ni honneurs, ni dignités, ni richesses, je ne veux qu'une chose, pouvoir admirer, à chaque heure, à chaque minute, l'insigne beauté de votre visage, vos grâces sans pareilles, votre voix enchanteresse...M'éloigner de votre personne, sire, c'est me condamner à une affreuse torture, m'envoyer à la mort ! » Voilà, cher Raoul, ce qu'il vous faudra répondre au roi. Parbleu, je sais tout aussi bien que vous que ces louanges hyperboliques sont ridicules, du plus détestable goût; que si l'un de nos serviteurs s'avisait de nous les adresser, nous le rouerions de coups! Mais remarquez, chevalier, que nous ne sommes pas des monarques, nous. Pour obtenir le plus mince résultat il nous faut batailler à outrance; nos amis mettent sans cesse un empressement excessif à nous détailler nos moindres défauts, à nous bien faire sentir nos travers. Personne ne s'occupe du soin de nous plaire. Nous conservons donc à peu près la valeur de notre personnalité. Notre amour-propre, il est vrai, n'imite point la conduite de nos amis, mais il a beau se démener pour nous prouver que nous sommes parfaits, il n'y réussit qu'à moitié : les insuccès, les déboires que nous éprouvons à chaque instant nous laissent un doute à cet égard... Les rois, eux, c'est bien différent. Entourés de courtisans qui les flattent du matin au soir, du soir au matin, et cela de toutes les façons de toutes les manières, sur tous les tons; rencontrant rarement des obstacles à leurs désirs, ils arrivent promptement à la satiété de toutes choses. Il faut donc se garder de flatter un roi comme on flatterait un homme. Si vous n'épicez fortement votre louange, Sa Majesté n'en sentira pas la saveur ; elle lui paraîtra fade, insipide. Épicez, Raoul, épicez ferme, ne vous gênez pas pour charger la dose; plus vous en mettrez et mieux cela vaudra. Après tout, jamais l'idée ne viendra à une Majesté que l'on ose se moquer d'elle... Épicez donc, cher ami, je vous le répète, épicez de façon à emporter le palais, à mettre la chair au vif...

De Maurevert s'était exprimé avec un tel feu, une telle chaleur, que Sforzi n'avait pu s'empêcher de l'écouter.

— Cher compagnon, lui répondit-il en souriant, vous êtes bien le plus aimable discoureur que j'aie jamais rencontré. Malheureusement, il y a une telle dissemblance entre notre façon à tous les deux d'envisager les choses, que je ne puis mettre à profit vos conseils. Je n'aime ici-bas que Diane et vous, capitaine : comment oserais-je jamais prétendre qu'il m'est impossible de vivre loin du Roi ! Ce honteux mensonge me déshonorerait à tout jamais à mes yeux...

— Mille tonnerres ! interrompit de Maurevert indigné de la faiblesse d'esprit, de la mesquinerie des idées de Raoul; retenez bien ceci une fois pour toutes, cher compagnon : « C'est qu'avec les Rois on ne ment ni on ne dit vrai : on fait des affaires, » voilà tout !...

L'aventurier comprenant qu'insister davantage auprès de Sforzi pour le rendre courtisan, ne servirait qu'à effaroucher sa susceptibilité, le laissa partir.

Peu après, Raoul arrivait au rendez-vous fixé pour la chasse royale, c'est-à-dire dans une vaste clairière de la forêt.

La première personne de sa connaissance qu'il aperçut fut le duc d'Epernon.

Le grand mignon causait avec le jeune homme à l'air hautain et arrogant, aux yeux d'un gris clair et froid, au regard dur et méchant, qui avait si malhonnêtement et si injustement apostrophé Sforzi sur la route de Paris à St-Germain.

A la vue de l'homme qui l'avait si gratuitement insulté, Raoul ne put se défendre d'abord d'un mouvement de colère. Toutefois, comprenant combien la cause de son ressentiment était futile, il prit le sage parti de s'éloigner dans une direction opposée, afin d'éviter de se trouver face à face avec le jeune impertinent.

Moitié pour se donner une contenance, moitié par curiosité, Sforzi se mit alors à examiner les préparatifs de la chasse : ils étaient aussi pompeux qu'étranges, et ils lui causèrent autant de surprise que d'admiration.

L'équipage des toiles du roi était composé d'un commandant, d'un lieutenant, de douze veneurs à cheval, de six valets de limiers et de six valets de chiens, chargés de contenir une meute de soixante chiens courans. Cent archers à pied portaient de grandes vouges (espèces de pieux), destinées à dresser les toiles ou tentes de Sa Majesté.

Quoique les parties de chasse de Henri III ne durassent guère plus d'un jour, et qu'il ne lui arrivât jamais, ou du moins très rarement, de camper en plaine, il avait jugé à propos, dans l'intérêt de sa dignité et pour ne pas affaiblir le faste de sa maison, de conserver les usages suivis par les rois ses prédécesseurs. Ce qui, plus encore que ce

luxe, étonna Sforzi, ce fut de voir quatre chasseurs à cheval portant derrière eux, sur la croupe de leurs montures, une espèce de caisse carrée sur laquelle était placé, les yeux bandés et retenu par une chaîne, un léopard vivant. Craignant, s'il interrogeait à ce sujet l'un des invités, de dévoiler son ignorance de la chasse, Sforzi attendit que l'événement lui donnât l'explication de cette énigme.

Seulement, ce qu'il était permis au chevalier de demander sans se compromettre, c'était le nom du jeune homme qui causait en ce moment avec le duc d'Epernon. Il avisa près de lui un courtisan dont le visage franc, la tournure dégagée, la mise sans prétention lui plurent de prime-abord; alors poussant son cheval vers ce gentilhomme, il l'aborda le chapeau à la main et lui adressa a question dans les termes les plus polis.

— Seigneurie, lui répondit le gentilhomme, c'est le vicomte de Chaulny... la meilleure et la plus redoutable épée qui, depuis la mort du brave de Bussy, soit à la cour !.. Prétendre à présent que son cœur vaut son épée, ce serait m'avancer plus qu'il ne me convient ! Je me méfie généralement des gens qui vivent seuls : or, on ne connaît aucun ami à M. de Chaulny. La chronique prétend que le vicomte vise à devenir mignon de Sa Majesté et qu'il ne serait pas impossible qu'il atteignît son but !.. Je ne le souhaite pas pour le bonheur du royaume!.. Monsieur, je suis bien votre très humble serviteur !

Le gentilhomme salua Sforzi qu'il ne connaissait pas et, piquant des deux, il s'éloigna en toute hâte : il se repentait probablement déjà de s'être exprimé avec trop de liberté.

Voici maintenant quelle était la conversation qui avait lieu entre M. le duc d'Epernon et le vicomte de Chaulny.

— Monsieur le duc, disait ce dernier en fixant d'un mauvais regard son interlocuteur, je tiens beaucoup à me disculper auprès de vous, car je vois que l'on m'a bien méchamment noirci à vos yeux.

— Il est parfaitement inutile que vous preniez cette peine, vicomte, interrompit le mignon. Personne plus que moi n'estime la franchise et la noblesse de votre caractère... Mordiou ! votre conduite est des plus naturelles ! Vous désirez plaire à Sa Majesté !... Cela prouve tout bonnement que vous êtes un bon et loyal sujet!... On ne saurait jamais trop vouloir plaire au roi, vicomte !...

— Vous ignorez sans doute, monseigneur,

dit le vicomte de Chaulny assez embarrassé par les bienveillantes paroles de son interlocuteur dont il suspectait fort la sincérité, vous ignorez sans doute le motif que l'on prête à ma conduite si naturelle?

— Ma foi oui, vicomte, je l'ignore.

— On prétend, monseigneur, reprit de Chaulny, que j'ai l'intention de capter les bonnes grâces de Sa Majesté et d'éloigner d'elle tous ses bons serviteurs.

— Bah! on prétend cela! dit d'Epernon avec un ton de surprise admirablement joué! Vous auriez grandement tort, cher vicomte, d'attacher la moindre importance à ce propos. Mordiou! s'il fallait prendre au sérieux tous les bruits calomnieux qui circulent à la cour, le Louvre se changerait bientôt en une vaste arène. Nous nous égorgerions du matin au soir. Et puis, après tout, quel mal y aurait-il, je vous le demande, à ce que vous songeassiez à votre avenir? Moi qui vous parle, cher monsieur de Chaulny, suis-je donc un coquin parce que Sa Majesté a daigné m'apprécier à ma juste valeur et me retirer des rangs de la foule? L'ambition, quand elle ne dépasse pas certaines limites, est, selon moi, la première des vertus. Elle indique, de la part de celui qui la possède, la conscience de sa valeur et le désir de s'illustrer par d'éclatans services. Ce que je condamne, vicomte, c'est l'ambitieux égoïste et hypocrite qui ne veut voir personne parvenir, qui attaque sourdement, par de laids moyens, la faveur de ses collègues. Oui, celui-là, je le méprise et je le hais.

— Et vous avez bien raison, monsieur le duc.

— Par contre, l'ambitieux qui, comprenant qu'à lui seul il ne peut accaparer le roi, se choisit des alliés, et forme avec eux une ligue honnête et loyale, pour empêcher les intrigans vulgaires d'approcher de la personne de Sa Majesté, celui-là, je l'estime fort... Voyez de Joyeuse et moi, ne vivons-nous pas comme deux frères, dans la meilleure intelligence?.. Loin de chercher à nous nuire, nous mettons tous nos efforts à nous aider, à nous soutenir mutuellement. Notre amitié inaltérable, la confiance illimitée que nous avons l'un dans l'autre, quintuple nos forces, centuple nos moyens d'action. Après cela, vicomte, il faut convenir aussi qu'il y a peu de gens, une fois lancés sur le chemin de la fortune, qui sachent observer une fidèle alliance!... La réussite les aveugle, la cupidité les enflamme, et partager une faveur, leur paraît presque une disgrâce. Tenez, pour appuyer mes paroles d'un

exemple, je vous citerai le chevalier Sforzi! Mon confrère de Joyeuse et moi, nous étions d'abord tout disposés à lui venir en aide, car nous avions reconnu en lui de sérieuses qualités, et il convenait fort à Sa Majesté!.. Or, qu'a fait le chevalier Sforzi? Croyant sa fortune assurée, se figurant que le roi ne se pouvait plus passer de lui, il s'est empressé de nous battre en brèche! Aujourd'hui la guerre est déclarée entre lui et nous. Qu'en adviendra-t-il? je l'ignore; mais à coup sûr il eût été bien plus avantageux pour le chevalier de nous avoir pour amis et alliés que pour adversaires et ennemis!

— Est-ce que le roi songe encore à ce Sforzi, monseigneur, demanda le vicomte de Chaulny qui, à mesure que sa conversation avec le duc se prolongeait, devenait de plus en plus sérieux.

— A vous parler net, et quoiqu'il en coûte à mon amour-propre, je vous avouerai franchement, cher M. de Chaulny, que Henri n'est pas encore revenu de son sot engouement. Dam! cela s'explique parfaitement. Certes, le roi nous porte, à Joyeuse et à moi, une affection fraternelle à l'épreuve de tout événement, mais malheureusement il nous connaît trop par cœur, ce brave Henri, et quoique notre présence lui soit devenue indispensable, elle ne le récrée pas suffisamment. Comme tous ceux qui s'ennuient, il est avide de nouvelles liaisons, de nouveaux visages. C'est justement cette conviction qui nous avait décidés, Joyeuse et moi, à produire le Sforzi. Bien nous en a pris, vous le voyez, de notre condescendance. Nous avons mis la main sur un dangereux reptile, et nous avons failli être mortellement mordus!

— Mais monseigneur, dit le vicomte de Chaulny d'une voix émue, il ne s'ensuit pas de ce que vous avez une fois rencontré un méchant ingrat, que vous échouerez dans une seconde tentative. Je vous jure, monseigneur, que si j'avais eu le bonheur de me trouver à la place du chevalier Sforzi, loin d'imiter sa conduite, je me serais efforcé, par tous les moyens en mon pouvoir, de vous montrer mon dévoûment, de vous prouver ma reconnaissance.

— Parce que vous êtes un honnête garçon, vous, cher vicomte. Mais, hélas! il en est si peu qui vous ressemblent!... Mordiou, j'y songe... mais non, c'est impossible... il est maintenant trop tard... pourtant, qui sait!... Pourquoi cette pensée ne nous est-elle pas venue à Joyeuse et à moi?... Nous nous serions épargné bien des ennuis, bien des déboires!

A ces phrases entrecoupées que d'Epernon prononça comme se parlant à lui-même, le vicomte de Chaulny pâlit d'émotion.
Ce fut d'une voix qu'il essayait en vain de
rendre assurée et indifférente qu'il reprit la
conversation.

— Ne serait-il point indiscret, monseigneur, dit-il, de vous demander quelle est
cette idée qui, si elle vous fût venue plus
tôt, vous aurait sauvé de tant d'ennuis et de
déboires ! On est souvent mauvais juge
d'une position dans laquelle on se trouve
engagé ! Voulez-vous me faire la grâce d'accepter mon avis, de prendre mon opinion ?
Peut-être cette chose que vous considérez
comme inexécutable maintenant, est-elle,
au contraire, des plus faisables.

— Cher monsieur de Chaulny, dit d'Epernon en riant, si être juge et partie dans une
cause nous ôte toute judiciaire, il est inutile
que je vous consulte.

Le cœur du vicomte battit à se rompre :
toutefois, il eut assez d'empire sur lui-même, sinon pour dissimuler du moins pour
ne pas laisser éclater dans toute leur force,
les sentimens qui l'oppressaient.

— Je ne vous comprends pas, monseigneur, répondit-il en jouant l'étonnement.

— Quoi, cher monsieur de Chaulny, vous
ne comprenez pas qu'au lieu de laisser arriver M. de Sforzi qui nous était inconnu,
nous aurions dû, de Joyeuse et moi, prendre l'avance et opposer à cette espèce d'aventurier un homme à nous, sur la loyauté et
la fidélité duquel il nous eût été permis
de compter entièrement !.. Ce que Sa Majesté recherche avant tout, ce n'est certes
pas l'amitié de ce Sforzi, mais bien, je vous
le répète, un visage nouveau. Or, il me semble impossible qu'il n'y ait pas dans toute
la cour un gentilhomme dont la vue plai-
rait à Sa Majesté. Et tenez, cher monsieur de
Chaulny, ne trouvez-vous point que le roi
vous marque, chaque fois que l'occasion
s'en présente, une grande estime, une extrême bonté ?

— Il est vrai, monseigneur !

— Qu'il met dans la façon de vous adresser la parole une certaine tendresse, une
certaine privauté !...

— Oui, monseigneur.

— Qu'il vous sourit agréablement, et, si
vous vous absentez, qu'il vous cherche du
regard !..

— Je dois convenir, monseigneur, que Sa
Majesté est, en effet, pour moi d'une rare
indulgence !...

— Eh bien ! comprenez-vous maintenant

l'idée qui m'est venue tout-à-l'heure, et que
je regrette tant de n'avoir pas eue plus tôt !

De Chaulny hésita. Affecter une plus longue ignorance, c'était donner une triste opinion de sa sagacité au duc, et risquer d'être
jugé indigne par lui de jouer le rôle brillant
qu'il lui destinait ; saisir à demi-mot offrait
un autre écueil, c'était avouer hautement
une ambition en travail, des projets depuis
longtemps mûris et suivis.

— Monsieur le duc, répondit enfin le vicomte, si je ne m'abuse au sens de vos paroles, je dois croire que votre seigneurie
daigne me porter un intérêt égal à celui que
me montre Sa Majesté ; je n'ai pas besoin
d'ajouter, s'il en est ainsi, monseigneur, que
ma reconnaissance vous est acquise entière,
complète, absolue !

— Merci, cher monsieur de Chaulny, merci.. vous auriez tort d'exagérer ce sentiment.
Il est vrai que vous me convenez sous tous
les rapports, que je me sens porté vers
vous; mais ce n'est point là qu'il faut chercher le mobile de ma conduite... si je désire
aider à votre fortune, c'est que j'y trouve
mon profit. Mordiou ! si je vous avais opposé dès le premier jour au chevalier Sforzi, il
ne serait déjà plus question de cet aventurier; au lieu d'avoir un ennemi dangereux à
craindre et à combattre, je posséderais un
allié sûr, certain et fidèle. Voyons, monsieur de Chaulny, causons sérieusement.
Espérez-vous, s'il vous est donné de vous
appuyer sur Joyeuse et moi, pouvoir con-
trebalancer l'influence du Sforzi !

— Oui, monseigneur, s'écria le vicomte
avec plus de feu, plus d'enthousiasme qu'il
n'eût dû en montrer.

Un singulier sourire passa sur les lèvres
de d'Epernon.

— Ainsi, reprit-il, le roi est toujours bien
disposé pour vous ?

— Mieux qu'il ne l'a jamais été, monseigneur.

— Oui da ! Mordiou ! vous me ravissez...
Et où en êtes-vous avec le roi ?

— Presque à l'intimité, monseigneur.

— Presque à l'intimité ! répéta d'Epernon
de plus en plus satisfait. Mais alors, cher
vicomte, il faut nous mettre à l'œuvre sans
perdre de temps.... aujourd'hui même !...
Ah ! le roi en est avec vous presque à l'intimité !... Dieu veuille que vous ne vous abusiez point !

— C'est impossible, monseigneur.

— A ce point là... Vive Dieu ! le Sforzi
n'a qu'à se bien tenir. Mort de ma vie ! ce
sera un beau jour pour moi que celui où je

verrai ce misérable retomber dans le néant d'où il n'aurait jamais dû sortir !...

D'Epernon se tut un instant ; puis changeant tout à coup de ton et de visage.

— J'aurais beau fermer les yeux, pour ne point voir, me boucher les oreilles pour ne pas entendre, renier l'évidence, me tromper à plaisir, il est malheureusement trop certain, mon cher monsieur de Chaulny, que le crédit naissant du chevalier Sforzi est déjà trop solidement établi pour qu'il vous soit possible de le renverser. Le roi est resté hier enfermé, seul à seul, dans son cabinet, et cela pendant près de trois heures, avec ce misérable aventurier ! Il est incontestable pour moi que Sa Majesté l'aura entretenu de toutes ses affaires, mis dans toutes ses confidences... Tout bien vu, pesé, considéré, le plus sage parti qu'il me reste à prendre, c'est — quoiqu'il en coûte à mon orgueil — de capituler avec Sforzi.

— Quoi, monseigneur, interrompit le vicomte, dont le visage, de rose qu'il était, devint blême et livide ; quoi, monseigneur, vous si haut placé, si puissant, vous terniriez ainsi votre gloire?...

— Avec une arrière-pensée de revanche, oui... Mordiou, cher vicomte, savoir faire un sacrifice à propos, là est toute l'habileté. N'étais-je pas déjà résigné à partager avec un nouveau venu les faveurs du roi ? Eh bien, ce nouveau venu sera le chevalier Sforzi, voilà tout. Je ne regrette qu'une chose, c'est que vous vous soyez laissé distancer par lui. Il ne vous reste plus, mon bon de Chaulny, qu'à vous inscrire pour sa survivance ! Seulement, il vous faudra, selon toutes les probabilités, attendre un peu, quelque vingt ou trente années !

— Monseigneur, s'écria le vicomte qui depuis un moment n'écoutait plus d'Epernon et semblait méditer un projet, monseigneur, si ce Sforzi mourrait aujourd'hui même ?

— Etes-vous fou, de Chaulny.

— Si Sforzi mourrait aujourd'hui même, reprit le jeune homme, m'aideriez-vous à arriver ?

— Mordiou, de tout mon cœur.

— Eh bien ! ce soir le chevalier ne sera plus !...

— Que me dites-vous là s'écria d'Epernon en jouant l'étonnement avec une si parfaite expression de vérité, que son interlocuteur s'y laissa prendre!..

— Je vous répète, Monseigneur, que ce soir le chevalier ne sera plus!..

— Un guet-apens, un assassinat ! Ah ! mon pauvre de Chaulny, que vous connaissez peu l'intrigant !.. C'est un renard que cet homme-là!.. Il a des terriers partout et il ne marche jamais qu'accompagné d'une suite formidable!...

— Mais quand on l'insulte, monseigneur!

— Eh bien, après quand on l'insulte?

— Il se bat sans doute ?

— Ah ! quant à cela c'est possible ! Je ne prétends pas qu'il soit d'une bravoure bien remarquable, mais l'ambition lui tient lieu de valeur !.. Il n'ignore pas que le roi aime les vaillans, et que s'il commettait une lâcheté il se perdrait à tout jamais dans l'esprit de Henri.

— Ah ! monseigneur, Sforzi n'est plus à craindre ! ce soir, il sera déshonoré ou mort !

— Plus bas, de Chaulny, plus bas, dit d'Epernon, voici le personnage en question qui apparaît en scène !

— Quoi ! monseigneur, cet homme est le chevalier Sforzi ?

— Lui même. Il a fort bonne mine, n'est-ce pas ?

— Oh ! mais, alors, c'est un lâche que ce Sforzi ! s'écria le vicomte radieux. Je l'ai outragé tout à l'heure, et il n'a pas osé me répondre !...

D'Epernon secoua la tête d'un air de doute, et s'éloigna pour aller au devant du roi.

Le vicomte de Chaulny se mit à suivre Raoul.

L'arrivée de Henri III fut saluée par de bruyantes fanfares. A côté du Roi, et monté sur un fougueux andalous, qu'il dirigeait avec autant d'habileté que de grâce, se tenait le duc de Joyeuse. Quant à Sa Majesté, elle avait fait choix pour la journée d'une fort belle jument allemande.

A une centaine de pas à peu près de la maison du Roi, on apercevait cinq ou six carrosses remplis de femmes.

A François Ier, on le sait, était dû l'innovation de faire suivre les chasses royales par les dames de la cour.

Le vicomte de Chaulny abandonna momentanément la poursuite de Raoul pour aller se mettre sur le passage du roi. La manœuvre de l'ambitieux jeune homme obtint un plein succès, car dès que Henri III l'aperçut, il lui fit signe de venir.

— De Chaulny, lui dit-il, votre costume est des plus galans et des mieux ordonnés. Il n'est personne à la cour qui sache aussi bien s'accoutrer que vous. Votre toque *bleu-turquin* est d'un goût exquis, rien de gracieux comme votre pourpoint *fleur-mourante*, vos hauts-de-chausses couleur *espagnol-ma-*

lade sont du plus bel effet, et votre nœud d'épée *triste-amie* se marie de la plus gracieuse façon avec le reste de votre toilette. Lorsqu'on servira le dîner vous viendrez prendre place à ma table, vicomte.

Le jeune homme, rouge de plaisir, s'inclina profondément devant le roi.

— A tantôt, Chaulny ! lui cria le duc de Joyeuse du ton le plus bienveillant et le plus amical.

Le mignon parlait encore, lorsqu'un lièvre poursuivi par les chiens déboucha de la forêt : aussitôt l'un des cavaliers qui portaient un léopard en croupe retira vivement le bandeau et détacha la chaîne qui aveuglaient et retenaient le féroce animal, tout en lui indiquant par un geste et par un cri le pauvre fugitif.

Le léopard s'élança avec une rare impétuosité du haut de sa caisse ; en cinq ou six bonds, il atteignit le lièvre, et d'un coup de patte donné sur la tête, l'étendit roide mort !

Aussitôt, l'un des valets de chasse mit pied à terre et présenta au léopard un morceau de chair fraîche qui nageait dans une sébile pleine de sang.

Le carnivore animal s'en fut à la sébile et lâcha sa proie, que le valet s'empressa de ramasser (1).

Ce fut avec autant d'étonnement que de dégoût, que Sforzi assista à cette chasse qu'il ne connaissait pas encore.

— Ah ! se disait-il, tout en maintenant son cheval au trot, rien n'est naturel à la cour, pas même le plaisir. La satiété de toutes choses conduit les puissans à chercher dans l'extraordinaire, presque dans l'impossible, leurs passe-temps et leurs jouissances.

Tandis que Sforzi, livré à ses réflexions mélancoliques, suivait machinalement le flot de la chasse, le vicomte de Chaulny, avec une impatience qui dénotait une sérieuse mauvaise humeur, écoutait les propos de l'une des dames assises dans les carrosses de la cour. Cette femme, qui pouvait avoir de quarante à quarante-cinq ans, avait dû être extrêmement belle ; son visage, alors voilé par une expression chagrine, présentait un cachet de dignité et de distinction remarquables.

(1) Jodelle, qui vivait sous Charles IX, a écrit dans son Ode à la chasse les vers suivans :

Parler aussi du lièvre on peut,
Qu'à force on prend de telle sorte :
Rare, quand le léopard veut,
En quatre ou cinq saults l'emporte.

— Mon fils, disait-elle en s'adressant au vicomte de Chaulny, vous m'avez causé aujourd'hui une bien vive affliction. J'ai appris tout à l'heure la querelle que vous avez eue hier avec un gentilhomme, et qui a manqué d'aboutir à un combat singulier. Charles, vous n'êtes pas né violent ; pourquoi donc avez-vous toujours l'épée à la main ? C'est à l'insatiable ambition, à l'envie qui vous dévorent, qu'il faut attribuer vos emportemens. Mon fils, croyez-moi, renoncez à la cour, allons vivre en province. Ici vous ne pouvez être heureux. Tant que vous verrez une tête dépasser la vôtre, un crédit l'emporter sur votre faveur, vous serez livré à toutes les tortures de la jalousie. Charles, moi aussi je suis coupable ! C'est à ma tendresse aveugle pour vous, tendresse qui, dès votre jeune âge, m'a conduite à me plier à votre volonté, à obéir servilement à vos moindres caprices, qu'il faut attribuer votre caractère ombrageux, irascible, entier ! Je vous en conjure, Charles, tandis qu'il en est temps encore, ne repoussez pas ma prière ! Allons rejoindre votre père, et vivre loin de la cour.

Pendant que la comtesse de Chaulny parlait, son fils, les sourcils contractés, la lèvre frémissante, faisait piaffer son cheval, et montrait, par sa contenance, combien les conseils de sa mère lui étaient désagréables.

— Madame, lui répondit-il, je vous demande en grâce de ne plus jamais aborder ce sujet de conversation. Vos discours seraient perdus : vous prêcheriez dans le désert. Aller m'enterrer en province, lorsque je suis à peine au début de ma carrière, lorsque la fortune se déclare déjà pour moi, quand je me trouve à la veille d'un éclatant triomphe ! Mort de ma vie, ce serait là de la pure et belle démence. J'en suis à déplorer, madame, votre tendresse pour moi, puisque sa trop grande vivacité vous conduit à l'injustice. Laissez-moi agir à ma guise, madame ma mère ! A vingt-trois ans, un gentilhomme n'a plus besoin de tuteurs. La noblesse de son sang l'inspire et lui indique clairement le chemin qu'il doit suivre. Madame, je suis votre très dévoué serviteur et je vous baise humblement les mains.

Le vicomte de Chaulny, craignant que la comtesse ne continuât sa morale, s'empressa de piquer des deux et de mettre son cheval au galop.

— Pauvre enfant ! murmura la comtesse en le suivant d'un regard humide. Pardonnez-lui, mon Dieu, les chagrins qu'il me cause, et éloignez de lui tous les dangers et les déboires qu'il se prépare par sa conduite, dans l'avenir !

Le premier soin du vicomte, après qu'il eut quitté sa mère, fut de se mettre à la recherche de Sforzi. Après une course d'un quart d'heure, il l'aperçut mêlé à un groupe de cavaliers. Il se dirigea aussitôt de son côté.

Cinq minutes s'étaient à peine écoulées que Sforzi ressentit à son pied gauche un choc assez violent suivi d'une douleur aiguë : c'était l'éperon de Chaulny qui s'était engagé dans sa bottine. Raoul se retourna vivement, et, reconnaissant le vicomte, il fut prêt à éclater ; toutefois il se contint :

— Monsieur, lui dit-il froidement, il m'est permis, je le pense, de vous renvoyer le conseil que vous avez jugé convenable de me donner tantôt : « Si vous ne savez pas manier un cheval, que n'allez-vous à pied ? »

—Monsieur le discoureur, répondit le vicomte d'un ton impertinent, entre vous et moi, je n'admets pas la réciprocité...

—Pourquoi cela, je vous prie, monsieur ?

— Par deux excellentes raisons : la première, c'est que j'ignore qui vous êtes ; la seconde, c'est que, fussiez-vous par votre naissance et par votre position en droit de me traiter sur le pied de l'égalité, il y aurait encore une barrière entre moi et votre familiarité...

—Je me nomme le chevalier Sforzi, monsieur.

— Un beau nom, ma foi ; il est seulement à regretter qu'il ne soit pas plus connu... Pour ma part je vous avouerai, M. le chevalier... Comment avez-vous dit... Ah ! Sforti, je crois... Je vous avouerai donc, monsieur le chevalier Sforti, que cette fois est la première que je l'entends prononcer.

Raoul sentit la colère le mordre au cœur ; mais se rappelant, et la mission dont Diane l'avait chargé et l'endroit où il se trouvait, à savoir dans une forêt royale, presque sous les yeux du roi, il parvint, grâce à un effort surhumain de volonté, à conserver son sang-froid ; seulement il se promit de ne pas rester en arrière d'impertinence.

—Et vous, monsieur, demanda-t-il, quel est votre nom ?

—Le vicomte de Chaulny, pour vous servir, répondit le jeune homme en frappant de la paume de sa main la garde de son épée.

Raoul eut l'air de ne point remarquer ce mouvement significatif, et reprenant la parole :

— Ah ! comme cela sonne bien s'écria-t-il, le vicomte de Chaussi ! Tudieu, je comprends maintenant votre fierté !.. Quand on possède deux syllabes qui éclatent ainsi qu'une fanfare, il est permis de se montrer exigeant et vaniteux, M. le vicomte de Chaussi !... Au reste, je répondrai à votre franchise si peu plaisante pour moi, par une générosité qui vous comblera de joie. Oui, en effet, je confesse que votre nom m'est parfaitement connu !... Il faudrait être un cuistre pour ne pas savoir la grande illustration des célèbres comtes de Chaussi !...

— Monsieur le chevalier Sforti plaisante vraiment avec une grâce infinie, répondit le jeune ambitieux, charmé de voir le tour provoquant que prenait la conversation.

— Mais, vous vous trompez fort, monsieur le vicomte de Chaussi — s'écria Raoul — je suis au contraire fort sérieux, et la preuve c'est qu'il me reste encore une explication à vous demander... Vous avez dit tout à l'heure, si je ne me trompe — et je vais, autant que ma mémoire me le permet, citer vos propres paroles — que quand bien même ma naissance et ma position me donneraient le droit de vous traiter sur le pied de l'égalité, il y aurait encore une barrière entre ma familiarité et votre personne... N'est-ce point à peu près ainsi, que vous avez daigné vous exprimer, vicomte de Chaussi ?

— Voici un récitatif qui fait le plus grand honneur à votre mémoire, monsieur Sforti, sur ma parole, c'est à croire que vous avez été pédagogue.

— Il est vrai, vicomte de Chaussi, que j'ai donné dans ma vie quelques leçons de politesse à de jeunes impudens...

— Là ! quand je vous le disais... n'avais-je pas raison ?...

— Pardon, cher monsieur de Chaussi, voici que nous nous éloignons du point capital de notre entretien.

— Point capital ! quelle belle et savante façon de parler : c'est, si je ne me trompe, de la haute rhétorique, interrompit le vicomte en s'adressant aux gentilshommes présens à cette scène. Eh bien, voyons, excellent Sforti, abordons ce point capital auquel vous paraissez tenir tant.

— Extrêmement, gracieux et spirituel Chaussi. Quelle est donc cette barrière qui, à égalité de condition, me tiendrait encore à distance de votre aimable personne ?

— Vous êtes curieux, chevalier.

— Comme tous les pédagogues, vicomte !

— Votre curiosité pourrait vous coûter cher.

— C'est un devoir, dans mon état, de tout sacrifier à la science. Et puis qui vous dit que je ne suis pas en fonds pour vous solder sans me gêner? Quelle est donc, vicomte, cette barrière qui me tiendrait à distance de vous?

— C'est mon épée, chevalier.

— Vous prenez donc la fuite devant vos adversaires monsieur le vicomte?

— Chevalier Sforzi!...

— Tiens, voilà que vous savez à présent mon nom... Vicomte de Chaulny, pourquoi vous emporter ainsi? Je ne fais que répéter vos propos... Du moment que l'épée à la main, il ne me serait pas possible de vous atteindre, c'est que, je le répète, vous prendriez la fuite!... C'est bien le moins qu'un pédagogue soit logique, n'est-il pas vrai, vicomte?... A chacun son état.

— Trève de sots propos! interrompit le jeune de Chaulny avec violence. Etes-vous donc si malappris, si peu au fait des usages du monde, que vous ne compreniez pas qu'il est toujours désagréable de dire brutalement à un gentilhomme : Monsieur, vous êtes un lâche!

A cette mortelle offense, le visage de Sforzi se couvrit d'une teinte livide ; une flamme ardente et sombre brilla sous ses paupières dilatées outre mesure, le réseau de veines, signe infaillible chez lui de l'un de ces terribles accès de fureur qu'il redoutait tant, apparut sur son front.

— Messieurs, dit-il d'une voix sourde en s'adressant aux gentilshommes qui l'entouraient, je vous prends tous à témoins que M. de Chaulny est seul coupable de sa mort.

Alors Sforzi arrêta court son cheval, et d'un bond, mettant pied à terre, il tira son épée.

Le moment si ardemment désiré par le vicomte était donc venu! Il allait enfin, du moins le pensait-il, se débarrasser de ce rival qui l'empêchait de parvenir jusqu'au cabinet de Henri III.

Aussi la promptitude que mit le jeune ambitieux à imiter la manœuvre de son adversaire, fut-elle au moins égale à celle que Sforzi achevait de déployer.

Les gentilshommes témoins de cette scène de provocation, avaient jusqu'alors laissé suivre à la querelle son cours régulier ; en présence d'un duel imminent ils sortirent de leur neutralité et s'interposèrent entre les deux jeunes gens.

— Messieurs, leur dit l'un d'eux en plaçant son cheval en travers des épées, vous oubliez que vous faites partie en ce moment de la suite du roi... Ce n'est point un combat que vous allez vous livrer, c'est un crime de lèse-majesté que vous allez commettre!

Il est de notre devoir, — et nous n'y faillirons point, — d'empêcher ce duel.

Que diable, messieurs, un peu de patience! Dans quelques heures, la chasse sera terminée, Sa Majesté retournera à Paris, et vous rentrerez dans toute votre liberté. Vous êtes assez assurés tous les deux de votre valeur pour ne pas craindre, qu'une fois votre irritation calmée, votre colère affaiblie, elle ne vous fasse défaut. Allons, messieurs, les épées au fourreau!

Le chevalier et le vicomte, le premier frémissant de fureur, le second d'impatience, durent se rendre à ces raisons sans réplique.

— A bientôt! monsieur, dit de Chaulny.

— Quand vous voudrez, monsieur, répondit Sforzi.

— Où vous retrouverai-je?

— Oh! soyez sans inquiétude, cela vous sera facile ; pour me voir, vous n'aurez qu'à vous retourner.

— Très bien, monsieur.

Les deux adversaires se saluèrent alors avec une exquise politesse, et remontant à cheval, se mirent à suivre de nouveau la chasse.

Il pouvait y avoir une demi-heure que la scène que nous venons de rapporter s'était passée, lorsqu'au détour d'une allée solitaire le vicomte de Chaulny se trouva face à face avec le duc d'Épernon.

— Tiens! quelle singulière rencontre, s'écria le mignon, je pensais justement à vous en ce moment, cher monsieur de Chaulny!

— A moi! monseigneur, et à quel propos?

— A propos de l'insistance que met Henri, depuis le commencement de la chasse, à ce que je lui cherche et lui amène le chevalier Sforzi... Je me disais que j'aimerais bien mieux être chargé de cette commission auprès de vous qu'auprès de cet aventurier.

— Monsieur le duc, répondit le vicomte en accompagnant ses paroles d'un sinistre sourire, permettez-moi de vous donner un conseil...

— Un conseil, mordiou!... Voilà un mot qui jure étrangement dans une bouche aussi jeune que la vôtre, vicomte... Enfin, n'importe!... je vous aime trop pour me formaliser d'une parole échappée au hasard. Quel est ce conseil?

— C'est, monsieur le duc, si vous tenez à remplir la mission dont le roi vous a chargé, de vous hâter d'aller trouver M. Sforzi.

— Mordiou! de quel air singulier vous me dites cela! Y aurait-il un complot fortné par les dames pour enlever ce séduisant et recherché chevalier ?...

— En effet, monseigneur; M. Sforzi a accepté un rendez-vous.

— Là, n'avais-je pas deviné? Quelle est l'affolée, cher de Chaulny? une duchesse ou une princesse?

— Mieux que cela, monseigneur.

— Comment, mieux qu'une duchesse ou qu'une princesse! Vous raillez, Chaulny!...

— Non, Monseigneur, je parle au contraire très sérieusement. Il ne s'agit de rien moins que d'une déesse, ou plutôt d'une divinité.

— Le chevalier a pris rendez-vous avec une déesse? Quel diable de galimatias me débitez-vous, vicomte? Laissez-là, cher ami, l'allégorie, et abordez le langage vulgaire.

— Je vous assure, Monseigneur, qu'il s'agit d'une déesse.

— Ah! c'est trop fort! Et comment se nomme-t-elle, cette déesse, vicomte?

— La mort, monseigneur!

— Vordiou! je comprends tout, s'écria d'Epernon, en affectant une vive surprise, vous aurez cherché noise et chanté pouille au Storzi.

— C'est-à-dire, monseigneur, que nous n'avons pu, dans une question de rhétorique, nous mettre d'accord.

— Et vous devez vous rencontrer?

— Après la chasse, monsieur le duc.

— Aller ainsi jouer votre vie contre celle d'un aventurier, cher ami.

— L'homme qui plaît au roi, cesse dès ce moment d'être un aventurier... Quant à jouer ma vie, l'expression me semble impropre. Je suis assez sûr de moi pour pouvoir avancer, sans présomption, que le chevalier mourra, sans que sa défense m'ait exposé au moindre danger.

— Que Dieu vous entende Chaulny!... Mordiou! Henri se fâchera et tempêtera si bon lui semble, je veux moi, tant est sérieux l'intérêt que je vous porte, vous servir de témoin.

— J'accepte l'honneur que vous voulez bien me faire, et je vous en remercie humblement, monseigneur, répondit le vicomte en s'inclinant profondément devant le favori.

CHAPITRE XXVIII.

Les deux témoins.

Le duc d'Epernon, quelque hautain et orgueilleux qu'il fût — et l'on doit reconnaî-

tre que jamais favori ne poussa plus loin que lui l'arrogance — savait, quand son intérêt l'exigeait, descendre du haut de son piédestal et se mêler aux simples mortels.

Esprit fin et adroit s'il en fût, il laissait volontiers prendre le pas à sa diplomatie sur sa fierté!...

Ce fut donc avec une familiarité charmante que s'adressant au vicomte de Chaulny, il reprit la parole.

— Cher vicomte, lui dit-il, permettez-moi d'espérer encore que cette affaire s'arrangera. Il me semble impossible que Henri ne soit pas instruit par quelque bavard de ce qui vient de se passer. Or, comme le roi, vous ne l'ignorez pas, porte un vif intérêt à M. Sforzi, Sa Majesté profitera de ce que la querelle a eu lieu presque en sa présence, pour invoquer le respect qui lui est dû, et empêcher la rencontre.

— Ah! monsieur le duc, s'écria le vicomte de Chaulny, que me dites-vous là!

— La vérité, mon cher monsieur. Et tenez, toute réflexion faite, je trouve que vous avez eu grandement tort d'en arriver à cet éclat. Le danger encouru par Sforzi — car vous jouissez d'une terrible réputation de duelliste — ne servira qu'à rendre ce dernier plus cher au roi. Puisque vous étiez résolu à appeler le chevalier en combat singulier, ce que pour ma part je déplore, — il vous fallait choisir un meilleur moment, le forcer à mettre l'épée à la main séance tenante.

— C'est ce que j'ai fait, Monseigneur. Les gentilshommes présents à notre discussion nous ont empêché de vider notre différend.

— Partie différée, partie manquée, vicomte!

— Vous croyez, Monseigneur?

— C'est-à-dire que j'en suis intimement persuadé. A moins, cependant...

Le duc d'Epernon s'arrêta.

— A moins, Monseigneur? répéta le vicomte.

— Mon cher M. de Chaulny, n'insistez pas, je vous en prie.

— Permettez-moi, au contraire, monsieur le duc, de vous conjurer de poursuivre. Vous étiez, si je ne m'abuse, sur le point de lever la difficulté?

— C'est vrai, Chaulny; mais j'ai réfléchi.

— A quoi donc, monseigneur?

— Aux remords éternels que j'éprouverais de votre trépas, si, contre toute probabilité, votre rencontre avec M. Sforzi se terminait d'une façon tragique pour vous. Je me reprocherais sans cesse votre mort.

— Oh! quant à cela, monseigneur, je

vous le répète, c'est un évènement peu à craindre.

— Non, non, de Chaulny, je ne céderai pas ! Au revoir, cher monsieur, je compte que vous n'abuserez pas de l'impunité que vous assurerait ma complicité.

— De quelle impunité parlez-vous, monsieur ?

Le duc d'Epernon, qui déjà avait lâché la bride à son cheval, s'arrêta, et se retournant vers son interlocuteur :

— Vous savez très bien, de Chaulny, dit-il, que du moment que je me suis engagé à vous servir de témoin, je ne m'appartiens plus, je suis à votre dévotion. Si l'envie vous prenait de ne pas attendre la fin de la chasse pour vider votre querelle, il me faudrait bien, malgré ma répugnance, vous assister dans votre combat !.. Or, il est probable que Henri me sachant mêlé à cette affaire ne vous montrerait pas une excessive sévérité. Voilà pourquoi je vous supplie, vicomte, de ne pas abuser de l'impunité que vous assurerait ma complicité.

— Mort de ma vie ! monseigneur, s'écria le vicomte, je n'avais pas songé à cela. Oui, vous avez raison, grâce à votre assistance, je n'ai rien à redouter de la colère du roi... Merci, monsieur le duc, merci !... Remettons-nous en route et allons chercher le Sforzi.

— Quoi, malgré mes prières, vous...

— Monseigneur, interrompit le vicomte, de votre propre aveu, vous devez vous tenir à ma disposition, je dirai plus, vous soumettre à mes injonctions... Monsieur le duc, il me serait pénible de vous donner un ordre, permettez-moi d'espérer que vous daignerez condescendre à mes supplications... J'entends que le combat ait lieu sur l'heure.

— Vicomte, c'est étrangement abuser de l'imprudent aveu qui m'est échappé... car là, franchement, vous ne songiez pas à l'impunité que vous assure ma coopération... Enfin, si vous insistez, il me faudra bien obéir.

— J'insiste, monseigneur.

D'Epernon baissa tristement la tête, poussa un long soupir et d'une voix émue :

— Allons donc chercher le chevalier Sforzi, dit-il.

A peine les deux gentilshommes eurent-ils fait une centaine de pas, que le mignon arrêta de nouveau son cheval.

— Cher monsieur de Chaulny, dit-il, quelques mots encore, avant que nous abordions notre adversaire.

— Parlez, monsieur le duc.

— Je sais, vicomte, que vous êtes d'une très grande force à l'épée ; mais enfin l'on voit parfois de si singuliers hasards se produire sur le terrain que malgré moi je suis inquiet... Ne m'interrompez pas. Ma qualité de votre témoin m'impose le devoir de chercher à augmenter vos probabilités de succès , à diminuer vos mauvaises chances. Je possède, sur le jeu de M. de Sforzi, un détail qui peut vous être précieux ! Le chevalier a pour système, m'a-t-on appris, d'ébranler son adversaire avant de le charger à fond. Il simule une attaque violente, un coup droit, par exemple , et tire alors dans la parade. Je ne me connais peut-être pas aux armes tout à fait aussi bien que vous, Chaulny ; mais il me semble que le meilleur moyen à employer pour combattre et annuler un pareil jeu est fort simple...

— Certes, monseigneur ! Il s'agit tout bonnement, au lieu de rompre ou de parer, de tirer dans chaque attaque de son adversaire ! Cela , comme vous l'observiez très judicieusement , monseigneur , annule et paralyse complètement ses moyens....

— Je suis enchanté de vous voir de mon avis, de Chaulny ! Seulement ne vous semble-t-il pas qu'il faille une extrême audace pour tirer ainsi dans les attaques? Après tout vous me direz que quand on est prévenu, que l'on connaît à l'avance la méthode employée contre soi, cela donne une excessive sécurité. A présent que vous voilà prévenu, je me sens plus à mon aise. Remettons-nous en quête du Sforzi.

Tandis que d'Epernon paraissait prendre si chaudement les intérêts du vicomte, le duc de Joyeuse — par une coïncidence réellement bizarre — rencontrait Raoul et avait avec lui, presque mot pour mot, la même conversation que d'Epernon avec Chaulny.

Seulement Sforzi, très étonné de l'amitié si subite que de Joyeuse lui montrait, s'était tenu sur ses gardes et n'avait cessé d'observer le mignon. Or, à plusieurs reprises, il lui avait paru que la voix et les gestes de M. de Joyeuse décelaient un singulier embarras.

Lorsque de Joyeuse en arriva à lui dévoiler le jeu de M. de Chaulny et lui conseilla de tirer dans ses prétendues attaques, Raoul dressa l'oreille, et la lumière commença à se faire dans son esprit.

— Savez-vous bien, monsieur le duc, lui dit-il, que si vous vous trompiez sur la façon de combattre de M. de Chaulny, votre erreur aurait tout bonnement pour résultat de nous faire enterrer, le vicomte et moi, par un coup fourré. Tenez, monsieur, j'aime mieux oublier vos avis que de vous exposer, en m'y conformant, à d'éternels remords ! Je suis l'homme de l'imprévu, l'ennemi de toute méthode; une fois sur le terrain, je m'inspirerai, et j'agirai d'après les circonstances.

A cette réponse de Raoul, le duc de Joyeuse rougit prodigieusement, puis garda le silence !

Un quart d'heure s'était à peine écoulé depuis que les deux conversations que nous venons de rapporter avaient eu lieu, lorsque le duc d'Epernon et de Chaulny d'un côté, le duc de Joyeuse et Sforzi de l'autre, débouchèrent chacun par une extrémité opposée, dans la même clairière.

— Quoi ! toi ici, cher frère ? s'écria d'Epernon en s'adressant à de Joyeuse. Je te croyais avec Henri.

— Ma foi, Henri s'arrangera de façon à se passer de ma compagnie pendant quelques instans, j'ai affaire ici... Mais qui te retient d'aller me remplacer auprès du roi, cher ami ?

— Ah! c'est que moi aussi j'ai affaire ici, répondit d'Epernon.

— Voilà qui me contrarie, s'écria de Joyeuse.

— Pourquoi donc cela, cher frère ?

— Parce que j'ai besoin de cette clairière.

— Moi aussi, parbleu !

— Mais un besoin impérieux.

— Encore comme moi.

— Cher d'Epernon, reprit de Joyeuse, si c'est une dame qui t'a donné ici un rendez-vous, je t'avertis qu'il te faudra quitter la place. L'amour cède le pas à la bataille. Je suis ici pour un duel.

—Eh bien ! c'est encore et toujours comme moi.

— M. de Sforzi a bien voulu me confier ses intérêts.

— M. de Chaulny m'a prié de l'assister dans une rencontre.

— Mais c'est justement contre M. le vicomte que je tiens, cher d'Epernon.

—Ah! bah ! est-il possible?... alors nous sommes ici chez nous. N'importe, si j'avais pu douter, Joyeuse, que tu serais venu pour M. de Sforzi, j'aurais refusé à M. le vicomte de Chaulny, malgré tout l'intérêt que je lui porte, le concours qu'il a bien voulu me demander.

—Ce que tu dis pour M. de Chaulny, je le répète moi pour M. de Sforzi !... Ces messieurs ne pourraient-ils remettre à plus tard de vider leur différend ?

— Plus tard, ce serait jamais ! — s'écria le vicomte de Chaulny — veuillez, messieurs, mesurer la distance, régler les conditions et donner le signal.

— Que faire, Joyeuse? dit à demi-voix d'Epernon.

— Hélas ! accomplir notre mission jusqu'au bout. Notre parole est engagée, il ne nous est plus possible de nous dédire.

— Alors, passons aux conditions, cher Joyeuse.

— Les conditions ordinaires : la chemise bas, la dague dans la main gauche et l'épée dans la droite.

— Cela va de soi. La question est de savoir si le combat cessera à la première blessure.

— Mais certes, dit d'Epernon, à la première égratignure.

— Messeigneurs ! s'écria le vicomte de Chaulny, je regrette de sortir de mon rôle, qui devrait être passif, et de me mettre une seconde fois en scène; mais il m'est impossible d'accepter vos conditions. Nous arrêter à la première blessure, cesser à la première égratignure ! Mort de ma vie ! oubliez-vous que j'ai traité M. Sforzi de lâche ! Voulez-vous donc nous rendre, M. le chevalier et moi, la fable et la risée de la cour? Ce combat ne peut se terminer que par la mort de M. Sforzi ou par la mienne, Messeigneurs !

— De Chaulny, répondit d'Epernon, c'est vous montrer par trop exigeant ! Prenez exemple sur M. le chevalier. Voyez, il ne dit rien, lui, il est tout prêt à se soumettre à notre décision.

— Messieurs, dit froidement Raoul, je réfléchis, au contraire, si je ne vous remercierais pas de votre bienveillant concours. Du moment que M. de Chaulny et moi ne pouvons être assistés de quatre témoins, il vaudrait tout autant que nous n'en eussions pas du tout. S'il vous plaît, monsieur le vicomte, dit Raoul en se tournant vers son adversaire, d'entrer dans un des sentiers de la forêt, je me ferai un véritable plaisir de partager l'honneur de votre promenade. Nous sommes tous les deux prévenus, sur nos gardes. Nous ne portons ni l'un ni l'autre aucune arme à feu. Vous avez votre dague et votre épée ; j'ai une épée et une dague. Tout se passera donc avec une parfaite égalité.

— Volontiers, monsieur, répondit de Chaulny.

D'Epernon et de Joyeuse parurent hésiter sur la conduite qu'ils devaient tenir.

— Mordiou ! cher Joyeuse, s'écria le premier, laissons faire ces messieurs à leur guise. Que diable, ce serait nous dégrader que de continuer notre rôle de témoin après avoir été si formellement refusés.

— Oui, tu as raison, cher frère.

D'Epernon salua le vicomte de Chaulny, et se penchant à son oreille :

— N'oubliez point de tirer dans les attaques du chevalier, murmura-t-il.

De Joyeuse donnait au même moment et de la même manière un conseil complètement identique à Sforzi.

— Oui, le coup fourré, répondit le jeune homme en regardant fixement le duc.

De Joyeuse rougit et s'éloigna sans ajouter une parole.

Déjà les deux adversaires se dirigeaient vers la forêt lorsque le buste athlétique et colossal de Maurevert sortit du milieu d'un massif de verdure.

— Holà ! tout doux, mes gentilshommes, dit-il en se plaçant du côté de Sforzi et de Chaulny, il n'y a que les Italiens qui s'égorgent sournoisement derrière des broussailles ! Des gentilshommes comme vous ne doivent craindre, ni le regard de leurs égaux, ni la lumière du soleil !... Par ici, messieurs, par ici, continua l'aventurier en se retournant du côté de la forêt.

A l'appel de Maurevert, une troupe de sept à huit gentilshommes apparut.

— Messieurs, continua le capitaine en s'adressant aux deux adversaires, vous n'avez qu'à choisir. Mais par la mort ! j'y songe. Que MM. les ducs d'Epernon et de Joyeuse se mettent du même côté, du côté de M. de Chaulny ! L'un de mes amis et moi nous assisterons M. Sforzi.

— Et tenez, monsieur le duc — poursuivit de Maurevert en interpellant d'Epernon — faisons mieux encore... animons la partie, changeons nos rôles de témoins en ceux de seconds. Moi, d'abord, je le déclare hautement, j'ai toujours éprouvé de grands doutes à propos de votre courage ; je ne serai donc pas fâché puisque l'occasion s'en présente, de me former une opinion à ce sujet. N'est-il pas vrai, monsieur le duc, que vous manquez un peu de cœur ?

— Ah ! c'est trop attendre, s'écria le vicomte de Chaulny, qui épargna au duc d'Epernon, par cette interruption, l'embarras d'une réponse. En garde ! chevalier ! Nos conditions sont faciles à retenir !... Tant que l'un de nous deux respirera encore, l'autre aura le droit de le frapper, fût-il blessé mortellement, hors d'état même de remuer le bras... En un mot, c'est un duel sans pitié ni merci !

— Soit, monsieur, répondit Sforzi, en retirant son pourpoint et en tombant en garde.

Le vicomte l'imita : le combat commença aussitôt.

— Sang et carnage !—se disait de Maurevert avec rage— je ne reconnais plus Sforzi ! Son regard est terne, son impétuosité habituelle ne se montre pas ! Pauvre et gentil compagnon, son pressentiment va-t-il donc se réaliser ?

CHAPITRE XXIX.
Les deux duels.

Le vicomte de Chaulny, avons-nous dit, était une des meilleures et des plus redoutables lames du royaume. Dès la première parade de Raoul il comprit, grâce à sa profonde connaissance de l'escrime, qu'il avait affaire à forte partie, et il commença par rester sur la défensive.

Quant à Sforzi, ce fut avec une grande tiédeur — ainsi que le remarqua de Maurevert — qu'il entama l'action.

Il avait beau se représenter l'injure qu'il avait reçue, se répéter qu'ayant été provoqué par son adversaire, il n'était tenu à garder envers lui aucun ménagement, son sang restait calme, la colère ne l'enflammait pas de ses folles ardeurs.

Malgré lui Sforzi se rappelait les conseils du duc de Joyeuse, et ce souvenir lui donnait la conviction entière qu'il était victime d'une odieuse machination, qu'il jouait au profit des mignons un rôle combiné à l'avance entre eux.

— Hélas ! pensait-il, je ressemble au gladiateur antique... Ce vicomte de Chaulny ne me porte personnellement aucune haine ; lui et moi nous combattons pour distraire les loisirs des favoris du roi... Ah ! que n'ai-je devant moi, au lieu de ce jeune fou, le duc d'Epernon ou de Joyeuse !...

Trop réfléchir quand on se bat est une mauvaise chose : Raoul ne tarda pas à en faire l'expérience.

Un coup d'épée l'atteignit à la cuisse, il se recula vivement.

— Ah ! ah ! s'écria le vicomte, voici une passe qui ne me fait guère honneur... j'ai trop baissé la main ; c'est à recommencer.

— Essayez, monsieur, dit froidement Raoul.

— Mort de ma vie ! douteriez-vous, chevalier, de ma parole ?

— Je suis comme saint Thomas, vicomte, pour croire, il faut que je touche et que je voie.

— Parbleu, voyez et soyez touché ! répondit le vicomte qui, saisissant avec un à-propos admirable une fausse marche de Raoul, le menaça de son épée et le frappa rudement de sa dague au milieu de l'épaule.

— Trop haut, cette fois ! dit de Chaulny avec une rare impertinence.

Raoul bondit de deux pas en arrière et abaissa son épée.

— Vous êtes fatigué, cher monsieur, reprit le vicomte ; ma foi, j'en suis bien fâché; mais comme nos conditions portent que le combat ne cessera qu'à la mort de l'un de nous deux, je me trouve dans la dure nécessité de vous achever.

— Un mot, monsieur ! dit Raoul avec un ton d'autorité qui imposa à M. de Chaulny... Un seul mot, et ce sera ensuite entre nous deux sans trêve ni pitié...

De Maurevert pâlit, et les gentilshommes présens se mirent à chuchoter entre eux ; il était évident que tous les témoins de cette scène désapprouvaient la conduite de Raoul.

— Va pour un mot, répondit de Chaulny en abaissant également la pointe de son épée !.. Au reste, monsieur, il est de votre intérêt d'être bref !.. Le sang que vous perdez en abondance va vous laisser sans force !

Raoul sourit et de Maurevert poussa un bruyant soupir de satisfaction : l'aventurier avait compris à ce sourire que Sforzi ne désespérait pas de la victoire.

— Monsieur, reprit froidement Raoul, vous engagez-vous, sur votre honneur de gentilhomme à répondre franchement aux questions que je vais avoir l'honneur de vous adresser ?

— Mort de ma vie, monsieur le pédagogue, c'est pousser trop loin l'amour de la maîtrise ! sur quelles matières comptez-vous m'examiner ? sur l'hébreu, le grec, la philosophie ?... Parlez !

Cette plaisanterie déplacée n'entama en rien le sang-froid que Raoul avait montré jusqu'alors.

— Monsieur le vicomte, répondit-il avec dignité, je place avant toutes choses le repos de ma conscience. Vos railleries ne m'empêcheront pas d'accomplir mon devoir !.. Oui, ou non, serez-vous franc à mes questions ?..

— Je le serai ; car j'ai hâte d'en finir.

— Est-ce bien, monsieur, de votre plein gré que vous vous battez contre moi ?

— Si c'est de mon plein gré que je me bats contre vous ! répéta de Chaulny en regardant Raoul avec un étonnement sincère. Eh ! qui diable voudriez-vous qui me contraignît, si je ne trouvais mon plaisir à tirer l'épée contre vous.

— Ainsi, personne ne vous a poussé à me chercher querelle ?

— Personne, messire Sforzi ; vous m'avez déplu au premier abord, je vous en ai fait de suite l'aveu; vous avez voulu vous récrier, je vous ai traité de lâche ! Or, maintenant j'ajoute que votre conduite me confirme complètement dans l'opinion que j'ai émise d'abord un peu légèrement peut-être sur votre compte.

A cette nouvelle injure que rien ne motivait et qui répondait si mal à la noblesse de sa conduite, Sforzi tressaillit de tout son corps ; sa pâleur, déjà extrême, se marbra de taches livides, ses yeux reflétèrent une terrible expression de férocité.

— Enfin, murmura de Maurevert, voilà donc les veines de son front qui se gonflent comme si elles allaient éclater. Gare au Chaulny !... L'ouragan va faire irruption !

L'aventurier ne se trompait pas. Le sang-froid et la patience que Raoul, grâce à un puissant effort de volonté, était parvenu à conserver jusqu'alors avaient usé toute sa générosité, toute sa bonté. La crise si long-temps retardée se déclara avec une irrésistible violence.

— Monsieur, s'écria-t-il d'un ton rauque et qui ressemblait au rugissement d'un tigre, vous avez comblé la mesure ; vous allez mourir !...

De Chaulny était non seulement adroit, mais encore d'une bravoure véritable ; toutefois, l'accent énergique et convaincu avec lequel Sforzi prononça ces paroles lui causa une vive émotion.

Son adversaire se révélait à lui sous un jour tout nouveau; il comprit que Raoul n'avait déployé jusqu'alors qu'une faible et insignifiante partie de ses moyens, qu'il ne s'était pas livré.

Cependant cette découverte ne découragea pas le vicomte, elle modéra seulement son impétuosité et le fit redoubler de prudence. Il espéra que, s'il parvenait à prolonger le combat, viendrait le moment où Raoul, épuisé par la perte de son sang, tomberait fatalement en sa puissance.

Le vicomte n'avait pas compté sur la rare énergie du chevalier.

Une fois en proie à son accès de fureur, Sforzi ne se ressentit plus de ses blessures; jamais il ne s'était trouvé plus souple, plus nerveux, plus fort; pour chaque attaque il avait une parade et une riposte ; son épée décrivait des cercles d'une si vertigineuse rapidité que les gentilshommes présens en étaient comme éblouis.

Cinq fois Raoul s'élança en rugissant sur

son adversaire, et cinq fois sa dague et son épée se teignirent de sang !

De Chaulny était magnifique dans sa défense, car Raoul ne lui laissait plus le temps d'attaquer. Le visage inondé de sang et de sueur, il conservait un regard assuré, un air souriant ; il ne rompait pas d'une semelle.

Les témoins de ce duel affreux, pâles, immobiles et lugubres comme les statues de marbre qui ornent les mausolées, retenaient leur respiration et ne vivaient plus que par leurs yeux ; jamais aucun d'eux ne s'était encore trouvé à une aussi sanglante fête.

Tout à coup le vicomte poussa un cri de joie délirante. Il avait senti son épée s'enfoncer jusqu'à la garde !..

— Mort ; dit-il d'une voix sourde !..

— Non, vainqueur et vengé ! répondit Raoul.

Sforzi n'avait pas achevé de prononcer ces trois mots que de Chaulny, en proie aux convulsions de l'agonie, roulait sur le sol. La garde de la dague de Raoul était fixée sur sa poitrine. La pointe de la lame ressortait par le dos !..

Le chevalier arracha alors de son bras qu'elle traversait l'épée de Chaulny, que le jeune homme, en tombant, n'avait eu ni le temps, ni la force de retirer ; puis, se rapprochant de son adversaire :

— Monsieur, lui dit-il, que Dieu vous pardonne !... Voici ma main !...

— Donnez ! murmura de Chaulny.

Au moment où Sforzi se penchait sur le moribond, celui-ci réunit dans un suprême effort la vie qui lui échappait, et ramassant sa dague, il en porta un coup désespéré à son trop généreux et confiant adversaire.

Raoul, atteint grièvement au côté droit, poussa un cri de douleur et de rage.

— Ah ! vipère, dit-il, tu ne mordras plus personne !

Sforzi leva son épée qu'il tenait par le milieu de la lame, l'agita pendant deux ou trois secondes afin d'assurer l'équilibre et de doubler la force du coup, puis du lourd pommeau de fer dont elle était garnie à la poignée, il frappa de Chaulny au milieu du crâne.

Un son lugubre et creux retentit : le vicomte affreusement mutilé retomba sur le gazon : il était mort !

De Maurevert s'élançait au secours de son compagnon, lorsque les buissons qui garnissaient les limites de la clairière s'écartèrent avec violence : la comtesse de Chaulny apparut !

Prévenue du duel de son fils — quelle

nouvelle, quel secret ne s'ébruite pas de suite à la cour ? — la pauvre mère accourait pour empêcher le combat : hélas ! elle arrivait juste à temps pour voir le cadavre du vicomte.

— Charles ! s'écria-t-elle, et folle, éperdue de douleur elle se jeta sur le corps inanimé de son fils qu'elle couvrit de baisers et de larmes.

Tout à coup elle se redressa de toute la hauteur de sa belle taille et s'avança à pas lents vers Raoul. A mesure qu'elle s'approchait de lui, Sforzi se reculait.

— Assassin, lui dit-elle d'une voix éclatante, sois maudit !...

Raoul dut s'appuyer sur son épée pour ne pas tomber ; cette nouvelle et dernière émotion était au-dessus de ses forces.

Un moment il inclina sa tête sur sa poitrine et resta comme anéanti. Toutefois sa faiblesse fut de courte durée.

Bientôt lui aussi se redressa de toute la hauteur de sa taille, et s'adressant d'un air assuré et respectueux à la fois à la comtesse, qu'il regarda fixement :

— Madame, lui dit-il, votre légitime douleur vient de vous faire commettre une bien vilaine action... Sur mon âme prête à paraître devant Dieu, madame, je vous jure que j'ai fait tout mon possible pour éviter ce duel, que la moitié du sang qui coule de mes blessures a été déloyalement versé par M. votre fils ; que je n'ai failli en rien à mes devoirs d'honnête homme et de chrétien !

— C'est vrai, madame, ajouta de Maurevert. M. de Chaulny s'est conduit, je vous avoue ceci avec tous les ménagemens que je dois à votre malheur, M. de Chaulny s'est conduit comme un véritable sacripan.

La dame de Chaulny tressaillit, et parut un moment indécise sur ce qu'elle devait faire.

— Monsieur Sforzi, dit-elle enfin, vos reproches sont fondés... J'ai été injuste. Charles vous avait insulté, vous êtes gentilhomme, le fatal point d'honneur vous obligeait à le tuer ou à mourir... Monsieur Sforzi, je rétracte ma malédiction. Mes torts envers vous ont été graves ; il faut que mon expiation soit grande... Votre main, Monsieur Sforzi...

Le chevalier hésita.

— Votre main, monsieur, je vous prie, répéta la comtesse avec force.

Raoul dut obéir.

Au contact de cette main qui venait d'être si fatale à son fils, Mme de Chaulny pâlit affreusement, et se recula vivement.

— Pardonnez-moi, pardonnez-moi, monsieur, dit-elle en éclatant en sanglots, cela est au-dessus de mes forces.

—Madame, dit Raoul d'une voix qui s'affaiblissait de plus en plus, le spectacle de votre désespoir déchire un épais bandeau qui jusqu'à ce jour avait couvert ma vue. Je comprends maintenant la criminelle et honteuse vanité que l'on est convenu d'appeler le point d'honneur !.. Si, ce qui n'est guère probable, je survis à mes blessures, je jure devant Dieu de ne plus jamais tirer mon épée du fourreau, si ce n'est pour ma propre défense ou pour sauver un innocent... Je jure, me fallût-il même pour tenir mon serment désobéir au roi, de ne jamais attaquer homme qui soit au monde !

La comtesse n'écoutait plus Sforzi ; elle était retournée au cadavre de son fils, qu'elle tenait étroitement serré dans ses bras.

Ce fut le chapeau bas et avec une déférence pleine de noblesse que les gentilshommes présens vinrent prier Raoul d'accepter leurs soins ; ils coupèrent des branches et terminèrent, tant bien que mal, en moins d'une minute, une espèce de brancard provisoire.

A peine le funèbre cortége débouchait-il de la clairière, que de bruyantes fanfares retentirent : c'était le roi qui passait.

— Qu'est ceci, Messieurs ? demanda Henri III en arrêtant court son cheval ; un accident ?... Tiens! vous voilà, chers fils, ajouta le roi en remarquant d'Epernon et de Joyeuse qui marchaient silencieux à côté l'un de l'autre. Mon Dieu ! qu'avez-vous donc, chers enfans ? vous êtes tout pâles !

—Sire, répondit de Joyeuse, nous venons d'assister à un combat comme, de mémoire d'homme, il n'y en a pas encore eu un pareil à la cour.

— Un duel ! dit sévèrement Henri III, soulevez le manteau qui recouvre ce brancard.

De Maurevert s'empressa d'obéir.

—Sforzi ! s'écria le roi avec émotion. Pauvre et vaillant jeune homme ! qu'il est donc beau ainsi dans la pâleur de sa victoire ! Sforzi, cher fils, je te pardonne !

A la voix de Henri III murmurant son nom, Raoul, plongé dans un engourdissement profond, ouvrit les yeux.

— Le roi ! dit-il alors, et avant que personne eût pu deviner son intention et s'y opposer, il s'élança hors du brancard, et se tint devant Henri III dans une respectueuse immobilité.

— Vous êtes fou, cher fils, s'écria Henri III qui, les yeux pleins de larmes, descendit de cheval, prit le jeune homme par le bras, le reconduisit et lui fit reprendre place sur son brancard.

D'Epernon donna un furieux coup de coude dans les côtes de Joyeuse.

— Le fait est, dit ce dernier à voix basse, que voilà un duel qui ne nous a guère réussi !..

— Mordiou, lui répondit d'Epernon sur le même ton, que tu es donc impatient, cher frère !.. Laisse au moins aux gens le temps de mourir !..

— Ah ! celui-là ne mourra pas !.. Il est né sous une trop heureuse étoile pour ne pas vivre cent ans !..

La voix de Henri III coupa court à l'aparté des mignons : le roi ordonnait que l'on prît les plus grands soins de Raoul.

— Si Sa Majesté désire avoir des nouvelles de ce gentil chevalier, dit de Maurevert, le roi n'a qu'à m'autoriser à aller lui en porter chaque jour ; je m'acquitterai d'autant mieux de cette commission, que c'est moi qui vais veiller et soigner ce brave et gracieux Sforzi !...

— Bien, capitaine !... Venez me trouver chaque jour.

De Maurevert salua humblement le roi tout en murmurant.

— Par Pluton, me voici donc enfin avec mes entrées à la cour !... J'espère que j'en saurai tirer parti... Définitivement ce bon Raoul n'a été créé et mis au monde que pour m'être utile et me porter bonheur.

— Venez-vous, chers enfans, dit le roi en s'adressant à ses mignons.

— Nous vous rejoignons à l'instant, sire, répondit de Joyeuse ; il nous faut aller d'abord quérir nos chevaux.

Le roi s'éloigna et les mignons se disposaient à l'imiter, lorsque de Maurevert s'avança vers d'Epernon, et le saluant humblement :

— Monseigneur, lui dit-il, deux mots, je vous prie.

Le duc toisa le capitaine d'un air moitié méprisant, moitié craintif.

— Monseigneur, reprit l'aventurier, qui débute mal dans une discussion s'en tire rarement à son avantage. Chacun nous observe, mais nul ne peut nous entendre, je vous parle avec toutes les démonstrations du plus profond respect, et je suis par état et par tempérament la discrétion en personne. Il n'y a donc nul inconvénient pour vous à m'accorder l'honneur d'une audience en plein vent. J'ai de l'esprit, et vous êtes au moins assuré que je ne vous ennuierai pas. Ceci est déjà d'un grand poids. Un solliciteur qui est plaisant... Peste! mais l'espèce en a toujours été très rare.

— Parlez, dit sèchement d'Epernon.

— Monseigneur, reprit de Maurevert, puisque nous sommes hors de portée des oreilles indiscrètes, j'entre franchement en matière. Je vous ai tout à l'heure grièvement, mortellement, odieusement offensé!

— Vous, m'offenser, interrompit d'Epernon avec dédain.

— Certes, monseigneur, moi, de Maurevert, brave capitaine, noble gentilhomme, j'ai osé déclarer publiquement que je mettais en doute votre courage! Ah! ne m'interrompez pas, je vous prie. Je sais à l'avance ce que vous allez me répondre, que vous êtes duc, favori du roi, très puissant seigneur, et que votre haute position vous défend de vous compromettre avec moi. Eh bien, là, franchement, monseigneur, vous auriez tort de parler ainsi. Il est incontestable que si vous oubliez de me demander raison de mon insulte, personne ne songera à vous reprocher en face votre manque de mémoire!... Oui, mais derrière vous, monseigneur, quel concert de calomnies, quel beau charivari! Les pasquils pleuvront dru comme grêle! Pendant quinze jours il ne sera question à la cour et à la ville que de votre prudence! Et à l'étranger donc! les Espagnols, les Allemands vont s'en donner à cœur joie! Tenez, monseigneur, si vous ne vous battez pas avec moi, vous êtes un homme perdu à tout jamais de réputation...

— Capitaine de Maurevert, prenez garde!

— A quoi, monseigneur? A ce que vous me fassiez assassiner? Charmante plaisanterie. Ne suis-je pas l'ami et la Providence de toutes les épées aventureuses et inoccupées de Paris? Le premier brave auquel vous vous adresseriez n'aurait rien de plus pressé que de me venir avertir de vos aimables projets à mon endroit. Reste la prison. Par Momus! ce serait alors que l'on rirait! Ne comprenez-vous point le parti que les poètes et les peinturiers tireraient de ma captivité? Tous les murs de Paris seraient barbouillés de cadenas et de verrous; vous ne pourriez plus voir une porte fermée sans vous pâmer d'humiliation et de colère!.. Il vous faudrait bivouaquer en plein vent!.. je ne saurais trop vous le répéter, cher duc, il est indispensable pour vous que nous nous battions!.. Seulement,

— j'arrive à l'endroit intéressant de mon récit, — seulement, je conçois que dans votre position si heureuse et si enviée vous teniez beaucoup à l'existence... cela est fort naturel!.. Il s'agit donc pour vous de tirer

l'épée sans courir le risque d'être tué ou même blessé!..

— Continuez, capitaine, dit d'Epernon pensif. Vous me divertissez grandement.

— Bien obligé, monseigneur, nous voici donc sur le terrain! Par la mort, se disent les gentilshommes, il faut que le duc d'Epernon, pour avoir accepté le défi du redoutable capitaine de Maurevert, soit un rude compagnon, un cœur haut placé... Que ne mettait-il plutôt, assuré de l'impunité comme il l'est, une bande d'italiens à ses trousses... d'Epernon est aussi généreux que brave... c'est un cri d'admiration dans tout le royaume... A présent nous voici aux prises, les étincelles jaillissent de nos épées, nous nous escrimons comme des endiablés, moi j'écume de colère, lorsque tout-à-coup — saisissez bien ceci, je vous prie, monsieur le duc — lorsque tout-à-coup, dis-je, vous me prenez au pied levé — ce qui m'est arrivé dans ma rencontre avec Storzi, alors que nous ne nous connaissions pas encore — et me jetez par terre!.. Aussitôt vous me mettez le genou sur la gorge et, d'une voix menaçante : Vous rendez-vous à merci, capitaine? me demandez-vous. Je réponds d'un air honteux et confus : Oui, monseigneur, à merci! Alors vous vous relevez, et me toisant du haut de votre grandeur : Allez en paix et ne péchez! ajoutez-vous. Humilié, accablé, je m'éloigne la tête basse et en silence. Quel triomphe, monseigneur!.. le roi pleure de joie, d'attendrissement et d'orgueil, les dames vous couvrent de fleurs lorsque vous passez dans les rues! Pendant six mois il n'est question que de vous. En un mot, Monseigneur, je vous offre de vous vendre ma gloire. Inutile de vous dire que quand vous me tiendrez sous votre genou, je ne vous quitterai pas du regard, et que si, emporté par l'ardeur de la lutte, vous oubliez votre clémence, je vous planterai bel et bien ma dague dans le cœur. Je ne me dissimule pas, Monseigneur, que j'ébrèche ainsi ma réputation, et qu'il me faudra, pour reprendre ma position, tuer quelques gens; aussi vous demanderai-je un bon prix : quatre mille écus!

Une heure après cette conversation, il n'était bruit, dans tout Saint-Germain, que du duel qui venait d'avoir lieu entre le duc d'Epernon et de Maurevert.

Les conditions du combat avaient été exécutées de part et d'autre avec une exactitude et une bonne foi parfaites.

La conduite du mignon était portée aux nues.

— Ma foi, disait de Maurevert assis au

chevet du lit de Raoul, définitivement, l'imprudence réussit tout aussi souvent que le calcul... si je n'avais pas eu la folie d'insulter le puissant d'Epernon, je posséderais à l'heure présente quatre mille écus de moins ! Quatre mille écus que je viens de gagner en un quart d'heure ! est-ce beau !.. Parole, je pleurerais de joie, si l'état désespéré de ce pauvre Raoul ne me donnait envie de pleurer de tristesse. Hélas ! le médecin prétend qu'il n'y a plus guère d'espoir de le sauver !

———

CHAPITRE XXX.

Les deux bons anges.

Ce fut après être resté pendant cinq jours en proie à un violent délire, que Sforzi put être transporté à Paris.

L'état du pauvre blessé était toujours extrêmement dangereux. Le médecin, loin de répondre de la guérison, la considérait comme fort douteuse.

De Maurevert, c'est une justice à lui rendre, ne quitta pas d'une heure le chevet du lit de Raoul : il trouva dans la profonde et sincère amitié qu'il portait au chevalier, la force d'assouplir et de dompter sa rudesse habituelle ; il eut pour lui des délicatesses et des attentions de femme.

Ce fut non sans des peines et des soins infinis qu'on transporta le malade à Paris. Une fois réinstallé à son hôtellerie de la Corne-de-Cerf où il était très avantageusement connu et parfaitement servi, de Maurevert s'empressa d'aller au Louvre pour rendre compte à Sa Majesté de l'état du blessé ; Henri III parut prendre un vif intérêt à ce récit, et fit remettre au capitaine cinq cents écus pour les frais de la maladie.

La seconde visite de l'aventurier fut pour Diane. A la nouvelle du malheur arrivé à Raoul, Mlle d'Erlanges montra une déchirante douleur ; sa première pensée fut de courir auprès de lui ; toutefois, elle comprit bientôt la hardiesse, ou, pour être plus exact, l'inconvenance d'une pareille démarche, et elle dut renoncer à son projet.

— Ne vous lamentez point ainsi, chère damoiselle, lui dit de Maurevert,. que désirez-vous, que souhaitez-vous? que notre gentil Raoul ne manque de rien? Eh bien, je connais une belle, puissante et vertueuse dame, qui vous remplacera auprès de Sforzi, qui lui prodiguera ces soins que les convenance vous empêchent de lui donner !..

— Que le diable m'emporte, se dit de Maurevert en sortant, si demain mon bon Raoul n'a pas deux garde-malades !..

De chez Diane, le capitaine se rendit tout droit chez Mlle d'Assy : la séduisante et vertueuse femme, en apprenant le malheur de Raoul, n'hésita pas; elle monta aussitôt en chaise à porteurs et se rendit sans perdre de temps auprès de lui.

Quant à Diane, incapable, après une nuit d'insomnie, de supporter plus longtemps la double pensée du chevalier mourant loin d'elle, et mourant auprès d'une autre femme, elle accourut le lendemain, en compagnie de Lehardy, frapper à la porte de l'hôtellerie de la Corne-de-Cerf.

— Je le savais bien moi qu'elle viendrait, se dit de Maurevert. Rien ne stimule le dévouement des femmes comme un petit grain de jalousie. Si je n'avais pas averti Diane qu'une belle et vertueuse dame devait se rendre auprès du chevalier, il est probable qu'elle n'aurait pas quitté l'hôtel de sa tante la douairière.

Un coup d'œil suffit à la demoiselle d'Assy et à Diane pour se juger et s'apprécier.

La journée ne s'était pas encore écoulée qu'elles s'aimaient déjà — privilège des âmes d'élite, — comme deux sœurs !

Pendant trois semaines que dura la première et plus dangereuse période de la maladie de Raoul, les deux charmantes femmes passèrent toutes les journées auprès de lui.

La joie que ressentit le chevalier lorsqu'en reprenant connaissance il aperçut les deux bons anges assis à son chevet, lui causa un plus salutaire effet que toutes les ordonnances des médecins. A partir de ce moment on put le regarder comme à peu près hors de danger.

A cette époque, de Maurevert reçut une visite à laquelle il ne s'attendait plus, et qui avait un but intéressé.

L'ex-seigneur de Tournoil, alors l'adjoint de l'apôtre Benoist, vint lui réclamer les vingt écus que le capitaine lui avait promis en échange du mot de passe de la petite maison de la duchesse de Montpensier !

— Je crois cher Croixmore, lui dit de Maurevert que vos affaires ne sont pas brillantes. Quand je pense pourtant que je vous ai connu haut et puissant seigneur de Tournoil ! Tudieu, quelle décadence !... Tenez, cher monsieur Croixmore, je ne vous reproche pas votre chute, car il y a certains événemens devant lesquels l'homme le plus fort doit lui-même plier, mais ce qu'il m'est impossible de vous pardonner, c'est d'être entré au service du marquis. Cela m'humilie, moi, de penser que celui dont jadis j'ai été le prisonnier — un peu par trahison, c'est vrai — joue aujourd'hui un si piètre rôle et compte parmi les subalternes, la valetaille !

— Que voulez-vous, cher seigneur! répondit Croixmore avec un ton d'humilité hypocrite, qui n'échappa pas au perspicace capitaine. Je ne puis que vous répéter aujourd'hui ce que je vous ai dit lorsque ma bonne étoile m'a valu l'honneur de votre rencontre. Le seigneur de la Tremblais, après m'avoir pris mon château, a daigné ne point me faire pendre, m'accorder la vie. N'est-il point de mon devoir de lui montrer une reconnaissance sans bornes ?

— Croixmore, si je vous croyais capable d'une telle perversité, d'un si honteux dévergondage d'esprit, je couperais court à cet entretien, s'écria de Maurevert. Quoi ! parce que de riche, redouté, indépendant et heureux que vous étiez, il a plu au marquis de vous faire gueux, impuissant, esclave et misérable, vous lui devez de la gratitude? Votre âme est-elle donc si abjecte et si vile, Croixmore, que vous vous mettiez humblement à deux genoux devant tous ceux qui dédaignent de vous donner les étrivières !... Mort et carnage! je me suis grossièrement trompé sur votre compte ! Je vous aurais cru un tout autre compagnon !...

A l'air de profond mépris, de souverain dédain avec lequel le capitaine prononça ces paroles, le bandit tressaillit et le sang lui monta au visage.

— De Maurevert, s'écria-t-il d'une voix tremblante de colère, il faut, pour juger un homme autrement que sur ses actions, descendre dans son cœur, connaître bien intimement sa pensée...

— Vous avez donc un cœur, Croixmore? interrompit le capitaine.

— Un cœur plein de vaillance et de fiel ! dit le bandit d'une voix sourde. Quoi! seigneur, est-il possible que vous si avisé, si perspicace, vous ayez pu croire un moment à ma résignation!

— Dame, cher Croixmore, si je mets parfois en doute les qualités que les hommes se donnent eux-mêmes, j'accepte par contre, toujours avec confiance, les défauts qu'ils avouent. Comme vous n'avez aucun intérêt à vous cacher de moi, que vous n'ignorez point mes sentimens à l'égard du marquis, et que ma discrétion vous est connue, je ne devine pas trop pourquoi vous me diriez, si cela n'était pas, que vous idolâtrez ce damné de la Tremblais, que l'enfer confonde.

— Oui, vous avez raison, capitaine, s'écria Croixmore, avec vous, je n'ai pas besoin de me cacher, je puis penser tout haut.

— A votre aise, Croixmore, je ne sollicite ni ne repousse votre confiance.. Nous avons jadis combattu l'un contre l'autre, et conclu une double affaire ensemble; ces souvenirs du passé vous valent, sinon mon amitié, au moins mon intérêt.

Si cela doit vous soulager de crier bien fort, ne vous gênez pas, Croixmore ; donnez plein jeu à vos poumons. Les chirurgiens prétendent que l'homme que l'on opère souffre bien moins quand il ne cherche pas à dominer la douleur. Si votre cœur est ulcéré, rugissez et blasphémez, cher ami, tout à votre aise. Quand on a commandé à des reîtres et à des lansquenets, quand on s'est trouvé mêlé à toutes les guerres de religion, que l'on a assisté au sac de dix villes et de cent couvents, on a les oreilles complaisantes et l'esprit indulgent. Criez, cher ami, criez !

— Eh bien, oui, de Maurevert, je parlerai reprit le bandit avec violence. Le rôle honteux que je remplis — quoi qu'il soit feint et simulé — me pèse et m'humilie. Je suis heureux de trouver un homme devant lequel il me soit enfin permis de déposer mon masque, de me montrer tel que je suis ! Le seigneur de la Tremblais mon maître ! Allons donc ! jamais !

Ce que je ressens au cœur de colère contre lui ne se saurait décrire. Il me semble que jamais, quelque terrible qu'elle soit, ma vengeance n'atteindra à la hauteur de ma haine. Si je rampe, si je me fais petit aujourd'hui, c'est pour mieux mordre demain. Puisque la force me manque, je dois recourir à la ruse... Malheur à lui, capitaine, malheur à lui !

— A la bonne heure donc, cher Croixmore, dit tranquillement de Maurevert, voilà que vous vous animez, que vous prenez de la physionomie !... Je reconnais mon ancien vainqueur !... Seulement, bon Croixmore, laissez-moi vous donner un conseil : c'est de ne pas trop vous fier à votre haine et de réfléchir mûrement à la façon dont vous comptez accomplir votre vengeance. Le hasard est une très belle chose, mais tout en profitant avec adresse des occasions qu'il offre, il ne faut pas compter implicitement sur son aide, sur son concours. Il est bon, quand il ne vient pas à vous, d'aller à lui. Avez-vous un plan arrêté? Une idée? Procéder avec ordre et méthode double notre force et nos moyens. Quels sont vos projets ?

— Mes projets, capitaine, c'est d'attendre la première occasion favorable, et alors...

— Mauvais, mauvais, interrompit froidement de Maurevert. Les occasions sur lesquelles on compte se présentent rarement ; l'homme fort et intelligent doit les faire naître... Désirez-vous que nous traitions ensemble ce sujet, que nous cherchions à nous deux un moyen ?... Je vous offre gratuitement les ressources de mon imagination et de mon expérience... Je vous conseillerai, par amour seulement de l'art, de l'intrigue... J'aime assez à m'entretenir l'esprit, moi !...

— J'accepte avec reconnaissance, capitaine; le jour où j'entreverrai le moindre joint à ma vengeance, j'accourrai vers vous !

— Qu'il soit fait selon votre plaisir.

— Croixmore... un mot encore !.. Quel est le motif du voyage du marquis à Paris?..

— Un double motif, capitaine. Le premier, c'était de rejoindre Diane d'Erlanges, le second, de s'entendre avec la maison de Guise pour obtenir le gouvernement de la province d'Auvergne. Le marquis soupçonne monseigneur de Canilhac de l'avoir trahi dans l'affaire du chevalier Sforzi, et il lui garde une mortelle rancune. Et puis, vous comprenez, capitaine, que si M. de la Tremblais était investi du gouvernement de l'Auvergne, sa puissance déjà si grande ne connaîtrait plus d'obstacles, il serait quasi un roi absolu.

— Alors, le marquis conspire?

— Je le crois, capitaine. Il ne se passe pas de jour qu'il ne visite secrètement Son Altesse la duchesse de Montpensier.

— Eh bien, voilà, Croixmore, le joint que vous cherchez, dit de Maurevert après un léger silence.

— Comment cela, seigneur?

— Morbleu ! cela va de soi. Le roi est trop faible pour ne pas devenir implacable et violent quand l'occasion se présente. Il n'y a rien de redoutable comme un roix peureux, Croixmore... Mais ceci dépasse la portée de votre jugement. Revenons à ce qui nous concerne: aimeriez-vous à voir décapiter le marquis ?...

— Oh ! s'écria le bandit, pour jouir de ce spectacle, je donnerais les jours qui me restent à vivre !

— La réalisation de votre désir, si vous vous y prenez bien, Croixmore, ne vous coûtera pas aussi cher... Portez toute votre attention sur les menées politiques de la Tremblais, tenez-moi au courant de toutes ses actions, même de celles qui vous paraîtront être les plus insignifiantes... Je me tromperais fort si, en suivant cette voie, nous n'arrivions pas à un résultat sérieux.

Pendant le mois qui suivit cette conversation, le bandit ne laissa plus passer deux jours sans faire une apparition à l'hôtellerie de la Corne-de-Cerf.

— De mieux en mieux, lui disait chaque fois de Maurevert, cela se dessine parfaitement et prend fort bonne tournure ! Il est impossible que la mine ne fasse pas explosion d'ici à peu !

Quant à Raoul, quoique deux mois ne se fussent pas encore écoulés depuis son duel, il était en pleine convalescence, et ne recevait plus les visites du médecin.

La damoiselle d'Assy, complétement captivée par les grâces, l'esprit et les charmantes qualités de Diane, trouvait un allègement à ses souffrances morales, dans la pensée fixe que tôt ou tard elle parviendrait à assurer le bonheur de la damoiselle d'Erlanges. La constante préoccupation de son esprit était de trouver le moyen d'arriver à cet heureux résultat.

Diane remarqua un certain jour qu'elle était toute distraite, tout agitée.

— Qu'avez-vous donc, chère damoiselle ? lui demanda-t-elle.

—Bien aimée enfant, lui répondit la pauvre femme, en l'embrassant tout en sanglotant, ne me suis-je pas engagée à vous faire rentrer dans la possession de votre domaine de Tauve? Eh bien! après avoir mûrement réfléchi, j'ai vu qu'un seul moyen, bien pénible, je le confesse, me restait pour me dégager de ma promesse.

— Et ce moyen, excellente damoiselle ?

— Etait d'écrire au roi, de m'adresser directement à Sa Majesté. A l'heure qu'il est, Henri a dû recevoir la lettre dans laquelle je sollicite de sa justice et de sa bonté une secrète audience.

CHAPITRE XXXI.

Les Noces de Joyeuse.

Le jour où la demoiselle d'Assy se décida, après bien des hésitations, et malgré la répugnance que lui causait cette démarche, à s'adresser directement au roi, on ne s'occupait à Paris que d'un grave événement qui était à la veille de s'accomplir, c'est-à-dire du mariage du duc de Joyeuse avec Mademoiselle Marguerite de Lorraine, la sœur de la reine.

L'ambitieux et insatiable mignon avait

enfin réussi dans ses projets : il allait prendre place sur les marches du trône.

Inutile d'ajouter que chacun était d'accord pour blâmer cette alliance : la noblesse était indignée de voir un parvenu s'élever si au-dessus d'elle, et la bourgeoisie supputait, sou pâr sou, denier par denier, ce qu'elle allait avoir à payer pour la dot des mariés et pour les fêtes et réjouissances des fiançailles. Le peuple seul se réjouissait à l'idée des libéralités et des divertissemens qui devaient nécessairement accompagner des noces quasi royales.

On prétendait que le duc de Joyeuse entendait entourer son mariage de splendeurs inouïes et inconnues jusqu'à ce jour. Or comme on savait que ce que le mignon voulait, le roi le faisait, on s'attendait à des merveilles de luxe.

Depuis plus d'un mois déjà il était impossible aux gentilshommes, venus de l'étranger ou de la province, de se procurer des tailleurs ou des brodeurs : les prix fous dont on payait les travaux de ces honorables artistes, devenus d'une rare exigence, grâce au besoin que l'on avait d'eux, dépassaient les bornes du croyable.

La noblesse, quoiqu'elle ne se gênât guère pour murmurer et pour fronder, tenait cependant à faire bonne figure : aussi, tout en désapprouvant le mariage du favori avec Mlle Marguerite, se livrait-elle à de folles dépenses de toilette; on eût pu citer plus de cinq cents gentilshommes qui, pour paraître dignement dans la cérémonie, s'étaient complètement ruinés.

Quant au nombre de ceux qui, sans se réduire à la misère, aliénaient plusieurs années de leurs revenus et entamaient leur capital, il était incalculable.

De Maurevert, voyant la santé de Raoul revenir à grands pas, sentant et jugeant nécessaire au crédit du chevalier qu'il se montrât dignement à la fête, s'était empressé de lui commander trois costumes complets de cérémonie : malheureusement pour les vues du capitaine, les brodeurs et tailleurs étaient, ainsi que nous venons de le dire, si occupés, qu'il lui fut impossible d'obtenir même un pourpoint.

— Mort de ma vie ! se disait-il le matin même du mariage, furieux de ce contretemps et humilié de son échec, coûte que coûte il faut que Raoul fasse partie du cortége ! Morbleu! je ne reculerai pas devant l'emploi de la violence. Je vais faire prisonnier et enfermer céans le premier gentilhomme venu dont l'accoutrement me paraîtra convenable et s'adaptera à la taille de Sforzi. Si ce gentilhomme se fâche, je l'indemniserai ; s'il refuse mon argent, je lui donnerai un coup d'épée !.. Oui, c'est cela ; Raoul ne se dou'era de rien. Allons, de Maurevert, en embuscade ! Tu sais bien que depuis quelque temps les imprudences te réussissent !.. Tu es en veine d'improvisation, bon et gracieux de Maurevert : à l'ouvrage, mon ami, à l'ouvrage!

Le capitaine, aussitôt que cette belle idée eut germé dans son cerveau, se disposa à l'exécuter : il s'en fut se placer devant la porte de l'hôtellerie, prêt à happer au collet le premier passant dont l'habillement serait de son goût.

A peine l'aventurier était-il à son poste d'observation, que le hasard parut lui venir singulièrement en aide.

Deux laquais à la riche livrée, s'arrêtèrent à quelques pas de lui et tinrent le dialogue suivant :

— Je t'assure, Jérôme, que c'est bien rue du Boulevard-St-Antoine que nous a dit notre maître.

— Du tout, c'est rue St-Benoist, faubourg St-Antoine.

—Tu te trompes, Jérôme, tu te trompes...

— Que l'enfer t'étrangle avec tes hésitations... Tu vas nous faire manquer l'heure et les costumes arriveront trop tard...

Au mot de costume et à la vue de deux paquets assez volumineux que portaient les laquais, de Maurevert flaira une bonne occasion, dressa l'oreille et s'empressa de se mêler à la conversation.

— Compagnons, leur dit-il, il me semble que vous n'êtes pas d'accord. Si vous avez besoin d'un renseignement, personne n'est plus apte que moi à vous le fournir; je connais le nom et l'adresse de tous les habitans du quartier.

— Seigneur, lui répondit l'un des laquais, nous sommes chargés par maître Daniel, le tailleur de la cour, de porter quatre magnifiques costumes dont Sa Majesté gratifie un gentilhomme; or, voilà que mon camarade et moi avons oublié, dans toutes les allées et venues de ce matin, le nom et l'adresse de ce gentilhomme.

— Quatre costumes, répéta de Maurevert tout pensif et les yeux brillans de convoitise; et dites-moi, compagnons, sont-ils galans ces costumes?

— De la plus grande richesse et au dernier goût du jour, seigneurie; de véritables chefs-d'œuvre!

De Maurevert se gratta l'oreille et regarda autour de lui pour voir si la rue n'était pas par hasard déserte. Malheureusement, elle était encombrée de passans. Il se résolut donc à n'employer qu'à huis-clos la violence.

— Compagnons, reprit-il en reprenant la parole, peut-être bien, si vous me fournissiez le moindre renseignement, me serait-il possible de vous mettre sur la voie de la personne que vous cherchez. Quelle est à peu près la taille du gentilhomme que Sa Majesté daigne gratifier de si magnifiques costumes?

— Cinq pieds trois ou quatre pouces, seigneurie.

— La taille de Raoul, murmura de Maurevert, et est-il mince, élancé, de carrure puissante ou ordinaire?

— Élancé et bien pris de taille.

— Toujours comme Raoul, se dit le capitaine. Que le diable m'étrangle, si je laisse échapper cette occasion! Il est incontestable que le hasard n'entre pour rien dans ceci : c'est tout bonnement la Providence qui me vient en aide... Or, je dois me soumettre aux vues et aux desseins de la Providence! — Compagnons, entrez, reprit de Maurevert en élevant la voix ; dans cette hôtellerie demeure justement un gentilhomme dont le signalement se rapporte complètement à celui que vous venez de me donner. De plus, ce gentilhomme s'attend à être équipé par Sa Majesté qui l'aime fort!... Il est impossible que ces costumes ne soient pas pour lui...

— Et comment l'appelle-t-on ce gentilhomme? demanda l'un des porteurs : si l'on nous répétait son nom, la mémoire nous reviendrait de suite, et nous verrions bien si c'est lui que nous cherchons.

— Par la mort! il me semble, drôles, que vous prenez avec moi le ton de l'égalité, et que vous m'interrogez sans nulle gêne! s'écria de Maurevert d'une voix formidable et en fronçant les sourcils. Voilà ce que c'est que de vouloir être utile à des manans, ils vous mangent de suite dans la main! Je vous répète que le gentilhomme dont vous êtes en peine demeure dans cette hôtellerie. A présent, entrez ou n'entrez pas, accomplissez votre commission ou ne l'accomplissez pas, qu'est-ce que cela m'importe, à moi?

Les laquais, — ils ne pouvaient avoir aucun soupçon, — présentèrent leurs excuses au capitaine, et franchirent le seuil de la porte.

De Maurevert, après les avoir fait entrer dans sa chambre, ferma la porte à double tour derrière eux, et d'un ton qui n'admettait pas de réplique :

— Dépêchez-vous de déballer ces costumes, que je les voie, dit-il.

Les porteurs tout décontenancés obéirent.

— Oh! que cela est donc beau et galant, s'écria-t-il, avec une admiration joyeuse, que cela siéra donc bien à Sforzi!...

— Sforzi, répéta l'un des laquais! Voilà bien en effet le nom du gentilhomme en question.

— Sforzi! oui c'est bien cela, répéta son compagnon.

—Comment! il s'agit en réalité de Sforzi? dit de Maurevert tout abasourdi par cet étrange hasard. Que j'ai bien fait de ne pas assommer de suite ces manans! Après tout, le mal n'eût pas été des plus grands. Sa Majesté se serait fort divertie au plaisant récit que je lui aurais fait de cette aventure, et elle m'aurait pardonné sans peine. Allons quérir Raoul.

Toutefois, par surcroît de précaution, et dans la crainte d'être le jouet d'une ruse, le capitaine en s'éloignant referma soigneusement derrière lui la porte.

Une heure plus tard, Raoul, magnifiquement accoutré, se rendait au Louvre en compagnie de Maurevert.

— Cher ami, lui dit ce dernier en sortant de l'hôtellerie de la Corne-de-Cerf, l'attention qu'a eue le roi de penser à vous est d'un excellent présage.

Le mariage du duc de Joyeuse laisse une place vacante dans l'amitié du roi. Or cet excellent Henri est si affectionné, si bon, qu'il lui faut avoir toujours le cœur plein de tendresse. La pâleur de votre visage vous rend intéressant au possible et vous donne un petit air mélancolique du meilleur effet; c'est le cas, ou jamais, de vous produire.

Lorsque les deux amis arrivèrent devant le Louvre, —on était alors au 24 septembre 1581, et de Joyeuse et Mlle de Vaudemont avaient été fiancés le 18 dans la chambre de la reine, le cortége se mettait en marche pour se rendre à St-Germain-l'Auxerrois.

Les habillemens du roi et du marié,— dit un chroniqueur du temps,—« étaient sem- » blables, tant couverts de broderies, per- » les et pierreries qu'il était impossible de » les estimer (1). »

(1) L'Étoile, en rendant compte de cette cérémonie, dit : « Il y avait tel accoustrement qui coûtait dix mille écus de façon, et aux dix-sept festins qui de jour à autre par l'ordonnance du roi depuis les noces furent faits par les princes et seigneurs parens de la mariée, et autres des plus grands et apparants de la cour, tous les seigneurs et les dames changèrent d'accoustrements dont la

De Sforzi fut ébloui de ce magnifique coup d'œil.

Il était trois heures lorsque le brillant cortége sortit du Louvre pour se rendre à l'église. A huit heures du soir, un souper splendide, et comme de mémoire de courtisan on n'en avait encore vu, fut servi dans les appartemens du roi. Le souper terminé, —onze heures sonnaient à Saint-Germain-l'Auxerrois,—les invités descendirent dans les jardins du Louvre, où devait avoir lieu un ballet sans pareil, avec accompagnement de mascarades, de changemens à vue et de feu d'artifices.

Raoul, perdu dans la foule, suivait d'un œil distrait les diverses phases de la fête, lorsqu'il se sentit saisir fortement par le bras.

Il se retourna et aperçut de Maurevert.

Le capitaine était d'une pâleur de mort et paraissait, malgré son sangfroid habituel, en proie à une profonde émotion.

— Suivez-moi, Raoul, dit-il vivement et d'une voix altérée au jeune homme, sans lui laisser le temps de l'interroger. — Mort et furies ! il s'agit d'un évènement dont la pensée seule me fait dresser les cheveux sur la tête !...

Sforzi connaissait trop bien la rare présence d'esprit et le flegme du capitaine pour le supposer capable de se laisser aller inconsidérément à une telle émotion sans un puissant motif. Aussi s'empressa-t-il de passer son bras sous le sien et de le suivre.

Le capitaine traversa brutalement la foule, sortit du Louvre et entraîna Raoul sur les bords de la Seine.

---

plus part étaient de toile et drap d'or ou d'argent, enrichis de passemens guipures, et broderies d'or et d'argent et de pierres et perles en grand nombre et de grands prix. La despense y fut faite si grande y compris les masquarades, combats à pieds et à cheval, joustes, tournois, musique, danses d'hommes et femmes, et chevaux présens et livrées, que le bruit estait que le roi n'en serait point quitte pour douze cent mille écus ! De fait, la toile d'or et d'argent, en toutes choses, jusqu'aux masques et chariots et autres feintes et aux accoustremens des pages et laquais, le velours et la broderie d'or et d'argent n'y furent non plus epargnés que si on les eust donné pour l'amour de Dieu! Et était tout le monde ébahi d'un si grand luxe, et tant énorme et superflue despense qui se faisait par le roi et par les autres de sa cour, de son ordonnance et exprès commandement, dans un temps même ment qui n'était des meilleurs, mais fâcheux et dur pour le peuple, mangé et rongé jusqu'aux os en la campagne, par les gens de guerre, et aux villes par les nouveaux offices, impost et subsides!

De Maurevert ne laissa pas longtemps Raoul dans l'incertitude. Dès qu'il se vit hors de portée de toute oreille indiscrète, il s'empressa de prendre la parole.

— Cher ami, lui dit-il d'une voix émue, les momens sont précieux ; je vais droit au but, ne m'interrompez pas... Une odieuse et abominable conspiration tramée contre la vie du roi est sur le point d'éclater... Quelle conduite tenir, quel parti prendre ?... Je ne le sais. Mon esprit est si troublé qu'il ressemble au chaos !...

— Une conspiration tramée contre la vie du roi ! répéta Raoul avec une émotion profonde ; eh bien, de Maurevert, il faut courir de suite avertir Sa Majesté du danger qui la menace.

— Par la mort ! il est incontestable que si je savais le fin mot du complot aucun danger n'existerait plus pour le roi. Ce qu'il y a de terrible dans tout ceci, Raoul, c'est que je ne connais aucun des détails de cette ténébreuse machination. C'est Croixmore qui vient de me narrer l'affaire en gros. Il ignorait tout à l'heure lui-même quand et comment les conjurés comptent accomplir leur affreux dessein. Vous comprenez, cher ami, que Croixmore n'a pas été mis dans la confidence de choses aussi graves ; la haine qu'il porte au marquis de la Tremblais a pu seule les lui faire deviner. Croixmore croit, lui, que le complot éclatera ce soir. Sur quoi base-t-il cette opinion ? sur mille et une remarques dont pas une n'est décisive, mais qui réunies ensemble paraissent former un faisceau de preuves.

— Qui vous retient donc, capitaine, de prévenir Sa Majesté? s'écria Sforzi avec une extrême vivacité. Vous direz au roi ce que vous savez...

— Je vous ai prié, cher ami, de ne pas m'interrompre... Je poursuis. La pensée de prévenir le roi est naturellement la première qui se soit présentée à mon esprit. Seulement, j'ai réfléchi de suite — et retenez bien ceci pour votre gouverne, chevalier — qu'il n'y a rien de dangereux comme de servir avec trop de zèle les rois et les princes Si vous ne réussissez pas, au lieu de vous tenir compte de vos bonnes intentions ils vous les imputent à crime !... Vous ne sauriez croire combien de gens se sont perdus par la pureté de leur dévoûment. Se sacrifier est le fait d'un sot. L'homme d'esprit ne s'avance qu'à coup sûr. Je n'ai jamais été et je ne serai jamais, que je sache, un sot; donc je ne tiens pas à me sacrifier. Or, savez-vous bien ce qui arriverait si je m'en allais tout naïvement prier Sa Majesté de se tenir sur ses gardes? De deux choses l'une : si le complot aboutit, je serai traqué comme un loup enragé par les conjurés vainqueurs; si le coup de main ne s'accomplit pas, le roi se figurera que j'ai voulu tirer profit de sa crédulité, et il me bannira du royaume. Il y a même encore une troisième supposition très probable, celle où les rebelles, n'ayant pas donné suite à leurs desseins, conserveront les bonnes grâces de Henri, et pour se venger de moi, me feront passer à ses yeux comme étant un abominable traître et rebelle. Je ne tiens pas, moi, à mettre tous les Guisards à mes trousses; ce sont gens qui mordent ferme et emportent le morceau.

— Mais, alors, capitaine, quelles sont vos intentions? Il ne vous est pas permis, en une aussi grave occurrence, de rester dans l'inaction.

— Mes intentions, cher ami? le sais-je! J'attends.

— Vous attendez, de Maurevert, et quoi, je vous prie?

— D'abord et avant tout l'arrivée de Croixmore, à qui j'ai donné rendez-vous ici. L'exseigneur de Tournoil est allé aux informations; s'il nous apporte des nouvelles précises, notre ligne de conduite se trouvera toute tracée : nous sauverons le royaume. S'il ne nous apprend rien, je retourne incontinent à notre hôtellerie, je me couche et je dors quinze jours suivis sans me réveiller.

De Maurevert parlait encore quand, à la faible lueur produite par les illuminations du Louvre qui se réfléchissaient dans la Seine, il vit s'avancer le long de la berge un groupe composé de six personnes.

— Oh! oh! dit-il à Raoul, voici une petite troupe dont les allures me semblent fort suspectes... Retirons-nous de son chemin. Deux contre six la partie ne serait pas égale... D'autant plus que vous n'avez pour toute arme qu'une épée de cérémonie!

En voyant le capitaine et le chevalier prendre le chemin du Louvre, les six promeneurs nocturnes se divisèrent aussitôt en deux groupes de chacun trois personnes. Le premier prit position derrière eux; le second, hâtant le pas, leur coupa le passage.

— Eh! eh! murmura de Maurevert en se penchant à l'oreille de Raoul, voici une stratégie plus prétentieuse que logique!... Ces gens ont sans doute entendu dire qu'une armée placée entre deux feux était à moitié battue, et ils agissent en conséquence... Mort et carnage!... Ils ne comprennent point qu'en divisant ainsi leurs

forces, ils nous donnent la certitude de leur échapper!... Que diable! cela ne nous dérangera que fort médiocrement de passer sur le corps à trois hommes!... Ils auraient dû nous envelopper et nous attaquer tous ensemble et à la fois... Décidément ces gens-là ne connaissent rien à l'art de la guerre!...

De Maurevert, tout en faisant part de ses observations à Raoul, avait continué de marcher d'un pas égal et sans se presser.

— Qui vive? cria alors l'un des trois hommes placés entre le Louvre et la berge, c'est à dire de façon à intercepter le passage.

— Cupido et Vénus! répondit l'aventurier d'une voix sonore.

Les trois hommes parurent se consulter. De Maurevert et Raoul poursuivirent leur chemin. A peine une distance de dix pas séparait-elle les deux amis de leurs adversaires, ou du moins des inconnus, que l'un d'eux s'avança à leur rencontre.

De Maurevert remarqua qu'il était masqué.

— Seigneurs, dit l'inconnu en s'adressant au capitaine et au chevalier, vous plairait-il de nous apprendre le motif qui vous tient à cette place à pareille heure?

— Non, seigneur, cela ne nous plaît pas, répondit froidement de Maurevert. Nous sommes même résolus, mon ami et moi, plutôt que de trahir la confiance des dames que nous aimons, à vous charger vigoureusement à coups d'épées.

L'inconnu ne parut ni effrayé ni choqué de cette menace.

— Ainsi, c'est un rendez-vous qui vous a conduits ici? reprit-il. Eh bien, seigneuries, il va vous falloir vous en aller au plus vite.

— Pourquoi cela, je vous prie?

— Parce que nous avons choisi cette place pour une rencontre, et que Mars doit l'emporter sur Vénus.

— Seigneur inconnu, reprit de. Maurevert, permettez-moi de vous adresser une simple observation,

— Soit, mais soyez bref.

— Mort et carnage! s'écria l'aventurier, savez-vous bien que vous avez une façon hautaine de vous exprimer qui ne me revient nullement. Si vous êtes ce soir, seigneur inconnu, si friand de fer qu'il vous faille deux épées de plus pour satisfaire votre appétit, ne vous gênez pas. Rien ne saurait nous être plus agréable, à mon compagnon et à moi, que de prendre un peu de mouvement. La nuit est fraîche, et l'exercice, en nous stimulant le sang, nous disposerait admirablement bien pour caresser nos maîtresses... Faut-il sortir l'épée du fourreau ? Vous n'avez qu'un mot à dire. Nous sommes prêts.

La belliqueuse proposition de Maurevert ne parut être nullement du goût de l'inconnu. Toutefois, à sa contenance assurée, il était aisé de deviner qu'un motif tout autre que celui de la crainte l'empêchait d'accepter cette provocation.

— Morbleu ! se dit de Maurevert, voici des gens qui semblent craindre plus encore le bruit que les coups.

Alors le capitaine élevant la voix :

— Je comprends à votre silence, seigneurie, dit-il, que notre proposition ne vous agrée pas, et je vois qu'il nous faut renoncer à l'espoir de faire précéder notre rendez-vous d'un glorieux et plaisant tournoi... Je reprends mon discours. La simple observation que j'avais à vous présenter est celle-ci: en choisissant cette place pour vous battre vous commettez une extrême imprudence et manquez complètement de judiciaire. Que diable ! si vous tenez à en découdre à votre aise, à ne pas être interrompu dans votre divertissement, pourquoi vous camper juste en face du guichet du Louvre, le plus fréquenté cette nuit ? Les bons endroits ne manquent cependant pas. Si je n'étais forcé de rester en sentinelle devant la porte par où doivent sortir les dames de nos pensées, je vous conduirais incontinent dans la plus commode et la plus charmante impasse qu'il soit possible d'imaginer.

A cette réponse du capitaine, l'inconnu parut hésiter.

— Seigneur, lui dit-il après une légère pause, il ne nous est pas permis de nous éloigner, car cet endroit-ci nous a été fixé par nos adversaires.

De Maurevert, désireux de pousser aussi loin que possible ses observations se disposait à répondre, quand l'un des inconnus resté en arrière s'avança à son tour, et s'adressant à l'interlocuteur du capitaine:

— Monsieur le comte, lui dit-il, à quoi bon entrer avec cet homme dans d'aussi longues explications!... C'est le capitaine de Maurevert... Donnez-lui votre bourse, et il s'en ira aussitôt sans plus insister.

En présence du superbe dédain que le second inconnu — également masqué — montrait à l'aventurier, Raoul s'attendait à voir de Maurevert se livrer à tous les emportemens de la colère : il n'en fut rien, tout au contraire.

Le capitaine, toujours impassible, se contenta de répondre d'une voix singulièrement adoucie :

— Seigneurie, vous parlez d'or ! Si votre bourse est convenablement garnie, pour une seule belle que je vais perdre, elle m'en procurera dix autres. Je suis fort sensible à l'estime que vous voulez bien me marquer. J'accepte votre offre.

Celui que le second inconnu venait de traiter de comte, s'empressa de présenter sa bourse à de Maurevert, qui l'accepta sans se faire prier.

Alors le capitaine passant son bras sous celui de Raoul, à la fois stupéfait et indigné de la conduite de son ami, l'entraîna presque de force dans la direction du Louvre.

Ce ne fut qu'après s'être bien assuré en se retournant à diverses reprises, qu'il n'était pas suivi, que de Maurevert se décida à entamer la conversation.

— Cher Raoul, dit-il, quoique vous ne soufflez mot, je devine on ne peut mieux les sentimens qui vous agitent ; vous m'accusez en vous-même de cupidité, de vénalité, de bassesse, que sais-je, moi? de toutes les défauts possibles. Tâchez donc, Raoul, de vous corriger de ces élans qui vous privent de votre esprit et de votre bon sens ! Avant de porter une opinion sur un homme comme moi, il faut toujours, si l'on tient à ne pas faire fausse route, s'enquérir auprès de lui des motifs de sa conduite. Vous figurez-vous bonnement que, si je n'avais été mu par un puissant motif, j'aurais accepté cette méprisante aumône ? Ah ! cher Raoul, quelle petite opinion vous avez de ma fierté, de ma délicatesse ! N'avez-vous point reconnu à sa voix la personne qui a ordonné au comte de me payer mon éloignement?

— Non, capitaine.

— Ingrat ! reprit de Maurevert; le souvenir de la belle et affolée Marie est-il donc tout à fait mort dans votre cœur ?

— La duchesse de Montpensier ! s'écria Raoul avec une vive émotion. Quoi, vous croyez que c'était elle?

— Pa bleu ! je fais mieux que de le croire, j'en suis certain... N'avez-vous point remarqué l'irrégularité de sa marche? Oh ! c'était bien la superbe et passionnée boiteuse... comment avez-vous pu vous méprendre à son ton impérieux, à sa voix de syrène qui tient à la fois du roucoulement de la colombe et du sifflement de la vipère ! Elle n'avait pas encore prononcé deux mots, cette chère duchesse, que déjà j'avais mis son nom sur son masque.

Au reste, je dois convenir qu'elle avait fort bon air sous son costume de cavalier ! Mais, il ne s'agit point de cela ! Revenons à l'affaire du complot. La présence de la sœur de messeigneurs de Guise me prouve que Croixmore ne s'est pas trompé et ne m'a pas trompé. Entrons au Louvre, Raoul, et observons, avant de prendre un parti, si l'entourage de Sa Majesté ne présente rien de suspect.

La première personne que les deux amis aperçurent en pénétrant dans la demeure royale fut le fou Sibillot.

Sforzi se dirigea vivement vers lui et l'attirant dans un coin :

— Messire Sibillot, lui dit-il, au nom de ce que vous aimez le plus au monde, au nom de l'incomparable perle de vertu et de beauté que j'ai été assez heureux pour entrevoir, au nom de votre belle et chaste Catherine, faites que je parle sans retard au roi.

— Pauvre jeune homme, il se meurt toujours d'amour pour Mme Catherine — se dit Sibillot en regardant Sforzi d'un air de tendre pitié — il faut que je lui sois bon et utile; il souffre tant !

— Eh bien, cher messire Sibillot, vous ne répondez pas ? reprit Raoul.

— Ami Sforzi, dit le fou, vous ne pouvez voir à présent Henri.

— Pourquoi cela... pourquoi cela... Il le faut. Je le veux.

— Henri vient de quitter le Louvre, reprit le fou en baissant la voix.

— Sa Majesté court en ce moment la ville !... s'écria Sforzi sentant son cœur battre à se briser. — Et, dites-moi, Sibillot, le roi a-t-il pris une escorte ?...

— Non, il est parti seul, incognito. Deux pages seulement l'accompagnaient.

— Malédiction ! dit Sforzi d'une voix sourde, c'en est fait de lui... Sibillot, Sibillot, si vous êtes attaché au roi, je vous en prie, je vous en conjure à deux genoux, à mains jointes, apprenez-moi où il est allé... Il s'agit de lui sauver la vie !

Sibillot accueillit tranquillement cette révélation sans chercher à l'approfondir davantage.

— Le roi a besoin d'aimer, répondit-il; et le mariage de mon cousin Joyeuse le prive d'un fils.

— Au fait ! Sibillot ! au fait !

— Pour remplacer ce fils perdu, Henri a été quérir une fille qu'il avait abandonnée, — continua le fou, — il est en ce moment auprès de ma bonne amie, la demoiselle d'Assy.

Le fou parlait encore, que déjà Sforzi était loin.

— Capitaine, avait-il dit à de Maurevert,

vite tout le monde à cheval. Le roi est en route pour se rendre à l'hôtel de Mlle d'Assy... Je cours me jeter entre ses assassins et lui. Dieu veuille que j'arrive à temps !

———

CHAPITRE XXXII.

A moi, d'Epernon !

Les renseignemens donnés à Sforzi par le fou Sibillot étaient d'une rigoureuse exactitude. Henri III, depuis le retour du cortége matrimonial de Joyeuse, s'était montré, sinon tout à fait triste, au moins fort préoccupé. Les courtisans l'avaient vu lire à plusieurs reprises un billet qu'il froissait dans le creux de sa main; puis tout à coup on avait remarqué son absence. Le roi, suivi de deux pages, s'était mis en route pour l'hôtel de Mlle d'Assy.

Ce fut seulement après être sorti du Louvre, que Sforzi, — tant il était ému, — réfléchit qu'il lui faudrait près d'une heure pour se rendre à pied chez l'ancienne maîtresse de Henri III.

Or, un pareil retard laissait le champ libre aux conjurés, et pouvait assurer le succès de leur complot.

Sforzi n'hésita pas.

— Pour le service et par l'ordre exprès de Sa Majesté ! s'écria-t-il en sautant en selle sur un cheval qu'un page tenait par la bride à la porte du Louvre.

Puis, sans entrer dans aucune autre explication, il déchira avec la pointe de son poignard les flancs de sa monture, qui bondit de douleur et partit avec la légèreté d'un cerf fuyant devant une meute.

Malheureusement pour Raoul, un fâcheux accident, suite naturelle de son trop grand empressement, l'arrêta aux deux tiers de son chemin : en croyant tourner un coin de rue — la nuit était fort sombre — il jeta son cheval, la tête la première, contre une muraille, et la pauvre bête tomba morte sur le coup.

Raoul, un instant étourdi par la violence de cette chute, se releva bientôt et poursuivit sa route en courant.

Pendant que le jeune homme, la tête en feu et le cœur douloureusement agité, comptait avec anxiété combien de temps il lui fallait pour rejoindre le roi, Sa Majesté était arrivée à l'hôtel de Mlle d'Assy.

L'entrevue de Henri III et de sa vertueuse victime fut des plus dignes et des plus touchantes.

— Madame, avait dit le roi en prenant la

main de la charmante femme et en la portant à ses lèvres avec toutes les marques du plus profond respect, j'étais triste et malheureux naguère au milieu de l'éclat et des enivremens d'une fête : à présent près de vous, je sens l'allégresse revenir à mon cœur, le calme à mon esprit. La vertu possède le beau privilége de rayonner sur ceux qui approchent d'elle et de les rendre meilleurs, madame !

— Sire, répondit Mlle d'Assy, émue au delà de toute expression, l'empressement de Votre Majesté à se rendre auprès d'une pauvre recluse, la dernière et la plus humble de ses sujettes, prouve que votre âme est toujours restée, malgré les écarts de votre imagination, noble et généreuse. C'est justement à votre générosité que j'ai à faire appel, sire.

— Madame, interrompit doucement Henri III, ne voyez pas en moi, je vous en conjure, le roi de France, mais simplement le frère de votre choix, l'ami de votre cœur. Si peu de gens m'aiment sincèrement pour moi-même, que j'ai soif de votre affection, que je suis avide de votre confiance. Appelez-moi Henri, comme aux beaux jours du temps jadis, madame.

— Sire, répondit Mlle d'Assy, dont ces paroles, loin de calmer l'émotion, ne firent au contraire que l'augmenter, — lorsque le roi aura daigné faire droit à la juste requête que j'ai à lui présenter, je remercierai Henri de l'appui qu'il m'aura prêté auprès de Sa Majesté.

— En ce cas, madame, expliquez-vous vite, je vous en prie... Henri est jaloux de vos moindres paroles, et il a hâte de voir disparaître le roi de cet entretien.

Cette scène se passait dans ce même oratoire où Sforzi avait été déjà reçu plusieurs fois. Henri III se tenait debout, appuyé contre le prie-Dieu, et en face de Mlle d'Assy, placée devant la porte.

La charmante femme se disposait à répondre, lorsque tout à coup un cri déchirant, plein de douleur et de désespoir, s'éleva au milieu du silence de la nuit et parvint jusqu'à l'oratoire. Ce cri semblait partir du jardin même de l'hôtel.

— Qu'est-ce ceci? dit froidement le roi.

— Je l'ignore, sire, s'écria Mlle d'Assy toute tremblante.

Alors Henri III se dirigea d'un pas ferme vers une fenêtre qu'il ouvrit.

— Qui appelle ainsi au secours? demanda-t-il.

Au même instant, un nouveau cri, plus affreux encore que le premier, retentit; puis une voix étouffée, comme si on eût essayé d'étrangler la personne qui parlait, prononça assez distinctement :

— Sire... des assassins... garde à vous !...

— Mes pages que l'on tue !... s'écria Henri III, dont le visage s'empourpra d'une vive rougeur : mort de ma vie ! malheur aux coupables !...

Le roi referma la fenêtre et s'élança vers la porte : il se trouva face à face avec mademoiselle d'Assy.

— Oh! madame, lui dit-il avec un ton de douloureux reproche, mes torts envers vous ont été grands, sans doute, mais ils ne méritaient pas une telle vengeance.

— Une vengeance, sire !... Que dites-vous?... s'écria la pauvre femme dont le visage, pâle comme celui d'un mort, portait les traces du plus violent effroi. Une vengeance, sire! je ne vous comprends pas...

— Oh! pardon, pardon, madame, répondit Henri III. J'ai parlé en roi qui ne croit plus à rien ; j'oubliais que pour vous je ne suis pas un roi, mais simplement un frère ! Retirez-vous de devant cette porte, madame, il faut que je coure au secours de mes pages...

— Vous ne sortirez pas, Henri! s'écria Mlle d'Assy en poussant vivement le verrou de la porte.

Le roi hésita.

— Henri, je t'en conjure à genoux, ne t'expose pas, reprit la pauvre femme en remarquant l'indécision du roi. Tu vois bien que l'on veut te tuer ! Écoute... Voici que l'on monte les degrés du perron... on entre dans le vestibule... on essaye de forcer la porte... Henri, ne sors pas, ne sors pas... je t'aime !

Henri III changea de visage ; sa rougeur fit place à une pâleur blafarde ; ses lèvres blêmirent, mais en même temps un éclair d'indomptable courage fit rayonner son regard d'une noble fierté : il eut un visage de roi...

Il porta la main à la garde de son épée, mais se ravisant tout aussitôt :

— Non, murmura-t-il, un roi ne doit combattre que l'étranger ! Ce serait compromettre la dignité de ma couronne que de recourir personnellement à la force pour me défendre contre des sujets rebelles... Chère d'Assy, retirez-vous: un roi ne saurait ni fuir ni se cacher. Il est de mon honneur de me montrer.

Henri III n'avait pas encore achevé de prononcer ces paroles quand une violente secousse ébranla la porte.

Rien, au reste, si ce n'est les efforts qu'ils

tentaient pour arriver jusqu'au roi, ne trahissait la présence des conjurés, qui observaient le plus profond silence.

Soit l'imminence du danger, soit toute autre cause, le roi changea alors de résolution.

— Mourir sous le poignard de misérables assassins ! dit-il, oh ! ce serait affreux !... Ma chère d'Assy, n'y a-t-il aucune issue secrète à votre oratoire qui me permette de m'éloigner ?...

— Hélas ! non Henri, balbutia la pauvre femme.

Les conjurés continuaient leur œuvre fatale ; déjà les gonds de la porte commençaient à fléchir.

— Mon Dieu ! ayez pitié de mon âme, et donnez-moi le courage de tomber noblement dit Henri III.

Tout à coup le roi se leva d'un bond du fauteuil où il s'était assis, et serrant fortement la main de Mlle d'Assy :

— Chère amie, lui demanda-t-il, n'avezvous rien entendu ?... Ecoutez... écoutez... Non, je ne me trompe pas, c'est un râle de mourant... Un homme vient d'être frappé... Mes pages sont morts... C'est donc un de mes assassins qui a été atteint. Accourraiton à mon secours ? Oui, oui, c'est cela ; mon fils d'Epernon se sera aperçu et inquiété de ma disparition ; il aura suivi mes traces, je suis sauvé !

Alors Henri III s'élança vers la fenêtre, l'ouvrit de nouveau, et d'une voix éclatante :

— A moi, d'Epernon ! s'écria-t-il.

Au même moment deux détonations presque simultanées retentirent, la porte tomba en éclats et Sforzi, le visage inondé de sang, s'élança dans l'oratoire.

— Merci ! mon Dieu, s'écria-t-il, le roi est vivant !

Cet événement s'était passé si rapidement, que Henri III resta un instant avant d'en pouvoir comprendre toute la portée.

— Storzi ! vous ici ! dit-il enfin ; que se passe-t-il ? Comment êtes-vous parvenu jusqu'à moi ? Y a-t-il encore du danger ? Etesvous seul ?

— Sire, votre épée ! s'écria le jeune homme sans répondre aux questions du roi.

Henri III obéit : Raoul jeta à terre un tronçon de fer ensanglanté qu'il tenait à la main, et, prenant l'épée que lui tendait e roi, il se plaça devant l'ouverture faite par le bris de la porte.

— Sire, s'écria alors Mlle d'Assy, voici une troupe de cavaliers qui accourent au galop... Ils entrent dans le jardin... Oh ! merci, merci, mon Dieu, Henri est sauvé !

La pauvre femme tomba à genoux et se mit à pleurer à chaudes larmes.

Une minute ne s'était pas écoulée que l'oratoire de Mlle d'Assy se trouvait rempli des gentilshommes des compagnies du roi. Devant Henri III se tenait, dans une pose héroïque et digne du Cid, le capitaine de Maurevert.

— Sire, disait-il, sans mon gentil compagnon Raoul et sans le vaillant de Maurevert, le plus grand roi de la chrétienté, aurait, à l'heure qu'il est, cessé de vivre...

Le moment eût été mal choisi pour des explications ; toutefois Henri III ne put s'empêcher de demander certains éclaircissemens à Raoul.

Sforzi apprit à Sa Majesté qu'en arrivant devant l'hôtel il s'était élancé sur trois hommes masqués qui en gardaient l'entrée ; deux s'étaient enfuis, le troisième était tombé mort. Raoul avait ramassé les pistolets de l'assassin, et poursuivant sa route, avait pénétré dans la maison.

Lorsqu'il apparut au milieu des conjurés, ils achevaient de renverser la porte. Raoul fit feu à bout portant sur eux ; les misérables, surpris et effrayés par cette attaque imprévue, se sauvèrent.

Sforzi estima qu'ils devaient se trouver au nombre de dix à quinze.

Quant au sang qui inondait le visage du jeune homme, il coulait d'une très légère blessure qui lui avait été faite au front par le conjuré qu'il avait tué.

— Chevalier Sforzi, dit Henri III lorsque Raoul eut achevé avec autant de modestie que de rapidité le récit de l'événement dans lequel il avait joué un si beau rôle, — chevalier Sforzi, j'ai crié dans ma détresse : « A moi, d'Epernon ! et c'est vous qui m'êtes apparu. Je vois dans ceci le doigt de la Providence ! Venez me voir demain au Louvre, à mon lever.. Il est inutile que vous vous fassiez annoncer. Je vous octroie vos grandes et vos petites entrées auprès de ma personne... A demain, chevalier.

— A demain, sire ! répondit de Maurever, en s'inclinant jusqu'à terre.

Le roi sourit.

— Capitaine, lui dit-il, vous accompagnerez le chevalier. Seulement il faudra vous faire annoncer.

— Diable, murmura l'aventurier, je n'aurais pas cru le roi un aussi fin compère... Bah ! après tout que m'importe d'avoir ou de ne pas avoir mes entrées ; du moment que Raoul a les siennes, cela me suffit.

— A bientôt, madame, dit Henri III en prenant congé de Mlle d'Assy. N'oubliez point qu'il vous reste une requête à m'adresser.

— Sire, répondit la charmante femme, cette requête concerne plus spécialement M. Sforzi que moi.

— Alors elle est accordée quelle qu'elle soit, dit Henri III en regardant Raoul avec une touchante expression de tendresse et de bonté.

L'hôtel occupé par Mlle d'Assy était à peine éloigné de dix minutes — le lecteur doit s'en souvenir — de l'hôtellerie de la Corne-de-Cerf.

Ce fut donc pour ainsi dire sans transition aucune que Raoul passa d'une joie extrême à une douleur sans nom ; car la première personne qu'il aperçut en arrivant fut Lehardy, qui, pâle, défait, le visage bouleversé, s'élança à sa rencontre et lui cria d'une voix pleine de sanglots :

— Ah ! monsieur le chevalier..... quel malheur !... quel malheur !... Mlle Diane vient d'être violemment enlevée par le marquis de la Tremblais !...

Raoul n'en entendit pas davantage; encore affaibli des suites de sa maladie, et fatigué des violentes émotions de la soirée, il tomba par terre sans connaissance.

———

XXXIII.

La Récompense.

Ce fut non sans peine que de Maurevert et Lehardy, après avoir transporté Raoul dans sa chambre, parvinrent à le faire revenir de son évanouissement.

— Que diable, cher ami, lui dit le capitaine, c'est de la démence de se laisser abattre ainsi par la perte d'une maîtresse, charmante il est vrai, mais complètement ruinée. Ne prenez point souci de cet évènement, je vais me mettre en campagne, et je jure Dieu que je saurai bien découvrir la retraite de la damoiselle d'Erlanges.

Les premières paroles de Raoul lorsqu'il revint à lui, furent pour Lehardy.

— Quoi misérable, lui dit-il avec une violente indignation, ta maîtresse se trouve au pouvoir d'un infâme ravisseur, et tu vis encore !... Tu n'as donc pas su la défendre? Tu n'es qu'un lâche!

— Messire Raoul, répondit doucement le serviteur, je ne saurais vous en vouloir de la dure façon dont vous me traitez, car l'âpreté de votre langage prouve l'intensité de votre douleur, la grandeur de votre amour. Soyez bien persuadé que s'il m'avait fallu sacrifier mon existence à l'honneur de mademoiselle Diane, je n'aurais pas hésité. J'ai fait ce qu'il était humainement possible de faire. Ce malheur que nous déplorons est arrivé avec la rapidité de la foudre... On ne saurait se garer du feu du ciel.

— Comment cette affreuse catastrophe a-t-elle eu lieu? Parle, parle ! s'écria Raoul.

— Mon récit sera aussi triste que court, messire. Il était dix heures et je dormais profondément, lorsque je fus réveillé en sursaut par un cri. Je me jetai en bas de mon lit, et j'écoutai; partout régnait le silence. Croyant m'être trompé et avoir été le jouet d'un songe, j'allais me recoucher quand un pressentiment — que je bénis maintenant, car il m'épargne un lourd remords—me serra le cœur; au lieu de regagner mon lit, je pris mon arquebuse et descendis en toute hâte dans le jardin sur lequel donnait de plain-pied la fenêtre de la chambre de ma bonne et honorée maîtresse. J'aperçus un homme qui fuyait.

— Et tu n'as pas tué cet homme, Lehardy ?

— Non, messire, mais je l'ai blessé.

— Et cet homme, quel est-il?

— L'apôtre Benoist, messire !

— L'apôtre Benoist ! répéta Raoul avec rage. Oh ! il ne me reste même plus dans mon infortune la consolation de pouvoir douter encore !...

— Hélas! non, messire! Non seulement Benoist, que j'ai livré au guet, et qui à cette heure se trouve à la Conciergerie, ne cherche pas à nier le crime de son maître, mais il en tire même au contraire vanité. Il faut, au reste, que cette affreuse et criminelle expédition ait eu de nombreux complices, car les deux vieux serviteurs de la douairière de Lamirande et cette dame elle-même ont été garrottés dans leurs lits.

— Lehardy ! s'écria Raoul en se levant vivement de dessus l'escabeau où on l'avait assis, sortons ; courons chez le grand prévôt. Que le guet, les archers, que toutes les troupes prennent les armes et fouillent Paris en tous sens !... Il est temps peut-être encore de rattraper les ravisseurs, de délivrer Diane... Viens, Lehardy, viens !...

— Hélas! messire, la douleur vous égare. J'ai déjà fait sans succès toutes les démarches possibles. Un rapt n'est pas chose si rare à Paris, pour qu'à la nouvelle d'un tel événement les gens de la police abandonnent leurs occupations ou leurs plaisirs et se mettent incontinent en campagne. Partout où je me suis présenté, j'ai été malmené, gourmandé et renvoyé au lendemain.

Sforzi allait insister lorsque de Maurevert qui depuis un instant paraissait fort soucieux, frappa un violent coup de poing sur la table.

— Malédictions et furies ! s'écria-t-il, une affreuse pensée se présente à mon esprit.

— Quelle pensée, capitaine ? demanda Lehardy.

— Je songe que Sa Majesté, le premier moment d'effroi et de colère passé, va s'apercevoir de son impuissance à punir l'attentat commis contre sa personne, — car pour cela il lui faudrait remonter et frapper trop haut — et qu'alors elle essaiera de nous donner le change, de nier cet attentat. D'où il résultera que Raoul et moi, au lieu d'être les sauveurs du roi, nous deviendrons tout bonnement les héros d'une nocturne et vulgaire aventure ! Mort de ma vie ! nous nous sommes trop pressés. Nous aurions dû, cher Sforzi, afin de bien constater l'opportunité de notre intervention, laisser quelque peu endommager Sa Majesté.

— Que m'importe l'opinion du roi ! s'écria Sforzi indigné du peu d'intérêt que de Maurevert semblait prendre à l'enlèvement de Diane.

— Si vous tenez à revoir Mlle d'Erlanges, cela doit vous importer beaucoup, reprit l'aventurier. Comprenez donc que Henri III n'a rien à refuser à ses sauveurs. Enfin, nous saurons dans quelques heures à quoi nous en tenir au sujet de l'ingratitude ou de la reconnaissance du roi... D'ici-là, Raoul, il vous faut vous reposer. Vous n'êtes pas encore bien fort, et vous avez besoin de grands ménagemens... Allons, du courage, mon ami... Moi aussi, j'ai éprouvé jadis un déboire pareil à celui que vous essuyez en ce moment !... On me ravit une maîtresse que j'idolâtrais depuis près d'une semaine !... Je crus que je deviendrais fou de fureur !... Il n'en fut rien..... Je parvins même, à force de courage, de résignation, de philosophie et d'hyppocras, à oublier tellement ma maîtresse, que l'ayant rencontrée deux mois plus tard, je ne la reconnus plus !... Voulez-vous que je fasse venir quelques flacons d'hyppocras, cher Raoul ?... Non, dites-vous ?... En ce cas, il faut vous coucher et dormir... Je vous réveillerai au point du jour, et nous nous rendrons ensemble au Louvre.....

Raoul, désirant rester seul, feignit de se rendre au désir du capitaine. Est-il besoin d'ajouter que l'infortuné jeune homme passa une terrible nuit d'insomnie ?

Il était cinq heures du matin lorsque de Maurevert et Sforzi arrivèrent au Louvre !

Raoul traversa l'antichambre, la grande salle d'audience, la chambre d'État et parvint à la porte du cabinet royal.

Aussitôt un huissier s'avança à sa rencontre, et lui ayant demandé son nom, le transmit au premier gentilhomme de la chambre, servant de quartier.

Raoul, absorbé dans sa douleur, ne s'aperçut ni de l'avide curiosité dont il était l'objet, ni de l'envie que chacun paraissait lui porter.

Toutefois, lorsque le premier gentilhomme de la chambre servant de quartier annonça à l'huissier, qui le répéta à haute voix, que M. le chevalier Sforzi avait ses grandes et petites entrées, les chuchotemens des seigneurs présens devinrent tels que Raoul ne put s'empêcher de les remarquer.

— Que ces gens sont donc heureux de placer ainsi leur bonheur dans de si mesquines distinctions ! se dit-il, tout en passant sous les portières du cabinet royal.

A la vue de Sforzi, Henri III se leva et vint à sa rencontre : cet empressement de Sa Majesté était l'une des plus grandes et des plus rares faveurs qu'elle accordait.

Le duc d'Épernon, qui se tenait assis dans un large fauteuil, pâlit plutôt encore de crainte que de colère.

— Vous paraissez souffrant ce matin, chevalier, dit le roi ; votre blessure au front serait-elle plus dangereuse qu'on ne l'a cru au premier abord ?

— Je remercie humblement Votre Majesté de l'intérêt qu'elle daigne me témoigner, répondit Raoul. Hélas ! sire, ce n'est pas mon corps, mais bien mon cœur qui souffre et qui saigne...

— Sforzi, continua le roi après un léger silence, prenez un siége et narrez moi, très en détail, l'histoire de votre passé.

— Sire, ne serait-ce pas abuser de vos momens ?

— Sforzi, interrompit doucement Henri, dont le ton d'affabilité se rapprochait beaucoup de celui de la tendresse ; Sforzi, puisque vous êtes destiné à vivre à la cour, sachez qu'il ne faut jamais discuter les volontés et les désirs personnels du roi... — Par exemple, je vous donnerais dans une cérémonie solennelle, le pas sur moi, ou bien je me rangerais pour vous laisser monter le premier dans un de mes carrosses, qu'il serait de votre devoir d'accepter sans hésiter cet honneur insolite, insigne, sans précédent. La politesse des courtisans consiste dans la promptitude de leur obéissance. Le reproche que je vous adresse, chevalier, ne provient

16

pas d'un mécontentement que vous pourriez m'avoir causé, il est, au contraire, une preuve de solicitude et d'intérêt que je vous donne... Je veux vous voir aussi parfait par vos manières que vous l'êtes déjà par la noblesse de vos sentimens. Sforzi, j'écoute. Asseyez-vous, et commencez votre récit.

Raoul s'assit sur un escabeau de chêne sculpté que Henri III lui désignait du geste, puis il prit la parole.

Pendant une demi-heure que dura le récit de Raoul, le roi ne l'interrompit pas une seule fois.

Lorsque le jeune homme raconta les outrages et les violences qu'il avait eu à subir de la part du marquis de la Tremblais, Henri III pâlit légèrement, et une fugitive expression de courroux passa sur son visage. La passion de Sforzi pour Mlle d'Erlanges fut la partie du récit de Raoul qui parut agréer le moins au roi; toutefois Sa Majesté ne lui fit aucune observation à ce sujet.

Quant au duc d'Epernon, sa figure fort maussade d'abord, s'éclaircit considérablement lorsque le chevalier eut abordé le chapitre de ses amours.

— Sforzi, dit le roi, je vois que vous avez beaucoup souffert! Je ferai en sorte que l'avenir vous dédommage des ennuis de votre passé. Ecoutez-moi bien, chevalier! Cette nuit, vous m'avez sauvé la vie... oui, cela est vrai, mille fois vrai. Eh! bien, je veux, mieux encore, je vous prie, Sforzi, que personne ne sache le service que vous m'avez rendu. Si l'on vous interroge à ce sujet, vous répondrez que mes pages ont entamé la querelle et que les assaillans ignoraient ma présence dans l'hôtel de mademoiselle d'Assy. Si je vous recommande cette discrétion, Sforzi, ce n'est pas, veuillez bien le croire, pour manquer à la reconnaissance immense que je vous dois; il s'agit simplement de politique. A présent, chevalier, demandez-moi telle faveur que vous souhaitez, et sur ma parole royale, elle vous est octroyée à l'avance.

D'Epernon se leva vivement de dessus son fauteuil, et Sforzi, en proie à une indicible émotion, prit la parole.

— Sire, dit-il, il n'y a qu'une seule récompense capable de payer le service que j'ai rendu au royaume: c'est que Votre Majesté me donne le pouvoir de concourir efficacement à sa gloire. Sire, que le roi me pardonne ma franchise en considération du sentiment qui m'inspire; sire, il est une triste page de votre règne que l'histoire transmettra à la postérité, c'est le récit des abus et

des insolences de votre noblesse de province... Les générations à venir ne vous pardonneront pas, sire, d'avoir abandonné à la cupidité et à la violence de vos grands vassaux, les intérêts de votre peuple! On dira de vous que vous avez été le premier gentilhomme et non le roi de votre royaume. Sire, les rois vos prédécesseurs ont fait une rude et bonne guerre à la féodalité, alors bien autrement puissante qu'elle ne l'est aujourd'hui : cette guerre, il importe à votre gloire que vous la terminiez par un éclatant triomphe!...

— Hélas! Sforzi, interrompit tristement le roi, j'ai bien assez de peine déjà à contenir Paris, sans m'occuper encore de mon royaume. Il y a telle province éloignée qui, en raison de sa position, échappe pour ainsi dire à mon pouvoir.

— Sire, Votre Majesté s'abuse, reprit hardiment Sforzi. Quand le roi dit : Je veux ! croyez-le, sire, les plus mutins rentrent dans le devoir, les plus superbes baissent la tête !

— Bien, très bien, M. Sforzi, s'écria d'Epernon qui, abandonnant sa place, vint prendre et serrer la main de Raoul stupéfait. Mon approbation vous étonne, continua le mignon, cela prouve, chevalier, que vous ne me connaissez pas... Je suis trop supérieur pour me montrer jaloux de qui que ce soit au monde ; j'ai le cœur trop haut placé, l'intelligence trop vaste pour ne pas savoir apprécier les gens à leur juste valeur... Chevalier, depuis que je suis à la cour jamais encore je n'ai entendu un courtisan parler à S.M. ainsi que vous venez de le faire. Il est si dangereux d'essayer d'être utile aux rois! Se dévouer à leur gloire exige tant de courage!... Oui, Henri, poursuivit d'Epernon en se retournant vers le roi, M. Sforzi a raison : le jour où vous direz : « Je veux ! » les fronts les plus hautains et les plus impudens se baisseront jusque dans la poussière. Ce qui vous manque, Henri, ce sont des serviteurs comme M. Sforzi!... Mettez le chevalier à l'œuvre... Envoyez-le dans une province rebelle, et je vous réponds sur ma tête qu'avant un mois de temps, cette province sera la plus soumise et la plus fidèle de tout le royaume.

Raoul adressa au mignon un regard de profonde reconnaissance, et s'adressant au roi :

— Sire, dit-il, M. le duc d'Epernon, en voulant bien émettre une si flatteuse opinion sur ma personne, m'enhardit à aborder franchement la question. Je demande à Votre Majesté qu'elle envoie une commission du parlement en Auvergne, pour y tenir ce que sous vos augustes prédécesseurs l'on appelait les *Grands jours !*

— C'est à dire un tribunal investi de souverains pouvoirs pour connaître et punir les crimes de la noblesse qui échappent à la police ordinaire, n'est-ce pas, chevalier ?

— Oui, sire, c'est bien cela !

— Un tribunal, reprit Henri III, dont les arrêts, au dessus de toutes les lois, sont sans appel et s'exécutent sur l'heure ! Oui, mes prédécesseurs ont, il est vrai, ordonné la tenue des *Grands Jours* dans plusieurs provinces !...

— Et ils s'en sont bien trouvés, sire. Le peuple les a bénis, et leur pouvoir a grandi.

Le roi, plongé dans une grave méditation, garda un instant le silence. Enfin, reprenant la parole :

— Les crimes du marquis de la Tremblais méritent un châtiment terrible, dit-il; et la déplorable anarchie qui règne dans la province d'Auvergne demande une répression prompte et énergique. Mais hélas ! où trouver un parlementaire assez fer...e, assez juste, assez honnête, pour présider ces *Grands jours d'Auvergne !*

— N'avez-vous point le seigneur de Beaumont, messire Achille de Harlay, sire, s'écria d'Epernon...

— Mon fils, tu as raison ; de Beaumont est probe, vaillant, sévère... Il jugera selon sa conscience, lui ! Oui, mais ce n'est pas tout que de juger, il faut faire exécuter la sentence. Quel homme de guerre osera s'attaquer à la noblesse à moitié révoltée d'Auvergne ?

— Moi, sire ! s'écria Sforzi d'une voix vibrante.

— Toi chevalier ? répéta Henri III, en contemplant avec admiration le visage resplendissant d'audace de Raoul. Oui ! je te crois... Sforzi me promets-tu de te montrer inexorable, sans pitié , de n'écouter que la voix de la justice ?

— Je vous le jure, sire.

— Chevalier Sforzi, reprit le roi d'un ton réellement solennel, je vous nomme mon commissaire extraordinaire dans la province d'Auvergne, et comme tel, je vous accorde une autorité absolue, sans bornes, exceptionnelle, au dessus de toutes les lois humaines... Aujourd'hui même vous recevrez votre commission.

— Merci, sire ! s'écria Raoul, qui mettant le genou en terre prit la main du roi et la baisa avec une indicible émotion.

— Reviens me voir demain, cher et aimé Sforzi ! dit Henri III ; il me reste à m'entendre avec toi pour choisir les conseillers du conseil privé et d'Etat, les maîtres des requêtes et les maîtres des comptes qui feront partie de ces *Grands Jours.*

— Ah ! se disait Raoul en s'éloignant, voilà donc enfin le rêve de toute ma vie qui prend un corps, qui se réalise !..... Diane, tu seras sauvée ou vengée !.....

Au moment où Sforzi allait sortir, le premier gentilhomme de la chambre servant de quartier, entra dans le cabinet du roi, et demanda s'il était vrai que le capitaine de Maurevert eût reçu, de Sa Majesté, l'autorisation de se faire annoncer. Le roi et d'Epernon sourirent en se regardant; puis Henri III, se retournant vers son premier gentilhomme, lui dit :

— Faites entrer le capitaine de Maurevert !

FIN DE LA DEUXIÈME PARTIE.

LES
GRANDS JOURS D'AUVERGNE.

TROISIÈME PARTIE

CHAPITRE I⁰ʳ.
Le triomphe du peuple.

Notre récit recommence dans ce même petit village de St-Pardoux, où il a débuté.

Quoiqu'il fût à peine six heures du matin et que l'almanach ne marquât aucune fête pour ce jour, les villageois, revêtus de leurs habits de gala, se tenaient groupés autour du cabaret de notre ancienne connaissance, maître Nicolas. La conversation, à en juger par les éclats de voix des montagnards, devait présenter un grand intérêt. Maître Nicolas surtout se faisait remarquer par son animation. Papillonnant de groupe en groupe, il adressait une parole à l'un, une tape amicale à l'autre, un regard à celui-ci, un signe d'intelligence à celui-là. Hâtons-nous d'ajouter que les avances du cabaretier étaient non-seulement bien accueillies, mais encore avidement sollicitées ; tous ceux qu'il daignait remarquer se montraient fiers d'attirer son attention.

— Par Saint-Blaise, camarades, dit-il en s'arrêtant au milieu de la foule, si nous restons à discourir au lieu de nous mettre en route, nous n'arriverons jamais à temps pour assister à l'entrée du cortège et entendre les harangues !... *Faut veinta, quand fé vein...* (1) Je ne donnerais pas pour vingt écus ma journée d'aujourd'hui !... Allons, buvons un dernier coup et partons !...

— Maître Nicolas, répondit un des campagnards, il nous faut encore attendre quelques retardataires.

— Des retardataires, interrompit le cabaretier avec une extrême vivacité, est-il possible qu'il s'en trouve ?...

(1) Il faut vanner quand il fait du vent, c'est-à-dire il faut profiter de l'occasion.

— Dame ! camarade, sacrifier une journée de travail et entreprendre un voyage à Clermont n'est pas une affaire de mince importance !.. Il fait cher vivre à Clermont !.. Pas un de nous n'en sera quitte à moins de dix sols !.. Or, les commères regardent de près à la dépense ! Il y a en ce moment plus d'un mari qui dispute avec sa femme pour qu'elle le laisse sortir.

— Regarder de près à la dépense lorsqu'il s'agit d'assister à notre triomphe ! répéta le cabaretier indigné, jamais je ne croirai à cette condamnable lésinerie.

— Oh ! à notre triomphe, maître Nicolas ! reprit d'un air de doute le montagnard, cela n'est pas chose parfaitement prouvée !.. D'abord est-il bien certain que la nouvelle qui vous met en si grand émoi soit véridique ?... Ensuite, en supposant le fait avéré et réel, qui nous garantit que les nouveaux venus ne feront pas bientôt cause commune avec nos tyrans !... Vous savez le dicton : *las truitas viron la mudada* ! (1). Le petit peuple est toujours sacrifié.

— Tais-toi, Jean ! tais-toi ! interrompit de nouveau le cabaretier avec violence ! La *parolas londzas fasont los dzous cous* (les longs discours font les jours courts). Mettre en doute la nouvelle que je vous ai annoncée lorsque j'ai vu moi-même hier la ville de Clermont en rumeur !.. Lorsque j'ai appris cet heureux évènement de la bouche même d'un échevin !.. Lorsque j'ai assisté aux préparatifs de la réception qui aura lieu tantôt! Cela n'a pas le sens commun !... Quant à monseigneur Sforzi, je suis assuré que c'est le même cavalier que j'ai hébergé dans mon hôtellerie, il y a six mois passés. Bénie

(1) Les truites détournent l'orage, c'est-à-dire les cadeaux font gagner les procès.

soit la pensée qui m'est venue de lui fournir une poularde. Je regrette seulement de
la lui avoir fait payer. N'importe, je gagerais ma vie éternelle contre un flacon de
Saint-Pourçain, qu'il ne m'a pas oublié, et
qu'il m'octroyera toutes les grâces que je
solliciterai de sa reconnaissance.

— Le seigneur Sforzi n'est-il pas aussi ce
même gentilhomme que le marquis de la
Tremblais voulut faire pendre, et qui fut si
miraculeusement sauvé au moment où l'a-
pôtre Benoist lui passait le fatal nœud coulant autour du col? demanda un second
montagnard.

— Parfaitement, compère Guillaume, —
reprit Nicolas, — vous comprenez que monseigneur Sforzi, après avoir été si malmené
par la haute noblesse de notre province,
doit lui garder une vigoureuse rancune !...
Son arrivée en Auvergne, je ne saurais trop
vous le répéter, est pour les bourgeois,
comme pour nous autres manans, une fortune inespérée !.. Le marquis de la Tremblais n'a qu'à se bien tenir !... Je ne voudrais pas pour mille écus comptans changer,
à l'heure qu'il est, ma position contre la sienne !... Je ne serais pas surpris de le voir
avant peu, à genoux sur un échafaud, la
tête appuyée sur le billot et attendant le coup
mortel.

Les paroles de maître Nicolas causèrent
aux assistans une frayeur si vive, que d'un
mouvement spontané ils s'éloignèrent du
hardi discoureur.

Le cabaretier parut bientôt se repentir
aussi de sa témérité. Son visage exprima un
effroi extrême, il se mit à trembler de tous
ses membres, et ce fut d'une voix singulièrement altérée et émue qu'il reprit la parole :

— Camarades! dit-il, je compte sur votre
discrétion !... J'ai voulu plaisanter... Je
n'ignore point que Monseigneur le marquis
est à même de résister à toutes les forces du
Roi.

Nicolas regarda à plusieurs reprises au
tour de lui et ne vit que des visages amis.

— Cependant, continua-t-il en se remettant un peu, quand je me rappelle le courage déployé par Mgr Sforzi dans son duel
contre le capitaine de Maurevert, — combat
dont la plupart d'entre vous ont été témoins,
je sens l'espoir me revenir au cœur! Ah !
chers camarades, si nous étions enfin dé-
barrassés du marquis et de ses apôtres, quel
bonheur serait comparable au nôtre ?

Plus de corvées, plus de fouet, plus d'impôts, plus de meurtres ! quelle douce existence ! Quand vous me regarderez ainsi d'un
air effaré, à quoi cela vous avancera-t-il ?

Imitez-moi donc, n'ayez plus peur.... Si
comme moi vous aviez entendu les propos
que l'on tenait hier publiquement dans les
rues de Clermont, vous seriez bien plus vaillans et plus braves... Il paraît, camarades,
ue le roi ne veut plus que son pauvre peuple soit opprimé, qu'il prend enfin sérieusement notre défense... Tous les nobles qui
nous ont tyrannisés vont être jugés et punis,
tous les manans qui auront été rudoyés et
vexés seront indemnisés. Camarades, vive le
roi Henri III!

A ce tableau d'un bonheur si extraordinaire qu'il leur semblait fabuleux, les montagnards oublièrent toutes leurs craintes, et
répétèrent avec un bruyant enthousiasme
le cri poussé par maître Nicolas.

— Hélas! compère, dit un vieillard, lorsque le silence se fut rétabli, il y a eu déjà
cinq tenues des *Grands-Jours* en Auvergne,
soit à Montferrand, soit à Riom, et nous n'en
sommes pas plus heureux actuellement pour
cela. Dès que les juges partent, les nobles
recommencent leurs iniquités et leurs vexations.

— Qu'importe? s'écria Blaise, ce sera
toujours autant de gagné ! Et puis, je vous
le répète, j'ai l'assurance que Messeigneurs
Sforzi et de Harlai feront si gentiment et si
gaillardement leur besogne que pendant
longtemps nos seigneurs se tiendront cois !
Allons! allons! en route ! Nous avons près
de sept lieues à faire ! Partons!

Maître Nicolas joignant la prudence de
l'hôtelier à l'enthousiasme du patriote s'empressa de récolter les quelques sous qui lui
étaient dus pour la consommation, et la
colonne des montagnards se mit en marche.

Midi sonnait lorsque les habitans de Saint-
Pardoux atteignirent les portes de Riom.
Une bruyante animation régnait dans la
ville.

Une foule compacte, agitée, endimanchée,
se tenait en dehors des fortifications, attendant l'arrivée des délégués du roi.

Bientôt un grand silence se fit ; on venait
de signaler la présence de messieurs des
Grands-Jours.

Peu après cinq carrosses, traînés chacun
par quatre chevaux, apparurent sur la
route. Aussitôt les jurats et consuls de la
ville, six chanoines de la cathédrale de Clermont, délégués à cet effet, ainsi que l'official au nom de l'évêque, s'en furent sur
deux rangs recevoir les envoyés du roi.

Dans le premier carrosse se tenait messire
Achille de Harlai, seigneur de Beaumont, et
Raoul Sforzi : les quatre autres voitures
contenaient quatorze juges.

Nous devons renoncer à décrire l'avide curiosité, l'ardente sympathie qui accueillit messieurs des Grands-Jours : le peuple saluait par des applaudissemens frénétiques et prolongés ceux qu'il considérait non seulement comme ses sauveurs, mais encore comme ses vengeurs !

Le président, Mgr de Harlai, et le chevalier Sforzi attirèrent surtout les regards : on savait les pleins pouvoirs dont tous les deux étaient investis, le premier en sa qualité de président du tribunal, le second comme commissaire extraordinaire de Sa Majesté.

Messire de Harlai — qui pendant le cours de sa mission devait être traité de monseigneur — paraissait âgé de quarante-cinq à cinquante ans : sa figure, fortement accentuée, portait un cachet d'honnêteté et de fermeté réellement remarquable; on comprenait tout de suite en le voyant que ses arrêts une fois médités et rendus, il devait se montrer impitoyable dans leur exécution: c'était le parlementaire enthousiaste de justice, terrible de sévérité.

Quant au chevalier Sforzi, que sa jeunesse, sa bonne mine et même son obscurité rendaient pour ainsi dire le héros de la solennité, il eût été, sinon impossible, au moins fort difficile au plus sagace observateur de se former une opinion arrêtée sur son compte.

Sa physionomie immobile comme un masque de marbre ne trahissait aucun des sentimens intérieurs qui l'agitaient.

A la portière du carrosse, occupé par les deux délégués supérieurs du roi, caracolait sur un superbe cheval magnifiquement harnaché le capitaine de Maurevert.

L'aventurier, tout au contraire de Raoul, était radieux, et il ne se gênait en rien pour laisser éclater sa joie.

— Bien-aimé de Maurevert, se disait-il tout en repoussant du puissant poitrail de sa monture les flots de la foule, avoue que tu fais en ce moment bien des victimes ! Avec quel amour et quelle envie les femmes te contemplent! Heureux sacripant, les cœurs volent au-devant de toi !... Si ces charmantes péronnelles n'étaient retenues par l'hypocrite et fausse pudeur de toutes les femmes où la femme la plus affolée sait toujours feindre et conserver en public, on te couvrirait de fleurs à ton passage. Enfin tu es donc parvenu à un poste important, gracieux ami ! Le capitaine Roland de Maurevert, grand prévôt de toutes les forces de la province d'Auvergne! Comme cela sonne bien ! Aussi, je veux que l'on conserve ici de moi un éternel souvenir. Je me sens d'un appétit féroce; j'ai hâte de commencer le cours de mes exploits. Que mon gentil Raoul me donne commission d'appréhender au corps monseigneur de Harlai lui-même, et que Belzébuth me torde le col si je ne lui obéis pas incontinent, sans hésiter. Je suis déterminé à arrêter tout le monde, moi !... Mort de ma vie ! vais-je prendre du plaisir ! Tous ces hobereaux d'Auvergne sont des butors à qui Dieu a donné, en compensation de l'esprit qui leur manque, une opiniâtreté énorme, une force et une brutalité de taureau !... Par l'arquebuse du dieu Mars ! j'entrevois de rudes et belles batailles ! Mon ami de Maurevert, calme toi ! Que diable, tu n'es plus un tout jeune homme, pour te laisser enthousiasmer ainsi par une belliqueuse ardeur. Songe plutôt à tirer profit de tes estocades. L'essentiel pour toi, ce n'est pas de donner beaucoup de coups d'épée, mais bien de te faire payer un prix digne de la glorieuse position que tu occupes, ceux que tu distribueras. Le grand prévôt de la province d'Auvergne ne doit pas compromettre sa dignité en recevant de trop exigus salaires. Le roi me paie médiocrement, c'est vrai, je puis même dire mesquinement, mais il a oublié d'exiger de moi le serment de fidélité, et cette omission compense grandement sa mesquinerie à mon égard ! Il me semble difficile que, parmi le grand nombre des prisonniers que je serai chargé de conduire à travers champs et forêts, il ne s'en trouve pas au moins quelques-uns qui voudront prendre la fuite ! Seulement, ce dont je suis assuré, c'est qu'ils ne se sauveront qu'après avoir laissé leur bourse entre mes mains ! Bah! toutes réflexions faites, une commission de grand prévôt vaut tout autant qu'une charge dans les finances.

Le personnage qui, après MM. des Grands-Jours, éveillait le plus la curiosité publique, était un homme couvert de chaînes et conduit par des archers.

A la vue de ce prisonnier, des acclamations d'une joie frénétique s'élevèrent de toutes parts. Il faut dire que l'homme si soigneusement gardé n'était autre que le chef des apôtres, l'illustre Benoist.

La terreur que l'exécuteur des hautes œuvres du marquis de la Tremblais exerçait sur les montagnards était telle, que le cabaretier Nicolas, en l'apercevant au moment où il s'attendait le moins à le voir, fut sur le point de changer les cris de vive messeigneurs des Grands-Jours ! qu'il ne cessait de pousser, contre celui de vive Mgr le marquis du Tremblais ! Toutefois, après qu'il eut compté le nombre des archers qui accompagnaient le misérable, et reconnu la solidité des liens qui l'attachaient, Nicolas, honteux de sa faiblesse, se baissa afin de n'être pas reconnu, et cria à tue-tête : Vive Mgr Sforzi, mort au bourreau et à l'assassin Benoist!

Peu après le cortége s'arrêtait devant la maison du lieutenant criminel, où une brillante collation et une compagnie choisie attendait messieurs des Grands-Jours.

CHAPITRE II.

La Passion et le Devoir.

Pendant tout le temps que messieurs des Grands-Jours restèrent chez le lieutenant criminel, la foule stationna dans les rues pour attendre leur départ.

C'était parmi la bourgeoisie et le peuple, une joie qui tenait du délire ; des gens qui depuis dix ans ne s'étaient pas adressé une seule fois la parole se tutoyaient comme s'ils eussent été frères et s'embrassaient avec toutes les démonstrations de la plus chaleureuse amitié.

Sforzi n'avait pas trompé Henri III en lui disant que pour un roi, vouloir c'est pouvoir. Il avait suffi à Sa Majesté d'un acte d'autorité et de vigueur pour détruire en une heure, sinon la puissance, au moins le prestige que la féodalité possédait depuis des siècles dans la province d'Auvergne. Une réaction violente et spontanée — motivée par la présence de messieurs des Grands-Jours—n'avait pas tardé à se déclarer parmi les classes opprimées. Les plus humbles relevaient la tête, les plus timides ne parlaient que de meurtres, de représailles ; les plus pusillanimes ne rêvaient que batailles et combats. Comme il arrive presque toujours à la suite des réactions, les esprits les plus justes et les plus fermes, troublés par la passion, se laissaient aisément aller à l'injustice. Autant la noblesse était redoutée la veille, autant en ce moment on la bafouait.

Parmi la foule qui encombrait les rues, il n'y avait peut-être pas vingt personnes qui ne songeassent à exercer une vengeance ou à réaliser un profit : chacun avait son procès tout prêt, sa plainte dressée. Ceux qui croyaient avoir subi jadis les plus mauvais traitemens se montraient alors les plus joyeux; quelques-uns se lamentaient de la modération et de la douceur de certains seigneurs, qu'ils traitaient hardiment de lâches. Messieurs des Grands-Jours n'avaient donc pas seulement à combattre la noblesse, il leur fallait encore contenir les passions populaires puissamment excitées: l'une et l'autre tâche offraient de sérieuses difficultés.

L'attente de la foule ne fut pas de très longue durée : deux heures plus tard le cortége se remettait en route pour Clermont.

— Camarades, dit le cabaretier Nicolas, qui, grâce à l'honneur insigne qu'il avait eu d'héberger Sforzi, jouissait alors parmi les siens d'une grande considération, poursuivons notre chemin et poussons jusqu'à Clermont. Il faut absolument que nous soyons les premiers à porter nos plaintes. Jamais le hasard ne nous offrira une aussi belle occasion pour nous soustraire aux violences futures du marquis de la Tremblais et nous venger de ses vilenies passées que celle qui se présente à nous aujourd'hui. Il est impossible que le seigneur Sforzi n'écoute pas avec empressement le récit de nos griefs. En avant ! en avant !

Les montagnards de Saint-Pardoux, acceptèrent avec empressement cette proposition, et se mirent à suivre les carrosses de messieurs des Grands-Jours.

Il était près de quatre heures lorsque le cortège atteignit Clermont. Déjà à moitié chemin, près de l'endroit appelé la Chapelle de Cebazat, les premières députations envoyées par la ville capitale de l'Auvergne, s'étaient présentées pour complimenter les terribles et illustres hôtes que le Roi leur envoyait.

Les échevins, revêtus de leurs robes de damas violet, du chaperon de satin rouge cramoisi, précédés de leurs clercs de ville à cheval, et suivis des principaux notables de Clermont, avaient prononcé une fort belle harangue, à laquelle il ne manquait, pour passer à l'état de chef-d'œuvre, que d'être compréhensible.

Dès que le carrosse qui renfermait Mgrs de Harlai et Sforzi fut en vue de la ville, le grand prévôt d'Auvergne apparut à la tête de sa compagnie d'archers, l'une des plus nombreuses de France ; puis après lui vint le chevalier du guet de Clermont, suivi de plus de soixante archers en casaques rouges.

— Pauvre compagnon! murmura de Maurevert en regardant d'un air railleur le grand-prévôt, si tu savais que ce superbe cavalier, qui caracole à deux pas de toi, va te remplacer dans tes fonctions, tu montrerais moins de zèle et tu ne perdrais pas ainsi ton temps à essayer de nous faire prendre tes grimaces pour des sourires.

A peine les carrosses de messieurs des Grands-Jours, qui s'étaient arrêtés un instant, eurent-ils fait deux cents pas, que les juges, les consuls et les corps des marchands se présentèrent à leur tour.

Tous ces honorables fonctionnaires apportaient chacun leur harangue qu'il fallut écouter.

Deux cents pas plus loin ce fut le tour des élus de Clermont également précédés de leurs huissiers.

Après ce nouveau déluge d'éloquence, les carrosses se disposaient à poursuivre leur chemin, lorsque monseigneur de Canilhac, gouverneur pour le roi dans la province d'Auvergne, se présenta en personne.

Alors messeigneurs de Harlai et Sforzi descendirent de voiture : ils devaient cette marque de déférence à l'homme qui représentait, jusqu'à ce qu'ils lui eussent communiqué leurs commissions, la personne de Sa Majesté.

Le marquis de Canilhac affecta de se réjouir de l'arrivée des nouveaux venus et leur adressa de fort bonne grâce des protestations de respect et d'obéissance.

— Ah ! souple et rusé compagnon, murmura de nouveau de Maurevert, comme tu dois regretter maintenant de m'avoir jadis aidé à sauver mon gentil Sforzi de la potence !

Monseigneur de Canilhac, dès qu'il eut terminé son petit discours, remonta à cheval et rentra dans Clermont par un chemin de traverse : sa dignité ne lui permettait pas de se joindre au cortége.

— Par messire Cicero, grommela de Maurevert, je commence à croire que nous ne souperons pas aujourd'hui !... J'ai toujours remarqué que quand les hommes s'affublent des costumes de leurs charges, ils se mettent de suite à pérorer à outrance !... Mettez sur les épaules d'un muet une robe d'avocat, et que le diable m'extermine si le misérable ne se change pas incontinent en un moulin à paroles !... Bon ! qui nous arrive encore ?... Ce sont messieurs les officiers de Montferrand... Ah ! voici maintenant six sergens couverts de casaques bleues, quatre huissiers audienciers, et deux greffiers que précèdent les officiers du présidial !.. Définitivement on ne soupera pas !..

Et je n'écrase pour me distraire quelques manans, je vais tomber d'inanition ou suffoquer de colère... Après tout, c'est bien le moins, à présent que je suis dans les dignités, que je marque et signale ma grandeur par un peu de tapage !..

Dès qu'il eut conçu ce beau projet, de Maurevert s'empressa de l'exécuter. Il fit adroitement cabrer sa monture et excitant le

puissant et vigoureux animal tout en affectant de vouloir le retenir, il jeta une telle terreur parmi la foule, occasionna un tel tumulte que les orateurs durent renoncer à débiter leurs harangues.

Le cortége se remit en marche, au son des fauconneaux qui tiraient comme en un jour de bataille, et fit enfin son entrée dans Clermont par la porte Poterne, dont le pont-levis avait été réparé et peint à neuf pour cette solennité.

A peine Messieurs des Grands-Jours étaient-ils descendus dans l'hôtel du marquis de Canilhac où ils devaient souper, qu'arriva une députation de la cour des aides.

— Par la mort ! se dit de Maurevert, si ces gens-ci veulent se montrer bavards, je mets ni plus ni moins le feu à la maison !

Heureusement pour l'hôtel du marquis de Canilhac, le délégué chargé de porter la parole, invité lui-même à souper, fut fort sobre dans son discours; il se contenta d'offrir respectueusement à Messieurs des Grands-Jours la Cour des Aides pour palais de leurs séances, ce local étant beaucoup plus commode que le Présidial déjà désigné à cet effet. Monseigneur de Harlai accepta.

Alors, messieurs des Grands Jours furent conduits aux appartements qu'on leur avait préparés, afin qu'ils pussent, avant de se mettre à table, se débarrasser de la poussière de la route et réparer l'économie de leurs toilettes, dérangée par les fatigues du voyage.

— Messire de Maurevert, dit Raoul en s'adressant au nouveau grand-prévôt de la province d'Auvergne ; veuillez, je vous prie, me suivre : j'ai quelques renseignemens à vous demander.

— A vos ordres, monseigneur ! répondit le capitaine en s'inclinant profondément devant le chevalier et en lui cédant le pas.

Dès que Raoul fut entré dans l'appartement qui lui était destiné, il se hâta de congédier deux valets qui se disposaient à l'habiller ; puis, après avoir poussé le verrou de la porte, il se retourna vivement vers de Maurevert :

— Eh bien ! capitaine, lui demanda-t-il d'une voix émue, vos recherches ont-elles abouti à un heureux résultat, vos émissaires ont-ils découvert les traces de Diane ? M'est-il encore permis d'espérer ?

— Cher compagnon, répondit de Maurevert qui, une fois seul avec Raoul, reprit vis-à-vis du jeune homme son ton habituel de familiarité, je ne vous cacherai pas que jusqu'à présent mes démarches ont été inutiles. Dame! que voulez-vous? c'est à peine si j'ai pu m'occuper de cette affaire. Nous ne faisons que d'arriver! Et puis, tenez Raoul, voulez-vous que je vous parle à cœur ouvert, que je vous montre le fond de ma pensée?

— Certes, capitaine de Maurevert.

— Eh bien, il est fort possible, selon moi, que le plus grand obstacle que nous ayons à vaincre pour retrouver mademoiselle d'Erlanges vienne d'elle-même. Qui vous assure que cette chère et avenante d'Erlanges n'est pas ravie de son enlèvement?

— Capitaine! interrompit Raoul avec violence.

— Bon, voici maintenant que vous vous fâchez! continua tranquillement le nouveau grand prévôt de la province d'Auvergne. Voyez pourtant, Raoul, comme l'exercice du pouvoir change le caractère d'un homme. A présent que vous voilà dans les honneurs et dans les dignités, vous ne savez pas supporter la moindre contradiction!... J'ai fort envie de cesser d'être votre ami pour devenir votre courtisan!

— De Maurevert, dit Raoul d'un ton de reproche, il n'est point généreux à vous d'accueillir par des railleries mes souffrances!.. J'ai eu tort de vous interrompre, soit! Expliquez-vous en toute liberté. Quel est votre motif pour prétendre que le plus grand obstacle que j'aurai à surmonter pour retrouver mon adorée Diane, pourrait bien venir d'elle-même?

— De motif particulier, pour m'exprimer ainsi, cher ami, je n'en ai point; seulement je connais le cœur féminin. Or, il est rare, croyez-moi Raoul, qu'une jeune demoiselle ne finisse pas par s'attacher à son ravisseur! Les femmes respectent la force, admirent l'audace et pardonnent aisément à la violence d'un amour inspiré par leurs charmes! Je ne serais point surpris que mademoiselle Diane et le marquis de la Tremblais ne fussent à l'heure présente les meilleurs amis du monde. Vous souriez, Raoul!... Ma foi, je préfère cette douce gaîté, quelque peu flatteuse qu'elle soit pour moi, à vos trépignemens et à vos emportemens...

— Capitaine, dit froidement Raoul, comment pourrais-je m'offenser de vos soupçons insensés? Je vous plains, de Maurevert, d'être parvenu à ce degré d'incrédulité que la vertu la plus pure ne trouve pas même grâce à vos yeux!... Douter de Diane! quelle profanation, quel sacrilège!

— Hélas! j'ai vu tant de divinités descendre des hauteurs de l'Olympe et redevenir de simples et fragiles mortelles, cher compagnon! Au reste, je ne prétends point d'u-

ne façon absolue que Mlle Diane se soit rendue coupable du crime de lèse-fidélité; j'émets seulement un doute. Après tout, qu'elle vous ait ou non trompé, là n'est pas la question : il s'agit, puisque vous l'aimez toujours, de la retrouver. Eh bien! nous la retrouverons.

— Lorsqu'il sera trop tard! s'écria Raoul avec violence.

— Ah! permettez, cher ami, je vous arrête. Voici que vous allez plaider ma cause contre vous!.... Mademoiselle Diane est douée d'une vertu trop surhumaine pour qu'un retard de deux ou trois semaines mette en danger son innocence. Plus vous aurez été séparés, plus votre réunion sera charmante. Voyons, Raoul, ne roulez pas des yeux furibonds et cessez d'enfoncer vos ongles dans la paume de votre main. La colère ne conduit à rien qui vaille. Au lieu de nous quereller comme des enfans, combinons plutôt notre plan de bataille. M'écoutez-vous, cher compagnon?

— Je vous écoute, capitaine...

— Selon moi, continua de Maurevert toujours avec le même sang-froid, c'est par l'apôtre Benoist qu'il nous faut entamer nos opérations... Il est impossible que ce plat goujat, — l'un des auteurs du rapt de Diane, — ne soit pas instruit des desseins du marquis son maître. Il s'agit donc de le faire parler...

— Ne l'ai-je pas déjà vainement interrogé à dix reprises différentes?...

— Par Mercure! cher Raoul, voici une plaisante naïveté!... Vous avez interrogé Benoist, et il ne vous a pas répondu! Comme cela est étonnant, n'est-ce pas?... Autant vaudrait vous ébaubir de ce qu'un ours que vous salueriez ne s'empresserait pas de vous rendre vos politesses!... Il n'y a que deux moyens — à peu près infaillibles — d'arracher à ce sacripant son secret...

— Quels moyens, capitaine?

— Le premier qui, je ne vous le cache pas est le plus de mon goût, c'est de le mettre à la gêne, de lui appliquer une belle et rude torture... Personne ne connaît mieux que moi la science du tourniquet et des brodequins, le parti que l'on peut tirer d'une bonne paire de tenailles... Il n'y a point de tourmenteur juré et assermenté capable de lutter de savoir et d'expérience avec un vaillant capitaine qui a commandé à des reîtres et à des lansquenets, et a passé vingt années de sa vie dans les guerres civiles. Donnez-moi carte blanche et je réponds du succès...

— Passons à l'autre moyen, dit Raoul après un léger silence.

— Le second moyen, continua de Maurevert, est tout l'opposé du premier. Du moment que vous n'osez aborder la rigueur, il vous faut tomber dans l'extrême faiblesse... Promettez à ce vil coquin de Benoist mille écus comptant, en espèces sonnantes, avec sa liberté, s'il vous révèle la retraite de Diane, et je consens à être pendu si le sacripant ne s'empresse pas de trahir son maître. Seulement je ne saurais trop vous le répéter, Raoul, il est cent fois préférable et plus logique de rôtir, tenailler et émoustiller ce drôle, que de le combler de bienfaits.

— Capitaine, dit tristement Raoul, l'honneur me défend l'emploi des deux moyens que vous me conseillez. Il ne m'est pas possible, sans manquer à tous mes devoirs, de faire servir à mes intérêts particuliers les pouvoirs que le roi a daigné me conférer. Ma mission est chose sainte et sacrée.

Raoul se mit alors à se promener de long en large dans sa chambre, puis prenant enfin son parti :

— Capitaine, reprit-il, veuillez ordonner, je vous prie, que l'on amène ici l'apôtre Benoist.

De Maurevert allait sans doute remontrer à Sforzi l'inutilité de cette dernière tentative, lorsqu'une idée subite arrêta la parole sur ses lèvres.

— Que l'enfer m'engloutisse! murmurat-il en s'éloignant, si je ne parviens pas, avant une heure d'ici, à faire rompre à ce coquin de Benoist son silence obstiné!

Un quart d'heure après la sortie du nouveau grand prévôt de la province d'Auvergne, l'apôtre Benoist fit son entrée dans l'appartement de Sforzi. L'escorte qui accompagnait le bandit resta en dehors de la porte.

La contenance du misérable exécuteur des hautes-œuvres du marquis de la Tremblais contrastait singulièrement par son insolence avec sa position d'accusé : le premier regard qu'il jeta sur Sforzi ressemblait presque à une menace, et ce fut d'une voix railleuse que, sans y être convié, il entama la conversation.

— Monseigneur, dit-il, je tiens à savoir avant de commencer cet entretien, si je comparais en ce moment devant le commissaire extraordinaire de Sa Majesté, ou si je suis simplement en présence de messire Sforzi, mon ancienne connaissance!..

Raoul pâlit de colère, mais se rappelant de quelle utilité pouvait lui être le concours du bandit pour retrouver Diane, il fit un violent effort sur lui-même et répondit doucement :

— Le commissaire de Sa Majesté ignorera toujours, Benoist, les paroles que nous allons échanger. Vous pouvez donc vous exprimer en toute franchise, sans nulle crainte.

— Grand merci pour la permission que vous m'octroyez si généreusement de vous rendre service, messire, reprit Benoist en ricanant; soyez assuré que je n'en abuserai pas. Tenez, monsieur le chevalier, croyez-moi, le plus sage parti que vous ayez à prendre est celui de me renvoyer en prison. Que diable! je n'ai pas tellement à me louer de vos procédés à mon endroit pour que je m'évertue à vous être agréable. Cependant, si vous avez quelques propositions à me faire, je consens à les écouter.

Il fallait que Raoul fût bien malheureux de l'enlèvement de Diane pour supporter patiemment un tel langage.

— Benoist, — reprit-il après un court silence, — je vous offre tout ce que je possède, à peu près dix mille écus, si vous m'apprenez la retraite de Mlle d'Erlanges!

— A quoi me servirait votre argent, si je dois être pendu? répondit l'apôtre. Ce que je veux avant tout, messire, c'est que vous m'assuriez l'impunité, que vous vous engagiez, sur votre honneur de gentilhomme, à ne donner aucune attention aux calomnies qui ne manqueront pas de se produire sur mon compte pendant la tenue des Grands-Jours!

— Le devoir ne me permet pas de prendre cet engagement, Benoist.

— Pourquoi cela, messire?

— Parce que ce serait trahir la confiance du roi, mon maître.

— Oui-dà, monseigneur!... Et moi donc, est-ce que pour me rendre à vos prières, je ne dois pas aussi trahir la confiance de mon maître, le marquis de la Tremblais! Notre position est absolument identique, messire. Trahissez les intérêts de Sa Majesté et je vous livre ceux du marquis. Soyez fidèle à votre mandat, et je reste un serviteur dévoué, incorruptible!...

— Prends garde, Benoist, prends garde! s'écria avec impétuosité Sforzi, incapable de conserver plus longtemps son sang-froid, n'oublie point que ton sort est entre mes mains.

— Nenni, messire. Mon sort dépend de monseigneur le commissaire extraordinaire de Sa Majesté, et M. le chevalier Sforzi m'a juré que pas une seule des paroles échangées entre lui et moi dans cet entretien, ne parviendrait aux oreilles du représentant du roi.

A cette réponse du misérable, Raoul se mordit les lèvres jusqu'au sang, et se mit à parcourir la chambre d'un pas irrégulier et agité.

Un sourire de triomphe, qu'il ne prenait pas même la peine de dissimuler donnait au visage du bandit une remarquable expression de méchanceté et d'impudence.

— Mais, misérable, s'écria tout à coup Raoul en s'arrêtant brusquement devant lui, tu ne crois donc pas à la vie éternelle, tu te ris donc de la justice divine ?

— Moi, messire, nullement. Si je reste si calme et si tranquille devant vous, c'est que je suis assuré que vous ne pouvez rien contre moi ! Ah ! ah ! messire, voilà que vous me prenez maintenant pour un sorcier ! Rassurez-vous. Je puise ma force non dans des moyens surnaturels, mais bien dans la connaissance d'un important secret..... Oh ! il ne s'agit pas de Mlle Diane !..... Je possède plusieurs cordes à mon arc, messire !... Soyez persuadé que je serai bel et bien cuirassé et armé de pied en cap lorsque je comparaîtrai devant Messieurs des Grands-Jours !... Quant à mon avocat, je l'ai déjà choisi... Ce sera M. le chevalier Sforzi qui prendra la parole en ma faveur, qui défendra chaleureusement mes intérêts...

— Le délire t'égare, Benoist.

— Que nenni, messire. Je jouis, soyez-en certain, de toute la plénitude de ma raison. Tout à l'heure, lorsque je sollicitais de vous l'assurance de mon impunité, c'était seulement pour obtenir ma mise immédiate en liberté ! L'avenir ne m'inquiète nullement. Si je ne me trompe, monsieur le chevalier, nous n'avons plus rien à nous dire, vous pouvez me renvoyer en prison.

L'assurance que montrait le chef des Apôtres paraissait si réelle, si sincère, si inébranlable, que Sforzi en fut presque effrayé. Il n'était pas probable, en effet, que le misérable, dans une position aussi désespérée que la sienne, fît preuve d'un tel sang-froid, sans être soutenu par une arrière-pensée.

Raoul réfléchissait à la conduite qu'il devait tenir lorsque la porte de la chambre s'ouvrit : de Maurevert entra.

Un simple coup d'œil suffit au nouveau grand prévôt d'Auvergne pour juger la position des deux interlocuteurs; il comprit que dans le débat qui venait d'avoir lieu, l'avantage n'était pas resté à Raoul.

— Allons, gibier à potence! s'écria-t-il en poussant le chef des Apôtres devant lui, re-tourne dans ton cachot, d'où tu n'aurais pas dû sortir. C'est à peine s'il te reste le temps nécessaire pour étudier le rôle important que tu es appelé à jouer sous peu dans la solennité qui se prépare. Songe, mon garçon, que ta qualité de bourreau t'impose l'obligation de mourir non seulement avec courage, mais encore avec gentillesse et grâce. Manquer de tenue sur la roue, ce serait te déshonorer à tout jamais... Tu souris, aimable Benoist, à la bonne heure donc ! Voilà qui s'appelle prendre son parti en brave... Sais-tu bien, si j'avais le malheur d'être à ta place, ce que je ferais, moi? Pendant que l'on me tenaillerait — car tu dois être tenaillé — pendant que l'on me rouerait, — car tu dois être roué — j'entonnerais soit un noël, soit une chanson amoureuse ou bachique, cela t'éviterait les huées de la populace et te vaudrait un énorme succès. Tu chanteras, n'est-ce pas, gentil Benoist ?

A ces paroles de Maurevert, le chef des Apôtres haussa les épaules d'un air de pitié, et d'une voix moqueuse :

— Capitaine, lui dit-il, je vous remercie infiniment de votre bon conseil. Hélas ! il ne m'est pas possible d'en profiter.

— Tu manques de voix? Eh bien ! au lieu de chanter, tu déclameras !... L'effet produit par la gentillesse n'en sera pas moins grand pour cela... Oui, en y réfléchissant, tu as raison : chanter eût été chose triviale ; la déclamation donnera bien plus de dignité à ta contenance !... Je t'enverrai dès demain, dans ton cachot, aimable Benoist, un choix de poésies modernes. Si tu m'en crois, tu t'arrêteras à celles de messires Baïf ou Ronsard.

— Capitaine, dit Sforzi, Benoist n'a que faire de vos offres, il ne doit pas mourir !...

— Comment cela, il ne doit point mourir? répéta de Maurevert, avec un étonnement extrême. Je ne vous comprends pas, monseigneur.

— Benoist, continua Raoul, prétend qu'il possède un secret qui lui assure l'impunité.

— Ah ! monseigneur, je vous en conjure, n'abusez pas de la confiance que vous a marquée ce pauvre diable, oubliez son aveu !... s'écria de Maurevert. Quoi ! le malheureux a été assez maladroit pour se livrer ainsi ? Benoist qu'a-tu fait ?.. Tu n'as donc pas compris, pauvre garçon, que du moment où tes indiscrétions sont de nature à compromettre un galant homme, on t'exécutera à huis-clos, clandestinement, dans ton cachot !... C'en est fait de ton beau triomphe !.. Quel malheur !... Tes poésies auraient produit un si merveilleux effet !..

L'ironique compassion que lui montrait de Maurevert entama le sang-froid du bandit; ce fut bien pis encore lorsque le nouveau prévôt de la province d'Auvergne eut repris la parole.

— Monseigneur, — ajouta-t-il en s'inclinant profondément devant Sforzi, — si Votre Excellence désire que ce bon Benoist ne comparaisse pas devant MM. des Grands-Jours, il n'y a pas de temps à perdre ! Il faut que l'on procède cette nuit même à son exécution ! Si Votre Seigneurie veut bien me charger de ce soin, je ferai en sorte de remplacer avantageusement, par quelque invention de mon crû, le supplice de la roue !.... Je connais en outre certaines tortures qui ne manquent pas d'efficacité et qui équivaudront au moins aux coups de la barre de fer !... Demain, je raconterai à qui voudra m'entendre que ce coquin et valeureux Benoist s'est soustrait par une mort volontaire aux ennuis que lui préparait l'avenir. Cela ne fera pas un pli... J'attends vos ordres, monseigneur ?

— Que l'on reconduise ce misérable dans son cachot, répondit Sforzi ; j'aviserai d'ici à demain à ce qu'il sera fait de lui !...

De Maurevert prit Benoist par le bras et le jeta hors de l'appartement, aux mains des archers qui l'attendaient à la porte.

— Capitaine, murmura le misérable, dont l'impudence et l'audace avaient alors complétement disparu, capitaine, je vous en supplie à mains jointes, laissez-moi parler à monseigneur...

— Emmenez ce drôle !.. dit de Maurevert.

Et le chef des Apôtres fut entraîné par les archers.

Une demi-heure plus tard, Sforzi assis à la place d'honneur, ayant à sa gauche le président du Harlai, et à sa droite le marquis de Canilhac, prenait part au magnifique souper préparé pour MM. des Grands-Jours. Le repas achevé, la compagnie passa dans les vastes salons de l'hôtel du gouverneur, où les principaux gentilshommes et les dames de la haute noblesse de Clermont se trouvaient déjà réunis.

Ce fut, parmi ces seigneurs féodaux, à qui montrerait le plus de respect aux terribles envoyés du roi : ces basses obséquiosités prouvaient combien la plupart de ces gentilshommes se sentaient peu sûrs de leur passé.

Toutefois on remarqua que parmi tous ceux venus au *Gouvernement* il se trouvait, relativement parlant, peu de grands coupables.

L'émotion et l'étonnement de chacun fu-

rent donc extrêmes lorsqu'un valet jeta à travers les portes, ouvertes à deux battans, le nom de M. le marquis de la Tremblais.

Presque aussitôt le fier et hautain châtelain fit son entrée dans le salon.

— Par la mort ! murmura de Maurevert en se penchant à l'oreille de Sforzi, voici une audace qui me plaît ! Cher compagnon, si vous ne profitez pas de l'inqualifiable folie, de la stupide outrecuidance de votre ennemi, si vous laissez échapper cette belle occasion, qui ne se représentera peut-être plus, de vous assurer de sa personne, je vous tiens pour le plus sot gentilhomme que jamais la terre ait porté !

Sforzi, en voyant apparaître le marquis, était devenu d'une pâleur livide : ses yeux lançaient des éclairs.

Toutefois ce fut d'une voix calme, grave, presque solennelle qu'il répondit à de Maurevert.

— Capitaine, lui dit-il, j'ai juré au roi d'accomplir fidèlement en entier la mission qu'il a daigné me confier ; je ne serai pas parjure à mon serment. Aucun mandat d'amener n'a été lancé contre M. le marquis de la Tremblais, je dois respecter sa liberté.

— Mille légions de diables ! murmura de Maurevert en mordant sa moustache d'une furieuse façon, si Raoul débute par tomber dans la légalité, il n'arrivera à rien de bon. Que le grand turc m'étrangle, si je me gêne, en quoi que ce soit, tant que dureront les Grands-Jours, pour agir au mieux de mes intérêts et selon mes convenances !

CHAPITRE III.

La messe des révérences.

L'émotion causée par l'apparition si inattendue et si audacieuse du marquis de la Tremblais dans la salle du bal fut d'autant plus grande, que pas une des personnes présentes n'ignorait la façon dont il avait agi autrefois envers Sforzi.

Cette émotion s'accrut encore bien davantage lorsqu'on le vit, après avoir été saluer le gouverneur, se diriger vers Raoul. Un morne et profond silence remplaça aussitôt le bruit et l'animation de la fête : chacun était dans l'attente d'un grave événement.

Sforzi avait les bras croisés, le regard fixe, la physionomie immobile. Si ce n'eût été la pâleur extraordinaire de son visage, on aurait pu croire qu'il ne reconnaissait pas son déloyal ennemi, son bourreau.

— Monsieur Sforzi, lui dit le marquis en

le saluant d'une légère inclinaison de tête, permettez-moi de me réjouir et de m'étonner tout à la fois de votre retour dans notre province ! On prétendait que vous aviez conservé un mauvais souvenir de votre premier séjour en Auvergne ! Votre présence à Clermont donne un éclatant démenti à ce propos. Il paraît, monsieur Sforzi, que le roi Henri III vous envoie pour connaître, juger et punir les crimes de la noblesse. Mort de ma vie ! c'est là une délicate mission, une rude et périlleuse tâche ! Qu'entendez-vous, je vous prie, par les crimes de la noblesse ? Est-ce de porter l'épée... de ne pas payer les impôts ; de se battre pour la défense du royaume et la gloire du roi ?... Faut-il, pour plaire à Sa Majesté, que nous tendions le dos au bâton de nos vassaux, que nous nous fassions les valets de nos domestiques, les esclaves de nos serviteurs ?... Si telles sont les intentions de Henri de Valois, je vous déclare, messire Sforzi, que vous aurez beaucoup de peine à me convertir... Je respecte infiniment la personne de Sa Majesté, mais que je sois conspué et honni par le dernier des goujats, si je permets jamais à ses envoyés et commissaires de pénétrer dans mon château. J'attends votre réponse, monsieur Sforzi !

Quoique Raoul n'eût pas essayé une seule fois d'interrompre son impudent et audacieux interlocuteur, quoique son visage restât froid, impassible, de Maurevert comprit à une imperceptible contraction de ses sourcils, que le jeune homme, à bout de patience, était sur le point de se livrer à tous les transports de la colère, de tomber dans un de ses terribles accès de fureur.

— Par Minerve ! se dit-il, il faut, pour que de la Tremblais ose braver ainsi Sforzi, qu'il soit bien assuré de l'impunité. Qui sait encore s'il n'entre pas dans ses projets de provoquer une scène de violence ! Ah ! mon rusé marquis, vous avez compté sans votre hôte, le perspicace et avisé de Maurevert ! D'abord, rien ne m'inspire des soupçons comme de voir un poltron insulter un homme de cœur !... Quand la lâcheté crie et menace, c'est un signe à peu près infaillible qu'il y a une trahison sous jeu. Bon ! voici les veines du front de Raoul qui se gonflent !... Il est temps de me montrer et d'agir.

De Maurevert s'élança aussitôt entre les deux ennemis, et adressant à de la Tremblais un aimable sourire :

— Monsieur le marquis, lui dit-il, permettez-moi de vous présenter mes plus amicales civilités. Je ne saurais vous exprimer

la joie que me cause votre charmante rencontre. Tudieu ! quelle florissante santé ! Vous avez pris surtout un remarquable embonpoint ! L'air de Paris vous a été, je le vois, très favorable !

Parbleu ! voilà qui est singulier : tandis que votre corps a engraissé, votre visage est resté tel qu'il était jadis... fort maigre..... Par messire Esculape, il n'est pas besoin de posséder la science d'un docteur pour expliquer ce phénomène !... Le drap de votre pourpoint dessine et trahit en relief les mailles d'une cotte de Milan !... Vous êtes, à ce qu'il paraît, en expédition, ce soir, marquis !... Par la messe, s'il s'agit de courir sus aux huguenots, vous n'avez qu'à parler, je suis votre homme aussi !...

Le marquis de la Tremblais, qui avait paru d'abord fort dépité de l'intervention de Maurevert, ne put, aux dernières paroles du capitaine, dissimuler sa rage.

— Monsieur, lui répondit-il d'un ton hautain, presque provoquant, notre amitié n'a jamais été, que je sache, assez grande pour vous donner le droit d'user envers moi de familiarité ! que je sois ou non en expédition, cela ne vous regarde pas... je n'ai que faire de vos offres de service.

— Ah ! marquis, s'écria de Maurevert, que cette réponse impertinente laissa calme et froid, voilà une vilaine manière de me remercier du dévoûment dont je fais preuve pour vos intérêts ! Si je ne connaissais pas l'impétuosité de votre sang, l'irritabilité de votre caractère, je me fâcherais bel et bien, et vous prierais de me rendre raison de la façon inconvenante avec laquelle vous venez de vous exprimer. Dans la crainte, marquis de la Tremblais, qu'il ne vous prenne fantaisie de pousser plus loin vos insultes, je me retire. Je suis persuadé qu'une fois votre emportement passé, vous regretterez votre injustice.

De Maurevert, après cette réponse, s'éloigna aussitôt.

Le départ du capitaine parut vivement contrarier, mieux encore inquiéter de la Tremblais, qui, après une hésitation de courte durée, sortit du salon.

Un quart d'heure ne s'était pas écoulé, et l'émotion produite par l'audace du marquis durait encore, lorsque de Maurevert entra dans la salle du bal.

— Cher Raoul, dit-il en s'approchant de Sforzi et en baissant la voix, bien m'en a pris de jouer le rôle du renard au lieu de celui du lion. Cet ingénieux marquis était accompagné de quatre cents chevaux, postés aux abords du *Gouvernement*. Messieurs des Grands-Jours viennent, sans s'en douter, d'échapper à un sérieux danger. Si le marquis de la Tremblais avait réussi à se faire chercher querelle, il y aurait eu une rude bagarre, et Dieu sait comment nous nous en serions tirés... Toute la tourbe de manans qui encombre les rues et crie : Vivent messieurs des Grands-Jours ! se serait envolée sans songer à nous défendre, ainsi que des corbeaux à la vue du chasseur.

Je commence à croire, Raoul, que l'accomplissement de notre mission ne laissera pas de nous donner du mal ! Le menu peuple et la petite bourgeoisie sont pour nous, c'est vrai, mais de quel secours peuvent nous être de pareils alliés contre les trois cents seigneurs féodaux que compte la province d'Auvergne !... Rien ne m'ôtera l'idée qu'il nous faudra en arriver à la bataille rangée et à l'emploi du canon !... Dorénavant je prendrai mes précautions de façon à n'avoir plus à redouter ni trahison, ni surprise !... Les portes de Clermont seront gardées comme si la ville était en état de siège, et toute personne armée, rencontrée dans les rues, sera aussitôt pendue ou arquebusée... Au revoir, Raoul ; quand vous reverrai-je ?

— Dans une heure, capitaine...

— Et où cela, cher ami ?

— Dans mon appartement.

La crainte qu'inspirait le marquis de la Tremblais était telle, — malgré la présence de messieurs des Grands-Jours, — que les invités ne purent jamais, malgré leurs efforts, ranimer la gaîté du bal. Pendant tout le reste de la soirée, une vague inquiétude régna dans les salons de monseigneur de Canilhac, et ce fut avec un empressement des plus significatif que, l'heure du départ sonnée, chacun sortit de l'hôtel du gouverneur.

Sforzi venait de se retirer dans ses appartemens, lorsque de Maurevert, fidèle à sa promesse, se présenta devant lui. Raoul alors délivré de la curiosité de la foule et affranchi de toute contrainte, laissa éclater l'orage qui, depuis l'apparition du marquis, grondait en lui.

— Mort de ma vie, disait-il les poings serrés, les lèvres frémissantes, les yeux injectés de sang, j'ai beau me roidir contre mes passions, me répéter qu'il est de mon devoir de rester calme et impassible, ma colère l'emporte sur ma raison, le juge disparaît devant l'homme ! S'il me fallait encore passer, cher de Maurevert, par une épreuve semblable à celle que j'ai subie ce soir, je sens que cela serait au dessus de mes forces ! Je succomberai à la tentation !... j'assassinerai le marquis !..... Quelle audace est la sienne ! Ah ! cher ami, il n'est point d'expression humaine capable de rendre les transports que m'a causés sa vue. Il m'a fallu une vertu dont je m'étonne encore, pour ne pas me jeter sur lui, et le forcer à m'apprendre ce qu'il a fait de Diane... Je jure Dieu, dussé-je verser plus tard toutes les larmes de mon corps, et trépasser de repentir, que je ne reculerai devant l'emploi d'aucun moyen pour assurer ma vengeance : gentilhomme, je le poursuivrai avec mon épée, juge avec la loi, amant avec mon poignard... De Maurevert, je compte sur votre concours, je vous engage ma parole d'accepter la responsabilité de tout ce que vous pourrez entreprendre, vos actes seront les miens, ce que vous ferez — et je ne mets aucune restriction à la liberté que je vous donne — sera bien fait. Diane bien aimée ! ma vengeance égalera mon amour, elle sera sans bornes, immense !

Sforzi, après avoir prononcé ces paroles, se laissa tomber avec accablement dans un fauteuil : de grosses larmes roulaient le long de ses joues.

De Maurevert prit les mains du jeune homme dans les siennes, et d'une voix réellement attendrie :

— Pauvre et cher ami, lui dit-il, quoique la cause de votre douleur manque, selon moi, de logique, je n'en compatis pas moins à vos chagrins. Là, franchement, je donnerais volontiers cinquante écus, cent écus même, pour que vous retrouviez votre bien-aimée d'Erlanges. Oui, je sais votre appréhension. Vous craignez que le marquis, poussant l'impudence jusqu'au crime, ne se soit vilainement comporté envers cette belle enfant ?... A quoi bon vous arrêter à ce détail, Raoul ?... L'essentiel, c'est que Diane vous ait conservé son cœur, qu'elle vous ait été constante. Eh bien ! je suis tenté de croire que les soupçons que je vous manifestais tantôt à cet égard, manquent de fondement... Ce n'est guère qu'à partir de vingt-deux à vingt-cinq ans que les femmes commencent à comprendre l'inutilité, le néant de la fidélité... Or, Diane ne compte pas encore dix-neuf ans, ayez donc bon espoir... Passons maintenant, Raoul, à un autre ordre d'idées, causons de vos projets de vengeance... Je vois avec plaisir que vous comptez faire servir à vos intérêts personnels l'autorité et le pouvoir que vous tenez du roi. C'est bien, Raoul, fort bien ! Voilà comme on arrive. Comptez sur moi comme sur vous-même ; de vos intérêts je fais les miens; seulement, il reste bien entendu que vous ne me demanderez aucun compte des moyens que j'employerai pour arriver à notre but. Si l'on vous apprend, par exemple, que le grand-prévôt d'Auvergne a reçu une forte somme d'argent pour laisser échapper un prisonnier confié à sa garde, il vous faudra n'attacher aucune importance à ce propos, et vous contenter de vous dire en vous-même : « De Maurevert a eu des raisons pour agir ainsi, ne le troublons point dans ses combinaisons. » Moyennant cette confiance de votre part, je m'engage, cher Raoul, à vous faire retrouver Diane.

Sforzi allait répondre, mais le grand-prévôt ne lui en donna pas le temps, il reprit vivement la parole :

— Bien aimé compagnon, dit-il, puisque nous en sommes au langage de l'intimité, permettez-moi de vous donner un conseil. Pour réussir, il est essentiel de ne jamais laisser voir combien l'on désire une chose. Vous avez été, cet après-dîner, vis-à-vis de Benoist, d'une insigne faiblesse. A présent que le misérable connaît votre amour profond pour Diane, il vous met, sans pitié, le pied sur la gorge, et vous tient en sa dépendance. Ne voyez plus le chef des Apôtres, je vous en prie, et laissez-moi mener cette négociation à ma guise. Je suis assuré de venir à bout de l'obstination de ce bandit, de lui faire avouer la vérité entière, et confesser tout ce qu'il peut savoir !.. Vous avez certes beaucoup d'esprit, Raoul, mais vous ignorez complètement l'art de bien diriger un dialogue. Vous allez trop droit au but... La ligne la plus courte, quoi qu'en disent les pédagogues, c'est presque toujours la ligne brisée et courbe... Je voudrais que vous eussiez assisté à mon entrevue avec Sa Majesté lorsque j'obtins d'elle le brevet de grand prévôt d'Auvergne. Vous savez ? le lendemain du jour où nous sauvâmes le roi attaqué par les Guises dans l'hôtel de Mlle d'Assy... Cela vous aurait donné une idée de ce que peut la ruse !...

Ce fut en refusant du roi la place qu'il ne songeait nullement à m'offrir, que je l'amenai à signer ma commission de grand prévôt... Le duc d'Epernon ressentit une telle admiration de la souplesse et des ressources de mon esprit, qu'il me fit — malgré sa ladrerie — présent d'une chaîne d'or !...

Ainsi, voilà qui est bien convenu, bien entendu entre nous, Raoul... Vous, vous me donnez carte blanche; moi, je m'engage à retrouver Diane et à vous venger du marquis !...

De tout le discours de de Maurevert, Sforzi, absorbé dans une pensée fixe, n'entendit et ne comprit qu'une seule chose, c'est que le capitaine se chargeait de rendre Mlle d'Erlanges à son amour.

— Faites comme bon vous semblera, cher de Maurevert, lui répondit-il, je vous répète que j'accepte à l'avance la responsabilité de tout ce que vous entreprendrez !

— Cela me suffit, bien aimé Raoul, dit le grand prévôt, je vous réponds du succès. Par Plutus ! pensa de Maurevert, à présent je ne donnerais pas ma charge pour dix mille écus. Si pendant trois mois d'un pouvoir illimité et sans contrôle, je ne parvenais pas, dans ma position, à réaliser une fortune, et à assurer l'indépendance de mon avenir, c'est que je serais un cuistre et un drôle indigne d'intérêt et de pitié.

Le capitaine se disposait à s'éloigner, lorsque, se ravisant tout à coup, il revint vers Raoul, et reprenant la parole :

— Bien aimé compagnon, lui dit-il, je crois que vous agiriez sagement en commençant au plus tôt la tenue des Grands-Jours. Si vous laissez à la noblesse le temps de se reconnaître et de revenir de sa stupeur causée par votre présence et par celle de Mgr de Harlai, il est à craindre qu'elle n'organise une ligue et ne prenne les armes...

— Oh ! ne craignez rien, capitaine, s'écria Raoul, chaque minute qui me sépare de l'heure de ma vengeance me paraît longue comme une année, et ajoute une nouvelle souffrance à ma torture. J'ai hâte d'engager l'action, de commencer la lutte. Il est convenu entre monseigneur de Harlai et moi que demain même aura lieu la *messe des révérences*.

— Or, comme cette messe précède seulement de vingt-quatre heures l'ouverture des Grands-Jours, c'est après-demain que sera appelée la première cause ?

— Oui, capitaine, après-demain !

— Et cette première cause, quelle sera-t-elle, Raoul ? Le savez-vous ?

— Cette première cause, s'écria Raoul avec éclat, prouvera que les délégués de Sa Majesté ne craignent pas de s'attaquer aux grands coupables, quelque puissans qu'ils soient ! Les crimes du marquis de la Tremblais ont indigné et épouvanté la province d'Auvergne, ce sera donc le marquis de la Tremblais qui le premier prendra place sur la sellette des accusés.

De Maurevert hocha la tête en signe de doute, puis après un léger silence :

— Si j'ai un conseil à vous donner, Raoul, dit-il, c'est de garder au contraire la cause du marquis pour la fin de la tenue des Grands-Jours !...

— Vous raillez, capitaine !...

— Nullement, cher ami, loin de là, l'homme qui possède un château fort à peu près imprenable, quatre cents hommes d'armes, de l'artillerie et des munitions en abondance, cet homme là ne vient pas s'asseoir bénévolement sur la sellette des accusés.

— Vous pensez que le marquis osera résister aux ordres du roi !

— Par Momus, voilà une question digne de messire Sibillot, cher Raoul ! s'écria de Maurevert !... Compter sur la soumission du marquis, c'est plus que de la démence, c'est de l'aveuglement !..

— Qu'il résiste, dit Raoul d'une voix sourde, c'est là le plus vif et le plus ardent de mes vœux !... J'ai ma revanche à prendre de la fatale et abominable nuit de la surprise de Tauve !... Me venger, comme doit se venger un gentilhomme, l'épée à la main, la dague au poing, oh ! ce serait trop de bonheur !...

CHAPITRE IV.

L'Ouverture des Grands-Jours.

Le lendemain de l'arrivée de messieurs des Grands-Jours, la ville de Clermont présentait, vers les neuf heures du matin, le spectacle d'une animation extrême : une foule endimanchée et bruyante attendait dans les rues et aux fenêtres le passage des juges, qui devaient se rendre à la cathédrale.

Quoique l'empressement de la population fût toujours aussi vif pour ceux qu'elle considérait comme ses vengeurs et ses libérateurs, il était facile de remarquer que son enthousiasme était déjà tempéré par un sentiment de crainte.

La tentative avortée du marquis de la Tremblais avait transpiré dans la ville; les versions les plus contradictoires circulaient à ce sujet : on commençait à comprendre et à s'avouer que messieurs des Grands-Jours pourraient bien rencontrer des obstacles insurmontables dans l'accomplissement de leur tâche.

La présence, dans les rues, de plusieurs seigneurs et gentilshommes qui, la veille, n'avaient pas osé se montrer en public, confirmait encore ces suppositions et aggravait ces craintes.

Après avoir chanté trop tôt victoire, on en arrivait à craindre la bataille, à douter du triomphe.

La noblesse, déjà revenue de sa stupeur, déployait une activité sans égale; ses émissaires parcouraient la foule, annonçant hautement les terribles vengeances qui seraient tirées des délateurs.

Les bourgeois et les manans qui, la veille, fondaient de si belles espérances sur les vexations et les mauvais traitemens dont ils avaient été jusqu'à ce jour victimes, regrettaient déjà les frais payés par eux aux procureurs et aux huissiers, et se demandaient s'ils n'agiraient pas sagement en renonçant à leur très chanceux espoir d'une indemnité problématique.

La position de messieurs des Grands-Jours était devenue, avant même qu'ils ne fussent entrés en fonctions, fort délicate. Le moindre signe de faiblesse de leur part, de même qu'un acte maladroit de vigueur, pouvait compromettre à tout jamais leur autorité et les perdre sans retour.

Dix heures sonnèrent lorsque le cortége fit son apparition.

Les autorités de Clermont, c'est une justice à leur rendre, n'avaient rien ménagé pour donner le plus d'éclat possible à la solennité : les préparatifs, quoique faits à la hâte, ne laissaient rien à désirer.

L'intérieur de la cathédrale présentait un magnifique coup d'œil. Sous un dais ruisselant de broderies d'or, trois banquettes recouvertes de velours étaient disposées en fer à cheval pour recevoir les délégués du roi. Sur le banc de droite et sur celui de gauche, deux carreaux désignaient les places du président et du commissaire extraordinaire. Messieurs des Grands-Jours partis de la chambre du *Plaidoyer* de la cour des aides. marchaient deux à deux, revêtus de leurs robes rouges et chaperons, et précédés de leurs huissiers, dont le premier portait également la robe rouge et le bonnet d'étoffe d'or fourré d'hermine.

Mgr de Harlai avait un manteau fourré d'hermine et tenait son mortier à la main.

Le costume de Raoul Sforzi était en velours noir. Le cordon du Saint-Esprit, que le roi lui avait envoyé la veille de son départ, sillonnait sa poitrine.

A peine messieurs des Grands-Jours eurent-ils gagné les places qui leur étaient destinées, que deux procureurs présentèrent à Mgrs de Harlai et de Sforzi deux bougies de cire jaune.

Aussitôt, Mgr l'Evêque, revêtu de ses habits pontificaux et accompagné de ses aumôniers, sortit du chœur et se dirigea vers l'autel de Notre-Dame-de-Grâce où devait se célébrer la messe.

17

Cet autel élevé sous un magnifique jubé qui séparait la nef du chœur, ne servait que dans les occasions solennelles.

Le moment de l'offrande venu, messeigneurs Sforzi et de Harlai la commencèrent. Avant de quitter leurs places, ils firent deux génuflexions du côté de l'autel; puis, s'étant retournés vers les juges et les conseillers, — mais sans les saluer, ainsi que l'exigeait le cérémonial établi, — ils se dirigèrent vers l'évêque, qui leur tendit ses deux doigts. Messieurs des Grands-Jours se rendirent alors deux à deux auprès du célébrant; puis, ayant baisé son anneau pastoral, ils se retirèrent en lui adressant deux génuflexions. Le premier huissier et le substitut se présentèrent les derniers.

La messe terminée, l'évêque revint joindre, en rochet et camail, MM. des Grands-Jours qui l'attendaient dans la nef, et se plaçant entre Mgrs de Harlai et Sforzi, il sortit de l'église; partout la foule saluait sur son passage.

Tandis que le cortége traversait la ville, Sforzi s'approcha du président de Harlai, et baissant la voix :

— M. le président, lui dit-il, veuillez, je vous prie, remarquer ce groupe de gentilshommes qui, la toque sur la tête, l'air provocateur et insolent, rient aux éclats et se raillent de nous!... Ceci est un mauvais symptôme!... Je pense monseigneur qu'il n'y a point de temps à perdre pour frapper un grand coup!... Si nous donnons aux ennemis de Sa Majesté la facilité d'organiser une ligue, nous courons le risque de compromettre l'autorité royale!... Ne vous semble-t-il pas, monsieur le président, qu'il nous est permis, vu la gravité des circonstances, de nous affranchir des usages et du cérémonial établis.

— Veuillez, chevalier, vous expliquer d'une façon plus catégorique, répondit Mgr de Harlai. Je suis persuadé à l'avance, de l'opportunité des mesures que vous désirez prendre; toutefois, il est nécessaire que j'en sois instruit !

— L'usage veut, reprit Raoul, que l'ouverture des Grands-Jours commence le lendemain de la messe dite des Révérences; qui nous empêche, monsieur le président, de réduire ce délai et d'entrer immédiatement en séance ?

— Ce que vous me proposez là est fort grave, monsieur le commissaire extraordinaire! dit Mgr de Harlai après avoir réfléchi.

— Et les circonstances ne le sont-elles point aussi ? reprit vivement Sforzi. Je conçois, monsieur le président, votre respect

pour les formes et les procédures de la justice ; mais n'oublions pas que nous nous trouvons dans une position tout à fait exceptionnelle... La noblesse, déjà à moitié révoltée, va tirer grand profit de ce retard que nous commande l'usage; elle représentera au peuple notre inaction comme étant un signe d'impuissance et de faiblesse, et nous privera ain i de notre force morale... Je suis donc d'avis, je vous le répète, monsieur le président, de nous rendre de suite à la *salle du plaidoyer*, et d'ouvrir séance tenante les Grands-Jours.

Monseigneur de Harlai réfléchit de nouveau, puis après un léger silence :

— Monsieur Sforzi, dit-il, tout en reconnaissant la force de vos raisonnemens, je refuse de m'associer à la mesure que vous souhaitez prendre.

— Mais si j'accepte la responsabilité de cette mesure pour mon compte, monsieur le président ?

— Oh! alors, s'écria vivement Mgr de Harlai, ce sera tout différent, je me mettrai de tout cœur à l'œuvre.

A cette réponse du parlementaire, Sforzi, malgré ses préoccupations et sa tristesse, ne put retenir un sourire. Il savait que Mgr de Harlai, qui tremblait si fort à la pensée de violer une tradition légale, de s'affranchir d'un usage, était homme à mourir sans faiblesse et sans peur sur sa chaire de magistrat.

— Eh bien, voilà qui est convenu, M. le président, dit-il.

Alors Raoul fit signe à un huissier de venir le trouver et lui transmit ses ordres!

Lorsque le bruit se répandit peu après, dans la foule, que Messieurs des Grands-Jours se rendaient au Présidial et allaient entrer immédiatement en séance, ce fut dans toute la ville une émotion indicible.

Cet empressement à commencer la lutte produisit sur les gentilshommes une telle impression, qu'un nombre considérable d'entre eux montèrent à cheval et s'éloignèrent de Clermont à toute vitesse.

Une demi-heure après leur sortie de la cathédrale, messieurs des Grands-Jours entraient au *Présidial*.

L'intérieur de la *Salle du plaidoyer* était simple et sévère... Une tapisserie en cuir, de couleur sombre, et parsemée de fleurs de lys en or, cachait les murs. Un christ colossal, taillé dans le chêne, occupait le milieu du mur au fond. Tout autour du prétoire, des banquettes étaient disposées pour les témoins et les avocats; enfin, une sellette peinte en noir et isolée, autant que possible, attendait l'accusé... Mgr de Harlai prit place sur le siége qui lui était destiné ; l'évêque s'assit à sa droite, et les conseillers, selon leur rang d'ancienneté dans le parlement, se groupèrent un peu au-dessous de leur chef.

Sforzi, la main appuyée sur un vaste fauteuil apporté à son intention dans le prétoire, se tenait debout.

Mgr de Harlai se préparait à prendre la parole, lorsque la voix de Sforzi retentit grave et vibrante au milieu du silence.

—Monseigneur dit-il en s'adressant au président, au nom des pouvoirs extraordinaires que Sa Majesté a daigné me confier, je demande qu'il soit dérogé à l'usage établi qui veut que l'on juge les accusés privément et secrètement. Je demande donc à ce que nobles, bourgeois, manans et goujats soient admis indistinctement à assister à nos séances. Il faut que chacun connaisse la façon dont Sa Majesté entend que la justice soit dorénavant rendue.

A cette prétention, ou pour être plus exact encore, à cet ordre si clairement formulé par Sforzi, Mgr de Harlai oublia un instant sa dignité, et bondit presque sur son fauteuil : une sueur froide perlait sur le front du probe, savant et énergique parlementaire. Cette innovation confondait tellement toutes ses idées, lui semblait si exorbitante, qu'il resta un moment atterré et incapable de prononcer un mot.

—Monsieur le commissaire extraordinaire du roi auprès de la province d'Auvergne, répondit-il enfin d'une voix émue, il ne m'appartient ni de discuter, ni de combattre votre demande ; vos pouvoirs sont illimités ; je dois m'y conformer. Je fais toutefois mes réserves les plus formelles à l'égard de cette nouvelle manière de procéder que, de votre autorité privée, vous voulez mettre en vigueur. Un dernier mot, monsieur le commissaire extraordinaire. Ne vous paraît-il pas convenable, nécessaire, urgent, que la cour, avant d'admettre le public à assister à ses travaux, se constitue en séance secrète ?

—Monseigneur, répondit Raoul, je n'ai qu'à m'incliner devant votre expérience et vos lumières ; qu'il soit fait selon votre bon plaisir.

Alors, sur l'ordre de Mgr de Harlai, le premier greffier se leva, et fit la lecture des lettres-patentes du roi pour l'établissement des Grands-Jours, de la commission de messieurs les conseillers, des ordonnances latines concernant les avocats et les procureurs, puis enfin de la formule du serment.

Aussitôt les avocats et procureurs, même ceux résidant dans la ville de Clermont, vinrent se mettre à genoux devant monseigneur de Harlai, qui tenait les Evangiles, et prêtèrent le serment.

Cette formalité remplie le premier greffier donna d'abord lecture des lettres-patentes du roi, ordonnant aux gouverneurs et prévôts des maréchaux des provinces du ressort, de tenir la main à l'exécution des arrêts de la cour ; puis ensuite du rôle des avocats qui devaient s'asseoir sur les fleurs de lys.

—Que l'on ouvre maintenant les portes, ainsi que l'exige M. le commissaire extraordinaire du roi auprès de la province d'Auvergne, dit d'un ton lamentable l'infortuné président.

Un quart d'heure après, la salle du *Plaidoyer* présentait le coup-d'œil le plus animé qu'il soit possible d'imaginer. La foule qui l'avait envahie était telle qu'il n'eût pas été possible, sans compromettre la sûreté des assistans, d'introduire une personne de plus.

Monsieur de Harlai se leva ; un silence solennel se fit, et le président d'une voix ferme, grave et accentuée prononça son discours d'ouverture.

Cette pièce d'éloquence, qu'il ne nous a pas été possible de retrouver malgré nos actives recherches, produisit un immense effet et eut un prodigieux retentissement nonseulement dans la province d'Auverge, mais encore dans tout le reste du royaume.

C'était la première fois depuis des siècles que la justice se prononçait en France, hautement, noblement, publiquement, contre les abominables excès de la féodalité.

Dès que le seigneur de Beaumont eut cessé de parler, un événement tout à la fois burlesque et dramatique se produisit et causa une vive impression à l'assistance. Le greffier déclara au président qu'il lui était impossible de procéder à l'appel des causes, par l'excellente raison que personne n'avait encore déposé de plainte.

Quelques ricanemens moqueurs accueillirent cet étrange aveu. Les émissaires de la noblesse ne s'étaient pas fait faute, on le conçoit, de pénétrer dans l'enceinte de la Salle du plaidoyer.

Quoique la déclaration du greffier présentât un grave enseignement en montrant quelles étaient la terreur et l'influence exercées sur les masses par la noblesse, elle présentait toutefois un côté si grotesque, que Mgr de Harlai se sentit défaillir.

Cet homme, si au dessus de la plupart de ses contemporains par son courage, sa

science et ses vertus, ne pouvait supporter
l'idée qu'une commission du parlement prê-
tât le flanc au ridicule. Tout à coup une
voix formidable domina les chuchotemens
de la foule, et attira l'attention de chacun:
de Maurevert parlait.

— Monseigneur, dit-il en s'adressant au
président, moi, le capitaine Roland de Maurevert, noble d'origine et grand prévôt pour
Sa Majesté dans la province d'Auvergne, je
me présente au nom et comme fondé de
pouvoirs du sieur Nicolas, cabaretier au village de Saint-Pardoux, pour porter plainte
et demander justice au nom du susdit Nicolas, contre le seigneur marquis de la Tremblais. Je prie donc Messieurs des Grands-
Jours de vouloir bien écouter mes griefs et
si, comme je l'espère, ils leur semblent fondés, faire comparaître en leur présence le
seigneur de la Tremblais.

A ce secours inespéré et sur lequel il était,
certes, à mille lieues de compter, Mgr de
Harlai rougit de plaisir.

— Capitaine Roland de Maurevert, répondit-il, nous vous autorisons à articuler
les faits et griefs que le sieur Nicolas, cabaretier à Saint-Pardoux, vous a donné pouvoir de produire et articuler en son nom.

De Maurevert s'inclina humblement devant le président, et commença aussitôt,
avec une admirable solennité et un imper-
turbable sérieux, le récit des vexations dont
se plaignait maître Nicolas.

Les griefs que produisit le capitaine é-
taient certes fort insignifians et très vulgaires, surtout en comparaison des crimes
odieux commis par certains gentilshommes:
toutefois ils prouvaient de la part du marquis un profond mépris pour les lois et
constituaient un délit.

— Messire de Maurevert, dit le président
de Harlai quand le capitaine eut terminé
son long et pompeux discours, la Cour va
se retirer pour délibérer sur votre demande.

Dix minutes plus tard, messieurs des
Grands-Jours rendaient un arrêt par lequel
le marquis de la Tremblais était tenu de se
constituer prisonnier dans les vingt-quatre
heures, le déclarant, s'il se refusait à obéir
à cet ordre, coupable du crime de rébellion
et de lèse-majesté, et, comme tel, mis hors
la loi!...

La lecture de cet arrêt produisit sur la
foule une impression que l'on ne saurait décrire.

C'était le signal de la lutte acharnée, implacable, sans trève ni pitié, qui commençait entre la justice et la force.

CHAPITRE V.

Un bonheur inespéré.

Mgr de Harlai ayant levé la séance, messieurs des Grands-Jours sortirent de la Salle
du plaidoyer dans le même ordre qu'ils y
étaient entrés et se rendirent à l'hôtel du
marquis de Canilhac, où les attendait un
somptueux dîner.

Cette fois, pas un seul ricanement ne se
fit entendre, pas une tête ne resta couverte
sur leur passage: la fermeté qu'ils venaient
de déployer portait déjà ses fruits. Au sortir
de table, Mgr de Harlai demanda à Raoul un
moment d'entretien, et, sur la réponse em-
pressée et affirmative du jeune homme, il le
conduisit dans ses appartemens.

— Chevalier, lui dit-il, en lui présentant
un escabeau, asseyez-vous je vous prie et
prêtez-moi toute votre attention. Il est nécessaire pour la réussite de notre mission
que nous convenions parfaitement de nos
faits et gestes, qu'entre nous règne un accord complet. Je ne reviendrai pas, monsieur Sforzi, sur la grave innovation que vous
avez introduite de votre propre autorité dans
la façon de procéder du tribunal. C'est à Sa
Majesté que vous aurez à expliquer plus tard
la hardiesse de votre conduite. Je me hâte
toutefois d'ajouter que cette publicité donnée à nos débats peut, dans la position si
exceptionnelle où nous nous trouvons, produire d'excellens effets; je regrette seulement
que vous ayez pris si soudainement, sans l'a-
voir auparavant profondément mûrie, une
détermination aussi grave. L'avenir se chargera de démontrer si vous avez été bien ou
mal inspiré... Mais laissons de côté le passé et abordons le présent. Il ne faut pas
nous dissimuler, monsieur le commissaire
extraordinaire, que nos moyens d'action
sont extrêmement restreints et bien inférieurs aux difficultés que présente notre tâche. Nos forces sont loin d'être égales à celles de nos justiciables. Une fermeté implacable, s'il m'est permis de m'exprimer ainsi,
est le seul moyen que nous ayons pour soutenir, sans trop de désavantage, la lutte engagée!... Il est indispensable que notre sévérité frappe la noblesse d'épouvante, jette
la terreur parmi les seigneurs ligués contre
l'autorité du roi!... Un acte de clémence
perfidement interprété ou mal compris suffirait pour nous perdre. Chevalier Sforzi, dois-
je compter implicitement sur votre concours?
Voulez-vous vous engager vis-à-vis de moi
par un serment solennel à ne détruire par
aucune grâce, à n'amoindrir par aucun allégement les sentences et les arrêts que ren-

dront messieurs des Grands-Jours ?... Réfléchissez bien, je vous en conjure, avant de me répondre. C'est un engagement sérieux, sacré, irrévocable que je vous demande !...

— Monsieur le président, dit Raoul, j'ai déjà pris cet engagement envers Sa Majesté, et je le renouvelle volontiers entre vos mains. Je jure sur mon honneur de gentilhomme, sur ma part de vie éternelle, de ne pas user, tant que dureront les Grands-Jours, des pouvoirs illimités que je tiens de la bonté du roi, soit pour grâcier publiquement, soit pour protéger secrètement un coupable. Je jure, en tant qu'il dépendra de moi, de faire exécuter en entier, dans toute leur rigueur, les arrêts prononcés par messieurs des Grands-Jours, la sévérité du tribunal tombât-elle sur la personne que j'aimerais le plus au monde !... Je n'ai pas besoin d'ajouter, monseigneur, que si je manquais en tout ou en partie à mon serment, vous auriez le droit de me déclarer hautement traître, menteur, lâche et infâme !...

— Bien ! chevalier Sforzi, s'écria de Harlai avec émotion, très bien ! je ne m'étais pas trompé sur votre compte. Si le trône comptait plusieurs serviteurs comme vous, de quelle paix, de quelle prospérité ne jouirait pas le royaume !

— Hélas ! monsieur le président, dit Raoul, je ne mérite pas les éloges que vous me prodiguez... L'homme le plus consciencieux, le plus vertueux, n'échappe jamais qu'imparfaitement à l'influence des événemens qui pèsent sur sa destinée. Cette loyauté dont vous me louez si fort, monseigneur, est, de ma part, presque de la vengeance. Pauvre, obscur, sans fortune, sans nom, j'ai été odieusement, cruellement insulté par la noblesse. J'ai été attaché au pilori, frappé au visage par la main d'un bourreau... Un cruel et arrogant seigneur a ravi brutalement à mon amour une chaste et adorable jeune fille que j'idolâtrais de toutes les forces de mon âme ! Depuis mon âge le plus tendre jusqu'à ce jour, monseigneur, je n'ai cessé d'être témoin ou victime des excès de la féodalité ! En combattant pour le pouvoir royal, c'est ma propre cause que je sers ; en attaquant la féodalité, c'est mon propre passé que je venge !...

— Cet excès de modestie et d'humilité démontre tout simplement l'extrême délicatesse de vos sentimens, M. Sforzi, répondit gravement de Harlai, de même que vos malheurs passés prouvent la noblesse et la fierté de votre caractère. Ceux-là seuls sont atteints par l'orage qui ne peuvent se résoudre à ramper, car ayant le cœur haut placé, ils

portent la tête haute. Croyez-en mon expérience, chevalier, si vous deviez au hasard une de ces positions tellement élevées qu'elles assurent l'impunité, vos sentimens resteraient tels qu'ils sont aujourd'hui. Grand seigneur, vous combattriez la féodalité, parce qu'il est en vous de haïr la violence, l'injustice et la cruauté.

Le président de Harlai fit une légère pause, puis reprenant la parole d'un air solennel :

— Chevalier Sforzi, dit-il, voulez-vous m'accorder l'honneur de votre amitié et accepter la mienne en échange ? C'est là une faveur que depuis vingt ans je n'ai sollicitée de personne.

Sforzi, vivement ému, serra avec attendrissement la main que lui tendait le grave et probe magistrat.

— A présent, chevalier, reprit de Harlai, revenons à l'importante mission dont nous sommes chargés. Selon moi, la première et la plus urgente de toutes les mesures à prendre, c'est de nous ménager l'alliance et l'appui du clergé. N'est-il pas naturel, quand on combat pour la justice, de s'appuyer sur la religion ? Mgr l'évêque de Clermont est tout disposé à nous accorder son aide... Il m'a promis de faire publier demain en chaire un *Monitoire* !... Que vous semble de cette mesure ?

— Qu'elle est excellente, monsieur le président.

— Et vous l'approuvez, chevalier ?

— Sans réserve, monseigneur.

— Si le *monitoire* ne produit pas tout l'effet que j'en attends, reprit l'illustre président des Grands-Jours d'Auvergne, je solliciterai une *fulmination*... Malheur alors aux coupables endurcis dans le crime qui s'obstineront dans leur rébellion ! Ils auront contre eux Dieu et le roi ! Encore une question, chevalier : si le marquis de la Tremblais refuse d'obtempérer à l'ordre du tribunal, qui lui enjoint de se constituer prisonnier dans les vingt-quatre heures, quelle conduite devons-nous tenir, quelles mesures nous faudra-t-il prendre à son égard ?

A cette demande du seigneur de Beaumont, Sforzi rougit, et ce fut avec un embarras marqué qu'il répondit :

— Monseigneur, j'ai beau vouloir isoler mes intérêts de ceux de la justice et du roi, je suis homme, et malgré mes efforts pour m'affranchir de mes passions, elles me dominent ; en vain la raison me dit et me prouve qu'en frappant le marquis de la Tremblais, l'un des plus grands coupables de la province d'Auvergne, nous accomplissons à la fois un acte de moralité et de politique, je n'ose, en cette circonstance, m'en rapporter à mon propre jugement. Le marquis de la Tremblais est ce même homme qui m'a fait flétrir par la main du bourreau et m'a ravi ma fiancée. Qui m'assure que la haine profonde, immense, sans nom, que je lui porte, ne trouble point ma raison ?... Je dois, en cette occasion, me défier de moi-même.

— Non, chevalier, vous ne le devez pas ! s'écria Mgr de Harlai avec force. Le marquis de la Tremblais, si les informations qui nous ont été fournies sur son compte sont précises et exactes, comme tout nous le donne à supposer, est le criminel le plus abominable qu'il soit possible d'imaginer ! La position considérable qu'il occupe dans la province d'Auvergne, le rôle qu'il y joue, le rendent digne de toute notre attention. Au reste, ce n'est nullement sur votre accusation que messieurs des Grands-Jours ont rendu un arrêt contre lui !..... Je ne vous demande pas, chevalier, si vous croyez, oui ou non, à la culpabilité ou à l'innocence du marquis, mais bien la conduite qu'il nous faudra tenir s'il méconnaît nos ordres et s'il nous brave. Le laisser jouir de l'impunité, ce serait manquer à tous nos devoirs ; l'attaquer, ce serait nous exposer à une honteuse défaite...

— Je vous répéterai, monseigneur, s'écria Sforzi avec feu, ce que je disais naguères à Sa Majesté elle-même : vouloir c'est pouvoir. Le château de la Tremblais, dit-on, imprenable. Mort de ma vie ! je n'en crois rien... A la haine qui me brûle les entrailles, aux transports de fureur que j'éprouve lorsque l'image ou la pensée du marquis se présente à mon esprit, je sens que son château, fût-il défendu par des forces vingt fois, cent fois supérieures à celles placées sous mes ordres, je l'emporterais d'assaut !... Ah ! monseigneur, lorsque sonnera l'heure de la bataille, soyez sans crainte, il n'y aura ni garnison ni murailles, ni canons capables de s'opposer à ma rage, de m'arrêter dans mon élan ! Je ne crains qu'une seule chose, monseigneur ! c'est que ce misérable, cet infâme ne se livre de lui-même à la hache du bourreau, et ne me prive ainsi de l'ineffable jouissance, de l'âpre volupté de lui plonger ma dague dans le cœur !... de venger ma Diane bien aimée.

Le président des Grands-Jours n'insista as davantage sur ce sujet, la fureur de Raoul lui disait assez combien il pouvait compter sur lui.

Mgr de Harlai allait continuer ses questions, lorsqu'un léger coup frappé à la porte arrêta la parole sur ses lèvres. Peu après de Maurevert se présentait devant lui.

Le grand prévôt d'Auvergne avait l'air grave, solennel.

— Monseigneur, dit-il en s'inclinant devant M. de Harlai, je vous prie d'excuser l'interruption que j'apporte à votre conférence avec M. le commissaire extraordinaire du roi, mais il m'est indispensable d'entretenir M. le chevalier Sforzi sur-le-champ.

Raoul prit aussitôt congé du président des Grands-Jours, et s'empressa de suivre de Maurevert.

— Cher compagnon, lui demanda-t-il avec anxiété lorsqu'ils furent hors de l'appartement, auriez-vous des nouvelles de Diane? Au nom du ciel, parlez ! parlez !

— Bien aimé Raoul, répondit froidement de Maurevert, je n'aime point à discourir à bâtons rompus et tout en marchant. Il est parfaitement inutile que vous m'interrogiez en chemin : tant que je ne serai pas rendu chez vous et assis bien à mon aise dans un fauteuil, je garderai le silence.

Cinq minutes plus tard, Raoul, après avoir fermé derrière lui la porte de la chambre qu'il occupait dans l'hôtel du marquis de Canilhac, se tournait vers de Maurevert et lui renouvelait sa première question :

— Cher Raoul, dit alors le capitaine, si je ne vous ai répondu plus tôt ce n'est nullement parce que je me trouvais mal à mon aise pour causer, mais simplement pour éviter de compromettre votre dignité devant Mgr de Harlai par des transports insensés. Réjouissez-vous, Raoul, Diane n'est pas morte, Diane est toujours digne de vos préjugés, de votre amour...

Sforzi poussa un cri de joie délirante, et ivre de bonheur, il se jeta au cou de Maurevert qu'il embrassa en pleurant.

—Maintenant, reprit peu après de Maurevert, ne m'interrogez plus ; faites mieux : prenez connaissance de cette missive qui m'a été remise tout à l'heure par un des valets de l'hôtel; son contenu vous instruira non pas peut-être de tout ce que vous désirez savoir, mais au moins de tout ce que je pourrais vous apprendre moi-même.

Raoul arracha plutôt qu'il ne prit des mains de Maurevert la lettre que le capitaine lui tendait.

« Capitaine, y était-il écrit, ayant l'hon-
» neur de vous connaître personnellement,
» je m'adresse à vous pour une affaire qui
» concerne votre compagnon, le chevalier
» Sforzi. La demoiselle Diane d'Erlanges se

» trouve actuellement en ma puissance. Si
» M. le chevalier Sforzi tient à délivrer cette
» demoiselle de sa captivité, je suis tout
» disposé à traiter avec lui du prix de la
» rançon.

» Mes conditions sont les suivantes :

« M. le chevalier Sforzi sortira aujourd'hui
» de Clermont, à la tombée de la nuit, par
» la porte *Poterne*, et marchera droit de-
» vant lui dans la campagne, jusqu'à ce
» qu'il soit accosté par une personne qui
» l'abordera en lui disant : Fidélité et re-
» connaissance.

» M. le chevalier, quoi qu'il arrive, ne fera
» rien pour connaître cette personne et ob-
» servera vis à vis d'elle la plus complète
» neutralité.

» Cette personne sera chargée de discuter
» le prix de la rançon à payer pour Mlle
» d'Erlanges.

» Si le chevalier et cette personne ne tom-
» bent pas d'accord, M. Sforzi ne tentera
» rien pour la retenir et la laissera librement
» partir. »

Au bas se voyaient deux lignes d'une é-
criture plus fine et plus régulière que celle
du corps de la lettre ; cette écriture était
celle de Diane.

» Monsieur Sforzi, — écrivait la jeune
» fille, — je remercie Dieu de ma captivité
» qui m'a préservé de l'odieux amour du
» marquis de la Tremblais, et laissé le droit
» de penser à vous sans remords et sans
» honte ! »

— Eh bien ! cher compagnon, dit de Maurevert, lorsque Raoul eut achevé la lecture
de ce billet, que comptez-vous faire ?

— Pouvez-vous me le demander ! s'écria
Sforzi radieux.

— Vous irez au rendez-vous, oui, je le
sais... Pourtant, si cette lettre cachait un
piége ?

— Diane est vivante, Diane m'aime toujours, s'écria Sforzi, le malheur ne saurait à
présent m'atteindre !...

Sept heures sonnaient à peine à l'horloge
de la cathédrale de Clermont lorsque Raoul,
revêtu d'un costume fort simple et armé
seulement de son épée, sortait par la porte
Poterne.

CHAPITRE VI.

Une haine de duchesse.

Sforzi avait eu toutes les peines imaginables à empêcher de Maurevert de l'accompagner à son mystérieux rendez-vous.

Il lui avait fallu presque se fâcher pour
obtenir du capitaine qu'il le laissât partir
seul.

— Cher compagnon, dit de Maurevert en
prenant congé de lui, je vous en conjure au
nom de notre amitié, soyez prudent ! Songez
à la douleur et surtout au préjudice que me
causerait votre mort ! Je ne suis que le reflet de votre crédit : votre trépas me replon-
gerait dans l'ombre. Je ne prétends pas que
ce rendez-vous cache un piége ; il peut être
sérieux. Seulement, réfléchissez à toutes les
colères, à toutes les haines que vous avez
soulevées parmi la noblesse d'Auvergne !...
Tant de gens ont intérêt à se défaire de vous,
qu'il n'y aurait rien d'étonnant que l'on
vous tendît un guet-apens ! Oui, bien aimé
Raoul, ne prenez point en mauvaise part
ce que je vais ajouter : je voudrais bien
qu'avant de vous lancer dans cette nouvelle
aventure vous griffonniez un petit testament
en ma faveur. Cette complaisance m'aiderait à supporter plus patiemment votre absence. Par la même raison que pour vous
sauver la vie je sacrifierais volontiers tout ce
que je possède en ce monde, il est juste, si
vous devez être dagué, que vous me nom-
miez votre héritier. Tenez, voici du papier,
une plume et de l'encre !

Raoul se disposait à accomplir le désir du
capitaine lorsque l'horloge sonna sept heures, alors le jeune homme rejeta loin de lui
la plume qu'il tenait déjà entre ses doigts et
s'élança hors de l'appartement.

— Par le caducée de Mercure, se dit de
Maurevert d'un air dépité, voici peut-être
une excellente occasion que va me faire
manquer une trop grande prudence. Si au
lieu de perdre un temps précieux à finasser
et à ruser, j'avais abordé franchement la
question, je serais à l'heure présente le légataire universel de mon gentil Raoul. Dieu
veuille qu'il ne lui arrive pas malheur... Sa
mort me laisserait inconsolable. Par Jupiter,
je me suis engagé à ne point accompagner
Sforzi, mais je ne lui ai nullement promis
de ne pas le suivre... Entre accompagner et
suivre quelqu'un, il y a une nuance très
marquée... Allons, mon gracieux, valeureux et avisé de Maurevert, prends tes pistolets, ceins ton épée, munis-toi d'une lanterne et vite en route.

Lorsque Raoul passa sous la porte Poterne, le crépuscule commençait à se
charger de teintes sombres : un quart
d'heure plus tard, une nuit profonde enveloppait la campagne.

De temps à autre la lune, alors dans son
premier quartier, laissait tomber, à travers

les nuages épais qui obscurcissaient le ciel, un pâle et faible rayon de lumière ; mais cette clarté fugitive était insuffisante pour aider Sforzi dans ses recherches ; elle lui permettait tout au plus d'avancer en ligne droite.

Plusieurs fois Raoul s'arrêta, et parut écouter avec attention : il lui semblait entendre, tantôt tout près de lui, tantôt dans le lointain, le bruit d'un pas humain.

Bientôt, soit qu'il eût reconnu qu'il était le jouet d'une illusion, soit qu'ayant vérifié la réalité du fait, il n'y attachât aucune importance, le jeune homme accéléra la vitesse de sa marche et ne se retourna plus.

Il achevait de s'engager dans un chemin creux, quand d'un buisson voisin jaillit un jet de flamme immédiatement suivi d'une détonation violente : Raoul venait d'essuyer à bout portant un coup de pistolet.

Sforzi était certes doué d'une bravoure à toute épreuve ; cependant la surprise que lui causa cette attaque si brusque et la forte commotion qu'il ressentit le troublèrent profondément et le privèrent sur le moment de sa présence d'esprit habituelle. Il bondit instinctivement de quatre pas en arrière ; au même instant, un éclair sillonna les ténèbres de la nuit et un nouveau coup de feu retentit.

Cette fois Raoul porta la main à sa poitrine : il se crut mortellement blessé !...

— Ne craignez rien, messire, cria une voix rauque, votre assassin est atteint et hors de combat ! Je l'ai entendu tomber.

— Et vous, qui êtes vous ? demanda Raoul en tirant vivement l'épée hors du fourreau.

— Moi, monseigneur, je suis celui que vous cherchez.

— Celui que je cherche !... Qui me le prouve ?...

— « Reconnaissance et fidélité, » reprit la voix.

— Ces mots sont bien en effet ceux qui devaient servir à vous faire reconnaître. Mais qui m'assure que vous aussi n'êtes pas un assassin ?

— Ma conduite, monseigneur !.. Si j'avais de mauvaises intentions à votre égard, je n'aurais pas commencé par vous sauver la vie !..

Sforzi réfléchissait au parti qu'il devait prendre lorsque le bruit d'une course bruyante et effrénée éveilla toute son attention : peu après, un homme, la tête nue, les cheveux en désordre, la respiration oppressée, s'élançait sur le lieu du combat avec la brutale et irrésistible impétuosité d'un buffle en fureur !..

— Sforzi ! cher compagnon, me voici, cria le nouveau venu d'une voix qui retentit comme un éclat de tonnerre pendant l'orage.

— De Maurevert ! dit Raoul à la fois joyeux et surpris.

— Moi-même, cher ami. Mort et carnage ! Etes-vous blessé ? Qui dois-je massacrer ? Pas un de ces misérables n'évitera le châtiment dû à son crime ! Parlez, Raoul, parlez !

Le capitaine agita alors circulairement la lanterne sourde dont il s'était si prudemment muni.

— Un mécréant jeté sur le carreau, continua-t-il, un inconnu qui se tient immobile et debout, et vous, bien aimé Raoul, sain et sauf !... La position est des plus satisfaisantes, et ne présente aucun danger imminent. Rien ne me force d'estocader au hasard... J'ai le temps de vous écouter ; expliquez-vous !...

Quelques mots suffirent à Sforzi pour mettre de Maurevert au courant de l'événement qui venait de se passer.

Pendant le rapide récit du jeune homme, le capitaine surveilla, sans le perdre un instant de vue, l'inconnu qui avait fait feu si à propos sur l'assassin de Raoul !

Cette scène s'était passée avec une rapidité extrême : l'intervention de Maurevert et les explications fournies par Sforzi n'avaient pas pris plus d'une minute !

— Mort de ma vie, s'écria bientôt l'aventurier, si mes sens ne m'abusent pas, nous sommes ici en pays de connaissance !.. Que le diable m'emporte si ce manant qui se tient, après son brillant exploit, si modestement à l'écart, n'est pas mon excellent et vertueux ami, le sieur Croixmore, l'ex-seigneur de Tournoil ?...

— Vos sens ne vous abusent pas, capitaine, répondit le bandit. L'ex-seigneur de Tournoil vous baise humblement les mains et vous présente ses respectueux devoirs !..

— Par Momus, cette rencontre est pleine de joyeusetés, continua de Maurevert, je suis ravi de vous revoir, Croixmore. Si je ne m'abuse, il va être tout à l'heure question entre nous de rançon. C'est là un sujet que j'aime beaucoup à traiter avec vous, Croixmore. Allons d'abord au plus pressé ! Quel est ce sacripant qui a tenté d'occire si vilainement et si déloyalement le seigneur Sforzi ?

— Je l'ignore, capitaine !

— Quoi, vous ne connaissez pas ce gredin ?...

— Pas le moins du monde, seigneurie...

De Maurevert cessa son interrogatoire pour se rendre auprès du blessé. Le misérable gisait à moitié évanoui dans une mare de sang ; la balle-ramée de Croixmore l'avait atteint en pleine poitrine. Le capitaine déposa sa lanterne sourde sur le sol, puis, sans égard pour l'état de souffrance de l'inconnu, il le secoua rudement par le bras : l'infortuné poussa un gémissement étouffé...

— Trève à ces pasquinades, lui dit durement de Maurevert, c'est la vérité et non des grimaces qu'il me faut!.. La franchise seule peut te sauver de mon juste ressentiment!... Qui es-tu? quel motif t'a conduit à commettre ton odieuse action?...

Une vive rougeur couvrit le pâle visage du moribond et un éclair d'orgueilleuse indignation brilla dans ses yeux.

— Je n'ai que faire de vos grossièretés et de vos insultes, dit-il d'une voix stridente, ma vie vous appartient : prenez-la et laissez-moi en paix!

Le ton avec lequel le blessé prononça ces paroles annonçait une si farouche et si complète résignation que Raoul se sentit ému jusqu'au fond du cœur.

— Laissez-moi, je vous prie, cher ami, interroger cet homme, dit-il en repoussant doucement de Maurevert. Son état de souffrance, quelque grand qu'ait été son crime, commande qu'on le traite avec ménagement.

Alors Sforzi s'agenouilla auprès de son ennemi, et d'une voix qui décelait une pitié sincère :

— Monsieur, continua-t-il, est-ce contre moi personnellement ou bien contre un voyageur inconnu et dont vous convoitiez la dépouille, que vous avez tiré votre coup de pistolet ?

En voyant Raoul s'approcher de lui, le blessé éprouva un mouvement de rage insensée et tenta par un suprême effort de s'éloigner, en se roulant par terre, de son interlocuteur. Sa faiblesse ne lui permit pas d'accomplir son projet.

—Retirez-vous, monsieur Sforzi, murmura-t-il d'une voix étranglée plus encore par la colère que par la douleur, retirez-vous si vous tenez à ne point avoir à répondre plus tard à Dieu de la perte de mon âme... car si vous restez près de moi, si je meurs en vous voyant... mon dernier soupir sera une malédiction, un blasphème.

— Vous savez mon nom ! répéta Raoul avec un vif étonnement.

— Si je sais votre nom !... reprit le blessé avec une violence inouïe pour son état de faiblesse... Il me demande si je sais son nom !... Qui ne connaît Sforzi le calomniateur, Sforzi le lâche, Sforzi l'infâme !... Oh !

une arme !... que l'on me donne une arme !... Ma vie éternelle pour une dague... Je veux la venger... Je dois, avant de mourir, accomplir mon serment !...

Raoul entrevit dans les exclamations délirantes et insensées du moribond un ténébreux mystère ; une pitié profonde, sans qu'il lui fût possible de se rendre compte de cette sensation, lui serra douloureusement le cœur.

Il prit la lanterne déposée par de Maurevert sur le gazon et regarda attentivement le blessé : c'était un tout jeune homme de vingt ans. Sa figure, quoique contractée déjà par les approches de la mort, présentait une rare expression d'audace, de fierté et de noblesse. Une larme mouilla les paupières de Sforzi.

— Monsieur, reprit-il d'une voix attendrie, votre langage et vos manières ne sont pas ceux d'un assassin vulgaire !... Vous devez appartenir à la haute classe de la société !... Est-ce le besoin d'argent qui vous a conduit à attenter à mes jours ?... Je ne le crois pas !... Il me semble bien plus logique de penser que vous avez été poussé à cette action par la noblesse d'Auvergne !... Au reste, peu importe ! Votre haine contre moi, si elle ne justifie pas votre trahison, la rend excusable à mes yeux... C'est du moins à la passion, et non à un sordide intérêt, que vous avez obéi !... Soyez assuré, monsieur, que si vous échappez aux suites de votre blessure, je ne tenterai rien contre vous... Ma seule vengeance sera de vous laisser à vos remords !...

— Malédiction ! s'écria le blessé, encourir la pitié d'un Sforzi ! Ah ! cette dernière douleur, cette suprême humiliation manquaient à mon infortune ! Grâce à Dieu, misérable, je sens que je n'ai plus que peu d'instans à vivre. La mort va me délivrer de ton audacieuse présence et de tes outrages !

Ce redoublement de rage amena un nuage sur le front de Raoul.

— Monsieur, reprit-il après un léger silence, il faut, pour que votre haine soit si violente, si implacable, que je vous aie, à mon insu, profondément offensé. Pardonnez-moi, je vous en conjure, les torts involontaires que j'ai pu avoir envers vous. Je vous en demande humblement excuse.

— Est-ce bien le Sforzi que je viens d'entendre !... dit le moribond d'une voix de plus en plus faible. M'aurait-elle trompé !... Elle me tromper !... Oh ! non, cela est impossible !... Pourtant qui sait !... Il me semble que Dieu, avant de m'appeler à lui, déchiro l'épais bandeau qui recouvrait ma vue !... Oui, c'est cela !... j'avais beau chercher auprès de chacun un écho à ma haine, tout le monde me chantait ses louanges... me vantait sa générosité, son désintéressement... sa loyauté... Abuser aussi indignement de ma jeunesse, de mon amour !... Non, non... je, ne saurais le croire !... Cela n'est pas !... je ne veux pas m'arrêter à cette affreuse pensée... elle changerait mon agonie en un supplice épouvantable... je renierais Dieu !... Oh ! pardon... pardon, Seigneur !... Je suis fou !... je délire...

Une terrible crise de spasmes nerveux interrompit le pauvre infortuné dans son monologue : Sforzi crut qu'il allait rendre le dernier soupir et il lui appuya la tête sur ses genoux.

Cependant, après dix minutes environ d'horribles convulsions, le blessé revint à lui.

— Monsieur Sforzi, dit-il d'une voix si basse que Raoul dut se pencher pour l'entendre, éloignez, je vous prie... ces gens... j'ai à vous parler... sans témoins !...

— Monsieur Sforzi, reprit l'infortuné jeune homme après qu'il eut vu de Maurevert et Croixmore se retirer à l'écart, c'est une odieuse, une abominable action que de mentir à un mourant !... Mon Dieu ! mes forces m'abandonnent !... je dois me hâter ! Monsieur de Sforzi, est-il vrai, oui ou non, que vous ayez été l'amant de Mme la duchesse de Montpensier ?

Au ton d'inexprimable anxiété que mit le pauvre blessé dans sa question, Raoul comprit tout. Mme de Montpensier lui avait juré de se venger : elle tenait son serment !

— Eh bien ! monsieur, reprit le moribond, répondez-moi donc... répondez-moi... vous voyez bien que je n'ai pas le temps d'attendre !

La première pensée de Sforzi, exaspéré et indigné de la perfidie de madame de Montpensier, fut de dévoiler l'infâme conduite de la duchesse. Une seconde de réflexion suffit pour modifier complétement sa résolution. Révéler l'infamie de la duchesse, n'était-ce pas rendre épouvantables les derniers momens d'un malheureux enthousiaste qui s'était dévoué pour elle, qui lui sacrifiait sa vie ?

— Pardonnez-moi, ô mon Dieu ! mon mensonge, murmura Sforzi, c'est une âme que je sauve !

Alors, élevant la voix :

— La duchesse de Montpensier n'a jamais été ma maîtresse, Monsieur, dit-il.

— Vous me le jurez sur l'honneur ?

Raoul hésita.

— Oui, Monsieur, reprit-il d'une voix étouffée, je vous le jure !

— C'est vous alors qui avez été un infâme calomniateur ! s'écria le mourant avec une force et un éclat que son état de faiblesse rendait inexplicables.

Raoul baissa la tête : de sa main passée dans son pourpoint, il se déchirait la poitrine.

— Oui, dit-il enfin.

— Oh ! soyez béni, mon Dieu ! elle ne m'a pas trompé... elle m'aimait ! reprit le blessé. M. Sforzi, votre conduite a été odieuse, mais je ne puis vous en vouloir. Votre franchise rachète vos torts, votre repentir me rend la mort facile et heureuse... Je me repens de ma faute. J'ai confiance dans la miséricorde infinie de Dieu..... M. Sforzi... votre main ! Jurez-moi d'accomplir ma volonté dernière. Vous direz à Marie que le comte de Salers a tenu sa promesse... que si je ne l'ai pas vengée... c'est que Dieu... c'est que Dieu a voulu m'éviter un crime... Vous lui direz, monsieur Sforzi... que ma dernière pensée a été pour elle... que je l'aimais bien... que je vais prier pour elle au ciel.

Une pression de la main du mourant, qui bientôt resta dans une immobilité complète, fit tressaillir Raoul. L'infortuné comte de Salers avait cessé de vivre !

— Cher compagnon, s'écria de Maurevert, cet aimable et rusé gibier de potence qui a nom Croixmore, me raconte sur Mlle d'Erlanges, les choses les plus attendrissantes ! Ne vous plairait-il point d'écouter cette gentille narration.

Au nom de Diane, Sforzi se leva d'un bond, et, passant sa main sur ses yeux baignés de larmes, il se dirigea vers le bandit.

CHAPITRE VII.

La rébellion.

L'ex-seigneur de Tournoil, en voyant Raoul s'avancer vers lui, s'empressa de prendre le premier la parole :

— Monseigneur, dit-il, mon intention était de ne me faire connaître de vous qu'autant que nous serions tombés d'accord sur la rançon de Mlle d'Erlanges. Vous êtes trop loyal et trop magnanime pour abuser de ce que j'ai été obligé de rompre mon incognito. Je reste donc convaincu que si n es conditions ne vous agréent pas, vous me laisserez m'éloigner sans aucunement attenter à ma liberté.

— Rassurez-vous, Croixmore, répondit Sforzi, il serait odieux à moi de payer par une trahison le service que vous venez de me rendre. Si, ce dont je doute, je refuse vos propositions, je ferai en sorte d'oublier que vous êtes le ravisseur de Mlle d'Erlanges. Expliquez-vous sans crainte : que demandez-vous ? qu'exigez-vous ?

— Deux choses, monseigneur ; la première, que vous m'accordiez, en votre qualité de commissaire extraordinaire du roi, des lettres de grâce pour tous les délits ou crimes que la calomnie ou la malveillance pourraient m'imputer.

Sforzi tressaillit.

— Passez à la seconde condition, dit-il froidement.

— Celle-ci est la plus importante, monseigneur. Il s'agit de débattre le taux de la rançon de Mlle d'Erlanges. Or, si je devais fixer cette somme selon les mérites de ma prisonnière, tous les trésors de la terre seraient insuffisans.

— Je vois avec plaisir, Croixmore, s'écria de Maurevert en interrompant le bandit, que votre séjour à Paris n'a pas été perdu pour votre éducation. Vous traitez maintenant fort agréablement les affaires. Laissez-moi toutefois vous faire observer, cher gibier de potence, que vous marchez en ce moment-ci sur un terrain mouvant ; si vous appuyez trop lourdement les pieds, vous allez vous ensabler jusque par dessus les oreilles... Croyez-en mon expérience, ne vous avancez pas de manière à ne pouvoir plus reculer. D'abord, o cupide Croixmore ! remarquez bien ceci : c'est que si monseigneur Sforzi ne s'arrange pas avec vous personne ne vous payera la moindre rançon pour Mlle Diane ; dès lors, Mlle d'Erlanges deviendra, au lieu d'un profit, une charge pour vous. Vous serez forcé de subvenir à ses besoins... Ceci n'est rien encore. Monseigneur de Sforzi, revêtu de pouvoirs illimités, et disposant, en conséquence, de nombreux et efficaces moyens d'action, vous fera traquer comme une bête féroce. Vous vous cacherez huit jours, quinze jours, un mois, soit : cependant, il faudra que vous finissiez par succomber. Or, je vous le demande, une fois entre les mains de la justice, quel sort sera le vôtre ? Je frémis, rien qu'en pensant aux déboires que vous aurez alors à subir : la torture ordinaire et extraordinaire, des brûlures quotidiennes, de continuelles ingurgitations d'eau glacée ; enfin, toutes les incommodités imaginables ! Quant à la roue, le dénouement obligé de toutes ces tracasseries, je ne vous en parlerai pas ; cela va

de soi seul. Tenez, cher fils du diable, si j'étais à votre place, moi, je m'en remettrais complétement à la générosité de monseigneur de Sforzi.

A mesure que de Maurevert parlait, Croixmore pâlissait à vue d'œil.

— Monseigneur, s'écria-t-il d'une voix altérée par la peur, il ne m'appartient pas de juger votre conduite ; permettez-moi néanmoins de vous avouer, avec tout le respect que je vous dois, que l'intervention du capitaine de Maurevert dans notre entrevue me surprend et m'étonne !... Vous étiez certes libre, après la lecture de ma missive, de refuser l'entretien que je vous offrais, Monseigneur ; seulement il me semble qu'en l'acceptant, vous vous engagiez à observer les conditions que j'y attachais !... Or, la première de ces conditions était que vous viendrez absolument seul !...

Ce reproche du bandit fut fort sensible à Sforzi.

— Croixmore, dit-il, M. le capitaine de Maurevert, conseillé par son amitié pour moi, m'a accompagné ici à mon insu... Je ne suis pour rien dans sa présence en ces lieux.

— En ce cas, monseigneur, daignez m'autoriser à traiter directement avec vous et ne pas répondre aux argumens du capitaine.

— Volontiers, Croixmore... Cher de Maurevert, vous m'obligerez infiniment en voulant bien me laisser terminer personnellement cette affaire.

— Ah ! triple sacripant, langue mielleuse et venimeuse tout à la fois, je saurai bien te punir tôt ou tard de ton hypocrisie, murmura le grand prévôt d'Auvergne en lançant à la dérobée un regard furieux sur l'ex-seigneur de Tournoil.

— Croixmore, continua Raoul, j'ai hâte, vous devez le comprendre, d'être fixé sur le sort de Mlle d'Erlanges. Allons au fait... Je refuse de vous accorder vos lettres de grâce ; mais je suis prêt à vous payer telle rançon que vous exigerez, en supposant, bien entendu, que le prix ne dépassera pas ma fortune. Une fois riche, vous vous réfugierez à l'étranger ; aucune plainte n'a encore été déposée contre vous. Il est probable, avant que messieurs des Grands-Jours songent à votre personne — si toutefois ils s'occupent de vos hauts faits passés — qu'il s'écoulera beaucoup plus de temps qu'il ne vous en faudra pour vous mettre à l'abri de leurs poursuites. Je vous engage, ma parole de gentilhomme, que je ne m'opposerai en rien à votre fuite.

— Monseigneur, répondit le bandit après un moment de réflexion, je ne serais point fâché de quitter pendant quelque temps la France. Je n'insisterai donc pas sur mes lettres de grâce ; reste le prix de la rançon !

— Je vous le répète, parlez sans crainte, Croixmore.

— Monseigneur, je demande quatre mille écus !

— Quatre mille écus, soit ! Accordé.

Les yeux du bandit brillèrent de joie dans l'ombre. De Maurevert poussa un gémissement assez semblable au beuglement d'un taureau sauvage blessé à mort.

— Et quand me remettrez-vous ces quatre mille écus, monseigneur ? reprit Croixmore.

— Dès que vous vous présenterez à mon hôtel.

— Ah ! il faudra, pour toucher cette somme, que je me rende à Clermont ?

— Si vous préférez que je vous l'envoie à un endroit que vous désignerez, ou bien que je vous la fasse tenir à l'étranger, je me conformerai volontiers à votre désir.

— Oui, monseigneur, je préfère ce mode de recouvrement !...

— A présent, parlez, Croixmore ! s'écria Sforzi avec feu..... Où est Diane ?... Où retrouverai-je Mlle d'Erlanges ?...

— Vous me donnez votre parole de gentilhomme, monseigneur, que vous ne reviendrez pas sur le marché que nous achevons de conclure ?...

— Mille fois non, Croixmore...

— Eh bien ! monseigneur, daignez prendre la peine de me suivre... Dans un quart d'heure, vous serez auprès de Mlle Diane...

Raoul s'éloignait déjà, lorsqu'il se ravisa, et s'adressant à de Maurevert :

— Capitaine, lui dit-il, abandonnerons-nous à la voracité des loups qui rôdent dans la campagne, la dépouille mortelle de l'infortuné comte de Salers ?

— Hélas ! cher compagnon, répondit tristement de Maurevert, si nous étions en guerre civile, et que j'eusse tué le comte de mes propres mains, il y a longtemps déjà que j'aurais soustrait le contenu de ses poches à la cupidité d'indignes maraudeurs. Malheureusement il n'en est pas ainsi. Le comte de Salers n'était mon ennemi ni en politique, ni en religion. Le respect que je dois à mon caractère de gentilhomme et à ma position de grand prévôt m'empêche de profiter de cette bonne aubaine...Croixmore, le vent de la fortune souffle ce soir en plein dans tes voiles... En attendant qu'un rocher sous-marin brise ton esquif, profite, cher gibier

de potence, de ton bonheur. Retourne sur tes pas, et montre-nous promptement que tu es expert dans ton métier.

Le bandit s'empressait d'obéir, lorsque la voix de Sforzi indigné l'arrêta au milieu de son élan.

— Conduis-moi auprès de Mlle d'Erlanges, lui dit-il. Dès que je serai de retour à Clermont, j'enverrai chercher le cadavre de l'infortuné comte de Salers.

Un quart d'heure ne s'était pas écoulé que Croixmore s'arrêta devant une misérable chaumière.

— Monseigneur, dit-il, c'est ici que demeure Mlle d'Erlanges.

Le cœur de Sforzi se serra à la fois de joie et de douleur. Il allait donc enfin revoir Diane. Oui, mais combien la pauvre enfant n'avait-elle pas dû souffrir !

Quelques secondes plus tard, deux cris de joie folle, délirante, se mariaient dans un accord passionné : Diane et Raoul se tenaient étroitement embrassés.

Les premiers transports de la surprise passés, Diane, le visage couvert d'une adorable rougeur, se dégagea doucement de l'étreinte de Raoul, et confuse, troublée, heureuse au-delà de toute expression, elle engagea le jeune homme à s'asseoir à ses côtés.

Sforzi contemplait, en extase, avec une muette admiration et une indicible surprise, le visage de Mlle d'Erlanges. Les rudes épreuves par lesquelles la jeune fille venait de passer, loin d'affaiblir sa beauté, lui avaient au contraire donné un cachet de courageuse résignation qui en doublait le charme.

— Comment est-il possible, adorée Diane, lui demanda Raoul, que vous n'ayez pu parvenir, étant si près de moi, à vous soustraire à la vigilance de Croixmore ?

— J'avais engagé ma parole que je ne tenterais pas de m'enfuir, Raoul, lui dit-elle, et puis, n'eussé-je pas été liée par cette promesse, que je me serais bien gardée de quitter mon refuge... j'ignorais votre arrivée en Auvergne, et je craignais tout de l'odieuse méchanceté du marquis de la Tremblais. Mais vous, Raoul, continua Diane en pâlissant, comment se fait-il que vous soyez ici ? avez-vous donc déjà oublié vos malheurs passés ? Un miracle ne se renouvelle pas deux fois de suite. Si vous tombiez entre les mains du marquis ! Raoul, cher Raoul, je ne veux point que vous restiez une heure de plus en Auvergne...

— Rassurez-vous, adorée Diane, dit Sforzi en souriant. Le pauvre persécuté de jadis est devenu aujourd'hui une puissance! Dieu a écouté vos prières et béni notre amour. L'humble, le pauvre, l'inconnu chevalier Sforzi, porte aujourd'hui le titre de commissaire extraordinaire de Sa Majesté et représente la personne du roi dans la province d'Auvergne. Diane, justice sera faite, vous serez vengée : le marquis de la Tremblais subira la peine de ses forfaits.

La joie de la jeune fille, à la nouvelle de l'heureux changement qui s'était opéré dans la position de Sforzi, ne saurait se décrire. Son bonheur était si vif, si intense, qu'elle dut renoncer à l'exprimer ; elle fit mieux : elle pria Dieu.

Lorsque la charmante enfant fut un peu remise de son émotion, elle raconta à Sforzi les circonstances qui avaient précédé et suivi son enlèvement. Le marquis de la Tremblais ayant jugé prudent de rester quelques jours à Paris, afin d'éloigner tout soupçon de sa personne, l'avait confiée à la garde de Croixmore, devenu, depuis la capture de Benoist, le chef de ses apôtres. Le bandit laissa d'autant moins échapper cette occasion de se venger — qu'il attendait depuis si longtemps — que sa vengeance lui devait être lucrative.

Du même coup il désespérait le marquis et profitait de la générosité de Raoul : aussi n'hésita-t-il pas à sauver Diane. Seulement il exigea d'elle la promesse qu'une fois à l'abri des poursuites de la Tremblais, elle ne tenterait aucune démarche, sans son autorisation, pour se rapprocher de Raoul !.. Le bandit motiva cette exigence sur la crainte qu'une fausse démarche de la jeune fille ne fît découvrir sa retraite au marquis et ne l'exposât, lui Croixmore, au terrible ressentiment de son cruel et impitoyable maître.

Diane, ignorant que Raoul eût payé une rançon pour sa liberté, termina son récit en remerciant Croixmore des respects et des attentions qu'il avait eus pour elle pendant sa captivité volontaire.

Le reste de la nuit se passa pour les deux jeunes gens dans une de ces charmantes causeries intimes, dont les amans possèdent seuls le secret.

Quant à de Maurevert, il prit peu de part à la conversation ; il paraissait soucieux. Un peu avant le jour, le capitaine demanda à Mlle d'Erlanges la permission de prendre un instant de repos, et se jeta à terre dans un des angles obscurs de la cabane. A peine le géant occupait-il cette position horizontale qu'il se mit à ronfler d'une furieuse façon.

— Chère Diane, dit Raoul, lorsque les premières lueurs de l'aube chassèrent les dernières ténèbres de la nuit, venez, venez... J'ai hâte de vous voir quitter cette misérable cabane !... Madame de Canilhac sera heureuse de vous offrir l'hospitalité chez elle, jusqu'au moment où vous rentrerez triomphante dans votre domaine de Tauve !...

— Raoul, répondit Diane, mon bonheur est trop grand pour qu'il soit durable ! Il me semble que je suis sous l'empire d'un rêve délicieux, et, vous l'avouerai-je, je tremble à l'idée de mon réveil.

Le regard par lequel Sforzi répondit aux craintes de la jeune fille, valut mieux qu'un long et éloquent discours : il exprimait la force, la résolution, l'audace, la certitude du triomphe.

Ce fut en vain que Raoul, au moment de se mettre en route, voulut réveiller de Maurevert, le capitaine dormait d'un sommeil à défier les efforts d'un athlète.

— Partons, adorée Diane, dit Sforzi ; de Maurevert n'a pas besoin de nous pour se rendre à Clermont ; quand il sera suffisamment reposé, il viendra nous rejoindre.

Alors, tandis que Diane franchissait le seuil de la porte, Raoul s'approcha de Croixmore, et baissant la voix :

— Faites-moi savoir aujourd'hui même où vous désirez que je vous envoie vos 4,000 écus, lui dit-il, puis il s'éloigna.

Diane et Raoul n'étaient pas à plus d'une portée de mousquet de distance de la chaumière, que de Maurevert ouvrit un œil, tout en continuant ses ronflemens sonores, et regarda autour de lui.

Il vit Croixmore occupé au fond de l'appartement à préparer son repas du matin.

Aussitôt, le capitaine se leva d'un bond de tigre, et se plaçant devant la porte de sortie:

— Gracieux seigneur de Tournoil, dit-il en mettant l'épée à la main, j'ai pour habitude quand je commence une partie, de la continuer jusqu'à la fin ; vous m'avez gagné la première manche, je me considère en ce moment comme vainqueur dans la seconde, vous plairait-il que nous abordions la belle? Ah! ah! seigneur, quelle drôle de mine vous faites !... Vous n'êtes pas resté assez longtemps à Paris, cher Croixmore; votre éducation fort avancée, j'en conviens, n'est pas même complète. Si au lieu d'être un brillant écolier vous étiez passé maître ès-ruses, vous ne vous seriez pas laissé prendre à mon sommeil. Il faut toujours se méfier d'un homme qui ronfle trop fort. Allons, Croixmore, remettez-vous de votre trouble tout à votre aise, rien ne me presse et je serais désespéré de devoir à une surprise l'avantage de la discussion que nous allons avoir ensemble. Je dois seulement vous avertir que si vous tentez de sortir, je me verrai réduit à la dure nécessité de vous clouer, avec mon épée, contre la muraille.

Tandis que le capitaine et le bandit dialoguaient entre eux, — ainsi qu'il sera dit au chapitre suivant, — Raoul et Diane atteignaient Clermont... Le jeune homme, en arrivant à la Porte-Poterne, trouva, — quoi qu'il fût de très bonne heure encore, — une foule considérable rassemblée devant une affiche fixée à un poteau par la lame d'un poignard.

Cette affiche, large feuille de parchemin, écrite en gros caractères, était une réponse du marquis de la Tremblais, — dont elle portait la signature et le seing, — à la citation de comparaître qu'il avait reçue de messieurs des Grands-Jours.

Le marquis de la Tremblais, mettait hors la loi, dans toute l'étendue de ses terres, domaines, fiefs et seigneuries, messieurs des Grands-Jours, ordonnant à ses vassaux de sonner le tocsin à leur approche, de leur courir sus et de les mettre à mort.

CHAPITRE VIII.

Une Discussion orageuse.

Le bandit Croixmore n'était pas homme à se laisser facilement intimider : le premier moment de la surprise passé, il décrocha prestement son épée suspendue à la muraille, et se retournant vers de Maurevert :

— Monsieur le grand prévôt, lui dit-il, ne pourriez-vous, puisque rien ne vous presse, me donner, avant que je vous attaque, l'explication de votre étrange conduite ?...

— Cher seigneur, lui répondit galamment de Maurevert, je n'ai rien à vous refuser. Ma conduite est des plus logique ; peu de mots suffiront pour la justifier. Je m'étonne même qu'un sacripant aussi perspicace et avisé que vous, m'adresse une semblable question. Il paraît, excellent Croixmore, que vous avez complètement perdu la mémoire du passé ?

— Comment cela, capitaine ?

— Certes ! ne vous rappelez-vous point notre première entrevue au château de Tournoil, lorsque je vins vous trouver en qualité de parlementaire ?

— Parfaitement capitaine.

— Eh bien, qu'avez-vous fait alors ? vous m'avez déclaré, contre tout droit et les usages reçus, que j'étais votre prisonnier et comme tel imposé à rançon. N'est-ce pas vrai ?... Il me semble qu'en vous violentant un peu aujourd'hui je ne fais qu'user d'une juste représaille !... Je suis doué d'une mémoire implacable, moi.

— Enfin que voulez-vous, que demandez-vous ?

— Presque rien, vertueux Croixmore, que vous m'abandonniez la rançon de Mlle d'Erlanges... Allons, du calme, cher compagnon, du calme ; ne vous démenez point ainsi qu'un diable dans un bénitier, les gestes peuvent servir d'ornemens à un discours, mais ils ne remplacent jamais la personne. Causons tranquillement : vous savez, Croixmore, l'amitié qui me lie au chevalier Sforzi... or, je ne vous cacherai pas qu'en extorquant quatre mille écus à M. le commissaire extraordinaire du roi, vous m'avez profondément blessé. Il est incontestable que si vous n'aviez pas abusé de la trop grande délicatesse du chevalier pour m'empêcher de prendre part à la discussion, il ne vous aurait jamais accordé cette somme !... Ce matin, votre position ne ressemble plus du tout à ce qu'elle était hier au soir. Hier, vous étiez couvert par la protection tacite de Mgr le commissaire du roi, ce matin vous vous trouvez en présence de M. le grand prévôt d'Auvergne... Or, la différence qui existe entre une impunité assurée et un supplice certain est pour vous une chose majeure et digne de toutes vos réflexions.

— Ainsi, seigneur de Maurevert, s'écria Croixmore, votre intention est de m'appréhender au corps et de me livrer à la justice ?

— Certes, cher sacripant ; à moins toutefois que vous ne me laissiez jouer vis à vis de vous le rôle de la justice...

— Expliquez-vous... je ne vous comprends pas...

— Vous avez aujourd'hui l'entendement si difficile, qu'il me va falloir aborder brutalement la question. Croixmore, vous êtes un abominable coquin ! votre passé est un tissu de méfaits et de crimes, vous avez mérité cent fois la potence. Mon honnêteté se révolte et s'indigne à la pensée que vous pourriez jouir en paix du prix de vos forfaits... J'entends que vous soyez puni. Ne m'interrompez pas, je vous prie. Un homme comme moi, Croixmore, c'est-à-dire un homme qui a beaucoup vu, beaucoup vécu, ne saurait se montrer aussi sévère et aussi rigoureux qu'un magistrat : un tribunal n'hésiterait pas à vous condamner au supplice de la roue, moi je me contenterai de vous infliger une forte amende : renoncez à la rançon de Mlle d'Erlanges, et je vou: rends votre liberté.

— Perdre gratuitement quatre mille écus, lorsqu'il me suffit d'un heureux coup d'épée pour les conserver! s'écria le bandit, dont le regard brillait de colère, jamais !

— Si j'étais assuré, Croixmore, que vous emploieriez le reste de votre vie à vous repentir de votre passé, je serais moins exigeant, peut-être, dit doucement le capitaine. Voulez-vous me promettre de rentrer dans la bonne voie ? je me contente alors de deux mille écus.

— Deux mille écus !... Mais c'est une fortune !

— Décidément, je suis en veine d'indulgence, Croixmore; va pour la moitié de cette somme !

— Pas davantage, s'écria l'ex-seigneur de Tournoil, dont l'audace grandissait à mesure que de Maurevert rabattait de ses prétentions.

— Pas davantage ! répéta le grand prévôt d'un air pensif. Croixmore, je crois que vous faites une grosse sottise. Que diable ! le soin de ma propre réputation, le respect que je dois à l'éminente dignité dont je suis revêtu, ne me permettent pas d'accepter cinq cents écus. Mon gain, en s'amoindrissant, finirait par devenir une aumône... Cette fois n'est pas la première, Croixmore, qu'il ait été question entre nous de rançon. C'est là, au contraire, un sujet que nous avons déjà souvent traité ensemble. Jamais vous ne vous êtes montré si dur et si revêche qu'en ce moment. Vous ne valiez pas déjà grand chose jadis, Croixmore; eh bien ! je remarque avec peine que vous avez encore beaucoup perdu.

— Capitaine , interrompit le bandit , la discussion me paraît épuisée. Oui ou non, voulez-vous me livrer passage?...

— Tenez, Croixmore, j'ai pitié de vous... Promettez-moi de me garder le secret, et j'accepte les cinq cents écus que vous venez de m'offrir.

— Moi ! je ne vous ai rien offert du tout ! s'écria l'ex-seigneur de Tournoil, que cette dernière concession de son adversaire rassura complètement...

De Maurevert haussa les épaules d'un air de pitié et fronça les sourcils.

— J'entends sortir d'ici, continua le bandit, sans bourse délier, sans sacrifier un sol.

— Votre sordide avarice, Croixmore, reprit tranquillement le grand prévôt, me prouve que j'avais tort de compter sur votre

repentir, de vous croire capable d'un salutaire retour sur vous-même ; votre nature perverse ne saurait s'amender. C'est la justice divine qui vous souffle et vous inspire votre obstination, car votre grossier refus à mes offres bienveillantes constitue tout bonnement votre arrêt de mort.

—Alors c'est bataille que vous voulez, capitaine ?

—Non, Croixmore, mais votre châtiment! Quoi ! parce que vous avez jadis détroussé et pillé de pauvres voyageurs sans défense, vous vous figurez être à même de me résister! Quel sot orgueil de parvenu !... Jusqu'à ce jour, Croixmore, un seul homme, le seigneur Sforzi — mais celui-là est sans égal — a eu l'avantage sur moi, encore est-il juste d'ajouter qu'une pierre placée sous mon pied me fit trébucher et glisser au moment le plus décisif du combat!... Infortuné Croixmore, mourir lorsqu'il vous était si facile de vivre riche et heureux ! Je ne puis, quoique vous soyez un abominable gredin, m'empêcher de vous plaindre !...

—Trève de railleries et de rodomontades, capitaine; finissons-en ! Persistez-vous à me barrer le passage, à me retenir prisonnier ?

Pour toute réponse, de Maurevert leva la pointe de son épée et tomba en garde. Le bandit s'empressa de suivre son exemple; les deux fers se croisèrent. De Maurevert, à de rares exceptions près, ne se battait jamais qu'autant qu'il y trouvait son profit. Son jeu d'escrime ressemblait à son caractère : c'était la ruse, la prudence, et quand l'occasion l'exigeait, l'impétuosité, poussées à leurs dernières limites.

Sa réputation de redoutable duelliste était si solidement établie depuis longtemps, qu'à cette époque où le plus futile prétexte suffisait pour amener une sanglante rencontre, personne ne songeait à se formaliser de ses façons cavalières et de l'originalité parfois un peu risquée de son langage.

Son terrible cousin, l'infâme et fameux assassin du seigneur de Mouy, avait seul osé s'attaquer au capitaine, et sa témérité lui avait valu — ainsi qu'on le sait — la perte d'un bras.

Dès les premières passes, Croixmore fit la triste expérience de l'habileté de son adversaire : il reçut un coup d'épée à l'épaule.

— Ce n'est rien !... s'écria-t-il en bondissant de deux pas en arrière et en restant sur la défensive.

— Je vous demande mille pardons, deux gibier de potence, dit froidement de Maurevert, c'est un avertissement. Allons, seigneur, un bon mouvement; repentez-vous !

Pansez votre blessure et renouons nos négociations.

Le bandit hésita : il commençait à comprendre que la lutte n'était pas égale.

— Ma foi, capitaine, répondit-il après un léger silence, vous avez raison ; il est de mauvais goût de se brouiller pour une question d'argent. Va pour cinq cents écus !

— Voilà, Croixmore, une bien ingénieuse et charmante raillerie !

— Comment cela, une raillerie, capitaine ? Cette somme n'est-elle point celle que vous exigiez tout à l'heure ?

— Avant que vous fussiez blessé, oui. A présent, espiègle enfant du diable, la position a changé du tout au tout. Abandonnez-moi mille écus, et je vous serre la main en signe de trève.

— Mille écus !... mille écus !... Non, jamais !...

— Quand je vous disais, Croixmore, que la Providence m'a choisi pour l'instrument de votre châtiment, vous voyez que j'avais raison !.. Tiens, tiens... vous m'attaquez tandis que je cause... Cela sent le manant à une lieue, cher seigneur !.. Que faites-vous là ? un menacé au visage et tiré en dessous ! voilà un des plus pitoyables coups de l'école italienne. Attention, Croixmore !.. Une, deux... Ne vous ai-je point effleuré, cher ami ?..

Le bandit poussa un cri de douleur et de rage, et s'appuya contre le mur : l'épée du capitaine achevait de lui labourer la cuisse.

— Vous plairait-il de revenir au dialogue, gentil damoiseau, reprit de Maurevert toujours impassible.

— Gardez vos mille écus et que l'enfer vous extermine ! hurla Croixmore, s'avouant enfin l'écrasante supériorité de son adversaire, et renonçant à continuer un combat dont il ne lui paraissait plus guère possible de sortir à son avantage.

Ce fut par un formidable éclat de rire que la grand-prévôt accueillit la nouvelle concession de l'ex-seigneur de Tournoil.

— Mille écus ! lorsque votre jambe rudement endommagée ne vous permet plus de vous soutenir ! s'écria-t-il enfin. Oh ! rusé compère, quelle triste et piètre opinion vous êtes-vous donc formée de ma judiciaire ? Votre position est si désespérée, qu'en me contentant de deux mille écus, je fais vraiment acte de désintéressement et de générosité.

— Deux mille écus ! Jamais !...

Croixmore n'avait pas achevé de prononcer ces paroles, que d'un violent froissement admirablement exécuté, de Maurevert lui faisait sauter l'épée des mains.

— Grâce ! cria le bandit en tombant à genoux ; vous aurez vos deux mille écus !

— C'est à présent la rançon entière qu'il me faut, répondit de Maurevert. Allons, décide-toi... oui ou non... la mort ou la vie !

— La vie, murmura le bandit d'une voix que la rage et la douleur rendaient à peu près inintelligible.

De Maurevert s'empressa de relever le misérable, et le plaça sur un escabeau.

— Magnifique seigneur de Tournoil, lui dit-il en lui offrant un verre d'eau, que cette leçon ne soit point perdue pour vous. Savoir se résoudre à propos à un sacrifice, c'est faire preuve d'esprit et d'intelligence. Voyez quelle différence pour vous, si vous m'aviez gentiment octroyé les cinq cents écus dont je daignais me contenter d'abord : vous auriez à l'heure qu'il est deux blessures de moins et trois mille écus de plus. Au revoir, seigneur de Tournoil, que Dieu vous protège et vous assiste !

De Maurevert allait franchir le seuil de la porte, lorsque se ravisant, il retourna sur ses pas.

— Ma foi, Croixmore, dit-il, vous êtes, c'est vrai, un abominable sacripant et vous méritez mille fois pis que ce qui vous arrive ; n'importe ! vous avez hier sauvé la vie au chevalier Sforzi, cela mérite récompense !... Venez me trouver à Clermont, et je vous remettrai mille écus. Ce sacrifice me sera pénible, j'en conviens ; mais l'honneur et le devoir me le commandent... Je ne veux pas que le seigneur Sforzi reste votre obligé. Au revoir, Croixmore. En considération de notre ancienne connaissance, je vous ai blessé avec un soin extrême et de façon à ne vous exposer à aucun danger sérieux. Si vous désirez que je vous envoie un chirurgien, je m'acquitterai de votre commission ; mais, je vous le répète, vos égratignures n'offrent aucun danger.

Par Plutus, se disait de Maurevert en parcourant à grands pas la route de Clermont, ce n'est plus seulement mon gentil Raoul, qui me porte bonheur, mais aussi les personnes qui l'aiment. Jamais je ne me serais figuré que le rapt de Mlle d'Erlanges m'aurait rapporté un si beau bénéfice... Si Raoul se marie, je resterai toujours avec lui. Les fautes de ses enfans tourneront à mon avantage et enrichiront ma vieillesse.

Le capitaine, en entrant dans la ville, aperçut la même affiche qui, dix minutes auparavant, avait si fort excité la colère et l'indignation de Raoul.

— Eh ! eh ! se dit-il en se frottant joyeusement les mains, voici le marquis qui prend position et jette gaillardement et bravement son gant au visage de Sa Majesté. Par Jupiter ! il est probable qu'avant peu, le brillant capitaine de Maurevert sera investi du commandement d'une armée. Mort de ma vie ! il y aura de rudes assauts et d'énormes pillages... Que la vie est donc parfois une belle chose, mon Dieu !

Le capitaine, après cette exclamation qui prouvait l'heureuse quiétude de son âme, se dirigea vers l'hôtel du marquis de Canilhac.

Lorsqu'il arriva, messieurs des Grands-Jours, réunis en séance secrète et présidés par monseigneur de Harlai, délibéraient sur les mesures qu'ils devaient prendre contre l'audacieuse rébellion du seigneur de la Tremblais.

CHAPITRE IX.

Un Secret.

Son titre de grand-prévôt de la province d'Auvergne ne donnait nullement le droit à de Maurevert d'assister aux délibérations de messieurs des Grands-Jours : il dut donc attendre, pour voir Sforzi, que la séance fût terminée.

Dès que Raoul, au sortir du conseil, aperçut le capitaine, il le prit par le bras et le conduisit dans ses appartemens. Le jeune homme avait hâte de trouver une personne devant laquelle il ne fût pas obligé de dissimuler son bonheur.

— Cher compagnon, lui dit-il le visage resplendissant de joie, si Sa Majesté était instruite des sentimens qui m'animent, elle regretterait de m'avoir confié ma mission ! Je suis si alègre, si joyeux, que la pensée de sévir, même contre d'odieux coupables, m'est importune... Je voudrais voir tout le monde heureux.

— Voilà bien la jeunesse, pensa de Maurevert ! La moindre contrariété la réduit au désespoir, le plus mince succès l'exalte jusqu'au délire. Parce que le marquis n'a pas légèrement brutalisé Mlle Diane, ce cher Raoul nage dans un océan de célestes béatitudes ; il ne songe pas qu'avant dix ans d'ici, sa chère d'Erlanges se changera peut-être en mégère et lui chantera pouille du matin au soir ! Que de gens mariés se pendent afin d'échapper aux tortures conjugales, qui se seraient également tués, si leurs épouses, lorsqu'elles étaient jeunes filles, avaient refusé de les accepter pour maris !

Sforzi, attribuant l'expression chagrine que reflétait le visage de Maurevert à l'aveu qu'il venait de lui faire, s'empressa de reprendre la parole.

— Cher compagnon, dit-il en souriant, je ne me suis servi de cette exagération de langage que pour mieux vous faire comprendre et partager ma joie. Soyez assuré que quand sonnera l'heure de la justice, je redeviendrai l'homme de la loi et du devoir... Maintenant, monsieur le grand prévôt, causons d'affaires sérieuses ; j'ai besoin des conseils de votre expérience.

— Oui, cher Raoul, c'est cela, causons affaires, répéta de Maurevert d'un air satisfait. M'est-il permis de vous demander, sans indiscrétion, si la réunion dont vous sortez a abouti à un résultat ? MM. des Grands-Jours ont-ils pris une résolution, arrêté un plan général de conduite ?

— Certes, de Maurevert... Nous avons reconnu à l'unanimité qu'il fallait en appeler à la force des armes... Le siége immédiat du château de la Tremblais est maintenant décidé.

— Par le dieu Mars, voilà une nouvelle qui m'enchante, Raoul !... Et quand doit-on commencer ce siége ?

— Aussitôt que nous aurons réuni assez de troupes pour mener à bonne fin cette rude besogne.

— Cette entreprise, cher compagnon, est en effet considérable.

— Je ne me dissimule aucune des difficultés qu'elle présente, capitaine, et pourtant je suis assuré que nous en sortirons vainqueurs... Nous avons pour nous le bon droit.

— Oh ! cher Raoul, interrompit de Maurevert, le bon droit sans de bonnes troupes c'est chose de bien minime importance.

— C'est justement au sujet des troupes qu'il me faut pour mener à bonne et glorieuse fin notre tâche, que je réclame les conseils de votre expérience. Vous connaissez, capitaine, le château de la Tremblais. De quelles forces est-il nécessaire, selon vous, que nous disposions pour en commencer le siége ?

— De quatre mille hommes au moins.

— Je suis ravi, de Maurevert, de me trouver d'accord avec vous sur ce point. Ce chiffre est justement celui que j'avais déjà fixé. Quant à la durée du siége, je crois...

— Oh ! cher compagnon, interrompit le grand-prévôt, ne croyez rien du tout, cela sera beaucoup plus sage. On ne sait jamais quand finit un siége.

— Votre réflexion est juste, capitaine, lorsqu'une place investie peut être secourue, et que les assiégeans courent le risque de se voir à leur tour assiégés eux-mêmes pour ainsi dire dans leurs retranchemens. Or, pour nous un tel danger n'est pas à craindre. Le marquis de la Tremblais, isolé dans sa rébellion, se trouve réduit à ses seules ressources et n'a le droit de compter sur aucun appui étranger.

— Ceci ne m'est point prouvé, s'écria de Maurevert; n'oubliez point, Raoul, que les poursuites intentées par MM. des Grands-Jours contre le marquis de la Tremblais s'adressent à la noblesse entière de la province! Or, l'Auvergne compte plus de trois cents seigneurs féodaux, ayant tous commis des légèretés et des peccadilles dignes de la potence!... Supposez, — et cette supposition n'a rien d'improbable, tout au contraire, — que ces seigneurs, menacés dans leur existence et leur fortune, se liguent entre eux pour se défendre contre l'ennemi commun : qu'en résultera-t-il? Que du jour au lendemain vous vous trouverez avoir sur la brasune armée de 15 à 20 mille hommes à combattre!... Plus je réfléchis, Raoul, à la mission que vous avez acceptée, et plus je la vois hérissée de difficultés et de dangers...

— Moi, répondit Sforzi avec un superbe sourire d'audace et de confiance, je ne doute nullement du succès. Notre impétuosité et notre vigueur inspireront à la noblesse une telle épouvante, qu'elle ne songera même pas à résister.

— Pour obtenir ce précieux résultat, il vous faudrait frapper un grand coup, faire un terrible exemple!

— C'est bien notre intention, capitaine. Dès demain, — car aujourd'hui dimanche il n'est pas permis au tribunal de siéger, — Messieurs des Grands-Jours rendront et feront exécuter une sentence. Notre puissance, pour être reconnue et respectée, doit subir le baptême du sang! Du moment que le glaive de la justice aura abattu une tête coupable, du moment que le peuple saura qu'il peut entièrement compter sur nous, les obstacles qui en ce moment nous environnent disparaîtront comme par enchantement et nous resterons maîtres du terrain. Tenez-vous donc prêt, monsieur le grand-prévôt. D'une minute à l'autre vous pouvez recevoir l'ordre de marcher.

— Le capitaine de Maurevert est toujours prêt quand il s'agit d'aller en avant, monseigneur!... A présent, cher Raoul, il me resta à vous entretenir d'un sujet qui vous concerne personnellement. Comptez-vous oui ou non tenir la promesse que vous avez faite au bandit Croixmore, et payer les quatre mille écus de la rançon à laquelle ce misérable a osé imposer Mlle d'Erlanges ?...

— Capitaine, votre question me paraît étrange. Je ne vous ai jamais donné, que je sache, le droit de douter de ma parole.

— C'est vrai, Raoul, mais ce Croixmore est un si abominable coquin.

—Que m'importe! mon honneur n'est-il pas moins engagé pour cela.

— Oui, vous avez encore raison... Eh bien, cher Raoul, si cela vous est agréable, je profiterai de la solennité du jour qui me laisse ma liberté, pour porter les quatre mille écus à l'ex-seigneur de Tournoil !

— Volontiers, capitaine... Tenez, voici cette somme en or...

Les yeux de Maurevert brillèrent de joie, et ce fut d'une main tremblante d'émotion qu'il prit les écus empilés devant lui.

— Cher Raoul, reprit-il au moment de s'éloigner, je réfléchis que puisque je suis en train ce matin de voir des bandits, je ne ferais pas mal de rendre une petite visite au chef des Apôtres!... La prison se trouve sur mon chemin, et cet exécrable Benoist est plus à même de nous fournir des renseignemens exacts et précieux sur les forces dont dispose le marquis de la Tremblais !...

— J'accepte votre offre avec reconnaissance, capitaine, répondit Sforzi, seulement je doute fort que vous réussissiez dans votre tentative. Cet infâme Benoist montre une impudence et une assurance incroyables... Rien n'a pu vaincre jusqu'à présent sa ténacité. On croirait à le voir et à l'entendre qu'il est certain de l'impunité.

— Bah! cher Raoul, si Benoist ne parle pas, c'est qu'on l'interroge mal. Donnez-moi carte blanche, et que le diable m'extermine si, en moins d'une heure de temps, je ne le rends pas aussi bavard qu'une pie!

— Soit, capitaine; agissez comme vous l'entendrez au mieux des intérêts de Sa Majesté.

—Alors Raoul, asseyez-vous devant votre table, et écrivez : « Moi, le chevalier Sforzi, commissaire extraordinaire du roi dans la province d'Auvergne, j'ordonne aux greffiers, tourmenteurs-jurés et geôlier en chef de la prison de Clermont, d'avoir à obéir au capitaine de Maurevert, grand-prévost de la susdite province, dans tout ce qu'il leur commandera, et ce, comme si c'était moi-même. » Maintenant apposez au bas de ce style fort peu correct, aucunement élégant, votre seing et votre signature. Là, voilà qui est fait... Quand vous reverrai-je, Raoul ?

—Après la sortie de l'église, capitaine.

—Vous vous rendez à la cathédrale ?

— Oui. Mgr l'évêque doit prononcer ce matin en chaire, à la requête de messire de Harlai, un *Monitoire* en faveur des Grands-Jours.

—Voilà une excellente mesure. A bientôt, cher Raoul. De mon côté, je cours à la prison. Tenez-vous pour assuré que si Benoist se refuse à répondre à mes questions, c'est qu'il sera devenu muet... et encore fût-il muet, je crois que pour m'être agréable, il retrouverait la parole.

Un quart d'heure après sa conversation avec Sforzi, de Maurevert pénétrait dans le cachot de l'assassin Benoist.

Le chef des Apôtres, solidement enchaîné à la muraille, ne montra, à la vue du capitaine, ni émotion ni surprise ; tout au contraire, un sourire sardonique et méchant effleura ses lèvres minces et pâles.

— Benoist, dit de Maurevert après un léger silence, il m'est impossible de t'exprimer la joie que j'éprouve à te contempler dans ta détresse !... Cette fois n'est pas du reste la première que nous nous trouvons, toi et moi, dans un même cachot. Tu te rappelles bien, n'est-ce pas, l'entrevue que j'eus jadis en ta présence avec le seigneur Sforzi plongé dans la prison du château de la Tremblais? Je n'oublierai jamais, moi, ton air important et glorieux d'alors. A la pensée de pendre haut et court ce gentil, vaillant et loyal Raoul, tu éclatais de joie, tu étais fou de bonheur !... Comme les temps sont changés ! voilà qu'aujourd'hui le persécuté Sforzi est devenu un puissant seigneur, et le bourreau Benoist un gibier de potence !... Comment oser mettre en doute, après cela, la justice de la Providence !...

De Maurevert fit une pause, puis voyant que l'ex-exécuteur des hautes-œuvres du marquis de la Tremblais continuait à sourire d'un air moqueur et à garder le silence, il reprit la parole.

—Benoist, dit-il d'un ton joyeux, tu dois comprendre que le seul plaisir de causer avec un drôle de ton espèce n'est pas suffisant pour m'avoir fait descendre dans ton cachot ! Je viens t'annoncer une importante nouvelle. Messieurs des Grands-Jours ont décidé que tu serais roué, ce soir, en place publique à la lueur des flambeaux ! Tudieu ! Benoist, tu as le droit de te vanter de ta popularité ! A peine la nouvelle de ta prochaine exécution s'est-elle répandue dans les environs, que plus de dix mille campa-gnards et manans se sont mis en route afin de venir contempler une dernière fois ton gracieux visage. Une place aux fenêtres qui avoisinent la roue se loue deux écus ! C'est un enthousiasme sans pareil ! Voici donc le moment arrivé de te montrer dans toute la splendeur de ta gloire ! Je suis ravi, Benoist, que monseigneur Sforzi ait consenti, à ma sollicitation, à te faire rouer publiquement et non pas exécuter privéement dans ton cachot, comme il le voulait d'abord. Oh ! ne me remercie pas ! Si j'ai si chaudement défendu tes intérêts, c'est que j'y trouvais le mien. J'avais promis à plusieurs grandes, honnêtes et vertueuses dames de ma connaissance de les régaler du joli spectacle de tes derniers momens ! Cela t'explique, Benoist, l'intérêt que je prends à ton agonie ! Je désire que tu t'élèves à la hauteur de la flatteuse curiosité dont tu es l'objet, que tu te montres digne de la confiance que l'on met en ton courage. J'ai déjà arrangé et combiné une espèce de divertissement qui, si tu l'exécutes gentiment —pendant que l'on te rouera— j'en réponds, un effet admirable. Le bourreau, à qui j'ai donné mes ordres à cet égard, te servira de compère... Le drôle répète déjà son rôle. A présent, Benoist, prête-moi toute ton attention ; je vais te narrer le divertissement en question.

— Capitaine ! s'écria avec violence l'assassin Benoist, qui depuis un instant avait complètement changé de contenance, vous tentez en vain de vous jouer de ma crédulité; je ne vous crois plus... vous mentez ! Depuis quand exécute-t-on un homme — cet homme se serait-il rendu coupable de tous les crimes possibles — sans l'entendre auparavant, sans le juger ?

— Depuis que les Grands-Jours sont établis, Benoist !.. Quoi, tu as eu la sottise, la niaiserie, l'imprudence d'avouer à monseigneur Sforzi que tu possèdes un secret compromettant, et tu te figures que M. le commissaire extraordinaire du roi te fera comparaître devant un tribunal ! Tes méfaits sont si publics, si connus, si avérés, si patens, que MM. des Grands-Jours ont décidé qu'il était inutile de t'interroger ! Qu'avaient-ils besoin de tes aveux ?.. Tu as été condamné, Benoist, à la complète unanimité des voix. J'ajouterais même, si je ne craignais d'affecter ta sensibilité, que la sentence rendue contre toi a été accueillie avec enthousiasme par le public. Te tromper, moi ! à quoi cela me servirait-il ? Allons, Benoist, du calme, du sang-froid. Au lieu de songer à l'ennui de ton supplice, — après tout, vingt-quatre heures sont bientôt passées, car j'ai oublié de t'apprendre que tu dois rester pendant vingt-quatre heures attaché vivant sur la roue, — au lieu, dis-je de t'inquiéter des tracasseries que te fera subir, jusqu'à demain soir, le bourreau, occupons-nous plutôt de régler le petit divertissement dont je te parlais tout à l'heure. Je commence.....

— Capitaine ! s'écria le bandit d'une voix étranglée par la peur, capitaine ! au nom du ciel... je vous en conjure, à mains jointes... à genoux... faites en sorte que je parle sans retard à Mgr Sforzi...

— Parler au seigneur Sforzi !... à ton ancien patient !... Tu es fou !...

— Capitaine, par pitié, ne repoussez pas ma prière ! Quelque grands, quelque abominables qu'aient été mes torts envers monseigneur Sforzi, je suis assuré, si je parviens à le voir, qu'il suspendra mon exécution... qu'il me fera grâce...

— Le délire t'égare Benoist.

— Non, non, capitaine... je possède un secret... un secret terrible, et qui me sauvera de la roue.

— Tu ne me trompes pas ? Benoist.

— Oh ! non... non, capitaine.

De Maurevert sourit d'une singulière façon, et ouvrant la porte du cachot.

— Holà ! archers, dit-il, que l'on conduise ce prisonnier dans la chambre des tortures.

Le lieu nommé la chambre des tortures était une salle extrêmement haute et assez large, située au rez-de-chaussée de la prison.

Un chevalet, des brodequins, une roue, des tenailles de toutes grandeurs et de toutes formes, une corde passée à une poulie attachée au plafond cintré et très élevé, tels étaient les objets qui attiraient de prime-abord les regards de ceux qui pénétraient dans ce triste et lugubre séjour.

La stupéfaction et la terreur de l'ex-chef des Apôtres furent si extrêmes, quand il entendit de Maurevert donner son ordre aux archers, qu'il ne trouva pas la force de prononcer une parole, de demander une explication. Il se leva machinalement, et, tenu par deux gardes, il sortit de son cachot.

Lorsque le misérable pénétra dans la chambre des tortures, il se mit à trembler de tous ses membres; au reste, le spectacle qui s'offrait à sa vue n'était pas de nature à dissiper ses frayeurs, à lui rendre son sang-froid; loin de là.

De Maurevert, assis dans une espèce de fauteuil qui ressemblait assez à un tribunal, portait sur son visage un air de gravité du plus mauvais augure.

A quatre pas du capitaine se tenaient deux personnages dont les physionomies refrognées et bourrues annonçaient la plus complète insensibilité : c'étaient le greffier et le médecin de la prison.

Un peu plus loin, un gros et robuste garçon, à la figure joviale et réjouie, aux manières ouvertes et franches, s'occupait à vérifier la solidité du chevalet : cet homme était le bourreau.

Enfin le fond du tableau était rempli par six individus — assez semblables à des dogues — qui suivaient avec une respectueuse attention les moindres mouvemens de l'exécuteur des hautes-œuvres de Clermont, dont ls étaient les aides ou valets.

— Maître Chérubin, dit de Maurevert en désignant par un geste au bourreau le chef des Apôtres, voici un mécréant et un réprouvé de la pire espèce. Il va vous falloir, pour opérer sa conversion, déployer tous vos talens, donner essor à toute votre imagination.

— Benoist a été jadis mon compère, messire, répondit le bourreau Chérubin tout en adressant une amicale inclinaison de tête au chef des Apôtres, je lui dois en cette qualité tous mes soins. Je vais le traiter en ami.

— Qu'entendez-vous par ces mots, maître Chérubin ? demanda sévèrement le grand-prévôt.

— J'entends, seigneurie, que je compte lui procurer toutes les jouissances et tous les agrémens dont je dispose. Je veux choisir mes tenailles les plus acérées, mes cordes les mieux tressées, mes coins les plus gros. Quoique je sois un modeste exécuteur de province, je vaux, grâce à mon amour pour ma profession, — ceci soit dit sans fortanterie aucune, — autant que mes heureux et superbes confrères de Paris. Benoist peut être assuré de la torture la plus savante, la plus irréprochable, la plus complète qui ait jamais été donnée au Châtelet. Quand il sortira de mes mains, il ne sera plus reconnaissable. Par quoi faut-il commencer, monseigneur ?

— Que te semble des brodequins, Chérubin ?

— Oh ! cela est bien usé, Messire ! Cependant si vous tenez tant soit peu à cette épreuve, je me fais fort de la rendre, par ma manière de procéder, passablement efficace.

— Eh bien ! va d'abord pour les brodequins ! répondit de Maurevert. La vue de cette opération me rappellera certains plaisans souvenirs de jeunesse qui m'aideront à supporter patiemment les criailleries de ce drôle.

A un signe de leur chef, les valets se saisirent de Benoist, le dépouillèrent de ses vêtemens et le fixèrent solidement sur un lourd et épais banc de chêne, dont les pieds pénétraient profondément dans le sol.

Le greffier se mit à tailler sa plume.

La stupéfaction et l'effroi de Benoist étaient tels, que jusqu'alors il était resté comme étranger et insensible à ce qui se disait et se passait devant lui.

Le brutal contact des mains des valets le retira de son état léthargique. Il se redressa d'un bond, poussa un hurlement, et, de ses bras enchaînés, essaya de repousser les aides du bourreau.

— Monseigneur de Maurevert, s'écria-t-il en accompagnant ces paroles d'un regard vague et incertain, monseigneur, je vous en conjure au nom de tout ce qui vous est cher en ce monde, sauvez-moi de la torture... faites éloigner le bourreau... Grâce ! monseigneur ! Je suis prêt à tous les aveux que vous exigerez... je ne vous cacherai rien de mon passé... je vous confesserai tous les crimes dont je me suis rendu coupable !....

Le grand-prévôt resta silencieux et impassible. Ce fut maître Chérubin qui se chargea de répondre à Benoist.

— Compère, lui dit-il d'un ton de doux et affectueux reproche, je ne me serais jamais attendu à une si honteuse faiblesse de ta part. Tu te déshonores. Voyons, en souvenir de notre vieille amitié, des rasades que nous avons bues ensemble, des joyeux momens que je t'ai fait passer, ne me prive point, par ton insigne lâcheté, de la gloire, et peut-être aussi de l'avancement que doit me procurer ta torture. Quel mérite aurai-je de tes aveux, si tu cries ainsi à l'avance. Du courage, mon bon et gentil Benoist; du courage !

Maître Chérubin, tout en adressant ces touchantes prières à son ancien compère n'était pas resté inactif: il avait emprisonné la jambe gauche de Benoist dans les fatales planchettes connues sous le nom de brodequins, puis il avait passé un coin de fer entre le bois des planchettes et la chair de l'accusé.

Le chef des Apôtres, les yeux hagards, la respiration sifflante, le front inondé d'une sueur froide, regardait d'un air hébété, et comme s'il ne comprenait pas ce dont il s'agissait, les apprêts de son supplice.

Tout à coup il poussa un horrible cri de douleur... Le marteau du bourreau venait d'enfoncer le premier coin !...

— Mille légions de diables, reprit maître Chérubin à bout de patience, ne dirait-on

pas, à entendre beugler cet âne fieffé, qu'il se trouve exposé sur la roue... Ah ! c'est comme cela que tu tiens compte de mes supplications, Benoist... Attends un peu... Il me reste encore neuf coins à placer... entends-tu ?... Neuf coins !... Que le diable m'étrangle si au sixième tes os ne commencent pas à craquer et à se fêler.

— Monseigneur de Maurevert, hurla Benoist, grâce... pitié... grâce...

Le capitaine fit signe au bourreau de s'arrêter, et s'adressant à l'ex-chef des Apôtres :

— Benoist, lui dit-il, ce n'est pas à moi mais bien à M. le greffier que vous devez la confession de vos crimes.

— Je n'ai pas achevé de tailler ma plume, grommela d'un air de mauvaise humeur le greffier. Enfoncez encore un coin, Chérubin... enfoncez un coin !. .

Après que le greffier eut effilé le bec de sa plume, il dut arranger son papier, chercher une position commode pour écrire, et délayer avec de l'eau le fond fangeux de son écritoire.

Maître Chérubin en était au sixième coin, lorsque le greffier se déclara prêt à recevoir les aveux du patient.

Benoist, rappelé à la vie et soutenu par un cordial que lui fit boire le bourreau, commença sa confession.

Il débuta par le récit de l'assassinat d'une jeune et jolie fille de seize ans, vassale du marquis de la Tremblais, et que ce seigneur, excité par la jalousie, lui avait ordonné de poignarder ! Ce fut ensuite la pendaison d'un tenancier qui, prétextant la dureté des temps et le mauvais état de la récolte, s'était refusé à payer sa redevance annuelle.

Benoist, après d'épouvantables et nombreux aveux — dont le procès-verbal, qui existe encore dans les archives du parlement de Paris, doit se retrouver en double dans les archives de l'Auvergne—termina son récit par la surprise de la maison-forte de Tauve et le meurtre de la dame d'Erlanges.

— Ouf ! dit le greffier en essuyant sa plume après ses cheveux, voilà une séance comme je ne me souviens pas d'en avoir encore passé de pareille... Quelle rude besogne ! vingt pages d'écriture... J'ai les doigts brisés...Vous plairait-il, monsieur le grand-prévôt, de m'accorder un moment de répit ?

— Volontiers, monsieur, répondit de Maurevert. Il est de fort bonne heure et rien ne nous presse ; nous avons toute la journée. Maître Chérubin, détachez Benoist et placez-le sur ce lit ; une heure ou deux de repos le rendront frais et dispos comme si rien ne s'était passé, et vous permettront de reprendre le cours de vos expériences. Je vous félicite, maître Chérubin, de votre dextérité... Vous avez opéré avec une délicatesse, un savoir faire, une netteté de principes dont je ne saurais trop vous féliciter. Je rendrai compte de votre habileté à MM. des Grands-Jours. Je ne doute nullement, si vous continuez à apporter le même zèle dans l'exercice de vos fonctions, que vous n'arriviez au Châtelet !

—Vous me comblez, monsieur le grand-prévôt, s'écria maître Chérubin radieux ; arriver au Châtelet ! oh ! c'est là le rêve de ma vie ! Combien je regrette que la lâcheté de mon compère Benoist ne m'ait pas permis de déployer tous mes talens. J'espère, monseigneur, être plus heureux une autrefois. Puis-je compter, si j'ai bientôt la chance de rencontrer une opiniâtreté et un courage à la hauteur de mon savoir, que vous daignerez assister, monseigneur, à mon travail ?

— Je ferai mon possible, Chérubin... A présent, profitez du repos de Benoist pour aller déjeuner... Je resterai ici à vous attendre !

Le bourreau ne se fit pas répéter cette invitation : il s'éloigna aussitôt suivi de ses aides.

—Monsieur le grand prévôt, dit le chirurgien en s'adressant à de Maurevert, je viens de constater l'état du patient : il est des meilleurs. Je vous demanderai donc de m'absenter jusqu'à la reprise de la séance.

Le greffier donna un coup de coude au chirurgien, et s'empressant de prendre la parole :

— Ignorant que vous auriez besoin de moi ce matin, messire de Maurevert, dit-il, j'avais convié hier M. le chirurgien à partager mon déjeuner d'aujourd'hui... Permettez-moi de joindre ma voix à la sienne.

— Allez, allez, messieurs, je ne vous retiens pas, répondit de Maurevert. Il suffit que vous soyez de retour dans deux heures.

— Nous serons exacts, monseigneur, dirent le chirurgien et le greffier qui se prenant par le bras sortirent, d'un pas grave et majestueux, de la chambre des tortures.

Une fois que de Maurevert se vit seul, il se leva de dessus sa chaise, s'en fut fermer à clé la porte ; puis il se dirigea vers le misérable mutilé qui gisait à moitié privé de connaissance sur sa couche de douleur.

Le capitaine s'assit sur l'escabeau occupé naguère par le greffier, et élevant la voix,

— Benoist, dit-il, nous voici seuls, personne ne peut plus nous entendre : causons.

L'ex-chef des Apôtres souleva avec peine ses paupières, et ne répondit pas.

—Prête-moi toute ton attention, Benoist, continua de Maurevert ; il y va de ton existence. Il ne faut pas te dissimuler, abominable coquin, que tu n'as fait encore qu'effleurer la coupe des souffrances qui te sont réservées. La question que tu achèves de subir n'est pour ainsi dire qu'un avant-coureur des tortures que te réserve l'avenir..... Tu en es encore aux roses, juge de tes ennuis lorsqu'il te faudra aborder les orties et les chardons !..... Tu sais, Benoist, que je n'ai jamais manqué à ma parole, que je suis l'esclave de mon serment. Eh bien, je te jure, sur mon nom de Maurevert, sur mon honneur de gentilhomme, que si tu me révèles ce terrible secret qui, d'après toi, te sauverait du dernier supplice, s'il était connu de monseigneur Sforzi ; je te jure, dis-je, qu'en considération de ta franchise, tu ne mourras pas sur l'échafaud. Hâte-toi, Benoist, de profiter de ma bienveillance ; peut-être bien tout-à-l'heure serait-il trop tard. Tu m'entends, n'est-ce pas ? Je t'offre un moyen d'éviter la roue et la potence. N'oublie point que ce soir même doit avoir lieu ton exécution.

Aux dernières paroles de Maurevert, le visage décoloré et livide du patient se teignit d'une légère rougeur, et faisant un effort sur lui-même,

—Capitaine, répondit-il d'une voix à peine intelligible, je possède en effet un terrible secret... un secret qui concerne monseigneur Sforzi d'une façon toute particulière... Mais ce secret fait ma force...

— Ce secret fait ta force, pauvre misérable! interrompit de Maurevert. Et en quoi je te prie ?..... T'imagines-tu que si ce secret peut m'être profitable, je le laisserai bénévolement échapper ;... que pour être agréable à un bandit tel que toi, je perdrai une occasion de fortune!... D'ici à ce que tu te prélasses sur la roue, je ne te quitterai pas d'une minute, Benoist !... je serai le dernier témoin de ton agonie!... Et puis en supposant qu'il te fût donné d'arriver jusqu'à Mgr de Sforzi, qu'obtiendrais-tu de plus de sa clémence que je ne t'offre déjà? Il me semble qu'en te sauvant de l'échafaud, je réponds à ton souhait le plus vif, le plus ardent. Un dernier mot, Benoist : il ne sied ni à ma dignité, ni à ma naissance de jouer vis-à-vis de toi le rôle de solliciteur. Veux-tu te taire ou parler ? c'est un oui ou un non que j'exige.

L'ex-chef des Apôtres hésita : enfin, paraissant prendre un parti :

— Il est vrai, capitaine, dit-il, que tout le

monde rend justice à votre loyauté à tenir vos sermens... Vous me jurez bien...

— Trève de paroles inutiles, interrompit de nouveau de Maurevert ; je n'aime pas me répéter : c'est un oui ou un non que j'exige.

Benoist se recueillit un instant, puis approchant sensiblement sa tête de l'oreille du capitaine assis au chevet de son lit :

— Je compte sur votre promesse, capitaine, reprit-il, vous me sauverez de l'échafaud... Je me sens prêt à défaillir... ne m'interrompez pas... Voici mon secret.....

CHAPITRE X.

Révélation et récompense.

L'ex-chef des Apôtres fit une légère pause, puis se recueillant un instant, il reprit la parole :

— Le seigneur de la Tremblais, le père du marquis actuel, dit-il, était un homme d'une humeur farouche, d'un caractère emporté et violent. C'est encore aujourd'hui avec une terreur profonde que ses anciens vassaux se souviennent de lui et prononcent son nom. Mon maître, quelque hautain, colérique, fougueux et vindicatif qu'il soit, ne rappelle que faiblement son terrible père !

L'ancien seigneur de la Tremblais était marié à une douce et charmante demoiselle qu'il aimait éperdument, mais à la façon des tigres ! Pauvre marquise !... Ni son angélique patience, ni sa modestie, ni sa vertu, ni son humilité ne pouvaient la préserver des emportemens furieux de son seigneur ! Chaque jour amenait de la part du marquis une scène de violence ! Il lui reprochait sans cesse d'avoir été fiancée jadis à un sien cousin, et l'accusait de conserver pour ce parent un sentiment coupable.

J'étais, de tous les serviteurs du château, celui en qui monseigneur mettait le plus de confiance : assuré de mon obéissance, et reconnaissant la hardiesse de mon esprit, il me chargeait volontiers de missions importantes.

J'avais à peine vingt-cinq ans lorsqu'il me nomma le chef de ses Apôtres !..

— Le marquis actuel de la Tremblais n'est donc pas le fondateur de la belle institution des Douze-Apôtres, Benoist ? interrompit de Maurevert.

— Non, monsieur le grand prévôt.

— Continue, Benoist, continue. Tu narres à ravir.

— Une nuit,—il y a de cela vingt-quatre ans,—monseigneur me fit appeler auprès de sa personne. Je me rappelle encore aujourd'hui notre entrevue comme si elle avait eu lieu hier. Mon maître se promenait d'un air furieux dans son cabinet. Une lampe à moitié éteinte éclairait à peine l'appartement ; les yeux du marquis brillaient dans l'ombre... J'eus presque peur !... — Benoist, me dit-il, j'ai besoin de ton dévoûment... J'ai un terrible service à te demander, un redoutable secret à te confier !... Si tu songes à me désobéir, à abuser de ma confiance, je te ferai jeter dans une oubliette !... Ecoute-moi sans m'interrompre et n'essaie pas de combattre ma résolution... elle est inébranlable, irrévocablement arrêtée. Benoist, j'ai acquis la certitude que madame de la Tremblais m'a odieusement trompé !.... Mon second fils doit sa naissance à un crime.... Je ne puis conserver devant mes yeux ce témoignage vivant de mon déshonneur... Je veux que cet enfant meure !... Ne m'interromps pas. Benoist, te dis-je, poursuivit le marquis en frappant du pied avec violence le plancher. Je ne t'ai point mandé pour prendre tes conseils, pour discourir avec toi... C'est, je te le répète, seulement ton obéissance qu'il me faut...

Le marquis se tut pendant un instant, puis s'arrêtant devant moi et me fixant d'un regard ardent :

— Benoist, reprit-il, n'oublie point que les secrets des grands sont souvent mortels pour les humbles créatures qui les possèdent !... Du moment que tu te refuseras à m'obéir, tu deviendras mon ennemi. J'entends ne pas avoir en ceci de confident, c'est bien assez déjà d'un complice !... Un dernier mot, Benoist : il faut d'ici à deux jours que le château compte un hôte de moins , l'enfant de la honte ou le serviteur infidèle !

En cet endroit de son récit, Benoist s'interrompit pendant quelques instans.

— Eh bien ? demanda de Maurevert.

— Eh bien, capitaine, reprit l'assassin d'une voix sourde, deux jours après cette entrevue, monseigneur de la Tremblais me gratifiait de cent écus, et ma pauvre maîtresse remplissait le château de ses cris et de ses plaintes : son fils avait disparu.

— Tué par toi, Benoist !

— Je l'avais frappé, capitaine, d'un coup de dague en pleine poitrine !

— Ta narration ne manque pas d'un certain intérêt, aimable gibier de potence, reprit de Maurevert pensif ; toutefois je ne comprends pas bien en quoi elle se rapporte à mon gentil Sforzi.

— Je n'ai pas terminé, capitaine.

— Ah ! c'est différent. Continue, Benoist, continue.

— Le jour même du crime, poursuivit l'ex-chef des Apôtres, une compagnie de reîtres, qui traversait l'Auvergne, trouva dans un bois écarté un pauvre enfant mortellement blessé et sur le point de rendre le dernier soupir. Les reîtres, émus de pitié, ce qui ne leur était guère habituel, recueillirent l'innocente créature, lui prodiguèrent les soins les plus empressés et la rappelèrent à la vie. Or, cet enfant si miraculeusement sauvé n'était autre que monseigneur Sforzi lui-même...

— Sforzi, le frère du marquis de la Tremblais ! s'écria de Maurevert avec une stupéfaction et une émotion profondes. Non, cela est impossible..., tu délires, Benoist, ou bien tu veux me tromper... Sforzi, le frère du marquis ! non... non... tu mens... tu mens...

— Aussi vrai qu'il n'y a qu'un Dieu au ciel, capitaine, aussi vrai que l'innocence de ma pauvre maîtresse fut reconnue plus tard par son seigneur, je vous dis, je vous répète, je vous jure que Mgr Sforzi est bien le fils du défunt marquis de la Tremblais ! J'ai vu de mes propres yeux la cicatrice laissée sur sa poitrine par ma dague ; j'ai reconnu en lui le jeune enfant de jadis... j'ai retrouvé dans ses traits une ressemblance inouïe, irrécusable avec ceux de mon ancien maître... Enfin, c'est de sa propre bouche que M. Sforzi m'a raconté, sans se douter que j'étais son meurtrier, l'assassinat qui du berceau avait failli le jeter dans la tombe ! Comprenez-vous maintenant la cause de ma sécurité, capitaine ? N'avais-je pas en mains un moyen assuré, si le hasard se déclarait contre le marquis de la Tremblais, de le garantir et le sauver de la vengeance de Mgr Sforzi !... Un frère ne tue point son frère !... L'impunité de mon maître devait entraîner la mienne.

Après la révélation du bandit, de Maurevert garda un assez long silence. Les pensées les plus contradictoires et les plus diverses se croisant dans l'esprit du capitaine, le privaient de sa lucidité, de sa clarté habituelle. Il ne savait s'il devait se réjouir ou se désoler, si cet événement constituait un bonheur ou un malheur.

— Benoist, reprit-il enfin, je te défends expressément, retiens bien ceci, de mettre un tiers dans notre secret. Avant tout, je vais dresser un procès-verbal de tes aveux. Tu signeras cette pièce et tu la remettras ensuite à Monseigneur l'évêque, avec prière de la tenir sans cesse à ma disposition... Mgr l'évêque voudra bien, je l'espère, à ma considération, se rendre près de ta laide personne. Ensuite... ma foi, j'ignore ce que je ferai... Ta révélation a jeté un tel trouble dans mon esprit que j'ai besoin de me recueillir avant de m'arrêter à un parti définitif... Ah ! à propos !... Depuis quand sais-tu, Benoist, que Mgr Sforzi est le frère de ton maître ?

— Depuis le jour où je faillis pendre M. le chevalier.

— Et tu gardas le silence sur ta découverte ?.. Oui... je conçois, tu tenais à prendre une revanche de ta première maladresse, à terminer ta besogne... Réellement, Benoist, tu n'as pas eu de chance avec Raoul. Tu le daguas enfant, tu le pends jeune homme, et il ne s'en porte que mieux. Le hasard donne parfois lieu à des singularités bien étranges.

De Maurevert prit la plume et une feuille de papier que le greffier avait laissés, et traça d'une écriture peu correcte, mais d'un style clair et précis, le récit que venait de lui faire Benoist.

Le chef des Apôtres — chose assez rare à cette époque pour un homme de basse condition — savait signer. De Maurevert le souleva à moitié sur son lit de douleurs, et, le soutenant dans ses bras, lui présenta le procès-verbal. Le misérable, après bien des efforts, finit par y apposer son nom.

— Au revoir, et à bientôt, abominable coquin, lui dit de Maurevert, je cours quérir Mgr l'évêque.

— Capitaine, s'écria Benoist, j'ai votre promesse, votre serment...

— Quelle promesse, fils chéri de Lucifer ?

— Que vous me sauverez de l'échafaud...

— Oh ! quant à cela, tu n'as rien à craindre, Benoist, répondit de Maurevert en accompagnant ces paroles d'un étrange et singulier sourire ! Je t'ai juré que tu ne périrais pas sur l'échafaud... Oui, c'est vrai, mille fois vrai... Donc tu ne périras pas sur l'échafaud. N'oublie pas, toutefois que si, quand tout à l'heure on te remettra à la gêne, tu laisses échapper une seule syllabe de notre secret, je me trouverai par cela seul complétement dégagé de ma parole.

— Comment, capitaine, quand on me remettra tout-à-l'heure à la gêne ! répéta l'ex-chef des Apôtres, en tremblant de tout son corps, dois-je donc encore subir de nouvelles tortures ?

— Ah çà, drôle, t'imaginerais-tu, par exemple, que parce que l'on t'a légèrement serré les jambes, te voilà quitte envers la justice ? Nenni, maître Benoist ! Tu as subi la petite question, la question ordinaire, il te reste maintenant à passer par la question extraordinaire. Je te conseille même—à présent que tu dois être plus aguerri à la souffrance — de profiter de cette occasion pour te réhabiliter et faire oublier ta couardise de tout à l'heure. Au revoir, charmant sacripant, à bientôt.

De Maurevert, sans plus s'occuper des supplications du misérable, appela les archers, confia le patient à leur garde, et s'éloigna en toute hâte.

— Par Minerve ! se disait-il tout en se dirigeant vers la cathédrale où il espérait trouver Mgr l'évêque, j'en suis à me demander si je rêve!.. Sforzi le frère du marquis !... Que faire?... que faire?... Voyons un peu : si j'apprends à Raoul sa parenté avec le seigneur de la Tremblais, qu'en résultera-t-il? Parbleu, que je mettrai mon gentil Sforzi dans la plus fausse position que l'on puisse imaginer... Entre combattre son frère et manquer à son devoir, il ne lui restera qu'un parti à prendre, celui de l'inaction. Il devra se démettre de sa charge de commissaire extraordinaire de S. M. Alors que devient mon crédit? Je tombe à plat de toute ma hauteur. Et puis, ce n'est pas tout! Quel détestable effet pour la réputation de Raoul, s'il résiliait ses pouvoirs la veille du combat! Il serait à tout jamais perdu de réputation, déshonoré. Décidément, je ne lui communiquerai pas les révélations de Benoist! D'un autre côté, il ne m'est pas possible de laisser ces deux frères s'entr'égorger! Pourquoi non ? Ils ne se connaissent pas : c'est absolument comme s'ils n'étaient pas frères ! Oui, mais moi, je sais le lien qui existe entre eux ! Si Sforzi tuait le Marquis, je perdrais à toujours l'heureuse tranquillité de ma conscience. je serais bourrelé de remords... Voyons, de Maurevert, n'essaye pas de te tromper toi-même, aurais-tu des remords?... Non, tu n'en aurais pas ! Ah ! diable, ici se présente une nouvelle complication à laquelle je n'avais pas encore songé. Si l'infâme de la Tremblais est occis, je devrai, pour que Sforzi puisse rentrer dans l'immense héritage que lui vaudra cette heureuse mort, révéler à Raoul sa parenté avec le défunt; alors il apprendra que j'étais instruit depuis longtemps de la vérité. Me pardonnera-t-il mon silence? non certes. Il a de singulières susceptibilités mon gentil Raoul ; il rompra, sans hésiter, en visière avec moi. De quelque côté que je me tourne, j'entrevois d'inextricables difficultés; cette question demande à être profondément mûrie, étudiée avec soin. En attendant que je m'arrête à un parti définitif, le mieux est de rester ici. On se repent souvent d'avoir trop parlé ; il est rare que l'on regrette d'avoir été discret. Rien ne presse, je puis, je dois attendre.

En ce moment, une voix joyeuse et sonore interrompit de Maurevert dans ses réflexions.

C'était le bourreau Chérubin qui le saluait d'un pompeux « Dieu vous garde, monseigneur ! »

— Holà ! maître Chérubin , s'écria de Maurevert, approchez-vous. C'est votre bonne étoile qui vous a mis sur mon passage. La satisfaction que m'ont fait éprouver tantôt votre rare habileté et votre précieux savoir, m'a donné le désir de vous être utile.

— Ah ! Monseigneur, tant de bontés...

— Ne m'interrompez pas, Chérubin, et prêtez-moi toute votre attention.

— Je bois vos paroles, Monseigneur.

— Je disais donc, maître Chérubin, que je désire vous être utile. Eh bien, je crois avoir trouvé un moyen certain de vous pousser au Châtelet.

— Ah ! Monseigneur... monseigneur, que de reconnaissance...

— Silence donc. Voici le fait, Chérubin, seulement je vous recommande une discrétion à toute épreuve.

— Oh ! Monseigneur, plutôt mourir que trahir votre confiance.

— Messieurs des Grands-Jours, poursuivit de Maurevert, seraient enchantés, afin de frapper les coupables d'une terreur salutaire, de donner, sans retard, un terrible exemple !.. Remarquez, Chérubin, que je dis « sans retard. »

— Oui, monseigneur, j'entends « sans retard. »

— Par malheur, Chérubin, il n'y a pas même de procès entamé !.. Or, pendant que l'on instruira une cause, l'audace des rebelles aura le temps de s'accroître, de grandir, toujours faute d'un exemple. Vous comprenez?

— Parfaitement, monseigneur !... Faute d'un exemple, l'audace des rebelles grandit de jour en jour !...

— C'est cela même... A présent, Chérubin, supposez que l'on vous confie un patient à questionner, et que, à force de talent et de zèle, vous transformiez la torture en une exécution... que le patient meure entre vos mains !... Oh ! alors, tout change de face !... Les rebelles s'aperçoivent enfin que la justice dont ils se raillent n'est pas un vain mot... Saisis de frayeur, ils demandent grâce !... Le bon droit triomphe, et Messieurs des Grands-Jours se pâment d'aise et de joie!... Vous saisissez, Chérubin?...

— Certes, Monseigneur, messieurs des Grands-Jours se pâment d'aise.

— Et reconnaissans du service immense que leur a rendu si à propos maître Chérubin, ils sollicitent et obtiennent incontinent pour lui la place de tourmenteur au Châtelet de Paris.

— Quoi, Monseigneur! vous croyez que si Benoist trépassait entre mes mains, je serais nommé au Châtelet?

—Cela ne fait pas l'ombre d'un doute pour moi!

—Ah! monseigneur, combien je vous remercie de votre conseil...

— Remarquez, Chérubin, que je ne vous ai donné aucun conseil; j'ai causé avec vous, voilà tout.

—Oui, oui, je comprends, monseigneur...

—Chérubin, bonne chance! interrompit de Maurevert en s'éloignant brusquement.

―――

CHAPITRE XI.

La Fulmination.

Le surlendemain du jour où Benoist avait été mis à la question, Raoul et de Maurevert, assis en tête à tête dans le salon du marquis de Canilhac, causaient entre eux.

Quoiqu'il fût à peine onze heures du matin, les deux amis étaient en grande toilette.

— Cher compagnon, disait le capitaine, je déplore autant que vous la mort du chef des Apôtres. Non que ce drôle m'inspirât le moindre intérêt, mais parce qu'il aurait pu, par ses renseignemens, nous être d'une certaine utilité pendant le siège du château de la Tremblais. Le bourreau Chérubin est, il faut en convenir, un habile homme! Tuer son patient, seulement en lui appliquant la question, et cela, sans enfreindre en rien les règles et les us de la torture : voilà une chose rare, admirable! Maître Chérubin mérite bien une charge de tourmenteur au Châtelet!... Passons, cher Raoul, à un sujet plus intéressant que le trépas du bandit Benoist; discourons sur l'opportunité ou le danger de la mesure que vous venez de prendre. Monseigneur de Harlai doit être au désespoir.

— Monseigneur de Harlai, répondit Sforzi, est l'un des hommes les plus probes, les plus fermes et les plus éclairés qu'il soit possible d'imaginer... Malheureusement le respect extrême qu'il porte aux usages en vigueur et aux traditions, l'empêche parfois

de déployer toutes les ressources de son esprit... Il est des heures solennelles où la loi doit disparaître devant la nécessité!...

— Je suis de votre avis, Raoul!... N'importe! C'est une bien grave innovation que vous tentez. Faire prononcer la *fulmination* deux jours seulement après la publication du Monitoire : cela ne s'est jamais vu. Chaque fois que les Grands-Jours ont été tenus en Auvergne, c'est-à-dire en 1454, 1481 et 1520 à Montferrand, 1542 et 1546 à Riom, les Monitoires ont été répétés pendant quatre prêches différens.

— Aux époques que vous venez de mentionner, cher compagnon, MM. des Grands-Jours montrèrent une excessive faiblesse et ne surent point remplir leur devoir! Nous avons affaire, ne l'oubliez pas, à une noblesse nombreuse, puissante, formidable, audacieuse! Si nous ne prenons point une vigoureuse offensive, c'en est fait de notre autorité.

En ce moment la porte du salon s'ouvrit et le marquis de Canilhac se présenta.

— Monsieur le commissaire extraordinaire, dit-il, voici les cloches qui nous annoncent le commencement de la cérémonie. Il est temps de partir.

— Deux mots auparavant, marquis, lui répondit Raoul. Avez-vous, ainsi que je vous en ai prié, envoyé des ordres pour concentrer au plus tôt à Clermont toutes les troupes disponibles de la province?

—Certes, monsieur Sforzi. Seulement j'ai le regret de vous annoncer que des symptômes très alarmans de rébellion se manifestent presque par toute l'Auvergne; je n'ai pu dégarnir la plupart des villes de leurs garnisons. Les forces sur lesquelles je comptais vont donc se trouver réduites de moitié.

— A combien s'élèveront encore ces forces, monsieur le gouverneur?

— A quinze cents hommes au plus.

—C'est bien, répondit Raoul après avoir réfléchi.

— Quoi! chevalier, vous oserez avec de si faibles moyens assiéger le château de la Tremblais?

— Certes, monsieur le gouverneur. J'ai juré à Sa Majesté de faire respecter et reconnaître son pouvoir : je ne manquerai pas à mon serment.

— Ne craignez-vous point, monsieur le commissaire, en entrant en campagne avec des forces si inférieures à celles de l'ennemi, de compromettre au contraire l'autorité royale? Songez à l'effet désastreux que produirait pour vous un échec! La mission de messieurs des Grands-Jours déjà si difficile et si pénible à remplir aujourd'hui, deviendrait alors impossible.

— Rassurez-vous, marquis, interrompit Sforzi, l'évènement que vous redoutez ne se réalisera pas. La royauté est une institution si grande, si sublime, que son affaiblissement ne saurait lui faire perdre son prestige. L'étendard de la rébellion s'abaissera devant le drapeau blanc fleurdelisé. Je réponds, sur ma tête, du succès.

A la porte de l'hôtel du *gouvernement* Sforzi, de Canilhac et de Maurevert trouvèrent messieurs des Grands-Jours placés sur deux rangs, et prêts à se mettre en marche. Une foule aussi compacte que celle qui les avait accueillis à leur arrivée à Clermont, attendait encore les juges, pour les conduire à la cathédrale ; seulement, cette fois, la foule, au lieu de se livrer à des transports de joie, à des manifestations bruyantes de sympathie, observait un morne silence.

La fulmination constituait à cette époque un événement d'une gravité immense, et frappait d'une terreur superstitieuse les esprits les plus hardis.

En effet, entre le *monitoire* et la *fulmination*, la différence était extrême.

Le *Monitoire*, qui consistait en simples injonctions adressées par l'autorité ecclésiastique aux fidèles pour qu'ils eussent à déclarer à la justice toutes les circonstances qu'ils connaissaient sur tel ou tel crime spécifié, était purement comminatoire ; la fulmination au contraire entraînait l'excommunication *ipso facto* contre les non-révélateurs.

A peine Messieurs des Grands-Jours eurent-ils pris place, selon le cérémonial observé en pareil cas, que les cloches commencèrent à sonner le glas des trépassés. Tous les membres du clergé de Clermont— hormis Mgr l'évêque qui ne devait point paraître à la cérémonie — se rangèrent armés chacun d'un cierge allumé — autour du chœur !... les assistans et Messieurs des Grands-Jours portant tous également un cierge, se mirent à genoux : alors le curé-chanoine de la cathédrale, monta en chaire et prononça, d'une voix grave et émue, au milieu d'un silence de mort, la fulmination suivante, qui venait de lui être apportée au nom de Mgr l'évêque !...

« A tous prêtres, curés, vicaires et chapelains de ce diocèse, sur ce requis, salut ! Comme ainsi soit que vous avez publié les monitoires par nous octroyés à la requête de M. le procureur du roi en la cour des Grand-Jours séante à Clermont, et par icelle vous avez admonesté tous les fidèles

de vos paroisses de déclarer et révéler par devant vous ce qu'ils savent, ont vu, ouï dire, sur le contenu des dits monitoires, à peine d'excommunication, mon dit sieur le procureur général a néanmoins appris que plusieurs personnes sont résolues à ne point tenir compte de vos admonitions faites par notre autorité, et nous a requis de prononcer sentence d'excommunication, aggravation et réaggravation contre les dites personnes : pour ce est-il que nous vous mandons publier ces présentes, et pour la deuxième fois nosdits Monitoires : après laquelle publication, si lesdites personnes, dans six jours, ne viennent à vue et entière révélation, nous les avons excommunié et excommunions par les présentes, et vous enjoignons de les dénoncer ès prônes de vos messes paroissiales pour excommuniés ; en laquelle sentence d'excommunication, si elles croupissent l'espace de six autres jours, par les mêmes présentes, nous les aggravons (1) ; et au cas que par six autres jours immédiatement suivans, elles demeurent d'un cœur endurci et obstiné (ce que à Dieu ne plaise) en cette sentence d'excommunication et aggravation, nous les réaggravons, et vous mandons que vous les dénonciez ès prônes de vos grandes messes paroissiales pour excommuniées, aggravées, privées de la communion, des saintes prières et suffrages de l'église, comme membres séparés d'icelle ; de ce faire, vous donnons pouvoir. »

Immédiatement après la lecture de cette fulmination, qui produisit sur l'auditoire une impression impossible à décrire, le clergé et les fidèles présens à la lugubre cérémonie, éteignirent leurs cierges et les jetèrent par terre.

Lorsque le calme se fut un peu rétabli, le curé-chanoine de la cathédrale répéta d'une voix grave et fortement accentuée le Monitoire qu'il avait lu deux jours auparavant !

Cette pièce historique, fort peu connue, peint trop bien les mœurs de cette époque féodale, pour que nous hésitions à la reproduire : elle présente, selon nous, un intérêt bien autrement puissant et dramatique que celui auquel peut atteindre le romancier.

Voici quel était le Moniteur de l'évêque :

« Nous vous mandons bien et diligemment admonester par notre autorité, sous peine d'excommunication par trois diman-

(1) L'*Aggrave*, outre la privation des biens spirituels, interdisait l'usage des choses publiques, et la *réaggrave* ajoutait la privation de la société même dans le boire et le manger.

ches consécutifs, aux prônes de vos églises, comme à présent par la teneur des présentes, et à la requête de M. le procureur général du roi, suivant la déclaration du roi, pour l'établissement des Grands-Jours à Clermont, du 20 du mois dernier, vérifiée en la cour du parlement le 23 en suivant du même mois, nous admonestons tous ceux et celles qui connoissent les personnes qui ont commis assassinats, vols, pillages, rapts, forcement de femmes ou de filles, incendies, violences, voies de fait, et autres crimes et délits dont la connaissance est attribuée aux dits Grands-Jours.

» S'ils savent et connaissent des lieux où ils se sont retirés ; qui se sont absentés depuis les condamnations intervenues ou contumaces instruites contre les coupables et prévenus desdits crimes ;

» Savent les personnes qui leur donnent retraite et leur administrent les choses nécessaires ;

» En quels lieux ils ont fait transporter leurs effets ; ès-mains de quelles personnes ils ont déposé leurs papiers, deniers comptans et effets ;

» Quels contrats, obligations, promesses et cessions ils ont passés ; de quel nom ils se sont servis, quels notaires ont reçu, tant lesdits contrats que les reconnaissances, et les contre-lettres qui leur ont été délivrées ; et généralement quelles personnes ont contribué pour divertir, cacher et receler lesdits coupables et leurs effets ;

» Qui ont connaissance de ceux qui ont occupé et occupent les dîmes et autres biens appartenant aux ecclésiastiques, les ont empêchés et empêchent d'en jouir pleinement et paisiblement ; détournent les personnes de les prendre à ferme, et les prennent eux-mêmes ou les font prendre sous main ;

» Ceux qui ont usé de simonie et trafiqué les bénéfices, et les tiennent sous le nom d'autrui ;

»Qui ont connaissance des exécutions faites pour recouvrement de deniers royaux ou autres, en vertu de copies collationnées d'arrêts, dont il n'y avait point d'originaux, ou qui n'étaient point conformes ; et des abus, malversations et exactions commises en vertu desdites copies ;

»De ceux qui ont fabriqué lesdites copies, de ceux qui les ont exécutées, et au profit de qui les deniers qui en sont provenus ont été convertis ;

»Ceux qui ont empêché, en quelque façon que ce soit, l'assiette et le département libre des tailles ;

» Qui ont connaissance de ceux qui ont

commis des usures et pris des intérêts illicites pour argent ; ou autre chose qu'ils ont prêtée ou avancée, et ont tiré plus grand profit qu'à raison de l'ordonnance ;

» Ont connaissance des officiers qui ont commis des concussions, et se sont laissé corrompre par argent, présens ou autrement ; et qui, par les mêmes voies, ont forcé les accusateurs ou parties civiles de s'accorder avec les accusés ; et moyennant ce, ont promis aux accusés de rendre les informations et procédures ;

» Des juges qui ont détenu longtemps les accusés dans les prisons sans leur faire leur procès ;

» De ceux qui ont empêché l'exécution des arrêts, sentences et jugemens, qui ont excédé ou intimidé les sergens et autres ministres de justice ;

» Qui savent et connaissent ceux qui se sont fait passer des reconnaissances par force et menaces, des cens, rentes, corvées ou autres droits non dus, et qui ont contraint les particuliers d'en passer des actes ou contrats ;

» Ceux qui ont converti les redevances qui sont en espèces et les corvées en argent et deniers, et ont évalué ou fait évaluer les grains à plus haut prix que celui des marchés, pancartes et mercuriales ;

» Ceux qui, pour faciliter lesdites conversions et exactions ne font publier le paiement desdites redevances par les curés ;

» Ceux qui se font payer, pour l'abonnement desdites corvées, plus grands prix que celui qui est porté par les coutumes générales et locales, tant pour les journées d'hommes que pour celles des bœufs ou autres ;

» Ceux qui, de leur autorité privée, imposent le prix aux grains ou autres marchandises, par dessus celui des pancartes et mercuriales ordinaires, et contraignent les redevables de payer suivant ladite augmentation faite de leur puissance particulière ;

«Qui ont connaissance de ceux qui se servent de faux poids, de fausses et doubles mesures pour donner et recevoir, vendre et débiter toute sorte de grains, et même de celles où il y a des cercles mobiles de bois qu'ils peuvent hausser et abaisser, pour augmenter ou diminuer la mesure du blé ou avoine qu'ils doivent recevoir ou délivrer ;

» De ceux qui, par les voies de force, impression et autorité, ont contraint les particuliers à faire et passer des actes et contrats à leur profit ou d'autres personnes interposées, même des contrats de mariage, des testamens, et généralement de tous autres ;

» Des seigneurs, hauts justiciers, qui n'ont point de prisons sûres, ni aucun geôlier créé et juré résidant ès dites prisons;

» De ceux qui ont des prisons plus basses que le rez-de-chaussée, et détiennent dans les lieux souterrains les prisonniers;

» De ceux qui, de leur autorité privée, enferment des personnes en chartres privées, dans leurs maisons ou châteaux, sans décret ni mandement de justice;

» Qui connaissent ceux qui ont levé des deniers ou autres droits sur le peuple, ou en ont reçu gratuitement quelque chose pour les avoir sauvés des gens de guerre, ou pour quelque autre occasion que ce soit, même sous prétexte de présens ou gratifications;

» De ceux qui ont entrepris sur l'autorité du roi et de la justice;

» Qui ont fait toute sorte d'exactions de leur autorité, par force, intimidation, menaces et autres voies de fait;

» De ceux qui lèvent et exigent, sans lettres ni titre légitime, des droits extraordinaires sur les rivières, ou sur les bords et avenues desdites rivières, pour la décharge et le placement du bois et de toute autre marchandise;

» De ceux qui contraignent les particuliers de se servir de leurs chevaux, bœufs et charrois pour la conduite desdites marchandises, au préjudice de la liberté publique, et se font payer pour les charrois à discrétion;

» Qui connaissent ceux qui, étant créanciers de rentes, en grains ou autres espèces, n'en demandent point à leurs débiteurs les arrérages pendant les années que lesdits grains ou autres espèces sont à vil prix; mais diffèrent de les exiger dans le temps qu'ils sont plus chers, et usent de toute sorte de contrainte et violence contre les redevables, se contentant de faire des diligences, afin d'interrompre la prescription;

» Ceux qui excèdent et maltraitent leurs sujets, quand ils ne paient pas les droits qui leur sont demandés, soit qu'ils soient dus ou non;

» Qui maltraitent les officiers subalternes, qui reçoivent les plaintes faites pour raison desdites exactions et excès;

» Qui contraignent lesdits officiers de remettre entre leurs mains les informations, les décrets, et autres poursuites faites pour lesdits mauvais traitemens ou exactions;

» Qui ont connaissance de ceux qui ont usurpé le domaine, les fiefs, justices et autres droits du roi, et qui les possèdent sans lettres, ni titre légitime, et qui en ont changé ou diminué les revenus;

» De ceux qui ont fabriqué ou exposé la fausse monnaie, qui ont fait sortir et transporter hors le royaume, or, argent monnayé ou non monnayé; qui ont usé de commutation d'espèces et billonnement, et ceux qui ont prêté leur ministère ou leurs mains pour cet effet;

» Qui ont connaissance de ceux qui, de leur autorité, font les rôles des tailles, et la nomination des collecteurs en leur présence, ou par leurs agens, et sous prétexte de faire charger ou décharger les taillables, exigent d'eux tout ce que bon leur semble;

» De ceux qui lèvent des péages sans titre, ou qui, ayant droit de les lever, exigent au-delà de ce qui leur est dû;

» Des seigneurs qui contraignent les habitans de leurs terres ou de leurs justices, et leurs tenanciers, de moudre à leurs moulins, quoiqu'ils ne soient pas bannaux, et autorisent leurs fermiers pour cet effet;

» Et qui confisquent le pain de ceux qui n'ont pas fait moudre leur blé à leur moulin, ou leur font payer telle amende qu'il leur plaît;

» Desdits seigneurs qui, ayant quantité de vins et de grains à débiter, forcent lesdits habitans ou leurs tenanciers d'acheter lesdits vins et grains, quoique gâtés, à un prix excessif, et les empêchent d'en prendre d'autres qui sont à meilleur marché;

» Et de ceux qui empêchent les susdits habitans et les communes, qui ont droit d'usage dans les forêts et de pacage, de se servir de cette faculté qui leur appartient;

» Et généralement toutes les personnes de quelque qualité et condition qu'elles soient, même religieux ou religieuses, qui, des faits susdits, circonstances et dépendances, en tout ou partie, savent aucune chose pour y avoir été présens, en avoir donné avis, prêté secours, faveur et aide, ou qui autrement, en peuvent parler ou déposer en quelque sorte ou manière que ce puisse être, ils aient à venir à révélation. Et quant aux coupables, leurs complices ou adhérens, ils aient à venir à satisfaction par eux ou par autrui, dans trois jours après la publication des présentes; autrement nous userons contre eux des censures ecclésiastiques, et, selon la forme de droit, nous nous servirons de la peine d'excommunication.

» *Datum Claromonti*, etc., etc.

» STEPHANUS-CHARLES, offic.

» Par mondit sieur official,

» CAILHOT. »

Dès que le prêtre eut terminé la lecture

de ce Monitoire, l'assemblée se sépara dans un morne et lugubre silence.

Il était facile de deviner, aux fronts soucieux des assistans, l'impression profonde que leur causait l'initiative prise par l'église.

— Que le diable m'étrangle, dit de Maurevert en se penchant à l'oreille de Raoul, si avant la fin de la journée, Messieurs des Grands-Jours, si à court de procès en ce moment, ne reçoivent pas plus de plaintes et d'accusations qu'il ne leur en faudra pour mettre en jugement au moins la moitié de la noblesse d'Auvergne.

CHAPITRE XII.

La première sentence.

L'arrivée de Diane dans l'hôtel du marquis de Canilhac avait produit une vive impression parmi la noblesse de Clermont.

Les persécutions odieuses et acharnées que les dames d'Erlanges avaient eu à subir de la part du seigneur de la Tremblais, persécutions qui s'étaient terminées par la mort si tragique de la vieille châtelaine de Tauve, étaient connues de toute l'Auvergne, et avaient soulevé un cri de réprobation générale.

Malheureusement la puissance du marquis était si grande, sa colère et sa haine si redoutables que personne n'avait osé jusqu'alors se déclarer publiquement le champion de Diane ; on craignait les poignards de la hideuse bande des Apôtres.

La présence de messieurs des Grands-Jours, la mort de Benoist, l'orage qui se formait au-dessus de la tête du marquis et le forçait à se renfermer dans son château, permettaient alors à chacun de témoigner hautement sa sympathie à Mlle d'Erlanges : c'était parmi les gentilshommes de Clermont à qui lui offrirait le secours de son épée.

Raoul ne pouvait se défendre d'un dépit secret en voyant cet empressement enthousiaste se produire.

Aussi, consacrait-il à Diane tous les momens que lui laissait les devoirs de sa charge !

La vieille marquise de Canilhac, qui avait pris la jeune fille en grande amitié, assistait aux entretiens des deux fiancés.

Au moment de recommencer notre récit, ces trois personnages se trouvaient en présence !

— Eh bien, M. le chevalier, disait la marquise, êtes-vous satisfait de la publication qui a été faite hier de la fulmination ? Espérez-vous que cette mesure énergique aboutira à un heureux résultat ?

— Le résultat est déjà obtenu, madame, répondit Raoul; depuis hier messieurs des Grands-Jours ont reçu plus de douze cents plaintes.

— Est-il possible, M. Sforzi !... Douze cents plaintes!.. Cela n'est pas croyable.

— Ce chiffre est pourtant, marquise, d'une scrupuleuse exactitude.

— Et que font aujourd'hui, messieurs des Grands-Jours, chevalier ?

— Messieurs des Grands-Jours jugent, en ce moment, M. le comte de Châteauneuf.

— Que m'apprenez-vous là, monsieur ? le comte de Châteauneuf en jugement!.. mais je l'ai vu il y a à peine quelques jours se promenant tranquillement dans les rues de la ville.

— Il a été arrêté hier, madame.

— Et de quoi est accusé le comte ?

— D'avoir tué d'un coup d'arquebuse un de ses valets de chasse. C'est la mère de la victime qui a porté plainte contre le meurtrier.

— Quoi ! chevalier, c'est pour un méfait aussi léger que le comte de Châteauneuf comparaît devant messieurs des Grands-Jours ? N'est-il donc pas permis à un gentilhomme d'arquebuser une créature ? Permettez-moi, monsieur le commissaire extraordinaire du roi, de déplorer l'arrestation du comte. La nécessité où vont se trouver messieurs des Grands-Jours de l'absoudre, produira un détestable effet.

— Je ne partage nullement votre manière de voir, madame la marquise, répondit froidement Sforzi. J'ai la sottise de croire que Dieu n'établit aucune différence entre le gentilhomme et le bourgeois, entre le bourgeois et le manant !... Là où vous ne devinez qu'un rustre mal élevé, grossier, Dieu voit une âme! Que la noblesse, en récompense de son sang qu'elle prodigue sur les champs de bataille, jouisse de certains priviléges, de certains honneurs, cela se conçoit; devant la justice, il ne saurait en être ainsi... Je suis donc intimement convaincu, contrairement à votre opinion, madame, que Messieurs des Grands-Jours n'acquitteront pas le comte de Châteauneuf !... Il a commis un meurtre, il subira la peine des meurtriers... bourgeois ou manant, il eût été pendu ; noble et gentilhomme, il sera décapité.

— Quelle horreur ! s'écria la marquise, avouez, ma jolie Diane, que M. Sforzi est ce matin d'une cruauté inouïe ! Décapiter ce pauvre comte de Châteauneuf, qui donne de si belles fêtes, parce qu'il a corrigé un de ses valets. C'est à ne pas y croire.

— Madame, répondit Diane, il est certain que si l'on remettait en mes mains le sort de M. de Châteauneuf, il ne subirait point le dernier supplice. Non pas que je le trouve excusable de son crime, mais parce que je ne saurais punir. M. Sforzi est dans une position exceptionnelle... Il est enchaîné par le serment qu'il a prêté à Sa Majesté. Au lieu de le blâmer de sa sévérité, ne serait-il pas plus juste, au contraire, de le plaindre de ce qu'il se trouve contraint de sévir?

— Je comprends, ma chère Diane, le sentiment qui vous dicte votre réponse. Sous l'impression des récentes et abominables entreprises du seigneur de La Tremblais, vous devez désirer l'abaissement et le châtiment de la noblesse.

— Vous vous méprenez étrangement sur mes sentiments, madame, interrompit Diane avec vivacité. Dieu qui m'entend, sait combien la colère tient peu de place dans mon cœur!... Ma seule pensée, mon unique désir, je puis même ajouter mon seul rêve, est de vivre à l'écart des grandeurs et des bruits du monde. Une tranquille retraite, une douce obscurité: telle est toute mon ambition.

— Vous renonceriez, Diane, à porter plainte contre le marquis de la Tremblais!.. Vous consentiriez à lui abandonner votre beau domaine de Tauve!

— Non, madame, je ne ferai point cela, s'écria Mlle d'Erlanges avec un ton de fermeté et de résolution qui anima son regard d'un limpide éclat et colora doucement son visage. Je puis pardonner, et je pardonne volontiers au seigneur de La Tremblais, les griefs personnels que j'ai contre lui, mais il ne m'est pas permis d'oublier qu'il est le meurtrier de mon honorée mère... Si le nom que je porte, madame, ne m'imposait l'obligation de défendre le domaine de Tauve, je n'intenterais aucune action contre le marquis, je me résignerais aisément à la misère. Chacun a le droit de sacrifier sa fortune; un cœur élevé ne peut abandonner l'héritage d'un père. Je suis une d'Erlange, madame; or, tous ceux qui ont porté ce nom ont fait loyalement leur devoir. Je poursuivrai donc, sans trève ni pitié — quoiqu'il en coûte à mes sentimens — celui qui a assassiné ma mère et volé l'héritage de mon père...

— Bien, mademoiselle, s'écria Raoul en regardant avec amour le visage fier et doux tout à la fois de la jeune fille. Que ne m'est-il permis de me dépouiller aussi de toutes

les mauvaises passions humaines... Hélas! c'est en vain que j'essaie de m'isoler du passé; le souvenir des outrages que j'ai reçus, ajoute à mon désir de justice un ardent sentiment de vengeance... Le jour où j'ai juré, mademoiselle, de tirer un châtiment terrible des crimes du marquis, ce n'est pas parce que ce misérable était le tyran de la province d'Auvergne, mais seulement parce que la victime de ses violences se nommait mademoiselle d'Erlanges.

Diane allait répondre lorsque le capitaine de Maurevert entra.

Le grand prévôt avait l'air soucieux.

— Cher compagnon, dit-il à Raoul, je vous apporte une nouvelle d'importance, et je viens prendre vos ordres!

— Quelle nouvelle, capitaine?

— La condamnation à mort de M. le comte de Châteauneuf!...

Sforzi pâlit affreusement.

— L'arrêt rendu par messieurs des Grands-Jours, poursuivit de Maurevert, dit que Châteauneuf sera décapité aujourd'hui même en place publique. Mgr de Harlai ma requis —c'est son expression—d'aller vous demander si, en votre qualité de commissaire extraordinaire du roi et comme tel investi du droit de grâce, vous entendez vous opposer à l'accomplissement de cette sentence? Veuillez, cher Raoul, me répondre au plus vite. Il est important, afin de prévenir toute tentative de rébellion, que l'exécution ait lieu sur l'heure.

Tandis que de Maurevert parlait, la pâleur de Sforzi s'accroissait tellement que le capitaine, croyant qu'il allait tomber en faiblesse, s'élança vers lui pour le soutenir. Raoul l'éloigna d'un geste, et, prenant sa tête entre ses mains, il resta près de cinq minutes dans une immobilité de mort.

A travers les doigts du jeune homme Diane vit filtrer une larme.

— Oh! dit enfin Sforzi, d'une voix qu'il essayait de rendre ferme et qui ressemblait à un sanglot, oh! qu'il est parfois difficile d'accomplir son devoir. Pardonnez-moi mon orgueil, mon Dieu, lorsque je considérais ma mission comme une chose si aisée!.. Penser qu'un mot, un seul mot de vous, doit sauver ou tuer un homme que vous ne connaissez pas, qui ne vous a rien fait, dont vous n'avez jamais eu à vous plaindre; un homme dont le trépas ne vous exposera à aucun danger, n'exigera pas votre courage; un homme qui laisse peut-être derrière lui des enfans sans protecteurs, une femme adorée! Oh! c'est affreux, c'est affreux!

Raoul se tut pendant quelques secondes, puis reprenant la parole :

—Le comte de Châteauneuf est-il marié ? demanda-t-il.

—Oui ; depuis deux ans, répondit de Maurevert.

—A-t-il des enfans ?

—Un fils et une fille.

— L'arrêt de Messieurs des Grands-Jours porte-t-il que la fortune et les biens du comte seront confisqués ?

— Certes !... les biens confisqués et les châteaux rasés !...

— Et le comte a-t-il avoué son crime ?

— Il a fait mieux que de l'avouer, il en a tiré vanité !... Ce Châteauneuf, je ne vous le cacherai pas, Raoul, m'a plu infiniment !... Il a été d'une impudence, d'une gaîté, d'un courage et d'un esprit fort remarquables... Il a harcelé Mgr de Harlai avec tant de verve, qu'un moment il a presque réussi à le mettre en colère... C'est un plaisant drôle dont je ferais fort volontiers mon compagnon, que ce comte de Châteauneuf !...

— Raoul, dit Mlle d'Erlanges d'une voix suppliante, M. de Châteauneuf a deux enfans... il est bon mari, excellent père, sa mort plongerait toute sa famille dans le désespoir... Grâce, Raoul, grâce !

— La peccadille dont M. le comte est accusé, ajouta vivement la marquise de Canilhac, date déjà de près de dix ans. C'est une historiette déjà oubliée, et qu'il est aussi ridicule que cruel de rappeler aujourd'hui. Grâce ! Monsieur, grâce !

— Cher Raoul, dit à son tour de Maurevert, je dois vous avertir que la noblesse de Clermont ne croit pas à l'exécution du comte de Châteauneuf. Elle prétend que Messieurs des Grands-Jours reculeront devant un pareil éclat... Il est incontestable pour moi, que si vous grâciez ce gentil et plaisant Châteneuf, c'en est fait à tout jamais de l'autorité et du prestige du tribunal exceptionnel que préside Mgr de Harlai. D'un autre côté, laisser trépasser si violemment et si tristement ce gracieux jeune homme,— le comte de Châteauneuf est de mon âge— c'est réellement pitié.

Sforzi ouvrait la bouche pour répondre, lorsque Diane prit une de ses mains dans les siennes, et le regardant avec des yeux remplis de larmes :

— Raoul, lui dit-elle d'une voix qui ressemblait à une harmonie céleste, rien ne saurait affaiblir l'affection que je vous porte, toutefois... si le comte meurt... je sens qu'entre vous et moi il y aura désormais un pénible souvenir... Je ne pourrai voir une veuve inconsolable... des enfans abandonnés à la charité publique, sans penser malgré moi qu'une parole de vous a fait jadis aussi une veuve et des orphelins. Grâce ! grâce, Raoul !

A la respiration oppressée de Sforzi, à ses yeux voilés de larmes, à la contraction involontaire et nerveuse de ses mains, il était facile de deviner qu'un violent combat se livrait en lui.

— Ah ! dit-il enfin en repoussant doucement Diane et en détournant la tête pour ne point la voir, il me faudrait moins de courage pour mourir que je n'ai besoin de forces pour condamner un coupable. Diane, Diane, pardonnez-moi, je ne puis compromettre l'autorité du roi, abuser de la confiance que Sa Majesté a mise en moi, trahir mon serment !... Le peuple est opprimé par une monstrueuse et épouvantable tyrannie : un exemple est indispensable... oui, indispensable.

— Grâce !... Raoul... grâce !...

— Ma bien-aimée Diane, ne me demandez pas mon déshonneur... c'est la seule chose au monde qu'il ne me soit pas possible de vous accorder !... Il s'agirait de mon propre frère, Diane, que je ne ferais pas grâce !... Capitaine de Maurevert, retournez dire à Mgr de Harlai, que je ne m'oppose pas à l'exécution du comte de Châteauneuf !...

— Par les joyeusetés de maître Chérubin, le dextre bourreau, votre résolution m'enchante et me chagrine tout à la fois, cher Raoul, dit le capitaine. Le devoir est le devoir ! Si vous aviez cédé à un caprice de sentiment, vous auriez perdu mon estime.

— Diane, murmura Sforzi après le départ de Maurevert, vous éloignez de moi vos yeux avec horreur... vous me haïssez...

— Oh ! vous êtes injuste, Raoul, interrompit vivement Mlle d'Erlanges... Je vous plains d'avoir une si pénible mission à remplir... Je vous admire et... je vous aime !...

———

CHAPITRE XIII.

La justice de MM. des Grands-Jours.

Pour bien comprendre l'indescriptible émotion que causa dans la ville de Clermont la sentence rendue par MM. des Grands-Jours contre le comte de Châteauneuf, il faudrait se reporter à cette époque où la féodalité — quoiqu'à son déclin — brillait encore d'un si vif éclat.

Les classes inférieures de la société étaient alors tellement habituées à l'oppression, un prestige si puissant entourait la noblesse, que la première impression de la foule fut tout en faveur du condamné.

C'était un étrange, incompréhensible et triste spectacle à la fois, de voir le peuple, après avoir salué par des cris enthousiastes l'arrivée de Messieurs des Grands-Jours, se prononcer avec violence contre la fermeté que montraient ses libérateurs.

Des groupes nombreux et animés stationnaient dans les rues, partout; des orateurs improvisés de carrefour, déclamaient contre la sévérité des juges; c'était à qui s'apitoyerait sur le sort de l'infortuné comte de Châteauneuf!

Cinq cents archers et deux cents piquiers entouraient la Grand'Place de Clermont, où un essaim d'ouvriers — embauchés de force — travaillaient à élever l'échafaud!

De Maurevert, retiré à l'Hôtel-de-Ville, recevait, de dix minutes en dix minutes, les rapports des émissaires qu'il avait envoyés pour surveiller les dispositions de la foule; ces rapports se résumaient tous par le mot : Révolte!

— Par les grelots de messire Momus, se disait le grand-prévôt, la turbulence de ces drôles me confirme dans mon opinion que le peuple n'est fait que pour être vexé et tyrannisé! Les cœurs haut placés, les esprits hardis ne restent jamais confondus dans les rangs de la foule: ils savent s'élever au-dessus de leur condition. Quant aux manans, supprimez les corvées, les gourmades, les impôts extraordinaires et les taxes arbitraires auxquels ils sont habitués, et le premier mouvement de tous ces gueux-là est de crier à l'injustice! Si jamais je deviens seigneur féodal, j'entends être idolâtré de mes vassaux!.. Je les accablerai de vexations de tous genres... Ah! te voici, ami Nicolas! Eh bien, que croasse la foule?

— Monseigneur, répondit le cabaretier de St-Pardoux en s'inclinant profondément devant le capitaine, on parle de renverser l'échafaud et d'aller attaquer la prison.

— N'est-il pas aussi question de pendre un peu Messieurs des Grands-Jours? demanda de Maurevert avec ironie.

— Oh! oh! monseigneur, s'écria Nicolas, que cette supposition parut indigner, personne n'ignore que Messieurs des Grands-Jours ne font qu'obéir aux ordres du roi!... Les pendre serait injuste... On songe seulement à les chasser de Clermont...

— Seulement à les chasser de Clermont! répéta de Maurevert; voilà une magnanimité qui me touche jusqu'aux larmes... Et toi,

maître Nicolas, quelle est ton opinion dans tout ceci?

Le cabaretier, si directement interpelé, se troubla prodigieusement et rougit, comme on dit vulgairement, jusqu'au blanc des yeux.

— Allons, Nicolas, réponds tôt et franchement, ou je me fâche, continua le capitaine, en tordant du bout de ses doigts les pointes de sa formidable moustache.

— Monseigneur, balbutia le pauvre cabaretier, n'osant regarder son interlocuteur en face, moi je suis d'avis, sauf votre respect, que M. le comte de Châteauneuf n'ayant commis qu'un seul meurtre, ne mérite pas d'être décapité par la main du bourreau.

— Tu parles d'or, maître Nicolas! messire Salomon ne se serait pas exprimé autrement. A quoi servirait la noblesse, si un gentilhomme n'a plus le droit d'arquebuser, de pendre ou de daguer un manant qui lui déplaît? car les manans n'ont été créés et mis au monde que pour être dagués, pendus et arquebusés, n'est-ce pas, maître Nicolas? Les manans ne sont pas des hommes. Dieu leur a refusé une âme, et saint Pierre n'ouvre pas pour eux les portes du Paradis, n'est-ce pas, Nicolas?

— Monseigneur, répondit le cabaretier d'une voix à peu près inintelligible, tant il était effrayé de sa propre hardiesse, m'est avis, sauf votre respect, que vous vous trompez... Monsieur le curé nous répète à chaque prône que les manans arriérés dans le paiement de la dîme seront damnés, et ceux qui sont en avance récompensés par les béatitudes de la vie éternelle!

— Ainsi tu crois, Nicolas, que tu as une âme?

— Oui, monseigneur, je le crois.

— Une âme semblable en tout point à celle d'un gentilhomme?

— Certes, monseigneur, s'écria le cabaretier : entre un noble et un manant, Dieu ne fait pas de différence.

— Alors, pourquoi la justice établirait-elle une distinction là où Dieu a cru devoir mettre l'égalité? demanda de Maurevert.

Nicolas hésita un instant, puis tout à coup redressant la tête :

— Oui, vous avez raison! s'écria-t-il avec éclat; le comte de Châteauneuf a tué son semblable, il doit être puni. A mort tous nos seigneurs! à mort la noblesse!

De Maurevert haussa les épaules et un sourire de profonde pitié entr'ouvrit ses lèvres.

— Voilà bien le peuple, se dit-il, toujours dans l'extrême! Il songe en ce moment à s'insurger contre Messieurs des Grands-Jours qui ont condamné le comte de Châteauneuf. Dans deux heures d'ici il voudra porter messieurs des Grands-Jours en triomphe parce que le comte aura été décapité ! Si ce n'était la charge dont je suis investi et les profits que j'espère tirer de ma position, je n'hésiterais pas un instant à me liguer avec la noblesse contre l'autorité royale.

— Nicolas, poursuivit de Maurevert, en regardant fixement le cabaretier, sais-tu bien, si vos seigneurs l'emportaient sur messieurs des Grands-Jours, ce qui arriverait ?

— Non, capitaine, je l'ignore.

— Il arriverait, excellent Nicolas, que tous les bourgeois et manans qui ont déposé des plaintes, et le nombre s'en élève déjà à près de douze cents, seraient pendus haut et court par les gentilshommes victorieux. Toi, par exemple, mon pauvre Nicolas, qui n'as pas craint de demander justice contre le marquis de la Tremblais, tu devrais te considérer comme fort heureux si ton supplice se bornait à une simple exposition au gibet ! Le marquis serait bien capable de te rôtir à petit feu !

A cette effrayante perspective, maître Nicolas fut sur le point de tomber en faiblesse.

— Retourne dans la foule, lui dit de Maurevert, faire part à ceux qui s'apitoient sur le sort du comte de Châteauneuf, des désagrémens que leur réserve l'avenir, si Messieurs des Grands-Jours ont le dessous dans la lutte engagée !...

— Oui ! oui, Monseigneur ! s'écria le cabaretier ; le comte de Châteauneuf est un abominable assassin qui mériterait de périr sur la roue. A bas le comte de Châteauneuf ! Mort au comte de Châteauneuf !

Immédiatement après le départ de Nicolas, de Maurevert s'équipa en guerre, et, suivi d'une escorte de *stradiots* (1), il sortit de l'Hôtel-de-Ville.

— Hélas ! se disait-il en considérant la foule frémissante, que ne m'est-il permis de tirer parti de cette émotion !... Jamais le roi ne me saura gré de ma vertu, ne me tiendra compte de mon désintéressement !... Une rébellion gentiment menée à bonne fin me vaudrait au moins dix mille écus !... Il faudra que je réfléchisse au moyen de me dédommager de cette perte. Que diable, je ne dois pas non plus être victime de ma fidélité !...

Soit que les propos de maître Nicolas eussent circulé dans la foule, soit plutôt que les forces déployées et les mesures prises par

(1) Cavalerie légère.

de Maurevert parussent inattaquables, toujours est-il que quand une heure plus tard, le comte de Châteauneuf sortit de la prison pour se rendre à l'échafaud, pas un seul cri ne s'éleva en sa faveur sur son passage !... L'infortuné portait la tête haute, et marchait d'un pas égal et assuré...

Deux prêtres, le visage inondé de larmes, se tenaient à ses côtés, et récitaient les prières des agonisants !...

Le comte s'arrêta à plusieurs reprises pour saluer des amis et connaissances qu'il apercevait aux fenêtres des maisons.

Arrivé au pied de l'échafaud, il gravit lestement les degrés conduisant à la fatale plate-forme, et se trouva face à face avec le bourreau.

Ce fut avec le plus gracieux et le plus aimable de ses sourires que maître Chérubin accueillit le patient.

— M. le comte, lui dit-il, en le saluant humblement, je ne saurais vous exprimer la joie et l'orgueil que j'éprouve à être chargé de votre exécution. C'est la première fois que je suis appelé à l'honneur de décapiter un gentilhomme ; soyez assuré que ma dextérité sera à la hauteur de votre mérite et de votre naissance.

Le comte sourit et s'adressant aux prêtres chargés de l'exhorter à ses derniers momens,

— Ne trouvez-vous point, messieurs, leur dit-il, que ce drôle s'exprime, pour un homme de sa condition, en termes fort choisis ?

— Monsieur le comte, s'écria Chérubin en rougissant d'orgueil et de joie, vos suffrages me sont d'autant plus précieux, que, modestie à part, je crois les mériter... Depuis que j'espère être spécialement attaché à la noblesse, je travaille avec grand soin mes manières et mon langage...

— Es-tu adroit ? continua le comte de Châteauneuf.

— J'ai déjà eu l'honneur de vous déclarer et je vous répète, monsieur le comte, que ma dextérité sera à la hauteur de votre naissance et de votre mérite.

— Alors, tu es assuré de m'abattre la tête d'un seul coup ?

— Oh ! certes, monsieur le comte.

— Cette fois est pourtant la première que tu te serviras du glaive !

— J'en conviens, seulement je me suis exercé toute la matinée...

— Comment cela, tu t'es exercé toute la matinée ?

— Oui, monsieur le comte, sur des moutons.

— Et combien en as-tu manqué ?

— Un seul sur dix, monsieur le comte.

— Ah! diable! tu en as manqué un.

— Oui, monsieur le comte, mais il bougeait.

— C'est-à-dire qu'il me faudra garder une immobilité complète... J'essayerai. Voyons ton glaive!

Le comte, dont le sangfroid ne se démentait pas, prit l'épée du bourreau, et passant légèrement le doigt sur le tranchant :

— Voici une arme d'une excellente trempe et parfaitement aiguisée, dit-il.

— Ah! monsieur le comte, s'écria maître Chérubin d'un air indigné, permettez-moi de vous faire observer que votre étonnement m'offense!... Je ne suis pas un cuistre, je sais les égards que l'on doit aux gens de votre qualité.

— Mon ami, tu me plais beaucoup, dit tranquillement le comte. A présent que me voici édifié sur tes talents, laisse-moi m'occuper un peu du soin de sauver mon âme. Dans cinq minutes, je suis à toi!

Le comte avait déjà plié les genoux lorsque se redressant de toute sa hauteur :

— Drôle, dit-il en apostrophant durement maître Chérubin, ne sais-tu point que j'appartiens à la noblesse? que je suis gentilhomme?

— Oui, monsieur le comte.

— D'où vient alors que l'on ait omis de mettre sur l'échafaud un carreau de velours? Il ne sied pas à un homme de ma condition de s'agenouiller sur la planche nue... Que l'on aille me quérir un carreau ou un coussin; sinon, mort de ma vie! je résiste à outrance et je t'étrangle toi et tes aides maudits.

— Ah! monsieur le comte, vous avez raison! s'écria maître Chérubin d'un air désespéré et en se donnant un violent coup de poing sur la tête; j'ai oublié le carreau. Je suis un homme déshonoré, indigne de fréquenter la noblesse.

Depuis que le patient avait apparu sur l'échafaud, un morne et lugubre silence s'était fait dans la foule.

De Maurevert, l'épée au poing et superbement campé en selle, observait d'un œil scrutateur l'attitude de la foule.

On eût dit de lui une gigantesque statue équestre. Tout à coup le grand prévôt déchira de l'éperon les flancs de sa monture, et s'élança au milieu d'un groupe isolé qui stationnait tout contre la haie formée par les archers chargés d'entourer l'échafaud. De sa large et puissante main, de Maurevert saisit par les cheveux l'un des hommes qui composaient ce groupe, et le hissant jusqu'à la hauteur de la selle :

— Monsieur, lui dit-il vivement, si la moindre tentative a lieu pour délivrer le comte de Châteauneuf, je vous passe incontinent mon épée à travers le corps!... Oh! votre travestissement du manant ne m'en impose pas. Vous êtes laid, fort laid même, mais vous êtes gentilhomme, et pas un de vos signes d'intelligence ne m'a échappé.

Alors de Maurevert, sans se dessaisir de son prisonnier, lâcha la bride à son cheval, et l'excitant de l'éperon, le fit piaffer au milieu du groupe qui se dissipa comme par enchantement.

En ce moment, l'un des aides de maître Chérubin apporta le coussin si impérieusement réclamé par l'infortuné comte de Châteauneuf. Le patient, fidèle à sa promesse, n'opposa plus aucune résistance; il se mit à genoux, et, assisté des deux prêtres qui ne l'avaient pas quitté depuis sa condamnation, il récita d'une voix ferme et grave ses dernières prières, et reçut l'absolution de ses fautes. Ce pieux devoir accompli, il salua la foule, et se retournant vers Chérubin :

— Mon ami, lui dit-il, explique-moi de quelle façon il faut que je me place. Le sort de ce mouton qui, pour avoir trop remué, s'est attiré une mauvaise mort, m'a sérieusement impressionné. Je ne demande, moi, qu'à te rendre ta tâche facile.

Une minute plus tard, un coup sourd immédiatement suivi d'un cri spontané de la foule, annonçait que la justice de MM. des Grands-Jours avait commencé.

Maître Chérubin prit la tête ensanglantée du comte de Châteauneuf, et l'élevant à bras tendu :

— Nobles, bourgeois et manans, s'écriat-il d'une voix retentissante, c'est ainsi que seront traités les ennemis du roi et du peuple... Vive le roi!

Quoique la foule fût encore sous l'impression du courage et de la résignation montrés par le comte à ses derniers momens, elle répéta avec enthousiasme le cri de vive le roi! Vivent Messieurs des Grands-Jours!

— Quand je le disais, avais-je tort?... murmura de Maurevert en levant les épaules d'un air de pitié. N'importe, ce comte de Châteauneuf est mort comme un galant et un vaillant homme... Je trouve surtout qu'en ne récriminant pas contre ses juges, il a fait preuve d'un goût exquis, d'un tact parfait!... Ce trépas m'attriste... Bah! il fallait un exemple... N'y pensons plus.

Le grand-prévôt de la province d'Auvergne, se penchant alors sur sa selle, s'occupa de son prisonnier.

—Monsieur, lui dit-il, il serait à craindre, si je continuais à vous traiter plus longtemps en Absalon, que cela n'attirât la curiosité publique!.. Il me faudrait expliquer le motif de votre arrestation. Or, une fois vos projets de rébellion dévoilés, MM. des Grands-Jours s'empareraient de votre personne, et ne vous lâcheraient plus !.. Je voudrais cependant, avant de vous livrer aux mains de ces terribles juges, savoir si votre repentir ne sollicite pas un pardon !.. Jurez-moi, monsieur, que vous allez me suivre de bonne grâce, sans essayer de fuir, et je vous rends votre liberté.

— Je vous le jure, monsieur !...

— J'ai foi en votre parole, monsieur, répondit le grand-prévôt. Toutefois cette confiance ne m'empêchera pas de vous surveiller de près... A la moindre tentative d'évasion, j'aurai l'honneur de vous brûler la cervelle !... Prenez, je vous prie, le chemin de l'Hôtel-de-Ville !..... Je vous suis à quatre pas de distance au plus...

Parbleu, se dit de Maurevert, puisque je n'ai tiré aucun parti des facilités de rébellion que présentait tantôt la disposition des esprits, c'est bien le moins que je me rattrape de mon désintéressement sur ceux qui, moins délicats que moi, ont voulu s'opposer à l'exercice de la justice du roi.,. Je ne sais comment cela se fait, je flaire une rançon !

CHAPITRE XIV.

Les Deux Frères.

Raoul et Diane se trouvaient encore dans les appartemens de la marquise de Canilhac, lorsque le son lugubre des cloches apprit que la sanglante justice de messieurs des Grands-Jours venait d'avoir son cours.

Mlle d'Erlanges s'agenouilla et se mit à prier avec ferveur ; Sforzi, d'une pâleur livide, les bras croisés, la tête inclinée sur sa poitrine, se tenait debout et immobile auprès de la jeune fille.

La contenance du commissaire extraordinaire de Sa Majesté annonçait l'abattement le plus complet.

— Chère Diane, dit-il après un long silence, je sens, si Dieu ne me vient en aide, qu'il me sera impossible d'accomplir ma tâche jusqu'au bout... Je le répète, j'ai trop présumé de mes forces ; je suis un homme d'épée et non pas un juge... Autant je me montrerais ardent, impétueux, enthousiaste, s'il me fallait combattre au nom du roi, une noblesse cruelle, orgueilleuse et rebelle, autant je me trouve faible, indécis, sans élan, quand je dois apposer ma signature au bas d'une sentence de mort...

Raoul se tut un instant, et se mit à parcourir d'un pas agité et nerveux le salon de la marquise de Canilhac. Enfin, il s'arrêta devant Mlle d'Erlanges, et contemplant la charmante enfant avec une indicible expression d'amour.

— Mon adorée Diane, reprit-il, bientôt je trouverai, je l'espère, une ample compensation à l'heure affreuse que j'achève de passer, car bientôt il me sera donné de combattre pour vous. Le marquis de la Tremblais, lui, ne se livrera pas à la justice. Je n'aurai pas à sanctionner, dans le silence du cabinet, son arrêt de mort. Ce sera l'épée et la dague au poing qu'il me faudra accomplir mon devoir, faire respecter l'autorité royale, défendre le bon droit !

Mlle d'Erlanges allait répondre lorsqu'un page du marquis de Canilhac gratta d'abord à la porte, et puis peu après annonça :

— Monseigneur de Harlai, seigneur de Beaumont !

La contenance du président des Grands-Jours était plus grave encore que de coutume : l'expression habituelle d'austérité que reflétait son visage, atteignait presque en ce moment jusqu'à la dureté.

Diane, à l'apparition du seigneur de Beaumont, se leva de dessus son tabouret et voulut s'éloigner : le président la retint d'un geste.

— Restez, mademoiselle, lui dit-il, je sais l'affection sans bornes et si bien justifiée par vos rares qualités, que monsieur le chevalier éprouve pour vous... Je puis parler en votre présence.

Monseigneur de Harlai prit un siége et s'assit en face de Raoul.

— Monsieur le commissaire extraordinaire du roi, continua-t-il, le tribunal s'est montré aujourd'hui d'une implacable sévérité !... Il fallait un exemple !... Je crois que nous avons atteint notre but... Une morne stupeur, une consternation profonde pèsent sur la noblesse, qui ne songe plus à contester notre autorité !... La position des choses est maintenant telle, qu'un pas fait en avant ou en arrière doit nous conduire à la défaite ou au triomphe !... L'acte vigoureux et sanglant que nous venons d'accomplir prouve plutôt notre fermeté qu'il ne constate notre force. Il est indispensable que nous frappions un grand coup !...

Tant que le marquis de la Tremblais jouira de l'impunité, notre autorité ne sera pas solidement assise ; l'on dira de nous que nous nous attaquons seulement aux faibles, que nous reculons devant les puissans. J'opine donc pour que sans perdre un jour, une heure, une minute, on assiége le château de la Tremblais. Quelle est, je vous prie, votre opinion à cet égard, monsieur le commissaire extraordinaire du roi ?

— Mon opinion est parfaitement d'accord avec la vôtre, monsieur, s'écria Sforzi.

— Très bien, chevalier !.. A présent, il est une difficulté, ou pour être plus exact, un danger qui mérite toute notre attention. Les troupes dont nous disposons ne sont pas assez nombreuses pour attaquer, avec une chance certaine de succès, le formidable château de la Tremblais. Or, un échec même minime nous causerait un irréparable préjudice !

— Monsieur le président, interrompit vivement Sforzi, si ma mémoire ne m'abuse c'est aujourd'hui pour la seconde fois que vous m'exprimez la même crainte. Je vous ai déjà déclaré, monseigneur, que je répondais du succès de l'entreprise. Mort de ma vie ! le marquis de la Tremblais battre les troupes royales ! Admettre cette supposition, c'est presque se rendre coupable du crime de lèse-majesté, monseigneur.

— Prenez garde, chevalier, continua gravement M. de Harlai, la responsabilité que vous assumez est immense. Avant de vous arrêter à un parti définitif, réfléchissez mûrement : l'enthousiasme est le plus détestable de tous les conseillers.

— Monseigneur, répondit Sforzi, l'enthousiasme que j'éprouve n'est pas une sensation isolée et passagère, c'est le résultat des pensées et des désirs de ma vie entière. Ma conviction intime et irrévocable, c'est que le succès d'une cause dépend bien plus de la bonté de cette cause que des moyens d'action dont on dispose pour la faire triompher. Combattre pour son roi légitime et sous un étendard qui porte écrit le mot magique de « Justice, » c'est être assuré du succès.

— Ainsi, monseigneur Sforzi, vous êtes bien décidé à assiéger le château de la Tremblais?

— On ne peut plus décidé, monsieur le président.

— Malgré l'infériorité de vos forces?

— Malgré l'infériorité de mes forces.

— Consentiriez-vous à me donner une déclaration écrite et signée de votre main, constatant que c'est de votre plein gré, nonobstant mes remontrances et mes avertissemens, que vous vous êtes résolu à agir ?

— Fort volontiers, monseigneur.

— Je dois vous déclarer, chevalier, qu'en cas d'un échec, je mettrai ma responsabilité à couvert derrière cette déclaration... C'est votre avenir que vous jouez sur un coup de dés...

— Monseigneur, s'écria Sforzi, la devise de la noblesse est : « Fais ce que dois, advienne que pourra. » Entre la perte des bontés de Sa Majesté et la satisfaction de ma conscience, mon choix ne saurait être douteux.

— Monsieur Sforzi, dit le président de Harlai avec une émotion qu'il montrait rarement, plus je vous connais, plus je vous estime et je vous aime ! Il ne sera pas dit que vous supporterez seul la lourde responsabilité de cette difficile entreprise. Votre générosité fait honte à ma prudence. Je m'associe à vos nobles efforts; je renonce à la déclaration que j'exigeais de vous.

Sforzi s'inclina en silence.

— Chevalier, continua le président des Grands-Jours, il nous reste maintenant à nous entendre sur les mesures et les précautions à prendre pour assurer la réussite de notre projet. Je ne suis ni un savant tacticien, ni un bien expérimenté capitaine, je n'ai à vous offrir que mon simple bon sens; je regrette que le capitaine de Maurevert ait oublié l'ordre que je lui ai envoyé de se rendre au Gouvernement, son expérience eût pu nous être utile.

Mgr de Harlai parlait encore lorsque la porte s'ouvrit et donna passage au grand prévôt. De Maurevert avait l'air joyeux au possible. Son pressentiment qu'il allait toucher une rançon s'était complétement réalisé.

Son prisonnier, jeune et riche seigneur des environs de Clermont, épouvanté du sombre tableau que le capitaine s'était complu à lui tracer, avait fini par le supplier de le sauver des poursuites de Messieurs des Grands-Jours. Cinq cents écus devaient payer cette complaisance. Le bon de Maurevert, attendri jusqu'aux larmes, avait pris la bourse et relâché le gentilhomme.

Peu de mots suffirent à M. de Harlai pour mettre de Maurevert au courant de la question.

— Ma foi, monseigneur, répondit-il, je ne vous cacherai pas que, selon moi, vous commettez une folie... Ne serait-il pas cent fois préférable, au lieu d'assiéger le château à peu près inexpugnable de la Tremblais, de piller les maisons et dévaster les domaines des nobles suspects !... Cette mesure, profitable au trésor, imprimerait une salutaire terreur aux coupables et donnerait la plus haute opinion de votre justice... Ma propo-

sition paraît vous indigner, monseigneur ?
n'en parlons plus... Traitons la question
du siége... Si ma mémoire ne m'abuse
pas, les forces que le marquis de Canilhac
est parvenu à réunir atteignent le chiffre de
quinze cents hommes au plus... Eh bien !
attaquer le château de la Tremblais avec
moins de quatre mille hommes et une dizaine de canons, c'est s'exposer à une défaite assurée !... Une seule chance de succès
vous reste : trouver un capitaine si habile et
si expérimenté, qu'il puisse suppléer, par sa
seule science, à l'insuffisance des forces
mises à sa disposition...

— Monsieur le grand prévôt, interrompit
sèchement monseigneur de Harlai, quoique
je ne vous aie point interrogé sur la conduite que M. Sforzi et moi devons tenir, je
consens néanmoins à vous en donner l'explication. Si le marquis de la Tremblais,
qui non seulement a nié notre autorité et
refusé de comparaître en notre présence,
mais encore qui a osé pousser la rébellion
et l'audace jusqu'à mettre hors la loi Messieurs des Grands-Jours, dans toute l'étendue
de ses fiefs, terres, seigneuries et domaines;
si le marquis, dis-je, n'est point promptement châtié, il ne nous reste plus qu'à
abandonner notre poste et nous avouer vaincus. Tant que ce grand criminel jouira de
l'impunité, l'accomplissement de notre mission sera impossible. Nos actes isolés de rigueur paraîtront presque, en tombant seulement sur les faibles, des assassinats. La
question de savoir si on assiégera, oui ou
non, sans plus tarder, le château de la Tremblais n'existe plus, elle a reçu une solution
complètement affirmative. Reste maintenant
à convenir de quelle façon on devra conduire cesiége.

— Monseigneur, dit vivement Sforzi, je
doute que le capitaine puisse vous être d'une
utilité réelle dans cette discussion. M. de
Maurevert est un brave et vaillant soldat,
certes, seulement je le crois plus apte aux
coups de main qu'à une guerre logique,
sérieuse, d'ensemble. Mon intention, monseigneur, est de conduire et de diriger moi-
même le siége du château de La Tremblais.

—Vos pouvoirs sont illimités, monseigneur le commissaire extraordinaire du roi,
répondit le président des Grands-Jours. Le
commandement en chef des troupes vous
revient de droit.

A la résolution si clairement formulée par
Sforzi, de Maurevert fronça les sourcils, et
prenant la parole :

— Raoul, s'écria-t-il, je ne me serais jamais attendu à tant d'ingratitude ou d'é-

goïsme de votre part. Est-il possible qu'a-
près tous les bienfaits dont je vous ai comblé, vous...

— Silence, monsieur le grand-prévôt !...
s'écria Sforzi d'une voix vibrante et impérieuse... Il est de votre devoir d'écouter
avec respect les ordres que je vous donne,
puis ensuite de les exécuter sans les discuter...

— Sang et carnage!...

— Une dernière fois, silence, vous dis-je,
M. le grand-prévôt ! reprit Sforzi d'un ton
qui n'admettait guère de réplique. Ce serait
avec regret que je me verrais forcé de sévir
contre vous; mais, s'il me fallait, dans l'intérêt de la discipline, en arriver à cette extrémité, je ne vous ménagerais pas plus que le
dernier des soldats placés sous mes ordres !

Cette sévère apostrophe de son compagnon, loin d'irriter de Maurevert, parut au
contraire lui causer un sensible plaisir.

— Par Cupido! pensait-il, tout en gardant
le silence, je suis ravi de la bourrade que
mon gentil Raoul vient de m'envoyer en
pleine poitrine. Tudieu, quel ton, quel regard ; un véritable dieu Mars ! Moi qui craignais que sa réunion avec Diane ne lui eût
ôté de son énergie. Me voici complétement
rassuré.

Un assez long silence suivit la verte re-
montrance de Sforzi ; ce fut de Maurevert
qui le premier reprit la parole.

— Monsieur le commissaire extraordinaire
de Sa Majesté, dit-il d'un ton respectueux,
permettez-moi de vous faire observer que
vous vous êtes tout à l'heure complètement
mépris sur mes intentions. Je vous demande
humblement l'autorisation de vous expliquer
ma conduite.

— Soyez bref, répondit froidement Sforzi.

— Monseigneur, reprit de Maurevert, je
vous avertis que vous êtes sur le point de
vous déshonorer à tout jamais...

— Capitaine de Maurevert...

— Ne m'interrompez pas, je vous prie,
monseigneur. Quand on me trouble dans
mes discours, je m'inquiète, je perds le fil
de mes idées, et je n'en finis plus... Ne vous
souvient il plus, chevalier Sforzi, de votre
duel avec le comte de Chaulny ?... Oui, dites-vous... Eh bien ! je gagerais mon équi-
pement de guerre entier contre un pot fêlé,
qu'il est une circonstance de cette belle rencontre dont vous ne vous remémorez plus...
Voici cette circonstance :

Lorsque la comtesse de Chaulny, dans
un moment de méchante humeur, vous
donna sa malédiction, et que vous, à bout
de vos forces, vous tombâtes entre mes bras,

vous fîtes devant Dieu le serment solennel, que jamais, pesez bien la valeur de ce mot, que jamais plus, le roi vous l'ordonnât-il lui-même, vous ne tireriez l'épée du fourreau, si ce n'est pour votre défense personnelle. Ne trouvez-vous pas, Raoul, qu'en allant attaquer le château de La Tremblais, vous manquez tant soit peu à votre serment ! Je comprendrais parfaitement que si vous étiez assiégé vous vous battiez, mais devenir assiégeant, c'est tout autre chose... Il vous faudra prendre l'offensive. C'est le soin seul de votre honneur, Raoul, qui m'a poussé tout à l'heure à entrer en rivalité avec vous pour le commandement en chef des troupes... J'avais tellement honte de vous dire crûment que vous vous parjuriez que j'ai choisi le premier prétexte venu.

— Capitaine, dit Raoul, recevez mes excuses !... oui, vous avez raison...

— Ainsi, cher Raoul, vous renoncez à conduire les troupes?...

— Nullement, capitaine !... Seulement, lorsque je monterai à l'assaut, mon épée restera au fourreau.

— Mille légions de diables, murmura de Maurevert, ne voilà t-il pas qu'en voulant empêcher mon gentil Raoul de se battre contre son frère, je lui lie les mains et l'expose à se faire sottement tuer...

Alors le grand prévôt élevant la voix :

— M'est-il permis de vous demander, monseigneur, dit-il, quand vous entrerez en expédition ?...

— Demain matin, dès le point du jour !... répondit Raoul.

CHAPITRE XV.

Les Adieux.

Ce fut d'un air triste et découragé que de Maurevert sortit de l'hôtel du marquis de Canilhac.

— Hélas ! se disait-il tout en se dirigeant vers l'Hôtel-de-Ville, tu as totalement manqué cette fois de présence d'esprit, cher et gracieux capitaine !... Qu'est donc devenue cette belle imaginative que j'ai toujours si fort admirée en toi ?... Tu as été faible, mon bon petit de Maurevert, très faible !... Ne pouvais-tu trouver un prétexte plausible pour retenir Raoul à Clermont !... Que diable ! aimable compagnon, quoique tu ne pèches pas par un trop grand excès de sensibilité, tu ne saurais cependant laisser les deux frères s'entr'égorger. Il est certains préjugés devant lesquels il est de bon goût de s'in-

cliner... Voyons, perspicace ami, réfléchis un peu à la façon dont tu dois t'y prendre pour empêcher Raoul de partir... Si tu courtisais Diane ?... Mauvais moyen !... Les jeunes gens sont si présomptueux que Sforzi oublierait d'être jaloux de toi... Si tu fomentais une légère sédition ? A quoi cela t'avancerait-il ? à rien. Tu serais tenu, en ta qualité de grand-prévôt, de rétablir l'ordre que tu aurais troublé. De Maurevert, je ne te reconnais plus ! Au lieu de marcher droit à un but, tu tâtonnes, tu hésites. Qu'as-tu donc. excellent ami ? Parbleu, tu as l'estomac creux, voilà tout. Dès que tu auras vidé cinq à six flacons de Saint-Pourçain, tu verras comme tes idées se réveilleront vives, abondantes et ingénieuses. Au reste, quoi qu'il arrive, et dussé-je employer la force, je ne laisserai pas partir Raoul pour ce siège : voilà qui est bien décidé.

Tandis que le capitaine regagnait sa demeure — tout en causant avec lui-même selon son habitude — Raoul et Diane restés seuls ensemble, après le départ de Mgr de Harlai, traitaient un sujet de conversation fort habituel aux amoureux : ils parlaient de l'avenir et bâtissaient des châteaux en Espagne.

— Monsieur Sforzi, disait la charmante enfant, je suis bien jeune encore, mais le malheur a déjà tellement mûri mon expérience, que j'entrevois à présent la vie sous un tout autre aspect qu'elle ne m'apparaissait jadis. Je ne comprends plus la vie si stérilement et si mesquinement agitée des gens de la cour... Tant de haines, de perfidies, de bassesses et d'efforts pour arriver à dorer les chaînes de son esclavage, à dépasser de la tête un rival, me semble le comble de la démence !... Pourquoi s'avilir et se tourmenter à plaisir, lorsque le bonheur est si facile dans le repos d'une existence calme et ignorée? Aussi, bien souvent me suis-je reproché, monsieur Sforzi, d'avoir souri jadis à votre ambition. Mon plus vif désir, maintenant, est de vous voir abandonner la cour, renoncer à attendre d'un caprice royal votre fortune et votre indépendance !

— Mon adorée Diane, répondit Raoul, pardonnez-moi de ne pas partager vos idées. Le pouvoir quand on l'emploie à faire triompher le bon droit, à défendre le faible contre le fort, à lutter contre l'injustice, devient pour ainsi dire une chose sainte et sacrée. Ne croyez point, Diane, qu'en m'exprimant ainsi, je cède aux enivremens de mon élévation subite !.. Non, mille fois non !.. Je ne fais qu'obéir à la voix de ma conscience. Renoncer à faire le bien quand cela nous est possible, n'est ce pas montrer une coupable indifférence, une indigne faiblesse?.. Diane, vous le savez, je vous aime d'un amour ardent, sans bornes... Je suis prêt à obéir à vos moindres désirs, à m'incliner, sans murmurer, devant vos caprices... Je vous en conjure donc, n'abusez pas de l'irrésistible influence que vous exercez sur ma volonté... N'exigez point que je quitte la partie alors que la chance semble se déclarer si ouvertement en ma faveur.

— Hélas! M. Sforzi, interrompit tristement Diane, je pressens à votre réponse de terribles malheurs dans l'avenir. On ne repousse pas impunément le repos et le bonheur. C'est en vain que vous essayez de vous tromper vous-même, que vous tentez de justifier votre ambition par un but noble et élevé!... Bientôt, demain, peut-être, enivré par une nouvelle dignité, par une faveur inespérée, vous renierez vos beaux projets, et vous ne songerez plus qu'à vous élever encore davantage. Une fois lancé dans cette voie, le vertige s'emparera de vous... Tout homme qui vous barrera le passage, qui se placera entre votre élan et le but auquel vous viserez, deviendra à vos yeux un ennemi que vous attaquerez sans pitié!... Quand il s'agit de surmonter ou de détruire un obstacle, l'ambitieux ne consulte ni la justice ni le droit. La crainte de perdre son crédit le conduit à la violence. La peur rend méchant, cruel, implacable, Mgr Sforzi!...

La tristesse pleine de dignité avec laquelle Mlle d'Erlanges prononça ces paroles, causa une vive impression à Raoul.

— Diane, s'écria-t-il en s'agenouillant respectueusement devant la charmante enfant, votre âme, égale à votre beauté, n'appartient pas à la terre, vous êtes un reflet du ciel; oui, Diane, vous avez raison : jouer avec l'ambition, c'est s'exposer et tomber dans la bassesse.

Dès que ma mission sera terminée, dès que j'aurai fait triompher la cause de la justice, délivré le peuple, affermi le pouvoir du roi, j'abandonnerai la scène, je m'effacerai dans l'ombre. Sa Majesté a daigné me promettre, lors de mon départ pour l'Auvergne, qu'elle s'occuperait de lever le voile mystérieux qui couvre ma naissance. Qui sait si je ne rencontrerai pas dans ma famille la fortune, que je comptais trouver ailleurs. Si cette ressource me manque, mademoiselle, eh bien! alors, je ferai un premier et dernier appel à la générosité du roi. Je supplierai Sa Majesté de m'octroyer, en retour des services que j'aurais été assez heureux pour lui rendre, une modeste charge qui

me permette de vivre indépendant et ignoré. A présent, Diane adorée, il faut que je m'arrache d'auprès de vous, que je vous quitte. Les mesures importantes à prendre pour assurer le succès du siége du château de la Tremblais exigent tous mes soins, demandent tout mon temps. J'ignore s'il me sera possible de vous revoir avant mon départ. Diane, pour rien au monde, je ne voudrais vous tromper, abuser de votre noble crédulité; je ne dois donc pas vous cacher les tristes pressentimens que j'éprouve. Il me semble, Diane, que ce siége me sera fatal. Si je succombe, n'oubliez point que ma dernière pensée aura été pour vous, que votre nom s'échappera de mes lèvres avec mon dernier soupir... Adieu, Diane... adieu!

Sforzi salua profondément la jeune fille, qui, la poitrine agitée, les yeux noyés de larmes, était hors d'état de prononcer une parole; puis, d'un pas incertain et tremblant, il se dirigea vers la porte. Au moment d'en franchir le seuil, il s'arrêta, hésita, puis tout à coup, bondissant comme un tigre, il s'élança vers Mlle d'Erlanges, l'enveloppa dans une étreinte folle, et de ses lèvres brûlantes il aspira un long baiser sur ses joues.

Ainsi que la fleur accablée par les ardentes caresses du soleil s'incline languissante sur sa tige, de même Diane courba mollement la tête, et, incapable de combattre son émotion, elle s'abandonna à l'irrésistible et enivrante sensation de ce baiser à la fois chaste et passionné.

— Adieu! dit Raoul, en faisant un violent effort sur lui-même, adieu... Diane, nous voici fiancés devant Dieu!

— Au revoir, Raoul, balbutia Mlle d'Erlanges d'une voix qui ressemblait à un doux murmure. Oh! je ne crains plus rien... aucun malheur ne saurait maintenant nous atteindre... Si vous mourriez j'irais bientôt vous rejoindre au ciel!

Lorsque Sforzi sortit de l'hôtel du marquis de Canilhac, la ville de Clermont présentait le spectacle d'une agitation extraordinaire.

De longues files de lourds chariots, chargés, les uns de provisions de bouche, les autres de munitions de guerre, ceux-ci de fascines, ceux-là des engins employés à cette époque à l'attaque des places-fortes, faisaient trembler les maisons jusque dans leurs fondemens.

Des piquiers et des stradiots affairés et grossiers regagnant le quartier-général ajoutaient encore à la confusion. Enfin, une dixaine de canons, montés sur des affûts d'un poids énorme, refoulaient la foule, et complétaient le désordre.

De Maurevert, du haut de son cheval surveillait et dirigeait les préparatifs du départ. Le grand prévôt de la province d'Auvergne était trop affairé, trop occupé pour prêter la moindre attention à la foule : aussi de temps à autre renversait-il un piéton sous les pieds de sa puissante monture!

— Arrivez donc, monseigneur, s'écria-t-il en apercevant Raoul... Jamais je n'ai vu une armée si tristement organisée.... Je crois qu'il serait urgent de la discipliner....

— Discipliner ces troupes! répéta Sforzi en poussant son cheval vers de Maurevert, y songez-vous, capitaine?... Une pareille tâche exigerait des mois entiers, et c'est demain, au point du jour, que nous devons nous mettre en route...

Le grand-prévôt sourit d'un air moqueur.

— Monseigneur, dit-il, chaque fois que j'ai eu sous mon commandement des bandes de manans ou de vagabonds, une heure m'a suffi pour changer tous ces truands en excellens soldats !... Se figurer qu'il faut des mois entiers pour organiser et discipliner une compagnie, est une grave erreur !

— Quel moyen employez-vous, capitaine, pour arriver aux merveilleux résultats que vous vous vantez d'obtenir?

— Un moyen fort simple, monseigneur... Je réunis mes hommes, et je les mets, en peu de mots, au courant de leurs devoirs. Le premier qui s'écarte de mes instructions, je le fais pendre ; le second est arquebusé ; le troisième, pendu ; le quatrième, arquebusé !... et ainsi de suite, toujours en alternant le genre de supplice, jusqu'à ce que tout marche au gré de mes désirs.... Généralement dix exécutions suffisent pour former une compagnie !... Si vous voulez bien me donner, monseigneur, carte blanche, je m'engage, en ne sacrifiant pas plus de trente soudards, à discipliner merveilleusement les quinze cents hommes placés sous vos ordres !...

— Quelle infamie ! s'écria Raoul indigné.

— Pourquoi cela une infamie ? reprit froidement de Maurevert. N'est-il pas cent fois plus humain et préférable de pendre une trentaine de drôles que de compromettre le sort d'une armée entière? C'est presque toujours en voulant économiser et liarder que l'on se ruine. Il y a si peu de gens qui sachent se résoudre à un sacrifice opportun! Ma foi, monseigneur, puisque ma proposition ne vous agrée pas, je renonce à débrouiller ce chaos, et je me retire. Au reste, mon devoir de grand prévôt consiste à maintenir l'ordre dans la province, à opérer les arrestations que l'on me désigne, et non pas à discipliner des troupes. Monseigneur, je suis bien votre très humble serviteur.

De Maurevert, sans attendre davantage la réponse de Sforzi, alors occupé à donner des ordres, éperonna son cheval et se dirigea en toute hâte vers l'hôtel du marquis de Canilhac.

— Que le diable me pulvérise, se disait-il, si je comprends un mot à ce qui m'arrive aujourd'hui. Quoi! je bois consciencieusement dix flacons d'un excellent St-Pourçain, je réfléchis pendant une heure tout à mon aise, et je ne parviens pas à obtenir un moment d'inspiration, à rencontrer une bonne idée!.. Cela est incroyable... Vois-tu, ami de Maurevert, il faut t'avouer une chose : c'est que tu n'as pas été créé pour la vertu. Dès que ton intérêt n'est pas en jeu dans une affaire, de subtil, sagace et ingénieux que la nature t'a fait, tu deviens lourd, niais, obtus, sans initiative aucune. Il est incontestable que si empêcher Raoul de conduire le siége du château de la Tremblais me rapportait un millier d'écus, je trouverais incontinent un moyen pour arriver à ce résultat. Allons, le temps presse, il n'y a plus à hésiter, il faut que je voie mademoiselle Diane...

Mlle d'Erlanges était encore sous l'impression des adieux de Raoul, lorsqu'un page vint lui annoncer la visite de Maurevert. La charmante enfant crut à un message du chevalier, et, toute rougissante de bonheur, elle ordonne au page d'introduire le grand prévôt.

— Ma bien aimée et honorée demoiselle, lui dit de Maurevert, les momens dont je dispose sont comptés et précieux. Je vous demanderai donc la permission d'aborder, sans détours, le sujet qui m'amène auprès de vous...

— Parlez, capitaine, dit Mlle d'Erlanges, que ce brusque exorde fit pâlir de crainte; serait-il arrivé malheur à monsieur Sforzi ?

— Pas encore, mademoiselle.

— Comment, pas encore! répéta Diane d'une voix tremblante. Un danger menacerait-il donc M. le commissaire extraordinaire de Sa Majesté ?

— Hélas, oui, mademoiselle, et même un très grand danger : Raoul est à la veille de commettre un crime involontaire et qui remplirait le reste de son existence d'un terrible remords.

— Au nom du ciel, expliquez-vous, capitaine.

— Il ne m'est permis de parler, chère et honorée damoiselle, qu'à une seule condition...

— Quelle condition, capitaine ?

— Que vous ne révélerez jamais à Raoul ce que je vais vous confier. Ne m'interrogez plus chère Diane. C'est un oui ou non qu'il me faut.

— Mais s'il ne m'est pas permis d'avertir M. Sforzi du danger qu'il court, à quoi me servira votre confidence, capitaine ? demanda Mlle d'Erlanges de plus en plus agitée et anxieuse.

— A empêcher Raoul de se jeter dans ce danger, que diable !... Pardon, je voulais dire par Cupido !... Par Cupido donc, si vous aimez gentiment notre gracieux et plaisant Raoul, il ne vous sera pas difficile d'inventer un prétexte pour le retenir près de vous.

— Parlez, parlez, capitaine ! s'écria Diane après un court silence, j'accepte votre condition... Je vous jure de ne jamais révéler à M. Sforzi aucune des paroles que vous allez prononcer...

CHAPITRE XVI.

Le Devoir.

Au moment de reprendre la parole, de Maurevert parut hésiter :

— Chère et honorée damoiselle, dit-il après un court silence, je ne dois pas me dissimuler que je commets une grave imprudence en vous confiant mon secret, car la discrétion de la femme la plus accomplie ne dépasse guère celle d'un écho ! Enfin, n'importe ! le danger est si imminent qu'il n'y a plus moyen de reculer. Chère et honorée Diane, M. le chevalier Raoul Sforzi est le propre frère du marquis de la Tremblais.

— Que dites-vous, capitaine ! s'écria Mlle d'Erlanges en proie à une agitation extraordinaire.

— Hélas ! la vérité, que le marquis de la Tremblais et Raoul sont tous les deux fils légitimes du même père et de la même mère. Oui, je comprends que cela vous contrarie. Cependant, en réfléchissant froidement à cette parenté, on doit convenir qu'elle présente un bon côté... Si le marquis trépassait, son titre et son immense fortune reviendraient à Raoul. La perspective d'un si magnifique héritage, compense, certes, l'ennui d'être allié à un tel mécréant !... Je suis connu, chère damoiselle, pour la délicatesse de mes sentimens ; mais je vous avoue franchement que j'accepterais très volontiers une étroite parenté avec tous les plus abominables bandits de la terre, si ces bandits devaient me léguer de grandes richesses. Par Plutus ! chère et honorée damoiselle, il n'y a pas là de quoi vous désoler. Voyons, calmez-vous et parlons raison.

Le capitaine aurait pu continuer à parler longtemps sans que Diane songeât à l'interrompre. La pauvre enfant faisait pitié à voir, tant son désespoir était profond.

— Par Minerve ! se dit de Maurevert, attendons, avant de continuer cet entretien, que Diane ait donné un libre cours à ses larmes. Les femmes ont les nerfs disposés d'une si singulière façon que tant qu'elles ne parviennent pas à pleurer, après une violente émotion, elles restent incapables de lier ensemble deux idées, de comprendre le discours le plus simple.

Cette fois le capitaine se trompait ; car Mlle d'Erlanges, grâce à un puissant effort de volonté, recouvra bientôt sinon le calme de son esprit au moins tout son sang-froid.

— Capitaine, dit-elle, vous avez raison ; il est impossible que M. Sforzi assiége en personne le château de la Tremblais. Je frémis à la pensée de ces deux frères se rencontrant face à face et l'épée au poing sur la brèche ! Cela serait affreux, abominable ! Mais comment faire, quel moyen employer pour retenir Raoul ? Le souvenir des mortelles offenses qu'ils a subies, uni à l'amour de la gloire et au désir de répondre dignement à la confiance du roi, rendront le chevalier insensible et sourd à toutes les prières. Je ne vois aucun autre moyen pour empêcher M. Sforzi d'entrer dans la lutte, que de lui avouer la vérité entière. Quel motif vous retient donc, capitaine, de faire connaître à Raoul le lien sacré qui le lie au marquis ?...

— Ce motif est des plus graves, chère et honorée damoiselle, répondit tranquillement de Maurevert. Je doute toutefois — car les femmes si expertes en ruses de sentiment ne comprennent absolument rien aux affaires — je doute toutefois, dis-je, que ce motif vous explique mon silence. Si Raoul savait son étroite parenté avec le marquis, il est incontestable qu'au lieu de s'acharner après lui, au lieu de le poursuivre à outrance, il tenterait au contraire de le sauver par tous les moyens possibles. Or n'oubliez point, chère Diane, que le chevalier hérite du marquis...

Je serais, certes, sérieusement marri de voir Raoul jouer à son insu le rôle de messire Caïn ; mais je me désolerais encore bien davantage s'il perdait par sa sotte générosité, la colossale fortune du seigneur de la Tremblais... Enfin, chère damoiselle, n'oubliez point que Raoul devrait, pour le protéger, manquer à tous ses devoirs, trahir indignement la confiance du roi. Par les dix mille diables!... Pardon, je me trompe; par les dix mille vierges! j'entends que mon gentil compagnon conserve son honneur...

De Maurevert fit une légère pause, mais voyant que Mlle d'Erlanges, absorbée dans ses réflexions, gardait le silence, il s'empressa de reprendre la parole.

— Il est encore, dit-il, une autre considération que je n'ai point fait valoir, et qui vous touche de fort près, honorée Diane!... Voudriez-vous voir échapper au châtiment qui lui est dû, l'infâme usurpateur du domaine de Tauve, l'odieux assassin de cette excellente dame d'Erlanges, votre respectable mère, dont le cruel trépas vous a rendu orpheline et m'a fait verser toutes les larmes de mon corps...

A ce souvenir cruel Diane tressaillit, et d'une voix tout à la fois grave et émue :

— Capitaine, s'écria-t-elle, ma position est affreuse! Ne point avertir M. Sforzi, c'est m'associer sciemment à son crime involontaire. Lui apprendre qu'il doit sauver le marquis, c'est manquer à mon serment sacré de venger ma mère! Mon Dieu!... Mon Dieu!... Venez à mon aide!.... Inspirez moi!...

Diane, brisée par la violence de son émotion, tomba à genoux et se mit à prier avec ferveur.

— Mademoiselle, dit de Maurevert en élevant la voix, permettez-moi de vous faire observer que votre volonté ne vous appartient plus. Vous m'avez juré une discrétion inviolable. Chère et honorée Diane, remettez-vous de votre émoi. Tâchons de discuter sensément et sans tomber dans le pathétique. L'exagération n'aboutit à rien qui vaille. Par l'enfer! Bon, encore! Je voulais dire par le ciel, ne discourons pas, si cela vous fatigue, mais, au moins, ne sortons pas de la logique. Je ne trouve pas, moi, notre position aussi inextricable et désespérée que vous affectez de la voir. Remontons à la source des choses. Le marquis de la Tremblais a brutalement dagué madame votre mère, et vous, vous avez juré de tirer vengeance de ce crime. Très bien! Aujourd'hui, par suite de l'arrivée de messieurs des Grands-Jours, le meurtrier est poursuivi, et vous, vous êtes à la veille d'obtenir la réparation qui vous est due. De mieux en mieux!... Jusqu'ici les événemens marchent à ravir, et si ce n'é-

tait que Raoul se trouve exposé à devenir un traître ou un fratricide, vous ne songeriez pas à vous plaindre!... Il s'agit donc tout simplement de retirer Raoul de la question, tout en laissant les choses dans le même état!...

— Hélas! capitaine, cette difficulté n'est-elle pas insurmontable?

— Je ne crois pas, honorée Diane. Moi, à votre place, voici ce que je ferais...

— Oh! parlez, parlez, capitaine!

— Je manderais Sforzi auprès de moi; puis, d'une voix dolente, mignarde et affligée:

« Cher Raoul, lui dirais-je, vous voyez en moi la plus désolée et la plus malheureuse de toutes les femmes! Je suis jalouse de la passion que vous montrez pour la gloire! Oui, Raoul, vous ne m'aimez pas, vous ne m'avez jamais aimée!... Vous ne m'aimerez jamais! »

Alors, notre gentil Sforzi vous coupera la parole, pour vous peindre la violence de sa flamme, mais vous, l'interrompant de nouveau : — Cher Raoul, reprendrez-vous, vos protestations ne peuvent rien contre ma conviction. Ce qu'il me faut, ce sont des actes, des faits! Il est un seul moyen de me convaincre de la sincérité de votre attachement, de me prouver que vous le mettez au-dessus de tout, c'est de me sacrifier l'honneur et le profit que vous comptez retirer de la prise du château de la Tremblais. Raoul adoré, si vous vous refusez à ce sacrifice, ce sera m'avouer que jamais vous n'avez ressenti la moindre affection pour l'infortunée Diane d'Erlanges; que jusqu'à ce jour, vous vous êtes indignement joué de sa tendresse. Alors, cher Sforzi, je mettrai à exécution le projet que je médite : je prendrai le voile dans un couvent. Telle est à peu près, chère damoiselle d'Erlanges, poursuivit de Maurevert, le langage que, si j'étais à votre place, je tiendrais au chevalier... Ce discours, entremêlé avec adresse de larmes silencieuses, de douloureux soupirs, de regards passionnés, me paraît d'un effet infaillible. Sforzi m'abandonnera le commandement en chef des troupes royales et le soin de diriger les opérations du siège; je prends le château de la Tremblais, je fais pendre le marquis, madame votre mère est vengée, vous épousez le chevalier, et tout le monde est content!

Diane avait écouté, sans essayer de l'interrompre, le discours du capitaine. Seulement il était aisé de s'apercevoir à l'expression chagrine de son visage, que la parole de Maurevert affectait péniblement la délicatesse de la charmante enfant.

— Monsieur le grand-prévôt, lui répondit-elle, j'aime et j'estime trop sincèrement M. Sforzi, j'attache un trop grand prix à ma propre considération pour jamais jouer un tel rôle. D'un autre côté, quelque sincère et profond que soit mon attachement pour le chevalier, je ne saurais lui sacrifier la légitime vengeance que sollicite l'horrible attentat dent l'honorée défunte dame d'Erlanges, ma mère, a été victime! J'ai une entière confiance dans les talens militaires et la bravoure de M. Sforzi : je suis heureuse de la détermination qu'il a prise de conduire lui-même le siége du château de la Tremblais...

— Mais Diane, interrompit de Maurevert avec violence, vous oubliez que Raoul ne vous pardonnera jamais de l'avoir laissé tirer l'épée contre son frère ! Votre conduite est non seulement odieuse, mais, ce qui est pis encore, maladroite. Charmante enfant, vous rompez ni plus ni moins votre mariage.

— Capitaine de Maurevert, — [interrompit Diane avec un ton de dignité si imposant que le grand-prévôt se sentit tout troublé, — avant de m'accuser si durement, réfléchissez à votre propre conduite... Qui vous retient de révéler à M. Sforzi sa parenté avec le marquis? Un sordide motif d'intérêt !... Qui m'empêche, moi, de parler ? Le serment solennel, pieux et sacré, que j'ai fait, de venger ma pauvre mère... Capitaine, je suis bien votre très humble servante !...

A ce congé si clairement formulé, de Maurevert se leva et saluant froidement Diane, il s'éloigna sans prononcer une seule parole...

— Mort et carnage ! se disait-il tout en descendant les escaliers de l'hôtel du marquis de Canilhac, la froide cruauté de cette petite Diane complète mes études sur les femmes... Décidément la meilleure de toutes ne mérite pas une minute d'attention. Tudieu ! avec son petit air doucereux, elle n'y va pas de main morte, Mlle d'Erlanges... Pauvre Raoul !... Pauvre Raoul !...

Si de Maurevert avait pu être témoin du désespoir que Diane, une fois seule, laissa éclater, il n'aurait pas porté un tel jugement sur la charmante enfant.

Humblement agenouillée devant un Christ suspendu à la muraille, Mlle d'Erlanges, les yeux baignés de larmes et la voix brisée par les sanglots, priait Dieu de l'inspirer sur la conduite qu'elle devait tenir.

Quand Diane se releva, un étrange sourire de joie et de bonheur épanouissait son délicieux visage.

— Merci, mon Dieu, murmura-t-elle avec une expression de reconnaissance passionnée, merci mon Dieu ! Raoul n'a plus rien à craindre !

Alors Mlle d'Erlanges appela un paysan et ordonna qu'on fût lui chercher son fidèle serviteur le Hardy.

CHAPITRE XVII.

Une résolution inébranlable.

Trois heures après minuit sonnaient à la cathédrale de Clermont. Sforzi, retiré dans ses appartemens, écrivait assis devant une large et massive table de chêne qu'éclairaient imparfaitement deux grosses bougies de cire jaune contenues dans de lourds et hauts flambeaux d'argent.

Il était facile de deviner aux paupières alourdies et fatiguées de Raoul, à la mèche carbonisée des bougies, à plusieurs feuillets déjà remplis, que le jeune homme ne s'était point couché. L'attention qu'il apportait à son travail était telle, qu'un coup assez violent frappé au dehors sur la porte de sa chambre ne lui fit pas même relever la tête; il n'avait rien entendu.

Peu après la clef tourna dans la serrure e de Maurevert entra dans la chambre : le capitaine marchait avec précaution sur la pointe des pieds, c'est à dire de façon à ne point faire trembler le plancher.

— Ma foi, cher Raoul, s'écria-t-il, je ne m'attendais pas à vous trouver déjà levé.

— Des ordres à donner... des comptes à régler !... balbutia Sforzi d'un air embarrassé.

— Morbleu, cher compagnon, je ne vous demande pas l'explication de votre prose !... alors à quoi bon vouloir me tromper?... des ordres à donner, des comptes à régler !... que voilà donc un ingénieux prétexte !... me prenez-vous pour un sot ou un aveugle ? Quand bien même votre visage ne porterait pas les traces d'une émotion profonde, rien qu'à la fougue ou à l'irrégularité de votre écriture, je devinerais une missive d'amour.

— Et quand cela serait, capitaine ?

— Bon, voici que vous vous fâchez, maintenant !... Mort de ma vie, tous ces enamourés sont d'une susceptibilité étrange. On ne sait jamais s'ils vont vous sauter au col pour vous embrasser ou pour vous étrangler.

— Après tout, poursuivit Raoul, qui n'avait pas écouté la réponse de Maurevert, pourquoi vous le cacherais-je? C'est bien à Mlle d'Erlanges que j'écris... Je lui adresse mes derniers adieu.

—Vos derniers adieux, Raoul !... Vous voulez railler !

—Non, capitaine, loin de là !... Mes paroles sont extrêmement sérieuses... Tenez, de Maurevert, à présent je suis heureux de vous avoir près de moi !... Cela me soulagera de confier à un ami les douleurs et les angoisses qui me déchirent le cœur ! ..

Raoul fit une légère pause, puis, d'une voix pleine de mélancolie :

— De Maurevert, reprit-il, vous souvient-il du violent pressentiment que j'éprouvai le matin du jour où je me rencontrai avec le vicomte de Chaulny ?...

— Parfaitement, cher Raoul ; et je conviens que ce n'était pas sans raison, car quelques heures plus tard vous receviez un magnifique coup d'épée.

— Eh bien, cher compagnon, ce pressentiment ne se peut comparer à l'abattement que je ressens aujourd'hui. Ne me raillez point, de Maurevert ! Je souffre tant que votre incrédulité serait une mauvaise action.

— Cher Raoul, dit gravement le grand-prévôt d'Auvergne, je vous jure que, loin de tourner en dérision votre tristesse, j'y compatis sincèrement.... J'ai mes motifs pour cela...

— Quels motifs, de Maurevert ?...

— Rien... rien... Je fais allusion à votre duel avec le vicomte de Chaulny... Poursuivez, Raoul, poursuivez...

— Dieu m'est témoin, continua Sforzi, que je ne céderais à personne au monde, m'offrirait-on en échange de ce sacrifice, une fortune princière, l'honneur de commander les troupes qui vont attaquer le château de la Tremblais ! Ce siège réalise mon souhait le plus ardent. Combattre enfin la féodalité, affermir l'autorité royale, satisfaire la soif inextinguible de vengeance qui n'a cessé de me brûler depuis l'heure terrible où j'ai été frappé au visage par la main du bourreau Benoist... Oui, oui, je le répète, je n'échangerais pas ma position actuelle contre tous les honneurs, toutes les richesses de la terre !

— Alors de quoi vous plaignez-vous, Raoul ?

— Ce qui se passe en moi est chose si mystérieuse, si inouïe, si extraordinaire, que je ne sais comment l'expliquer !... Toujours est-il que je souffre horriblement...

— Eh bien, n'expliquez pas, Raoul, racontez ; on peut toujours raconter.

Avant de reprendre la parole, Sforzi parut hésiter ; il était évident que l'aveu sollicité par le capitaine lui coûtait beaucoup à faire.

— Cher compagnon, reprit-il d'un air presque honteux, si vous ne me connaissiez pas aussi intimement, vous prendriez une bien triste opinion de mon caractère et de mon courage... Croiriez-vous, de Maurevert, que la pensée de me trouver face à face avec le marquis, l'épée et la dague au poing, me cause une invincible terreur. Quoi ! avoir subi le plus odieux et le plus sanglant de tous les outrages, avoir été jeté innocent dans un cachot et conduit comme un vil criminel à la potence, avoir senti la main d'un grossier manant s'abattre sur mon visage, puis, lorsque sonne enfin l'heure si désirée de la vengeance, n'éprouver ni rancune ni colère !.... N'est-ce pas à douter de ma raison ?.... Ce qui me semble plus étrange, plus inouï encore que ma lâche faiblesse, c'est la nature de ce sentiment d'inconcevable terreur que je viens de vous avouer !... Ce n'est pas, non, cent fois non, mille fois non, ce n'est pas une peur vulgaire qui paralyse mes forces, et pèse sur ma volonté !... Il me semble que je suis sur le point de commettre un crime !... Oui, de Maurevert, un crime !... Lorsque je me représente l'odieux marquis tombant sur ma dague, et se roulant dans une mare de sang, à mes pieds, un frisson d'effroi passe à travers mon corps... une sueur froide inonde mon front... mes genoux fléchissent. Je suis presque tenté d'appeler au secours !...

Sforzi s'arrêta un instant : de Maurevert plus vivement impressionné qu'il ne l'avait certes jamais encore été de sa vie, gardait un morne silence. Le phénomène magnétique offert par Raoul — quoique le magnétisme ne fût pas même soupçonné à cette époque — causait au rude soldat une indicible émotion.

—Cher compagnon, reprit bientôt Raoul en essayant de sourire, comme il ne saurait exister d'effet sans cause, j'ai voulu remonter à la source de ce que j'appellerai ma maladie.. Eh bien ! vous l'avouerais-je ? j'ai eu beau m'ingénier, plus encore, essayer de me tromper moi-même, il m'a été impossible de m'expliquer ce qui se passe en moi. Croyez-vous à la magie, de Maurevert ?

— Cher et gentil Raoul, répondit le capitaine d'un ton fort sérieux, depuis que j'ai été deux fois huguenot, il m'est resté à l'endroit de la sorcellerie une incrédulité complète. Cependant ce que je vois aujourd'hui est chose réellement si extraordinaire que je ne sais plus que penser. Mon bon et gentil Raoul, il ne faut pas mépriser cet avertissement, je me trompe, je voulais dire ce pressentiment... Je me rappelle avoir été jadis

saisi au cœur le matin d'une bataille par u-
ne tristesse semblable à celle qui vous paralyse aujourd'hui. Bon, pensais-je (j'appartenais
à cette époque, à la religion catholique et
romaine), tu seras occis tantôt, aimable et infortuné de Maurevert. Je me mets aussitôt en
quête d'un prêtre ; je me confesse en quelques mots : « Mon père, j'ai commis dix
fois plus de légèretés que vous ne sauriez
vous l'imaginer, même en lâchant la bride
à votre imagination ; mais je me repens
sincèrement de mes fautes ! » Une fois absous, je vide cinq à six flacons de vieux vin,
je monte à cheval, et l'action s'engage. Dans
un groupe d'ennemis, je remarque un
gentilhomme superbement armé et monté sur un magnifique destrier...... Naturellement, je m'acharne après lui... Je
massacre quelques manans, j'éventre quelques cavaliers, j'écrase quelques piquiers, et
je parviens enfin, non sans peine, à rejoindre mon gentilhomme... D'un coup de pistolet, je lui casse la tête : il tombe raide
mort !... Vous comprenez ma joie !... Je mets
vivement pied à terre, et je commence à
fouiller le défunt. Croiriez-vous, cher Raoul,
que ce misérable n'avait pas seulement un
denier sur lui ?.... C'était tout simplement un vaniteux qui portait toute sa fortune
sur son dos !... Or, pendant que je perdais
mon temps à poursuivre ce drôle, mon parti
remportait la victoire... Lorsque je songeai
à aller chercher fortune ailleurs, il était trop
tard : tous les bagages ennemis étaient déjà
pillés... J'en fus donc pour une journée d'héroïsme perdu. Depuis cette époque, Raoul,
moi qui ne crois pas à beaucoup de choses,
j'ajoute une foi complète aux pressentimens.
Vous souriez, cher compagnon? allons, voilà
qui est d'un bon augure... Raoul ! je vous
en supplie, je vous en conjure, renoncez au
commandement en chef des troupes... N'allez pas, au moins, vous imaginer que je vous
donne ce conseil avec une arrière-pensée
d'intérêt personnel. Je consens de tout cœur,
si vous vous rendez à ma prière, à rester avec
vous à Clermont ! Mon plaisant et valeureux
Raoul, je vous aime sincèrement, moi... Je
n'entends point dire que je fasse fi des petits
profits que vous me valez de temps à autre.
Non, certes, loin de là... Néanmoins, je
suis assuré que ma première pensée, si
vous trépassiez, serait de m'apitoyer sur
votre sort avant de songer à mes intérêts !...
Et puis, il est encore une considération, bon
compagnon, qui doit être d'un grand poids
à vos yeux.... C'est l'abandon dans lequel votre départ va laisser l'adorable et
plaisante Diane !.. Je conviens sans peine que
mademoiselle d'Erlanges est la vertu person-
nifiée, qu'elle vous chérit de toutes les forces de son âme. Néanmoins il ne faut pas
oublier non plus qu'elle est femme !.. Or,
les femmes, et je parle des plus constantes
et des plus sages, sont toujours en appétit
d'infidélité. Quand celui qu'elles préfèrent
est présent, elles se contraignent encore...
Mais s'il s'absente, Raoul ! Oh ! alors c'en est
fait de lui !.. Je sais que la coupable, si elle
est douée de généreux sentimens, finit par
détester, — une fois son caprice passé —
son moment d'erreur ! qu'elle rachète sa
peccadille par des larmes cachées, des attentions délicates, un redoublement d'a-
mour... Mais la peccadille n'en a pas moins
eu lieu pour cela, Raoul !... Moi, cher compagnon, je n'ai jamais pu m'éloigner plus
de quarante-huit heures de l'objet de ma
flamme, sans trouver à mon retour la cage
vide et l'oiseau envolé... Clermont fourmille
de séduisans, jeunes et audacieux gentilshommes !... Diane est d'une beauté achevée... ses malheurs ont eu un grand retentissement, et l'ont rendue fort intéressante !
Raoul, si vous m'en croyez, renoncez à conduire par vous-même le siège du château de
la Tremblais... restez auprès de notre gentille Diane...

— La dernière considération que vous
achevez de faire valoir, capitaine, répondit
Sforzi, est tellement dénuée de bon sens,
que je ne prendrai pas la peine de la combattre... Douter de Mlle d'Erlanges !... Profanation !... sacrilège !...

— Eh bien ! Raoul, interrompit vivement
de Maurevert, si cette crainte ne peut rien
sur votre détermination, n'en parlons plus.
Ce n'est plus maintenant au nom de Mlle
Diane que je vous conjure de ne point partir, c'est au nom de notre amitié. Raoul, j'ai
eu, je l'avoue, une vie assez agitée ; mais
âme qui vive n'est en droit de reprocher au
capitaine de Maurevert d'avoir manqué à ses
devoirs de soldat. J'ai toujours fidèlement
servi les partis qui ont, soit demandé, soit
accepté l'aide de mon épée. Mon honneur
militaire est intact. Plutôt que de vous conseiller une lâcheté, je préférerais recevoir
un coup de dague en pleine poitrine. Eh
bien ! cher compagnon, je vous le dis, je vous
le répète, votre charge de commissaire extraordinaire de S. M. ne vous oblige en rien à
prendre le commandement en chef des troupes. Personne ne songera à trouver mauvais
que vous restiez à Clermont. Au contraire
même, le rôle d'un général n'est pas celui
d'un soldat. Le premier, tout à l'opposé du
second, doit se garantir de tout danger, car

de sa conservation dépend souvent le sort d'une armée entière. Votre présence à Clermont sera cent fois plus utile aux desseins de Sa Majesté et apportera un appui bien plus efficace à la mission de messieurs des Grands-Jours, que ne saurait le faire votre chevauchée guerrière... Partir, Raoul, c'est n'écouter que la voix de votre vengeance. Rester, c'est obéir à celle du devoir !...

Le capitaine s'était exprimé avec un feu, une ardeur, qui contrastaient singulièrement avec son sang-froid ordinaire.

—Cher compagnon, lui répondit Raoul, je vous remercie de tout cœur des efforts que tente votre amitié pour m'empêcher de courir à ma perte ! Le roi m'a choisi comme étant homme d'épée et non pas comme magistrat. Mon épée ne saurait rester au fourreau lorsque la rébellion lève audacieusement la tête. N'insistez pas, je vous en prie, de Maurevert, vous m'affligeriez sincèrement en me contraignant à vous opposer un nouveau refus.

Le grand-prévôt prit alors une main de Raoul dans les siennes, et pliant le genoux devant lui :

— Au nom du repos de ma vie future, cher compagnon, dit-il d'une voix altérée, ne vous opiniâtrez pas dans votre résolution. Que diable ! Raoul, je suis gentilhomme aussi, moi, et mon âge me permettrait d'être votre père... N'aurez-vous pitié ni de mon humiliation volontaire, ni de ma douleur?

En ce moment, le son de la trompette sonnant le boute-selle vibra dans les airs !...

— Cher de Maurevert ! — s'écria Raoul— voici la véritable voix du devoir !...

Alors, relevant le capitaine et jetant ses bras autour de son col, Raoul lui donna une chaleureuse et énergique embrassade !... Deux grosses larmes tremblèrent dans les cils épais de l'aventurier : un moment il parut vouloir parler, mais bientôt il s'arracha de l'étreinte de Raoul, s'élança vers la porte et sortit tout en murmurant :

— Par Plutus! si l'héritage de ce réprouvé marquis de la Tremblais n'était pas aussi considérable, je n'aurais jamais eu la force de garder mon secret !

CHAPITRE XVIII.
Le siège du Château.

Les précautions à prendre et à observer, dans le cas où la noblesse se serait décidée à tenter une levée de boucliers, retardèrent de beaucoup la marche des troupes royales ; ce fut seulement dans la matinée du troisième jour, après leur départ de Clermont, qu'elles arrivèrent devant le château-fort de la Tremblais ! A la vue du sombre et gigantesque manoir qui lui rappelait de si cruels et si lugubres souvenirs, Sforzi sentit son cœur bondir de fureur; sa haine lui revint, ardente, implacable !

Le regard superbe de défi et de menace qu'il jeta sur les hautes et formidables tours qui se dressaient à l'horizon, disait énergiquement les nouveaux sentimens dont il était animé : la colère étouffait en lui la voix du sang.

De Maurevert, quoique la veille encore il eût annoncé l'intention de ne pas quitter Clermont, n'avait pu se résoudre à laisser partir Raoul seul ; le capitaine, malgré l'élasticité de sa conscience, éprouvait un certain malaise qui ressemblait presque au remords.

—Je sais bien, se disait-il, que la parenté est une chose de convention ; que chaque jour l'on voit des frères se haïr à outrance ; n'importe ! l'éducation si sotte et si mal entendue de notre jeunesse laisse en notre esprit une empreinte tellement profonde que l'expérience est impuissante plus tard à l'effacer. Nous subissons le reste de notre vie les impressions de nos premières années. Si jamais j'ai des enfans à peu près à moi, j'entends les façonner à ne rien respecter ici bas, si ce n'est leur père, et encore, si j'admets cette exception, c'est seulement parce que j'y trouverais mon profit. Que le diable m'entourche ! si je devine comment finira toute cette intrigue ! Après tout, à quoi bon me lamenter à l'avance ? Rien ne me prouve encore que les troupes de de Sa Majesté auront le dessus... Les forces dont nous disposons sont bien inférieures aux difficultés que présente notre tâche. Que Belzébuth me casse les côtes ! si à la place du marquis de la Tremblais, je prendrais le moindre souci de ce simulacre de siège. Je voudrais avant huit jours me débarrasser triomphalement des troupes royales... Quinze cents hommes pour emporter d'assaut un château fort ! c'est de la démence !... Enfin, puisque me voici engagé dans la partie, je dois tâcher de tirer le plus adroitement possible mon épingle du jeu... Voyons un peu si les dispositions prises par Raoul, pour notre campement, sont conformes aux règles de la guerre.

De Maurevert éperonna son cheval et se mit à parcourir les lignes des troupes royales : les travaux de retranchement, déjà commencés ou indiqués, obtinrent toute son approbation.

—Par le dieu Mars! se disait-il, mon gentil compagnon est réellement un capitaine de mérite!... Je ne lui supposais pas d'aussi sérieuses connaissances militaires! Il faut que je le complimente à ce sujet!...

De Maurevert trouva Raoul devant sa tente, et entouré d'officiers à qui il achevait de donner des ordres et des instructions.

—M. le grand-prévôt, dit Sforzi, veuillez je vous prie attendre un moment, j'ai à vous parler!...

Quelques minutes plus tard, les deux compagnons étaient assis l'un en face de l'autre ; ce fut Raoul qui le premier entama la conversation.

—Cher de Maurevert, dit-il, ma haine ne m'aveugle pas au point de me faire prendre pour des réalités mes désirs et mes espérances. Je vous avoue volontiers, de vous à moi, que je commence à être extrêmement inquiet sur le dénoûment de notre entreprise... Il n'est pas possible qu'avec nos mille fantassins et nos cinq cents chevaux, nous nous emparions du château de la Tremblais. J'avais conservé de cette place de guerre un souvenir fort inexact. J'étais loin de me la figurer aussi formidable. Cher compagnon, vous comprenez de quelle importance il est pour l'autorité future de Sa Majesté dans la province d'Auvergne, que nous sortions à notre honneur de la lutte engagée... Il est indispensable que l'armée soit portée au moins à quatre mille hommes! Voyons, de Maurevert, vous qui connaissez de longue date le pays, par quel moyen on pourrait se procurer des renforts.

—Mon gentil Raoul, répondit le capitaine après avoir réfléchi pendant quelques instans, je ne saurais vous exprimer combien votre prudence vous grandit à mes yeux. Etre téméraire quand il ne s'agit que de sa propre personne, et circonspect lorsque les intérêts d'autrui reposent en vos mains, voilà, selon moi, ce que l'on rencontre rarement dans la même personne.... Quant aux renforts que vous désirez — et que M. de Canilhac lui-même n'a pu vous procurer — je me fais fort de vous les obtenir, moi! Seulement, Raoul, j'exige que vous me donniez carte blanche. Je veux que vous mandiez à tous les gouverneurs des places de guerre et forteresses d'Auvergne d'avoir à se conformer strictement à mes ordres!... Point d'objections ni de questions, je vous prie!... Ce n'est pas le capitaine de Maurevert qui a besoin du chevalier de Sforzi, mais bien le chevalier Sforzi qui a besoin du capitaine de Maurevert. Il est donc de toute justice que ce dernier impose ses conditions.

Au reste, Raoul, la mission que vous me sollicitez de remplir n'a rien de bien agréable pour moi ; si votre confiance en ma moralité et en mon expérience n'est pas entière, sans bornes, cherchez et choisissez un autre émissaire.

—Capitaine, dit Raoul pensif, je vous reconnais un esprit éminemment ingénieux, une imagination fertile, inépuisable en expédiens ; mais, d'un autre côté, je redoute la trop grande facilité avec laquelle vous abordez les moyens extrêmes.

—Il n'est point question, Raoul, de mes qualités ou de mes défauts ; il s'agit tout simplement de savoir si vous pouvez, oui ou non, vous passer de mon concours? Si c'est oui, et que mes conditions ne vous conviennent pas, brisons là-dessus ; si c'est non, alors donnez-moi carte blanche. Mort de ma vie! on dirait que je plaide ma cause, lorsqu'il ne s'agit en réalité que de votre gloire et des intérêts de Sa Majesté... Terminons, Raoul : acceptez-vous mes offres, oui ou non ?

—Oui, capitaine, répondit Sforzi après un léger silence.

—Alors vous me donnerez carte blanche?

—Il le faut bien, de Maurevert.

—Maintenant, Raoul, revenons au présent. Il me semble — ceci soit dit toujours entre nous — qu'avant d'investir le château de la Tremblais vous aviez une formalité à remplir.

—Quelle formalité, capitaine?

—Sommer le marquis d'obéir à la prise de corps que messieurs des Grands-Jours m'ont donnée contre lui, puis sur son refus le déclarer, lui et tous ceux qui l'aideront dans sa résistance, coupables du crime de rébellion et de lèse-Majesté, et comme tels mis hors la loi.

—Vous n'ignorez point quelle serait la réponse du seigneur de la Tremblais : une grossière provocation, une nouvelle insulte.

—Parbleu, cela va sans dire! Seulement, les défenseurs du château, se voyant mis hors la loi, commenceraient à réfléchir sur les conséquences, sinon probables, au moins possibles de leur désobéissance.

—Vous avez raison, de Maurevert.

—J'ai toujours raison, Raoul.

—Mais à propos, capitaine, qui se chargera de la périlleuse mission de signifier au marquis l'ordre de Messieurs des Grands-Jours?

—Votre très humble serviteur, Raoul... Moi!

—Vous de Maurevert!... la mission, je vous le répète, est des plus dangereuses.

— Morbleu, je le sais bien. Sa Majesté ne me paie-t-elle point ma charge de grand-prévôt? Oui, alors je dois loyalement accomplir mon devoir.

Un peu avant la fin du jour, c'est-à-dire cinq à six heures après la conversation que nous venons de rapporter, de Maurevert armé de toutes pièces et monté sur son cheval de bataille, s'avançait seul, à la vue de l'armée entière, vers la porte principale du château.

Les assiégés regardaient avec étonnement, du haut des murailles de la première enceinte, la démarche hardie du capitaine.

Lorsque de Maurevert ne fut plus qu'à une demi-portée de pistolet du pont-levis, il arrêta sa monture, et se levant sur ses étriers,

— Au nom de Sa Majesté Henri III, roi de France, cria-t-il d'une voix retentissante, moi, le capitaine Roland de Maurevert, grand-prévôt de la province d'Auvergne, somme et requiers le seigneur de la Tremblais d'avoir à se livrer en mes mains, pour être conduit devant Messieurs des Grands-Jours, déclarant ledit seigneur de la Tremblais, s'il se refuse à obtempérer à cet ordre, traître et félon, coupable du crime de lèse-majesté, mis hors la loi, ainsi que tous ceux qui l'aideront dans sa rébellion, de quelque manière que ce soit.

De Maurevert parlait encore lorsque la silhouette fière et hautaine du marquis se dessina vigoureusement sur l'azur du ciel. Il considéra de Maurevert d'un air de profond mépris; puis se retournant vers ses hommes d'armes :

— Feu sur cet aventurier! s'écria-t-il.

Une dixaine de coups d'arquebuse partirent; le cheval de Maurevert tomba, entraînant avec lui son maître dans sa chute.

Un cri spontané d'indignation et de rage poussé par les troupes royales accueillit cette odieuse violation du droit de la guerre, cette audacieuse et sanguinaire bravade aux ordres de Sa Majesté Henri III.

Toutefois, courir au secours de Maurevert c'était affronter un danger si imminent, c'était s'exposer à une mort si certaine, que personne ne sortit de derrière les retranchemens improvisés à la hâte depuis le matin.

Bientôt on vit le grand-prévôt se relever: une fois sur pied, de Maurevert, au lieu de s'enfuir, tira sa dague et se mit à couper les courroies qui retenaient une petite valise attachée derrière sa selle.

Ce fut seulement après avoir essuyé une nouvelle décharge que le capitaine battit en retraite. On s'attendait à chaque instant à ce qu'une balle le jetterait par terre; il n'en fut rien... Le grand-prévôt atteignit sain et sauf les premiers retranchemens.

— Mort de ma vie! s'écria-t-il en écartant de la main les officiers et les soldats qui se pressaient en foule autour de lui, pourquoi me regarder avec un tel étonnement, compagnons!... Ne dirait-on pas que je viens d'accomplir un bel exploit!... Tudieu! si vous connaissiez l'épaisseur et la solidité de mon armure, vous ne seriez nullement surpris de me voir encore vivant!... Que cet exemple ne soit pas perdu pour vous et qu'il vous apprenne à ne point regarder à une centaine de livres de plus dans le poids de votre cuirasse!...

Quoique les batteries ne fussent pas encore régulièrement établies, Raoul, pour répondre à la bravade du marquis, ordonna que l'on tirât quelques boulets sur le château!

L'effet de cette volée, à laquelle les assiégés ne s'attendaient pas — car les pièces étaient masquées par une élévation de terrain — fut fatale à trois ou quatre soldats de la garnison!

A peine l'épaisse fumée qui un instant cacha le château se fut-elle dissipée, que les troupes royales aperçurent avec une rage et une humiliation indicibles, plusieurs des hommes d'armes du marquis feignant d'essuyer avec des toiles les empreintes à peine visibles laissées par les boulets sur les pierres de la muraille.

— Par les grelots de messire Momus! dit de Maurevert en se penchant à l'oreille de Raoul, voici une gentillesse qui me réjouit infiniment. Exaspérer ainsi les troupes, c'est tout bonnement comme si l'on nous envoyait un renfort de cinq cents hommes. Si le marquis se plaît à poursuivre le cours de ses joyeusetés et facéties, il finira par changer nos soldats en autant de héros!

En ce moment un officier dont la respiration oppressée et l'armure couverte de poussière, donnaient à supposer qu'il venait de faire une course longue et rapide, s'avança vers Raoul, et lui adressant le salut militaire:

— Monseigneur, lui dit-il, j'ai capturé, pendant la reconnaissance que vous m'aviez ordonné de pousser à une lieue d'ici, une espèce de paysan, dont les allures suspectes et embarrassées ont éveillé mon attention et ma défiance... Ce manant, lorsque je l'ai aperçu, essayait de se glisser dans le camp. Je gagerais ma tête contre un écu que c'est un espion. Désirez-vous, monseigneur, interroger vous-même cet homme, ou bien préférez-vous que je le fasse pendre ?

— Monsieur, dit Raoul, rappelez-vous, je vous prie, que personne, si ce n'est dans un cas de péril désespéré et d'urgence extrême, ne doit être mis à mort sans mon autorisation. Faites venir cet homme.

Le pauvre diable présenté sous de si mauvais auspices pouvait avoir de quarante à quarante-cinq ans. Ses lèvres minces, ses petits yeux brillants, rusés, pleins de finesse et qui semblaient n'oser se fixer sur personne, donnaient à sa physionomie une expression de fausseté remarquable.

Au regard froid et fixe que Sforzi laissa tomber sur lui, la pâleur du misérable se marbra de taches livides et il se mit à trembler de tous ses membres. Il comprenait sans doute qu'il lui serait difficile de soutenir l'interrogatoire qu'il allait subir, de tromper la perspicacité de son juge.

Sforzi se disposait à prendre la parole, quand un soldat s'avança vers lui, et d'une voix frémissante de colère :

— Monseigneur, dit-il, je connais cet homme, moi ! C'est un des apôtres du marquis de la Tremblais !

A cette révélation, un cri de mort s'éleva parmi les troupes.

— Qu'avez-vous à répondre ? demanda Raoul en s'adressant à l'accusé.

L'apôtre du marquis — car le soldat avait dit vrai — était incapable de prononcer un seul mot : ses dents claquaient les unes contre les autres ; il baissa la tête. Ce silence équivalait à un aveu...

— Cher Sforzi, dit de Maurevert à voix basse, prenez garde de ne pas compromettre votre autorité par une générosité déplacée ! La règle de la guerre veut, vous le savez, que tout espion pris soit pendu sur-le-champ !...

— Monsieur le grand-prévôt, répondit Raoul d'un ton ferme, que la justice ait son cours ! Je vous livre cet homme !

Un quart-d'heure plus tard, à une potence démesurément haute, élevée en face du château, se balançait le cadavre de l'ex-apôtre.

— Par la mort ! murmurait de Maurevert en se frottant joyeusement les mains, la capture de ce gueux a été pour nous une véritable chance ; elle nous a fourni une excellente réplique aux insolences du marquis. Tudieu ! je voudrais bien le voir en ce moment, ce cher et bon seigneur de la Tremblais ! Il doit rugir comme un tigre, écumer de fureur comme un enragé... Malheur à celui de nous qui tombera maintenant entre ses griffes, il le déchiquetera à belles dents.

De Maurevert qui, tout en causant avec lui-même, s'occupait alors à examiner le camp, poussa en ce moment un cri de surprise, et s'adressant à un groupe de soldats placés près de lui :

— Holà ! compagnons, leur dit-il vivement, décrochez-moi, sans plus tarder, ce drôle du gibet. Allons ! vite, vite !

Il fallait pour que de Maurevert donnât un ordre semblable qu'il y fût contraint par un bien puissant motif.

En effet, le capitaine venait d'apercevoir à cent pas devant lui Mlle d'Erlanges montée sur une haquenée et suivie de son serviteur Lehardy.

— Par la blonde chevelure de Mme Vénus ! se dit-il de fort mauvaise humeur, je donnerais bien dix écus pour que Diane fût restée à Clermont. Les femmes, dans un camp, ne servent qu'à mettre la désunion parmi les chefs et à affaiblir la discipline. Quelle diable de mouche a donc piqué cette petite d'Erlanges ! J'espère que si elle daigne se fixer parmi nous, Raoul va faire venir des joueurs de luth, des baladins et des danseurs pour la récréer et la distraire. Cela avancera beaucoup le siège et servira énormément à nos opérations... Je commence à croire que le marquis de la Tremblais pourrait bien se retirer sain et sauf de sa rébellion...

La joie et l'étonnement de Raoul lorsqu'il apprit l'arrivée de Diane et de Lehardy furent extrêmes. Il courut à leur rencontre.

— Mademoiselle, dit-il d'une voix émue, je m'attendais si peu au bonheur de vous voir, que je ne sais comment vous exprimer ma gratitude.

Alors prenant la bride de la haquenée que montait Diane, Sforzi conduisit la jeune fille et son serviteur jusqu'à sa tente.

Le premier moment de l'enivrement passé, un nuage de tristesse assombrit le front de Raoul.

— Chère et honorée Diane, dit-il, je ne dois pas vous cacher qu'une pensée inopportune et chagrine trouble mon bonheur. Je songe avec effroi aux conséquences de votre sublime générosité. La place d'une jeune, noble et vertueuse damoiselle, n'est guère au milieu d'un camp. Il est impossible, malgré la sévère et rigide discipline que j'entends établir parmi les troupes placées sous mes ordres, que vos regards et vos oreilles ne soient affligés par les propos et les actions d'une rude et grossière soldatesque... Je ne vous parlerai pas des commentaires cachés auxquels donnera lieu votre noble élan. Je ne m'inquiète que de ce qui pourrait vous être directement désagréable. Toutefois, il ne faut pas se dissimuler que la noblesse de Clermont va porter de bien téméraires jugemens sur votre compte...

— Chevalier Sforzi, interrompit Diane d'une voix douce et ferme, et en souriant d'un air moitié espiègle moitié moqueur, dût ma franchise blesser votre amour-propre, je me trouve dans la triste nécessité de vous expliquer le motif de ma conduite. Ce n'est nullement à l'intérêt que vous m'inspirez, M. le commissaire extraordinaire du roi, qu'il vous faut attribuer ma présence en ces lieux.

Mlle d'Erlanges fit une légère pause ; puis, changeant de ton,

— Chevalier Sforzi, reprit-elle avec solennité, le mobile de ma conduite puise sa source dans le plus noble et le plus saint de tous les amours !... dans l'amour filial !... J'ai juré jadis de venger ma pauvre et honor e mère, si cruellement, si traîtreusement mise à mort par le marquis de la Tremblais ; je viens aujourd'hui accomplir mon serment !... Je veux partager le sort et les dangers des assiégeans du château !... Si mes faibles mains, incapables de supporter le poids d'une arme, ne peuvent vous aider dans votre œuvre de mort, elles serviront du moins à soigner les blessés !... Si ma voix est étouffée par le tumulte de la bataille, ma présence, au plus fort du danger, stimulera l'ardeur douteuse des indécis, doublera le courage des braves ! Quel soldat, en voyant une femme rester au poste qu'il a abandonné, n'aurait pas honte de sa lâcheté ? Quel vaillant consentirait à se laisser vaincre en intrépidité par une jeune fille ? Quant aux propos de la noblesse désœuvrée de Clermont, je doute qu'ils soient aussi malveillans à mon égard que vous vous l'imaginez, Raoul. Au reste, la calomnie dût-elle s'acharner après ma personne, cette certitude ne changerait en rien ma résolution... Ma noble et honorée mère Mme la défunte comtesse d'Erlanges, m'a reproché bien souvent de céder toujours au premier mouvement de mon cœur. Je n'ai point changé, chevalier ; telle j'étais jadis, telle je suis encore aujourd'hui.

La parole de Diane respirait une si touchante fermeté, un enthousiasme si noble et si pur, que Sforzi sentit des larmes d'admiration monter de son cœur à ses yeux.

— Mademoiselle, lui répondit-il avec une émotion qu'il ne songeait pas à cacher, qu'il soit fait selon votre volonté ! Je suis persuadé maintenant que votre vertu et votre courage vous vaudront l'admiration de l'armée entière... Qu'aucun, fût-ce le dernier des misérables, n'ose manquer au respect qui vous est dû. Je vais ordonner que l'on vous dresse deux tentes isolées, autant que possible, du reste du camp et proches l'une de l'autre ; la première sera pour vous, la seconde pour votre brave, fidèle et bon serviteur Lebardy.

En ce moment de Maurevert se présenta devant Raoul. La contenance du capitaine était froide et guindée. Il adressa un glacial et cérémonieux salut à Mlle d'Erlanges, et se retournant vers le chevalier Sforzi :

— Monseigneur, lui dit-il, n'avez-vous rien à ajouter aux instructions que vous m'avez déjà données ? Je pars à l'instant.

— Non, capitaine, aucune. Vous savez aussi bien que moi de quelle urgence il est. pour la réussite de notre entreprise, que nous recevions des renforts au plus tôt. Ce que vous ferez sera bien fait.

— Alors, Monseigneur, veuillez me signer un ordre par lequel vous enjoindrez à tous les gouverneurs de places fortes, citadelles et villes, d'avoir à m'obéir. Je tiens à mettre ma responsabilité à couvert.

— Voici cet ordre, capitaine.

— Merci, Monseigneur.

De Maurevert s'éloignait déjà, mais, revenant sur ses pas :

— Ne désirez-vous point, monsieur le commissaire extraordinaire du roi, dit-il, que je vous envoie quelques sauteurs, baladins et joueurs de luth ?

— Pourquoi cette question, je vous prie ?

— Dam ! monseigneur, il me semble que quand de nobles damoiselles daignent venir se fixer dans un camp, on ne saurait trop s'ingénier pour leur en rendre le séjour plaisant et agréable.

A cette réponse moqueuse de Maurevert, Diane leva ses grands beaux yeux sur lui et d'un ton de doux reproche :

— Capitaine, lui dit-elle, je vous plains de tout mon cœur... car il faut pour me traiter aussi durement, que vous n'ayez jamais aimé votre mère !

— Sang et carnage, je n'ai point aimé ma mère ! s'écria de Maurevert furieux ; mademoiselle Diane, mademoiselle Diane, si toute autre personne que vous avait tenu cet odieux propos, il s'en serait suivi un malheur ! Hélas ! si ma pauvre et bonne mère n'était point remontée sitôt au ciel, — car, mort de ma vie ! c'était un ange que ma mère, — le capitaine de Maurevert ne compterait sans doute pas, à l'heure présente, parmi les plus remarquables sacripans du royaume. Le tendre et pieux souvenir que je conserve de mon excellente mère, mon amitié sincère pour Raoul : voilà peut-être les deux seuls bons sentimens que renferme aujourd'hui mon cœur.

— Assez, capitaine. Pourquoi vous montrer si impitoyable envers moi ? Ma présence parmi les assiégeans du château de la Tremblais, ne vous dit-elle point clairement la tendresse extrême que je portais à Mme la comtesse d'Erlanges, mon honorée mère ? Craignez-vous que M. Sforzi perde de son intrépidité habituelle, parce qu'il combattra à mes côtés, parce que mes yeux seront témoins de ses exploits ?...

— Par le grand roi Salomon, s'écria de Maurevert, l'homme prudent ne doit jamais discourir avec une femme. Je ne sais comment cela se fait, mais les femmes, quand elles discutent, finissent toujours par avoir raison. Il paraît, ma gentille damoiselle Diane, que je me suis conduit envers vous comme un rustre, que je vous ai vilainement et sottement répondu. Eh ! bien, je m'engage, pour réparer mes torts, à vous donner la main quand on montera à l'assaut. Mort de ma vie ! personne ne vous cachera la belle horreur de ce spectacle. Vous serez au premier rang.

Ce fut seulement après avoir donné une chaleureuse accolade à Raoul, que de Maurevert s'éloigna.

— Cher compagnon, lui dit-il, au moment de sortir de la tente, je ne saurais vous recommander trop de circonspection durant mon absence. Le marquis de la Tremblais rachète son manque de courage personnel par tant d'astuce et de ruse, qu'il est peut-être plus à craindre encore qu'une vaillante épée. Au reste, votre position est excellente. Les défenseurs du château ne dépassent guère le nombre de six cents hommes d'armes et quatre à cinq cents manans enrôlés de force. Vous n'avez donc pas à redouter de bien sérieuses sorties. Le seul danger qui vous menace est une ligue de la noblesse. Je ferai en sorte, pendant ma tournée, de calmer les esprits. Embrassons-nous une dernière fois, Raoul. Bon courage et à bientôt.

Il était près de minuit, et tout le monde, excepté les sentinelles, dormait dans le camp, lorsque de nombreuses détonations, entremêlées de clameurs furieuses, retentirent tout à coup au milieu du silence de la nuit.

C'était les assiégés qui, sortis par un passage souterrain donnant dans la campagne, essayaient de forcer et de détruire les retranchemens des royaux.

Les mesures prises par Sforzi, en vue d'une semblable attaque, étaient si bien calculées, si excellentes, que les hommes d'armes du marquis durent bientôt renoncer à leur espoir et battre précipitamment en retraite.

Cette escarmouche coûta la vie à vingt royaux. Sforzi et ses officiers estimèrent que la perte des assiégés s'élevait au moins au double.

A partir de ce moment et pendant les dix jours qui suivirent, les rebelles ne tentèrent pas d'autre sortie. Cependant les opérations du siége marchaient avec une désespérante et compromettante lenteur. L'artillerie royale, mal organisée et plus mal servie encore, battait en vain jour et nuit les murs du formidable château ! La brèche n'était pas même dessinée. Les fortifications étaient à l'épreuve du boulet !

Sforzi, en proie à une irritation fiévreuse, se donnait un mal inouï pour rendre l'attaque plus efficace ; ses talens et sa bonne volonté se brisaient contre l'insuffisance des moyens mis à sa disposition. Chaque nuit, de grands feux mystérieux, allumés par des mains inconnues, brillaient aux sommets des hautes montagnes, dans un circuit de plus de quatre lieues. Il était évident que le marquis de la Tremblais avait des intelligences avec la noblesse ; que si le succès couronnait sa rébellion, c'en était fait à tout jamais de l'autorité du roi dans la province d'Auvergne.

Le dixième jour qui suivit le départ du capitaine de Maurevert, les assiégeans durent cesser le feu de leur batterie : les munitions manquaient; il ne restait plus à chaque soldat que cinq charges d'arquebuse.

C'était en vain que Sforzi avait expédié au marquis de Canilhac et à Mgr de Harlai vingt exprès pour les avertir de sa détresse. Le gouverneur de la province d'Auvergne et le président des Grands-Jours lui avaient répondu chaque fois qu'il eût à prendre patience.

Sforzi se mourait de rage et de colère. Il entendait — pour nous servir de l'énergique et superbe image d'un vieux poète armoricain — il entendait bouillir sa moëlle dans ses os !

Quant à Diane, elle sortait rarement de sa tente. Il fallait, pour qu'elle se hasardât à traverser le camp, qu'il y eût une bonne action urgente à accomplir, un blessé à soigner, un mourant à consoler.

Les troupes, instruites des malheurs de Diane, émerveillées de son tranquille courage, charmées de sa modestie, en admiration devant la beauté de son visage et la noblesse de son maintien, faisaient de chacune de ses apparitions un éclatant triomphe...

Le plus détestable soldat de l'armée n'aurait pas hésité, pour sauver la jeune fille, à se jeter devant la gueule d'un canon chargé à mitraille.

Maintenant il est absolument indispensable pour l'intelligence des événemens qui vont suivre, que nous placions ici une courte description du château de la Tremblais.

L'aspect de cette place, l'une des plus fortes, — sinon la plus forte — de la province d'Auvergne, était des plus imposans. Le château était divisé en deux parties de forme irrégulière et d'une étendue différente. La première enceinte — et la plus vaste — servait de logement aux gens de la garnison et offrait, en temps de guerre, un refuge aux vassaux du marquis. Cette enceinte était entourée d'un rempart soigneusement construit en pierres de grand appareil, — pour nous servir du terme technique, — et ce rempart était flanqué de huit tours, celles des angles principaux cylindriques, les autres simplement circulaires.

Pour pénétrer dans la première enceinte, il fallait franchir sur un pont, un fossé large et profond, puis passer sous une haute porte voûtée, défendue par une herse et flanquée de deux grosses tours.

Deux arcades en ogive ménagées dans l'épaisseur des murs, à droite et à gauche dans l'intérieur de ce passage, étaient occupées par les soldats de garde.

La défense avait surtout multiplié les obstacles et pris les précautions les plus minutieuses dans la construction des fortifications de la seconde enceinte, ou du château proprement dit.

Cette enceinte, beaucoup plus petite que la première et tournée obliquement par rapport à elle, à cause de la disposition naturelle du terrain, en était séparée par un fossé creusé profondément dans le roc vif. Elle présentait la forme d'un carré irrégulier, aux angles duquel s'élevaient quatre tours cylindriques. Une cinquième tour, de proportions vraiment colossales, se dressait au centre de la courtine entre les deux enceintes; elle était séparée de la muraille par un chemin de ronde qui formait à l'entour une sorte de second fossé. Des bâtimens considérables s'étendaient intérieurement le long des trois autres côtés.

C'était la première enceinte qu'il fallait d'abord emporter d'assaut... Or, nous le répétons, les remparts qui l'entouraient, construits en pierres de grand appareil, bravaient impunément les efforts du canon.

En supposant que Raoul se rendît maître de cet ouvrage avancé, — ce qui déjà était assez douteux, — il lui restait encore à accomplir la plus rude partie de sa tâche, c'est-à-dire pénétrer dans la seconde enceinte ou le château proprement dit. Les assiégés, embusqués et à peu près à l'abri dans les huit tours qui dominaient et défendaient les premiers remparts, tiraient de haut sur les troupes royales et les atteignaient jusque dans la tranchée. Depuis dix jours à peine que le siége était commencé, Sforzi avait perdu près de deux cents hommes.

Il fallait toute la haine, toute l'opiniâtreté, tout le courage dont était doué Raoul, pour persévérer aussi longtemps dans une telle entreprise.

Au reste, les assiégés appréciaient parfaitement bien la bonté de leur position, et se montraient très rassurés sur l'issue de la lutte.

Chaque coup d'arquebuse était accompagné d'une épithète injurieuse ou méprisante pour leurs adversaires. Les quolibets et les balles pleuvaient également drus du haut des remparts.

Plusieurs fois déjà Raoul avait eu l'intention de réunir les officiers en conseil de guerre et de les consulter sur la conduite à tenir : mais persuadé que le résultat de cette détermination serait la levée du siége, il avait jusqu'alors reculé devant cette mesure.

Il préférait engager et compromettre sa responsabilité plutôt que de sacrifier sa vengeance.

Enfin, vaincu par l'évidence, touché des pertes inutiles que les troupes subissaient chaque jour, Raoul se résolut à convoquer le conseil.

— Si demain, se dit-il, je n'ai pas de nouvelles de Maurevert, et que des munitions ne m'arrivent point de Clermont, il faudra bien que je me résigne à plier sous la fatalité !... Oui... mais ce ne sera pas sans avoir auparavant joué mon dernier enjeu, tenté ma dernière chance !... Je ne dois pas me dissimuler que cette chance est bien minime, et qu'à moins d'un miracle improbable, mon enjeu me coûtera la vie !... Soit !... Je succomberai en brave soldat !... Je léguerai à Diane le soin de ma vengeance !... Oui, oui, mon pressentiment se réalisera !...

A la vue de Diane qui se dirigeait de son côté, Raoul voulut prendre un air joyeux et se mit à sourire. Son sourire pâle comme un crépuscule d'automne, ne traduisait aucun sentiment humain, et semblait ne plus appartenir à la terre. On eût dit l'âme du juste passant sur ses lèvres avant de s'élancer vers Dieu !

CHAPITRE XIX.

Le Coup de main.

Sforzi, après avoir échangé quelques paroles insignifiantes avec Mlle d'Erlanges, prétexta des ordres à donner, et s'éloigna vivement, la laissant toute étonnée et attristée de cette étrange froideur. Quelle n'aurait pas été la douleur de Diane si elle eût connu le véritable motif de la conduite de son fiancé ! Raoul, décidé à tenter un dernier et suprême effort pour s'emparer du château, craignait que la vue de Mlle d'Erlanges, en le rattachant trop fortement à l'existence, ne l'empêchât d'exécuter son périlleux projet, d'accomplir son généreux sacrifice.

Sforzi employa le reste de sa journée à parcourir les retranchemens, à remonter le moral affecté des troupes. Vingt fois il fut sur le point de se rendre auprès de Diane, mais il sut résister à chacune de ces tentations ; il ne se sentait pas assez fort pour supporter, sans se trahir, l'émotion de cette entrevue.

A la tombée de la nuit, il réunit dans sa tente les principaux officiers de l'armée royale.

— Messieurs, leur dit-il, je vous conjure de me faire loyalement connaître votre pensée, de répondre à mes interrogations avec une entière franchise. Y a-t-il quelqu'un parmi vous qui ait confiance dans notre position, qui croie à la possibilité de prendre le château de la Tremblais ?

Un morne silence accueillit cette demande.

— Je vois, messieurs, poursuivit Raoul, que vous jugez la partie comme perdue ?

— Monseigneur, dit un cornette qui, en sa qualité de plus jeune des officiers présens, prit le premier la parole, monseigneur, mon opinion est que jamais nous n'avons eu la moindre chance de succès ! Vous avez fait au-delà de votre devoir, et comme capitaine et comme soldat !... Vous opiniâtrer plus longtemps, ce serait compromettre inutilement le sort de l'armée entière !... La levée immédiate du siége me semble indispensable !...

Les officiers supérieurs présens se rangè-rent simultanément à l'avis du jeune cornette.

Raoul réfléchit un instant, puis reprenant la parole :

— Messieurs, dit-il, je reconnais les difficultés extrêmes, les obstacles à peu près insurmontables que présente l'accomplissement de notre tâche. Seulement, remarquez bien ceci : c'est que si nous battons en retraite, c'en est fait pour toujours de l'autorité de Sa Majesté Henri III dans la province d'Auvergne. Nos efforts doivent être à la hauteur de ce danger. Des gentilshommes qui abandonnent leur roi, alors qu'il leur reste des bras et des armes pour combattre, sont à jamais déshonorés !...... quant à moi, jamais je ne pourrai me résoudre à ordonner la levée du siége. Toutefois, puisque votre opinion unanime est qu'un plus long séjour devant le château de la Tremblais compromettrait le sort de l'armée entière, il ne m'est pas permis d'entraîner dans ma perte douze cents braves et loyaux soldats !... Lorsque je ne serai plus, vous ordonnerez la retraite !...

— Comment, monseigneur, lorsque vous ne serez plus ! s'écria un capitaine d'une compagnie de cent hommes d'armes.

— Du moment, continua Raoul, que l'armée peut se passer de moi, je rentre dans ma liberté, je redeviens un simple soldat, et comme tel, j'ai le droit, si tel est mon plaisir, de risquer follement mon existence. Messieurs, je ne partage pas votre découragement, moi. Loin de là ! J'entends, au contraire, m'emparer du château, et cela de suite, sans plus tarder, avant demain.

Les officiers, en entendant ces paroles de Raoul, se regardèrent entre eux avec un étonnement des plus significatifs ; ils craignaient que Sforzi n'eût perdu la raison.

— Mon projet, reprit Raoul, est des plus simples ; je ne conçois pas qu'il ne se soit pas plus tôt présenté à mon esprit. Il s'agit tout simplement d'attacher un pétard à la porte, — défendue, il est vrai, par deux tours, — qui donne entrée dans la première enceinte...

— Mais, monseigneur, interrompit le même capitaine qui déjà s'était mêlé à la discussion, vous oubliez qu'entre cette porte que vous voulez faire sauter et nos retranchemens se trouve un fossé large et profond. Quel homme franchira ce fossé et arrivera jusqu'à la porte !

— Moi, monsieur, répondit froidement Raoul.

— Vous, monseigneur ! vous n'y songez pas. Autant vaudrait vouloir attaquer à vous seul une armée.

— C'est au contraire, capitaine, la folie, la témérité de mon action qui en assureront la réussite !... Les assiégés, confians dans la profondeur et la largeur de leurs fossés qu'on ne saurait combler avec des fascines, doivent négliger la garde de la porte que je veux enlever... Néanmoins, il sera bon de faire une diversion, de simuler une fausse attaque qui attire sur un autre point l'attention de l'ennemi... Que l'armée se tienne prête à monter à l'assaut... Une fois le passage frayé, nos hommes protégés par le canon, qui balayera ceux des assiégeans qui voudraient prendre position devant la porte, nos hommes, dis-je, se serviront d'échelles pour opérer l'escalade. Alors, messieurs, aura lieu une sanglante et belle mêlée, alors il nous sera permis de nous venger enfin des insultes et des bravades que nous avons eu à subir jusqu'à ce jour. Il faut que demain les premiers rayons du soleil éclairent le drapeau blanc fleurdelisé, planté sur les murailles de la première enceinte.

— Monseigneur ! s'écria le capitaine, je ne saurais trop vous le répéter, vous vous exposez à une mort certaine... Si vous tenez à tenter cette dernière chance, qui, à vrai dire, me paraît dénuée de toutes probabilités de succès, que ne prenez-vous un homme de choix et de bonne volonté ? Vous trouverez aisément un soldat qui, moyennant une forte somme d'argent, consentira à courir le danger de cette folle entreprise...

— Capitaine, dit Raoul avec un triste sourire, celui qui agirait en vue d'un bénéfice pécuniaire, ne saurait être complètement résigné au sacrifice de sa vie. L'espoir et le désir d'échapper à la mort, nuiraient à sa liberté d'action !... Capitaine, croyez-moi, pour exécuter une telle témérité, il est nécessaire, avant tout, que la pensée vous en soit venue... Celui-là seul qui conçoit un pareil projet est capable de le mener à bien...; Cessez vos objections : ma résolution est irrévocable, inébranlable ; nul ne saurait m'en détourner.

Il était aisé de comprendre, à la contenance des officiers présens, combien l'héroïsme de Sforzi les émerveillait et les touchait : ils étaient tous émus jusqu'aux larmes.

Raoul leur donnait ses instructions, lorsque les cris des sentinelles et une grande rumeur qui s'éleva dans le camp, arrêtèrent la parole sur ses lèvres et attirèrent toute son attention.

Il allait s'élancer hors de sa tente lorsque tout à coup de Maurevert, armé de pied en cap, se présenta devant lui.

— Monsieur le grand prévôt ! s'écria Sforzi avec un cri de joie.

— Lui-même pour vous servir, monseigneur, répondit de Maurevert en saluant militairement Raoul.

— Nous amenez-vous des renforts, capitaine ?...

— Le capitaine Roland de Maurevert n'a jamais encore — à ce que dit la Renommée — manqué à sa promesse, Monseigneur ! Je m'étais engagé, en partant, à vous amener des renforts, je reviens avec trois mille hommes.

— Trois mille hommes ! répéta Raoul dont le cœur battit violemment; trois mille hommes ! de Maurevert?

— Oui, monseigneur, sans compter une ample provisions de munitions de toute sorte.

— Entrez dans ma tente, capitaine. Messieurs, j'ai bien l'honneur de vous saluer, continua Raoul, en s'adressant aux officiers.

— Vos instructions tiennent-elles toujours, monseigneur ? demanda le capitaine de la compagnie des cent hommes d'armes.

— Certes, monsieur, toujours, — répondit Raoul. Que l'on avertisse les troupes de se tenir prêtes à marcher au premier signal !... Je vous ferai connaître bientôt le point désigné pour opérer la fausse attaque destinée à détourner l'attention de l'ennemi !

Dès que Sforzi et de Maurevert se trouvèrent seuls, ce dernier dégrafa sa cuirasse, et, se jetant sur le lit de camp du jeune homme :

— Ouf ! cher Raoul, dit-il d'un ton familier, je meurs de faim, et surtout de soif ! Ne vous serait-il pas possible de me faire servir un quartier de venaison et quelques flacons de vin ? Je cause fort mal à jeun, et j'ai bien des choses à vous narrer...

Sforzi donna l'ordre à l'un de ses valets d'apporter à souper, et se retournant vers le capitaine,

— Cher compagnon, lui dit-il, vous arrivez juste à point pour recevoir mes recommandations dernières et prendre le commandement en chef de l'armée. Il est probable que dans quelques heures d'ici, je ne serai plus...

Profitant de la surprise que ces paroles causèrent à de Maurevert, Sforzi le mit au courant de la résolution qu'il avait prise de s'emparer, cette nuit même, de la porte défendant la première enceinte, et de donner ensuite l'assaut. Le capitaine l'écouta gravement, sans l'interrompre, sans marquer par aucun signe son assentiment ou sa désapprobation.

— Cher compagnon, répondit-il lorsque Raoul eut cessé de parler, je regrette, mieux encore, je déplore de tout mon cœur que vous vous soyez résolu à cette extrémité. Si vous m'aviez consulté avant de vous décider, j'aurais tenté tous les efforts inimaginables pour vous empêcher de commettre une pareille folie. Maintenant il est trop tard. Du moment que vous avez catégoriquement annoncé votre intention à vos officiers, il ne vous est plus permis de reculer. Votre honneur exige que vous alliez de l'avant... Par tous les diables de l'enfer ! Raoul, je ne saurai vous exprimer combien je regrette maintenant de m'être absenté et de vous avoir laissé livré à vos propres inspirations. Mort et carnage ! vous avez été d'une folie sans nom ! Enfin, il n'y a plus à revenir là-dessus. Le mal est fait, tâchons de le réparer, ou du moins de l'amoindrir autant que possible. Que Lucifer me caresse les côtes à coups de fourche, si je sais comment nous sortirons de notre entreprise ! Depuis que je vous connais, cher compagnon, depuis que je me suis associé avec vous, mes affaires allaient trop bien... Cela ne pouvait pas durer plus longtemps. N'importe ! Je trouve fort ennuyeux et désagréable de se faire occir lorsque l'on est riche !..

— Mais, capitaine, je ne vois pas en quoi ma détermination vous expose au moindre danger. Que parlez-vous de mourir !

De Maurevert haussa les épaules d'un air de pitié.

— Vous figurez-vous Raoul, reprit-il que je m'en vais comme un ingrat et un couard vous laisser tenter seul l'aventure?.. Mort de ma vie! vous ne croyez donc pas à mon amitié?.. Vous mettez donc en doute mon courage?... On m'offrirait dix mille écus pour ne pas vous suivre, cher ami, que je refuserais... oui je refuserais, aussi vrai que je donnerais mille écus pour que vous ne vous fussiez pas si sottement compromis.

Ce fut en vain que le chevalier essaya de détourner de Maurevert de se joindre à lui; le grand prévôt se fâcha sérieusement et refusa d'entendre aucune de ses raisons.

Une heure plus tard, le capitaine, après avoir promptement et amplement soupé, se leva de dessus son escabeau, et remettan sa cuirasse :

— Allons, Raoul, dit-il, en route! J'ai hâte de savoir si le gracieux capitaine de Maurevert doit rester sur la terre ou partir pour le royaume de messire Lucifer!

Lorsque les deux compagnons sortirent, il faisait une nuit profonde. Hormis quelques sentinelles qui se promenaient l'arme au bras, tout le camp semblait plongé dans le sommeil... Cependant, à peine Sforzi et de Maurevert eurent-ils avancé de quelques pas qu'ils furent accostés par un groupe d'officiers qui attendait leur arrivée.

On avait, selon l'ordre donné par le chevalier, préparé tout ce qui était nécessaire à l'accomplissement de son téméraire projet: une échelle de corde, un pétard ou *pot* chargé d'artifices et une forte vrille. L'échelle était pour descendre dans les fossés, la vrille pour creuser la porte, le *pot* pour la faire sauter en éclats.

— Monseigneur, dit de Maurevert qui, devant les étrangers, montrait toujours le plus grand respect au commissaire extraordinaire de Sa Majesté, il me semble que notre attirail n'est pas au complet. Je ne devine pas trop comment, une fois descendus dans les fossés, nous gravirons les murs du rempart.

— En nous aidant de nos poignards, capitaine !...

— Monseigneur, une pierre sur laquelle le canon n'a pu mordre sera difficilement entamée par nos poignards !.. Qui nous empêche d'emporter une échelle avec nous ?... Mais d'abord j'ai besoin, pour me montrer convenablement, d'avoir toutes mes aises...

— Emporter une lourde échelle, capitaine, y songez-vous !

— Oh ! si c'est le poids de ce fardeau qui vous inquiète, monseigneur, vous avez tort. Une échelle de siège pèse à peine deux cents livres... cela se met sur l'épaule et ne se sent même pas. Que l'on m'aille quérir une échelle !... Maintenant, monseigneur, permettez-moi de vous rappeler que les assiégés, ignorant l'arrivée des renforts que je vous ai amenés, vont être singulièrement surpris de se voir attaqués par des forces si supérieures à celles qu'ils nous connaissent !

C'est dans la confusion et le trouble que leur causera cette surprise que réside notre principale, et pour être plus exact, notre unique chance de succès. Veuillez donc donner vos ordres pour que l'attaque ait lieu sans tarder... Ah! voici l'échelle... bien... Parb'eu ! je ne serais pas fâché non plus de me munir d'une hache. Si le pétard manque son effet, je verrai à enfoncer la porte... Monseigneur, je suis prêt!...

A peine un quart d'heure s'était-il écoulé depuis que Raoul et de Maurevert avaient quitté leur tente, lorsqu'une vive arquebusade accompagnée de coups de canon, retentit au milieu du silence de la nuit : les assiégeans faisaient une fausse attaque sur le point opposé à celui par où les deux intrépides compagnons de fortune devaient descendre dans les fossés.

— Cher Raoul, dit de Maurevert, fixez solidement l'échelle de corde après ce pieux et passez le premier. Je formerai l'arrière-garde.

Sforzi parvint en rampant jusqu'au bord du fossé, prit l'échelle et se laissa glisser ; quelques secondes après il atteignait heureusement la terre.

De Maurevert n'opéra pas aussi facilement sa descente ; embarrassé plutôt par la longueur que par la pesanteur de l'échelle dont il s'était muni, il manqua plusieurs fois de tomber, et ce fut non sans peine qu'il rejoignit Raoul.

Une fois arrivés dans les fossés du château, les deux compagnons, après s'être orientés un instant, se dirigèrent vers la partie du rempart où était située la porte de la première enceinte. Le sol mou et fangeux du fossé amortissait considérablement le bruit de leurs pas et donnait une chance de succès à leur téméraire entreprise.

— Cher Raoul, dit de Maurevert à voix basse et en s'arrêtant, il me semble que nous faisons fausse route... Quelle nuit sombre!..

— Je crois que vous avez raison, capitaine, répondit le jeune homme sur le même ton, depuis longtemps déjà nous devrions être arrivés...

— Attendez-moi ici un instant, Raoul, je m'en vais pousser une pointe, opérer une reconnaissance.

— Vous êtes fou, de Maurevert! Si vous vous éloignez il ne vous sera plus possible de me retrouver.

— Tiens, c'est vrai!... Mille millions de diables! je ne serais point fâché — quitte à servir de point de mire à quelques arquebusiers — d'être un peu aidé par la lune... Je suis comme messire Ajax, moi, j'aime beaucoup le soleil... Allons, Raoul, continuons notre mélancolique et nocturne promenade.

De Maurevert, joignant l'action à la parole venait de se remettre en marche, quand tout à coup il poussa une exclamation sourde et roula lourdement sur le sol : ses pieds avaient rencontré une large et brusque crevasse de terrain.

La lourde et longue échelle que portait le capitaine augmenta encore le bruit produit par sa chute.

— Qui vive! s'écria presque au même instant la voix d'une sentinelle.

Les deux compagnons de fortune restèrent immobiles comme des statues.

Une seconde fois la sentinelle répéta son cri ; bientôt, soit qu'elle crût s'être trompée, soit qu'elle attendît un nouvel indice pour agir avec plus de certitude, elle garda le silence.

L'accident survenu à de Maurevert, au lieu d'amener des conséquences fâcheuses, fut au contraire d'une grande utilité aux deux aventuriers. Le cri de la sentinelle leur permit d'apprécier la distance exacte qui les séparait des remparts.

— Cher Raoul, dit de Maurevert d'une voix tellement basse que quoique sa bouche touchât l'oreille de Sforzi, ce dernier l'entendit à peine : cher Raoul, notre salut est dans notre audace : si nous nous éloignons nous sommes perdus. Il nous faut, au contraire, longer en les frôlant les murs des remparts. De cette façon, si un nouveau malheur trahit notre présence, on ne pourra ni nous apercevoir ni tirer sur nous. Et puis cette manœuvre nous empêchera de faire fausse route.

— Et votre échelle, capitaine?...

— Elle me sert de bâton, Raoul... Je vous assure qu'elle est bien plus légère que vous ne sauriez vous l'imaginer... Je gagerais qu'elle ne pèse pas plus de deux cents livres!...

Ce fut en entourant leur marche de précautions extrêmes que Raoul et de Maurevert s'avancèrent dans les ombres de la nuit.

Après une demi-heure de marche, le capitaine qui formait l'avant-garde, s'arrêta court.

— Cher Raoul, dit-il en se retournant vers Sforzi, je crois que nous voici arrivés. Passez votre main sur la muraille... Vous m'entendez, n'est-ce pas ?

— Oui, capitaine, parfaitement.

— Passez, dis-je, votre main sur la muraille ; la ligne droite cesse et est remplacée par une courbe. Cette courbe représente le pied d'un des deux piliers sur lesquels s'appuie le pont-levis de la porte. Il me semble, Raoul, que le moment est venu de nous mettre à l'œuvre. Je vais appliquer doucement l'échelle contre le mur... Là, voici qui est fait. A présent, accroupissez-vous par terre, puis couvrez-vous de votre manteau et battez le briquet... Nous ne saurions, pour attacher le pétard, nous passer de notre lanterne sourde.

— Laissez-moi d'abord gravir quelques échelons, de Maurevert, je tiens à m'assurer que nous sommes bien au pied de la porte de la première enceinte.

— Alors, baillez-moi la lanterne, pendant que vous monterez, je l'allumerai.

Sforzi se mit alors à opérer son ascension, on sait la merveilleuse souplesse et l'agilité extraordinaire dont il était doué : une sentinelle placée à deux pas du jeune homme n'eût certes entendu aucun bruit.

— Capitaine murmura-t-il peu après en remettant pied à terre, vous ne vous étiez pas trompé. J'ai touché de ma main la porte de la première enceinte. Nous sommes arrivés! En avant !...

— En avant ! cher ami, est une formule qui ne s'emploie pas vis-à-vis d'un homme sensé, logique, intelligent ! On dit en avant au soldat brutal et sanguin que l'on pousse contre l'ennemi ; car le rôle du soldat ressemble beaucoup à l'action du bélier qui bat en brèche une muraille : il consiste à donner devant lui la tête baissée et l'arme au poing. Moi, Raoul, je ne suis pas soldat, mais bien capitaine. Veuillez donc prendre la peine de me donner une explication.

— Quelle explication, de Maurevert?

— Je désire savoir, Raoul, de combien est la durée de la mèche attachée à notre est d'artifice.

— D'une demie-heure au moins, capitaine.

— Ainsi, lorsque nous aurons attaché le pétard à la porte et mis le feu à la mèche, il nous restera encore une trentaine de minutes pour nous mettre à l'abri de l'explosion ?

— Oui, capitaine.

— Bien ; ce point éclairci, il nous reste, cher compagnon, à régler nos rôles, à nous assigner à chacun notre part de besogne... Vous comprenez qu'une fois à l'œuvre, il nous faudra agir avec une extrême prestesse, ne pas gaspiller notre temps en vains et oiseux propos... Qui percera la porte, Raoul ?... Voulez-vous me confier ce soin ?.. J'ai si souvent perforé des caissons impossibles à défoncer, que j'ai acquis une certaine habileté dans ce genre d'exercice.

— Soit, capitaine, je le veux bien.

— Alors vous, Raoul, vous porterez la la lanterne sourde et éclairerez mon travail ?

— C'est convenu... Montons !

De Maurevert passa le premier; Raoul le suivit à quelques échelons de distance. Parvenus aux trois quarts de l'échelle, les deux compagnons passèrent sur l'espèce de couronnement ou de chapiteau de l'une des piles soutenant le pont-levis de la première enceinte.

— Par le grand messire Jupiter ! dit joyeusement de Maurevert, toujours à voix basse et en s'adressant à Raoul, notre tâche sera des plus faciles !... Ce bélître de la Tremblais, confiant dans la profondeur des fossés qui entourent son château, a négligé l'entretien de cette porte ; le bois en est vermoulu, Raoul... Une minute me suffira pour creuser la niche où nous placerons notre pétard. La vrille entre là-dedans avec une merveilleuse aisance... Tout bien réfléchi, cher compagnon, je crois que vous ferez bien d'éteindre la lumière de la lanterne, son éclat, quel que faible qu'il soit, pourrait nous trahir.

— Mais, capitaine, si j'éteins cette lumière, comment mettrons-nous le feu à la mèche?

— Parbleu , rien ne vous empêche de le mettre de suite, Raoul... Une minute, je vous le répète, me suffira pour terminer ma besogne, et la mèche du pétard est d'une demi-heure au moins de durée... Nous n'avons rien à craindre.

— Soit, de Maurevert.

Sforzi alluma alors à la lanterne l'extrémité de la mèche que renfermait le pot d'artifices.

— Voilà qui est fait, dit-il, hâtez-vous, capitaine !...

— Malédiction ! s'écria en ce moment de Maurevert, nous sommes perdus !... Eteignez la mèche, Raoul !... Vite, vite !... Cette porte, que je croyais en si mauvais état, est garnie intérieurement d'une épaisse plaque de fer !... Il me faudra au moins une demi-heure pour venir à bout de cet obstacle !...

— Il est trop tard, capitaine, répondit Sforzi d'une voix émue. Les mèches des pétards brûlent. Vous les avez dans un double fond scellées solidement , on ne saurait les en retirer. Dépêchez-vous... dépêchez-vous, de Maurevert ! Allons, du courage, mon ami. Il ne s'agit pas seulement de nous... nous avons fait déjà le sacrifice de notre existence... il s'agit du salut de l'armée. L'explosion du pétard est le signal convenu pour commencer l'attaque. Songez quelle serait la position des troupes montant à l'escalade et ne trouvant point de brèche! Le découragement s'emparerait d'elles. Et qui sait ce qui arriverait!

— Bien-aimé Raoul, répondit de Maurevert tout en continuant avec une fiévreuse énergie son travail commencé; bien-aimé Raoul, je suis dans tout ceci le seul coupable. C'est pour m'avoir écouté que vous vous voyez dans une affreuse position. Raoul, voici ce qu'il faut faire : vous allez tâcher de regagner le camp; si Dieu permet que vous atteigniez sain et sauf les retranchemens , vous retiendrez les troupes jusqu'à ce que l'explosion du pétard ait lieu, et après l'explosion, si vous entendez retentir dans les fossés un coup de pistolet, ce sera signe que la porte aura sauté ! alors vous lancerez vos hommes à l'assaut... Dans le cas contraire, c'est-à-dire dans celui où l'explosion ne serait suivie d'aucun coup de feu, vous aurez le droit de pleurer l'infortuné et gracieux capitaine de Maurevert, réduit à la fleur de son âge en un monceau de cendres !... Allons, Raoul, partez, partez.

— Vous abandonner, cher de Maurevert, lorsque c'est par amitié pour moi que vous vous êtes mis dans une si terrible et critique position ? oh ! jamais ! jamais !

—Cher Raoul, il ne s'agit point de gaspiller sottement en vains discours un temps précieux ; il s'agit, vous ne l'ignorez point, de sauver l'armée.

— Eh bien ! de Maurevert, qui vous retient de regagner le camp ? je resterai seul à terminer votre besogne.

— Non, Raoul, non, vous n'en viendriez pas à bout dans une journée.

En ce moment, trois à quatre coups d'arquebuse furent tirés à travers les créneaux des deux tours qui défendaient la porte de la première enceinte : les balles passèrent assez près de de Maurevert et de Sforzi. Les deux compagnons de fortune avaient été entendus.

— Par les cornes de messieurs du Parlement, s'écria de Maurevert, voici la position qui se complique... Bon, encore une décharge... quoique ces gibiers de potence ne nous visent qu'au juger, ils finiront par nous atteindre. Malédiction ! penser que c'est au moment de réussir, — car la plaque de fer est presque percée, — que nous allons être sottement occis ! Ma foi, cher Sforzi, tant pis pour vous, il faut que vous preniez ma place... car enfin c'est seulement par a- mitié pour votre personne, ainsi que vous le reconnaissiez tout à l'heure, que je me trou- ve ici. Il ne serait point généreux à vous de m'entraîner dans votre perte. Tenez, prenez la vrille et continuez mon ouvrage : moi, je vais essayer de regagner les retranchemens.

Raoul ne songea pas à se récrier contre ce lâche abandon ; au contraire, il était heureux de songer qu'il n'aurait pas à se reprocher la mort de l'aventurier. Il prit la forte vrille que lui présentait le capitaine en lui serrant la main.

— Adieu, mon bon de Maurevert, s'écria- t-il ; si vous parvenez à vous sauver, dites à Mlle d'Erlanges que ma dernière pensée aura été pour elle, qu'ainsi que je le lui ai promis je mourrai en prononçant son nom !

— Adieu, cher Raoul, répondit le cap- taine tout en descendant l'échelle: travaillez ferme; tâchez d'utiliser au profit de l'armée, votre trépas !... Quel malheur que vous n'ayez pas songé à faire votre testament !

De Maurevert arriva bientôt sans accident au rond du fossé. Les décharges d'arque- buse, au lieu de se ralentir, ne faisaient que croître en vivacité.

— Bon et gentil Raoul, murmura de Mau- revert, en s'éloignant dans une direction opposée à celle où il avait laissé Sforzi, comme il a généreusement consenti à ma fuite!.. Pas un reproche... Pas une plainte.. Si jamais je le revois je lui demanderai raison de sa conduite... Que diable ! il me croit donc un insigne couard qu'il n'a mon- tré aucun étonnement de ma prétendue lâ- cheté... Ma foi, je suis ravi de ma résolution de me sacrifier pour lui... La vie d'un sa- crispant tel que moi ne peut être mise en comparaison avec celle d'un gentil, plaisant et loyal damoiseau de cette espèce. Là, voici le moment d'agir.

De Maurevert battit vivement le briquet, alluma la lanterne sourde qu'il avait em- portée, puis la tourna vers le château, de façon qu'elle l'éclairât en plein et per- mît aux assiégés de l'apercevoir dans l'om- bre.

Alors, d'une voix mâle et sonore, répétée par les échos des remparts, de Maurevert entonna un chant bachique fort populaire à cette époque parmi les gens de guerre.

Aussitôt de toutes les embrasures, de tous les créneaux partirent des coups d'ar- quebuse.

— Bon, bon, murmura le capitaine, tirez, chers enfans du diable !... tirez !... Tandis que vous vous acharnerez après moi, vous laisserez mon gentil Raoul tranquille. Mon armure est à l'épreuve de la balle... Malé- diction ! cela porte malheur de se vanter, il me semble que je vais tomber. Allons de Maurevert, ne sois pas si efféminé. Quoi ! parce qu'une petite balle s'est égarée à tra- vers ta cuisse, tu ne peux plus marcher ? Fi donc, de Maurevert! Mille légions de dia- bles ! c'est à n'y rien comprendre... Je trébu- che... je tombe...

En effet, le capitaine s'affaissa sur le sol.

— Bravo ! se dit-il, j'offre ainsi beaucoup moins de prise aux balles !

De Maurevert plaça sa lanterne allumée à ses côtés et se pelotonna du mieux qu'il put. Cinq minutes ne s'étaient pas écoulées quand une horrible détonation vibra dans les airs.

De Maurevert, quoique grièvement atteint,

se mit d'un bond sur ses pieds et se traîna vers le château tout en murmurant :

— La porte a-t-elle sauté, ou bien est-ce Raoul ?

CHAPITRE XX.

L'appel.

Aussitôt après l'explosion du pétard, une bruyante animation remplaça le silence qui régnait dans la tranchée.

Des torches enflammées brillèrent de tous les côtés ; les canons, jusqu'alors muets sur leurs affûts, lancèrent des tombes de feu et de fer.

Les troupes royales, munies de longues échelles, descendirent tumultueusement dans les fossés, et, semblables à une avalanche, s'élancèrent au pas de course dans la direction du pont-levis.

Quoique la distance que de Maurevert avait à parcourir pour atteindre la porte de la première enceinte fût très court, il n'arriva sur le lieu du combat qu'après les royaux.

Sa blessure à la jambe le gênait horriblement dans sa marche et le forçait de s'arrêter à chaque pas.

— Mort de ma vie ! s'écria-t-il avec un élan parti du cœur, les troupes montent à l'assaut !... La porte a donc sauté !.. Alors Raoul n'est pas mort...

Au même instant la voix vibrante de Storzi domina le fracas des combats et vint rassurer complètement le capitaine.

— En avant ! mes amis ! criait Raoul, en avant ! nous sommes vainqueurs !... Les lâches rebelles fuient en désordre, coupons-leur la retraite, que pas un ne s'échappe !...

Les choses ne se passaient pas précisément ainsi que le disait Raoul afin de soutenir l'ardeur de ses troupes. Les assiégés, loin de lâcher pied, défendaient au contraire avec opiniâtreté l'entrée de la première enceinte. La formidable position qu'ils occupaient encore, quoi qu'ils eussent été surpris, leur était d'un grand secours.

Retranchés derrière la herse, et embusqués dans les deux tours qui se trouvaient après le pont-levis, ils faisaient, à travers les meurtrières, et presque à bout portant, un feu soutenu et terrible.

Raoul comprenant que son exemple seul soutenait le courage des siens, s'exposait avec une témérité incroyable : vingt cadavres gisans à ses côtés, prouvaient qu'il devait sa vie à un miracle.

De Maurevert, en arrivant au pied des remparts, comprit du premier coup-d'œil la position des choses.

— Sang et carnage ! s'écria-t-il en serrant les poings avec fureur, si les assiégés ont le temps de se reconnaître, c'en est fait de nous. Notre hardie tentative va échouer à plat. Mille millions de diables ! que ne m'est-il permis de prendre part à l'action... Je souffre comme un damné. De Maurevert, mon ami, tu es un sot. Tu ne peux marcher, c'est vrai, mais qui t'empêche de te faire porter ?

Le capitaine appela aussitôt quelques hommes qui se disposaient à monter à l'assaut :

— Compagnons, leur dit-il, au lieu d'aller niaisement et inutilement vous faire tuer en vous jetant dans la mêlée, profitez de ce que les assiégés négligent la garde des remparts, et opérez une heureuse diversion. Placez-moi sur vos arquebuses renversées... là, comme cela... c'est bien ! Ce siège est dur, mais il importe peu, l'essentiel est que vous ne lâchiez pas prise, que vous ne me laissiez pas choir. A présent, prenez deux échelles... Bon ! Eloignez-vous du lieu de la lutte... Encore... encore... Mais marchez donc, vous n'avancez pas : le poids de mon corps est cependant fort ordinaire... Maintenant, arrêtez-vous, appliquez les deux échelles l'une près de l'autre tout contre la muraille... C'est fait... Allons, de l'ensemble dans la manœuvre, et montons.

De Maurevert passa un bras autour du cou de chacun des deux soldats qui le portaient, et ceux-ci commencèrent leur ascension !

Ce fut après avoir couru vingt fois le risque de tomber qu'ils atteignirent le sommet des remparts.

Me Maurevert impatienté arracha son ceinturon, sangla fortement sa jambe, et repoussant brusquement ses deux aides, il se mit sur ses pieds.

— Malédiction ! murmura-t-il d'une voix étranglée, est-il possible que moi, le vaillant et valeureux de Maurevert, je me préoccupe d'un tout petit morceau de plomb enfoui dans mes chairs ?... Capitaine, tu vieillis donc, que tu ne sais plus recevoir une balle ? Si tu ne marches pas, si tu t'avises de geindre encore, je t'avertis que je te mépriserai profondément... tu es efféminé ce soir comme une jeune damoiselle de condition !... Aimable sacripant, tu devrais rougir de ta mollesse !... Compagnons ! continua-t-il en s'adressant aux soldats qui le suivaient, quatre d'entre vous vont rester avec moi, cela suffira pour le premier moment; que les autres descendent dans les fossés et reviennent en toute hâte avec le plus d'hommes qu'il leur sera possible de réunir! Allons, mes amis, en avant! cherchons un passage pour tourner l'ennemi!

A partir de ce moment, de Maurevert se mit à marcher d'un pas ferme et assuré sans se permettre une plainte. Si ce n'eût été la pâleur livide de son visage, nul n'aurait soupçonné les atroces souffrances qu'il endurait. L'exploration de l'héroïque aventurier ne fut pas de longue durée: il découvrit bientôt un étroit escalier en pierre qui conduisait des remparts dans la première enceinte.

— Enfans, dit-il à ses soldats, quand le renfort que les compagnons ont été quérir sera arrivé, nous chargerons vigoureusement l'ennemi, et de façon à ne pas lui laisser le temps de se reconnaître... Soyez sans inquiétude aucune, je réponds sur ma tête du succès de notre manœuvre.

Dix minutes plus tard, de Maurevert, suivi d'une cinquantaine d'hommes, descendait l'étroit escalier, pénétrait dans la première enceinte, et la dague d'une main, l'épée de l'autre, attaquait en poussant un rugissement de tigre, les assiégés surpris et déconcertés.

L'issue de la mêlée ne fut pas un instant douteuse: les rebelles, placés entre deux feux, se débandèrent en grand désordre et coururent se réfugier dans le château.

De Maurevert souleva la herse, et donna passage aux troupes royales.

La première enceinte était prise.

Après le premier moment de confusion qui suivit cette heureuse victoire, de Sforzi fit occuper les huit tours et retourner les canons des remparts contre le château; puis, rassuré sur le sort de sa conquête, il se mit à la recherche de Maurevert.

Il le trouva assis par terre et le dos appuyé contre un affût de canon démonté.

Ignorant la blessure reçue par de Maurevert, Sforzi l'attira brusquement à lui, sauta à son cou et lui donna une énergique accolade.

— Cher ami, dit froidement le grand-prévôt, ne me pressez point si fort, je vous prie... Je suis quelque peu entamé!...

— Vous êtes blessé, de Maurevert!... mon généreux, mon noble compagnon!... Je cours quérir des secours...

— Inutile, Raoul, j'ai donné rendez-vous à cette place à quelques drôles partis avec mon autorisation, pour fouiller les logemens de la première enceinte. Je n'ignore

point, Sforzi, que vous avez défendu le pillage. Ma foi, tant pis! il faudra bien que vous fermiez les yeux sur cette infraction à vos ordres. Si je n'avais promis le pillage aux gens qui m'ont suivi, ils se seraient refusés à marcher, et nous serions, à l'heure présente, en pleine retraite. Si vous n'approuvez pas ma conduite, j'en référerai à messieurs des Grands-Jours; et si messieurs des Grands-Jours hésitent à me donner raison, eh bien alors, j'en appellerai à la justice du roi!...

— Le service que vous achevez de rendre à la cause de Sa Majesté est trop signalé pour que je songe, tout en la regrettant, à blâmer votre désobéissance, de Maurevert. Cher ami, que je vous embrasse encore pour votre généreux dévoûment... appeler ainsi l'attention de l'ennemi sur vous, afin de me donner le temps de percer la porte et de placer le pétard; c'est là une action que je n'oublierai jamais!

— Raoul, répondit de Maurevert d'un ton de plus en plus glacial, si notre association n'avait pas encore un mois à courir, je vous appellerais à l'instant même en combat singulier.

— Moi, cher de Maurevert?

— Vous-même, chevalier. Vous m'avez tantôt grièvement, mortellement offensé... Ne m'interrompez pas: j'ai bien le droit de me plaindre. Me soupçonner capable de vous abandonner lâchement lorsque vous étiez en danger de mort! Sang et carnage! il est impossible de dire plus clairement à quelqu'un qu'on le méprise, qu'on le juge lâche et couard!

— De Maurevert, vos reproches sont injustes, répondit tristement Sforzi. Jamais, je vous le jure sur mon honneur de gentilhomme, je n'ai soupçonné un instant votre générosité, votre courage!... Il était tout naturel que vous ayant entraîné dans une téméraire et folle entreprise, je fusse heureux de vous en voir sortir sain et sauf. Je donnerais volontiers mille écus pour que ce quiproquo n'eût pas eu lieu de votre part.

— Je reconnais ma méprise, et j'accepte les mille écus, cher et gentil compagnon, s'écria vivement le capitaine. Dame! après tout, ma conduite mérite bien cette légère récompense. Quant aux honoraires du chirurgien qui pansera la blessure que j'ai reçue pour vous, je les garderai à mon compte. Tenez, Raoul, faites mieux encore, portez aux frais des Grands-Jours une somme de trois mille écus pour la prise de la première enceinte. De cette façon nous toucherons chacun quinze cents écus, et vous n'aurez pas à délier les cordons de votre bourse. Je me charge moi de libeller les débours occasionnés par l'attaque, surprise et prise de la première enceinte du château de la Tremblais.

Le seul chapitre des espions me fournira de quoi justifier ces frais ; à un page qui nous a donné un renseignement utile 100 écus ; à un arquebusier qui s'est endormi à propos en étant de faction 200 écus ; à un cornette qui nous a envoyé une missive importante et urgente — égarée depuis lors — 500 écus ; ainsi de suite. Je crois même qu'il nous sera possible de porter cette somme jusqu'à 4,000 écus, sans que le roi, son conseil et MM. des Grands-Jours se formalisent de ce total. Nous reprendrons cet entretien demain, Raoul... A présent, je ne vous retiens plus ; nous sommes quittes.

Une canonnade vive et soutenue remplit le reste de la nuit.

Les assiégés, profitant de ce que les troupes royales n'avaient pas encore eu le temps d'exécuter des travaux pour se mettre à couvert, tentaient de les débusquer de la première enceinte.

Cette canonnade à laquelle les assiégeans répondirent de leur mieux, n'amena aucun résultat et produisit plus de bruit que de mal.

Quant à la prise de la première enceinte, elle avait coûté aux royaux trois cents blessés et cinquante morts.

M. le marquis de la Tremblais, on le voit, tenait dignement tête aux forces de Sa Majesté.

Dès que le jour vint éclairer brillant et radieux les désastres du combat de la veille, Raoul monta au haut d'une tour et examina avec une avide attention les fortifications de la seconde enceinte ou du château proprement dit.

Le résultat de ses observations fut que la prise de cette place forte offrait des difficultés presque insurmontables.

— Si Dieu ne nous vient en aide, murmura-t-il tristement, le sang versé depuis le commencement du siège n'aura servi qu'à prouver la double impuissance du pouvoir royal et de la justice!.. Quelle humiliation pour moi si mes efforts allaient aboutir à un échec complet ! Après avoir répondu au roi du succès, être obligé de battre honteusement en retraite! Je serais déshonoré à tout jamais. Non, je n'ai pas à craindre ce danger!.. Mon pressentiment, loin de se dissiper, augmente de force depuis un jour! Ce siège, j'en suis certain, me sera fatal... Je n'assisterai ni à la défaite, ni au triomphe de l'armée que je commande aujourd'hui. Avant peu, je serai mort.

Raoul fut interrompu dans ses mélancoliques réflexions par l'arrivée d'un cornette. Celui-ci lui apprit qu'un parlementaire venu du château demandait à être introduit en sa présence.

Sforzi s'empressa de descendre au rez de chaussée de la tour, où il avait établi provisoirement son quartier-général, puis, s'étant assis, il ordonna qu'on lui amenât le parlementaire.

Le messager envoyé par le seigneur de La Tremblais était un simple archer. Sa mission se bornait à remettre une lettre à Sforzi et à recevoir sa réponse.

A peine Raoul eut-il brisé le scel aux armes du marquis, qui fermait cette missive, qu'il poussa une exclamation de joie et se levant vivement de dessus son escabeau.

—Messieurs, s'écria-t-il en s'adressant aux officiers présens, le marquis de la Tremblais m'appelle en combat singulier!... Cette démarche à laquelle je ne me serais jamais attendu de sa part m'étonne presque autant qu'elle m'enchante!... Mon ami, continua Raoul en se retournant vers l'archer, retourne auprès de ton maître, dis-lui que j'accepte avec la joie la plus vive sa proposition, et que je le laisse libre de régler à sa guise la façon dont nous devrons nous rencontrer... Je ne lui demande qu'une chose : qu'il fixe dans le plus bref délai possible l'heure de notre combat...

—Monseigneur, dit l'archer en s'inclinant humblement devant Raoul, le marquis mon maître m'a enjoint de ne recevoir de vous qu'une réponse écrite.

—Tu as raison, dit Sforzi, cela est en effet plus convenable.

Raoul allait s'asseoir devant une table, lorsque Diane apparut.

La jeune fille était pâle, agitée, en proie à une émotion extrême. Elle s'avança lentement vers Sforzi ; puis d'une voix qui malgré son tremblement, dénotait une résolution fermement arrêtée :

— Monsieur Sforzi, dit-elle, répondez au marquis que vous refusez son offre... le combat n'est pas possible !..

A l'apparition et à l'intervention de Diane, la joie de Raoul fut égale à sa surprise.

Toutefois, retenu par la conscience de sa position et par la présence des officiers témoins de l'appel que lui adressait le marquis de la Tremblais, il eut assez de force d'esprit pour ne laisser paraître aucun de ces deux sentimens.

—Mademoiselle, répondit-il avec une respectueuse gravité, personne au monde n'apprécie plus que moi la noblesse et l'élévation de vos sentimens. Permettez-moi cependant de vous faire observer qu'il est certaines délicatesses du point d'honneur sur lesquelles vous ne sauriez vous prononcer. rappelez-vous enfin, mademoiselle, que l'homme qui me provoque aujourd'hui est l'assassin de Mme la comtesse d'Erlanges votre mère.

Au sanglant souvenir si douloureux pour elle, évoqué par Raoul, Diane pâlit et hésita. Il était évident qu'un violent combat se livrait en elle ; néanmoins son indécision fut de courte durée.

— Ce combat sacrilége ne peut avoir lieu ! murmura-t-elle ; il rendrait Raoul à tout jamais misérable... Oui, oui, dussé-je pour l'empêcher me jeter entre les épées des deux frères, je ne reculerai pas !...

Mlle d'Erlanges se disposait à reprendre la parole, lorsqu'une idée subite lui fit changer de résolution : elle sortit aussitôt de la tour.

Raoul s'empressa de mettre à profit l'absence de la jeune fille pour répondre au marquis. Quoique fermement résolu à ne point céder, en cette circonstance, à la volonté de Diane, il était heureux de n'avoir pas à opposer un second refus à ses prières.

Le jeune homme, après avoir promptement écrit sa missive, se levait pour la présenter à l'envoyé du seigneur de la Tremblais, lorsque de Maurevert, soutenu par deux soldats, apparut sur le seuil de la porte.

— Monseigneur, s'écria-t-il en retenant, par un geste impérieux, Sforzi à sa place, veuillez, je vous en conjure, avant d'envoyer ce message, m'accorder un moment d'entretien.

— Capitaine, interrompit Raoul avec une violence contenue, je ne vous ai pas, que je sache, mandé auprès de ma personne...

— Je conviens volontiers, monseigneur, si cet aveu peut vous être agréable, que je me trouve ici de mon plein gré!.. Monsieur le commissaire extraordinaire du roi, poursuivit vivement de Maurevert afin d'empêcher Sforzi de lui couper la parole, au nom de Sa Majesté, au nom des travaux de Messieurs des Grands-Jours, au nom des succès de nos futures opérations militaires, moi, le grand-prévôt de la province d'Auvergne, je vous enjoins d'avoir à m'écouter incontinent, et avant de livrer votre missive aux mains de cet archer... Dans le cas où vous repousseriez ma juste prière, je prendrais messieurs les officiers ici présens à témoin de votre refus, et vous rendrais responsable des désastreuses et irréparables conséquences que votre inexplicable obstination entraînera fatalement à sa suite.

De Maurevert avait déclamé d'un ton si pompeux ce petit discours, que Sforzi se sentit ébranlé. Il craignit en s'opiniâtrant de s'attirer la désaffection de ses officiers et de porter atteinte à sa popularité.

— Capitaine, répondit-il d'une voix qu'il essaya de rendre calme, mais dans laquelle perçaient malgré ses efforts le dépit et la colère, je dois me rappeler les éminens services que vous venez de rendre à la cause du roi, pour ne point m'offenser de votre hardiesse. L'autorité illimitée, sans bornes dont je suis investi, rend votre protestation complètement nulle, inopportune et illusoire! Si je consens à me rendre à votre prière, à vous écouter, c'est seulement, je ne saurais trop vous le répéter, en considération du dévouement et du courage dont vous avez fait preuve la nuit dernière au service de Sa Majesté.

— Cet homme, dit tranquillement de Maurevert en désignant le messager du marquis, ne peut assister à notre délibération, qu'on l'emmène.

Sforzi se mordit les lèvres d'impatience, et le grand prévôt de la province d'Auvergne reprit la parole avec le même flegme et le même sang-froid qu'il n'avait cessé de montrer depuis le commencement de cette discussion.

— Messieurs, dit-il, je commence par vous déclarer que je ne crois nullement à la bonne foi du marquis. J'ai la certitude intime que le prétendu combat qu'il offre à monseigneur Sforzi cache un piége odieux, une trahison infâme. Mais là n'est pas la question : il s'agit simplement de savoir si un général en chef a le droit de jouer sa vie, de disposer de lui lorsque le salut d'une armée est attaché à la conservation de sa personne! Il s'agit de savoir si monseigneur Sforzi, le représentant du roi, ne compromet pas gravement la dignité de Sa Majesté en acceptant sur le pied de l'égalité le combat singulier que lui offre un rebelle?... Quant à moi, messieurs, mon opinion inébranlable, c'est que monseigneur Sforzi, en cédant à son ardeur, en se rendant à l'appel du marquis, méconnaît grièvement ses devoirs... Un dernier mot : vous êtes tous, Messieurs, des hommes de guerre trop expérimentés pour ne pas savoir combien notre position est délicate, difficile... Rien, absolument rien, ne nous donne l'espoir que nous sortirons vainqueurs de la lutte. Mgr Sforzi, en jouant témérairement sa vie, ne s'expose-t-il pas à être accusé d'avoir cherché à se débarrasser, par une mort volontaire, de la grave responsabilité qui pèse sur lui, d'avoir cédé aux conseils du désespoir ? Moi, j'opine pour que nous répondions collectivement au marquis de la Tremblais que son état de rebelle mis hors la loi le rend indigne et incapable de croiser son épée avec celle d'un loyal gentilhomme; que nous le tenons pour un félon et un infâme, pour un gibier de potence! Il me semble, messieurs, que cette démarche, en rappelant la dégradation infligée à ceux de la noblesse qui seraient tentés d'imiter la conduite du La Tremblais, donnerait à réfléchir à bien des cerveaux exaltés, produirait de merveilleux résultats, et obtiendrait le complet assentiment de Sa Majesté!... J'ai dit...

De Maurevert, après ce beau discours, se sourit à lui-même d'un air satisfait, et se rassit au milieu d'un murmure flatteur et sympathique d'approbation.

Les considérations émises par le grand prévôt étaient si sérieuses, si fortes, si irréfutables, que Sforzi ne sut les combattre.

Ce fut, au reste, de très mauvaise grâce — quoique le bon droit ne se trouvât pourtant pas de son côté — que Raoul céda aux instances de ses officiers... Il lui était si pénible de renoncer à l'espoir de se venger par ses propres mains, de l'homme qui l'avait si cruellement insulté, qui avait si indignement poursuivi Diane, si odieusement assassiné la châtelaine de Tauve !

—Ah! murmura-t-il en serrant les poings avec rage, lorsque sonnera l'heure de l'assaut, je saurai prendre une éclatante revanche de l'inaction à laquelle on me condamne aujourd'hui.

—Si je ne m'y oppose pas, se dit de Maurevert.

Un quart d'heure suffit aux officiers présens pour rédiger leur réponse au marquis. Cette protestation conçue dans les termes les plus outrageans, et conservée longtemps dans les archives de la province d'Auvergne, marquait au seigneur de La Tremblais le dernier mépris.

—Par les tenailles de maître Chérubin, le dextre bourreau, dit de Maurevert, celui de vous qui tombera à présent entre les mains du marquis devra s'attendre à de sérieux désagrémens. La torture de Benoist, la pendaison de son second Apôtre, l'aimable messire d'Aprenut, voilà des motifs plus que suffisans pour inspirer jusqu'au génie l'ingéniosité de ce drôle.

Maintenant que j'ai empêché le combat des deux frères, je m'en vais me coucher.

Quelle ridicule invention est celle des armes à feu. Penser que je renverserais probablement d'une seule chiquenaude le misérable qui m'a logé une balle dans la cuisse. Je ne conçois pas qu'avec l'usage de l'arquebuse, on ne lève pas des compagnies d'amazones.

Le ressentiment passager de Sforzi ne tint pas contre l'inquiétude que lui inspirait la blessure du capitaine.

Dès qu'il eut visité les nouveaux travaux d'attaque et de défense exécutés dans la première enceinte, il s'empressa de se rendre auprès de Maurevert.

—Eh bien ! cher compagnon, lui demanda-t-il d'un ton affectueux, comment vous trouvez-vous, maintenant ?

— Fort bien, gentil Raoul. J'achève de vider mon cinquième flacon de vin.

—Parler ne vous fatigue pas ?

— Tout au contraire : remplacer par l'exercice de la langue l'inaction à laquelle mon corps est condamné, ne saurait m'être que chose très agréable. Causons, cher ami, causons !

— Nous nous sommes vus depuis hier, capitaine, reprit Raoul, dans des circonstances si pressées et si difficiles, qu'il ne m'a pas été encore possible de vous interroger sur votre voyage. Je dois vous remercier et vous complimenter de tout cœur de la façon remarquable et expéditive dont vous avez rempli votre mission. J'en suis à me demander comment il vous a été possible de nous amener, en si peu de temps, des renforts aussi considérables ! Il faut reconnaître, cher compagnon, que vous êtes, en certaines occasions, un homme incomparable.

— Oui, j'avoue, en effet, Raoul, que la nature m'a doué de précieuses qualités ; qu'il est peu de gens aussi ingénieux, experts, braves, avisés, galans, aimables, généreux, modestes et gracieux que le capitaine de Maurevert!... Je suis tout bonnement une montagne de perfections !... Par le caducée de l'aimable et malin dieu Mercure, ma mission ne m'a pas donné grand mal !... Je me suis dit : « Perspicace de Maurevert, pourquoi le marquis de Canilhac n'ose-t-il distraire en notre faveur aucun détachement des garnisons renfermées dans les places et villes de guerre ?... Parce qu'il craint tout bonnement la turbulence de certains nobles et l'influence de certains bourgeois habitant ces places et villes. » Eh bien, doux de Maurevert, qui te retient de faire arrêter ces nobles et pendre ces bourgeois suspects ? Rien, sensible ami. Alors, j'ai fait appréhender au corps une centaine de nobles, accrocher au gibet une dixaine de bourgeois, et tout a été dit. Cet exemple de sévérité nécessaire a produit le meilleur effet. Tous les symptômes, toutes les velléités de rébellion ont disparu ; les catholiques ont cessé de crier : Vive la ligue ! Noël à nos seigneurs de Guise ! Les huguenots : A bas les papistes ! vengeons M. l'amiral ! Il n'est plus resté qu'un parti, celui du roi. Je vous jure, Raoul, que si Messieurs des Grands-Jours se contentaient de rendre des sentences sans perdre leur temps à écouter les hypocrites protestations d'innocence des accusés, il leur suffirait d'un mois pour pacifier l'Auvergne. Les gouvernans ne se rendent pas assez compte, cher Sforzi, des éminens services que l'on retire de l'intelligent emploi de la potence ! Voyez ce qu'il serait advenu de cet acte de vigueur si l'on avait arrêté et décapité le seigneur de la Tremblais le jour où il a osé se présenter dans les salons du marquis de Canilhac? les troupes royales n'auraient pas perdu deux cents hommes et le gracieux de Maurevert ne garderait pas le lit. A présent, Dieu seul sait comment nous nous tirerons du mauvais pas où nous ont mis la sotte tiédeur et les ménagemens ridicules de Messieurs des Grands-Jours. Je doute plus que jamais que ce soit à notre avantage. Je ne vois qu'un seul moyen de nous rendre maîtres du château : la famine ! Or, qui nous assure, si nous nous résignons à cette extrémité, que nos troupes ne déserteront pas ? Que la noblesse campagnarde, encouragée par la longue résistance du marquis, ne finira pas par prendre fait et cause pour lui ? Tenez, Raoul, j'enrage; envoyez-moi quérir, je vous prie, une dixaine de flacons de vin vieux, ou sans cela mon indignation va me donner la fièvre !

L'opinion émise par de Maurevert sur la longueur probable du siége du château était aussi celle de Raoul : l'événement prouva que tous les deux avaient malheureusement raison ; car quinze jours plus tard la position des troupes royales était toujours la même, des plus incertaines.

Le capitaine de Maurevert, à moitié guéri de sa blessure, se dépitait, du haut de la tour où il se faisait porter chaque matin, de l'inutilité des efforts de l'armée.

— Que le Diable me juge et me grille de mon vivant, disait-il, si la batterie de brèche établie par Raoul produit le moindre effet, obtient le plus mince résultat ! Les remparts de ce château maudit sont à l'épreuve du canon, et le roc sur lequel ils s'appuient ne laisse pas même la ressource d'essayer de la mine ou de la sape ! Mort de ma vie, dès que l'état de ma jambe me permettra d'enfourcher un cheval, je m'en irai d'ici. Cet interminable siége de Troie sans pillage et sans damoiselle Hélène en perspective, me conduirait au tombeau par la mélancolie... Tiens, que vois-je ? je me trompe... mais non... mais si... mais non ! Parbleu, oui, c'est bien lui... Le président des Grands-Jours, Mgr de Harlai, dans la tranchée ; voilà, par ma foi, qui est plaisant ! Cette arrivée doit signifier quelque chose. Allons savoir ce qui se passe de nouveau.

De Maurevert, s'appuyant sur son épée, descendit de son poste d'observation et se dirigea, aussi vite que le lui permettait sa blessure, vers le président des Grands-Jours.

CHAPITRE XXI.

Le Parlementaire.

Les assiégeans, stimulés par la présence de Mgr de Harlai, et désirant lui donner une bonne opinion de leur ardeur, avaient entamé une vive canonnade.

Le président des Grands-Jours — c'est une justice à lui rendre — gardait au milieu de cette scène de tumulte une contenance assurée. On eût dit un vieux soldat habitué aux hasards et aux dangers de la guerre.

De temps en temps un tressaillement à peine visible et aussitôt comprimé, prouvait que Mgr de Harlai puisait son calme plutôt dans le sentiment de sa dignité que dans les instincts de sa nature.

Lorsque de Maurevert arriva dans la tranchée, il s'en fut droit à lui, et le saluant respectueusement,

— Il me semble, monseigneur, lui dit-il— et veuillez, je vous en conjure, prendre cette observation en bonne part,—que votre place n'est pas ici... Votre existence est trop précieuse au service du roi, pour que vous ayez le droit de la jouer inutilement.

— Je vous remercie, capitaine, de l'intérêt que vous me témoignez, répondit Mgr de Harlai ; je ne suis pas, il est vrai, un homme de guerre, et ma présence dans la tranchée ne peut être, j'en conviens, d'un grand secours pour vos canonniers. Néanmoins, je ne suis pas fâché d'assister par moi-même à la conduite du siége du château. Au moins si S. M. daigne m'interroger à ce propos, me sera-t-il permis de satisfaire sa curiosité en connaissance de cause. Vous plairait-il, capitaine, de me donner quelques explications, que votre connaissance de la guerre me rendrait précieuses.

— Très volontiers, monseigneur.

Alors de Maurevert détailla et fit comprendre au parlementaire les opérations de l'attaque et les travaux de la défense.

Le président des Grands-Jours l'écouta avec une attention soutenue. Toutefois, à certains tressaillemens à peu près imperceptibles, dont il a déjà été parlé, et qui n'échappèrent pas à la perspicacité de Maurevert, ce dernier comprit que le parlementaire ne lui saurait pas mauvais gré d'être bref et concis. En moins de dix minutes il termina son cours de stratégie.

— Maintenant, monseigneur, continuat-il, s'il vous est agréable de parcourir nos retranchemens, veuillez prendre la peine de me suivre.

Ce fut sans montrer aucun empressement que le président des Grands-Jours accepta cette offre, et d'un pas égal et lent qu'il s'éloigna de la tranchée. Toutefois, à sa respiration plus aisée, à l'expression plus naturelle, moins guindée de son visage, de Maurevert comprit aisément que cette retraite volontaire était loin de déplaire au magistrat.

— Monseigneur, lui dit-il, permettez-moi de vous adresser une question.

— Quelle question, capitaine ?

— Il me semble que le simple plaisir de pouvoir satisfaire plus tard la curiosité de Sa Majesté, ne motive pas suffisamment votre présence parmi nous. Si je ne me trompe, monseigneur, c'est à un mobile plus puissant que nous devons attribuer l'honneur de votre visite.

Monseigneur de Harlai réfléchit assez longuement avant de répondre.

— Votre conjecture est juste, monsieur le grand-prévôt, dit-il enfin, c'est en effet un intérêt tout particulier qui m'amène ici.

Le seigneur de Beaumont se tut de nouveau, puis regardant fixement de Maurevert :

— Capitaine, reprit-il, je sais combien vous êtes l'esclave de votre parole : si vous voulez vous engager sur l'honneur à me garder le secret, j'aurai une grave confidence à vous faire !...

— Sur l'honneur, monseigneur, je vous garderai fidèlement et strictement le secret... Expliquez-vous en toute confiance.

— Si j'aborde avec vous le sujet que je vais traiter, poursuivit Mgr de Harlai, c'est que vous êtes en position, monsieur le grand-prévôt, de m'aider en cette circonstance de vos conseils.

— Tant mieux, monseigneur. Parlez !

— J'ai reçu hier même un message de Sa Majesté, qui m'apprend une étonnante nouvelle. D'après les démarches qui ont été faites par l'ordre exprès du roi, on est arrivé à découvrir la famille de M. Sforzi. Or, vous ne vous douteriez jamais, capitaine, à quelle maison appartient le chevalier...

— Je vous demande mille pardons, Monseigneur, interrompit de Maurevert. M. Sforzi est le propre frère du marquis de la Tremblais !...

A ces paroles prononcées froidement par le capitaine, Mgr de Harlai ne put retenir un mouvement de vive surprise.

— Quoi, s'écria-t-il, vous étiez instruit de cette parenté et vous n'en avez pas fait part au chevalier Sforzi ?

— Je m'en serais bien gardé, Monseigneur.

— Pourquoi donc, capitaine ?

— Parce que j'aime Raoul de toutes les forces de mon âme, et que cette révélation l'aurait privé d'un riche héritage. Sforzi possède d'étranges susceptibilités, monseigneur; s'il savait que le marquis est son frère, il serait capable, malgré les griefs extrêmes qu'il a contre lui, de tenter tous les moyens possibles pour le sauver; alors, adieu l'héritage.

— Voilà justement le danger qui m'épouvante, dit de Harlai : quelque estime que je ressente pour le chevalier Sforzi, je n'oserai plus compter ni sur sa loyauté de sujet, ni sur sa fidélité au roi, du moment qu'il connaîtra les liens qui l'attachent au marquis. La position est des plus graves et des plus embarrassantes. Dois-je entretenir messieurs des Grands-Jours de cette délicate affaire et prendre des conclusions pour retirer au chevalier le commandement en chef des troupes et la conduite du siége du château, ou bien encore dois-je, — ce qui à mes yeux serait un crime, laisser M. Sforzi dans l'ignorance de cette parenté ?... Je ne sais quel parti prendre, à quelle résolution m'arrêter.

Un assez long silence suivit ces paroles du président des Grands-Jours. Ce fut de Maurevert qui renoua l'entretien.

— Monseigneur, dit-il, les doutes qui vous tourmentent se sont déjà souvent présentés à mon esprit. Chaque homme a ses heures de faiblesse... Quoique les odieux procédés du marquis de la Tremblais envers le chevalier dispensent, selon moi, ce dernier de tout ménagement, il n'en est pas moins vrai qu'il resterait, jusqu'à un certain point, répréhensible aux yeux du monde, s'il daguait son frère. Or, je ne voudrais pas compromettre l'avenir de Raoul; laisser peser un remords sur son existence... Oui, mais alors se présente la question de l'héritage, question intéressante et ardue, monseigneur. Je porte un attachement trop désintéressé et trop sincère à Raoul pour pouvoir me résoudre à le priver de la magnifique fortune qui lui reviendra si le marquis succombe dans la lutte. Tenez, monseigneur, cette position n'a pas de solution possible ! Si nous tenons à en sortir, il est nécessaire de la tourner, ou mieux encore de la changer.

— Expliquez-vous, capitaine.

— J'aborde alors, monseigneur, un ordre tout différent d'idées; je vais vous entretenir des affaires et des intérêts de Sa Majesté. Nous ne devons pas nous dissimuler, monsieur le président, que la longue résistance du marquis produit un déplorable effet et nuit extrêmement à l'autorité de messieurs des Grands-Jours... Or, je ne vous cacherai pas que, d'après mes prévisions, nous ne nous emparerons jamais du château de la Tremblais. Cette place maudite est imprenable. Des murailles de diamant reposant sur une base de granit, c'est autant qu'il en faut pour arrêter pendant des années l'élan d'une armée entière. Je suis donc d'avis qu'il est urgent d'entrer en négociation avec le marquis... Oui, je sais que cette extrémité est douloureuse, humiliante même..... Que voulez-vous, monseigneur, de deux maux, il faut choisir le moindre. Un semblant de soumission du seigneur de la Tremblais est préférable à l'heureuse et complète réussite de sa rébellion. Il a osé mettre messieurs des Grands-Jours hors la loi dans toute l'étendue de ses domaines, me direz-vous? c'est vrai. Il vous a bravés avec une impudence et une arrogance sans antécédens dans les annales de la justice : j'en conviens, mais là n'est pas la question. Il s'agit, non pas de savoir si le marquis mérite son pardon, mais bien si ce pardon doit, oui ou non, vous être avantageux ! Or, il est incontestable, de la dernière évidence, que oui ! Je vous déclare sur mon honneur, la main sur ma conscience, que je regarde la prise du château comme un espoir chimérique, insensé ! Consultez à ce sujet les officiers de l'armée royale, monseigneur, et tous seront de mon avis. L'intérêt bien entendu de Sa Majesté, exige donc impérieusement que nous sortions au plus tôt, à quelque prix que ce soit, de notre honteuse position !... Ceci admis, nous n'avons plus à nous occuper de Raoul. La levée du siège, le semblant de soumission du marquis, lui rendent toute sa liberté d'action... A présent, monseigneur,

j'ajouterai tout bas, bien bas, qu'il serait aisé, en consacrant un joli denier à ce projet, de se défaire tout doucettement du marquis !... Ce cher enfant du diable n'est pas précisément adoré dans la province. Personne ne songerait à s'étonner, sachant les inimitiés et les haines qu'il a soulevées contre lui, si on trouvait un de ces matins, au coin d'un bois ou au fond d'un précipice, son cadavre soigneusement et proprement dagué. Quand un gouvernement n'a pas pour lui la force, il doit recourir à la ruse..... Si la somme allouée à cet acte de justice secrète était raisonnable, je connais quelqu'un qui se chargerait de cette affaire. Un mot encore, monseigneur. Comment se fait-il que le roi, instruit de la parenté de Raoul avec le marquis, le laisse à la tête de l'armée?...

— Sa Majesté m'a envoyé des pleins pouvoirs pour agir, selon les circonstances, et au mieux de ses intérêts.

— Ainsi, monseigneur, il vous est permis de révoquer Raoul sur l'heure?

— Certes, Monsieur le grand-prévôt.

Cette réponse produisit une vive impression sur de Maurevert.

— Par l'enfer ! se dit-il, si Sforzi tombe, je ne resterai pas debout : il m'entraînera dans sa chute. Aux positions désespérées, les moyens extrêmes ! Cher et gracieux ami, il est de toute urgence que tu t'arrêtes promptement à un parti.

— Monseigneur, reprit le grand-prévôt, je devine à votre air soucieux et réfléchi, que votre esprit si éminemment logique et judicieux est frappé des fortes considérations que j'ai eu l'honneur de développer devant vous. Sacrifier aux intérêts de Sa Majesté les trop justes et nombreux griefs que vous avez contre le marquis, est une pensée qui ne peut manquer de sourire à votre dévoûment, à votre délicatesse ! Ce sacrifice glorieusement conservé dans l'histoire, ajoutera encore à l'admiration que les siècles futurs éprouveront pour vos grandes capacités et vos rares vertus ! Désirez-vous, monseigneur, que je rassemble tous les officiers de l'armée ? Avant de vous arrêter à un parti définitif, il est nécessaire que vous soyez complétement édifié sur la véritable position des choses.

— Ce conseil de guerre ne m'engage à rien? dit Mgr de Harlai.

— Absolument à rien, monseigneur !...

— Eh bien ! j'accepte votre offre, monsieur le grand-prévôt... Que dans une heure d'ici tous les officiers de l'armée, y compris les cornettes, se trouvent réunis au quartier-général !... On ne saurait s'entourer de trop de lumières, et c'est parfois d'en bas que vient la vérité !...

Une heure plus tard, le président des Grands-Jours, ayant à sa droite Raoul, présidait, dans la plus vaste salle de la tour principale de la première enceinte, la réunion militaire à laquelle il avait consenti.

Quant à Sforzi, c'était d'un air calme et digne, sans montrer aucun dépit, sans paraître éprouver la moindre mauvaise humeur, qu'il avait pris connaissance de la dépêche royale qui le mettait sous l'autorité directe du président des Grands-Jours.

La discussion — malgré le nombre considérable d'officiers présens — dura à peine quelques minutes. Tous déclarèrent à l'unanimité, et en appuyant cette déclaration d'un serment, qu'ils considéraient la prise de la place assiégée comme chose complètement impossible. Seul, Sforzi protesta contre cette assertion.

— Capitaine, dit de Harlai qui, à la suite de la séance, avait prié qu'on le laissât un instant seul avec de Maurevert, consentiriez-vous à vous rendre en parlementaire auprès du marquis de la Tremblais ?

— Monseigneur, répondit de Maurevert après avoir hésité, la mission que vous daignez m'offrir est de nature à combler de gloire ma mémoire, mais à me faire pendre haut et court. Or, je ne vous dissimulerai pas que je tiens assez à la vie, surtout maintenant que je possède quelques économies. Enfin, comme il s'agit de servir Sa Majesté, et d'assurer le bonheur de Raoul, je courrai la chance du gibet... Je trouve seulement que si je réussis j'aurai bien mérité et gagné une honnête récompense!... Si vous daigniez prendre la peine, Monseigneur, de fixer le chiffre précis de la susdite récompense, cela, je le sens, enflammerait mon courage...

— Que vous semble de cinq cents écus, capitaine ?

— Oh ! monseigneur, cinq cents écus au grand prévôt de la province d'Auvergne ! ce serait avilir l'honorabilité de ma charge.

— Mille écus alors !

— Bah ! la gloire compensera pour moi l'exiguité de cette somme... J'accepte les quinze cents écus, monseigneur.

— J'ai dit mille écus, capitaine.

— Ah ! monseigneur, monseigneur, s'écria de Maurevert d'un ton de respectueux reproche, on ne marchande pas ainsi un gentilhomme !...

— Soit ! Va pour quinze cents écus !...

Une demi-heure après cette conversation, de Maurevert fit prier Raoul de passer au-près de lui ; puis lui remettant un paquet soigneusement scellé :

— Cher ami, lui dit-il, voici mon testament; s'il m'arrive malheur vous l'ouvrirez de suite... Ne me raillez pas s'il y est question d'aumônes et de messes : qui sait, il y a peut-être du vrai dans tout cela.

Raoul voulut en vain refuser l'offre de Maurevert, ce dernier ne consentit pas à l'entendre.

Dix minutes plus tard, la canonnade avait cessé. L'armée royale, réunie sur les remparts de la première enceinte, regardait de Maurevert, qui, un drapeau de parlementaire à la main, s'avançait en chancelant — car sa blessure était loin d'être guérie— vers le pont-levis du château.

— Bah ! se disait l'aventurier, j'ai eu tort de faire mon testament ! Quelque réprouvé et félon que soit le de la Tremblais, il n'osera rien tenter contre moi ! Un parlementaire est sacré ; je ne cours aucun danger !

Malgré les motifs de sécurité auxquels de Maurevert s'efforçait de croire, ce ne fut pas sans éprouver une légère émotion qu'il vit le pont-levis s'abaisser devant lui.

Néanmoins il prit un soin extrême de ne trahir par aucun indice extérieur les sentimens qui l'agitaient: ce fut d'un pas majestueux, la tête orgueilleusement levée, et la contenance superbe qu'il franchit la formidable enceinte du château.

Aussitôt cinq à six hommes d'armes l'entourèrent et l'un d'eux lui adressant la parole :

— Capitaine, lui dit-il, vous n'êtes point sans ignorer que les usages de la guerre s'opposent à ce qu'un parlementaire puisse profiter de son inviolabilité pour espionner les gens qui le reçoivent. Si vous tenez à être admis en la présence de Monseigneur, il faut vous laisser bander les yeux.

— Cette formalité est, en effet, conforme aux us et coutumes établis, répondit de Maurevert ; je dois m'y conformer.

Le grand prévôt d'Auvergne offrit alors de lui-même sa tête à l'épais bandeau que l'un de ses interlocuteurs tenait à la main.

— A présent, compagnons, continua-t-il, dépêchez-vous de me conduire auprès de votre maître ; je déteste les ténèbres, moi.

Après environ dix minutes de marche à travers des cours, des escaliers et des corridors, les hommes d'armes qui servaient de guide à de Maurevert s'arrêtèrent. et la voix du marquis de la Tremblais, qui se fit entendre, apprit au capitaine qu'il se trouvait en présence de l'audacieux et puissant rebelle.

— Otez le bandeau de cet homme et éloignez-vous, mais de façon à pouvoir accourir de suite si je vous appelle, disait-il en s'adressant aux introducteurs du grand prévôt.

Cet ordre reçut une exécution immédiate: les yeux de Maurevert furent rendus à la lumière et les gardes furent se placer derrière la porte.

La première action du capitaine fut de regarder autour de lui. Il reconnut qu'il était en un lieu de sa connaissance, c'est-à-dire dans cette même salle d'honneur où le marquis l'avait reçu jadis lorsqu'il était venu réclamer la mise en liberté de Raoul, détenu dans les cachots du château.

De l'inspection des lieux de Maurevert passa à l'examen du marquis.

Le changement qui s'était opéré dans la personne du seigneur de la Tremblais depuis qu'il l'avait vu pour la dernière fois, était si notable, si inouï, que le grand prévôt ne sut retenir une exclamation d'étonnement!

L'expression hautaine et sardonique du visage du marquis avait fait place à une contraction nerveuse et permanente qui donnait à sa physionomie un cachet de férocité indescriptible, extraordinaire. Sa figure n'avait conservé du masque humain que l'intelligence : les passions les plus violentes s'y lisaient en rides terribles et profondes.

De Maurevert commença à réfléchir sérieusement à sa position.

— Eh bien, monsieur, lui dit le marquis d'une voix dont les notes brèves, saccadées, sèches et vibrantes accusaient un déplorable état de santé. Eh bien, monsieur, vos souhaits sont comblés !... Vous voici en présence de votre cher et bien aimé ami, le marquis de la Tremblais... Car vous m'avez toujours porté une vive affection, n'est-ce pas capitaine ?... Voyons, parlez, que voulez-vous, que désirez-vous ?.. Je n'ai rien à vous refuser...

— Le fait est, marquis, répondit de Maurevert, en accompagnant ces paroles d'un gracieux sourire, que je me suis toujours senti attiré vers vous. Malheureusement le hasard ne m'a jamais permis de vous prouver l'estime toute particulière que je ressentais pour vos rares mérites. Plus heureux aujourd'hui, j'espère être à même de vous rendre un éminent service. Veuillez, seigneur, me prêter toute votre attention.

— Un mot auparavant, capitaine.

— Dix, si cela vous plaît, monseigneur.

— Etes-vous toujours aussi admirateur des talens de maître Chérubin, l'exécuteur des hautes-œuvres de la province de Clermont?

Cette question causa à de Maurevert une sensation désagréable; néanmoins, prenant bravement son parti, ce fut d'un air dégagé qu'il y répondit :

— Toujours, marquis, dit-il, toujours! L'amour de l'art l'emporte de beaucoup en moi sur la passion politique. Je ne saurais voir pendre gentîment et convenablement quelqu'un, ce quelqu'un fût-il mon meilleur ami, et son trépas dût-il me faire verser des torrens de larmes, sans m'extasier sur la dextérité du bourreau... Je n'ai, certes, jamais été partisan des vertueuses réformes; personne n'approuve plus que moi les vexations que la noblesse daigne infliger aux manants, et je blâme hautement la sévérité ridicule de Messieurs des Grands-Jours. Eh bien ! malgré toutes ces raisons pour plaindre les victimes des impitoyables délégués du roi, je n'en compte pas moins assister à toutes les exécutions qui auront lieu par leur ordre... Mais, pardon, marquis, notre conversation s'éloigne du sujet que je désire traiter .. Vous plairait-il, je vous le répète, de m'accorder un instant d'attention ?...

— Ainsi, dit le seigneur de la Tremblais paraissant suivre une idée fixe, ainsi, cher capitaine de Maurevert, votre amour pour l'art est si extrême que vous applaudiriez aux efforts de maître Chérubin, quand bien même sa dextérité s'exercerait sur votre personne.

— Marquis, répondit le capitaine en fronçant légèrement les sourcils, il ne m'est pas possible de discuter une supposition impossible.

— En quoi donc cette supposition est-elle impossible, excellentissime ami? demanda le seigneur de la Tremblais, d'une voix si mielleuse et si douce, que de Maurevert commença à se sentir sérieusement alarmé.

— En ce qu'un noble, un gentilhomme ne saurait être pendu, dit-il.

— Pendu, oh ! non certes, continua le marquis, mais torturé — comme l'a été cet infortuné Benoist. — Oui , mille fois oui... A propos de mon pauvre chef des Apôtres—puisque le hasard vient de mêler son nom à notre causerie — savez-vous, capitaine, ce que l'on prétend?

— Non marquis, et je ne désire pas même le savoir... Je suis peu curieux des affaires d'autrui.

— Des affaires d'autrui... Mais, bien aimé capitaine, il s'agit de vous. On prétend...

—Marquis, interrompit vivement de Maurevert, je viens au nom de Mgr de Harlai, président des Grands-Jours, pour vous...

— On prétend, continua le châtelain en élevant la voix, que c'est à cet amour de l'art, dont vous tiriez si fort vanité tout à l'heure, et cela avec raison, qu'il faut attribuer le tragique trépas de mon doux et fidèle Benoist ?

— Vous parlez d'énigme, marquis.

— Je m'explique. On dit que juste admirateur des talens de maître Chérubin, vous lui avez baillé une belle somme d'argent pour qu'il déployât devant vous, sur la personne de Benoist, toutes les ressources de sa science.

— On dit cela ! s'écria de Maurevert avec l'accent d'une indignation si sentie, que l'observateur le plus sagace n'aurait pu mettre sa sincérité en doute. Ah ! on dit cela, marquis ! Par la mort, voici une calomnie qui complète mon expérience ! Que le diable m'extermine si jamais je rends encore service à qui que ce soit ! Chaque bienfait traîne à sa suite une odieuse ingratitude. Oser soutenir que j'ai envoyé de vie à trépas cet aimable Benoist dont les façons me plaisaient tant, c'est là le comble de l'infamie ! Pauvre et plaisant Benoist, si tu pouvais abandonner un instant le ciel où tu jouis de la vie des élus, et descendre sur la terre, avec quelle énergie tu repousserais l'abominable accusation que l'on élève contre moi ! C'est à dire, marquis, que sans ma générosité, l'infortuné et fidèle serviteur dont vous regrettez avec tant de raison la perte, aurait ni plus ni moins fini ses jours, accroché à une potence, mieux encore, attaché sur la roue. L'intention de messieurs des Grands-Jours était que l'aimable Benoist, après avoir subi deux ou trois jours de tortures affreuses, fût supplicié publiquement. C'est alors qu'ému, touché, attendri du sort réservé à ce pauvre diable, j'ai payé maître Chérubin pour qu'il mît un terme à ses souffrances, pour qu'il abrégeât son agonie ! J'étais loin de m'attendre que cette action si humaine, si généreuse, donnerait naissance par la suite à une odieuse calomnie ! Mon cœur bon, aimant et naïf refuse de croire à la perversité ! Je juge toujours trop favorablement mes semblables, moi !...

De Maurevert fit une légère pause, affecta d'essuyer une larme absente dans ses yeux, et changeant de ton :

— Ma foi, marquis, reprit-il, je n'aurais jamais songé, si l'occasion ne s'en était présentée d'elle-même, à vous réclamer les déhours que j'ai avancés pour sauver votre serviteur Benoist du supplice de la roue. Il me semble que vous devez être responsable de ces frais. Cependant je laisse cette appréciation à votre justice, à votre générosité. Si vous croyez ne rien me devoir je n'insisterai pas. Je trouverai encore dans le contentement de ma conscience un ample dédommagement à mon sacrifice.

— Comment donc, capitaine, mais votre réclamation est des mieux fondées ! s'écria le seigneur de la Tremblais... Je serais un cuistre et un manant de la pire espèce si je ne m'empressais d'y faire droit !

De Maurevert sourit d'un air contraint, tant l'amabilité de son interlocuteur lui causait de graves appréhensions.

— Seigneur, je n'attendais pas moins de votre équité, dit-il en s'inclinant devant le châtelain, j'aurai l'honneur de vous envoyer sous peu — car ma mémoire me fait en ce moment défaut — la note des frais que j'ai déboursés pour Benoist ! Maintenant, abordons, je vous prie, le sujet qui me vaut l'honneur et le plaisir de me trouver en votre présence.

— Parlez, bien aimé capitaine, je vous écoute.

— Messieurs des Grands-Jours, reprit de Maurevert après s'être recueilli l'espace de quelques secondes, commencent à regretter — ceci de vous à moi — la voie dans laquelle ils se sont engagés... Non pas que les moyens d'action leur manquent, tout au contraire, car Sa Majesté leur accorde autant et même plus de subsides et d'hommes qu'ils n'en peuvent désirer ; mais ils comprennent que décimer ainsi la noblesse, c'est éveiller dans l'esprit du peuple des idées dangereuses d'indépendance, et exposer le royaume aux désastres d'une nouvelle jacquerie !... Je ne vous cacherai pas, marquis, que j'ai fait tous mes efforts pour entretenir messieurs des Grands-Jours dans cette opinion... Vous savez que je suis l'homme de l'arbitraire, moi !...

Je ne connais aucun plaisir comparable à celui de vexer les manans, si ce n'est celui de piller les bourgeois ! Je continue... Messieurs des Grands-Jours, touchés de l'éclat de votre naissance, des désagrémens que vous avez déjà subis, des semimens de loyauté que vous avez toujours marqués à la personne de Sa Majesté ont résolu de mettre un terme à vos ennuis, de vous accorder merci. Seulement, marquis, le soin de leur dignité, les exigences inhérentes à la haute position qu'ils occupent ne leur permettent pas de vous montrer leur bon vouloir d'une façon aussi éclatante qu'ils le désireraient.

La plèbe prendrait leur générosité pour de la faiblesse. Messieurs des Grands-Jours demandent, et il faut convenir que leur prétention est des plus justes et des plus modérées, que vous obéissiez au mandat d'amener lancé contre vous, que vous vous rendiez à la barre du tribunal. Des lettres de grâce et un sauf-conduit vous garantiront à l'avance votre liberté... Si vous désirez même avoir des otages, je me fais fort — tant je suis assuré des intentions loyales et bienveillantes de messieurs des Grands-Jours — de vous les faire obtenir... Je n'insisterai pas, marquis, sur les conséquences terribles qu'entraînerait pour vous votre rébellion, si, ce qu'il m'est impossible d'admettre, vous vous obstiniez à y persévérer. Vous êtes doué d'une judiciaire trop remarquable pour ne pas comprendre les désagrémens sérieux et inévitables que vous réserverait l'avenir! Je termine, marquis, par un aveu que je confie à votre discrétion et à votre honneur : c'est que si les officiers de l'armée royale n'avaient pas par considération pour votre illustre naissance entravé clandestinement les efforts des troupes, depuis longtemps déjà le château de la Tremblais aurait été emporté d'assaut. Seigneur, j'ai dit, j'attends votre réponse.

Pendant que de Maurevert parlait, le marquis de la Tremblais, l'air pensif et réfléchi, n'avait, au moins en apparence, prêté aucune attention à son discours. On eût dit qu'une idée fixe et importune absorbait toutes les facultés du hardi rebelle.

Tout à coup il releva la tête, et parut éprouver un vif étonnement :

— Eh bien ! capitaine, dit-il, que ne m'expliquez-vous le motif qui vous amène près de moi... Ce n'est pas, sans doute, pour me procurer seulement la joie de vous revoir, que Mgr de Harlai, l'illustre et vertueux président des Grands-Jours, vous a envoyé en parlementaire auprès de ma personne? Expliquez-vous, vous dis-je, expliquez-vous !

— Mais, marquis, répondit de Maurevert un peu décontenancé, je viens d'avoir l'honneur de vous soumettre les propositions que veulent bien vous faire messieurs des Grands-Jours... C'est moi qui attends maintenant une réponse. Cependant, puisque vous ne m'avez pas suffisamment écouté...

— Oh ! cela ne fait rien, bien-aimé capitaine, interrompit le châtelain. J'ai un fondé de pouvoirs qui discutera avec vous, mieux que je ne saurais le faire, les propositions de Messieurs des Grands-Jours. Holà ! quelqu'un, continua le seigneur de la Tremblais en élevant la voix.

Un page se présenta.

— Va chercher l'homme que tu sais, et amène-le ici incontinent, lui dit le marquis.

Une demi-minute ne s'était pas écoulée depuis cet ordre, lorsque d'une petite porte dérobée, adroitement dissimulée dans l'un des angles de la salle de réception, sortit un homme vêtu tout de rouge.

De Maurevert fit entendre un formidable juron, se mordit la moustache avec rage, et se redressant de toute la hauteur de sa taille, fixa d'un regard menaçant le marquis de la Tremblais.

L'homme vêtu de rouge était maître Chérubin, l'exécuteur des hautes-œuvres.

CHAPITRE XXII.

Le crime.

Un moment de silence suivit l'apparition du bourreau de la province d'Auvergne.

Le marquis de la Tremblais, le visage animé d'une expression de joie sinistre, ne détachait pas ses yeux de ceux de Maurevert ; il ressemblait à un tigre jouissant des angoisses de sa proie !

Maître Chérubin, l'air toujours jovial, examinait avec une attention des plus significatives la robuste et athlétique constitution du capitaine.

Quant à ce dernier, sa figure, loin de refléter la crainte ou la faiblesse, disait l'indignation, la menace et le défi.

Ce fut lui qui le premier, engagea l'action.

— M. de la Tremblais, dit-il froidement, c'est de fort mauvais goût de votre part de vouloir faire ainsi moquerie de ma personne, lorsque c'est par suite de ma seule confiance dans votre loyauté que je me trouve actuellement en votre présence ! Je ne vous cacherai pas qu'une fois hors de céans j'emploierai — à moins que vous ne m'adressiez incontinent des excuses — tous les moyens possibles pour tirer vengeance de votre insulte... Je vous somme et vous requiers, marquis, de me faire reconduire de suite hors de votre château.

— Chérubin, dit le seigneur de la Tremblais, voici le capitaine de Maurevert, une de tes anciennes connaissances, mieux encore, l'un de tes plus dévoués admirateurs, qui désire apprendre certaines particularités sur les derniers momens de ce pauvre Benoist... Tu dois être à même, mieux que personne, de satisfaire sa curiosité à cet égard... Commence ta narration, maître Chérubin, et surtout ne sois pas avare et parcimonieux de détails. C'est uniquement pour avoir ces renseignemens que je t'ai fait enlever nuitamment, avant-hier, de ta maison. Si je suis satisfait de ton récit, je te livrerai pour récompense le plus magnifique sujet qui ait jamais été accroché à une potence ou attaché à la roue... une espèce d'Hercule dont l'exécution te fera le plus grand honneur et mettra le sceau à ta réputation... Parle, Chérubin, le capitaine et moi, nous sommes tout oreilles.

L'exécuteur des hautes-œuvres de la province d'Auvergne se disposait à prendre la parole, mais de Maurevert ne lui en laissa pas le temps.

— Sang et carnage! s'écria-t-il, votre intention serait-elle, marquis, de méconnaître le titre sacré et inviolable de parlementaire dont je suis revêtu, de vous livrer sur ma personne à de lâches et félones violences? Je vous avertis que, quoique sans armes et blessé, je repousserai la force par la force, et...

De Maurevert n'avait pas achevé sa phrase quand une vingtaine d'hommes d'armes attirés par un coup de sifflet aigu poussé par le marquis, se précipitèrent tous à la fois sur lui, le jetèrent par terre et lui lièrent solidement les pieds et les mains. Quoique surpris et accablé par des forces aussi supérieures, ce ne fut pas sans avoir opposé une héroïque résistance que le géant succomba.

L'un des hommes d'armes saisi au col par de Maurevert, ne put survivre à cette étreinte formidable et désespérée. Quand on parvint à l'arracher des mains du grand prévôt il était déjà étranglé.

Ce fut seulement lorsqu'il vit son ennemi solidement garrotté, que le marquis reprit la parole.

— Cher et bien-aimé capitaine, lui dit-il avec une cruelle ironie, vous me voyez désolé d'avoir été réduit à user de tels moyens envers vous pour obtenir votre silence. Vous plairait-il maintenant de laisser maître Chérubin commencer tranquillement son récit?

— Lâche et misérable félon, manant sans foi, sans loi et sans honneur, s'écria de Maurevert, il est inutile que tu poursuives plus longtemps tes sarcasmes!... Je vais te narrer la mort de l'assassin Benoist, moi!...

— Ah! cher capitaine, tant de complaisance...

— Tais-toi, manant, et écoute!

Une expression d'implacable férocité contracta le visage du marquis; néanmoins, il ne releva pas cette nouvelle insulte: il était si assuré de sa vengeance!

— L'infâme Benoist, poursuivit de Mau-

revert, ce vil serviteur d'un maître plus infâme et plus vil encore que lui, a été torturé par mon ordre!... C'est bien moi qui suis la cause de sa mort. J'espère même que cet acte de justice me vaudra la rémission de quelques-unes des peccadilles de mon passé. Te raconter la fin de ce misérable, ce serait te dire l'agonie d'un lâche!... Passons; j'ai une révélation bien autrement intéressante à te faire... une révélation que le bourreau Chérubin ne soupçonne pas... C'est le motif, la cause, qui m'ont poussé à empêcher que Benoist ne comparût devant messieurs des Grands-Jours... Marquis de la Tremblais — et quand je te donne ce titre, c'est par pure habitude, car tu n'es à mes yeux qu'un vil manant — marquis de la Tremblais, ton chef des Apôtres possédait un terrible secret: il savait le crime sans nom accompli jadis par ton père! Que dis-je? il était le complice de ce crime; c'est pour cela qu'il est mort... Ne m'interromps pas. Tu dois bien penser que ce n'est pas pour sauvegarder la réputation du monstre qui avait livré son jeune enfant au poignard d'un assassin, que j'ai clos du scel de l'éternité les lèvres de son complice!.. Ah! ah! de blême que tu étais voici que tu deviens livide... Je vois que tu me comprends... Ne te trouble pas ainsi... Ménage tes forces pour écouter la fin de mon récit!

— Gardes! s'écria le marquis, éloignez-vous et laissez-moi seul... Chérubin, tiens-toi à la portée de ma voix; j'aurai bientôt besoin de ton office.

— Capitaine, continua le châtelain lorsque son ordre eut été exécuté, je t'avertis que si tu espères, grâce aux aveux dont la faiblesse de Benoist t'a rendu dépositaire, te soustraire à ma vengeance, tu es dans une complète erreur! Tu es déjà irrévocablement condamné dans mon esprit!

— Ai-je donc l'air d'un homme qui mendie sa vie? reprit de Maurevert, mon langage est-il celui d'un flatteur ou d'un suppliant? Tu me fais pitié, marquis... Veux-tu, oui ou non m'écouter? Ta curiosité vivement excitée, — et je te jure que ce n'est pas à tort, suspend l'effet de ta lâche et coupable vengeance. Bien! alors, je continue. Si je n'ai pas voulu déshonorer publiquement la mémoire de ton père, c'est que le fils qu'il livra jadis à la dague de Benoist n'est pas mort...

— Que dis-tu, capitaine?...

— Et que ce fils, continua froidement de Maurevert, est devenu mon meilleur, mon seul ami!...

— Tu mens, tu mens, il est mort!...

— Sur mon honneur de gentilhomme, sur ma part de vie éternelle, — et j'espère que tu n'oseras douter de ce serment d'un homme dont les pieds touchent déjà le bord de la tombe, — je te jure, marquis, que ton frère, sauvé par miracle, est aujourd'hui vivant ! A présent veux-tu savoir le nom de ce frère ? Oui, n'est-ce pas ? car il te tarde de le serrer dans tes bras ! Tu as le cœur si noble, si élevé, si aimant ! Ton frère, marquis, se nomme le chevalier Raoul Sforzi !

Ce nom produisit sur le seigneur de la Tremblais un effet extraordinaire. Les yeux injectés de sang, le visage marbré de taches livides, le front couvert d'une sueur froide, les lèvres agitées par un tremblement convulsif et hideux, il représentait dans toute son horrible beauté l'image de la Fureur. Il resta pendant près de cinq minutes incapable de prononcer une parole. Enfin, d'une voix sourde, rauque et dont les sons se rapprochaient bien plus du rugissement de la bête fauve que des notes de l'homme :

— Enfer ! dit-il, que ta volonté s'accomplisse !... J'achèverai la tâche commencée par mon père... Ah ! je m'explique à présent la haine que dès le premier moment où je le vis, j'éprouvai pour ce Sforzi ! C'était l'honneur outragé de ma race qui parlait en moi... Misérable Sforzi ! Sforzi maudit ! Sforzi, vivant opprobre de ma famille, tu mourras !...

Le marquis, en proie à une exaltation inouïe, se promena pendant quelques instans d'un pas agité et saccadé dans la vaste salle où se passait cette scène, puis s'arrêtant enfin devant de Maurevert :

— Quant à toi, misérable, lui dit-il, tu vas recevoir à l'instant même le châtiment dû à tes insolences !... C'est sur l'heure que je vais venger mon fidèle Benoist !... Ton aveu ne sera pas perdu pour toi ; je t'en tiendrai compte !... La justice m'ordonne de te récompenser de ta précieuse révélation... Je te destinais à la torture, de Maurevert, j'avais l'intention de te faire passer par les mêmes souffrances que Benoist a endurées. Eh bien, remercie-moi : au lieu de te livrer au chevalet, je t'enverrai à la potence...

— Marquis, deux mots, dit froidement le grand-prévôt, en voyant le seigneur de la Tremblais porter à ses lèvres un sifflet d'or attaché à une longue chaîne de même métal qui pendait sur sa poitrine ; je conçois fort bien que dans la crainte de me voir parler, tu renonces au gracieux spectacle que te promettait ma torture, tu as raison : seulement ne me donne pas pour de la clémence, ce qui n'est que de la prudence. Sans vouloir m'abaisser jusqu'à te prier, je crois qu'il m'est permis de te demander de changer le genre de trépas que tu me destines ; pourvu que tu m'assassines, cela doit te suffire. Je désire périr par la hache et non par la potence !... Que diable, il est de ton intérêt de ne pas me refuser cette faveur... N'oublie point que tu as besoin pour te soutenir dans ta rébellion du concours de la noblesse d'Auvergne. Or, si tu faisais pendre un gentilhomme, cela blesserait certainement la susceptibilité de tes alliés. Voilà donc qui est chose convenue, de la Tremblais !...

Un horrible sourire contracta les lèvres du marquis.

— Capitaine, dit-il, un bâtard de la maison de la Tremblais vaut bien un Maurevert. Tu seras pendu comme jadis a manqué de l'être le Sforzi, comme il le sera le jour où il tombera entre mes mains.

Cinq minutes après cette réponse, l'infortuné grand-prévôt, la bouche sillonnée par un bâillon—ou *poire d'angoisse*—faisait son apparition sur les remparts. Un gibet démesurément élevé dressait sa noire et maigre silhouette sur le sommet d'un bastion. Une corde fixée à l'extrémité de la lugubre charpente se balançait dans l'espace, au dessus des fossés.

Au spectacle du grand-prévôt escorté par plus de cinquante hommes d'armes et marchant à la potence, un immense et spontané cri de rage s'éleva dans l'armée des troupes royales. Bientôt on vit apparaître maître Chérubin.

— Monseigneur le grand-prévôt, dit-il en s'adressant respectueusement à de Maurevert, vous me voyez au désespoir d'être obligé de vous pendre... Je n'ignore point qu'en votre qualité de gentilhomme vous aviez droit à la hache et au billot !... Le souvenir de votre mort si irrégulière attristera longtemps mon souvenir... Veuillez, je vous en prie, prendre la peine de me suivre... C'est bien à regret que je monte avant vous... Mais cela est indispensable à l'accomplissement de mon œuvre...

De Maurevert faisait une superbe contenance. Si ce n'eût été la pâleur de son visage — et encore cette pâleur n'existait que relativement au teint ordinairement coloré de l'infortuné — aucun indice n'eût trahi en lui la moindre émotion.

— Ah ! pensait-il, être pendu sans qu'il me soit permis de prononcer un seul mot, cela est bien triste !... Moi qui, dans la prévision d'un évènement pareil, avais composé avec tant de soin un joli petit discours de circonstance. Infâme coquin de la Tremblais, le ciel te punira de ton crime... le ciel, ai-je dit !.. Mais voici qui est bizarre... la pensée de comparaître devant Dieu me trouble profondément... Réellement j'ai eu une vie par trop accidentée... Pardonnez-moi, ô mon Dieu, mes légèretés, et n'oubliez pas qu'en ma qualité d'homme de guerre et de gentilhomme j'ai été plus que tout autre exposé à la tentation et au péché ! Je me repens, mon Dieu, et vous demande humblement grâce ! Pauvre Raoul, il me pleurera lui ; cette pensée me console ! Qui sait s'il ne me vengera pas... Ah ! çà, mais, au fait, vais-je donc me laisser docilement hisser à cette potence de malheur, sans essayer un peu de résistance !, A quoi cela m'avancerait - il ? A être malmené. Non, non, ne compromettons point notre dignité de gentilhomme !... Ce Chérubin m'agace horriblement les nerfs avec ses obséquiosités railleuses.... Parbleu, qui m'empêche, pour réjouir mes derniers momens, de châtier ce drôle?.. Voyons un peu, infortuné et incomparable de Maurevert, quel châtiment est-il en ton pouvoir d'infliger à ce drôle?

Maître Chérubin montait en ce moment à l'échelle. De Maurevert le suivit de la meilleure grâce du monde.

Après avoir gravi une dixaine d'échelons, le bourreau s'arrêta, et, s'adressant une seconde fois à sa victime :

— Capitaine, dit-il en lui passant le nœud coulant autour du cou, j'espère que votre mort m'aidera à obtenir au Châtelet cette place pour laquelle vous aviez bien voulu me promettre votre protection. Mon nœud est si dextrement arrangé que vous allez être comme foudroyé.

En ce moment de Maurevert, par un suprême et violent effort, brisa les liens qui serraient ses poignets, puis, saisissant Chérubin à bras-le-corps et le pressant contre sa poitrine, il s'élança de lui-même dans l'espace !

Le cri d'admiration et d'étonnement qui retentit dans les deux camps à la vue de cette belle mort, se changea bientôt en une clameur d'anxiété lorsque l'on vit la corde de la potence, trop violemment tendue par le poids des deux corps qu'elle soutenait, se casser au tiers de sa longueur, et de Maurevert et Chérubin tomber dans les fossés du château.

————

CHAPITRE XXIII.

A quelque chose malheur est bon.

Parmi les trois mille spectateurs qui avaient assisté à l'exécution de Maurevert, le plus désespéré de tous était sans contredit Raoul.

De grosses larmes aussitôt séchées par la furie qui lui brûlait le sang, gonflaient les paupières du jeune homme ; de sa main droite passée sous son pourpoint, — car il avait profité de la suspension momentanée des hostilités pour retirer sa cuirasse — il se déchirait la poitrine : les pensées les plus diverses et les plus extravagantes lui traversaient le cerveau. Il était fou de douleur et de rage.

Mgr de Harlai était, certes, après Sforzi, le témoin le plus impressionné par cette horrible scène ; seulement, l'émotion du président des Grands-Jours prenait naissance dans un tout autre sentiment que celui de son amitié pour la victime ; l'odieuse violation commise sous ses yeux sur la personne sacrée d'un parlementaire appartenant à l'armée royale, était le seul motif de son indignation. Tant de cruauté unie surtout à tant d'illégalité confondait toutes les idées du sévère et probe magistrat.

Il est certain que si en ce moment l'on eût sonné l'assaut, Mgr de Harlai aurait pris une épée et se serait élancé à la brèche.

Les royalistes s'attendaient si peu à la sanguinaire et criminelle bravade du marquis, leur stupéfaction fut si extrême quand ils virent dresser une potence et peu après apparaître de Maurevert en compagnie du bourreau, qu'ils ne songèrent même pas, — tentative qui, au reste, n'aurait abouti à rien, — à ouvrir de nouveau le feu.

Un silence lugubre régnait dans le camp, les canons restaient muets sur leurs affûts, l'armée royale se croyait pour ainsi dire, sous la pression d'un horrible cauchemar, elle doutait presque de ce qu'elle voyait.

La chute de Maurevert dans les fossés du château rompit cette morne stupeur. Ne restait-il pas un espoir de sauver le hardi et infortuné capitaine ? Alors ce fut dans tous les rangs une ardeur et un délire sans pareils.

Sforzi, la tête et la poitrine nues, s'élança au milieu de la foule, et d'une voix vibrante comme celle du clairon dominant la bataille, il versa dans l'âme de chacun la fureur dont il était animé.

En dix fois moins de temps qu'il n'en faut ici pour le dire, la batterie de brèche ressembla au cratère d'un volcan. Les arquebusades pétillèrent en longs feux de file ; les balles sifflèrent drues et serrées ainsi qu'une grêle d'orage !

Les remparts ennemis balayés par cette trombe de fer et de feu se trouvèrent bientôt dégarnis de défenseurs : les assiégés se hâtaient de regagner leur poste de combat, de se mettre à l'abri derrière leurs retranchemens.

Une fois qu'il eut fait recommencer les hostilités, Sforzi bondit plutôt qu'il ne courut vers les murailles de la première enceinte.

— Une corde, s'écria-t-il, que l'on m'apporte une corde... Bien, c'est cela... Courage enfans... Redoublez d'énergie et d'efforts. Mort de ma vie ! ce forfait ne restera pas impuni... Ce sera à travers une rivière de sang que je vous conduirai au meurtre et au pillage... Pas un des assassins ne survivra à son crime... Rage et furie ! je gagerais ma tête qu'avant deux jours d'ici le château sera en notre pouvoir. Comment se réalisera ma prophétie ? je l'ignore. Seulement je sais qu'elle s'accomplira.

Sforzi, tout en proférant ces paroles, avait vivement passé et noué autour de son corps l'extrémité de la longue corde que, sur son ordre, on s'était empressé d'apporter.

— Que la canonnade et les arquebusades redoublent d'activité, dit-il, moi je vole au secours de Maurevert. Peut-être est-il temps encore de le sauver !

Alors enjambant le parapet de la première enceinte, Sforzi plongea et disparut dans les nuages de fumée qui remplissaient les fossés du château. L'élan pris par Raoul était tel, que les cinq soldats qui retenaient la corde à laquelle il était attaché, manquèrent d'être entraînés.

Une indicible anxiété pesait sur les témoins de cette scène tout à la fois terrible et étrange.

De Maurevert, après une épouvantable chute, était resté étendu sur le sol sans donner le moindre signe de vie.

Toutefois, une minute ne s'était pas écoulée, quand un souffle et un tressaillement, à peu près imperceptibles, il est vrai, mais déjà très significatifs, soulevèrent sa large et puissante poitrine.

Quelques secondes plus tard, le tressaillement se changea en mouvement, le souffle en respiration : de Maurevert reprit connaissance !...

— Où suis-je, murmura-t-il d'un air égaré, car l'ébranlement qu'il avait éprouvé était trop considérable pour cesser de suite avec son évanouissement, où suis-je ? De la fumée... un fracas affreux,.. des douleurs dans tous mes membres. Parbleu ! je suis en enfer ! Je savais bien, moi, que je devais après mon trépas descendre aux noirs abîmes ! Messire Satanas, recevez mes plus humbles civilités. Ce n'est pas pour me vanter, mais vous devez être bien content de mon arrivée dans votre empire ! Que le diable m'emporte... pardon... que saint Michel m'extermine si je ne vous distrais pas par mes joyeusetés et saillies... Je gagerais, moi, que l'on a calomnié l'enfer... c'est à peine si je cuis... et je respire, au lieu d'une fumée de soufre, une odeur de poudre qui me rappelle mon existence passée... et me réjouit fort... Aïe ! aïe ! quel méchant diablotin vient de me passer un fer rouge à travers le corps. Mille millions de piques ! que l'on ne me moleste point, ou je me fâcherai... Bon ! voici le diablotin parti : il a eu peur de mes menaces. Allons, allons, je vois que l'enfer n'est pas une chose si affreuse. Et puis, après tout, qui m'assure que je sois en enfer. J'ai toujours eu beaucoup de respect pour la religion, moi. Il est très possible que je me trouve simplement en purgatoire. Comment donc suis-je mort ? Ah ! pendu ! C'est triste pour un gentilhomme... Allons, gracieux de Maurevert, laisse de côté ces idées mondaines... accoutume-toi à ta nouvelle condition ; il ne doit point y avoir en enfer de distinction de castes... La seule pensée qui m'afflige, c'est que je ne reverrai plus mon gentil Raoul ! Et pourquoi ne le reverrais-je plus ? Il est ambitieux, colérique et amoureux, ce bon Sforzi ! Voilà tout autant de titres qu'il en faut pour arriver droit ici ! Oh ! oh ! ne dirait-on point maintenant que je gèle ?... mais c'est que je gèle pour de bon ! Définitivement on ne se doute pas là-haut de ce que c'est que l'enfer ! Je suis curieux d'examiner les objets qui m'entourent...

De Maurevert essaya de se lever, mais une douleur violente et aiguë qu'il ressentit à la jambe, l'empêcha tout à la fois d'accomplir son projet et le rendit en partie au sentiment de la réalité.

Dix minutes ne s'étaient pas écoulées que, grâce à sa constitution si remarquablement robuste, il revenait complètement à lui.

Le cadavre affreusement mutilé de maître Chérubin, qui gisait à ses côtés, lui rendit la mémoire et l'aida à renouer la chaîne qui liait son présent à son passé.

— Excellent Chérubin, dit-il, combien j'étais loin de me douter, lorsque tu me précédais sur la fatale échelle, que tu devais me rendre sous peu un aussi signalé service !

T'interposer ainsi entre le sol et mon corps, amortir si gentiment la violence de ma chute, voilà un dévoûment que je n'oublierais jamais… si je pouvais y croire !… Avoue, adorable de Maurevert, que tu viens de l'échapper belle ! Il me semble encore que je rêve… Si tu n'avais pas déployé tant de courage et de présence d'esprit, c'en était fait de toi !…

Le capitaine s'interrompit alors dans son monologue : une expression de gravité réfléchie, presque solennelle, qui ne lui était certes pas habituelle, ennoblit son visage, et levant ses yeux vers le ciel :

— Orgueilleux, fou et ingrat que je suis, reprit-il, ce qui m'a sauvé, c'est que j'ai prié… Merci, mon Dieu, de votre appui, de votre clémence… Cette rude leçon ne sera pas perdue pour moi. Je ferai en sorte, si je parviens à me retirer sain et sauf d'ici, de racheter, par ma conduite future, les folies de ma jeunesse et les erreurs de mon âge mûr. Je ne vous promets pas, ô mon Dieu ! que ma nouvelle conduite sera complétement irréprochable… non… la force de l'habitude ne se peut vaincre en une heure… seulement je m'engage, du moment que je n'y trouverai pas un intérêt immédiat et incontestable, à ne plus causer le moindre dommage à personne qui soit au monde. Voyons un peu maintenant que j'avise à regagner la première enceinte. Mille légions de furies, mes jambes se refusent à supporter le poids de mon corps ! Etre si fort incommodé par une si petite culbute, cela me prouve que je vieillis.

De Maurevert fit alors un suprême effort, et s'aidant des aspérités du roc qui servait de base au rempart, il parvint à se lever.

Les douleurs qu'il ressentait étaient si intolérables, qu'il dut, pour ne pas tomber, s'appuyer contre la muraille.

— Ce n'est rien, dit-il, tout en essuyant du revers de sa large main la sueur glacée que la souffrance amenait sur son front. Une fois cette simple crise passée, je me mettrai en route… En attendant ma position est assez bonne… L'épaisse fumée qui comble les fossés me soustrait à tous les regards… Et puis on doit me croire mort ; on ne songe plus à moi… Tudieu ! quelle canonnade !… Quelles arquebusades !… Bon et gentil Raoul, c'est sans nul doute pour venger mon trépas que tu attaques d'une si furieuse façon le château… Cher compagnon, je t'aime de toutes les forces de mon âme. Je voudrais bien, si je suis destiné à mourir ici, t'embrasser encore une dernière fois.

De Maurevert fit une nouvelle pause ; puis, après un léger silence, et d'une voix brisée.

— Il me semble à présent, reprit-il, qu'il coule du plomb fondu dans mes veines… Quelle soif ardente !… Je donnerais volontiers mille écus pour un verre d'eau !…

L'infortuné appuya son front contre la muraille afin de calmer par le frais contact des pierres le feu de la fièvre qui le brûlait.

Tout à coup il chancela et manqua de tomber : un fragment de rocher, sur lequel il s'appuyait, venait, en se dérobant sous la pression de sa main, de rouler par terre.

Alors de Maurevert oublia comme par enchantement ses blessures et ses souffrances. Il se baissa avec une vivacité inouïe pour sa position, ramassa un fragment de rocher, l'examina avidement, et, laissant échapper un cri de joie délirante :

— Par le dieu Mars ! murmura-t-il tout palpitant d'émotion, maintenant je veux vivre et je vivrai. Quelle admirable et heureuse découverte !… C'est donc pour cela que le défunt marquis de la Tremblais fit jadis arquebuser un de ses hommes d'armes qui, tombé dans les fossés, implorait l'assistance de ses compagnons… Ce crime, qui passa dans le temps pour un acte de féroce folie, m'est expliqué. Moi aussi, si j'avais été à la place du marquis, j'aurais fait arquebuser l'homme d'armes. Il est des secrets mortels à ceux qui les possèdent… Oh ! j'étouffe de bonheur !

De Maurevert essayait de dégrafer son pourpoint, lorsqu'une exclamation de joyeuse surprise s'échappa de ses lèvres ; sa main venait de rencontrer un fragment de corde qui, passé ainsi qu'une cravate autour de son col, lui descendait jusqu'à mi-corps.

— Joies du paradis, s'écria-t-il, mon bonheur s'explique, j'ai sur moi de la corde de pendu !

De Maurevert n'avait pas achevé de prononcer ces paroles quand la voix de Sforzi disant son nom retentit à quelques pas de lui.

Une demi-minute plus tard, les deux compagnons enlacés dans une énergique étreinte, s'embrassaient en pleurant de joie.

L'attendrissement des deux compagnons ne fut pas de longue durée. Les moments étaient trop précieux pour les gaspiller en vains propos.

— Cher Sforzi, dit de Maurevert, je ne vous cacherai pas que j'éprouve le plus grand désir de m'éloigner d'ici… de me retrouver en sûreté.

— Eh bien ! partons, capitaine.

— Partir, partir, hélas ! la chose n'est pas

aussi facile qu'elle vous semble. Il ne m'est pas possible de marcher, je suis moulu.

—Je vous porterai, de Maurevert. Tenez, passez votre bras autour de mon cou et appuyez votre corps sur mes épaules.

—Je vais vous écraser, Raoul.

—Vite, vite, dépêchez-vous ; ne craignez rien.

Sforzi s'agenouilla, et le géant prit, quoiqu'à contre-cœur, la position que lui indiquait le jeune homme.

— Tudieu, mon ami, dit de Maurevert, je vous savais agile, leste et impétueux, mais je ne me serais jamais douté que vous possédiez une force aussi véritable. Vous êtes ni plus ni moins un élégant Samson.. Prenez garde de faire fausse route, Raoul.

— Soyez sans inquiétude ; l'extrémité de la corde qui me ceint les reins est attachée à l'un des poteaux de la batterie de brèche... Cette corde me tient lieu d'un fil d'Ariane, en la suivant je ne puis me tromper.

Sforzi, chargé de son lourd et précieux fardeau, parvint aisément jusqu'aux pieds des murs de la première enceinte. Là se présenta une sérieuse difficulté ; il fallait hisser le géant jusqu'au haut des remparts.

—Cher compagnon, dit Sforzi, laissez-moi monter le premier, je reviens de suite avec une échelle.

— Non pas, Raoul, s'écria de Maurevert, une balle pourrait m'atteindre pendant votre absence. Or, maintenant que j'ai en main le moyen de me venger du marquis, je ne saurais me décider à être arquebusé.

— Mais, de Maurevert, la corde n'est pas assez solide pour nous supporter tous les deux.

— Eh bien, elle cassera, cher ami, voilà tout. J'aurais mauvaise grâce à me plaindre des cordes qui cassent...

Le jeune homme, connaissant l'opiniâtreté du capitaine, n'insista pas et se résigna à tenter l'aventure.

Ce fut non sans courir de grands dangers et sans éprouver d'atroces douleurs, que de Maurevert opéra son ascension... Enfin son pied toucha le sol.

L'apparition du capitaine dans la batterie souleva d'immenses clameurs de joie, et la nouvelle de sa miraculeuse délivrance ne tarda pas à se répandre dans le camp avec la rapidité d'une traînée de poudre.

Bientôt, et malgré la vive canonnade des assiégés, un nombreux cortége accompagnait la litière dans laquelle on avait placé l'ex-pendu. C'était un véritable triomphe.

— Compagnons, disait de Maurevert, entourez-moi, je vous prie, de façon que, si l'on tire sur moi, vous me serviez de retranchemens ! Ce n'est pas que je craigne la mort ; mais mon existence est à présent si précieuse, qu'on ne saurait trop en prendre soin.... Oui, compagnons, grâce au vaillant et gracieux de Maurevert, vous serez avant huit jours maîtres du château de la Tremblais ! Vous souriez d'un air incrédule! vous avez tort ; ce n'est nullement le délire qui me fait tenir ce propos... je jouis de toute ma raison. Que l'on me conduise auprès de Mgr de Harlai.

Malgré les instances de Raoul, qui désirait déposer de Maurevert à l'ambulance, les porteurs du brancard durent, sur les injonctions énergiques et réitérées de ce dernier, se diriger vers la tour où se trouvait Mgr de Harlai.

Le président des Grands-Jours, à la vue de Maurevert vivant, ne sut retenir un cri de joie et de surprise.

— Monseigneur, dit le capitaine, sans lui donner le temps de prendre la parole, veuillez, je vous prie, ordonner qu'on nous laisse vous et moi seuls ; j'ai à vous entretenir sur-le-champ d'une affaire de la plus haute importance, de la plus extrême urgence.

—Mais, capitaine, permettez au moins que l'on aille d'abord quérir un chirurgien.

—Non pas, monseigneur! Le bénéfice que j'espère réaliser dans notre entretien — car j'ai un marché à vous proposer — sera un bien meilleur allégement à mes souffrances que tous les cordiaux et baumes de la Faculté entière !

—Enfin, capitaine, puisque vous l'exigez...

— Oui, oui, monseigneur ! Que tout le monde, excepté le chevalier Sforzi, se retire.

— Monsieur le président des Grands-Jours, reprit de Maurevert quand la foule se fut éloignée, permettez-moi, avant d'entrer en matière, de vous adresser une simple question. Vous semble-t-il que j'aie assez consciencieusement et bravement rempli le rôle de parlementaire que vous aviez daigné me confier ?

— Oh ! certes, capitaine.

— Alors, vous reconnaissez que j'ai bien gagné les 1,500 écus attachés à l'accomplissement de ma désagréable mission ?

— Parfaitement, capitaine !

— Bon !... A présent que me voici sans inquiétude, par rapport à cette créance, j'aborde brutalement, sans phrases aucunes, le sujet qui m'amène près de vous... Quelle somme accorderiez-vous, monseigneur, à celui qui vous fournirait le moyen assuré de vous emparer du château de la Tremblais ?

Le président des Grands-Jours regarda attentivement son interlocuteur, puis il se mit à hocher la tête d'une façon significative.

— Jour de Dieu ! monseigneur, reprit de Maurevert avec impatience, vous aussi vous me croyez en délire !... Que diable ! suis-je donc une femme ou un enfant, pour ne pas pouvoir supporter, sans perdre la raison, une chute dans un fossé et une demi-pendaison !... Vous verrez tout à l'heure, monseigneur, lorsque nous discuterons et débattrons les conditions de notre marché, que je possède tout mon sangfroid. Je répète ma question : Quelle somme accorderiez-vous à celui qui vous fournirait le moyen assuré de vous emparer du château de la Tremblais ?

Le président des Grands-Jours hésita.

— Remarquez, monseigneur, reprit de Maurevert, que du châtiment du marquis dépend la tranquillité de la province d'Auvergne et le triomphe de la cause royale. Pensez-vous que ces deux immenses résultats valent moins de dix mille écus ?

— Il me semble, capitaine, que cinq mille écus constituent un denier assez beau pour satisfaire le plus cupide et le plus ambitieux...

— Eh bien, va pour cinq mille écus, monseigneur ! Vous voyez que je me montre grand, noble, désintéressé et généreux en affaires.

— C'est donc vous, capitaine, qui devez nous livrer le château de la Tremblais !

— Moi-même, monseigneur !

— Ah ! Et où cette lumineuse idée vous est-elle venue ? Au haut de votre potence ?

— Non, monseigneur ; tout au contraire : au fond du fossé dans lequel je suis tombé.

De Maurevert fit cette réponse d'un ton si calme, si assuré, que le seigneur de Beaumont commença à lui prêter une sérieuse attention.

— Expliquez-vous, capitaine, lui dit-il gravement.

— Monseigneur, reprit de Maurevert, la plus insurmontable difficulté qui s'oppose à ce que nous nous emparions du château, c'est la solidité de ses remparts, à l'épreuve du canon. S'il était donné à notre artillerie d'entamer ces murs de granit, de pratiquer une brèche, nous serions certains, puisque les forces dont nous disposons sont de cinq fois supérieures à celles des assiégés, nous serions certains, dis-je, de monter victorieusement à l'assaut ! Vous offrir le moyen de faire une brèche, c'est donc vous donner le château... Je prie monsieur le chevalier Sforzi, ici présent, de formuler son opinion à ce sujet.

— Je ne puis qu'approuver vos paroles, capitaine, dit Raoul ; seulement, je crois que votre discussion ne repose sur aucune hypothèse probable, et je ne vois pas trop quel avantage vous retireriez à la pousser plus loin.

— Ainsi, vous convenez, vous reconnaissez, vous avouez, Raoul, continua de Maurevert, que l'établissement d'une brèche entraînerait forcément la prise du château ?

— Mille fois oui, capitaine.

— Eh bien, je vous garantis, moi, sur mon honneur, qu'avant quinze jours d'ici, la brèche sera si large que si l'envie nous en prend, nous y pourrons tous y passer ensemble et de front.

Monseigneur de Harlai et Sforzi échangèrent un regard d'intelligence qui n'échappa pas à de Maurevert.

— Messeigneurs, reprit-il avec un sourire narquois, attendez donc avant de me juger que je me sois expliqué. Le château de la Tremblais est un superbe géant de granit aux jambes d'argile : si sa tête et son corps sont invulnérables, en revanche ses pieds sont faibles et chancelans. Sa base repose sur une roche crayeuse et cassante, qui ne saurait pas même résister au choc d'une hache. Que cette irréparable défectuosité provienne soit d'une erreur de l'architecte qui en a jeté les premiers fondemens, soit d'un changement du sol, soit de tout autre motif, peu nous importe ! L'essentiel, pour nous, est que cette défectuosité existe. Or, je vous le répète, sur mon honneur, j'ai vu de mes yeux, palpé de mes mains, cassé entre mes doigts des fragmens de cette roche friable... Que nos canons, au lieu de battre en brèche les murailles du château, attaquent sa base, et avant une semaine, quinze jours au plus, un pan tout entier de rempart s'écroulera ! Le seigneur de la Tremblais, le père du marquis actuel, connaissait si bien cette cause de faiblesse, qu'il défendait, sous peine de mort, que l'on descendît dans les fossés de son château. Il fit même arquebuser, toute la province se souvient encore de cet événement et pourra vous en garantir la véracité, — il fit même arquebuser, dis-je, un archer ou homme d'armes qui était tombé du rempart dans ces fossés. J'espère, monseigneur, que vous ne m'accuserez plus maintenant de folie et de délire, que vous voudrez bien prendre en considération la gravité de ma révélation. Du reste, voici un fragment de rocher que j'ai emporté avec moi. Saint Thomas lui-même se rendrait à une pareille évidence.

Mgr de Harlai et Sforzi étaient convaincus. Pâles d'émotion et de joie, ils gardèrent pendant quelques instans le silence.

— Capitaine, s'écria enfin Raoul, en sautant au cou de Maurevert et en lui donnant une chaleureuse embrassade, votre présence d'esprit sauve la cause de la royauté et assure ma vengeance !... Mort de ma vie ! il me sera donc enfin permis de laver dans le sang du marquis les outrages que j'en ai reçus.

Tandis que Sforzi parlait, un nuage de tristesse assombrissait le front de Mgr de Harlai.

— Chevalier, lui dit-il, après une courte hésitation, je ne dois pas vous laisser plus longtemps dans l'incertitude... J'ai l'intention d'user des pouvoirs que m'accorde Sa Majesté dans sa dernière dépêche, pour vous retirer le commandement en chef de l'armée. Ne voyez point dans cette mesure une marque de défiance en vos talens ou en votre probité. Je vous jure, monsieur, que tel n'est point le motif de ma détermination.

La dépêche de S. M. me conférant le seul droit de disposer en faveur de qui je l'entendrai du commandement des troupes royales, il est inutile d'ajouter, chevalier, qu'à cette exception près, votre pouvoir reste aussi étendu, entier et illimité, que par le passé; vous ne subissez aucunement une disgrâce.

Mgr de Harlai aurait pu continuer longtemps encore sans que Raoul songeât à l'interrompre.

L'étonnement, la stupéfaction, la colère, l'humiliation même, éprouvés par Sforzi étaient si extrêmes qu'ils lui retirèrent l'usage de la parole.

Ce ne fut qu'après un long silence qu'il reprit un peu l'usage de ses sens; alors son indignation déborda, l'orage éclata:

— Monsieur, s'écria-t-il d'une voix frémissante, il est de mon devoir, et je saurai m'y conformer, quelque pénible qu'il soit, d'obéir aveuglément aux ordres de Sa Majesté... Mais vous, monsieur de Harlai, vous n'êtes pas le roi; j'ai le droit de vous interroger, et je veux, j'exige que vous me répondiez... Il ne sera pas dit que je laisserai impunément fouler aux pieds d'un parlementaire mon honneur de soldat. Monsieur le président des Grands-Jours, je vous déclare hautement, en face —et cette déclaration je la répéterai à qui la voudra entendre — que vous êtes un hypocrite et un menteur !...

— Monsieur Sforzi...

— Silence donc, quand je parle ! — reprit Raoul avec violence.—Ah ! vous vous imaginiez bonnement qu'en compensation de la honte dont vous m'accabiez, de l'outrage que vous m'infligez, je me contenterais de vos hypocrites assurances d'estime... Non pas, monsieur, non pas... Si vous ne m'avouez pas franchement le véritable motif de votre conduite, afin que je puisse m'expliquer ma disgrâce et ne pas être soupçonné de félonie et de lâcheté, je suis résolu, déterminé à ne pas tenir plus compte de votre manteau d'hermine, que vous n'avez respecté mon épée. A la face de toute l'armée, je vous proclamerai un vil et lâche calomniateur.

— Malheureux insensé ! s'écria monseigneur de Harlai en proie à une émotion indicible, j'aurais supporté avec la résignation du chrétien vos plus cruelles injures si elles ne s'étaient adressées qu'au seigneur de Beaumont; le procureur-général de Sa Majesté au Parlement ne peut laisser insulter en sa personne la magistrature du royaume !.. Ne vous en prenez qu'à votre emportement de la douleur qui va vous frapper ! Chevalier Sforzi, si je vous retire le commandement de l'armée, c'est pour vous éviter un crime... Le marquis seigneur de la Tremblais est votre propre frère !..

A cette révélation aussi terrible qu'inattendue, Sforzi devint d'une pâleur mortelle; puis, comme s'il eût été frappé par la foudre, il roula évanoui sur le plancher !

CHAPITRE XXIV.

La veille de l'assaut.

Quinze jours s'étaient écoulés depuis que Mgr de Harlai avait appris à Raoul le secret de sa naissance. Depuis ce moment, l'infortuné jeune homme, l'air morne et pensif, était resté enseveli dans une tristesse profonde. En vain Diane et de Maurevert avaient tous les deux essayé, la première par de douces paroles, le second par de joyeux propos, de le distraire de sa douleur, leurs efforts communs n'avaient abouti qu'à faire dissimuler à Sforzi sa souffrance.

— Cher Raoul, lui avait dit le grand prévôt de la province d'Auvergne, votre présence dans l'armée royale est devenue impossible. Vous ne sauriez changer la marche des événemens, et de quelque façon qu'ils tournent, ils doivent vous apporter une

terrible douleur... Je vous en conjure, re
tournez à Clermont !

Sforzi avait repoussé cette prière avec une
invincible obstination.

— Abandonner mon frère, avait-il répondu, alors qu'il se trouve dans une position
aussi critique, ce serait motiver la haine
que mon père m'a portée dès ma naissance !
Non de Maurevert, je ne partirai pas ! Il faut
absolument que je voie mon frère ! Qui sait
si je ne parviendrai pas, par mes supplications et par mes conseils à le rappeler aux
sentimens de soumission et de fidélité qu'il
doit au roi, et le sauver de sa perte.

— Il ne vous reste pas même cet espoir,
Raoul !... Le marquis de la Tremblais, s'il
vous tenait en sa puissance, s'empresserait,
au lieu de vous écouter, de vous faire accrocher à un gibet... Or, instruit cette fois par
l'expérience, il ne manquerait pas de vérifier la solidité de la corde destinée à vous
mettre en évidence.

— Je ne croirai jamais à la possibilité
d'un crime aussi épouvantable, de Maurevert.

— Je vous jure, moi, sur mon honneur,
que le marquis m'a manifesté cette intention
avec une énergie et un emportement qui ne
me laissent aucun doute à cet égard. Ensuite, en supposant même qu'il consentît à
se rendre à vos raisons, à suivre vos conseils, croyez-vous que Mgr de Harlai accep-
terait sa soumission forcée? Nullement !
Depuis que j'ai découvert le secret de la
faiblesse de la place assiégée, la position des
choses a changé du tout au tout. Assuré
maintenant de la prise du château, Mgr de
Harlai ne laissera, sous aucun prétexte, é-
chapper sa vengeance. Raoul, je vous le répète, il faut que vous retourniez à Clermont !

— Non jamais, jamais ! N'insistez pas, je
vous en supplie !

— Mais, mille légions de diables, s'écria
de Maurevert impatienté, si vous tenez à
vous débarrasser de mes importunités, ou,
pour être plus exact, de mes remontrances,
donnez-moi au moins une bonne raison qui
motive votre opiniâtreté.

— Capitaine, répondit Raoul, il en est
une que vous auriez dû deviner depuis longtemps. Ne serait-ce pas me déshonorer à
tout jamais que d'abandonner mon poste la
veille du combat ?

— Bon ! voici à présent que vous comptez
tirer l'épée contre ce frère que tout-à-l'heure encore vous vouliez sauver à tout prix !
Etes-vous insensé, Raoul ?

— Tirer l'épée contre M. le marquis de la
Tremblais, répéta Sforzi avec horreur et d'un

ton de reproche, ah ! de Maurevert ! de Maurevert ! comment une pareille idée a-t-elle
pu naître dans votre esprit ?... Ne craignez
rien... Je saurai remplir à la fois mon devoir
de soldat et mon rôle de frère... Ce sera la
tête nue et l'épée au fourreau, que je monterai à l'assaut !

— Fou ! fou ! triple fou ! murmura le capitaine comme se parlant à lui-même, se
dévouer ainsi sans profit à une mort volontaire, assurée... comme cela est ingénieux !
Il n'y a que les jeunes gens pour confondre
ainsi la bêtise avec l'héroïsme... Ils se figurent tout bonnement être magnanimes alors
qu'ils ne sont que sots.

— J'admets la justice de vos reproches, de
Maurevert, dit tristement Raoul. Que voulez-
vous ? La destinée de chaque homme est
écrite dès son berceau. Si Dieu entend que
je trépasse de mort violente, je dois me soumettre chrétiennement à mon sort ; accepter
sans murmurer l'arrêt prononcé contre moi.
Le pressentiment qui m'a saisi au cœur,
lorsque je me suis mis en route pour aller
assiéger le château de la Tremblais est sans
doute un avertissement que le ciel m'a envoyé afin de me rendre la résignation facile.
Je me suis résigné, de Maurevert, voilà tout !

— Sang et carnage ! s'écria le capitaine,
voilà bien un propos digne de votre jeune
âge... Vous êtes déterminé à vous dévouer
sottement, et vous appelez cela éprouver un
pressentiment !... Il est incontestable que
l'homme décidé à se frapper de sa dague au
milieu du cœur peut, sans être un savant
nécromancien, prédire à coup sûr son trépas... Quant à votre belle résignation,
Raoul, dites que vous êtes résolu à faire une
folie, et à cela je n'aurai rien à répondre, vous
serez dans le vrai...

Après plusieurs conversations à peu près
semblables à celle que nous venons de rapporter, de Maurevert, vaincu par l'obstination de Raoul, dut renoncer à le faire changer de résolution.

Le prévôt de la province d'Auvergne, investi, par Mgr de Harlai, du commandement
en chef des troupes royales, — il avait répondu sur sa tête au président des Grands-
Jours de la prise du château de la Tremblais,—
ne perdit pas un jour pour changer la direction du siège. La batterie de brèche, au lieu
de continuer à battre inutilement les remparts, attaqua la roche friable sur laquelle
ils étaient assis, et d'importants résultats obtenus comme par enchantement, prouvèrent
bientôt que le capitaine ne s'était point
trompé dans ses prévisions !...

Aux fréquentes et infructueuses sorties

tentées par le marquis, il était aisé de deviner combien sa position lui semblait désespérée. Il demanda même plusieurs fois, par signaux, que l'on voulût bien recevoir un parlementaire ; chaque fois, de Maurevert repoussa impitoyablement ses avances.

Quant à Mgr de Harlai, — après avoir donné des instructions précises au capitaine, — il était retourné à Clermont reprendre son fauteuil de président des Grands-Jours. Le quinzième jour, après que de Maurevert eut pris le commandement en chef, un événement de la plus grave importance annonça le prochain dénoûment du terrible drame qui se jouait depuis si longtemps... A une volée de boulets lancés par les assiégeans, tout un pan de remparts s'écroula

Des cris frénétiques de joie s'élevèrent dans les rangs de l'armée royale.

— Mort de ma vie ! se dit de Maurevert en se frottant joyeusement les mains, voici donc enfin le coffre-fort qui s'effondre; il ne tardera pas à y avoir pillage !

Comme les ténèbres commençaient à envahir l'horizon, le grand prévôt remit au lendemain à donner l'assaut.

Toutefois, et pour surcroît de précaution, il ordonna d'allumer des feux nombreux et de continuer la canonnade pendant toute la nuit et avec plus de vigueur que jamais. Ces précautions prises, de Maurevert se retira dans l'appartement qu'il occupait dans la principale tour de la première enceinte.

Bientôt, assis devant une table somptueusement servie, il se mit, en attaquant vigoureusement son souper, à causer avec lui-même.

— Pourvu, se disait-il, que les assiégés n'aillent pas contraindre le marquis à se rendre à discrétion ? Cela dérangerait beaucoup mes projets et me causerait un grand préjudice; car dans ce cas le pillage n'aurait plus lieu. Bah ! si ces coquins de rebelles sont assez lâches pour jeter le manche après la cognée, je saurai bien les contraindre sinon à une résistance sérieuse, au moins à un semblant d'action. J'affecterai de croire à un guet-apens, je crierai : « sus aux traîtres ! » et la mêlée s'engagera tant bien que mal. Le point essentiel pour moi, c'est d'avoir un prétexte qui me permette de briser ou de fouiller tous les bahuts du manoir !.... On prétend que le château regorge de richesses !... Rien que de penser aux trouvailles que me promet la journée de demain, je sens l'eau me venir à la bouche ! Tiens, mais à propos — je n'avais même jamais songé à cela — c'est tout

bonnement Raoul que je vais piller !... Ma foi, tant pas !... De deux choses l'une ou le marquis sera tué ou il échappera au massacre ! Dans le premier cas, mon gentil Sforzi héritera d'une assez magnifique fortune, de rentes assez importantes pour qu'il n'ait pas à regretter la perte de quelques vieux sacs d'écus !... Dans le second cas, — peu probable heureusement, — où le de la Tremblais prendrait la fuite, eh bien, je partagerai loyalement mon butin avec Raoul. Ce ne sera encore qu'un bien faible dédommagement eu égard à tous les déboires, méchancetés, persécutions et infamies que le marquis lui a fait subir jusqu'à ce jour !..

Et si les deux frères passaient de vie à trépas ? Hein ! dis donc, mon plaisant de Maurevert, si les deux frères passaient ensemble de vie à trépas, qu'en résulterait-il ? Parbleu, que le domaine quasi royal de la Tremblais retournerait à la couronne... à moins toutefois que l'un des deux défunts n'en eût auparavant disposé par testament en faveur d'un parent, allié ou ami !..... Ah ! diable, messieurs des Grands-Jours ont déjà rendu un jugement par défaut qui confisque le marquisat ! Il faudrait plaider contre le Roi. Bah ! les gros procès rapportent toujours quelque chose.... on compose avec les juges, et si l'on ne mange pas toute la poularde à soi seul, on en retire toujours bien une cuisse ou une aile !... La seule chose qui m'embarrasse, c'est d'aborder avec Raoul ce déplaisant sujet de conversation !... Quel enfantillage !.... N'as-tu pas honte, ô incomparable de Maurevert, de te laisser, à ton âge, arrêter par une aussi puérile considération. Il s'agit tout simplement de colorer d'un ingénieux prétexte ta demande. Ta riche imagination, si complaisante lorsqu'il s'agit de réaliser un beau profit, ne saurait te faire défaut... Voyons, que diras-tu à Raoul ? Parbleu ! que tu t'engages à épouser Mlle Diane d'Erlanges, et, grâce à ta nouvelle fortune, à lui tisser une existence d'or et de soie !... Non, mauvais... mauvais... Raoul est trop jeune et trop amoureux pour apprécier sainement ton offre magnanime, ton généreux dévoûment. Il serait jaloux... Ingénieux de Maurevert, il te faut chercher un autre prétexte... Parbleu ! je n'ai qu'à prendre le contre-pied de ma première résolution ! Jurer à mon gentil Raoul que, s'il me fait son légataire universel, je contraindrai Diane à observer un éternel veuvage, j'occirai tous les prétendans qui se présenteront pour demander sa main ! Bravo ! l'amour est le plus féroce et le plus

22

égoïste de tous les sentimens ! Raoul accep-
tera mon offre avec transport. A présent oc-
cirai-je les prétendans de Mlle Diane ? Parbleu ! certes que je les occirai, puisque je
l'aurai promis ! Seulement je verrai par mes
discours adroits et savamment calculés à
décider Mlle d'Erlanges à se convertir à la
religion romaine et à prendre le voile
dans un couvent !... Les femmes dans le
premier moment d'une vive douleur, se jettent volontiers tête baissée dans les moyens
extrêmes. Une fois que Diane aura prononcé
ses vœux, il faudra bien qu'elle accepte les
conséquences de sa détermination. Au reste, cette enfant, douée d'une angélique douceur, n'est point faite pour les luttes du
monde ; une éternelle réclusion lui convient
à merveille : elle me devra donc son bonheur !... La pensée — car, au fond, tu ne
manques pas d'une certaine sensibilité, excellent de Maurevert, — la pensée que tu
auras si gentîment arrangé l'avenir de cette
intéressante, noble et charmante créature, te donnera un contentement d'esprit
qui t'aidera à mieux sentir encore le prix de
ta nouvelle fortune. Une bonne action n'est
jamais perdue ! Elle porte toujours en elle sa
propre récompense ! Voilà qui est décidé, je
m'en vais aller voir maintenant Raoul.

Tandis que le capitaine se disposait à se
rendre auprès de Sforzi, ce dernier, retiré dans
ses appartemens, était en proie à d'indicibles
angoisses. Délivré de toute curiosité importune, il s'abandonnait franchement à son
désespoir.

— Mon Dieu, pensait-il, au moment de
paraître devant vous, car je le sens, la journée de demain me sera fatale, je vois avec
épouvante se dresser devant moi mon passé.
O vous, mon Dieu ! qui savez mes amères
tristesses, mes luttes intimes et douloureuses,
pardonnez-moi les violences auxquelles je
me suis trop souvent laissé emporter ! La
seule pensée qui me console, c'est que jamais je n'ai tiré l'épée du fourreau sans y
avoir été contraint par une injure... Le sang
qui coule dans mes veines est un sang maudit... Prenez en considération, ô mon Dieu,
le vice originel que m'ont légué mes ancêtres !..

Les pensées de Raoul prirent bientôt une
autre direction : l'image adorée et adorable
de Diane se présenta radieuse à son esprit.
Alors de grosses larmes soulevèrent ses paupières et coulèrent lentement le long de ses
joues...

— Mon Dieu reprit-il, en élevant la voix,
au nom de mon profond repentir, au nom
du peu de bien que j'ai été assez heureux

pour accomplir pendant mon court séjour
sur la terre, prenez pitié des souffrances de
Diane, accordez-lui votre protection !... Lorsque je ne serai plus, elle se trouvera bien
isolée, bien abandonnée !... Son admirable
beauté, sa grâce sans pareille sont de fatals
dons !... Elle va se trouver en butte à de
coupables et d'irrésistibles séductions !...
Ne laissez pas, ô mon Dieu, profaner votre plus bel ouvrage ! Plutôt que de laisser
Diane souiller sa robe d'innocence, permettez qu'elle déploie ses ailes et remonte vers
vous !

Sforzi fit une seconde pause ; puis, cette
fois, courbant la tête et baissant la voix :

— O mon Dieu ! reprit-il, il est une prière qui, malgré moi, revient à chaque instant
sur mes lèvres, et que je n'ose vous adresser... C'est en vain que je voudrais, à l'approche de l'éternité, me détacher entièrement des misérables vanités du monde, mon
cœur n'est pas encore mort à l'orgueil... Faites, ô mon Dieu ! que le soleil de demain
n'éclaire pas la lâcheté de mon frère... permettez que le marquis de la Tremblais succombe en gentilhomme.... la tête haute, la
contenance fière, et l'épée au poing.

En ce moment un coup frappé à la porte
de la chambre arracha Raoul à ses tristes
pensées !

Il se leva vivement, se composa à la hâte
une contenance et cria d'entrer. De Maurevert se présenta.

Le grand-prévôt de la province d'Auvergne, quoiqu'il eût composé son thème à
l'avance, ne laissa pas d'être assez embarrassé quand il se trouva en présence de
Raoul. La sérieuse affection qu'il portait au
jeune homme lui ôtait son impudence habituelle, et lui rendait difficile le début de
cette scabreuse conversation. Sa joie fut
donc aussi grande que son étonnement,
quand il vit Sforzi aborder de lui-même,
sans y être provoqué, le délicat sujet du testament.

— Cher ami, lui dit le chevalier, je remercie le hasard qui vous amène ici... Ecoutez-moi sans m'interrompre, et quand vous
m'aurez entendu, ne me répondez pas... Je
désire consacrer à la méditation et à la prière
les dernières heures qui me restent à vivre.
Malgré la différence de nos caractères, il y
a, entre vous et moi, de Maurevert, une inexplicable et sérieuse sympathie. Je sais que
je puis compter sur vous... Cher compagnon,
promettez-moi, quand je ne serai plus, de
reporter sur Mlle d'Erlanges l'affection que
vous m'avez toujours témoignée. Jurez-moi
que si jamais elle a besoin de votre bras ou

de votre esprit, ni l'un ni l'autre ne lui feront défaut !...

Cette demande de Raoul offrait au capitaine une excellente entrée en matière, néanmoins il n'en profita pas.

Réellement ému de la tristesse et de la résignation de Raoul, ce fut avec un élan dénué de toute arrière-pensée, qu'il s'écria :

— Je vous jure, bien aimé et gentil Sforzi, si vos prévisions se réalisent, si vous tombez dans la mêlée, d'occire sans miséricorde et sans pitié tous les prétendans qui brigueront plus tard les bonnes grâces de Diane.

— Vous ne m'avez pas compris, capitaine, reprit Raoul en souriant mélancoliquement ; je ne vous demande pas d'opprimer Mlle d'Erlanges, de peser sur ses volontés, tout au contraire : ce dont je vous prie, de Maurevert, c'est de l'aider de votre expérience, de la protéger de votre épée... Si Mlle Diane croit trouver le bonheur dans un nouvel amour, et que l'homme distingué par elle, soit digne de son choix, il vous faudra regarder cet homme comme votre frère.

— Pour cela non, s'écria le grand prévôt avec feu. Par les gentils amis Oreste et Pylade ! si vous trépassez, je ne vous remplacerai pas. Après avoir eu un compagnon tel que vous, Sforzi, il ne me sera plus possible d'aimer qui que ce soit au monde. Je m'engage à protéger Mlle d'Erlanges ; cela doit vous suffire. Au reste, j'ai idée que si vous mourez, cette plaisante enfant se convertira à la bonne religion, afin de glorifier votre souvenir, et prendra le voile.

Ces paroles causèrent à Raoul une joie qu'il ne put entièrement dissimuler.

— Capitaine, reprit-il, je n'ai plus que peu de mots à ajouter. Voici un testament par lequel je vous reconnais pour mon légataire universel. Je me suis toujours si peu occupé de mes intérêts, j'ai courtisé si maladroitement la fortune, que c'est un piètre cadeau que je vous fais là.

De Maurevert, dès que Raoul lui eut remis le testament, s'était mis à le parcourir avec une avide curiosité.

— Cher Sforzi, s'écria-t-il, s'il vous était égal de reprendre la plume et d'ajouter une clause à cette pièce, vous me rendriez véritablement service... Vous voyez que je ne me gêne pas avec vous !...

— Quelle clause, de Maurevert, dictez, j'écrirai.

— Mon Dieu ! Raoul, ne m'en veuillez pas si j'abuse ainsi de votre complaisance. Je trouve, moi, que du moment qu'on fait une chose, il faut y donner tous ses soins. Ajoutez donc, je vous prie, que vous me léguez non-seulement tout ce que vous savez posséder, mais bien encore les effets, les terres, l'argent et toutes autres valeurs auxquelles vous pourriez avoir droit à votre insu ; en un mot, que vous me mettez en tout en votre lieu et place. Ne vous figurez pas, Raoul, que je vous aime moins parce que je prends mes précautions.

La prudence et la logique n'excluent point la sensibilité ! Je vous pleurerai, certes, avec la même sincérité, que votre testament soit bien ou mal rédigé... Seulement, je préfère un document régulier et inattaquable, à un titre gauchement confectionné et sans valeur. Cela est tout naturel, n'est-il pas vrai?

— Certes, capitaine ! répondit Sforzi, qui s'assit devant sa table et se mit à modifier son testament dans le sens demandé par de Maurevert.

Lorsque le jeune homme eut terminé ce travail, il prit congé du grand-prévôt par une chaleureuse accolade.

— Cher compagnon, lui dit le capitaine en s'éloignant, je vous jure que malgré le profit que je retirerai de votre trépas, je prie Dieu du plus profond de mon cœur, qu'il vous conserve sain et sauf.

Après le départ de Maurevert, Sforzi jeta un manteau sur ses épaules et sortit de son appartement.

— J'ai tort, se disait-il tout en marchant d'un pas saccadé et irrégulier en accord avec le trouble et l'agitation de son esprit, j'ai tort de vouloir revoir Diane ! Cette suprême entrevue ne peut qu'affaiblir ma résignation, ébranler mon courage....

Raoul, à force de se prouver que sa démarche était imprudente, finit par atteindre une tour que Diane, sous la garde de son fidèle serviteur Lehardy, occupait en entier.

Lorsque le jeune homme entra, il trouva la charmante enfant encore debout et veillant... A son regard langoureux et éteint, à la pâleur de son visage, à l'accablement qui régnait dans ses mouvemens, il devina aisément que sa fiancée s'était abandonnée aux larmes.

— Diane, lui dit-il avec une émotion indicible, pardonnez-moi la nouvelle douleur que je vous apporte. Je n'ai su résister au désir de vous répéter une dernière fois, avant de vous perdre à tout jamais, combien je vous aime !

— Pourquoi d'aussi tristes paroles, chevalier? lui répondit-elle en essayant de sourire. Ne parviendrez-vous point à dompter votre lugubre pressentiment ? Rien n'est encore désespéré. Pourquoi la journée de demain vous serait-elle plus fatale qu'à tant de braves soldats qui sortiront heureusement de la mêlée !... C'est mal à vous de douter ainsi de la miséricorde et de la bonté de Dieu. Et puis, M. Sforzi, qui vous force à prendre part à la bataille ?... D'où vous vient cette obstination de vous jeter dans le danger, obstination que ni mes larmes ni mes supplications n'ont pu vaincre?

— Diane adorée, dit Raoul après un moment de silence, je vous dois la vérité entière. Ma résolution, que rien ne saurait affaiblir, prend sa source dans l'horreur de ma position. Ne comprenez-vous point qu'entre vous et mon amour, il existe maintenant une barrière infranchissable : Mlle d'Erlanges ne saurait, sans ternir à jamais l'honneur de sa race, porter le nom d'un homme dont le frère aurait péri par la main du bourreau !... Si encore le marquis de la Tremblais succombait en combattant !... Mais, hélas ! Diane, il n'en sera pas ainsi !... Le seigneur de la Tremblais a trop longtemps et trop audacieusement bravé la Providence pour que la justice divine le laisse impuni. Il mourra, non pas en rebelle superbe, mais bien comme un vil criminel et en me léguant son opprobre et sa honte. Vous voyez, Diane, que mon rôle est fini ici-bas, qu'il n'est plus pour moi de bonheur sur la terre.

— Mais, chevalier, interrompit Mlle d'Erlanges avec vivacité, vous ne sauriez être responsable des crimes du marquis !.. Sa fin tragique, — s'il devient la proie du bourreau, — n'entachera en rien votre honneur. Ne voit-on pas tous les jours des fils, dont les pères ont succombé en attaquant la royauté, occuper à la cour d'importans emplois et jouir d'une extrême considération ?

— Oui, Diane adorée... vous avez raison... Mais hélas ! le jugement que MM. des Grands-Jours rendront contre le marquis sera infamant !.. Je vous le répète, ils le condamneront comme coupable de vols, de rapts et d'assassinats et non pas comme un sujet révolté !.. Puis, enfin, Diane, il est une pensée — que jusqu'à ce jour j'ai su vous cacher — qui me torture et me rend le plus misérable des hommes !

— Quelle pensée, chevalier ?

— Celle de savoir, mademoiselle, qu'il m'est permis, par suite des pouvoirs extraordinaires dont Sa Majesté a daigné m'investir, qu'il m'est permis, dis-je, de sauver d'un seul mot, d'un seul trait de plume, la vie du marquis. Or, Diane, le seigneur de La Tremblais est l'assassin de votre hono-

rée et défunte mère. Et moi, j'ai juré sur mon honneur, à M. de Harlai, de n'accorder ucune grâce. Il faut donc, Diane, ou que je manque à mon serment et que je laisse impunie la mort de la comtesse d'Erlanges, ou bien que je me couvre du sang de mon propre frère ! Vous le voyez, de quelque côté que je me tourne, le sol manque sous mes pieds et je me trouve en face d'un abîme.

— Ainsi, chevalier, si le marquis est fait demain prisonnier, vous le rendrez à la liberté et à l'impunité !... Vous le mettrez à même de recommencer le cours de ses sinistres et sanglans exploits !...

— C'est mon frère ! répondit Raoul d'une voix sourde et à peu près inintelligible.

— Votre frère, monsieur Sforzi, reprit Diane avec une généreuse indignation, non pas. Le tigre n'est point frère du lion. L'homme qui, s'il vous tenait en sa puissance, vous ferait périr dans les plus affreux supplices, l'homme qui proclame hautement le déshonneur et la faiblesse de votre mère, qui vous renie et vous refuse votre nom, cet homme-là, je vous le répète, ne peut être votre frère. Et puis un tel lien existerait-il entre vous, que l'abominable conduite du marquis vous rendrait toute votre liberté, vous dégagerait vis-à-vis de lui de tous ménagemens. Enfin, monsieur Sforzi, voudriez-vous, abusant indignement de la confiance que Sa Majesté a mise en votre loyauté, faire perdre au roi la province d'Auvergne ? non, une telle pensée ne saurait vous venir... Avant toute chose, vous êtes un fidèle sujet, un digne gentilhomme !...

— Le marquis est mon frère ! répéta Raoul en baissant la tête. En me montrant, Diane adorée, les déplorables conséquences que produiraient ma félonie, ma faiblesse, vous ne faites qu'augmenter mon désir de quitter la terre, d'aller vous attendre dans un monde meilleur !... Diane, parlons maintenant de vous... La journée de demain — du moins tout le donne à supposer — sera terrible ! Malgré ma certitude du triomphe de l'armée royale, je tremble qu'un événement imprévu ne vous expose à de graves dang rs. Diane, je vous en conjure, ne restez pas à attendre l'heure du carnage..... Eloignez-vous cette nuit même ! De Maurevert vous fournira une escorte, et notre bon Lehardy vous accompagnera.

— Monsieur Sforzi, interrompit Mlle d'Erlanges, si vous avez votre frère à sauver, moi j'ai ma mère à venger !... Permettez que je vous répète aujourd'hui ce que je vous ai déjà dit une fois !... Je veux partager le sort et les dangers des assiégeans du château !... Si mes faibles mains, incapables de supporter le poids d'une arme, ne peuvent aider les vengeurs de ma mère dans leur œuvre de justice, elles serviront du moins à soigner les blessés !... Si ma voix est étouffée par le tumulte de la bataille, ma présence aux endroits les plus périlleux, stimulera l'ardeur douteuse des indécis, doublera le courage des braves. Quel soldat, en voyant une femme rester au poste qu'il songerait à abandonner, n'aurait honte de sa lâcheté ? Quel vaillant consentirait à se laisser vaincre en intrépidité par une jeune fille ?... Monsieur Sforzi, vous le voyez, moi aussi j'ai un devoir à accomplir : Dieu veuille que le soleil de demain éclaire notre dernier jour ! Au revoir, Raoul; j'ai besoin de me recueillir... de prier.

Le chevalier prit la main de Diane, et la portant à ses lèvres il l'humecta d'une larme et la brûla d'un baiser.

Le reste de la nuit se passa, pour les deux fiancés, en une cruelle insomnie.

Au point du jour le bruit des trompettes et des tambours vint se mêler aux rugissemens de la canonnade; un mouvement extraordinaire, une activité bruyante et fébrile régna dans le camp des assiégeans !

Bientôt on vit apparaître de Maurevert revêtu de sa plus belle armure.

L'assaut ne pouvait pas tarder à avoir lieu ; il se fit alors un grand silence.

CHAPITRE XXV.

L'Assaut.

Le mouvement le plus difficile et le plus dangereux que devait exécuter l'armée royale était de descendre dans les fossés du château, fossés que leur grande largeur et leur extrême profondeur empêchaient de combler de fascines.

Protégés et aidés par la batterie de brèche qui tirait par-dessus leur tête et refoulait l'ennemi dans la place, les assiégeans, munis de nombreuses échelles, commencèrent leur périlleuse évolution.

Malgré l'ordre avec lequel s'opéra cette manœuvre, malgré les précautions minutieuses prises par de Maurevert, ce ne fut pas sans éprouver des pertes sensibles que les royalistes parvinrent à former une colonne d'attaque.

Raoul, la tête nue, en simple pourpoint, n'ayant pour toute arme qu'une frêle épée et une dague de parade, se tenait au premier rang. Malgré l'imminence du danger et l'émotion bien naturelle dans un tel moment, chacun se préoccupait de la folle témérité du jeune homme, et Sforzi, l'air calme, presque joyeux, paraissait ne point se douter de la curiosité, de l'intérêt général dont il était l'objet.

Il rappelait le gladiateur antique qui, le corps brisé par la souffrance et l'âme en proie à de terribles angoisses, se composait une agonie gracieuse et souriait, en mourant, à la foule.

Un observateur sagace qui aurait suivi d'un regard attentif et expérimenté les moindres mouvemens de Raoul, ne se serait pas laissé prendre à ce calme trop complet pour ne pas être affecté.

A certains indices, invisibles à la foule, mais d'une mathématique et rigoureuse certitude pour le philosophe, il aurait compris sans peine qu'une horrible et poignante anxiété torturait le cœur de Sforzi.

Lorsque la première colonne d'attaque fut à peu près au complet, de Maurevert donna le signal de l'assaut, et les assiégeans s'élancèrent au pas de course vers la brèche ! Alors de derrière les remparts éclata un ouragan de feu, de plomb et de fer !

Les rebelles animés par le désespoir, acceptaient bravement le combat !

Tout à coup, Sforzi poussa une exclamation de joie, et son visage refléta une indicible expression de bonheur.

Il venait d'entendre, s'élevant au milieu du fracas de la mêlée et dominant le bruit de la bataille, la voix vibrante du marquis qui soutenait et excitait l'ardeur de ses hommes d'armes.

—Bien, bien, mon frère —murmura-t-il, en levant vers le ciel un regard plein de reconnaissance — O mon Dieu, soyez béni; l'honneur de mon nom est sauvé !... Il ne sera pas dit qu'un de la Tremblais aura succombé en lâche !

La résistance opiniâtre des assiégés avait arrêté court l'élan des troupes royales ; si une seconde colonne ne fût venue soutenir la première, l'avantage serait resté aux rebelles.

Les nouveaux renforts envoyés par de Maurevert, s'ils ne décidèrent pas la victoire, activèrent au moins le combat, et rendirent à la mêlée toute sa fougue, toute son énergie.

Pendant une demi-heure ce furent des détonations incessantes, des cris de rage, des cliquetis de fer. Les arquebuses lançèrent des jets de feu, les armures et les épées rendaient des étincelles. Le tumulte était à son comble. La mort planait partout, fauchant à chaque seconde une nouvelle victime ! Les décombres de la brèche ruisselaient de sang !

Sforzi, enivré par l'odeur de la poudre, exalté par la vue du carnage, se déchirait la poitrine avec ses ongles et devait déployer une force de volonté surhumaine pour ne point céder à ses instincts de violence.

— O mon Dieu ! disait-il, soutenez-moi, protégez-moi ; faites que je ne succombe pas à la tentation... Me décider pour l'un ou pour l'autre parti, ce serait me rendre coupable d'un crime..... D'un côté, se trouve mon frère, de l'autre la royauté !... Pour qui dois-je vous prier, ô mon Dieu ? je l'ignore... Ma position est si affreuse, si exceptionnelle, les sentimens qui m'agitent sont si divers et si opposés, que je ne possède pas la rectitude de mon jugement..... Ma raison est ébranlée.... Ayez pitié de moi ! ayez pitié de moi !...

Après une demi-heure d'assaut, une suspension tacite et momentanée des hostilités eut lieu... Assiégés et assiégeans éprouvaient l'impérieux besoin d'un instant de repos. Les royalistes et les rebelles profitèrent de cette espèce de trève pour ramasser leurs blessés ; puis, peu après, la bataille recommença. Cette fois, ce ne fut pas de l'acharnement, mais bien de la fureur. Dans l'un comme dans l'autre camp il y avait des morts aimés à venger.... la lutte devint une véritable boucherie !

— Chevalier, murmura une douce voix à l'oreille de Sforzi, au moment où la mêlée atteignait à son apogée, comme il nous serait doux de tomber frappés du même coup, de mourir ensemble.

A ces accens mélodieux, et qui contrastaient d'une façon si saisissante avec les clameurs des combattans, Raoul pâlit, et se retournant vivement, il aperçut Diane.

Le visage de la jeune fille reflétait l'expression d'une profonde horreur, d'une douloureuse pitié, mais rien en elle ne décelait la crainte.

— Diane, s'écria Raoul, je vous en conjure à deux genoux, à mains jointes, éloignez-vous.

— M'éloigner, Raoul, jamais !... J'ai juré de partager les dangers des vaillans qui doivent venger l'inique et sanglant trépas de Mme la comtesse d'Erlanges, mon honorée mère. Je ne faillirai pas à mon serment. Tant qu'il y aura un rebelle sur la brèche, tant qu'un soldat royal pourra se servir de son épée, je resterai à mon poste !... Pauvre Raoul, comme vous devez souffrir !

— Oui, amie, vous avez raison, je souffre horriblement... Votre présence ici rend mon agonie affreuse... A chaque balle qui passe en sifflant près de vous, les battemens de mon cœur s'arrêtent, mon sang se fige dans mes veines..... j'éprouve des angoisses sans nom... Diane, jusqu'à ce jour, je n'avais pas encore compris la peur... la peur est un sentiment qui l'emporte en souffrances sur les tourmens des damnés !... Diane, je veux que vous partiez... Oh ! ce n'est plus maintenant une prière, mais bien un ordre que je vous adresse. S'il le faut, Diane adorée, j'emploierai la force pour vous arracher d'ici. J'entends ne point trépasser en blasphémant. Or, si je vous voyais tomber mortellement atteinte, ma bien-aimée Diane, je renierais Dieu !... Diane, ne me laissez point perdre mon âme, ne me privez pas de l'éternité, après laquelle j'aspire. Venez, venez !

Mlle d'Erlanges se recula vivement ; mais Raoul, sans tenir compte de sa résistance, ainsi qu'il l'en avait avertie, l'enveloppa de ses bras nerveux, et la soulevant du sol, se disposa à l'emporter en un lieu de sûreté.

Déjà le jeune homme s'éloignait de la brèche lorsqu'une main de fer le saisit par l'épaule et l'arrêta court dans son élan.

Réduit à l'impuissance par le précieux fardeau dont il était chargé, Raoul poussa une exclamation de rage, et soutenant Diane d'un seul bras, il porta sa main devenue libre à sa dague.

— Par le Dieu Mars ! s'écria une voix tonnante, il me semble, chevalier, que vous allez manquer de respect à votre chef, faillir à votre devoir de soldat !...

— Ah ! c'est vous, capitaine... Au lieu de me retenir, aidez-moi plutôt à mettre Mlle d'Erlanges en lieu de sûreté.

— Que nenni, répondit de Maurevert, sans cesser son étreinte ; il est un temps pour tout, Raoul, pour la galanterie comme pour la gloire... Je regrette sincèrement que Mlle d'Erlanges, repoussant mes conseils et mes prières, se soit obstinée à partager nos dangers ; elle était libre de ses actions, j'ai dû la laisser satisfaire son caprice. Mais ce que je ne saurais souffrir, et ce que je ne souffrirais pas, c'est que vous, le chevalier Sforzi, vous abandonniez lâchement votre poste et donniez ainsi un fatal exemple à l'armée... Fuir, Raoul ! lorsque l'avantage de la journée est encore incertain, lorsque la rage des rebelles décime les troupes royales, lorsque le sang coule à flots !... Oh ! ce serait honteux !... Plutôt que de vous laisser vous déshonorer ainsi, je préférerais vous casser la tête d'un coup de pistolet !... quitte à expliquer plus tard à mon désavantage votre tragique trépas...

N'allez point vous figurer au moins que l'espoir d'hériter de vos dépouilles me fasse vous retenir... Je vous jure, Raoul, sur mon honneur, que c'est seulement dans le double intérêt de votre gloire et de la discipline que je m'oppose à votre dessein... Allons, chevalier, laissez là Mlle d'Erlanges et suivez-moi... Je vais lancer une troisième colonne d'attaque, mon dernier espoir. Notre présence à la tête de ces braves gens produira un excellent effet. Chevalier Sforzi, je vous somme, au nom du roi, d'avoir à m'obéir !

Tandis que de Maurevert prononçait ces paroles avec un ton d'autorité et de dignité sérieusement senti, Diane, toute palpitante, profitant de la surprise de Raoul, glissa entre ses bras et s'enfuit loin de lui.

— Malédiction ! s'écria Sforzi, puisqu'il est dans la destinée des de la Tremblais de ne pouvoir échapper au crime, et que moi je suis un de la Tremblais, eh bien, que mon sort s'accomplisse... Je vais combattre contre mon frère !

Quelques minutes plus tard, de Maurevert et Raoul, tenant la tête de la troisième colonne d'attaque, se lancèrent avec une sauvage impétuosité sur la brèche. Seulement Sforzi, avant de monter à l'assaut, avait jeté sa dague.

Cette dernière et désespérée tentative des royaux parut d'abord ne pas devoir être couronnée de plus de succès que les deux premières. La vigoureuse façon dont les assiégés reçurent cette attaque, jeta la confusion parmi les rangs des piquiers.

— Malédiction ! s'écria de Maurevert qui dominait les combattants de toute la hauteur de sa tête, mettre deux jours à prendre une bicoque, lorsque l'on possède des forces cinq fois supérieures à celles qui la défendent ! ce serait vilainement et piteusement inaugurer le seul jour où j'aie commandé en chef un siège important. Plutôt que de m'exposer à un tel affront, je me planterais une dague au beau milieu des côtes.

Alors, se retournant vers ses soldats et élevant la voix :

— Compagnons ! s'écria-t-il d'une voix de Stentor, n'oubliez point qu'abandonner un capitaine, c'est se rendre coupable de lâcheté, de félonie, et s'exposer à être passé plus tard par les armes ! A présent que vous voilà avertis, faites comme bon vous l'entendrez... Moi, je vais de l'avant, et je vous jure que je ne reculerai pas.

De Maurevert, après avoir prononcé ces paroles, prit son élan, puis, semblable au sanglier furieux qui éventre et bouleverse une meute sur son passage, il renversa cinq à six rebelles, et, la tête baissée, soufflant comme un buffle, frappant d'estoc et de taille, il poursuivit sa route sans dévier de la ligne droite d'une seule semelle.

La colonne d'attaque, électrisée par son exemple, s'élança à sa suite avec le bruit et l'impétuosité d'une avalanche.

Dix minutes plus tard, le drapeau blanc fleurdelysé flottait sur le bastion du château.

— Joies de l'enfer ! s'écria de Maurevert en secouant son épée ruisselante de sang, il y a longtemps que je n'avais fait une si rude et si joyeuse besogne !... Allons, compagnons, poursuivons ces misérables !... En avant !...

De Maurevert s'aperçut alors qu'une vingtaine de ses soldats au plus se trouvaient à ses côtés. Le reste de la colonne achevait les blessés restés sur la brèche.

— Ah ! vous voici, Sforzi, dit-il. Quoi, pas même une égratignure !... Vous voyez bien, gentil et aimé compagnon, que le ciel vous protège, que votre pressentiment ne signifiait rien du tout ! Par les dix mille vierges du ciel ! vous aussi vous nous avez suivis, plaisante, courageuse et adorable damoiselle d'Erlanges !... Votre héroïsme, digne de l'antiquité, restera dans l'histoire !

Allons, compagnons, profitons de la stupeur des rebelles pour compléter notre victoire... Nous sommes assez nombreux pour les poursuivre en attendant que le reste de la colonne nous rejoigne. En avant ! en avant !...

De Maurevert, sans s'occuper s'il était oui ou non suivi, venait de s'élancer dans la direction des fuyards, lorsque le sol trembla sous ses pas et qu'une épouvantable détonation le jeta par terre.

Une mine creusée par les assiégés derrière la brèche venait de sauter, engloutissant dans un gouffre de feu et écrasant sous une pluie de pierres et de décombres une centaine de soldats royaux.

— Pourvu que Raoul et Diane n'aient pas été atteints, murmura de Maurevert, qui se remit avec une remarquable promptitude de ce choc terrible.

— Malédiction ! reprit-il presque aussitôt. Que vois-je ?... Il vaudrait mieux pour ces chers enfans et pour moi, que la mine nous eût envoyés aux cents mille diables... Au moins, nous ne souffririons plus. Tandis que le trépas assuré qui maintenant nous attend, auquel nous ne pouvons guère échapper, sera plein de désagrémens et d'une ennuyeuse longueur !

Le spectacle qui venait de frapper les yeux de de Maurevert était bien en effet de nature à motiver ses craintes, à ne lui laisser aucun espoir.

L'explosion de la mine chargée outre mesure, en creusant un gouffre à la place de la brèche, avait mis une barrière à peu près infranchissable entre les assiégés qui déjà avaient pénétrés dans le château et ceux restés dans les fossés.

Ainsi isolés du reste de l'armée, de Maurevert et ses quelques compagnons n'avaient à compter sur aucun secours immédiat et se voyaient réduits à leurs propres forces.

Or, que pouvait une vingtaine d'hommes plus ou moins grièvement blessés contre les quatre cents combattans valides dont le marquis disposait encore.

— Compagnons, s'écria de Maurevert en réunissant à la hâte ses soldats épouvantés, nous devons remercier le hasard de la magnifique position qu'il nous fait. Les envieux, jaloux de notre gloire, qui auraient contesté notre arrivée sur les remparts ennemis avant le reste des troupes royales, se trouveront contraints de reconnaître désormais notre valeur ; de rendre justice à notre impétuosité. Il ne s'agit plus pour nous maintenant que de résister, de ne pas nous laisser entamer, jusqu'à ce que le reste de l'armée puisse nous rejoindre. La terreur des assiégés rend notre tâche facile. Qui sait même s'ils oseront nous attaquer !

L'assurance affichée par de Maurevert, assurance qu'il était bien loin d'éprouver en lui-même, rendit un peu de confiance à ses hommes d'armes : ils se rangèrent en ordre de bataille et se mirent sur la défensive.

Diane d'Erlanges fut placée au centre de ce petit groupe ; Sforzi, quoiqu'il lui en coûtât de se voir momentanément à l'abri, resta aux côtés de la jeune fille. Il ne pouvait se résoudre à la laisser seule dans un pareil moment.

L'événement ne tarda pas à donner un éclatant et triste démenti à l'espoir exprimé par de Maurevert.

Les assiégés, qui s'étaient enfuis afin d'éviter l'explosion de la mine, voyant l'œuvre de destruction accomplie, poussèrent de bruyantes clameurs de joie, et revinrent à la charge avec un redoublement de fureur ! De Maurevert et ses vingt hommes soutinrent le premier choc avec une admirable fermeté ; ils puisaient une ardeur nouvelle dans leur désespoir. Assurés de succomber,

ayant fait le sacrifice de leur vie, ils n'aspiraient plus qu'après une seule chose : se ménager de sanglantes funérailles.

La voix de Maurevert éclatait, formidable et sonore, au milieu du cliquetis des épées et des détonations des arquebuses.

Le grand-prévôt de la province d'Auvergne, inspiré par l'ardeur de la lutte, inventait des jurons d'une originalité et d'une énergie sans pareille.

Chacun de ses jurons était accompagné d'un coup d'épée, et chacun de ses coups d'épée jetait un rebelle sur le carreau.

Sans la remarquable solidité de sa cuirasse, faussée en vingt endroits, depuis longtemps le géant eût été victime de sa témérité.

— Mort de ma vie ! murmura-t-il en secouant vivement sa tête afin de rejeter la sueur qui coulait de son front sur ses yeux et l'aveuglait, mort de ma vie ! si l'on tarde à venir à notre secours, cette bagarre nous sera fatale. Que le diable extermine les fainéans qui nous laissent ainsi dans l'embarras !

Diane, tremblante et émue, se serrait instinctivement contre Sforzi, et, incapable de prononcer une parole, levait vers le ciel des yeux supplians.

Après cinq minutes de combat, un mouvement d'hésitation se manifesta parmi les royaux. Leurs rangs commencèrent à s'ébranler.

Raoul, le visage bouleversé par la colère, ne put contenir davantage les sentimens de violence qui lui brûlaient le sang. Avec cette merveilleuse lucidité que l'imminence du danger donne aux âmes fortes et vaillantes, il vit les conséquences de leur défaite, c'est-à-dire Diane livrée à l'implacable vengeance et à l'odieux amour du marquis !

Alors sa conscience cessa de parler : le souvenir du passé lui revint ardent, inexorable ! Les persécutions, les injures, les outrages dont le marquis l'avait accablé se représentèrent à son esprit avec une telle vivacité, que le frère disparut devant l'ennemi !...

— Courage, amis ! s'écria-t-il d'une voix vibrante de fureur. Ne laissons pas aux troupes la gloire de nous dégager ! Taillons en pièces ces chiens maudits ! C'est à peine s'ils sont trois contre un !... Vive le roi ! sus aux rebelles !

Raoul avait ramassé l'épée d'un mort ; avant que Diane eût le temps de s'opposer à son action, de le retenir, il écarta violemment les hommes d'armes placés devant lui, et d'un bond de tigre il s'élança au milieu de la mêlée.

Deux minutes ne s'étaient pas écoulées que les assiégés fuyaient, ou, pour être plus exact, se retiraient en désordre.

L'intervention de Sforzi en électrisant les royaux leur avait donné la force d'accomplir ce dernier acte d'héroïsme qui couronnait si dignement leur admirable résistance. Hélas! ce suprême effort ressemblait aux vives lueurs que jette la lampe privée d'huile avant de s'éteindre. Des vingt soldats royaux, il n'en restait plus que dix debout: encore ces derniers, accablés sous leur propre triomphe, se sentaient-ils incapables de résister une minute de plus! Ce fut donc dans toute la sincérité de son cœur que de Maurevert s'écria en voyant apparaître un nouveau groupe de rebelles:

— Gentil Raoul, embrassons-nous, et adieu, c'est fini.

Sforzi, les yeux brillans d'un enthousiasme sans égal, les muscles agités par un tremblement convulsif, les lèvres pâles et contractées, le front sillonné par ce singulier réseau de veines, l'indice assuré de ses crises de fureur, n'entendit pas le capitaine.

Toutes ses facultés, toute son attention, semblaient concentrés dans la fixité de son regard.

Tout à coup il poussa un cri surhumain, un cri qui fit tressaillir les assiégés et les assiégeans; à quelques pas devant lui se trouvait le marquis de la Tremblais... L'audacieux et puissant rebelle accourait à la tête de nouvelles forces écraser les débris de la petite troupe royaliste.

La vue de Sforzi causa au seigneur de la Tremblais une émotion non moins grande que celle éprouvée par Raoul.

Sa haine pour ce dernier était si violente qu'elle lui donna le courage dont il manquait.

— Misérable bâtard, lui cria-t-il, si la bassesse de ta condition laisse un peu de chaleur à ton sang, de valeur à ton cœur, viens croiser ton épée contre la mienne!

Cette provocation mit le comble à la fureur du jeune homme et fit évanouir les scrupules instinctifs qui le retenaient encore.

— Assassin et infâme, lui répondit-il d'une voix étouffée, c'est le ciel qui t'envoie à ta perte!...

Alors les deux jeunes gens s'élancèrent l'un contre l'autre et croisèrent le fer.

Ce duel monstrueux, car pas un des témoins de cette scène terrible n'ignorait les liens du sang qui unissaient les deux adversaires, — ce duel monstrueux, disons-nous, suspendit pour un instant les hostilités, et

apporta un grand soulagement aux royaux.

Sforzi, la poitrine découverte et la tête nue, avait un désavantage extrême sur le marquis tout bardé de fer.

La certitude que leur maître ne pouvait avoir le désavantage ne contribuait pas peu à l'inaction des rebelles.

Deux fois Raoul se fendit et deux fois la pointe de son épée s'émoussa contre la cuirasse du marquis.

— Mort de ma vie! se dit de Maurevert qui, sorti des rangs, se tenait à deux pas à peine des combattans, mort de ma vie! il m'est impossible de laisser continuer plus longtemps cette lutte si sacrilège et si disproportionnée... Je crois que voici le moment d'agir... Les troupes ne sauraient plus tarder beaucoup à venir à notre secours...

Oui... c'est cela... Allons, gentil et gracieux de Maurevert, à la besogne!... Laisser massacrer Raoul au moment où il achève de rédiger son testament en ta faveur, ce serait t'exposer à de sérieux remords... A la besogne, te dis-je, incomparable de Maurevert, à la besogne!... Ma foi, si tu ne réussis pas, si l'on te dague sur place... tant pis, tu trépasseras au moins en accomplissant ton devoir... Cela vaut mille fois mieux que d'être pendu...

Le grand-prévôt de la province se rapprocha alors tout doucement du marquis, puis lorsqu'il se trouva à sa portée, il s'élança vers lui, l'enleva dans ses bras, le jeta rudement par terre et lui appuya le genou sur la poitrine... Le capitaine avait exécuté cette action avec une telle vivacité, qu'avant qu'aucun des hommes d'armes du marquis eût pu deviner son intention et s'y opposer, la pointe de sa dague entamait déjà le col du châtelain.

— Compagnons! s'écria de Maurevert en se retournant vers les rebelles stupéfaits, si vous faites un seul pas en avant, je cloue bel et bien au sol ce vilain hibou!... Compagnons, croyez-moi, cet événement est la chose la plus heureuse qui pouvait vous arriver.... Je vous engage ma parole de soldat, de capitaine, que ceux qui mettront de suite bas les armes seront absous du crime de rébellion dont ils se sont rendus coupables... que je leur octroierai la permission de se retirer sains et saufs où bon leur semblera, et cela, sans être aucunement incommodés, ni molestés... C'est tout bonnement la vie que je vous accorde, car dans dix minutes, le château sera au pouvoir des troupes royales et vous serez tous massacrés ou pendus...Quant à la vengeance du marquis, vous n'avez pas à vous en préoccuper... De toute façon son compte est réglé ! Si vous êtes assez insensés pour refuser mon généreux pardon, je l'occis incontinent... Si vous acceptez mon offre, je le livre à messieurs des Grands-Jours, qui, soyez-en assurés, en feront bonne et prompte justice !

A ces paroles prononcées par de Maurevert, avec ce ton d'autorité qu'il savait si bien prendre quand les circonstances l'exigeaient, les assiégés hésitèrent. Ce qui jusqu'alors avait soutenu leur courage, ou plutôt leur désespoir, c'était la certitude que rien ne saurait les sauver, une fois vaincus, du châtiment qu'ils avaient encouru par leur rébellion.

Aussi à l'assurance d'un pardon, sur lequel ils ne comptaient plus, leur ardeur se dissipa-t-elle comme par enchantement. De Maurevert devina à leurs chuchotemens, à leurs regards, qu'il était inutile de déployer de nouveau son éloquence ; il se contenta seulement de serrer vigoureusement la gorge du marquis de façon qu'il ne pût prononcer un mot.

La délibération des assiégés dura à peine une demi minute.

—Monseigneur, dit un de leurs chefs en sortant des rangs, tout le monde sait que le capitaine de Maurevert n'a jamais manqué à un de ses engagemens... Nous vous remercions de votre pardon, et nous mettons bas les armes. Soyez au reste assuré, monseigneur, que si ce n'était la crainte que nous inspirait la cruauté du marquis, pas un de nous n'eût jamais consenti à combattre contre sa Gracieuse Majesté, notre seigneur Henri III, roi de France!

— Par la mort ! compagnons, s'écria le grand prévôt de la province d'Auvergne, votre soumission arrive juste à temps. Entendez-vous les trompettes qui sonnent l'assaut? Cinq minutes plus tard vous étiez tous passés au fil de l'épée. Allons, restez près de moi, sans cela je ne saurais répondre de votre sûreté.

De Maurevert disait vrai, à peine un quart d'heure s'était-il écoulé, que les royaux envahissaient le château par vingt côtés différens à la fois, et massacraient impitoyablement tous les ennemis qui leur tombaient entre les mains.

Le marquis de la Tremblais, solidement attaché, ainsi qu'un vil criminel, avait été remis par de Maurevert à la garde d'une compagnie de piquiers.

L'excellent grand-prévôt s'était déchargé avec empressement de cette responsabilité afin de pouvoir se livrer tout entier au pillage.

Quant à Raoul, l'air sombre, la contenance abattue, le visage baigné de larmes, il s'était retiré à l'écart, dans l'embrasure d'un canon.

— Oh ! se disait-il, pourquoi mon pressentiment ne s'est-il pas réalisé? Pourquoi Dieu n'a-t-il pas permis dans sa toute puissante bonté, qu'une balle me frappât au cœur?... Misérable que je suis !... J'ai osé menacer les jours de mon propre frère... de mon frère aîné... du chef de ma famille !... Je me fais horreur à moi-même !... Oh ! je saurai réparer ma faute... expier mon crime !... Je ne reculerai devant rien, pas même devant mon déshonneur, pour sauver le fils de ma pauvre et vertueuse mère ! Non... non... jamais le marquis de la Tremblais ne portera, moi vivant, sa tête sur un échafaud !... Que Messieurs des Grands-Jours le condamnent, c'est leur droit, moi je lui ferai grâce !... Monseigneur de Harlai m'accusera de parjure, de félonie..... Le roi me retirera ses bonnes grâces... me bannira... Diane me demandera compte du sang de la comtesse d'Erlanges... je serai pour tous un objet de mépris et d'horreur... les nombreuses victimes du marquis me maudiront. Eh bien, soit ! je préfère encore ces reproches, ce déshonneur, ces malédictions, cette disgrâce, à la voix de ma conscience qui, si je livrais le marquis aux mains du bourreau, ne cesserait de me crier: « Caïn, qu'as-tu fait de ton frère ! »

CHAPITRE XXVI.
Abel et Caïn.

La résistance des rebelles avait été acharnée, la vengeance des assiégeans fut terrible.

Des quatre cents défenseurs du château, trente seulement, c'est à dire ceux auxquels de Maurevert avait promis la vie s'ils mettaient bas les armes, survécurent à cette sanglante journée. Tous les autres furent impitoyablement passés au fil de l'épée.

Un moment la rage des vainqueurs, excitée par cet immense massacre, prit même un tel essor, que de Maurevert dut, pour sauver le château de l'incendie, employer la force contre les siens.

Une fois le château pillé et dévasté de fond en comble, la fureur des royaux se tourna contre le marquis de la Tremblais.

Des groupes d'hommes d'armes, ivres de carnage et de sang, demandaient, en poussant d'affreuses vociférations, qu'on leur livrât le prisonnier.

Raoul, l'épée à la main et à la tête d'une centaine d'hommes sur lesquels il savait pouvoir compter, se tenait devant la porte de la tour où était enfermé son frère.

La contenance résolue et les énergiques et adroites remontrances du grand-prévôt parvinrent à calmer cette effervescence, à conjurer cet orage.

Enfin la nuit vint mettre un terme aux scènes épouvantables de la journée : les troupes, exténuées de fatigue, rassasiées de sang, se décidèrent à prendre un peu de repos.

Des sentinelles de bonne volonté furent placées aux environs de la tour qui servait de prison au marquis. Les royaux soupçonnaient les intentions de Raoul et ils n'entendaient point lui sacrifier leur vengeance.

Il était minuit, un profond silence régnait dans le camp, lorsque Sforzi, enveloppé dans son manteau, se présenta devant le corps-de-garde établi à l'entresol de la prison. Les piquiers, touchés de la douleur et de l'accablement que décelait la contenance du jeune homme, se rangèrent respectueusement devant lui pour le laisser passer.

Ce fut d'un pas chancelant, et le cœur violemment agité, que Raoul franchit une vingtaine de degrés; puis, d'une main tremblante et glacée qu'il poussa une porte qui donnait entrée aux appartemens du premier étage.

L'émotion éprouvée par l'infortuné se changea bientôt en un vif étonnement lorsqu'il aperçut le capitaine de Maurevert couché tout de son long sur le sol, en travers d'une porte située au fond de cette pièce.

Le grand-prévôt de la province d'Auvergne, quoique ses ronflemens sonores annonçassent l'intensité de son sommeil, se leva d'un bond à l'entrée de Raoul.

Le vieux capitaine, façonné depuis si longtemps à la vie des camps, était parvenu à acquérir la précieuse et bizarre faculté d'être tiré par le plus léger bruit de son plus profond sommeil.

— Ah ! c'est vous, cher compagnon, dit-il sans montrer aucune surprise de la visite nocturne de Raoul, ma foi, je vous attendais.

— Vous m'attendiez, de Maurevert?

— Parfaitement, cher ami; et la preuve, c'est que je suis couché ici sur la dure, au lieu de reposer douillettement dans mon lit. Vous venez, gentil Raoul, pour sauver le marquis... N'essayez point de me tromper, vous ne savez pas manier le mensonge !

— Eh bien! quand même mes intentions seraient telles que vous les supposez, capitaine? s'écria Sforzi.

— Eh bien, alors, gracieux Raoul, je m'opposerais à l'accomplissement de ces susdites intentions, interrompit froidement le grand prévôt.

— Prenez garde ! de Maurevert... si vous disposez de la force, j'ai pour moi le droit... Vous pourriez payer très cher plus tard votre désobéissance d'à présent !...

— Des menaces de vous à moi, bien-aimé Raoul, dit le capitaine d'un air peiné, cela n'est pas possible : ce serait un crime de lèse-amitié... Cher compagnon, avant de vous fâcher ainsi, avant de suspecter mes intentions à votre égard, accordez-moi au moins la grâce de m'expliquer.

De Maurevert fit une légère pause, puis prenant le silence du jeune homme pour un acquiescement, il reprit :

— Bien aimé Sforzi, dit-il, si je discute, en passant, la question de légalité, ce n'est nu lement pour chatouiller mon amour propre, mais seulement afin de vous mieux faire sentir l'injustice de vos accusations... Que Sa Majesté vous ait conféré le droit de grâce, cela ne me regarde pas. Je ne sais moi et ne dois savoir qu'une seule chose ; c'est à dire qu'en ma qualité de général en chef des troupes royales, je suis le seul et unique maître dans mon camp. Soutenir une opinion contraire, ce serait méconnaître toute discipline, toute hiérarchie, demander l'établissement du chaos. Il est incontestable, Raoul, que si après tout l'argent dépensé, tout le sang versé pour s'emparer de la personne du marquis, je lui rendais la liberté, messieurs des Grands-Jours me mettraient incontinent en accusation et me condamneraient à avoir la tête tranchée. Or, vous ne sauriez vous imaginer, cher Raoul, comme il me serait désagréable, après avoir été déjà à moitié pendu, d'être complètement décapité... Je ne puis raisonnablement sacrifier, en faveur d'un odieux et détestable seigneur qui m'a fait si brutalement et si injustement accrocher à un gibet, je ne puis, dis-je, sacrifier en faveur d'un tel sacripant, les beaux restes de ma robuste et joyeuse jeunesse... Il vaut mieux, dit-on, tuer le diable que d'être tué par lui... Or, en comparaison du marquis, qui est un triple démon, le gracieux de Maurevert passe à l'état d'un aimable chérubin, d'un innocent petit ange !... A présent, Raoul, il ne me reste plus que peu de mots à ajouter, qu'une seule considération à faire valoir. Quand bien même je voudrais vous aider à sauver l'homme que vous vous obstinez bien à tort à considérer comme votre frère, cela ne me serait pas possible ! L'armée, indignée des crimes.

de ce monstre, s'opposerait à ma volonté, et entrerait en pleine rébellion ! Cher Raoul, ne vous opiniâtrez pas dans votre idée !... Tenter de faire évader le marquis, ce serait l'envoyer à une mort affreuse et certaine !... Il serait mis en pièces, haché menu, déchiqueté à bec et à ongles, et ce dont je ne me consolerais jamais, il vous entraînerait dans sa chute. Bien aimé compagnon, croyez-moi, ne voyez point l'homme aux Apôtres. Retournez dans votre logis et laissez au temps et aux circonstances le soin de dénouer l'événement.

Les objections avancées par de Maurevert étaient si logiques, si irréfutables que Sforzi dut renoncer à les combattre.

— Capitaine, lui répondit-il, la plus forte et la plus puissante de toutes les considérations que vous achevez de me soumettre, est sans contredit la dernière. Oui, je reconnais en effet que faire évader cette nuit le marquis de la Tremblais, ce serait l'exposer à un trépas à peu près assuré. Je saurai attendre un moment plus opportun. A présent, de Maurevert, laissez-moi passer, il faut que je voie mon frère.

— Votre frère, Raoul ! répéta le grand-prévôt d'un ton où le reproche et la pitié se mêlaient à doses égales, se peut-il que vous continuiez à appeler de ce nom sacré ce monstre hideux !... Votre frère, celui qui vous a envoyé à la potence ! votre frère, celui qui n'a pas craint de porter une main brutale sur votre chaste Diane ! votre frère, celui qui, à la face de tous, et sachant les liens qui vous unissaient, vous a flétri du nom de bâtard ! votre frère, enfin, l'homme qui à l'heure présente, et tandis que vous voulez vous dévouer si sottement et si noblement à son salut, n'a qu'une pensée, qu'une idée, qu'un désir : désaltérer sa haine dans votre sang ! Ah ! Raoul, Raoul, si cette folle capricieuse que l'on nomme la Jeunesse ne vous soufflait pas ces niais conseils, je vous tiendrais pour le plus sot gentilhomme qui soit au monde !...

— Capitaine, répondit tristement Sforzi, il est une voix plus éloquente encore que la vôtre, c'est la voix du devoir. Je ne vous cacherai pas que non seulement je ne ressens aucune affection pour le marquis, mais je vous avouerai même qu'il me faut déployer une force extrême de volonté pour ne point éprouver, à sa pensée, des sentimens de haine. N'importe ! Le seigneur de la Tremblais n'en reste pas moins le fils de ma vertueuse et infortunée mère, de cette noble et sainte femme, que la douleur de m'avoir perdu conduisit au tombeau.... Je vous le demande, capitaine, si la marquise vivait aujourd'hui, pensez-vous qu'elle me conseillerait d'abandonner mon frère ? Non, mille fois non !... L'infortunée oublierait dans ses nobles angoisses et sa dignité et sa position de mère, se jetterait à mes genoux, me supplierait à mains jointes, en sanglotant, de sauver l'infâme et l'assassin qu'elle porta dans ses flancs, qu'elle allaita de son lait, qu'elle vit sourire au berceau... Or, de Maurevert, connaissant quelle eût été la conduite de ma mère, ne serait-ce pas odieusement abuser de son absence de la terre que de méconnaître ses intentions, de repousser ses prières ?... O ma mère adorée ! poursuivit Raoul dont les yeux se remplirent de larmes, puisque la fatalité m'a privé de la douceur de tes caresses, de l'ineffable bonheur de ton amour, c'est bien le moins que je cherche dans le culte de ta vénérée mémoire un dédommagement à la perte de ces inestimables trésors. Il me semble que, touchée de mon obéissance filiale, tu laisses tomber sur moi, du haut du ciel, un regard attendri. Bon de Maurevert, vous qui auriez été aussi si heureux — bien souvent vous me l'avez dit — de connaître votre mère, ne vous opposez pas plus longtemps à ma résolution, n'essayez point de comprimer mon élan. Obéir à sa mère morte, capitaine, c'est conquérir son immortel amour, c'est la voir par la pensée, c'est ne plus rester seul et isolé sur la terre...

A ces paroles prononcées avec une poétique ferveur, avec l'accent de la sensibilité la plus sentie, de Maurevert sentit ses yeux devenir humides.

Alors, honteux de son émotion, et désirant la cacher, il fit entendre le plus formidable et le plus monstrueux de tous les jurons qui eût jamais passé à travers ses épaisses moustaches.

— Mort de ma vie ! murmura-t-il lorsque Raoul fut entré dans la pièce où le marquis était retenu prisonnier, il est certain que si j'avais pensé à ma mère toutes les fois, par exemple, que j'ai pris d'assaut un couvent, cela aurait évité bien des désagrémens et bien des larmes à un nombre considérable de nonnains ! Définitivement, j'ai dû causer bien des ennuis à l'ombre de ma mère... Bah ! c'était une femme d'esprit que madame de Maurevert ; elle m'aura tenu compte, dans ces scabreuses circonstances, de ma qualité de huguenot !

Mille millions de diables ! voici qu'en bavardant avec moi-même j'oublie le marquis et mon gentil Sforzi... Ne les laissons point, même pendant une minute, seuls ensemble... Je dois autant me méfier de la ruse et de la méchanceté du premier, que de la loyauté et de la générosité du second !

Le grand-prévôt de la province d'Auvergne tira ses moustaches, s'assura que la lame de sa dague jouait aisément dans le fourreau, puis poussant à son tour la porte qui fermait la prison provisoire du marquis, il se présenta devant les deux frères ennemis.

Le marquis se tenait debout, immobile, dans l'angle le plus obscur de sa prison, à peine éclairée par une lampe accrochée au mur, lorsque Sforzi s'offrit inopinément à sa vue.

A l'apparition du jeune homme, il tressaillit, et une expression de haine implacable tordit les muscles de son visage.

Quant à Raoul il ne put retenir un douloureux soupir en remarquant les cordes qui liaient les mains du rebelle vaincu !

Un assez long silence régna d'abord entre les deux frères, ce fut Sforzi qui le premier entama l'entretien.

— Marquis de la Tremblais, dit-il d'une voix émue, vous devinez sans doute le but de ma visite ?

— Parfaitement, monsieur, interrompit le châtelain avec un sourire plein d'ironie et de mépris, vous désirez jouir de mon humiliation, vous repaître du spectacle de mes souffrances !.. Au fait, vous avez raison : ma chute vous assure l'impunité et met un terme à vos terreurs... Pourquoi pâlir ainsi, noble chevalier Sforzi ? Les liens qui serrent mes mains sont si solidement attachés qu'ils pénétrent dans ma chair... Tout mouvement m'est impossible... Ne vous gênez pas pour m'injurier tout à votre aise, vous ne courez aucun danger !

— Monsieur, répondit doucement Raoul, vous vous méprenez étrangement sur mes intentions. Si je me trouve maintenant en votre présence, c'est qu'un lourd remords pèse sur ma conscience et que votre pardon peut seul rendre le calme à mon esprit. Je viens, marquis, vous demander humblement grâce du mouvement de folie auquel je me suis laissé emporter, lorsque j'ai eu le malheur de tirer l'épée contre vous, mon frère.

— Vraiment, s'écria le prisonnier en accompagnant ses paroles d'un éclat de rire sec et strident, vous êtes doué, illustre Sforzi, d'une ingéniosité que je ne vous soupçonnais même pas. Maître Benoist et Chérubin, de si regrettable mémoire, n'étaient que de naïfs enfans auprès de vous.

— Mon frère, expliquez-vous !...

— Allons donc, trêve d'hypocrisie. Il est inutile que vous conserviez plus long-temps ce masque de magnanimité sous lequel vous espérez cacher votre haine !... laissez librement éclater votre joie... Je vous répète que j'apprécie parfaitement la portée de votre démarche... Sachant le dédain complet, absolu que j'aurais opposé à vos injures, comprenant que vos insultes partiraient de trop bas pour arriver jusqu'à moi, vous voulez m'avilir en m'offrant votre protection, en affectant de croire que je suis votre frère ! Oui, j'avoue que ce genre de torture était fort ingénieux... malheureusement un piége aussi grossier ne pouvait réussir... vous, mon frère !... dérision amère...

La seule chose qu'il me soit possible de vous accorder, illustrissime chevalier, c'est de voir en vous un bâtard, et encore quel bâtard !... Le fils d'une vassale indigne ou d'une folle perdue que le marquis de la Tremblais aura, dans un soir de désœuvrement, rencontrée sur sa route et poussée dédaigneusement du pied !... A présent que vos intentions me sont connues, noble Sforzi, mettez un terme à votre sublime éloquence. Je n'ai jamais aimé discourir avec les manans; ne me troublez pas plus long-temps dans mes pensées; éloignez-vous.

Pendant que le marquis prononçait ces dures, injustes et injurieuses paroles, Raoul pâlissait à vue d'œil : un moment même il parut vouloir l'interrompre, mais faisant un violent effort sur lui-même, il parvint à dompter son indignation et continua à garder le silence.

— Marquis, lui répondit-il enfin, à quoi bon inventer cette fable invraisemblable ? vous n'ignorez pas que le même flanc nous a portés, que l'infortunée et sainte dame de la Tremblais est notre mère...

— Eh bien, alors, la marquise a terni la gloire de son nom, manqué à l'honneur de sa race, interrompit violemment le prisonnier.

Raoul tressaillit ; une expression d'indicible et généreuse indignation anima son visage. Toutefois, comprimant de nouveau l'ardeur de son sang, ce fut d'une voix triste et abattue qu'il reprit la parole.

— Mon frère, dit-il, l'horreur de votre position m'explique seule l'impiété de vos blasphèmes. Blessé dans votre orgueil, dépouillé de vos biens, menacé d'un trépas tragique et ignominieux, vous n'avez su résister à des coups aussi cruels. Votre raison a été ébranlée par ces terribles chocs. Mon frère, calmez-vous, écoutez-moi, rien n'est encore désespéré. Au nom de notre sainte mère qui du haut des cieux m'inspire et m'encourage, je vous sauverai ! Que Messieurs des Grands-Jours vous condamnent, cela importe peu..... Sa Majesté m'a conféré le droit de grâce... Vous n'avez donc pas à redouter l'échafaud !... Une fois libre, marquis, vous passerez à l'étranger, où votre nom vous ouvrira ais ment une nouvelle carrière. Ardent à la bataille, vous saurez noblement tomber sur un champ de bataille ou vous élever au-dessus de vos rivaux ! La gloire peut encore couvrir vos crimes et racheter votre passé ! Un seul danger sérieux vous menace, marquis : l'exaspération de l'armée. Il est à craindre que les troupes royales ne se livrent à de sanglantes violences contre vous. Si cet orage éclate, je ne saurai vous en garantir : alors, mon frère, je prendrai place à vos côtés, nous succomberons ensemble !

Le marquis de la Tremblais resta froid et impassible devant ce dévoûment.

— Monsieur Sforzi, dit-il, j'aurais pu, malgré la bassesse de votre condition, me laisser prendre aux protestations de votre feinte générosité, si vos actions ne donnaient un éclatant démenti à votre langage. Comment croire à vos paroles de liberté, lorsque depuis que vous êtes ici, vous n'avez pas même songé à couper les liens qui meurtrissent mes chairs et me ravalent au niveau d'un vil criminel ?... A ce détail, à cette omission près, je reconnais que vous avez assez adroitement joué votre rôle. Que voulez-vous, illustrissime Sforzi, on ne saurait songer à tout ?

A ce reproche du marquis, une vive rougeur empourpra le front de Raoul, qui baissa la tête en disant :

— Vous avez raison, mon frère.

Alors, le jeune homme tira sa dague et se mit à scier les cordes qui attachaient le marquis. Si Raoul avait remarqué le hideux sourire qui plissait les lèvres minces du seigneur de la Tremblais, et l'expression de joie sinistre que reflétait son regard fauve, tandis qu'il le débarrassait de ses honteuses entraves, il se serait certes arrêté épouvanté et interdit au milieu de sa généreuse besogne.

Au moment où le dernier lien tomba, le marquis poussa un cri de triomphe, puis arrachant des mains de Raoul sa dague, il se jeta sur lui et voulut le frapper en pleine poitrine.

Aussi affecté que surpris de cette brusque et odieuse attaque, l'infortuné jeune homme eut à peine le temps et la présence d'esprit

nécessaires pour parer le coup. Le fer lui traversa le bras droit de part en part.

— O ma mère ! murmura-t-il en se rejetant vivement de deux pas en arrière, ô ma mère ! pardonnez lui... et à moi... et à moi... donnez-moi la force de rester digne de vous !...

En ce moment, de Maurevert entra. Un coup d'œil suffit au capitaine pour comprendre, ou plutôt pour deviner la trahison du marquis.

— Mort de ma vie ! dit-il, j'arrive un peu tard !

S'élançant aussitôt sur le seigneur de la Tremblais, il le saisit de sa main droite à la gorge, de sa gauche par le milieu de son pourpoint, puis l'élevant en l'air avec la même facilité que s'il eût été un enfant, il le rejeta lourdement par terre. La violence de cette chute fut telle que le misérable resta sans connaissance sur le carreau.

— Par la crinière de messire Absalon, dit le grand prévôt en se retournant vers Sforzi, vous n'avez, mon gentil Raoul, que ce que vous méritez !... Jouer avec les vipères, c'est s'exposer à être mordu !... Une mortelle pâleur couvre votre visage... Seriez-vous dangereusement atteint ?... Je vous réprimanderai plus tard... Montrez-moi d'abord votre blessure...

— Ce n'est rien, capitaine, dit Raoul d'une voix pleine de sanglots.

— Cependant vous paraissez beaucoup souffrir.

— Oh ! oui, de Maurevert, beaucoup !...

— Voyons, voyons votre bras...

— Hélas ! ce n'est pas de cette égratignure que je me plains. Que je serais heureux si la blessure faite à mon cœur n'était pas plus douloureuse que celle de mon corps.

— Ah ! s'il ne s'agit que de sentimentalerie, cela me rassure, aimable et imprudent Raoul. Tâchez au moins que cette leçon ne soit pas perdue pour vous, qu'elle vous profite. J'espère que vous voilà guéri à tout jamais de la manie d'apprivoiser les tigres. Bon, le voici maintenant agenouillé auprès du marquis et lui prodiguant tous ses soins. Il est fou, ce Raoul. Par l'enfer ! si madame de Maurevert, mon honorée mère, m'avait laissé un tel frère, il y a longtemps déjà que je lui aurais tordu le cou. Je gagerais que Sforzi compte toujours lui faire grâce. Tudieu !... Cela serait d'un ridicule sans nom !... Oui, mais je suis là, moi !... Que Lucifer me fasse danser une infernale sarabande si je laisse Raoul se déshonorer par une aussi insigne faiblesse.

Lorsque le marquis revint à lui, la première personne qu'il aperçut fut Raoul qui le soutenait dans ses bras.

— Arrière, bâtard! lui cria-t-il d'une voix impérieuse et frémissante, ton contact me fait horreur!...

Sforzi s'éloigna d'un pas chancelant, puis au moment de franchir le seuil, il se retourna vers son frère :

— Marquis, lui dit-il, que Dieu me pardonne les pensées de vengeance et de colère que m'inspire votre vue... Oui, je vous hais, je vous hais de toutes les forces de mon âme!... Mais ne craignez rien; grâce à l'appui de ma sainte et vertueuse mère, le fils l'emportera sur l'homme. Je saurai faire mon devoir : je vous sauverai!

A ces paroles, auxquelles il ne s'attendait certes pas, le marquis tressaillit et parut hésiter sur un parti à prendre. Un instant bien court il est vrai — un rayon de sensibilité éteignit le feu de son regard, détendit les muscles de son visage. Mais presque aussitôt son orgueil reprit le dessus.

— Monsieur Sforzi, dit-il d'un ton superbe, les de la Tremblais n'ont point pour habitude d'accepter les secours des aventuriers ! Je n'ai que faire de votre protection ! Au revoir, monsieur !...

Trois jours après cette entrevue des deux frères, le marquis de la Tremblais arrivait, vers la tombée de la nuit, dans la ville de Clermont.

La foule immense, rassemblée pour voir le retour de l'armée royale, accueillait le captif par des hurlemens de mort.

Messieurs des Grands-Jours, assemblés en conseil, décidaient en ce même moment que le lendemain le marquis comparaîtrait devant eux, et serait jugé. Les parlementaires avaient hâte d'en finir avec ce grand coupable, dont le châtiment devait enfin assurer le double triomphe du droit et du roi !

CHAPITRE XXVII.

Le Jugement.

Le lendemain de l'arrivée du marquis à Clermont, une foule compacte et animée remplissait dès le matin les abords du présidial où siégeaient messieurs des Grands-Jours.

Il est impossible de décrire l'émotion extraordinaire que causait la comparution du seigneur de la Tremblais devant ses juges.

On s'attendait à des incidens dramatiques, à des révélations extraordinaires, à une lutte oratoire acharnée.

Les personnes les plus considérables de la ville, — surtout les femmes, — déployaient une incroyable activité pour obtenir de messieurs des Grands-Jours l'insigne faveur d'être admises pendant les débats dans le prétoire : ces humbles sollicitations étaient si nombreuses que Mgr de Harlai se trouvait, littéralement parlant, assiégé dans son hôtel.

Sforzi, retiré dans ses appartemens, était en proie à une agitation extrême. La pâleur de son visage, la fatigue que décelait son regard, le désordre de ses vêtemens, annonçaient que, depuis la veille au soir, il ne s'était pas couché.

A un léger coup frappé à la porte de sa chambre, il tressaillit et, réparant à la hâte le désordre de sa toilette, il cria d'entrer.

De Maurevert se présenta.

— Eh bien, capitaine? — lui demanda vivement Raoul.

— Eh bien, cher compagnon — répondit tristement le grand-prévôt de la province d'Auvergne — je sors de son cachot... Le misérable, pardon, je voulais dire le marquis, était dans un tel état d'exaspération qu'il n'a pas même consenti à m'entendre. Je ne m'en suis pas moins acquitté pour cela de la commission dont vous m'aviez chargé... Je lui ai répété vos propres paroles « que décidé à lui faire grâce, à le sauver, vous le suppliiez humblement de modérer ses emportemens, de ne pas injurier ses juges, de ne tenir aucun propos contre Sa Majesté. » Bah ! c'était comme si j'avais parlé à une personne étrangère d'une affaire qui ne la regardait pas... Il se promenait, se démenait, sacrait, trépignait et blasphémait sans paraître s'apercevoir de ma présence, sans daigner m'écouter. Que le diable m'extermine, cher Raoul, si le satané marquis se gêne en rien pour insulter et invectiver MM. des Grands-Jours!.. Je m'attends de sa part au fougueux débordement d'une énergique éloquence ! Je crois que les débats seront horriblement plaisans et gracieux !..

— Bon de Maurevert, dit Raoul en accompagnant ses paroles d'un triste soupir, j'ai la tête et le cœur en feu... Il m'est impossible de lier deux idées ensemble. Au nom de notre amitié, cher compagnon, aidez-moi de vos conseils. Que faut-il faire, de Maurevert, que faut-il faire ?

— Le parti le plus sage, gentil Raoul, ce serait de laisser les événemens suivre leur cours.

— Abandonner le marquis, jamais !

— Puisque vous êtes résolu à ne tenir aucun compte de mes remontrances, continua de Maurevert en haussant les épaules, il est inutile que vous me consultiez. J'abhorre, moi, les gens qui vous demandent un avis avec la ferme résolution, arrêtée à l'avance, d'agir à leur guise. Voyons, Raoul, calmez-vous, ne vous démenez point ainsi... toutes vos violences n'aboutissent qu'à envenimer votre blessure. Je conviens que j'ai eu tort de vous brusquer... votre position est affreuse. Par le grand Salomon ! il me vient une idée... oui, c'est cela ! Cher compagnon, je vous jure, sur la vertu de Mme de Maurevert, ma défunte mère, sur la mémoire de mon sacripant de père, M. de Maurevert, que je sauverai de l'échafaud votre abominable frère... Retenez bien mon serment : je dis que je sauverai le seigneur de la Tremblais de l'échafaud... je ne m'engage à rien de plus. Après tout, que désirez vous ? sauver l'honneur de votre nom ? Or, du moment qu'aucun jugement infamant n'entache la gloire de votre maison, vous devez vous déclarer satisfait. Au revoir, Raoul. Ne me retenez plus, ne m'interrogez pas. Quoique certain du succès de mon plan, j'ai besoin de le mûrir, de le creuser. Vos questions me troubleraient et nuiraient à la clarté de mon esprit. Au revoir, Raoul, au revoir !

Le grand prévôt de la province d'Auvergne, après avoir dit ces mots, s'éloigna vivement, sans donner à Storzi le temps de lui répondre. De Maurevert, en sortant de l'hôtel du marquis de Canilhac — où demeurait Raoul — se dirigea vers le Présidial.

— Par l'avisé et scolastique Aristote ! murmurait-il tout en fendant la foule compacte qui encombrait les rues, je ne sais pas trop si un docte casuiste approuverait la résolution que j'achève de prendre. Bah ! que m'importent les casuistes! L'essentiel, c'est que ma conscience ne me reproche rien. Or, assurer le bonheur de mon gentil Raoul est une action trop vertueuse, trop méritoire pour que son accomplissement me cause des regrets ou des remords. J'ai commis dans ma vie tant de grosses légèretés dont le souvenir n'a pas même laissé de traces dans ma mémoire, que je suis ridicule vraiment d'attacher la moindre importance à une petite illégalité commise dans une aussi excel'ente intention... Que diable, je ne suis déjà pas si vieux que je doive songer à me faire ermite !...

Lorsque de Maurevert pénétra dans la salle d'audience, l'interrogatoire du marquis de la Tremblais était déjà commencé.

Aux questions d'usage que lui avait a-dressées le président, l'accusé s'était contenté de répondre :

Que, puissant seigneur, jouissant du droit de haute et basse justice, et né de père et mère nobles, il ne reconnaissait pas là compétence des manans qui prétendaient le juger, et qu'il demandait à comparaître devant ses pairs.

Le procureur général, sans tenir compte de cette protestation à la fois superbe et ridicule, s'était mis à lire l'acte d'accusation.

Si ce n'était la crainte d'allonger démesurément ce récit, nous aurions rapporté ici en entier, ce qui eût présenté une bien curieuse étude de mœurs du seizième siècle, l'acte d'accusation de M. le procureur général des Grands-Jours : l'extrême étendue de ce document historique nous empêche de le publier.

Un silence solennel, à peine troublé par des frémissemens d'indignation, accueillit cette lecture; de Maurevert seul ne put s'empêcher de témoigner à plusieurs reprises, par certaines exclamations, l'admiration que lui inspirait une vie si bien remplie.

— Mort de ma vie ! murmurait-il à l'exposé de chaque nouveau crime, si le marquis de la Tremblais avait joint un peu de sensibilité et de gentillesse à tant d'audace et d'activité, il aurait été le gentilhomme le plus accompli de son époque ! Avec quelle grâce et quelle ingéniosité sans égales il savait molester les manans ! Comme il s'entendait à pressurer ses vassaux, à tirer parti de son voisinage !... Ma foi, si j'avais connu plus tôt toutes ses brillantes qualités, je me serais volontiers associé avec lui... A nous deux, nous aurions fini par dévorer la province entière d'Auvergne !...

Une fois l'acte d'accusation terminé, et pendant la courte suspension d'audience qui suivit cette lecture, de Maurevert s'approcha de Mgr de Harlai.

— Monseigneur, lui dit-il à voix basse, je viens d'apprendre de source certaine que le marquis compte sur une manifestation ou un mouvement de la noblesse en sa faveur. C'est cet espoir qui lui donne son arrogante taciturnité. Veuillez m'octroyer la permission de lui parler en particulier et je me fais fort de rompre son obstiné silence qui produit un si mauvais effet. Il me suffira, pour obtenir ce résultat, de lui prouver qu'il n'a plus à attendre aucun secours.

Mgr de Harlai accepta avec empressement l'offre du capitaine.

Le président des Grands-Jours attachait une extrême importance à ce que le marquis reconnût la compétence du tribunal.

Une minute plus tard, de Maurevert et le marquis se trouvaient en présence, dans la salle du greffe : les archers chargés de garder l'accusé se tenaient respectueusement à distance, de façon, il est vrai, à ne perdre aucun de ses mouvemens, mais hors de portée pour entendre sa conversation avec le grand prévôt : au reste, les liens solides et artistement noués qui retenaient les mains du marquis derrière son dos, rendaient de sa part toute tentative de résistance ou d'évasion impossible.

— Seigneur, lui dit de Maurevert, les instans sont précieux, accordez-moi toute votre attention. Qui sait si Mgr de Harlai, suspectant la sincérité du prétexte que j'ai allégué pour obtenir de vous voir, nous laissera terminer notre entretien? Je vais donc droit au but. Marquis de la Tremblais, je suis envoyé par votre frère, par le chevalier Sforzi, si vous le préférez. Je lui ai juré que je vous sauverai de l'échafaud... Laissez-moi poursuivre... Si vous vous opiniâtrez dans votre silence, vous êtes perdu; il ne me sera plus possible de mettre à exécution le dessein que je médite, car Messieurs des Grands-Jours sont déterminés à vous infliger la question, à vous faire subir la torture ordinaire et extraordinaire. Je comprends très bien, marquis, qu'il vous en coûte, à vous, homme de noblesse et d'épée, de courber la tête devant des parlementaires. Cependant, le nombre considérable des personnages illustres par leur naissance et par leur position, qui ont reconnu le pouvoir de ces robins, met votre fierté à l'abri de toute atteinte. Ce que je vous demande, seigneur, au nom de votre conservation, c'est de traîner les débats de façon que le jugement ne puisse être rendu aujourd'hui. Demain, vous serez sauvé! Que diable, marquis, discuter ce n'est pas se soumettre! Ne vous soumettez pas, si bon vous semble ; mais au moins discutez, argumentez, pérorez à outrance. Il ne me reste plus qu'un mot à ajouter : c'est que le successeur de maître Chérubin vous accommoderait horriblement mal, et en dehors de toutes les règles de l'art. Marquis, j'ai dit ; j'attends votre réponse.

Le seigneur de la Tremblais était d'une pâleur livide. A la pensée de la torture, il se sentait défaillir, et si ce n'eût été la force qu'il puisait dans son orgueil, il aurait perdu connaissance. D'un autre côté, l'espoir d'une prochaine liberté que de Maurevert venait de faire luire à ses yeux, lui causait des éblouissemens de joie. Se retrouver libre... c'est à dire pouvoir se ven-

ger!.. Tout son corps frémissait de bonheur. Il est vrai que cette liberté, il allait la devoir à Sforzi. Que lui importait?... Il comptait bien payer par la trahison la plus complète, par l'ingratitude la plus noire, la sotte générosité du chevalier.

— Capitaine, dit-il après un court silence, j'accepte votre offre. Puisque ces messieurs des Grands-Jours aiment tant à discourir, je me charge de leur fournir matière à déployer leur éloquence... A présent, expliquez-moi quels sont vos projets, de quelle façon vous espérez me tirer hors les griffes des parlementaires?

— Nous n'avons déjà que trop causé, seigneur, répondit le grand-prévôt. Si notre absence se prolongeait, elle éveillerait les soupçons de Mgr de Harlai... tout serait perdu. Pourvu que je vous sauve, il doit peu vous importer par quels moyens j'arriverai à ce résultat.... Seigneur de la Tremblais, je termine en vous offrant mes plus sincères félicitations sur certains faits de votre vie passée, révélés par l'acte d'accusation de M. le procureur général. Je ne saurais vous exprimer l'admiration que m'a laissée votre façon de traiter les manans. Marquis, au revoir.

La courte absence de l'accusé avait augmenté encore la curiosité et excité l'impatience des spectateurs de ces débats solennels.

Aussi lorsque le seigneur de la Tremblais, après avoir repris sa place sur la sellette, déclara qu'il était prêt à se défendre, un murmure de satisfaction s'éleva-t-il du milieu de la foule.

— Messieurs, poursuivit le marquis d'une voix arrogante et en fixant d'un regard hautain l'assistance, si je daigne descendre jusqu'à une justification, ce n'est pas à dire que je reconnaisse le pouvoir de mes juges... Je tiens seulement à prouver que la croisade entreprise par les avocats contre les gens de guerre est chose inique et odieuse !.. Je tiens à disculper la noblesse des accusations ridicules et mensongères que l'on a osé porter contre elle !.. D'abord, et avant tout, je déclare hautement comme faux, calomnieux et indignes les propos tenus sur mon compte par le procureur général !.. Je le mets au défi de prouver par des faits aucune des charges alléguées contre ma personne, et je m'engage, moi, à renverser de fond en comble son criminel et laborieux échafaudage de mensonges !

L'impudent défi de l'accusé causa à Mgr de Harlai un contentement extrême. En effet, la défense du marquis devait donner un bien plus grand éclat à sa condamnation !

Le reste de la séance, qui dura jusqu'à la nuit, se passa en formidables accusations d'une part, en éhontées dénégations de l'autre.

Peu importait au marquis que ses crimes fussent démontrés jusqu'à la dernière évidence ; ce qu'il voulait, c'était gagner du temps. Aussi, à mesure que le jour déjà terne et gris qui filtrait à travers les carreaux peints des fenêtres du Présidial, s'altérait et s'obscurcissait, un sourire de triomphe se dessinait de plus en plus visible sur ses lèvres.

Lorque les premières ombres du crépuscule commencèrent à envahir la salle, les juges, exténués de fatigue et comprenant qu'il leur serait impossible de rendre ce même jour un jugement motivé, remirent l'audience au lendemain.

Deux heures plus tard, de Maurevert muni d'un laissez-passer signé du commissaire extraordinaire de Sa Majesté dans la province d'Auvergne, Mgr. le chevalier Sforzi, pénétrait dans le cachot où le marquis avait été déposé à sa sortie du tribunal !...

— Ah ! enfin vous voici, capitaine, s'écria ce dernier, dont le visage, bouleversé par l'angoisse, s'éclaira d'une subite expression de joie. L'heure de la liberté a donc enfin sonné ?

— Ce n'est point l'heure de la liberté, ô misérable assassin ! c'est celui de la justice ! répondit le grand-prévôt d'une voix grave, solennelle....

Le marquis tressaillit, leva les yeux sur de Maurevert ; puis, poussant un cri déchirant, il se blottit, par un instinctif mouvement d'effroi, contre la muraille de son cachot.

Dans la sombre et implacable expression que reflétaient les traits énergiques et accentués de son visiteur, il venait de lire son arrêt de mort.

Il voulut balbutier un reproche : sa voix, étranglée par la peur, s'arrêta dans son gosier !...

Une torche allumée que de Maurevert avait apportée avec lui, éclairait de ses rouges lueurs et emplissait d'une épaisse fumée l'étroit espace du cachot.

— Marquis de la Tremblais, reprit le capitaine après un moment de silence, j'ai promis à mon compagnon Raoul de te sauver de l'échafaud, j'accours accomplir ma promesse. Adresse à Dieu tes dernières prières, tu vas mourir !

— Mourir ! répéta le marquis dont les dents claquaient de terreur, ô ! de Maurevert, grâce ! grâce !

— Grâce, dis-tu misérable ; tu n'en as aucune à attendre, car je ne me venge pas. Si une dague va te jeter tout à l'heure sanglant et inanimé à mes pieds, ce n'est pas, marquis, parce que tu as jadis ordonné mon supplice, non, non, mais bien parce que je ne veux pas qu'en laissant ta tête sur l'échafaud tu portes une irréparable atteinte à l'honneur de mon bien aimé Raoul, tu brises à jamais son avenir, tu lui fasses une existence d'opprobre et de larmes... Quoi ! lâche, au lieu de remercier le ciel de l'insigne faveur qu'il t'accorde de trépasser par la main d'un gentilhomme et non par celle du bourreau, voici que tu blasphèmes ! Ton agonie, marquis, est un souvenir et un enseignement qui ne sortiront pas de ma mémoire. Ta honteuse terreur, si intense, si extrême que tu ne songes même pas à la dissimuler, me prouve que le coupable le plus endurci au mal est toujours lâche avant la mort... Allons, marquis, hâte-toi d'adresser à Dieu ta prière dernière...

Pendant que cette scène lugubre se passait dans la prison de la ville de Clermont, une discussion si vive et si animée qu'elle ressemblait presque à une querelle avait lieu dans l'hôtel du marquis de Canilhac, et en sa présence, entre Mgr de Harlai et Sforzi.

— Monsieur le chevalier, disait ce dernier, puisque vous vous refusez à entendre la voix de l'honneur et du devoir, puisque vous ne craignez pas de manquer à la promesse sacrée, au serment solennel que vous m'avez fait, je vous avertis que j'emploierai tous les moyens en mon pouvoir, que je ne reculerai devant aucune extrémité pour empêcher votre trahison !.. Grâcier le marquis de la Tremblais... abuser d'une si indigne façon de la confiance que le roi a daigné mettre en vous, cela n'est ni le fait d'un gentilhomme, ni le fait d'un homme d'honneur, chevalier Sforzi !...

— Monsieur, répondit Raoul en baissant la tête, mon corps appartient à Sa Majesté, mais mon âme est à Dieu ! Dieu n'a-t-il pas maudit Caïn et ses descendants? Jamais, non jamais, je ne tremperai mes mains dans le sang de mon frère !... Que le roi me punisse de ce que vous appelez ma trahison, je me soumettrai sans murmurer à sa justice; je reconnaîtrai avoir mérité son courroux.

— Mais ce châtiment, chevalier, ce sera l'échafaud.

— Je préfère, monsieur le président, porter, innocent devant Dieu, ma tête sur le billot, que de vivre honoré de tous, mais bourrelé de remords et me méprisant moi-même! Je vous le répète, le marquis de la Tremblais ne mourra pas!

— Le marquis de la Tremblais est mort, dit en ce moment d'une voix rude et sonore le capitaine de Maurevert qui apparut sur le seuil de la porte. Ce brave et vaillant gentilhomme s'est tué d'un coup de dague afin d'échapper à l'ignominie de son supplice.

A cette révélation si inattendue, Sforzi tressaillit, et, incapable de prononcer une parole, il interrogea d'un œil fixe et ardent le visage impassible de Maurevert.

Le capitaine supporta cet examen avec une parfaite assurance.

— Mort! répéta Mgr de Harlai. Non, c'est impossible ! le marquis était enchaîné, le marquis n'avait pas d'armes..... Il y a ici une trahison. Je vais m'assurer par moi-même...

— Il est inutile que vous vous dérangiez, Monseigneur, pour vérifier l'exactitude d'un fait que le capitaine de Maurevert a eu l'honneur de vous rapporter lui-même, dit le grand prévôt de la province d'Auvergne d'un air tout à la fois digne et peiné. Vous voyez en moi le seul coupable de ce trépas. Dam, monseigneur, j'estime fort messieurs du parlement, mais je trouve qu'ils se montrent parfois un peu trop irrespectueux envers la noblesse!..... Faire garrotter un gentilhomme comme un vil criminel, cela dépasse pour moi les bornes des choses tolérables ! C'est au moment où je délivrais le marquis de la Tremblais de ses fers, qu'il a saisi ma dague et s'en est porté un coup dans le cœur !... Que Dieu prenne en pitié son âme : je ne me consolerai jamais d'avoir perdu par mon imprudence le plaisir que je comptais goûter au spectacle de son supplice ! Pourquoi, diable aussi, monseigneur, faites-vous attacher et garrotter de nobles gentilshommes ?

CHAPITRE XXVIII.

Le dénouement.

Trois mois s'étaient écoulés depuis la mort du marquis de la Tremblais. La chute de l'audacieux rebelle avait rendu à MM. des Grands-Jours leur tâche aisée et facile ; la noblesse, atterrée de la fermeté déployée par les envoyés extraordinaires du roi, avait courbé la tête sans plus songer à entraver l'action de leur justice.

Plus de quinze cents coupables avaient été jugés ou condamnés par contumace, et un nombre considérable de châteaux démolis.

Les petits tyrans féodaux de la province d'Auvergne, courbés sous une terreur profonde, s'empressaient, selon que leur passé était plus ou moins entaché, soit d'émigrer, soit de faire leur soumission.

L'autorité royale, triomphante sur tous les points à la fois, pouvait, sans crainte d'être taxée de faiblesse, se montrer enfin généreuse et clémente.

Raoul, depuis la mort tragique de son frère, avait reçu du roi une grâce insigne. Henri III avait daigné lui annoncer, par une lettre autographe, qu'il levait en sa faveur la confiscation prononcée contre les biens, fiefs et château du marquisat de la Tremblais. Quelques lignes pleines de tendresse, insérées dans cette missive, prouvaient que le roi conservait de Raoul un doux souvenir, et permettaient à ce dernier de rêver un brillant avenir.

Quant au capitaine de Maurevert, un notable changement s'était opéré en lui depuis qu'il avait — en le poignardant — sauvé le seigneur de la Tremblais de l'échafaud ! L'air toujours grave et réfléchi, il fuyait la société de Raoul et recherchait la solitude.

En vain le chevalier, ignorant la cause de sa tristesse, l'accablait de démonstrations d'amitié, de preuves d'attachement : le grand-prévôt, tout en se montrant fort touché des prévenances du jeune homme, ne se relâchait en rien de sa rigoureuse réserve.

— Cher compagnon, lui dit Raoul le soir où la dépêche royale lui parvint, me voici maintenant riche à tout jamais !... Après avoir partagé ma mauvaise fortune, il serait mal à vous de vous refuser à jouir de mon opulence. J'espère que nous ne nous quitterons plus...

— Bien aimé Raoul, répondit de Maurevert avec une émotion véritable, la perspective de passer ma vieillesse auprès de vous m'aurait jadis comblé de joie. Aujourd'hui, un obstacle insurmontable s'oppose à la réalisation de ce rêve.

— Quel obstacle, capitaine ?

— Cela serait trop long à vous expliquer, gracieux Raoul, qu'il vous suffise de savoir qu'un grand changement s'est opéré dans mes idées. La vie d'Europe m'apparaît triste et fastidieuse à l'extrême, je suis rassasié de politique, ennuyé d'entendre les mêmes cris de ralliement soulever toujours les mêmes colères ; j'ai besoin de distractions... Vive le roi ! à bas le Valois ! non ! à nos seigneurs de Guise ! à mort les princes lorrains ! vive la messe ! le pape à la potence ! Luther pour toujours ! sus aux Huguenots ! tous ce croassemens divers ne laissent pas que d'être fort monotones!..

— Raison de plus, cher compagnon, pour venir partager ma tranquille retraite...

— Une retraite tranquille en France! cher Raoul, il n'en est pas : il faut toujours, dans notre beau pays, sous peine d'être écrasé par l'un des deux partis en guerre, prendre une position tranchée : la neutralité vous conduit tout bonnement à être bâtonné en même temps, et par devant et par derrière. Et puis, Raoul, je ne me trouve pas encore assez vieux pour me retirer des affaires. Je tiens énormément à jouir des restes de ma belle et robuste jeunesse! C'est un autre monde que je veux...

— Un autre monde, de Maurevert! répéta Raoul avec étonnement.

— Oui, gentil compagnon, un autre monde et d'autres cieux! J'ai fait la connaissance, ces jours derniers, d'un brave et hardi aventurier qui m'a montré l'horizon que je rêvais!.. Il paraît que de l'autre côté des mers, je ne sais trop où, au delà, dit-on, des colonnes de messire Hercule, il existe un royaume où le sable est d'or, les cailloux de diamans... Ce pays enchanté s'appelle l'Inde et a été découvert par les Espagnols. A ce que m'a appris mon nouveau compagnon, l'existence des heureux habitans de ces îles est des plus réjouissantes et des plus accidentées... Les princesses indiennes vous supplient à genoux de vouloir bien vous laisser aimer, puis reconnaissantes, elles vous comblent de cailloux, c'est-à-dire de diamans... Je ne serais pas trop fâché d'être adoré, ne fût-ce qu'une seule fois en ma vie, par une princesse du sang... Cet épisode manque à ma carrière... Enfin, ma détermination est irrévocablement arrêtée, aucune considération ne saurait m'en faire changer.

Une semaine après cette conversation, le grand-prévôt d'Auvergne entra dans la chambre de Raoul.

— Gentil compagnon, lui dit-il brusquement, je viens vous faire mes adieux. Je pars ce soir... Raoul, je vous ai sincèrement aimé, je vous aime encore, je vous aimerai toujours. Votre souvenir ne cessera jamais d'être présent à ma pensée. Je prierai Dieu de temps en temps pour vous... Au revoir, mon bon, mon gracieux, mon adoré Raoul!..... Ne me répondez pas, je vous en conjure. Je sais que si vous me parlez, je vais tomber dans un accès de sensibilité ridicule à mon âge. Des larmes sur une moustache grisonnante ressemblent à des gouttes de rosée sur un gazon flétri...

c'est fangeux, c'est laid. Embrassons-nous, Raoul... Encore... encore... Je vous aime comme un fou... comme si vous étiez mon enfant... Et Diane aussi... Je lui porte une affection sincère. Elle vous rendra heureux, cette douce, noble et valeureuse enfant...; elle sera la digne compagne d'un homme de cœur et d'épée comme vous. Seulement, Raoul, ne lui laissez pas prendre trop d'empire sur votre esprit. Il est toujours bon de se méfier des femmes.... Mille millions de tonnerres! je pleure. De Maurevert, tu me fais pitié!... Adieu, Raoul, adieu!...

Le géant serra à l'étouffer Sforzi dans ses bras, puis s'arrachant avec peine à cette énergique étreinte, il s'enfuit sans retourner la tête.

— Hélas! se disait-il tout en s'éloignant à grands pas, j'ai peut-être eu tort de repousser l'offre de mon cher compagnon! Auprès de lui le bonheur m'aurait été si facile!... J'aurais géré ses domaines, élevé ses enfans, courtisé ses vassales, vexé ses vassaux!... Quelle charmante existence! Allons, de Maurevert, point de lâches regrets! Tu ne pouvais rester le compagnon de l'homme dont tu as poignardé le frère!... Entre Sforzi et toi, l'ombre du marquis se serait sans cesse dressée, sanglante et vengeresse. Il est vrai que j'ai rendu au marquis, en le daguant, un éminent service... Que ce trépas dont personne ne me soupçonne l'auteur assure le bonheur de Raoul!... Par la laide déesse Némésis, ma conscience ne me reproche rien; je jouis de la plus parfaite tranquillité d'esprit... oui... Mais du moment que la mort du seigneur de la Tremblais me vaudrait de beaux avantages, il n'en serait plus ainsi... En m'exilant, je reste un bienfaiteur; en demeurant, je deviens un assassin! Incomparable de Maurevert, c'est bien le moins, puisque tu te ris des préjugés d'autrui, que tu aies des vertus et des scrupules à toi..... Après tout, l'amour des princesses des Indes te dédommagera de ton magnanime sacrifice...... Il paraît que ces délicieuses dames ne tiennent pas à la jeunesse,... qu'elles savent apprécier — à ce que m'a dit mon aventurier — les agrémens et les qualités du bel âge, de l'âge mûr!... Heureux sacripant, tu devrais, au lieu de te plaindre, entonner un hymne en l'honneur de messire Cupido!... Bah!... j'ai beau me battre les flancs, me chatouiller pour me faire rire, à l'idée que je ne reverrai probablement plus jamais mon gracieux Raoul, je sens les larmes me monter aux yeux... Au fait, pourquoi me gênerais-je pour pleurer?... Si quelqu'un ose railler ma douleur, j'en serai quitte pour lui passer mon épée à travers le corps... cela me distraira.

Une semaine après le départ de Maurevert, un évenement de la plus haute importance mettait en émoi la province d'Auvergne; on venait d'apprendre que Henri III se proposait, au retour d'un pèlerinage qu'il avait été faire avec la reine à Notre-Dame-de-Liesse, de passer par Clermont.

Un matin, par une belle journée d'hiver, les cloches de Clermont sonnaient à toutes volées, tandis que la population, revêtue de ses habits de fête, encombrait les rues et les fenêtres de la ville.

Henri III entrait dans la capitale de la province d'Auvergne. Quoique Sa Majesté eût manifesté l'intention de garder l'incognito, de nombreux arcs de triomphe s'élevaient tout le long de la route, et quand elle se présenta à la porte dite *Poterne*, Mgr de Canilhac, le gouverneur, suivi de messieurs des Grands-Jours, vint lui présenter, à genoux, sur un plat d'or, les clés de la ville.

Une heure plus tard Sa Majesté daignait s'asseoir devant une collation qui lui était servie dans les salons du *gouvernement* !

La reine fatiguée du voyage s'était retirée dans ses appartements !

Après avoir effleuré des lèvres quelques plats de confitures et mangé quelques sucreries, le roi se leva de table et se dirigeant vers Mgr de Harlai qui avait assisté à son repas.

—Mon père, lui dit-il, je ne saurais jamais assez reconnaître les services que vous et le seigneur de la Tremblais m'avez rendus dans la province d'Auvergne. Vous vous êtes élevés au dessus de la confiance que j'avais mise en votre probité, en votre fermeté, en vos lumières !... Toutefois, seigneur de Beaumont, l'éclat de vos vertus ne doit pas m'empêcher de rendre justice à qui de droit. Je ne puis oublier que c'est le marquis de la Tremblais qui le premier m'a conseillé l'établissement des Grands-Jours !... Approchez, Raoul.

Sforzi sortit de la foule et s'avança jusqu'à trois pas du roi. Une vive rougeur colorait ses joues ; il se rappelait combien il avait été près, pour sauver le marquis, son frère, de manquer à ses sermens.

Henri III le considéra longtemps en silence : son embarras, qu'il attribuait à une excessive timidité, à une modestie exagérée, lui plaisait infiniment.

—Raoul, lui dit-il d'une voix douce et caressante, les fatigues de votre corps n'ont altéré en rien la fraîcheur et la beauté de votre visage. La réalité l'emporte sur le souvenir que j'avais conservé de vous. Je vous retrouve plus jeune, plus brillant que jamais. Marquis de la Tremblais, votre dévoûment à la royauté, la façon éclatante dont vous vous êtes acquitté de votre difficile mission, me donnent le désir de vous attacher plus spécialement à ma personne. Vous me consolerez de l'ingratitude de mon fils Joyeuse, qui depuis son mariage ne m'aime plus que par intérêt. Marquis de la Tremblais, demandez-moi titre, charge à la cour qui vous plaise, et je vous engage ma parole royale que je ne reculerai devant aucun sacrifice pour vous l'obtenir, pour vous l'octroyer.

Henri III achevait à peine de prononcer ces paroles quand un léger cri, aussitôt comprimé, retentit dans la foule qui avait été admise à l'honneur d'assister à son repas.

Diane d'Erlanges, le visage couvert d'une pâleur mortelle, les mains croisées sur sa poitrine afin de comprimer les battemens désordonnés de son cœur, semblait prête à tomber en défaillance.

Raoul entendit son cri, vit sa pâleur; mais, retenu par la présence du roi, il ne put courir à son secours.

—Sire, dit-il d'une voix émue, je ne sais comment remercier Votre Majesté des bontés dont elle veut bien me combler.. Ma vie entière ne me suffira jamais pour m'acquitter envers elle de ma dette de reconnaissance ! Sire, il est une faveur qui, si vous daigniez me l'accorder, me rendrait le plus heureux gentilhomme de votre royaume !

—Parlez, Raoul, dit Henri III en accompagnant cette permission d'un sourire plein d'encouragement et de bonté. Je ne vous recommande qu'une chose : de vous défier de votre rare désintéressement, de votre extrême modestie. Tenez-vous pour assuré, quelqu'ambitieux que soit votre souhait, quelqu'élevé que soit votre désir, que je ne m'en trouverai pas offensé. Expliquez-vous en toute confiance.

—Sire, reprit Raoul en pliant le genou, la conduite du marquis de la Tremblais, mon frère, a entaché l'honneur de ma famille d'un triste souvenir. Je demande humblement à Votre Majesté qu'elle m'autorise à changer un nom qui rappelle une déplorable tentative de rébellion.

Cette demande — que les assistans prirent pour un acte d'adroite courtisanerie et qui valut à Raoul toute leur admiration, — causa un vif plaisir au roi.

— Votre requête, mon fils, dit il, est une

nouvelle preuve de dévoûment que vous donnez à notre personne... Choisissez parmi vos fiefs telle terre qu'il vous plaira, et je l'érigerai en duché...

— Sire, reprit Raoul, avec une émotion tellement profonde qu'à peine entendait-on ses paroles, je souhaiterais, si tel est le bon plaisir de votre Majesté, porter le nom de ma fiancée... de la noble damoiselle Diane d'Erlanges...

A cette réponse si inattendue, Henri III ne put retenir un brusque mouvement de surprise, presque de douleur.

— Monsieur, dit-il après un léger silence, le roi de France n'a que sa parole; votre requête vous est octroyée... .

Henri III fit alors quelques pas pour s'éloigner de Raoul; puis tout à coup il se retourna brusquement, et revenant vers le jeune homme :

— Raoul, reprit-il d'une voix altérée, réfléchissez bien avant de vous arrêter à un parti définitif... Je ne vous cacherai pas que je vous verrais avec peine contracter une union. Un serviteur marié, n'appartient plus à son roi. Il subit l'influence de sa femme et cesse d'être lui... Voyez de Joyeuse! Raoul, je vous le répète pour la dernière fois, mes intentions à votre égard sont des plus bienveillantes.

Vous ne comprenez peut-être pas bien toute l'étendue de la fortune que vous repoussez si légèrement... D'Epernon, lorsque je me chargeai de son avenir, était un tout petit gentilhomme; aujourd'hui, les fronts les plus superbes de mon royaume s'abaissent et s'inclinent devant lui... Me serais-je abusé à ce point sur votre esprit, Raoul, que vous préfériez mener la vie oisive et grossière d'un seigneur campagnard, à l'existence enivrante de la cour ?

— Sire, répondit Raoul, j'ai vu de près ceux que l'on nomme les grands, les heureux du jour; tous se plaignaient de leur sort. Rongés par l'ambition, dévorés par l'envie, toute faveur accordée à un rival leur semblait une injustice commise à leur préjudice, et les plongeait dans de mesquins désespoirs, dans de honteuses, puériles et douloureuses colères..... Sire, il n'est pas dans le vocabulaire humain d'expression qui me permette d'exprimer au roi la reconnaissance que me cause la bonté sans égale qu'il daigne me montrer. Que Votre Majesté me pardonne l'aveu que ma loyauté, ma franchise, me contraignent à lui faire... Je donnerais volontiers au roi tout le sang de mes veines, mais je ne me sens pas la force de lui sacrifier mon bonheur.

— Et cette noble damoiselle d'Erlanges, où est-elle? reprit Henri III après un nouveau silence.

— Ici, sire... près de Votre Majesté.

— Qu'elle approche, cette merveille— dit le roi d'un ton ironique — du moment qu'elle épouse un de mes bons serviteurs, je dois la complimenter.

A cet ordre du roi, Diane le visage animé d'une adorable rougeur, les yeux voilés sous ses longs cils, et la démarche d'une gaucherie enchanteresse, s'avança craintive et tremblante... Le roi la contempla longtemps sans prononcer une parole, sans qu'il fût possible de deviner à sa contenance les sentimens qui l'agitaient!

— Madame, lui dit-il, votre main.

Alors, détachant de son collier une bague d'un prix énorme, il la passa à l'un des doigts de Diane et ajouta :

— Madame, veuillez me laisser le soin de m'occuper de votre corbeille de mariage.. Raoul, approchez aussi.

Henri III prit la main du marquis et la mit dans celle de Diane, puis, après avoir considéré pendant quelques secondes, d'un air moitié attendri, moitié courroucé, le charmant couple rayonnant de bonheur, il s'éloigna en murmurant avec tristesse :

— Pauvres rois si enviés, que nous sommes à plaindre !

FIN.

www.ingramcontent.com/pod-product-compliance
Lightning Source LLC
Chambersburg PA
CBHW060933030726
47503CB00003B/573